JN161834

西川徹郎近影
於・西川徹郎文學館講堂／撮影・写真家 赤羽真也

黎明舎の草庭

十代の日の西川徹郎は、学校から帰ると自転車を駆って、
新城峠の頂に佇つのが常だった。

修羅と永遠——西川徹郎論集成

請われて能く眼を捨つるは大悲斯れ海の如し　一時なりと雖も何れかの岸に止まることなく休息することなく

彼岸と此岸を往きて還り還りては往くその住所定まり無きは渡しの如し　大方廣佛華厳経

修羅と永遠——西川徹郎論集成　目次

第五章　性的黙示録の世界

資料篇

西川徹郎 評論&ESSAY抄

後記

西川徹郎関連書籍

西川徹郎文學館案内

［凡例］

本書『修羅と永遠―西川徹郎論集成』は、俳句の詩人西川徹郎の作家生活五十年記念論叢であり、半世紀に亘り諸家により論究されてきた実存俳句〈世界文学としての俳句〉の提唱者である西川徹郎の人と文学、あるいは作品や論文や著作等について執筆された総数五百篇を超える多数の作家論や評論、作品論や句集論、書評やエッセイ等の中から本書の編纂・監修委員会の精読により選出した日本各界の著述者七十三名の総数百二十五篇の秀逸論文を集成するものである。

収録論文は大部に亘る理由から次の七章を以て構成し収載した。第一章「永遠の少年其の一」と第三章「極北の阿修羅」は主に西川徹郎の最新の第十四句集『幻想詩篇　天使の悪夢九千句』等についての諸家の未発表論文、第二章「永遠の少年其の二」は『西川徹郎全句集』解説や『幻想詩篇　天使の悪夢九千句』解説、又真宗学に関わる論文の解説等を収録、第四章「魔弾の射手」は主に同時代の俳人等の論文を収録し、第五章「性的黙示録の世界」は詩人や小説家・評論家等、俳壇外の作家等の論文を収録した。第六章「極北の詩精神」は既に単行本で刊行された作家論を載録し、第七章「永遠の夭折者」は「新城峠／詩聖西川徹郎傳」三千枚(未完)の一部を収録した。又未知の読者に資する為に西川徹郎の自選句集と自選歌集並びに資料篇に西川徹郎の評論・エッセイの一部を抄録した。

一、西川徹郎の俳句作品の諸家の論文中の引用は、沖積舎版『西川徹郎全句集』を底本として、各句集の初版本を参考とした。

一、諸家の収録論文には末尾に初出を付し、発行年月、発行所、書誌名等を記した。

一、論文の末尾に執筆者のプロフィールを付し、著作の紹介は三冊迄とした。

一、論文の引用のテキストや引文等は刊行年(西暦)・版元の順で記した。

一、引用の書籍・雑誌・新聞等は、書籍は『』、雑誌・新聞等は「」で記した。

一、諸家の論文中に「シュルレアリスム」についての異訳表記が見られたが、差しさわりのない範囲で「シュルレアリスム」に統一した。

一、論文中の年号は、差しさわりのない範囲で西暦を用いた。

一、諸家の論文中に現在では差別語とされる言語が一部見られたが、論者の主旨を鑑み、その儘収載した。

一、本書の論文の執筆者の中には既に逝去された方、その他の理由で連絡の取れなかった方がいます。本書が学術的歴史的出版物である事に鑑み、本書への収録を行った。

少年と銀河

西川徹郎自選句集

第一句集『無灯艦隊』より第十四句集『幻想詩篇　天使の悪夢九千句』迄の中より自選

第一句集『無灯艦隊』（一九七四年）

不眠症に落葉が魚になっている
夜明け沖よりボクサーの鼓動村を走る
流氷の夜鐘ほど父を突きにけり
父よ馬よ月に睫毛が生えている
海峡がてのひらに充ち髪梳く青年
京都の橋は肋骨よりもそり返る
京都の鐘はいつしか母の悲鳴である
月夜轢死者ひたひた蝶が降っている
磯月夜姉妹が眉を剃っている
剃った頭に遙かな塔が映っている
さくら散って火夫らは耳を剃り落とす
癌の隣家の猫美しい秋である
秋は白い館を蝶が食べはじめ
晩鐘はわが慟哭に消されけり
首のない暮景を咀嚼している少年
無人の浜の捨人形のように　独身

男根担ぎ佛壇峠越えにけり
黒い峠ありわが花嫁は剃刀咥え
沖へ独泳薄くらがりにある塩壺
骨透くほどの馬に跨り　青い旅
死馬そり返る峠道　白い二人
夜毎慟哭螢は沖へ出て帰らず
馬の瞳の中の遠火事を消しに行く

『定本　無灯艦隊』（一九八六年・冬青社）

海女が沖より引きずり上げる無灯艦隊
無数の蝶に食べられている渚町

『決定版　無灯艦隊──十代作品集』（二〇〇七年・沖積舎）

こんなきれいな傘をはじめてみた祇園
群れを離れた鶴の泪が雪となる
井戸を覗けば二つの顔が死んでいる
屠鶏の流す涙は一番星である
俺をさめざめと視る屠牛よ夏が来て
浜千鳥血濡れの松と散歩して

林の中の死体が揺れて冬となる
片足の散歩者が来る竹の杜
寺を担いだ犬が野へ出て鳴いている
鶴の首のようにか細い胴は妹
褌ほど長い恋文を書く鬼神峠
寺に地獄絵掛けられ湖には喘ぐ白鳥
月光菩薩の唇に触れると秋死ぬや
「芸術とは死との関係である」天井裏
灰皿がさいはての空港に思われて
剃刀が木星を忘れられずにいる
屠馬の視線と出会う氷の街外れ
屠馬は七夜一睡もせず星数え
夜の青空にピラニヤ菫密会し
隣家の馬は黄色い褌をしている
二月は父に跨って哭く競走馬の如く

第二句集『瞳孔祭』（一九八〇年・南方社）

樹上に鬼　歯が泣き濡れる小学校

校庭にへび　ひとすじの鼻血のように
鶴はいつしか青い液体村祭
ねむれぬから隣家の馬をなぐりに行く
父の陰茎の霊柩車に泣きながら乗る
父はなみだのらんぷの船でながれている
ぎゃあぎゃあと犬が走って行った秋
凩や木となり草となり父は
父の陰茎を抜かんと喘ぐ真昼のくらがり
父無き二月木に跨がったり馬に跨がったり
血に濡れた鶏が佛間へ逃げ込むなり
羊水溺死みている白い葉のプール
東あかあか指の繃帯のようにはぐれる人
凩と暮らしひとさしゆびは狂死せん
蝶降りしきるステンドグラスの隣家恐し
楢の葉雪のように積もる日出てゆく妻
遠野市というひとすじの静脈を過ぎる

第三句集『家族の肖像』（一九八四年・沖積舎）

食器持って集まれ脳髄の白い木
葉にまみれ葉がまみれいもうとはだか
朝の木にぶら下がっている姉の卵管
桜並木と忌中の刺身透きとおる
銀河ごうごうと水牛の脳の髄
祭あと毛がわあわあと山に
家族晩秋毛の生えたマネキンも混じり
家中月の足あと桔梗さらわれて
眠れははよきときょうは銀河系の脳髄
四、五日で家食い荒らす蓮の花
爪の生えた道が便所で止まっている
路地に眼があるときどき駅へ開き
睾丸へばりつく水底の町がみえる
畳めくれば氷河うねっているよ父さん
箪笥からはみだす姉のはらわたも春
猛犬である下駄箱は町を映し

第四句集『死亡の塔』（一九八六年・海風社）

麦野は鏡棺を出て来た少年に
鏡三枚持って遠野へ通りゃんせ
欝金の襖を倒す月が土足で
郵便局で五月切り裂く死者の喉
雪降る庭に昨夜の父が立っている
喉鳴らし草食う押入れに棲む父は
真昼の寺に大きな箒死んでいる
少しずつピアノが腐爛春の家
激しく愛は喉に桔梗を詰め込むよ
校葬のおとうと銀河が床下に
おとうとを野原の郵便局へ届ける
かげろうが背を刺し抜いて行った寺町
股開き乗る自転車みんな墓地に居て
父の肛門へ葬花詰め込むまっぴるま
父と蓮との夜の手足を折り畳む
母も蓮華も少し出血して空に
空の裂け目に母棲む赤い着物着て

顔裂けて浜昼顔となるよ姉さん
紺のすみれは死者の手姉さんだめよ
尖塔のなかの死螢を掃いて下さい
戸に刺さった蝶は速達暗い朝
なみだながれてかげろうは月夜のゆうびん

第五句集『町は白緑』（一九八八年・沖積舎）

遠い駅から届いた死体町は白緑
ふらふらと草食べている父は山霧
山霧ははははを連れ出すふらんする
未だ死なぬゆえ褌を干す山の家
二階まで迷路は続く春の家
みんみん蝉であった村びと水鏡
秋津が秋の日の野の人を鷲掴む
波止場まで永田耕衣を引きずり歩く
裏山を憎急ぎつつ桃の種
滝というあばれる白馬が山中に
棺より逃走して来た父を叱るなり

口腔に鳥詰め少年死んでいた
茸掴んだまま右手死ぬ山の中
藻にまみれた校塔仰ぐ少し荒れる日
石に打たれて母さんねむれ夜の浜
竹原に父祖千人がそよぎおり
めんどりが来て乱舞する北枕
緑青の卵管見える金閣寺
桔梗であった頃夜会は山頂で
床屋で魔羅を見せられ浦という鏡
桃として倉庫出て行く唸りつつ
手淫の鏡十四、五枚もありぬべし
夢の抽斗たくさんあって死ねません
戸棚の中の夜道を急ぎつつ父は
階段で四、五日迷う春の寺
庭先を五年走っているマネキン
萩の間へ続く萩野を背負われて行く

第六句集『桔梗祭』(一九八八年・冬青社)

首締めてと桔梗が手紙書いている
涙ながし空で縊死する鶯よ
月夜ゆえ蘭を戸口で抱き締める
遥かな萩野萩が千本行き倒れ
戸口まで欄間の蓮が伸びつつあり

第七句集『月光學校』（未刊、二〇〇〇年『西川徹郎全句集』所収・沖積舎）

月夜の谷が谷間の寺のなかに在る
僧侶来て下駄箱抛る月の谷
おだまきのように肢絡みあう月の学校
花吹雪観る土中の父も身を起こし
眼ニ刺サッタ山ノ秋津ヲ抜イテ下サイ
佛壇のなかを通って月山へ
暗く裂けた鏡隣家の蓮池は
犬のかたちの夕闇が戸より入って来る
床屋で魔羅を見せられ浦という鏡
浜寺で死なないためにたたかう立葵
剃刀を振り振り青葉が小学校へ

嵐の旅立ちゆえ妻抱くおだまきのように
空に庭がありおだまきのように騒ぐ妻
自転車に乗るため舌は裂けている
天に滝があって轟く父亡き日
池に沈んだ汽車青蓮となりつつあり
血を吐き倒れる抽斗の中の遠足は

第八句集『月山山系』（一九九二年・書肆茜屋）

抽斗の中の月山山系へ行きて帰らず
身体に生えた木が京へ京へと靡くなり
月夜ゆえ秋津轟き眠られず
秋津しきりに月光の棺運びおり
白髪の姉を秋降る雪と思い込む

第九句集『天女と修羅』（一九九七年・沖積舎）

婆数人空ヲ飛ブナリ春ノ寺
春ノ寺天女モ梅ノ毒ニ死ヌ
鶯モ天女モ死衣靡カセテ
天女死ヌ箒ノヨウニ靡キツツ

時鳥天女モ腐リツツアラム

春ノクレ天女モ子宮カラ廃レ

靴ガトキドキ秋鳥ニナリタイト云ウ

雲雀ガ雲雀ヲ啄ム空ハ血ニマミレ

顔裂ケタ地蔵モロトモ山畑売ラレ

野ヲ渡ル夜叉嫁入リ道具ニナリスマシ

未ダ眼ガ見エテ月ノ麦刈リシテイタリ

日本海ヲ行ッタリ来タリ風ノ夜叉

塔ノカタチノ青蓮ハ溺死体ナラン

緑夜ハ髪洗ウ井戸ニ落チタ妹モ

月ノ柱ガ一本カラダノ中ニ在ル

菊人形ヲ崖カラ落トス遊ビカナ

天ヲ指ス物干竿ニ刺サッタ天女ノ死体

弟ノ骨ガ刺サッタ月ノ庭

山寺ノ井戸ニ天女ヲ引キズリ込ム

秋ノクレタスケテクレト書イテアル

秋ノクレトイウ野ノ宿デ絶叫ス

白萩ヲ月夜ノ妹トシテ手折ル

韃靼ヲ夜叉ゴウゴウト過ギツツアリ

韃靼ヲ秋津ゴウゴウト過ギツツアリ

夜叉来テ開ク佛間ノ黄金峡ノ入口

山峡ガ下駄箱ノ中デウネリ出ス

ニンゲンヲ忘レタ月ノ椅子ガ在ル

イッポンノ毛ガ漕グ自転車峠迄

第十句集『わが植物領』（一九九九年・沖積舎）

夢竟る馬が義足を踏み鳴らし

辻で別れた姉が紅葉となっている

夕焼小焼毛鞠幾度口ひらく

桃が佛間を転がり回る死ねぬゆえに

念佛する時唇ひらく立葵

勝手口カラ夜叉ガ　洗濯屋ノヨウニ

紋白蝶ト夜叉ガユラユラト飛ンデイル

桔梗ハ夜叉デアル幾千ノ日ト月ト

舌ハキレイイナ陰部ノヨウニ裂ケテイル

夜叉ノ口モ比叡ノ谿モ裂ケテイル
比叡トイウ町ガ灯点ス耳ノ谷
恐ロシイ黄落ヲ厠デ見テシマウ
忽チ黄落未ダ一枚ノ舌ガアル
殺セコロセト路上デ叫ブ秋ノ犬

第十一句集『月夜の遠足』（二〇〇〇年・書肆茜屋）

ははは兄を兄はははを撃つ月の庭
さやさやとさやさやさやと楓の終の息
たなびく紅葉は旅行くはははか終の息
満ち潮のように死は来る冬の家
玄関で倒れた兄は冬の峯
うねる山茶花兄は眼を見開いた儘
しろへびとなりつつ兄のはらわたは
雪虫も螢も兄の死顔かな
ふらふらと遠足に出て行く死後の兄
月夜の遠出未だ熱がある死者の足
月夜の遠足に出た儘兄は帰らない

第十二句集『東雲抄』（未刊、二〇〇〇年『西川徹郎全句集』所収・沖積舎）

北国は死者の口笛止む間無し
暗い冬老婆の鏡に鬼がいる
枯木に耳を付ければいつも遠い鴉
冬雨の鏡の陰に孤独な鬼
凍る町は地底に鴉が棲んでいる
木陰に来て聴いている冬の遠い鴉
太陽の眼がある不思議な青とんぼ
赤とんぼ青とんぼ奈落で鈴が鳴る
秋嶺のような看護婦となる君よ
洞窟に化けた雪国の町がある
立小便する父葬花を担いだ儘
月の破船時計がボーンと鳴っている
首の無い駝鳥シーツで包み込まれた砂漠
『歯車』持って白い花降る町に来ている
癌病院の屋上の赤褌怖し
鳥よりも大きな蝶が浜町に

たすけてくれぇたすけてくれぇと冬木たち

秋はひそかに塔に白馬を登らせている

落日へ櫂振り上げる島のとしより

並木夕暮れ愛は捕鯨に似て怖し

犬から解けた繃帯が街の外れまで

父さんと一緒に死んでゆくさなだむし

あかあかと舌が遠出を夢みるなり

血便咲いている寺の木のあした

佛身は青野時々瞬くは

陰血（ほとぢ）流す犬も雪見に金閣寺

火の見櫓を下りて来る父火に塗れ

生家出るひとさしゆびに火を点し

活けられて母立っている菊の寺

春降る雪は妹の人形のはらわた

鶯寺の箒は少し血に濡れて

寺屋根越える真っ赤な鶏が現われて

走らねば蜻蛉に食われてしまう弟よ

茜を撃つ枝三度目の縊死未遂
盲母梅戸口で咲いて散りかかる
姉さんのはらわたながす裏の川
ごうごうと空ゆく揚羽姉は裂かれ
机の喉を締めれば舌出す秋のかぜ
月の渓鏡千枚濯ぎおり
山寺で死なないためにたたかう空の鯉
死ぬ前に睾（きんたま）の重さを量ってみる

第十三句集『銀河小學校』（二〇〇三年・沖積舎）

小学校の階段銀河が瀧のよう
青蓮と銀河たたかう校舎跡
棺の窓より眼開き仰ぐ銀河の瀧
小学校の梁に銀河が垂れ下がる
小学校の抽斗の中の渦巻銀河
小学校の柳に懸かる銀河の飛沫
森で沐浴銀河の津波に流されて
プール一杯の銀河峠の小学校に

下駄箱の中の銀河がうねり出す
カミソリ銀河鉄棒はすっかり濡れて
廊下に映る銀河夜まで立たされて
校長の背を突く銀河系の槍
教頭の首切り落とすノコギリ銀河
筆入にカミソリ銀河を隠し持つ
「螢の光」が流れる体育館カミソリ銀河
小学校で三夜暴れるカミソリ銀河
野の駅で汽車に乗り込むノコギリ銀河
靴入にノコギリ銀河を隠し持つ
小学校の廊下陰毛を掃く狐
屋根裏に狐のミイラ夢荒れて
羽根を広げた鶴が屋根裏で雛殺し
小学生となって切り落とす鶴の舌
銀河を流れて行く小学校曼珠沙華
学校という晩秋の峡谷児を殺し
階段という峡谷三半規管の傍らの

教壇の隙間の深い月の峡谷
怖ろしい峡谷学校の抽斗に
深い裂け目の峡谷学校の木の机
火の草がいたるところに生えている
火の竹がいたるところに生えている
火の蓮がいたるところに生えている
火の蝶がいたるところに飛んでいる
火の秋津いたるところに飛んでいる
火の鴉いたるところに飛んでいる
火の蟻を踏みしめ小学校へ行く
火の蟻を踏みしめ靴を焼失す
小学校へ行かず火の蟻踏み殺す
火の蟻に足首焼かれ休学する
月光の学校祭へ弟行った儘
学校裏の箒に映る月の谷
死んだ奴らが箒を掴む月の庭
校庭の峡谷飛び交う火の秋津

朝礼にまぎれ込む火の秋津です
下校する秋津の火矢が飛ぶ夕
東雲の校舎の軒に棲む火の燕
校塔に止まっている火の鴉かな
火の鴉校舎を燃やす秋の暮
校長の背骨に止まる火の鴉
火の鴉飛べばたちまち秋のくれ
火の鴉たすけてくれと飛び回る。
火の雪虫に峰がきれいな夕です
火の雪虫に町がきれいな夕です
火の雪虫に駅がきれいな夕です
火の雪虫に萩がきれいな夕です
火の雪虫に姉さん狂う夕です
弟と渦巻銀河で峠迄
峠祭を渦巻銀河で見に行かん
旅人は渦巻銀河に巻き込まれ
葬列は銀河の瀧に打たれつつ

佛壇の抽斗銀河の瀧が在る
井戸に落ちた弟と仰ぐ天の川
羽蟻の列はみるみる天の川となる
天の川墓標に白髪靡きつつ
桃の実を死霊にさらす天の川
天の川母は幾たびも死にそびれ
野晒しの馬立ち上がる冬銀河
野晒しの馬も銀河も身を反らす
馬も虱も芭蕉も仰ぐ冬銀河
峠の寺を発つ銀河が眩しくて
萱野に身を伏せる銀河が眩しくて
棺桶に潜り込む銀河が眩しくて
銀河を仰ぐ欄間の天女も靡きつつ
銀河が喉に溢れる虫籠のキリギリス
銀河明かりで綴った遺書を床に置く
死化粧の紅を銀河の間にて差す
銀河燦然菊人形を野に棄てに来て

北枕初夜を銀河が身を反らす
顔すれすれに飛び交う蜻蜓銀河峡
銀河燦然木箱の中に母と兄
野の駅で母待つ兄に銀河燦然
死水を白髪の鼠に横取られ
死水をもう一杯呉れと銀鼠
桔梗駅より銀河駅迄秋津に乗って
日と月の惨劇を観に嵯峨野まで
錦秋の森で縊死する母と姉
欄間の天女も眩しくてならん錦秋は
父の背の裂け目の遠い萩峡へ
棺の蓋に萩峡の出口が書いてある
白萩峡へ湯灌の水を汲みに行く
棺の小窓に白萩峡が映っている
片目潰レタ案山子手ヲ振リ小学校へ
激シク喚ク峠ノ案山子風ニ撲タレ
激シク血ヲ吐クタノ村ノ案山子デス

「死トハ何カ」ト案山子ニ問ワレ秋ノ暮
「殺シテクレ」ト頼マレ案山子ノ首絞メル
「オマエハ誰カ」枯野行ク時案山子ニ問ワレ
「案山子ガ死ンダ」ト村人叫ブ秋ノ暮
「人ガ死ンダ」ト案山子ガ叫ブ秋ノ暮
秋風ニ案山子ハ遠イ尾根ヲ見ル
死ンデ生マレタオマエハ案山子秋ノ風
日ガ落チテ野道デ案山子ト行キ違ウ
眼ヲ開ケタ儘案山子闇夜ニ立チ尽ス
ボロボロトナッタ案山子ノ木ノ葉髪
樫落葉楢落葉して木の葉髪
木の葉髪父母兄が散り尽くす
父の枕にいつしか降り積む木の葉髪
夢魔が来て夜な夜な掴む木の葉髪
胎内の死児が集める木の葉髪
〈木の葉髪〉は、実存的惨劇とも結びつく。
「愛とは何か」と頭を振れば木の葉髪

「汝は誰か」と頭を振れば木の葉髪
「死に切れない」と頭を振れば木の葉髪
木の葉髪怖ろし天井裏いっぱい
木の葉髪怖ろし抽斗のなかいっぱい
胎内の銀河輝く木の葉髪
月光に木の葉髪降りしきりつつ
洋服箪笥に銀河が懸かる兄の家
兄亡き家のバケツの水の銀河光
兄亡き家の書斎のヒマラヤ光り出す
兄亡き家の屋根裏銀河が暴れ出す
孤絶して兄亡き家の冬の蠅
絶叫しつつ散る兄亡き家の山茶花は
月光菩薩と兄が峠の木の上に
首折られた儘三年寺に棲む鶴よ
惨劇を観ている欄間の鶴の首
欄間の鶴が首伸ばし呑む父の死水
時計の鳩が時々発狂夕まぐれ

時計の鳩が佛間で暴れる夕まぐれ
母が未だ畑で茄子採る茜雲
萩の月母の人工肛門燃え遺る
狐の嫁入ざっくり裂けた顔がある
葬列を追い抜いてゆく狐の嫁入
麓の百合の花芯の泉血を湛え
下着の儘百合が峠の小学校へ
兄の衣が脱ぎ棄ててある青竹藪
屋根裏の青竹藪に修羅が棲む
惨劇という名の月夜茸が生え
月ノ峡谷暗ク波打ツ教室ハ
月夜ノ谷デタナビク案山子ヲ見テ帰ル
月夜茸ホド透キ通ル死者ノ爪
性愛ノ果テ畳ニ生エタ月夜茸
菊人形ガ涙ヲ流ス月ノ峡谷
未ダ生キテイテ菊人形ガ身ヲ捩ル
月夜ノマラソン母ハ腸靡カセテ

土カラ死者ガ次々出テ来テ月夜ノマラソン
説教ニ出タ儘祖父モ月夜ノマラソン
父サンモ褌引キズリ月夜ノマラソン
月夜ノマラソン半裸デ兄モ喘ギツツ
霊柩バスノ車掌モイツシカ月夜ノマラソン
葬儀屋モ喪主モイツシカ月夜ノマラソン
佛間ノ襖絵ノ鶴モイツシカ月夜ノマラソン
菊人形モマネキンニ混ジッテ月夜ノマラソン
月夜ノマラソン芭蕉モ一茶モ杖突キナガラ
北條民雄モ繃帯靡カセ月夜ノマラソン
月夜ノマラソン細谷源二モ一郎モ
月夜ノマラソン吉本隆明モ詩ヲ書キナガラ
月夜ノマラソン斎藤冬海モ児ヲ抱キナガラ
月夜ノマラソンイツシカ修羅ノ群レトナリ
マネキンニ雑ジッテ姉モ月夜ノマラソン
喉佛峠の案山子も混じり盆踊り
茜の寺で佛を探す喉佛

燦々と火の燕降る峠町
峠の遠い寺々を枯尾花で掃く
北狐七輪で魔羅を焼いている
犬睾犬睾という惨劇を観に峠迄
啼きしきる兄の額のキリギリス
キリギリスの咬み傷鮮やか兄の頬
兄上の足斬り落とすキリギリス
キリギリスの羽脈に透る銀河系
鉄窓より名月を観るキリギリス
死んで別れた妹雛の頬に月
死ねぬゆえのたうち回る雛が居る
死ねぬゆえ胸掻き毟る雛が居る
死ねぬゆえ舌を噛み切る雛が居る
死ねぬゆえ鋏で耳裂く雛が居る
死ねぬゆえ箸で眼を突く雛が居る
死ねぬゆえ刀で魔羅切る雛が居る
半身焼かれた雛が路上に落ちている

背骨折られた鶴が絶叫春の家
折鶴に吹雪の峠を折り畳む
折鶴に秋津の羽根を折り畳む
折鶴地獄より逃げて来て叫ぶ鶴
折鶴に折り殺されて月を観る
螢籠で揺すられて眩暈峠道
籠の中の峡谷螢が雪崩れ込む
縊死のよう軒に揺れてる螢籠
野の狂院に似て青光る螢籠
生前に螢に咬まれた耳が在る
夕茜佛身の傷を数えつつ
佛身の背の闇に棲む蝙蝠よ
月が出て佛身寝返る薄原
泥池に潜る佛身に抱えられ
耳迄裂けた佛の目尻蓮の寺
死に切れず凧揚げに行く月の原
天北迄凧に曳かれて来てしまう

兄さんに習った凧揚げ死界にて
兄還らず夕に凧揚げに行った儘
緋の紐が谷川流れて行く秋の寺
秋の寺柳に葬列がぶら下がり
秋の寺柳に天女が搦められ
棺桶の谷底の夕月秋の寺
学校という抽斗地獄月見草
抽斗が深くて兄を救えない
秋という辻を曲がれば押入地獄
鳥地獄の寺で書き足す萩の遺書
抽斗を雲雀地獄と思い込む
血反吐デ汚レタ案山子ノ頬ニ秋ノ風
秋風ニ案山子ハ遠イ尾根ヲ見ル
切傷ダラケノ案山子ノ呻キ秋ノ風
淋シサニ案山子ハ月夜ノ戸ヲ叩ク
ゴウゴウト哭ク月ノ峠ノ案山子カナ
旅デ倒レタ案山子ガ仰グ銀河紺

案山子の耳に銀河が懸かる山畑
縊死のように軒に揺れてる螢籠
鬼螢膣に七年棲み狎れて
父が遠くて廊下地獄の秋の暮
夕暮は父祖父碁を打つ池の淵
峠の夜店に妹に似た鬼の面
夢がたくさん折り重なって笹枕
寺の溷に銀河がだらりと垂れ下がる
北枕で見た夢をノートに書き切れず
包帯の渦巻秋沼に落とされて

第十四句集『幻想詩篇　天使の悪夢九千句』（二〇一三年・西川徹郎文學館／茜屋書店）

第一章　少年と峠

冬の鳥奈落の空を低く飛ぶ
鷹の智慧が欲しくて鷹棲む森へ入る
軒先に猛禽が棲む冬の街
枯木立淋しき時は口笛を
緑風は牛の言葉を野に散らし

冬鴉どの眼にも海を棲まわせて
凩に飛ぶ木の葉髪鴉の舞いのように
秋の蝶一片の肉として飛ぶや
稗抜くや地より火箸を抜くように
抜かれるときぎゃあと声出す秋の稗
身の奥の黒旗が七日哭き叫ぶ
ひらひらと落葉北国の死者の耳
群羊は野分の山から瀧のよう
鶴嘴が砕く少女の背の氷
寒林の呼吸は父の肺である
町を流れる川が「君は逆流だ」と語る
舞踏する破船を月夜の駅で観る
父よ父よと夜の尖塔を登りしか
妹よ時計に充たす川の青
紙で包む堕胎児橋は燃え落ちる
洋燈下げたせむしの一群銀行目指し
東方の箒は父と呼ばれたり

第二章 青春地獄

塔の内部の階段月夜だから見える
塔の階段菖蒲が兄を狂わしめ
尼寺の月の出白衣脱ぎ散らし
象が暴れるたびに少年輝くや
象の背の旅人遙かな村が見え
少しずつ死ぬ川が少年院の裏流れ
ときどき叫ぶ少年院の裏の川
君は書籍を抱えた白い帆射撃する
机の足が折られて疼く納戸かな
日暮の沼に家族の首が林立し
草枕笹葉を三千枚重ね
生家で眠る手足は沖へ流されて
誰も知らない氷湖が戸棚の中に在る
誰も知らない海が墓穴の中に在る
葬花担いで乗船星の出近ければ
夜の唇を水母という月が少し見え

ねむりに紛れ込む冬浜といううねるもの
晩秋街角マネキンは眼より血を流し
しののめのゆめから続く湖底の足跡
塔が裸になる落葉期少年のよう
白い連翹学校は耳まで裂けて
湖橋渡る瑞々しい山羊に続く花嫁
昼の月ほど淡し天北の親殺し
夭折の白い家発つアマリリス
逃げて行く白い犬は花嫁か街角に
金木犀の葉の一枚と別れられず
割れたグラスを掃く暁が来るまえに
祖母の底翳は秋降る雪よりも淡し
月の出がもっとも近い希望にて
湖底（うみぞこ）の昴は魚に囓られて
月蝕の鶴が羽ばたく紺青地獄
紺青を心に鶴が飛んでいる
父さんの聲聴く柱に耳当てて

桜の森に入って白馬を洗濯し
盲学校幻の橋に雪降らせ
屋根裏は陽が射し野のよう子守唄
屋上葬儀銀河を船が渡るなり
回転ドアに挟まる真っ白な鶴の羽根
蒼い鶴さよならさよならと手を振るは
月の出まであと少しさよならさようなら
月夜ゆえ胎で読経を聴きましょう
帆船で寝て星月の名を諳んじる
月夜の尼寺紋白蝶が降りしきる
寺の柱の月の匂いを嗅ぎ回る
月光の水母漂う渚町
月夜の尼寺蝶が溢れて眠れない
道で拾った血塗れの耳を窓に干す
羽抜鶏を追いかけ枯野に出てしまう
蛇に追われた日を思い出す青い桐
鈴虫松虫首出して鳴く河原町

マネキン埋めた砂浜俄に鴉殖え
蛇から助けた少女が白い蛇となる
蛇から助けた少女が私の蛇掴む
蛇から助けた少女が私の蛇を呑む
苦し紛れに蛇の首断つ庭鋏
山の中背の児に首を噛みつかれ
死ぬまでやめれぬ月夜のテニス明るくて
性夢という月の船旅を繰り返す
ぎゃあと叫ぶ蝶が白馬を襲う時
足の細い老いた舞妓は京の橋
祇園の雪のお鶴が少しずつ狂う
鳥辺野に雪降るようにお鶴の翼
管を咥えた儘出てくる康成雪國よ
きみの小指が綺麗な汽車に思われて
骨鳴らし鳥飛ぶ北國の彼方まで
狂え狂え狂うまで句を書け峠町
青く透明な蜻蛉流れる死後三日

井戸から揚がった花嫁を見に山だかり
佛壇の中で狼遠吠えす
雁列を引きずり下ろす鶴の嘴
歌舞練場を出てくる狐美しき
振袖の白い狐と擦れちがう
木槿のように母生きていて寺の庭
妊娠後の桜死体のように扱われ
白鳥の涙で秘湖が溢れ出す
白夜の鶴の飛行を見たり妹と
月夜ときどき納戸の鶴が飛行せり
佛身という渚の道が奈良に在る
後架の窓の青竹林にぞっとする
父の背の暗がり櫂漕ぐ川がある
遠く遙かな墓山で拾ってきた日傘
半盲の母が羽化する夕まぐれ
硝子の塔を登る唇に触れないで
隣家の盥の大きな月を見てしまう

禁じられた遊びを星の浜辺にて
殺気立つ沼沢母は鶴だった
不如帰に攫われ右腕空にあり
秋桜が口開けて食う山の駅
笹の葉に無灯艦隊と書いてある
黒板に無灯艦隊と書いてある
月のカルテに無灯艦隊と書いてある

第三章　月夜の家出

月夜の家出悪魔と遠く自転車で
陰茎の刺青青し月夜の家出
子殺しは如来の家系月が出る
喀血の襖の染みが雪降らせ
廃村の川が背筋に流れている
墓穴に首入れ国歌を唄いだす
畳が鷺と一緒に飛ぶ日屋根剥がれ
階段が冬海冬海と呼ばれおり
胎の海は速くて遠くまで流されて

沼の辺りに家族の首が林立し
桔梗を深く差し入れ水汲む夜空から
誰も知らない瑠璃色の塔が町に在る
馬のしっぽを必死に掴む吹雪の中
秋に逢えば猛禽が棲む君の胸
永遠に悲鳴を上げる寺の樺
月夜の桜並木が肋の中まで続く
桜並木が義眼に映る月夜ゆえ
顔に刺さった秋津を夜毎抜いてくれ

第四章　舌のスコップ

参道で出会った悪魔美しき
参道と死出の山路が続きおり
山の廃校柱時計が鳴っている
頬杖は遙かな白帆のために在る
網目から鶏地獄を観ていたり
殺された鶏と村を歩きおり
燐寸売りの少女と別れる風のように

佛壇の中を三年放浪し
屋根裏遊び西日に焼かれ尽すまで
屋根裏の浦へ時々遊びに行く
誰も知らない屋根裏の浦で月見する
繃帯で白馬をぐるぐる巻きにする
首の長い姉妹が空飛ぶ夕かな
炎天の旅は犬よりも淋しけれ
白萩の義眼美し日が暮れて
白萩の義眼に映る夜の街

第五章　剃刀の夢

首のない三島と傘さし立ち話し
いのち尽き果ててから読む『いのちの初夜』
父の背骨の谷川うねりつつ流れ
河童の死体流れてくる褌洗っておれば
谷川をまっ青な河童が流されて行く
鹿の肛門の匂いを嗅げば兄である
さよならに狎れきった舌がさよなら

こわいこわいと私を鬼が逃げてゆく

桜の森のうねりに驚く父を埋めに来て

犬の形の夕闇が保育所で吠える

犬の形の夕闇に足を噛みつかれ

小学生を返して下さいうねる稗

縊死の垂直感を教える山の桃

ゆめさめるまで月の食事をして過ごす

哀しみが多すぎて月夜に育つ耳

隣人を三日月で刺しつらぬくか

カミソリのような秋津を数えつつ

葬列の中の一人が日傘差し

男根が傘さし山を歩きおり

白い月桜の町で堕胎して

桜の國の果てまで縄で連れられて

第六章　白馬祭

花嫁は井戸から揚がる白馬かな

真っ白な馬が羽ばたく星と月

わが嫁の翼を白馬と思う秋
白馬に乗った花嫁翼が鷺のよう
風の悲鳴が聞こえるまっ青な峠町
曙や汽車の便所で子を産み落とし

第七章　青鬼の花束

狐の嫁の秘所の部落に二年棲む
花嫁は膣で鍛冶屋を絞め殺す
胸に刺さった遠い帆のよう兄の嫁
仲秋は遠い白帆が酸っぱくて
網のように開く蛇採集の嫁の股
蜻蛉の青い川が流れてゆく頬を
島の娼婦は蜻蛉のように透きとおる
死馬を孕んだ馬が嘶く山櫻

第八章　祇園の小雪

夕映えが湖畔の寺を血染めにし
夜汽車が遠い憐れな恋に思われて
祇園の小雪まっ赤な傘で顔隠し

船旅のように永く淋しく窓の中
君の瞳の秘湖で溺れるみずすまし
死ぬと思って来た賀茂川が涸れている
冬銀河剃刀落ちてる京の川
陰茎の汽車が美し死化粧して
湖底の町にある美しい精神科
青竹林の中で咽んで塔を観る
足がないのに祇園の淡雪引きずって
小雪唇曙よりも朱が差して
肋に刺さった鳥を湖畔の寺で抜く

第九章　峠の風祭

野原で逆立ちすれば花街見えてくる
死の旅に出る陰茎の夜汽車に乗って
骸骨となりつつ君を思う旅
透きとおったおまえが通る竹林
冬浜に落ちてる義眼波を映し
冬浜に白い義足が落ちている

波で乳房を洗う尼僧ら磯月夜
峠町落葉のような恋をして
私の耳を啄み叫ぶ浜千鳥

第十章　天使の悪夢

火事のように秋櫻朱し剃髪前夜
剃髪前夜少年浮かぶ鏡沼
稗は憐れな父の白髪か靡くなり
野のバスを襲う紋白蝶の群れ
夕月は湖底で叫ぶ白い鶴
墓穴に首入れて知る如来の家系
墓穴に入れた首が抜けずに苦しみおり
三年経たぬうちに蓮池となるからだ
死へ急ぐ父白髪靡かせ馬のよう
友禅の姉はひとすじ身を流し
錦秋をぐるりと義眼が映し出す
絶望の舌を君の喉まで靡かせる
雪降る秋の寺を木乃伊と散策し

白粉の舞妓と木乃伊が入れ代わる
清水寺の舞台で木乃伊と雪の舞

第十一章　薔薇刑前夜

島の夜祭線香花火に陰（ほと）焼かれ
死化粧は薄くしてよねと寺の梅
天井裏に首入れ嫁を捜しおり
雑木林に首入れ嫁を捜しおり
蜻蛉となって花嫁野を飛ぶや
夕茜あかあかと火矢が峠越え
急流へ飛び込む犬を見てしまう
小学校で鬼籍の人を数え切れない
峠祭で風船売って生きている
舌という荒馬枯野の柵を越え
弟という苦しい夢を松の木は
馬に跨がっておれない性夢が激しくて
馬上の夢のかなた松島枯れ果てて
馬上日記で幾たび人を殺めしか

姉は馬上で義眼を落とし苦しみおり
隣人の眼を突く馬上で身を伸ばし
隣の馬の喉に食いつく青い馬
堕胎して来て街で爪弾く夜のギター
義眼に映る櫻が峠町まで続く
病院裏の川を流れてゆくマネキン
晩秋は馬のからだを箒とし
鷲ほどの揚羽飛ぶ町小焼けして
波の彼方の箒の国に父住むらし

第十二章　肉体の抽斗

五月の窓を鶏越える寺山修司
茜の下校鞄にたくさん蝮詰め
血の滲むほど唇吸う桔梗が死なぬために
浜薔薇(はまなす)の身の一寸が銀河の根
たくさんの舌が馬食う村祭
村人の舌で刺された父はサルビア

第十三章　溺れる白馬

永遠に別れる裂けた葉となって
井戸に落ちた夜の太陽を覗き込む
白樺は繃帯の父か裏山に
さまざまなはらわた流れる秋の川
鶏小屋から遠い街並みを掠め見る
五月の兄の瞳孔夜の青空は
自転車の妹映る月の湖
吊橋渡る茜が白い自転車で
唇という怖ろしい植物町に生え
ぞっとするほど綺麗な妻が日傘差し
彗星を仰ぐ湖底の寺の屋根
青鷺と飛ぶ夢山寺の畳さえ
血を吸って元気月夜の羽根オルガン
玄関先で胸掴みあう昼の月
玄関先で血涙が出て止まらない
山茶花に風の名町の名訊いている

荒れる日恐ろし隣家の空の鯉
佛壇から落ち易し苦悩する桃は
遠く哀しい旅を白髪の自転車で
萩の寺まで白い渚を持ち帰る
庭に植えた人形に朝夕水を遣る
大きく育った悪魔連れ出し寺参り
寺庭の李は悪魔に食べられて
妹は李の枝に跨がって
屋根裏へ凧揚げに行く月夜ゆえ
老人を咥えた儘旅立つ秋の馬
鎌倉や妻より綺麗な佛居て
二日ほど家に還る秋津となり兄は
箪笥の上の人形は五年慟哭し
鍵盤は白馬秋草を歯で毟り
裂けたグラスを弟と思う秋
死ねぬゆえ自転車跨ぐ白い秋
十七文字で遺書書くすぐに死ねぬゆえに

第十五章　蜻蛉夜祭

蜻蛉(かげろう)と思い少女の肢(あし)を折る
蜻蛉の羽根で詩を書く　妹遠きゆえ
秋風に空飛ぶ案山子を見てしまう
二、三体案山子も空飛ぶ東大寺
遠雪崩白い別れでありしかな
寺の畑の案山子狼のよう吼え
自転車は渦巻銀河峠まで
参道を転がる月球のようなもの
杖折れて芭蕉さ迷う鬼峠
父の背の穴に詰め込む白い切れ
父さんの血尿驢馬の背を染めて
父さんもうだめだ背の穴に燕棲む
杖で突かれた背中の穴に氷雨溜まる
杖で突かれた背の穴覗けば薄暗し
父の瞳に青蓮を挿す死ねぬゆえに
こんなに遠い帚地獄まで来てしまった

皇后さまが跨がるから箒の柄が撓る
箒のように皇居の庭木股開く
未だ生きている案山子を背負い枯野行く
霞網に懸かった天女夕茜
軒下の蜘蛛の巣に天女引っ掛かり
郵便馬車に轢かれて死んだ児冬苺
叫ぶ蟋蟀床下の銀河系ならん
妹が跨がる白馬血にまみれ
ヒヤシンス三歩歩けば黄泉が見え
木苺の血が染め上げる初夜の袖

第十六章　虱の唄

野ヲ歩ク晩秋ハ虱ノ形シテ
句界即苦界ト毛虱ニ教エラレ
芭蕉死ンデ毛虱叫ブ枯野カナ

第十七章　螢火地獄

人狩りを螢に倣う夕まぐれ
螢野の惨劇見える障子穴

第十八章　月夜の津波

ハンケチが遠くて瞼は月夜の津波
瞼開けば月夜の浅瀬が遠すぎて
屋根裏の浅瀬が遠くて帰れない
野の果の北斗を妻の髪に挿す
分水嶺である君の胸青葉変
盆踊り裾に銀河を引きずって
胸を刺し抜く鶴の嘴愛に似て
鳩時計の鳩は月夜に家出する
鳩時計の木の鳩七夜で殺されて
七夕の銀の栞の妹よ
七夕の柳に弟吊されて
七夕の柳夜汽車がぶら下がる

第十九章　雪虫地獄

雪虫に混じって母飛ぶ夕かな
雪虫に攫われ空行く兄と姉
ゆうぐれの雪虫裾まで降り積もる

雪虫地獄の地図貼ってある峠町
雪虫が積もって自転車走れない
雪虫を夜汽車と思う髪乱れ
蓮池から白馬出て来て嘶くや
雪虫の夕な夕なの人攫い
妹の胎内雪虫地獄かな
胎内で銀河観て折れる首の骨

第二十章　雪の遊郭

死後三夜夢のように行く雪の楼閣
弟は銀河の津波に浚われて
夏草や無人の浜の捨人形
死後二日歌舞練場で舞うお鶴
風の旅人よ集まれ新城峠大學

『幻想詩篇　天使の悪夢九千句』以後

誰も知らない屋根裏の鶴の村

以上自選八一一句

西川徹郎自選句集『少年と銀河』畢

君が家見むとて丘を登りつつ撫子摘めば腕に溢れぬ
摘み摘みて胸に溢るる撫子を君に捧げむと来し野道かな
月の出を待つが如くに君を待つ君影の花匂ふ喫茶店
初恋の君と別れて来し日より歯磨き粉の匂ひして雪降ってゐる
しらしらと朝降る雪を映すかに白かりしかの君が頬かな
藤咲けば君の咲くやに思はるる思ひ出の山に一人登る日
陸橋に登りて東のかなた見ゆ東に君の住む町あれば

空知川の岸辺――十代作品集　西川徹郎自選歌集

賀茂川へ幻の君を連れあるく夕陽に映える南座の旗
君がため涙流るる賀茂川の岸の菫（すみれ）は星屑なりき
初恋の傷みに堪へて月の出を見てゐる大きな月出（い）でたれば
ヒヤシンス夜空の星を映すかに心の庭に咲くは淋しき
わが胸に海の流れてゐるごとし恋はば胸より海鳥の発つ
君へ文書きつつをれば夜は明けぬ郭公鳥など鳴き初めにけり
空知川の岸辺の町に君住むやそこはかとなき水の青さよ

『西川徹郎青春歌集――十代作品集』抄

病みたまふ君

君が死の夢を見し日に裏山の藤の花のみ散り初めにけり

海に入りて死なむと思ふ君が死の夢見て覚めし冬の朝焼け

君が頬日の出づるかに染まりけり月は菜の花畑より出づ

朝焼けに染まりし君が頬を見ゆ生命(いのち)ありし君が頬の朝焼け

十三のかの朝焼けは君と見き今は枯木のもとに来て見ゆ

五年前の君が腕(かいな)と我が腕いとか細くもありしものかな

北國の空のものよりわが胸に涙に濡れし夕焼け小焼け

涙に濡れし枕を母に寝汗よと云ひてひそかな朝焼けのくる

病みたまふ頬の青さは海よりもなを深くして冬来たりけり

病みたまふ君が瞳に凍湖あり己が瞳にその瞳あり

看護婦に声振るわせて君を訊く病舎の窓の湖(うみ)の遠さよ

君を語る看護婦の瞳(め)にそこはかとなく凍りたる湖の浮べり

生涯の重き病ひと君を聞きて窓辺よりただ湖を眺むる

裏山に行きて死なむと思ふとき海へ行かむと云ひしを思ふ

君が名を命のごとく思ひつつ旅へ行かむと思ひけるかな

君がためひとり蒼ざめ裏山に来て月見草摘みし夜半かな

鬼灯(ほおずき)を鳴らし合ひつつ野を行きしいとけなき日を誰に語らむ

君が手に初めて触れし秋の夜の木橋に涙ぐみつつ佇(た)てり

涙に濡れし三味線草を擦り合えど鳴らずなりけり日の暮れゆけり

別れなる朝

君が頬の横には遠きエルムケップ連山のあり別れなる朝

別れなる朝に贈りしわが庭の花はかの花君影の花

君が家

君が家見むとて丘を登りつつ撫子摘めば腕に溢れぬ

秋風に荒家と化せし君が家夜毎に犬の遠吠える家

白鷺の城のごとくにあるゆえに秋草に寝て君を思はむ

旅行く日

北風の船尾に立てば白鳥(しらとり)の群れこそ砕け散りゆく夕べ

青森の海の暮れゆくむなしさよ仰げば鳥の未だに飛べり

青森の海に頭(づ)を垂れ双手垂れただ北風を受けて立ちをり

流木(ながれぎ)に腰掛けて居て流木の我より深き性(さが)を思へり

盆太鼓

盆太鼓打つは恋知る若者にて哀しき音に鳴れるものかな

盆太鼓若者が打つは哀しくて胸の奥にも遠く聞こへり

山葡萄食(は)みし白歯(しらは)に盆太鼓哀しく遠く響くものかな

秋の町

野分する公園の芝を駈けゆくは白き犬なり悲しきものなり

秋近き神社の森で拾ひたる白き電球を点けてみるかな

啄木の哀しみをもて飯食へば流るる涙の冷たくもあり

秋の日の憂ひなるかな糸蜻蛉を殺せし少年と争ひし後

網走の遠潮騒が我にのみ聞こゆと云ひぬ耳の鳴れる日

枯れし木に耳を寄せては網走の町をさまよふ犬を思へり

茸生えし草履下げては遠雷の夕べうなだれさまよひて来し

連山の凍り横たふそのもとに溶鉱炉静かに火を吐きてをり

月寒町よ

月寒の町に住むてふ病む君を一目見んとて急ぎ来しかも

月寒の町に住むてふ病む君を一目見んとて来は来つれども

冬草のぼうぼうと生（は）ふ町に住む君が心も荒れたまふらむ

慕ひ来し道に生命（いのち）の冬草のうらかなしけれ月寒町よ

初恋の人住むと云ふ月寒町に急ぎさしぐみ来は来つれども

初恋の人住むと云ふ月寒町に来は来つれども坂道続く

わが後を片目の犬が追（つい）て来ぬ月寒町の冬の坂道

冬来れば月寒町の裏通り哀しき歌を唄ひ歩めり

冬日暮れ月寒町の空のもと鴉など飛び我らさまよふ
冬日暮れ犬のさまよふ影が我が影に重なり坂を登れり
冬草のばうばうと生ふ如くかにさまよふ犬と我は生きれり
月寒町のバスストップのかなしけれ冬日に影となりつつ立つは
月寒町に来は来つれども君が家(や)はああ何処なる日は落ちゆける
冬草に生命(いのち)の影はなかりけり月寒町の冬の辻かな
たそがれは見知らぬ町をさまよひてたどりつきたる冬の停車場

馬鈴薯の花

大いなる瞳を持てる君こそは雨の中なる馬鈴薯の花
啄木の恋の歌よりわが詠ふ歌哀しけれ馬鈴薯の花

桐の葉

裏山に桐の青葉のさやぐなりわが青春を育みし家
桐の葉に頬を埋めて初恋の後の傷みに堪ふるものかな

秋風

少年の淋しく揚ぐる凧の如き恋初めし日の秋風のわれ
死後我は盲魚と化すにあるらむと友に語る日秋風の吹く
祭来ぬ胸の奥にも笛売りの笛の音遠く聞こゆる夕べ
漣(さざなみ)の渚に恋を語りゐしわが青春のかの日かのころ

月見草灯る岸辺の砂に寝て男女のボート過ぎゆくを見ゆ

青森の海のやふなるものが瞳(め)に漂ふことを友に語らむ

灯を慕ふごとくに君を慕ひをり虫の性(さが)かも魚の性かも

校庭の秋草に寝て雲を吸ふバスケットボールのとある少年

教室に目閉じ耳閉じ口を閉じ盲魚の如くなりし幾日

朝焼の人知れずして消ゆるごと君ひそかにも去りゆきにけり

エレムケップ連山に秋来たりけり眼を細むれば君を思へば

峰の風遠く聞きゐて末枯(うらがれ)の草に腹這ひ石に腹這ふ

江別哀歌

石狩の北のはずれの町に来て君ら泣きたる冬のたそがれ

わが唄ふ江別哀歌の声細し夕べは君ら啜り泣くより

石狩の岸辺の町に哀歌聞く飢えつつ我らさまよひゆけば

淋しければ一番町のとある家我に灯ともす冬のたそがれ

雪國の小さき駅なる窓に頭(づ)を傾げて立てば涙流るる

冬の峰遠く曇りて見えねどもわが胸底に轟ける日ぞ

冬雑木林続ける汽車の窓、否(いな)、わが青春のこころの窓ぞ

宿命

わが胸に黒き小旗の烈風に靡くが如く心荒れをり

死の如く落葉の如く鎮まれば胸の奥より鈴の音聞こゆ
わが耳の裡にも銀河寒々と続くを思ひ口笛を吹く
病猫の北かぜの夜の山道に腹這ふと云ふ山道を行く
耳の裏冬海よりも暗みゆき終日盲魚の棲むやと思ふ
季節風遠嶺過ぐるが響きゐて炭住街の軒々灯る
ときをりに空を見上げて口笛を吹く北風に栗拾ふ子よ
北風に震え怯える枯草の如くになりて歯笛吹くわれ
北風に震え蹲る子羊をかい抱き涙せり黄昏に
俺と俺の影のどちらがほんたうの俺なのかああ飯でも喰おう
赤平の文京町に雪降れりわが胸底に降るがごとくに
犬橇の柩のなかに凝固せる己が額に雪の積れり
瞼閉づれど開けど冥さは同じなり夜病みたまふひとを思ふに
病むひとを思ひ夜空を仰ぐなり行く雲もなく飛ぶ鳥もなく
たそがれは無縁墓地にもただ一人さまよひゆける子にもなりしや

鳥辺野

鳥辺野に雪降る頃となり初めて夜毎に己が死を思ひけり
鳥辺野をさまよひしより夜となれば蒼ざむる子となり初めにけり
鳥辺野に来しが為すこと無きゆえに戯れに己が首締めてみき

死を思ひ鳥辺野思ふ癖付きし我を欺き友去り行きぬ

何がなしに泣きたくなりて鳥辺野に来しがその儘死にたくなりぬ

無惨にも恋に破れて鳥辺野にさめざめ泣きに来し大工かも

雪降れば胸を責めくる悲しみに我が恋物語り誰に語らむ

鳥辺野は人のゆくところにあらぬなり木は亡霊のごとく生え居て

鳥辺野は人のゆくところにあらぬなり烏飛ぶさえたましひに似て

鳥辺野に恋に破れて泣きに来し大工の紺の瞳を思ふ

鳥辺野に大工しみじみ恋を語りやがて泣きにき日は暮れにけり

病みあがり大工野に来て月見草摘まむとするにはらはらと散る

鳥辺野にあはれ蜉蝣(かげろう)生きて飛ぶいと怖ろしきものを見しかな

泣きぬれて死なむと云ひし君が瞳(め)にああ草深き鳥辺山あり

鳥辺野に気の違ひたる童ひとり母が名を呼びさ迷ふを見き

鳥辺野に夕べ気違ひ日傘さして人が名を呼びさ迷ふを見き

わが胸に暗き鳥辺野ひろがりて死はせまり来ぬひとを思ふに

犬となりて暗き鳥辺野さ迷ひし日々を思ひつつ蒼ざめてゐる

清水

あかあかと暮れゆく空に君が名をはつかに呼びし四条橋かな

清水の塔に涙(さし)ぐみ君が名を櫻明かりにくちずさみけり

清水の塔の先より八重櫻散り初め君は泣き初めにけり
八重櫻涙に濡れし君が手をとりて清水坂を下るや
泣き濡れし君が手をとり清水の坂を下るや赤き日の暮れ
白粉の頬に涙のつたふとき清水山に雪降りにけり

旅人

三日月の微光に濡れし君が頬半跏思惟の君なりしかな
逢びきの薄ら明かりの嵐山煙草に咽(む)せしさみしき瞳
嵐山黒き瞳にかなしみのひとすじ残る君なりしかな

剃刀研人

星の出に剃刀研人(かみそりとぎ)は月見草摘み摘み深き裏山行けり
裏山を剃刀研人は月見草しみじみ散るを見つつ急げり
星の出の名も無き山にしみじみと剃刀研人は月見草摘む
月見草生命(いのち)の如くはらはらと散りつつ我を悲しますかな

口笛

まっ青な夜空があれば口笛を北上夜曲吹き鳴らすかな
口笛吹けばいつしか哀歌となりにけり我には病むる人のありけり

蜉蝣

青々と蜉蝣(かげろう)飛べり酒啜りつつそを見れり薄き涙に

蜉蝣の羽根の色かな君注ぐ酒と涙の色は薄紅

はらはらと草蜉蝣は飛びゆけり野の月に濡れし羽根はらはらと

はらはらと草蜉蝣は野より野へはつかに消えし人の如くに

蜉蝣の薄きいのちを思ひつつ遠き野寺の鐘聴いてゐる

賀茂川

君を思ふ傷みに堪へて賀茂川の河岸に散り初む名無し草摘む

病む鴨の波に乗りつつ鳴くに似て君泣くは悲し酒を啜らむ

涙（さし）ぐみし瞳に浮ぶ賀茂川の水の色など美しかりき

遙かなる比叡の鐘を数へつつ人の恋しき夜となりにけり

四条橋君と渡れば三日月の東山より出（い）で初めにけり

春の夜の星数えつつ四条橋をみな子待ちし我を憐れむ

君がため涙流るる賀茂川の岸の菫（すみれ）は星屑なりき

春の傘

春の傘差してはるばる来つれども歌舞練場の朝のさみしさ

故なくに夕べ涙ぐみ春雨の歌舞練場の灯るを見たり

君が瞳

舞姫の舞ひ観ておれどわが思ふことは雪降る国の君なり

蒼ざめし君来て摘みし月見草白く枯れ居き川流れ居き

賀茂川の岸辺の名知らぬ白き花涙のごとく散り初めにけり
賀茂川の水の如くに君が瞳の透きとほりつつ夜来たりけり
賀茂川の水を眺めて涙ぐみし君が瞳は水より暗し
五月雨に濡れたる屋根の続きをりつばくらめ光りつつ飛ぶを見ゆ

秋の風

秋の風君が肩より南座の旗赤々と見え初めにけり
東山暮れゆきにけり秋風に南座の旗飜る見ゆ
東山下りて来れば秋風の南座の旗あかあかと見ゆ
賀茂川へ幻の君を連れあるく夕陽に映える南座の旗
京に来て淡き恋知る子となりし我を憐れみ秋の風吹く
四条大橋項垂れゆけば秋風の酒の匂ひして過ぎゆけり
泣きながら四条橋にて別れ来し君が名を呼ぶ浜千鳥かな
賀茂川の水より暗き水滴がわが掌に落ちぬ君が目より
賀茂川の水を眺めて涙ぐみぬ君の瞳よりも水暗ければ
逢びきの薄ら明かりの嵐山煙草に咽せしさみしき瞳
酔ひ醒めて暗き岸辺をさまよへる君が瞳に光るものあり
酔ひ醒めしわれに悲しき恋を聞く君が瞳に鳥辺山あり
勇が歌を口ずさみつつ賀茂川の水の流れを君と眺めし

泣くほどに賀茂川恋し夕空を命の如く雁飛びゆけり

君と来て東寺の塔の尖端のひとときは暗き星を見てゐる

祇園よさらば

はるばる来れば祇園は涙に濡れてゐる君は何処よ君は何処よ

春夕べ祇園横丁酔ひゆけばギタァを弾ける君が窓見ゆ

春雨に濡れて急げば舞姫の赤き袖さえ悲しかりけり

仄暗き傘の内より春雨に濡れし乙女の赤き袖見ゆ

如月の祇園に紺の雪降れり夕べ淋しく君を思ふに

祇園町花の匂ひをして雪の降り初むみれば涙流るる

泣き濡れし君がか細き指にこそ祇園の雪は散りかかりけり

君が胸に小雨降るなりわが胸に雪の降るなり祇園よさらば

アザリヤの花

アザリヤの花に童は涙ぐみぬ父の名を呼び母の名を呼び

夕な夕なアザリヤの花散りにけり愛しきひとは如何にあるらん

生命（いのち）の如くアザリヤの花散り初めぬ湿り止まざるわが枕にも

野花

紫の野花の茎を噛みにけり初こひびとは病みたまひつつ

花摘みに行きて帰らぬをみなごを思へば青き星出でにけり

君に逢はずて死なむと思ひ裏山行けば藤蕾みをり生きんと思ふ

幻の花

月の出を待つが如くに君を待つ君影の花匂ふ喫茶店

わが前に幻として君は在り幻の花匂ふ喫茶店

麗しくなりぬと君に囁きぬ珈琲の香に咽び初むれば

白藤の花が匂ふと囁かば頷きたまふ君なりしかな

君が髪梳けばさやけき藤の香の町に匂ふとわれ囁きぬ

君に逢ひ別れて来れば白藤の匂ひの髪に滲みてありけり

白藤の匂ひさやけき北の町別れて悲しき唄くちずさむ

裏山に藤の花咲く春来れば再び君に逢はむと思ふ

裏山に藤咲きにけり泣き濡れて君を思へば藤の香のする

月見草野に咲く如く我もまた一人野に出て君を思はむ

月見草咲く野に出でてひと思ふこの淋しさを誰に語らむ

月見草野にしんしんと枯れにけり初恋びとは痩せ給ひけり

ハンケチを握り締めたる君が指いとか細くも月の出でつも

何処となく笛の音聞こゆ初恋のひと吹くらむか花蔭にして

朝な朝な裏山藤の花散れり慕ひつついざ死なむと思ふ

深き森へ紋白蝶は消えゆけり月の出見んと黄昏を来て

有明けの裏山に来しが故なくに一番先に泣きたくなりぬ
病む君をいのちの如く思ひつつ海へ行かむと思ひけるかな
君が瞳（め）は海の流れてゐるごとく澄めりと云へば笑みたまひけり
初秋の海に涙を流す子の如き愁ひを君に見しかな
生きよと如く河岸（かし）に真青き蓬生え死ねよと如く水流れけり
生きよと如く月のぼりけり河岸に来て真青き蓬摘んでゐるかな
草笛を涙に濡れて吹きにけり淡きおもひの胸に滲む日
己（おの）が病む如くに君は病みゐたり川は夜空を流れてゐたり
我は病みても君を忘れず君を恋はばまなうらに咲く幻の花

春の雪

春の雪花の如くに降る朝の狸小路にひとと別れぬ
春の雪花の如くにわがひとの髪にかかるはなやましきかな
君と逢ひ別れし町に花の散る如くに春の雪は降るかな
青ざめし心の如きあおき花狸小路にふってゐるかな
ひと恋へば心のなかの薄野を暗き笛吹き渡る人あり

君がため

君がためただ君がためわが心海ほど暗くなりにけるかな
君がためただ君がため海に来てかもめの月に飜る見ゆ

君がためただ君がため月光に濡れて渚を歩み来しかな
君がためただ君がため裏山を一人うなだれ渡り来しかな
君がためただ君がためわが心枯野の如くなりにけるかな
君がため一人野に出てとめどなきあはれを思ふ子となりしかな
君がため裏山行けり裏山に君好きたまふ秋草咲くに
君がため花摘みに来し裏山を星の光に濡れて下れる

藤咲けば

藤咲けば君の咲くやに思はるる思ひ出の山に一人登る日

東のかなた

陸橋に登りて東のかなた見ゆ東に君の住む町あれば

月の出

初恋の傷みに堪へて月の出を見てゐる大きな月出でたれば
月の出を見てゐて瞼濡れにけり初こひびとは病みたまふらん
君が名をくちずさむ時幻の琴の音聞こゆ月の出の頃
月の出を待つが如くに来ぬひとを待つかなしみを誰に語らむ
月の出は近しと磯の月草を摘みつつをれば月のぼりけり

青森

雪の日の胸の傷みに堪へかねて死なむと津軽海峡に来し

青森のをみなの呉れし青林檎食らひて海を渡りけるかな
青森の日の出の海を見る如きをみなの唇(くち)の一すじの紅
荒波の果ての果てなる灯台の灯点すが如き君が頬笑み

月草の花

君に逢ひしその日海よりも轟くはわが胸に咲く月草の花
君泣けばわれも泣きにき海鳴りを遠く聞きゐし十三の夜
啼くかもめ遠く聞きつつ君泣けばわれも泣きにき幼なき朝(あした)
砂山に君と腹這ひ沖見れば白き破船の沈むこそ見ゆ
君を思ふ夕べ砂山月草のはらはらと散るを怖れつつ見き
君が手を取りて荒磯(ありそ)を渉りつつ海より深きあはれを思ふ

撫子

摘み摘みて胸に溢るる撫子を君に捧げむと来し野道かな
撫子の花が好きよと云ひしゆえ撫子摘みに野に出(い)でて来ぬ
日暮れまで野に居て君の香水の匂ひの花を捜してをりぬ
幻の花の香りが流れ来て君を思ひて名をくちずさむ
泣き濡れて浜撫子を摘みにけり病みても君を思ひけるかな
君に逢ひ別れて暗き浜に来て浜撫子の花摘みにけり
撫子を摘み摘み君は泣き濡れて夜空の星の如き涙す

十三のいのちのごとき撫子を君と摘みをれば泣き初めたまふ
かなしみのいのちのごとき撫子を泣き濡れ摘みし君にありしも
君がためひとり撫子摘みをれば故なく涙流れ初めけり

ヒヤシンス

ヒヤシンス薄紫に咲きにけりはつかに星の瞬くに似て
ヒヤシンス夜空の星を映すかに心の庭に咲くは淋しき
ほの淡きヒヤシンスかな君が頬朝焼けいろに染まりしを見ゆ
北國の朝焼けいろの君が頬幼き君の遠き日のこと
汝が瞳心の庭のヒヤシンス薄紫に咲けば悲しも
わが庭の薄紫のヒヤシンス君を思へば散り初めにけり
十三の君を忘れずヒヤシンスはつかに春の雪降る夕
汝が頬はヒヤシンスよりやや薄く青ざめてゐる雪降ってゐる

波の音

わが胸に海の流れてゐるごとし恋はば胸より海鳥の発つ
わが胸に海流れをり君を恋はば胸より遠き波の音聞こゆ
逢びきは海の如くに轟けるわが胸の辺に咲く月草よ

淡雪

しらしらと朝降る雪を映すかに白かりしかの君が頬かな

君が掌（て）に積もりし雪と己が掌の雪の匂ひは同じかるらむ

ひとが名を掌に指で書くしみじみと愁ひの匂ふ雪食べながら

てのひらにのりてはかなく淡雪は解け初むや君の命が如く

煙草吸ふとき冷たき涙流れけり北の都に病める人あり

朝な夕（ゆ）な雪降ってゐる病む君よ雪の匂ひを嗅ぎたくなりぬ

君が文

君と見し海へ行かむと汽車にあり十三の日の君が文かな

君が声

北國の冬の終はりの夕空に響くが如き君が声かな

歯磨き粉の匂ひ

初恋の君と別れて来し日より歯磨き粉の匂ひして雪降ってゐる

歯磨き粉の匂ひして雪降ってゐる学校帰りの君の幻

歯磨き粉の匂ひして雪の降る朝（あした）君の幻美しきかな

歯磨き粉の匂ひして雪降ってゐる朝のかなしみ夜のかなしみ

歯磨き粉の匂ひして雪降ってゐる二十歳になりしひとを思へる

シクラメン

シクラメンの花房見れば初恋の人去る如くさみしかりけり

花摘み

花摘みに来は来つれども花あらず出で初めし星を摘みて帰りぬ

君が名

君が名を荒磯の岩が上に立ち汽笛の如く沖へ叫べり
君が名を星の出近き浜に出で流れ木に寄りて沖へ叫べり
初恋の傷み残れる君が名を荒磯の砂に書き遺しけり
砂に書く君が名消しゆく秋の波幾たび君が名を書きしかな
砂浜の砂に遺せし君が名は波に消されて幾秋経たむ
君が名を口ずさみつつ磯に来て真青き草を摘み渉るかな
君が名を千ほど砂に書きゐしが思ひはつきず月草を摘む
かもめどり波に沈みて鳴く如く泣くを知らざる人を憐れむ
君が名を命尽くまでくちずさむ暗き岬の波見ゆる宿

エルム

たそがれはエルムの山の淋しさに涙ぐみつつ君を思へり

郭公鳥

君へ文書きつつをれば夜は明けぬ郭公鳥など鳴き初めにけり

空知川

赤平市平岸町の街外れ君住むと云ふ灯の点る家
空知川の岸辺の町に君住むやそこはかとなき水の青さよ

平岸と云ふ空知の川の町に住む君を思へば雪降り初めぬ
雪に埋もれし空知川こそ悲しけれ飛ぶ鳥もなく釣る人もなく
空知川雪に埋もれて飛ぶ鳥もなければわが胸の如く淋しき

雪國

雪國に雪降る如くわが胸に君が面影棲むは淋しき
雪國に雪降る如くわが胸に君が涙の降りしきるかな

以上、自選二百八十二首
西川徹郎自選歌集『空知川の岸辺』畢

■編者註・西川徹郎の「創作ノート」には十五万句に及ぶ膨大な俳句作品が書き込まれているが、十四、五歳頃より二十歳までの少年期六年間に限っては、俳句作品で埋められた大学ノートの端々に、転校と病いにより別れた初恋の少女を慕う抒情的な短歌作品が記されていた。それらの一部は、創作当時、北海道新聞投稿欄や北海道立芦別高校文芸部発行の文芸誌「シリンクス」に発表されたが、一九九三年刊行の書き下ろし一千枚評論『暮色の定型―西川徹郎論』（高橋愁著・沖積舎／本書未収載）の中で掲出され、二〇一〇年西川徹郎作家生活五十年記念出版『西川徹郎青春歌集―十代作品集』（西川徹郎文學館編／茜屋書店）が刊行され、他の未発表の多数の十代の短歌作品を含め、西川徹郎の十代の短歌作品のほぼ全てが一集として発表された。此の歌集の巻末に西川徹郎文學館館長・學藝員斎藤冬海による解説「『西川徹郎青春歌集―十代作品集』解説＊少女ポラリス」（本書、第七章「永遠の夭折者」収録）が付されているが、本歌集とこの解説により「桑野郁子」という実在の少女との邂逅と別離など、西川徹郎十代の日の青春の悲傷と彷徨が初めて明らかとされた。

第一章　永遠の少年　其の一

平岡　敏夫

金子みすゞは何故死んだのか――西川徹郎小論

1

西川徹郎文學館叢書Ⅰとして発行された『西川徹郎青春歌集――十代作品集』（二〇一〇年一〇月・同文學館／茜屋書店）は、著者の「後記」によれば、「彷徨と逡巡に明け暮れていた私の少年の日の作品集であり、一九六三年（昭和三十八年）より六八年（同四十三年）迄の五年間に制作された三百八十四首の短歌作品を収めている。一九六三年とは私が北海道立芦別高校に入学した十五歳の年であり、その後、京都の龍谷大学へ進学し、やがて希望退学して帰郷した六八年が私の二十歳にあたっている。その十代の日の心の中に棲み続けていた一人の少女への思慕を私は短歌形式に依って綴った」ものである。さらに続く次のような一節も忘れがたい。

「シュルレアリスムの絵画のような、幻想的イメージを重ねた私の実存俳句とは大きく異なる文学世界が私の短歌作品である。少年の心の庭に密やかに戦ぐヒヤシンスブルーの蕾の如き想念が、私の文学の草創期の内部を形成していたという事実を本書の読者は知ることとなるのである。私の文学にとってそれは単に過ぎ去った遠い日の記憶の中の一風景ではない。少年詩人としての私の心奥の峡谷を流れ続けてきた詩精神の源泉とも源流ともそれは呼ぶべきものであるからだ。あるいはこうも喩えることができるだろうか。少年の日、私は俳句と短歌という似而非なる詩形式を双翼として、言語表現者としての未明の峡谷を飛び発ったのであったと。」

二〇一一年が西川徹郎の作家生活五十年となることを契機として本書が刊行されたというが、あとで言及することになる西川徹郎の「金子みすゞのダイイングメッセージ」という驚嘆すべき論文が生まれ出るには、この「少年詩人としての私の心奥の峡谷を流れ続けてきた詩精神」があってのことと思うのである。金子みすゞの詩との、余人の至りつきえない出合いは、「少年の心の庭に密やかに戦ぐヒヤシンスブルーの蕾の如き想念」あってのことである。

ただに著者の「後記」のみではない。『西川徹郎青春歌集―十代作品集』には、斎藤冬海による、およそ九十枚(四百字詰)に及ぶ長文の「解説」が付されている。文体にいささかのゆるみもなく、西川徹郎という詩人存在の全貌を、周到かつ緻密、柔軟、格調高く論じ切ったこの論文には、読む者に深い感銘を与えずにはおかないだろう。

まず、書き出しの新城峠を焦点とする地勢、風土の叙述がすばらしい。

「俳句の詩人西川徹郎の魂の原郷に聳えるのは、新城峠(しんじょうとうげ)である。西川徹郎は、新城峠の麓の浄土真宗本願寺派法性山正信寺に生まれ育った。新城峠は、北海道芦別市の北壁に位置し、西に向かえば音江連山の一つイルムケップ山、東に向かえば夕張山地から続くパンケホロナイ山という山々を東西に結ぶ尾根に当たる。山々は鬱蒼とした森林に覆われ、豊かな水脈を湛え、峠は美事な分水嶺を形成している。清らかな水が北へ南へと分かれて錚々と流れ落ち、峠の北側へ流れる水はやがて石狩川へ、南側へ流れる水は空知川へと注ぐ。新城の田畑を潤す泥川、新城川、新城六線川、七線沢などの幾筋もの流れは新城市街を横切って、パンケホロナイ川に出会い、やがて空知川に合流する。」

空知川と言えば、三十有余年も前、国木田独歩の跡を訪ねて〈空知川の岸辺〉にひとり立ったことがあるが、右のような広い展望のなかに北海道の大自然を描き出した例を知らない。ただ思い起こすのは、石川啄木、宮沢賢治ら、〈北天の詩想〉を育んだ岩手の風土を見事に描き出した遊座昭吾『北天の詩想　啄木と賢治、それ以前・それ以後』(二〇〇八年九月・桜出版)である。長い引用は避けたいが、「東方に、長く尾をひく高原状の山並みが緩やかな稜線をもって走っている。平庭、早坂、区界、種山ヶ原と続く牧歌的景観を示す北上山地である。霊峰早池峰や佳麗なる姫神山は、この山地のシンボルである」として、西方には巨大な連峰が長く続き、岩手山の雄姿を頂点として、二つの屛風のごとき山系の中間を、岩手を縦断して、石巻湾に注ぐ大河北上川が流れるさまを描いている。
この地勢、風土から啄木・賢治らの〈北天の詩想〉が生まれ育ってゆくのは、まことに斎藤冬海が描く、新城峠を焦点とする北海道の大自然から少年詩人西川徹郎が生まれ出ることと重なるのである。事実、この「解説」では啄木と西川徹郎の作品の対比も行われているのだが、そこへ行くまでにもう少し、西川徹郎論及にふれておかねばならない。

2

西川徹郎の第一句集『無灯艦隊』（一九七四年）は、新城峠より見晴るかす、扇のように打ち重なる緑の丘陵の光景を深い海原に喩え、「青春の日の叛意と新たなる出立と俳句革命の意志を表し」ての命名という。俳句と同時にひそかに短歌も詠まれており、「俳句も短歌も共に新城峠の分水嶺から分かれ落ちる水脈のように、もとは少年詩人の崇高な詩魂から溢れ出た清冽な潺（せせらぎ）に他ならない」と冬海は書いている。この「少年詩人の崇高な詩魂」が根源にあってこそ、金子みすゞのダイイングメッセージを読みとることが可能となったのだとくり返し言っておこう。

このことに関してさらに重要な問題は、「西川徹郎の短歌作品は、殆どがある一人の少女に捧げられた恋の歌である」ということだ。その少女は桑野郁子という中学一年時に札幌から父の新城の営林署勤務に伴ってきた「都会的な雰囲気の清楚な可憐な少女で一躍クラスの注目を集めた」という。徹郎の正信寺に隣り合う新城神社の丘からは、桑野郁子の住む営林署の官舎の屋根を臨むことができたので、西川少年は神社の丘に登るのが常となった。「君が家」「病みたまふ君」といった短歌を引きつつ、斎藤冬海は徹郎の初恋の少女への思いと経過をたどって行く。芦別高校に桑野郁子を見出し、京都に進学して吉井勇の歌集を手に彷徨しつつも、心は常に初恋の少女にあったが、結局はこの初恋は成就しなかった。

月の出を待つが如くに君を待つ君影の花匂ふ喫茶店　（幻の花）
君と逢ひ別れし町に花の散る如くに春の雪は降るかな　（春の雪）

「孤独な少年詩人の凡そ八年間にも及ぶ恋の年代記は、花のように淡雪の降り注ぐ永遠の時間として短歌作品の中に封じ込められた。それ以後西川徹郎は一首たりと短歌を詠むことはなかった。それは一人の少年詩人の、短歌形式に捧げた魂の夭折ともいえるだろう」

と斎藤冬海は記している。この初恋の少女との出会い、別れ、短歌形式に捧げた魂の夭折といったことが、夭折した金子みすゞに、その詩の読みに、ひそかに関わっているのではないかという思いがしてならない。

斎藤の「解説」は西川徹郎が芦別高校で北条民雄・芥川龍之介・萩原朔太郎・大手拓次・宮沢賢治・石川啄木・斎藤茂吉・吉井勇等、またシュルレアリスム、種田山頭火・尾崎放哉等々を耽読したと記しているが、西川少年は新興俳句の旗手の一人細谷源二が主宰する「氷原帯」の新人賞を受賞、天才詩人と絶賛され、高校生俳人として文学世界にデビューしたのである。

一方、啄木を意識した歌をいくつも列挙しているが、そのいくつかをあげてみよう。

啄木の哀しみをもて飯食へば流るる涙の冷たくもあり　（秋の町）

啄木の恋の歌よりわが詠う歌かなしけれ馬鈴薯の花　（馬鈴薯の花）

砂山に君と腹這ひ沖見れば白き破船の沈むこそ見ゆ　（月草の花）

芦別高校への通学バスは朝夕必ず美しい空知川を渡る。空知川はいわば西川少年のテリトリーにあるとして、斎藤冬海は次のように書いている。

「雪に埋もれし空知川こそ悲しけれ飛ぶ鳥もなく釣る人もなく　（空知川）

空知川雪に埋もれて飛ぶ鳥もなければわが胸の如く淋しき　（〃）

これらの啄木に応答するかのような作品があるが、啄木が旅吟であることに対し、西川少年が生活や存在と一体となった空知川を主題としているところに、悲哀は啄木の叙景歌を超えて高まる。ここに日本歌壇の代表作家石川啄木への敬意を込めた密かな挑戦を見て取ることが出来る。」

啄木への敬意と挑戦、これは啄木のみならず、中原中也、鈴木信太郎訳ヴェルレーヌ、源実朝、斎藤茂吉、塚本邦雄等との比較に及び、また徹郎短歌のすぐれた分析にまで至っている。そのあとに続く斎藤冬海の次のような少年詩人規定には深く共感する。

「西川徹郎は、〈少年詩人とは永遠の彷徨者・永遠の詩の探究者・永遠の夭折者のことである〉（西川徹郎「創作ノート」）と語っている。〈僕の青春の日の〈生〉は、俳句を書き続けることでかろうじて維持されていた〉と述べる西川徹郎の文学は、彼が紛れもなく少年詩人であることを証している。少年詩人とは、単に年若くして詩を書く者のことではない。詩人とは詩とは何かと問い、詩を探究し、詩を達成せんと志す人のことであるから、少年詩人とは〈天才〉の異名であり、詩を以て己の生を夭折した人のことである。この場合は肉体的な死には関わりがない。肉体的な生き死にを超えて、彼は永遠の夭折者としての生を生き続けるのである。西川徹郎が現在も多数の論者から幾度となく〈天才〉と呼ばれ続けているのは、西川徹郎が紛れもなく少年詩人であるからに他ならない。」

「詩とは何かと問い、詩を探究し、詩を達成せんと志す人」、西川徹郎の本領は、以下に述べる金子みすゞの詩批評においても遺憾なく発揮され、「詩を以て己の生を夭折した人」のひとりにほかならぬ金子みすゞに対する比類無い発言を可能にしたと言える。

「俳句革命に人生を賭けた詩人西川徹郎にとって、殊更に短歌を以て謳い上げた初恋の少女とは誰だったのか。その少女とは西川徹郎が一途に求め続ける詩的真実の異名、ポラリスとでも名付け得るべきものではなかったか。」

「西川徹郎青春歌集―十代作品集解説＊少女ポラリス」と題されていたように、初恋の少女とは誰だったのか。その少女こそ西川徹郎の詩的真実の異名、ポラリスとも名づけるべきもの、斎藤冬海の長文解説それ自体が「少女ポラリス」を求めての旅であった。ポラリスとは北極星を意味するものだが、西川徹郎は〈少年詩人〉のひとり、金子みすゞにも「少女ポラリス」を見ようとしていたのかも知れない、と思われるほど、近年の論文「金子みすゞのダイイングメッセージ」には西川徹郎の詩的真実がこめられていると言いたいのである。

3

西川徹郎「金子みすゞのダイイングメッセージ—遺稿詩集の「あさがほ」「学校」の詩、その他を巡る考察—」（詩と詩論研究会編『金子みすゞ 愛と願い』二〇一二年八月・勉誠出版）を読んだときの感銘は今なお鮮やかである。眼からウロコが落ちたという古い比喩をもってするしかないが、西川徹郎論を書くとしたらこれだと読後すぐきめたほどである。そして、斎藤冬海の長文解説「少女ポラリス」による「少年詩人」西川徹郎の全貌をうかがうに及んで、この卓越した西川徹郎論と共に、西川の金子みすゞ論を再読してみたいと思うようになったのである。

西川徹郎はまず金子みすゞを「あくまで詩人として出立した一人の酷烈な文学者」としてとらえ、金子みすゞが遺した童謡詩は日本の詩歌史に際立つ独自の詩文学の位相を示しているとして、「本論は金子みすゞを一人の詩人一人の確たる表現者と規定するところから始めるものである」と宣言している。西川徹郎が右のような詩人規定から始めたのには、ブームに便乗した著名人やタレント等の印象批評、写真誌的な氾濫から金子みすゞを救出し、その詩と文学の本質的究明に向かおうとするゆえである。金子みすゞの死生観・哲学、童謡詩の位置づけ、その表現論・思想論、定型詩的表現論、神仏等日本的霊性の研究、生地仙崎、下関地方の風土・因習、真宗の宗教的土壌、精神風土との関連、親鸞和讃の影響、欧米童話・童謡との比較論、西條八十等同時代の詩との比較研究等々の課題をあげ、金子みすゞの詩の本質的な学術的な研究はまだ始まったばかりとする。どれ一つとっても不可避と思われる右のような課題を紹介したのは、以下にはじまる西川徹郎の金子みすゞ自死の謎に迫る論及が、たんなる謎解きにおわらぬ本質的な意味を持っていることをうかがわせるからである。

金子みすゞという詩人については解明すべき多くの謎が残されているが、その最大の問題はみすゞの自殺という事実だとして、金子みすゞはなぜ四歳の愛娘ふさえを遺したまま死んだのかと西川徹郎は問う。

死の前年に手書きで完成した私家版の詩集の「巻末手記」はみすゞの遺書であり、いくつかの詩篇の中からみすゞのダイイングメッセージが浮かび出るという。

具体的な詩の検討に入り、西川徹郎は「草原の夜」を引いて、みすゞの詩の特色の一つに擬人法を見出し、「月のひかりが歩いてる」として月光を擬人化し、さらに「天使がひとり歩いてる」となるところ、月光の幻想譚、幻想というより幻視者の世界であるとする。

お祭すぎの
夜あそびに、
ふいとなくした
女王さま。

いつか忘れて
日がたつて
秋の日和の
お掃除に、
床（ゆか）の下から
出は出たが、

泥にまみれて
おちぶれて、
髪さへ白い
おばあさま。

（「トランプの女王」）

西川徹郎は「この作品はみすゞの全詩集の中で最もすぐれた詩であり、かつもっとも恐い詩である」と言う。意識の狭間から出現した非日常の無意識の幻想であり、ここには〈詩とは何か〉、〈人生とは何か〉という問いが一つとなり、形象性を獲得して出現しているからだとする。詩の本質と生存の根拠が一つであること、それがほんとうの詩人の条件であることを金子みすゞの詩は証しているとして、さらに次の「にはとり」という詩をとりあげてゆく。

お年をとつた、にはとりは、
荒れた畑に立つて居る

わかれたひよこは、どうしたか、
畑に立つて、思つてる

草のしげつた、畑には
葱の坊主が三四本

よごれて、白いにはとりは
荒れた畑に立つてゐる

（「にはとり」）

右に引用されている詩を読んで、続く西川徹郎の次のコメントに及ぶとき、読者はだれしも困惑とおどろきを感じるだろう。

「生存の如実性を鮮烈に湛えたこの詩は、白い鶏に仮托したみすゞの心象世界である。結びの行の表記は「よごれて、／白いにはとりは」ではなく、「よごれて、白い／にはとりは」である。だから荒れた畑に立つ「よごれて、白い／にはとり」の姿態が痛切だ。「よごれて、白い」と「にはとりは」の間の改行は、「汚れて」という事実と「白い」という事実を相対化し、荒れた畑に一羽呆然として立つ鶏の姿態を鮮烈に映し出す装置である。」

引用作品の第四連と西川のコメントが合っていないのである。この頁に【編集部補注】とある一枚の紙片がはさまれていて、西川の引用本文は『金子みすゞ童謡全集一、美しい町・上』（二〇〇三年・JULA出版局）によっているが、本書全体の出典の統一のため、『金子みすゞ全集』（一九八四・同）収録作品の表記としたというのだ。作品を論じる場合、さまざまなヴァリアントがありうるが、その論者の依拠する本文を掲げて、その出典を明示すれば、読者にとっても論者にとってもまことに自然であるにもかかわらず、編集部は論拠としての作品まで統一出典に改めるといったことをしている。こういう〈力〉は何よりも詩作品、文学作品を扱うのにふさわしくないとあえて一言しておきたい。西川徹郎の引く第四連の言及箇所をもう一度あげておくと、次のようになる。

よごれて、白い
にはとりは

「よごれて、／白いにはとりは」ではなく、「よごれて、白い／にはとりは」であり、だから荒れた畑に立つ「よごれて、白い／にはとり」の姿態が痛切だと西川徹郎は言う。「よごれて、白い」と「にはとり」との間の改行に注意しているのだ。「汚れて」という事実と「白い」という事実を相対化し、「荒れた畑に一羽呆然として立つ鶏の姿態を鮮烈に映し出す装置である」と述べている。たしかに、「にはとり」の四文字の一行には、一羽呆然として立つ姿態が鮮明である。

ここから西川徹郎はおどろくべき鶏姦という言葉を想起する。広辞苑にはただ「男色（なんしょく）のこと」とあるばかりだが、おどろくべきと書いたのは鶏とつねに身近に接している農山村という風土性と切れたところからは思いもつかぬことと感じたからだ。西川自身も、金子みすゞの生きた明治大正の時代は多くの民家の庭先で放し飼いにされており、鶏は尾羽を立て肛門を丸出しにして庭先をコッコッコッと鳴きながら歩き回ると書いている。鶏姦の行為者の被害に遭った哀れ窮まる白鶏の姿を「よごれて、白い／にはとり」に読むのであり、鶏の呆然とした姿が「荒れた畑に立ってゐる」にわとりの姿態なのだ。ここから西川徹郎は次のように書く。

「この詩からはみすゞの詩の現実が、かつて見たことのない切実な生と死と、現実と非現実と、昼と夜と、月影と日の光と、その陰影を伴う二つの世界が二重写しに鮮やかに浮かび出るのである。この詩には如実に金子みすゞの内部の疼きが映し出され、生存の如実性が露顕している。ここからはこの詩人が身を賭して告発する無言の抗弁がきこえてくるのである。恐ろしい無謀な行為者から放り出された「にはとり」の姿態は、『地獄草紙』（奈良国立博物館蔵）に収められた「鶏地獄」絵の凄惨な叫喚のような、この詩人の臓腑からこみ上げてくる淋しさ、虚しさが残酷なまでの痛哭となって遺稿詩集の全篇に轟き渡っている。」

従来、この詩を右のようには読めなかった人たちにも、続く同時代人との比較言及、西條八十や北原白秋等には生存の如実性が希薄だが、みすゞのすぐれた詩は生存の如実性が光源となって燦然とした輝きを放っているという西川徹郎の指摘には共感するのではないか。

「金子みすゞは何故、死んだのか。この章では金子みすゞという不世出の詩人の童謡詩という詩表現の本質とみすゞ特有の処女性の詩言語に関わる危機的な、内在的理由に迫ってみよう。

一言で云えば、都市的な深窓の処女性の詩言語を以て凄絶な生を映し出すのが金子みすゞの文学である。前章で取り上げた「にはとり」の詩の如く、金子みすゞの詩の裏庭には無残なにわとりの白い羽根が散らばっている。」

ここでは、金子みすゞ特有の処女性の詩的言語による凄絶な生という表現が出ている。そして、西川徹郎は金子みすゞの詩に幾度か出てくる「背戸」という言葉に注目する。「たもと」「落葉」といった引用詩は省略するが、背戸の詩の多くが日と夜か、夜と日の狭間であり、現実と非現実、夢と現(うつつ)の不可視の境を表している。西川徹郎はそこに「身体という名の裏庭の処女性と非処女性の狭間に、背戸は半開きされて在る」と読むのだ。以下、金子みすゞの詩言語の非現実の処女性と現実の身体の非処女性の狭間という指摘が、近代と前近代との裂け目として説かれる。西川徹郎の言うところをやはり引用しておくしかない。

「この都市的深窓の処女性の文体で書く詩表現の限界を誰よりも知っていたのが、すでに処女性を保ち得ない二十六歳の童謡詩人金子みすゞであったに違いない。この詩人の詩言語の非現実の処女性と現実の身体の非処女性が、背戸一枚を契機として日と夜と月と日と夢と現と詩と非詩との危うい不可視の境を形成して書き続けられていたのである。この危うい境とは、みすゞの詩言語が不可避的に胚胎した近代と前近代との裂け目であり、あるいは中央と地方の隔絶であり、又その隔絶を一気に繋ぐ投稿という名の危機性であり、現実と非現実との、詩言語と身体との、内部現実と外部世界との、社会と自己との、生と死との狭間のぞっとするほどに深い谷間である。皮肉にもじつにこの近代と前近代との身体と言語との狭間にざっくりと切り裂かれた峡谷が、金子みすゞという一人の詩人の詩的絶景である。この生命を落としかねない嶮しく深い詩と非詩との不可視の谷間へ、金子みすゞの詩的言語とその身体は遂に未だ目覚めぬ処女性のままに落下したのである。」

右の引用文で西川徹郎が言おうとしている詩言語の非現実の処女性と現実の身体の非処女性に関し、鶏姦後の「にはとり」の無残なイメージを含めて、近代文学史的にふれてみるとするなら、北村透谷の「処女の純潔を論ず」（明治二五年一〇月）がまず浮かぶのである。

4

透谷「処女の純潔を論ず（富山洞伏姫の一例の観察）」執筆上の直接の契機には、当時長崎の辺での忌まわしい噂があった。「女学雑誌」が再度にわたって言及しているが、この年五月、某英人が日本の婦女（ラシャメンという）をとらえ、「不法にも洋犬に姦さしめたる」もので、外務省、司法省の談話まで出ている。また同じ長崎県内の話として、村内の未婚婦が他村の男子と通じた場合の処罰の話も紹介されているが、このような低劣な社会的次元から『八犬伝』を救出せんとするモチーフが透谷にあった。

「天地愛好すべき者多し、而して尤も愛好すべきは処女の純潔なるかな。もし黄金、瑠璃、真珠を尊としとせば、処女の純潔（チャスチチィ）は人界に於ける黄金、瑠璃、真珠なり。もし人生を汚濁穢染の土とせば、処女の純潔は灯明の暗牢に向ふが如しと言はむ、もし世路を荊棘の埋むところとせば、処女の純潔は無害無痍にして荊中に點ずる百合花とや言はむ、われ語を極めて我が愛好するものを嘉賞せんとすれども、人間の言語恐らくは此至宝を形容し尽くすこと能はざるべし。噫人生を厭悪するも厭悪せざるも、誰か処女の純潔に遭（あ）ふて欣楽せざるものあらむ。」

「処女の純潔を論ず」の冒頭だが、ただたんに処女の純潔の尊重の問題にとどまらない。伏姫は父里見義実の言を守り、富山の洞窟に八房と共にあるが、「誠心は隠すところなく八房に与へたり、而して不穢不犯、玲瓏たるチャスチチィの處女、禍福の外に卓立し、運命の鉄柵を物ともせざるは、実（げ）にこの馬琴の想児なり」となるのだが、次のように書いたことがある。

「要するに伏姫は因果の運命にその生涯を献じたる者なり。因果は万人に纏ひて悲苦を与ふるものなるに、万人は其縄羅(じょうら)を脱すること能はずして、生死の巷(ちまた)に彷徨す」というくだりには、透谷自身を含めて巷を彷徨するすべての人間の悲苦が痛覚のようにとらえられているが、伏姫こそは進んでこの大運命に一身を投じ、その「純潔の誠実」により、「禍福の外に卓立し、運命の鉄柵を物ともせざる」世界を樹立していたのであり、「馬琴の想児」にほかならなかった。」

(一九九五年・『北村透谷研究評伝』)

処女の純潔により禍福の外に卓立するというのは理想であって、すでに透谷は処女性が傷つけられる物語に接しており、そのひとつの批評も書いていた。その物語とは、森鷗外『舞姫』(明治二三年一月)であり、その影響下の『舞姫』日本版ともいうべき尾崎紅葉『おぼろ舟』(明治二三年三月~四月)である。ヒロインはいずれも処女性が傷つけられて発狂、もしくはそれに近い死に方をする。

『舞姫』の反響は大きく、石橋忍月(気取半之丞)と鷗外(相沢謙吉)との間で『舞姫』論争をも引き起こすが、エリスの「ユングフロイリヒカイト」(処女性)を尊重するという点では一致していた。「処女を敬する心と不治の精神病に係りし女を其母に委託し存活の資を残して去る心とは何故に両立すべからざるか」と鷗外は問い、「太田生はエリスが『ユングフロイリヒカイト』を傷けた(ママ)るをりこれをおのれが『悲痛、感慨の刺激によりて常ならずなりたる脳髄』に帰せしなり。」とも言っている。このことに関し、次のように書いたことがある。

「この一節は豊太郎が免職・母の死がこない前の常の「脳髄」においてはユングフロイリヒカイトを尊重する人間であったことを言っているのだが、ユングフロイリヒカイトを「傷けた」とあるのが問題である。正当な結婚により「処女たる性」を失った場合には傷つけたという言い方はしないし、失ったと言うのも妥当ではない。鷗外の意識からすれば、豊太郎とエリスの関係はユングフロイリヒカイトを傷つけた、もしくは傷つけられたという関係であって、二人の「結婚」の問題、さらには「恋愛」の問題にも及ぶものである。」

(拙著『日本近代文学の出発』昭和四八年・紀伊國屋新書、のち塙新書)

この問題は明治二十年代にとどまらず、金子みすゞが生きた明治・大正・昭和戦前期にも通じるものであるが、『舞姫』に続く『おぼろ舟』をも見ておこう。ヒロインのお藤は、佐幕派士族（元旗本）の父の死後、母との売り食い生活の中で妾となることを決意する。

「御覧遊ばしませ、彼御子様（あの）の初々しさ、此席へ出ると上気して碌碌お口も利けず、されど行儀作法の正しきこと、なかなか奉行に出さう、出やうといふおはねとは違ひます。私も年来の渡世、幾百人の御子の世話を致ましたなれど、あのやうな容色（きりやう）の美（よ）い、おとなしい子を手掛けた事は覚えませぬ。

妾を紹介する百舌屋の老婆のことばだが、商売口ではない真実が作品としても描き出されている。下谷黒門町の自家の二階にはじめて男を迎える夜、支度を手伝いつつ、母親が「此度そちらに情を売らせ、大事の身体に玷（きず）をつけさせ掛替なき秘蔵のわが子を、一生の棄（すた）り物にさすこと、お前から言出し、得心もしての事ながら、その不心得を譴責（しかる）べき親の身にして、今日男に見せむ為に色づくる、手伝までしやうとは、……」と泣くのを見ても、これは明らかにユングフロイリヒカイトが無惨にも「玷（きず）をつけ」られて行く物語である。」

（前掲『日本近代文学の出発』）

軽薄男とも知らず、初々しい処女性そのままのお藤は、男を慕い、待ち続けて、『舞姫』のエリスに近い狂気じみた死に至るが、透谷は「汚されつつも神聖なるお藤が彼を慕ひて病に伏すところなど、真に迫りて面白し」と評している。

金子みすゞがもしヒロインであったなら、西川徹郎は透谷のように「汚されつつも神聖なるみすゞが」と書き出しそうな気がしてならないのだが、金子みすゞは玷つけられた男を慕って狂い死にしたりはしない。「少年詩人の崇高なる詩魂」を抱いて決然と自死を選ぶ女性である。

5

そもそも金子みすゞは、大正十五年二月十七日、宮本啓喜と結婚しており、『舞姫』や『おぼろ舟』のヒロインのように、フォーマルな結婚によらず、ユングフロイリヒカイトが傷つけられたという問題は起こりようがないはずである。にもかかわらず、「この詩人の詩言語の非現実の処女性と現実の身体の非処女性」と言わ

がないはずである。にもかかわらず、「この詩人の詩言語の非現実の処女性と現実の身体の非処女性」と言われ、「この生命を落としかねない嶮しく深い詩と非詩との不可視の谷間へ、金子みすゞの詩的言語とその身体は遂に未だ目覚めぬ処女性のままに落下した」(西川徹郎)と記され、その「栄光と悲惨は、非詩なる生の身体性の無残と詩たる非在の死の永遠性の上に唯一語り継がれてゆくべきものであろう」(同)とされるのであるか。

永い間、金子みすゞという詩人の存在が解らなかったと西川徹郎は言い、その自殺の理由が解らぬことと深い関わりがあると思い、直接的な原因と理由は二つ、一つは孤立、下関という地方文化の風土や町の冷酷非情、もう一つは西條八十とみすゞの師弟関係、と見る。

西川徹郎はまず、みすゞの夫宮本啓喜の人格、一人の人間としての尊厳を損なう言説の支配を糾弾する。夫啓喜は遊廓遊びに日を過ごし、みすゞは淋病を移されたとされているが、淋病は遊廓だけでなく当時の社会に蔓延していた。夫から移されたという説には明確な根拠がなく、先にかかっていたはずの夫啓喜が健康に放蕩生活を送り、再婚後も妻と普通の生活を送っているのである。啓喜との結婚は大正十五年二月、ふさえを出産したのは十一月、翌昭和二年の秋、発病、その年の夏、みすゞは乳児を連れて西條八十と下関で会っている。西條八十はこの時みすゞとの会話よりも赤子の頭を撫でていた時間の方が多かったと書いているが、二人の師弟関係はそのようなものだったかと西川は問うている。唯一残されている母宛の葉書から「愛子ふさえを囲む夫宮沢啓喜とのほのぼのとした家族の雰囲気が色濃く感じられ」、「ふさえを通した優しく柔らかな夫婦関係の会話」をも聞きとった西川徹郎はその夫との正式離婚を自死の前になぜしたかと問う。

自死の原因が夫宮本との家庭生活にあるとするなら、死の直前に正式離婚をする必要はないとはまさにそのとおりだろう。正式離婚後の十日後に自殺を決行したのは、原因は夫に一切関係なく、一人の人間としての問題であることを伝え、死後夫宮本との家庭生活が原因であるなどという流言飛語にも対したのである。

金子みすゞの遺稿詩集の中に西條八十との関係を示唆する詩があるとして、西川徹郎は「あさがほ」をあげ、「巻末手記」は八十への遺書とする詩の分析、そこでは万葉集をも引きながら、きわめて説得的であると思うが、そのことを伝える力はこちらにはなく、本文を読んでもらうしかない。西條八十が自ら多数の女性との関わりを『女妖記』として刊行し、みすゞが憧憬した童謡詩人としての品性とは異なる人であったことがみすゞを悩まし、裏切られたとの思いがみすゞの心を苛んだという一節もある。

「この「巻末手記」の虚しさ、淋しさの落胆は、遺稿詩集の全篇を承け、且つ前章で論じた詩篇「あさがほ」の詩の結語「それでおしまひ、はい、さやうなら。」を承けていることは明白だ。

広く言えば、遺稿詩集の詩篇の総てがみすゞの遺書であり、又この「巻末手記」や「学校」や「あさがほ」の詩は、みすゞの直接的で赤裸々な遺書である。当時の詩壇の権力者西條八十に対し最大の勇気と詩と死を以て対抗した詩人金子みすゞの八十に対する永訣の書である。

金子みすゞは何故、死んだのか。否、何故、死なければならなかったのか。その明確な回答が此処にある。八十がみすゞの自殺との無関係を装わなければならなかったのは、八十を指し示すダイイングメッセージがこの遺稿詩集に収められた幾篇かの詩の中にあり、又「巻末手記」がみすゞの明らかな遺書であった為である。」

以上が西川徹郎の説く、金子みすゞは何故死んだのかの解答であるが、「ああ、つひに、／登り得ずして帰り来し、／山のすがたは／雲に消ゆ」(巻末手記)を引いて「この言葉は、痛切を極めた金子みすゞの生と死の絶唱である」と西川徹郎は結んでいる。

ここで本稿の結びとして、再び透谷「処女の純潔を論ず」にかえるとすれば、純潔(チャスチチィ)とは既婚者に対しても貞節(貞操)の語義で用いられるゆえに、純潔の上に「処女の」が冠せられたのであるが(拙著『北村透谷　没後百年のメルクマール』(二〇〇九年)、「この詩人の詩言語の非現実の処女性と現実の身体の非処女性」の裂け目、「金子みすゞの詩的言語とその身体は遂に未だ目覚めぬ処女性のままに落下した」(西川徹郎)のくだりについて、蛇足を加えておわることにしたい。

斎藤冬海の雄渾な「解説」を通して西川徹郎の〈全貌〉をうかがい、金子みすゞこそ「少女ポラリス」と思い、さらに西川徹郎の文字どおり画期的な金子みすゞ論及を読み了えて、再び透谷を引きたくなった。不穢不犯、玲瓏たるチャスチチィの処女、禍福の外に卓立し、運命の鉄柵を物ともせざるは、実(げ)にわが想児なり。

――永遠の夭折者金子みすゞの詩と生涯はかくのごときかと思うばかりである。

◆平岡敏夫 ひらおか・としお＝一九三〇年香川県生まれ。文学史家《日本近代文学専攻》・文学博士。筑波大学教授・群馬県立女子大学学長を経て、現在、筑波大学名誉教授・群馬県立女子大学名誉教授。日本学術会議会員。日本文藝家協会会員。日本大学（芸術学部）大学院講師、北京・上海外国語大学大学院、ソウル・高麗大学大学院、台北・東呉大学大学院、バンコク・チュラロンコーン大学大学院等の客員教授、アメリカ・デイキンソン大学フルブライト教授等を歴任。著書に『〈夕暮れ〉の文学史』『佐幕派の文学』、詩集『月の海』ほか。東京都在住。

野家 啓一

西川徹郎と寺山修司――西川徹郎句集『幻想詩篇 天使の悪夢九千句』を読む

本の厚さを指して「辞書のような」と形容する常套句があるけれども、容積だけでも『広辞苑』に匹敵し、いささか持ち重りのする八百頁余の大冊、西川徹郎句集『幻想詩篇 天使の悪夢九千句』を机上に置いて頁を繰りながら、どう論じたものかいささか途方に暮れている。しかも、これが『全句集』ならまだしも、収録された九千句(!)のほとんどが書き下ろしというのだから驚嘆のほかはない。まさに破天荒な荒行とでもいうべきか。

私が西川俳句と出会ったのは、さほど古いことではない。というか日付もはっきりしており、たしか二〇一〇年二月に開かれた読売新聞の読書委員会の席上でのことである。私はその年から読書委員(書評委員)を務めており、読売新聞では書評の対象となる本を決めるのに委員会による合議制をとっていた(同じ時期に委員となったのは、作家の川上未映子、詩人の蜂飼耳、宗教学者の前田耕作、経済学者の堂目卓生、文化人類学者の今福龍太など錚々たるメンバーであった)。隔週に開かれる読書委員会では、二週間分の新刊書が平台の上にずらりと並べられ、各委員がそこから自分の関心を引いた本数冊を選んで目を通し、夕食のお弁当を食しながら、自分が書評したい本を全員に回覧する。その上で、委員は自分が推薦した本について内容紹介と書評に値するゆえんを述べ、時に侃々諤々の議論になったすえに書評本が決まる、といった仕組みである。

　そのときどういうわけか、私の目に留まったのが「西川徹郎の世界」という副題をもつ新書版の小冊、森村誠一著『永遠の青春性』(西川徹郎文學館新書②／茜屋書店)であった。西川徹郎という前衛俳人がいることはどこかで聞き知っていたが(たぶん吉本隆明の文章のなかで目にしたものであろう)、もちろんその俳句世界に触れたことはなく、おそらく森村誠一という押しも押されもせぬ大作家が西川俳句を「生死の境界を超えた永遠の絶唱」とまで讃えていることに興味を引かれたに違いない。しかも、この本の巻末には資料として「わが黄金伝説」と題された自選三百句が収録されており、そこには花鳥風月とはおよそ相容れない異貌の俳句世界が開示されていたのである。

　辻で別れた姉が紅葉となっている　　徹郎
　秋の暮娼婦義眼を洗い居り　　徹郎

といった虚実のあわいに屹立する句に衝撃を受けたことはもちろんだが、同時にそこにある種の懐かしさを覚えたのは、長年親炙してきた寺山修司の短歌世界に通底するエレメントを感じとったからにほかならない。

　読書委員会では二、三の質問はあったものの、さしたる異論もなく書評に取り上げることが認められた。おそらくは作家森村誠一のネームバリューと、私が推薦演説(?)のなかで寺山修司との類縁性に触れたことも、多少はプラスに働いたのかもしれない。これが単独の『西川徹郎句集』であったならば、読者層の広い新聞書評の対象としてはいささか特殊すぎるのではないか、といった批判的議論が交わされたことであろう。ともかく短いものであるし、目に触れた方はさほど多くはないと思われるので、以下にその書評の全文を掲げておきたい。

「推理作家の森村誠一と前衛俳人の西川徹郎、この意表をつく組み合せに惹かれて頁を繰った。西川の俳句は季語を排して口語を基調とする、いわゆる「無季俳句」である。
たとえば、「死ぬ前に睾（きんたま）の重さを量ってみる」という句に、著者は「非常に強い衝撃を受けた」として、それを「凄句（せいく）」と呼ぶ。「重さ、暗さ、湿度、迷い、残酷さ、卑猥さ」などが凝縮された凄まじい句という意味である。
あるいは「無人の浜の捨人形のように　独身」や「姉さんのはらわた流す裏の川」といった句。これを著者は「あらゆる約束事から解放された自由な表現の中に、自分の真の存在を、あるいは存在証明を確認しようとする営み」だとして「実存俳句」と規定する。その感性は俳句を突き抜け、もはや現代詩に近い。
巻末には「わが黄金伝説」と題する西川の自選三百句が収録されており、これだけでも本書の価値は十分にある。そこに展開される血族の修羅と死の予兆に彩られた風景は、寺山修司の歌集『田園に死す』を想起させる。「虚構の中に真実をはめ込む」と著者が評するゆえんである。」

（二〇一〇年五月十六日付「読売新聞」）

先に寺山短歌には長年親炙してきたと述べたが、私が彼の短歌に初めて触れたのは、高校二年の初夏のことであった。たしかO先生の国語の時間のことであったと記憶するが、隣りの席に座っていた演劇部のリーダーK君が、教科書の下に何やら本を隠して熱心に読み耽っている。興味を覚えて回し読みさせてもらったその本こそ、後に自身の手で映画にもなった寺山修司の第三歌集『田園に死す』（一九六五年・白玉書房）であった。何よりも驚かされたのは、そこには国語教科書に載っている斎藤茂吉や石川啄木の短歌とはおよそ異なった、いわば極彩色の地獄絵とも言うべき世界が繰り広げられていたことである。

間引かれしゆゑに一生欠席する学校地獄のおとうとの椅子　修司
たった一つの嫁入道具の仏壇を義眼のうつるまで磨くなり　修司
見るために両瞼（りょうめ）をふかく裂かむとす剃刀（かみそり）の刃に地平をうつし　修司
トラホーム洗ひし水を捨てにゆく真赤な椿咲くところまで　修司
家伝あしあとまとめて剥ぎて持ちかへる畳屋地獄より来し男　修司

これらの歌のもつ言葉の毒に圧倒され、私は授業が終わって昼休みになったのも気づかなかった。薔薇の花に棘があるように、書物にも精神を痺れさす毒が仕込まれていることを感得したのもこのときである。私にとっての詩歌開眼であった。

こうした背景のもとに、私は西川俳句と寺山短歌とのあいだにある感受性の類縁に心惹かれたのであるが、そのときは西川のパーソナル・ヒストリーについては、まったく何も知らなかった。それゆえ、後に西川徹郎に寺山修司論があることを知り、そこにある次のような文言に触れ、驚くとともに、深く得心がいったのである。

「昭和二十二年生まれの私は、寺山とは十二歳違いだが、彼の十代の俳句歴は、そのまま私の履歴とうりふたつで、まるで異母兄弟か異父兄弟のようで気味が悪い。（中略）但し、寺山修司と私との決定的な違いは、彼は十九歳で故郷を出立し俳句と決別して、二十歳以降は短歌や詩や演劇等、他のジャンルへ多様な表現の場を求めたが、私の場合は俳句を生涯に亙る唯一つの表現形式として選択し、殆ど故郷を離れずに書き続けて来たことだ。」

（西川徹郎「十七音の銀河系―寺山修司は何故、俳句を辞めたのか」『寺山修司の21世紀』、二〇〇二年・北海道文学館）

みずから「異母兄弟か異父兄弟」と称しているように、西川と寺山が展開する異形のイメージは波打ちながら重なり合い、彼岸と此岸の境界に咲く曼珠沙華のような血の朱色に染まっている。たとえば、先に引いた寺山の「たった一つの嫁入道具の仏壇を義眼のうつるまで磨くなり」という歌に見られる「嫁入」や「仏壇」や「義眼」といったキーイメージは、西川の手によってその可能性を極限にまで押し広げられて、まさに「天使の悪夢」へと転生する。ついでに言っておけば、悪夢にせよ正夢や逆夢にせよ、夢とは覚めた後に語られるものである。その覚醒の辛苦が夢のリアリティを支えている。『幻想詩篇　天使の悪夢九千句』から幾つかを引いておこう。

義眼を外す花嫁夕闇に襲われて
（第十章「天使の悪夢」）

嫁の突き出た眼球を包む絹のハンケチ

花嫁が義眼を捜す仏間かな
花嫁が義眼を磨く菖蒲かな
花嫁の義眼を冷蔵庫に仕舞う
花嫁の義眼を冷凍保存する
姉さんの義眼に映る渚町
仏壇磨く嫁の義眼が映るまで
兄嫁の義眼に映る遠花火

このように西川の俳句を挙げていくと、先の寺山の短歌が、第十章「天使の悪夢」に対置された反歌のようにも見えてくるから不思議である。逆に西川が寺山に対して、

寺山忌白髪の菖蒲を捧げます　（第十四章「鬱金の迷宮」）

という句を献じていることも、ここで付け加えておくべきであろう。両者の共鳴は深くかつ重い。

これに限らず、『幻想詩篇 天使の悪夢九千句』を構成している全二十章は、それぞれが特徴的なタイトルとストーリーとをもった連作集のようにも思われてくる。いや、連作というよりは、むしろ地獄草子や百鬼夜行図に見られる、一巻の絵巻物になぞらえられるようなイメージの展開様式と言うべきであろう。そこではある鍵となる言葉が次の言葉やイメージを呼び起こし、言葉のバトンタッチが連鎖反応となって火花を散らし、最後は制御不可能な核分裂反応となって夜空に大輪の花を咲かせるといった趣きである。

たとえば、第十六章「虱の唄」では俳聖芭蕉が絵巻物の下絵となっている。核になっているのは、『奥の細道』の芭蕉の句

蚤虱馬の尿する枕もと

と、辞世の句と伝えられる

旅に病で夢は枯野をかけ廻る

の二句である。とりわけ後者の句について西川は、これを「旅ニ病ンデ」という口語による破調表現がなされ

ていると読み、

「この『病ンデ』と一字はみだした口語表現の中に、俳聖松尾芭蕉の、あくまでも一人の生活者としての実存が垣間見える」

（「反俳句の視座―実存俳句を書く」、『國文學』二〇〇一年七月号・學燈社）

と評して、この句をみずからの「実存俳句」の先駆的表現と位置づけている。

そこから惹起される奔放なイメージの乱舞は、以下のような連鎖反応を引き起こす。

旅ニ病ンデ毛虱思ウ聖カナ
芭蕉死ンデ毛虱遺ル秋ノ風
虱句ヲ書キ俳聖ト競ウ秋
旅ニ病ンデ毛虱夢ヲカケ廻ル
芭蕉死ンデ毛虱叫ブ枯野カナ
芭蕉死ンデ毛虱旅立ツ秋ノ風
芭蕉死ンデ毛虱遺ル枯野カナ
毛虱ト一緒ニ旅スル芭蕉カナ

（第十六章「虱の唄」）

ここでは、毛虱と一緒に漂泊の旅を続けた俳聖芭蕉の境涯が、ユーモアとともに肯定されていると同時に、そこに西川みずからの俳句に対する根本姿勢が重ね合わされている。すなわち「この句の『枯野』の上には〈座〉も〈連衆〉もなく、ただ一人、道無き道を掻き分けて行く芭蕉が居るのみ」（同前）なのである。西川の場合、その芭蕉の衣鉢をつぐ姿勢と志とは、

十七文字で遺書書くすぐに死ねぬゆえに

（第十四章「鬱金の迷宮」）

という一句のなかに端的に凝縮されている。

かつて寺山修司は、『田園に死す』に付した跋文において「私は少年時代にロートレアモン伯爵の書を世界で一ばん美しい自叙伝だと思っていた。そして、私版『マルドロールの歌』をいつか書いてみたいと思っていた」と述懐したことがある。それを踏まえて述べるならば、西川徹郎の『幻想詩篇 天使の悪夢九千句』一巻

は、彼にとっての十七文字の遺書であると同時に、定型に託した西川版『マルドロールの歌』でもあると言ってよい。

［付記］本文で引用した、西川徹郎が寺山修司や芭蕉を論じた論考については、西川徹郎文學館館長の斎藤冬海氏からお送りいただいた。この場を借りてご厚意に感謝したい。

◆野家啓一　のえ・けいいち＝一九四九年宮城県生まれ。哲学者。東京大学大学院理学系研究科博士課程中退。東北大学理事・副学長。同大学名誉教授・同大学院文学研究科教授・同大学教養教育院総長特命教授。日本学術会議会員。日本哲学会会長。著書に『物語の哲学』『言語行為の現象学』『パラダイムとは何か』ほか。仙台市在住。

私市　保彦

永遠の求道者　西川徹郎――形象の螺旋階段を昇って不可視の領界へ

西川徹郎句集『幻想詩篇　天使の悪夢九千句』

わたしは俳句については素人で、西川徹郎氏の句集も今回はじめて読むという読者である。そして、九千句という豊饒な句集に圧倒されている読者である。ともあれこの作者が、少年時代から今日（こんにち）に至るまで、飽くことなく俳句を詠み、俳句を積みあげてきた詩人であることに驚嘆した。作者にとっての聖と俗のはざまの実存の場たる「新城峠」で「詩人としての私のこの心耳と心眼を育てた」といみじくも語っているように（西川徹郎「白い渚を行く旅人」、『幻想詩篇　天使の悪夢九千句』「後記」七六〇頁）、彼自身は、ボードレール、ランボー、朔太郎などの詩人を峠の頂きで仰ぎ見て、俳句を通して詩人たらんとしている人である。といっても、彼は詩という表現体を選択しなかった。俳句という五七五の世界にマクロとミクロの、宇宙と心の深淵の出会いを閉じこめて、それを無限に連鎖させ、無限に変奏させることで、世界の深奥を垣間見ようとしているかのようだ。それには、伸縮自在の詩よりは俳句の方が適しているかも知れない。

西川の句集の特徴に、あるモチーフが浮上するや、それを変奏しながらくり返していくということがある。その例は枚挙にいとまがないが、例えば、「蜻蛉夜祭」、「虱の唄」、「螢火地獄」等々のモチーフそのものをタイトルにした章には、蜻蛉や虱や螢火を反復して詠いあげる句の氾濫が見られる。

　青蓮として薄羽蜻蛉を売り捌く　（第十五章「蜻蛉夜祭」）
　兄弟漕ぐ自転車は青蜻蛉
　翔びつつ墜ちる蜻蛉は汽車深い谿
　蜻蛉（かげろう）と思い少女の肢を折る

とりわけ「剃刀の夢」の章での「死んでから」と「死ぬ前に」の句頭で詠われる句の反復は凄まじい。まず

　死んでから死児が笛吹く芋畑　（二一六頁）

からはじまり

　死んでから月夜の磯を渉り切る　（二二二頁）

でおわる句群は五頁と六句、しめて八十四句もある。つぎの句頭「死ぬ前に」の句群は、

　死ぬ前に月夜の磯で死んでいる　（二二二頁）

から

　死ぬ前にセクスして妻を驚かす　（二三二頁）

まで十頁と四句、しめて百三十四句が連続している。

どうやら作者は、あるイメージ、ある言葉を思い浮かべると、そこから連想されるイメージをいくらでも詠みこんでゆくのを抑えられないことが分かる。

　狂え狂え狂うまで句を書け峠町　（七四頁）

これはイメージと言葉を汲み尽くそうという詩想にほかならない。作者は、五七五の句でもって世界を嘗め尽くそうとしているのである。ここにあるのは、世界を認識し尽くそうというあくなき意欲ではないか。作者は形象・言葉をもって世界を埋め尽くし、語り尽くそうとしているかのようだ。その際、合理的日常的連鎖は無視されて、連想されるものは何でも詠いこんでいく。

もともと、作者は現実世界だけを詠おうというのではない。作者のなかでは現実と夢幻は、此岸と彼岸は、意識と意識下は、一体となっている。そこから生まれる形象は、宇宙から降りてくるものもあれば

屋上葬儀銀河を船が渡るなり　（四七頁）

他界・地獄からくるものもあれば、

死界にてさんざん縁者に罵られ　（七四一頁）
本願寺の屋根裏地獄へ首入れる　（七三六頁）
死界より出てきた鷲に攫われて　（七四二頁）

潜在意識や無意識の世界からくるものもある。

胎内の渚に浮かぶ黒い船　（一四九頁）
誰も知らない磯が押入の中に在る　（一五九頁）

こうして、作者自身が意識しようと意識しまいと、その句はシュールレアリズムともなり、キュービズムにもなり、コラージュにもなる。

○

わたしにとって、心の世界も世界の認識もすべてイメージによって詠う作者は、画家に見える。ひとつのモチーフを発見すると、それで際限もない組み合わせと連想を形象にして、いくらでも描きつづける。その形象の連鎖の先になにがあるのだろう。無限につらなる形象をもって世界を認識しようとしているのは、まちがいない。しかし、いくら描きつづけても、求めるものは現れない。するとまた絵の具を塗りこめる。それが無限

につづく――作者は不可知の境地と真理を追い求める求道者ではないか？　その真髄はもしかしたら形象の先にあるやもしれない。こうして、作者は形象の永遠の螺旋階段を昇りながら、不可視の、不可知の領界に透入しようとしているように思えてならない。「聖俗の峡谷の狭間にひとすじ切り開かれた道」、あるいは「宗教と芸術が共に死を賭してせめぎ合う不可視の場所」という作者の言葉にその暗示が見られるかもしれない（西川徹郎「わが文学と親鸞」、前掲書、七九七頁）。

　こうした作者にとって、すべてのイメージは一枚のキャンバスに塗りこめる題材である。例えば、全編にわたって反復される「魔羅」という単語がある。これは身体の部分として詠まれることもあれば、ほとんどひとつの風景を、一枚のキャンバスの一角を埋める題材としても詠まれているようにも見える。

　日が暮れてから鎌で魔羅伐る螢狩　（六八九頁）

「義眼」とか「舌」とか、その種の形象はいくらでもある。こうして、くり返しひとつの物体をキャンバスに描く衝動には、作者のフェチシズムがあるのではないか。フェチシズムとは、詩人や画家によく見られる特質のひとつであり、世界の一部に魅入られ、それにこだわり、それを追い求めようとする本能である。しかし、西川徹郎は、ひとつの部分を追いながら、そこから身をかわし転調してゆく衝動も才覚もある。こうして転調を伴いながら世界を周遊して、いずこに宇宙の謎があるかと永遠の旅をつづける。

　その観点から第二十章の「雪の遊郭」を読んでみよう。作者はまず、「雪の遊郭」という雪まつりに忽然と出現するような夢幻の遊郭楼を幻視する。しかしそれは死後に見る夢でもある。そして

　死後三夜夢のように行く雪の遊郭　（七三五頁）

と詠い始める。舞台は京であるが、そこは他界と接している世界である。ここだけでなく、作者にとって、いつでもこの世はあの世である。おそらくこれは、現世に霊界を見る仏教的な他界観からくるものであろうが、それより作者自身の内的世界には意識（現実）と無意識（他界）のあいだの壁がない。こうして作者は、飛雲閣、本願寺、清水寺、祇園坂、東寺とさまよい歩くが、いずこも地獄の小径であり

　地獄の小径たくさんあって京の寺　（七三六頁）

いずこにも、地獄と死の影が見える。

　松の枝から縊死体外す金閣寺　（七三七頁）

　死界より出てきた犬に膝噛まれ　（七四二頁）

犬も馬も伝書鳩も、はたまた天人も死と生の壁を越えて往来する。しかも、天人はけっして聖女ではなく、

　天人の羽根が一枚ずつ剥がれ　（七四四頁）

　死界ゆえ天人天女痩せ果てる　（七四四頁）

となる。やがて「螢谷」に「死螢」「鬼螢」が群れ舞うと、「鬼螢」は「鬼やんま」の連想を呼んで、幻想の鬼螢と鬼とんぼは一体となって

　鬼螢となって仏胎に潜り込む　（七四七頁）

すると「仏胎」というミクロの世界はたちまち「吹雪の谷」になり父の姿が見え、やがて谷にはマクロの無限界が拡がる。

　仏胎の吹雪の谷で父斃れ　（七四七頁）

　仏胎の峡谷広くて三千里　（七四七頁）

その先には「北上駅」もあれば「銀河駅」もあるが、いつしかそこに、作者にとってのアニマたる鶴が舞い降りている。すると詠手（よみ）は、「魔羅」というアニムスを詠み込もうとする。

　嘴で魔羅突く君は白い鶴　（七四八頁）

あとにつづく

　鶴の羽根に包まれて死ぬ睾よ　（七四九頁）

にいたって、詠手は幸福な快楽死を遂げるが。ここでにわかに転調が訪れ、

　火の箸を一本二本と数えつつ　（七四九頁）

と詠う。火の箸に転調しているが、火の箸には焼かれた遺骨をつまむ箸のイメージがあるのかどうかわたしに

は分からない。ともあれ作者の意識か意識下に転調の必然性がありそうだが、読者には知るよしもない。多くの場合は、

隣人の胎から飛び立つ鳥かな　（七五〇頁）

から

黒々と翼が開くランドセル　（七五〇頁）

へと転調するように、転調が連想によることがあるのは分かるが。

この章はさらに転調を重ね、「夢と現の谷間」をさまよい歩く。

夢と現の谷間を急ぐ白寝巻　（七五三頁）

しかし気づいて見ると、放浪者は自分だけではない。

一人二人と数え切れない風の旅人　（七五四頁）

こうして旅人たちは、作者にとっての至高の場所「新城峠」にみな集まってくる。

風の旅人よ集まれ新城峠大學　（七五四頁）

と、「他」と「外」に向かって開かれた作者の呼びかけでこの章は、この句集は終わっている。じつは、作者は孤独な旅人ではなかったのだ。

〇

西川徹郎の厖大な句集を前にして、わたしはある短編小説を思い出している。バルザックの「知られざる傑作」である。フレンホーフェルという架空の老画家に、十七世紀に実在したフランスのプーサンとポルビュス、それにプーサンの恋人を配した物語であるが、衝撃的な結末と、ピカソとセザンヌがいずれも「これは私のことだ」と感動したことでも有名な芸術家小説である。ピカソに至っては感きわまってこの物語に挿絵をつけている。

老画家は、駆け出しの青年画家のプーサンとポルビュスの前で、「芸術の使命は自然を模倣することではない、自然を描写することなんだ」といいながら滔々と絵画論をぶち（訳文は芳川泰久訳「知られざる傑作」より―

『バルザック芸術／狂気　小説選集①』所収・水声社）、彼がポルビュスの絵に筆を入れると、その絵がたちまち生きてくる。それに驚嘆して、老画家が描いている女性像をぜひ見たいというが、彼は秘蔵の絵をけっして見せようとしない。そこでプーサンは、恋人をモデルに差し出すことを申し出て、そのかわりに老画家の秘蔵の絵をついに見せてもらうことになる。謎のキャンバスの覆いが外されてみると、そこにはなんどとなく塗りこめたあとのある画面が出現して、「無数の奇妙な線が雑然と積み重なり」、さながらそれは「絵の具の壁」で、見えるのは女の足らしきものだけだったが、「それは素晴らしく魅力的な足、生きている足だった」という。完璧な絵画を目指して苦闘したあげくに、その絵は絵の具が厚く塗りこめられた絵の具の壁になってしまったのだ。しかし、垣間見られる足の画像から推測すると、絵の具の壁の下には最高の画像があるにちがいない。これは完璧な絵の境地を追究する画家の悲劇であるが、セザンヌもピカソもその老画家の姿に自分の写し絵を見て感動にむせんだのだ。

　西川徹郎の句集が他人に理解されない世界であるという意味でこの例を出したのではない。その膨大な句の積み重ねのなかに、ほとんど実現できないほどの句の境地を目指す無限の意志のあとを見るからであって、それがフレンホーフェルと重なったのである。西川徹郎は死ぬまで、あるいは死んでからもなお形象の螺旋階段を昇りつづけ、ついには常人には不可視の世界にたどりついて、それを詠いあげるであろう。

◆私市保彦　きさいち・やすひこ＝一九三三年東京生まれ。作家・文芸評論家・仏文学者。東京大学仏文科、同大学院比較文学科卒。武蔵大学名誉教授。日本フランス語フランス文学会会員。日本比較文学会元会長。日本文藝家協会会員。著書に『幻想物語の文法』『名編集者エッツェルと巨匠たち—フランス文学秘史』『琥珀の町　幻想小説集』ほか。市川市在住。

小林　孝吉

銀河宇宙のもう一人の〈私〉——二つの十代作品集

1　銀河宇宙のもう一人の〈私〉

銀河宇宙にいるもう一人の〈私〉から、銀河の青い光が注がれるとき、この地球の「私」の修羅の闇が、未明の実存の峡谷が照らしだされる。その銀河宇宙のもう一人の〈私〉とは、生老病死の人生の受苦を生きるこの「私」にとって、宇宙的な生命にして永遠ではないだろうか。この宇宙的秘密を十代という「青春」の日々に知った「詩人」は、ごく稀ではないか。それは何という孤独な、清冽な青春であろう。

一万句近い作品が収められた『幻想詩篇　天使の悪夢九千句』（二〇一三年・茜屋書店）の見返しの頁には、きわめて小さな文字で、次のような一行が記されていた。

「銀河の何処か見知らぬ星に自分と同じ人間が必ず住んでいると信じて、私は十代の日々を過ごした。」

地球上に生まれ死ぬ「私」と銀河宇宙に永遠に在る〈私〉——。

これはいったいどのような意味だろう。『西川徹郎青春歌集——十代歌集』（二〇一〇年・茜屋書店）、『無灯艦隊』（一九七四年・粒発行所）、未刊集『東雲抄』（二〇〇〇年・沖積舎『西川徹郎全句集』所収）、それらを含む『決定版無灯艦隊——十代作品集』（二〇〇七年・沖積舎）、第十四句集『幻想詩篇　天使の悪夢九千句』の「少年と峠」「青春地獄」などの短歌や俳句の表現は、このことと通じていないだろうか。あるいは、それが西川徹郎の言語宇宙を「世界文学」たらしめているのではないか。私は厖大な俳句宇宙からなる『幻想詩篇　天使の悪夢九千句』を繙いた瞬間、この一行にぶつかり深く驚いた。銀河宇宙のもう一人の〈私〉の消息を知ることは、西川徹郎の文学宇宙の秘密を垣間見ることにつながっているであろう。

西川徹郎に残されている若き日の三篇の詩のなかに、「月夜」（北海道詩人協会編『北海道詩集』一九七二年版・北書房）という不思議な詩がある。「青火」のような夜行列車が北へと疾走し、そこには「のっぺらぼう」な若い二人の乗客がいる。一人（＝「私」）が「今夜の月はいいですね。」というと、もう一人（＝〈私〉）も、「洗いたての皿」のようですねと応じる。すると、「私」は「今夜のような月夜に、いっしょに死にたいものですねえ。」といい、〈私〉は「ええ、でもこんなにいい月夜は、ふたたびあろうとは思われませんが。」と告げる。車窓から、寺と大きな吊鐘が見える。詩は、こうつづく。

夜行列車は
蛙たちの嗚咽のようなさみしい地方の、
月の光に透きとおり
北へ北へと走行しています。

「北にはなんという名の駅があるのでしょうか。」

「それは、私も知らないのです。」

「…………」

「…………」

「ところで、あなたのお名前は？」

「私は、西川徹郎と申します。よろしく。」

「あなたは？」

「…………実は、私も、西川徹郎というのでありますが……」

「…………」

青火のような夜行列車が

北へ北へ
と、疾走しています。
（前出『北海道詩集』一九七二年版）

終着地とは、どこか。死の世界のように青く澄んだ月光の夜、二人を乗せた「銀河鉄道」はひたすら北へ、北へと走る。「西川徹郎」と〈西川徹郎〉、「私」と〈私〉は隣り合わせて座り、このような会話をかわすのである。私は『幻想詩篇 天使の悪夢九千句』のこの一行に出合い、「月夜」という詩の謎にはじめてふれるとともに、十代の西川徹郎の孤高の精神風景を見たように思った。

高橋愁は、『暮色の定型』のなかで、この「月夜」を論じて、西川徹郎の向かう「北」は、「地方」は、「内面に潜在する〈涯〉の拠点」であるという。そして、この二人の西川徹郎は、生者と死者の二人の対面であり、「〈西川徹郎〉は死者であった」と解している。確かに、二人とは生と死の形象化ともとることができるが、『幻想詩篇 天使の悪夢九千句』の一行を知るとき、それは生と死を遥かに超えて、銀河宇宙に生きる、在る、まったく自分と同じ人間にして、〈永遠〉のいのち、あるいは絶対の死の形象化ではないかと思えてくる。もう一人の〈私〉は、〈西川徹郎〉は、「私」の死を超えて在り、そこからこの修羅を、青春地獄を青く照らすのだ。その銀河からの光は、『無灯艦隊』から『月光學校』『月山山系』を経て、『銀河小學校』へと向かって燦々と注がれ、そのことによって「私」の実存の闇は、苦悩は、修羅はいっそう鮮烈に映しだされていく。その秘密こそ、十代の頃、ほかのどこか見知らぬ星に、必ず自分と同じ人間が存在していることを信じて生きていくことにあったのではないか。

私は第一句集『無灯艦隊』から第十三句集『銀河小學校』までをたどった『銀河の光　修羅の闇―西川徹郎の俳句宇宙』（二〇一〇年・茜屋書店）で、ひそかに一つの疑問を反芻していた。それはなぜ、死と孤独、存在と無惨に満ちた、ほとんど見る人なき青春の険しい絶景を描いた『無灯艦隊』や『東雲抄』が生まれたのか、その光源とはどこにあったのかという問いであった。それを解くカギがこの一行にあるのではないか、私はそう確信した。とするならば、西川徹郎五〇年の作家活動、詩的言語宇宙、俳句世界は、見知らぬ星にいるもう一人の自分である〈西川徹郎〉と、この地球上に一回かぎり現象した「私」としての「西川徹郎」とが交信、交感する芸術的表現＝銀河系通信ではなかったか。

さらに、そのことは十代の清冽な魂を歌った『西川徹郎青春歌集―十代作品集』と『決定版 無灯艦隊―十代作品集』や『幻想詩篇 天使の悪夢九千句』を暗く彩る青春という地獄の片鱗を照らす俳句との対照にして、その表裏をなす二重性の根源ではないか。であるならば、『西川徹郎青春歌集―十代作品集』があったからこそ、『無灯艦隊』が生まれ、孤独と焦燥の海に漂うことができたのであろう。しかも、『西川徹郎青春歌集―十代作品集』には、雪の結晶のように儚い孤独の結晶体である、一人の少女への「思慕」があったのだ。

西川徹郎は、『西川徹郎青春歌集―十代作品集』の「後記」に、次のように記している。

「シュルレアリスムの絵画のような、幻想的イメージを重ねた私の実存俳句とは大きく異なる文学世界が私の短歌作品である。少年の心の庭に密やかに戦ぐヒヤシンスブルーの蕾の如き想念が、私の文学の草創期の内部を形成していたという事実を本書の読者は知ることとなるのである。私の文学にとってそれは単に過ぎ去った遠い日の記憶の中の一風景ではない。少年詩人としての私の心奥の峡谷を流れ続けてきた詩精神の源泉とも源流ともそれは呼ぶべきものであるからだ。あるいはこうも喩えることができるだろうか。少年の日、私は俳句と短歌という似而非なる詩形式を双翼として、言語表現者としての未明の峡谷を飛び発ったのであった」と。

『西川徹郎青春歌集―十代作品集』には、次のような短歌がある。

君が死の夢をみし日に裏山の藤の花のみ散り初めにけり　（「病みたまふ君」、以下同じ）
海に入りて死なむと思ふ君が死の夢みて覚めし冬の朝焼け
病みたまふ君が瞳に凍湖あり己が瞳にその瞳あり
劇的な悲恋を胸にひそめては秋風吹くに秋草に寝る
誰（た）が貌も誰が貌もみな盲魚に感じ甲板（ボード）に登れば日の落ちゆけり　（「旅行く日」）
流木（ながれぎ）に腰掛けて居て流木のわれより深き性（さが）を思へり　（同前）
賀茂川の水を眺めて涙ぐみぬ君の瞳（め）よりも水暗ければ　（「秋の風」）

月寒の町に住むてふ病む君を一目見んとて急ぎ来しかも　（「月寒町よ」）

少女への「恋心」は、少年詩人を「凍湖」のように孤高にするとともに、その精神をどこまでも純化していく。やがて、それが西川文学の源流となっていくのだ。

一方、『幻想詩篇　天使の悪夢九千句』の冒頭部分にも、青春時代の深い実存の峡谷を表現したであろう俳句が収められている。

枯野に立てば暗い眼をする雲ばかり　（第一章「少年と峠」、以下同じ）
汽車の別れ窓から冬の墓地が見え
縊死続く星座のごとく梨の木咲いて
峠へ戻る鬼形の白いひとさしゆび
死児ごうごうとあり瞼捲れば韮が　（第二章「青春地獄」、以下同じ）
墓穴から出て来た兄と月見する
流氷は彷徨う夜の胎の海
小学校の黒板無灯艦隊と書いてある

『西川徹郎青春歌集―十代作品集』の「ヒヤシンスブルーの蕾」のような短歌と、シュルレアリスムの幻想的イメージが渦巻く『幻想詩篇　天使の悪夢九千句』の俳句は、二人の西川徹郎のように、これほどまでに対照的なのである。それにしても、青春は何と残酷で、何と美しいことだろう。特に、詩人・西川徹郎の場合は――。

２　青春地獄と文学――いくつかの修羅

西川徹郎は、「白い渚を行く旅人」と題した『幻想詩篇　天使の悪夢九千句』の後記のなかに、吉本隆明の『初期ノート増補版』の「青春とはやりきれない事の重なる地獄の季節だ。」という部分を引用し、次のように書いている。「まさに青春とは、青春という名の獄底に括られた逃れ難き地獄の季節である。私も又この青春という名の地獄の季節を今日まで生き長らえてきた」と。

西川徹郎は、京都の龍谷大学を希望退学し、失意の深みを漂っていた頃、この『初期ノート増補版』に出会い、表現者として生きる決意を新たにする。また、吉本隆明には二二歳の一九四六年から四七年の間に書かれ、一〇年近く未発表だった「エリアンの手記と詩」という、きわめて初期の作品がある。「死者の時から（Ⅱ）」のなかで、自ら咽喉を傷つけ病院にいる「僕」は、こう想う。

「僕は何故生きられないのだろうか　イザベル先生の暗示は真実なのだ　僕はその様な相でしか人達の間に現われない〈暗い孤立〉如何して人間は大勢でなくては生きられないのだろう　そうして僕はたつた十六歳になつたばかりなのに、どうしてこんな沢山の重荷に耐えなくてはならないのか　どうして斯んな弱い心で唯ひとり皆の生き方を怖れて、自分の咽喉を傷つけて死のうとしなければならないのか〈神よ！〉

（『吉本隆明全著作集』第一巻）

この十六歳のエリアンと呼ぶ「僕」も、芦別の新城峠のもとに生きる十代の西川徹郎と同様に、孤立のなかに重荷を背負う青春地獄のただなかを彷徨っている。

一九二七（昭和二）年、旧朝鮮京城に生まれ、関東州大連の中学を卒業し、旧植民地中国東北部を彷徨して敗戦の年に日本に戻り、一高の寄宿舎で孤独な生活を送り、一九歳一〇カ月のとき海で自殺した、もう忘れ去られた原口統三というフランス文学にひかれた詩人がいる。彼の死後発見された全作品は、『二十歳のエチュード』（角川書店・一九五二年）として出版された。そのなかのエチュードには、以下のようなものがある。

告白。――僕は最後まで芸術家である。いっさいの芸術を捨てた後に、僕に残された仕事は、人生そのものを芸術とすること、だった。

愛はまさにわれわれの故郷に違いない。僕は故郷を持たぬ。

僕はいつでも独りだっただけだ。

芸術家は、自己の作品の中に生きようとする。すなわち彼の制作への意志は、作品の裡に生命の幻を眺める。

ここにも、二〇歳前に夭折した一青年の青春地獄がある。だが、自ら死を選んだ彼には、銀河宇宙にもう一人の〈原口統三〉を信じることはできなかったであろう。

一方、西川徹郎の第十四句集『幻想詩篇 天使の悪夢九千句』の後半には、次のような句がある。

荒れ狂う銀河を校舎の裏で見る　（第十五章「蜻蛉夜祭」）

葬列は銀河のうねりに似て曲がる　（同前）

「もうだめだ」と案山子が叫ぶ野分かな　（第十八章「月夜の津波」、以下同じ）

「もう死んでいいのだ」と案山子が喚きおり　（同前）

「死に急ぐことなかれ」と囁く立葵　（同前）

螢谷まで案山子を引きずり来てしまう　（第二十章「雪の遊郭」）

銀河駅で出口を捜す死病（しにやまい）　（同前）

ここには、青春という凄絶な地獄の季節を経て、険しくつづく実存の修羅を燦然と照らす銀河からの幻想的な光が注がれている。それはまさに、〈幻想詩篇〉と呼ぶにふさわしいであろう。

啄木の哀しみをもて飯食へば流るる涙の冷たくもあり　（『西川徹郎青春歌集』「秋の町」）

と西川徹郎が詠った石川啄木も、青春地獄を哀しみとともに生き、一九一二（明治四五年・大正一年）年二七歳で夭折した歌人である。彼は一八八六（明治一九）年、岩手県の日戸（ひのと）村の曹洞宗常光寺の住職の家に生まれ、二歳のときに父が宝徳寺住職に任じられて北岩手郡の渋民村に転居し、渋民村尋常小学校、盛岡高等小学校を卒業し、盛岡中学校二年のときに盛岡女学校生徒の堀合節子と出会って恋愛し、二〇歳のとき結婚する。

この間、『明星』を愛読し、短歌会を結成するなど文学を志すとともに、中学校を五年のときに退学し、病と貧困のなかで詩作に打ち込む。結婚後は渋民村に帰り、小説家をめざして『雲は天才である』などを書くが、「石」をもって追われるように一家は離散し、北海道の函館、釧路などに移り生む。一家の生活が困窮するなか、一身で自分の文学を世にだそうと上京し、社会主義にも関心をもつとともに、さまざまな軋轢を経て、歌人として『一握の砂』（一九一〇年・二五歳）を刊行する。石川啄木も、青春地獄を文学への焦燥とともに生き、若くして肺結核でこの世を去るのである。

『一握の砂』以前の短歌には、次のような作品がある。

花ひとつさけて流れてまたあひて白くなりたる夕ぐれの夢
岩の上に花亂れたり若草を蹈む人もあらず春はくれ行く
旅は君、胸のわかきにふさはずよ、みだれて雲の北にとき夢。
閉ぢし夜の虚無(うつろ)ともみぬ岩窟(いわむろ)に朝光(ひかり)負ひ來し信と云ふ潮
死の海のふかき浪より浮きもこし水沫(みなわ)なればか命あやふき　（病みて）
身をめぐる愛のひかりに寥しみの影そひてくる歌の愁や
君が影わが目にうつる夜の池に白蓮ひらく相似たるかな
美(よ)き蛾みな火にこそ死ぬれよしゑやし心燒かれて死なまし我も
われ天を仰ぎて歎ず戀妻の文に半月かへりごとせず
死になむと思ふ夕に故郷の山の綠の暗にほの見ゆ
君に問ふ我らかくある一瞬に幾人(いくたり)生まれ幾人か死ぬ

（『石川啄木作品集』第一巻、以下同じ）

これらの石川啄木の若き日の短歌は、どこか『西川徹郎青春歌集』と哀しみとともに響き合いつつ、遠く近く木霊する。髙橋愁は、石川啄木を現代に呼び起こし、西川徹郎の実存俳句と邂逅する、そんな魂と芸術のドラマを小説『わが心の石川啄木』（一九九八年・書肆茜屋）で描いている。その西川徹郎の唯一の歌集が『西川徹郎青春歌集—十代作品集』なのである。

それにしても、十代とは、青春とは、いかに残酷で美しい季節であろう。

3　二つの十代作品集—『決定版　無灯艦隊—十代作品集』と『西川徹郎青春歌集—十代作品集』

西川徹郎には、二つの十代作品集がある。一つは、『決定版　無灯艦隊—十代作品集』と『西川徹郎青春歌集

—十代作品集』で、それぞれ「十代作品集」というサブタイトルが付されている。しかも、それは俳句と短歌という決定的に異なる詩形式である。十代作品集は、西川徹郎の文学の原点であり、それはさまざまな想念を育んだ「新城峠」とともにあり、「無灯艦隊」と呼ばずにはいられなかった精神の地獄の季節であった。

『定本　無灯艦隊』（一九八六年・冬青社）の「後記」によると、一五歳の少年の日からひたすら没頭した俳句を定本に収録するにあたって、四〇歳前の西川徹郎はこう顧みている。

「私は、今、青春の日の私が、激しく波打つ暗夜の葛藤の果に、遂に〈無灯艦隊〉と命名せずにはおれなかったなにものかへこそ言い知れぬ思いをめぐらせているのである」

さらに、『決定版　無灯艦隊—十代作品集』は、一五歳から二七歳まで、「無灯艦隊」「定本　無灯艦隊」「銀河系句篇」（未刊句集『東雲抄』抄・一九六二〜七四年）の作品で構成されている。

『決定版　無灯艦隊—十代作品集』は、青春という地獄の、孤独の季節を、まさに〈無灯艦隊〉ともいうべき孤絶の精神風景を描いた句集である。その「解説」のなかで、斎藤冬海は〈無灯艦隊〉とは、生地新城峠の「絶景」を「海原」に喩えたものであり、それは西川文学そのものであるといい、こうつづけている。「真昼間に明らかに見える艦隊ならば、「無灯」とは言わない。夜闇を進む艦隊だから無灯と言うのである。見えない筈の闇の中のものをまざまざと現出させるのが〈無灯艦隊〉という言葉であり、それば文学というもののはたらきである。自らの文学世界を〈無灯艦隊〉と名付けて、俳句の詩人西川徹郎は出発を遂げた」と。

この出現宇宙で見えないものを、文学のなかに現出させること、あるいは未出現宇宙に言語表現をあたえること、大雪山系を望む新城峠の海原に〈無灯艦隊〉を見た西川少年は、実存俳句の詩人となる西川徹郎は、ここから文学的出発をしたのである。その冒頭の一句こそ、

不眠症に落葉が魚になっている　（『村の火薬庫』）

という記念碑的な句である。夜明け前に就寝する西川少年にとって、闇のなかに〈無灯艦隊〉を透視する少年詩人には、「落葉」は「魚」となり、〈性病院の窓まだ軍艦が燃えつづける〉ばかりか、〈死者の耳裏海峡が見えたりする〉のだ。

『決定版　無灯艦隊――十代作品集』には、以下のような句がある。

屋根裏に月見草咲き思春期過ぎる（「艦長の耳」、以下同じ）
少年の暗い花束　巨船溶ける
胎盤透きとおり水くさいコスモス畑
尼の頭蓋に星が映っているは秋（「尼寺」、以下同じ）
月夜轢死者ひたひた蝶が降っている
少年がはばたく岬　白い寝棺
軍港暗く羊が泳がされはじめ（「遠船火事」、以下同じ）
磯月夜姉妹が眉を剃っている
鐘に連れられて湖の地方が慟哭せり
飢餓半島しんしんと針工場沈め（「飢餓半島」）
鷗を裸にせよ凍港の洋燈明かり（「凍港の洋燈」）
死馬そり返る峠道　白い二人（「鬼神峠」）
不眠の骨がかわく山脈卒業す（「定本　無灯艦隊」、以下同じ）
夜明の薔薇の屍臭に咽ぶ修学列車
海女が沖より引きずり上げる無灯艦隊

一方、『西川徹郎青春歌集――十代作品集』は、これらの暗く、死の影の蔽う「無灯」の艦隊のような孤独とは大きく異なっている。その背景には、ある一人の少女の存在がある。この少女については、これまで西川徹郎はどこにも書いてこなかったと思う。それが『西川徹郎青春歌集――十代作品集』が刊行されることによって明らかになり、その詳細については斎藤冬海の解説「少女ポラリス」によって、はじめて知ることができる。同時に、このひそかな清流のような短歌があったからこそ、実存の激流の渦巻く『決定版　無灯艦隊――十代作品集』が生まれたのであろう。斎藤冬海は、こう書いている。

「西川徹郎の短歌作品は、殆どがある一人の少女に捧げられた恋の歌である」（「少女ポラリス」、以下同じ）

その初恋の物語は、以下のようなものである。「少女ポラリス」の名前は、桑野郁子。彼女は中学一年のときに、営林署に勤務する父の転勤によって札幌から芦別の中学校に転校し、「都会的な雰囲気の清楚な可憐な少女」であった。だが、翌年にはまた父の転勤に伴い転校してしまう。夕暮時、西川少年は自分の生まれた寺である正信寺から近い新城川のたもとにあった橋の上まで自転車でやってきて、すでに転校してからも一人暗くなるまで彼女の住んだ官舎を見つめていたという。

その後、少女とは芦別高校で運命的に再会することになる。だが、再びその姿は高校から消えている。少女は、「脊髄カリエス」という困難な病のために、札幌の病院へ入院したという話を、尋ねた病院の看護婦に聞く。やがて、入学した京都の龍谷大学でも、心のなかにはいつもこの少女が「ポラリス」（＝北極星）のように輝いていた。大学を二年で希望退学すると、札幌にいる彼女の家を探しあて、彼女から直接病気が誤診であったことを聞く。だが、この八年間におよぶ「初恋」は、ついに実らぬまま終りを告げるのである。ただ、『西川徹郎青春歌集――十代作品集』の短歌としてのみこれまでノートのなかで生きつづけたのだ。

少女は「脊髄カリエス」という病気と思い込み、詠んだ短歌は「病みたまふ君」の章に収められている。

病みたまふ頬の青さは海よりもなを深くして冬来たりけり
看護婦に声振るわせて君を訊く病舎の窓の湖の遠さよ
生涯の重き病ひと君を聞きて窓辺よりただ湖を眺むる
（「病みたまふ君」、以下同じ）
網走の凍りし海に身を入れて死なむと思ふ君の病める日

転校による別離、そして少女の家を木橋の上から見つめる西川少年の姿――。

君が家見むとて丘を登りつつ撫子摘めば腕に溢れぬ
君が家の裏山へ続く枯野道君のさ迷ひ歩み来し道
（「君が家」、以下同じ）
秋風に荒家と化せし君が家夜毎に犬の遠吠える家

少女は札幌の月寒高校に転校したという情報によって、西川少年は一人冬の札幌の町を彷徨う。

月寒の町に住むてふ病む君を一目見んとて急ぎ来しかも　（「月寒町よ」、以下同じ）
慕ひ来し道に生命の冬草のうらかなしけれ月寒町よ
冬日暮れ月寒町の空のもと鴉など飛び我らさまよふ

そして、彼は芦別の地・新城峠を離れて、京都の大学へと入学する。

旅行けば先ず船上に髪長き少女に心燃ゆるたそがれ　（「旅行く日」、以下同じ）
北風のボードに逢へば淋しげに瞳を流しゆく少女あり
初恋に破れて帰るをみなごに祇園通りの春の雨ふる

賀茂川の流れにも、少女の面影を見る。

君が瞳（め）はいつしか賀茂の青さ充ちてさみしき京の夜半となりぬ　（「賀茂川」、以下同じ）
賀茂川の水を眺めて涙（さし）ぐみしうら若き日に酒房に入りぬ
君の名を夜空に呼べり賀茂川の暗き流れに死を思ひつつ
君がため涙流るる賀茂川の岸の菫は星屑なりき
あはれにも思ふは同じことなりて賀茂川の水を君と眺むる

秋の風にも、野の花にも、四季折々にも、「君」はいる。

東山暮れゆきにけり秋風に南座の旗飜る見ゆ　（「秋の風」）
京に来て淡き恋知る子となりし我を憐れみ秋の風吹く　（同前）
紫の野花の茎を噛みにけり初こひびとは病みたまひつつ　（「野花」）
白藤の匂ひさやけき北の町別れて悲しき唄くちずさむ　（「幻の花」）
裏山に藤の花咲く春来れば再び君に逢はむと思ふ　（同前）
春の雪花の如くにわがひとの髪にかかるはなやましきかな　（「春の雪」）

十代の青春を彩った一少女は、西川少年詩人のなかにヒヤシンスの蕾のように、哀しく、淋しくそよいでいる——。

ヒヤシンス夜空の星を映すかに心の庭に咲くは淋しき（「ヒヤシンス」）

西川徹郎は、『幻想詩篇 天使の悪夢九千句』の後記を冒頭に

ハンケチが遠くて瞼は月夜の津波（第十八章「月夜の津波」）

の句を引用し、こう書きはじめている。

「詩人とは永遠に孤独なる者、永遠の夭折者である」

と。二つの十代作品集『決定版 無灯艦隊―十代作品集』と『西川徹郎青春歌集―十代作品集』をこの一行から見ると、それは石川啄木同様に、そのまま西川徹郎自身であろう。そんな十代の詩人西川徹郎は、銀河宇宙の何処かにもう一人の自分〈西川徹郎〉が存在することを信じて、永遠の孤独者＝夭折者としての青春を生きたのだ。

天性の詩人西川徹郎は、夜空に輝くポラリスのような一少女の存在を短歌に昇華した『西川徹郎青春歌集―十代作品集』によって、極北の地・芦別新城峠の海原に浮かぶ〈無灯艦隊〉が青く照らしだされ、その青春地獄を『決定版 無灯艦隊―十代作品集』として俳句に刻んだのである。

死人らの大合唱の山道を行く（「銀河系句篇」）

『幻想詩篇 天使の悪夢九千句』は、次の一句で閉じられている。

風の旅人よ集まれ新城峠大學（第二十章「雪の遊郭」）

西川徹郎も、〈西川徹郎〉も、少女ポラリスも、啄木も、無数の死者たちも、風の旅人たちよ、無灯の海原にある新城峠大學に集まれ、そこにもう一つの銀河系宇宙が在る。

西川徹郎と〈西川徹郎〉、そして『決定版 無灯艦隊―十代作品集』と『西川徹郎青春歌集―十代作品集』、ヒヤシンスブルーの蕾と無灯の艦隊――この切り立つ実存の険しく深い峡谷の原風景を描く「永遠の夭折者」が俳句の詩人西川徹郎であり、その厖大な作品が『幻想詩篇 天使の悪夢九千句』など「世界文学」としての俳句宇宙なのだ。

私たちすべての人は、銀河宇宙にもう一人の〈私〉がいる――。それを孤独とともに知っているのが「永遠

の詩人」なのである。

◆小林孝吉　こばやし・たかよし＝一九五三年長野県生まれ。文芸評論家。明治学院大学文学部卒。「千年紀文学」編集発行人。神奈川大学理事。「神奈川大学評論」創刊以来の編集専門委員。二〇一一年『銀河の光　修羅の闇―西川徹郎の俳句宇宙』（西川徹郎文學館新書③／茜屋書店）により第一回西川徹郎文學館秋櫻文學賞。著書に『椎名麟三論　回心の瞬間』『島田雅彦〈恋物語〉の誕生』『埴谷雄高『死靈』論―夢と虹』ほか。横浜市在住。

綾目　広治

惨劇のファンタジー

西川徹郎句集『幻想詩篇　天使の悪夢九千句』第十章「天使の悪夢」より

一

一読すると、そこには奇想天外な世界が繰り広げられているのが、西川徹郎の俳句世界である。その世界はときに残酷に感じられる場合もある。本稿では、西川徹郎句集『幻想詩篇　天使の悪夢九千句』（二〇一三年六月・西川徹郎文學館／茜屋書店）の題目にもなっている第十章「天使の悪夢」の俳句について考察したい。本来ならば西川徹郎の句集は、最初の一句から最終句までを連続して読むべきものであると考えられるが、その全九千句を扱うことは本稿のような一論文では到底できない。そこで本稿では第十章に絞って見ていきたい。次の引用は、その第十章から適宜抽出したものである。

　義眼を外す花嫁夕闇に襲われて

少しずつ人形になる鉄窓の男
身体から生えた真っ青な蓬を摘む
花嫁の義眼を冷凍保存する
庭箒を風の羊と思い込む
血を吐き叫ぶ鶯を父と思う
谷を歩けばいつしか月夜の寺の屋根

「花嫁」は「義眼」を外し、その「義眼」は「冷凍保存」されたりもする。また「鉄窓の男」は「少しずつ人形になる」のである。あるいは、「身体」からは「真っ青な蓬」が生える人もいる。これらは奇想天外であるとともに、その身体イメージには残酷さも伴っていると言えよう。むろん、こういうふうな出来事は通常のリアリズム小説では起こりえない。しかしながら、童話や昔話の中にあるファンタジーの世界では、普通に起こりえることではないだろうか。たとえば、一般によく知られている「シンデレラ」の物語ではそれほど残酷な場面はないが、それは子供向けに原話が程良く変えられているからであって、幾つかバリエーションがある原話の中には人肉食の場面があるものもある。また、グリム童話の「名づけ親さん」という話は、ある男が名づけ親を訪ねてゆく話であるが、男はシャベルと箒が喧嘩しているのを見たり、死んだ指や死んだ首がたくさんころがっているところや、さらには名づけ親が長い角を二本はやしているのを見るのである。

また、先に見た西川俳句には、「蓬」が「身体から生え」ている人間や、「少しずつ人形にな」っている「鉄窓の男」のことが詠まれているが、これらの句を字義通りに解釈するならば、これは一種の変身譚のように読めるだろう。あるいは、「血を吐き叫ぶ鶯を父と思う」のは、実際に「父」がその「鶯」になっているからではないかと考えれば、これも変身譚と読めよう。「庭箒を風の羊と思い込む」というのも、実際に「庭箒」が「風の羊」になっているからではないかとも想像され、そうであるならばこれも変身譚の一種と言えようか。言うまでもないことだが、今は童話となっている昔話の中には登場人物などが変身する話がたくさんある。たとえば、グリム童話の「蛙の王様」は王子が魔法にかけられて蛙になる話である。「七羽の烏」では、新しく生まれた妹の洗礼のために水を汲みにいった七人の男の子が、水差しを井戸に落としてしまったりしてグズグズして仕事をしないので、腹を立てた父親が〈みんな鳥になってしまえ！〉とつい怒鳴ってしまうと、その通りに七人は七羽の鳥になるのである。

こう見てくると、西川俳句はファンタジーの世界と共通する性格を持っていると思われて来る。谷を歩いているといつの間にか「月夜の寺の屋根」に出ているというのも、時空間が不思議なものになっている昔話や童話などのファンタジーには普通にあることである。また西川俳句の多くは物語性を孕んでいて、一句の世界がそれで完結している、通常の多くの俳句とは異なっている。西川俳句は読んで読者は、その後の展開を想像させられてしまう。たとえば、「鉄窓の男」は「人形」になった後、どうするのだろうか、身体から「蓬」が生えた人間はどうなるのだろうかと想像を廻らすであろう。このように西川俳句にはその後の展開が気になる物語性があるのだが、しかしながらその後にそれらの人物たちが元の存在に戻り、さらには彼らに救いというものがあるとは、おそらく考えにくいのではなかろうか。「鉄窓の男」は「人形」になったままであり、身体から「蓬」が生えた人間はこれからもそれを「摘む」しかないだろう。そうなった彼らは不幸であろうが、ただそれを甘受するしかないのである。これらの変身を不条理というふうに言ってもいいかも知れない。

実は童話も不条理に満ちている。シャルル・ペローの童話に有名な「赤頭巾」の話があるが、原話では赤頭巾はお婆さんに化けた狼に食べられてしまい、話はそれで終わりになっている。救いは無い。そのことについて、坂口安吾はエッセイの「文学のふるさと」（一九四一年八月）の中で、「私達はいきなりそこで突き放されて、何か約束が違ったような感じで戸惑いしながら、然し、思わず目を打たれて、プツンとちょん切られた空しい余白に、非常に静かな、しかも透明な、ひとつの切ない「ふるさと」を見ないでしょうか」と語っている。そして、「生存の孤独とか、我々のふるさと」というものについて、「私は、いかにも、そのように、むごたらしく、救いのないものだと思います」と述べている。坂口安吾にとって、文学とはその「ふるさと」から始まるものとして考えられていた。

西川徹郎の俳句世界は坂口安吾が述べている「文学のふるさと」に通じている。因みに、野村泫は『昔話と文学』（一九八八年五月・白水社）の中で、小説『変身』で一般にもよく知られているフランツ・カフカに論及しながら、カフカが昔話を好んだことについて述べた後、二十世紀の芸術は言わば真に現実に即そうとして、単なる現実描写から離れて現実を「昇華」していったのであるが、「あらゆるモチーフの非現実化こそ昔話の文体的な特質にほかならない」と語っている。さらに野村泫は、「ほんとうの現実は常に非現実的なものである」というカフカの談話を紹介している。カフカの文学と西川徹郎の俳句との類縁性については、すでに高橋比呂子が「実存の俳句―カフカ的見地からの西川徹郎」（『星月の惨劇―西川徹郎の世界』所収・二〇〇二年九月・茜屋書店）で指摘しているが、カフカの『変身』は不条理そのものの話である。もちろん西川徹郎の俳句も不条理に満ちた世界が頻出するのであり、その点でカフカの文学とも共通する性格を持っていると言えよう。しかしここでは西川俳句とカフカとの共通性については、両者の童話性における類似という観点から指摘しておきたい。

童話性に関連して言えば吉本隆明が、『西川徹郎全句集』（二〇〇〇年七月・沖積舎）に収められた解説「西川俳句について」の中で、西川徹郎が「（略）驚くことに老熟から出発して、物言う嬰児の方へと逆行していった。そして大人の俳句には決してわからない創造の秘訣をあくまでも保ちつづけていると思える」と述べている。さらに吉本隆明は、西川徹郎の俳句世界は「（略）嬰児に帰らなければ決してわからないポエジィの場所といってもいい」として、「かれの句作は純化されて嬰児のもつ永遠を、だんだん獲得しつつあるようにみえる」とも語っている。これは正鵠を得た指摘であろう。もっとも、「嬰児」は少し言い過ぎであり、「嬰児」ではなく幼児と言うべきではないかと思われるが、それはともかくも、西川俳句が切り拓いて見せてくれる世界は、「大人の俳句」世界に馴染んだ眼には不可解としか言いようがない面がある。しかしながら、幼児の眼でその世界を見るならば、意外にすんなりと了解できるのではないかと考えられる。たとえば、次のような句である。

野のバスを襲う紋白蝶の群れ
浜町のふしぎな蝶と遊びおり
念仏を教えてくれた紫鸚哥

竹林歩きいつしか鹿となる姉妹
壺絵の龍が夜毎のたうつ湖の寺
筆入の中の鈴虫鳴きしきる
漂着の月夜河童が皿磨く

言うまでもないことと思われるが、「蝶」が「バスを襲」ったり、人間の「姉妹」が「いつしか鹿とな」ったりするのも、童話の世界では普通の出来事である。あるいは「筆入の中」に「鈴虫」を入れたりするのは、幼児あるいは子どもがやりそうなことであるし、さらには「壺絵」に描かれた「龍」が現実に「のたうつ」かも知れないというのは、幼児の幻想や空想の世界では不思議なことではないだろう。先に見た俳句は残酷さを持つものであったが、ここでの俳句はいわゆるメルヘンチックなものに見えてくる。繰り返して言うなら、それらは幼児が持つ幻想である。梅原猛は『無灯艦隊ノート』について―ボードレールの散文詩を思わせる」(『星月の惨劇―西川徹郎の世界』所収)で、「西川氏の俳句は実存俳句というよりアニミズム俳句であるが、このアニミズムは根底に殺し殺されるという凶暴な関係を秘めているのである」と述べている。「アニミズム」は森羅万象に生きとし生けるものの姿を見るような原始心性であり、幼児の心性はアニミズムのそれに近いと言えよう。このように見てくると、西川徹郎の俳句世界はたしかに「惨劇」という言葉が似つかわしいところがあるが、しかしそれは多くの童話に見られる残酷性に近いものであるし、また西川俳句には単純に言ってメルヘンチックな要素もあるのである。それでは、そのような西川俳句をさらに追究していくと、どういう世界に行き着くのであろうか。しかし、その前にさらに西川俳句と童話や昔話との共通性について触れておきたい。

二

第十章「天使の悪夢」には次のような群作がある。

墓穴に首入れ叫ぶはらからよ
墓穴に入れた首が抜けずに苦しみおり
墓穴に首入れ湖の底を知る

墓穴に首入れ地底の海を知る
墓穴に首入れ別れた父を知る
墓穴に首入れ別れた兄と遇う
墓穴に入れた首が咥える喉の骨

ウラジーミル・プロップは『昔話の形態学』（北岡誠司・福田美智代訳・一九八七年八月・白馬書房）の中で、「昔話が、一方で、おどろくべきほどに多様・多彩で、あざやかに印象深い［のは、人物の属性その他の多様性に由来し］、他方で、昔話が、それに劣らずおどろくべきほど一様で単調で同じことのくりかえしである（略）」と述べている。もちろん、「一様で単調」であるからこそ、プロップは多くの昔話から「恒常的な不変の要素」を引き出して、「三十一の機能」に基づく「構造類型」に纏め上げることができたのである。それが、すなわちプロップ「昔話の形態学」の構築である。

西川俳句には『幻想詩篇 天使の悪夢九千句』以前から「一様で単調」な群作を含む句集があったが、今の引用が第十章「天使の悪夢」に見られる「一様で単調」な群作の例である。「墓穴に首を入れ」ることにおいてこれらの句は同一である。もちろん、「墓穴に入れた首が抜けずに苦しみおり」の句と「墓穴に入れた首を咥える喉の骨」の句は、「首」の体言修飾になっている点において、引用した他の句と違っているが、しかし「首」が「墓穴」に入っていることにおいては違いはない。そういう「一様で単調」な場面設定で句が展開しているのである。つまり、構造類型性という点でも西川俳句と昔話や童話には共通性があるのである。さらに言えば、この「墓穴」とは異界の入り口であると考えられ、そのように異界への入り口があるというところも童話や昔話との類縁性を見ることができるだろう。

このように、西川俳句の大きな特質に童話や昔話との共通性があると考えられるが、それでは昔話や童話というものは、一体どういう性格を持つ物語と考えたらいいであろうか。

童話や昔話などのメルヘンについて、日本におけるユング心理学の第一人者であった河合隼雄は『昔話の深層　ユング心理学とグリム童話』（一九九七年一〇月・福音館書店）で、「昔話のすさまじさ」ということを指摘している。もちろんこの「すさまじさ」は先に見た、西川俳句における残酷さに通じるものである。河合隼雄はユング心理学で言う「元型」に触れながら、「(略)ある個人が何らかの元型的な体験をしたとき、その経験をできるかぎり直接的に伝えようとしてできた話が昔話の始まりであると思われる」と述べている。「すさまじさ」について言えば、それはグレートマザーや影、アニマやアニムスなどの、人間を成長させるものであるとともに破壊する力も持っている「元型」から出てくるというわけである。では「元型」とは何かというと、それは人間の個人の無意識のさらに深いところに存在していると思われる普遍的無意識の中にあるものである。

そうであるならば、昔話や童話などのメルヘンが表しているのは、個人というよりも集団の無意識世界であるということになり、実際、河合隼雄はその判断からグリム童話をユング心理学から分析して説得力ある論を展開している。たとえば昔話でよく見られる首切りの話は、「自己去勢」を意味していて、それは人間の成長の過程において決定的な変革を表しているのであり、そこには死と再生のテーマが語られている、というふうに読んでいる。河合隼雄が論じている個々の昔話についての解釈の当否はともかくも、昔話や童話は人々の「元型的な体験」を物語化したものであると考えられるならば、それらメルヘンの世界が表しているのは、端的に言って人々の無意識の有り様であるということになるだろう。個人的無意識か普遍的無意識かはともかくとして、西川俳句の世界にも無意識を表しているところがあるのではないだろうか。

松本健一は「無意識領域の書記―『西川徹郎全句集』について」(『星月の惨劇―西川徹郎の世界』所収)で、西川徹郎について「かれは自己を無意識領域にまで踏みこんで捉えたいのである」、「(略)俳句はかれにとって方法というより、自己の無意識領域、あるいは形無きもののところにまで踏み込んでゆく場なのだ」と述べている。さらには「(略)俳句はかれにとって、いわば自動書記の役割をはたすのである」とも語っている。西川俳句における無意識の問題については、稲葉真弓も「言葉の「無限樹海」―西川徹郎の世界に寄せて」(同所収)で、『西川徹郎全句集』は「(略)人間の記憶の中に無意識に眠る「無限樹海」への入り口なのだ」と語り、また和田悟朗は「生と死と性の集約―『西川徹郎全句集』より」(同所収)で、西川徹郎が一夜で数百句を書き進むことに触れながら、その「集中力と技倆」は「(略)一種の無意識が駆動するところのオートマチズム」であると述べている。

ここで和田悟朗が語っている「オートマチズム」という言葉は、先に引用した松本健一の「自動書記」という言葉に重なるが、これはシュールレアリズムで用いられた技法である。シュールレアリズムは、意識で認識できる世界だけが現実の全てであると思っている人間の狭隘な視野を押し広げるために、たとえば半醒半睡の状態で思い浮かぶままを記述していくという「自動記述」の方法を採ることもあった。意識による制御をかなりの程度において後退させ、ペンの動きの赴くままに記述していくのである。それによって無意識界を描くことができると考えたわけである。和田悟朗も松本健一も、西川徹郎の句作の有り様をシュールレアリズムの「自動記述」そのもの、あるいはそれに近いものがあるのではないかということを述べているのだが、たしかに西川俳句からはその趣きが感じられるかも知れない。西川徹郎の句集からは奇想天外なイメージの奔出が見られ、このような奔出は意識的な統御によって作られるものではないと、恐らく両者には感じ取られたのであろう。

シュールレアリズムと西川俳句との関係については、櫻井琢巳が『世界詩としての俳句―西川徹郎論』（二〇〇三年一月・沖積舎）で、「私の勘はまちがってはいなかった。やはりあったのだ。西川が他人には黙して語らなかった彼の青春時の西洋美術への傾斜と、シュルレアリスムに関する驚くべき体験が。」と、西川徹郎におけるシュールレアリズム体験について語っている。しかしながら、他方で櫻井琢巳は、「（略）西川の超現実（シュルレアリテ）の感性とイメージが先にあって、シュルレアリスムの影響はあとからきたものだということだ」とも述べている。なるほど、そうであったろうと考えられる。たとえシュールレアリズムからの影響があったにしても、西川徹郎の側にそれを受け止める資質が無ければ、その俳句世界のような、驚くべきイメージの乱舞とも言える世界は展開されることは無かっただろう。また、シュールレアリズムとは異なって、やはり句作はあくまで意識的操作によってこそ可能となるものであろう。だから、イメージの湧出は無意識界からのものであっても、それを統御して句に仕立て上げるのはやはり作者の意識の働きなのである。

西川俳句とシュールレアリズムとの関係は今見てきたようなことであろうと考えられるが、西川俳句には凶暴性をも含んだ無意識からの噴出だけに留まらない句もある。たとえば、次のような句である。

花嫁の頬打つ舌のスコップで
入水の花嫁裏の溜め池に
花嫁捜すため溜め池の水を抜く
溜め池の底に沈みおり花嫁は
溜め池から花嫁引き上げ苦しみおり
ぐったりとした花嫁横たわる池の淵
花婿が来て泣き叫ぶ淵の花嫁
隣人が眼を開きみる淵の花嫁
村長が来て掌を合わす淵の花嫁
村じゅうが集まり眺める淵の花嫁
胸も下着も濡れた花嫁を村人は

西川徹郎句集『幻想詩篇 天使の悪夢九千句』の「後記 白い渚を行く旅人」によれば、西川徹郎の寺から山道を越えても三丁ほどしか離れていない一軒の農家の「若く綺麗な花嫁」が秋の暮れ方に行方不明となり、その三日目の午後、溜め池の底に入水死体となって発見されたことがあったようである。新城峠の村落では多くの「自死者」があるようで、その花嫁の死も「溜め池の縁の草陰に靴が並べられて」あったことから覚悟の入水自殺であったと考えられる。西川徹郎によれば、「この村落の村人等の舌のスコップは鋭く研ぎ澄まされていて、弱い立場の人間や倒れ伏した人間の背を容赦なく突く」(傍点・引用者)のであり、また「一言でも村の体制に批判的発言をした人間に対しては集団的に誹謗や悪舌といった舌のスコップを雨降らせ、更には容易に人を殺す讒言がとどめを刺す」(同)ようであったらしい。

今引用した一連の句は、その花嫁の入水自殺事件を詠んだものであろう。西川俳句には幻想的なものだけでなく、実際の出来事に基づいた句もかなりあるのではないかと考えられるが、それとともに連作もしくは群作として詠まれている句には出来事の経緯が物語のように展開されている場合があることも知られる。さらには、引用した句からは西川徹郎の怒りと悲しみを読み取ることができ、西川徹郎の感性や姿勢というものがどういうものであるかをも知ることができる。また、通常の俳句世界ではこのような出来事は題材になることはおそらく殆ど無く、西川俳句だからこそ、そのような出来事が詠まれたわけである。俳句が花鳥諷詠のみに留まるならば、私たちの世界の極めて狭い領域しか対象にすることはできないが、西川徹郎の俳句世界はそういう狭さを打ち破って、詠まれる領域を押し広げ、それまでの俳句世界に革命をもたらす可能性を持ったものと言える。題材の問題に限ってもそういうことが指摘できるであろう。

それでは、以上のような特質を持つ西川徹郎の俳句を文学的にどう評価し、どう位置づけしたらいいであろうか。西川徹郎は自身の俳句を「実存俳句」と呼んでいるのだが、そのことはどう受け止めたらいいのだろうか。次にはそれらについて考えてみたい。

三

西川徹郎は「〈火宅〉のパラドックス―〈実存俳句〉の根拠」（『星月の惨劇―西川徹郎の世界』所収）で、「実存俳句」の実存は西洋哲学の実存主義とは異なり、大乗佛教の浄土教の人間観に拠ったものであると述べている。その人間観とは、「四苦の相（生老病死）とともに罪悪性と反自然的な本質こそ人間存在の偽らざる事実であり、実存性である」というものであり、且つその「実存性の克服」こそ佛陀の教えであり、そのことを説いた法然や親鸞の人間観も同じである、と同論文で西川徹郎は語っている。たとえば先に見た俳句の中で言うならば、溜め池で自死した花嫁に、私たちは「人間存在の偽らざる事実」の端的なあり方を見ることができる。あるいは、とりわけ「死」を詠んだ句に「人間存在の偽らざる事実」が詠まれていると言える。次に幾つかの句を抜き出してみる。

　縄の村で縊死のれんしゅう淋しさよ
　毀れた馬車で嵐の岬へ死にに行く
　死顔の上をはらはらと飛ぶ蒼い鶴
　死へ急ぐ父白髪靡かせ馬のよう

東雲は川屋で死んでいる桔梗
ぐったりと床に横たわる縊死の隣人
山を下りて来て寝台で死ぬ山男

人間は堕ちる存在であり、そしてついには死ぬ存在である。それが「偽らざる事実」なのである。西川徹郎の「実存俳句」はその実相を詠むのであるが、しかし「〈火宅〉のパラドックス―〈実存俳句〉の根拠」で西川徹郎は、「堕獄必定の身がそのまま往生必定の身となる」という「壮大なパラドックス」こそ、「大乗佛教の究極としての絶対他力の論理」であり、「私の俳句は、この浄土教のミダの本願の、絶対他力の大悲の思想に依っており、殊に親鸞が明らかにしたこの「地獄は一定すみか」という実存的な極苦の人間観こそ、私が殊更に〈実存俳句〉と呼ぶ根拠にほかならない」、と述べている。もっとも西川徹郎は他方で、「後記 白い渚を行く旅人」(前出)の中で「私の詩や文学は、剃刀の刃先ほどの隔絶なれども明確に宗教とは位相を異とする」と述べている。あるいは同論文で、「私の文学は悪機を救う法の側には位置しない」、とも語っている。

たしかに、そうであろうと思われる。西川俳句は、「四苦」の中で罪を犯して生きざるを得ない人間存在、それ故に救いを求めざるを得ないあり方を詠むものであるが、そこには救いの手を差し伸べる側からの句は詠まれていない。西川徹真(西川徹郎)の浄土真宗本願寺派の司教請求論文『弥陀久遠義の研究』(二〇〇二年一二月・黎明學舎/茜屋書店)の中の言葉を用いれば、西川俳句には「つまり救われ難き機を顕す所に救わずにおかない法の久遠が影を彰す」ということはないのである。救いを語るのは文学ではなく宗教の側だからである。

ただし、そうではあっても、西川徹郎自身も述べているように、彼の「実存俳句」の根底にある人間観さらには存在観は、やはり浄土教の思想に基づくものであろう。あるいは、釈迦や親鸞が地獄を見るようにこの現世を見たように、俳人としての西川徹郎も現世をそのように見ていると言えようか。西川俳句と浄土佛教との関係については、斎藤冬海の大論文「「秋ノクレ」論―西川文学の拓く世界」(『星月の惨劇―西川徹郎の世界』所収)が詳しく論じているが、佛教者としての西川徹郎のその眼は人間以外の存在を詠むところにも端的に表れている。また、すでに見たように、西川徹郎の俳句は人間が様々なものに変身するような句があったり、様々な動植物などが登場する句があるのだが、これも、生きとし生けるあらゆる存在を差別することなく見ようとする大乗佛教の教えと繋がっていると考えられる。西川徹郎もそのことについても「後記　白い渚を行く旅人」で語っている。

本稿の始めの方で私は、西川俳句における幼児心性との共通性ということを指摘したが、幼児などの子どもの眼は、存在物を差別相において見ることはせず、同一相において見るものだと言えよう。詰まらぬ分別をするのは大人の方である。おそらく釈迦は言うまでもなく、法然や親鸞という高僧も幼児のような眼を持っていたのではないだろうか。だから、西川徹郎の「実存俳句」は幼児心性が表れている俳句とも言えるし、大乗佛教徒の眼に映った世の実相が詠われた俳句である、とも言うことができるのではないかと思われる。

ここで再び、「実存俳句」における実存の問題に戻るならば、たしかにそれは西川徹郎の言うように西洋思想の中にある実存哲学や実存主義とは異なっているのだが、しかし共通するところもあると言えるのではないか。それはとりわけサルトルの実存主義に通じるのではないかと考えられる。それまでの俳句の狭い美的世界を打ち破り、俳句の美の問題のみに収斂させるのではなく、広く倫理の問題として捉え直したのが西川徹郎の「実存俳句」であったわけだが、その姿勢はたとえば次のようなサルトルの「文学とは何か」（『シチュアシオンⅡ』〈加藤周一訳、改訂版一九六四年一二月・人文書院〉所収）の言葉に重なるであろう。「たとえ文学と倫理とは全く別なものであるにしても、美的命令の奥底には、倫理的命令がみわけられる」という言葉である。

そして、サルトルにとって文学と倫理は彼を取り巻く政治社会状況と緊張関係を持っていたものであったと同様に、西川徹郎にとっても「実存俳句」はそういうものであると思われる。

西川徹郎は「〈火宅〉のパラドックス―実存俳句の根拠」（『星月の惨劇―西川徹郎の世界』所収、二〇〇二年九月・茜屋書店）の中で次のように語っている。

「俳句というこの傑れた言語表現の詩形式は、今や観念の奴隷となり下った哲学（者）の閉塞性や国家権力に支えられたアカデミズムの軽薄性を打ち破り、あるいはあらゆる既成の思想や主義やイズムや理念や国家意識や権力の統制や偏狭なナショナリズムをも打ち砕き、言語を規制し束縛する一切の認識と思索の領域を超脱し、世界の果てへ向って言語を飛翔させ、未知なる世界の領有を希求し実現する唯一つの手だてであることをここにあらためて書いておきたいと思う。」

国家や体制やその支配的イデオロギーに抗おうとする、このような西川俳句の姿勢は、『教行信証』に末尾において、「主上・臣下、法に背(そむ)き義に違し、忿(いかり)を成(な)し、怨(うらみ)を結ぶ」という激しい言葉を当時の支配体制に投げつけている親鸞の姿勢にも通じるだろう。このような姿勢は「第十章　天使の悪夢」にある俳句だけではなく、西川徹郎句集『幻想詩篇　天使の悪夢九千句』全作の俳句にも貫かれていると思われる。付け加えて言えば、軽薄で能天気な趣のあったポストモダニズム(とりわけ日本ではそうであった)が全盛であった時期にも、西川徹郎は「実存俳句」とその「実存」の持つ意味の重要性を語っていたと考えられるが、そのこと自体にも支配的イデオロギーや流行の思潮に靡かない彼の強い意志と姿勢を見ることができよう。

さて、西川徹郎の俳句世界を文学的にどう位置づけるべきか、どう評価すべきか、とりわけ俳句史においてそれらのことをどう考えるべきかという問題があるが、これを語るためには実証的な作業も含めて相当な労力を要するであろう。したがって、ここでは今の時点で指摘できることだけを挙げておきたい。言うまでも無く、西川俳句は無季非定型の俳句であり、その点で金子兜太や日野草城の俳句、あるいは西川徹郎が師事していたと言える細谷源二の俳句の系譜に位置すると言える。

たとえば細谷源二は、『現代俳句の解説』(一九五四年一〇月・現代俳句の解説刊行会)で、「(略)現代の俳句にはどうしても、独自な創造と、深い思想、鋭い知性、批判精神、情熱等々が必要になって来たのであります」と述べているが、この姿勢を継承しさらに深めたのが西川徹郎だったと言える。批判精神に関して細谷源二は、それを「現在の社会を批判的に見」ることであることだと述べ、さらに「デフォルマシオン」について「どうしてもそうあらねば作品が生きないと云うところまでつきつめた結果であってほしいのであります」と語っている。さらに細谷源二は、絵画は優れた人間生活を創り出すためにあるのだということを語った後、「俳句の場合でもその通り、既成観念や陳腐な枠にあてはめる考え方よりの解放が必要であり、それへのはげしい斗(ママ)であると云えよう」と述べている。

細谷源二のこれらの言説に表れている、俳句創造の指針の延長線上に展開されたのが、西川徹郎の俳句であったのではないかと思われる。ただ、『細谷源二全集』（一九七〇年九月・俳句研究社）に見られる、細谷源二の俳句よりも西川俳句は遙かにラディカルなのである。

こう見てくると、西川徹郎の俳句世界が決して突然変異のように生まれてきたのではなく、むしろ俳句史の流れから出るべくして出て来たものであるとともに、やはりそれは極めてラディカルな突出でもあったと言えるのではないか。しかも、その俳句は浄土教の世界、さらには広く佛教の世界とも言わば臍の緒が繋がっているのである。日本の近現代文学と宗教との関係という場合、キリスト教との関係ばかりに眼が向けられ、佛教との関係についてはそれに比べて等閑にされる傾向が今なおある。もっとも、そこには作家の側に佛教の素養のある人物が少なかったという問題もあるわけだが、西川徹郎の俳句世界は改めて文学においても佛教思想の重要性を気づかせてくれるものである。俳句史の中の革命という点においては言うまでもなく、また佛教との関係という点においても、今後の西川俳句の展開が期待される。

［付記］　私の勤務校の同僚で宮澤賢治の研究家でもある山根知子氏に文献をご教示いただいた。記して感謝申し上げる。

◆綾目広治　あやめ・ひろはる＝一九五三年広島市生まれ。文芸評論家・日本近代文学専攻。京都大学経済学部卒。広島大学大学院文学研究科博士課程中退。ノートルダム清心女子大学教授。「千年紀文学」同人。日本文藝家協会会員。著書に『脱＝文学研究　ポストモダニズム批評に抗して』『反骨と変革　日本近代文学と女性・笑い・格差』『小川洋子　見えない世界を見つめて』ほか。岡山市在住。

倉阪鬼一郎

西川徹郎と白髪一雄――二つの暗い渦

小さい物差しで大きなものを測ることはできない。たとえその物差しが優れたものであっても、規格から外れたものを測ることは不可能だ。

たとえば、折にふれて用いられるこんな物差しがある。

「一世のうち秀逸の句三、五あらんは作者なり。十句に及ばん人は名人なり」

俳聖芭蕉はそう述べた。一応のところ、これはうなずける評言だ。この芭蕉の掌の中で、多くの俳人が「作者」あわよくば「名人」を目指して日々精進している。

しかし、区々たる一句に拘泥していては評価ができない作品もある。これに花鳥諷詠や写生などの伝統俳句のイデオロギーが加わり、さらに結社俳句の微温的な政治性が加味されると、物差しはなおさら小さくなってしまう。

その物差しで測れるのは、せいぜい「連作」までだ。西川徹郎の「群作」、あるいはいっそ「壁画作」とでも呼んでしまいたい作品群を、そのような貧しい小さな物差しで測ることはできない。

ならば、どういう物差しを用いればいいか。

まず考えられるのは、俳句内ばかりではなく、全芸術をカバーする大きな物差しを取り出すことだ。ほかの芸術に補助線を引き、西川俳句に新たな光を照射すること。これが本稿の主たる目的である。

西川徹郎の第十四句集『幻想詩篇 天使の悪夢九千句』の巻末には「諸家西川徹郎論抄」が掲載されている。その末尾に記載されているのが拙著『怖い俳句』(幻冬舎新書)だ。

まずは該当箇所のさわりを引用させていただく。

「厚塗りの前衛壁画のようなその連作や群作は、俳句史上でもひときわ異彩を放っています。足に絵の具を塗って描いた、宗教的世界とも響き合う白髪一雄（しらがかずお）の抽象画を彷彿させるその作品は、部分にすぎない一句ではなくもっと大きな平面として鑑賞されるべきでしょう」

同書は限られたスペースしかなく、詳述することができなかった。本稿ではそのあたりを順序立てて詳しく再考察してみたい。

白髪一雄はことに海外で高く評価されている抽象画家だ。フランスのポンピドゥー美術館に複数の絵が収蔵されている日本人画家は白髪だけで、その絵にはオークションで二億円という破格の高値がついたこともある。だが、日本では一般的な知名度はさほど高くなく、関東での本格的な個展は没後を待たなければならなかった。

二〇〇九年に横須賀美術館で催された白髪一雄展を、筆者は茅ヶ崎から四十数キロ走って観に行ったことがある。白髪一雄が海外で評価されたのは、足に大量の絵の具を塗り、天井から吊るされた縄にぶら下がって床のキャンバスにたたきつけるようにして描くフット・ペインティングだ。その足で描かれた絵画を、走って観に行こうというコンセプトだった。

絵画作品のみならず、制作シーンを撮影したビデオなども公開された面白い展覧会だったが、図録は購入しなかった。絵の具の盛り上がりが異様な迫力を生む白髪一雄の絵の魅力は、平面的な図録ではまったく伝わらないからだ。

この展覧会の副題は「格闘から生まれた絵画」だった。日本におけるアクション・ペインターの先駆けとなった白髪一雄の制作活動は、まさに格闘の連続だった。

所属していた伝説の具体美術協会の第一回展で、白髪は「泥に挑む」というパフォーマンスを披露した。左官業者と交渉をまとめ、約一トンの壁土を搬入した白髪は、裸になって泥に飛び込み、その格闘ぶりを造形芸術としたのだ。のちの足で描く絵画の原点がここにある。

決して奇をてらったわけではない。白髪一雄の思想と存在のチューブから必然的に絞り出されてきた芸術行為だったことは、本人の述懐や各種の証言から明らかだ。

白髪一雄のキーワードの一つに「肥る」がある。足で描かれた絵の具が盛り上がって渦を巻くその作品を観れば、なるほどと感得される言葉だ。

人が生まれついて持っている「質」がある。その本来的な質に、他人から奪って得ることが可能な後天的な「質」を加えることによって「肥る」ことができる。

白髪はそう考えた。

キャンバスが本来的な質だとすれば、絵の具は後天的な質だ。かくして、白髪一雄の絵は豊饒に肥えていく。

この「肥る」過程は、思考行為によって無形に表現されることもあり、また肉体行為によって有形の表現として示されることもある。その行為においては、「生きる現実を受けとめ又生み出す人間の神経」を大切にし、また自分の人間としての質を信じて「一生懸命やる」ことが一番大切だと白髪は述べている。

木村覚「《泥に挑む》白髪一雄」（『現代美術用語辞典』ｖｅｒ・２・０）

単なる思いつきではなく、その存在を思うさまぶつけて一生懸命やっているがゆえに、白髪が足で描いた異形の絵画は鑑賞者の心を揺さぶる。

『幻想詩篇 天使の悪夢九千句』のたたずまいを見れば感得されるように、西川徹郎の句業も十分に「肥えた」存在だ。無慮九千句の書き下ろし句集など、空前にして絶後の試みだろう。

この両者のあいだには、もう一つ重要な共通点がある。西川徹郎は浄土真宗の僧侶にして真宗学者だが、白髪一雄は密教に興味を引かれ、比叡山延暦寺で厳しい修行をして得度している。その宗派の違いと同じく、作風の明暗には差異があるが、「肥えた」表層の渦の中から立ちのぼってくる宗教的熱情には明らかに類似点がある。

ただし、宗教的熱情と言っても、いみじくも西川自身が本句集の後記で「私の文学的テーゼは宗教のそれとは同一ではない。文学は何処までも宗教それ自体ではないし、又思想そのものでもない」と述べているように、表現されているものは宗教それ自体ではない。あくまでも宗教的なアウラであることが、ツールをまったく異にするこの二人の芸術家の特徴だ。

ゆえに、西川徹郎の俳句は、白髪一雄の異様な絵画のように感覚的に鑑賞することができる。

『幻想詩篇 天使の悪夢九千句』からモデルとなりうる部分を引用しながら、以下にその具体例を示してみよう。

蛇に追われた人思い出す青い桐
蛇から助けた少女が白い蛇となる
蛇から助けた少女が私の蛇摑む
蛇から助けた少女が私の蛇を呑む
苦し紛れに蛇の首断つ庭鋏
（第二章「青春地獄」）

蛇の首が断たれ、悪夢のウロボロス的世界が消えるのは一瞬のことで、同じ色調やイメージはまた繰り返し登場する。本稿では前衛画家の白髪一雄と比較対照してみたが、漆黒のシンフォニストと呼ばれたスウェーデンのアラン・ペッテションのような暗黒系の作曲家に補助線を引くこともあるいは可能かもしれない。

月のマネキン庭の欅にぶら下がる
（第二章「青春地獄」）

別れの手紙書く尾根上の月のマネキン
経読み耽る樹上の月のマネキンは
座禅して美し樹上の月のマネキン
奈良中の山道歩く月のマネキン
いっしんに街中走る月のマネキン
マネキンのはらわた京の夕映えは
樹上座禅をしている月のマネキンは
樹の上でたくさん夢見て月のマネキン

マネキンはこの部分ばかりではなく、本書の至るところに姿を現す。西川徹郎のほかの句集にも登場する偏愛の脇役であることは周知のとおりだろう。

これはマネキンに限らない。音楽に擬せば通奏低音もしくは反復される主題のごときものは、さまざまな言葉やイメージに仮託されながら繰り返し現れては消えていく。

こうして、長大な暗黒の交響曲は、折にふれて調子を変えつつも暗い波のようにうねりながら延々と続いていく。

繃帯で白馬をぐるぐる巻きにする
繃帯で父上をぐるぐる巻きにする
繃帯で陰茎をぐるぐる巻きにする
繃帯でマネキンをぐるぐる巻きにする
繃帯で自転車をぐるぐる巻きにする
繃帯で野犬をぐるぐる巻きにする
繃帯で看護婦をぐるぐる巻きにする
繃帯で院長をぐるぐる巻きにする
（第四章「舌のスコップ」）

この部分などは、まさに白髪一雄の絵を彷彿させる。

「ぐるぐる巻き」は渦。「繃帯」は厚く塗られた絵の具だ。

絵画と音楽に補助線を引いてみたから、もう一つ、映像にも関係づけてみることにしよう。

産道で出会った悪魔美しき

この印象深い一句で幕を開ける第四章「舌のスコップ」は、さながら暗鬱な映像詩のごとき展開を見せる。

既成の句集と同じように一句一句を繙きながら読んでいては、恐らく『幻想詩篇 天使の悪夢九千句』は読み通せないだろう。いつもより速く、映像に身をゆだねるつもりで読めば、あるいはその常ならぬ感覚が伝わってくるかもしれない。

ほかにも採り上げたい部分は多い。

上五が「死んでから」の句が五ページ余り続き、「月夜の磯」を経て「死ぬ前に」の句が十ページ余り続く部分（第五章「剃刀の夢」）は、死の乱打とイメージの奔流に圧倒される。

句集のタイトルにもなった第十章「天使の悪夢」は、まず「鏡沼」という架空の場所を舞台として展開される。

火事のように秋桜朱し剃髪前夜
剃髪前夜少年浮かぶ鏡沼
姉が来てぎゃあと叫ぶ鏡沼
弟があああと叫ぶ鏡沼
死界から兄来て叫ぶ鏡沼
死界から縁者集まる鏡沼
村中の人来て息のむ鏡沼
村長が来て指をさす鏡沼
警官が来て縄を張る鏡沼
鏡沼に映った村中の人の顔
鏡沼から少年を引き揚げ苦しみおり

この剃髪前夜の少年は作者の分身だろう。ありえたかもしれない悪夢の世界が暗い「鏡沼」に映し出されていく。胸苦しい「田舎の事件」の映像は、いくたびも場面を変えながら永遠に続いていく。

「たくさんの舌」（第十二章「肉体の抽斗」）はヒエロニムス・ボスの大作「快楽の園」とも一脈通じる負の祝祭空間。「鬼蜻蜓がいっぱいで」の乱打（第十五章「蜻蛉夜祭」）は句集という空間を鬼蜻蜓が埋めつくしてしまう。

駆け足で紹介してきたが、むろん鑑賞者によって印象の残る部分は大きく変わってくるに違いない。巨大なウロボロスを連想させる、つくづく大きな仕事である。

ここで白髪一雄に戻ろう。

キャリアの初期はともすると際物扱いされていた白髪の真価を見抜き、個展を行うなどして評価の向上につとめたのは、国内よりヨーロッパを中心とする海外の画廊だった。その甲斐あって、白髪はいまや世界的な抽象画家として評価されるに至っている。

高名なスターバックス・コーヒーの最高経営責任者ハワード・シュルツの専用オフィスには、白髪一雄の大作が飾られている。白髪が足で描いた異形の絵にこめられた宗教的アウラは、海外のカリスマ経営者の琴線に触れたのだ。

だれが訳すのか、果たして版元はあるのかといった大きな障害はひとまず問わず夢を語ると、もし『幻想詩篇　天使の悪夢九千句』の海外語訳版が刊行されたとしたらどうだろう。

「日本にもこんなスケールの大きな詩人がいたのか……」

驚異の目を瞠り、書斎やオフィスに飾る人物が出るかもしれない。

◆倉阪鬼一郎　くらさか・きいちろう＝一九六〇年三重県生まれ。作家・俳人・翻訳家。早稲田大学第一文学部卒。「豈」同人。著書に小説『遠い旋律、草原の光』、句集『アンドロイド情歌』、評論集『怖い俳句』（幻冬舎新書）ほか。茅ヶ崎市在住。

森井マスミ

実存と反定型──西川徹郎句集『幻想詩篇　天使の悪夢九千句』に寄せて

西川徹郎の第十四句集『幻想詩篇　天使の悪夢九千句』（二〇一三年・茜屋書店）は、九〇〇〇句の書き下ろし作品から成っている。タイトルには「幻想」とあるものの、その世界は「幻想」という手垢にまみれたタームで語ることがためらわれるほど独自であり、しばしば指摘されるシュールレアリスム的な要素も、彼の作品が「実存」に裏打ちされている点で、異なる世界へと結実している。たとえば、

顔に刺さった秋津を毎日抜いてくれ

父さんもうだめだ背の穴に燕棲む

といった句において、「顔に刺さった秋津」や「背の穴」に「棲む」「燕」は、奇を衒った単なるイメージの組み合わせではなく、「実存」の葛藤がもたらした「一回性」の「幻影」に他ならない。そしてそのイメージにリアリティを与えているのは、すでにあるイメージや意味の体系ではなく、その一句にいたる西川自身の作品である。

『幻想詩篇　天使の悪夢九千句』において、読む者を圧倒する夥しいイメージは、浅薄な美に流れることなく、ぬきさしならないものとしてわれわれに迫ってくる。それは「生」がそうであるように、西川のことばもまた「死」と交錯する不断の運動として生み出されているからである。このように西川の俳句が、「実存」に関わるものであればこそ、門外漢でしかない者にもそれを語ることは開かれているはずであり、彼の野垂れ死をも厭わない壮絶な挑戦は、筆者がたずさわる短歌というもう一つの定型詩の暗き道をも照らす一条の光となるはずである。

○

人間存在の「不在性」。西川徹郎の俳句の原点はここにある。「存在がもとより非在であった」という「危うさ」の中で、「存在の不可知性を見透かしてゆく方法」、それが西川にとっての俳句である。ひとは「関係性のなかにしかその存在の成立する場所を見いだすこと」ができない。だからひとは引き裂かれる。そこに「実存の痛苦」が生じるのである。西川は俳句形式が、「最も鮮烈に言語の虚構性を展く方法」であるという。ところで「言語」とは何か。それは「わたし」に他ならない。なぜなら「わたし」とは、言葉によってしか存在を証明できない「虚構」だからである。この点で西川は、「わたしとは一体誰なのか」という答えのない質問に、存在を賭した「答え」を見出したといえる。自らが言葉となり続けることで人間存在の根源にある「不在性」

を埋め合わせようとするアクロバティックな行為。寺山修司は、「偉大な思想になどならなくてもいいから、偉大な質問になりたい」といったが、西川徹郎はまさに自らが〈俳句とは何か〉という「質問」となることで、「生の根拠をもって俳句を書く行為を問い質してゆく、俳句形式との壮絶な抗いの営み」を開始したのである。

あるエッセーで西川は、「昭和四一年の春」を回顧して、

「おそらく、ぼくの青春の日の〈生〉は、俳句を書き続けることで辛うじて維持されていたのであった。」

（「睡蓮の夢―赤尾兜子」一九八五年一月二十日・「豈」春号所収）

と書いた。これは俳句を書くことと自らの「存在」が不可分であるような〈生〉のあり方と、「青春」を永遠に自らに課すような〈生〉のあり方の二つを、この時彼がすでに撰び取っていたことを示している。西川は『幻想詩篇 天使の悪夢九千句』を、「わが青春の地獄篇」と呼んでいるが、彼にとって「青春の日」は、それがいかに過酷なものであったとしても、いまだ継続し今後も終わることがないものである。なぜなら、それは彼にとって俳句が、「生存を賭けた反定型の営み」である以上、避けられない条件だからである。すなわち、「自意識の表現には適さない」「大人の文学」という俳句に向けられた世の認識に対して、彼の撰んだあり方は著しく逆行している。

西川には「青春」の名を冠した作品集がある。十代の短歌作品を集めた『西川徹郎青春歌集―十代作品集』（二〇一〇年・茜屋書店）がそれであり、そこには短歌というジャンルがなし得る最良のものが奇跡のごとく結晶している。西川はこれ以降短歌を詠んでいないが、彼は短歌について「少年詩人としての私の内奥の峡谷を流れ続けてきた詩精神の源泉」といい、「少年の日、私は俳句と短歌という似而非なる詩形式を双翼として、言語表現者としての未明の峡谷を飛び立ったのであった」（『西川徹郎青春歌集―十代作品集』後記）と記している。このことは、彼の俳句が老成を拒むという一点において、短歌という片翼をその詩精神として保ちつづけていることを意味している。

また西川にとって批評とは、「他者を死者として扱うこと」であり、それによって「はじめて扱うところの私自身の世界が解体されてゆく」ものだという。たとえていうなら、「韻文的美意識によって構築された白い

塔」を「がたがたと崩壊させてゆく作業」。すなわち「本当の意味で私というものを捉え直そうとする行為」が、彼にとっての批評であり、それは俳句そのものである。だからこそ彼の「反定型の営み」は、「生と死と性の修羅と惨劇にまみれた「地獄の文学」となるのである。そしてその主なる舞台は、彼自身が「常に何か生死(しょうじ)にさらされている空間」といい、「人間がまるで死者と同じように裸形となって横たわる不思議な場所」という「家」であり、「家族」である。

運河沿い家族の首が林立し
根こそぎ耄る父の眉間の秋の草
殺気だつ沼沢母は鶴だった
暗い朝だよ蛇口に鳥が詰まっていて
弟は棺を抜け出し草野球
胎内や漕げども漕げども海荒らし
鳥葬の夜が来るまで父を梳く
父の匂いの枕で寝れば海の夢
風に削がれて顔が卵となる恐怖
骨拾う背中に韮が群生し
妹の瞳の湖を独泳す

読む者を怒濤のように襲う恐怖、逡巡、安堵、微笑。西川の作品の中では、通常の遠近法は解体され、既存の辞書は用をなさない。圧倒的なイメージと重量をもって迫りくるその世界を目の当たりにしつつ、読者はその鮮明にして目を疑いたくなるような映像を解析し、自らの辞書と文法を作り上げねばならない。

西川の作品では、同じ単語やフレーズがよく繰り返される。『幻想詩篇 天使の悪夢九千句』を例に挙げると、第四章「舌のスコップ」では、「肉体の悪魔」を含む句が二十一。第五章「剃刀の夢」では、「死んでから」ではじまる句が七十一。「死ぬ前に」ではじまる句が百三十四。第十三章の「溺れる白馬」では、「湖底の町」「湖底の駅」「目の底の白波」「白馬」「白浜」「白髪」というように、語のイメージが次の語を喚起し、それぞれいくつかずつが繰り返されながら作品は展開していく。第十五章「蜻蛉夜祭」では「鬼蜻蜓がいっぱいで○○を出られない」が二十八、その他「蜻蛉」「銀蜻蜓」「錦秋」「枯尾花」「糸車」「凧糸」「遠雪崩」「秋の寺」「参道を転がる」「渦巻銀河」「ムササビ」「ハラカラハラカラ」「蝙蝠傘」「列柱」「妹は未だ楓の」「縊死の案山子」などを含む句が繰り返される。また第十六章「虱の唄」ではすべてが虱の句である。そして当然のこととして、ここでは一句の完結性や独立性は失われる。しかしそこにこそ西川の試みがあるのであり、連作にすることによって「暗喩を多層的に構築」することが可能になってくるのである。そしてそこで構築されていく意味は、西川の作品世界を読み解くための独自の辞書と文法となっていく。

馬の眼にひとすじ朱し遠花火
縊死の枝わずかに揺れる遠花火

引用した二句を見れば明らかなように、同じ単語を繰り返していても、その世界は確実に展開している。両者においては、近景と遠景という視点の移動を伴いながら、「遠花火」という一つの語が作品世界を重層化していくのがわかる。

朝顔に白い桶屋が死んでいる
暗く瞬く星河床に眼があって
河床に死馬三日月を咥えた儘
もう朝なのに欄間の鶴が戻らない
襖絵の谷川で時々緋鮒釣る
時々瞬く野寺の仏を叱責する
襖絵の谷川で人が流される
襖絵の谷山で足を滑らせる
人馬もろとも飲み込む紫紺の朝顔よ

既存のイメージにとらわれない自在な世界がここには展開されている。「朝顔」「川床」「襖絵」「谷川」の繰り返しは、決してその世界を狭めてはいない。また「襖絵の谷川で」の繰り返しから、「襖絵の岩山で」への緩やかな変化は音楽的ですらある。すなわち、ことばの繰り返しはリズムによって要請され、同時に視覚的なリズムもそこに生み出される。かつて吉本隆明が、「文学の可能性の極北に挑む詩人の「悲劇的な運命」」として、「楽音の非意味性でしか言い表せないものを、言葉にしようとするところからくる格闘」（「西川徹郎さんの俳句」『西川徹郎の世界』（「秋櫻COSMOS別冊」一九八八年・秋桜発行所）と称したことを、ここで思い出してもよいだろう。リズムという点からいえば、西川の作品には効果的な句またがりが多く、初句七音をはじめとして、二句二音＋七音や結句三音から七音まで、計算された破調が心地よいリズムを刻んでいる。

また句集の中には、一句独立で魅力的な作品もたくさんある。

猿の掌開けば冬の幾山河
北国の牛の眼磨く木枯は
浜薔薇の身の一寸が銀河の根
寒林の呼吸は父の肺である
縊死の垂直感を教える庭の桃
棺の中いつしか銀河の舟を漕ぐ
冬の蛾の顔怖ろしき秒針音
冬鴉どの眼にも海を棲まわせて
群羊は野分の山から瀧のよう
桔梗を深く差し入れ水汲む夜空から
夕月は湖底で叫ぶ白い鶴

遠近法の撹乱によって、これまで鎖されていた場所が開かれ、いまだ眼にしたことのない光景がそこに広がるのをわれわれは目撃する。第二次世界大戦後生まれた不条理劇は、戦争によって夥しい数の死体を目の当たりにした人間の「実存」の不安に根ざして生まれた。同様にして、句集『幻想詩篇 天使の悪夢九千句』の中に積み上げられた夥しい数のことばは、西川自身の「実存」の痛苦そのものであり、それは銀河系宇宙との交信を経て、「反定型の定型詩」という文学の新たな形式をここに確実に発展させている。

◆森井マスミ もりい・ますみ＝一九六八年大阪生まれ。短歌・演劇批評。日本大学大学院文学研究科国文学専攻博士課程満期退学。愛知淑徳大学准教授。「玲瓏」編集委員。日本文藝家協会会員。第二二回現代短歌評論賞受賞。著書に評論集『不可解な殺意―短歌定型という可能性』、歌集『ちろりに過ぐる』ほか。大阪市在住。

稲葉 真弓

原風景を巡って―実存俳句の在りか

数年前のある日のこと。教えている大学の文芸創作科の学生たちに、「新しい文学について」と題して数枚のプリントを配った。それらは愛知県にすむ芥川賞作家・諏訪哲史の短編、川端康成の『掌の小説』に収録されている「心中」、さらに西川徹郎の句集から任意にコピーした数枚だった。講義の内容は、時代は変わっても文学者たちがこれまでいかにオリジナルな表現、既成の概念に縛られないものを求めて書き続けてきたか、そのおおいなるモデルを示すものとして用意したのだった。

諏訪哲史の短編も川端の掌編小説も奇妙な味わいにみちたもので、それぞれがまことに斬新なスタイルを持っているのだが、学生たちが一番興味を示したのが、西川の句集からとったコピーだった。『西川徹郎全句集』のなかでも私は『町は白緑』（一九八八年・沖積舎）が一番すきだが、「春の家」と題した数連と、「水鏡」、「床下」

など、シュールで不思議に奥行きのある作品を選んでみた。それが学生たちに思いがけない驚きをもたらしたらしい。講義のあと、コピーを手に「この作者はどういう人ですか」「こういうものを読むのは初めて。俳句なのか一行詩なのか、どう解釈したらいいのでしょう」と尋ねてくるものが何人もいた。

西川徹郎の句が読者にもたらすものは、先ず十七文字の定型をはみ出す不敵ともいえる大胆な表現への率直な驚きだろう。「これは俳句か、それとも詩?」という問いが出るのも当然。禁則を破った言葉は、やすやすと十七文字を飛び越え、はるかかなたに飛んでいるからだ。

一読しただけでは、イメージの飛躍の大きさから、どう読んだらいいのかわからない作品もある。そもそも、日常を詠んだ句や花鳥風月句、叙景句などに親しんだ者にとって、西川句の「黒い絵画」とでも呼びたいような作品は、親しみよりも戸惑いをもたらすだろう。しかしそこに西川の特異な世界がある。定型句とは対極にある詩群は、これまでの俳壇への反逆であり、一句一句が梶井基次郎の『檸檬』に匹敵する爆発物なのだ。

今回上梓された『幻想詩篇　天使の悪夢九千句』(二〇一三年・茜屋書店)は、九千句を収録した大部の句集である。厚さ六センチ強、重さも半端ではない。そのずっしりとした句集の中に絡み合い、反射しあう悪夢の世界が展開されている。「幻想詩篇」と断りがあるように、最初からこの句集には「逸脱への企み」があって、句というより、一行詩のおもむきが濃い。あたかも西川はこの句集を通して十七文字を壊そうとしているかのようだ。

たとえば、第五章「剃刀の夢」の中にこんな句がある。

　首のない三島と傘さし立ち話し
　鶏頭は三島の首か毟りおり
　三途の岸の蓬が脇に生えてくる

先の二句は、三島由紀夫事件に材をとったものであまりにリアルで、あまりに陰惨。しかし、どこかユーモアがかんじられるのが不思議だ。傘をさした首のない三島の姿と、なにをのんきに立ち話をしているのか、世間話しか、あるいはインタビューでもしているのか、強烈でありながら妙な脱力感もどこかに漂う。「鶏頭」

の句は、いかにも西川らしいイメージに彩られている。夏の光に輝く鶏頭の花はどくどくしいほどに赤い。

「三途の岸」の句には、視覚的な面白さを覚える。死の国の川なのに、ぼうぼうと生える蓬がやけになまなましい。ここに思いがけない面白さがある。生の世界と死の世界の混沌が、絵画的な印象をもたらしてもいる。またこんな想像もしてみる。蓬はお灸に使われ、もぐさとも呼ばれる。エキスは身体の経絡を通って患部に届く。三途にも蓬を立ちあがらせる経絡＝道があるようだ。現実から乖離したあの世のイメージではあるが、負の生命力がみなぎっているのを感じる。

さて、私は先の文で「現実から乖離した」と書いたが、西川の句ははたして本当に現実から遠い「イメージ先行作品」なのだろうか。彼の著書には初期作品と随筆をおさめた小冊子『無灯艦隊ノート』（一九九七年・蝸牛社）がある。おさめられた随筆は、西川の幼年期から青年期の心象をスケッチしたもので、私はこの本に彼の創作の源である、原風景を見る。

年譜を確認すると、第一句集『無灯艦隊』（一九七四年・粒発行所）は二十七歳のときに自費出版、援助したのは彼の父母であったという。血縁に関しては、彼の故郷新城に寺を築き、北海道でも有名な浄土真宗本願寺派の布教使だった祖父西川證信のことに何度も本書で触れている。寺は父が継ぎ、父の死後は西川が継いだ。厳しい自然に囲まれた寒村の寺で過ごした幼年期や青年期の過酷な日々、あるいは自然豊かな風物や風景、ときには土地の風習がもたらしたものがどれほど大きかったか、後の西川の句を読むと自然に納得できる。彼は青年期、雄大な自然の中で自らの存在の意味を問い、また創作の秘密を知ろうとした。そうしてたどりついたのが彼の言うところの「実存俳句」だ。定型にもたれかからない非定型の自由な俳句。自由ではあるけれども、自分の存在の核を見据えた厳しいスタイルと反逆精神にみちた表現が独特の世界を構築していく。

いったい表現者は（私も含めて）、心と体にしみついた原風景を忘れ、捨て去ることができるのだろうか。否と言っておこう。むしろ表現に必要なことは、広大とも言える原風景の中に、なぜ自分はそこにいたのか、そこではなにかあったのか、いかに自分は形づくられたのかを問うことと、記憶という得体のしれぬ深さを持つものに言葉を与え、想像力にまぶして他者に差し出すことではないのか。

そのようにして我々の前に差し出された句が、西川の「実存俳句」である。そしてそれらの多くが、原風景の中から詩的イメージをまとって現れたといっても過言ではない。

たとえばこんな句がある。

　抽斗の中の月山山系へ行きて帰らず　（句集『月山山系』）

類似の句に、

　抽斗へ銀河落ち込む音立てて　（句集『町は白緑』）

　押入れの球根親族ふえつづく　（同）

　棺の内部の見えない階段桔梗咲く　（句集『桔梗祭』）

これらの句はすべて、箱をモチーフにしたものだ。西川にとっては「体内」も「階段」も「靴箱」も「押入れ」もすべてが夢の出入りする入り口であり出口なのだ。その「箱」の奥は無限の空間であり、時間の観念は失われている。荒唐無稽のイメージを西川は書いているのではなく、まさに深く深く体内に刻まれた風景をモチーフにして、もうひとつの現実を描き出しているのだ。

今回上梓された『幻想詩篇　天使の悪夢九千句』にもこの原風景は繰り返し登場している。原風景は時間を経るに従いさらに深みとすごみを増し、ときには作者と融和しつつ、ときには反逆の牙を剥きつつ言語化される。何度反復しても何度消去を試みても原風景は消えない。それこそが、原風景であり言葉への血肉化を促す原点でもあるのだ。

季語も定型も置き去りにして言語化する西川は、おそらくはその鋭く繊細な言語感覚と、一句を梶井基次郎の『檸檬』に変身させる不敵さにおいて、この先も苦しい戦いをせねばならないだろう。一個の孤独な表現者、求道者として。しかし、表現者の孤独は孤独であればあるほどその世界は澄み、極まる。

最後に『幻想詩篇　天使の悪夢九千句』において私が好きな西川句10。

　海鳴りの町を歩いてきて豆腐鍋　（一二頁）

　人形のはらわたはみ出す村祭　（三三頁）

月の出まであと少しさよならさようなら　（四七頁）
魔界のように雪降りしきる峠町　（一七八頁）
白魚よりも細い月浮く北の駅　（一八七頁）
花嫁の簪ほどの紅蠍　（三四九頁）
死へ急ぐ父白髪靡かせ馬のよう　（三五二頁）
竹林歩きいつしか鹿となる姉妹　（三五七頁）
戸袋の中の峠を燐寸で照らす　（三五二頁）
遠雪崩白い別れでありしかな　（六三六頁）

西川句の中でもどことなくおとなしいものを選んでしまったのはおそらく年齢のせいだろう。原風景の色合いの濃いものに加え、最後の句は私たちがいずれ「別れ行く者」であることを認識させる巨大災害の影響かもしれない。雪崩のようなものに、日々、私たちは耐えて、別れて、それでも生きていかなければならないのだ。

新城峠はもう秋ですか――永遠の少年詩人西川徹郎さん

西川さん、新城峠はもう秋ですか。もう秋津の国ですか。
新城峠大學のお話を戴きながら、お応え出来ない私をおゆるし下さい。
品川で初めてお会いした時、
西川さんは私に
「数え切れないたくさんの秋津が、
透き通った羽根をシルクの旗のように靡かせながら、
月の出間近な峠をいっせいに越えてゆくのだ」と言われましたね。

私は、西川さんの新城峠の頂きに立ちたかった……。
新城峠大學の成功をお祈りしています。
西川さんの俳句は本当に凄い。
だれ一人として書くことの出来なかった独自の文学世界です。
西川さんは清冽で、紺青の海のように透きとおった永遠の少年詩人。
ランボーやボードレール　世界の詩人と向き合う日本のただ一人の天才詩人です。
私はきっと赤い蜻蛉となって、あなたの住む峠の国を訪れることでしょう。
さよなら、西川さん。そして、ありがとう。

■編者註・「新城峠はもう秋ですか―永遠の少年詩人西川徹郎さん」は二〇一四年八月初めに届いた稲葉真弓最期のエッセイ。二〇〇七年二月十日稲葉真弓と西川徹郎は東京・品川で初めて会談、その時、新城峠の秋津が話題となった。一三年春頃、西川徹郎は稲葉真弓に新城峠大學への出講を依頼していた。本文の内容は新城峠大學にも触れ、詩作品又は私信に近似しているが、掲出のタイトルが付されておりエッセイとして本書に掲載した。

◆稲葉　真弓　いなば・まゆみ＝一九五〇年愛知県生まれ。詩人・作家。二〇一四年八月三十日NTT東日本関東病院で死去。六十四歳。日本文壇の代表的女性作家。一九七三年婦人公論女流新人賞でデビュー。一九八八年西川徹郎の第五句集『町は白緑』の句を某紙の書評で読んで衝撃を受け、以降最期まで西川文学の支持者として生きた。二〇〇七年川端康成文学賞・芸術選奨文部科学大臣賞、一一年谷崎潤一郎賞等。著書に小説『半島へ』『エンドレス・ワルツ』、詩集『母音の川』ほか。

遠藤若狭男

豊饒にして痛切な悪夢――西川徹郎句集『幻想詩篇　天使の悪夢九千句』を読む

句集というものは、たいがい三百句から五百句程度の句数をもって編まれるもの。なかには一千句を収める例もないわけではないが、九千句をもって一冊にするというのは、全句集を除いて、おそらく前人未到ではないか。その前人未到を為し遂げたのが、かの吉本隆明をして「俳句の詩人」といわしめた西川徹郎氏である。その書名は『幻想詩篇　天使の悪夢九千句』。「幻想詩篇」と冠せられたこの一巻の帯には、「西川徹郎作家生活五十年記念出版［二千部特別限定版］―現代俳句のアヴァンギャルド俳句の詩人西川徹郎の第十四句集。極北の峠に一人在って松尾芭蕉・寺山修司の俳句革命の遺志を継承。〈反定型の定型詩〉実存俳句書き下ろし九千句の世界」などの文言が輝きを放っている。そういえば十年前――すなわち平成十五年（二〇〇三年）に刊行された、第十三句集『銀河小學校』の書き下ろし五千句という世界に出会ったときも目を瞠ったものだが、今度の九千句（正確には九千十七句）には、しんそこ驚き、大いなる時間の中で没頭しながら読破したときにはしんそこ惚れ込んでしまったのだった。それは第一章「少年と峠」の、

　冬の鳥奈落の空を低く飛ぶ

の一句からはじまり――

　屋根裏の夜の太陽を抱き締める　　第三章「月夜の家出」
　身体から木の枝が生え焼酎飲む　　第四章「舌のスコップ」
　枕の中をさ迷う不思議な巡礼よ　　第五章「剃刀の夢」
　淋しさに縊死の真似する村童　　第六章「白馬祭」

剃りたての頭に月光の棘が降る　第七章「青鬼の花束」
封筒の中から葬列を摑み出す　第八章「祇園の小雪」
私の耳を啄み叫ぶ浜千鳥　第九章「峠の風祭」

など、不条理のかなしみの光景へと展開していき、そして第二十章「雪の遊郭」における、

風の旅人よ集まれ新城峠大學

の一句をもって結ばれるのだが、わずかこれだけの作品からも西川徹郎という俳人の傑出した俳句力を感じることができる。だからこそ吉本隆明によって「俳句の詩人」との称号が与えられたのだろうが、もちろんこうした作品だけで満足していては、西川徹郎氏の大いなる世界など語れよう筈がない。そこで凡たる筆者がはたと困ったのは、この九千句のどこから展開していけば、魅力あふれる西川徹郎氏の世界の、たとえその一端であれ、語ることができるかということだった。まさか九千句に一句ずつ解説を施していくわけにもいかず……結果として平成十四年(二〇〇二年)九月に刊行された『星月の惨劇―西川徹郎の世界』(茜屋書店)収録のわが評論「無明の存在者のパトス」の中で書ききれなかった「実存俳句」へと展開できることを願っているのだが、その端緒として「極北の峠に一人在って松尾芭蕉・寺山修司の俳句革命の遺志を継承」と帯に書かれた先人に因む作品から書き起こしていこうと思う。

第十四章「鬱金の迷宮」の中で、

寺山忌白髪の菖蒲を捧げます

を見出したときは、寺山修司の劇中劇を見るような、それこそアヴァンギャルドな世界への連想をふくらませたのだったが、この一句に込められた答えは、――『星月の惨劇』所収の西川徹郎氏自らの手になる評論「〈火宅〉のパラドックス―〈実存俳句〉の根拠」における「寺山修司は、俳句を作っていた少年の頃、ゼーレン・キルケゴール等の実存主義を否定し、それをもって西東三鬼と訣別したが、しかし、自身の実存を拒絶しようもなかった」という言葉や、

わが死後を書けばかならず春怒濤　寺山修司

という一句に対しての「この句は普通に読み取ろうとすれば、寺山修司の俳句としては至極難解な句のように見える。〈かならず春怒濤〉の句意が不明となるからである。しかし、この句を東洋の実存的な存在論として読み取る場合、その総てが明解となる。／その場合、〈かならず〉を〈必ず〉の絶対者の誓約ととれば絶対的真理を顕す言語となり、又、それを〈可ならず〉と読めば不可の義であり、相対的人間の思議や計らいを否定する言語となる」という言葉、さらには「寺山修司はこの句に於ては、死生もろとも呑み込みつつ胎動する自然の畏怖すべき力〈春怒濤〉で以て、人間の死生を超えた絶対なるものの力を喩えたのである」という言葉、そして「それ故に、寺山修司のこの句〈わが死後を書けばかならず春怒濤〉の句意は、実は〈わが死後を書けばあみだの春怒濤〉と読むべきであり、あるいはそう書かれているのだと私は思う」（傍点西川氏）という言葉などに隠されている筈だ。

それにしても、西川徹郎氏の評論の切れ味の鋭さは特筆に値するとつねに思っているが、寺山修司の一句に触れた言葉につづく——

「私の俳句文学のみならず、本来、文学とは如何なる主義も哲学も思想も制度も規範も打ち破る言語的想像力の自在性の謂であり、それによって何ものにも囚われることのない根源的な自由の獲得をめざすのである。殊に俳句という日本語による五七五音律の詩形式は、〈反定型の定型詩〉として、形式それ自体の必然として内部に熾烈な桎梏を抱えて存在し、その形式自体の具有する実存性は、あらゆる主義も哲学も思想もアカデミズムもそしてヒューマニズムや人間主義をも超脱し、人間の思惟の絶対的な自由に就く。」

などは、まさに金言といっていいだろう。

金言といえば、芭蕉の、「旅に病で夢は枯野をかけ巡る」という一句に対する

「(これは)、〈風雅のまこと〉を求めた生涯の果てに、遂に自らの内部から衝き上げる実存の言語をもって一句を為したものと言えよう。この句が、文語表現ではなく、口語で書かれた無季の句であることの意義は、とてつもなく大きく重いと言わざるを得ない。／俳諧師松尾芭蕉の生涯に激烈な逆転劇が、この口語で書かれた最後の一句によってまさに劇的に為されて在るからである。それは、芭蕉自らの実存の刃によって為さ

れた俳諧の座(連歌的共同性)の否定と言ってもよいし、〈わび〉〈さび〉の否定と言ってもよい。つまり、この句は発句であって発句ではない。〈わび〉〈さび〉を求める心は此処には既に無いし、もとより季語・季題も無い。又、俳諧の連歌を成立せしめる〈座〉は、はじめから此処には存在しない。」もまた金言そのものである。これまで、ここまでいいきった学者あるいは俳人はいただろうか。加藤楸邨は、「……生死の大事を前にしてなお風雅への執着の断ちがたい思いを述べたものといわねばならない。句の直接の発想は、病中熱にうかされての想に、枯野がうかべられ、そこを駆けめぐるような幻想に苦しめられているところである」(『芭蕉全句下』ちくま文庫)といい、山本健吉は「死を間近に予期した彼は、枯野の旅人というイメージの中に、象徴的表現を見出す」(『芭蕉全発句』講談社学術文庫)といい、そして大谷篤蔵は、越中井浪の浪化上人の日記に「……『基角も従泉州十一日ノ夜参着。(中略)旅に病ンデの発句を書せ候ぬ』とある」(日本古典文學大系『芭蕉句集』岩波書店)といって、いずれもわれわれ読者の心を刺激してやまぬものだが、このあとにもつづけて引用する西川徹郎氏の〈旅に病で夢は枯野をかけ巡る〉への解説も含めて、その独創的面白さには及ばぬといっても過言ではないだろう。それが金言と少しく大袈裟な表現になった所以だが、さらに金言という言葉を用いていうならば、この金言は第十九章「雪虫地獄」の、

　芭蕉死んで雪虫遺る枯野かな

という俳句や、

　夢又夢雪虫地獄の芭蕉かな
　みちのくの雪虫地獄で倒れ臥す

という俳句を生ましめたのだが、これらには『おくの細道』の旅を終えた芭蕉が次の旅を夢想したまま病いに倒れ臥して、大坂の花屋仁佐衛門の屋敷にて死を迎える場面にじかに遭遇したかのような臨場感が存在し、これこそが、先の言葉を受け継いでの、

「この句は俳諧の発句ではなく、己の実存に衝き動かされ、迫り来る死の黒闇を払いつつ、最期の床に身を横たえた表現者松尾芭蕉が、あくまで意識的に自覚的に書き上げた自己実存の句、つまり、私のいう〈実存

俳句〉なのである。まさに生死の境に立ったこの〈実存俳句〉一句の屹立によって、〈わび〉〈さび〉や〈風雅のまこと〉を求めた俳諧の宗匠松尾芭蕉の生涯にわたる創作と漂泊の意味が転覆し、それらの総てが実存に駆り立てられて旅行く痛切な、一人の表現者、一人の創造的な思惟者のものと改変したのである。」

という芭蕉最期の作品に迫った、西川徹郎氏自身の言葉をそのまま自身の俳句に生かしたような、たしかな存在感を示し得た「実存俳句」の好例といっていいだろう。

このように磨かれた言葉で磨かれた世界を描ききった、西川徹郎氏の渾身の評論「〈火宅〉のパラドックス――〈実存俳句〉の根拠」を繰り返し読んで学んだ身としては、第一章「少年と峠」の〈冬の鳥奈落の空を低く飛ぶ〉のあとに林立する、

雨あがりわっと湧き出し蝶々かな
鉄擦れる音枯野が出来上がる
亀売りが袋に溜める寒い海
耳を寄せれば大慟哭の枯木かな
秋の蝶一片の肉として飛ぶや
抜かれるときぎゃあと声出す秋の稗
木枯が鞭打てど耕馬歩きもせず

などに接して、あらためてほんものの文学に出会えた感動を覚えるのである。これらの作品に共通するのは、その章題が示すように作者西川徹郎氏の少年時代の詩的内面を描いたことだろう。「わっと湧き出し蝶々」に、「鉄擦れる音」と「枯野が出来上がる」のアンバランスな構成の中に、「袋に溜める寒い海」に、「大慟哭の枯木」に、「一片の肉として飛ぶや」に、「ぎゃあと声出す秋の稗」に、そして「木枯が鞭打てど……歩きもせず」の耕馬の依怙地ともいえる姿の中に、それは見事にあらわれているが、そうした中でも傑作中の傑作といえるのは、

鷹の智慧が欲しくて鷹棲む森へ入る

であろう。「鷹」という言葉から〈目つむりいても吾を統ぶ五月の鷹　寺山修司〉を連想してしまうのは、斎藤冬海編の年譜における昭和六十(一九八五)年三十七歳の項の「立風書房の編集者で寺山修司の若き日の療養時代の友人宗田安正より書簡と共に句集『個室』が届く。〈後記〉に病に倒れた寺山修司が最期の年に再び句を書こうとし、同人誌創刊の計画を立てていた事が記されてあった。又、宗田の書簡には〈寺山修司亡き後の今は貴方に期待しています。〉と激励の言葉が認めてあった。徹郎は、旭川医科大学付属病院の〈個室〉で、寺山修司の若き日のこの友人の書簡と句集『個室』を涙して読む」という記述を読み、さらに先に揚げた〈わが死後を書けばかならず春怒濤〉に寄せる繊細な言葉を熟読していたからだろう。寺山修司の「五月の鷹」には、亡き父のイメージがこめられていたのに対して、西川徹郎氏の「鷹」には亡き寺山修司への憧憬と反憧憬との微妙な心理のゆらめきをひそめている。そう感じてしまうのは、すでに掲出した〈寺山忌白髪の菖蒲捧げます〉やはじめて掲げる第十二章「肉体の抽斗」所収の〈五月の窓を鶏越える寺山修司〉のせいかもしれぬ。この、いつまでも心にとどめておきたい「鷹の智慧が欲しくて」という傑作には、そう感じさせる世界さえ孕んでいるのである。こうした作品を並べた第一章「少年と峠」を読破し、さらに、

　夕ぐれはポプラが涙に濡れている
　折られた脚が痛くて夢みる机かな
　白い木の裏側の木が魘される
　暗い木の裏側の木が微笑する
　夜のギターひそかに死児を抱くごとく
　鉄橋をしみじみ渡る村外れ
　雪女少しずつ解けて骨となる

などを含む第二章「青春地獄」を読みきった身には、評論「〈火宅〉のパラドックス」の冒頭に記された、「既に四十年の春秋が過ぎたが、私は、北海道は新城峠の麓に在住して、ひたすら〈文学としての俳句〉の屹立を希求し、反季・反定型・反結社主義を標榜しつつ〈実存俳句〉を書き続けてきたのである。それは私

にとってまさしく〈星月の惨劇〉とも名づくべき〈反中央・反地方〉の隘路、実存の峡谷を駆け抜ける〈反俳句〉の余りに長い苦闘の歳月であったが、しかし、今にして思えば忽ちに過ぎた日月であったようにも思われる。」

が強く心にひびいてくるのだが、それは、おそらく年譜の中に昭和四十(一九六五)年十七歳の頃の「尚、徹郎は後年、第五句集『町は白緑』(一九八八年・沖積舎)が俳壇の芥川賞とも呼ばれる某俳句協会の賞の候補に挙げられて落選し、そこに当時の俳壇の腐敗した政治権力の遂行があったことを覚った某日、書庫に紛れていた細谷源二自筆の『氷原帯』新人賞の賞状を額装して自らの机上に掲げた。以来、徹郎は俳句界の各種協会や団体、新聞社等の主催する一切の賞の受賞候補者となることを辞退し、今日に至っている」が、わが心に深く残っているからにちがいない。賞という賞のすべてとはいわないが、たしかに政治権力が遂行しているのではと思わせることがしばしばある。ノーベル文学賞の候補にもなり、多くの読者をもつ某作家がその若き日、文壇の登竜門たる或る賞を受賞できなかったのも、そうした政治権力が働いていることと今なお囁かれているし、それ以上にその某作家の輝ける才能に嫉妬してとの露骨すぎる声さえ聞こえてきて、われわれの心を凍らせずにはおかぬ。西川徹郎氏が某俳句協会賞に至らなかったのも、その華々しい才能への小粒な選者の醜いという言葉ではいいあらわせないほどの嫉妬心が働いてのこととまちがいなくいえるだろう。文学賞の選考においてそのようなことはあってはならないのだが、落選したおかげで……といっていいか、西川徹郎氏は小粒な選者をますます小粒にするほどに大いなる俳人になり得たのである。

もちろん、そのようなことは読者にとって問題にするほどのことではないが、読者の中に西川徹郎氏の作品を読んで違和感を覚える人がいるとすれば、それは釈徹真の法名をもつ僧侶の身でありながら、

薔薇刑の白馬陰茎白かりき　第十一章「薔薇刑前夜」

鶯よ欝の乳房を食い破れ　第十二章「肉体の抽斗」

蜉蝣の手足仏間で姦淫す　第十三章「溺れる白馬」

塔の庇にマネキンの腸ぶら下がる　第十四章「鬱金の迷宮」

月の出美しピアノの生殖器も見えて　第十四章「鬱金の迷宮」
朝夕の陰の毛を掃く指箒　第十五章「蜻蛉夜祭」
校長の排便を夢みる紫あやめ　第十七章「螢火地獄」

といった作品を作り、しかもこれらを句集の中心に据えているからだろう。一読、たしかにネガティブに心が騒いでしまう。しかし、第一句の「白馬の陰茎白かりき」にしても、第二句の「鬱の乳房を食い破れ」にしても、第三句の「仏間で姦淫す」にしても、第四句の「マネキンの腸ぶら下がる」にしても、第五句の「ピアノの生殖器も見えて」にしても、第六句の「陰の毛を掃く指箒」にしても、そして第七句の「校長の排便を夢みる」にしても、「〈火宅〉のパラドックス」の、

「もとより東洋思想においては、凡そ二千五百年以前のインドに出現した釈尊（ゴータマ・ブッタ＝前四六三―三八三）の初転法輪において説かれた四諦の中の苦諦である〈生老病死〉こそ人間の誰人も逃れ難い実存であり、この実存の超克こそ佛道であることを、ゴータマ佛陀は成道後の真理、普遍の端緒において表明したものである。」

という言葉や、このあとに控えた「四苦の相（生老病死）と共にこの罪悪性（註・親鸞のいう相対的人間存在の罪悪性）と反自然的な本質こそ人間存在の偽らざる事実であり、実存性である」という言葉を引用するまでもなく、人間の「業」ともいえるこれらがあればこそ人間なのだというのであろう。そこで思い出したのが、福井市の小学生だった頃、蓮如ゆかりの寺院を訪れる遠足のバスの中でバスガイドから聞いた「肉付の面」の話だ。たしか般若の面をかぶって嫁をおどす話だったと思うが、威しているうちに姑の顔に般若の面が食い込んでしまってとれなくなる場面のおそろしさを昨日のことのように覚えている。今から思えば、あの話こそ第一句から第七句において表現された世界に通底する、すなわち「四苦の相（生老病死）と共にこの罪悪性（註・親鸞のいう相対的人間存在の罪悪性）と反自然的な本質こそ人間存在の偽らざる事実」といえるような気がしてならぬ。きれいごとで終わらせず、一瞬であれ、読者にネガティブな違和感を覚えさせるところにこそ、釈徹真の法名をもつ西川徹郎氏の大きさがあらわれているのである。吉本隆明の言葉をもう一度借りていえば、まさしく「俳句の

詩人」としての本領の発揮された作品といって過言ではないだろう。

第十章「天使の悪夢」における、

姉が来てぎゃあと叫ぶ鏡沼

弟がああぁと叫ぶ鏡沼

死界から兄来て叫ぶ鏡沼

村長が来て指をさす鏡沼

警官が来て縄を張る鏡沼

鏡沼から少年を引き揚げ苦しみおり

村中の人が酒飲む祭のよう

といった作品が、そして「螢火地獄」の章題をもつ第十七章の、

惨劇を忘れたころの螢狩

螢狩に出たまま帰らず人さし指

父の背を行けども行けども枯葦野

父の背の棚田千枚うねり出す

父の背を五年歩けど暗い畦

父の背の洗濯板で褌洗う

父の背の枯野の井戸を覗き込む

といった作品がどこかで寺山修司の『田園に死す』の世界を感じさせながらも、あるいはどこかで横溝正史の世界を感じさせながらも、西川徹郎氏の確立した世界として異彩をはなっているのは、「新城峠の麓の集落で生まれた私にとって(註・自殺者が多いことは)特別なことではなかったが、……峠の村落は、風光明媚な絶景とは裏腹に地縁血縁が極めて濃厚で異様な人間関係の見えない網が張り巡らされた地獄界である」(「後記・白い渚を行く旅人」)に裏打ちされているからだ。すなわちネガティブな生存の光景をポジティブに描出する俳句力

を働かせているからだ。それゆえに、読者の心に深くひびいてやまぬのである。詩人雨宮慶子氏が二〇〇〇年に刊行された『西川徹郎全句集』（沖積舎）に対して「……一大経典のおもむきを持つこの全句集の重みは、引き裂かれた実存の見開かれたままの瞳孔、天を仰ぐよりは、奈落を見据える生きたままの死者の瞳孔である」と書いたのも、小説家森村誠一氏が評論「西川徹郎の句界―死ぬ前に何処へ行くかを問う句集」（エッセイ集『燦く誉生』所収、二〇〇三年・講談社）において、「西川徹郎の唱える実存俳句とはなにか。それはあらゆる約束事から解放された自由な表現の中に、自分の真の存在を、あるいは存在証明を確認しようとする営みである」と書いたのも、こうした作品世界の構築されることをも予感してのことだったような気がしてならぬ。そしてこの『幻想詩篇　天使の悪夢九千句』は第十九章「雪虫地獄」の

雪虫を空飛ぶ父と思い込む
雪虫に混じって母飛ぶ夕かな
瞼開けば忽ち雪虫地獄かな
ごうごうと雪虫流れる死後の谷
雪虫吹雪く葬列と擦れ違う時
みちのくでくるしみますと雪虫は
雪虫に襲われて伏す経机

などの「実存俳句」としての絶唱ともいえる世界を生み出し、最終章の第二十章「雪の遊郭」の、

死んでから京の裏町歩き出す
坊さんが転がってくる祇園坂
傘さして祇園へ死にに行く小雪
死螢が雪ほど積もる谷の寺
仏壇という地獄谷秋の暮
弟は銀河の津波に凌われて

など、人間のかなしみ、さびしさ、切なさ、辛さ、残酷さ、うらみつらみ、不条理の光景へと至りつくのである。わが敬愛してやまぬ評論「〈火宅〉のパラドックス―〈実存俳句〉の根拠」は、「私の俳句は、親鸞が伝えた大乗のこの徹底した慈悲の思想（「一切の有情は皆もって世々生々の父母・兄弟なり、何れも何れもこの順次生に佛に成りて助け候ふべきなり。」『歎異抄』第五章）に根拠して書かれている。私はこの峠の寺に一人在って、燈明の火影の揺らぎの中に、実存の死苦を破る東洋思想の黎明の光をうけて書き続けてきたのである。この営みを私は、自ら〈実存俳句〉、あるいは〈反定型の定型詩〉と呼称して、言い表してきたのである。／それ故に、私の俳句が人間実存の闇の深みを書けば書くほどに、読者にはそこに却って一筋の光明を読み取ってほしいという念いが作者としての私の切なる願いであると、ここに声をひそめて書いておく」という言葉などによって結ばれていくのだが、『幻想詩篇 天使の悪夢九千句』の掉尾を飾る、

風の旅人よ集まれ新城峠大學

という一句には、このすぐ前に収められた〈一人二人と数え切れない風の旅人〉とともにわれわれ読者の心をひらくに十分な広がりが感じ分けられる。その存在感こそが、「俳句の旅人」たる西川徹郎氏の次の展開へのメッセージであることはまちがいないだろう。繰り返すが、九千十七句を収録した、この『幻想詩篇 天使の悪夢九千句』は現代の俳壇を目覚めさせるに十分な輝きを放っている。

何にせよ、豊饒にして痛切きわまりない悪夢の一巻だ。

◆遠藤若狭男 えんどう・わかさお＝一九四七年福井県生まれ。俳人。早稲田大学卒。「狩」同人。俳人協会幹事。日本文藝家協会会員。二〇一五年一月俳句誌「若狭」創刊、編集発行人。句集に『船長』『去来』『旅鞄』など。横浜市在住。

第二章　永遠の少年　其の二

西川徹郎さんの俳句

吉本　隆明

こんどこの文章を書くため、取りも敢えず一九八〇年の『瞳孔祭』と八六年の『死亡の塔』と八八年の『町は白緑』を、ていねいに讀ませてもらった。わたしがいいなと思った句を、任意に抽き出してみる。

困や木となり草となり父は　（『瞳孔祭』）
父はなみだのらんぷの船でながれている　同前
針屋が急ぐ研屋がいそぐ月の道　同前
蛇轢れる橋上神父と行きちがう　同前
じじは婆の繁茂の草を刈りに行く　同前
妻よはつなつ輪切りレモンのように自転車　同前
楢の葉雪のように積もる日出てゆく妻　同前
初夜のごと美し棺に寝し祖母は　同前
雪降る庭に昨夜の父が立っている　（『死亡の塔』）
屋根に届いた野の草父は天を行く　同前
喉の奥の桃の木を伐る姉いもと　同前
空の裂け目に母棲む赤い着物着て　同前
廊下の奥が見え柿の木乱交す　同前

四、五人死んでから見えてくる水の家　（『町は白緑』）
床下の父へときどき会いに行く　同前
棺より逃走して来た父を叱るなり　同前
襖絵の蓮に隠れて手淫せよ　同前
石に打たれて母さん眠れ夜の浜　同前
馬のからだへ曙の母を刺繍する　同前
白桃に映る寺々深い谷　同前
内耳にて飼う海螢暗い性愛　同前

じぶんで無雑作に択んだ句を、あらためて意識して讀み直してみる。ひとりでにじぶんが、ひとつの「均衡」を択んでいるのがわかる。俳句という言葉と西川さんの内的な確執とが、うまくスムーズに出遇って「均衡」を保っている曲線のつながり。またちがう言い方も出来そうな気がする。西川さんの内的な確執の複雑さ、多様さが、深く暗い井戸のなかを通って、俳句という表層の言葉のところへ、うまく出てきたときの貌。その貌の「均衡」の良さを、ひとりでに択んでいる。もしかすると西川さん自身は不満で、おまえは、ほんとの人間の表情がわからない面喰い（めんく）だと言うかも知れない気がする。じぶんでも幾分そんな後めたさを感じないではない。しかしこういう内在と外在の評価の矛盾は、もし矛盾としてありうることを前提とすれば、西川さんが俳句という様式を選択したときからの宿命のようなものだ。わたしたちはその個所では、西川さんの悪戦を遠巻きにして見ているよりほか、手を貸すことができない。わたしは俳句という様式は、言葉がちょうどそこにぶちあたるのが、たいへん難しい様式のように思える。短い詩形だから、標的として小さいため、的を外れやすいのではない。そういう意味なら、俳句ははじめからここに的を当ててくださいと、当てる範囲をいちばんはっきりと定めてくれているようなものだから、いちばん易しい様式だといえる。

だが西川さんは、そんな的の当たり方をいさぎよしとしないで歩いてきた。ほんらい的にいえば、現代音楽の様式でしか成し遂げられそうもない内的なモチーフが、西川さんの意識と無意識と、それを理念化しようとする思想のなかに、根深くあって、それを言葉の表現でやり遂げようとしているのではないか。一見すると西川さんの句は、俳句という様式との確執のようにみえるが、ほんとうは楽音の非意味性でしか言い現わせないものを、言葉にしようとするところからくる格闘ではないかと思えてくる。これがわたしの感想だ。西川さんの句のなかで、西川さんの内面に鳴っている楽音は音楽を奏で、言葉は言葉の音韻とリズム（韻律）で、別々に鳴っている。この悲劇的な運命が西川さんの俳句の世界だと思う。そしてほんとうに稀に、ほんとうに偶然のようにみえる必然で内なる楽音と外なる言葉とが出遇っている。西川さんはこの稀な必然的な出遇いに出会うために、たくさんの句を捨てては歩み、歩んでは捨て、しながらやってきたし、これからもその格闘が続くに違いない。そしてわたしたちは西川さんの格闘が見えないような句を択んで、したり顔でこれがいいなどと言うに違いない。わたしがここでやったのもそうかも知れないと思う。ただわたしは西川さんの労苦を知っていながら知らないふりをしているだけだと思い込んでいる。

（本論の初出は一九八八年七月十日秋桜発行所発行『西川徹郎の世界』（秋桜COSMOS別冊））

西川俳句について——『西川徹郎全句集』解説

西川徹郎にとって青春期の表現はどこにどんな形式でありえたのだろうか。かれの俳句は讀むたびにわたしにそんな設問を仕かけてくるようにおもわれる。そして答えが見つけ出されるよりも、その設問がかれの俳句だったので答えがかれの俳句だったのではないという思いが、しきりにやってくる。これはいつもかれの句作を苦しくしただろうが、かれはどうやらすべての設問こそがポエジィなのだという詩観に到達していったのではないか。問いこそが詩であり、答えることが詩ではない。この詩観を持ちこたえたまま、かれくらい遠くまない。もしかするとこれがかれに諦念の安直な道を択ばせない根拠なのに違いない。

秋は白い館を蝶が食べはじめ　（第一句集『無灯艦隊』）
刺客ひそむ峠のような日暮の便所　同前
沼裏の産婆ひそかに泳ぐを見たり　同前
父はなみだのらんぷの船でながれている　（第二句集『瞳孔祭』）

こんな句を並べてみると、つくづく難かしいことをはじめたものだと嘆息する。あたかも難かしい恋をはじめた者を見るようにだ。おまえ立合人を勤めてくれと言われたときのように、わたしはなぜ難かしいかを数え上げようとする。ストレートに言って、かれは本当は自由な現代の詩を書きたかったのではないかと想像されてくる。だが自由詩ではなく俳句の形式に近いかたちで詩を書いた。どうしてだろうか。これがかれの句作の最初の謎だとおもえる。これは伝説的な俳句形式に、物象のイメージを一個だけ付け加えればポエジィを構成できることを見つけ出したからだ、と解してみる。「白い館」、「日暮の便所」、「産婆」、「らんぷの船」などが、その物象の秘密だとおもう。これらの物象のイメージをかれの俳句形式のなかに入れてみるとある過剰が伝わってくる。この過剰が秤が均衡を保ったまま永續するイメージに似ている。これらの物象は無しにはすまされない大切な鍵だが、他の物象で代替することはできるにちがいない。しかしかれはどうしても一個だけ余計であるような物象のイメージが欲しかったにちがいない。伝統的なイメージも定型も強いて欲しくはない。しかし一個だけ余計であるような物象のイメージはどうしても欲しかったのだとおもえる。

西川徹郎の句作の原点をここにおき、俳句とは何か、という設問を句作のモチーフとして出発したとすれば、どこへ向って作品は集積されてゆくのだろうか。それを想像してみると、いくらかの自由詩の経験からいえば、どうしても自由詩の方向に誘引されてゆくのではないかと思えてくる。しかしかれは、讀者の思惑など眼中にないように依然として俳句の作家という呼び名をはみださないで句作を持續してきている。これは不思議なことだ。その根拠はいったいどこにあるのだろうか。
それを探るために一歩踏み込んでみたい思いに駆られる。

父の陰茎を抜かんと喘ぐ真昼のくらがり　（第二句集『瞳孔祭』）
白い木槿の錯乱という少年　（第三句集『家族の肖像』）
淡いうねりの血便咲いている寺の木　同前
暁という汽車は氷河期のにんしん　同前
月が出て家具は死体となりつつあり　同前
鶏が姉であった日霊場ふぶく　同前
箪笥からはみだす姉のはらわたも春　同前

こういう句をみていると、もしかして西川徹郎は俳句を逸脱しようと意志して、定型と人におもわれることを、故意に拒否しようとしたことがあるのではないかと思えてくる。しかし一方では頑強にそんなことは簡単だが、おれはそんな安易な道を択びたくないと意志させるものがかれにはあったにちがいない。前衛俳句の安易さにも就かず、自由な現代詩の際限のない散文化にも抗うかれの独特の永遠をおもう心が、かれの俳句の本領である秘密を、ほんの少しだが垣間見るおもいがする。
ここで句集の題名の一部になっている「家族」という言葉は、ほんとうは自己の肉体に宿る遺伝子の歴史という意味に受けとれてくる。それほど「家族」という意味は根深いのだ。「家族」ということを心情の親和力として句作すれば伝統的な俳句たりうるところで、かれはそれを遺伝子の歴史としてとらえ、じぶんの身体との血縁というところに引寄せている。そこには一すぢの言葉の異化作用が働きその分だけポエジィの普遍性に固執している。「家族」とはかれにとって宿命とか業縁とかいうものに近いのだ。西川徹郎は俳人としては宿命的な不幸を背負っているといえようが、詩人としては誰も真似できないような晴れ姿ですっくと佇っていて天晴れといいたいような気がしてくる。

だが、西川徹郎にも伝統の俳句との和解や調和が可能な契機はあるようにおもえる。何かがかれに安堵や休息の瞬間をすすめる。それは遺伝子がときに囁くのかもしれないし、精神の疲労が求めている声なのかもしれない。でも詩人であるかれが自分を赦そうとしないのだとおもえる。

桜並木と忌中の刺身透きとおる　（第三句集『家族の肖像』）
通夜の客が梅の花ほど梅の家に　同前
鏡三枚持って遠野へ通りゃんせ　（第四句集『死亡の塔』）
土足で月が二階へ上がる死者を連れ　同前
喉鳴らし草食う押入れに棲む父は　同前
蓮の手足が五本野道に落ちている　同前
喉の奥の桃の木を伐る姉いもと　同前
顔裂けて浜昼顔となるよ姉さん　同前
尖塔のなかの死螢を掃いて下さい　同前
戸に刺さった蝶は速達暗い朝　同前
球根も死児もさまよう春の家　（第五句集『町は白緑』）
棺より逃走して来た父を叱るなり　同前
襖絵の蓮に隠れて手淫せよ　同前
竹原に父祖千人がそよぎおり　同前

このあたりの句作がいちばん伝統の俳句に近づいたときだとおもう。人によっては西川徹郎がいちばん安定し、成熟した姿がここにあるというにちがいない。職業、実生活、現実のリアリズムにいちばんのめり込み、深入りしたときのぬきさしならない必然の起伏がとてもよくあらわれているとも言えよう。

だがここまできてもかれを執拗に追ってくる生存の不快感のようなものが、いつもポエジィのなかにひとすぢの異化の音響を奏でることをやめていない。これがかれの立ち姿なのだ。

かれは俳句の詩人として最長不倒の人なのは疑いない。

西川徹郎の句作の歴史は、かれ自身の自選するところでは、未刊と記されたものも含めて十冊になんなんとする。一望してどこへ向って歩んできたのだろうか、と問うとき、俳句とは何であるのか、どこへ向って歩んでゆくのか、という当初の設問から俳句は詩であるのか、詩となりうるのかという設問へ、かれ自身の設問は進化していったようにおもえる。解決していったといってもいいし、あくまでも設問を解決することを拒否しているといってもいい。かれの句作は、ある意味でははじめから老熟していたから、どこでいつ死んで伝統に帰るか、あたかも墓地に帰るように伝統へ帰るかは、時間の問題のようにも思えた。またそれは決して悪いことではないとも予測していた。しかし驚くことに老熟から出発して、物言う嬰児の方へと逆行していった。そして大人の俳句には決してわからない創造の秘訣をあくまでも保ちつづけていると思える。

はじめに一つだけ多い物象のイメージと言ったが、嬰児に帰らなければ決してわからないポエジィの場所といってもいい。その場所は、一つだけ多い物象のイメージ以外では近づくことのできない場所であるため、句作の形式を捨てることはできないのだ。かれは青春から老熟へと歩む伝統の俳人のように歩むことはない。老熟から嬰児へと逆行する歩みが、かれ自身の考えている生涯というものだ。そんな気がする。かれの句作は純化されて嬰児のもつ永遠を、だんだん獲得しつつあるようにみえる。

月の登校はればれ桔梗の陰唇も　（第七句集『月光學校』）
佛壇のなかを通って月山へ　同前
暗く裂けた鏡隣家の蓮池は　同前
死に切れぬ家具屋に山茶花散りかかる　同前
締め殺されるから月夜の舞踏会へ行かない　同前
暴れる舌を柱に括り畑へ出る　（第十句集『わが植物領』）

辻で別れた姉が紅葉となっている　同前

桔梗は夜叉である幾千の日と月と　同前

殺セコロセト路上デ叫ブ秋ノ犬　同前

黄落急グ枕ノ北ノ闇ノ谿　同前

いちばん近作のものとおもえるが、衰えがつけ入るすきがないように創られている。イメージだけでできた「時間のない夢」なのだといっていい。もし時間があるとしたら無意識の領分だけにあると言っていい。普通、意識の基底に無意識の領域があるといわれていることになぞらえるとすれば、これらの句作は意識の上に無意識が乗っかっている。無意識は言葉にしにくいのだが、かれは言葉を意識から拾ってきて無意識の上にのせる。かれの句作が衰える時間性を免れているのは、この独特の方法を、かれ自身が生の方法としているからだとおもえる。

（本論の初出は二〇〇〇年七月三十日沖積舎『西川徹郎全句集』解説）

◆吉本　隆明　よしもと・たかあき＝一九二四年東京生まれ。二〇一二年没。詩人・思想家・評論家。東京工業大学電気化学科卒。戦後日本の言論界をリードし「戦後最大の思想家」「〈知〉の巨人」「思想の世界標準」等と称せられた。一九九一年四月二〇日吉本隆明は東京・本駒込の自宅を訪問した西川徹郎と初めて会談、西川徹郎を「俳句の詩人」「最長不倒の天才」等と称んだ。第二回小林秀雄賞・第十九回宮沢賢治賞等。著書に『言語にとって美とはなにか』『最後の親鸞』『宮沢賢治』ほか。

森村　誠一

無限の夢を追う狩人――『幻想詩篇　天使の悪夢九千句』解説

西川徹郎の第十四句集に当たる『幻想詩篇　天使の悪夢九千句』は、私が凄句と称(よ)んだ既成の十三句集からさらに凄惨な作品世界を開き、無限の夢を追う狩人として、その歩武を少しも緩めることなく、むしろ歩速を速めているようである。

日本の文芸の根源が俳句であり、日本の詩歌の本質、精髄であることを主張するためと、作者自身が言っているが、そのために追究された『幻想詩篇　天使の悪夢九千句』は、その存在主張の証(しるし)といえよう。

作者は「悪夢」と称んでいるが、そもそも夢の本来は、ロマンティックな理想や、プラトンが規定する非感覚的な永遠の真、実在ではなく、人生の苦悩や地獄の火坑ともいうべき苦難を超越していく人間の流動的な姿を描き出すものこそ「世界文学」と信じている西川徹郎の作品世界が、まさに流動、躍動するように、新たに九千句を堆(つ)み重ね、その歩速を止めることなく、ゴールなき詩歌の本質、精髄を追いつづけるものである。

およそ創作芸術においては、先発の創作者の作品を吸収し、影響を受け、あるいは反発し、必至の成り行き(成果)として自分を育み、スタートラインに立たせた既成の作品や、思想や、哲学や、教義の否定から始まる。否定なき文芸や哲学や宗教は、それらの真の根源とはいえない。絶対と確信して、その頂上に居すわった(定着した)者は、教祖や神とは称ばれても、創作者とはいえないのである。その点が権力者と創作者のちがいである。権力は独占しなければ権力たり得ず、裏切り者を最も恐れる。

創作者は作品の共有者が増えれば増えるほど、その価値を増し、その果ては共有者から裏切られる。裏切られなければ創作者とはいえない。

西川徹郎の作品は既成作品の否定であり、裏切りであり、否定と裏切りによって独自の作品世界を切り拓いていく。そして、この凄句が裏切られたときにこそ、西川徹郎の俳句宇宙が完成されるのである。

完成と同時に作品世界は燃え殻となる。つまり、後発の創作者に吸い尽くされ、裏切られ、西川文学のエッセンス（バトン）が次代の創作者に引き継がれていく。

例えば、第一章「少年と峠」

奈落かも知れん冬雲が蓋する町
ぐったりとした海を解剖する屋根裏
月夜ゆえ胎で読経を聴きましょう
墓穴に首入れて見る夢の都市
誰も知らない磯が押入の中に在る
仏壇のなかを三年放浪し

などには、有限空間と異次元を接続している。

屋根裏に海があり、月明の夜、胎内で読経を聴いたり、海浜が押入の中にあったりする。狭い空間に途方もなく広大な環境や時間を入れるのは西川凄句の特徴であると同時に、自らの作品世界を自ら否定しながら、新しい存在を主張していく。

つまり、他人に作品のエッセンスを吸収され、裏切られる前に自作を自分が異次元に成立し、前（さき）の空間を脱け殻・燃え滓（かす）にしてしまう。

第五章「剃刀の夢」


いのち尽き果ててから読む『いのちの初夜』

は、まさに自家中毒のような自分を否定した後、他人の作品の栄養を吸収する。つまり、自我が存在しないのに他人の作品を吸血鬼のように吸い取っていく自己不在主張は、西川独自の作品宇宙であり、他人から裏切られる前に自分自身を裏切って(否定)いるのである。

こわいこわいと私を鬼が逃げてゆく

裏切り者の鬼が、裏切る前に逃げる西川凄句にはユーモラスな句境がある。

第七章「青鬼の花束」に至っては、

狐の嫁の秘所の部落に二年棲む

花嫁は膣で鍛冶屋を絞め殺す

これに対して、第八章「祇園の小雪」

陰茎の汽車が美し死化粧して

が対比される。

西川凄句に登場する男女性器の実存は、「鬼火明かり」「墓穴」「舌癌」とつないで、

陰茎林立する墓地がある街外れ

へとつづく。

句語は悪夢であるが、芭蕉が唱えた「軽み」を天使の悪夢に昇華してしまう。この凄まじい昇華は、西川徹郎の〝宗教改革〟と無関係ではあるまい。

親鸞の主著『教行信証』の『行文類』の絶対教判である一乗海釈の諸問題を検証し、祖意(高祖)を明らかとしたいという主張こそ、創作芸術の精神であるエスタブリッシュメントの吸収と否定に通ずるものである。

特に『幻想詩篇　天使の悪夢九千句』は、天使を絶対価値、神意、教義、仏智、定理などと置き換えることができる。

文化の源は言語である。我々は新たな文化を築くために、石器時代へ戻る必要はない。先人が積み上げた文化の頂点からスタートすればよい。言語によって先人が蓄え、積み重ねた文化を学び、引き継ぎ、誤りがあれ

ばこれを矯正し、新たな発見によって確信し、進化していく。過去の集積は、進化の原点となり、栄養となり、過去を否定し、裏切りと同時に改めて見直される。

事業はそれぞれの能力が稼動され、協力するが、創作芸術は過去を踏まえて発足しても、個人的である。他人の能力が参加したとしても、その表現のために付随的に参加するだけである。

表現文化は過去から未来へと確実に発展していくが、創作芸術はその表現方法、媒体、通信力、拡大再生産力（言語の映像化、演劇化、アニメ化等）、露出力が拡大されるが、その中心にいる者はあくまでも個人である。学術や、技術や、美術、あるいは悪い文化（武器や毒薬等）などは、必ず過去の蓄積を引き継いでいるが、創作芸術は全く過去の影響を受けない個人的なインスピレーションによって発足することもある。影響を受けたとしても、その影響を拒否する。拒否が過去の影響となっている。

西川徹郎の作風は、インスピレーションと前の表現文化の拒否から出発している。初期の作品歌集（『西川徹郎青春歌集―十代作品集』）に前の文芸の叙情が余韻を引いていても、成長と共に余韻が尾を断絶して拒否に変わる。

孤独な少年詩人は二十歳まで、初恋の少女を心の祭壇に祀っていたが、八年間、青春の幻影として追いつづけてきた初恋を、祭壇もろとも心奥に封じ込めた。そして、その拒絶の成果として、無灯艦隊が纜を解いたのである。

いや、すでに夢は恋と共に、無灯艦隊は無限の表現の海に向かって開纜していた。

『幻想詩篇　天使の悪夢九千句』は、第十一章「薔薇刑前夜」に至ると、

　薔薇刑前夜雪降る神の涙の如く

になり、

　島の夜祭線香花火に陰焼かれ

　曙の山羊を冷蔵庫に入れておく

第十二章「肉体の抽斗」に進化すると、

　抽斗へ象が時々死にに来る
　抽斗へ麒麟が時々倒れ込む
　抽斗から縞馬跳ね出す朝ぼらけ

さらに、

　胎内を掃く寺庭の竹箒

と異次元につづく有限空間はますます狭くなっていく。そして、

　下駄箱から消えた弟摩周かな

そして、第十四章「鬱金の迷宮」では

　青蓮の手足たなびく仏間かな
　仏壇から突き出た足は岬の木
　暁の星掃く仏間の棕櫚箒

凝縮する有限空間から反比例的に広大無限な宇宙へと天使の悪夢はつながっていく。天使は宇宙でこれからどんな悪夢を見るのか。

宗教の教義は信者にとっては絶対であり、これを信じない者は無縁の衆生である。信ずる者と信じない者の間には、対話が成立しない。

だが同時に、宗教は反乱者を育む温床である。唯一絶対の教義に盲信、あるいは盲従する者は自分の世界をもてない。宗教においてすら、宗祖、教祖、開祖等によって改革、あるいは改竄(かいざん)された宗教は、スタートラインにおいてすべてエスタブリッシュメントに対する懐疑と叛乱であった。

『幻想詩篇　天使の悪夢九千句』は教義、教学ではない。それゆえに信じない者、わからない神秘や謎などとの異次元と交信できるのである。

銀河系交(通)信はまさに異次元との交信であり、悪夢がその両者をつなぐ橋(ブリッジ)となっている。自分から発足して、そして自分を否定する。この二つの相反する世界こそ、西川徹郎が永遠の途上において追求する宇宙なのである。

(本論の初出は二〇一三年六月西川徹郎文學館叢書③茜屋書店発売西川徹郎第十四句集『幻想詩篇 天使の悪夢九千句』解説)

◆森村 誠一 もりむら・せいいち＝一九三三年埼玉生まれ。社会派推理作家。青山学院大卒。日本文藝家協会会員。二〇〇九年五月二三日西川徹郎文學館に初来館し講演、西川徹郎の俳句を松尾芭蕉の〈蕉句〉に比し〈凄句〉と称ぶ。講演録『永遠の青春性―西川徹郎の世界』が同文學館より発行される。角川パブリシング発行「毎日が発見」の連載「芭蕉紀行」の中で芭蕉と徹郎句を合体させた「夏草や無人の浜の捨人形」を披露した。〇四年五月三十一日開校の新城峠大学第一回文芸講座に出講し「小説の神髄―小説はなぜ書くのか、そして如何に書くか」を講演。第十五回江戸川乱歩賞・第二十六回日本推理作家協会賞・第四十五回吉川英治文学賞等。著書に『人間の証明』『悪魔の飽食』『祈りの証明』ほか。東京都在住。

久保 隆

西川徹郎と吉本隆明―その往還する世界

〈一〉表現という場所

わたしが、西川徹郎を知り、その表現の一端に触れたはじまりは、『西川徹郎の世界』(一九八八年七月・秋桜発行所)によってであった。その契機となったのが、吉本隆明である。

六〇年代末の対抗的な渦動のなかにいたわたしは、必然的に吉本隆明や埴谷雄高といった思想家に共感を抱いていくことになるのだが、とくに吉本隆明は、その後のわたしの有様に大きな影響を与え続けてきたといえる。いまはない、「俳句空間」という雑誌に広告が載ったのを見たのか、吉本が主宰する「試行」誌上で知ったのかは、もう忘れてしまったのだが、吉本の文章が掲載されているというだけで、『西川徹郎の世界』を直ぐに求めたのである（もちろん、吉本の文章を読みたいからではあるが、それ以上に、吉本が文章を寄せる西川徹郎が、どういう表現者なのかということを知りたかったのは、いうまでもない）。手にとってみて、なによりもまず、眼を惹かれたのは、巻頭に配置された、「マネキンは、今、死にかかる――『桔梗祭』以後　五十句」と題された西川徹郎の作品だった。

　蕎麦の花マネキンはいま死にかかる
　ゆうぐれは銀河も馬も溶けている
　胎に似て塔の内部の月の階段
　佛壇のなかを通って月山へ
　月山という夜の黄金の汽車に乗る
　暗黒がいま起ち上がる馬前馬後
　抽斗を出てきた父と月見している
　下駄箱のなかの月光を父と呼ぶ
　まひるの岸を走れはしれと死者がいう
　ひとがたを人担ぎ行く彼岸花

その頃のわたしの俳句への視線は、ほとんど、偏在的なもので、現代詩や短歌に比べれば、教科書的俳人（重信の句も教科書に掲載されているらしいが、あくまでも、芭蕉や一茶ということを指す）を除き、十人にも満たない俳人しか知らなかった。

もとより、現代詩、短歌、俳句というように、カテゴライズさせて文学的表現に接していたわけではないから、初めて知った西川作品を俳句というカテゴリーのなかで惹かれたということではない。なによりも、屹立した〈表現〉であったからこそ、直裁に感応したのだといっていい。

五十句作品の一句目が、「蕎麦の花マネキンはいま死にかかる」だ。もちろん、「マネキン」という詩語に、鮮烈な印象を持ったのは確かだが、「死」という言葉と繋がっていくことで、さらに深い印象を抱くことになる。そしてなによりも、反照していくかのような「蕎麦の花」という詩語によって、わたしは、この作品に包有する深遠な抒情性を感受したのだといえる。

まひるの岸を走れはしれと死者がいう

は、「死」を「生」へと転化させようとする強い意志が感じられる。意志というよりは、もしかしたら思念といった方が、いいのかもしれない。

「年譜」によれば、西川、二十八歳の時に、父死去（行年六十一歳）とある。自分の年齢と父の死、そして父の行年の歳の間にどんな時空性が横たわっているのだろうかと、

抽斗を出てきた父と月見している

下駄箱のなかの月光を父と呼ぶ

の二つの作品を前にして、わたしなら思わざるをえない。「抽斗」と「下駄箱」というイメージは、具象的過ぎるが故に、不思議な世界を表出していく。もちろん、それは、「月」というものが湛えている寂寥感からくるものだ。わたしは、この作品の「父」をあくまでもメタファーとして読むべきであることを知りながらも、どこかで、「死」を反転させた「生」としての「父」をイメージしたくなる。さらにいえば、この反転させた「生」という有様に、わたしは、西川の表現の場所というものを想起させるのだ。つまり、そこには、孤立感や孤絶感といったものよりも、むしろ、関係性への熱い思いのようなものを感じるのである。なぜだろうか。自分でも、うまくいえないもどかしさを抱えながらも、次のようなことに思いを馳せてみたくなる。

胎に似て塔の内部の月の階段
佛壇のなかを通って月山へ
月山という夜の黄金の汽車に乗る

という三つの作品を並べてみると、ひとつの物語が生成されていることに気づかざるをえない。わたしたちが、「生」を受けて、「死」へと向かう時間性というものは、なにかと問うてみる。あるいは、「死」から遡及して「生」というものを眺望してみる。そして、わたしは、共同性（あるいは関係性と置き換えてもいい）をどう紡ぎだせるのか、どう紡ぎだしてきたのかということに尽きるような気がするのだ。わたしたちが「生」というとき、それは、ひとりで生きているということを意味しない。意識するしないにかかわらず、なんらかの繋がりのなかに、わたしたちは、置かれているわけだから、そこで、どのような共同性を自分なりに紡ぎ出せるかということが、「生」であるというのが、わたしなりの考えである。だからこそ、「月の階段」から、「月山」へ、そして、「月山という夜の黄金の汽車」へという物語は、「生」と「死」、あるいは「死」と「生」との往還のなかに共同性なるものへの希求がはらんでいると、わたしには、感受されるのだ。

もしかしたら、わたし自身のなかでも、時間性が胚胎してきたことからくる感受の仕方の変容があるかもしれない。確かに、西川徹郎には、「俳句という様式との確執」、「言葉にしようとするところからくる格闘」（吉本隆明「西川徹郎さんの俳句」）というイメージが色濃くある。だからといって、孤高、孤絶といった内閉的な場所からの発語というよりは、開かれた場所からの詩語の表出ということが、いえるような気がしてならない。わたしにとっては、関係性を繋ぐ詩語として、西川作品はあるからだ。なぜ、西川作品に接したものの多くの人たち（読者）が、感応するのかといえば、詩語それ自体に、共同性を希求するイメージが潜在しているといっていいからだと思う。西川作品は難解だとよくいわれる。それは、人と人の関係において、無意識に壁をつくりだしてしまうことと同じように、読者の側が難解だという感性の壁を無意識に内在させているからだといいたい。西川にとって、そのような壁は、無意識のなかで昇華されていると、わたしには思われる。

作者（西川）が、読者（わたしたち）に対して関係の通路を求めていると感受できた時、作品の難解性という一方的な意味付けもまた、無化されていくことになる。

〈二〉親鸞という未知へ

わたしにとって、吉本隆明の厖大な仕事（著作）のなかでも、『共同幻想論』（一九六八年刊）と並び、『最後の親鸞』（七六年刊、後、増補版が八一年に、『親鸞〈決定版〉』が九九年に刊行）は、多くのことを啓発された最重要に位置づけてきた著作である。吉本による親鸞論は、初期の頃の「歎異鈔に就いて」（四七年、それ以前の四四年に「親鸞和讃」という詩篇を発表している）という文章にはじまっている。七十年代に「聞書・親鸞」をもとに『最後の親鸞』が出され、以後、『論註と喩』（七八年刊）所収の「親鸞論註」、『未来の親鸞』（九〇年刊）、『親鸞復興』（九五年刊）、『吉本隆明が語る親鸞』（二〇一二年刊）等がある。わたし自身も吉本と同様に、末世の信仰がないから、浄土思想に深い関心があるのではなく、吉本を通してみる親鸞という像に、わたしは、強く惹かれてきたのだといってもいい。

吉本は、信仰と理路では、親鸞の思想に入っていくのは違うとしながらも、次のように述べている。

「ぼくの考え方からいいますと、親鸞という人は生きているときには、じぶんが世界的な浄土教の集大成者であり、そういう著書をもっていることをおくびにも出さなかった人ですが、むろん親鸞は研究者あるいは理念を述べる人としても当時の世界的な規模の思想家でした。しかし、微細に理路をたどって、あくまでもその理念に近づける道のつけ方を親鸞自身はしています。ですから逆に、それがぼくらみたいなものにとってはひとつの魅力です。理路の方から入って親鸞の最後に到達した地点にいけるにちがいないとかんがえて、なんども試みるわけです。」

（吉本隆明「変容論」―『未来の親鸞』）

この論考では、大乗仏教の経典とされる『無量寿経』の四十八願のうちの第十八願をめぐってなされた、親鸞が「最後に到達した」という「思想の地点」を透徹、論及しようとしたものだが、そこでの、信仰と理路との往還を吉本は切実に語っていくことになる。

西川徹郎にとっての親鸞は、信仰と理路というように別々のかたちがあるのではなく、信仰でもあり、理路でもあるという、まるごとひとつの思惟の有様だといえるはずだ。だから、西川徹郎が、「銀河系つうしん（現「銀河系通信」）」で、「吉本隆明『親鸞論』解読」（後註※）と題した連載をはじめたのを見て、わたしは、信仰と理路が交錯する地平を解き明かしてくれるのではないかと、真っ先に思ったものだった。そして、西川徹郎（徹真）と吉本隆明が親鸞を通して往還していく。わたしなりにそこへ分け入っていくことで、未知の親鸞というものを見通せるなにかを掴めるのではないかという期待感を抑えることができなかったといっていい。

「果して、人間存在にとって生とは何か。又、死とは何か。恐らく人類にとっての最も初源的で根本的なこの切実な問こそが釈尊をして佛法の大海へ赴かせた源泉であり、しかもそれは彼の言教の、殊に浄土教の起源に直接的に関わる最も本質的な問題であり、それは又、そのまま、浄土教の世界的な大成者としての親鸞聖人（注・以降は著者にならい「親鸞」と呼ぶ）のことばをその根底に於て本質的且つ普遍的たらしめているものと言って相違無い。それは、同時に親鸞の思惟のありかを永年に亘って探訪し続けてきた本書の著者吉本隆明のことばの根底を組織する分厚い思想の素地であり、吉本隆明の思索を幾度も人間存在のありかへと引き寄せて止まなかった強力な磁性としての意識と無意識の核であると言ってよい。」

（西川徹郎「吉本隆明『親鸞論』解読」・一）

西川の書き出しは、鮮烈だ。「果して、人間存在にとって生とは何か。又、死とは何か。恐らく人類にとっての最も初源的で根本的なこの切実な問こそが釈尊をして佛法の大海へ赴かせた源泉であり、しかもそれは彼の言教の、殊に浄土教の起源に直接的に関わる最も本質的な問題であ」るとする「生」と「死」をめぐる問い掛けは、西川俳句の詩精神にそのまま通底していくことでもある。西川が、「吉本隆明『親鸞論』解読」の連載の初めに、『未来の親鸞』のなかの「変容論」をテクストとしたことは、わたしには、ある種の驚きと驚嘆の思いを率直に抱かせた。もちろん、連載の三回目で『最後の親鸞』について論及がなされていくとしても、親鸞が、『教行信証』のなかで、「生涯のうちに三回考え方がかわった転機があると述べている」（吉本）、いわゆる「三願転入」をめぐって、「第十八願」へ至る思想過程を論及していく「変容論」から入っていったことに、である。たとえば、わたしなら、次のような吉本の文章に立ち止まらざるをえない。

「親鸞は死を生の延長線に、生を打切らせるものというようにかんがえなかった。死はいつも生を遠方から眺望するものであり、人間は生きながら常に死からの眺望を生に繰入れていなければならない。このときの精神が強いられる二重の領域、生きつつ死からの眺望を繰入れるという作業に含まれた視線の二重化と拡大のなかに、生と死、現世と浄土との関係があるとみた。親鸞が、曇鸞の『浄土論註』にならって「往相」と「還相」をとくとき、ある意味で生から死の方へ生きつづけることを「往相」、生きつづけながら死からの眺望を獲得することを「還相」というように読みかえることができる。この浄土門の教義上の課題は、まさに思想的に親鸞によって抱えこまれ、そして解かれたのである。」

（吉本隆明「教理上の親鸞」―『増補最後の親鸞』）

「生」と「死」という、「初源的で根本的な」問題を考えていくならば、この「往相」と「還相」という概念が、わたしには、切実に思われたものだった。いま、ここで、西川に導かれて、「変容論」に再び接してみて、「教理上の親鸞」とパラレルな位相にあると、気づくことになる。

ところで、吉本が、「変容論」のなかで、モチーフとしている「三願転入」について、西川は、どのように論述しているだろうか。以下に引いてみる。

「三願転入」とは、親鸞の主著『教行信証』（注・『顕浄土真実教行証文類』全六巻のことを謂う）の第六巻目に当る「化身土巻」に収められた親鸞の自釈の文のことであるが、原文を読み下しすれば次の如くである。

「是を以て、愚禿釈の鸞、論主の解義を仰ぎ、宗師の勧化に依りて、久しく万行諸善の仮門を出でて、永く雙樹林下の往生を離る。善本徳本の真門に回入して偏に難思往生の心を発しき。然るに今特に方便の真門を出でて、選択の願海に転入せり。速かに難思往生の心を離れて難思議往生を遂げんと欲す。果遂の誓、良に由有る哉。」

この文に於て、親鸞は自身が、他力の念佛による一切の人々の往生（難思議往生）を誓った第十八願（弘願）に帰依するに到った信の歴程をありのままに告白すると同時に、人々に対して自力の計らいを離れて速やかに他力本願に帰すべきことを勧めるのであるが、この文が誡仮と誡偽の二つの方便教の意義を説く「化身土巻」本・末の中で、殊更にその中の仮の教誡を辯説する「化身土巻」本の末尾にその結論として、しかも、その仮の教誡の中に於て、殊更に、阿弥陀佛の四十八願の中の、万行諸善による往生（雙樹林下往生）を誓った第十九願の「要門」の釈ではなく、自力の念佛による往生（難思往生）を誓った二十願を説く「真門」の釈の結論として出されていることに浄土教に於ける教理的な、親鸞の到達した深甚の意義が顕現するというべきなのである。」

（西川徹郎「吉本隆明『親鸞論』「解読」・一）

西川は、親鸞の「三願転入」を、「他力の念佛による一切の人々の往生（難思議往生）を誓った第十八願（弘願）に帰依するに到った信の歴程をありのままに告白すると同時に、人々に対して自力の計らいを離れて速やかに他力本願に帰すべきことを勧め」ているとする。わたしは、ここで自らの「信の歴程をありのままに告白する」ということに、感応せざるをえない。当時の仏教者でそのように、自らを発露することがあったのだろうかということを考えるからだ。

吉本の「三願転入」の解読に戻ってみるならば、親鸞は、はじめ、「比叡山で厳しい修行を積んでいけば寿命が終わったときに阿弥陀如来がやってきてじぶんを浄土へつれていってくれる、そういうことをまのあたりに観想することができると」考えていた。それが「阿弥陀仏の四十八願のうちの第十九願に該当」するわけだが、「親鸞は途中でその考え方をやめて」、「専修念仏を主張して一宗を立てた法然」のもとへと行くことになったことが、第一の転機ということになる。

「阿弥陀如来の名号を聞いて、浄土へゆこうと願いをおこして、たくさんの功徳を積んでいけばかならず浄土へゆける、またそういう人を浄土へつれていけなければじぶんは悟りをもたないと阿弥陀如来が誓った条がになる。

そして、その後、第十八番目の誓願へと到達していくことになるのが、第三の転機といわれるものだ。様々な修行や善行、功徳を積むといったことを、「親鸞は最後には全部すててしま」い、「ひたすら阿弥陀如来の誓いを信じて、その名号を十ペンでもいいから称えた人はだれもかならず浄土へつれていってくれる」という場所に、親鸞は入っていったことになる。吉本は、さらに述べていく。

「平安末期から中世の仏教の常識、あるいはいまの仏教の常識からいっても、親鸞がたどった過程はだんだんと僧侶の概念から外れてゆくことでした。修行を積むこともお経を読むことも全部やめてしまい、ただ名号を称えることだけがのこります。(略)いちばん大切なことは外側から見かけ上坊さんとしてだめになっていく、そんな親鸞の転換のなかに、精神の問題からも、仏教そのものの教えからも重要な転換が含まれていたことです。しかし、その転換は外側からはけっしてみえません。(略)親鸞は、結局いまの云い方でいいますと、〈言葉〉だけがいいのだといっているとおもいます。つまり称名念仏ですが、名号を称えることのなかにすべて救済が含まれるということです。(略)浄土の宿主がいうところの善とか慈悲とかの大きな規模を信じたらいいので、それを信じてるかぎりは小さな善であるとか、小さな悪であるとか、人間が自力で行える様々な徳行とか、修行とかいったことは不要だということです。親鸞の最後の〈信〉は人間の自力でできることに見切りをつけ、放棄することを意味していると思います。」

(吉本隆明「変容論」—『未来の親鸞』)

ここで、わたしなら、『最後の親鸞』での、「親鸞は、〈知〉の頂きを極めたところで、限りなく〈非知〉に近づいてゆく還相の〈知〉をしきりに説いている」という吉本の鮮烈な言葉を想起する。また、「親鸞がたどった過程はだんだんと僧侶の概念から外れてゆく」ということは、〈非僧〉、〈非俗〉の境涯と捉えていた。こうして、わたしにとって、西川に誘われながら、「変容論」の重要性をあらためて再考することになったのは、いうまでもない。

しかし、そもそも浄土、あるいは浄土理念とはなにかということが、わたしのなかでは、依然、茫漠としたままだ。

「だいたい〈浄土〉というのはあるのかどうか、〈浄土〉へゆくとはどういうことなのか。現代はそういう信仰のうすれた時代で、（略）死んだら〈浄土〉へゆくなんてほんとに信じられるかというような疑問、そういうことのほうが現代ではるかに切実なのかもしれません。そして、そのことに答えられなければならないような気がします。

中世の当時において、〈浄土〉にゆくことがどうしてそんなに切実であったのか。親鸞の教義からいえば、第十八願の〈信〉に入ったときにその人はすでに「正定聚」の位に達している、つまり〈浄土〉に即座にゆける位なんだということになりますが、（略）当時のふつうの人びとは生きていくことが〈苦〉であったろうとおもわれます。いまでも生きていることは〈苦〉ではありますが、いまよりももっと〈苦〉であったとおもいます。疫病がはやればバタバタと死んでいってしまうし、飢饉があればふつうの人はどんどん死んでいってしまう。武士たちは国内でさかんに戦争をしているわけで、（略）ほんとに生きていくことは〈苦〉だというふうになったことは確実だったとおもうのです。生きているのは〈苦〉だ、では死んだ後もなお〈苦〉がつづくのか。せめて死んだ後は〈苦〉じゃないところにゆけないだろうかという考え方が、ふつうの人びとからさかんに生れてきたことは確かだとおもわれます。」

（吉本隆明「変容論」―『未来の親鸞』）

いつの時代でも、どのような情況のなかでも、「人間存在にとって生とは何か。又、死とは何か。恐らく人類にとっての最も初源的で根本的な」問題は、依然、大きなこととしてあるといっていい。現在でも、先行きが見えない若者たちや、「老い」とやがて確実に訪れる「死」に際しての不安を抱えた人たちが、孤独死といった事態を生起させているからだ。現在と中世の間には、確かに長い時間の幅が横断しているけれども、本質的な意味で、社会構造的にはそれほどの違いはないはずだと、わたしは考えている。親鸞は、戦乱や飢饉、あるいは大地震が起きた絶望的な中世という時代を生きていたのだ。だからこそ、「貧しいか富んでいるか」、あるいは修行に励んだものかどうかにかかわらず、「だれでもがまったく平等に」、称名念仏を「称えたかぎりでは、第十八願によって必ず浄土へゆける」としたといえる。いわば、ここで、あえてわたしなりに祖述してみれば、浄土以前の浄土観というものが、かたちづくられ、潜在化することになるのではないだろうか。もし、浄土以前の浄土観というものを、浄土理念とするのなら、やがて確実に「死」が訪れるわたしにとっても、ひとつの慰藉としてそのことを感受できるかもしれない。あるいは、現在から、未知の未来を、あるいみのユートピア的な共同性としてイメージしていくとき、そのことと、繋がっていくと捉えてもいいのかもしれない。いずれにしても、わたしは、依然、理路という隘路のなかに入ってしまっているのは確かだ。

「親鸞が晩年に弟子に語って、弟子が聞き書きした『自然法爾章』という短い文章があります。これは親鸞の思想的な到達点にあたる文章です。（略）浄土の宿主の方からくる光明の志向力を信じて、一ぺんでもなんら計らうことなしに念仏を称えるという状態に自然になっていったときに、その両方の光といいましょうか、志向性といいましょうか、それがうまく行きあう。そして行きあったときにはかならず浄土にゆけるんだ。その行きあったときの自然の状態を親鸞は「自然法爾」というふうにいっています。ですから親鸞の第十八願にたいする理解の仕方は、いわば「自然法爾」の状態に人間の方がなれたならば、第十八願の中身にひとりでにぶつかっているんだということです。（略）こちらに信ずる気持があるからはじめて、第十八願がその人にとって身近な問題になるんだよというのが、どうしても知識の方からの理解の仕方になります。（略）ところが親鸞の云い方はそうではありません。あることに関心をもったということは、すでにあることの方から光が射してきたからそういう気持になったんだといっています。そしてここのところが理念の問題としてではなく、心の経験の問題としてうまく理解することができるならば、たぶん親鸞の思想のいちばん中心のところを理解できたことを意味しているとおもうのです。（略）何べんでも理路の方から近づいて、なぜ第十八願が信じられるのか、あるいはなぜ第十八願がいいのかにたいする解釈になっているようでなっていないという微妙なところにぶつかります。しかし、この最後に微妙になったところが親鸞の到達した思想の地点であり、そこが親鸞の〈信〉の核心に帰着するんじゃないかとおもわれます。」

（吉本隆明「変容論」―『未来の親鸞』）

信仰と理路の間隙、あるいは交錯する場所を、吉本は、切実に往還していく。吉本の先鋭さは、訳知り顔に解釈しないことだといえる。ひとつの理解に際して、さらにもうひとつの考え方を慎重に重ねていく。まるで、吉本自身が「三願転入」しているかのように、論及をすすめている。そして、最後に導きだしたことが、親鸞にとっての「自然法爾」という場所だ。それでも、吉本は、逡巡をやめない。西川は、そこのところを「北壁に近い拒絶された時空間」と述べていく。

「一（引用者註・先の吉本文の引用箇所を指す。以下の二、三も同様）は親鸞の多数の著作の中でも最晩年に書かれた短文である『自然法爾章』が「親鸞の思想的な到達点にあたる」事をはっきりと指摘している。確かにこのことは吉本隆明の指摘を待つまでもなく既に多くの真宗学専攻者の研究によって明らかにされている事柄であるが、それが、続く二及び三の発言にある如く、「心の経験の問題として理解すること」「理路から入って最後に微妙になったところ」を厳然たる峻路として思索を重ね、遂に親鸞の最終的な思想的到達点としての「自然法爾」という自在の場所を見出すに至った吉本隆明の思惟の力に私は深く頷かざるを得ない。

吉本隆明の全親鸞論考に対する解読を試みようとして「吉本隆明『親鸞論』」考の扉を押した者には「心の経験の問題として理解すること」「理路から入って最後に微妙になったところ」は北壁に近い拒絶された時空間といっていいが、しかし、吉本隆明自身が今、「自然法爾」という親鸞の思想的到達点を見据えつつ〈信〉と〈不信〉の両壁によって築かれた心奥の谷間の峻路に苦悩しつつ立ち尽くしている思想的存在であるという事実を誰よりも自覚していることを私は思うのである。」

（西川徹郎「吉本隆明『親鸞論』「解読」・二）

西川によってなされた「吉本隆明『親鸞論』」考のほんの一端を、わたしは、駆け足のようにして触れているだけだが、それでも、「吉本隆明自身が今、『自然法爾』という親鸞の思想的到達点を見据えつつ〈信〉と〈不信〉の両壁によって築かれた心奥の谷間の峻路に苦悩しつつ立ち尽くしている思想的存在であるという事実を誰よりも自覚している」と述べることに出会っただけでも、理路の中を彷徨っているだけのわたしにとって、なによりも、この後の行く立ての大きな支柱となっていくといいたいと思う。

わたしが、「吉本隆明『親鸞論』」考とともにどうしても触れておきたいのが、西川の『弥陀久遠義の研究』（二〇一一年十二月・発行黎明學舎／発売茜屋書店）という最新の著作である。

「浄土真宗本願寺派の司教請求論文」として「総局へ提出した論文」を、「一般の読者の為に可能な限り読み易くするべく、（略）四五〇枚の論文に改編し」（「後記」）て刊行されたものだが、この大著は、西川徹真（徹郎）の壮大なる親鸞論といってもいい。なぜなら、「高祖の無言の言説を読み、無説の説を聞き、沈黙の雄弁に耳をそばだてて『教行信証』一部六巻の行間字間の谷間の渓流を淵源より清々と流れてやまぬ久遠の弥陀の大悲心を書きとどめた」（「同前」）と述べているからだ。わたしは、この『弥陀久遠義の研究』という大著の書評を執筆（二〇一二年六月二日付「図書新聞」）したのだが、いまいちど、その時の思いを振りかえりながら、祖述してみたい。

弥陀久遠義とは、「浄土真宗の本尊阿弥陀如来に就いての佛身論であり、浄土真宗の立教開宗に於ける高祖の如来観と経教観の確立に関わる根本教説の一つである」（「序章　本研究の目的と主旨」）という。わたしは、もちろん真宗学徒ではないし、信心から遠くありながらも親鸞の思想世界に共感を持つ立場でしかないから、ここでモチーフとなっている「久遠」という概念に、自分なりの思いを持っていかに近接しうるかということになる。

「久遠とは但に久しく遠い古佛をいう言語ではなく、（略）大涅槃・真如法性の大悲の力用により出現した佛身であり、真如を体と為す法身であることを顕す」と西川は述べていく。それは、存在性と時間性をある意味、転倒させた概念として考えていいのではないだろうか。西川は、「久遠の弥陀が相対的概念的存在ではなく、相対的時間的存在の概念を超越した絶対的存在である」としながら、次のように論述していく。

「佛教に於いては、絶対的存在と相対的存在の関係性は単に対立概念として存在するのではなく、絶対は相対に対して常に超越的包攝的存在であるというべきである。それは喩えば水波の如き関係性である。（略）海水のその儘が波濤となる故に海水即波濤であり、波濤のその儘が体に帰すれば波濤即海水である。しかもその波濤の一濤一滴はその儘が海の全体を顕す故に当体全是である。しかし如何なる波濤も海の全体を超えることは出来ない。（略）故に海水は絶対、波濤は相対の譬えである。（略）すなわち（略）久遠の弥陀とは、（略）苦者救済の活動体となって用らく如来大悲の源泉にして源流とも名付けることが出来るだろう。」

（『弥陀久遠義の研究』「第二章　弥陀久遠義の必然的根拠」）

「第三章『教文類』の『述文賛』引文の根本的理由」で「『即如来ノ之徳ナリ』—『ノ』の一字加点の意味」という項目がある。『教文類』のなかに掲出されている憬興師の「三句の釈」のうちの一つ、「即如来徳」を親鸞が、「即如来ノ之徳ナリ」と「ノ」と「之」を入れていることに、西川は着眼していく。白川静の『字訓』を援用して、「『之』は『至』であると解説し、類語として『久』を挙げ」ていることから、「ノ」の一字加点と「之」の字を加えた理由を、

「『之徳』の義が、『至徳』にして名号大悲の独用の相が『无能遏絶』であり、遙遠なる久遠の彼方より大河の流れの如く大海の津波の如く到り来たった如来大悲の抑止し難き『无能遏絶』の力用の相が名号であり阿弥陀如来の久遠實成義を顕彰するものであったことが爰に暁解される。」

と述べていくのだ。

ここで、わたしは、「如何なる波濤も海の全体を超えることは出来ない」ということ、「遙遠なる久遠の彼方より大河の流れの如く大海の津波の如く到り来たった」こと、これらの言葉群に、三・一一の事態を想起しな

がら、「詩性」なるものが発する深淵な感性を見ないわけにはいかない。そして、もちろんこの「久遠」という概念が深い思念を湛えた「詩」的イメージを内包していることによって、わたしたちは、親鸞が切開した浄土理念の通路へとさらに誘われていくことになるのだ。

ところで、吉本が二十三歳時に著わした、最初の親鸞論ともいえる「歎異鈔に就いて」という文章の書き出しはこうだ。

「僕は親鸞の詩人的資質が仏教の論理大系に遭遇した場面を想像して見る。殊に無量寿経や阿弥陀経の途轍もない観念論や観無量寿経の心理学に面した折の、彼の困惑を想像することは意義ある事だ。道元等同時代の宗教家がすべて仏教体系の内部に帰したとき親鸞独りがこの体系を突き崩し、引退かざるを得なかった理由が判っきりするだらうから。」

若き吉本は、親鸞を「詩人的資質」があるとみる。このことは、通例の親鸞像から切り離して際立たせていく視線だといっていい。

だから、西川の大著と吉本の初期は、期せずして親鸞における「詩性」あるいは、「詩精神」という感性において往還していることとなる。

〈三〉 往還する世界・共感しあう世界

わたしは、いまこうして、西川徹郎と吉本隆明との往還をめぐって、様々な思いを巡らしてきた。そして、これからも、そのことを続けていきたいと考えているが、吉本からのあたらしい発信は、もう、これからはない。そのことを思うと、残念でならない。それにしてもと、思う。過剰な思い入れと、いわれるかもしれないが、吉本の西川徹郎論もまた、親鸞という存在を抜きにしてはありえないものとして、わたしには読めるのだ。

はじめて書かれた吉本の西川論、「西川徹郎さんの俳句」(『西川徹郎の世界』一九八八年七月・秋桜発行所)で、「現代音楽の様式でしか成し遂げられそうもない内的なモチーフが、西川さんの意識と無意識と、それを理念化しようとする思想のなかに、根深くあって、それを言葉の表現でやり遂げようとしているのではないか」と述べているわけだが、わたしには、「親鸞は、結局いまの云い方でいいますと、〈言葉〉だけがいいのだといっている」ということに重なっていくといいたい気がする。

吉本が、そもそも俳句作品に触れることは、近代詩や現代詩、短歌に比して、かなり稀なことだといえる。例えば、『現代日本の詩歌』（二〇〇三年刊）の中で取り上げられている俳句作家は、重信、番矢、春樹、三鬼のみである。『写生の物語』や『初期歌謡論』があるように、短歌の方により比重があるのは、確かなのだが、『西川徹郎全句集』に寄せた吉本の論考は、渾身の俳句作家論であることに、驚嘆せざるをえない。

「だがここまできてもかれを執拗に追ってくる生存の不快感のようなものが、いつもポエジィのなかにひとすぢの異化の音響を奏でることをやめていない。これがかれの立ち姿なのだ。

かれは俳句の詩人として最長不倒の人なのは疑いない。

西川徹郎の句作の歴史は、かれ自身の自選するところでは、未刊と記されたものも含めて十冊になんなんとする。一望してどこへ向って歩んできたのだろうか、と問うとき、俳句とは何であるのか、どこへ向って歩んでゆくのか、という当初の設問から俳句は詩であるのか、詩となりうるのかという設問へ、かれ自身の設問は進化していったようにおもえる。解決していったといってもいいし、あくまでも設問を解決することを拒否しているといってもいい。かれの句作は、ある意味でははじめから老熟していたから、どこでいつ死んで伝統に帰るか、あたかも墓地に帰るように伝統へ帰るかは、時間の問題のようにも思えた。またそれは決して悪いことではないとも予測していた。しかし驚くことに老熟から出発して、物言う嬰兒の方へと逆行していった。そして大人の俳人には決してわからない創造の秘訣をあくまでも保ちつづけていると思える。

（略）かれは青春から老熟へと歩む伝統の俳人のように歩むことはない。老熟から嬰兒へと逆行する歩みが、かれ自身の考えている生涯というものだ。そんな気がする。かれの句作は純化されて嬰兒のもつ永遠を、だんだん獲得しつつあるようにみえる。」

（「西川俳句について」『西川徹郎全句集』解説、二〇〇〇年・沖積舎）

「かれは青春から老熟へと歩む伝統の俳人のように歩むことはない。老熟から嬰兒へと逆行する歩みが、かれ自身の考えている生涯というものだ」と、吉本が述べる時、これほどの賛辞はないのではないだろうか。親鸞について、『往相』と『還相』をとくとき、ある意味で生から死の方へ生きつづけることを『往相』、生きつづけながら死からの眺望を獲得することを『還相』というのであれば、「老熟から嬰兒へと逆行する歩み」とは、まさしく、「還相」の階梯ということになる。

「先ず私が吉本隆明の『最後の親鸞』を歴史的革新的な親鸞論考と考えるのは吉本隆明の親鸞論自身に内在する次の二つの理由に拠っている。

一つは吉本隆明の親鸞論考が一貫して「思想家としての親鸞」あるいは「思想としての親鸞」を思惟し相対化するものであり、しかもその「思想としての親鸞」の相対化によって思想家吉本隆明の思惟そのものが相対化され、「思想としての吉本隆明」を胚胎させて行く契機を内在させていることである。つまり、その相対化された親鸞思想が日本近代が生んだ世界的知性としての思想家吉本隆明の思惟の基底を構成し、吉本隆明のあらゆる理論に普遍化されてゆく過程を見ることが出来ることによっている。この事実は今日迄に書かれてきたあらゆる親鸞論を超絶して、吉本隆明の親鸞論考の歴史的革新的な意義を鮮明にするものと言ってよいだろう。」

（西川徹郎「吉本隆明『親鸞論』「解読」・三）

西川は、『思想としての親鸞』の相対化によって思想家吉本隆明の思惟そのものが相対化され、『思想としての吉本隆明』を胚胎させて行く」として、「相対化された親鸞思想が日本近代が生んだ世界的知性としての思想家吉本隆明の思惟の基底を構成し、吉本隆明のあらゆる理論に普遍化されてゆく」と述べ、西川の吉本への熱い思いは、言葉のなかだけでは収まりきれないものを湛えながら、最高・最大の言辞を捧げている。

わたしは、ここで、いささか傲慢なものいいかもしれないが、嫉妬心のようなものが湧きあがってくることを抑えることができない。

なぜなら、まぎれもない、往還する世界・共感しあう世界が、ふたつの論述のあいだを横断しているからだ。二人の表現者が、ひとつには、親鸞という大きな存在によって繋がっていくとしても、吉本、西川とも、表現の場所として、「試行」と「銀河系つうしん（現「銀河系通信」）」を出し続けてきたことは、関係性あるいは、共同性というものに対して、開いてきたことを意味する。わたしは、そのことにこそ、二人が往還する、往還していく、大きな契機があることを声高にいっておきたいと思う。

■筆者註・西川徹郎の個人編集誌「銀河系つうしん」（発行黎明舎／発売茜屋書店）誌上の「吉本隆明『親鸞論』解読」の連載は、第一回が第十四号（九三年七月刊）、第二回が第十五号（九四年十二月刊）、第三回は第十七号（九八年十二月刊）にそれぞれ掲載され、以後、未完のままである。なお、第十八号（二〇〇〇年七月刊）に、「吉本隆明と親鸞思想」と題した『北海道新聞』九九年七月二日付夕刊に掲載した論稿が転載されている。

浄土理念の通路へ——西川徹真著『弥陀久遠義の研究』

親鸞が提示した教理的理念（浄土教理）を、「偉大なアジア的な思想」（吉本隆明）として捉えるならば、深淵なる世界を見通したいという欲求をわたしなら抑えることができない。もとより、わたしの親鸞への入り口は、吉本隆明の『最後の親鸞』（一九七六年刊）によってだが、生家が浄土真宗だったという機縁もある。無宗教であることを自認していても、「死」をめぐる想念、いうなれば、死と生の往還を内在化させようとする人間の感性とは何かということもまた、わたしにとって、関心の対象としてあることを、その理由に添えてもいい。

極北の地で屹立した俳句による詩世界を創出し続けてきた西川徹郎は、本名の徹真として浄土真宗本願寺派正信寺の住職を荷い、本願寺派輔教でもある。八歳の時に、病気のため四ヶ月間、自宅で療養したという。その時、「病室に当てられた（略）部屋には」、正信寺住職であった「祖父證信の太くて強い毛筆で、芭蕉や一茶等の発句や親鸞の主著『教行信証』の正信念佛偈や『信巻』の十二嘆徳之文が襖や枕元の屏風に揮毫され」ていたのを「暗誦しつつ幼年の日々を過ごした」（斎藤冬海編「西川徹郎年譜」『西川徹郎全句集』所収、二〇〇〇年・沖積舎）とされている。既に、この時、西川にとって親鸞の言葉は、滲み入るように深奥へと感受していったに違いない。西川は、表現者としては、「銀河系通信」（「銀河系つうしん」という誌名で八四年に創刊、現誌名に変えて十九号まで刊行）を、その拠って立つ場所としてきたが、もうひとつの場所として、〇一年に創刊した「教行信証研究」という雑誌がある。現在、三号まで刊行しているが、例えば西川は『正信念佛偈』造偈の所由」と題した論文を三号に掲載している。この研究誌での所論は、「特別に師もなく独学で」、三十五年間、親鸞の主著『教行信証』を通して真宗学の研鑽をしてきたことの結実であり、さらには今冬、「浄土真宗本願寺派の司教請求論文」として「総局へ提出した論文」を、「一般の読者の為に可能な限り読み易くするべく、（略）四五〇枚の論文に改変し」（「後記」）て刊行されたのが本書『弥陀久遠義の研究』（二〇一一年十二月・黎明學舎／茜屋書店）である。

弥陀久遠義とは、「浄土真宗の本尊阿弥陀如来に就いての佛身論であり、浄土真宗の立教開宗に於ける高祖の如来観と経教観の確立に関わる根本教説の一つである」（「序章　本研究の目的と主旨」）という。わたしは、もちろん真宗学徒ではないし、信心から遠くありながらも親鸞の思想世界に共感を持つ立場でしかないから、西川渾身の著作を訳知り顔で論評するわけにはいかない。それでも、接近できる方途としては、吉本による概念を援用するならば、西川にとっての「信の構造」における「詩性」あるいは、「詩精神」（小笠原賢二）の核心に出来るだけ視線を射し入れて、読解していくことに尽きるように思う。とすれば、ここでモチーフとなっている「久遠」という概念に、自分なりの思いを持っていかに近接しうるかということになる。

「久遠とは但に久しく遠い古佛をいう言語ではなく、（略）大涅槃・真如法性の大悲の力用により出現した佛身であり、真如を体と為す法身であることを顕すのである。」（「序章　本研究の目的と主旨」）

それは、存在性と時間性をある意味、転倒させた概念として考えていい。西川は、「久遠の弥陀が相対的概念的存在ではなく、相対的時間的存在の概念を超越した絶対的存在である」としながら、次のように論述していく。

「佛教に於いては、絶対的存在と相対的存在の関係性は単に対立概念として存在するのではなく、絶対は相対に対して常に超越的包攝的存在であるというべきである。それは喩えば水波の如き関係性である。(略)海水のその儘が波濤となる故に海水即波濤であり、波濤のその儘が体に帰すれば波濤即海水である。しかもその波濤の一濤一滴はその儘が海の全体を顕す故に当体全是である。しかし如何なる波濤も海の全体を超えることは出来ない。(略)故に海水は絶対、波濤は相対の譬えである。(略)すなわち(略)久遠の弥陀とは、(略)苦者救済の活動体となって用く如来大悲の源泉にして源流とも名付けることが出来るだろう。」

(「第二章　弥陀久遠義の必然的根拠」)

「第三章『教文類』の『述文賛』引文の根本的理由」で「『即如来ノ之徳ナリ』―『ノ』の一字加点の意味」という項目がある。『教文類』のなかに掲出されている憬興師の『述文賛』の「三句の釈」のうちの一つ、「即如来徳」を親鸞が、「即如来ノ之徳ナリ」と「ノ」と「之」を入れていることに、西川は着眼している。白川静の『字訓』を援用して、「『之』は『至』であると解説し、類語として『久』を挙げ」ていることから、「ノ」の一字加点と「之」の字を加えた理由を「『之徳』の義が、『至徳』にして名号大悲の独用の相が『无能遏絶』であり、遙遠なる久遠の彼方より大河の流れの如く大海の津波の如く到り来たった如来大悲の抑止し難き『无能遏絶』の力用の相が名号であり、阿弥陀如来の久遠實成義を顕彰するものであったことが爰に暁解される」と述べていく。

ここに至って、わたしは、「如何なる波濤も海の全体を超えることは出来ない」ということ、「遙遠なる久遠の彼方より大河の流れの如く大海の津波の如く到り来たった」こと、これらの言葉群に、一年前の事態を想起しながら、「詩性」なるものが発する深淵な感性を見ないわけにはいかない。そして、もちろんこの「久遠」という概念が深い思念を湛えた「詩」的イメージを内包していることによって、わたしたちは、親鸞が切開した浄土理念の通路へとさらに誘われていくことになるのだ。

（本論の初出は二〇一二年六月二日付「図書新聞」）

◆久保 隆 くぼ・たかし＝一九四九年秋田県生まれ。評論家。中央大学法学部卒。著書に『吉本隆明ノート』『権藤成卿論』『加藤泰の映画世界』（共著）ほか。国分寺市在住。

斎藤 冬海

西川徹郎と鴨長明―「念仏者鴨長明」の発見

新城峠／詩聖西川徹郎傳 其の二

一 不請ノ友、不請ノ法

西川徹郎の生家新城峠の麓の浄土真宗本願寺派の寺院法性山正信寺の境内に、優美な大きな翼を持つ鳥の姿が顕れたのは、二〇一四年五月半ばの朝方のことだ。相当大きな鳥が茂り始めた草木に見え隠れしながら、南側の草庭を闊歩している。時折奮わせる翼の色が何故かはっきりしない。羽搏く時見せる内側は黒く、畳んだ時は白く見える。鶴、と思ったが二十数年来境内で鶴の姿を見たことはないので、まさか鶴ではあるまいと思った。同じ頃、西川徹郎は、明け方に裏山に面した月の間と呼ぶ部屋の窓から、目近に鶴に似た鳥の姿を目撃したという。その日境内に出ると、徹郎は徐に裏山に向かって、声を張り上げた。

ほーいー、ほーおいー……

本堂の大屋根の向こうの裏山は、深い落葉松林である。右手に新城神社の参道があるが、農繁期に入った五月、通る人もいない。徹郎の声が境内に谺し、裏山に響き渡った。その時、まるで徹郎の呼び声に応ずるかのように、一羽二羽と大鳥が飛び来たり、私たちの頭上を駆け巡ったのである。ゆったりと天翔る鳥の影の長い首、細い足を伸ばして飛ぶ様はまさしく鶴だが、後頭に冠のような羽根飾りがある。恐らく鷺だ。鷺たちはやがて一番高い松の木の天辺に向かい、枝の茂みに姿を隠した。日差しに輝く白い羽根からすると白鷺だろうが、判然としない。とにかく初めて境内に訪れた珍しい客であることは確かだった。

人声に野性の鳥が応じるとは思いもよらないことだが、徹郎は外に出る毎に白鷺を呼び、白鷺たちも森の中に鷺山を形成し、いつも十数羽がいて、その中から必ず一羽二羽と姿を現し、挨拶を返すように輪を描いて飛ぶのである。

恐らく、西川徹郎はこのような人間なのである。西川徹郎の高校生時代の一羽の山鳩との交流と哀しい別れを聞いたことがある。旧庫裡は一九九六年八月に取り壊され、同年十二月改築が成り現在の姿になっているが、当時の庫裡は平屋建て百坪程の広さで天井は高く、美しい赭色を見せる柱の柱の太さは通常の四倍ある頑丈な建物だった。芦別発祥の地と言われる常磐の豪農小杉家を移築して庫裡としたものだ。ある日庫裡の中へ迷い込んできた一羽の山鳩を、徹郎以外の兄弟たち（兄・姉・弟）は糞を嫌がって追い出そうとしたが、徹郎だけは可愛がって「ぽー」と名付け、屑米などを与えていた。すっかり懐いた山鳩は、昼は裏山に遊びに行き、夕方徹郎が学校から帰って、境内で「ぽー、ぽー、ぽー」と呼ぶと、本堂の大屋根をさーっと越えて飛んできて、徹郎の肩に止まるというのである。ぽーは徹郎と一緒に玄関から家に入り、庫裡の中を自由に飛んでいた。しかし、ある日兄弟たちが棒や虫取り網を持って散々追い回した挙げ句、とうとう窓から追い出した。

西山へ向かって一直線に飛び去るぽーを見た徹郎は、その決然とした後ろ姿に「彼はもう二度とは帰って来ない」と確信したという。そして本当にその日以来ぽーは呼べども姿を現すことは無かった。

徹郎の祖父である正信寺開基住職西川證信（一八八九〜一九六三）を知る人は、徹郎（第三世住職徹真）が證信に似たとよく言う。二〇一四年五月二十一日西川徹郎・森村誠一〈青春の緑道〉記念文學碑建立、新城峠大學開校、第十四句集『幻想詩篇 天使の悪夢九千句』出版記念祝賀会が開催されたが、その会の祝辞で、證信をよく知る一人岩見沢市願王寺住職で作家の家郷哲王は、「徹郎さんは、まったくお祖父ちゃんそっくりの歌舞伎役者のような人を惹き付けて離さないお説教をなさる」と述べた。徹郎は隔世遺伝によって開基住職に似た、證信の再来であるというのである。證信は北海道の開教期を代表する本願寺派の僧侶で、布教・勤式声明の指導者としての活動は全道の別院はもとより京都・本山（西本願寺）の報恩講等の重要な法要の会行事（えぎょうじ）を永年務める等、名に聞こえた存在だった。そればかりか、近隣に先駆けて新城町に電気を引く事業を先頭を切って推進して完遂、晩年は新城町を通る芦深線（芦別―深川間）の鉄道敷設の運動を当時の国会議員等を動員して展開したが、その後空知地方の炭鉱産業の斜陽化など時代状況の変遷等により開通に至らなかったが、證信の生涯は僧侶としても社会人としても獅子奮迅の活躍だった。確かにその面影は徹郎にも色濃い。徹郎の父第二世住職證教（一九一四～七五）は在職期間も短く、六十一歳で病没したこともあり、證信に比べて語る人が少ない。しかし実は、物静かで優しい学究肌の父證教に、兄弟の中で一番よく似たのもまた徹郎なのである。

徹郎は『仏説無量寿経』の中に出てくる「不請ノ友・不請ノ法」とは證教がよく布教の中で語っていた言葉だという。祖父や父の説法を聞いて徹郎は育った。龍谷大学で本願寺派の勧学月輪賢隆について学び、学階得業を修得した父は徹郎がよく法座で聴聞するのを喜び、また聖教（仏典や高僧の著作）を読むことを褒めた。徹郎が親鸞の主著『顕浄土真実教行証文類』（以下『教行信証』）をはじめ、法然が「浄土三部経」と呼ぶ浄土真宗の正依の経典『仏説無量寿経』のほか『仏説観無量寿経』『仏説阿弥陀経』の繰り読みを始めたのは祖母ヒサ（一八九五～一九七二）の死が契機となった。また父の死後一九七五年寺院継承のため得度、本願寺門主即如上人より法名釋徹真を授かる。徹郎は真宗の僧侶として生涯を尽くす決意から以降本名を徹真とし、それまでの徹郎を筆名として用いることとしたのである。

本格的に浄土真宗の教義を修得する為に徹真は、毎年夏期に本山と龍谷大学大宮学舎の本講堂を会場に開催される本願寺派の教学最高研修機関である安居（あんご）（七月十七日より三十一日の二週間）に懸席し、本願寺派の安居独特の問答形式による教義の研鑽方法で鬼も涙すると喩えられるほどに峻厳な「論題会読」の席に出るようになった。徹郎はこの論題会読で七年連続して優秀賞を得て得業から助教の修得、助教から輔教の授与にまで至った。本願寺派の学階規則により会読優秀賞取得回数により助教・輔教の予試が免除された。龍谷大学大学院や本山の教学専門研究機関である本願寺派宗学院等に履修せず、総べてを独学で本願寺派の高位の学階輔教を授与された例は極めて珍しく、更に独学で司教を目指す例は本願寺派の近現代の教学史上かつて無い出来事であった。安居に懸席出来るのは本願寺派の学階（得業・助教・輔教・司教・勧学の五階位）修得者のみで、司教・勧学は『教行信証』や聖教の講義を行い、論題会読の問答の審判を行う。学階修得希望の僧侶の為に本山では安居期間中に安居専修科という龍谷大学大宮学舎の別教室で基礎教学の講義が行われている。

一九七六年安居専修科に入学し、初めて教室に入った徹郎は、漢文ばかりの見たことの無いような聖教を山のように机上に積み上げて講義を聴く学問僧の様子を目の当たりにして、間違った所に来てしまったと荷物を包んで危うく教室から逃げ去ろうとした。しかし、その時に一瞬早く姿を現した勧学大江淳誠が講壇に立つや、徹郎を見透かしたかのように語り出した「聖教を学ぶのに遅いということはない。気付いた時が始まりだ。だから何時始めてもよいのだ」という言葉に気を取り直した。大江淳誠は『教行信証』研究の近代の最高峰の学者と讃えられる本願寺派安居の綜理和上であった。歩行するのに、両脇を輔教日野振作（後に司教）、輔教山田行雄（後に勧学）の二人に支えられなければならない老骨の大江和上であったが、その一字一句をおろそかにせず緻密に真理に迫っていく講義に魅せられ、たちまちに徹郎は真宗学を生涯の専攻とする決意を固めた。四年制の安居専修科を二年飛び級で卒業し、早くも翌年の秋の学階「得業」受験の為の講習会に出席した徹郎は、出講した司教稲城選恵（後に勧学、一九一七〜）へ矢継ぎ早に法義上の質問を出し、驚いた稲城選恵は受講者の名簿に眼を遣りながら「君は北海道だが、誰の弟子だ。君は凄い人だな。得業を受験するのか？　君はもう立派に輔教だ。君は輔教を受験しなさい」と激励した。徹郎が本願寺派に於いて当代随一の真宗学者と謳われ、今もカミソリの頭脳と譬えられる稲城選恵を驚かせた現場を目撃したのが、北海道滝川市の広徳寺に僧籍を持つ学問僧で東京在住の教育新潮社社主小端静順（一九一六〜二〇〇五）だった。小端は徹郎とは三十歳近い年長者だが学階受験の為に徹郎と机を並べて同席していたのである。『教行信証』全六巻の読了は一千回に及び、「真宗聖典」は幾冊も読み破り、その結果『教行信証』を始めとした親鸞の著作の重要文言の殆どを暗誦し、聖典を開かずしてそれらの文言を延々と発声し続ける徹郎の修学ぶりに驚いた学問僧の一人であった。小端自身も東京都在住の真宗学者で勧学桐渓順忍の高弟の一人として月刊誌「宗教」の編集発行人を務め、『歎異抄事典』等の著書を持つ全国に名の知られた学問僧であった。小端はその日以降、本山の高僧等と会談する度に「北海道に若き真宗学者西川徹真あり」と喧伝し、生涯徹郎を激励し続けた。現在の教育新潮社社主は静順没後同社を継いだ長女小端香芳である。

一九九〇年徹真は黎明學舎を創立し、自ら専任講師となって教行信証研究会を主催し、札幌別院を会場に、あるいは自坊正信寺を合宿会場に開放して道内在住の若い学問僧や布教使の為に聖教研鑽の場を拓いた。正信寺は本願寺派の寺院として北海道教区空知北組（そ）に属するが、教行信証研究会創設当時は組内の有志の寺院が回り持ちで会所（えしょ）となり、徹真を講師として毎月一回『教行信証』の講読を続けた。会員のある若い住職は「この会では、北海道に居ながらにして最高の真宗学の講義が聴けるんですよ」と語った。又組内でも屈指の仏教学者と謂われた赤平市西英寺住職神島芳隆は、老体を押して毎座研究会に参加して徹真の教学の活動を支持した。徹郎が自家用車で送り迎えをしていたが、糖尿病を患い視力を失いつつあった神島老師は、ある夜、研究会が終わって車の後部座席に乗り込み、「どうしても座れん」と言う。徹郎が座席に廻って見ると、神島師はなんと進行方向と逆向きに座席に正座していた。腰掛けることが出来ず、困惑しながら正座していた老師の姿に、徹郎はおかしいやら有り難いやらで涙ぐんだ。龍谷教学会議大会が開かれた東京・築地本願寺で徹真と共に勧学桐渓順忍、勧学山田行雄等と共に会談する神島芳隆の写真が、現在西川徹郎文學館三階の東雲之間に展示されている。教行信証研究会には全道から学問僧が参加し、一九九七年一旦休会した時点で聴講者は述べ八百名に及んだ。現在も西川徹郎文學館講堂を会場に、旭川市誠信寺住職助教松倉信乗・剣淵町真證寺副住職助教柴田泰成・深川市円覚寺副住職輔教轡田大充らが世話人となって継続されている。

西川徹真は一九九三年本願寺総局より学階輔教を授与された。七七年安居専修科に入学し初めて勧学大江淳誠の講義を聴いてより今日までに研鑽を続け、京都から帰道のたびに購入した五千冊に及ぶ真宗学の専門書の山は現在西川徹郎文學館の海底書斎と呼ばれる書斎の吹き抜けの四方の壁に収蔵され、又読み破った『教行信証』等の多数の聖教がガラス製の展示ケースに収まっている。二〇〇〇年司教日野振作は『教行信証』を研鑽読破すること一千回に及んだ徹真を「大江淳誠和上最後の弟子」と讃え、そのしるしとして大江淳誠揮毫の「摂心常在禅」（善導『往生礼讃偈』）掛軸一幅を贈る。現在この掛け軸は西川徹郎文學館三階ゲストルームに収められている。徹真の真宗学の主な論文には如来の深甚の慈悲心「不請ノ友、不請ノ法」を説く「真の幸福とは何か」（「宗教」四月号、九二年・教育新潮社）、親鸞の主著にして浄土真宗開顕の書『教行信証』の極要である「信心正因」の法義を詳説する「唯信独達の思想―『教行信証』における救済の論理」（「教学研究紀要」第三号、一九九四年・浄土真宗本願寺派北海道教区教務所）、本願寺八代目門主蓮如（一四一五～一四九九）が最晩年に作製した和歌の聖教としての意義を明らかにした「三十一文字の聖教―蓮如上人の御詠歌について　その一・その二」（稲城選恵編集「連師教学研究」第三号・第八号、九三年・九八年、探究社）、妙好人としての小林一茶を論ずる「妙好人俳諧寺一茶と浄土真宗」（『日本仏教文化論叢』下巻、龍谷大学学長北畠典生博士古希記念出版、九八年・永田文昌堂）等の外に掲出し切れない程の多数が存在する。

二〇〇一年一月黎明學舎を発行所として学術誌「教行信証研究」を創刊し編集発行人となる。第一号に『正像末和讃』の後に『聖徳太子和讃』が置かれる理由を考察する「文明版『三帖和讃』冠頭讃の諸問題―『正像末和讃』の研究・その二」を発表。また本山の最高教学研究機関の一つである龍谷教学会議全国大会（主催・龍谷教学会議／会場・龍谷大学）での研究発表者に、九九年・二〇〇九年・一一年と今日までに三度選ばれ、「真実之利と大無量寿経―『教文類』所顕の法義について」（第四十五回大会・二〇〇九年）、「『行文類』一乗海釈の諸問題」（第四十七回大会・一一年）等の発表を行っている。

二〇一一年六月二十八日龍谷教学会議全国大会での研究発表直後の七月二日、旭川グランドホテルに於いて全国から凡そ百八十名が参集して西川徹郎作家生活五十年記念祝賀会が開かれたが、実に徹真はその翌々日から本山総局へ提出する本願寺司教請求論文の執筆に取り掛かった。十一月三日丁度四ヶ月間で一千枚を脱稿し、それを更に六百枚に要約して提出したのである。論文の中に一部『教行信証』の本願寺派の教学史の中の悪しき伝統性を批判し、聖典の改訂を要請する部分が存在する為に、徹真は不測の事態に備え、更に四百五十枚に改編した『弥陀久遠義の研究』（西川徹真名、二〇一一年十二月・黎明學舎／茜屋書店）を速やかに刊行し、著作化を行ったのである。同書が所謂、軽装版で刊行されたのは、斯くなる所以に由るのである。

同書において、西川徹真は『教行信証』「教文類」に引文された憬興師の『述文賛』五徳瑞現釈と「行文類」一乗海釈との関係性を教学史上初めて明らかにした。その論考の理路を明確にする過程に於いて、親鸞滅後七百五十年間、その存在理由が解明されぬ故に江戸期や近現代の学匠等から疎かにされ続けてきた「教文類」の『述文賛』引文の割註の意義を明確にし、その存在理由を親鸞没後七五〇年にして初めて解明したのである。その論考は宗祖親鸞聖人七百五十回大遠忌記念出版『親鸞聖人聖教全書一』（浄土真宗本願寺派総合研究所編／二〇一一年・浄土真宗本願寺派宗務所）の本願寺派の勧学・司教等並み居る現代の真宗学者等が編纂責任者となって記念出版された浄土真宗の根本聖典『教行信証』「教文類」の訳出の誤りを指摘する結果となった。本願寺派ではその出版が「宗祖親鸞聖人七百五十回大遠忌記念出版」であり、かつ宗祖聖人の主著であるばかりか、浄土真宗の根本聖典故に、対応に苦慮しつつも率直にその誤りを認め、西川徹真への鄭重な感謝の文書が届けられた。その上で本願寺派では翌年急遽、西川徹真の論文の指摘を受けて改訂した第二版(二〇一二年)を刊行し、第一版を無記の扱いとしたのである。

『弥陀久遠義の研究』は専門書ながら、宗門のみならず広く文学界にも反響を呼んだ。日本詩壇の代表的詩人・評論家天沢退二郎（一九三六〜）は、書評全国紙「図書新聞」の読書アンケートに答えて、同書を二〇一二年上半期の収穫として筆頭に掲げ、「傑れた俳句作者でもある著者による親鸞の原テクストの研究。私の如き門外漢にも、例えば或るキーワードの真意を丹念に追求するくだりなど、よくわかり、実に面白い」と述べた（二〇一二年七月二十一日付）。又、評論家久保隆は、「図書新聞」一二年六月二日号に『弥陀久遠義の研究』について「親鸞が切開した浄土理念の通路へとさらに誘われていく」と題した評論を書き、詩人徹郎の詩性が開く親鸞思想の深淵を見、そこに浄土理念への深遠なる通路を見出した。

二　『方丈記』の難題「不請阿弥陀仏」を解明

『弥陀久遠義の研究』を読み、その中に引用された『仏説無量寿経』上巻序分の

「諸ノ庶類ノ為ニ不請之友ト作リテ、群生ヲ荷負シテ之ヲ重擔ト為ス。如来甚深ノ法蔵ヲ受持シ、仏種性ヲ護リテ常ニ絶エザラシム。大悲ヲ興シ、衆生ヲ愍ミ、慈辨ヲ演べ、法眼ヲ授ケ、三趣ヲ杜ギ、善門ヲ開キ、不請之法ヲ以テ諸ノ黎庶ニ施スコト、純孝ノ子ノ父母ヲ愛敬スルガ如シ。諸ノ衆生ニ於テ視ルコト自己ノ若クス」

（永田文昌堂版『真宗聖典』）

にある「不請」についての徹郎の解釈に注目したのが、相模女子大学名誉教授・文芸評論家志村有弘（一九四一〜）だった。日本往生伝や妙好人の研究者で『往生伝研究序説─説話文学の一側面』（一九七六年・桜楓社）という優れた著書も持つ志村有弘は、折しも成立八百年を迎えた鴨長明『方丈記』の研究書を編纂中であり、国文学界では永年の謎とされていた、『方丈記』最終章の「不請阿弥陀仏」を究明するに西川徹郎に白羽の矢を立てたのである。歴史と文学の会編『新視点・徹底追跡　方丈記と鴨長明』（二〇一二年・勉誠出版）の「問題点と新視点」章に、徹郎は「念仏者鴨長明─「不請阿弥陀仏」論」という画期的な鴨長明論を寄せた。

徹郎の「不請阿弥陀仏」論は、今日まで為されてきた数々の解釈を超えるものだった。

不承不承称える念仏のことであるという説から、法華経読誦と称名念仏という自力の修行から法然（一一三三〜一二一二）の説く他力の称名念仏への移行を示唆するという説まで紛々としていたが、全て「不請ノ阿弥陀仏」とは何かという前提での議論だった。だが、徹郎は、本より仏陀（覚者）とは其の様な（＝人に請われなくとも救済の手を差しのべる阿弥陀仏）存在であり、「不請阿弥陀仏」を説明したことにならないとする。

鴨長明は「不請ノ阿弥陀仏」と書いたのではない。「ノ」の字の入った表記は、『方丈記』成立当時から現代

に至るまで流布してきた多くの書写本や出版物の『方丈記』の中に存在するが、唯一の真筆本といわれる大福光寺本『方丈記』では「不請ノ阿弥陀仏」ではなく「不請阿弥陀仏」である。この「不請阿弥陀仏」とは、鴨長明が至った大乗仏教の他力思想を端的に顕す名号の独用「南無阿弥陀仏」の異称であると、西川徹郎は結論付ける。弥陀の名号「南無阿弥陀仏」は、『仏説無量寿経』序分の、この経の会座に連なる大菩薩の徳を顕す文に「諸ノ庶類ノ為ニ不請之友ト作リテ、群生ヲ荷負シテ之ヲ重擔ト為ス」と説かれるように、請われずとも友となり、衆生を重い荷物として背負い、衆生を自らの上にして、衆生と一体となって、浄土へと運ぶ如来の姿、はたらきそのものであり、長明はそれを「不請阿弥陀仏」と称んだのだ。

「一切衆生を下から背に負うて起つ如来と衆生の不離一体の立ち姿が「不請阿弥陀仏」であり「南無阿弥陀仏」の六字の姿である。一切衆生は請・不請に関わらず如来の身の力用に生かされていることを顕すのである。この一切衆生と如来の不離一体の関係が、「不請ノ阿弥陀仏」ではなく、長明がわざわざ「不請阿弥陀仏」と六字の熟語として表した南無阿弥陀仏の名号である。南無は梵語のナマス（帰依）で衆生の信、アミダ仏はアミターハ（智慧無量）とアミターユス（慈悲無量）の意であり、如来は衆生の信までをも名号の上に成就したことを顕している。此の智慧慈悲二無量をあらわすアミダのいわれの中に衆生救済の原理の一切が攝まっているのである。故に弥陀の名号に衆生の側から付加するものは信も行も願も称名さえも一切が絶無である。この衆生の側の一切絶無は法の側の全体が他力故であり、これを絶対他力という。この絶対他力の教法を聞法し信決定した長明が、この法力（本願力）を「不請阿弥陀仏」と述べたのである。故に「不請阿弥陀仏」とは子を背に負う慈父母の如く一切衆生を荷負し重擔と為しつつ「遠き境に至るまで」（『発心集』序）歩み行く我等人類の為の真実の父母の名の異称であるとも言わねばならぬのである。」

（西川徹郎「念仏者鴨長明―不請阿弥陀仏論」）

おそらくは、長明は心友であり法然の弟子である日野長親（禪寂、生年不詳、一一八八年出家〜一二四〇）から、法然の説法を伝え聞き、念仏の神髄に至ったものであり、後年の親鸞（一一七三〜一二六三）が『教行信証』執筆（一二四七年頃成立）を以て開く浄土真宗の思想に極めて近接していると、西川徹郎は述べている。絶対他力の法故に、称える念仏も、衆生が自ら称えるのではない。如来が衆生の舌を雇って称えさせるのである。さながら源信（九四二～一〇一七）の『往生要集』（九八五年）が、詳細な地獄の相から書き出され、阿弥陀仏の浄土への往生を勧める結論に至るように、『方丈記』も地獄さながらの無常の世相から書き出され、常在あるいは常住する如来のはたらきである「不請阿弥陀仏」を以て結論とする。西川徹郎は、

「仏陀の教法に於て「無常」を説くは「仏性の常住」（「如来常住」ともいう）を顕す為であり、この二つは離れず対なる仏語である。『方丈記』は、序の「無常」と終章の「不請阿弥陀仏」と対映しつつ仏陀の斯くなる教説にもとづく中世の傑出した仏教文学である。」

（「念仏者鴨長明―「不請阿弥陀仏」論」）

と位置付けたのである。

更に西川徹郎は、鴨長明が『方丈記』巻末に、浄土信仰者であった慶滋保胤（九三三頃～一〇〇二）の『池亭記』にならい、

「時ニ、建暦ノ二年、弥生ノ晦日コロ、桑門ノ蓮胤、外山ノ庵ニシテ、コレヲシルス」

と、当時珍しかった記名を行ったことに対して再三、注意を促す。「桑門ノ蓮胤」と法名を記すことには大きな意味があった。建暦二年（一二一二）は、承元の法難による配流を解かれ、前年に上洛を赦された法然が帰洛して間もなく亡くなった年であり、法然の死去はその年の一月二十五日であった。

「法然追慕の高まりに苛立つ比叡の僧侶らが法然の廟処を破壊、遺骸を賀茂川に流す等の噂が飛び交う等、この危機的な状況の中で自らを浄土門の僧と名告った長明の悠然とした仏弟子の宣告であったからである。／それは体制的旧仏教から一人の人間の為の新仏教へと移行しつつあった仏教思想の必然的な潮流を浴びつつ、来るべき新時代の未だ明けやらぬ暁暗の中に一人佇つ『方丈記』の著者鴨長明の立ち位置を物語っているのだ」

（「念仏者鴨長明―「不請阿弥陀仏」論」）

「時に」とは法然の死去を指し示す「時」である。最晩年の長明は心友禪寂に「月講式」の作成を依頼して

いたという。「講式とは、仏菩薩や祖師などの徳を讃嘆する文章である。法会などで朗誦するように、格調高い美文として作られる。中古から中世にかけて多様な作品が残るが、「月講式」は前例がない。(略)もちろん、仏教文書として作るものだから、自然美としての月をたたえる意図ではなく、いわゆる十二天の一としての月天(月天子とも。勢至菩薩を本地とする)を対象とするものであるが、月に真理の象徴を見たり、月を心そのものとする仏教的とらえ方も当然ふまえられるべきであろう。禪寂もそのように思ったはずである」(三木紀人『閑居の人鴨長明』、一九八四年・新典社)と解説される。この解説にある月＝勢至菩薩に注目する。勢至菩薩とは、親鸞が『浄土和讃』末尾に「首楞厳経によりて大勢至菩薩和讃したてまつる八首」を置き、「已上大勢至菩薩源空聖人御本地也」と銘記し、『高僧和讃』にて

　本師源空の本地をば
　　世俗のひとびとあひつたへ
　　綽和尚と称せしめ
　　あるひは善導としめしけり
　源空勢至と示現し
　　あるひは弥陀と顕現す
　　上皇・群臣尊敬し
　　京夷・庶民欽仰す

と讃えるもので、人々に源空(法然)は勢至菩薩の生まれ変わりであると広く伝えられていたというのである。因みに法然の『選択本願念仏集』のちくま学芸文庫の訳・注・解説者石上善應の「解説」に、法然の「幼名を勢至丸といい、のちに小矢児という異名をもっていたと伝えられている」とある。長明は、あくまでも法然に帰依した念仏者としてこの署名を為した証左である。禪寂は長明の意を汲み、その死後に「月講式」を捧げた。

三　実朝と長明面談の謎

西川徹郎が「念仏者鴨長明」の姿を明らかにしたことによって、更なる謎が解明される。その一つが、歴史書『吾妻鏡』に記述されている、鎌倉幕府三代将軍源実朝（一一九二〜一二一九）と鴨長明との会見（一二一一年十月十三日）である。この会見の内容もまた不明とされてきた。

『金槐和歌集』の著者でもある実朝は、十四歳頃から和歌を詠み、学ぶにも熱心だった。一二〇五年出来上がったばかりの最新の勅撰和歌集『新古今和歌集』もすぐさま京都から取り寄せて読み、〇八年『古今和歌集』、一三年『万葉集』も夢中で読んでいる。一二〇九年藤原定家（一一六二〜一二四一）が本歌取りの手法を勧める歌論書『近代秀歌』を実朝に贈って以来、定家を師として作歌に励んだ。『万葉集』は、定家が秘蔵の伝本を贈ったものである。『金槐和歌集』は藤原定家に預けた歌稿による「定家所伝本」（実朝二十二歳までの作六六三首を収める。一二一三年）と貞享板本（七一六首、江戸時代、一六八四〜八八年の間に成立）の二系統がある。後に斎藤茂吉（一八八二〜一九五三）は、『金槐集私鈔』『源実朝』等を執筆し、実朝の万葉歌人の如く堂々と、自然や人生に向かうのびやかな詠み振りを『新古今和歌集』に顕著とされる美意識の突出した歌風に対比させて褒め称えている。

代表的な作品に、

　大海の磯もとどろに寄する波われてくだけてさけて散るかも
　時により過ぐれば民のなげきなり八大龍王雨やめたまへ
　ほのほのみ虚空にみてる阿鼻地獄ゆくへもなしといふもはかなし

等があるが、実朝特有のナイーブな内省的な作品として、「仏名の心をよめる」と題された、

　身につもる罪やいかなるつみならむ今日降る雪とともに消ななむ

も掲げたい。紀貫之（八七二頃〜九四五）の「年の内に積れる罪はかきくらし降る白雪とともに消えななむ」（『拾遺集』）を本歌とするということだが（新潮日本古典集成『金槐和歌集』樋口芳麻呂校注、一九八一年）、本歌とされる作品より格段に率直で、新鮮な悲しみを湛えた、まさに降る白雪に触れるかのような歌である。

『吾妻鏡』という歴史書が存在する故に、鎌倉幕府成立と共に誕生した三代将軍・右大臣実朝について詳細な動向（鞠会や歌会、典礼などの行列のメンバー、合戦での褒賞や死者の名、感情の遣り取りまで）が知られるが、十三歳で天台止観の談義を始め、将軍家としても宗教的な行事を頻繁に行っていたことが記述されている。初代将軍の父頼朝創設の源家の氏神を祀った鶴岡八幡宮への参詣、伊豆権現・箱根権現への二所詣でを始め、阿闍梨行勇より『法華経』を受け、『大般若経』の信読・転読、心経会への出席、『法華経』供養、一切経供養、星祭等も執り行っている。一二〇九年十月十三日、法華堂で実朝の母、北条政子（一一五七〜一二二五）が行った頼朝の仏事の導師に明王院僧正公胤が招かれた。「仏経讃嘆、富楼那の弁説を吐く」と記述され、十五日には実朝と面談、実朝は公胤との別れを惜しんだという。

一二〇九年頼朝が深く帰依した相模国大庭御厨の大日堂を修造する。一〇年政子相模国日向薬師堂参詣。実朝、大江広元より十七箇条憲法を進覧される。聖徳太子御影を供養。一一年政子と御台所（実朝が自ら選んだ妻であり、後鳥羽上皇の従姉妹に当たる藤原信清の女子）相模国日向薬師堂参詣。同年九月公暁出家。鴨長明と実朝が面談するのは、その翌月、一二一一年十月十三日のことである。

前出新潮日本古典集成『金槐和歌集』付録には校注者の手になる詳細な「実朝年譜」があり、『吾妻鏡』と重なる記述も多い。しかし、一二〇六年二月興福寺僧徒らが、法然らが念仏を唱えて他宗を誹謗したと幕府に訴え、翌〇七年「二月十八日、専修念仏を停止し、法然を土佐（筆者注、実際は讃岐に留まった）に、親鸞を越後に流す」と「実朝年譜」にある件は、『吾妻鏡』には見当たらない。因みに『新潮日本文学辞典』の年表にはこの年「幕府、法然を土佐に、親鸞を越後に流す」とある。

ここに『吾妻鏡』という歴史書の特徴を見ることが出来るだろう。『吾妻鏡』は鎌倉幕府創始期の一一八〇年源頼政挙兵から一二六六年六代将軍宗尊親王帰京までの事蹟を、幕府自身が編纂したもので、十四世紀初頭に成立したといわれる。膨大な古文書、記録文書や著名人の日記（『玉葉』『明月記』『天台座主記』など）、文学作品（『平家物語』『源平盛衰記』『金槐和歌集』など）を材料として「吾妻鏡体」と呼ばれる和風漢文体で書かれ、日記、日録風の体裁である。あくまでも視点は幕府の内部であるゆえに、朝廷や非御家人間の出来事や京都・西国の記述がほとんど無い。日付の過誤や、政治的大事件の隠蔽も見られるという。しかし、それは『吾妻鏡』の価値を失わせるものではなく、それらを含めてより多くのことを語るのである。

法然・親鸞の配流を隠蔽したとまでは言えなくとも、『吾妻鏡』が映し出す鎌倉幕府像は別のところにあった。当時の武士たちの信仰の有様は、例えば次のような記述に垣間見られる。

「元久二年（一二〇五年）十一月大〇十五日丁酉。相馬次郎師常卒。年六十七。令㆓端座合掌㆒。更不㆓動揺㆒。決定往生敢無㆓其疑㆒。是念仏行者也。称㆓結縁㆒。緇素挙集拝㆑之。」

相馬次郎師常は念仏の行者で、その合掌端座して微塵も揺るがない最期は決定往生間違い無しとして、僧侶も僧侶で無い者もこぞって集まってこれを拝したというのである。当時の地方の社会には、念仏往生の思想が浸透していたことが窺え、『吾妻鏡』がそれを肯定的に描いていることが判る。

又、熊谷直実（一一四一～一二〇八）は源頼朝に仕えていた御家人であったが、一一九二年領地の境を争って不利な裁決が下ったことを理由に幕府の西侍で髻を切り、そのまま私第にも戻らず行方知れずになった。その年の内に上洛、法然に帰依して、法力坊蓮生と号した。熊谷直実の転身は確信犯的である。おそらく出奔の表向きの理由は何でもよく、東国に広まりつつあった法然の専修念仏の教えに生きることを決意したのである。九五年には鎌倉に下り、頼朝に謁見して、浄土の法門について語ったという。一二〇八年『吾妻鏡』には、熊谷直実の念仏往生について、京都から帰参した東重胤が御所に召されて洛中の事等を報告したとして、次のような記述がある。「まづ熊谷直実入道、九月十四日未の尅をもつて、終焉の期たるべき由相触るるの間、当日に至りて、結縁の道俗、かの東山の草庵を囲繞す。時尅に衣・袈裟を著し、礼盤に昇りて端座合掌し、高声に念仏を唱へて終りを執る。かねていささかも病気なしと云々」

熊谷直実は、多くの仏道に帰依した者やそうでない者等が見守る中、自らの予言通りに、全く病死ではなくして、念仏往生を遂げたというのである。

又、『吾妻鏡』に言及は無いが、法然と北条政子も手紙を遣り取りしていた。『昭和新修法然上人全集』（石井教道編、一九五五年刊・一九八七年第四刷・平楽寺書店）所収の「第三輯消息篇」に「鎌倉の二位の禅尼に進ずる御返事」がある。註に「カマクラノ二品比丘尼、聖人ノ御モトヘ念仏ノ功徳ヲタツネ申サレタリケル御返事」。政子が「念仏の功徳とは何か」と問うた手紙に対する返書である。政子は一一九九年頼朝の急逝より尼となり（法名如実、妙観上人ともいわれる）、一二一八年実朝が右大臣となると同時に従二位を授かり、これが極位である。法然の手紙は「念仏ノ功徳ハ、仏モトキツクシカタシトノタマヘリ（略）広大ノ善根ニテ候ヘハ、マシテ源空ナトハ、申ツクスヘクモ候ハス」と書き出され、弥陀の大願は有智無智を選ばない一切衆生のためであることから始め、例え千仏が世に出ても、念仏より他に往生の業は無く、それは釈迦弥陀を始めとして恒沙の仏が証誠していることであるから、「一向専修ノ御変改アルヘカラス（略）カナラス専修ノ念仏ハ、現当ノイノリトナリ候也」「御中ノ人人ニハ、九品ノ業ノ人ノネカヒニシタカヒテ、ハシメオハリタヘヌヘキホトニ、御ススメ候ヘキナリ」と結んでいる。又浄土宗について委細を尽くして述べた書「浄土宗略抄」が「鎌倉二位の禅尼へ進せられし書」として収載されている。

長明と実朝の面談は、『吾妻鏡』（新訂増補国史大系32吾妻鏡前編）に次のようにある。

「建暦元年（一二一一）〇十月大〇十三日辛卯。鴨社氏人菊大夫長明入道。法名蓮胤。依㆓雅経朝臣之挙㆒。此間下向。奉㆑謁㆓将軍家㆒。及㆓度々㆒云々。而今日当㆓于幕下将軍御忌日㆒。参㆓彼法花堂㆒。念誦読経之間。懐旧之涙頻相催。註㆓一首和歌於堂柱㆒。

草モ木モ靡シ秋ノ霜消テ空キ苔ヲ払ウ山風」

賀茂社の氏人、鴨長明入道、法名蓮胤が、雅経朝臣の挙によってこの間下向し、将軍家に謁し奉ったこと、度々に及ぶという。今日は幕下将軍（源頼朝）の命日に当たり、彼の法花堂に参った。念誦読経の間、懐旧の涙を頻りに催したことである。一首の和歌を堂の柱にしるした。

「草も木も靡きし秋の霜消えて空しき苔を払う山風」

この一首について、『閑居の人鴨長明』は「歌意は、かつてはその威光にすべてのものが靡き伏した人も今はなく、その墓所の上を、ただ山風が吹いているということである。（略）「秋の霜」は漢語「秋霜」をやわらげたもので、名刀の威力、転じて、武将の威勢。「空しき」は今は亡き（人の）、「苔」は墓、「空しき苔」の先行例は未詳である」と解説し、『方丈記　発心集』（『新潮日本古典集成』三木紀人校注、一九七六年・新潮社）には「法花堂で頼朝を追悼、懐旧の歌一首を詠む」（「長明年譜」）とし、長明・実朝の面談の記述について「四半世紀前の中秋に夜を徹して行われた頼朝・西行の対話の再来とも称すべきこの会見が略述されているが、当事者の実朝・長明いずれも何の所感も残していない」としている。

『日本文芸史――表現の流れ　第三巻・中世』（松村雄二他編、一九八七年・河出書房新社）の「長明と実朝の会見」の項には「この数次の会見においては和歌の事が話されたと推定されているが、それ以上は不明である」とされている。

四　長明（蓮胤）・大原如蓮上人の法然・親鸞奪還計画

この年十一月十七日親鸞は流罪を赦免される（『浄土真宗辞典』）。法然は『選択本願念仏集』（ちくま学芸文庫）の石上善應の解説によれば、九条兼実（一一四九〜一二〇七）等の配慮で、配流の年の十二月には免ぜられている。ただし、洛中に入ってはならないという条件付きであった。一二一一年十一月十七日法然も洛中に帰ることが許され、「入京して東山大谷に住む」（『本願寺年表』）。法然は、翌一二一二年一月に没。この年、僧名（法名）を表す「桑門ノ蓮胤」と署名された『方丈記』は成立した。

長明は一二〇四年の頃出家して大原に住み、〇七年二月十八日専修念仏停止で法然・親鸞らが配流され騒然とする最中の〇八年、大原から日野に移り住んでいる。西川徹郎は、大原在住時に法然の教えを聞き、念仏者への弾圧が及ぶ危険を避けるため、日野長親の手引きで朝廷との関係が深く安全圏である日野家の領地に住むことになったのであろうと推測する。勿論長親には、法友長明庇護の意図があっただろう。

前出の長明の心友日野長親（禪寂）は、出家して大原で法然の弟子となり、大原如蓮上人と呼ばれた人物であり、親鸞も同じ日野氏である。日野氏とは「もともと藤原北家の流れを汲む。藤原真夏の孫である藤原家宗が宇治郡日野に法界寺を建立して薬師如来を祀り、その子孫の資業がこの寺を氏寺にし、日野を名乗るようになったのである」(『超訳 方丈記を読む』小林保治編著、二〇一二年・新人物往来社)。長親にとっては、法然は師であり、親鸞は同じ日野家の人間にして法然の愛弟子である。長親が一刻も早くこの二人の配流を解きたいと願うのもまた当然であり、その思いを長明に語らないはずはない。

長明が鎌倉に下向、実朝と面会したのは飛鳥井雅経(一一七〇~一二二一)の推挙によるとされる。新潮日本古典集成『方丈記 発心集』「長明年譜」には、一二〇八年の項に「長明、このころに大原から日野に移る。四月十三日、飛鳥井雅経、長明を源実朝に推挙」とある。飛鳥井雅経について『超訳 方丈記を読む』から抄出すると、藤原北家の藤原師実の五男藤原忠教を祖とする難波家から分かれて、飛鳥井雅経が新たに立てたのが飛鳥井家で、忠教の子難波頼輔は蹴鞠一道の祖といわれた。その孫雅経も蹴鞠に長じて飛鳥井流の蹴鞠を興している。雅経は刑部卿難波頼経の次男。一一八九年頼経は源義経同心の廉で伊豆に配流され、子の雅経も連座して鎌倉に護送される。しかし雅経は蹴鞠を好んだ頼家に厚遇され、頼朝の養子となって、大江広元の娘を娶るなど将軍家と深い交わりを持った。一一九七年後鳥羽上皇の命で上洛、一二〇一年長明とともに再興された和歌所の寄人になった。一二〇五年藤原定家らと『新古今和歌集』選進。一二一一年秋、長明を伴って鎌倉下向、長明と実朝を対面させた。蹴鞠が上手く一二〇八年後鳥羽上皇から「蹴鞠長者」の称号を受け、その後も、一三年定家に託された和歌文書や私本『万葉集』を実朝に届けたり、一四年後鳥羽上皇の和歌を書写して実朝に進上などして、朝廷と実朝の橋渡し役をしている。

長明の二人の知友、片や大原如蓮上人、日野長親は、日野家として親鸞と浅からぬ縁があり、親鸞とは法然の弟子同士、片や飛鳥井雅経は後鳥羽院設立の和歌所の同僚で、長明の和歌の良き理解者であると同時に将軍家と深い因縁がある。この三者の縁が絡み合い、長明と実朝との面談は準備され、実現した。

雅経の長明推挙は、長明が大原から日野に移り住んだ年、一二〇八年四月十三日になされている。〇七年二月十八日の専修念仏停止、法然・親鸞配流の直後から、法然・親鸞奪還計画は、密かに、着実に準備されていたのだ。三年余の月日を経て一一年十月十三日、実朝と長明面談。その一ヶ月後の十一月十七日、親鸞は赦免され、法然は京都に戻っている。法然と親鸞両人の配流が解かれた契機が、この内容不明とされてきた実朝と鴨長明との数回に及んだ面談にあったと考えざるをえない。

実朝と向かい合った長明は、師法然の配流を解くために、「不請阿弥陀仏」＝南無阿弥陀仏の念仏の心について、如蓮を通して聴聞した法然の説法の全てを語り尽くしたに違いない。実朝は二十歳だった。聡明で神仏に対し敬虔な、そして何より、人間存在を深く見つめる詩人の眼を持つ青年将軍の心に、「不請阿弥陀仏」＝阿弥陀如来の慈悲の心は、大海の如くに打ち寄せた。念仏者鴨長明と、鎌倉幕府三代将軍実朝との、希有の面談の内容は、大乗仏教の極致、浄土教の神髄を語り合うものであった。意を尽くし、長明は法然・親鸞の赦免を懇請した。この日は実朝の父頼朝の命日に当たる。長明は法花堂で懐旧の涙を流しつつ念誦読経し、柱に頼朝を回顧する一首を書き遺した。

草も木も靡きし秋の霜消えて空き苔を払ふ山風

「草も木も靡きし」とは勿論初代将軍頼朝の威風を讃える言辞であるが、その頼朝亡き今、「苔を払う山風」は三代将軍のあなたです、と長明は実朝に告げたのである。「霜」は、潔い武士の威光を表すと同時に、激しく厳しい法律等の例えでもある。「霜」は頼朝亡きことを指すと同時に、厳しい処置を消し去る意をも掛けているのである。「苔」とは「虚仮」に掛けた言葉であり、「空き」によってその実の無さはいよいよ強調される。真実を求めようとせず、名利に迷って権力を求める既成仏教集団の姿と、その要請に応え、専修念仏への弾圧を行う朝廷・幕府側に対する、「歌」ならではの痛烈な批判であり、実朝への訴えであった。既に前年の一二一〇年、実朝は聖徳太子の「十七箇条憲法」を求めて読み、持仏堂で聖徳太子御影供養も行っている。勿論太子の仏教思想を端的に表した遺語「世間虚仮、唯仏是真」にも触れているに違いない。長明の記した一首の意味は、真っ直ぐに実朝に伝わった筈である。

五　日野家の人々

また『吾妻鏡』には朝廷に近い要職を勤める鎌倉幕府の要人として「藤原有範」の動向も散見される。親鸞の父日野有範は皇太后宮大進として後白河后忻子に仕え、後に忻子の逝去に伴って出家、隠棲した三室戸（現在の宇治市）の地名を取って三室戸大進（大臣）入道と言われる（忻子は藤原氏に繋がる徳大寺家の家系）。東本願寺には親鸞の父として「藤原有範朝臣真影也」と書かれた「藤原有範絵像」が伝わっているので、『吾妻鏡』中の藤原有範を、親鸞の父として考えることも可能である。

日野有範の名は、『浄土真宗辞典』（二〇一三年・本願寺出版社）によれば、生没年未詳で「親鸞の父。藤原氏の流れを汲む貴族で、皇太后宮大進を勤め、その後、出家して山城国三室戸（現在の京都府宇治市）に隠棲したという。親鸞の幼いうちに没したともいわれるが、疑問視する説が有力である」とある。

『佛教大辭彙』第一巻（一九一四年第一刷、三五年二刷・冨山房）の有範の項には、「親鸞の父。日野経伊の第三子。皇太后宮の大進となり正五位下に叙せらる。後出家して三室戸大臣入道と号す。尊卑分脈によれば、子息四人あり、長男は親鸞聖人にして、次男は大輔少増都尋有（世に善法院の僧都と云ふ）第三男は侍従権律師兼有、第四男は三位法眼阿闍梨有為是なり（略）生涯の事蹟詳からず」とあり、「唯其死歿に就ては」と一一七六年、七七年、七八年の各説を挙げ、親鸞幼年期とするとともに、一説には一一八一年十二月の「皇嘉門院の崩後宇治に隠棲し、後年其地に於て卒すと云へり。何れか是なるかを知らず」とある。

『親鸞とその家族』（今井雅晴著・一九九八年・自照社出版）には「日野氏は、藤原氏の一族で、中級の貴族であり、儒学を家の学問としていた」とあり、平清盛を倒そうと最初に立ちあがった以仁王の学問の師が日野宗業で、有範は宗業の弟にあたるが「日野有範についてははっきりしないところが多い」としている。「親鸞激動の生涯と「他力」思想」（田中治郎文、「一個人」二〇一〇年七月号所収、KKベストセラーズ）には、一一八〇年後白河法皇の第二子以仁王が平家打倒の令旨を発し、総大将源頼朝率いる源氏が平家を殲滅したという記述の後、「親鸞の父は日野有範といい、藤原氏の血を引く下級貴族だった。一説では、日野家は以仁王と縁が深く、源平の対立に巻き込まれて父は公家の身分を捨て、子どもは皆出家させて一家離散の運命をたどったともいわれる。（略）親鸞は、養和元年（一一八一）、わずか九歳で比叡山に登り、天台宗青蓮院の僧正だった慈円のもとで出家得度する」とある。

日野家や有範の動向について、『親鸞がわかる。』（アエラムック・一九九九年五月・朝日新聞社）所収の「親鸞関連年表」には一一九二年親鸞の「伯父範綱隠遁する。有範、範綱に代わり主殿頭に任ぜらる」、一二〇五年「有範、相模権守に任ぜらる」、〇七年「宗業、越後権介に任ぜらる」、〇九年「有範、皇太后忻子の死により隠遁、三室戸大進入道と名のる」の記述がある。

『吾妻鏡』に登場する藤原有範は、ある程度親鸞の父日野有範とみても不自然ではないのであるが、些か伝記が異なる。又、混乱を招くようではあるが、歴史上には別の年代を生きた日野有範（一三〇一～六三）も名を留めている（『国史大辞典』）。南北朝時代の公卿で、父の藤範は「建武式目」の著者の一人。従五位下、少納言、大学頭、治部卿等を歴任し、足利直義と密接な関係があったとされる。墓は日野の法界寺にあるので、同じ日野の家系である。ただしこの「日野有範」は、伝記もはっきりしており、年代的に一一七三年生まれの親鸞の父ではあり得ない。

『吾妻鏡』に幾度か登場する有範の条は、例えば次のようである。元久二年（一二〇五）「十月小」の項、「〇十三日丙寅。晴。五條判官有範使者自二京都一参着。申云。」京都から五條判官有範の使者が参着して云ったというのである。それは去る二日の子の尅、比叡山法花堂の渡廊放火、講堂、四王院、延命院、法花堂、常行堂、文殊楼、五佛院、実相院、御経蔵、虚空蔵王、惣社、南谷、彼岸所、円融坊、極楽坊、香集坊が灰燼となり、（略）放火の事、堂衆の行う所か、其の疑い有り云々、という知らせであり、朱雀院時代（一〇六二年）乙未にも火事があり、四十余個所が焼亡し、村上天皇の時代（九六五年）にも十月に、延暦寺の火事があって三十一宇が一時に焼失した。今年と同じ乙丑歳に当たっており、同じ十月に此の災が有ったのは不思議と謂うべきか、と『吾妻鏡』は嘆じている。

親鸞の父有範の報告なら尚のこと、有範が火事にこと寄せて、法然の唱導する専修念仏に対し、興福寺が朝廷や幕府に念仏停止を訴えようとしている火急の様子を知らせ、幕府側の注意を引いているとも読める。果たして翌年一二〇六年二月興福寺僧徒が法然を「他宗を誹謗した」と訴え、〇七年、法然・親鸞が配流されたのは前述の通りである。翌〇八年、飛鳥井雅経は、日野長親の法友鴨長明を実朝に推挙し、日野一族が関わって、この念仏停止に対応しているとも受け取れる。有範の使者が到着した十月十三日という日付は、偶然に過ぎないのか、頼朝の命日であり、後に鴨長明が実朝と面談した月日である。

この近辺の年代において、『吾妻鏡』に有範の名が登場するのは、同年、元久二年（一二〇五）七月、実朝の祖父北条時政の妻牧の方の平賀朝雅を将軍に立てようとする陰謀が露見、朝雅追討の折である。在京の健士として、五條判官有範が佐々木左衛門尉廣綱らと共に名を連ねている。更に時が下って健保元年（一二一三）、実朝の『金槐和歌集』成立の年、五月の和田義盛一族の謀反の折、大膳大夫（大江広元）、相模守（北条義時）連名で佐々木左衛門尉殿（佐々木廣綱）宛ての「御書」に、合戦で義盛一派の主な者は義盛を始めとして討たれて命を落としたが、親類も多く海伝いに西海へ落ち行く者もあるかもしれない、「有範。廣綱おのおのそなたさまの御家人等ニ。この御ふみの案をめくらして。あまねくあひふれて。用意をいたして。うちとりてまいらすへき也」とある。同年、八月清水寺（南都）と清閑寺（台嶺）との激しい相論が起こり、「公家よりまづ検非違使有範」等を遣わして制止させるという記述がある。

有範が多く行動を共にしている佐々木廣綱という名にも目を引かれる。『本願寺年表』（一九八一年・浄土真宗本願寺派）所収の「日野一流系図」に有範の兄範綱の子信綱の更に子として記されている日野廣綱と重ねて見ることが出来るからである。有範にすれば甥の子に当たり、親鸞にとっては従兄弟の子に当たる。

因みに、親鸞と長明の心友蟬寂、大原如蓮上人日野長親は、「日野一流系図」に依れば五代前に遡って同じ父祖日野有信に辿り着く。詩人で「有国伝」の主人公日野有国の子資業を祖父とする有信には三人の息子がおり、その内の実光を曾祖父とするのが長親であり、宗光を曾祖父とするのが親鸞である。長親の父は兼光で、九条兼実の『玉葉』文治四年（一一八八）七月十七日の項に「伝へ聞くに、兼光卿二男長親出家入道すと云々。有情の人か。感ずべく、憐むべし」とあり、長親の出家は人々の噂に上る出来事だった。長親は兄資実と共に九条家の家司を務めていた。兄日野資実（一一六二〜一二二三）は『吾妻鏡』に登場している。建暦二年（一二一二）七月七日駿河前司（大内）惟義の使者が院宣を持参する項で、藤中納言（日野）資実卿の奉書を持参す、とあり長親の年齢もある程度親鸞や兄資実と近い世代であると推測出来る。同家系図による資実は「文章博士　参議大弁　春宮権大夫　太宰権帥　権中納言　正二位」と記され、『吾妻鏡』と相応する。和漢に優れた漢詩人・歌人藤原資実として『新古今集』以下に九首入集、日記『都玉記』がある。

同家系図には廣綱について「号宮内少輔入道　左衛門権佐　宮内少輔　正五位下　出家法名宗綱」と注記されている。『吾妻鏡』の佐々木廣綱に近似する。高田派専修寺に伝わる「日野氏系図」を見ると、有範のもう一人の兄宗業の子が信綱、信綱の子が廣綱となっているが、廣綱が有範・親鸞父子の近い親類であることには変わらない。ただし廣綱も有範同様、『吾妻鏡』中の伝記とは、いささか異なるのである。

佐々木一族は、廣綱も含めて『吾妻鏡』中に頻繁に登場する。佐々木三郎兵衛尉盛綱入道（法名西念）、佐々木中務入道経蓮（経高）、その子高重、盛綱の子盛季、佐々木左衛門尉定綱、経高の弟で兵法の才覚ありとされる高綱入道、その子重綱、佐々木左近将監信綱らである。「日野一流系図」には、信綱は廣綱の父で、「上野介従三位　宮内卿　出家　法名尊蓮」とされている。信綱の兄は清綱で、「従五位下」とある。『吾妻鏡』には、清綱の名が御台所の侍、兵衛尉清綱として出てくる。その子松王丸（秀康）は、一二一〇年に上総国守藤原秀康として登場するので、清綱は藤原清綱であると知れる。

この清綱は、『吾妻鏡』に記されているところによれば、一二〇八年五月二十九日、実朝に藤原基俊筆『古今集』を献上している。実朝は清綱が京都から来た有職故実に詳しい人物であるということで、引見している。この清綱が、「日野一流系図」の清綱と同一人物だとすれば、有範の兄範綱の子ということになり、廣綱の伯父、親鸞にとっては従兄弟に当たる。清綱も又、親鸞配流直後に実朝に対して、アクションを起こしていることになるのである。面談の内容は明らかではないが、日野一族として将軍に接近し、前年の法然・親鸞配流に対して配慮を求めたことも十分考えられるのだ。

有範・廣綱・清綱という名のもとに「日野一流系図」と『吾妻鏡』の人物たちは、付かず離れずの微妙な重なりを見せているのである。

ここで、親鸞の配流先の越後と日野家との関わりについても触れると、『親鸞展』(二〇一一年・朝日新聞社)所収の「親鸞の思想と生涯」(名畑崇)に「親鸞は都から近江をへて越前へ入った(略)それより親鸞は加賀から越中に入り、入善より舟で海をわたり、越後の居多ヶ浜へ着いて国府辺に棲んだという。(略)そのころ越後の国司には安田義賢、権介には親鸞の伯父宗業が任じられ、守護は佐々木盛綱であった」とある。配流先の決定がどのようになされるか不明であるが、伯父日野宗業の越後赴任と、日野家の出身である親鸞の配流先が越後となったことには、何らかの関連があると推測される。

更に赦免後二年間、親鸞は妻恵心尼や子供たちと共に越後に留まり、一二一四年関東へ向かう。京都へ戻らず関東を目指した理由は不明とされているが、地方の豪族や武士たちに念仏の教えが浸透しつつある鎌倉幕府下に、浄土真宗布教の大きな可能性を見出したのではないか。本年(二〇一四)で丁度八百年ということで「本願寺新報」紙には七月二十日号に「親鸞聖人関東伝道八百年」の大見出しがあった。記事は「流罪を赦免された親鸞聖人は京都には戻られず、越後国府(新潟)から上野佐貫(群馬)を通り、常陸(茨城)に移られた。聖人四十二歳一二一四(健保二)年のことである」と始まり、関東で主著『教行信証』が書き出されたことに触れている。

一説には『教行信証』執筆のため、鹿島神社に奉納されている鹿島一切経を閲覧する必要があったといわれる。二十年間の関東布教の後、一二三四年親鸞は京都へ戻る。これもはっきりとした理由は不明だ。鎌倉幕府が出した念仏禁止令(一二三四年六月幕府、専修念仏を禁止」『思想読本　親鸞』「親鸞年表」)が原因とする説や『教行信証』執筆の最新資料を求めたという説がある。「親鸞年表」によれば、親鸞が配流されてから越後・常陸に在住中の念仏禁止は、法然・親鸞が流された一二〇七年の項に「二月専修念仏停止の院宣くだる」、一二一九年一月実朝が公暁に暗殺された翌月「二月専修念仏禁止」、一二二四年「八月延暦寺衆徒の奏請により専修念仏を禁止」の記述があり、親鸞が帰京の直後も一二三五年七月「幕府、重ねて専修念仏を禁止」とあり、僧徒の武装も三度に亘り禁止されている。僧徒間の争いが繰り返されるのが常態であり、衝突の主な場所は京都であったと思われる。親鸞は混乱を避けて関東に留まっていたものの、恵心尼ら家族と離れ、敢えて京都に戻らなければならない必然性が出来したことは確かであり、西川徹郎は、日本にもたらされた最新の経典『首楞厳経』や聖教の研究書を閲覧のため、と推測している。

親鸞の二十年に亘る関東布教活動は、前出の唐木順三「親鸞の一通の手紙」に、垣間見る事が出来る。唐木は「世にいう「二十四輩」また『門侶交名牒』に名の載っている中の有力道場主の多くはその土地の有力者であったろう。（略）二十四輩のある者は源頼朝の外孫、ある者は日野家の庶流、（略）後鳥羽天皇の第三皇子等々、殆どすべてが由緒ある家系とされている」と述べ、弟子に地方の有力者が多かったことを指摘している。関東に於いても親鸞を支える日野家のネットワーク的存在に注目させられる。親鸞は、蔭に日向に日野家の庇護を受け、執筆と布教の生活を送ったのである。

「本願寺系図」に依れば、親鸞の七人の子供の中で関東伝道十年目に生まれた（この年『教行信証』の草稿本成立）末娘覚信尼（一二二四〜八三）は「左衛門佐廣綱室」と示され、「日野一流系図」にも「左衛門佐廣綱室」とあるので、遠戚の日野廣綱と結婚したことがわかる。（唐木順三「親鸞の一通の手紙」（『思想読本 親鸞』吉本隆明編、一九八二年・法蔵館）には「日野広嗣に嫁し」とあり、「廣綱」の誤植か）。覚信尼の結婚は十四歳と伝えられる。親鸞と共に帰洛してから暫く後のことである。覚信尼と廣綱の子供が覚恵（後に僧宗恵）で、宗恵七歳の時、父廣綱は亡くなる。「日野一流系図」によると、その後覚信尼は「壮年の時堀河右大臣忠親家女房」となり「其時小野宮禪念坊室也　産唯善坊云々」とあって、禪念と再婚し、二唯善坊を設けたのであるが、覚信尼と廣綱との結婚に、親鸞と日野家の関係の深さを見る。

ただし、ここで改めて『吾妻鏡』に登場する公家藤原有範と、その同僚とも朋輩ともいうべき佐々木廣綱について触れなければならない。建仁三年（一二〇三）九月七日、宣旨により実朝は征夷大将軍となる。十月元服の儀に際し、佐々木左衛門尉廣綱は、鎧・御劔・御馬を奉る役で登場する。十二月、実朝の栄福寺参詣に供奉。その後も、承元三年（一二〇九）、頼朝の命日である十月十三日法華堂での仏事に、導師として円城寺明王院公胤が下向、旅亭の宿直等を廣綱が奉行、又、健保二年（一二一四）大倉に大慈寺が建立され、実朝・政子が供養に臨んだ際、供奉人の行列には、筑後守有範の名が見えている。在京の健士として、有範・廣綱の名は『吾妻鏡』に度々登場する。

人の世は転変する。建保七年（一二一九）一月二十七日の夕べ、実朝右大臣拝賀のため鶴岡八幡宮へ向かう随兵一千騎に及ぶ行列は、酉の刻出発。夜陰に及んで神拝の事が終わり、退去する実朝を、石段の大銀杏の蔭に待ち伏せていた公暁が襲い、暗殺。

二年後の一二二一年五月、後鳥羽上皇が義時追討の宣旨を下し、承久の乱が起こる。五月十九日頼朝の恩義を説く北条政子の大演説によって御家人たちの気持ちは結束し、一ヶ月間の闘いの後、東軍は官軍に圧勝する。この闘いにおいて、官軍を率いる側に立ったのが、山城守佐々木廣綱・高重らだった。六月十四日の宇治合戦で官軍は敗走を余儀なくされ、敗北する。『吾妻鏡』承久三年（一二二一）七月二日の項に、「西面の衆四人、召し渡され梟首す。霜刑の法、朝議拘らずと云々。いはゆる四人とは、後藤検非違使五位上行左衛門少尉藤原朝臣基清（子息左衛門尉これを斬る。命によつてなり。）・五條筑後守従五位下行平朝臣有範・佐々木山城守従五位下源朝臣廣綱・江検非違使従五位下行左衛門少尉大江朝臣能範等なり。この輩皆関東被官の士なり。右大将家（頼朝）の恩を蒙りて数箇の庄園を賜はり預り、右府将軍（実朝）の挙によつて五品の位階に達し昇る。たとひ勅定を重んずといへども、なんぞ精霊の照らすところに恥ぢざらんや。たちまちにかの芳躅を変じて遺塵を払はんと欲す。すこぶる弓馬の道にあらざるかの由、人これを嫌ふと云々」とある。少なくとも『吾妻鏡』に記述されている「藤原有範」と「佐々木廣綱」は一二二一年、承久の変で朝廷側についた廉で同時に処刑され、命を落としているのである。『新版全譯吾妻鏡』別巻所収の「吾妻鏡年表」の死没欄にはこの年七月二日「平有範・佐々木廣綱・大江能範」の三名が記されている。一二二一年に亡くなった廣綱が、一二二四年生まれの覚信尼と結婚することはあり得ない。しかしながら、親鸞の父とその親族の伝記に不明なものがある限り、この有範と廣綱の二人が親鸞の父である「日野有範」、覚信尼の夫となった「日野廣綱」と全くの別人であると言い切ることも出来得ない。日野家の人々の伝記が、意図的に不明にされている可能性もあるからである。

承久の乱について『新版全譯吾妻鏡』第三巻（永原慶二監修・貴志正造訳注、二〇一一年・新人物往来社）解説「実朝暗殺と承久の乱の真相」（松井吉昭）は「承久の乱の時、京方に与した武士は決して少なくはなかった。（略）京方についた守護人では、伊賀・伊勢・美濃三ヵ国の守護大名大内惟信、近江守護佐々木広綱などがいる。彼らは実朝の後鳥羽院との協調路線の中で、院との密接な関係を持ったのであろう」としている。

赦免された親鸞のその後であるが、一二二七年、延暦寺衆徒が大谷の法然の墓を破却したり、『選択本願念仏集』の版木を焼却するなどの事件が続いた。親鸞帰京後の三八年、法然の遺骸は粟生に移され、火葬されている。しかし、釈迦が世に出興し、仏法を興業して以来、インド・中国・日本と東漸し来たった大乗仏教思想の極致、弥陀の名号を信じて阿弥陀仏の浄土に往生成仏する弥陀の教え「浄土真宗」は、法然の『選択本願念仏集』を承け、親鸞の粉骨砕身の執筆活動によってその姿を顕しつつあった。親鸞は『教行信証』（一二四七年頃完成）を始めとして『浄土和讃』（一二四八年）『高僧和讃』（同）『唯信鈔文意』（五〇年）『浄土文類聚鈔』（制作年代は不明だが、『教行信証』の前後かと推定されている）『一念多念文意』（五七年）『尊号真像銘文』（五五年）『正像末和讃』（五七年）等の著作をなす。親鸞のいう浄土真宗とは仏教の宗派の名ではない。人間が苦悩の人生を生き抜くための、最も大切な宗（むね）とすべきものの意である。親鸞の生涯は浄土の真実をあきらかにするための一生であり、そのままが南無阿弥陀仏の名号を聴聞する一生であった。

法然の教えを受けた鴨長明の「不請阿弥陀仏」の真意は、今ヨ西川徹郎が具に『仏説無量寿経』を始めとする浄土の三部経の他、『華厳経』『涅槃経』『惟摩経』等々の経典の一字一句、『教行信証』その他の親鸞の膨大で難解な著書の一字一句を研鑽し続けてきたことによって、『方丈記』成立八百年の歳月を隔てて解明された。

長く『方丈記』は世の無常を活写した中世の随筆文学の傑作とされてきた。同時に、鴨長明が「閑居の人」と呼ばれ、世を厭って隠棲しただけの暇人であるかのような誤解を受けてきたことも否めない。しかし、『仏説無量寿経』「序分」に説かれる大菩薩の徳には「諸の劇難と諸の閑と不閑とを済ひ、真実の際を分別し顕示するに、諸の如来の弁才の智を得て、衆の言音に入りて一切を開化す」(傍点筆者)とある。「閑と不閑」とは、不閑とは「ひどく苦に迫られて仏道を求める暇のない者をいう。これに対して、苦悩が薄くて仏道を求めるのに暇のある者を閑という」(『浄土真宗辞典』)とされるように、閑・不閑はあくまでも仏道を求めることを基とする。鴨長明には『方丈記』と並んで歌論集『無名抄』、往生伝を集めた仏教説話集『発心集』があるが、『発心集』の影響下に成立した(一二一六年頃起筆～一二二二年完成)とされる仏教説話集『閑居友』(著者は、九条良経の男で僧侶の慶政(一一八九～一二六八)説が有力とされている)のタイトルが当に閑居の真の意を表す。「閑居」は摩訶止観の巻第四の下にある「静処に閑居(げんご)せよ」という教えに拠る。長明が「閑居」を語るのは、自らの精神が至った所を語るのである。念仏の教えに遇った時、もはや悩みも妄心も障りとならない。不請阿弥陀仏の悲用の只中にあるからである。

西川徹郎の論文によって「念仏者鴨長明」の姿が明らかになった時、長明と鎌倉幕府三代将軍源実朝との面談も、全く新たな相貌を顕したのである。

六　法然の和歌と『金槐和歌集』の呼応

西川徹郎の「念仏者鴨長明―「不請阿弥陀仏」論」が収載された勉誠出版の『方丈記と鴨長明』刊行の翌年、二〇一三年の秋の彼岸が開けた頃、岡山県在住の浄土宗の女性僧侶髙橋縁生氏より西川徹郎に宛てて『方丈記』「ただかたはらに舌根をやとひて、不請阿弥陀仏両三遍申してやみぬ」の解釈試論―鴨長明と法然坊源空との関わりを探る―」と題された論文の原稿が送られてきた。髙橋氏は浄土学の研究者であり、八年間かけてまとめた同論文をさる学会に送ったが、先行論文として西川徹郎の「念仏者鴨長明―「不請阿弥陀仏」論」があったため不採用となったこと、その後西川の長明論を読み感銘を受け、西川説に賛同する旨の手紙が添えられていた。

同論文に於て、髙橋氏は法然伝の研究を続ける中で、『方丈記』の

「冬は雪をあはれぶ。積り消ゆるさま、罪障にたとへつべし」

に注目した。長明のこの条は、「冬」という題の法然の和歌、

ゆきのうちに佛のみなをとなふれば、つもれるつみそやかてきえぬる

に対するもので、長明の法然への想いが籠められていると指摘している。一般的な解釈によれば『方丈記』のこの条、「春は藤波を見る。紫雲のごとくして、西方ににほふ。夏は郭公（ほととぎす）を聞く。語らふごとに、死出の山路を契る。秋はひぐらしの声、耳に満てり。うつせみの世をかなしむほど聞こゆ。冬は雪をあはれぶ。積り消ゆるさま、罪障にたとへつべし」は、「藤波」について「波打つ藤の花。これを紫雲（聖衆来迎の折りに現れる瑞雲）に見立てるのは、和歌などに例が多い」とし（前出、新潮日本古典集成『方丈記　発心集』頭注）、「積り消ゆるさま、罪障にたとへつべし」については「『拾遺集』四「年の内に積れる罪はかきくらし降る白雪と共に消えなむ（紀貫之）など」（同）と、和歌に伝承されるレトリックとされる。しかし、髙橋氏の指摘通りここには、長明の法然の教えによる念仏滅罪論を見るべきである。前出の実朝の「仏名の心をよめる」一首を思い起こしてほしい。

身につもる罪やいかなるつみならむ今日降る雪とともに消ななむ

（『金槐和歌集』一二一三年）

この実朝の一首は、法然の「ゆきのうちに佛のみなをとなふれば、つもれるつみそやかてきえぬる」に明らかに呼応していると言わざるを得ないのである。

一二〇一年後鳥羽上皇が新設した和歌所の寄人（『新古今集』の撰進中だった〇四年長明は遁世し、その後大原に住んだが、同集には長明の十首が入集）であった長明と、『新古今集』が出来上がるや否や京都から取り寄せた実朝の面談に於いて、和歌について話が通じない筈は無く、法然の和歌は長明の口から実朝に伝えられたのである。殊に、「ゆきのうちに佛のみなをとなふれば――」の一首が、実朝の心を捉えた。実朝は、若くして将軍職と

なり、武士を統率し流血の修羅場の直中に生きざるを得ない以上に、身の内に生死の修羅場を感得する〈少年詩人〉であった。法然の「冬」の和歌を映し合う如くにして、面談の翌年一二一二年『方丈記』成立。二年後の一二一三年『金槐和歌集』成立。

七　結びに――少年詩人の系譜、西川徹郎と源実朝

『金槐和歌集』から八百年の時を隔てて二〇一三年六月、西川徹郎第十四句集『幻想詩篇 天使の悪夢九千句』が上梓された。前例を見ない九千句の書き下ろし集であるに加え、時間と空間を超え、銀河系宇宙まで羽搏かんとする自在な詩境は、言語表現の可能性の極北に挑んだ現代俳句の成果として日本文学史に刻まれるものとなった。同句集は、二〇一四年九月、第七回日本一行詩大賞特別賞（主催・日本一行詩協会(代表・角川春樹)、後援・角川春樹事務所、読売新聞社）を受賞。

既に吉本隆明（一九二四～二〇一二）が『西川徹郎全句集』解説に於いて「最長不到の詩人」と称讃しているが、源実朝・西川徹郎はともに、吉本隆明が〈少年詩人〉として絶賛するところである。

吉本隆明の「夭折論」として『源実朝』（一九九〇年・ちくま文庫。注記よれば文庫版は一九七一年筑摩書房刊「日本詩人選」12に『吉本隆明全著作集（続）6』所収の「実朝論補遺」を「実朝における古歌　補遺」と改題して加えたもの）がある。第一章にあたる「Ⅰ　実朝的なもの」は次のように書き出されている。「あの戦争のころ、できたらその一言一句もききもらすまいとねがっていた文学者のうち、太宰治と小林秀雄とは、もう最後の戦争にかかったころ、それぞれの仕方で実朝をとりあげた。太宰治は『右大臣実朝』をかき、小林秀雄は、のちに『無常といふ事』のなかに収録された「実朝」論をかいた。」吉本隆明は、二人の文学者の描き出す実朝像から〈実朝的なもの〉を取り出してみせる。それは「外観からいえば第一級の詩心の持主であるということであり、また、暗殺によって夭折したものであるということである。（略）この〈実朝的なもの〉は、暗い詩心というべきものに帰せられる。そしてこの暗い詩心は、そのまま太宰や小林の内面に帰せられるものであった」と吉本隆明は言う。

少年とは生まれ死ぬという、人間に生まれたからには免れ得ない時間と空間との有限性を誰よりも感受する存在である。逃れ得ない苦悩を生き抜こうとする姿が、詩人の姿であり、文学という営為である。太宰治（一九〇九～一九四八）は、人生の苦悩の直中を、そのまま平然と死へ向かい歩みゆく実朝という理想像を描き出した。作中に太宰は、初めて向かい合ったまだ幼い公暁に対する台詞としてこのように実朝に言わせている。「学問ハオ好キデスカ」「無理カモ知レマセヌガ　ソレダケガ生キル道デス」と。公暁に寄り添うように座っていた尼御台（政子）が、実朝の台詞を聞いて「すつと細い頸をお伸ばしになり素早くあたりを見廻しました」という太宰の描写は、この場の緊張感の全てを伝えている。実朝の台詞は、命を長らえるためには、傀儡将軍として政治は北条氏に任せ、和歌を詠んだり仏教を学んだりして過ごせばいいという話ではない。政治力をつけた北条氏にとって、朝廷の威も源家という貴種の将軍も必要が無くなったまさにその時点で、頼家の子公暁による実朝暗殺は行われた。将軍となったその日からいずれは暗殺という実朝の運命は決まっていた。太宰は、和やかに顔を揃えた実朝、公暁、政子の三人が、全く同じ場面をそれぞれの脳裏に思い描いた戦慄の一瞬を、政子のまるで獲物を狙う美しい蛇のような姿に託して描いたのである。

　吉本隆明は「もし実朝が中世における第一級の詩人であったとすれば、本質的な意味での詩人実朝という意味は、御（しりぞ）くことも〈死〉、またすすむことも〈死〉という境涯ではじめて問われねばならなかったといえるだろう」と書いている。そのような境涯で、果たして人は何を為し得るだろうか。二代将軍頼家は悪政と遊蕩を行い、北条氏により伊豆修善寺に幽閉された上虐殺されている。だが、吉本隆明の言葉は、中国浄土教を大成した高僧善導（六一三～六八一）の二河白道譬を受けている。善導は、人間存在の本質を永劫に迷い続けて覚りに至ることは無いものと喝破し、それ故に弥陀は西方浄土より私を喚び招き、釈迦は娑婆世界において私の背を押して浄土へと進め令めるというのである。弥陀釈迦の喚遣によって私が進む道を、善導は僅か四、五寸の細く白い道であると譬える。白い細い道を南よりは怒りの炎の河が迫り、北よりは貪欲の河の大波が道を覆う。しかも深く果てしないその二つの河が潤す細道は、後ろからは群賊や悪獣が追ってくる。行くも死、帰るも死、留まるも死（三定死）だが、「既にこの道がある、必ず度すべし」と念をなした時、背後の東からは「君、ただ決定してこの道を往け」、真向かう西からは「汝、一心に正念にして直ちに来たれ、我よく汝を護らん」の声がする。私を殺そうとする悪賊の「戻れ」と誘う声を振り切り、一心に進むと西の岸に到達し、難を逃れて、善友と会うことが出来たというのである。三定死とは、私の人生そのものである。そしてこの譬喩は、私の目からは煩悩に遮られて細い道にしかみえない白道が、実は阿弥陀如来が私の為に差し伸べた本願の大道であり、私の耳に常に呼び掛け続ける阿弥陀如来の喚び声であることを教える。

進んでも退いても留まっても死ぬ――譬喩ではなく「必ず暗殺される」ことが少年時からの現実であった実朝は、和歌を書いた。書くことによって生きた。吉本隆明は、『源実朝』において実朝の和歌について多くの紙数を割き、「Ⅶ　実朝における古歌」「Ⅷ　〈古今的〉なもの」「Ⅸ　『古今集』以後」「Ⅹ　〈新古今的〉なもの」「ⅩⅠ　〈事実〉の思想」「実朝における古歌　補遺」等の章を立て、本歌取りの本歌と見られる歌の指摘等、実朝の作歌の手順にまで及んだ詳細な検討を加えている。

『源実朝』の後書き「文庫版によせて」で、吉本隆明は「（実朝は）大胆な本歌取りをたくさんやってのけたが、それは本歌取りというよりも、『万葉集』と『古今集』の任意の気に入った歌から、上句と下句を自由につなぎあわせて、新しい歌にするといった、パズル遊びのようにおもえる時がある。ほかに楽しいことなどないのでそうして遊んでいる嬰児の言葉遊びに似ていなくもない」と書いている。これは『西川徹郎全句集』（二〇〇〇年・沖積舎）解説「西川俳句について」の吉本隆明の

「（西川徹郎は）驚くことに老熟から出発して、物言う嬰児の方へと逆行していった。そして大人の俳人には決してわからない創造の秘訣をあくまでも保ちつづけていると思える。」

「はじめに一つだけ多い物象のイメージ（筆者注、西川徹郎の俳句の「大切な鍵」として解説の中に前出している）と言ったが、嬰児に帰らなければ決してわからないポエジィの場所といってもいい。（略）かれは青春から老熟へと歩む伝統の俳人のように歩むことはない。老熟から嬰児へ逆行する歩みが、かれ自身の考えている生

涯というものだ。そんな気がする。かれの句作は純化されて嬰児のもつ永遠を、だんだん獲得しつつあるように見える」

に通じている。吉本隆明は、実朝と西川徹郎という〈少年詩人〉の永遠性を語っているのである。

吉本隆明は、源実朝を中世期最大の詩人の一人と称し、西川徹郎を現代最大の「最長不倒」の詩人と見る。〈少年詩人〉とは、詩人として生きることだけが彼の生きる道である〈夭折者〉のことである。それは即ち天才詩人ということだ。

西川徹郎が『幻想詩篇　天使の悪夢九千句』の書き下ろしを始めたのは、二〇〇六年初秋に遡る。当初は七千句書き下ろしの予定だったが、脱稿の一三年に俄に詩心が溢れて更に二千句が加わった。その頃徹郎の夢には既に鷺が訪れていたらしい。

青鷺と飛ぶ夢山寺の畳さえ　　　（『幻想詩篇　天使の悪夢九千句』第十三章「溺れる白馬」）

◆斎藤　冬海　さいとう・ふゆみ＝一九五七年福島県生まれ。日本女子大学文学部卒。作家・文芸評論家。本願寺派輔教・布教使。龍谷教学会議会員。教行信証研究会世話人。西川徹郎文學館館長・學藝員。著書に『斎藤冬海短編集』『月の出予報』、編著に『星月の惨劇―西川徹郎の世界』ほか。芦別市在住。

第三章　極北の阿修羅

竹内　清己

北辺の詩魂――西川徹郎句集『幻想詩篇　天使の悪夢九千句』

一

芭蕉文集の「銀河の序」に「月ほのくらく、銀河半天にかゝりて、星きらきらと冴たるに、沖のかたより、波の音しばしばはこびて、たましひけづるがごとく、腸（はらわた）ちぎれて、そゞろにかなしびきたれば、」とあって、

あら海や佐渡に横ふあまの川

の名句が立ちあらわれる。伊賀の人俳聖芭蕉の『おくのほそ道』の北陸道の越後から越中の市振の関までに詠まれた名句。芭蕉の旅の北限は象潟に極まって、北上すれば津軽海峡を越えて、蝦夷北海道にいたる。

北辺の詩人はどのように詩魂を育てたのだろうか。西川徹郎句集『幻想詩篇　天使の悪夢九千句』を読んで、まず思い至らせたのはそのことだった。

銀河といえば東山道の宮沢賢治の『銀河鉄道の夜』がまず浮かび、事実西川の句集に賢治の詩魂は、けざやかな痕をみせている。同時に私は『チエホフ祭』の寺山修司の青春性を感じたが、賢治にも修司にも欠けている初恋の痛みがあることがうれしかった。さすれば石川啄木だが、啄木の北海道流離の落ち穂のように、北辺の詩魂がありがたかった。

少年の恋にこころ引かれた。『幻想詩篇　天使の悪夢九千句』扉の写真のなかに、徽章の付いた学生帽をかぶり、首元から学生服のカラーをのぞかせ、重たそうな旅行鞄を左手の手袋の先きに提げ、右肩に下げ鞄をかかえて雪原に立った「少年期の西川徹郎」像があった。「高校生俳人として俳壇にデビューした頃」という詞書

きがある。さらに裏扉には、「銀河の何処か見知らぬ星に自分と同じ人間が必ず住んでいると信じて、私は十代の日々を過ごした。」と、一行書がなされている。
第一章「少年と峠」から、「青春地獄」「月夜の家出」と章を括って、第十九章「雪虫地獄」、第二十章「雪の遊郭」で、九〇一七句は止まっている。

冬の鳥地獄の空を低く飛ぶ　（第一章「少年と峠」）
蜘蛛の巣の破れて弱し風の音　（同）

発した句藻は、なによりも「枯れ」の世界が目に立った。わび、さび、冷えの都の俳壇は、遠く時と風土を北上して荒地のどのような原始の詩魂に邂逅したか。そうしたことがしのばれる。

枯野に立てば暗い眼をする雲ばかり　（同）

木枯、枯、枯葦原、枯木立は、巷から自然へ、炭山町（やままち）、炭住街、空知川、火山湖と凍原、凍湖、氷湖、凍雲を刻んでいる。

峰遠く学生帽が縮むばかり　（同）

これはグラビアのポートレートを彷彿とする。そこに恋の傷痕もあったのである。

海鳴りを白馬の肺活量と知る　（第二章「青春地獄」）
紺青を心に鶴が飛んでいる　（同）
舌癌の舌吸う犬のように飢え　（同）
夕茜雁が死界を越えて行く　（同）

と、馬、犬などの獣や鶴、雁などの鳥類を句界に招いている。
九千を超えた句集の全貌は、捕捉できはしない。何よりも顕著なのは、出生と学歴、職歴にあきらかな仏教世界であった。私はひところ、開拓地に人と共に移入した寺社信仰の跡を訪ねたことがあった。天使は悪夢と邂逅する。地獄と阿修羅に。

旅に病んで虱と仰ぐ銀河紺　（第二十章「雪の遊郭」）
弟は銀河の津波に浚われて　（同）

凄惨な地獄の現前化は身内の修羅を詠いつつ、かの父母もまた、

墓穴に首入れ母の血の泉　（第十章「天使の悪夢」）
三途の川で褌洗う父なりき　（同）
父さんの陰毛映す月鏡　（同）

に至って、ようやく「風の旅人」は、

一人二人と数え切れない風の旅人　（第二十章「雪の遊郭」）
風の旅人よ集まれ新城峠大學　（同）

と、故郷の峠が学堂をひらいて止(や)むこととなる。

二

西川は京都、東京―大雪山系の峠を往復した。吉田一穂は、東京―積丹半島を幾度も往復した。吉田の「旅愁」の

病みて帰るさの旅の津軽海峡。
（月は傾く……）
ふる郷(さと)の砂丘に秘めし貝の葉の、
杳かな想ひ、乱れ、航跡(コース)、青く、
光り消ゆ魚城のまぼろし

を愛唱する。北海道人は津軽海峡を渡る。更科源蔵もまた。更科は北辺の文学の守護神となって渡道の文人の案内者となった。その「北陲の熱都」の

雪氷の下に南国がある。

紫と真紅の金縁の
熱沙自由の炎に燃える印度の地が
あゝ解けぬ大氷雪原の底に永遠の熱土は埋つてゐる。
今日も死の底にこそ生きる雄々しき生ならば。
私に更科に四季派の北方志向をみつめた時があった。
ここに『西川徹郎青春歌集――十代作品集』(二〇一〇年・茜屋書店)がある。「病みたまふ君」から始まる。初恋の病める少女像は鮮明であった。
君が死の夢をみし日に裏山の藤の花のみ散り初めにけり
海に入りて死なむと思ふ君が死の夢みて覚めし冬の朝焼け
北辺の少女像は、詩人に古都の賀茂川に伴われられて揺曳する。幻想は魂の旅路を共とする。
賀茂川の水の如くに君が瞳(め)の透きとほりつつ夜来たりけり
その名も「桑野郁子」と本名が記されるのは、渡辺淳一の『阿寒に果つ』の阿寒湖に自殺した加清純子を想起させる。
巻末斎藤冬海の「解説*少女ポラリス」から、「秋の町」の一首
連山の凍り横たふそのもとに鎔鉱炉静かに火を吐きてをり
斎藤は、新城峠からの「天の業火と喩えたいほどの夕焼け」とみて、「西川徹郎は、詩の鎔鉱炉に自らの詩心を投げ込み、鍛え上げた。」と、少女ポラリスの北斗星をみいだしている。鎔鉱炉は「天の業火」、道央の「夕焼け」とのことだが、私が道南の室蘭の製鉄所に勤めた少年期を思い浮かべ、
炎々無限　空焦がす
時代の炬火ぞ　鎔鉱炉
と応援歌を口上にしてわが身をかえりみたのには、理由があった。鎔鉱炉は、氷雪の熱帯――。

西川の「連山の凍り」のもとに「火を吐」く「鎔鉱炉」は、更科の「大氷雪原の底」の「熱土」に通底し、私が「時代の炬火」の「鎔鉱炉」に立ち向かいつつ転身した文学をも証しているのだから。

◆竹内清己 たけうち・きよみ＝一九四二年北海道生まれ。近代文学研究家・文芸評論家。千葉大学卒。東洋大学名誉教授。芸術至上主義文芸学会代表理事。日本文藝家協会会員。著書に『日本近代文学伝統論』『村上春樹・横光利一・中野重治と堀辰雄』『臨床の知としての文学』ほか。千葉市在住。

傳馬 義澄

激越なる表現者——西川徹郎句集『幻想詩篇 天使の悪夢九千句』

俳句に関してはまったくの門外漢である。にもかかわらず、書評を承引したのは西川俳句に接したときの衝撃があまりにも大きくかつ鮮烈であったからである。そして、そのあとで花鳥諷詠の歳時記的な現代の俳句にあたってみるとそれがなんと脆弱に映ることか、をひしひしと痛感させられるからである。

「僕は二十歳だった。それが人の一生でいちばん美しい年齢だなどとだれにも言わせまい。一歩足を踏みはずせば、いっさいが若者をだめにしてしまうのだ。恋愛も思想も家族を失うことも、大人たちの仲間に入ることも。」

ポール・ニザン『アデン・アラビア』（篠田浩一郎訳）の書き出しである。

『幻想詩篇 天使の悪夢九千句』の後記「白い渚を行く旅人」や『西川徹郎青春歌集——十代作品集』の斎藤

冬海による解説などを読んで先ず思い浮かぶのは、この冒頭の一節であった。
青春とは甘やかな季節を言うのではない。倨傲と矜持、叛逆と自負の逆巻く渦中で、生きて在るおのれを確認する季節なのだ。西川徹郎の青春の実像については忖度するしかないが、「実存俳句」を志向する西川徹郎にとってもまた青春が美しい季節であろうはずなどなかったであろう。

洗面器の水に三日月死児洗い　（第二章「青春地獄」）
雁の声死顔の上に降り注ぐ　（同）
霊柩車より首出す子供夕茜　（同）
死顔の上をはらはらと飛ぶ蒼い鶴　（同）
青ざめた花片死児の爪として　（同）
死の果ての雁列見える分娩台　（同）
夕茜雁が死界を越えて行く　（同）

ほとんど無雑作に抽出した句であるが、「青春地獄」には死に裏打ちされた句が多い。しかも、これは「青春地獄」に限ったことではない。全作品を俯瞰するとき、そこには圧縮された死の影を看取することができるといっても過言ではないであろう。そして、それらには狂暴な狂気のようにエロスがまとわりついているのである。このエロスとタナトスとが圧倒的に混淆する世界、そこにこそ西川俳句の紛れもないひとつの特質があると言えよう。

白粉の舞妓と木乃伊が擦れ違う　（第十章「天使の悪夢」）
溜め池の底に沈みおり花嫁は　（同）
わらわらと陰唇を縫う彼岸花　（同）
月の墓原少し淫らな白衣のテニス　（同）
母胎に居たころの殺戮梨畑　（同）

たくましくも過剰な文学的想像力によって拓かれていくおどろおどろしくも魅惑的な世界、鑑賞者のこころを鷲掴みにしてしまうような狂暴な表現、こうした詩の源泉には西川の生まれ育った北海道芦別市の寒村、新城峠の荒々しくも閉ざされた厳しい風土があることもまた事実であろう。

西川徹郎の言葉を借りれば、そこは「引き裂かれた私の実存の峡谷」、「詩と文学と思想を育んだ地獄世界」、「生と死と性の身を裂く苦悩を夢や幻想や幻視の領域へ昇華せんとした詩世界であり、夢と現と日常と非日常と現実と非現実と幻影と実在と希望と非望と安堵と不安と絶望と休息の狭間、新城峠と喩顕するその切り立つ不可視の実存の峡谷」（『幻想詩篇　天使の悪夢九千句』後記「白い渚を行く旅人」）である。

西川徹郎はこの地獄のような原風景の中で、狷介孤高のおのれの実存を確認する営みを積み重ねてきたのだ。そうして、地底から絶えず噴出するマグマさながらに「実存俳句」を表象し続けてきたのだ。

反定型、反文語、反季語という命題を掲げた「実存俳句」とは、あらゆる約束事から解放された自由な表現によっておのれを定位していく行為。そこに奔騰する過激な詩精神の横溢と表現、そのことによって西川徹郎はかえっておのれを呪縛してきたあらゆるものからの解放を、さらには人間存在の一切の苦悩からの超克を目指してきたのではなかったか。言うまでもなく創作は宗教ではない。が、人は如何にして生きるか、という人間存在における根源的かつ普遍的な問いを抱え込みつつ、激越なる表現者として、今日まで歩み続けてきたのが西川徹郎その人であると言うことができるであろう。

西川徹郎が「世界文学としての俳句」というとき、そこには実存する人間の総体を俳句形式によって描き出すという困難かつ苛烈な、表現者としての覚悟が含意されている。その覚悟のもとに西川徹郎はこれからも狷介孤高な旅を続けて行くであろう。しかし、この旅に終わりはない。

◆傳馬義澄　でんま・よしずみ＝一九四〇年大阪市生まれ。近代日本文学研究家・文芸評論家。國學院大學大学院博士課程後期満期退学。國學院大學名誉教授。昭和文学会元代表。近代文学会評議員。中原中也の会理事。井上靖研究会会長。日本文藝家協会会員。二〇一三年秋谷豊賞等。著書に『思索と抒情―近代詩文論―』、編著に『中村真一郎　青春日記』『坂口安吾事典』ほか。さいたま市在住。

危うい見事なバランス──西川徹郎の俳句文学

池辺晋一郎

僕は、俳句をたしなむ人間ではない。だが、不思議に俳句に近い世界を生きてきた。まず、僕の作曲の恩師であり、プライヴェイトには仲人でもあった作曲家池内（いけのうち）友次郎先生が、かの高濱虚子の次男であるということ。虚子が池内家から高濱家への養子であり、いわばその返礼として、高濱家から池内家へ移ったのが先生であったと聞く。昔はそのようなことが少なくなかったらしい。優れた教育者として日本の多くの作曲家を育てた池内先生ご自身も、もちろん句集を上梓され、たくさんの俳句を残された。門下生である僕は、当然それらに接している。

さらに、虚子の郷里である松山と僕は、一九七二年ごろから深い縁を持ってきた。虚子のみならず子規や河東碧梧桐を生んだ所でもある松山は、今も俳句の盛んな街だ。ある時僕はそこで、やはり松山出身の野村朱鱗洞（一八九三～一九一八）を知る。俳句のみならず評論にも健筆をふるい、二十五歳で夭折。種田山頭火が尊敬していたと聞いている。

　牛のまなこにあつめる力燃ゆるなり

　風ひそひそ柿の葉落としゆく月夜

など、静謐だが強い朱鱗洞の句に、僕は惹かれた。

○

実は、西川徹郎さんと朱鱗洞の俳句は、たがいに通じ合うところがあるように感じるのである。それは、自

由律か定型かというような問題でない。心の奥底に密かに沈んでいるものに関して、である。たとえば、西川さんの若いころの

たそがれは見知らぬ町をさまよひてたどりつきたる冬の停車場
慟哭を怺える牧場の白い柵
癌の隣家の猫美しい秋である

などに込められ、たたえられている空気に関して、である。

西川徹郎さんを知ったのは、作家の森村誠一氏を通じてだった。ある時、森村さんのお誘いで旭川の西川徹郎文學館での集まりに参加し、そこで僕は「西川俳句はシュルレアリスムたとえばジョルジュ・デ・キリコ（一八八八〜一九七八）の絵を想起させる」という話をした。

その思いは今も変わらないが、その時話し忘れたのが、村山槐多のことである。

槐多は、一八九六年横浜に生まれ、二十二歳で夭折した画家にして詩人。凄絶な絵と詩を遺した。その詩の一部を示せば、その凄絶さと、そして西川俳句に通じる何かを感じてもらえるだろう。

「――痩せた醜い死体が歩いた　それが私だった　虫が湧きくさって居った」（「歩く屍」）

○

「――ホラホラ、これが僕の骨だ　生きてゐた時の苦労にみちた　あのけがらわしい肉を破って　しらじらと　雨に洗はれ　ヌックと出た、骨の尖（さき）。」（「骨」）

と書いた中原中也（一九〇七〜三七）も思い出す。そういえば、僕より少し歳上だが四十代半ばで亡くなった作曲家八村義夫（一九三八〜八五）も、だ。現代音楽の分野で鮮烈にして繊細な作品を遺した。音楽をここでお伝えすることはできないが、僕は西川俳句と中也にも、また八村の音楽にも、相通じるものが内蔵されていると思うのである。

○

再び、西川俳句を想起してみる……。

脳髄を山の螢は戻らない

湖上に白帆少年烈しく夢精して

秋ノクレ雀ガ流ス火ノ涙

夢魔が舌を伸ばして刺身食べている

虫の息芭蕉に雪虫降りやまず

○

朱鱗洞はそうではなかったと思うし、デ・キリコについてはよく知らないが、槐多と中也、そして八村に関しては、三人とも明らかな「自己破滅型」だった。社会的に生きる人間としてのバランスは極めて悪かったと言うしかない。

しかし、西川徹郎さんは、ちがう。真宗学者にして浄土真宗本願寺派輔教・布教使とプロフィルにある。仏教世界に疎いぼくには全く分からないが、端的に言えばお坊さんなのだろうと考える。すなわち宗教人なのだ。破滅と対極に、自己を、また世を救済すべく説く人なのだ、西川さんは……。「バランス人間」の具現、と換言する必要もないだろう。

ところが、美しいバランスとは、それがあって当たり前の頑強な土台の上ではなく、ギリギリの危うさを備えていてこそ、発揮されるのである。

泣き濡れし君が手をとり清水の坂を下るや赤き日の暮れ

西川さん十代の歌である。これほどに感傷的かつ青い歌の人が、実は前記のような凄絶さを併せ持っていたことを吐露する。これはまさに、危ういバランスだ。

デ・キリコのシュルレアリスム、朱鱗洞の静謐、槐多や中也、また八村義夫の烈々たる血の色……西川俳句から連想されるものを列記すると、さまざまな分野の、しかも背反する創作が浮かび上がってくる。それらが勝手に迅走した先に在る結び目が、西川徹郎ではないか。
危うい見事なバランス――そう呼びたくなる俳句文学だ。

◆池辺晋一郎　いけべ・しんいちろう＝一九四三年水戸市生まれ。作曲家。東京芸術大学卒。同大学院修了。東京音楽大学教授。全日本合唱連盟顧問。文化庁国民文化祭副委員長。東京交響楽団・新国立劇場理事。NHKTV「N響アワー」に〇九年三月まで一三年間レギュラー出演。作曲作品に「チェロ協奏曲」、映画「影武者」「楢山節考」やTV「八代将軍吉宗」等のテーマ曲など。イタリア放送協会賞・放送文化賞等。東京都在住。

堀江　信男

現実と幻想のはざまで―西川徹郎句集『幻想詩篇　天使の悪夢九千句』についての断想

昨夏（二〇一三年）、わたしはトムラウシ、富良野岳など、北海道の山に登り、ナビに導かれながら、富良野から芦別、赤平に向かった。国木田独歩が佐々城信子との新生活を夢見て視察した地である。石川啄木が、厳冬の雪に覆われた景色を車中から見て、その雪のなかで寂寞を友として長い一生を送る人に想いを馳せる印象的な歌を残した空知川の流域である。その風光を身近に感じたかった。事前の何の準備もなかった。具体的な収穫を求めて立ち寄った訳でも、調査という意識もなかった。実際に空知川を眺め、赤平の炭鉱の遺跡やぼた山に登っただけの通過地であった。

帰って数日後だった。大部な書籍が届いた。『幻想詩篇　天使の悪夢九千句』という八〇〇ページを越える大著である。その著者に心当たりはなかった。見ず知らずの人が何故わたしに、という疑問がまず兆した。わたしも趣味程度の俳句や連句をやっている。が、その関係者に「西川徹郎」という人物はいなかった。

こんな大著を贈られた時の気持ちは複雑だ。読むか読まないかは、わたしの自由だろうが、読まずに礼状を書くのは気が重かった。経歴を確めようとページを繰っていて、巻末の「諸家西川徹郎論抄」に、櫻井琢巳の『世界詩としての俳句―西川徹郎論』とあるのが目に止まり、はたと思い当たった。かつてわたしは櫻井のこの論考を読んでいた。西川について櫻井から話を聞いたこともあった。櫻井琢巳は詩人、評論家で、わたしの住む地域の同じ文学団体に所属していた。お会いする機会が多く、その西川徹郎論も読んでいたのである。はじめて触れる名前ではなかったのだ。

改めて北海道の地図を開き、新城峠を探した。道の駅スタープラザ芦別で長い休憩を取ったが、その近くから道道４号線を北へ10キロほどのところにそれはあった。何か運命的な近さ、を感じた。

山登りと旅の疲れ、留守中に溜まった雑事が片づくころから、わたしは少しずつ『幻想詩篇　天使の悪夢九千句』を読みはじめた。妙に引き込まれるところがあって、止められなくなった。

少しずつわたしの西川徹郎像が結晶し始める。恐らく、西川が自ら造形する自画像とは、雲泥の差のある像であろう。わたしは西川と面識がない。考えてみれば読者は、愛読する作品の作者と直接接することは少ない。それは文学の受容として幸いなのかも知れない。ことば、という極めて抽象化された媒体によって西川の意識世界に引きずり込まれ、迷い、現実世界の接点のある句に安堵し、西川の人となりを想像する。

「幻想」という西川の内奥の意識の風景は、当然実生活、実体験と繋がっているだろう。生き身の人間と天空彼方の銀河世界、あるいは地獄極楽が同一平面にある。あるいは異界と現実世界との境界が取り払われて一体となった世界、と言っていいのかも知れない。

塔の内部の階段月夜だから見える

塔の階段菖蒲が兄を狂わしめ

死児ごうごうとあり瞼捲れば韮が

肉殺げ落ちる樹木鳥影ふえ続け

第二章「青春地獄」の冒頭四句である。現実にどっぷり浸かって生活しているわたしには難解な句である。しかしそう読むことは、西川の意図を理解していないのではないか、という不安が過る。「塔の内部の階段」にしてもそうだ。「肉殺げ落ちる」の句など、冬の叙景の句として鑑賞できる。第一章を読んできて、ここに置かれたこの句が、決して写生的な叙景の句などであるわけがない、という想いがあるからである。浩々と明るい月夜に塔がくっきりと浮かび上がり、まるで内部まで透視できるようだ、という読み方では安心できないのである。西川にとっては、塔の内部の階段は、外壁があっても外から明確に見えているのであろう。月夜に境界を失った塔がある。

この塔には兄を狂わせる菖蒲がある。それは花か、女性の名前か娼婦か。兄を狂わせる「菖蒲」と兄の姿が、月夜であるがゆえに、塔の外部からの視線にはっきりと見えているのである。西川には見えてわたしに見えない世界が常識を生きる読者であるわたしを不安にする。このような句を、常識の世界に戻って、叙景の句として読んで安心しようとする。しかしまたすぐに異界に連れ戻される。不安と安心とを繰り返しながら、西川の世界に囚われる。

「幻想」という。「幻想」と言われるものは、あるいは父母未生の遠い過去にあった事象を、わたしたちの遺伝子が記憶として留めているものではないか。あるいは劫年の未来に現われる事象の予感なのではないか。そう考えれば、「幻想」は決して「幻」ではなく、実在した、あるいは実在しうる事象にほかならない。

西川の「幻想詩」は、そのような事象を、わたしたちの生きている現実世界の隣に、裏側に、否西川の内面に見て表現する。

「幻想」は、時の推移とともに現実となる。

便器洗う遠く地球をかえりみて

などは、宇宙船に人が滞在する現在、もはや「幻想」ではない。「幻想」は現実になり、確実だと思っていた現実は実態を失って行く。

わたしは文学研究者として、研究方法は、十人の研究者がいれば十の方法がある、と思っている。否、ひとりの研究者が、同一の作家の複数の作品を論ずるにあたって、同一の方法で分析する必要はないし、むしろそれぞれの作品に合った研究方法があると思っている。

文学における定型も、表現する対象によって、内容によって流動するものではないか。俳句における有季定型の成立は、俳句に先行する俳諧の連歌、さらに連歌、短歌と遡るが、それぞれの時代と場によって激しく流動してきた。時に頑迷な定型墨守者がいても、それは時代を代表する文学にはなりえなかった。定型は完成と同時に崩壊が始まり、定型墨守者は、まさにその滅びの時代を担う存在となる。

今の俳句世界について言えば、有季定型を標榜する結社俳句が隆盛を極めているように見える。が、今やそれは可能性を秘めた文学とは言えない。結社経営の商業主義に堕し、新しい才能の芽を摘むような宗匠に支配されている結社もあるだろう。

西川は自らの俳句を反季・反定型・反結社主義、という。独自な現代の俳句を書き貫こうとする西川の強靭な反逆精神がその主張にはある。

「反」と言いながら、季語、あるいは五七五の定型を排除するのではないらしい。所謂季語も、五七五も、それによって対象を、自らの内奥を歪めずに盛ることができるのであれば、使う。しかしそれは、もはや歳時記にある季語ではない。伝統としての五七五ではない。

季語からの発想、季語へ行き着く発想、さらに定型に当てはめる創作は、手あかに汚れた季語に新しい一面を付加することはあっても、発想そのもの、表現される対象がそれによって制約される。それは発見としての、想像としての、個性としての文学としては弱い。

表面的には有季定型の句もたくさんあるにしても、それに囚われてはいない、西川徹郎という個性が厳然としてあって、その意識の表現があり、たまたまそこにその季語があった、と見たらいいのだろうか。要は囚われないことなのだ。定型や季に囚われない自由、フリーハンドであることによって、表現しようとするもののイメージを、思想を歪めない。冒頭の、

冬の鳥奈落の空を低く飛ぶ
蜘蛛の巣の破れて弱し風の音
葉から葉へ朝日露散る蔭草踏めば
手に付きそうな青インキいっぱい秋の湖
雨あがりわっと湧き出し蝶々かな

冒頭二句は有季定型。三句目からは大胆な字余りであるが、季節感のある伝統的な俳句を大きく逸脱するものではない。二十一句目の、

炭住街に鬼棲む眼を光らせて

に至って無季の句が現われるが、五七五の定型である。その二句後に、

夜の音を溜めている青いインク壜

という無季字余りの句が現われる。

炭住街に棲む鬼とは何か。廃墟となって鬼の棲み家となった荒涼たる光景など、いろいろ想像できるが、いずれにしてもその鬼の存在は季感には関係ない。無理に季語を挿入すれば、その鬼の眼の光りはあるいは殺がれてしまうかも知れない。鬼の存在と季節は、西川にとっては何の意味もないのである。「夜の音」の句についてもそうだ。青いインク壜が夜の音を溜め込み、夜の静寂が深まって行く。その中にいて物を書いている人の存在との距離感など、この句が読者の想像を喚起する力は鋭いが、その深さを、定型に纏めることは、作者が見ている、あるいは感じている世界を歪め、変形することになるだろう。有季、定型も、反季、反定型もな

い、自由無礙な創作方法で貫かれている、と言っていいのかも知れない。そのような定型と非定型の句が次から次に現われる。

町を流れる川が「君は逆流だ」と語る
産院の裏窓尾のような舌が見え
便器の水の赤い魚が俺を睨む
ガム咬む女帽子の下の暗い谿
日暮の友ら湾ほど腹を凹ませて
風暗い丘で背広が飛びたがる
鼻の穴で遠い汽笛が酸化する
青麦の刃が少年を剃り上げる
狂院の畑錆びたナイフのような草
群羊を見て来て運河へ精液流す

このような句を引用しはじめると、きりがない。産院の裏窓に見える尾のような舌、便器の水に泳ぐ赤い魚、青麦の刃、これらは幻想であって、同時に確固とした現実なのである。あるいは現実以上に確固とした幻想なのである。とすれば、それを見ている西川は、世の常識人から見れば狂気と正気の境界に立っている。狂気と正気を行き来している。そして現実の裏側から顕ちくる幻想は、鋭い刃となって読者を刺す。

スペインの美術館でピカソの「ゲルニカ」を見た時の衝撃は大きかった。写真で見ていたし、いくつかの解説を読んではいたが、この大作の前に立った時の感動は予期しないものであった。作品に描かれているのは、現実にはあり得ない世界である。が、ピカソの意識のうちにあっては、確固として存在する現実である。事実、解体されていても、そこに描かれている、一つ一つはかってあった形をリアルに留めている。確乎として存在する、と思われていたであろう実態は脆くも破壊され、破壊された部分部分がリアルに確実に存在する。それは現実の脆さ、儚さを残虐に物語っている。

西川の作品世界は、解体された人体の一部であったり、自然や建造物の断片であったりする。幻想とは、解体された現実なのかも知れない。それゆえに幻想が現実以上にリアリティをもって迫ってくる。

わたしは、詠まれる対象にどれだけ実体験や事実があるのかわからない。が、それぞれの部分に解体された物体は、ひとりの人間としてはもはや存在しない。その物体が幻想を生む。事実や実体験から幻想は生まれ、幻想がその事実や実体験を変形するという相互関係から西川文学の世界は成り立っているのではないか、と想像する。

いくつかの連作、ばらばらに位置する作品を含めて、「父」が詠まれた作品が、多数ある。「資料篇」として句集の巻末に付されたエッセイ「わが文学と親鸞」（初出、「大法輪」二〇一一年六月号、大法輪閣）に西川自身が引用する作品に、

男根担ぎ佛壇峠越えにけり
父の陰茎の霊柩車に泣きながら乗る

という句がある。この父子に、現実の西川父子の関係がどう投影されているかわからないが、全くの空想から生まれた作品ではないだろう。亡き父と霊柩車に乗っている「わたし」との関係は「泣きながら」とあるのだから、親密であったことが理解できる。が、「父」はその全体として存在するのではなく、「男根」「陰茎」として存在する。父と子の関係は、常識的な情愛ではなく、局所的な肉体の一部に還元されて、繋がる。「男根」「陰茎」は、男親であることの強調なのか、子としての自分の存在の根源なのか、人間的な欲望の象徴なのか、読者は惑わされる。そしてそこに、この表現に常識的な世の父子の情愛よりも、もっと切実な繋がりを読み取るかもしれない。

「父」はばらばらに解体され、肉体と精神は切り離され、もはやひとりの総体としての人格としては存在し

ない。子の潜在意識のなかのどこからか浮かんでくるその解体された肉体の一部分によって父は子に実感される。人体が解体されて提示される例は、

生家で眠る胴体は沖へ流されて
尼寺まで紫紺の臓腑をぶら下げて
苦しむ舌が兄に遅れて家出する
隣人の腸を干す庭の竿

など枚挙に暇がないが、その認識は、読者にとって衝撃的である。

これらの作品が西川の実体験をどこかに持つ「幻想」であるならば、西川文学はまさに現実と異次元との交感、相互依存によって獲得された世界であると言っていいのだろう。

「父」を詠んだつぎのような連作がある。「父」という文字が詠み込まれた作品のみを引用する。

第三章「月夜の家出」に、

指折り数える父の眉間に降る雲雀
父の眉間の迷路の曼珠沙華を摘む
父の眉間を狐火幾度疾走し
父の眉間の迷路向日葵咲き乱れ
父の眉間の秋野の草を摘みに行く
父の眉間の秋野で斃れ小雪降る
父の眉間の萩野の小径萩嵐
日が暮れてから父の眉間の萩嵐
根こそぎ毟る父の眉間の秋の草

解体されて「男根」となった「父」は、連作によって世間とその現実の世界で再構築されている、と言えな

くもない。総体としての父はやはりいない。「父」は眉間である。しかし、ばらばらに解体された肉体の一部としての「眉」ではなく、意思を持つ「人間」としての父がそこにいる。「指折り数える父」は生きて意思する。生活するものとしての父である。その父は雲雀の囀る野中にいる。自然の中に生活する父である。「指」と「眉間」との存在が、そして「数える」という意思によってかろうじて人間として統一的に浮かび上がってくる。

この連作にあって「父」はすべて「眉間」であって、そこには、曼珠沙華、向日葵、萩が咲き乱れ、秋草が生い茂り、迷路があり、狐火が走り、雪が降り、嵐が吹き荒れる。すなわち広大な原野を内包する世界が、「父の眉間」である。子は父の中の曼珠沙華を摘み、秋野の草を摘み、また「雀る」のである。そのような関係性が存在する。

父は子によって解体されて「陰茎」になり、「眉間」になり、「指」となる。そして再構築されて、子を容れ、花を摘んで遊ばせてくれる大きな器となり、関係性は復活する。

否、事はさほど単純ではない。第十三章「溺れる白馬」にも「父の眉毛・眉間」の連作があり、そこには、

夜の鵙降る父の眉毛の茨沢
父の眉毛の沢を狐が疾走し
父の眉毛の茨林で胸裂かれ
父の眉間の峡谷走る狐火は
父の眉間の辻で野菊を踏み躙る
父の眉間の広い野原で迷いけり
父の眉間の迷路向日葵立ち枯れる
父の眉間の荒野ではらから螢狩り

と、先の連作に対応するような形で、茨に胸を裂かれ、野菊を踏み躙り、向日葵の立ち枯れた広い野原に迷う

父子の関係性が詠まれる。狐の疾走、狐火も、子を惑わすものの象徴なのかも知れない。父への反抗、たたかい、疑惑が渦巻く、といっては言い過ぎか。

和解、信頼性の回復は可能なのか。第十七章「螢火地獄」の連作は次のようである。

父の背を行けども行けども枯葦野
父の背の棚田千枚うねり出す
父の背を五年歩けど暗い畦
父の背の段々畑鋤で打つ
父の背の洗濯板で褌洗う
父の背の枯野の井戸を覗き込む

芭蕉にとって枯野は、現世そのものであったのかも知れない。生きてさ迷ってきた荒涼とした枯野に夢で繋がろうとする。これも執着、と言っていい。西川は、死んだ父親の背中に枯野を見る子を登場させる。葦は茫々として人を埋め、視界を遮る。視界の開けるところから見れば、果てしなく広がり、出口は見えない。

「父の背」は、幼時、自分を守ってくれた城壁であった。自分を育み、遠い開けた世界、人生を望ませてくれた展望台であった。それが今は、視界の閉ざされた、行けども行けども出口のない、枯葦野である。拒絶されているのではない。迷い込み、取り込まれ、逃れられない世界である。父を仲立ちにして繋がる人の世、それは荒涼として果てしない世界である。父と子の関係=家族、は生活という世俗と切り離すことはできない。

棚田、畔、段々畑、洗濯、井戸、と連作には生活そのものが、あるいはその場が詠まれる。父の苦しい生業、それを継ぐ子の逃れられない宿命。「幻想」は現実と切り結び、父と子との生活、世間との関係を照らし出す。それは、父の死を主題とし、それを悲しみながらも、和解、といったような生易しいものとは言えないだろう。

「父の背の洗濯板」には痩せさらばえた餓鬼のような父のイメージがあり、その洗濯板で「褌を洗う」という行為は、父を辱める子の存在を思わせる。ただ、連作「父の背」の後半の句、父の背中の井戸を覗き込む姿には、父の生業と生を引き受ける姿が読み取れる。
第十五章「蜻蛉夜祭」は、父の臨終を詠む。
父の背の穴に詰め込む白い切れ
父さんの肛門に詰め込む白い切れ
父さんの耳鼻に詰め込む白い切れ
父さんの血尿驢馬の背を染めて
父さんもうだめだ背の穴に燕棲む
この連作の前にも、
旅人の背中の穴を数え切れず
など、肉体にあいた穴が詠まれ、続く句にも、
杖で突かれた背中の穴に氷雨降る
など、「杖で突かれた穴」が詠まれるのも、人生に傷つき、死にいたる病にある父、死後の父に関わるのであろう。
連作以外にも「父」の句がたくさんあり、総体的に読み込めば、そこに西川の実の「父」と「幻想の父」が綯い交ぜに存在し、現実世界と幻想世界を行き来し、人間存在の深奥に迫る文学世界が浮かび上がってくる。
第四章は「舌のスコップ」と題される。そこに収められる「父」連作につぎのような句が並ぶ。
父の背の墓石倒す三、四人
悪魔来て舌のスコップを振り回す
村人がさかんにふるう舌のスコップ
父の背の舌のスコップを抜いてくれ
父さんが掘り返される舌のスコップ

父の背に刺さった儘の舌のスコップ

言うまでもなく、「舌のスコップ」は中傷、非難、誹謗の比喩である。「後記」に西川は生まれ育ち、今も住む新城峠について、「新城峠は、芦別市街地区から十数キロ北へ向かって岩石峠を越え、更に山峡の道を進み東のパンケホロナイ山と西のエルムケップ山の狭間に遙かな大雪山系の南東方向へ向けて扇状に展かれた峡谷の頂が新城峠である。峠の麓には今もわずかに農業を営む村落が点在している。」と紹介し、つぎのように続ける。

「この峠の村落は、風光明媚な絶景とは裏腹に地縁血縁が極めて濃厚で異様な人間関係の見えない網が張り巡らされた地獄界である。この村落の村人等の舌のスコップは鋭く研ぎ澄まされていて、弱い立場の人間や倒れ伏した人間の背を容赦なく突く。市議会議員等といった一握りの権力の座に就いた人間には盲従して群がり、警官や教師等、国家の手先には猫撫で声で接するこの村の住人達の習性は、彼等とは逆の立場に居る人間や一言でも村の体制に批判的発言をした人間に対しては集団的に誹謗や悪舌といった舌のスコップを雨降らせ、更には容易に人を殺す讒言がとどめを刺す。例えば他所から嫁いで来た嫁が、村の風習になじめず、しかも若くて能力があり少し器量が良いというだけで既にもう誹謗や讒言の対象だ。嫉妬という近親憎悪の悪魔の火矢は何時でも何処からでも飛んでくる。」

新城峠に自死者が多いことに触れた文脈のなかでの「異様な人間関係」の指摘である。その現われとしての「舌のスコップ」の陰険さを、「風光明媚」な絶景と対比させる。

「舌のスコップ」は、容赦なく父の肉体とこころを突き刺し、穴をあけ、掘り起こす。スコップに突き刺され、掘り返される「父」は実在の父であり、子であり、弱者や他所者、体制に批判的な人たちであろう。とすれば、それは新城峠を越えて日本全体、否、世界に拡がる弱者である。人種、国籍、宗教、思想、肉体的な特徴、その他様々な理由によって、人は様々な場所で、様々に差別され、疎外されている。「スコップの舌」に突き刺されているのは、わたしたちなのである。更に言えば、陰険な「舌のスコップ」の攻撃対象である「弱者」＝被害者は、同時にいつでも加害者になりうる矛盾に満ちた人間の危うさを内包する存在であることをも暗示する。そのような文学的空間が、『幻想詩篇 天使の悪夢九千句』の世界なのかも知れない。

西川文学は、新城峠という閉ざされた地域に根ざして個性的でありながら、その峠を越えた普遍性を獲得し、国境を越える。俳句という形式に立脚しながらそれを越える。そしてその根源に宗教性がある。すなわち、魂の救済、としての文学がそこにある。

ことばの芸術である文学は、誤解によって成り立つ、というようなことを、わたしは言ったり書いたりしてきた。日常的なコミュニケーションの場においても、話者と聞き手の間に完全な一致などありえない。ひとつのことばが喚起するイメージは、話者である甲と聞き手である乙とではズレがある。

わたしは西川の作品を、西川の表現した、と思っていることと、全く別な読み方、意味で読んでいるに違いない。勝手に的外れな想像力を働かせているのかも知れない。しかし、読者は、そのようにして「創作」しているのだ、それが文学の受容だ、と思っている。そのようにしてわたしは西川文学を受け取ってきた。

わたしは青春時代に石川啄木に触れ、啄木研究に半生を費やした。啄木に触れ、啄木調の歌を作り、現代俳句作家となった西川徹郎と、恐らく全く違う資質でありながら、いくつかの共通点を持つものとして、この文章を綴らせてもらった。

　風の旅人よ集まれ新城峠大學

という呼びかけに誘われて、校門を覗いてみた。入学は許されそうもない。

◆堀江信男　ほりえ・のぶお＝一九三八年茨城県生まれ。日本近代文学研究家・文芸評論家。立教大学大学院修了。茨城キリスト教大学名誉教授。日本文藝家協会会員。著書に『石川啄木論考』、『高村光太郎論』ほか。水戸市在住。

東出 白夜

極北の阿修羅——懸路を行く旅人、或いは嵐の渡しの如く

1

去年(二〇一三年)の夏の初めに私の東京の事務所に分厚く重い書籍がどしりと届いた。それは、あの〈知の巨人〉吉本隆明が「文学の可能性の極北に挑む詩人」と称んだ現代俳句作家で、西川徹真という僧名を持つ真宗学者としても知られる西川徹郎の作家生活五十年を記念して刊行された『幻想詩篇 天使の悪夢九千句』(二〇一三年六月・茜屋書店)という一冊だった。私はこの作品集を開くや忽ち大海の潮のような詩心のうねりを感じて驚き、いつしかこの書の詩海とともに暑い夏の日夜を過ごし、やがて街路の銀杏の木の葉の降りしきる晩秋を越え、遂には今年の梅の季節を迎えてしまった。

私は印度哲学史と日本近代文学史を専攻し特に今は大乗経典の研究を職務とする関係から真宗学者西川徹真については以前から名前も知り、論文も読んでいる。例えば『日本仏教文化論叢』下巻(一九九八年・永田文昌堂)の収載論文「小林一茶と浄土真宗」や『蓮師教学研究』第三号(一九九七年・探究社)の「三十一文字の聖教—蓮如上人の御詠歌について」等、最近では『弥陀久遠義の研究』(二〇一一年・黎明學舍/茜屋書店)等の『教行信証』についての研究論文が多いことで知られる。『方丈記』成立後八〇〇年の記念出版とも言うべき『方丈記と鴨長明』(二〇一二年・勉誠出版)の西川徹郎の名前で書かれた「念仏者鴨長明—不請阿弥陀仏論」は先行論文を寄せ付けず、斬新で話題となった。法然の説法を聞いた鴨長明の佛弟子蓮胤としての立ち姿と『方丈記』成立後八百年間、未解明の儘に最大の難問とされてきた「不請阿弥陀仏」の意味が学術的に初めて解明された

のである。

前衛的な俳句作家西川徹郎の名前は以前より仄聞していたが、長い間私は、西川徹真と西川徹郎の両者が同一人であるという事実を知らなかった。それを知ることになったのは、私の住む近所にアトリエを持つ、かつてはシンガーソングライターとして一世を風靡したＴ画伯に依る。Ｔ画伯は実によく西川徹郎を知る読者の一人で、以前に渋谷や札幌でのコンサートで開幕前の楽屋で何度か会い、西川徹郎と一緒の写真や手紙も何度か貰ったことがあるというのが彼の一番の自慢だ。彼は沢山の西川徹郎の著作や関連本を所蔵しているばかりか、西川俳句を何句も暗誦していて、会う度に私に聞かせてくれる。

実を言えば私自身も全くの偶然だが十四、五年程前に、ある夏の日、銀座で催された某作家の集会で現代俳句作家として紹介された西川徹郎に会ったことがある。勿論、その時も西川徹郎が真宗学者西川徹真であるという事実を知らずにである。その折の彼の頭を深く下げる独特の挨拶の仕方や折り目正しい清潔な立ち姿、丁寧な言葉遣いや礼儀正しさ、その時彼が語った旭川市の北辺に聳えるという大雪山系の白銀の姿や市内を流れる石狩川や並木道のことなどが、噎せ返るような真夏の夕のその場のいっときの清流のように感じられ、いつまでも彼の言葉と立ち姿が私の心に残った。その後、私の元に彼の著作や彼が発行する個人文芸誌「銀河系つうしん」、あるいは彼について書かれた評論集等が送られてくるようになった。いつしか私は西川徹郎という詩人が創り出すかつて見たこともない、想像だにすることさえ出来ない、超現実的なイメージや遠近法を逆立させた物象の不思議な詩的光景や、幻想的に燦めく詩句が星座のように散りばめられた「実存俳句」の世界に魅了され、私もＴ画伯と同じように言語芸術家としての西川徹郎をよく識る読者の一人となった。

２

吉本隆明は西川徹郎について初めて書いた論文「西川徹郎さんの俳句」（『西川徹郎の世界』「秋桜COSMOS別冊」、一九八八年・秋桜発行所）の中で西川徹郎を「俳句の詩人」と称んでいる。西川徹郎の詩的営為の深い意味を読者に知らせる為に吉本隆明が用意したこの言葉は、西川徹郎という詩的存在を、世界文学の大海へと赴かせる詩志の帆舟ではなかったか。つまり吉本隆明が彼をそう称んだ時、既にこの「俳句の詩人」西川徹郎は日本の俳壇や日本の詩歌といったローカルな一握りの狭小世界から離脱し、既にして〈世界文学〉という文学と思想と哲学の遙遠な波打つ大海へ向けた嵐の航海の詩志の帆柱を高々と挙げていたのである。この詩人は既にして正岡子規や高浜虚子、或いは種田山頭火や赤尾兜子、高柳重信、金子兜太などといった近現代の俳人を大きく脚下に見下ろし、或いは石川啄木や宮沢賢治といった詩人歌人たちの詩世界をも超え出て、杜甫や李白やランボー、ボードレール、アポリネール等といった世界の詩人や作家等の文学世界をも白く羽ばたく翼の下に見る広大な文学宇宙を現出し、未だかつて誰人も見たことのない〈世界文学の奇跡〉、かつてあの寺山修司が夢見た「十七音の銀河系」を獲得していたのではなかったか。吉本隆明はこの詩人の十代の少年期の作品を多数含む第一句集『無灯艦隊』や『瞳孔祭』『家族の肖像』等にただならぬ詩志の翼を感得したからこそ、日本の詩歌史の並みいる詩人たちの中から彼を唯一「俳句の詩人」と命名し称んだことは疑いない。私が本論の序めに殊更にこの事実を言挙げするのは、吉本隆明のこの命名は西川徹郎が提唱する「実存俳句」や「世界文学としての俳句」「十七文字(音)の世界文学」を考えるうえで極めて重要なタームと思われるからだ。

偶々現在『吉本隆明全集』(晶文社)が刊行中だが、その刊行を伝える「東京新聞」(二〇一四年四月十二日付)紙上で西川徹郎をよく識る哲学者鷲田小彌太(札幌大学名誉教授)が、吉本隆明を次のように紹介している。

「吉本抜きに、戦後日本の思想は語ることができません。しかも、十八世紀はイギリスのヒューム、一九世紀はドイツのヘーゲルが世界標準でしたが、二十世紀後半と二十一世紀は吉本が世界標準なのです。この時期、吉本と比肩する仕事をした人は、世界にまだいません」

此処で鷲田は思想家吉本隆明を「世界標準」という言葉で紹介している。「世界標準」とは解り易く云えば吉本隆明の思想が世界思想の判定基準であり、吉本隆明が世界思想の基本となるべき普遍的思想家であるということだ。

この「世界標準」という言葉を以て吉本隆明が西川徹郎を称んだ「俳句の詩人」という命名について思量す

る時、「実存俳句」を主体とした西川文学の世界的視野や領空が見えてくる。詩人でかつ批評家として厳密に選別された言語しか使うことのない吉本隆明が、例えば中世の歌人の誰彼を「和歌の詩人」とか、江戸の浮世絵の作者を「浮世絵の詩人」等と呼んだといった例は存在しない。吉本隆明は大雪山系に連なる極北の峠、新城峠に住む未見の一人の俳句作者を「俳句の詩人」と称え、更にその詩人の少年期の十七音の詩性の中に未だ誰一人として予見すらすることの出来なかった未知未見の文学の可能性の極北を見出したのである。吉本隆明はこの時、この少年詩人の中に屹立した詩的存在性と思惟的存在性とを見出し、その存在宇宙の巨大性と尖鋭性と衝撃性に衝き動かされ、世界思想の極北に立って世界文学の反り立つ北壁に挑む阿修羅の如きこの少年詩人と対峙し、彼を唯一「俳句の詩人」と命名し、そう称んだのである。

九千句書き下ろしという前代未聞の先人未踏の銀河に沿いつつ歩む遠く遙かな果てしなき漂泊の旅の如き詩篇が『幻想詩篇　天使の悪夢九千句』(二〇一三年・茜屋書店)である。全句集や全詩集等ならいざ知らず一作品集でこのような厖大なたゆたう詩海の群青の波濤を私はかつて知らない。

冬の鳥奈落の空を低く飛ぶ
魔界のように雪降りしきる峠町
いのち尽き果ててから読む『いのちの初夜』
月の出まであと少しさよならさようなら
父の背骨の谷川うねりつつ流れ
悪魔の便りを開く桜の木の下で
河童の死体流れてくる褌洗っておれば
奈落の人も凧揚げている月夜
骨鳴らし空飛ぶ北國の彼方まで
さよならに狎れきった舌がさよなら

桜の森のうねりに驚く父を埋めに来て
寺町晩秋マネキンは眼に血を湛え
小学生を返して下さいうねる稗
縊死の垂直感を教える山の桃
ゆめさめるまで月の食事をして過ごす
竹林歩きいつしか鹿となる姉妹
桜散る未だ揺れている縊死の縄
戸袋の中の峠を燐寸で照らす
父を咥えた鶏三羽歩きおり
仏壇の中を三年放浪し
哀しみが多すぎて月夜に育つ耳
ハンケチが遠くて瞼は月夜の津波
三日月は湖底で叫ぶ白い鶴
隣人を三日月で刺しつらぬくか
白い月桜の町で堕胎して
桜の國の果てまで縄で連れられて
曙や汽車の便所で子を産み落とし
淋しさに鶴の脚折る弟よ
鬼房を遠野の駅で待ち侘びる
白魚よりも細い月浮く北の駅
死へ急ぐ父白髪靡かせ馬のよう

遠雪崩白い別れでありしかな

西川徹郎の俳句文学の主題は季語季題ではない。それは十七文字を以て「人間の総体・生の全体性」を貫く「実存俳句」の精華であり、この詩篇の出現はおそらく世界文学史に前例無き特筆の事件であろう。国際比較文学者千葉宣一（中国・北京社会科学院名誉教授）が「世界文学史の奇蹟」とこの句集を讃えたと伝え聞く。だがこの奇蹟的な作品集が産出される素地は既に二〇〇三年刊行の書き下ろし第十三句集『銀河小學校』（二〇〇三年・沖積舎）に内在していたことを指摘しておこう。この句集は、『西川徹郎全句集』（全十二句集総五三三八句収録、二〇〇〇年・沖積舎）刊行後の一年六ヶ月間に書き下ろした五〇九一句を以て一巻とする、これまた壮大な奇蹟的な銀河の言語芸術だ。私に言わせれば、この第十三句集『銀河小學校』は既にして「世界文学史の奇蹟」であったのである。

小學校の階段銀河が瀧のよう　（二〇〇三年・『銀河小學校』）

文学の奇蹟とは何かを知らぬ凡庸の学徒である我々は、眼前を高速で疾走し一瞬に過ぎ去るこの阿修羅の詩人の影に目を遣るばかりだが、しかしながら「世界文学史の奇蹟」に拘り更に細密にその淵源を考えるならば、社会派推理作家森村誠一が芭蕉の〈蕉句〉に比肩させ、〈凄句〉と命名した西川徹郎の第一句集『無灯艦隊』（編者註・一九七四年初版、一九八六年『定本 無灯艦隊』冬青社、二〇〇七年『決定版 無灯艦隊─十代作品集』沖積舎）に収録された彼の十代の日の俳句作品全体が既にして「世界文学史の奇蹟」と讃えられるべきであり、「十七音の銀河系」にほかならぬ。

3

『幻想詩篇 天使の悪夢九千句』の扉の裏に、小さな活字で次の一行が記されている。

「銀河の何処か見知らぬ星に自分と同じ人間が必ず住んでいると信じて、私は十代の日々を過ごした。」

私は先ずこの一行の言葉に驚嘆し、この詩人の詩的幻想の壮絶さに打ちのめされたまま数カ月を過ごした。十代の少年詩人西川徹郎が極北の無灯の峠の頂より眼を覆うような恐ろしきばかりの強烈な銀河の輝きを仰ぎ見、その無限の時空をつなぐ星月を人生の光として生をつなぎ、十七文字の超絶の詩を書き続けてきた〈永遠の夭折者〉であったことを物語る。この〈永遠の夭折者〉という言葉は、二〇一〇年に西川徹郎の作家生活五十年を記念して刊行された『西川徹郎青春歌集―十代作品集』（茜屋書店）の斎藤冬海の解説「「西川徹郎青春歌集」解説＊少女ポラリス」の中で初めて紹介された西川徹郎自身の言葉である。

「少年詩人とは永遠の彷徨者・永遠の詩の探究者・永遠の夭折者のことである。」（「創作ノート」）

極北の峠に一人立つ永遠の少年詩人西川徹郎が語る〈永遠の夭折者〉とは何か。十代の日に漆黒の峠に立つ西川徹郎と遠く彼方の銀河系の見知らぬ星に必ず住むというもう一人の西川徹郎とがともに無限の時空を超えて生を問い、生を答うというこの果てしなき詩的幻想の永遠性を生き続けてきた世界でただ一人の詩人が西川徹郎であろう。〈永遠の夭折者〉とはこのような詩人をのみいう言葉なのである。

4

本稿の執筆に関して本書の編纂委員会の委員の一人と幾度か電話等でのやり取りを行ったが、その中で耳を疑うような驚く事柄を知った。日本俳壇の代表作家の一人として突出した筆力や活動を見せる西川徹郎に対する妬み嫉みに起因して西川徹郎の文学活動や文学館活動への妨害を企む徒党を組んだ俳人等による情報操作がある。例えば高校一、二年の頃に作った西川徹郎の初期の代表作「不眠症に落葉が魚になっている」の創作上の言語「不眠症に」を以って、それが実生活の言葉であるかのように解説し、それ以降も今日まで〈続けて〉「不眠症に罹ったまま」俳句を書き続けている病的人物であるかのような悪印象を読者に与える為に所謂「為にする」文脈を意図的に創り出した悪意の文章を某同人誌で見た。このような讒言が如何に卑劣であるかは論ずるまでもなく、文学者として最も恥ずべき許し難き悪行である。これらの証拠物件は既に編纂委員会に確保され、司法への手続きもいとわないとその委員は私に語った。その外にも以前から結社的俳句グループを先導して情報操作し、文学館活動への妨害を企てる関西地区の仏教系の某私立大学に勤務する俳人や、作家論の形態を取りつつその実は誹謗と恫喝によって西川徹郎の文学活動と文學館活動への妨害を目的として書かれた北海道在住の某歌人による長大な文章等が実在することも私は知った。

　十数年前に近代文学研究会の会合で茨城在住の詩人櫻井琢巳氏と会ったことがある。その折、櫻井氏は、西川徹郎の個人誌「銀河系つうしん」に西川徹郎論を連載中に見知らぬ人物から嫌がらせや強圧的な文書が届き、驚いたと語っていたことが思い出される。櫻井氏はその事を没後刊行された彼の絶筆とも言うべき畢生の書『世界詩としての俳句―西川徹郎論』（初版二〇〇三年／「ちゅうせき叢書27」として二〇〇五年再版・沖積舎）の最終部で次のように書き遺している。

　「西川の内部にすぐれた芸術的、革命的な血がながれているということが、われわれの最も深い関心と誇りである。その西川俳句を押しつぶそうとして、遠くから打っていた野蛮人たちのタムタムの太鼓の音が、次第に近づいてきたようだ。西川俳句はそれに対して、改めて抵抗の砲身を据えなければならないだろう。〈実存俳句〉として日本思想史の重大な問題をひきづりながら、西川俳句はいま、『古今集』的な美意識をつきぬけてそびえる一連の高い峰としてわれわれの前に立つ」

　今日の現代俳句や短歌の世界で行われていることは、実に驚くべきことだ。作家個人に対するのみならず、その作家について書く論者に対してまで蛮行が及んでいたという恐るべき事実が此所に在る。櫻井氏と会ったのは私は一度切りだが、櫻井氏は礼節を具えた真摯な人だった。その櫻井氏が「西川俳句を押しつぶそうとして（中略）野蛮人たちのタムタムの太鼓の音が、次第に近付いてきた」という表現で、自身の絶筆の書の中で西川徹郎の作家活動を妨害し阻止することを企む「野蛮人」たちの集団的蛮行が実在することを後世の読者に伝えようとしたのである。

　集団的と云えば、かつて俳人角川春樹氏の俳句活動を阻止する為に、偶々某事件の被疑者の立場に在った角川氏が獄中で作った俳句を特別作品として掲載した雑誌の編集部へ現代俳句協会青年部が主導して署名活動を行い、協会内外の俳人一〇四名が連名で抗議文書を郵送したという事件がある。彼等のこの事件を西川徹郎は個人誌「銀河系つうしん」第十六号（一九九六年三月十五日・黎明舎／茜屋書店）の後記「黎明通信」No.16で批判し彼らを厳しく難じた。西川徹郎のこの批判は「東京新聞」（一九九六年四月四日付、「中日新聞」と共同）のコラム「大波小波」欄で紹介された。それは組織と集団の力で、対向する一人の俳人の作家活動を阻止しようとする愚劣な悪行が文明国と謂われるわが国で現代の俳人等の連名の下に行われたという事実を伝え、同時にそれを個人誌でただ一人正論を以て非難し排斥した西川徹郎を「極北の阿修羅の詩人」と呼んで、その勇気と正義を讃える内容だった。この記事を私は偶々、東京・神田の事務所で読んで、西川徹郎が一人で集団的な彼らの悪行を排斥したという事実を知って胸を撫で下ろし、同時に現代俳壇の裏側で行われた恐るべき悪霊や悪鬼の跋扈を知って震撼とし、堕ちる所まで堕ちた現代の俳句界の荒廃した光景を知って身の毛のよだつ思いを禁じ得なかった。

5

「表現者は独立者であらねばならぬ」というのが、西川徹郎が常に語る基本的立場で彼の五十年に及ぶ作家活動の不変の思想である。彼が主張し書き続けてきた俳句は「反季（反季語反季題）・反定型・反結社主義」を貫く「反定型の定型詩」であり、内発的な口語で書く「実存俳句」の思想である。彼のいう反結社主義とは「反結社」ではなく、あくまで反「結社主義」（傍点筆者）である。これを誤ってはならない。西川徹郎はあくまでも俳句界の「結社主義」を否定し、一人の詩人、一人の表現者として、国家やイデオロギーや体制や組織やあらゆる既成の思想やあらゆる権力的支配からも独立し、〈表現者即独立者〉として現代の日本文学の巌頭に立つ一人の詩人として半世紀をたたかい抜いて来た。西川徹郎のこの〈独立者の思想〉を間違っても「孤立」とか「孤絶」とかに誤って語ってはならない。〈独立〉と〈孤立〉や〈孤絶〉では全く意味する所の異なる言語であるからだ。西川徹郎は孤立どころか紛れもなく現代の日本文学界に於て否定しようもなく、現代俳句の第一人者であり、事実としての日本俳壇の第一人者である。彼はけして俳句結社やその集合体としての協会や連盟等には関わらず、俳句界の結社主義や組織の横行を否定し、何時何処に於ても「独立者」としての立場を貫き、個人編集誌「銀河系通信」（創刊一九八四年六月・黎明舎／茜屋書店）を発行し続けてきた。この「個人編集誌」

という在り方は、西川徹郎の言に依れば、吉本隆明の「試行」や、かつて北川透が発行し幾度が西川徹郎も寄稿した「あんかるわ」等と同じく、あらゆる思想や体制から自立し、一切の他者の関与を否定し、独立した思想に基づき発行される雑誌とのことだ。

結社主義に汚染された現代の俳句の世界の和歌的季語季題の観念的な言語遊戯に溺れて振り返ることのない俳人等には、西川徹郎の〈表現者即独立者〉の反抗の文学精神が理解出来ないのは当然の事柄なのであろう。

6

それにしても西川徹郎の圧倒的な詩的エネルギーや作家としてのバイタリティの発源元は何処にあるのだろうか。これを知る為に先ず斎藤冬海編「西川徹郎年譜」（『西川徹郎全句集』所収、二〇〇〇年・沖積舎）を辿ってみたい。

西川徹郎は八歳のころ、凡そ四ヶ月休学し自宅療養したとある。その際、庫裡の彼の部屋の襖や屏風には、祖父の太く力強い毛筆で揮毫された芭蕉や一茶等の発句、親鸞の『教行信証』等の文句が書き連ねられていたという。幼年の西川は「病床の日々をこの発句や聖教の文句を暗誦しつつ過ごした」とある。

『教行信証』とは、世界宗教の一つ浄土真宗を開いた親鸞が著述したわが国の国宝文献『顕淨土真実教行証文類』（『教行信証』）全六巻の事である。この書は疑いなくわが国が世界に誇る膨大な東洋思想の集成であり、その極致である。『教行信証研究』（黎明學舎／茜屋書店）編集発行人である真宗学者西川徹真は、西本願寺の学問僧の最高学位「本願寺司教」請求論文として書かれた一千枚を要約し『弥陀久遠義の研究』（二〇〇一年・黎明學舎／茜屋書店）を始めとして今日迄に発表された論文は何れも学界での注目を集めてきた。又松尾芭蕉や小林一茶の作品も世界で唯一のわが国独自の俳諧文芸であり、江戸期の日本文学を代表するものだ。西川徹郎は驚くべきことに、何とそれらを未だ十歳に満たない八、九歳の幼年期に既に暗誦していたとのことだ。西川徹郎の「祖父」とは北海道開教期の代表的僧侶で、西本願寺では声明・勤式の指導者として務め、北海道では随一の布教使として夙に有名な正信寺開基住職西川證信（一八八九―六三）の事である。西川徹郎は幼少期に、その證信が恐らく漢文のまま揮毫したであろう『教行信証』の文句や、俳諧の発句を次々と暗誦し、幼年の心の中にくきやかにそれらを植えつけていったというのである。このこと自体が、私には俳句の詩人西川徹郎の全く驚くべき幼年の生育歴であると思われる。このような事実は既に日本の文学史上に希有の事柄であり、他に私は聞いたことがない。これはまさしく西川徹郎という〈少年詩人〉、というよりも、〈幼年詩人〉とも称ぶべき驚愕的な、天与の詩与の出生譚の第一ページを鮮やかに形成するものと言ってよいだろう。

西川徹郎の少年期の作品を抄出してみる。

京都の橋は肋骨よりもそり返る　『無灯艦隊』(一九七四年・粒発行所)

黒い峠ありわが花嫁は剃刀咥え

海女が沖より引きずり上げる無灯艦隊　『決定版　無灯艦隊──十代作品集』(二〇〇七年・沖積舎)

無数の蝶に食べられている渚町

食器持って集まれ脳髄の白い木　『家族の肖像』(一九八四年・沖積舎)

祭あと毛がわあわあと山に

西川徹郎が三十歳前後に書いた第三句集『家族の肖像』に詩人でシュルレアリスムに詳しい美術評論家鶴岡善久が栞文を寄稿し、「祭あと毛がわあわあと山に」について「従来の新興俳句、前衛俳句がついに到達しえなかった一極地をこの句は占めている」と西川俳句の「幻想のリアリティ」を最大級に絶賛する文章を読んだ。だが、西川徹郎の第一句集『無灯艦隊』搭艦の十代の句がすでに〈幻想の現実〉を湛え、超現実的なイメージに満ち溢れた十七音の世界文学であり、既にシュルレアリスムを超えた言語芸術であることは疑いない。「神奈川大学評論」の創刊以来の編集専門委員である文芸評論家小林孝吉が東京・千代田のアソシエ21学術思想講座の「銀河の光　修羅の闇　西川徹郎の俳句宇宙」と題された講演(編者註・二〇〇六年四月十一日、於・アソシエ21ホール/講演録は二〇〇六年八月二十五日黎明舎/茜屋書店「銀河系通信」第十九号)で語るごとく、西川徹郎の俳句文学が近現代の日本の文学史に類例が絶無で彼の十代の俳句がすでに「世界文学」であるというのである。

作家として高名な森村誠一がこれらの句を芭蕉の〈蕉句〉に比肩する〈凄句〉と呼び、『無灯艦隊』を始めとした西川文学を「日本の文学遺産」と称えた聞く。このように具眼の士には一様に西川文学の独自性とその強烈なリアリティが驚愕を誘うのである。

初恋の君と別れて来し日より歯磨き粉の匂ひして雪降っている
初恋の傷みに堪えて月の出を見てゐる大きな月出でたれば
月の出を待つが如くに君を待つ君影の花匂う喫茶店
賀茂川へ幻の君を連れあるく夕陽に映える南座の旗
空知川の岸辺の町に君住むやそこはかとなき水の青さよ

（『西川徹郎青春歌集―十代作品集』二〇一〇年・茜屋書店）

又十代に書かれた哀切極まる彼の短歌は、森村誠一をして〈凄歌〉と呼ばせしめた。西川徹郎の文学が少年期(十代)に於いて、類例のない独自の出立を遂げた未曾有の文学であることは、文芸評論家小笠原賢二の作家論『極北の詩精神―西川徹郎論』（二〇〇四年・茜屋書店)が詳説する所である。小笠原賢二も同著で西川文学の源泉は、祖父證信の力強い毛筆で揮毫された『教行信証』や発句等を病床で読んだ幼年の日の体験に在ったと述べる。小林孝吉の講演録や森村誠一の言説、さらに小笠原賢二の論文に由って、私たちは、幼少期に親鸞の言葉や芭蕉・一茶の句を暗誦し、それを唯一の心の友心の燈として病弱と苦難の幼少期をのり越えた一人の少年が、やがて〈十七文字の世界文学〉という壮大な、文学表現の極北に挑む阿修羅の詩人となって、半世紀の歳月をたたかい抜いて来たという西川徹郎の未曾有の出立譚を識ることになったのである。

7

『口語俳句年鑑』（二〇一三年版・口語俳句協会）に西川徹郎の巻頭言「新興俳句の詩精神は死なない―世界詩・世界文学としての俳句の源泉」が掲載されている。この中に現在の彼の俳句思想の総てが在るように思う。

「日本人にしか通用しない季語季題や文語を根拠とする限り、俳句が世界詩・世界文学となることは遂にない。世界詩・世界文学としての俳句は、人間の総体・生の全体性を主題とする口語俳句に拠らなければならない。戦前・戦中の新興俳句運動を俳句表現史や思想史の視点でみるならば、世界詩・世界文学としての俳句の源泉が新興俳句であった。

水枕ガバリと寒い海がある　　三鬼
銃後と言ふ不思議な町を丘で見た　　白泉
繃帯を巻かれ巨大な兵となる　　白泉
降る雪に胸飾られて捕へらる　　不死男
地の涯に倖せありと来しが　雪　　源二
蝶墜ちて大音響の結氷期　　赤黄男

冨澤赤黄男が「現在は俳句の隆盛時ではなく、危機なのだ」（雄鶏日記）と述べるように其処では危機としての俳句形式がかつてない光輝を放って起立している。人間が挫折に依って自己の存在を経験することと同じく、新興俳句は表現の危機と挫折の体験に於いて俳句形式を自覚し、その必然として口語俳句を発生させた。口語とは単に話し言葉ではない。生活者の内奥の言語であり、実存の声無き声である。私たちはその淵源と嚆矢を既に芭蕉の「塚も動けわが哭く声は秋の風」「旅に病で夢は枯野をかけ廻る」等に見てきた。

新興俳句は戦中の所謂新興俳句弾圧事件によって終滅したという説があるが、それは誤りである。私たちは確かにその弾圧事件により俳句定型に国家の意思が流れていることを目の当たりにし、断筆や転向を余儀なくされた人も実在したことを知っている。しかし新興俳句が経験した圧倒的な権力の前に立つ言語、危機としての俳句形式が放つ新興俳句の詩精神は死せず、それは戦後の俳句に源泉の如く湛え、伏流となって戦後を貫き、現代に到ったのだ。虚子と闘い俳句における人間主義を唱えた田中波月の「主流」、巣鴨の牢を出た後北海道の原野へ渡って口語俳句を伝え「氷原帯」を創刊した細谷源二、市川一男・まつもとかずや等の「口語俳句」や、「青玄」の伊丹三樹彦等の真摯で緻密な活動も忘れてはならない。彼等新興俳句の改革の詩志を受け継ぐ詩精神は、今に十七文字の世界文学を開拓し世界詩・世界文学としての俳句を出現させる契機となった。」

（「俳句原点」第一三八号『口語俳句年鑑二〇一三』「特集・新興俳句の再吟味」巻頭言、二〇一四十年・口語俳句協会）

中学時代から石川啄木や宮沢賢治などの詩歌に親しんできた西川徹郎は、『西川徹郎全句集』（二〇〇〇年・沖積舎）巻末の「西川徹郎年譜」に拠れば、芦別高校に入学後、俳句に専心して新興俳句の細谷源二が発行する「氷原帯」に入会して作品を発表し、間もなく細谷源二や星野一郎等の推薦で「氷原帯」新人賞を受賞して高校生俳人として俳壇にデビュー。細谷源二や星野一郎、あるいは評論家として知られた中村還一等から「天才詩人」と讃えられた。高校時代に既に種田山頭火や尾崎方哉等の俳句も読んでいたと思われるが、「氷原帯」で細谷源二や星野一郎の口語俳句を知ったことが「口語俳句」の魅力を知る直接的な契機となった。

龍谷大学に進学した西川徹郎は、学生運動の残塵が立ち籠める学内や学生寮の雰囲気に馴染めず、講義にも出ず学生寮の一室で俳句を書くか、作品ノートを手にして東山界隈の古寺を巡って日を過ごしたという。その頃の詩的体験については、哲学者梅原猛をして「ボードレールの散文詩を思わせる」と絶賛の弁を吐かしめた名著であるエッセイ集『無灯艦隊ノート』（一九九七年・蝸牛舎）や『西川徹郎青春歌集―十代作品集』（二〇一〇年・茜屋書店）の斎藤冬海の解説「「西川徹郎青春歌集」解説＊少女ポラリス」に詳述されている。

西川徹郎は二十一世紀の冒頭、二〇〇一年に「國文學」（學燈社）七月号に「反俳句の視座―実存俳句を書く」を発表する。その論文の中で自らの俳句を「実存俳句」と称して、それは「口語で書く」俳句にこそ可能だと主張した。この西川論文は人間を統率する国家の意志と、それに反抗すべき詩人の詩精神の有り方を述べたもので、前者は和歌伝統の美意識を継承する文語定型の俳句、後者は人間の〈実存〉を書く口語俳句であり、実存俳句の思想が唯一口語で書く俳句の根拠を示すものであるというのである。

この論文を読んだ島田市在住の口語俳句協会幹事長田中陽は感動に衝き動かされ、西川徹郎に幾度も書簡を送って屈請し、第五十回口語俳句協会全国大会（会場・島田市大井神社宮美殿講堂／二〇〇五年十月十六日）の記念講演の特別講師として西川徹郎の来島を懇請したと伝え聞く。この時の講演「口語で書く俳句―実存俳句の思想」の全記録は、七二二頁の分厚い西川徹郎の個人編集誌『銀河系通信』第十九号(前出)に収録されている。

この講演は、口語俳句の根拠を芭蕉の辞世句を挙げて示しつつ自らの実存俳句の思想を語るという内容もさることながら、俳句作家西川徹郎を初めて拝顔し肉声を聞こうと各地から集った満館の聴衆を魅了したのは、浄土真宗本願寺派の布教使として幾度も京都・七条堀川の大伽藍西本願寺の本堂に立ち、如来の願力による苦者の救済を説き、満堂の聴衆を残さず皆感涙させてきたという彼の瑠璃のように耀く張りつめた声調と独特の抑揚を駆使した語りぶりは、今もその場で講演を聴いた俳人たちの誰彼が集まれば必ず話題として語り出すのだと、西川徹郎の些細な事柄までよく識るT画伯は私に教えてくれた。更にT画伯はこの時の西川徹郎の講演は、作家小川国夫が講師を務めた同協会の第三十四回大会の折の講演「私の俳句観」(『俳句原点』第五十二号所収)と共に名講演の一つとして語り継がれているのだ、とも言葉を添えた。

「銀河系通信」第十九号(黎明舎/茜屋書店)の講演録に依れば、西川徹郎は、この講演の中で松尾芭蕉辞世の「旅に病で夢は枯野をかけ廻る」について、

「〈旅に病(ん)で〉と一字はみ出した口語表現の中に、俳諧の付句と連衆を否定し、俳諧連歌の共同性を断ち切って、一句独立の言語宇宙を独創せんとした松尾芭蕉の、あくまでも一人の詩人、一人の表現者、一人の漂泊者としての実存が垣間見える」「この芭蕉の辞世の一句こそ、わが国の文学史に於いて、口語で書かれた俳句の嚆矢であり、それはまさしく俳聖松尾芭蕉に於ける『実存俳句宣言』であった。」

と述べ、更に芭蕉がこの辞世句に先立つ十四日前の作と伝えられる

此の道や行く人なしに秋の暮

を挙げた西川は、あくまで芭蕉自身の実存に自らの実存俳句の思想を重ね合わせ、講演を結んだのである。

この講演は、前記した如く學燈社の「國文學」掲載の論文「反俳句の視座―実存俳句を書く」に基づくものだ。この論文は近現代の俳句史の中で見失われていた「口語俳句」の根拠と思想を明確にし、「口語で俳句を

書く」ことの本質的意義を俳句史上初めて人間の〈実存〉の上に見出し樹立した歴史的論文である。芭蕉の辞世句へ遡りつつ小林一茶の口語句、更に「俳句形式の危機」として新興俳句の本質を明かして近現代の俳句の普遍的意義を明確にし、「口語俳句」のみならず、広く現代俳句の存在理由をも証明する俳句文学史上の金字塔の一つとして聳立している。

此所に至って、私たちは、戦後日本を代表する〈知の巨人〉吉本隆明をして〈俳句の詩人〉〈言語表現の極北に挑む〉詩人と称ばしめ、更には作家森村誠一をして〈凄句〉と称ばしめた詩人・文学者としての彼の本当の恐ろしさと凄さが鮮明になって来たように思われる。

西川徹郎が提唱し書き続けて来た「実存俳句」の〈実存〉とは、あらゆる生あるものの精神の極北であり、生と死の境に際立つ極限の崖(きりぎし)を指し示すものである。つまり西川徹郎が単身で挑み続ける実存俳句という十七文字の文学の極北、生と死の極限の崖(きりぎし)、〈実存〉という表現の詩志と思想の際立つ崖(きりぎし)に於いて彼は、死の床に臥す最晩年の俳聖松尾芭蕉の〈実存〉を胸中に攝取し、彼の辞世句「旅に病で夢は枯野をかけ廻る」を「実存俳句」の嚆矢と定め、その必死必敗の地位から起立し〈十七文字の世界文学〉という世界詩・世界文学の領土へと進む一条の航路を見出したのである。

わが国の近現代の詩歌界に在って他者の追随を許さず、〈世界文学〉へと開かれた尖鋭な表現世界を拓き続ける阿修羅の詩人西川徹郎の実存俳句とは、故に更にいまも世界文学への遠く遙かな海路を進む嵐の中の一艘の筏(いかだ)である。それは一日一夜、一念一刹那たりと休息なく果てしなく続く身を賭した闘いの日々であり、実存の嵐の海に奮い立つただ一人の渡しなのである。

此所に私は世界文学の極北に挑む詩人西川徹郎の凄絶極まる阿修羅の相を見る。この詩人が目指す〈十七文字の世界文学〉とは、譬えば西國取経を目指した三藏玄奘が足擦れ膝撲ち骨挫きつつ歩む底無しの峡谷のそのそそり立つ絶壁の崖(きりぎし)の中腹に一条刻まれた有りや無しやの懸路なのである。その果てしなき一条の懸路を急ぐ旅人の修羅の姿を、荒れ狂う嵐の中の一艘の渡しの姿を、この未曾有の天才とこの地上に於て同時代に生を得た一人として、私たちは自らの眼を見開いたまま一時たりと眼を逸らしてはならぬのである。

■編者註・本論に出てくる西川證信は明治二二年(一八八九年)二月四日福井市生まれ。昭和三八年(一九六三年)四月二十四日没。西川徹郎の祖父で法性山正信寺の開基住職。北海道開教期の代表的本願寺派布教使で聲明・勤式の大家としても著名。西川徹郎のエッセイ集『無灯艦隊ノート』(一九九七年・蝸牛社)には證信に関わる逸話の詳述がある。

◆東出白夜　ひがしで・びゃくや＝一九四六年東京都生まれ。哲学者。印度哲学専攻・日本近代文学史研究。東京大学大学院卒。日本亜細亜仏教文化研究所代表理事。著書『大智度論の哲学』『龍樹と世親』『選択集と教行信証』ほか。東京都在住。

伊丹三樹彦

西川徹郎　讃——その句業に応えて

句業以て満願を成す　徹郎か

具眼の士ありて徹郎の　詩の風土

徹郎に俳句の森や　詞芸の海

徹郎は　想定外の句を續々

徹郎に紙碑林　句碑林　穢土浄土

徹郎句集　成就　白息の数知れず

せめてもの夢に　徹郎文學館

手重（ておも）りの徹郎句集　栞あまた

徹郎の即吟多作　仏手柑

極寒（ごっかん）の風土こそ楯　徹郎句

徹郎の木魚から　詩の破天荒

徹郎のイメージ無限　一行詩

俳句史に句業の喰み出し　徹郎は

句作の鍬以て　開拓の士は徹郎

南北も問わず　徹郎に日本語圏

◆伊丹三樹彦　いたみ・みきひこ＝一九二〇年兵庫県生まれ。俳人。別号　写俳亭。現代俳句協会・俳誌「青群」顧問。日本文藝家協会会員。現代俳句大賞・兵庫県文化賞・神戸新聞文化賞等。句集に『伊丹三樹彦全句集』『知見三部集』、写俳集『ガンガの沐浴』ほか。尼崎市在住。

藤原龍一郎

実存俳句の果てしなき旅――西川徹郎句集『幻想詩篇　天使の悪夢九千句』

全九千句収録という超弩級の一巻。一頁十三句組七百五十四ページが二十章構成、それに「白い渚を行く旅人」と題された十九ページの後記、森村誠一、吉本隆明両氏の西川徹郎論、他に資料篇として、エッセイ「わが文学と親鸞」、著者略歴、主要著作リスト等を含み、全八百六ページの圧倒的な大冊である。

この一巻の正式な題名は『幻想詩篇　天使の悪夢九千句』。まさに、悪夢的な言葉の奔流というほかはない。もっとも、句の数の膨大さだけでいえば、この一つ前の句集『銀河小學校』には五千句の俳句が収められているので、九千句という部分のみに驚く必要はないのかもしれない。

冬の鳥奈落の空を低く飛ぶ
塔の内部の階段月夜だから見える
月夜の家出悪魔と遠く自転車で
産道で出会った悪魔美しき

憂国忌夕の虹が痙攣し

第一章「少年と峠」以下、「青春地獄」「月夜の家出」「舌のスコップ」「剃刀の夢」から、それぞれの冒頭の一句を引用してみた。それぞれの章の句数が、一冊の句集をなすに足るだけのものであるので、一句だけを引いても作者の意図を感受するのは困難かもしれない。しかし、掲出句からも、西川徹郎の俳句の特異さは、受けとめてもらえるだろうと思う。特に一句目の奈落の空を飛ぶ鳥の句は、『天使の悪夢』の冒頭句にもなるだけに、ここから始まる奈落の悪夢的光景を予兆するものとして読んでもよいにちがいない。

二句目以下の「月夜」「悪魔」「痙攣」等の言葉は、九千句の底流をなす象徴的な言葉として捉えるべきだろう。

西川徹郎は自らの俳句を「実存俳句」と定義している。この句集の後記にも、次のような言挙げが記されている。

「本書の集名にあえて〈幻想詩篇〉と銘記したのは、詩性を喪失した現代の俳句に詩性の復権と定型詩としての詩の思想の確立、そして従来の私の俳句思想である〈反定型の定型詩〉〈実存俳句〉論を実際の俳句の上に展開した俳句革命の書であることを宣言せんが為である。読者は此処で遙かなる銀河系の潺（せせらぎ）のごとき俳句形式の音韻を通して、私の心の中に鳴り続けて留まることのない苦海の脈動とたゆたう詩海の遠鳴り、そしてその白い渚を行く旅人の幻影を見ることになるだろう。」

読者はこの作者自身の言葉に身をゆだねて、九千句を読み進むべきなのだろうと思う。そこには読者の感受性の柔軟さ、奥深さも当然反映されることになる。この大冊の句集のどの部分にもっとも刺激され、感銘を受けるかは、まさに千差万別にちがいない。ともあれ、私の感受できた作品に即して、語ってみる。

犬のかたちの夕闇が保育所に紛れ込む

赤子のかたちの夕闇が猛犬に噛みつく

芭蕉も一茶も念仏嬉し夜の法座

悪魔も夜叉も念仏嬉し夜の法座

始めの二句は第十二章「肉体の抽斗」から、次の二句は第十三章「溺れる白馬」からのもの。犬のかたちの夕闇と赤子のかたちの夕闇は、どちらも、黄昏に生じた危険な予兆である。それが保育所という無防備な場所に紛れ込んだり、逆に現実の猛犬に噛み付いたりする異景。この状況はどちらも不安に満ちていて、さらなる惨劇を予感させる。

法話を神妙に聞いている芭蕉と一茶。それは実は悪魔と夜叉かもしれない。これもまた、悪意の氾濫や淫靡な乱れの始まりを感じさせる悪夢的な景である。あえて芭蕉や一茶を登場させたのは、実存俳句への矜恃なのかもしれない。

楓は風に魘され遠い旅に出る
馬小屋の馬は螢に喰われたり
折鶴に折り畳まれて狂い死ぬ
遠野の駅で鬼房を待つ雪虫や
死後二日歌舞練場で舞うお鶴

第十五章の「蜻蛉夜祭」以下、「螢火地獄」「月夜の津波」「雪虫地獄」「雪の遊郭」から、一句ずつ引いた。本当はこのように数句を引いても意味がなく、一章ごとに数百句を呪文かお経のように音読するのが正しいような気もするが、ともかく、これらは心に残る句ではある。

一句目は楓の落葉を「魘され」と因果関係でとらえた妙。二句目は馬を喰う螢という凄絶さの発見。三句目の折鶴は赤尾兜子の「帰り花鶴折るうちに折り殺す」への徹郎流の返歌か。四句目の鬼房はみちのくの俳人佐藤鬼房。西川徹郎の俳句は、初学の頃には兜子や鬼房の影響を必ずや受けているはずである。そして死者が踊る歌舞練場の鬼景。

この句集は西川徹郎の紙碑でも集大成でもない。なぜなら、この九千句の彼方に、実存俳人西川徹郎の鋭い視線は向けられているのにちがいないから。さらなる実存の旅は、けっして終ることはないのだから。

（本論の初出は二〇一四年一月十七日付「週刊読書人」）

◆藤原龍一郎 ふじわら・りゅういちろう＝一九五二年福岡生まれ。歌人。早稲田大学第一文学部文芸科卒。「短歌人」編集人。現代歌人協会理事。日本文藝家協会会員。一九九〇年第三十三回短歌研究新人賞。著書に歌集『東京哀傷歌』、共著『発言集』『リテラリーゴシック・イン・ジャパン』ほか。東京都在住。

五島 高資

夢と現を超克する詩境――西川徹郎句集『幻想詩篇 天使の悪夢九千句』

おおよそ人は夢を生きている。しかし、そのことをほんとうに気づいている人は多くない。もちろん、ここでいう夢とは、睡眠中に見る幻覚というだけの意味ではない。たとえば、豊臣秀吉の辞世と言われる〈露と落ち露と消えにし我が身かな浪速のことも夢のまた夢〉という有名な和歌がある。ほんとうにこれを秀吉が詠んだかどうかは別として、おそらく多くの人に深い共感を抱かせるに足る名吟であることは間違いない。特に「夢のまた夢」という措辞は心憎い。つまり、ここで詠まれた「夢」とは、秀吉の人生そのものであり、しかも、それは過去のものである。しかし、それだけなら単なる懐旧に止まるが、今まさに死を目前として、その生涯を「夢」と捉えた現実の世界もまた「夢」であることを身にしみた秀吉の覚悟にこそこの歌の凄さがある。ここにおいて、私たちは、「夢のまた夢」という、この現実として立ち現れた「現」の本質を目の当たりにすることができるのである。つまり、秀吉においてさえそうであったように、多くは「死」に臨んでこそ「現」と「夢」が同じ次元のもの、あるいは紙一重のものであることに気づかされるのである。もっとも、「露と消えにし」と過去形で詠まれているところを顧みるとこの辞世における詩境はすでに生死を超えたところにあったのかもしれない。

さて、このように考えてきて、西川徹郎第十四句集『幻想詩篇 天使の悪夢九千句』を惟みると、「天使の悪夢」という命題と、それに対して措定される「人間あるいは修羅の現実」という対偶命題とは同じような真理値を有するということをまず確認しておきたい。つまり、「天使の悪夢」という命題の下に展開される膨大な西川徹郎の俳句作品は、確かに幻想詩篇ではあるが、しかし、それは意識的にせよ無意識的にせよ、固定観念化された「俳句観」によって私たちが看過し、あるいは等閑にしてきた「現実」であり、そこからしか見ることが出来ない真の「人間」の世界を垣間見せてくれるのである。ほんとうは「死」に臨んで、あるいは死んでからしか気づくことの出来ない真の「人間」というものを私たちはそこに見出すのである。もちろん、「現」と「夢」という二項対立をも超克する「真実」に根ざした詩境に立ってこそそれは可能となるのではあるが。

ところで、芭蕉は生涯におよそ五百句ほどしか残さなかった。しかし、「平生則ち辞世」と覚悟していたことを考えると、おそらく深大なる詩想を抱いていたであろうことは想像に難くない。死して神と崇められた芭蕉があえて表出することなく封印された「悪夢」を私はこの「天使の悪夢」に彷彿とすると同時に、その中に立ち現れる詩境の高みに、芭蕉以来忘れかけられてきた俳諧精神の深奥を見出すのである。

それでは、西川徹郎が展開する詩境を『幻想詩篇 天使の悪夢九千句』の中に見ていきたいと思う。

まず第一章「少年と峠」と第二章「青春地獄」より、

太陽よ枯葦原を焼き払え

木枕の裂け目から月現れる

題名にある「峠」とは、作者が幼年時代を過ごした北海道芦別市新城峠という産土の地であると同時に、山や森林に囲まれた集落の現実と異界との境界をイメージさせるものがある。狭い地域性に違和感を憶えた少年の鋭い感性は、俳句における詩精神という翼を得てすでに峠の上から「現実」を俯瞰している。「枯葦原」や「木枕」には固陋なる農村社会の陰鬱な影が象徴され、そこからの解放が日月に夢見られている。

縊死続く星座のごとく梨の木咲いて

自殺者が多かったという土地柄に加えて、寺の住職の息子に産まれたという特殊な境遇も相まって、「死」というものが身近にあったことが覗える。

胸倉の沼を首出し立ち泳ぐ

そして、やがて他者の「死」や苦悩を自らのものとして捉えることによって、いっそうその詩精神は研ぎ澄まされていく。「私の文学は悪機を救う法の側には位置しない。その苦悩の地獄から立ち上がり、北壁を越えて生き抜く人間の姿を描き出す」という「実存俳句」への志向を掲句に見て取ることが出来る。

便器洗う遠く地球をかえりみて

太陽系第三惑星の地球を振り返るという宇宙的視座への詩的昇華は、便器を洗うという日常的身体性によって確かなものになっている。現実の明け暮れにおいて、その翼の生えた詩魂はますます「現実」を超脱していく。

しかし、次の第三章「月夜の家出」において、その「魂」は単なる「虚無」に漂わず、しっかりと「魄」と相まって「実存」を裏打ちする詩魂へと研ぎ澄まされる。

月夜の桜並木が肋の中まで続く

まさにこの句に覗われるような夢幻の身体化によって「実存俳句」の成就が確認されるのである。「九相図」の白骨連想を彷彿とさせる光景であるが、その実相を見ることができるのは、白骨化した当人の魂か、あるいはその有様を目撃する他者の視点しかない。しかし、掲句では、生きながらにしてそれが俳句そのものとして表現され、しかも「実存」としての自己がそこに観照されている。

第六章「白馬祭」より、

繃帯の白馬の泪森の湖

白鳥の泪が氷り鈴となる

この句のように、作者の繊細な視線は人間の「意識」のみならず、鳥獣にも通底する「無意識」の領野へと迫る。こうした自然造化への憧憬は、人間界における穢れからの救済へとつながっていくのだと思う。

第八章「祇園の小雪」より、

青竹の中で迷って竹となる

周知のように、芭蕉は「松の事は松に習へ、竹の事は竹に習へ」と言って私意を捨てることを大事とした。さらに言えば、主客一如、物我一如へと向かわなくてはならない。すなわち「以物観物」の境地である。掲句においては、「青竹」に象徴される「色」から「竹」そのものへの詩的昇華は、まさに「色即是空、空即是色」なのだと思う。もっとも、「迷い」という煩悩を経たからこその開悟なのであり、そこにこそ作者の「実存」が確かに立ち現れている。

ひとすじの銀河床屋の剃刀は

まさに剃刀は毛髪のみならず、それに象徴される煩悩を断つ利器と言えるが、間違えれば、人の命を絶つ凶器ともなる。そうした剃刀が持つ多義性を「ひとすじの銀河」という宇宙的高次元へと収斂し詩的昇華させるところに作者の優れた詩境を見る思いがする。

第九章「峠の風祭」より、

人さし指で夕雲集める風祭

紀貫之は大和歌の効用について〈力をも入れずして天地を動かし、目に見えぬ鬼神をもあはれと思わせ(る)〉と喝破したが、まさにここでの詩境はついに神の領域に迫るものがある。また、芭蕉は、〈雲雀より上にやすらふ峠かな〉と詠んだが、西川徹郎における宇宙的高次元の詩境は、ついに夕雲より上にある天使の視座へと翔るのである。

第十章「天使の悪夢」より、

　身のうらへ廻るゆうぐれの林道

　　喉仏を通り無間地獄まで

まさに「天使の悪夢」を象徴する二句である。前者では、例えば、「身のうら」を背中側と捉えて、林道を廻ってちょうど最前の背中側に辿り着いたとするなら、その林道は円環をなして堂々巡りになる。あるいは、「身のうら」を身中と捉えると、「ゆうぐれの林道」が心の細道として身体化された一つの詩境に辿り着く。しかし、いずれにしても、「ゆうぐれ」が暗示する闇の到来によって、その道行は輪廻転生から逃れられない予感がする。そして、後者における「無間地獄」はまさにその行く先の一つを暗示しているように思われる。喉仏は、善悪の差別をもたらす禁断の木の実である「アダムの林檎」を連想させ、二項対立的な固定観念への執着にとらわれた現実社会こそが「無間地獄」そのものであるということを示唆しているような気もする。冒頭で述べたように「天使の悪夢」とは、「人間あるいは修羅の現実」である。しかし、その「夢」と「現」の本質に迫ることなしにそれらの超克はあり得ないのであって、まさに「天使の悪夢」はそうした視点から真の「現代俳句」を切り拓いていると言えるだろう。

第十四章「鬱金の迷宮」より、

　町は灯りつつあり蓮の根の辺り

『維摩経』には、「もし無為を見て正位に入る者は、また阿耨多羅三藐三菩提心を発すること能わず。譬えれば、高原の陸地には蓮華は生ぜず、卑湿の淤泥なれば、すなわちこの華を生ず。かくの如く、無為法を見て正位に入る者は、ついにまた仏法を生ずること能わず。煩悩の泥中にすなわち衆生ありてよく仏法を起こすのみ」と説かれている。「天使の悪夢」すなわち「人間あるいは修羅の現実」、その「卑湿の淤泥」から立ち現れる詩境にこそ真に新しい現代俳句の黎明が兆すのである。

第二十章「雪の遊郭」より、

ほらあれは折れた夜汽車と蓮の幹

現代社会にあっては、近代合理主義あるいはそこにおける閉塞した固定観念、そしてそれらに相まって人々の魂を救済する力を亡くして久しい既存宗教の姿がそれぞれ「夜汽車」と「蓮の幹」に暗示されているように感じられる。しかし、作者は折れた「夜汽車」と「蓮の幹」からいったん離れてそれらを眺める。そして、それらを憂いつつも「淤泥」の中から芽吹いていつかは咲くであろう蓮華の花を夢見ているのである。いや、もうすでに、その精華は「天使の悪夢」の中に咲き乱れているのである。

夢の中は夢もうつつも夢なれば　覚めなば夢もうつつとをしれ　覚鑁

◆五島高資　ごとう・たかとし＝一九六八年長崎生まれ。俳人。医師（医学博士）。自治医科大学大学院卒。日本文藝家協会会員。現代俳句協会会員。九五年現代俳句新人賞・九七年加美俳句大賞スウェーデン賞・二〇〇〇年現代俳句評論賞。著書に句集『海馬』『雷光』『蓬莱紀行』。宇都宮市在住。

皆川　燈

西川徹郎と藤圭子――峠を越えて妹が　藤圭子の自死した秋に

二〇一三年八月、藤圭子が自死した。藤圭子と同い年の私はしばらく言葉がなかった。彼女が「新宿の女」でデビューしたのは一九六九年九月、十八歳のときだった。私はその年の四月に上京したが、大学がロックアウト中で授業は秋まで行われなかった。四畳半のアパートにはラジオしかなかったから、「新宿の女」に続いて、七〇年に「女のブルース」「圭子の夢は夜ひらく」と立て続けに発表された彼女の歌は部屋のラジオで聞いたのだったろうか。あの時代の演歌の中でも彼女のハスキーな歌声は独特で、グッと心をとらえて離さない何かがひそんでいた。

藤圭子の自死の報を聞いてまっさきに私の脳裏に甦ってきたのは、西川徹郎の『無灯艦隊ノート』（一九九七年十二月・蝸牛社）に収められている「太子祭」と題されたエッセイだった。

西川の生家である芦別市新城町の正信寺では、毎夏、境内の一角で太子祭が開かれ、旭川からどさ回りの演劇の一座を招いていたのだという。

「私の高校二、三年生の時の太子祭であった。予定していた演劇の一座がある事情で来られなくなり、急遽浪曲の親子の一座が来たことがある。急しつらえの薄暗い本堂の一角を舞台に六十代の頑強な男が浪曲を、盲目の妻らしい女が屏風の陰で三味線を弾き鳴らした。その後、黒髪の少女がカセットテープに合わせて美空ひばりの演歌を朗々と歌うのであった。深夜、すべての演目が了わって細やかな夜食を庫裏の茶の間で取ってもらった。その時、その親子の熱演に感動した私の父が次年度の来演も頼んだから、二年続けてその親子は寺の本堂で喉を震わせることとなった。「あの人は善い人だな」、男が女に父の事をそう語る声を襖越しに聞いた。「来年はもうこれません」、二年目に男がそう言った。娘が東京からデビューすることになったというのである。

翌年私は京都の大学へ入学したが、ある夜、ラジオから流れてくる藤圭子のだみ声に黒髪のあの不幸せそうな少女の声が甦った。「お兄ちゃん、さようなら」、別れ際に確かにそう言った伏し目がちのあの暗い少女の眼差しを私は思いだしていた。」

少女の藤圭子と少年の西川徹郎は正信寺の庭で出会っていたのだ。

二〇一三年十月に沢木耕太郎の『流星ひとつ』が緊急出版された。この本は一九七九年に藤圭子が引退を決めた当時、著者が彼女に行ったインタビューでつづられている。当時は出版を見合わせていたこの一冊には二十九歳で引退するまでの圭子の思いが率直に語られているが、私は子ども時代に過ごした旭川の話に引きずり込まれた。藤圭子親子は当時、旭川市の神居町に住んでいた。地図で調べると、正信寺のある芦別市新城町と旭川市神居町は新城峠を隔てて向かい合って存在しているではないか。藤圭子は、新城峠を越えて正信寺へとやってきたのだ。

西川の『幻想詩篇 天使の悪夢九千句』（二〇一三年六月・茜屋書店）に揺曳する女性たちに藤圭子の姿が重なった。

西川の魂の惨劇に登場する女性たちの中でも、妹は特異な場所に置かれているような気がする。

鶴の愁いのいもうとたちと月の出待つ　（『無灯艦隊』所収、七四年三月・粒発行所）

さざんかはいま網膜剥離です妹よ　（『家族の肖像』所収、八四年七月・沖積舎）

葉にまみれ葉がまみれいもうとはだか

現代俳句文庫5『西川徹郎句集』（九一年九月・ふらんす堂）に拾われた妹の句は以上の三句といたって少ない。だが、顔が裂けたりはらわたがはみでたりと激しく解体される姉や母に比べると、どこか大切に守られているのがわかる。妹だけは性愛の関係性の時空が異なるかのようだ。

『幻想詩篇 天使の悪夢九千句』をひもといて、妹を訪ねる旅を試みた。

月夜の浦で妹溺れる夢うつつ　（第二章「青春地獄」）

繃帯の妹白馬の背に乗って

妹の瞳の螢火行方知れず

妹の熱が白馬の背を焦がし

妹の華麗な蛇に死が始まり

妹は津軽の白き蝶ならん

妹の涙が螢となって飛ぶ

妹の瞳の海のうねりを泳ぎ切る　（第三章「月夜の家出」）

湖を鳥のように飼う妹よ　（第十章「天使の悪夢」）
鶴ほど痩せた妹と心中したくなる
妹を咥えた翡翠の湖の神　（第十一章「薔薇刑前夜」）
妹と湖底の町を歩くたそがれ
月を仰げば美し湖底の妹よ　（第十三章「溺れる白馬」）
妹の夢を殖やして螢の木
妹の裏戸開けば月の楡

幻想詩篇の中でも妹は「少年の掌を焼く螢の火」のように掌中で静かに熱く息づいている。妹は家族の惨劇を最後まで見届ける使命を帯びてやってきた天使なのかもしれない。

「湖を鳥のように飼う」妹には、一人静かに天地を差配する女神のようなイメージがある。この妹のみずみずしい広やかさに打たれる。ここで妹は西川の俳句作品の中では珍しく地上のくびきから解放されている。

かつて私は高柳重信が山川蝉夫の別名で書いていた一行書き俳句の中に登場する「幽霊」に触れて、高柳がみちのくの幽霊にこだわったのは、芭蕉の『奥の細道』に喚起されたからではないかと書いたことがある。その時私の胸に去来していたのは、『奥の細道』に登場する遊女たちの姿だった。柳田國男は「巫女考」の中で歩き巫女の存在に触れている。神社などに居ついている巫女と違い、口寄せなどを行う流浪の巫女で、彼女たちはつねに秘密の箱を携帯しているのだそうだ。「神はこの箱の中に坐すのである。（略）寝ても起きても神の側を離れぬのである。（略）およそ世の中にこれほど神と近接している女がほかにあろうか」（ちくま文庫版『柳田國男全集』第十一巻より）

歩き巫女たちは箱を背負いながら、ときには口寄せをし、ときには鳥のように歌い、舞っただろう。山野を鶴ほどに痩せて歩きつづけただろう。

藤圭子の背負っていた箱は声だった。十年足らずの歌手生活ののち彼女に引退を決意させたものはなんだったのか。その理由が前述の『流星ひとつ』で自身の口から語られている。藤圭子は喉を手術して、いみじくも西川が「だみ声」と書き記した、あの独特な声を失ってしまったのだと語る。

「あたしはバラードが好きなの。バラード風に歌える歌が好きなんだ。歌うときにね、いちど喉に引っ掛かって出てくるような声を使って歌える歌が大好きなんだよ。気持がいいんだ。なんか、うっとりするような感じがするときがある」

「直接、肉体に感じるような、気持よさを感じるの?」

「うん。日本の曲じゃないけど、フランク・シナトラやなんかがカヴァーしている〈サニー〉みたいな曲を、バラード風に歌うのは、ほんとに好きなんだ」

「〈サニー〉を歌うことがあるの?」

（略）

「うん、友達なんかと騒いだりするときには、ね。でも、いまの、この声じゃあ駄目なんだよね」

「いやなんだ、余韻で歌っているというのが……」

「余韻?」

（略）

「藤圭子っていう歌手のね、余韻で歌っていくことはできるよ。でも、あたしは余韻で生きていくのはいやなんだ」

藤圭子の歌を聞いたことのある人なら、なるほどとうなづけるはずだ。手術は成功して、藤圭子は他者から見れば美しい声を手に入れた。しかしそれは決してよろこばしいことではなかった。美しい声と引き換えにかけがえのない自分だけの声を失ってしまったのだ。藤圭子にとって、声を失ったことは何にもまして深い喪失であったにちがいない。「いちど喉に引っ掛かって出てくるような声を使って歌える歌が大好き」と彼女は語る。表現者が決して手放してはならない「肉体性」について彼女は語っているだろう。

西川の句に強引に藤圭子の影を見る必要はないけれど、二人の表現者がこだわった肉体性の根っこは意外に近いのではないかと感じる。吉本隆明は西川作品についてこんな風に語っている。

「何かがかれに安堵や休息の瞬間をすすめる。それは遺伝子がときに囁くのかもしれないし、精神の疲労が求めている声なのかもしれない。でも詩人であるかれが自分を許そうとしないのだとおもえる。

(略)かれを執拗に追ってくる生存の不快感のようなものが、いつもポエジィのなかにひとすぢの異化の音響を奏でることをやめていない。これがかれの立ち姿なのだ。」

(吉本隆明「西川俳句について」『西川徹郎全句集』解説、二〇〇〇年七月・沖積舎)

藤圭子は、西川の「実存の峡谷」を越えて西川俳句の庭に下り立った鶴である。彼女が心ならずも手放してしまった「声」に、西川は終生こだわりつづけていくだろう。吉本の言う「生存の不快感のようなもの」は圭子の「喉の引っ掛かり」のようなものであり、西川の魂のバラードにおいて絶対に手放してはならないものなのだ。

『幻想詩篇 天使の悪夢九千句』の後記には新城峠にまつわる「七線菊の物語」が引かれている。内地から父を訪ねて新城峠に近い七線と言う部落にやってきた母娘は、父が峠の麓で殺されたことを知らされる。二人は教えてくれた農家の人に一握りの花の種を手渡し、新城峠から十四、五キロ離れた石狩川の神居古潭で入水自殺をしてしまう。翌春に家の畑に植えた花の種はまっしろな花を咲かせ、それを人々は「七線菊」と呼ぶようになったのだそうだ。祖母の語ってくれたこの物語を、九千句のあとがきに書き添えた西川の心中を思ってみる。

母娘が入水した神居古潭は、藤圭子の一家が暮らしていた旭川市神居町の町外れにある。

藤圭子は旭川には帰りたくないと語っているが、旭川の夢はよく見たと言う。

「夢で、追いかけられることが、結構、あるの?」

「うん、よく逃げてる。追いかけられて、追いかけられて、必死になって逃げるんだ」

「どこを逃げてるんだろう」

「それは旭川。旭川の山とか森とかを逃げているの。そういうときに、ふわっと空を飛ぶんだ。どんどん高く飛んで雲を突き抜けると、そこにはもうひとつの世界があって、そこに着くとなんともいえないくらい気持がいいんだ。爽やかな気持になって、スーッとする」

新城峠は地獄の峡谷であるとともに、妹が西川のあらぶる魂を慰藉するためにやってくる通い路でもあるのに違いない。

と、ここまで旅してきて、次の句たちに出会ってしまった。

妹は羽根毟られる蜻蛉祭　（第十五章「蜻蛉夜祭」）
妹は首千切られる蜻蛉祭
妹はいきなり裂かれる蜻蛉祭

人狩に遭った妹鬼螢　（第十七章「螢火地獄」）
妹は魂獲られ螢狩り

妹の受難はどこまで続くのだろうか。

◆皆川　燈　みながわ・あかり＝一九五一年秋田県生まれ。俳人。「らん」同人。東京外国語大学卒。著書に句集『舟歌』、『山野記』（共著、筆名梶葉子）。国分寺市在住。

陽羅　義光

孤絶と凄絶——西川徹郎句集『幻想詩篇　天使の悪夢九千句』

まず、わたくし自身が、俳句もしくは俳人に就いて、語る資格があるのかを考える。仮に資格があったにしても、語るべきものがあるのかどうかを考える。

たしかに、子規、井月を小説化したし、山頭火の句を、何度か自作に取り込んだものである。芭蕉の『奥の細道』から受けた文学的影響は、たぶん計り知れない。ある若い時期には、句作に励んだこともある。

それでも、なにか足りない。足りないのは、語る能力なのか、情熱なのか、あるいは蛮勇なのか。それとも徹郎句に就いては、吉本隆明の親身で見事な論説があるし、作者本人も奇妙なほど、実に的確に自己解説をしているから、あえてこれ以上、何を云うことがあろうか、との思惑が邪魔をしているのだろうか。いずれにしても、それを追究してから、返事を出せばよかったと後悔しつつ、どうせ依頼は断らない主義、いいや断れない性格だから、同じことだと思い直した。

俳句は「一行詩」と云う人がいる。西川徹郎の大著にも「詩篇」とある。「一行詩」という云い方が、似合う俳人と似合わない俳人がある。むろん、芭蕉は似合う。放哉は似合う。同じ意味で、徹郎は似合う。「一行詩」ばかりではない。例えば、第五章「剃刀の夢」の「死んでから死児が笛吹く芋畑」から始まり、「死んでから死者待ち焦がれ辻に立つ」の孤絶句を挟み、「死んでから月夜の磯を渉り切る」までの七十一句。例えば、「死ぬ前に月夜の磯で死んでいる」から始まり、「死ぬ前に死んで帰って俳句書く」の凄絶句を挟み、「死ぬ前にセクスして妻を驚かす」までの百三十四句は、（田村隆一や吉岡実の名詩を思わせつつ）さながら「長詩」とも読める。

わたくしはここで、早くも「孤絶」と「凄絶」の言葉を使った。

先人は、徹郎句を論じるに、「孤」と「凄」の語をよく使う。そこにわたくしは「絶」の一語を加えたい。徹郎句には「絶」という語が相応しい。なぜか。「詩人は永遠に孤独である」（「後記 白い渚を行く旅人」）からである。この「絶対性」（わたくしの言葉では「絶壁性」）を徹郎句に感知するからである。

わたくしは世の文学者の個人情報はほとんど知らないし、個人情報に興味を持たない者であるけれども、作品を読めば、どういう生まれ育ちなのか、どういう生き方をしてきたのか、どういう仲間がいるのかいないのか、おおよそ解る。

俳句と云えば「切字」、「切字」と云えば、わたくしたちは、芭蕉の名句、「荒海や佐渡に横たふ天の川」を即座に想起するに違いない。だが徹郎句にはそれが端的に少ない。九千句のなかで、

秋風や鬼面に映る峠町　（第二章「青春地獄」）

鶏姦や血の色に咲く山桜　（第四章「舌のスコップ」）

号泣や父の眉間の雲雀野で　（第十三章「溺れる白馬」）

など、数えるほどしかない。これらはみな好きな句ではあるが、数えるほどしかないなら、いっそ徹底して使わないのはどうだろう。

そして「季語」や「定型」の問題。これは作者本人の檄文に似た一節を引用する他はあるまい。

「本書の集名に敢えて〈幻想詩篇〉と銘記したのは、詩性を喪失した現代の俳句に詩性の復権と定型詩としての詩の思想の確立、そして従来の私の俳句思想論である〈反定型の定型詩〉〈実存俳句〉論を実際の作の上に展開した俳句革命の書であることを宣言せんが為である」（「後記 白い渚を行く旅人」）

亦、俳句の「面白さ」の一つに「本歌取」がある。「面白さ」とあえて云ったのは、巧妙な「本歌取」は、「川柳」に近づくからである。剣花坊の有名な「本歌取」の一句、「古池へ飛ばず残ったひきがえる」。更に露骨な

仙厓和尚の一句、「古池や芭蕉飛こむ水のをと」。

これも徹郎句には極端に少ない。九千句のなかで、

旅ニ病ンデ毛虱枯野ヲカケ廻ル　（第十六章「虱の唄」）

芭蕉死ンデ毛虱遺ル枯野カナ　（同）

など、数えるほどしかない。まだ「徹底化」はなされていないけれども、これらの現象は、徹郎句の「絶壁性」を顕していると思われる。

ルビ俳句というものがある。碧梧桐はそれが得意。（弟子の瀧井孝作は「ルビー付きの句」と呼んでいる）

孝作いわく「何か欲求があって至難なものに挑みかかっている様子」とのことだが、（本歌取と同様に）わたくしには、つまらぬ遊び心と思われる。

「銀杏落葉いつからの伐らん木や眼鏡ごしの主婦（アルジ）」

徹郎句のルビは少ない。「睾」を「ふぐり」としたり、「きんたま」としたりしているが、その他のルビも含めて、ひらがなにすればいい類いのものと思われる。たしかに親切心は垣間見られるものの、（わたくしにとっては）ルビは夾雑物以外のなにものでもない。徹郎句にはユーモア（いわゆるブラックユーモア）はふんだんにあるが、つまらぬ遊び心はない。それも徹郎句の「絶壁性」を感じさせる所以だ。それなら徹底して、この際ルビは排除すればいい。僭越ながら、例えば「後戸」は、「後ろ戸」とすればルビは要らない。

ついでに云うと、孝作は「いい文章は、うまく炊いた米が立っているように、立っている」という主旨のことを述べていた。いい句も同じことが云える。徹郎句は立っている。その屹立感が凄い。

徹郎句の「絶壁性」の裡に、「血なまぐささ」も顕著に含まれる。

わたくしの第六感に響いた、七句を取り上げたい。

道で拾った血塗れの耳を窓に干す　（第二章「青春地獄」）

血を啜る桜木剃髪されている　（第三章「月夜の家出」）

墓穴に首入れ母の血の泉　（第十章「天使の悪夢」）
暁の剃髪河童の皿に血が流れ　（同）
下血怖れる姉夕映えの体育館　（第十四章「鬱金の迷宮」）
父さんの血尿驢馬の背を染めて　（第十五章「蜻蛉夜祭」）
春の雪血塗れの紙の鶴ならん　（第十八章「月夜の津波」）

おぞましい血、哀れな血、滑稽な血、忘れがたい句の数々に酔う。悪夢に酔う。

大著の扉裏に作者が記した一言、

「銀河の何処か見知らぬ星に自分と同じ人間が必ず住んでいると信じて、私は十代の日々を過ごした。」

徹郎句には、たしかに「銀河」の文字が垣間見られる。

雪虫に紫紺の銀河見え隠れ　（第十九章「雪虫地獄」）

他にも二、三「銀河」の語が見え隠れする。それでも九千句を見渡すと、「銀河」すなわち「異界」と思われる。

徹郎句は「異界」との通信でもあるのだ。だから「血」は血族の血であり、生と性の証しであり、己と銀河、もしくは己と黄泉の国、もしくは己と胎内、「異界」に繋がる架け橋である。

「血」という語が含まれるから「血なまぐさい」のではない。そんな単純なことではない。その証拠に、やはりわたくしの第六感に響いた七句を取り上げたい。

秋の蝶一片の肉として飛ぶや　（第一章「少年と峠」）
肛門に綿詰められて桜駅　（第五章「剃刀の夢」）
大佛の腸溶ける春の寺　（同）
首落とされた鶏走る校庭や　（第六章「白馬祭」）
花嫁の義眼に映る錦秋よ　（同）

花嫁の髪舞い上がる井戸の淵　（第七章「青鬼の花束」）
殺された夢を白粉で塗り潰す　（第二十章「雪の遊郭」）

背中に凍った風が吹くのを、わたしたちは感受する。これがただの凄惨であったなら、わたしたちは風が吹き去るのを待てばいい。けれども泉鏡花の小説や上村松園の画を連想させる、ある種の気品漂う凄惨の風は、いつまでも背中で漂うている。それが、徹郎句の、徹郎文学の、醍醐味、真骨頂。

さて正直、まだまだ書きたいことはある。しかし圧倒的な九千句を前にして、いくら多くの言葉を費やしても、作者の成果にはとうてい届かない。（じっさい、数は力である。とうとう小林一茶の句数を越えたらしい。作品数ではだれにも負けないと豪語するわたくしにも、こういうことがとても大切で愛おしく思われる。）

それに、貴重な一冊の中で、拙文が大きな顔をしているのを見たくはない。そのくらいの謙虚さは、傲慢が売りのわたくしにも在る。

最後に、わたくしの格別お気に入りの句を、やはり七句挙げる。わたくしにも経験があるけれども、作者の思い入れと読者のお気に入りは、かなり異なるものである。

左手が右手を捜す夜の公園　（第十一章「薔薇刑前夜」）
山犬の睾丸いきいきと峠越え　（第十二章「肉体の抽斗」）
血痰を吐くや生家の庭雀　（第十四章「鬱金の迷宮」）
秋の寺坂地蔵も飛ばんとして転ぶ　（第十五章「蜻蛉夜祭」）
撲殺の百合が四、五本野外劇　（同）
一人ずつ村人消える螢狩　（第十七章「螢火地獄」）
死鼠に佛の足は嚙られて　（第十八章「月夜の津波」）

お気に入りの理由は云わない。もし云うなら、わたくし自身を語らねばならない。ここは、わたくしなんぞを語る場ではない。

わたくしは、文学の本質的方法として、三つ挙げている。「異化」と「意識化」と「徹底化」である。「文学三化」と呼んでいる。「異化」と「意識化」は、徹郎句の特長である。更なる「永遠の孤独」のため、老婆心ながら、あと望むべきは、「徹底化」か。汝を知れ、なんてことは、馬の耳に念仏ならぬ、佛に説教、ここでは汝の名を知れ、と駄洒落をほざいておく。

◆陽羅義光　ひら・よしみつ＝一九四六年横須賀市生まれ。早稲田大学卒。作家。全作家協会理事長。日本文芸大賞・信州文学賞等。著書に『子規の四季』『道元の風』『太宰治新論』ほか。東京都在住。

平敷　武蕉

西川徹郎論──〈実存俳句〉の思想と方法

妹が跨がる白馬血にまみれ
小學校の階段銀河が瀧のよう

西川徹郎が第十四句集『幻想詩篇　天使の悪夢九千句』(二〇一三年・茜屋書店)を上梓した。第十三句集『銀河小學校』(二〇〇三年・沖積舎)五千余句に続く怒涛の出版である。収録した句は九千余句に及ぶ。作者の凄まじいエネルギーと作品の圧倒的な質量にただただ驚嘆するしかない。八〇〇頁余に及ぶその大著が私にも送られてきた。見開きには直筆で、黒々と、冒頭の掲句「妹が跨がる白馬血にまみれ」が書き添えられていた。掲句の二句目は、氏の第十三句集『銀河小學校』の五千余句の中の一句であり、やはり直筆で色紙に揮毫され、西川徹郎のサインが記されていて、わが家の壁に掲げられている。

「妹が」の句は実に鮮烈である。血にまみれているのは妹であり白馬である。「白馬に跨がる妹」も「血にまみれた白馬」も現実に見えるものではない。現実には見えないが、イメージは鮮烈である。また、次の句も凄絶である。「小學校の階段」が天空高く立ち上がり、そこから「銀河が瀧のよう」に流れる鮮やかな光景は現実にはありえない。あり得ないから目で目視するわけにはいかない。しかし幻想のイメージとして幻視できる。現実にはない非在の幻想的なイメージである。一句目の句には季語がなく、二句目の「銀河」は秋の季語としての銀河ではない。ここでの銀河は、あえていえば、幾百年と続く歳月であり、歳月に渦巻き綴られた人間の営みや記憶であり、宇宙の叫びである。この〈宇宙の叫び〉を、形あるものしか見ない写生の句で書き止めようとするとき、既存の定型俳句は内側から軋み始めるしかない。この二つの句が私たちに突き付けているのは何であろうか。「俳句は自然を詠むもの」とする客観写生・花鳥諷詠を唱える有季定型の温和な伝統的俳句思想の虚妄性の提示であり、季語・季題に呪縛された俳句観への破綻の告知である。けだし、視えないものを視る、聞こえないものを聞くのが文学者であり、言葉の表現者である。逆に、目明きでも何も見ない人はいるし、また、盲目でも心の目ですべてを見る。西川徹郎はこのことを次のように力強く述べている。

「文学という言語表現の場に於いては描き出される一切が虚構であり、虚構でないものは何一つない。文学はこの虚構の鏡の中に人間の実存と社会と現実の不条理の暗黒を映し出し、夢と幻想の言葉の中に生在る者の危機と地獄と修羅と悪魔の永遠性を描き出すのだ。」

（『幻想詩篇 天使の悪夢九千句』後記「白い渚を行く旅人」）

このような俳句思想は、客観写生・花鳥諷詠を唱える俳句観からすればまさに忌むべき妄言であり、唾棄すべき「反俳句」の思想であろう。西川徹郎が自らの俳句を高らかに、〈反定型の定型詩〉であり、〈実存俳句〉だと称する所以である。

ところで、このような虚構としての実存俳句は、実は、松尾芭蕉が先駆的に唱えているのだということを、芭蕉の辞世の一句「旅に病で夢は枯野をかけ巡る」を引いて、西川徹郎は次のように揚言する。

「芭蕉辞世のこの一句は、所謂口語俳句の嚆矢である。芭蕉がこの内発的な思惟の言語口語に依って辞世の一句を成したのは、人生の最期に座の文芸として連衆とともに在った俳諧の連れ合い成合を打ち破り、あくまでも一人の詩人としての一句を芭蕉は自らの辞世に於いて成就したのである。私が今日まで季語季題に囚われた従来の有季定型の伝承的俳句観を否定し、〈反定型の定型詩〉論を立論する根拠は、芭蕉辞世のこの一句の中に存在していたのである。」

（「同前」）

「虚構としての文学」ということに関連して、マブソン青眼も文學の森「俳句界」二〇一三年一月号で次のように指摘している。マブソンは、芭蕉が述べたとされる『俳諧十論』（支考著）のなかの「俳諧といふは別の事なし。上手に迂詐(うそ)をつく事なり」を紹介し、「そこには〈客観写生〉を主流としてきた多くの近代俳人の美意識とは、かなりちがうものがあると思われる。つまり、作中の事実関係は別として、俳句はまず創作として、言葉の工夫すなわち〈文学〉として成り立つべきだという考え方であろう。」と。

私が西川徹郎の実存俳句思想を強烈に意識したのは、二〇〇一年「國文學」（學燈社）七月号の「反俳句の視座―実存俳句を書く」の論文においてであった。

「この季語・季題の呪縛は俳句の言葉を季節の詩へと強いるものであり、俳句の言葉から人間を奪い取り、俳句を文学から断種する魔物である。それは華をかざしながら美意識を以て密かに人間を統率する定型詩に宿された国家の意志であり、詩人がその全霊を以て抗う対者にほかならない。」

「人間の実存は和歌伝統の美意識や国家の意志に隷属する文語では書き止め得ることは凡そ不可能である。」

「口語とは生活の言語のことであり、生活者の思惟の言語のことである。この生活者の思惟の言語を以て俳句を書くことが、とりもなおさず、口語で俳句を書く行為である。生活とは人間が生き活かされてゆく実存の謂いであり、生活者とは人間の生存に直接し、生の根拠を問う実存的な思惟のあり方を指し示す言葉である。」

西川徹郎の〈実存俳句〉思想に衝撃を受けたのは私だけでなく、俳句界内外に多くの衝撃と反響を呼んだようであるが、とりわけ、口語俳句協会の田中陽氏が、多大な共感をもって読んでいたということを後に知った。田中氏は、芭蕉の辞世句「旅に病で夢は枯野をかけ巡る」の一句が、無季でしかも口語俳句の嚆矢であり、座としての俳諧を否定し、個としての文学を追求した句であると主張する西川の論により強く共鳴したのであった。無論、私もその指摘に驚愕し共鳴したのであるが、私はさらに、季語・季題に呪縛された伝統俳句が、日本の和歌伝統の美意識や国家の意志に隷属するものであり、それとの抗いなくして真の俳句文学は確立されないという「反定型の定型詩」としての提唱に心揺さぶられたのであった。

西川俳句はどれも緊張感が漲っている。緊張感は、この「反俳句の視座」がもたらす感覚であり、五七調定型の枠を内容とリズムで突き崩していこうとする熱源から発せられる緊張感である。西川俳句は、十七音の定型を危ういところで維持しつつ、その枠を内側から食い破ろうとするところで成立している。では、どのような問題意識と方法によって〈反俳句の俳句〉が可能となるのだろうか。

西川徹郎は何故、自由律俳句や自由詩の道を選ばないのか。このような疑問について吉本隆明は、次のように言及している。

「かれは本当は自由な現代の詩をかきたかったのではないかと想像されてくる。だが自由詩ではなく俳句の形式に近いかたちで詩を書いた。どうしてだろうか」

「西川徹郎は俳句を逸脱しようと意志して、定型と人におもわれることを、故意に拒否しようとしたことがあるのではないかと思えてくる。しかし一方では頑強にそんなことは簡単だが、おれはそんな容易な道は択びたくないと意志させるものがかれにはあったにちがいない。前衛俳句の安易さにも就かず、自由な現代詩の際限のない散文化にも抗うかれの独特の永遠を思う心が、かれの俳句の本領である秘密を、ほんの少しだが垣間見るおもいがする。」

（『西川徹郎全句集』解説「西川俳句について」、二〇〇〇年十一月・沖積舎）

さすがは高村光太郎の『道程』論を独特な視座から書き、共産党幹部の獄中非転向批判を展開しえた吉本隆明である。吉本は、『高村光太郎』(春秋社)において、文語定型脈から口語定型脈へ移行する過渡期に発行された高村光太郎の『道程』を、文語定型詩の型を破った高らかな口語自由詩の詩集であり、強固な近代的主体を確立した高村光太郎において初めて、内側から七五調発想を食い破る近代詩を確立したと評価したのであった。そしてそれを可能にしたのは、高村が、封建意識の支配する庶民社会においては西洋近代意識を維持し、近代意識に身を置いては庶民社会の封建制を凝視するという意識の二刀流を駆使しえたからである。この意識の二刀流によって、封建的遺制をまとった庶民社会の情念を批判的リアリティーをもって奪回せんとした詩集として、『道程』前期の「泥七宝」「河内屋与兵衛」など俗謡調の作品を評価したのである。この方法意識によって吉本は、その「転向論」においては、称賛されてきた共産党幹部の獄中非転向に対しても、獄中にあって庶民の実情を知らず、「無防備に戦争賛美に流れ込んだ庶民社会の情念を批判的リアリティーをもって抱えこめなかった」ものとして批判したのであった。

窮屈な定型句など捨てて、自由詩を書けばいいのになぜそうしなかったのか。吉本は「かれの独特の永遠を思う心」がそれを阻んだと指摘し、ここでは、その謎については明確にしていないが、西川徹郎の次の言葉が、その解答を示している。

「口語で俳句を書くことは、本来、生活者の思惟の言語である口語を以て俳句形式との必死の抗いを為す営みである。それは山頭火等の自由律俳句や坪内(稔典)等の口語俳句のように但に非定型であったり、口語であったりすることを意味しない。季語・季題の中に封印された和歌伝統の美意識や俳句定型の中に秘められた国家の意志との生存を賭けた抗いであり、その熾烈な抗いを通してあらゆる束縛からも解放された言語世界の構築と、人間の真の主体性の確立を目指す、反季・反定型・反結社主義の凄絶な営みなのである。」

(前出、「反俳句の視座—実存俳句を書く」)

第一句集『無灯艦隊』からしてそうなのだが、西川俳句に向かうとき、ある種の緊張を強いられる。この緊張はその難解さにある。しかし、難解さが実は、たんなる前衛的な手法や早熟さからくるのではなく、「定型に秘められた国家の意志との生存を賭けた抗い」から来ているのであり、有季定型、花鳥諷詠の俳句観に縛られない、自由な発想から生まれた難解さなのだということが了解されてくる。この季語・季題や定型に囚われない自由な発想は、やがて、既成の伝統俳句が、その自由な発想とイメージを呪縛するものとしてあることを感知する。西川の実存俳句の突きつける緊張は、七五調の枠を内容から突き破っていこうとする熱源のもたらす緊張である。十七音の定型をかろうじて維持しつつ、その定型のリズムと美意識を内側から食い破ろうとするところで成立しているのが、西川徹郎の〈実存俳句〉なのである。定型を以て定型を超える、定型を内在的に超えることなくして定型を超えることは出来ない。ではこの方法は実作でどのように創作されているのであろうか。作品を取り上げ、具体的に見てみよう。

小學校の階段銀河が瀧のよう　『銀河小學校』

この句を「小學校の階段／銀河が／瀧のよう」というように三つに区切ってみる。促音や子音を一音と数えれば、「12／4／5」となるが、促音と子音を抜いて、「そがこのかいだん」と読めば八音に縮まり、全体としては十七音となる。五七調のリズムを突き破りつつ十七音は保っている。また、「銀河」も季語としての銀河ではなく、幻想の銀河であり、そこが重要である。十七音の俳句定型は守りつつ、そのリズムと美意識を幾様にもずたずたに切り裂いて見せている。私はこのような方法意識を「含みつつ否定する文学」として、私の批評活動にも通底する命脈を探し当てた気がしたのである。

西川徹郎は、第十三句集『銀河小學校』（前出）の「後記」で、次のように述べている。

「本書の命名は、私の実存俳句が反抗的文学であり、反権力の文学であることの窃かな表明である。（略）「学校」という教育の場こそ、人間を統率する国家の意志が弱者や苦者や幼き者に対して暴力的に差別的に権力を行使する〈生〉の惨劇の現場なのである。「小学校」というこの閉ざされた権力の〈劇〉場に、唯一俳句形式の剣を掲げて潜入し、必敗の覚悟を以て、私は抗い、ここに告発する。／この「小学校」という名の修羅場は、その儘が私が俳句形式を「反定型の定型詩」と呼称し、「反俳句」の営みとして反季・反定型・反結社主義の実存俳句を書く意味をよく表わしている。つまり、俳句定型に底流する国家の意思と日本の詩歌一千年の歴史の中に通底する雪月花の天皇の美意識への無援の抗いを全身で引き受けること、それが私が「反俳句」を名告りつつ書く実存の営みであるからである。」

これはいったいどういうことであろうか。映画監督の篠田正浩は、「（七五調は）終戦以前の日本の象徴」であり、「天皇家へと繫がる韻律」、「天皇家は〈日本語の家元〉であり、たとえば古今和歌集などの勅撰和歌集が担ってきた役割は大きい。日本文化は七五調によってつくられていると言っても過言ではないほど、日本文化の軸になっている」（「日本人と七五調」『俳句界』二〇一二年八月号）と述べたが、西川氏の主張と通ずる認識である。また、倉橋由美子は小説『聖少女』（一九六五年九月・新潮社）のなかで次のように書いていた。「あたしは太陽が空にあるあいだの時間を学校にとりあげられて大きくなりました。学校は軍隊がそうするように、あたしに制服を着せ、汗臭い気息を押しつけました。」「教科書は精神にやすりをかけるためのサンド・ペーパーで、それをひらくとしばしば偽善の死臭がもうもうとたちのぼります。」このような感受性の鋭い少女のことばを待つまでもなく、学校は、教育の名の下で「人間を統率する国家の意志が暴力的に差別的に権力を行使する〈生〉の惨劇の現場」（西川徹郎『銀河小學校』後記）に成り果てている。

西川徹郎が、「惨劇の現場」としての学校を詠んだ作品に次のような句がある。

小學校で暴れる螢に眼を焼かれ
教員室へ螢となぐり込む桔梗
小學校で死篇を書いて罵られ
廊下が反り返るから螢光管振り回す
出席簿で殴られ暴れる粉雪廊下
出席簿で殴られ血が出た記憶雪降る日

出席簿で撲った奴を羽交い絞めにする
　小學校の廊下で立たされ狂句書く

ここには小学六年の宿題で作った俳句が教師によって盗作だと決めつけられた屈辱と無念への苦い記憶が投影されていよう。『幻想詩篇 天使の悪夢九千句』の資料篇に再録された西川徹郎のエッセイ「わが文学と親鸞」（「大法輪」二〇一一年六月号・大法輪閣）には、「俳句は小学六年の宿題で一夜に二十句ほど作って教師に頭から盗作と決めつけられ白眼視された無念が最初の制作だった」という忌まわしい記憶が書き留められている。宿題として提出した俳句を盗作と決めつけられた瞬間、少年にとって学校は地獄となる。

　不眠症に落葉が魚になっている
巨きな耳が飛びだす羊飼う村に

右の句は、『決定版 無灯艦隊――十代作品集』（二〇〇七年一月・沖積舎）に収録された冒頭の二句であるが、高校二年時の作品と云われている。十代でこのような句を詠むとは、一体どういう少年であろうか。多感で感受性の研ぎ澄まされた、自尊心と自負心の強い少年の姿が浮かんでくる。少年は神経が冴え、周囲の声には「巨きな耳が飛びだす」ほどに神経質である。このような少年が、どのような俳句を教師に提出したか。教師に盗作を疑わしめるほどに早熟な句であっただろうことは容易に推察しうることである。教師はおそらく、提出された俳句を手にして、これまでの花鳥諷詠の俳句観では解読不能の混乱に強いられたのではないか。そして、「小学生にこんな難解な句が作れるはずがない。盗作だ」と決めつけたのであろう。もちろん、『銀河小學校』に書き込まれたのは、このような少年期の直接的な体験に根差したものだけではない。より普遍的に、学校の権力性を告発している。

　ランドセルに畳んで入れるノコギリ銀河
教頭の首斬り落とすノコギリ銀河
筆入にカミソリ銀河を隠し持つ

「仰げば尊し」カミソリ銀河を咥え
學校という峡谷に飛ぶ火のカケス
小學校へ行かず火の蟻踏み殺す
火の蟻に足首焼かれ休學す
火の針が降る小學校の糸とんぼ
あおあおと狐が教鞭執っている
火の揚羽小學生を襲いつつ
小學校の便所の鏡の一番星よ

今日の学校の現状を見ても惨劇は日々繰り返されている。教師の暴力を苦にした自殺や陰湿ないじめによる自殺が後を絶たない。教育現場での権力行使も日々強まっている。日の丸・君が代の強制に始まり、教科書検定の強化、教科書内容の書き換え。従軍慰安婦問題や沖縄戦での軍命による集団自決の削除など、あったことをなかったかのように歴史を捏造しつつ、教科書の中で記憶の謀殺は遂行されていく。これらの理不尽を看過できずに抗う者は真っ先に地獄を味わうことになる。日の丸・君が代強制を拒否しただけで、東京だけでも五百名近くの教師が処分されている。これらは美辞麗句を並べて学校に振り下ろされた凶器である。西川は小学校の夜空に煌めく銀河を「ノコギリ」「カミソリ」として感受する。

俳句についても有季定型の俳句観が刷り込まれていくのは学校教育を通してである。俳句とは五七五の十七音で季語を入れることになっていますという俳句観が、俳句に接する小学校の最初の時点で、子どもたちの中に国家的教育システムとそのイデオロギー装置を通して刷り込まれていく。刷り込まれた俳句観を背景に膨大な数の「歳時記」が編纂され、活用されていく。

天皇の住まう皇居地域の季節と行事を中心に編纂された「歳時記」の環境と生活を同じくする地域においては、この虚偽のイデオロギーはスムーズに浸透されていくであろう。東京や京都に住む者にとって桜はソメイヨシノであり、桜祭りは春の風物詩であろう。『広辞苑』で「さくらぜんせん」を検索すると、「ソメイヨシノの開花前線」とある。だが、本土と違って亜熱帯気候に属する沖縄はどうか。サクラはカンヒサクラであり、桜祭りは一月である。沖縄のサクラはツバキのように蕚ごとボタッと落ちるので、風にはらはらと舞い散ることもない。王権の住む地域を基準にした伝統的美意識（＝共同の幻想）とやらを沖縄のサクラに求めても無理な話なのである。沖縄では一月に桜祭りと一緒に、ひまわり祭りやコスモス祭りが各地で開催される。ところが、この厳然たる事実が、いまなお、公然と無視されている。ＮＨＫが一月に開催される沖縄県本部町の桜祭りを無視して、三月に開催される九州の桜祭りを「日本一早い桜祭り」と報道するのは論外としても（本当は論外にしてはいけないのだが）、「歳時記」からの沖縄排除は目に余る。たとえば『ホトトギス　改訂版新歳時記』（三省堂）は、次のように書く。「南北に細長い日本の国土を考えるとき季節の遅速は必ずしも一様でないことは当然である。そこで一つ中心点というか基準点を設ける必要があり、古い歳時記ではそれが京都であったが、虚子編『新歳時記』では東京が基準となった。これについては本書でも東京の季節の推移を一応基準として考えた」。実にさらりと書き流しているが、これはおそろしいことである。

なぜ京都から東京に季節の基準を移したのか、それは、遷都によって皇居が京都から東京に移ったからにほかならず、そこに人間差別の思想の基礎となる天皇崇拝を潜ませているのであり、この重大な事実を「歳時記」は巧妙に隠蔽する。また、なぜ、京都や東京の季節が基準となるか、そのとき、季節の著しく違う沖縄・奄美はどう対応すればいいのか、これらのことがこの「解説」にはすっぽりと削り抜けている。すなわち王権の所在する京都・東京基準で編纂した「歳時記」から、基準にそぐわない沖縄などの「地方」を排除することを公然と宣言しているのであり、天皇を頂点とする「歳時記」の中央集権性を告知してはばからない。俳句人口が一千万人を超えると言われ、その大半を有季定型句信仰が占めていると思えるが、この「歳時記」を貫く傲慢な中央集権的差別思想が、今日の沖縄を差別的に苦しめてきたのである。歳時記の思想は、沖縄への構造的差別支配の孕む国家の邪悪な意図を下支えしてはばからない思想なのである。

今日、沖縄において、「琉球独立論」を主張する声が台頭してきている。

私は、この琉球独立の思潮に与するものではないが、しかし、必ずしも否定はしない。琉球独立に傾斜していく大衆の心情が身に滲みて理解できるからである。この思潮の欠点や限界はいくらでも挙げることができるが、その根本的欠陥は、沖縄を無視するのであれば独立すればよいとするその発想の狭隘性と方法意識にある。それはあたかも、有季定型の五七五俳句が、自由奔放な発想を受け入れないというのであれば、自由律俳句や自由詩をつくればよいとする安易な方法意識と共通しているように思える。定型でありつつ内側から定型を食い破る西川徹郎の提唱する「反定型の定型詩」論の発想と方法が、「琉球独立論」にも求められるのではないか。すなわち、日本国に踏みとどまりつつ日本国家の規範を内側から換骨奪胎していくのである。それはたしかに、西川徹郎が「実存俳句」論の中で宣言しているように、「国家の意志との凄絶な抗いを為す必敗の営為」(前出)であるにちがいないのである。

◆平敷武蕉 へしき・ぶしょう=一九四五年沖縄県生まれ。俳人・文芸評論家。琉球大学国語国文学科卒。俳句誌「天荒」編集委員。思想と評論「非世界」編集責任者。第三回銀河系俳句大賞・第四十一回新俳句人連盟評論賞等。著書に評論集『文学批評は成り立つか』『沖縄からの文学批評』ほか。沖縄市在住。

第四章　魔弾の射手

萩原　洋燈

一句評

海峡がてのひらに充ち髪梳く青年　　徹郎

いままで目の前にあった受験期という海峡が、だんだん掌をはなれてひろびろとした海原になってゆく。ペンもつ手に櫂をにぎれば意外な力が湧いてとても乗り切れそうもないと思っていた海洋も乗りきり、希望の島へたどりつくことができた。潮風で光りとぶ髪に希望の櫛をあてるとき、新しい頁がひろがりだし希望をはこぶ波が青年のまわりをいっぱいにとりまく。

（本論の初出は俳句研究社「俳句研究」一九六六年十月号「俳句研究誌上競合句会」選考委員萩原洋燈特選）

■編者註・西川徹郎は一九六六年、総合誌「俳句研究」の誌上競合句会に参加、常時特選乃至佳作上位で作品が掲載され、翌年第一回俳句研究競合句会賞。萩原洋燈は少年詩人西川徹郎の才気に驚嘆、態々面談を求めて渡道、砂川市公民館句会に出席していた十九歳の西川徹郎と会談した。

◆萩原　洋燈　はぎわら・ようとう＝俳人。一九六六年より俳句研究社の俳句総合誌「俳句研究」「誌上競合句会」の選考委員を務め、西川徹郎の十代の日の才気を識って驚く。

赤尾　兜子

二句評

父よ馬よ月に睫毛が生えている　　徹郎

北海道の青年作者である。田・海峡・村人・黒穂など、その眼を土に、あるいは風土に向けている。この句、そういう背景はない。つまり、もっと単純化して書いている。父も馬も、月光に照らされて、よくみると、そのいずれにも睫毛が生えている、微細な睫毛を月光のなかに感じとることができたのは、作者のナイーブな感受があったせいである。かなしく、美しく、そして青年らしい作である。

（本文の初出は一九六七年二月二十五日発行「渦」第三十六号・渦発行所）

厚い眉間に島曇らせて葦刈婦　　徹郎

歳時記によると「葦刈」は秋である。この作、島の川辺に繁茂した大群落の葦を婦（おんな）たちが刈っていると解したい。秋から冬へ、頬を撫でる風はすでにつめたい。葦の根幹は、川沼の中を走っていて、刈りあげるといってもなかなか容易でない。厚い眉間をかたくしながら懸命に刈ろうとする。島は曇っているようで薄墨色である。葦を刈る――この所業をむなしくくりかえす葦刈婦たち、その心中には一種の曇りがちな悲哀さえ流れようとするのである。

（本文の初出は一九六七年四月三十日発行「渦」第三十七号・渦発行所）

◆赤尾兜子　あかお・とうし＝一九二五年、兵庫県生まれ、京都大学文学部中国文学科卒。八一年鉄道事故で急逝。俳人。第三イメージ論を唱えた前衛俳句の旗手。一九六六年大阪御堂筋の「渦」句会に出席した龍谷大学在学中の西川徹郎と会う。第九回現代俳句協会賞。著書に句集『蛇』『虚像』『赤尾兜子全句集』ほか。

宮入 聖

聖・徹郎領――第三句集『家族の肖像』によせて

時折、西川徹郎によってもたらされる書信の裏側の、

北海道芦別市新城町二四八

なる地名にいつも立止まる。芦別なる土地が菱形をした北海道のどのあたりに位置するのかを僕は知らないし、第一これまでに北海道という土地を踏んだことすらないので、具体的なイメージの手がかりはまるであろう筈もないのだが、しかし西川のこれまでの数々の作品によって、彼の内なる芦別は既に僕に親しい。その親しさとは、例えば「遠野物語」を読むことによって得られる遠野なる未知なる土地への親近や、エル・グレコの描くトレドの風景によってもたらされる具体的な土地への既視感にも似ていよう。仮にそこに描かれた、教会の屋根の一つ、樹々の一つが今は損われていようとも僕たちのトレドは変りよう筈がないのだ。土地が表現の能力をもった一人の人間によって物語られるとはそういうことだ。その際、そこは例外なく魅力的な相貌を持つ。

前に僕は、西川は彼自らの「遠野物語」を外ならぬ彼の生の現場、芦別なる土地をつうじて物語ろうとしているのではないかと書いたりしたが、その思いはこんどの『家族の肖像』をつうじて更に瞭らかである。ただ「遠野物語」の作者にとっての遠野なる土地は、時間性と空間性の交錯する像をもたない、かなたの土地、非在の土地、訪問者としての土地としてそれゆえその出発から物語として語る以外に方法をもたなかった土地というなら、西川のそれは物語として語られることを逆に強く拒絶するほどに具体的に現実的な生の現場としての土地としてある。さらに「遠野物語」で語られる物語の時間が、日本的な農耕山村共同体の様々な制度や習

俗を負ってきわめて秩序化された植物的な密室性であるのにくらべ、西川のそれは更に可変的である。
その際西川が芦別なる営みの土地に対して、土地の現実的な営みに対して、死の領域を司り統率する立場の側の人間であるということが、実に重要な恩寵であったと思われる。現実者西川は芦別なる現実的な土地の一つの時空的な点の一つに外ならないが、しかし土地の外縁を犇々ととりまく、もう一つの土地、かなたの土地、死者の住む土地の司宰者であり統率者なのだ。彼は誰よりも自由にそうした死者たちの声を、ひいては彼等によって物語られる土地の物語を聴くことができるのだ。死者は親しげに西川の肩をたたき、ありし日の自分と土地にまつわる物語をうたってきかせる。そのお返しに西川は短い経文かなにかをうたってきかせるのだろうか。彼の俳句のしらべが、どこか語りやうたのしらべに似ていたり、クネクネウネウネとした経文のしらべに似ているのはそのせいかも知れない。

朝の木にぶら下っている姉の卵管
棺にひそかに山霧を詰め運ぶ数人
まひるの浜の浜ひるがおの溺死体
秋はだんだん箒に似てゆくなり箒屋
淡いうねりの血便咲いている寺の木
きみの子宮は青葉北見市を過ぎて
ほととぎす皿屋刺身に溺れます
通夜の客が梅の花ほど梅の家に
楢の木たたく父よ父よと霧が
芒は月の家を洗っているけもの
家族晩秋毛の生えたマネキンも混じり
倉庫の死体ときどき眼開く晩秋は

家中月の足あと桔梗さらわれて
鳥がばたばたととぶ棺のなか町のよう
あの鶏の卵巣は駅晩夏です
いちめんに手が出て低流の鳥を摑む
四、五日で家食い荒らす蓮の花
淡い傾斜のすみれ畑を脳死という
ひらく肛門水中に陽が滲みわたり
死児と死蟬が木を食べている朝だ
畳めくれば氷河うねっているよ父さん
まぶためくれば青麦死者を運ぶとき
箪笥からはみだす姉のはらわたも春

この句集『家族の肖像』のいずれも佳品であることを疑わないが、しかしこれら作品にあらわれた主人公はすべてこの世のものではない。姉も、死体運搬人も、箒屋も子宮の君も、皿屋も父も、鶏も晩秋家族も、全て西川徹郎の宰領するもう一つの土地、死後の土地の住人なのである。いわば、聖・徹郎領に棲む聖歌隊の主要な構成員なのだ。それにしてもなんとおびただしい死者の数であろうか。生者ある限り死者はけして減ることも絶えることもないという単純な事実が、にわかに戦慄をおびて眺められるのだ。

願わくば、西川の王国がさらに確固とされることを。西川の住む芦別へは行ったことがない。これからもその予定はない。しかし多分、死後の僕はここを訪れるであろう。

（本論の初出は一九八四年沖積舎発行西川徹郎第三句集『家族の肖像』別刷栞）

不具性として——西川徹郎へ

西川兄。先頃貴兄から頂いたながい私信への返礼のような形でこの稿を書きだすことをお赦し下さい。アルコオルの入った状態であのながいものをお書きになったとかで、少しばかりのアルコオルにたわいない子供のように寝てしまう私などは、想像もつかないエネルギッシュな発散力が貴兄のアルコオルに秘められているのを感じることです。たしか以前攝津氏か誰かに、貴兄は酒を呑まれないと聞いており、不眠症をふくめた神経症を治癒するために酒呑みになってしまった私などは、酒という正気性の狂気をもたずあのような句を書いてしまうことのできる貴兄に、或るいたましさをその時覚えたのでしたが、アルコオルを体質的に受け容れられるようならば完璧に酒呑みになってしまわれることをお勧めしたいような気持ちです。思わず余計なことを書いてしまいましたが、いつもストイックでエネルギッシュな、そしてやや悲劇的で喜劇的な貴兄のものいいの後ろに酔えない正気性のかなしみといったものを感じつづけてきたからでした。私は近頃実にしばしば自分が少年であり、童貞であった頃のことを考えておりますが、少年における世界構造とか童貞における性とかそのような思念の翼を広げてゆくうちに、いつしか貴兄の句を念頭に遊ばせてぼんやりとしていることが多いのです。たとえばそのことを以前このように書きました。

「淡いうねりの血便咲いている寺の木

或るむずがゆさが西川に句を書かせる。品が悪いが肛門に集中するようなむづがゆさ。しかもこのむづがゆさには凶暴なものが潜んでいるのだ。それは僕らの性の確立以前にあった性の原型を、或いは夢の性欲の荒々しさを思わせたりする。契約と義務と生産と拡大をともなわぬあの性欲的原初の凶々しさ猛々しさは今どこへ消えたのか。僕らは空腹のように食欲のように世界に発情できたのに。世界とは発情しつづける僕らの異性そのものであり、肛門をぬけて性器へと通底する地下王国だった。性的異性とは僕らそのもの、僕らの闇の想像力に外ならなかった。その僕らが今日以後あのように自由に、真に性的に生きようとすれば、性的犯罪者の或る者のように肛門感覚の恢復に生きるか、制度的世界の異性器を放棄することではないかと思ったりする。詩に生きるとは性的に生きるのだから。寺は制度としての異性器のように僕らの生の異性器である。そこの木に淡い血便のうねりをからみつかせた西川の狂暴を尊く感ずるのだ。

花嫁が青竹となりまぼろしとなり
雨のように美し仮面劇観る妻よ
初夜のごと美し棺に寝し祖母は

西川の場合のそれ（その作家の人間性、作品性にわたる脆弱な部分）は、多分彼が人生のごく早い或る日、早々と観てはならぬものを観てしまった、そのおびえの生理と感情に根付いているようである。それは何か知る由もないが、彼の家、家族に代表される小特種社会と、これに向きあう一般世俗社会が一瞬擦過する形で少年西川に観せてしまった何か。こうした少年とはグロテスクに彼をとりまく世界へのおびえの生理、感情によって、早々とその世界観を了解させてしまいがちである。棺に横たわる祖母（肉親）は〈初夜のごと〉く美しいと手ばなしで詠嘆できることの至福はあっても、花嫁、仮面劇観る妻（他者）は、雨や青竹やまぼろしのように、淡泊、稀薄な形式性をもち季節的な美をみるようにそっけない。そうした西川の作品がほとんど古典的な形式美を備えているのはけだし当然であろう。その世界観（像）を早々と完了させてしまうとは、既存の世界にたいする手ばなしのあきらめであり、そこからの逃亡であるから。（略）」

アルコールというまさにだましによって成立する世界の象徴ともいえる正気性の狂気と、これまたそうした世界の矛盾的対立ともいうべき異性（器）とともに生きるほかのない大人の世界から眺める時、少年と童貞に象徴される世界、ひいては貴兄によってあらわれる作品世界とは、多分に嫉妬の含まれた差別として、精神的不具性の世界として眺められるに違いないことを付点しておこうと思います。私たちは知らず知らずのうちに自分の子供や他の子供にたいして彼らを精神的、肉体的な不具（者）として、そこに差別のフイルターを掛けながら彼らの不具(者)性といったものを容認しているということがありはしないか。貴兄の自覚のほどはいざ知らず、そういう非常にきわどいものが西川徹郎の作品世界には横たわっているのではないかとふと考えたのです。たとえば貴兄は、

朝の木にぶら下がっている姉の卵管

とか「きみの子宮は青葉」といったふうな作品をしばしば書きますが、お姉さんの全き肉体(性)から卵管という一部をとりだし大人のにんげんの性のあり方といったものを不具性としてあばこうとしているためではないか。少年と童貞で象徴とされる不具(備)性の世界へ、お姉さんの健全な確立された性のあり方といったものをひっぱりこもうとたくらんでいるのではないか。貴兄はどうか知りませんが子供の頃の私は実によく例の女性器のマークを犬の小便よろしく書き散らしたことを記憶していますが、そうした行為も又少年の絵画的表現力が女性器のリアリズムにたいして未熟無知であったというよりは、大人の女性から時折垣間みることのできる性的なエモーションを不具性ととらえようとする欲求があったためではないか、すなわち貴兄の「姉の卵管」に示されたと同じ性質の衝動性があの奇妙に稚拙でおかしな女性器のマークにはあったのではないかと考えるわけです。大人の女というものは私たち少年の性にたいして実に冷酷無情な生き物であったと、少年の性の不具性にたいして実に率直な差別をする生き物であったと思いますが、その被差別者としての私達の彼女達にたいする抵抗の戦いの象徴が例の女性器のマークではなかったかと。そして誤解をおそれずにいわせてもらえば、私はかねがね貴兄の作品に何かとてもなつかしい、哀しいような甘いような臭味を感じつづけてきたのですが、それはほかならぬ、私が例のマークを一心に描き殴った暗く淋しい便所の臭気であったのだと。ちなみに暗く淋しい臭気漂う便所を知らず、おのが排泄物を清潔な水でたちまち洗い流してくれる便所を使い慣れてきた私の子供などは、そのせいかどうか例の女性器のマークを描いている様子もなく、又他の子供などもそうした様子もありません。又オシとかメクラとかビッコとか私達子供時分に肉体的不具者をやゆするために使った言葉達も慎重にしりぞけられようとしている。いわば人間の不具性とか差別といったことが体制という大人の論理

と倫理によってその本質性を水洗便所のように浄化され隠蔽され管理されている、そういう臭いものに蓋式の論理と倫理が、近代、戦後というものの遂行の裏にまぎれもなくあった。たぶん俳句形式というものを推行する精神もその例外ではなかったと思うのです。しかし性的に不具(能)者である子供や肉体的精神的に不具(備)である不具者は狂人は十分に一人前の大人の眼からみて、差別の対象であることは動きようのない事実であり、被差別者であり、逆に性的に不具(能)者である一人の少年の目からみられた大人の性(生或いは死)のあり方といったものも、グロテスクな差別の対象になりうることを、そして人間の仮構する世界とはそうした差別(異)性によって奥深い重層的な構造をもつことを私達は忘れたり怖れたりしてはならないと思います。人間の肉体や精神に具備された全きものの中から、卵管や子宮や肛門や或いは狂人やらをひきずりだし、ひきちぎってみせこれを人間の生或いは性における差別(異)性として、単純化された世界構造に亀裂を与えてくれる貴兄のお仕事が、今後ますます重要なものになるであろうことを疑いません。

さいごに、貴兄の私信では貴兄が編集され発行される「銀河系つうしん」の既刊号を読んだ感想を私に述べろということでしたが、残念ながら本誌に登場された作者の内貴兄を除いたほとんどが未知の方達であり、俳句年鑑の俳句雑誌紹介風の手荒らなものいいは私の性に合いませんでしたので、せめてここに登場された方々の今後の展開を見守らせていただくことでお赦しいただきたいと思います。

どうかいつまでも不具性の立場から人間を考えつづける作家であられることを。

（本論の初出は一九八五年九月二十日・黎明舎（銀河系通信発行所）・「銀河系つうしん」第四号）

霧の思想――句集『町は白緑』雑感

この夏は、百枚の西川論を書くというかねてからの彼との約束を果たすために、リュックサックに彼の著物とその周辺の書物一式を詰め、上越国境の山村に籠った。私の借りた家はカナカナの鳴く杉山を背に百五十年は経とうかという純粋な百姓家、梁、柱太く黒く暗く、使用目的の定かではない開かずの間も幾つかあり、極め付けは土間の傍らにあるうす暗い厠から発散される猛烈な臭気に、妻子はある種のカルチャーショックを受けたらしく、帰ろうよ帰ろうよと泣き出す始末、時代(間)からまったくとり残されたように静かに朽ちつつある村落や家屋の凄絶なたたずまいに比べたらわが郷里の信州なんてまるで都会だよと、私もこれはえらい処へ来てしまったぞと内心動揺しつつも、多少の好奇心と妻子への腹立たしさで、気を紛らすことができた。結果からいえばこういう時間性を超越して自然とにんげんがムキダシの形で対峙対決しつづける現場で西川徹郎の作品を考える作業というものは水の中で硝子を探す作業のように空しいものであることを知り、私は次の日から可能な限り足を使い杉林と水田に囲まれた起伏の激しい村落を観察してまわることにした。それにしても八月に入ったばかりというのに雲垂れ籠め太陽は申訳程度にしか差さず朝晩は濃密な霧が立ち籠めて、歩いていると次第次第にからだが重く冷え込んで、そんな時に杉の大木の下に入って一休みしようとすると霧の粒子を吸い込んだ杉の梢から山蛭のように太い水滴がこぼれおちるのである。杉という樹木は地下に張りめぐらした無数の毛根から水分を吸収するのみならず、空中からもそれを摂取して育つ生き物なのかと思い、霧をロマンチックな自然の演出であるかのように考えていた私にとり霧変化して雨降らす杉は新鮮な衝撃であった。

　ふらふらと草食べている父は山霧
　山霧ははは連れ出すふらんする
　かれはかれはと霧にふれれば気がふれる
　戸袋の霧はきつねと言いふらす

　過日西川徹郎より頂戴した『町は白緑』の生マ原稿の冒頭にみえる句だが、多分彼の在所をとりまく霧もにんげんを、その精神の生活をた易く呑み込んでしまう類いの強暴なそれなのであろう。にんげんの喜びや憤り、希望や絶望といった心性に真綿で首を締めるような働きかけをする悪霊である。「霧にふれれば気がふれる」

とは霧の性質といったものを体感すればする程その絶妙な把握に感服するほかはないが、私たちのどのような環境的、精神的肉体的な隙間(空白)に予告もなく雨風のような音もなくしのび込み瞬時、私たちの起臥を肉を魂を冷たく重く湿らせる。家を空ける時はきちんと戸締りをした方がいいよ、蛇が入るから、とその家を借りる際に教えられ蛇嫌いの私は肝を冷やしたが、このへんの戸締りは泥棒ならぬ蛇のために必要であって鍵を掛けた家など見たことがない。これも又不気味な話ではあるがお互いがお互いの鍵となる習性を天性のように身に備えているのである。だから戸締りをすれば蛇の侵入を防ぐことができても、天空の放浪者霧は天下御免の融通無礙なる侵入者であり、ひとの肉と魂にやまいの源を巣作る。すでに霧は自然の一現象としてのそれを遙かに超越した精霊として私たちの畏怖の対象としてある。それにしても三百年程前の家屋を筆頭に新旧さまざまな百姓家が杉山を背景に時間のストップモーションをかけられてそれ自体が家霊の顕現のように在る様はおかしくもの哀しくもあるのだが、なぜあのように百姓家というものは絶望的に被虐的に内に向けて閉ざされており つまり窓、明かりとりといったものが申訳程度にしか付けられていないのだろうか。あたかも何者であれ何物であれひとたびその暗い空間に入り込んだマレビトたちを決して出すまいとする暗い決意のように、或いは己れの拠点を暗箱のように暗くおくことによって敵、外部の侵入者の目をあざむき、自らにとってはまさに暗箱の原理により正確無比な敵の映像を写し出すことができるように。或いは家の通気性、外部との交通といったものを極限近く抑えることにより、霧に代表される侵入者の侵入を断つという思想のためか。私がそこで目にした大方の百姓家は小さな窓のある土饅頭といってもいい代物であった。そのためかそこがなおも人の棲む家なのか廃屋なのかを知る手だては軒下に吊された洗濯物の有無によるくらいで、それすらも恒常的な霧の湿気のために当てにはならず、土饅頭の一角からこちらをけげんそうに視つめるひとの眼に妙におどおどしてしまうのだった。のちのち知ったことだが私達が滞在したその村は隠れ切支丹の村として知られており、いくどか散歩で通った寺にはマリア観音数体が収蔵されているとのこと、あの霧とあの杉ならば何でも隠してしまうわさ、と妙に納得のいくことであった。立ち籠める霧は巨大な胎内でありあちこちを杉襖で堰かれた村落はこれ又巨大な迷路、土饅頭にも似た家々は迷路への入口といったところであろうか。だから先程掲出した西川の句の「父」「はは」「かれ」といった人称代名詞を隠れ切支丹を探索に来た役人というふうに置き換えれば、彼らは霧という精霊の魔術によって魂魄を抜かれたり肉体を腐乱させたり気狂いになったり動物霊に憑かれたりと、散々なていたらくである。ほんとうは霧に乗じた村人の仕業であったとしても。犯罪という形式が実に事故という偶発性を模倣するように、霧という村落共同体にとっての侵犯者にして悪霊は、時に変じて共同体の神性としてこれを救済する。ひとの犯罪を霧が償うわけだ。なぜならば諸悪の根源である霧は共同体の外部の敵にたいしても悪＝犯罪の限りを遂してくれるだろう。ただしこれは敵にとっては摩訶不思議な人力の及ばぬところの事故なのだ、と。私たちが最初にその村に車でたどり着いたのはすでに陽も暮れそれからびっくりするような闇の訪れの中にその闇も明けやらぬ翌くる早暁、自分はこの辺りを巡回する警察の者だがと云って霧の中から制服姿の男があらわれ、私の身元その他根掘り葉掘り質問し、とにかく村人とはうまくつきあってくれ、刺激を与えないでくれといって素早く立去ったのには、あんぐりと口を空けて見送るほかはなかった。私たちの到着を目撃した村落の誰かが駐在所に連絡し、それを受けた先程の警官が夜が明けるのを待って飛んできたに違いなかった。それにしても村民の目の素早さよ、官民のチームプレーの緊密さよと感心したり少々薄気味悪くなる一方、ひとをバイキン扱いしやがってと怒りがこみあげてきた。仮りに村落共同体のタブーといったものがあるとして私がこれを偶然に侵犯してしまったとしたら法の有無効には一切関係なく官民一体となって「霧にふれれば気がふれる」状態で葬られてしまうんだななどと西村寿行の伝奇小説のようなことを考えた。なにせここは一度も弾圧を受けることなく維新を迎えた隠れ切支丹の村なのである。人であれ事物であれ宗教であれ隠すということにかけては天才的な村なのだ。だから私自身も彼らから逃げ隠れすることは可能としても挙げ句の果は「ふらんする」運命をたどるだけだ。

みんみん蝉であった村びと水鏡
厠の深い谷間を跨ぐ谷の寺

手を繋ぐ二階の死者と杉の木が
佛壇のなかを七年迷う鶯よ
階段で四、五年迷う春の寺

西川徹郎の在所北海道芦別市についてはは知るよしもないが、私が八月の一ケ月を過ごしたその村は五月の中頃まで雪が残り十一月には降雪が始まるという代表的な豪雪地帯で、八月という季節はいわばひとにとっても自然にとっても華やかで気忙しい祭のような一刻、路傍や庭先や畦径には夏秋ごちゃまぜに原色の草花が咲き競い、畑には食べきれずに放っておかれた胡瓜やトマトが幼児の腕や頭ほどに肥えて「ふらんする」寸前にある。どうしてあの人たちは食べきれないことがわかっていながら畑一杯に野菜を作ったり、切って生けるのでもない花をあたりかまわず咲かせるのかと私の女房は不思議がっていたが、一年の内のたったひと月の自然界の過剰のお裾分けにあずかろうとするにんげんの心根がわかるのである。とにかく息子が戦斗機と名付ける程に水色目玉の鬼やんまは堂々と立派であったしその他の草花や昆虫もびっくりするほどメリハリが効き巨きかった。私たちが日頃付き合っていた胡瓜やトマトや草花や昆虫のなんという存在感のなさ、貧弱さであろう。或いは都市という共同体の。ひとびとは西川徹郎の作品構造の或る種の畸形性を捉えて病的であるとか、イメージの過剰なるデフォルメーションとかいうことを云々するが、実は西川の作品はフリークでもシュールでもデフォルメでもなんでもなくて、ましてや病的であるなどとんでもなく、かなり健全な精神の賜物であることを広言せねばならないが、西川の読者は自らの貧弱なる日常性と関係性を省みて自らにカルチャーショックを喚起させねばなるまい。西川氏の作品はありゃフリークだねとか、いささか神経症的誇大妄想だねとかレッテルを貼るのは都市中産階級の亜批評家的病弊であって、そのように定義づけないと彼等は安心出来ないためであり、事実西川氏の作品は北辺の寺院のように強暴かつ巨大なスケールを持つが、それはただ囲繞する自然のスケールに比べて巨きくあるだけでありフリークでもデフォルメーションでも何んでもないのだ。ちょうどわが息子にとって鬼やんまが戦斗機と感受された同じ精神の働きによって。

霧は母胎村的共同体は張りめぐらされた迷路、そして内側から閉ざされた家は迷路への入口であり死者たちの出口である。八月、その死者たちも個々の家々へ帰る。とすれば路傍のあの過剰な花々、「ふらんする」畑の夏野菜の過剰さは死者に供えられるのか。その後私たちは村びとの誰彼と口をきくまでに親しくなりそれこそ食べられぬ程の夏野菜のプレゼントを受けたが、してみると私たちも遠くからふらりとやって来たマレビトたる死者たちのようなものか。

遠い駅から届いた死体町は白緑

（本論の初出は一九八八年七月十日発行『西川徹郎の世界』（秋桜COSMOS別冊）秋桜発行所）

◆宮入　聖　みやいり・ひじり＝一九四七年長野県生まれ。俳人。一九八三年十二月総合誌「季刊俳句」（冬青社）創刊、同誌の編集発行人。宮入聖・攝津幸彦・西川徹郎の三人は同年生まれ。宮入聖は西川徹郎が最も畏敬した俳人。一九九二年七月発行「銀河系つうしん」第十三号「特集・宮入聖」。近年の西川徹郎の句集に「宮入聖」や「攝津幸彦」の名を入れた作品が見られる。第一回現代俳句協会新人賞。著書に句集『聖母帖』『少年』、評論集『飯田蛇笏』ほか。

攝津　幸彦

『定本　無灯艦隊』に寄せて——西川徹郎句集『定本　無灯艦隊』解説

かつて海女が沖より引きずりあげたという由来を持つ「無灯艦隊」が多少の再編を施されて再び読者の前に、『定本　無灯艦隊』（一九八六年・冬青社）として出現することとなった。

首刈られそうに細い花嫁基地が見え

僕は西川徹郎という俳人をはじめて意識した時の事を不思議に良く覚えている。昔、坪内稔典が中心となって発刊していた、同人誌「日時計」の第八号に新人作品シリーズ（I）と銘打って、どういう事情か知る由もないが、何とその号の大裏表紙に小さく彼の作品十句が掲載されているのを読んで感銘を受けたのであった。その号の同じ大裏の下段に編集後記として〈日時計同人は、今、最も困難な日常を生きている。大半が、学生から生活者へと当然の道を歩んでいるからだ。〉云々とあってその時代が偲ばれる。

右の句はこの「日時計」の十句中の句で、この句集にも収録されている。これ以外にも、

耐えがたく青い陸橋手のない家族

陸橋がふえ青い人形どんどん売れる

馬をしごく母たちガーゼの島が暮れ

唖兄弟がとぶ葬儀会社の屋上で

等の句があり、僕の記憶の中に今もなお、鮮明に忘れ難く残っている句であるのだが、句集には遂に収録されないまゝである。

胎盤透きとおり水くさいコスモス畑

粉屋暴れてぼくの地方が暗くなる

銀行より皿が出てくる真昼なり

俺よりも泣く裏山の木に会いに行く

僕は西川と出生地は異なるが、同じ昭和二十二(一九四七)年にこの世に生をうけた。俳句への出発の仕方は些か違うが、処女句集『無灯艦隊』のこの時期、今となっては、なつかしく思い出されるのだが、金子兜太の『今日の俳句』や、赤尾兜子の〈第三イメージ論〉等に大いに触発され、少しでも彼らの句に近づくことを念願し遮二無二俳句を書き続けていたのだった。西川も又、右の四句に見られるように多分に、兜太や兜子の影

響を受けていて、その模倣と発見に懸命であった時期であろう。

このような句を含めて、僕は西川の身体を突き上げるようにしてあった句の振舞いと、事象を巧妙に捉えては、リアルに俳句形式の中に解き放つ句法に確かな手応えと同時に親近感を抱いたものである。無論その手つきに香るモダンなリリシズムとともにである。

軍港ふえ羊飼い等がしらじらと炎え
不眠の骨がかわく山脈卒業す

『定本 無灯艦隊』で初見の句の一部であるが、何故に処女句集『無灯艦隊』で自選に洩れたのか全く不明の傑作がこのように数多く残されているということは、西川の俳句に対する優れた資質は言うに及ばず、この時期の多作とその充実ぶりが自然と伺える。

さて、昭和四十九(一九七四)年の暮れ方、処女句集『無灯艦隊』が俳句を書くことに行き悩んでいた僕に新鮮な灯をもたらしてくれて十余年、「僕も西川徹郎も実はまだ俳句を書いているのです」という誰かの劇画のセリフのような言葉が身に沁みる三十代最後のこの年に、処女句集を再び世に問う西川のその苛立ちと焦燥が、びんびんと僕に共鳴して少し気分を緊張させる。

思えば、西川はいつもこの種の緊張感を持続していて、十余年という時間の経過の中で、この処女句集で見せた力強い口語手法を一貫して駆使することで、過剰な観念を俳句形式に折り重ねるように当てがい、新たなる無の境地を創造せんと努めてきたのだった。その成果は周知の如く、第二句集『瞳孔祭』や、第三句集『家族の肖像』に鮮明である。

不眠症に落葉が魚になっている
京都の鐘はいつしか母の悲鳴である

『定本 無灯艦隊』の原稿を読みながら、以後直接に逢った紳士然とした西川の容姿や、不眠症に苦しむ学生時代の京都での生活等を想像していると、この初々しい句々の叙情が俄かにけぶりたち、まるで僕自身の青春時代に立ち合っているかのような錯覚におそわれるのだった。
とまれ、今は無灯艦隊の再びの航海に更なる栄光あれ、と祈るばかりである。

（本論初出は一九八六年十月冬青社刊行西川徹郎句集『定本 無灯艦隊』解説・栞）

宙吊りの時空が現れる——『西川徹郎句集』『月山山系』を読む

西川徹郎の句集が立て続けに二つ出版された。ひとつは、ふらんす堂刊の現代俳句文庫シリーズ第五集としての『西川徹郎句集』、もうひとつは、彼にとって八番目の句集となる『月山山系』である。前者は、処女句集『無灯艦隊』から未刊の『月光學校』を含め、『月山山系』まで九冊の句集からの自選四百句と若干の評論等を収録したもので、彼が俳句を書き始めて以来三十年の俳句形式との格闘と戯れの軌跡が鳥瞰できて、徹郎俳句のファンならずとも見逃せない一書となっている。

四六判で百頁余りのこのふらんす堂版の現代俳句文庫は、他の俳句文庫と比して、紙質やレイアウト、文字の大きさが、程よく吟味、計算されていて一級の文庫版句集となっている。十分な余白と、五・七・五律、十七音の定型詩形が微妙な交響を重ね、今まで読み慣れてきた徹郎句も、多少なりともその荒さが抑えられて新たな印象を与えてくれるのだった。

産婆と暗い丘の空中回転見たり
男根担ぎ佛壇峠越えにけり
全裸がのぼる月のまぶしい峠道

『無灯艦隊』抄

西川徹郎の数多い句集の中で、とりわけ僕に興味と愛着を失わせないのが、『無灯艦隊』である。書棚のどこかに紛れ込んでは、ある日、突然に顔を出すということが幾度となくあった。中学入学の頃に俳句形式との遭遇をいち早く果した徹郎の、五・七・五律、十七音詩形の習熟への自信と、それに基づいた反定型への指向がこの句集から同時に読み取れるし、最短定型詩形の内部で生起する言葉のあらゆる動きや、言葉と言葉のあわいで自己展開を繰り返すイメージへの周到な配慮に気づかされずにはいられない。ここでは、既に、俳句特有の律の流れと言葉相互の絡み合いの中で身体を疎外したまゝに収束し内閉する自己存在感への危機に鋭く反応する作者の姿勢が見て取れると言ってよいだろう。

西川徹郎の俳句に、しばしば〈恐ろしい〉、〈息詰まる〉といった評言がなされるが、逆に作者が仕掛けた言葉と俳句形式との相互の絡まりを丹念に、見届ける作業の中で達するイメージのある高さと深さに到る時、おそらく作者の意図を裏切る形で、じつに爽やかで軽やかな宙吊りの時空が現われて読み手の気分を仕合せにする事もしばしばなのである。

『無灯艦隊』を読むたびに、〈恐ろしい〉、〈息詰まる〉ような世界とは別の世界を僕は発見し、そこに西川徹郎という信頼すべき天性の詩人肌を感じるのだった。徹郎俳句が強いる多様な読みに対して、僕はいつも、その仕掛けに大いに乗るべく努力をする。挙句に作者の仕掛けを超えたところで存分に私的な解釈をして、ひとり悪乗りをする。じつのところ、そういう努力をしないと、彼の存在の核心にくい込んでいる他者の顔が見え隠れして、自己の深い病いを再び病みなおすという不快な経験を避けられないかも知れないという不安が募るのであると、言っておく。西川徹郎の手練手管の思う壺にはまらぬために、前掲句を次のように読むことにしている。

一句目は、産婆と暗い丘が一緒に空中回転をしている光景。二句目は、男根を担いだ佛壇が峠をヨッコラショと越えるのだ。三句目に到っては、いつも僕より三歳年上の昇(のぼる)という従兄を思い浮かべ、幼少時の晩夏の一刻を琵琶湖畔で二人フリチンで泳いだ思い出に行き着くのが常である。

無数の蝶に食べられている渚町　　『定本　無灯艦隊』抄

ねむれぬから隣家の馬をなぐりに行く　　『瞳孔祭』抄

祭あと毛がわあわあと山に　　　　　　『家族の肖像』抄
湖底の草が肛門に触れ眠られず　　　　『死亡の塔』抄
石に打たれて母さんねむれ夜の浜　　　『町は白緑』抄
涙ながし空で縊死する鶯よ　　　　　　『桔梗祭』抄
眼ニ刺サッタ山ノ秋津ヲ抜イテ下サイ　『月光學校』抄

デカルトを持ち出すまでもなく、近代の合理主義は、本来は全体的であるべき人間を精神と身体に分裂し、それぞれ独立的な実体と見なした。おかげで、事物的で、重く鈍い肉体は、透明で軽快な精神をその事実性によって束縛するという事で、厄介なお荷物となった。

西川徹郎の眼は、人間の存在の各瞬間ごとに生き、かつ働いている厄介な身体に絶えず向けられていると言ってもよい。

単なる「もの」として身体を排除した「季語」に代表される自然と、身体をもたぬままに「われ思う」から「われ在り」へと短絡する精神との目出たき邂逅が果たし得た俳句の在り様が、遂に自己の存在の確実性を基礎づける根拠を決定的に欠落させており、自己の同一性を見定めるには余りにも遠いという事の諦念が『無灯艦隊』以後の句集に、苛立ちとなり表われているとするのは、逆説的に過ぎようか。

生と死、肉体、肉親、身体の暴力的な動作、余りにも日常的に存在する家具や道具。

これらを表わす言葉が、一句の中で交錯し反映し戯れ合う。そのことを西川は、ひたすらに思い念じる。身体に突き刺さった〈われ思う〉棘を追い払うかのようにだ。

麦刈り　　　　　　　　　　　　　　　『月山山系』抄
麦刈りの手つきで死者を刈り尽くす
麦刈りの手つきで魔羅を刈り尽くす
麦刈りの手つきで父を刈り尽くす

麦刈りの手つきで姉を刈り尽くす

私は誰なのか。私はどこにいるのかという問いが、刈り尽くされて何も存在せぬ時空に漂う。読み手は、不気味な不安に曝され、同じ問いを繰り返している自己にいつしか気づく。そして、西川徹郎という類い稀な俳人の精力的なその戯れから、うかがい知れぬ聡明な或る種の〈知〉がけぶり立つのを見届けるだろう。

（本論の初出は一九九二年弘栄堂書店「俳句空間」第二十二号）

◆攝津幸彦　せっつ・ゆきひこ＝一九四七年兵庫県生まれ。一九九六年没。俳人。関西大学卒。一九八〇年同人誌「豈」を西川徹郎・藤原月彦等と創刊以来、同誌の編集発行人。九八年第二回銀河系俳句大賞。句集『姉はアネモネ』『攝津幸彦全句集』、『攝津幸彦全文集』ほか。

青柳　右行

西川徹郎ノート

原因が結果に先だつという因果関係を本質として私たちの世界は成りたち、それゆえに私たちの思考の展開とさまざまな問題の分析を可能にしている。しかし理念の上では因果関係を構成する時間の順序を逆転させることが出来る。つまり、結果が原因に先行すると考えることも出来るのである。このことはニーチェが執拗に論証しているようにたいへん興味深い問題であるが、しかし私はここで哲学の解釈をはじめるつもりはない。西川氏の作品を読みつつ、「俳句(諧)史」の因果関係を逆転すると新奇な俳句世界が眺望できるのではないかとふとそんな気がしたのである。西川作品に俳句の基準点を設定したならば果たして数百年の「俳句(諧)史」

に連なる数多の名句は「現在」の私たちの視界で栄えある名誉を保ちえるのであろうか。私には何とも答えることは出来ぬが、このごろの俳人諸氏は古典を学びとることに熱心なあまり、肝腎な今日の時代状況がよく見えていないのではないかと危惧するのである。無論、古典主義に徹するのは結構なことである。メートル法の制定に抵抗して尺貫法を貫き通す職人の志にも似てそれなりに美しいものがある。しかし、現代生活を素材に古典趣味を弄ぶのは茶番というもの。こう考えさせられるほど西川氏の作品には饒多な詩精神の結実する「現在」がある。いうまでもなくこの「現在」とは目新しい時代の風俗や生活を賛美するモダニズムのそれではなく、西川氏の「現在」であり、俳句の「現在」であり、何よりも私たちの「現在」である。

西川氏の作品は大抵「定型」の「破調」で書かれている。良質の作品を産出するならば「定型」「非定型」あるいは「有季」「無季」の形式的優劣は問題とするにたりないと私は考えるのであるが、やはり西川氏の「破調」への固執は尋常ならざるものに感じられる。かつて定型を固持した俳人によって「破調」の句が必然として書かれてもいる。極端な例として二句あげておく。

凡そ天下に去来程の小さき墓に参りけり　　虚子

浮浪児昼寝す「なんでもいいや知らねえやい」　　草田男

際立った逸脱とはいえぬまでも芭蕉(特に前半期)にも破調句は多くみられる。西川氏の「破調」へのこだわりも必然であるならば、その「必然」とは私たち人間の解決出来ない問題を山積した「現在」の安易な「定型化」への真摯な拒絶と考えられなくはない。現在の「定型化」とは現在の「過去化」である。つまり、人間(俳人)の思念が遠景としての過去へ向けられるとき、俳句は「定型五・七・五の十七文字(音)」で書かれ易いのではないか。表現対象やモチーフが現在に在ってもそれは「過去化」された現在ではないのかということである。この辺りに俳句の限界をみるのはともかく安易に諦観されては困る。

過去は世界と人事の「定型」、現在をその「非定型」とすれば西川作品は「定型」と「非定型」の間で書かれている。現在と過去の間で書かれ、現実と非現実の間で書かれ、生と死の間で書かれている。過去すら「現在化」されるのである。

「定型」つまり五・七・五、十七音の韻律Patternに対する嫌悪感がときとして私にも生ずる。例えば悪いが蒲鉾を食みつつ鱈の姿を想起するようなもので、パタン化されることによって素材の新鮮さが損なわれたのではないかという不安がある。たしかに俳句定型には素材を扱う範囲が限られている。かりに素材を言葉としても、何よりもモチーフ自体が定型化されるのである。短さ、要するに言葉の数に限りがあるし、そのうえ五・七・五の韻律に分断されねばならない。しかし、言葉の数は別として、句の冗漫さを差引けば「定型」よりも「非定型(長律)」のほうがモチーフの領域が格段に広いのではなかろうか。それで果してモチーフは定型の韻律から自由になりうるかといえば私は可能だと思う。しかし、なんとしても定型を逸脱したときの句の冗漫さが気になるところである。

西川氏の技法を簡単に整理すると次のごとくである。
A　「定型」十七文字(音)の韻律にこだわらずに書く。
B　季題(語)を意識的に用いない。
C　口語を優先的に用いる。
D　「や」「かな」「けり」等の代表的切字を使わない。
E　現代仮名遣いで書く。
以上五つの技法に共通する効果は私には左程重要とは思えない。効果はあるだろうが第二義的な問題に過ぎない。このような技術的条件により西川氏の俳句が生まれると信ずるほど私はお人よしではない。あえて問うならばなぜ西川作品は「非定型(自由律)」ではなく「定型」の変型(破調)として書かれなければならないかということである。作品を検証すれば「非定型(自由律)」と「定型」の中間というよりは、明らかに「定型」よりの位置で書かれているのが分かる。

「麦野は鏡」五十句(「銀河系つうしん」第五号)に当ってみると最短十七音、

マネキンの七、八人も草野球

列柱へ兄紛れ込む彼岸花

最長が二十一音（二十音で読めぬこともないが）の一句、

星が箒を棄てて出て行く朝の浴場

その他の句は殆ど十九音あるいは二十音で書かれている。「定型」そして「破調」、これは西川氏の技法というよりモチーフの促す必然的帰着と考えるべきかもしれない。

それでは私の愛する西川作品を鑑賞しておくことにする。

朝日に打たれし浴槽修理人は鳥

白い木槿の錯乱という少年

猛犬である下駄箱は町を映し

第三句集『家族の肖像』より三句。「朝日に打たれし浴槽」といわれれば薄暗く湿っぽい浴室に幽閉された浴槽の不幸がありありと胸を撃つ。浴槽のまた朝日の表情をこのように巧みに捉えることは西川氏の俳句形式を取扱う手法に長けている証左である。初めから一息に十二音を繰り出すところが韻律の効果を的確に上げている。そして、次に「修理人は鳥」となると深刻かつ滑稽な悲喜劇の一場面となる。「私」は浴槽であるのかそれとも鳥であるのか、それが問題である。

「白い木槿」の句は私には旨く理解できない。「いう」という言葉が「言う」と「謂う」では句意が異なるし、「言う」であっても少年が言ったのか他人が少年を差して言ったのかこの辺りが不明なのだ。しかし、白木槿の譬喩に妙味がある。やはり、白木槿が錯乱して少年になったと解すべきかもしれない。

「猛犬」の句は私が思わず犬のように唸った作品。初読にして何故、下駄箱が猛犬なのかと頭を悩ましたのであるが、高校生の姪に見せたところ、学校備え付けの下駄箱には蓋なる上部を蝶番で留めた横板があり、この板が履物を出し入れする生徒の手をときどき気紛れに咬むそうである。そこで私ははたと得心して唸ったのである。人影の絶えた学校の下駄箱は静かに町の夕暮の景観を映しているのかもしれない。

野道で落とした眼球をめそめそ捜す

ねむれぬから隣家の馬をなぐりに行く

落日滲む脳のしわしわの草原

第二句集『瞳孔祭』より三句。

西川氏は昭和二十二年北海道生まれとのこと、二十四年生まれの私と同世代である。私はなぜか北海道を一つの独立国のように考えるせいか進入が憚られるようで一度も地を踏んだことはない。しかし、住む土地は異なってても呼吸した時代の空気に変りはない。戦後の荒廃した時期と昭和三十五年あたりから始まる経済繁栄期との狭間に自我を確立しつつあった私たち世代の少年時代には実に「めそめそ」という言葉が相応しい。不良の兄と優等生の弟との間で板挟みにあって、いつも「めそめそ」していたものだ。野道で眼球を無くしてもだれも捜してはくれない。そんな時代であった。

最後に西川氏の作品を多くの若き世代、しかも俳句と関わりなき若者たちに読んで貰いたいと私は希望する。きっと、現代俳句もすてたものじゃないと思うに違いない。

(本論の初出は一九八六年冬青社発行「季刊俳句」第十二号)

自選作品集「月夜の不在」を読む

西川徹郎自選作品集「月夜の不在」(一九八六年・冬青社『現代俳句十二人集』所収)を大変愉しく読ませて戴いた。

西川氏は諧謔の天才である。

諧謔とは文明批評の武器たりうる一種のイデオロギーを意味する。

　現代俳句を充実させている顕著な傾向として私は、唯美主義と諧謔を挙げたい。今回は唯美主義について論ずることは出来ぬが、ひとこと唯美主義と蝶や花に現（うつつ）をぬかす大衆の生活感情とは大きく掛離れた美のイデオロギーであるといっておく。この傾向を代表する俳人として宮入聖と藤原月彦の二氏がいる。そして、私が何より現代俳句の生命線と考えている諧謔を変幻自在に使いこなす名手として攝津幸彦氏と「月夜の不在」の作者西川徹郎氏が在る。

　俳句は文学であっても芸術ではない。無論、芸術として価値のあるなしに関りなく、ことばを素材とする文学作品すべてがそうであるように俳句は芸術ではないのだ。このことは蔑かにされぬ肝心な問題である。

　俳句はことばの音楽でもことばの絵画でもない。俳句を芸術と考えているかぎり評価基準の定まらぬ鵺的状況は解消されることがないし、文学として正当に読まれることも価値づけられることもないのだ。真理は人の頭の数だけ在ると喝破したのはデカルトであるが、俳句作品の価値基準が俳人の数とはいわなくとも結社の数ほどあるとすれば厄介なことだ。原因は批評の不在ともいえるが、批評の主体を読者とすれば、最大の原因は読者の不在に帰着する。正しい作品評価の基準は作者と読者ではなく、作品と読者の関係の上に設定されねばならない。したがって俳句は文学として流通する商品価値を有たなくてはならない。

　それでは俳句とは何か。

　俳句は思想である。イデオロギーである。文学作品はすべてあたかも芸術かのように書かれかつ読まれているように信じられているが、錯覚である。よく考えて何よりも感動の質を検討すればイデオロギー商品として流通している事実が理解できる。作品の優劣に関係なくすべてが、である。知識人向けには難解ゆえに高級めいたイデオロギー商品、庶民には暇つぶしに役立つイデオロギー商品、といった案配である。

　芸術と文学の差異は意味の有無にある。意味の母胎はことばである。つまり、芸術作品は理解を必要とせず価値を生むが、文学作品は理解されねばとんと無価値である。音楽を胎児の情操教育に用いるのはいささか大袈裟としても、文字を読めない幼児でもバッハやヘンデルを喜んで聴くし正直このごろ私の持てあまし気味のブルックナーの交響曲も結構愉しんでいる。絵画も同様である。思考の発達しない子供のほうがより良く芸術を鑑賞できるのではないかと思う程である。私は芸術家ではないので作者のモチーフは想像もつかないが、論理よりも直感から作品が産出されるようだ。

ともかく俳句は如何に思われようと昔からイデオロギー作品として書かれまた読まれてきたのは確かなことだ。この辺りをはっきりさせておかないと結社制度と新聞俳壇を頼りに延命し同人誌で露命をつなぐような仮死状態から俳句は蘇生することはないのだ。俳句が商品として流通し文学作品としての価値を得られないのは文学性つまりイデオロギーの欠如の問題というより、俳人の認識不足により高度のイデオロギーが作品に結実しなかったのである。このことは一例として桑原武夫「第二芸術」をめぐる事の顚末を想起すれば解り易い。桑原氏の低次元の挑発に乗り「第一芸術」を目標に突進した俳人諸氏、なかでも西東三鬼は意に反しそれまでの自己の作品水準よりも大きく後退を余儀なくされている。在りもしない芸術のために三鬼氏は唯一の商品価値である独特の作品イデオロギーをあっさり放棄し、「伝統俳句」のサナトリウムに入院してしまったのである。他方、三鬼氏と反対方向を目差した三十代俳人を中核とする所謂「社会性俳句」運動が勃興するのであるが、ここでもイデオロギーの質が問題にされねばならない。草田男氏や楸邨氏を含めて私はそれなりに社会性俳人の業績を評価するものであるが、平和な時代に戦争に反対するようなその楽天家ぶりが何ともやりきれぬ。社会主義でもヒューマニズムでもいいが、行動可能のイデオロギーは文学の仕事ではない。行動不能のイデオロギーが書かれなければならない。俳句に革命運動の歌をうたわせたければ、俳句などやめて革命運動に挺身したほうが利口というものだ。革命を問題にするならば可能性ではなく不可能性を問題にすべきである。文学は政治イデオロギーの容器ではない、作品そのものがイデオロギーなのだ。深化の度合いを強めれば強めるほど作品のイデオロギーは特殊化し、社会性を喪失し、世界と個の対立に収斂する。究極としては「人類は私の外にある(サルトル)」場所で、俳句もまた書かれねばならない。社会の移りかわりを相手にしていては、労働者の暮らし向きの豊かさとともに消滅した職場俳句のように社会から見捨てられることになる。
そして、この良質の俳句イデオロギーは他の文学作品同様、いま諧謔として造型化されている。諧謔とはユーモアのことであるが、悪意に充ちた哄笑あるいはニヒリズムと理解して戴きたい。ニヒリズムとは視点によってヒューマニズムであったり反ヒューマニズムであったりする定義の難しい哲学であり、反時代、反人間、反文明と何ごとにも反を付けたがる反・哲学であり、人間の最初のそして最後の哲学である。
人間の夢を無限に紡ぐことが芸術の役割とすれば、その夢を破壊しつづけるのが文学のそして俳句の辛い仕事である。文学そして俳句は正に反・芸術であり、ニヒリズムとしかいいようがない。もっともヒューマニズムといいかえても構わぬが……。
さて、前置が長くなったが西川氏の既刊二句集より選び抜かれた「月夜の不在」二百句につき若干感想を述べておく。

階上の昼餉を襲うみえない草
落日滲む脳のしわしわの草原
ひとさしゆびでひとさしひとをさし殺す
眠れぬ韮を喰い階段揺らす家人
肛門のようにかなしく沼ぎわの黙礼

以上『瞳孔祭』抄より五句。

路地に眼があるときどき駅へひらき
睾丸へばりつく水底に町がみえる
肉体をゆめゆめ蓮の葉が犯す
池平は死馬で溢れているよ下駄箱も
梅咲いて喉を淫らに通う汽車

以上『家族の肖像』抄より五句。

一句づつ書き写してゆくと不思議な気分になる。ここには作者の肉体が見えない。生活が見えないし道徳も感情も希望も絶望すら見えない。超現実世界であり作者と一緒に私たちの眺めている現実の世界でもある。作者の霊のたゆたう世界かも知れぬが、私には私たちの住む現実世界の本当の姿が明らかにされているように思えてならぬ。

私ごとき者にはただ凄いの一言しかない。梯子を掛けても西川氏の世界に届きそうもないし、すべての「読み」は誤読であると確信している私なので誤読は気にならないが、それでもどれだけ西川氏のイデオロギーを理解できるのか自信はない。繰返し読む外に方法はないのかもしれない。

しまいに私の不満をいえば、西川氏の作品と後書との落差が気になるところである。「後記からさきに読むのは正しい読み方でも褒めた読み方でもなく、せっかちな批評家が揚足とりを早急にせねばならないときの常套手段である」(三島由紀夫)ので私はまずイデオロギーである「月夜の不在」を読み了えたのであるが、最後の後書の「方法的命題」の展開には正直閉口させられた。モチーフを作者が自解するのは一見読者に親切のようだが、読みの幅を限定する弊害を思えば賛意しかねる。直接、作品と読者が触れあうことによって作者すら読み切れない部分が読めることもあり得るのである。本当のところは「誰も〈後記〉などというカーテン前で本音を吐いたりはせぬもの」(三島由紀夫)かも知れぬが。

ともあれ私は俳句のよい読者ではないが、現代俳句の先頭走者西川徹郎氏の仕事だけは今後も注目してゆきたいと考えている。

〈本論の初出は一九八六年十一月三十日黎明舎発行「銀河系つうしん」第七号。本論タイトルの自選作品集「月夜の不在」は一九八六年冬青社『現代俳句十二人集』下巻所収「西川徹郎自選二百句」の集題〉

魔弾の射手―西川徹郎論(一)

第4章 魔弾の射手　青柳右行

一、はじめに

西川徹郎は作品(俳句と批評)を通して常に意志(欲望)と世界との安易な馴合いに異議を申立てている。訴訟の相手は自己であり世界を共に(偶然)維持している(多くは違法に)数多の他者の意識である。西川は彼自身そのものが一個の「意識」とでもいうべき自己を含む世界(意味)との対話に憑かれた一人の俳人である。彼は少なくとも意志(欲望)に当然のごとく意識＝言語を従事させている種類の人間ではない。しかし、この断定もまたわたしの錯覚かもしれぬし妄想かもしれぬ。が、現存在の(意識と意志の混沌とした)集合幻想としての世界(幻想にしては物質構成が緻密にできていることに驚かされるが意識の総量と進化を考慮すれば十分納得できるし、事実、意識と意識の接合の不完全な箇所では法則に合致せぬ現象がしばしば見出だされている)に本当のことは何一つないことを思えば殊更目くじらを立てることもあるまい。これからわたしの試みる「若き詩人の肖像」は多分、粗野な素描(スケッチ)にすぎないのである。

西川は有能な俳人であり、多忙な僧職にある。しかし、わたしには彼が迷宮の使者(不幸にも選ばれた人間)の一人と思われてならない。世界に囚われの身である彼は厄介な肉体を伴って車のハンドルを握るが(事故に遭い)、結婚するが(離婚し)大学に入るが(中退し)俳句結社に入会するが(やがて退会し)怒り笑い泣き寝食するのであるが、彼の目的はただ一つ夾雑物の「意志」を可能なかぎり排し、直接、意識＝言語によって世界と向い合い世界(自己)の本質(物自体)を探りアイデンティティを希求する形而上学的作業にあると思われるのである。したがって、彼の作品の難解さ、殊に読者の理解(意味の伝達)を前提として書かれる文章のむつかしさにはいささか閉口させられるが、これは単なるレトリックではなく他者とのコミュニケーションにとって有効な媒介となる現象に無関心になるあまり言語の共同性(ことばの道具としての機能)をないがしろにするので、その結果、言語の言語といった意識と言語の関係のパラドックスに陥るためと考えられる。しかし、西川の困難を思いやれば理解できぬことはない。彼の困難は「何でも知りたがるくせに何をも学ぼうとしない」者を除けばすべての人間の直面する困難である。

以上、本論に取り掛るための一契機について若干西川の主観に立入って述べたが、次に一つの興味深い仮説を援用して何故に西川が意志の至福＝世界（自己）との馴れ合い（あるいは和解）を断念して、世界（幻想）の出口探索に憑かれたのかという素因を風土性＝外的要因から考えてみたい。

「自殺の人文地理でまず気づくことは、気候が温暖、快適な地中海地域の南欧諸国に自殺は少なく、気候のきびしい北欧・中欧諸国に多いという事実がある。地中海地域は温暖な気候帯で日射も多くて日が長く、当然屋外での井戸端会議をはじめ、隣近所の人々とか知人との外で話を楽しむという生活が特徴である。」と布施豊正の『自殺と文化』にある。そして、布施はこの地中海地域に住むラテン民族の文化を「口の文化」と言い表わし（「肉体の文化」あるいは「意志の文化」と言替えても良いと思うが）「口の重いゲルマン民族系北欧人やドイツ民族」の「意識の文化」と対比している。続いて（ここが重要である）「きびしい冬の長い雪国では当然暖かい自分の家にひきこもる自閉的習慣が強くなる。このような風土では人間も内向的、思索的になってくる。」とある。それにしても雪国の風土性が内向的、思索的人間を育成する「事実」、そしてこのゲルマン民族系文化が「この点、日本文化と似たところがあるといわねばならない。」となると、いよいよ日本のしかも雪国（北海道）を自我形成の冷床とした西川の「困難」の風土性＝外的要因が（無論、仮説にすぎないが）類推されてなかなか面白い。しかし、何故か（当然というべきか）西川には雪の句は少ない。『定本　無灯艦隊』（一九八六年・冬青社、第一句集『無灯艦隊』の補遺を含む復刊本）。第二句集『瞳孔祭』（一九八〇年・南方社）に落葉の喩として雪が出てくる一句、

楢の葉雪のように積もる日出て行く妻　　徹郎

があるが、雪の句は一句すらない。第三句集『家族の肖像』（一九八四年・沖積舎）にようやく六句あり、うち四

句は巻末近くに収められている。

雪ふるホテル仮眠の羊肉料理人　　徹郎
あかるくみぞれるしざんの家であるのはら
図書は猟犬雪降る山へ眼をひらき
雪ふる浅いねむり老校長は鶏
豪雪である馬の前頭葉は階段
鶏が姉であった日霊場ふぶく

現在(一九八六・昭和六十一年九月)西川の三句集(わたしは彼の俳句作品については、一応この三冊を対象に論を進めている)に収録されている直接、雪を扱った句は右の六句が全てである。

鶏が姉であった日霊場ふぶく　　徹郎

この句について「秋風、鶏足に」と題したエッセイのなかで西川は次のように書いている。

「孤独で自閉症気味の少年であったその頃のぼくは、暇さえあれば、庭中に彼女ら(鶏のこと—青柳注)を追い回したり、時には窓から侵入してくる彼女らを物陰に隠れていて、大声を挙げて驚かしたりして遊んだ。彼女らは当時のぼくの唯一の友達だったのである。」

(『西川徹郎の世界』「秋桜COSMOS別冊」所収、一九八八年・秋桜発行所)

泣かせる話であるが、雪国そだちの孤独で自閉症ぎみの西川少年にとって鶏たちは友達であり、また親切な姉であったのである。そして、やがて父が病没しあたかも母の病を待ち望むかのように完成を急ぐ「ぼくの家の不幸の歴史」を眼前に、戦きつつ思索を重ねる西川が世界(幻想)のトリック(欺瞞性)に避けがたく直面せねばならなかったことは想像にかたくない。

さてここで、残されたいま一つの疑問(わたしの)、西川と時代状況(主に俳句との)との関係について考えたい。西川は昭和三十八年、十五歳にして早くも俳句への志を立てている。彼自身、その間のことを

「昭和三十八年、想えば、それは、私の十五歳の少年の日の出来事であったが、細谷源二よりの一通の便りを手にして以来、私は、無心に俳句を書き続けて、飢渇の心と戦うように薄暗く繋った青春の日々を送ったのだった。」

（前出、『定本 無灯艦隊』後記）

と書いている。昭和三十八年（一九六三）はいうまでもなく安保闘争（騒動）の三年後にあたり、敗北のもたらした挫折感（闘争の反動）を根底として社会の流れは明日と今日、意識（理想）と意志（生活）を引替えにアメリカ化（意志を神格化した米国社会への同化という意味であるが、あるいは安保闘争（騒動）とは一部の人々を除けばささやかな大衆の自己正当化、つまり戦後に持ち越された戦争責任の内なる加害者意識を被害者意識へ全面転換しようとする意志の集約された社会現象にすぎず、実態は終戦を契機にそれまで囚われていた国家権力の精神的枠組から解放された大衆がようやく本来の神との対決を避けつづけてきた原型日本人の刹那的意志社会に逆もどりしつつあったのであり、ゆえに本質的必然性をもって米国社会と合流したと考えるべきかもしれない）を急ぎつつあった時代である。この年（昭和三十八年）、米国ではケネディ大統領暗殺事件が起こり、わが国では「松川事件」の被告全員に無罪判決がでている。俳句社会では俳句ジャーナリズム（商業誌を中心に）を主導とする伝統回帰現象によって、かつて燎原の火のごとく俳句社会を席捲したいわゆる「前衛俳句」は前線からの撤退を余儀無くされている。（このことはむしろ地下活動に入った俳人たちの仕事を純化させる外的動因となった、と言いたいところだが残念ながらそうはならずに（数人を除けば）半数は相も変わらぬ安手のヒューマニズムを振り回し残り半数は言語遊戯を厭（あ）きもせず続けることとなった。）では、「遅れてきた少年」西川はいったいどのように時代（俳句）状況を受止めていたのか。

地の涯に倖せありと来しが　雪　　細谷源二

の作者細谷源二からの手紙（西川の新聞投稿を縁に書かれた）が西川と俳句の親密な関係を取持ち、事実、やがて「氷原帯」に入会し新人賞を受けているのだが、彼の作品は何故か「その印象は、はたらく者の俳句を主唱していた同誌（「氷原帯」―青柳註）の基調をなすものとは似ても似つかぬ句風のものでした。」（千葉長樹「句集『家族の肖像』をめぐって」一九八六年・西川徹郎個人誌「銀河系つうしん」第五号）となる。「似ても似つかぬ句風」、つまり無限の射程距離を有つ魔弾の射手・西川にとって細谷の「社会性」は重要ではあるが近すぎる(あるいは遠すぎる)標的にすぎず、細谷に寄せる親愛の情は先輩俳人への同郷のよしみと「晩年に至ろうとする細谷の侘びしげな姿態」(西川、「細谷源二の俳句、あるいは地方性という命題」「銀河系つうしん」第四号所収)が彼にそうさせたのであり、「氷原帯」への加入も単に作品発表の場を身近に得ようとする手段に他ならなかったと思われる。このことは後の西川と金子兜太(「海程」)との関係にもいえる。簡単に言えば(正に簡単すぎる推論には違いないが)西川は唯心論者(彼が僧職にあるからいうのではない。彼は真面目な僧侶と思うが、とにかく宗教全体の堕落、僧職を単なる生活手段と割切る破戒僧の跳梁跋扈するのを見ればただ僧職にあるとするだけで素直に唯心論者と断定する勇気はわたしにはない)であり、金子は唯物論者であるという違いがある。金子はいうまでもなく当代一流の俳人であることに間違いない。が、西川とは射程距離にこれまた差異が有りすぎるような気がする。恐らく西川は金子に敬愛の念を抱きながらも内心、違和感に苦しんでいたのではなかろうか。そんな気がする。しかし、西川に影響を与えた「前衛俳句」の俳人のなかでも、

怒らぬから青野でしめる友の首　　島津亮
音楽漂う岸侵しゆく蛇の飢え　　赤尾兜子

の二人には、西川作品に通底する俳句理念が感じられる。この二人の、西川同様意志の奔流に果敢にも意識の竿をさしつづけた希有な俳人は、現代俳句の先駆者の地位を不動のものとしている。

それでは前置はこのぐらいにして西川作品に具体的に当たってゆくのだが、念のため意識と意志について少々補足しておく。確かに意識と言語は分かちがたく表裏一体の関係にあるがそれではすべての文学作品は意識＝言語の全的表現ではないかといえばやはり、個体(自己)を形成する意識(言語)と意志(欲望)もまた意識と言語ほど緊密ではないが分かつことのできないものであるからそうとはいえないのである。そこで表現の第一歩として意識と意志の葛藤を認知し、自己との対話を続けることによって自己主体(意識)の確立に勤めねばならない。意識＝言語によって世界(自己)の本質(幻想)を明らかにしなければわたしたちの死(生)の誤謬は解けない

のであり、そして、この作業こそ選ばれた(わたしのごとき趣味として拘っている者は別として)俳人(文学者)のなすべき仕事だとわたしは確信している。

二、『定本 無灯艦隊』について

西川は深夜、月に向かって魔弾(ことば)を射る。月に届かない魔弾はことごとく地上(世界)に落下して、民家の屋根を次々と破壊しては人々の幸福な眠りをやぶる。間違って西川自身被弾することもある。

満月の黴臭い街火薬庫沈め　　徹郎

子供の頭蓋どんどん尖る火薬庫見え

村の火薬庫白い魚は消えゆけり

『定本 無灯艦隊』(以下、定本を外し『無灯艦隊』とする)は「村の火薬庫」と題し三十七句を収めた一章から始まる。「火薬庫」は火薬の詰まる人間の頭脳の能動的喩である。ここで重要なことは西川自身が先ず自己の頭脳を「火薬庫」と認識せねば他者の頭脳は決して爆発物を収納する「火薬庫」となりえないということだ。他者とは自己にとってつねに何者でもあるしまた何者でもないのである。複数の意識と意識が重なりあう部分がイデオロギーを共有し集中組織するにすぎないのでありこの後の西川が意識的に意識の重なりあわない部分を主題としてゆくことを考えれば、「火薬庫」=頭脳の喩の卓越した独特の発想は得難いものとしても、やはりこれらの作品から読みとれる「社会性」には率直に賛同できないものがある。「黴臭い街の火薬庫」「子供の火薬庫」「村の火薬庫」これらの「火薬庫」の内蔵する火薬が実は起爆力を有たないのではないかという予想される事実に(子供の火薬庫は未だしも爆発を予感させるものがあるがやはり子供であるかぎり年月の風化作用を考慮すれば多大な期待はできない)西川は落胆しつつも、内実に安堵の念がありはしないか。この希望と絶望のいりまじる西川の「思い」を他者との関係の上に成立させている作品の「社会性」がわたしを失望させるのである。「村の火薬庫」=西川、から消えた「白い魚」は村(僻村)を理由とすれば女(あるいは妻)と思われるが、わたしは(「村」がいささか引掛かるが)西川の意志と考えたい。しかし、

不眠症に落葉が魚になっている　　徹郎

この句の「魚」＝記憶の像、より類推すれば「白い魚」は女(あるいは妻)であり彼自身の意志の一部分とすべきかもしれない。そして、意志(欲望)の投棄に比例して西川の意識は他者を世界に返還することに因って世界そのものに向けられてゆくのである。

百姓の怒りが暗く流れる三味線
遠い海鳴り農夫の皺に棲みついて
沖に帆がてのひらに飯粒が昏れ
受験期の眠い拳が流れている
夜明け沖よりボクサーの鼓動村を走る
軍港ふえ羊飼いらがしらじらと燃え
死者の耳裏海峡が見えたりする

これらの作品は前述したようにやはり「社会性」(他者の意識との連帯性の錯覚を前提とした)を基盤に書かれているので、他の西川作品に比して高く評価できないものである。たとえば「百姓の怒り」とはわたしの理解の外にある。私見によれば「百姓」ほど怒らない(怒る事のできない)人々は古今東西、世の中には見当たらないのである。三味線に流れる民謡に込められた彼等の情念とは「怒り」を「諦念」にすり換えた「絶望」であり、絶望の果ての「笑い」ではないのだろうか。「遠い海鳴り」(たとえば戦争体験)が「農夫の皺に棲み」ついたとしてもそれは農夫自身の解決すべき問題に過ぎない。「てのひらの飯粒」「受験期」「村」「軍港」そして「死者」と、これらの状況に付加する客観的解釈には作者と対象とのま生温い空間がありありと見えわたしの感興を誘うことがない。無論、西川の超現実主義的手法は俳句の枠組のなかでは十分感嘆させるものであるが(金子兜太「銀行員等朝より螢光す烏賊のごとく」と比較しても)わたしは技法を敢えて問題にしたくない。技法は所詮、最良の「手段」にすぎないのである。

さくら散って火夫らは耳を剃り落とす　　徹郎
無数の蝶に食べられている渚町
羊臭い月の出一軍隊岬に凝り
性病院の窓まだ軍艦が燃えつづける
樹のない沖へ突っ込みゆけり明るい列車
沖へ伸びゆく舌あり睡いパラソル売場
街は痔でありおそろしいパセリ畑
便器を河で洗いしみじみ国歌唄えり
霊柩車行く鉄橋の下剃刀研げり
剃刀研ぎと冷やされし馬擦れちがう

「村の火薬庫」より佳作十句。他にも「羊飼いの肺活量が沖を占める」「海峡がてのひらに充ち髪梳く青年」と取り上げたい句は幾つもある。ここへきて西川は「社会性」つまり他者(大衆)への期待(共同性)を放棄し、放棄することによって不自由なことば(意志に従事する意識)の集合体として世界の詐術に新しいことばの組合わせ(意味)によって質疑を提出し、提出することによって独自の文体(思想)を確立している。

さくら散って火夫らは耳を剃り落とす　　徹郎

この句は、桜が散った(敗戦)ので火夫たちが耳を剃り落とした(戦争責任を回避しようとした、または忘却しようとした)のではなく、単純に桜の散るのを観て火夫たちが理由もなく耳を剃ったと読めるところに衝撃性がある。多分、火夫たちは桜が散らずとも耳を剃り落とすし、菊が咲いても耳を剃り落とすのである。これがわたしたちの世界の現実(不条理)なのである。

無数の蝶に食べられている渚町　　徹郎

も同様。「無数の蝶」(歓楽街にたむろする水商売の女か売春婦の類)が海辺の町の風紀を乱し道徳を蚕食していると読んではこの句は俳句として成立しないのである。昆虫の蝶、たとえば紋白蝶でも揚羽蝶でもいいがとにかく無数の蝶が群がって海岸の町を訳も無く食べていると読むべきである。

羊臭い月の出一軍隊岬に凝り　徹郎

「羊臭い月の出」とはなにか。「岬に凝る(寄せ集まる)一軍隊」とはなにか。この場合もやはり「羊臭い月の出」は「羊臭い月の出」であり、「岬に凝る一軍隊」は「岬に凝る一軍隊」である。仮にも、羊の臭いの懐かしさに誘われて北海道出身の戦死者の群れが一軍隊を成し月夜の海から岬に集まってくると、読んで一体何になろうか。と、書くとわたしの真意が誤解されるかもしれぬので一言いっておく。わたしはここで作為的に作品の句意を排し像だけに固執しているのではなく、いくつかの「読み」のなかから最良の「読み」を取出(取りだそうと)しているのだ。いわゆる「わからない俳句」＝「イメージ俳句」に対しわたしは常に懐疑的である。ことばの一語一語から古び死語化(実体の喚起力の稀薄な)し道具化したことばの意味を剥離して新鮮な像を組立てようとする意欲はよく分かる。しかし、像によって新しい意味(思想)を再構成せずに支離滅裂な像のまま提示しては、これらの作品は未完成作品と考えざるをえない。俳句の自然主義(単純写生＋生活感情)を克服できる方法は非リアリズム(イメージ俳句)ではなく反リアリズム(いわゆる「わからない俳句」ではなく、「わかりずらい俳句」)にあるのだ。そして、最良の「読み」(意味)が唯一の「読み」(意味)であらねば俳句は作品として自立できない危険性があるのである。しかし以上で十分説明できない危惧があるのでもう少し考えてみたい。攝津幸彦が「流星」第四号で西川の

男根担ぎ佛壇峠越えにけり　徹郎

を『無灯艦隊』より引き、「気になる一句より」と題した一文を物している。この文に、

「無論、僕はこのような(幾通りもの──青柳註)読み方があるということを、作者があらかじめ承知していると思っているし、だからこそ微妙で美しい一句の成立が可能なのだと思っている。名句といわれるものは、さまざまな読みによる揺れを昇華し、恰も明瞭な曖昧さと言う矛盾した言い方に充分に耐え得るように表われ

るものだ。もっとも、このことは作品享受の志向及び、嗜好に大いに関わることで、坪内稔典は、西川の〈男根〉の句をむしろ批判的に、第二句集『瞳孔祭』の栞で次のように書いている。『西川が自信作だということの句は、私には読めない。「佛壇」で切れるのか、それとも「佛壇峠」なのかというようなところで、判断に迷ってしまうからである。こういう句における西川は、過剰な観念で言葉を引きづりまわしていると思う。』多分、重要な事は、いくつもの読みのあり方を作者が意識しているかということと、その事の効果、とりわけ相乗イメージの現出、ズレによる意味の膨らみ等を明確に把握しているかということである。」

とある。長くなったが大変示唆に富む文であるので一節を引用させて貰った。文の始めは赤尾兜子の「音楽漂う岸侵しゆく蛇の飢　兜子」について書かれている。赤尾の句は確かに美しい像に烈しい意味(思い)を内在させている。が、この意味(読み)が果たしてわたしの考えるように唯一であるからこそ俳句(名句)として自立しえているのだろうか。わたしに可能な赤尾作品の読み(句意)は第一として、「音楽漂う岸」はソドムでありゴモラである戦後日本の悲惨な戦争体験を忘却して浮かれ騒ぐ人々の生活風景の喩を成し、「蛇の飢」は時代の荒廃を眺めやる知識人(赤尾)のいらだちと孤独の喩となる。第二は「音楽漂う岸」をいわゆる「伝統俳句」の遠景とし「蛇」を前衛俳人赤尾自身の栄光(自負)と悲惨(不当評価)とする。第三として像のつくる意味、つまり音楽の演奏されている湖か川の岸辺めざして飢えた蛇が泳いでゆく風景をそのまま受け取ることが考えられる。第四は突然、原因もなく巨大な蛇と化した人間がただ食欲を満たすために人間を食べんとして音楽の流れる岸へ向かって泳いでゆく、ということであり、当然、流れる音楽の意味する意味もまた不明でよしとする。たとえ「語句を切離して」幾通りの読み方を模索してもこの四種類の他にない、他になくともよいとわたしには思われるが、ただ一つの読み(意味)を選ぶとなると躊躇せざるをえない。事実を告白すれば、最初(私が二度目の入院ぐらしをしていた頃だから、今からほぼ五年ほど前になる)赤尾作品に出会ったときは第一の読み方をしていたのである。三番目の読みも一応考えはしたが蛇が「飢えた蛇」ではなく「蛇の飢」と表現されているところをみれば、やはり喩を考慮して書かれているのだと理解したのでこの読みにこだわることはなかった。ところが、現在のわたしには第四の読み方が文句なく相応しく思われる。読みが時間の経過とともに変わるのは避けられぬことのようだ。しかし、現在の読みを最良のものとしなければならぬのも確かであり、そして読みが幾度か変化していっても可能なかぎり唯一にして最良の読みを選択する必要もあるように思われる。否、読みを一つに特定せねば読むことができないというべきかもしれない。攝津説は無論「読み」ではなく「読まれる」作者の立場を問題にしているのであるが、「一句を読み取る場合、このような幾通りもの読み方に起因して二重三重の光景に出会うことはしばしばである。」のでその効果として「相乗イメージの現出、ズレによる意味の膨らみ」の段階にとどめ、読み(意味)を限定せずに像のまま受止めようとする見解にわたしは同意できない。俳句を読むとは像を絵画のように観賞することなのか。産出した作者の「思い」＝「思想」を読む作業ではないのだろうか。「明瞭な曖昧さ」とはいいえて妙である。が、わたしなら差し詰め「(像の)曖昧な(意味の)明瞭さ」と言い替えたいところである。

男根担ぎ佛壇峠越えにけり　　徹郎

それでは西川作品はどうか。坪内によるとこの句は「佛壇」で切るのか「佛壇峠」で切るのか判断に迷うので「読めない」のである。攝津の「二重の光景」を「定着しひとつの句を成立させて」いる方法とほとんど対極をなしている。しかし、この句が「鬼神峠」の一章に収められ同章の一句、

父の陰茎の霊柩車に泣きながら乗る　　徹郎

を読めば(あるいは初刊の『無灯艦隊』には「鬼神峠」の章題や「父の陰茎」の句はないのかもしれぬが)「佛壇」で切ることが無理なく理解できる。しかし仮に読まずともわたしには極めて自然に受け取られた。大体なぜ「佛壇峠」で切らねばならぬのか。これでは「佛」で切るか「佛壇」で切るかというのと何ら変わりがないではないか。多分、坪内は西川が「過剰な観念で言葉を引きずりまわしている」と言わんがために「読めない」と言い切ったのかもしれない。確かにこの句は「幾通りの読み方」に執念を燃やす人や喩の暗示に拘泥する人にとっては「読めない」までも「読みづらい」作品であるかもしれない。が、西川の一境地を示すこの佳品は徒に深

読みしては肝腎の的を外すことになるのである。西川はここにきて漸く喩をつくらないことによって作品に即物的衝迫性を結実しようとする方法を産出しているからである。死によって男根となりたもうた父は佛壇に納まることを拒絶するかのように巨大化したので、仕方がなく佛壇の上に載せられて峠を越えたのである。佛壇は変身した西川自身の姿である。

性病院の窓まだ軍艦が燃えつづける　徹郎

「村の火薬庫」に戻ることにする。性病院は梅毒や淋病などの病気を治療する医院と思われるが実際、性病だけを専門に扱う医院があるのかどうかわたしにはわからない。内科や泌尿器科あるいは皮膚科で薬物投与したり、脳梅毒が進むと精神病院に入れられるのかもしれない。が、ここでは「性病院」は「家庭」でなければならない。喩ではなく家庭そのものである。死語となりつつある「家庭」ということばを投棄して「性病院」とよぶことで家庭が蘇生するのである。窓の外では軍艦が燃えつづけるのである。しかし窓に遮断された「性病院」の内側に熱は届かず、冷えきったままであるのかもしれない。それではなぜ軍艦が燃えつづけるのか、と説明を求める人には、何故あなたの片手の指は五本あるのかと反問したい。少なくとも軍艦を国家権力や帝国主義の象徴などとは考えないで戴きたい。像を意味から遊離させることがことばの能力を拡散し減滅させる主因に他ならないからである。

樹のない沖へ突っ込みゆけり明るい列車　徹郎

わたしがこの句に感心するのはこの頃の西川作品に希な「明るい列車」の狂的明るさである。沖の海に突っ込むのが「帝国陸軍の戦闘機」であってはなにおか言わんやである。「暗い列車」では尚更である。「明るい列車」がなぜ理由もなく海へ飛込むのかといえば、「明るい」からなのだ。それ以上文句あるのかという西川の声が聞こえてくるようで何ともおかしい。おかしいが西川作品特有の緊張感が句を引締めていて見事である。正に絶望とは明るいものに違いない。それにしても「明るい列車」といわれればわたしは反射的に「暗い列車」を脳裏に思い浮かべてしまう。それは昭和二十六年の夏、わたしが二歳のとき母に負われて乗った汽車の車内暗さが思い出されるからである。それから長い間汽車に乗らない為に、汽車とは暗いものだという固定観念がわたしに出来上がったようだ。若い世代には理解しがたいことと思うが、西川の「明るい列車」は案外こんな辺から生れ出たのかもしれないと思ったりする。

便器を河で洗いしみじみ国歌唄えり　徹郎

これもまた面白い。なにも便器を洗わずとも靴でも野菜でも洗えばよさそうなものをと言いたいほどおかしい。しかも彼は国歌をしみじみと唄っているのである。ここには無用な生を送る人間への諷刺と同時に人間の生そのものの無用さが提示されている。便器を洗う男を馬鹿な奴だと鼻毛を抜きつつ一日中眺めているもう一人の男を便器を洗う男がやはり時折見やるのである。そして、一年が十年が過ぎていくのである。が、土手に座る男より便器を洗う男のほうが人間として数段優っていることはいうまでもない。この男は靴や野菜ではなく便器を洗うことによって生の「実存性」を引受けているからである。便器を河で洗うことの神聖な決意、人間の為すべき最良の行為をわたしはこの句により教えられた。それでも生きねばならぬとわたしの決意を鼓舞するのである。手が便器を洗い、口が国歌を唄っている。二つの行為には何ら因果関係はない。便器を洗いながら何故「君が代」を唄うのかといえば説明は出来ない。説明出来ないことをするのが人間なのだという他はない。「便器」から無理に喩を引出そうとしても適わぬことだと思う。それより便器を手に河に行き国歌を唄いつつ洗うことをこの句が奨励しているのだ。便器をしかも聖なる器として俳句に取上げたのは、俳人多しといえども西川以外にはあるまい。名句とはいうまい。読者を元気づける以外、俳句の栄誉は考えられぬからだ。

霊柩車行く鉄橋の下剃刀研げり　徹郎

剃刀研ぎと冷やされし馬擦れちがう　徹郎

この両句もやはり人間の不条理性＝不安を主題としている。「無」を対象とする不安は漠たるものであり、それゆえに簡単には解消できない困難がある。出来ればたれしも不安に苦しめられたくはないと思う。しかし、逃避することなく不安に立ち向かわねば世界のトリックは解けないし、自己に忠実に生きることにならない。

自己に忠実に生きること、人間の本来性を回復することこそ人間に残された最後の課題である。善い意識を結集して、世界を回復しなければならない。西川が「霊柩車」「鉄橋」「剃刀」というような不安を伴うことばを用いるのは意義のあることである。したがって、「葬儀屋夫人」「脳院」「猿人」「鬼女」「死人花」という言葉は、西川の感覚の固有性に着色されて立ちあがってくるということがなかったらただ暗く不気味なムードを漂わせているにすぎない」（西川徹郎句集『瞳孔祭』栞「口語の異貌」）という坪内稔典の見解は不当であり、明らかに俳句の枠に囚われるあまり文学全体の視点を欠いているといわざるをえない。

イデオロギーの終焉がいわれて久しいが、俳人はもう少し世界に目を向けて、俳句のための俳句ではなく人間＝「私」のための俳句を作って貰いたいものだ。自己に忠実に生きることは、他者にとっても有益なことだと思う。

（本論の初出は一九八九年六月十五日豈の会発行「豈」第十一号）

◆青柳右行　あおやぎ・みぎゆき＝一九四九年生まれ。俳句評論。宮入聖編集の総合俳句誌「季刊俳句」（冬青社）や攝津幸彦編集の同人誌「豈」で同時代の屈指の論客として活躍した。

西川徹郎について

佐藤　鬼房

『現代俳句十二人集』（一九八六年・冬青社）の西川徹郎集「月夜の不在」には、第二句集『瞳孔祭』と第三句集『家族の肖像』から、それぞれ百句を抽いて収めてある。いま私はその中から好みの何句かをあげて見る。

樹上に鬼　歯が泣き濡れる小学校　『瞳孔祭』
鶴はいつしか青い液体村祭　同前
藁束届く鳥のうねりのくらやみから　同前
落日滲む脳のしわしわの草原　同前
朝日に打たれし浴槽修理人は鳥　『家族の肖像』
鶏の舌あかあかと草の葉の医院　同前
爪の生えた道が便所で止まっている　同前
淡い鶏の肉は冬庭おとうとよ　同前

どうやら私は体質から言って、「樹上に鬼」「鶴」「淡い鶏」といったような、抒情が支えになっている句を好むようだ。ここにあげた「爪の生えた道」とか、

蝌状の駅がめくられる馬の舌

などでは、まるでダリの世界を思わすような、奇怪でおそろしいイメージを生んでいる。この薄気味悪さに私はむしろ反撥したくなる方だが、やはりここは私といえども避けて通れないのだ。
また、ここに西川徹郎の本領があるのだと思う。

睾丸へばりつく水底の町がみえる

なども私の好むところだし、ここには幻想とか假象のまえに、のっぴきならぬ現実が横たわっている。そして現実といったものが案外、常識的な予測に終ってしまう句になっている場合もある。

酔って唄えば楢山のよう父は

などがそれだ。しかも、こういう句はポピュラーで判り易いこともあって、割と多くの読者に支持されるのだ。
さて、昨年八月に刊行された『死亡の塔』を机上に置いたまま、ほぼ一年経つ。丁度、私が胃と膵臓の手術をし退院したあたりだから、療養の半病人と一年もこの句集は過ごしたことになる。鬼房そのものが半ば「悪

霊」の塊りならば、それをはるかに超えた、悪霊的世界、俗的な謂をこえるとき、それは精霊のすさまじさ、更に越えれば、自在無色の世界であろう。が、芸の創造世界は修羅の中にこそあるものだと思っている。修羅の中で、あるいは修羅を自ら作って、その中から修羅の彼方の無辺自在を見ようというのが、私のねがいだし、少なくとも『死亡の塔』にもその思いがあるにちがいない。『死亡の塔』というと、加藤楸邨などが中央アジアで見聞した歴史的な空間の映像で「死の塔」もあるが、西川のは決してそのような特定のものではない。では、おそるおそる『死亡の塔』を又繙いてみよう。

　麦野は鏡棺を出て来た少年に　『死亡の塔』
　あおあおと肉親が食う遠野の木槿　同前
　肝臓をはるばる訪ね裂けた木戸　同前
　おとうとの肋骨に刺さる蝶その他　同前

この句集は殆ど肉親、それも弟・姉・兄・父・母で編成されている。僧籍にある西川の分身らしいのも注目されるが、前句集の粘質的な佶屈さが薄らぎのびやかな音韻のひろがりを見せているのも一つの進境であろう。全体として

　空を打つ肉親笹の葉のような　同前

といった表現の仕方が多い。さきにあげた四句もスタイルは同じである。が、第三句目、第四句目はやはり畏怖(創造の)の思いを誘う。第四句目などは吉岡実の『サフラン摘』の中にある、ある少年の一章がちらついてくる。

　なみだながれてかげろうは月夜のゆうびん　同前

この底流するリリシズム、美意識は決してイコール感傷ということにはならない。この素地を大切にしながら、西川徹郎は自己韜晦することなく、スケールの大きなイデアの作家に成長してゆくだろう。私はいまの中堅で彼を五本の指の中に入れて注目している。他に紛れない独自の道を進まれる西川に熱い拍手を送る。

（本論の初出は一九八八年七月一〇日秋桜発行所『西川徹郎の世界』（秋桜COSMOS別冊））

◆佐藤鬼房　さとう・おにふさ＝一九一九年、岩手県生まれ。二〇〇二年没。俳人。一九八五年「小熊座」創刊、主宰。現代俳句協会賞・蛇笏賞受賞。句集に『名も無き日夜』『幻夢』、評論集『葦の葉』ほか。

三橋　敏雄

出藍の句集——西川徹郎句集『無灯艦隊』

西川徹郎第一句集『無灯艦隊』は、著者が俳句を本格的に始めた昭和三十八（一九六三）年より同四十八（一九七三）年までの十年間の自選作品を収録して、同四十九（一九七四）年三月に粒発行所から刊行された。昭和三十八（一九六三）年の西川徹郎は十五歳で、北海道は芦別高校の一年生だったが、同年五月、細谷源二の「氷原帯」に入会し、早くも同四十（一九六五）年十月には新人賞を受賞するという才能の開花を見せた。これを契機にして翌昭和四十一（一九六六）年、山田緑光の「粒」、金子兜太の「海程」、赤尾兜子の「渦」等へ相次いで参加し同人となる。その後、句集『無灯艦隊』の刊行に至る間の昭和四十五（一九七〇）年十月、著者のいわば最初の師細谷源二は鬼籍に入った。

顧みて私は如上の全期間にわたり、前記の各誌ほか関係誌上で折にふれて知る西川徹郎の名と作品を注目することとなる。それというのも西川徹郎作品は「氷原帯」時代以来、一貫して（今日も然りだが）口語脈、また、どちらかというと非定型の表現に拠るものが殆どを占めており、そこに、細谷源二晩年の俳句文体の更なる可能性の追求者として、これを発展的に継承する姿を見たからである。

かねてより細谷源二俳句には、ある困苦に際会した自他の感情伝達を目ざす、独特の哀感を湛えた抒情質に特徴がある。しかし、あえていえば喩の駆使において更に複雑な精神内部を窺知させるまでに至らないところがあった。

もちろんこれは俳句という表現形式や技術の問題に先立つ、表現者個人の内部欲求に関わることだが、この点、すでにして西川徹郎の初期作品集『無灯艦隊』は、いわば夢と現実、生と死などの境界を超える重層的なイメージの世界を求めて、多くの未知の自分自身との出会いを果たしている。

その上にも、最初の師細谷源二を継いで拠り所とする、口語脈、非定型の文体が本来はらみやすい弛緩を見せず、つねに緊張感十分の情動伝達を期しているあたり、出藍の誉れの第一歩を示した句集といってよかろう。

（本論の初出は『最初の出発』第四集所収、「西川徹郎句集『無灯艦隊』自選一〇〇句」解説、一九九三年二月・東京四季出版）

◆三橋敏雄　みつはし・としお＝一九二〇年、東京生まれ、二〇〇一年没。俳人。新興俳句に共鳴して俳句を始める。渡辺白泉・西東三鬼に師事。著書に句集『畳の上』『しだらでん』『三橋敏雄全句集』ほか。第十四回現代俳句協会賞。第二十三回蛇笏賞受賞。

上田　玄

星を盛る皿――西川徹郎句集『定本　無灯艦隊』

学校帰りに映画館の暗闇に時間を送った高校時代、サミー・デービス・ジュニアが、匕首マッキーを唄った

『三文オペラ』は、強烈な映画体験であった。とくに海賊ジェニーの唄は、それまで知ることのなかった戦きを生んだ。ぼろを着た女給が実は海賊の花嫁であり、街の旦那方の首をひとつ残らずはねさせる。ジェニーの運命のスプリングボードをもたらすのは、沖に泊まった大砲五十門の船だった。嬉々として攻撃的にこのソングを唄う赤い髪の女。昏れゆく少年時代にこれから踏みだす人生への過剰な防御意識を針ねずみのように装着していた私を共振れに誘う唄だったのである。

西川徹郎の無灯艦隊は何門の大砲を積んで彼の沖に現れたのだろうか。

十代後半に書きはじめられた彼のこの句集が、その初出当時の俳句状況を越えてなお現在の私を把えるのは、生身の生へのある拒絶を示すピュアな核がそこに沈着しているからである。

それは独特のリアリズムである。これには反論があるかもしれない。彼の句のモダニズムや抒情性をこそ人は評し、ある場合にはむしろその観念性を指摘したかもしれない。だがあえて私は、それはリアリズムだと言おう。青年前期の自意識が構成する世界像の内部において、彼の自意識が一種確かな現実把握と一致する幸福な一瞬のリアリティなのだ。あるいは、その一瞬がすでにある資質のセンシビリテイを顕現させることにおいて実に残酷であることを確認すればいいのかもしれない。

　羊飼いの肺活量が沖を占める
　卒業期河口で耳を群生させ
　沖に帆がてのひらに飯粒が昏れ

これら、眼前の沖へ息づまるような凝視のまなざしを向けたところに成立している句群。そのまなざしは、〈玫瑰や今も沖には未来あり〉という中村草田男の伸びやかな青春の抒情では無論ない。そして高柳重信の一連の沖の作品とも異なる位相に立っている。

　沖に／父あり／日に一度／沖に日は落ち

こうした重信の絶対性の沖が西川徹郎の眼前にあるわけではない。それは無定形でもっと猥雑で、折あらばゼラチン質の波しぶきを此岸に浴びせかねないのだ。人生の予兆において一種のリアリティを把握した精神が表現するシュトルムウントドランクといっていい。海賊ジェニーはここにも最良の盟友を見出しているのだ。

ところで問題はつぎの句だ。

星を盛る皿水陸両棲する僕ら

沖の予兆の作品群が、青年前期の内と外の恐るべき嵐に吹きさらされているとするならば、ここではそれらが無化されるバニシングポイントが刻印されている。天の星と皿、沖と岸、このように分解することにさして意味はない。「水陸両棲する僕ら」という断定において成立する宇宙感覚を感受すればいい。

ここに一種の転回点がある。あるがままの生身の世界の予兆を膨張させる暗い沖。それを彼自身の内部世界へ領略する転回点である。西川徹郎の作品世界を構成していく拠点は、ここに据えられているのに違いない。膨大なエネルギーをもって紡ぎ出されてくる彼の血族の宇宙誌の出発点を、私はここに見る。

さくら散って火夫らは耳を剃り落とす

流氷の夜鐘ほど父を突きにけり

しののめの神父ゆびさき濡れている

たとえば『家族の肖像』のなかの美しい一句を思い出そう。

まひるの浜の浜ひるがおの溺死体

ぽるとがるならぬこの浜辺こそ、西川徹郎の不変のポジションなのかもしれない。膨れあがりのしかかる沖を領略し彼の作品世界に傾注するために、彼は波打際に足を浸して立ちつづけている。

かつて私は、昭和四〇年代前半の俳句状況について、つぎのように書いたことがある。

「「悟りの過程」を促す時代の雰囲気の風圧はかなりのものであったはずで、それに抗すること自体容易なことではない。風化にさらされた〈戦後意識〉のその深奥に向かって掘り進む作業を、俳句作家としてのレゾンデートルに重ね合わせていった人たちは、けして多くない。」

(「未定」第十七号)

まさにこの時期に書きつづけられていたのが、『無灯艦隊』の作品群であり、またこの時期の赤尾兜子を注視し、最もよく対峙していたのが西川徹郎であった。『無灯艦隊』の句群の表現手法が、兜子の文体との良き緊張関係を形成していることを、いまさらながらに私は感じさせられた。その意味で戦後俳句のひとつの臨界点に遭遇しつつ、すでに固有の作家世界を胚胎しているこの句集の独自性を改めて痛感させられたともいえる。

作家精神なき俳句の洪水が表層を厚く覆う現在の俳句状況のなかで、『無灯艦隊』が定本として送りだされてきたことの意義は少なくないのだ。

西川徹郎が所蔵する〈星を盛る皿〉。現実の生の裏側に彼が紡ぎつづけるもう一つの生、もう一つの血族の受皿は、さらに磨きこまれてきている。そしてそれがなお鏡でなく皿であることは、そこに映る像が窪みに沿って、折れ歪み踊っていることで明らかだ。いわばそれは、西川徹郎の照魔皿となって、沖の無灯艦隊に永遠の光信号を送っているのだ。

（本論の初出は一九八七年八月二十三日黎明舎「銀河系つうしん」第八号）

◆上田玄　うえだ・げん＝一九四六年静岡県生まれ。俳人。句集『鮟鱇口碑』（私家版）。

山内　将史

西川徹郎と寺山修司――西川徹郎句集『桔梗祭』

首締めてと桔梗が手紙書いている　　徹郎

『桔梗祭』（一九八八年・冬青社）

白土三平の漫画『真田剣流』に桔梗という名の女忍者が出てきた。私はその桔梗が好きだった。「首締めて」と被虐的な手紙を書いている少女の姿に、あの女忍者桔梗の白い咽喉のイメージが一瞬重なった。これは記憶の断片だろうか。いや、これはいつもの幻想なのだろう。窓の外はただ秋の闇で、山々の冷気が迫り、葉ずれの音が聞こえ、時々鳥が騒ぎ、そして虫が鳴いている。西川徹郎の幻想的な俳句の数々は、都会から離れた山奥の闇の深さと関係があるのではないかと、私は思っている。修辞的に言えば、黒曜石のような闇の奥に描く、花火の火の粉のような孤独な幻想、それが彼の俳句だ。

彼の処女句集の題名は『無灯艦隊』であるが、無灯艦隊とは彼の住む北海道芦別市新城の夜の山々、その漆黒の山容そのものではないだろうか。

犬小屋の中で「死者の書」読んでいる　　徹郎

寺山修司といえば先ず口をついて出る歌がある。寺山の歌の中で私が最初に覚え、今でも最も好きな歌だ。

あゝ五月暗き馬小舎にて読みしジャンコクトオも肥料の匂い　　修司

この歌は『寺山修司青春歌集』(一九七二年・角川文庫)にも『現代歌人文庫　寺山修司集』(一九八五年・国文社)にも収録されていない。何故なのか私にはわからない。寺山自身か、編集者が気に入らなかったのか、それとも何か理由があるのだろうか。私は、この歌がある文章に引用されていたのを覚えていたのだが、最近復刊された『われに五月を』(一九八五年・思潮社)に収録されていたので、表記等を確認できた。

二作品は、家畜小屋で本を読むという構図が同じだが、それだけに二人の個性の違いもよく現れている。五月の馬小舎の牧歌的な雰囲気に対して、犬小屋に入るのは寓話的であり陰惨な感じがする。またジャン・コクトオの本が持つ、明るく、乾いた、天使的な印象に較べて、「死者の書」の方は暗く、陰湿で、「天使的」という言葉と比較するために敢えて形容すれば、死霊的なのである。(『死者の書』は一応折口信夫の小説と解釈したが、古代エジプトの文書の題名でもある。私は後者については全く知らない)

ところで、西川の句の犬小屋にいるのは「私」である。私の憧れる魂が犬の姿になりおおせて、犬小屋の中へ這って行くのである。だからこの句には、人間から犬へ堕落する罪の匂いがあり、おののきがあり、倒錯的な歓喜さえある。このみじめさが「私」の幸福なのであり、みじめさに関わらない幸福を「私」は知らない。

しかし、こんなふうに読みたがるのは、作者西川徹郎には関係なく、実は私の個性であるかもしれない。「西川を論ずると論者の姿が不思議とよく出てくる」と林桂が書いているが（「俳句空間」第六号）、全くその通りなのだ。たとえば宮入聖は『桔梗祭』巻末の西川徹郎論「蓮華逍遙―西川徹郎の世界」の中で、前掲の句について、「少年Ａに首締めにきてねと手紙を書いている同じくクレイジイな桔梗少女Ｂ」と鑑賞しているが、どこにも見えない「少年Ａ」の存在を感じてしまうのが、宮入聖の個性なのである。

また藤原龍一郎は西川の初期作品について、「私が抱いた印象は〈セピアの地獄絵〉といったものだった」と書いているが（「銀河系つうしん」第十一号、一九九〇年・黎明舎）、この〈セピアの地獄絵〉という言葉は、私から見れば、西川徹郎の俳句には似合わない。むしろ藤原月彦（龍一郎氏のかつての俳号）の俳句にこそふさわしいと思うのだが、どうだろうか。

西川徹郎の俳句は、SF映画の傑作『禁断の惑星』のあのイド（潜在意識のようなもの）の怪物なのではないだろうか。西川徹郎の俳句に現れる怪物、妖精、動物、肉親、あるいは家具や植物の姿は読者の各々の潜在意識下のイメージを刺激し、それに触発された読者は西川徹郎ではなく、各々自分自身を語り出してしまうのである。

苦しみの果ての空で壊れる羽根オルガン　　徹郎

苦しみの果てにくる歓喜の、美しく、はかなげなイメージである。絶頂がそのまま破壊であり、それが歓喜でもあるという構造は、高柳重信の「身をそらす虹の／絶巓／処刑台」と似ている。ただし、西川の心情はより苦しみの側にあるようである。

それにしても「羽根オルガン」とは、宮沢賢治の童話の世界に通じる、甘美で、はかなげな幻想である。これが暗喩だとすれば雲雀のことか、虻か、羽蟻たちの空中交尾か、などと連想はつきないのだ。

馬ガイマ五頭銀河ヲサカノボル　　徹郎

荒馬ノカラダ銀河ガノリウツル　　徹郎

個人的なことであるが私はやはり芦別の山奥の銀河を思わずにはいられない。私は同じ芦別市内の（新城とは直線距離で二十キロ位離れていただろうか）頼城というところに住んでいた。そこでは、私は星空を直視できない子供だった。夜、石炭の燃えかすの「アク」を捨てるために家の外に出なければならない時、頭上の星が恐ろしくて、うつむいたまま急いで歩いた。私は弱虫だったから。でも西川氏は凝然と立って、星の暴力に身を曝している。

眼蓋切り落とした月の書架がある　　徹郎

残酷な映画にある、美女の眼蓋を切り落とすといった加虐的な嗜好はなく、逆に切り落とされた眼蓋の側、無防備の眼球の側から詠まれていることに注目したい。西川の俳句の残酷さは、多くは加虐的ではなく、むしろ被虐的なのである。いい例は

怒らぬから青野でしめる友の首　　島津　亮

首締めてと桔梗が手紙書いている　　徹郎

との違い。

「月の書架」も鮮やか。月に照らされる書架、月自体が書架、月光そのものが書架など、重層的なイメージを誘う。

（本論の初出は一九九一年九月一日「琴座」第四七三號）

■編者註・本論初出の原題は「西川徹郎句集『桔梗祭』―イドの怪物、または花火の火の粉のように」であったが、本書収載に際し題を新たに付した。

◆山内　将史　やまうち・しょうし＝芦別市生まれ。俳人。個人誌「芦別」発行。

遠藤若狭男

黙示としての俳句──西川徹郎の世界

一九七四年刊行の第一句集『無灯艦隊』の中から抜粋した八十六句をもって始まる、現代俳句文庫『西川徹郎句集』(一九九一年・ふらんす堂)の、その巻頭には、

不眠症に落葉が魚になっている
海峡がてのひらに充ち髪梳く青年
夜明け沖よりボクサーの鼓動村を走る

といった作品が並ぶ。たとえば第一句に対して、「不眠症に苦しむ主人公には、夥しい落葉がぬめぬめした魚、不気味な魚になって見えてきて、その魚のうごめきが主人公をさらに苦しめる……」というふうな、あるいは第二句には「海峡が手のひらに充ちるようなおのれの暗い衝動を押し殺すべく、髪を梳くという無意味な行為をひたすら続ける青年……」というふうな、通常行われる解釈めいた解説を施してみても、西川徹郎の世界は見えてこないだろう。言葉の脈絡を超えた次元から詠いだされる西川徹郎のこうした作品に向かっては、われわれ読者もまた言葉の脈絡を超えたところに存在する詩を、いや西川徹郎という人間の存在のかなしみを見出すべきにちがいない。何にせよ、掲出句はいずれも青年期特有の蒼い孤独が蒼い影をひき、「村を走る」ときですら、いわば「出口なし」の情況に置かれた青年の鬱屈した心が感じ分けられる。すなわち西川徹郎の実存が疼くのである。そしてその実存の疼きは、やがてさまざまなバリエーションを示し、

剃刀研ぎと冷やされし馬擦れちがう

夜毎慟哭螢は沖へ出でて帰らず

暗い地方の立ち寝の馬は脚から氷る

などの作品として結晶する。どの作品にも生と死とのはざまでゆらめく心象が疼きとともに現出しているが、これらはイメージ鮮明にして読者の心をとらえずにはいない。第一句の緊張感の中にある危機意識、第二句の「螢」に托しての作者じしんの行方不明の傷ついた魂、ともに俳句という形式をぎりぎりのところまで追いつめた時点から表白されたため、類（たぐい）まれな透明感をもった作品となった。透明感といえば、西川徹郎の俳句作品には、どのようなワイザツな光景を描いたときにおいてすら、かなしいばかりに美しく澄明である。生活の澱（おり）などどの一句からも見つけられない。水晶の透明すぎるかなしみ、そしてそこに一条はしる疵のかなしみ、いうならば西川徹郎の作品には、そうしたものが底流していて、それが一人よがりな狭隘な世界に終わらせないのにちがいない。それはそのまま第二句集『瞳孔祭』（一九八〇年・南方社）以降、第八句集『月山山系』（一九九二年・書肆茜屋）へいたる作品集にも受け継がれていって、われわれ読者は、たとえば、

血に濡れし鶏が佛間へ逃げ込むなり

物置へ弟を仕舞い込む晩秋は

暗く喚いて出て行くおまえ桔梗祭

屋根裏のマネキン月経す萩咲いて

といった言語宇宙のとりこにされてしまうのである。掲出したこれらの作品のどの一句をとっても、読者をして作者のそれと同質の実存の疼きを感じさせないものはない。どこを切っても、痛ましい生の光景が垣間見える。痛ましいが、鋭敏な感受性と想像力とを駆使して表白されたこれらの作品は、日常身辺の瑣事を倦みもせず詠いつづける俳人たちの中にあって、むしろはげしくリアリティをもってわれわれに迫ってくる。それは異質な言葉どうしがぶつかり合って、新しい衝撃的映像をわれわれの心の映写幕にうつしだすからにほかならぬ。実存のかなしきまでの疼きに裏打ちされた西川徹郎の描く内的光景のあまりの美しさに圧倒されるが、『西川

徹郎句集』には、こうした世界をつきつめたときに現出する死の光景も黙示のごとく存在する。そしてそれは、棺という直截的な言葉のみならず、押入れ・戸袋・抽斗・戸棚といった言葉にも暗示され、また兄・姉・父・母、そして弟といった俳句的肉親にも仮託されて描き出されるのである。

巻末のすぐれた芭蕉論「不在の彼方へ」には、西川徹郎の深い思索のあとが歴然とのこっていて、それがまた読者をひきつけずにはいない。その中にたとえば、「……不在性の闇の深淵が、存在の〈いたみ〉〈うめき〉そのものによって知らされるとき、存在を超越する存在が意識されるのである」という記述があるが、こうした文章から、われわれは西川徹郎の生死に対する観念の闇を感受することができよう。それはさておき、西川徹郎の死の光景は、次のごとく描写される。

月が出て家具は死体となりつつあり

鶏は空駈け巡る父の棺

月夜の谷が谷間の寺のなかに在る

抽斗の中の月山山系へ行きて帰らず

これらは、もちろん西川徹郎の感受性と想像力とのたまものであるが、おそらく集中出色の作品といっても大過ないこれらには、あまたの言葉を尽くさねば、いや尽くしたとしてもいいあらわせないであろう、死の光景が見事に把握されている。それはとりもなおさず、これらの作品を成り立たせている言葉のひとつひとつが濃密な、あまりにも濃密な闇を孕んでいるからにほかならぬ。生の光景を描いたときと同じく、死の光景を描いたときでさえ、はげしいリアリティをもつのはそのためであろう。

このように『西川徹郎句集』には、性的光景をまじえての生の光景と死の光景とがカオスの状態で存在しているが、読み方によっては、ことごとく死の光景と見えないこともない。すべて死の光景を措いた作品といいたい思いにさえ駆られる。さらにいえば、西川徹郎にとっての死の光景は、自らの生の光景を映し出す鏡ということもできようし、「私とは何か」という永遠の問いを乱反射させるものということもできよう。――この

『西川徹郎句集』は、西川徹郎の黙示録なのかもしれぬ。

（本論の初出は一九九三年七月二十日黎明舎「銀河系つうしん」第十四号）

乱舞秋津―西川徹郎句集『月山山系』

上田 玄

月夜ゆえ秋津の国に死にに行く　　　徹郎
月夜ゆえ寺の中じゅう秋津です
月夜ゆえ屋根裏さえも秋津です
月夜ゆえ瞼に潜り込む秋津
月夜ゆえ琵琶弾き狂う秋津さえ
月夜ゆえ腸見える秋津です

ここしばらく私の頭の中には、月光と秋津が移り住んでいる。

所用でネパールにでかける際も、東京ではついぞ目の当たりにできなくなった凍るような月光にふれることで、西川宇宙の月の貌に、また違う風を当てることができるだろうと、秘かな期待を抱いていた。

意に反して、私の滞在した町は、さして高度がないために、冴えわたる月光どころか、亜熱帯の気候を提供してきたし、ちょうど新月前後の日程のために、月光の下のヒマラヤの雪嶺にイマジネーションを刺戟される機会も訪れなかった。

かなり殺伐とした業務上のスケジュールをこなしながら、それでも闇夜、ヒマラヤの頂に面した窓から、見えない山巓に相対していると、シャングリラ近しという想いにかすかに喚起されてか、脳細胞がいくらか、日常レベルから浮き立つ戦ぎを感じたのだった。

その程度しかないということは、かなりに口惜しかった。

旅立つ前、西川の秋津の国は、ヒマラヤの冷涼たる月光の下でこそ、圧倒する存在感をもって私を占拠する危惧さえいだいていたのだから。

それでも、中国南西部の波立つ山塊の上で、はるか西に切り立つ高峰のスカイラインが西日に浮かび、いつのまにかそれも左の窓外に消え、山際の雲に落ちるばかりの細い月を認めたとき、なにか久しく忘れていた畏怖の想いに近いものが湧いたことは覚えている。

そしてそこから連想が転がりはじめた。

秋津の国から、日本の古称　秋津洲へ。

どのような大俯瞰の手段もなかった往古に、日本の島々の並置されたかたちを蜻蛉になぞらえた古人の、不思議なその視野のありようである。それは、眺望というには高く、宇宙からの巨視というには親しすぎる。

　稲づまや浪もてゆへる秋津しま

そこには不思議な浮遊感があって、いまヒマラヤの山巓をとりまく雲が、山々の頂きを島や半島に見立てさせて、雲海という言辞にまた違う感触を覚えた私の視野を、妙に刺激する。

この浮遊感もおそらく、日常のレベルの中では、そうは出会わないものだろう。いわば、西川の句群にとりまかれたときの感覚に相通じるのだと、そこで連想は循環する。

それにまた、秋津のアキの語感だ。

対照的な「敷島」という枕詞が、満ち咲く桜に照り映える旭光を内包するとすれば、この辞は、秋の花野に射す落日の斜光にきらめく蜻蛉の薄々とした硬質感を伝えてくる。

さて、その蜻蛉たちが月光の中を飛び交う景は？

西川の過剰とも思える俳句言語によって、波立ちながら巡歴図のように延展されるその世界は、罪と赦しのせめぎ合いであり、往還に思える。

くり返し波立ち連なる句群は、求心的に渦を巻くのではない。その果てしない連続性こそが、いまの西川の方法であり、またモチーフなのだろうと思う。

陽光溢れる昼の世界に背を向けて、生もならず死もならぬものたちであるかのようにひしめく秋津。月光は、それらを浄化するべく射すのかもしれないが、しかし秋津たちの静かな狂騒は、けして鎮まらない。フォークロア的な肉体性や、自虐的なエロスを放射しながら、けして地に降りることのない秋津たちの乱舞。

私たちの現代が、いまや静かな終息に心やすまろうとしているかに思えるとき、まやかしのオカルトとしてではなく、せつなく全体に向って放射する個の内側からのエネルギーにこれほど執することのできる西川の秋津たちは、終わりなく乱舞するだろうし、西川の句群の奔流は、止まらないだろう。

それは、一句への早すぎる収斂を拒否する表現精神が、はるかなる高みに希求する救済の月光なのだろうから。

ここまで書いてきてある歌を無性に聴きたくなった。アイルランドのロックグループでＵ２ほどに高名ではないが、私が愛聴するホットハウス・フラワーズの「フォーギヴン」だ。呟くような低音の「ツービーフォーギヴン」という歌声のくり返しを、乱舞する秋津たちの背後から聞くような気がする。


（本論の初出は一九九五年七月二十五日書肆茜屋「茜屋通信」第一号「西川徹郎のCOSMOS」）

西川徹郎句集『月山山系』

関 悦史

『月山山系』は西川徹郎の第八句集で一九九二年書肆茜屋刊。
俳句としてはあまり例がないが各句の右に前書きや注記ではなく、ゴシック体で「題」が付けられている。あとがきには「作品に夫々題を付したのは、書くべき主題を喪失した現代の俳句に対する私の細やかな反意であり、犯意でもある。一題一句の作品も多々収録したが、同時に又、一題五句、十句、乃至一題百四十句等の可能性への試みも収録した」とある。

月山山系

抽斗の中の月山山系へ行きて帰らず
わあわあと月山越える喉の肉
野道で死んでいる月山を喉に入れ
陰唇も桔梗も月山越えて行くか
オルガンを月山へ当て打ち壊す
蓮の葉より月山山系へ足懸ける

遺書

姉さんの遺書抽斗の中の萩月夜
多螢という僧来て遺書を書き足すなり

これが開巻冒頭の二連で、この辺で早くも性・死・身体・家族・時空や因果のねじれによる内界幻想といった主な要素が大体登場している。

　　舌

喉を出て行く舌が地蔵に訣れを告げる

舌の国では舌が法衣を着て歩く

　　オムレツ

晩夏とはいえオムレツを象と思い込む

「喉を出て」の句、地蔵に訣れを告げて他界へ出て行く「舌」が、活字となって身を離れ自分の統率の及ばぬものとなっていく自作を暗喩的に身体感覚に結びつけた句とも取れるが、続く「法衣」の句でその悲痛なシーンが諧謔に転じてしまう。オムレツの句ともどもユーモラスなシーンもたまにある。

　　竹

ときどき叫び竹屋は竹になっている

眠らぬうちに身体に竹が生えてくる

　　魚屋

死なぬために魚屋は不意に身を捩る

　　麦刈り

麦刈りの手つきで死者を刈り尽くす

麦刈りの手つきで魔羅を刈り尽くす

麦刈りの手つきで父を刈り尽くす

麦刈りの手つきで姉を刈り尽くす

この辺りから同じ形の反覆による爆発の気配が徐々に立ちのぼりはじめる。

第４章 魔弾の射手　関悦史

飛騨

鯉のからだのなかの奥飛騨を訪ねる

奥飛騨を呑みつつ鯉は戦ぐなり

少しずつ死ぬ奥飛騨を呑み込み鯉は

奥飛騨は波立つ瀕死の馬の腸

奥飛騨の秋津を僧と思い込む

うねる寺寺飛騨の秋津の眼の中を

星座

抽斗の中の緑の星座を覗き見る

帚星

石棺を掃く人帚星を掴み

青蓮Ⅱ

沼へ帰る青蓮少年を横抱きに

少年を逆さまに咥え青蓮は

少年を呑み込む青蓮の喉の肉

紅蓮

水中へ少年を引き込む紅蓮は

自転車

きゃあきゃあと旅立つ白髪の自転車で

白髪生えた自転車を漕ぎ消えかかる

白いきれで自転車をぐるぐる巻きに

繃帯の自転車を父と思い込む

「自転車」の一連、この親密な見立ては通常の俳句のそれとはやや違い、幼時の一人遊びの記憶から引き上げてきたような雰囲気があり、妙に懐かしく慕わしい。

東の寺

きゃあきゃあと鯖裂く東の寺がある

秋津の国

抽斗の中の秋津の国へ迷い込む
秋津の国の秋津を刺身にして食べる
秋津の国の秋津が郵便局襲う
秋津の国の秋津へ訣れの手紙書く
秋津の国の秋津を佛教書に挿む
秋津の国の秋津辞典を乱読す
秋津の国の秋津辞典を読み漁る
秋津の国の秋津酒場へ死にに行く
秋津の国の秋津を切手として使う
秋津の国の郵便局で秋津売られ

「秋津の国」は全部で二十五句。

「秋津」はトンボの古名で、広辞苑によると、神武天皇が大和国の山上から国見をして「蜻蛉の臀呫(となめ)の如し」と言ったという伝説から「秋津島」は大和・本州・日本国を指す。「秋津の国」はそのトンボと日本両方の意味を併せもちつつ、そのどちらでもない狭間から現われる非在の内部世界だろうか。郵便局を襲ったり、かと思うと訣れの手紙を書かれる恋人のようなものになったり、さらにはその手紙に貼られる切手になってしまったりと、ただのトンボとは思えぬ傍若無人な変身と纏わりぶりで秋津は生と死と言語（「辞典」）と国家制度（民営化前の「郵便局」）を飛びめぐり攪拌する。

そしてこの「秋津の国」を序章のような位置に置き、集中の圧巻「月夜ゆえ」の氾濫が始まるのだ。「秋津の国」では刺身にして食べられたり、佛教書に挿まれたりと目的格にもなって、おそらく人間であろう語り手とも関わってその主格を生成させたりもしていた秋津だが、ここでは語り手はもはやほとんど秋津の奔流をただ報告するのみにまで後退する。

月夜ゆえ

月夜ゆえ秋津の国へ死にに行く
月夜ゆえ寺の中じゅう秋津です
月夜ゆえ学校の中じゅう秋津です
月夜ゆえ病院の中じゅう秋津です

どこまでも続く反覆自体に意味があるので全句そのまま並べたいところなのだが、この連作は全部で一四五句ほどあり、さすがに引いているときりがないので適当に端折ると、以下秋津はこの調子で「公民館」「裁判所」「税務署」「薬屋」「酒屋」「郵便局」「水道局」「駅」「家」に次々と溢れかえり、「家」の中に入り込んで「佛間」「厠」「抽斗」「箪笥」を満たす。

月夜ゆえ押入の中じゅう秋津
月夜ゆえ物置の中じゅう秋津
月夜ゆえ屋根裏さえも秋津です
月夜ゆえ犬小屋さえも秋津です
月夜ゆえ鶏小屋さえも秋津です
月夜ゆえ口の中じゅう秋津です

ついに身体に入り込んだ。この句を皮切りに「耳」「胃袋」「腸の中さえ」「膣の中さえ」「子宮の中さえ」「陰唇さえも」と女性の各臓器に入り込んで秋津は「瞼に潜り込」み「布団に潜り込む」。

ここから秋津は男性の内部に取って返して「睾丸に食らい付」き、「陰茎を襲」い、「鏡地獄の」「受験地獄の」となり、「鏡部落を飛」び、「心筋に食らい付」き、「顔に刺さ」り、「肺に刺さ」り、「胎盤」と「肛門」と「肝臓」と「腎臓」と「膀胱」と「卵巣」に「刺さり込」み、「ハーモニカを吹」き、「カスタネットとなり「琵琶弾き狂」い、「木魚を叩」き、「半鐘乱打」し、「経読み狂」い、「オルガン叩」き、「手風琴弾きにな」り、「経蔵の中」「佛胎の中」に満ち、「腸」「心臓」「胎盤」「肛門」「肝臓」「腎臓」「膀胱」「卵管」が「見え」、「卵巣」が「脹ら」み、「便箋」「封筒」「筆入れ」を満たして「黒板に棲」み、「教壇襲」い、「教会」と「議事堂」と「都議会」を襲い、「海軍とな」り、「空軍とな」り、「歩兵」「ヘリコプター」にまでなり、「教員室」「体育館」「図書館」とまた学校施設を満たした後、今度は病院へ向かって「霊安室」「看護婦寮」を満たして「婦長の夢」「院長の夢」にまで入り込み、「患者の夢の果て」を「翔」んで、「和尚の夢の果て」も「翔」んで「司教の机に棲」み、ここから町へ出たのか「床屋」と「喫茶店」と「売春宿」を満たして「娼婦」や「人買い人」にも「怖れ」られ、「回転ドアとな」り、「ホテルのベルマンとな」り、汽車に侵入して「食堂車」「汽車」、さらには「霊柩バス」「棺の中」「火葬場の中」まで満たし、あろうことか「遺児に紛れ」、「僧侶に紛れ」、人の身辺に関心が移ったか死者の記憶に入り込んだか「靴」と「鞄」と「重箱」と「弁当箱」と「鏡台の中」に溢れこんで、「鏡の国に死にに行」き、それも「羽ばたき死にに行」き、「叫びつつ」「死にに行」き、ここで一句だけ「秋津」という主格が消えてしまって何とも知れぬ空無が「はればれ死者になりすま」し、「はればれ秋津になりすま」しとなると主格はもう「秋津」ではないのかそれとも「秋津」になりすましている自己言及的なズレを愉しんでいる秋津なのか何ともわからなくなって、このなんともわからないものに「はればれ死にに行きましょう」と誘われ、再び「秋津」の主語が復活して「生きて帰って来」るのだから死んでいる間は「秋津」も「秋津」ではないらしいと思っていると、この帰って来た秋津が「ガラス戸叩」き、「刃物を振り回」し、「家の中」で「暴」れ、「畑で暴れ」、「公民館」と「酒場」で「暴れ」て、警察から奪い取りでもしたかの暴れている側なのに「警棒振る」い、「牢を逃げ出」し、「逃げ場失」い、「死に場も失」って「死につつ生きる」という宙吊り状態に陥り、奔騰氾濫する一方だった秋津がここで回心したのか「鐘撞きに来」て「経読み耽」り、かと思ったらやはり本性は欺けなかったというか業が断ち切れなかったというべきかここでも「塔を引きずり」、「寺屋根壊す」という狼藉に及び、さらには「塔になりすま」し、「十字架になりすま」し、「墓標」と「死人」と「火葬夫」の全部になりすまし、見送る側、見送られる側全部になりすまして葬送を無効化し、さらには「市民」と「村人」にもなりすますという形で日常世界に帰ってきてしまって「秋津三匹殺しあ」い、「秋津二匹が口淫」し、「秋津一匹兇ろしき」と死と性を踏み越えて一個体に集約されて孤独を味わい、再び狼藉三昧、「村人の陰」を「食らい」、「村人を呑み込み」、「市民を食べ始め」、「ヤクザへ斬りかか」り、「小指を噛み千切」り、「剃刀となって」ようやく一応落ち着き、ここで一行「＊」が入って

　月夜ゆえ秋津轟き眠られず

となり、これで「月夜ゆえ」の一連がようやく終わる。

　最後の句で突然主格が秋津に悩まされる人間の側に立ち戻ったとも見えるが、述語論理の怖さで眠れないでいる主格が人なのか秋津なのかは見定め難い。地獄のような秋津の暴威を内界に持った人とも秋津とも分離されきっていない不即不離の宙吊り状態、非人称性そのものが不眠に苛まれているとも取れる。レヴィナスの「イリヤ」という非人称の「存在(ある)」自体を指す概念が、およそ安眠とは遠かったであろうユダヤ人捕虜収容所での体験から出てきたとされていることを連想する。

　句集自体はまだこれで終わりではなくて、次に「秋津Ⅰ」「秋津Ⅱ」という作品が出てくる。

　　秋津Ⅰ

　秋津に跨がり月山山系へ

　酢ヲ撒イテ山ノ秋津ト戦イオリ

酢醤油ニ漬ケテ秋津ヲ食ベナサイ
　鳥龍トナッタ秋津ガ庭ニ居ル
　　秋津Ⅱ
両手広げたまま死ぬ広場秋津がいっぱい
死んだまま空を流されている秋津
といった作が並ぶ。相変わらず不埒なようだが「月夜にて」の大爆発を経たせいか、秋津との関わりにも緩やかさが漂っている。

　　鳥
喚くゆえ箒で鳥を掃き落とす
地の底の鳥が羽ばたき揺れる家
この辺りから一題につき一句のページが増える。
　　月の家
父を咥えた鯉戦ぎおり月の家
　　鯉Ⅱ
繃帯で巻かれた鯉が戦ぐなり
　　月の渓
鏡屋を二軒通って月の渓
　　楓
楓となったまま白髪の姉は吹かれ
　　白髪の姉
塔頂で逢う白髪の姉と山神は

秋降る雪

白髪の姉を秋降る雪と思い込む

終盤の句は沈潜した美しさだ。

「月夜ゆえ」等に顕著だが、西川徹郎の連作は一句一句独立の形でよりもまとまった形で読み通したときに威力を発揮するものが多い。未完に終わった国枝史郎の伝奇長篇『神州纐纈城』の終盤に業病が空気感染で奔馬のように拡がっていくシーンがあったのではなかったかと思うが、それにも似た破滅的奔騰の賑わいがある。一句一句には意外に謎がないのかもしれないが、個人的無意識は理性による説得が不能な無限の反覆でもある。そのいわば小我に徹底的に寄りそうことでそのまま無限性へ開けようとする試みと見える。

（本論初出は―俳句空間―豈weekly二〇〇九年五月一〇日関 悦史「閑中俳句日記」）

◆関 悦史 せき・えつし＝一九六九年茨城県生まれ。俳人。「―俳句空間―豈」同人。二松學舍大学文学部国文学科卒。二〇〇二年第一回芝不器男俳句新人賞・二〇〇九年第十一回俳句界評論賞受賞。著書に句集『六十億本の回転する曲がつた棒』『新鋭俳人アンソロジィ二〇〇七』ほか。茨城県土浦市在住。

竹中 宏

『町は白緑』の地理―西川徹郎句集『町は白緑』論

西川徹郎句集『町は白緑』（一九八八年・沖積舎）は、約百八十句からなるが、著者自身によるその後記によれば、前句集以降のおよそ二千句からの自選であるという。前句集『死亡の塔』は、昭和六十一(一九八六)年に刊行されており、今句集後記には昭和六十二(一九八七)年六月にしるされたとある。この二千句がつくられた期間を厳密にしることはできないが、一年ないし二年と見つもるとして、それがたいへんな作句量であることに、おどろかされる。『町は白緑』につづいて上梓された句集『桔梗祭』は、約三ヵ月間の千句を、百句にしぼったものというから、さらにおどろきは大である。多作は、恒常的に継続しているとみるべきであろう。

『桔梗祭』のばあいは、「俄に私は、気分の不例の充溢を自覚し」て書き下ろしたものという。『桔梗祭』後記のこの部分を読んで、わたくしは、師匠中村草田男が昭和二十年代から三十年代前半へかけて示現した多作時代のことを、はからずも想起した。といっても、その大半は、わたくしの草田男入門以前の時間に属するから、間接的にこれをしるほかないのであるが、その消息の一端をうかがいうるのは、第六句集『母郷行』の跋の、こんなくだりである。「しかし、この努力の過程は、まもなく、自分自身でも戸惑いするほどの厳しい、内的現象の襲来によってとって代はられた。飽くことをしらない、内的生命の燃焼と制作意欲の昂揚とであった。」あるいは、「汾湧の源を涸渇せしめないためには、汾湧してくるものを即刻かたつらから汲み出すという処置が絶対に必要であった。」と。

昂揚した内部エネルギーは、どこかへむかって運動を開始しなくてはならないであろう。しかし、まえもって「新たに一千句書き下ろし、その中の百句によって一巻とする。」(『桔梗祭』後記)との設計は、どこまでも西川徹郎氏のものであって、けして草田男のものではない。非常の事態のもたらす昂奮と不安と歓喜と苦痛は、草田男にも西川氏にも同様におそいきたったが、西川氏には、これら情念レヴェルでの反応のほかに、表現へのよりさめた決意、つまり、方法的意識があった。草田男にとって、その句集は、「内的生命の燃焼と制作意欲の昂揚」にうながされた多作の結果として、おのずからなったのである。西川氏は、ひとつの句集をまとめるのに、厖大な作句のうちから、そこばくをとって、大半をすてるという。多作は、同時に、多数をすてさることと表裏一体であった。草田男もまた、いったん書きとめた句をぜったいすてなかったはずもなかろうが、かれは、すてることについては、なにもいわなかった。すてられたものは、もし句のかたちをしていても、句ではないのであり、句ではないから、すてられたのであろう。これを厳密にいうと、句は誕生しなかったのである。句が誕生するかいなかがその作者の問題の核心ということになれば、関心は、たましいの状態うんぬんというところへ、いっきょに駆けあがり、方法上の顧慮は、舞台のそでにしりぞくことになる。

こうした草田男のばあいとならべると、西川氏の方法的意識は、明瞭である。時代が氏におした刻印といってよかろう。この一点をてことして、盲目的なうながしに対する応答としての多作は、他面また、俳句構造上の必須の段どりとして、積極的にとらえかえされる。方法としての多作、いいかえると、偶然をのみこんだ必然への工夫である。その性格は、もちろん、『町は白緑』においても、みとめられなくてはならない。何千句のうちから何百句をぬいたとは、世のつねの句集のしるすところであるが、『町は白緑』のすぐれて戦略的な作者が「およそ二千句からの自選」と書くとき、そこに、意志的な姿勢の宣明をみなくてはおかしいであろう。

昂揚したエネルギーは、どこかへむかって運動を開始しなくてはならない。多作という証跡は、そのエネルギーが、はげしい速度で通過していったことを、ありありとものがたる。その速度は、また、うまれでる一句一句に熟成の時間をまつような悠長さをみとめない。一句の熟成などということが、けっきょく、常套の美観へ作品をひきいれる罠となるとの野性的な洞見が、そこには断乎とはたらいているのである。時間の胎盤からひきはがされた句が、つぎつぎ浮揚し、列をくむ。それがこの句集の景観を形成し、作者の抱懐する俳句の構想のありかをほのめかす。この句集におさめられている句は、断片的で、俳句的完結感をうばわれており、なぞめいていることにより、それら個々の句をこえて、さらに広大な敷置のもとでしかあらわれようのない、分割不能のなにものかを、つねにいまだあらわれざる相として用意するようである。

ときはなされたエネルギーの矢は、それじたい、自己破壊的意志をもって、どこともつかぬ闇のかなたへ突進しようとする。しかし、その矢が発射されたのは、ただの空無のなかではなく、頑強な磁力の支配する空間であった。この句集の一句一句は、まさしく、未知のくらい中心へ収斂する力と、そこを直線的に横断しようとする力との交点に明滅する。その軌跡を目でおえば、一個の螺旋がうかびあがる。さらに目がなれれば、読者であるわたくしたちは、たつまきの内部にはいりこんだように、ぐるりを筒状の壁にとりかこまれていて、明滅点の螺旋の列がその壁面に貼りついていることに気づく。ただ、この空洞は、たつまきの内部とことなって、壁が回転しながらねじれあがるのではなく、逆に、下へ下へしずんでゆくらしいことであって、螺旋をなす明滅点の列のしだいにのびてゆく先端が、やはり下をむいている。この空洞の下方に、あらゆる運動をのみこむべく、くらく底しれぬ中心が口をあけているという印象は、この句集のばあい、しぜんなものであろう。上方でなく下方であること、それは、観念のかがやきでなく存在の宿命、地中にふかくくいいる根の部分、生の背後の冥府に対する執拗な関心に対応するはずである。

○

これをいったうえで、すぐに、この句集をよんで感ずる、語の澄明さについてふれておかなくてはならない。句集『町は白緑』を通奏低音ふうにながれる主題が、ほのぐらくしめった、やりきれない生の真相へむかおうとするものであるにもかかわらず、そこからくみあげられた表現は、おどろおどろしいかげりや、呪語めいた呻吟を、特徴的に主張しようとはしていない。むしろ、隠微な場所へ突入する、するどい覇気、それこそ精神の矢の爽快な飛翔を、このほとんどオートマティスティックにしるしとどめられた文字のうえに、よみとることができる。既成の分別を粘着させまいとの身ぶりのすばやさを、オートマティスティックとよんだのであるが、そこにはそれだけでなく、作者の精神にそなわる一定の方向性が、おのずから、やどりもする。むろん、読者は、語の姿態に、それをよみとるのである。

この句集における語の姿態、換言すると、措辞または叙法上の特徴の、たやすく目にとまる諸点に、あらためて、一瞥をあたえておこうか。

第一に、大半が定型にそっていること。口語的発想はこの句集のほとんど全体に浸潤していて、定型に対するリゴラスな窮屈さはみうけられないものの、いちじるしい破調によるなにごとかの主張で、読者を挑発するという場面は、あまりない。こんなふうに素描すると、まるで平凡なながめにおもえてしまうが、いっぱんにひとが俳句であることのしるしをなによりも詩形にみいだすものとするならば、この句集の世界が異様な形象にみちているとしても、俳句の透明性がたえず俳句以外のものの擦過によってくもらされるということはない。俳句定型は、つとに作者の内面のひだに着床していて、そのつど、迅速に、作品表面に浮上してくるようすである。

第二に、叙法が直截であり、繁縟におちいらぬこと。語のかかり関係の不明確による晦渋さは、それほどみいだせない。気がるなよみくだしをゆるさない屈曲は、むしろ文法のレヴェルとは別の位相に、しかけられてあるのである。こうした構文上の明快さは、ダイナミックなうねりよりも、羽ばたきの一颯を感じさせる。

第三に、措辞の関心が基本的に視覚イメージの定着にむけて統制されていること。これは、作者独自のメロディがききとりにくいということと、当然ながら、盾の両面をなしている。

これら、とりあえず抽出してみた三点の、いずれも輪郭に混濁のない形態を志向する性質は、それじたい、俳句言語のありようとして、かくべつ特異といえぬが、それだけに、ある種のおもいこみをもって西川徹郎俳句に接する読者に、ふと意外な肩すかしをくわせる。だが、こうした語の姿態の明晰さが、この句集の一面において発散するおおしさ、はげしさ、身がるさの感触につながることはたしかである。この句集の世界は、主題やイメージに纏綿する沈鬱なくらさと、語序ないし文体のもつ直截なあかるさと、ふたつの層のかさなり、いや、双方のひきあう力の独特な均衡の場である。語とは、ほんらい、事物を根源の闇からひきだす光としてのロゴスであった。そのような語の本来的性質を、この句集の語たちは、主題のくらがりを背後にひかえて、逆に、想起させる。しかも、主題的関心が存在の根ふかくくだればくだるほど、そこは、ロゴスの光の照射を、いっそうきびしくこばむ地帯であろう。この句集の主題と語との断層は、あやうさをひめてひそまりかえっているようにみえる。存在と語の、闇と光の、公開させていてしかも明示されない葛藤の構造は、両者のあいだの緊張がゆるめば、すぐさま、死んだ影像のように石化するであろう。この作者の句に特定の名辞や構図が頻出することは、よくしられているが、それによってかもされるモノトナスな雰囲気は、むしろ意図した演出である。主題と語の両岸に足をかけたまま、作者がその危機に狎れてしまったならば、これははっきりマンネリズムであり、そのことへの慎重な戒心は、つとに作者の肚裏にひそむにちがいない。あるいは、やがて、現在の緊張を運動に、均衡をドラマに、おもいきって転ずることによって、アポリアの突破をはかろうとするか。このばあいには、わたくしたち読者は、作者自身を供儀となして展開される仮借なきドラマを、まのあたりにみることになる。

○

ところで、西川徹郎俳句は、かれの意識下の原風景への執拗な集中を、つたえてくる。そして、その発信地が北海道であるのを、つねにわすれることができない。わたくしは、北海道へわたったことがなく、まして、芦別市がどのあたりにあるのかも正確におもいえがけない人間であるが、西川徹郎氏の旺盛にくりだしてくる俳句に接して、いつのまにか、作者の内的光景を、すっかり、芦別という北方の小都市にかさねあわせている。たしかこのまちは石狩炭田の一中枢だと、これはむかしにえた知識であって、炭礦がすたれぎみときく今日にも、礦山都市のにおいはのこっていように、わたくしの芦別にいだくイメージは、そんなうろんな知識にいっこう忠実でないのだから、これは、まちがいなく、西川氏の俳句がひらいてみせた、象徴の一都市なのである。

この句集に登場する人物や事物や場所や自然やそれらのおりなすできごとが、主人公をつつむある空間の全体性へ強固に統合されているのは、興味ぶかいながめである。この内面への旅行記は、また、じゅうぶん、幻想の一地誌でもあるのだ。しるされているのは、高度経済成長や、急速な情報化の進展のもたらした今日的な生活形態が定着するまでの、ながい時間の集積が、うらめしげに、ものうげに断面をさらしている、そんな土地である。それは、中央からみれば、たしかに辺土の小都市であるとともに、わたくしたちのとおい記憶のなかにあるまちとも、たいへんよく似かよっているらしくみえる。まさしく、作者のよってたつ位置は、みずからの意識の内奥をさぐることが、生活の原型へさかのぼることでもあり、中央の文化的支配のそとに自己の象徴の領土をかこいこむことにもなるような地点というべきであろう。未曾有の繁昌とやらの表面をうわすべりしてゆく中央俳壇に対しての、氏独自の妥協しない批判と、氏の内部によこたわる、陰画（ネガ）のように荒涼とした存在の原イメージへの専一なこだわりと、一方は俳壇という社会での処しかた、他方は作品の主題系をささえるライトモティーフだが、前者が後者の端的な変奏であることを理解するのは、さして困難でない。

戸棚や押入や抽斗など、せまく、ゆきづまった、閉鎖された箱型のイメージ、さらに、そこをのぞき見るモティーフが、この句集に散見するが、ここには、作者自身の、俳句にかかわる意識が、投影されているとみてもよい。この箱のようなものは、そこを破って踏みこまなければ、背後の生に推参することのできない、日常と非日常のあわいにたれたヴェール、べつなレヴェルでいうと、象徴の「芦別」がみずからをかこいこむためにめぐらした城壁である。このように、みずからの俳句世界と、それと対立し、それをあざけり、それをきずつける外界とのあいだに、必然的にたてられなくてはならぬ境界について、作者は、俳句のなかで、きわめて自覚的である。ひとは日常から非日常へ出るのか、入るのか、境界線の内外は、もちろん、自在に反転しうる。また、境界線のとりかこむひろがりも、戸棚や抽斗といったちいさな規模から、人体大、屋根大、一望可能な地勢、さらには、象徴としての芦別、象徴としての北海道と、ときに応じて伸縮可能であるが、この城壁が、みずからを防衛するためというより、さらにおおく、敵陣をうつための最前線を意味するふうであるところに、西川氏の面目が存するといえよう。

西川氏は、関西に遊学中に俳句にのめりこみ、大学を自主退学後、生地にもどり、そのまま現在にいたっている。関西と北海道を往復した氏の軌跡は、くしくも、首都東京をおおきく包囲したことになる。関西で、氏は、なにを吸収していったか。関西もまた、東京と色あいのことなる文化姿勢を頑強に維持しようとしている風土である。氏生来のものであろう独立不羈、反権威の性向に、この土地が、なにほどかのはげましをあたえたであろうことだけは、確実にいえる。ただ、氏の俳句にむかう態度は、関西の手ぶりとあきらかな径庭がある。歌舞伎狂言の上方和事に、二枚目の役は三枚目の気もちで演じよという教訓があるが、たとえばこのような意識の屈曲、精神の複眼構造、虚実をまるめこんだしたたかな演戯は、いかにも関西ふうの粘着性として、氏が知遇をえたという赤尾兜子や島津亮のなかにも、たっぷりとみとめられる。となると、西川氏のヒロイックな自己への執着が、かえってさばさばと、おもいきりのよいものにおもえてくるから不思議である。西川氏の俳句の文体が、ある澄明さをもつものであることについては、さきにのべた。俳句をかたるよりも、文学をかたり、それよりもっと自己をかたるタイプとして、西川氏は、この稿の最初に名をだした草田男と、かなりちかしい位置にあるといえる。草田男は、西日本の出身であったけれど、けっして、京阪文化の風儀にはなじまなかった。存在の荒野によばわる、西川氏の全力的で真率なたたかいぶりが、俳句にいかなる空間をきりひらくか、関西の血を体内にもつわたくしにも、はなはだ関心をそそられるところである。

（本論の初出は一九八九年八月二十日黎明舎発行「銀河系つうしん」第十号）

◆竹中　宏　たけなか・ひろし＝一九四〇年京都府生まれ。俳人。京都大学文学部卒。俳誌「翔臨」主宰。もと俳誌「萬緑」同人。句集『饕餮』『アナモルフオーズ』ほか。京都市在住。

まつもと・かずや
かなしくも黄金——西川徹郎論

一、はじめに

これからかく文章「西川徹郎の俳句」は、ぼくの西川に描いている虚像である。従って、本人自身が納得する、しないは、別問題である。しかし、これをかくために、ある時間を拘束されたことは事実である。これはぼくばかりではない。西川徹郎のために、特定の人が、一定の時間費したというのは、西川よ、なんと面白いと思わないか。

西川徹郎の俳句をよみだしたのは、つい、二、三年前である。だが、よんでからは、この人の存在が何かと気になって仕方なかった。句もそうだが、なんで、こんなに俳句などに打ち込むのか、そんなに俳句が面白いのか、など、余計なことだが気になった。

江戸の頃、俳句は、市民社会では、その作ること、よむことを、みんなして楽しんだ文芸だった。それ故、俳句の存在価値も大きかった。自分の俳句を世に残す。そのため、いい先生に選んでもらおうと、選者には大枚を払う。文化への関わりは、それらの器量を備えた人たちが携わった。現代に継続する俳句を、けなせないというのは、そういう理由からである。

俳句ばかりか、黄表紙、黒表紙、赤表紙、洒落本、川柳など、いくらもあり、すべてをあげたらきりがないほど、江戸の文化として華々しい活躍の場をもった。それらは、幕府への、そして、武家指導の封建社会への抵抗を、市民の立場で、その中に、あるいは形にして、表現してきたから文化になったのである。つまり、市民の思想があった。だから、いきいきしていた。面白かった。溜飲が下がった。喝采、まさにそれが持続できた。そして、生死を賭けた。生死を賭けるような人たちが文芸に関わった、だから、文化として昇華しえたのだろう。

江戸のことを長々とかいたのは、実は伏線がある。現代に引きずっている俳句や川柳は、なんとも残骸だからである。かっての文化が、残骸の形のまま放たれていていいのだろうかの思いだが、今とて、俳句に携わる以上、江戸に生きた人と同じに、渾身の力を俳句に賭けていいはずである。西川徹郎の俳句への情熱は、面白さをもつこととは、それだろうとぼくは思った。そう思った途端、その打ち込み方が納得できたのである。そして、この納得は、ぼくの西川をインタレストと思う気持ちであった。

大正期、俳句で活躍したぼくの先生の師原石鼎も、そういうところがあったようだ。石鼎は、奈良の吉野川の畔に住まわされ、親からは家業の医者になれと迫られるが、医者になれず、専ら俳句に精進し、鍵谷虎髯の庇護を受けるのである。そして、いい句ができると、夜中でも、鍵谷の家に駆けつけて、戸を叩きながら、「みてくれ、喜んでくれ」と騒ぎ立てたという。西川徹郎にも、そんなところがあろうかと、ぼくはひそかに思ったりした。もちろん、西川は、石鼎と違い、僧職という立派な職業をもっている。西川は、現代に生きる世相術にたけた人のはずだ。それだけに、俳句にこだわるのは、俳句を面白いとみるのは何か。先に、江戸の俳句へのこだわりをかいたが、現実にもどってみれば、あるいは、別の志高く、その未だ至らぬ心を埋めようとの思いもあるのかなど、西川への照準は複雑である。ぼくは、何回も何回も、西川徹郎から発進するインタレストとは、ほんとうは何なのだろうと思うことがある。

二、細谷源二への投句

そのためにも、次の問題として、西川の若き日の俳句を、追ってみる必要を感じたのである。中学生で、俳句という形式をよむようになったというが、昔を知らないぼくは、西川徹郎論を掲げる『暮色の定型—西川徹郎論』（高橋愁著、一九九三年・沖積舎）をよんで、そこで初めて、北海道新聞の俳句欄に投稿した、西川の初期の俳句というのを知ったのである。

西川徹郎の俳句を最初にとりあげたのは、細谷源二だった。昭和三十八年のこと、西川が高校生になってである。そして、その俳句は、

　牛の眼に星が光ってここは北の冬

だった。それまで、西川の句は全く採用されず、いつも没だったとの注釈もあった。二度目に西川の俳句を採りあげたのは、土岐錬太郎だった。その俳句は、

　凍る町の少年の日の金属音

である。また、同時に細谷源二の選を受け、

暗い冬老婆の鏡に鬼がいる

が、選句されていた。そして、それ以後は、なぜか細谷源二に投句が集中し、

泣きに来て木枯の賛美歌に囲まれる

が採用されてからは、特に細谷源二とつながりをもつようになり、やがて、細谷の主宰する「氷原帯」に入って、一層、俳句を磨くようになったといわれる。

その後も、西川の新聞投稿は続いていた。そして、常連になって、約三年が経過した。その期間、

冬虹の黄金僕のため消えるなよ

神の日没見て来た老婆の眼は枯色

不思議な少年バラが刺激で野を駈ける

射殺の感覚紅薔薇が散っている

寒雷の街神来て蒼い魚を放て

農夫のポケット溜るは寒の夕焼けのみ

恍惚と笛吹く農夫鷹が増え

秋嶺のような看護婦となる君よ

などの句が目についたが、作品はいずれも、高橋愁の『暮色の定型―西川徹郎論』からの孫引きである。

北海道新聞での西川の俳句は、ほとんど細谷源二の選といっていいが、選句された句は、細谷の志向の落着くところとみていいと思えた。そもそも細谷源二とは、ロマンチストだとぼくは思っている。西川が細谷の句にひかれたのは、細谷の思想が労働者俳句というものでなく、俳句芸術至上主義に貫かれていたから、かえって強くひかれたのだろうと思うのである。その意味では、新聞の選者だった、細谷源二も土岐錬太郎も、西川の共鳴する作家であり、西川が俳句をロマンとみた理由も、この二人の影響が濃いと思われた。

しかし、当時の、新聞選者の選句傾向や、作品が、どうであったかは、ぼくには全く不明である。また、西

川の句が採用されるまで、投句期間が長かったこと、その後、採用された句も、順位からみて、決して推奨句でなかったというあたりが、西川を語る上では面白いのである。この期間の西川の句をみると、上位にあっても決しておかしくないからである。ほんとうは、西川の句を上位において、選者は、例えば細谷は、自己の志向するところをぶち上げればよかったのである。ぼくが想像するには、上位にあったのは労働者俳句だろうということだ。

細谷が、その主宰する「氷原帯」という俳句雑誌に、西川に入会するように勧めたというのが事実ならば、細谷には、それによって、労働者俳句を標榜する「氷原帯」に、異質の詩型が侵入してくるのがわかっていたはずである。いや、細谷には、異質ではない、同好の、そして、もっとも強力な同志を感じとったのではなかったか。

三、**警鐘と「我」**

一方、新聞投稿の西川をみれば、多分に、他の投稿作品を驚かしてやろうの気概がなかったとはいえなかった。まず、俳句についてだが、俳句といえば五七五を実体としてきたわけだが、果たして、五七五という定型でいいのか、俳句を新しくしようとの意ならば、定型に固執しない俳句を作ってやろうの心意気があったはずである。そして、投稿を続けるほどに、引き出しは、こんなに広いの気が出てきたという思いだった。それは、今までにない新鮮な感性をむき出しに、ごくオーソドックスな新聞俳句に警鐘を鳴らそうとした。しかも新聞俳句の通例におもねず、没になってもいいの気構えを貫くのだった。貫くことも、西川の満足感だったと思えた。つまり、西川徹郎は、初めから、「我」の俳句を引き連れて、文学に登場しようとしたのだった。それはまた、西川自身が、自分の作意に面白がり、インタレストでないものは俳句ではないの意識を、はっきりと俳句に向けた結論といえた。

さて、西川徹郎が句にやきつけたものとは、実は、色だとぼくは思う。色彩ともいえるし、色ものともいえる。人間にとって欠かせないもの、それを色とみなしたのは、絵描きが、近代を象徴するのに、油絵により、西欧的な色彩を出そうとする、西川の場合は、それを活字にしてみせることで、新しさに接近しようとしたともいえるのだった。日本的な伝統といわれるものを、まず、現代に引き出してみる。その唯一の方法を、油絵のような色彩にたとえようとしたのである。

四、歌も詩も捨て難いに

『暮色の定型』によると、西川徹郎は、その後、短歌を作り、また、詩を作っているのがわかる。俳句を文芸として入門してくる青年たちが、みながみな、たどるコースともいえるのだが、その短歌作品も、なかなかのものとぼくには思えた。その歌とは、

野分する公園の芝を駈け行くは白き犬なりかなしきものなり
啄木の哀しさをもて飯食えば流るる涙の冷たくもあり
劇的な悲恋を誰に語らむや冬草までも荒れすさぶ日に
君が死の夢を見し日に裏山の藤の花のみ散り初めにけり
少年の淋しく揚ぐる凧のごとき恋初めし日の秋風のわれ
枯れし木に耳を寄せては網走の町をさまよふ犬を思へり

などだが、かなりの水準といえるものだろう。しかし、よくみると、これらの短歌には、気負いというものが全く感じられないのがわかるのである。ただ、短歌の抒情を、俺だってこなせると、西川は示してみせたというのが感想だろう。一人前の短歌が、俺にも作れるのだということの主張である。一見して、吉井勇や斎藤茂吉に似せた歌とも思われるのだが、勇も茂吉も、歌では、自分こその思いが強烈なまでにほとばしり、その芯には、天下、国家、社会を論じた、それが、西川は似せながらも、自己主張ではなく、形骸という感じだったのだ。詩にしてもそうである。「尼寺」という詩をみると、

尼寺

剃刀のようなさくらがしみじみと散っている。

さくらの木の股には蝮が孕んでいる。
弱々しいひかりの中に、
すさまじくして孕んでいる。

花びらの向こうに、
はるかに貧しい尼寺が見えている。
大きな鐘を突いている老いた尼の蒼白い頭が見えている。
夕餉の野菜を刻んでいる少女の尼のみずみずしい頭が見えている。
………………
………………

ああ、いつしか東の地平線上に、
針のように細い月が出ている!
刺されてしまいそうな細い月が出ている!

(北海道詩人協会編『北海道詩集一九六八年版』所収、北書房)

という調子で、結構、詩らしいまとまりをみせている。詩を作り始めた頃、意気込む若さ、これは当然のものとして、自己の世界を求め、終始、固い言葉が連なる中で、そのめざすロマン溢れる詩情は捨て難いと思った。
だが、ほんというと、西川徹郎の歌や詩には、生理的な戸惑いのようなものが感じられてならなかった。歌も詩も、俳句などよりは、もっと、言葉も自由に使いこなせるし、選べるはずなのに、それがかえって、長くておさえきれないというような感じだったのである。西川の心情は、この言葉の自由な選択よりは、制約された方に言葉の快感を求める、自分の性格にあった表現は、俳句の長さだという思いが、かなり、しっかりと把握されたのだろうと思えた。西川は、ここに、自虐性あるものを選んだのである。それはまた、西川が小説をかこうとしなかった理由にもあてはまるようだった。

小説をかきたいというのは、文学青年誰もがもつ、当初からの願望である。それを結果として、俳句に甘んじ、甘んじるというよりは、その凝縮された言葉の葛藤にほれ込む、斧を振り落としては、傷の深さを確かめる、その傷をインタレストとする、ぼくはそう思うしかなかったし、西川が小説を断念した部分だけ、正座して俳句に向かうあたり、恐ろしく、濃く、俳句以外の、詩を歌を小説を、俳句にひっくるめて、表現しているのだの心意気とぼくには思えた。西川の句のインタレストとは、俳句に俳句があるのではなく、小説を含めた文化史観が、ぼくをうずかせるのだろうということだった。西川には、俳句も、詩も、小説も、実は同格なのである。いや、俳句はそれ以上である。それはまた、俳句に責任をもつことだし、俳句を自分の感性のありどころにした、ぼくの方でこんなことでいいのかと心配するくらい、俳句にかけた生き方だと思えた。西川の句は、西川の胸の思い以外ない、西川即俳句とでもいうものだった。

五、それは芭蕉のように

今更いうのもなんだが、元来、俳句界とは、不思議なところなのである。歌では、万葉集はもう遠い存在だし、詩も、漢詩など死んだも同然が現代である。しかし、三百年もたつのに、俳句では芭蕉が中心になっている。ぼく自身、今、俳文学会という会にいるが、そこは主に俳文学を勉強する大学の連中の論文の発表の場で、論文のほとんどが、芭蕉に始まり、芭蕉に終わっている。この学会への不服は、明治の俳句革新も、新興俳句、口語俳句、前衛俳句といった問題も、ほとんど論じられることなく、歳月を過ごしていることである。そういうぼくは、一応、現代俳句の口語化について、若干の文章はかいたことがある。しかし、そういうのは異質で、俳句は江戸の文芸とみ、日々、重箱のすみをつつくように、同じ論を繰り返している。大学などの教師が多く、講義で、俳諧といえば芭蕉だからであろう。つまり、教える側にとって、俳句とは、現代に即応している、いないは問題でなく、俳句とは芭蕉だということなのである。

事実、芭蕉や、蕉風の俳句は優れている。今の人たちの句と違って、それだけ、句に心が込められているからだ。連句の発句としての心情をみせ、その中から、よりによって選ばれた句を、発句(俳句)としたからである。蕪村にしても同様である。最初から俳句を作る、今の人たちは、こういう研鑽には全く欠けているわけである。それらが、今の俳句を劣らしめているといえないこともない。俳句が、今にして、芭蕉を背負っている、芭蕉を口にしなければ始まらないという因を作っているのは、芭蕉に及ばない、芭蕉を追い越せない、劣等感の何ものでもないといえるのである。つまり、通例は、今も、芭蕉が俳句なのである。

六、今、一万句合わせ

といって、現代俳句を標榜する俳句誌では、総合誌を始めとして、なんとも句のへたな金子兜太が騒がれたり、一方、感性など全くない、ただ、滂沱と句を作る年老いた俳人が、かっての虚名というだけで、大新聞で選を続けている。こういうのも、俳句でしかみられない現象なのである。高柳重信なども、結構登場する俳人である。こういう人たちが、常に俳句に出てくるというのは、いい現象とはいえないのである。俳句が、彼らで代表しうるというのは、バカにされているということになるのである。現代俳句は、現代に活躍する俳人が、目安になるのではないのか。そうでなければ、現代俳句は語れないのではないか。どこの文学にも、このことは共通する問題だと思うからである。

今もよく出てはばからぬ、高柳重信のことについてかいてみよう。東京神田の「きゃんどる」という喫茶で、初めてぼくが高柳に会った時、その時は、常時そこにたむろしていた、幡谷東吾や富沢正一、三谷昭、山畑緑郎、それに、図書新聞の田所太郎さんなどもいたと思うが、ちょうど高柳が恵幻子の号をやめて、重信に返った頃で、その時の会話は、伝統俳句なら一日一万句ぐらい軽くできるといったのを覚えている。西鶴の一日一万句合わせを前提にしていったと思うが、しかし、どんな句といえ、俳句が、一日一万句もできてはたまらないと思ったのである。実は、西鶴は、一日一夜に千六百句吟を興行し、それでは不足で、四千句、それでも我慢ならず、遂には、一日一夜に二万三千五百句を吟じる絶倫の業をなしたともいうが、これを計算すると、一時間九百七十九句、一分十六乃至十七句、一句に三、四秒という勘定になるから、初めの頃では可能でも、とても実現できる数字ではないと思ったのである。しかし、一万句合わせは、事実あったとされている。これとて、一分に七句、一句に八秒という計算だから、これも長時間のゲームとしては、不可能の業ではないのか。

その時の高柳は、かなり自負したいい方で、志あれば何ごとも可能の気迫だったが、実際は、句が作れず、多行詩などというまやかしに走ったとぼくは思っている。事実、恵幻子の頃の俳句より、重信になっての俳句には、人が考えるほどみるべきものがないと思うからだ。

七、夢みるロマン

さて、西川徹郎に話を戻すが、彼の俳句を貫くものとは、現世風のロマンだろうと思うのである。西川の、「極限へのいざない」という文章での、正岡子規の短歌の引き出し方をみても、それはロマンを求めることに、殊更集中しているからである。子規は、短歌では、むしろ、おおらかに、そして、子規の流れを汲む、斎藤茂吉、島木赤彦ら「アララギ」派に、近代短歌が万葉の感情を受けついでいると、西川ははっきり、彼の歌で示したのである。

しかし、西川のロマンへのいざないは、短歌より、叙事を主体とする俳句に、まるで、キツツキのように突きつくすことをモットーに、しかも、その恰好は、なんとも凄惨なほどを思わせたのである。

この時ぼくは、明治後半から大正初期にかけて、短歌を主に活動した西出朝風が、その短歌よりも俳句という分野にロマンを探り出そうとし、そのため、俳句を口語で試みたことを思い出していた。


ぼくもゐる。はるのめしやのひのむれに。

はるがきた。つじにしゃがんだやなぎらに。

そのときも愁いはあった。古い街。

つばくらや。いまいざかやにひがついた。

ゆくはるや。あかいはしらのしたにたつ。

ごご一時。はだのにほひをかいでねる。

などが、朝風の作品である。それらはすべてが西欧的抒情をもった発想で、彼にしてみれば、近代ロマンチシズムを追求したものだが、それが流れ星のように終わったのは、やはり朝風が歌人として、短歌の抒情のようには俳句では持ち味が発揮されなかった、それが、朝風を俳句から離れさせた原因であろうと思えたのである。

西川は、子規にロマンをみつけようとしたと思う。それは、ロマン的蕪村をわざと避けてでもあったことからの推測である。蕪村が、漢詩の詩情を縦横に駆使し、俳句にとり入れていったのは、当時としては、時代の近代化を目的とした、希望に燃えたロマンチシズムの台頭だったはずでもある。

子規が、芭蕉より蕪村を好んだのは、それらを意識した行為だったはずである。しかし、子規は、伝統を近代化するために、対外的視野に立つより、日本の中の視野に徹しようとした。そして、近代化の条件として、俳句は叙事となり、歌は抒情を明確にした。

こうかいているうちに、ぼくは、西川が、俳句が叙事的志向のものなどということは、てんで思ってもいないことに気づくようになったのである。短詩ゆえの雅語のあり方よりは、西川は短い言葉に自己の感情を思い入れ、ただそのことにだけ終始しようとしていたからだった。ひたすらに、西川徹郎として、ものをいおうとしているのだった。

八、迷走と糧となるもの

ぼくが、『西川徹郎の世界』（秋桜COSMOS別冊、秋桜発行所）というのをよんだ時、そこに文章をよせた西川の知人たち、実は文学の人たちだが、そのほとんどが、西川の俳句をすなおに受け止めたのだろうかの疑問をもったのである。そこでの詩人や評論家たちは、戸惑いながら、まるで超現実的なものをみたような言葉を発しているると、ぼくには思えたからだ。超現実ととりくむとなると、なんともむずかしいことをかかねばならなくなるからだった。そのほとんどが、西川の句を、自分でもわけのわからぬように難解に抱え込んで、自分たちの方が超現実の世界に浸っているというのが実感だった。その中では、吉本隆明が、自分の好きな句という形で、西川の句をとりあげていたが、この方がとてもすなおに思えたのである。思うに西川の句は、いろいろの恰好をしているが、実は案外すなおだからである。

句について語れば、例えば、第一句集『無灯艦隊』(一九七四年・粒発行所／定本版、一九八六年・冬青社)の

　島の終りの猫ぐさい月が出ている

の「猫ぐさい」などは、西川自身はまやかしと思って作っていると思うからだ。西川には、意外と言葉に迷走があるようだ。

　不眠症に落葉が魚になっている

なども、〈不眠症に〉という言葉を用い、大上段に振りかぶるが、あとは魚にきいてくれといった、まやかしのようなものではないのか。言葉は出してみたが、結論は自己負担でなく、相手がむずかしく思ってくれることの期待のようなものとぼくには思えた。西川にこういう句が多い時は、句がすなおにできない時だと思うからである。言葉の遊びについふけって、句は作るが、本人は決して気乗りしていないと思うからである。批評する側も、一緒になって迷走する必要はないのである。

こんどの文章をかくにあたっては、西川の最近の第八句集『月山山系』(一九九二年・書肆茜屋)が、やはり注目対象とはなるが、それに至るまで、西川は、金子兜太の「海程」同人となり、そこで、俳句の進歩的友人を多く作り、やがて、一人立ちしていくわけだが、「海程」の影響を受けながら、「海程」の最大テーマであった前衛俳句に走らず、専ら富澤赤黄男のごとく、主に句のみを発表し、更に、歌や詩の友人を多く作っていたのは、西川の共鳴者をふやす唯一の方法だったともいえるのである。

西川の俳句遍歴は、何かと集会に出席することで、新しい息吹きをこまめに扱い、そこでは、西川がこれはと思うものと接し、新鮮を感じながら、自己啓発をしていったともいえた。俳句をやったから、檀家以外の人と交遊ができたのはたしかである。西川は、自分の進むべき道にますます希望をもち、ロマンを求め、その発見をしつづけたともいえるのだった。

九、『月山山系』まで

西川の俳句で、最近作『月山山系』に至るまでは、ぼくは、『暮色の定型』からの引用句をみたり、『西川徹郎句集』(現代俳句文庫⑤一九九一年・ふらんす堂)をみたりしたのだが、そうした中にも結構面白いと思う句があったので、それを紹介してみる。

あの岸を戦ぐはまんじゅしゃげか舌か
死人花咲く枕干されているまひる
ほの明るい尼寺青竹ほどの村人ら
沼裏の産婆ひそかに泳ぐを見たり
妻よはつなつ輪切りレモンのように自転車
食器持って集まれ脳髄の白い木
野鶏が茜を乱していいます手紙下さい
明るい郵便野螢のように戸を叩き

これらは面白いが、しかし、所詮は俳句である。このままいくと、面白いが、頭脳がパンクしないかの心配もある。言葉の枠を越えるのが、俳句に与えられたリアリティからして必ずしもいいとはいえないが、これ以上になると、言葉がギスギスしてこないかの憂いもある。つまり、表現にてこずるような言葉が使われ、それが羽振りをきかすようになると、そのまま一人歩きする恐れがあるからである。西川の心より、その時は、俳句が先になってしまうからだ。そんな心配を勝手にして、ぼくは『月山山系』に入るわけだが、句集をよんで、

晩夏とはいえオムレツを象と思い込む
繃帯の自転車を父と思い込む
柊の並木を死者と思い込む
みるみる白髪となり弟庭先に

などの句にあうと、表現された言葉からもわかるように、思い込みの激しさが気になり、それらが、この句集

での西川の存在部分を、また、違った方向に向けさせていると思えたのである。前出のほかにもみられた多数の句の〈思い込み〉の部分は、西川の思いを現実のものにしてしまう、表現の新しい試みだったかもしれないと。そして、次のような句、

靴箱の中の遠火事も消えつつあり
ときどき叫び竹屋は竹になっている

などの、その思い込みに至っては、空恐ろしいほどに、臨場感迫るものを感じたのである。

十、死ねる句を

『西川徹郎句集』に、「不在の彼方へ―わが芭蕉論」という西川の評論があるが、以前、『暮色の定型』をよんだ時、そこで、西川の、「ぼくにおける俳句の理由」という文章を知ったが、その中の、「俳人は何故、俳句ゆえに自殺しないのか」というのに、ぼくはすごく引っかかった。そのため、この芭蕉論を、かなりリアリティのあるものとして受け止めたわけである。

西川の評論は、冒頭、畏敬する知人の僧侶の自殺という、ショッキングな文章があるが、彼が、迷路がわからずに突っ走ったことを、慟哭の中でつづりつつ、芭蕉に接した話に移り、芭蕉が武士を捨てたことで、ようやく迷路を見分け、それが生を得度する結果となった、その心のしたたかさを、かの知人の死とダブらせた文章と、ぼくには思えた。西川が、その文章で引用した芭蕉の句、

野ざらしを心に風のしむ身哉
こがらしの身は竹斎に似たる哉
死にもせぬ旅寝の果てよ秋の暮
猿をきく人すて子にあきの風かぜいかに

をみて、そこには、芭蕉の生への執着が、死にさ迷い、生を先取りして生きる武士を捨てたさまが、ありありとみえ、風に滲む身よりは、心に滲ませて打ちかとうとする姿にも思えたのだろう。西川も、それらを文章に

つづることで、得度したのだろうとぼくは思った。そして、生という存在を通して、武士を離れ、もう、並のことでは死なぬ、その存在を俳諧という形で表し、生への責任を果たそうと芭蕉はしたのだろうと。

日本人の精神構造に、芭蕉が登場する時、この生死は、かなり深い問題を抱えているといっていいが、多くの国文学者たちは、芭蕉の句から、虚しさや悲壮感をたどっては、日本的情感に結びつけようとの意図が多いようである。西川にとっては、口ぐせとする、「俳句のために死ぬ」は、俳句を作るにもそれだけの責任がある、死ぬるほどの俳句を作るを、願いから実行へ、その根源をみつけたということになろうか。

十一、まさに〈生き人形〉の風景

少し戻るが、『月山山系』以前の第四句集『死亡の塔』(一九八六年・海風社)というのをみて、そこでぼくは、西川の〈死〉の言葉というのに、かなり長くつきあわされたのである。そこでは、死に関する言葉たちが、オブジェとも思える超現実の世界から泡立ち始め、そして、死を繚乱とさせた臨場の世界へ誘おうとの意図が感じられたのを覚えている。これは、まぎれもない西川のロマンだと思ったのである。この時、西川は、引き出しから、あれも出す、これも出す、見世物小屋の手品師として、ライトを正面に浴び、少し照れながらも、

鬱金の襖を倒す月が土足で
解体されてあけぼのの野のおとうと
検死人の眼が開く雪が降っている
九月寺町ふぐりが空で唸っているよ
股開き乗る自転車みんな墓地に居て
卵咥えて岸行く皇太子がみえる
横死者の髪は箒として使う

などなどを打ち出していった。千句も二千句も、ぞろぞろと打ち出す才があるかのように。また、それは、大数珠を回しての百万遍唱名でもあるように。

ぼくは以前、仕事で「八百屋お七」のからくり芝居を再現したことがあったが、その時使った口上が、江戸で評判の口上だったのを覚えている。しかし、その一つ一つは、ぼくが幼かった頃の昭和十年代、秋祭りの小屋掛けの中できいた口上とも思われたし、戦前までは、そういう江戸が、まだ、ありありと、東京の日々に存在していたことも思い出したのである。

「出て御覧、あれが八百屋の娘かと、人々哀れむばかり成り。早、本宿も通り越し、鈴ヶ森にぞ着きにける。四方に矢来をしつらえて、中に立ちたる角柱、可愛いや、お七を縛りつけ、芝よ茅よと積み重ね、わっと泣いたるひと声は、無常の煙と立ち上がれば。」

まだ延々とあるのだが、「八百屋お七」のこの口上は、西川の『死亡の塔』の序章に、よく似合う、そんな気がしてならなかった。『死亡の塔』というのが、人間がもっとも遠回しにしたい死を、身近に引きよせて、一つ一つ考えさせてくれる、からくり芝居のようなものではないかと思ったからである。

句集では、俳句たちが、手をあげ足をあげ、踊り出す風態で、死を如実に表現している。それはまた、死を小気味よく消費させている風景である。消費には、あらゆる手段が使われる。コックになり、清掃業者になり、そして、ある時は、無機質なカッターになる。死は、人間が存在する以上当然のもの、死はいきるものの権利とみた場合、感傷は全くなくなり、ニヒルな西川もなくなり、ただただ、言葉を操り、他界を幻想させてくれる、香具師西川徹郎の姿恰好思い入れが浮かび上がってくるのであった。

白髪吹雪く相続人と谷行く僧侶

彼岸花火となり家を出たまま兄は

マネキンの七、八人も草野球

そして、このような恐ろしい風景さえ、香具師の演出では、いとも造作なかったのである。

死は、文学（俳句）では、造物的な生き人形の屍体で表現する方が、数段、臨場感がある。西川は、僧侶ゆえ、それを実証してみせたかったのだろうというのがぼくの感想である。

死のボキャブラリーばかりではなく、西川は、ほとんどの句に、香具師の演出をしているとぼくは思った。なまの現実より、実際は、その方が、もっとなまなましいからである。歌舞伎の女形が、いやらしいほどに女をみせるように、生き人形の言葉だから、存在を思わせる、みるものをして錯覚させる、しかし、その方が、ぐっと現実感が出る、つまり、創作された現実というわけである。

郵便局で五月切り裂く死者の喉
父の肛門急に波立つ麦秋は
少しずつピアノが腐爛春の家
母も蓮華も少し出血して空に

なども、その大げさな表現から、自然のなりわいに欠けるところがみえ始めるが、それらの、生き人形の風景としてみると、自然へのおさまりも、どこかできちっとさせている、そういう計算も西川は立てている。

十二、第八句集『月山山系』の連作

西川徹郎が芭蕉にひかれたのは、その創作性ではないかと思う。『死亡の塔』、『月山山系』と句をよむほどに、芭蕉の心をもちつづけるものの結果が、順次、表れていそうな気もしたからである。先に、生き人形のような表現についてかいたが、事象の観察も、ただの現実ではなく、あたかもそのようにみせる、西川が、芭蕉を必要とするところは、それではなかったかという気がするのである。芭蕉を心にもつことで、俳句の本能から離れまいとする、西川のあり方は、それだと思えたのである。

その『月山山系』での後半は、「月夜ゆえ」「中じゅう」「秋津」「秋津の国」「月光」といった言葉を、連作の形でとり入れた句が多く、それも始終繰り返すことで、言葉の機能を、可能性を探ろうとするが、芭蕉が、名実共に実行した、俗語を正すに通じるの理解をしたのである。一つの言葉をきめてかかり、その形の中で、固めた言葉の重さを考えながら、その前後の表現からの正確さ、雅さ、響きなど、厳しくふまえて、先に固めた言葉の意味を考えようとしたのである。

月夜ゆえ酒屋の中じゅう秋津です
月夜ゆえ郵便局の中じゅう秋津
月夜ゆえ水道局の中じゅう秋津
月夜ゆえ駅の中じゅう秋津です

そして、更には、「秋津」が「火葬夫になりすます」、「市民になりすます」、「市民を食べはじめ」「食べナサイ」とエスカレートしてくる。「月夜ゆえ」では、特に、

月夜ゆえ手風琴弾きになる秋津
月夜ゆえ肛門見える秋津です

の句に、いいしれぬ親近感がただようのは、ぼくばかりではないと思う。

「月夜ゆえ」は、まるで蚕が糸を無性に繰り出すごとく、句として出しに出し、色気も、食い気も、そっちのけで、まずは出し尽くしてみるの気概さえみられた。それは、一万句合わせにも似せた、一つの興行のようでさえあった。

「さあ、みてらっしゃい、よってらっしゃい」と、人をかき集める。しかし、あとは空しさ一杯である。あの人気の去った見世物小屋の風景が思い浮かぶが、小屋を満杯にした香具師の気分は横溢してはばからない。句の「秋津」はまさに人間である。西川の行為である。大量生産し、大量消費してみて、その結果、ゼロの風景に帰着していく。それは、『月山山系』の最後の句をみて、心に滲みるものを感じたからである。

白髪の姉を秋降る雪と思い込む

この句、その正確な観察眼をもとに、なんとも、ゼロの風景を奏でていると思えたからである。この句をみた時、芭蕉への回帰を願い、芭蕉を常に心にもちつづけた西川の姿勢が、その意を得たように、そこに、実質あると、ぼくには感じられたのである。この句など、西川のバラードを作ろうとの気概もうかがえるが、その技よりは、ずっと心にもちつづけた、芭蕉自身が、押し上げてくれたとの思いの方が強かったろう。

『月山山系』の冒頭の句、

　抽斗の中の月山山系へ行きて帰らず

は、西川の新たな決意であったと思う。これよりは、行き行きて帰らずというのであろうか。生には迷路がある。決して、高速道路だけを突走るだけのものではないが、芭蕉が煩悩で思想めいたように、西川は宗教で、蔽い尽くす自負もあるのだろうと思った。

『死亡の塔』ではその真偽は別に、裏打ちされて事象があでやかなほどに読者に迫り、そこにフィクションもみられたが、そのフィクションがなんと力強くものを訴える手段なのかということも知らされたわけである。

十三、俳句は抵抗の文学

西川の句を鑑賞するには、吉本隆明がかいたように、自分の好きな句を並べてみる、それが一番のようである。西川をむずかしく思い、から回りするよりは、それぞれ共感する句がある方が、西川にとっても大事なのである。ぼくの共感する句とは、例えば、西川が、戦争も、社会も、じかのものとして触れず、みながみな、中間に茫洋としてただよわせている、フィクションの浮遊物の感じがする句、しかし、それが意外とこの世の真実になる、そう思わせせる、信じさせるものがあるところを、ぼくは面白いと思ったのである。

ぼくが、西川のフィクションの句がなんとも面白いといった時、ある俳句総合誌の発行者が、でも、かなり理屈ぽいといっていたのを思い出した。これはある意味で、西川の句を意味づけていると思ったからである。しかし、それはまた、今のマスコミというか、一般の俳句、俳壇の維持の仕方が、実はこんな水準にあるというのを示した一例でもあった。

西川徹郎は、〈かなしくも黄金〉であった。近年復興した奈良薬師寺西塔も、パリのアレクサンドル三世橋やエリーゼ宮のあの色彩も、新しい進化を表現しても、伝統という風節が異質なものとして退けていく、伝統の上では、同化させないということを感じさせたからである。

俳諧が衰退したという幕末あたりでは、運座が必要以上にはやり、得点が競われた。近代以降も、句会で高得点を得ては、賞品や、主宰の色紙をもらうなど、盛会がつづいている。これが一般的感覚で、俳句とは誰にでもできる遊びなのである。俳句を通しての交際、飲食、旅行なのである。俳句仲間というものだ。俳句で、自己の心を打ち出してきた、ある時は、血を絞る思いで自己の心を吐いた、遊びの中にあった抵抗という不倒の根拠が、いつのまにか撓み、遊びだけが浮上したのは、近代以降からだろう。俳句の本能は、なんとしても抵抗の行為、それを表現する行為だからである。だから、文学となりうるのだ。

今、西川は、着々と、俳句を抵抗の文学として作りつつある。西川が芭蕉を心にもちつづけるのは、そのへんにも強い意味があるのだろう。だが、西川という人は、もっとほかに、可能性があるようにぼくは思う。俳句をやったぼくには、俳句はそんなに心へ報いてくれないからだ。そう思うこと自体、いけないのだろうか。

（本論の初出は一九九五年七月書肆茜屋発行「茜屋通信」創刊第一号）

◆まつもと　かずや＝一九二八年東京浅草生まれ。二〇一四年四月十四日没。俳人・評論家。日本大学卒。戦後、市川一男等と口語俳句運動を起こし、「口語俳句」主宰。俳文学会会員。元下町風俗資料館館長。著書に『まつもと・かずや戦後俳句集』『まつもと・かずや評論集』『戦後世相史と口語俳句』ほか。

西川徹郎と宮沢賢治

有馬　朗人

『秋桜COSMOS別冊　西川徹郎の世界』（一九八八年・秋桜発行所）は、現代俳壇の極北にある、稀有の世界である。そもそもコスモスは、秋桜であり植物である、しかし大文字で印されているコスモスは、私には宇宙を意味しているように思える。そもそも何故宇宙と花の名が同じくコスモスなのだろうか。

この一冊の本には幾つかの優れた西川徹郎論があるが、この小文に私自身の西川俳句についての感想を書いておきたい。西川俳句の持つ北方的情念や無気味さは鶴岡善久氏が、又死や家族のモチィーフについては、多くの評者が論じている通りである。更にはSF性についても坪内稔典氏が指摘している。このような情況の下で、何か新しいことを言おうとしても、困難であることは明らかである。

西川氏が自ら「銀河系つうしん」創刊号(一九八四年)で

「近頃、ふしぎなくらいに、宮沢賢治の詩集を読んで胸を熱くした私の少年の日が想い出されてくる。」

と書いていることは、注目に値する。坪内氏が言うSF的な世界の原点がここにあるからである。

先ず『無灯艦隊』、「銀河系つうしん」などの句集や雑誌の名前は、宮沢賢治の「銀河鉄道の夜」を思い出させる。又

不眠症に落葉が魚になっている
父よ馬よ月に睫毛が生えている
秋は白い館を蝶が食べはじめ
海女が沖より引きずり上げる無灯艦隊

などに見られる幻想的風景は、賢治の「銀河鉄道の夜」のSF的世界に通じるものがある。それは西川俳句が持っている仮構性の表れである。倉橋健一氏は、

溺死するまではるかな斜塔は鶏
鶏が姉であった日霊場ふぶく

の二句に触れて、

「西川徹郎の内部では、あちらがわ(彼岸)へ行きたいという願望がうづいている。」

「姉にたわむれるように君たちにたわむれた、と鶏たちに呼びかけている。その日々がはたして霊場とよべるかどうか、ここでも彼岸幻想を思わねばならない。」

と述べている。

賢治は「なめとこ山の熊」の終りに、

「もうおれは死んだと小十郎は思った。そしてちらちらちらちら青い星のやうな光がそこらいちめんに見えた。

「これが死んだしるしだ。死ぬとき見る火だ。熊ども、ゆるせよ」と小十郎は思った。それからあとの小十郎の心持はもう私にはわからない。」

と書いている。賢治には、生と死を越えて両方を連続的に眺める視点があり、そこに彼岸幻想があった。

西川徹郎は浄土真宗本願寺派の僧である。賢治はその浄土真宗から日蓮系の国柱会へ移り、法華経を信じて一生を送った。その宗派の違いが両者の文学にどのように影響を与えているかは、面白い問題である。しかしその分析はここでは行わない。ただ賢治は一生独身であったし、徹郎もそのごく短い結婚生活を除き、今日まで殆ど独身生活を送って来ていることには、注意しておきたい。この事実にこだわるのは、両者を通じてリビドーを文学と信仰に昇華しようとする努力と、それを押さえて現世に強い関心を持つ姿勢に共通性を見るからである。

現世への関心と書いたが、西川徹郎は第四句集『死亡の塔』（一九八六年・海風社）の後書で、

「私とは一体誰なのか、私とは一体如何なる生きものなのか、と問い続けることが、私を今日まで俳句という表現に駆り立ててきたと言っても過言ではないという事実を先ず私は述べておきたい。」

と書いている。

この問ほど現世とのつながりを示すものはない。ここで、「如何に生きるか」と言う問ではなく、「一体如何なる生きものなのか」と問うている所が面白い。これはより根源的な問であるからである。

凩や木となり草となり父は
父はなみだのらんぷの船でながれている
雪降る秋も押入れに父棲んでいる
竹原に父祖千人がそよぎおり
戸棚の中の夜道を急ぎつつ父は

と繰返し父に呼びかけるのも、

空の裂け目に母棲む赤い着物着て
箪笥からはみだす姉のはらわたも春

と母について、更に姉弟についても、

おとうとを野原の郵便局へ届ける

と書くのも、結局のところ自分は「如何なる生きものなのか」へ答えるためのものであった。

今日多くの俳人達は、このような問を忘れた所で俳句を作っている。一見平和の世の中であり、「生とは何か」とか「如何に生くべきか」と言うようなことは、青くさいと思われている。そして平明な平和な作品が受け入れられる。このような時代、西川徹郎の存在は貴重である。始めに「極北にある」と書いた理由はここにあったのである。

第六句集『桔梗祭』(一九八八年・冬青社)以後より好きな句を記す。

父現れて下駄箱叩く月の家
月山の楢の木突如唸り出す
抽斗を出て来た父と月見している
月夜の谷が谷間の寺のなかに在る

(本論の初出は一九九〇年十月黎明舎発行「銀河系つうしん」第十一号)

◆有馬朗人　ありま・あきと＝一九三〇年大阪生まれ。俳人・物理学者。元東京大学総長・元文部大臣。俳句誌「天為」主宰。東京大学理学部卒。日本物理学会会員。俳人協会会員。日本文藝家協会会員。第七回加藤郁乎賞・第二十八回日本詩歌文学館賞等。著書に『原子と原子核』、句集『天為』『流轉』ほか。東京都在住。

阿部　完市

〈西川徹郎〉寸感

『西川徹郎全句集』（新装・普及版／二〇〇一年）は、九七二頁。まことに部厚く大冊である。圧倒される。

西川徹郎は、宗教家である。浄土真宗の布教使であるという。宗教というものに全く無縁の私など、毎日のようにいらいら、うろうろしていて、何とか心気調えようとしてまことに大変である。心の據り所を確かにしたいものと、随分永いこと心がけて、未だ心定まらず。人間は迷うもの―とか、自ら力つくす人間のみが迷うのだ等という先人の言葉思ってみるが、所詮一定の心など得られそうもない。一定棲家は地獄ぞかし、である。そんな私にとって、宗教と俳句とのふたつの道を静かに、確実に行く人――西川徹郎の存在は驚きそのものである。法華経、華厳経、観無量寿経などを読めと言われて、読んでみた。けれども、それら経典の意味を追うだけに追われて、わが心根、静けさには決して到達しない。

石田波郷は「俳句は文学に非ず」と言った。そして、この言葉をそのままに――ほんとうにそのままにとって、俳句は文学ではない、芸術ではない等と唱えて、俳句の真をきわめようとしない現在の俳人どもが多すぎる。波郷のこの言葉にこめられた、渾身の思いの意味を思わず、悟らず、徒らに己が安寧のための一語として終っている俳人が多い——多すぎる。最近、私は「現在わが眼前に陳列される俳句作品のほとんどは、現代俳句ならぬ近代俳句の尻尾にすぎない—そんな作品がほとんどである」と発言して、大方の顰蹙を買った。〈現代〉の語の現とは、現実であるものという意味のほかに、誤用されて夢まぼろしのことも言う、と国語辞典に明記されている。私は、この誤用して、そしてその言葉の内側にいて、歌を、句をつくりつづけている日本人、日本語が好きである。言葉のニュアンス、修辞的残像（外山）、言葉の多義・多層性（ハマダーニー）、言葉のメタ性など—言葉の本性・本意に従いながら、作り上げられる日本語の俳句を、私も生涯のめどとして信仰しつづけている。

西川の俳句作法の一つの型に、いわゆる連作がある。あるいは、連作というよりも、連想——一より心理的な関連またより意識下の連想と謂うべき作品の一列。そのような作品の群が、『西川徹郎全句集』中に、多くみられる。たとえば、日野草城〈都ホテル〉、水原秋桜子〈筑波山縁起〉など、高名な連作は、その題材を、時間的にまた空間的に並列する。そこにあらわれてくる作品の並びに、作品の筋に従って、克明にまた明瞭に直ちに理解されるように作句されその俳句作品が並べられる。しかし、西川の連作に於ては、より心理的、より人間の深層心理、いわゆる無意識・非意識の連なりに従っての作品一、一が並立させられている。すなわち、筋を追うということよりも、人の心の自由の生態を示しながらの作品の陳列が行われている。

句集『月夜の遠足』中の、〈月夜の遠足〉の一連をみれば、

ふらふらと遠足に出て行く死後の兄
笹野の遠足少しずつふえてゆく死人
槍持ってはは月野で犀を討つ
一輪車で引き返す黄泉の村境
青梨に種がある胎髪戦ぎつつ

第４章　魔弾の射手　阿部完市

……
旅人を呑み込む百合の喉佛
谷を墜ちていったよ黒い網笠して
……
一輪車は吊された儘月夜の遠出
緑のバスが追いかけてくる月夜の遠出

まさしく、心理劇――人間の意識の、意識下の劇である。しかし、次から次へ、1から2へ、2から3へ……という心の移りかわりの順序を追っての連作ではない。1から3へ、3から4へ、4から7へ、7から5へ……というような不規則、順々ではない。すなわち人の心の無造作、いい加減さ、色々さ――自由を示すような作品の連立。それを、私はその連作の上にみる。すなわち、人の心の無作為、支離・滅裂などをこの一連の作品から直感させられる。

　順々でない、しかし順々である一連。あちらこちらへ――でありながら、しかしそうでない一連の作品であることを私は直感する。まず、人が死ぬ。居なくなったのは、兄、母など、肉親。作品が進行すると、そこに作者自らも死者として、その作品に只中に出現する。われにあらぬわれを――今・ここに在るわれをみて、ごちゃごちゃに混みあって一、一の楽章を出現させ、そしてその全楽章という人間の心――全景色をみせる。

月夜の遠足だんだん死者がふえてくる
月夜の遠足しょうれいとんぼが追って来る
ははは兄を兄ははははを撃つ月の庭
月夜の遠足に出た儘兄は帰らない

　月夜という明るい場所に、青くて暗くて、生きの、そして同時に死の光の中に、この一章「月夜の遠足」は終る。一筋がみえる。「心の揺らぎ」の筋がみえる。f分の1――の揺らぎの、その心の運動、動揺の姿をここにみせて、終えてみせる。思わされて、思い詰めて、そして思い終る。このように一章である。

句集『月光學校』中、〈月光學校〉、

人形の茜が通る寺の北側

人形を人担ぎ行く彼岸花

　月の回廊

月の回廊耳がたくさん落ちている

回廊の月のかけらをゆびで掃く

　寺巡り

月が出てより父は土中の寺巡り

　義足

義足組む裏の谷へと誘われて

　月の根

少し眼を病む月の根盗掘して

〈人形〉〈月の回廊〉〈寺巡り〉〈義足〉〈月見〉〈月の根〉〈龍〉〈白髪の姉〉〈月狂い〉〈月の村〉……と、各一楽章のテーマが変転し、またそれぞれの句の数も、2・2・1・1・1・7・4・6・3――と自由に変化させられて、意のまま、気儘に動いて行く。そこに西川の自在、思いの丈けの伸縮自由、心のあっちこっち。動きをみせる。読み、詠んで、さらに自由に、開放されるのである。西川徹郎の、連作を読んでいて、このように私は、色の濃さ部厚さ、そして自由な清涼感をみて、西川と共に私の心自由になる。ここに、現代俳句の作法上、確実な〈自由〉を導入し得た――私はこれらの連作を見ながら、心平安になる。

また、私は西川の次のような一句一句に注目する。

耳裏の枯田にぐんぐん縮む馬

（『無灯艦隊』）

馬が来て、走る、歩むのではなく縮むのである。この一句のわが意識に直接する——それが読者の思いを開放する。

死鹿とは奈良へながれていった枕か　（『家族の肖像』）

鹿の死。その鹿の、その思い流れてゆく。そして、それは枕——その姿、その感触。静かで深く、懐かしい。

唸りつつ寺屋根運ぶ天の川　（『町は白緑』）

バケツ持ッテ鼬寺中ヲカケ回ル　（『天女と修羅』）

寺の姿、屋根をうんうん運んでゆくお寺。あるいは寺の屋根が唸っている。その量感、圧倒的である。そんな寺の中で鼬がバケツもってかけまわっているという、あるいは絶対の滑稽。

農民ガ畑デ秋ノクレト叫ブ　（『天女と修羅』）

吊られた鈴は鳴かず鈴屋が咽ぶ京　（『東雲抄』）

柱時計の柱裂け出すほととぎす　（『東雲抄』）

寺山忌白髪の菖蒲咲き乱れ　（『東雲抄』）

すべて、人間の心が泳いで紡ぎ出した、心の形、心のかげの色々が、言葉で——その言葉自らの制約から自らを逸出せしめながら、ここに一句一句である。

あるいは、人間のいい加減さ——そんな人の心の最中から自らを見出し執着、人の、心の途中の動揺、不穏が、西川徹郎の俳句一、一にみえていると私は思う。親鸞が比叡・四明岳の頂から見下ろし、見渡した京都の景色、そのいろいろ、ごたごた、あるいは昼月の下の矛盾という人間劇そのもの——西川の一句一句なのかも知れない。

〈本論の初出は二〇〇三年茜屋書店『星月の惨劇―西川徹郎の世界』〉

◆阿部完市　あべ・かんいち＝一九二八年東京生まれ、二〇〇九年没。俳人。精神科医。金沢大学医学部卒。第十七回現代俳句協会賞。西川徹郎が若き日に関わった同人誌「海程」で編集長を務めた。句集に『絵本の空』『阿部完市全句集』、評論集『俳句幻景』ほか。

和田　悟朗

生と死と性の集約——『西川徹郎全句集』

五十四歳にしてこの大きな全句集を刊行する西川徹郎とは何者かと驚く。大辞典でもあるまいに、と、片手では操りかねる巨著をあちこち繰って、限りなく楽しく思う。

ぼくは西川徹郎には余り多くは出会っていないけれど、何度も写真を見ているから、親しい感じだ。それで最初に会ったのはいつであったかを、巻末のくわしい年譜で調べてみると、昭和四十一年五月であることが判った。

しかしそれは違う。ぼくはその時はまだアメリカに居り、帰国したのはその年の八月末だった。西川徹郎は四月、京都の龍谷大学に入学し、五月には待ちかねたように大阪での「渦」句会に出席し赤尾兜子に会った。そして事のついでに中谷寛章と和田悟朗に初めて会ったように記しているが、これは事実とちょっと違う。句会場は大阪梅田に近い御堂筋に面したうどん屋の二階。ぼくがこの若い大学生と会ったのはすでに寒い季節ではなかったか。当時彼は関西へ出てきて、目ぼしい俳人と次々に会って、間もなく北海道へ戻ったらしく、結局、「渦」の句会には二、三度ぐらいしか出席しなかったようだ。あまり精密なことはどうでもいいだろう。いずれにしても、その頃は赤尾兜子の『蛇』（一九五九年）と『虚像』（一九六五年）はすでに出版されていたから、徹郎はそれらを読んでいたに違いない。徹郎の第一句集『無灯艦隊』（一九七四年）を見ると、その後の大発展の第一歩には兜子の影響が見られるのである。例えば、

　繃帯の蛇が泳いでいるプール

「繃帯」は〈空井戸あり繃帯の鶏水色に〉があり、「蛇」は〈音楽漂う岸侵しゆく蛇の飢〉があり、「プール」は〈茶色に乾くプールゴツンゴツンと蝌蚪息す〉や、それ以後に〈プール秋綿菓子色の水で陥つ〉などという兜子の句がある。単に単語だけの類似とも言えるが、この題材のもつ世界は、後々の徹郎の個性とは異ってい る。また、この「繃帯」の句の前後には、「銀行」「少年」「粉屋」などの語彙が見当るが、これらはたしかに金子兜太のものだ。

月夜轢死者ひたひた蝶が降っている
森満開のビルの屋上首のながい喪主
馬の陰部へ酢のごとき音楽流れ

これらの句にも当時の関西風の前衛俳句の傾向がうかがえる。二十をわずかに越えたばかりの青年にとっては、全俳壇と局地的作風や時の流れによる変遷などということは、近くのものが大きく見え、かつ全貌をまとめる余裕も興味もなく、迅速な自己導入により、少しずつ個性を抽出しようとしていた。昭和四十四年に、第一回「渦」賞佳作に入選し、兜子は彼の作品がひとつのフォルムができかかっていると評した。つまり、逆から言えば、兜子や兜太のフォルムから脱しようとしつつあるという意味でもあった。そして、昭和四十七年には、第二回「渦」賞の準賞を受けた。時に徹郎は二十五歳。後に彼はしだいに「渦」から離れてゆく。それは、兜子自身の前衛俳句離れとか伝統回帰などと批判され始めていた時機とも一致するのである。

男根担ぎ佛壇峠越えにけり
日神月神照らしあうわがされこうべ
父の陰茎の霊柩車に泣きながら乗る

『無灯艦隊』の巻末近くにあるこれらの句を見ると、ここでは完全に兜子の峠を越えきっているといえる。彼の肉体即精神というべき宗教的一元論が明白となっていく。

西川徹郎は早くから自らの俳句を「実存俳句」と唱えていたらしいが、ぼくが所有する不完全な資料ではそれが何年ごろからか一向に判明しない。一九九七年出版の『天女と修羅』には、実存の極限として、親鸞の『教行信証』の思想に基き、後書に次のように述べている。「天上と極苦界の狭間を往来し続けて来た無明の存在者である私が、独り〈実存俳句〉の旗を掲げて果て知らぬ苦患のわが身の実存の沢へ分け入り、遂に無底の悲心の谷に到ったのである」と。しかし、一九九七年と言えば現在よりわずか四年前に過ぎず、早熟の徹郎の思惟体験はもっともっと古くへ逆登らなければなるまい。

西川徹郎の実存は、精神における幻想が肉体の不在と共役し、不在こそ実在の反面であって、存在のゆえに不在の反存在があるとするのである。徹郎は第三句集『家族の肖像』の覚書で、修羅のイメージに言及し、不在こそ修羅の幻影としてその光景を俳句形式の言語で以って表現しようとする。「存在と存在に纏いついた不在性の意味を問いつづけてきたのであった」という。この実在即不在がまことに現影となったのは、「俳句前衛の巨星であった赤尾兜子の突然の自墜」であり、実と虚の相対がそのまま具象したことである。それは一九八一年の出来事であったから、『天女と修羅』での述懐より十六年も昔のことだ。徹郎三十四歳の衝撃ではあったが、あのくわしい年譜には兜子のことは全く触れていない。「この凄絶な兜子の自死は、私の心をいっそう修羅へと掻きたてるのであった。私は、兜子のあの悲哀の言葉を決して忘れることはないであろう」という徹郎には、実存俳句それ自体はこの悲哀に関わらなかった。彼は僧侶としての人間社会を見、あの有難い親鸞のお聖教を以て、この世の実存の悲哀に接していたのだろうか。

西川徹郎の俳句作品を通読して著しく感じることの一つは、世間常識から見ればなるべく使わない習慣となっているところの卑猥語の多いことだ。世間一般では恥かしいことであり、下品とされることばだ。それをことあろうに荘厳な坊さんがしきりに使う。読者はときに辟易するであろう。これは一体なぜなのだろうか。

——実はこのことが彼のいう実存俳句と重大な関係にあるといわなければならない。

身体のどの部分も本来平等であるべきものだし、どの器官が高級であり、どの器官が下品や卑猥であろうはずもない。それどころか卑猥な部品にむしろ関心は高く、興味や秘密や快感が伴うものだ。ことに自身や肉親については貴重な密接があり、互いに開放されてこそ、人類は滅亡しないで存続する。実存を標榜する徹郎は、あえて意味もない習慣を破ってタブーを暴こうとするのだろう。

前述したように、最初の句集『無灯艦隊』において若き徹郎はいわゆる上品そうで、ほとんど猥語や陰語は使わないが、その巻末近くになり、前掲出の有名な句「男根担ぎ佛壇峠越えにけり」が出現し、それで堰を切ったように、下半身が詠われだす。これは徹郎にとって大きな脱皮であった。それ以降は、まさにバリヤフリーに、むしろ露出狂じみてまでして猥語を書く。彼には真実と思われる実存がいたるところに浸透しているのであった。そして「死」についても同様のことが言えるだろう。死もまたタブーの要素をかくし持っている。句集『月山山系』（一九九二年）では、この「月山」は固有名詞ではなく、太陽の光ならぬ月の光が、「生と死と性の織り成す存在の内部の光景」を呪文のように暴き出す鋭い貫通力を発動する。太陽光が明るい可視光線であるならば、月光はすべてを貫通する放射線であろう。ここでは止めどもない連鎖反応が起こり、生も死も性も、姉も弟も、一つのことが発すれば長い連作が走り出していく。「秋津の国」は二十句ばかり、「月夜ゆえ」は百五十句も止まらない。その中ではあらゆる肉体臓器が上から下まで点検され、生から死への「秋津」となってしまうのである。

これらは宗教者としての人間凝視であるとともに、俳人としての俳句形式における詩精神の追及であり闘争でもあった。ことに、一夜のうちに何百句と書き進む集中力と技倆は、一種の無意識が駆動するところのオートマチズムであって、宗教と俳句が合体した大きな天恵である。近時、伝統的な俳人たちが喧伝する多作主義とは異質のものである。かつて鹿児島の岩尾美義が試みた連鎖反応のような連作、一夜に何百句も成したが、それもやはりキーワードの「秋津」から始動したのではなかったかと、ぼくは記憶している。

ぼくが徹郎の最近作『月夜の遠足』を受けて、大いに驚いたのは徹郎の兄西川徹麿の死についての記事であった。兄はぼくの現在の住居の奈良県生駒市さつき台からわずか十キロほど北の地、生駒市鹿ノ台でひとりで亡くなったということだ。兄は生駒市内の県立北大和高校の先生であった。（後記の文中には「奈良市内」とあるが「生駒市内」の誤り。）遠い北海道に居住する徹郎のことをぼくは遠い人とばかり思いこんでいたから、その兄がぼくと同じ市内で生活していたこと、しかも寒い日に玄関近くで亡くなっていたこと、徹郎の母の死の四日前であったこと、一と月ほど後に徹郎自身も生駒に来たこと、そのようなことをぼくは全く知らなかったのである。同じような頃の午後、ぼくは富雄川に沿った道を歩いていた。すると北大和高校の生徒たちが多勢でにぎやかに、どんどんとぼくを追い抜いて近鉄の富雄駅へと急いで帰って行った。中には自転車に乗りながら、歩く者のスピードに合わせている者もいた。彼等は皆、人気の高い「磨先生」のことを知っていたはずだ。ぼくは何となく夢のようなお伽話を聞く思いがした。これは徹郎の実存俳句の一場面そのものとしての現実であった。

『月夜の遠足』の巻尾には、逝った兄のことを詠んだ句が並ぶ。

玄関で靴穿いたまま終の息
終の息して鬼百合峠のははと兄
しろへびとなりつつ兄のはらわたは
教壇にのぼれば天北峠が見える
奈良という阿修羅は兄か吹雪つつ
冬の街楓は腕組む兄である

後書で、「本書の作品を以て今日迄の私の実存俳句のたたかいの歴史が必然的に到達した文学世界と言って相違ないと思う」と記した。さらに最後の行で、「噫、願わくば、本書によって後世の、私の文学の未知の読者の心に、この二人の肉親の生と死が実存の一条の光となって永劫に止まり至らんことを」と結んだ。もともと徹郎はその初期の段階から人生や死後の世界を概念的に自虐し反転した光景からその実存性を把握しようとしていたし、それを以て自らの実存俳句と唱えた。

しかし今や、現実に訪れた悲劇性はもはや架空のものではなく、現実こそ実存とし、生も死も性も一点に集約しつつ、芦別の峠に立てば、すべての時空を彷彿と熟視できるところまで来た。徹郎よ、永劫に実存せんことを。

（本論の初出は二〇〇二年茜屋書店発行の『星月の惨劇―西川徹郎の世界』）

◆和田悟朗　わだ・ごろう＝一九二三年兵庫県生まれ。俳人。大阪帝国大学理学部卒。奈良女子大学名誉教授。理学博士。日本ペングラブ会員。日本文藝家協会会員。現代俳句協会顧問。俳誌「風来」代表同人。第十六回現代俳句協会賞。兵庫県文化賞。現代俳句大賞。讀賣文学賞。著書に句集『七十万年』『法隆寺伝承』、評論集『赤尾兜子の世界』ほか。生駒市在住。

宗田　安正

西川徹郎の俳句

西川徹郎については、かつて一度書いたことがあった（「西川徹郎覚書」、一九八八年・『秋桜別冊西川徹郎の世界』）。当時の俳壇状況に於ける個人誌「銀河系つうしん」の意義、『無灯艦隊』から『死亡の塔』に至る推移を述べ、存在の実相を露呈した雄弁なイメージの展開を評価しながら、今後、俳句形式との折合いをどうつけてゆくかも見守ってゆきたい、といったようなものだった。あれから十数年がたち、『町は白緑』『桔梗祭』『月光学校』（未刊）『月山山系』『天女と修羅』『わが植物領』『月夜の遠足』七句集と『西川徹郎全句集』が編まれ、作家として幾廻りも大きくなり、当時はまだ見えなかったものも見えてくるようになった。

西川徹郎の俳句は、さすがにリリシズムの勝っていた第一句集『無灯艦隊』からすでに生と死共存のイメージがはじまっていたが、本格的にその方法が定まってきたのはいつごろからだったか。前稿でも触れたが、『家族の肖像』『死亡の塔』あたりから作品世界も定まり、のちにみずから〈実存俳句〉と規定する存在論的方法も明確になってきたように思う。『家族の肖像』の「覚書」にいう「存在と存在に纏いついた不在性の意味を問いつづけてきた」「作品に多在する不在のイメージと溢れる死者達の声なき言葉は、私という存在の深淵に久しく棲みついていた私の修羅の幻影である」の〈不在性〉〈死者達の声なき言葉〉や〈修羅の幻影〉は、実存に直面したとき日常の関係性としての〈私〉がありえなくなったことであり、存在と不在、生と死の同時性の認識によるものである。

〈実存〉とか〈実存主義〉という言葉は、戦後を生きて来た者にはなつかしい。昭和二、三十年代にかけてサルトル、カミュ、カフカが流行し、実存や実存主義はわが国に於ても文学の主流であった。俳句の世界にあっても、実存については西東三鬼が云々し、河原枇杷男の俳句も実存の認識にあったことは言うまでもない。しかし西川の実存の受け止めかたは、彼等のいずれとも異なる道を歩むことになる。サルトルやカミュが人間の実存の対自性から〈投企〉〈選択〉、更には〈連帯〉などの行動やイデオロギーに向かったのに対し、西川はどこまでも実存の条件、ありようの探求とその表現にこだわった。「私とは一体誰なのか、私とは一体如何なる生きものなのか、と問い続けることが、私を今日まで俳句という表現に駆り立ててきたと言って過言ではない」（『死亡の塔』覚書）ということであり、「天上と極苦界の狭間を往来し続けて来た無明の存在者である私が……果て知らぬ苦患のわが身の実存の沢へ分け入り、遂に無底の悲心の谷に到ったのである」（『天女と修羅』後記）ということになる。

俳句のジャンルに戻って言えば、同じ実存者河原枇杷男は、季語や〈や〉〈かな〉〈けり〉等の古典的切れ字も積極的に活用、実存を完成された定型という俳句形式によって受け止める。西川の実存認識の激しさと過剰は従来の俳句定型にはおさまらず、そのイメージの奔出に身を任せ、「敢えて一句の完結性や独立性を顧みず」

（『月山山系』後記）、「反季・反定型」（『西川徹郎全句集』後記）を主張するようになる。その結果、河原俳句は実存或いは存在の形象化、名句化、観念化に成功するが、その代償として実存を俳句定型の裡に閉じ込めてしまう。西川俳句はあくまでも動的な生の立場に立ち、実存の修羅やその表現と、身を賭して格闘しなくてはならなくなる。この西川を飽くなき実存への質問と修羅に駆り立てた要因はさまざま考えられるが、幼少の頃に学校も一度ならず休学せざるを得なかったほどの病弱、幾度かの身近な親戚の死の体験、たまたま今期の芥川賞受賞者も現役の僧侶だったが、極北の山村の浄土真宗本願寺派の法性山正信寺に生まれ、長じて父の住職を継ぎ、門徒の生と死の仲立ちの主宰を仕事とする僧侶になったことなどが、その基底を形成したと思われる。

いずれにしてもこの西川俳句の実存の受け止めかたは、西川の作品に独自の特性をもたらすとともに独自の方法の案出を強いることになる。

存在にこだわり続けることは、単にそこに止まっている限りは停滞でしかない。展開と深まりがどうしても必要である。西川の実存認識からくる定型におさまりきらない〈不在〉と〈死〉と〈性〉、実相としての〈修羅〉のイメージの圧倒的な湧出は、先人の方法を通用させせない。例えば師でもあり、実存にこだわった赤尾兜子の、一句中に二つの異なるイメージをぶつけ合って第一、第二のいずれのイメージとも異なる第三のイメージを創出する〈第三イメージ論〉のような前衛俳句の方法も押し流してしまう。その結果、西川は、一句一イメージを原則としてそれを重ねてゆく方法を発見する。この一句一イメージの連鎖は、まず空間的水平方向への世界の展開を容易にするとともに、そのフットワークの自由さが多方向からの突込みを可能にし、テーマの掘り下げに効力を発揮する。また追求精神の激しさとイメージの奔出は、時に集中的多作となって表われ、幾度かの書き下ろし作品の多量発表、書き下ろし句集という形態も生むことになる。

更に西川は世界の水平的空間的展開と垂直方向の掘り下げをより意識的計画的に実行するため、テーマ主義の連作方法を案出する。小題を付した複数句、或いは連作を連ねて句集をまとめる方法である。その方法はすでに『死亡の塔』から始まり、『町は白緑』『桔梗祭』『月光学校』『月山山系』『天女と修羅』と続いてゆく。

新しい内容と方法は、それにふさわしい文体の創出をも促した。西川は文語定型よりも形態、容量ともに伸び縮みのより自由な独自の口語文体を用いることになる。しかも散文に流れることを防ぐために独自の形式を案出、実践する。たとえば小題を〈麦刈り〉と題し、〈麦刈りの手つきで死者を刈り尽くす／麦刈りの手つきで魔羅を刈り尽くす／麦刈りの手つきで父を刈り尽くす／麦刈りの手つきで姉を刈り尽くす〉（『月山山系』）と中七の三字だけ入れ替えた句を連らねたり、もっと大がかりになると、〈月夜ゆえ〉と題し、〈月夜ゆえ秋津の国へ死にに行く／月夜ゆえ寺の中じゅう秋津です／月夜ゆえ学校の中じゅう秋津です／月夜ゆえ病院の中じゅう秋津です……〉（同）と百句以上も並べたりする。一句を抜いて完全に鑑賞するのはむずかしくなるが、一句集を小説を読むように読むことができる。ここまでくると、西川は内容によって従来の俳句定型を克服したといっていい。西川俳句の誕生である。

ともあれ、このような道を歩む西川俳句を支えるものは、精神力、集中力、持続力以外にあり得ない。油断すれば作品世界は忽ち停滞し、ゆるみ出す。はては〈実存俳句〉ならぬ〈実存遊び〉に堕し兼ねない。自己にどこまでも修羅の道を行くことを課さねばならぬ。現在のところその修羅の道を誰よりも遠くまで歩き続け、俳句史のなかで類のない新しい表現世界を樹立したのが西川俳句だった。

ところで、西川の最新句集『月夜の遠足』は、いままでの彼のどの句集よりも美しい〈実存俳句〉の世界を形成し、西川俳句の頂点を示した句集として注目される。

西川は、一九九九年十一月二日夜、奈良で高校教師をしていた長兄の衝撃的な頓死、そのわずか四日後の同六日未明には母の死に遭遇する。「後記」によると「二人の肉親の生と死を通して垣間見た実存の波濤」と「逃げ隠れようの無い人間の凄絶な生の実相」を、〈緑夜〉〈かげろう〉〈母は蘭〉〈月夜の遠足〉〈終の息〉〈冬の庭〉〈冬の峯〉〈校門〉〈冬の街〉の九章百三十句に書き下ろし、一冊にまとめた。とりあえず、そのうちの数章から抜いてみる。

緑夜　（全五句中の三句）

緑夜をきみの眼の紫紺の淵まで走る
母上の死髪たなびく溷も緑夜
緑夜の馬のからだに刺さるしょうれいとんぼ

かげろう　（全六句中の五句）

かげろうに咬まれ一すじ血を流す
かげろうに咬まれた指より死が始まる
薄羽かげろうははの指より兄のゆびへ
月夜の遠足糸切りとんぼも靴穿いて
ははより兄へかげろうは一輪車に乗って

母は蘭　（全五句中の二句）

薄月夜白衣で還る母は蘭
月夜の遠出冬濤を見に行くために

月夜の遠足　（全三十四句中の四句）

ふらふらと遠足に出て行く死後の兄
槍持ってははは月野で犀を討つ
月夜の遠足尾の生えた生徒も混じり
ははは兄を兄ははを撃つ月の庭

冬の街　（全七句中の三句）

虚無僧の形して兄は奈良を発つ
兄を捜しに坂がたくさんある街へ
冬の街楓は腕組む兄である

〈緑夜〉には〈私の母は去年の六月、私の生地新城の北のはずれに聳え立つ新城峠が白緑に染まる緑夜の早暁に、突如脳内出血を発して倒れた。……（略）〉、〈かげろう〉には〈私の兄は、新城峠の麓の寺、浄土真宗本願寺派法性山正信寺に長男として出生したから、生まれながらに肉親や村中の門徒から「しんぼち」と呼ばれていた。「しんぼち」とは「新発意」の意味で、寺院の後継者を愛でる言葉であった。……以下略〉の導入部がある。

見られるように緻密な構成のもと、西川の詩的イマジネーションはのびやかに広がる。肉親の死への思いの深さが人間実存の生死の酷烈さを慰撫し、月明の浄夜のような鎮魂と祈りの、静謐にして美しい、抒情的でさえある詩的世界を展開する。しかしこれは、肉親の死の深い悲しみがもたらした奇蹟的な美の世界に違いなく、二度と繰り返せない一回性の表現であろう。とすれば、『月夜の遠足』に至る四十年間の全句集収録の五千三百三十八句の成果を第一期とし、再び新しい修羅の道に出発しなくてはなるまい。これからの西川の更なる展開を、固唾をのみながら見守りたい。

（本論の初出は二〇〇二年茜屋書店発行の『星月の惨劇―西川徹郎の世界』）

◆宗田安正　そうだ・やすまさ＝一九三〇年東京市生まれ。俳人・評論家。早稲田大学第一文学部卒。立風書房取締役出版部長。第五回山本健吉文学賞評論部門受賞。著書に句集『個室』『百塔』、評論『昭和の名句集を読む』ほか。横浜市在住。

伊東　聖子

薔薇の曼荼羅／『無灯艦隊』という言語（ラング）――西川徹郎の文学世界

表れがたい存在、句／詩にむかって

この原稿を書いている最中にアメリカでは、いままで類例を見ることがないような出来事が起った。公共性普遍性の地辷り的な崩壊音のさなかに、近代国家群の頂点を護持しようとする普遍アメリカの国家機関でもあるところの超高層ビルが、イスラム原理主義者たちの旅客機のっとりによる自爆テロにより崩落し、いまこの〈遊星〉はアメリカによる『京都議定書』への調印不参加や、テロ事件への報復を口実にした〈戦争〉とのすりかえ行為によって、終末への最終段階を歩きはじめたことを知る。

そして世界言語の表象作用もまた凋落失墜の危機に見舞われており、漂流（ずれ）しつづけているといえよう。ニンゲン／ヒトの意識と身体の裂開の行方も見定めがたく、文学言語・句／詩言語の重層と氾濫は、西欧の詩の定型になやんだマラルメが詩言語の理想形を空白（沈黙の言語）とみなし、〈名ざされた意味は死んだ意味だ〉と記述するにいたった事態をくりかえし想起させられる困難に見舞われている俳／句／詩の言語状況でもある。

丘を越え、谷を越え、都市を越えて、赤く激しい炎が狂いまわる。
もろもろの天は北より南へととけたのだ。
坐せるユリゼンはすべての天にあり、雷鳴にくるまれて、その癩病の頭を現わし
その聖なる宮より、そのいたたましき涙はあふれ雄大な深みへと落ちて行った。

灰色のまゆ毛の雪に飾られた雷のごとき顔、そのねたましき翼は深みにひるがえる。
わびしくうなるがごとき悲しみに泣きつつ、彼は暗闇に落ちた。
うなり声をあげ打たれた帯のまわりを、涙とおののきでおおわれ、寒さにふるえつつ。
そのたくわえし雪を彼は注ぎつくし、その氷の弾倉を彼は深みの上で開いたのだ。

（ウィリアム・ブレイク「アメリカ」）

日米を主従関係におとしめ〈戦争〉との半死語を甦らせる、日英米他の政治の痴愚の司祭たちの表情が各報道メディアにおおいかぶさっているのに苛立ちながら、西川徹郎の『無灯艦隊』との奇跡の第一句集をはじめとする『西川徹郎全句集』を読み終った時、宇宙エネルギー内の一個の星籠であり宇宙卵であるところの私は、巨大なこの宇宙エネルギーに吊りさげられた言語との悪夢の揺籃によこたわり、神とも魔ともつかぬ者の手にゆさぶられているような眩暈におそわれ、思わず、百数十年前のイギリスの版画家詩人ウィリアム・ブレイクの「アメリカ」という、妖異の戦慄的なこの詩を、ぶつぶつと口の中で誦えていたのである。

西川徹郎というたぐいない、〈目の塵を払う術を知った句／詩人〉が、冴え渉る句／詩を表記するときもまたそこに、父なる神のようなものとして、ブレイクも描いた〈父の肖像〉がくりかえし表れ出てくるのだった。

立小便する父葬花を担いだまま

（一九六六年作・未刊集『東雲抄』所収）

この一句を頂点とする西川徹郎の父の描出と文法―反文法、俳句／反俳句にむけるその流動／ゆらぎの鋭いありようにおどろく。ほかのどの句／詩人がこれ程根深く無垢な簡潔をもって、〈父〉との近代家父長制イデオロギーのなかのヒト種ヒトの〈父〉と物象との関係を〈客観写生〉しえた者がいたであろうか？　と驚嘆させられるのである。この父の句／詩が『西川徹郎全句集』中まず私の眼を射ぬいた一句であったが、経済主義にまみれたこの国の苦悶する父たちが、いま己の主人としかねないアメリカが強行する〈戦争〉に参戦しようとしているのだ。

父はなみだのらんぷの船でながれている

父の陰茎を抜かんと喘ぐ真昼のくらがり
小学校で暴れる白髪の山神は
白髪吹雪く相続人と谷行く僧侶
河より暗い家へ河から泳いで戻る
流レル家ヲ岸デ見テ来タダ　鬼薊
父と蓮との夜の手足を折り畳む
父の肛門急に波立つ麦秋は
佛壇のなかを通って月山へ
竹原に父祖千人がそよぎおり
父よ馬よ月に睫毛が生えている
流氷の夜鐘ほど父を突きにけり
父を焼く山上焼酎ほど澄んで
父の陰茎の霊柩車に泣きながら乗る
父の肛門へ葬花詰め込むまっぴるま
寺を担いだ犬が野へ出て鳴いている
雪降る庭に昨夜の父が立っている
剃った頭にはるかな塔が映っている
月夜の谷が谷間の寺のなかに在る
喉鳴らし草食う押入れに棲む父は

第４章　魔弾の射手　伊東聖子

『無灯艦隊』に表白されたところの口語使用による父／家の表記である。「私とはひとりの他者である」と語ったアルチュール・ランボー以後、日本語による俳句定型とのエートスを持続すべき口語俳句を提唱し、「反俳句の視座―実存俳句を書く」（「国文学」二〇〇一年七月号）において、時間・空間を醸成する宇宙の彼方と交感しようとの詩人／文学者西川徹郎の理念の表明に耳をかたむけてみると、口語で俳句を書く事由と反俳句の視座を得んとの方法論の展開が見られる。

「但し、ここで言う口語とは但に話し言葉という意味ではない。口語とは生活の言語のことであり、生活者の思惟の言語のことである。この生活者の思惟の言語をもって俳句を書くことが、とりもなおさず口語で俳句を書く行為である。生活とは人間が生き活かされてゆく実存の謂いであり、生活者とは人間の生存に直接し、生の根拠を問う実存的な思惟のあり方を指し示す言葉である。それは季語・季題の指し示す和歌伝統の美意識を相対化し、生の根拠をもって俳句を書く行為を問い質してゆく、俳句形式との凄絶な抗いの営みである。故に口語で俳句を書くことは、反定型の意志の顕在を意味している。この叛意を以て定型詩たる俳句を書く営みであるから、それを私は「反定型の定型詩」と呼ぶのである。この反定型の叛意を貫きつつ、且つ定型詩を書く、この桎梏の引き裂かれてゆく実存の峡谷が俳句の言語を唯一文学たらしめ、大地に立つ人間の詩（うた声）たらしめてゆく場所である。それを私は「実存俳句」とも呼ぶ。」

近代以後の世界は、産業化におおわれ多元重層錯綜散逸化し果て、テレテクノロジーのグローバリゼーション（世界化）は前述のランボーの言説に表示されたように、己れの内界は他者の状況／風景と交差しつつ漂流し差延していく。

月の寺木魚に手足生えていて

顔裂けて浜昼顔となるよ姉さん

対象化される自然／ニンゲン／モノ／コトは、連続しつつも非連続の様相をもつ句／詩となり現前するのだけれども、表象しようとするものについては言語的に他者（他物）をとりこみつつ、他者（他物）とともに〈ワタシ〉は己れの形式性を得ようと混沌から秩序へとの表象行為となって表記されていく。

『無灯艦隊』一冊との言表は繊細華麗過去の美と見まがいかねないのだけれども、やがてそれは、倫理の危機的な実存の在りように深くかかわっていることに気づかせられ、私はそこに特に注目した。西川徹郎の『無灯艦隊』からたちのぼるこの家／公共性のひき裂かれゆく様相にむける危機意識のもたらす言表にみる倫理感覚は、例えば日本の現代文学者に例をとれば、埴谷雄高の作品をつらぬく〈自動律の不快〉〈食物連鎖〉事の発顕に通底するものととらえてみたりしたが、西川徹郎の倫理感覚は熾烈である。

男根担ぎ佛壇峠越えにけり
日神月神照らしあうわがされこうべ
あかあかときわだつ毛根夜の階段
剛毛生えた自転車突如走りだす
祭あと毛がわあわあと山に
校庭六月肛門もきんせんかも咲いて
楢山の楢の木死児は皆裸足

〈毛〉〈肛門〉はあるべき現実との対立においてあらゆるところに顕れはじめ、肛門はといえば六月の校庭に咲くのである。

このように　模像的性格を示す言語を伝統俳句の歴史主義的パラダイムから救出し、ヒト／ニンゲンの歴史の終焉後の危機的イメージの方法を駆使しえた『無灯艦隊』一冊との言語仮面の成立は、ハイデガーの指摘した、身を隠しうる（合一しうる）故郷の喪失にかかわるものであろうとの想定をしてみたのであるけれども。「故郷の喪失が世界の運命」と指示したハイデガーは、「いかなる芸術も本質的には〈詩〉にむかう」、と語ったのだが、西川徹郎の『無灯艦隊』一冊が指示するものというのは、生活の言語が語られていると見えるところのそれを凝視していくと、既存する国家／制度をつらぬく、理性／主体／普遍との、近代の幻想がでっちあげていった閉塞の網様態が浮上し、その上に幾重にもかぶさっている悪夢としかいいようのない意味的秩序が見えてきて、その解体作業として、西川徹郎の『無灯艦隊』の存立理由はあったと私には思わせられるのだ。

言語表象のシステム／主体の行方

言語とは、句／詩とは、とりわけ〈俳〉とは宇宙内エネルギーにわずかにゆらぎながらあらわれた素粒子たちの神秘なささめきなのかと思う時がある。俳／句／詩とのフォルムのもたらす太母性から、近代の〈父の出現〉＝虚子の出現＝にいたる、語の発生時から、少なく見つもっても数万年の時間をかけた、海鳴りの音、風雪がもたらす音、樹木動植物たちがたてる生殖争闘の気配を抱いて、ヒト種ヒトは出現したのである。この少なく見つもっても数万年の闇と光をくぐりぬけ時間をかけて醸成された五・七・五の韻数律を内腑として、〈ワタシ〉の身体＝時間に母乳のごとく侵入し流動散逸し変形しつづけた句／詩としての言語である。

秋は白い館を蝶が食べはじめ
尖塔を秋津が引き摺りつつ運ぶ
かげろうは空の自転車横死後も
蝙蝠傘がとぶ妙に明るい村の尖塔
月ガ眩シスギテコウモリ傘ヲサス
剃った頭にはるかな塔が映っている
遠景がわが黒猫に食べられて

そして流動散逸し変形をもたらされきたったところの、多行表記も出現するにいたる現代句／詩である。〈発句はあれど俳句はなし〉の言説は、量子力学の非線型時間の出来後の言語が、時空の複雑性の海に漂流しはじめてから時折気泡のごとく出没する事態だったけれども、その言質への追求作業も放置されがちの現況だったとしても、ロート・レァモンが発した〈ミシンと蝙蝠傘〉の邂逅がここにも暗示されている。都市大衆化社会に突入した地球は、村のなかにもこのような出現をもたらすのだけれども、これらの句／詩に遠望される〈館〉〈尖塔〉とか〈塔〉とは、西川徹郎におけるきたるべき未生の渇望の理念と重なりえたのだろうか。ロート・レァモンの出現につづいたこの遊星のほんとうの詩人トリスタン・ツアラにおける、

「人間が木の葉や結晶の同胞として、みずからを表現しはじめていらい、思考は眼に見えない檻のなかで空転している。」

（『パピエ・コレあるいは絵における諺』浜田明訳）

との彼の発語は、私の眼の塵を払い、しばらくは私を絶句させたのだったけれども、借りうけた『無灯艦隊』一冊を読了した十数年以前の私は、ツアラは日本にも誕生していたのだと元気になり、それをコピーしたのであった。万有や生き物たちを食いつつ畏怖しつつ、かつ、いきいきと動植物や事物と交感した西川徹郎という句／詩人。

白い木槿の錯乱という少年

この白い木槿の精霊のように生きたであろう、時に「佛壇のなかを通って月山へ」いったり、「あああと舌は抜かれて帰る竹の花」だったりする、『無灯艦隊』の作者の面輪に想いをはせた十数年前の筆者であり、『無灯艦隊』一冊にいまなお執してやまぬ筆者である。

「俳句は詩である。といふことは、その本質が、詩的であり、その内容が詩的であり、その精神が詩的であることを意味する。」

（「旗艦」昭和十年十月「俳句は詩である」）

私は句／詩の書きはじめから、この富沢赤黄男の言質を、季語からの漂流の識知とともに開始したところの句／詩書きのひとりといえる。

俳句の「俳」を想ってから二十年はたつと思うのだけれども、「ヒト」と「俳」の在所とその相関関係については考えこみつづけてきた。このヒト種／ヒトとの認識、前述のツアラと同じくユダヤ人の哲学者のウィトゲンシュタインによって、思考し表象する主体なるものは存在しないと喝破され、人間の肉体、特に〈私〉の肉体は、世界のもろもろの物象、動植物、石などとともに世界の一部であり、それを自覚する者は（ヒト種ヒトと自覚する者は）オノレの肉体を世界における優越した地位として認めようとはしないだろう、との彼の発語をその「手稿」で知り、私は驚愕し覚醒へむかわせられたのだ。

首のない孤独　鶏　走るかな

（富沢赤黄男）

血に濡れた鶏が佛間へ逃げ込むなり　（西川徹郎）

首切ラレ　鶏ハシル　生成（ツカノマ）　（伊東聖子）

どのような覚醒がもたらせられようと、覚醒をもたらせられた者ほど悪夢としかいいようのない現実を正視しつづけなければならない。ヒト世界で続行されつづける機械化された密室で、また農家の庭さきで、漁師の網の中で、家庭の冷蔵庫の中で、血まみれの鶏・牛・豚・魚・馬・蛇・羊・狐・狸まで、無言のまま殺害され食に装飾に供されつづけた。毛ものたちの毛や皮をなんの痛みもなく身につけ飾るヒト種ヒト。あろうことか、この無言の犠牲者たちを気のきいたもの書きたちは、己れの私利私欲のために、阿呆・鈍愚・狡猾・汚穢・不気味などの言語表象のシステムにおける比喩の道具として、無意識のなかに放置したまま、これもまたうつくしい無言の樹木を切害して作った紙に書き記すのだ。何度も私はものを書くのをやめようと思った。

月花の愚に針たてん寒の入　（芭蕉「蕉獅子」）

月雪とのさばりけらしとしの昏　（芭蕉「続虚栗」）

などの句／詩に私は奇妙な救われかたをして、なんとか身を持してきたところがある。

その後国内を観察巡視していると、詩人空海の、

五大にみな響あり。十界に言語を具す。六塵ことごとく文字なり。法身はこれ実相なり。（『声字実相義』）

との言語表記に出会った。意識の錬金術にかかわってしまった空海が直面したあの巨大なパラドックス、（空海によれば、人をとりかこむこの地上と宇宙は、物質的な地・水・火・風・空と、人間存在の根底をなす意識からなり、それらは大日如来に包含されている世界と形象されている。）空海が直面したところの苦渋は、密教の二大経典『大日経』と『金剛経』の相克に表れる。それは、曼荼羅たれば即身成仏たりえず、即身成仏たれば曼荼羅たりえないとするこの空海の体験の選択不能の事態を喚起させられるのだ。（空海はこのパラドックスに直面し絶句したと伝えられている。）前述のウィトゲンシュタインにおいては、「世界がいかにあるかが神秘なのではない。世界があるというその事実が神秘なのだ。」（『論理哲学論考』）と語られ、「世界は成り立っている

ことのすべてである。世界は事実の総体であり、事物の総体ではない。」として、語りえぬものへの沈黙を要請したこのウィトゲンシュタインの指示する、文学言語のリアリティへの私流の追跡作業を、私はなお続行しつづけねばならないのだ。

　箒持って死者暁の式場に
　土足で月が二階へ上る死者を連れ
　郵便局で五月切り裂く死者の喉

いま生きながら死んでいる、または殺された死者たちは地表に遍満し音もなく徘徊している。死んだことに気づかない死者はそこいらを逍遥し私などもしょっちゅう死者としてうろついている。三句目の郵便局にいる死者は、当今では、炭疽菌入りの封筒をくわえていたりする。

　このような死者の出没は小説文学域では、「無限が考えられぬものには俺の姿は捉えがたい」、との発語をもたらした、作家の故埴谷雄高氏に介していただいてご本人ともご交流をいただくこととなった、作家の故島尾敏雄氏の作品に立ちあがってくるときのある死者たちの異様なリアリティに愕いた時があり、句／詩人においての、富沢赤黄男体験の経緯とかさなり、私の句／詩観は動行し、そしてそれは十数年前の『無灯艦隊』体験へとつながったと思っている。そして物凄い俳人が出現したものだと思って借りた『無灯艦隊』を私は数読後にコピーし保存した。

　私の一族は多くのキリスト教徒を輩出している。東北の一郭から這い出した私の異国宗旨かこむ出自。その幼年にかぶさっている宗教体験とのフィルターは、一九六〇年後に吉本隆明の、生活じたいの絶対性を語り、また、関係の絶対性を指示する、『マチウ書試論』読解にはじまるその後の、『共同幻想論』と『擬制の終焉』体験、そして、「親鸞論註」「喩としてのマルコ伝」を含む『論註と喩』への這いよりによって、複雑な表情ながら少しずつ私にかぶさっていたフィルターははがされていった。宗教以外のかたちで思想を語りえなかった時代の、善悪の起源と洋の東西のふたつの宗教のなかの吉本隆明の人間解析。その前後ごろから私は、『イエスという男』を書き牧師でもあった田川建三をかこむ〃早稲田奉仕園〃でおこなわれる研究会、「宗教批判の会」に連座してもいたのである。だから『無灯艦隊』一冊に塗り込められた西川徹郎の言語／血族とそれにむかうときの倫理性へのただならぬ執意は、〈ワタシ〉の事としても、その読解は可能だったと思われたのであった。

『無灯艦隊』の作品群が若い西川徹郎に制作されはじめ、西川徹郎の父人の労によりそれが出版され世を驚嘆させた経緯には、人界の二つの安保条約をめぐる擾乱があった。そこいらを境界として、稲作農は都市大衆化社会にのみこまれていったのである。その頃から急速に小説文学言語・句／詩言語・哲学言語・映像などのリアリティは精気をうしなっていき、各表現者たちは途方にくれ、言語の廃墟に置き去りにされ、〈オノレ〉たちをも巻きぞえにして経過してゆきいまにいたる、構造主義／ポスト構造主義やモダニズム／ポストモダン後・後までのあわただしい動行を送り迎えしていたのであった。

耳裏の枯田にぐんぐん縮む馬
黒穂ふえ喪がふえ母が倒れている
未ダ眼ガ見エテ月ノ麦刈リシテイタリ
乾く藁束めしいうすうす束がみえる
稗騒ぐ日の押入の中のたましい
馬の瞳の青火おびただしい離村
暗い地方の立ち寝の馬は脚から氷る
冬暁の馬の腸透きとおる
ねむれぬから隣家の馬をなぐりに行く
胎内を四、五日歩く稗生えて
月の村びとわあわあ毟る楡の肉

この時代における文化的差異の認識方法は急速に変形していった。現代俳句は富沢赤黄男において地（自然）／言葉、身体／意識の裂開として赤黄男の『黙示』に表示されたといえる。

零の中爪立ちをして哭いている　　赤黄男　（句集『黙示』）

その後ヒト種ヒトの地上における権力的生存の続行は強化され膨張していった。マックスウェルの悪魔の熱力学と指されることのある、「熱力学」における「エントロピーの法則」を無視し、ジンルイ／ヒトの利用可能のエネルギーやカビ動植物の有限性を黙殺し、食物を生産する農業従事者や牛馬羊鶏虫たちのいっさいとヒトビトは、それらと共生するのでなく、経済機構を逆手に支配を貫徹してしまった。

『無灯艦隊』はこの間の村居／自然にかぶさっていたものを記した悪夢のような現実の写生だと思った。そして俳句を政治的に支え、マンモス型の網様態を形成してきたのは、虚子などに顕現された近代の家父長制の、動じがたかった原理だったけれども、「俳句自身が芸術という制度の寝台でその都度「女」を演じていたことに人は気づいてよいはずなのだ。」（オオヒロノリコの攝津幸彦の『陸々集』を読む―詩歌の廃墟―、一九九八年「未定」七十四号より抜粋）とはオオヒロノリコの俳句の現況にむけたマニフェストであったが、いき詰まった句／詩の廃墟での痛ましい彼女の呟きとも私はうけとっていたのだけれども。

乾く藁束めしいうすうす東がみえる
暗し山上考える毛がなびきおり
友よ芒の肛門なびく空をみたか
剃刀を振りふり青葉が小学校へ
喉に手を入れ揉みほぐす馬屋の藁
俺よりも泣く裏山の木に会いに行く

これらの言語の実体の鮮明な表記を二十代中盤迄で果しえた西川徹郎という句／詩人が巡視した時代の過程で、彼は近代の渦中のあの人間中心主義の諸矛盾に気づき、全身全霊をもって表示しぬいた『無灯艦隊』一冊を、東北出身の筆者は、わが記憶／反記憶の総意をもってそれを支持するものである。

南極の氷が溶けはじめたとの報道が近日あり、有機生命体におけるポスト生物時代／ポストヒト種ヒト（ひよわな蛋白質につつまれ今後くる気温の激変動に耐えられぬところの）の時代も終焉にむかいつつある、光の全く見えぬいまである。

『無灯艦隊』一冊はヒト種ヒトの極限の最終的視力がとらえた、無限との宇宙的カオスにむかうべきところの、若い無垢ゆえに捉ええた非線型時間の最後的といってもいいヒトの言語表記集積体であり、『西川徹郎全句集』は、たとえばダンテの薔薇の曼荼羅といわれる『神曲』に比すべき大業としてあり、『無灯艦隊』はその、煉獄編として想定され成立したものではないか？　とふと想っていることがある。

蟻や秋津を畏怖することが可能だったことこそ、西川徹郎特有の才能の輝きをもたらした。

家ノ中ノ蟻ノ渦巻ニ巻カレテ死ヌ
ホウレンソウウノヨウナ人体ヲ運ブ蟻
沼裏の産婆ひそかに泳ぐを見たり
まっぴるま鬼女が尿しに行く韮畑
眼ニ刺サッタ山ノ秋津ヲ抜イテ下サイ
家族晩秋毛の生えたマネキンも混じり
真昼の寺に大きな箒死んでいる
栗の木が死ぬまで僧になぐられいたり

しかしこれらの句／詩のまえで、したり気な解読方法風の言表をおこなってなんになるであろうと思うのだけれども、『無灯艦隊』との言表とその方法、文法―反文法の、いままでの俳句には、容易に同化解消されぬところの、これら一連の句／詩が立ちあがってくる基底には、彼の言語にむかう底しれぬ怨念と、その裏側に肉化した言語への恋慕が張りついていると思われるのである。

私が『無灯艦隊』について言葉を書かせていただこうと決意したのは、この集中に描写されているところの〈蟻〉〈産婆〉〈鬼女と韮畑〉〈秋津〉〈箒〉〈栗の木〉を巡視しそれと交感し、それらとの関係を著者が正視しているることへの私の生存感覚の共鳴震度が軸になっていたと思われる。

私は意味があるともないともいえない、生存することへの、途方にくれるしかない疑念にみまわれたことが幾度かあり、十年以上蟻の観察をしていた事があった。それから、地上に遍在するヒト以外の、カビ動植物との形象が見えはじめるようになったのであるけれども。

言語の実体との遠近は

東北の片田舎に出生し物心ついた私をとり巻いていた家居の中味というのは、古寺のような家の中心にある、大黒柱によりそって作られている、頭上に多神性神ダナを設置し、その下に仏壇が嵌めこまれているとの、山形県下の小城下町にある私の生れた家は、農村にとりかこまれた典型的な元士族の生存空間であった。ややこしくなったのは、明治維新により、瓦解した士族たちが精神的支柱を得ようとして、明治政府が近代化をはかり移入したキリスト教を、私の次兄が導入したことにはじまった。毎日曜、神仏を礼拝してから、キリスト教の新教との、この次兄が主宰する、キリスト教会の礼拝に家族達は出かけるのであった。私の母は百人一首を暗誦していて、幼年の私に口移しでそれを教えたのだが、父はといえば、句作をしており正岡子規を敬していた。国語教師だった私の長兄は家宗の祖の永平道元の研究者であり、キリスト教の洗礼を受け、のち右傾化し、三島由紀夫と似た言説を語りはじめ、のち自殺した。私はといえば、ひとのよさだけが取りえで、両親兄たちのいっさい合切をひきうけたものの、四分五裂しゆく己れの内的契機を、近代の洗い直しのため、近代（モダニティ）の元祖、ヘーゲルとマルクス研究にとりかかった。キリスト教的時間空間の再検証をしてみるかたわら、短歌・現代詩・句／詩のどれかとたえずかかわりつつ、M・フーコーの一九七一年から七三年にかけての、彼の監獄という身体／存在にかかわる、排除／拘禁／心的矯正にむけての具体性・根源性への提案事項であるところの、G・I・P（grroped informations surles prisons　刑務所情報集団）に関心をもった。のち彼の『監獄の誕生―監視と処罰―』（一九七七年・田村俶訳）にうたれた私は、「生命刑制度」および日本型行刑を批判し、また、犯罪の被害者の支援センターを作るなどの一現実運動者となっていったのだ。

そのような私の行程の途上に、私は『無灯艦隊』との驚きの一冊の、西川徹郎の第一句集のうめき声と接したのである。その句集が成立した頃の時代背景は、存在は言語だ、詩は言葉で書くのだし、それ以外の方法はない。だが、文学も詩も言語に執しぬくしか方法はないのだけれど、言語に執しぬいた果てに待っていたのは、言語を棄てなければならないとの、象徴性記号性とかかわる、言葉の意味という謎の物質との格闘とその放棄のくりかえしがきたのだった。

M・フーコーが『外の思考』（一九七八年・豊崎光一訳）において現況で発語するについての途方もない困難を語っており、その箇所を抜いてみると、

「主体が締め出されている言語の突破口、言語の実体の現われと、自己同一性への自意識とのあいだのたぶん救いようのない一致不可能性が明るみに出されたこと、これが今日、文化のさまざまな地点において告知されている体験である。―中略―今やわれわれは、長いあいだわれわれにとって目に見えないものだった空洞を前にしている―言語の実体がそれ自体に対して姿を表すのは、主体の消滅のうちにおいてのみなのだ。どうやって、この異様な関係をつかめばよいのか？たぶんそれは、西欧文化がその余白の部分において、まだおぼつかないその可能性を素描してきた、思考の一形態によってである。」

との記述であるけれども、これは西川徹郎が「國文學」二〇〇一年七月号に「反俳句の視座―実存俳句を書く」と題し論述しているところの、

「人間の実存は和歌伝統の美意識や国家の意志に隷属する文語では書き止め得ることは凡そ不可能である。果たして誰が、人間の〈助ケテクレ〉の実存の末期の声を自ら文語によって書き止め得ることが可能であると言えよう。」

のこの一文中の〈助ケテクレ〉のくだりを読んだとき、フーコーの前述の一節を想起させられていたのである。

表れがたい存在句／詩の実体とはなんであるのかをこの十年くりかえし考えてきたはずなのだけれども、その問いの果てに出没しつづけたのは、「一ふき風の木の葉しづまる（芭蕉連句―鳶の羽も）」の一行だった。意識の内的時間の空間化され得ぬ生命の持続をこのように表白し、時間の襞のあいだにその身体を没した芭蕉に涙したものであったが、この地上にどのように迫ってみようと、実体としての事物に同一化しうる言語の秩序を〈知る〉ことの不可能性を思いつつ、またしても不便きわまりない〈ワタシ〉は、西川徹郎の〈助ケテクレ〉俳句に、ジャック・ラカンのようにもぐりこんで同体化してみようとしたのであった。

ただ一句だけ一見、言語の実体追求をしないかに見える句／詩が『無灯艦隊』にはあると思ったのだが、それは『無灯艦隊』の最後尾に近いところに位置する次の句／詩であった。

心のそばをはればれ山羊となり草食む

実体の言語化が不可能であっても、生き物たちは食べつづけるのである。そして『無灯艦隊』は、宇宙エネルギーのなかを星籠として漂流しつづける。

（本論の初出は二〇〇二年九月茜屋書店発行の『星月の惨劇―西川徹郎の世界』）

◆伊東聖子　いとう・せいこ＝山形県生まれ。作家・文芸評論・映像作家。キリスト教神学専攻。角川短歌新人賞に「第二視覚期」入選。山形新聞社賞（小説）、山形新聞社賞（詩）受賞。フランス政府に『女と男の時空』（全十三巻）の編者として招待表彰される。著書に小説『新宿物語』、評伝『明治文学評伝・田沢稲舟』、歌集『透視』ほか。武蔵野市在住。

高橋比呂子

世界思想としての俳句―カフカ的見地からの西川徹郎論

私が西川徹郎氏の俳句にはじめて出合ったのは、総合誌「俳句空間」（弘栄堂書店）の誌上においてであったろうか。その後、西川徹郎氏の個人誌「銀河系つうしん」を大井恒行氏を通じて拝読したとき、改めてその存在感の強さに圧倒された。

それは、実に襲いかかってくるといえるほどのイメージの実在感を持って迫ってきた。もちろん花鳥諷詠をも、俳句はこうあるべしという教えをも超えていた。

西川徹郎氏が、浄土真宗の寺院の住職で、独学で真宗学を修め安居で研鑽を深めて、本願寺派の高位の学階「輔教」を授与された学問僧であることを知ったのは、つい最近のことであった。それは、まったく意表を衝くものであった。これらの句からは、悟りの境地も仏教的安らかさも少しも感じさせられたことはないからであった。それは、なかなか悟りまで到達できず悶える生の人間の姿であり、娑婆に棲むもののすがたであった。いやそれ以上のものであった。彼は仏門の僧である以前に、鋭敏な精神をもった一人の詩人であったのだ。

一、西川徹郎俳句の生成

1　実存の俳句

それでは、俳句のアポリアに挑戦してくるかのような西川徹郎氏の作品群の一部を『西川徹郎全句集』（二〇〇〇年・沖積舎）によって見てみよう。

男根担ぎ佛壇峠越えにけり　『無灯艦隊』

沼裏の産婆ひそかに泳ぐを見たり　同
死人花咲く枕乾されているまひる　『瞳孔祭』
月淡くコスモスは近親姦を重ねる　『死亡の塔』
遠い駅から届いた死体町は白緑　『町は白緑』
酢のような海痩せゆく死刑執行人　『東雲抄』（未刊集）
船が映るまで佛壇磨く島の年寄り　同
秋は指までながくて白い橋となる　同
陰血流す犬も雪見に金閣寺　同
馬屋にて東雲を少しずつ食べる　同
秋ノクレ色鉛筆ヲ食べ尽クス　『天女と修羅』
谷間デ倒レイツシカ佛間デ寝テイル　同

こうしてみると、西川徹郎氏の世界はまさに、日常起こるはずのない、起こったとしても非現実の世界である。

非現実でありながら、このリアリティはなんなのであろうか。絵画などにおける、たとえばサルバドル・ダリなどのシュールリアリズムに通じる表現法である。

心の中に日常意識していないものが潜んでいるということは一九世紀の終りにフロイトによって発見された。彼は忘却された心の中のものと外部に観察されるものとの相互作用をモダニズムのなかにあって、近代的に因果論的に説明した。

一方彼の後にC・G・ユングは無意識と自我との相互作用についてフロイトとは違った考えをもった。ユングは、次のように考えた。無意識は個人がかって経験し、わすれられて意識されなくなったものに尽きるのではなく、それよりはるかに広大なひろがりをもち、それは人類に普遍的に見出され得る現象の仕方を示す。無意識は意識に対して補償的作用を及ぼし、意識がある方向へ向って発展していくように導く。この発展の過程で意識と無意識（Psyche）の間には有意味な相互作用が認められる。

西川徹郎氏は、これを自ら、実存俳句と位置付けている。実存とはそもそもどのような意味なのであろうか。

> 実存［独］Existenz［英・仏］existence
>
> （前略）十三世紀にスコラ哲学を代表する　トマス・アクイナスによって、存在（esse）と本質とが実在的に区別されるとともに、彼の擁護者たちによって普遍的で可能的な性格をもつ本質存在（esse essentiae）と事実として限定された存在者の現実存在（esse existentiae）との区別が導入されそれによってその後のexistentiaの意味がほぼ確定したといえる。すなわちexistentiaとは、その場合個々の本質が具体化して現勢化していること（神学的には事物の本質が神から現実存在を受け取ることを意味する）、あるいはそのようにして感覚に現前していること、その限りでは本質によって説明できない非合理で、人間にとっては偶然的な存在の事実を意味する。（後略）。　『哲学思想辞典』（岩波書店）

西川徹郎氏は実存俳句と称して、五十三歳にして、全句集を含む、十三冊もの句集を刊行した。果たして、その実存俳句とは西川徹郎氏にとってどのような意味を持つのであろうか。

そのあたりに焦点をしぼって、ケン・ウイルバーの「意識のスペクトル」を使うと説明しやすいので、それを使って氏の俳句と精神の位置、移行、存在理由などを論じてみたいと思う。

２　「意識のスペクトル」の視点にたって

スペクトル（spectrum）という言葉は、ラテン語のspectareに由来し、元来は突然出現するものとか、予期しないのに出現するもの、早くいえば幽霊のようなものを意味した。物理学的な用語としてこの語を導入したのはだれであるかは明確ではないが、おそらくニュートンではないかと思われているが、可視光線を分光器で分解したときに得られる、波長の順に並んだ帯状の光の像のこととして定着していた。

現在では、可視領域に限らず、電波からγ線にわたるすべての電磁波領域で、波源からの放射を分解して波長順に並べて整理したものに対して用いられる。さらに、光を発光、吸収する主体によって、原子スペクトル、固体スペクトルとよんだり、核磁気共鳴スペクトル、黒体放射スペクトル、質量分光スペクトル、数学における係数スペクトルなどと、広範囲に用いられるようになっている。

さらにここでは、スペクトルという言葉を、精神の領域まで広げて用いている。

ケン・ウイルバーにおける実存の領域とは、〈トランス・パーソナル〉の領域に隣接しオーバーラップした帯域でもある。（図参照）

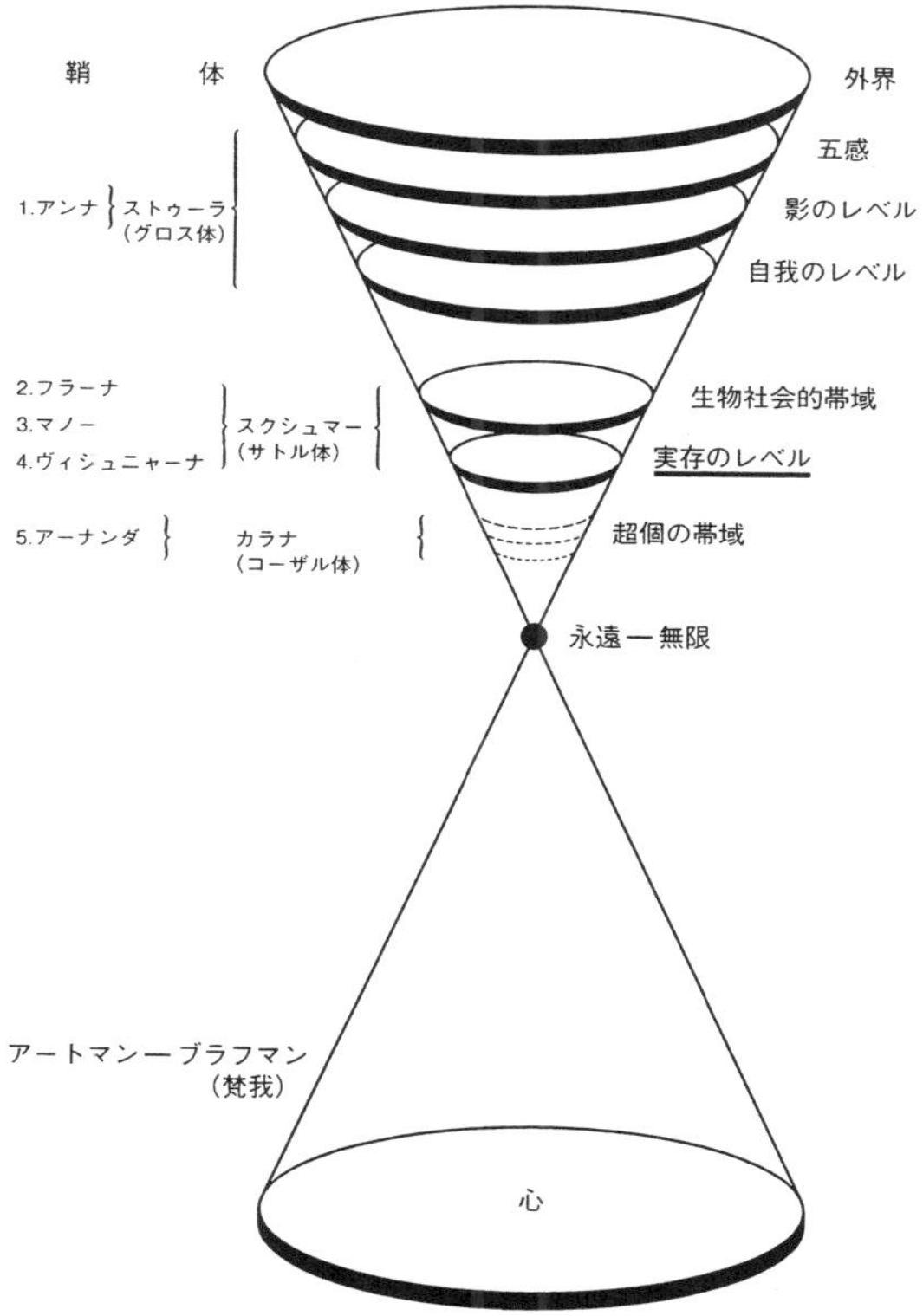

意識のスペクトル（Ⅰ）
（春秋社／K・ウィルバー著、吉福伸逸＋菅靖彦訳）

以前私は、岡井省二俳句の論攷を試みたが、その主たる世界は超個（トランス・パーソナル）と、意識のスペクトルにおける心の領域、アートマン、ブラフマンの世界であった。さて、西川徹郎氏の世界はどのような世界であろうか。足を踏み入れてみよう。

超現実でありながら、このリアリティは鋭い観察を通した経験によるものなのであろう。経験とは欲望、愛、憎しみや哀しみなどと切り離せぬものなのである。そして、それらのうちにそれらを通して、心理でありかつ表象として身体と観念を繋ぐ、苦悩に満ちた、憤怒に身を震わせた、哀しみに濡れた、あるいは歓喜に溢れたイメージとして現実なのだ。

このように、心と身体の両方が一つの経験としてあるような、いいかえれば身体、ペルソナ、影（シャドウ）、それらすべてを〈経験〉としていわば抱き込んだ統合された完全な自己を「ケンタウロス」とケン・ウイルバーは名付けている。［註1］この段階は、「生理的なものと心理的なものの統合」をしめしている。つまり、「ケンタウルス」（ギリシャ神話の半身半獣の生物）とは、〈身体は不随意ないし内発的な傾向をもち―随意筋を別にすると―、われわれはふつう、循環、成長、消化、感覚を始めとする無数の自発的要素を意識的にコントロールしてはいない。一方、自我は、一般的に多くの随意的な、コントロールされた、目的性を持った活動の本源と考えられている。そして、自己は、随意的なものと不随意的なものの結合である〉ということからの命名なのである。

一方、ユングは次のように述べている。

「内なるイメージは複雑な要素であり、実にさまざまな出所からくる実にさまざまな素材からできている。けれども、それはただの集合体ではなく、それ自体の自立的目的をもった統合的な産物である。イメージとは、全的な精神状況の表出が凝縮されたものである。」（傍点ユング）

そしてまた、

「イメージとは、無意識の一表出であるとともに、その瞬間の意識の情況でもある。だとすれば、その意味の解釈は、無意識のどちらか一方だけからではなく、それらの相互関係を考慮に入れて初めて成立しうる。」とも述べている。［註2］

つまり、意識と無意識の統合こそがイメージであり、志向性となるのだ。

そして、この存在自体、個的な傾向、あるいは覚醒時の心理的生理的意識までは超越していないこのケンタウルスこそベルクソンのいう〈直感〉や、現象学の提唱者フッサールのいう〈純粋直感〉にも通じるものであり、さまざまなエネルギーが自己という有機体に激しく流れ込む領域でもあるのだ。

前出の句からも、このような統合された自己の句であることは感じとられるであろうが、より深く解るために、これから論を展開していこうと思う。

3　浄化としての俳句―カフカとの類似

それにしても、一般的に忌み嫌われるはずの死や、血液や、猥雑な性でどろどろした句にわれわれが惹きつけられ、その世界に浸ってしまうのはなぜであろうか。

二十世紀を暗示するような『城』や『判決』の作品を抉るような筆致で書き残したカフカが、克明に、日記を書き、恋人や親しい人に日に何度という手紙を書いている。それらは、彼の作家活動の工房を明らかにするかのような価値をもっているので、その一部を紹介し、西川徹郎俳句の理解のために、その生成の類似性に言及してみたいと思う。

カフカは婚約者のフェリーツェ・バウアーに宛てた手紙の中で

「書くということは、過度に自分を開くことなんだから。（中略）だから書くときはいくら孤独でも充分ということはなく、書く人のまわりがいくら静かでも充分ということはなく、夜はまだあまりに夜でなさすぎるのです。（中略）ぼくにとって最良の生活方法は、筆記道具とランプを持って、広々とした、隔離された地下室の最も内部の部屋に居住することでしょう。」

（一九一三年一月一四日から十五日にかけての日付）［註3］

と書いている。そしてまたカフカは、

「すなわち吐き気をもようすような物語を自分の内部から書き出してそれを外に投げすてて、そうすることによって自分はいっそう汚れのない（reiniger）状態になる。」

（一九一二年十一月二四日付日記）

というのである。

このような、状況を、精神の探索者らはどのように考えているのだろうか。

フロイトの場合には、抑圧されて無意識となった体験を再意識化し、そうしてその体験記憶にまつわる感情的素材から解放されて、その結果神経症などの疾患が治癒しうることを明らかにしたのだった。そして、神経症の原因を性欲動充足の抑圧に見ており、その抑圧された性欲動が神経症という欲動充足の代用としてあらわれるというのがフロイトの精神分析派の説である。これに対してユング派の見解は別である。ユングによれば「神経症はまさに自己治療の試み」である。神経症は、「意識とその母体である無意識との自然な関係の断絶」の表現である。それはみずからを意識的な存在に限定してしまい、生命の源である無意識から遠ざかり、そのため生命力の涸渇状態に陥った自我人格を再び無意識にむすびつけようとする自立的な無意識の心の作用の現れであるとするのがユング派の見解である。

西川徹郎氏の創作―〈表出〉と言った方が適切かもしれない―の仕方は、カフカの日記や作品の創作の仕方に非常によく似ている。まるでインクが飛び散った染みによって書かれたかのような勢いを感じる。それにはテーマ性のある連作と言う形式が相乗効果をもたらしている。

カフカは、書くことによって自らの内部へ、内部へと注意をむけ、イメージとして意識の内部に湧きあがってくる普段なら意識されないものを小説や物語として形成する。

このように、深層意識を言語や、絵、彫塑などを用いて表現することをユング派で「能動的想像」active imaginationと名づけている。まず、特定の問題点、気分、絵画、できごとに精神を集中し、さらに一連の連想されるファンタジーが展開されるがままにしておき、徐々に、ドラマ的な特徴を帯びるにいたらせる。その後、イメージ自体が生命力を帯び、イメージ自体の論理に従って展開する。イメージ自体の意識と無意識との接触、交流が展開され、無意識の内容が覚醒状態を創造する。その過程のなかで自我が高次の意識と関わることができる。この創造のプロセスには、自我の積極的で創造的な関与を必要とする。ユングは、能動的創造を行なっている間、外的接触をもたないよう警告し、「ヘルメスの封印をした容器」を必要とする錬金術過程にたとえている。そして、これを神経症の治療の促進に用いている。〔註４〕

この方法は、カフカの書く行為と、西川徹郎氏の創作態度に驚くほど酷似している。そしてこれは、神智学における夢見とも見なすことができる。

つぎに、その実例として、句集『月山山系』より「秋津の国」と小題の付された連作の一部を挙げよう。

抽斗の中の秋津の国へ迷い込む
秋津の国の秋津を刺身にして食べる
秋津の国の秋津が郵便局襲う
月夜ゆえ箪笥の中じゅう秋津です
月夜ゆえ口の中じゅう秋津です
月夜ゆえ膣の中さえ秋津です
月夜ゆえ陰唇さえも秋津です
月夜ゆえ陰茎を襲う秋津です
月夜ゆえ秋津胎盤に刺さり込む
月夜ゆえ秋津肛門に刺さり込む
月夜ゆえハーモニカを吹く秋津です
月夜ゆえ議事堂襲う秋津です

月夜ゆえ霊安室さえ秋津です
月夜ゆえ秋津二匹が口淫す
月夜ゆえ秋津小指を噛み千切る
月夜ゆえ秋津轟き眠られず

これらは抜粋であって実は「秋津の国」と「月夜ゆえ」だけでなんと一六八句が延々と続いているのである。まず、テーマを決め、次々と連想を膨らませてゆくような、この畳み掛けによる連作は、まさにこのユングのいう「能動的想像」の方法を彷彿させるものであろう。

これは、読む者をさえ、秋津の大群が増殖し、まるで襲いかかってくる幻想で満たしてしまう。この圧倒されるほどのこのリアリティはなんなのであろう。

つぎにすこし意識の変容と表現行為について考えてみよう。

日常的意識状態においては人は実在をくすんだ姿でしか体験していない。

意識状態が変わってもまだ最初のうちは、知覚の鮮明化とか感覚の混乱が生じる、意識変化がさらに進むと意識が意識の中に入り込む。つまり、日常的意識は言語ないし概念的世界把握によって成立しているが、そういう世界把握をやめると意識状態が変化する。

日常的意識状態においては、言葉による分化、概念化によって知覚をヴエールをかけたような状態で体験している。実在をそのまま受け止めず、これは机、花というように言葉による対話思考をしている。そのような捉えかたをやめると、実在そのものを把握すると、つまり、意識状態が変わると生命を得たように、鮮明に、まるで、対象との距離が失せたかのように命を持って襲いかかってくる。

そして、この西川徹郎氏の句のリアリティも、まさにこの意識の変容によってもたらされたものと思われる。

秋津の国の秋津を刺身にして食べる　『月山山系』
月夜ゆえ秋津小指を噛み千切る　同

死ぬ前に寧の匂いを嗅いでみる　　『東雲抄』（未刊集）

殊にこれらの句は、観念、イメージをこえて、体感として、体験として捉えているよい例である。

これまで、カフカのイメージの膨らませ方と西川徹郎のそれとが、非常に似ていてリアリティを持つことを述べた。次に無意識を表出させ、精神を浄化し、さらなる高次の段階へとゆくつながりについて、すこし深く考察してみよう。

「誰でも自分の内部に、噛みつくような、夜も眠れなくする悪魔をそれぞれにもっています。そしてこれは良いことでも、悪いことでもなくて、これが生きているということなのです。つまり悪魔をもっていないとすれば、生きていないことになります。（中略）この悪魔は、あなたがかかえこんでしまったところの、そしていまそこから何かを作りださねばならないところの（根本のところはすばらしい）材料なのです。

（一九二〇年三月　ミンツエ・アイスナー宛の手紙）

カフカのこの言葉は、無意識こそが意識的存在を、生命を支えていること。そしてこの悪魔的な無意識に創出されるべき神の子が潜んでいることを示すものであろう。

「ミレナ、あなたはそれが分らないといわれる。（中略）それは精神分析学が、解明したと信じている多くの病的現象のひとつなのです。私はそれを病気とは呼びません。精神分析学の臨床面にはどうにもならない誤りがあると思っています。これらのいわゆる病気は、どんなに痛ましくみえようとも、すべて信仰上の事実なのであって、窮地に陥った人間が、なんらかの母なる大地に錨をおろしていることなのです。ですから精神分析学も宗教の基盤としては、この学問の考え方からいって個々人の「病気」の原因とされている以外には、何一つ認めないのです。もっとも今日のわれわれには、多くの場合宗教上の共同体があるわけでなく、宗教が数限りなく分れ、各個人一人々々に限定されています。しかしこれは、現代というものにとらえられた目にだけ、そう映るのかもしれません。

しかしこのように、本当の大地をとらえようとして錨をおろすことは、人間の勝手に交換できるような個別的な所有物ではなく、人間の本質の中にあらかじめ形成されているものなのであって、あとからその本質を（肉体をもです）与えられた方向に発展させてゆくのです。それでも治療などというのでしょうか。［註5］」

カフカのこの想いは、ユングの論理に非常によく似ている。

他者が存在するところ、つまり境界があるところ必ず恐怖があるのである。これは、三千年前から東洋の思想では自明のことである。

この死の恐怖は分離した主体に内在するもので、それに対処し得る方法は二通りしかない。それを否定、抑圧するか、超意識的ななかでそれを超越するかのいずれかである。分離した自己が実際に死の恐怖を取り除くためになし得ることは、それを否定し、その死の恐怖を抑圧せざるを得ないか薄めるか隠すほかない。超意識的な全者、つまり真の超越のなかでのみ、死の恐怖は根絶される。境界があるところ、必ず、人の深層であるタナトスが、刻一刻と、その境界をおかすように機能する。

一方、エロス的観点においては、エロス―生を欲し、すべてを所有することを望み、宇宙の中心でありたいと願う欲求―は自分がじつは全者であるという直感によって駆り立てられている。この生対死、エロス対タナトスの戦いは、すべての分離した自己（二元論によって分割された自己）に内在する最大の戦いであり、基本的な不安及び葛藤である―それは〈全体性〉のなかでの真の超越によってのみとりのぞかれる原初の恐怖なのだ。分離した自己は、みずから不死であり宇宙の中心であるかのようなふるまい、またそれを切望するが、その目的は挫折する。

R・D・レイン（人間学的、実存分析的研究）は、「真の正気には、何らかの形で通常の自我の解体、疎外された社会的現実に的確に反応した偽りの自己の解体がともなう。聖なる力の『内的』な原型的仲介者が出現し、この自我の死をとおして、もはや神の裏切りものではなく神の使いとしての新たなタイプの自我―昨日が再生し、再確立される。」と述べている。

さらに、私が気になるのは、西川徹郎氏の句には、胎内、産道、胎児などの言葉が頻繁に出てくることである。（これほどこの類のことばが出てくる俳句作家を他には知らない。）そのことに少しふれてみよう。

トランス・パーソナル心理学の提唱者でもある精神科医のグロフは、ＬＳＤの服用実験によって、のちには特殊な呼吸法によって、通常とはきわめて異なった様々な体験をもつことを知った。それはＢＰＭ（Basic Perinatai Matrix）「基本的分娩後のマトリックス」と呼ばれる現象である。産道を通過する間、胎児は粘液や血液などのさまざまな生物学的産出物に接触する。これは個人的無意識の再意識化である

堕胎のように沖に生木が生えている　『東雲抄』（未刊集）
「胎盤が冷たい」「首が冷たい」屋上葬儀　同
胎内を掃く竹箒水は流れ　同
胎内を掃く山寺の棕櫚箒　同
胎髪刈られ急に明るくなる東　同
産道を漕ぐ自転車の白髪の神父　同
箒野の傍の産道で倒れたまま　同

これらの俳句からは、この〈基本的分娩後のマトリックス〉の一過程の表出を見るであろう。

ＢＰＭの諸現象を体験することは個人的無意識を再体験すること、それを再意識化することである。トランス・パーソナル、言い換えると集合的無意識も混じるが、個人的無意識を再意識化し、それに結着をつけてトランス・パーソナルな領域を体験し得るのである。

その意味では、西川徹郎氏の句は、大部分は実存（ケンタウルス）の領域に関わっているのであるが、トランス・パーソナルの領域までに及んでいるのである。――実存や超個と言うのはあくまでも便宜上のマイヤー（分節された測定）の世界なのであるから――。

カフカの「書くこと」は能動的想像に等しいものであるということ。能動的想像は心の中のその時々の状態、あるいはそこで起こっていることを文章に書いて、あるいは絵などとして外に表すことであり、これによって

心の中の知られざること、あるいは明確になっていないことが意識にもたらされる。カフカが物語りや長編として書き出すものも彼の心の中の状態であり、書きながら彼は、そうでなければ明確には把握し得ない自分の中の状態を認識するのであった。

「内部の形姿においてぼくはようやく目覚めます。」（一九一三年四月二十日付）

と、カフカは言っている。

さて、能動的想像を試みて心の深層に注意を向けていると、無意識の動きが活発になってくる。リピドーが意識の方に流れてきて盛んに夢をみたりする。これは翻ってまた「書く」能力が、すなわち能動的想像の能力がたかまることとも結びついている。

西川徹郎俳句と随筆の饗宴である『無灯艦隊ノート』（一九九八年・蝸牛社）にそれはよく表れている。そのほんの一部を抜粋しよう。

「蝙蝠傘

蝙蝠傘がとぶ妙に明るい村の尖塔

酢が降る夜明け産婦人科の黒い傘

蝙蝠傘の肉を鬱々と冬犬よ

雲がまた夜の寝台を動かし

月ガ眩シ過ギテコウモリ傘ヲサス

（前略）二十歳の頃であった。ある夜、小用の為に廊下に干された蝙蝠傘の横を過ぎる時、俄かに人の気配を感じ、総毛立ったことがある。バリバリバリという全身の毛が逆立つ一瞬のおそろしい声が今でも私の耳を衝く。

蝙蝠が羽根開く時、彼らもまたこの同じ恐ろしい響きを聞くのであろうか。」

ここからも、情動とイメージの密接なつながりがわかると思う。

４　そのエネルギー

西川徹郎氏の注目されるべき点のひとつは、そのポテンシャルエネルギーの大きさであろう。句集『月山山系』の「秋津の国」「月夜ゆえ」、句集『月夜の遠足』にも見られるように、これらの膨大な量の連作はカフカが書くことによって意識の変容へと持っていった過程と酷似している、詠み込むほどにエネルギーが増してくるのだ。詠み込むほどにリアルにせまってくるのだ。まるで秋津にこちらが襲われそうである。それは、臭いや、味さえも伴い、激しい性衝動までも伴う。ユング派のいう能動的想像に値する行為なのだ。そして感情的エネルギーと自動的に結びつく。

そしてこの『月山山系』の膨大な一連の句をみるにつけても、神智学における荒涼としたエーテル的アストラル的精神の力の流動体を感じるのである。この力はヨーガでは、プラーナとも呼ばれている。そして圧倒的高次の力の襲来によって、非常な恍惚感をもたらすこともある。それは性的恍惚感にも似ている。心的エネルギーやエーテル的、アストラル的エネルギーは、宇宙エネルギーや自然のエネルギーでもあるともいえる。

次に、それらが表出された句を挙げよう。

ねむれぬから隣家の馬をなぐりに行く　『瞳孔祭』
屋根裏ノ柱トタタカウ寺男　『天女と修羅』
山門ハ立ッタママ死ヌ叫ブ藤　同
学長ノ腸摑ム立葵　同
緑夜ユエ天女モマラソンシテイル　同
緑夜ユエ天女モ棒高跳ビヲシテイル　同
キャアキャアト図書館ヲ運ブ秋の蟻　同
秋ノクレトイウ野ノ宿デ絶叫ス　同
秋ノクレトイウ山寺デ男根叩く　同

軒に干サレタ大根ガ秋ノクレト叫ブ　同
暴レル萩ヲ殴ッテグッタリサセテ寝ル　同
妹は水田に血を流しつつ　『東雲抄』(未刊集)
渚を走り続けほそぼそと灯る母校　同
肋骨にひびく流氷睡い性病院　同
洋傘が破れていています塩みえぬ狂女　同
乳首にひびく楽隊北の暗がりで　同
雪の匂いがする乳房かな列島目覚め　同
山河を孕みめくら竹ほど痩せゆけり　同
唖女孕み青空岬で逆立ちして帰る　同
蠍座煌くピアノも生殖器をみせて　同
父の陰茎の霊柩車に泣きながら乗る　『無灯艦隊』
父の陰茎を抜かんと喘ぐ真昼のくらがり　『瞳孔祭』
踊り子に　河口が炎えている時間　『東雲抄』(未刊集)
堕胎児へ月が泳いでいる時間　同

5　統一性へ

ここまでは、自我、身体、ペルソナ、影そしてケンタウルスを含む領域であり、粗領域とも呼ばれている。鈴木大拙はこの領域を〈感覚と思考〉の領域としている。

それより先はあるのであろうか。それは、ある。意識が微細化すると、事物の形や外面的影響だけでなく、自己の内に万物を見、万物の内に自己を見る。これは普遍化(宇宙化)という末那識、阿頼耶識の世界であり、つまり意識はさらに高次の統一性とアイデンティティへとつながっていく。超越と統合のプロセスがつづくと、ついには、〈統一性〉そのものへと至る。意識はそれ自身の〈根源的状況〉および〈真如〉として完全に目覚めるが、超常なるものと平常なるもの、超自然的なるものと俗なるものはまったく同一である。「色即是空、空即是色」である。そもそものはじめからずうっと存在し続けてきたその〈統一性〉への到達である。ひとは〈仏陀〉になるのではなく、すでにあった〈仏陀〉を発見し、あるいは想起する。

西川徹郎氏はことばでこれらの句を書くことによって、自らの汚れを浄化し、〈統一性〉と、ゼルプスト〈個性化〉に至ろうとしているのだ。

バシュラールは「コンプレックスの無いところに創造はない。」といっている。

ハイデガーは「言葉は存在の家である。」と言っている。

Ｒ・Ｄ・レインは「真の正気には、何らかの形で通常の自我の解体、疎外された社会的現実に的確に反応した偽りの自己の解体がともなう。」と述べている。

そしてまた〈空〉とは、数学者でもある哲学者ホワイトヘッドが「縫い目のない世界の衣」と言うときの縫い目のないということを意味する。そしてこの全体性こそ真実の世界なのである。本質的には、分離独立した境界をもつ実体などどこにも存在しないのだから…。

二、西川徹郎の俳句の形成力

これまでは、西川徹郎俳句のなかみ（内容）、どのような精神的状態からうまれたものかなどについて述べてきたが、それでは、そのかたち（形成力）に視点を移そう。

ユングは空想の創造的活動にある特別の位置を認め、しかもこれに独自の範疇を与えている。ユングは「空想は四つの機能（思考、直感、感情、感覚）のいずれにも関与しているからである。創造的なひらめきは直感タイプにのみ帰属するという一般的な見解はそれゆえ正しくない。芸術家を芸術家たらしめているものは、空想の生み出したものの内容的豊かさ、その独創性、その生命力とならんで、まずなによりも芸術家のもつ形成力でなければならない。芸術家はまさにこの形成力によって彼のいろいろなひらめきに形を与え、それらをたが

いに結びつけて有機的かつ美的な全体へ纏め上げることができる」と言っている。［註5］

これは確かに納得のできることである。画家、音楽家、彫刻家においてもそのテクニックの方法、習熟に多くの時間と精力を費やすのである。

a　日常語の使用

西川徹郎氏の俳句は多くは切れ字を含まず、主語と述語が一致し、一気に一句を読み下す構成の句である。そして花鳥諷詠の俳句では到底曝け出しはしない（少なくても花鳥諷詠においては）心の葛藤、恥部を、文語、雅語をほとんど使わず、口語、日常語でさらけだしているのが特徴である。例えば、

臘梅

臘梅ヲ天女ト思イ死ニニ行ク　『天女と修羅』

溶ケテシマッタ臘梅モ自転車モ　同

「溶ケニケリ」とはしないで、「溶ケテシマッタ」としたことによって、観念性よりも、卑近さ、現実感が前面に、押し出されるのである。

鬼薊

流レル家ヲ岸デ見テ来タダ　鬼薊　同

この句も方言のような話し言葉を使って現実感と卑近さを出している。

そしてまた、これらの句を見てもわかるように、一句のなかで主語と述語が一致している句が多いのである。

b　テーマ性と連作

もう一つの特徴として、現在においては珍しく、テーマ性をもった連作形式をとっていることである。そして、そのテーマ性はじつに極端で曖昧性など少しもない。あたかもイメージの連動とともに記されたかのようなかたちをとって並べられている。そしてそれらの句の連なりは、ときには、つぎつぎに生みだされる波動のようなうねりとなり、それはまた、共鳴（Resonanz）や相乗（Synegie）の効果を生み出しているといえる。

そのテーマ性と連作としての効果が実に、強力なために、一句を切り離して挙げ考えることに抵抗と、不適切さと、後ろめたさを感じることを私は禁じ得ない。つまり、先の「蝋梅」という、テーマの言葉の働き自体が、連作の構成そのものが不可欠のものに見えてくるのだ。

c　ひらがな・カタカナ・旧態漢字

そして、また、表記（エクリチュール）の問題であるが、一連作はかなの部分は、ひらがなか、カタカナに統一されている（外来語などのカタカナは別として）。カタカナのギコチナイ抉るような硬質さと、ひらがなのやわらかさ、柔軟なひろがりの差が如実にあらわれている。それは、勿論、作品に対してもエクリチュールの効果として表出されている。前出の句集『月山山系』の「秋津の国」と『天女と修羅』の「蝋梅」を比較してみるとよいと思う。

ちなみに、句集『天女と修羅』では「月ふる峠」以外はカタカナで統一されている。

これらは、日本語独特の視覚的差異、効果を巧みに利用しているといえる。旧漢字としては、

　学長の腸摑む立葵　『天女と修羅』

　腸出した儘松の木立っている　『わが植物領』　（註・傍点は高橋）

この旧態漢字使用も視覚効果をねらったものと思われる。

私は日本の文芸のなかで、俳句が最も工芸品的であると思っている。

d　韻律

韻律的には、非常に多岐にわたっている。

　しののめのゆめ神父ゆびさきぬれている　（7・7・5）　『無灯艦隊』

　月夜です首縊りたいような遠吠えしたいような　（5・9・9）　『東雲抄』（未刊集）

　ペンに似た塔おそろしいほど地平朱し　（7・7・6）　同

　石ノ地蔵モ縄跳ビニ混ジリ秋ノクレ　（7・7・5）　『天女と修羅』

天人ハ空ノ旅人秋ノクレ　（5・7・5）　同

秋ノクレ胎児ハルバル田ヲ歩キ　（5・7・5）　同

細長イ弔旗ガ首ニ巻キツク秋ノクレ　（5・4・7・5）　同

（この句は一気に読み下すべきであるかとも思われるので21の方が適当）

秋ノクレ子ヲ繃帯デグルグル巻キニ　（5・14／5・7・7）　同

あねあやめあにあやめますあかね草　『東雲抄』（未刊集）

この「あねあやめ」の句は、頭韻や語呂合わせを巧みに使っている。

ソシュールによれば、コトバの意味は、綴織と同じように差異と差異のモザイクから生まれる。そして、「コトバは、音のイメージと心的対立の上に成り立つ体系である。」と言うのである。つまりことばの転換とは、差異を生み出すことにほかならない。俳句も詩も言葉の転換の妙である。

シニフィアンとシニフィエのあいだの因果的ないしは指標的な関係がある文化によってひとたび認められるならば、その特殊なシニフィアンはそのシニフィエと連合されるようになり、因果関係が欠けている場合にさえもその意味を喚起するためにつかわれることができる。これは、季語の役割にも当てはまることである。

ソシュールが「それを用いるべく運命づけられている人間社会との関連においては記号はいささかも自由なものではなく、課せられたものである。」〔註7〕と言っているように、ある音のイメージと特定の概念は分かちがたく結びついてしまっている。ある語を口に出さずに頭の中で想起する場合ですら、シニフィアンに支えられないシニフィエは存在しない。音のイメージと概念のむすびつきが自由意志の入り込む余地のない必然性であるばかりでなく、意味のレヴェルでの拘束力を発揮している点は重要である。われわれは、日本人として日本語共同体の中にうまれた以上、日本語的思考からも逃れられなければ、日本語分節の仕組みからも逃れられない。西川徹郎氏の連作俳句が非常にリアルに、まるで襲い掛かってでもくるかのように迫ってくるのは、このあたりにも理由がありそうである。シニフィアンによってシニフィエがイメージされ、そこにまたシニフィアンのだめ押しと限定とメトミニーによって、シニフィエの強化と差異のひろがりが顕われる。その繰り返しによって強力な効果を得ているのだ。言語を越え、イメージ上にももたらしている。この転換と差異の連続は、それはあたかもラヴェルのボレロのように、波動のような効果を音と文字（エクリチュール）の連鎖によって、イメージを膨らませていく。あまりにも暗喩（メタファー）によりかかり一句に多義性を求めると句が弱くなることもあるが、西川徹郎氏の句はそのようなことはない。それは、これまでの句からもわかるように、ある言葉を通常の意味から別の意味に移すという働きがなく、それ自体がある景をなしている。だから、単純にメタファーというには少なからず抵抗を感ずる。シュルレアリスムの世界では（絵画にしても）そうである。そういう意味では、言葉のシュルレアリストは絵画的技法を使っているともいえるのかも知れない。吉本隆明氏は「喩は言葉を使った意識の探索であり、（後略）」［註８］と言っているが、そういういみでは、西川徹郎氏のほとんどの言葉が、喩であるともいえる。

最後に、『東雲抄』の中から俳句らしい形姿を持った句を挙げよう。（このような句は少ないのであるが。）

皆飢えて冬日銅貨のごとくある

落葉やみて静かに群魚移動せり

凛凛と螢降り積む北枕

終わりに―西川徹郎と吉本隆明の「親鸞」

親鸞は、妻帯し俗人のように生きた。

西川徹郎氏は家庭では、よき夫であり、よき父であり、そして、立派に住職という仕事をまっとうされていると思われる。ユングはこれをペルソナという。

『歎異抄』とは、「異なるを歎く」と書く。吉本逢明氏は、「この現世できめられた善悪など、相対的なものでしかないというのが、親鸞の根拠であった。」［註９］と述べている。

西川徹郎氏は「吉本隆明の『親鸞論』解読　連載その二」［註10］の中で次のように述べている。

「(前略)この情・知と心・身に亘る二双のハカライを離れた世界こそ一切無碍たる如来性の顕現たることを教えるものと考えられる。(中略)」

「親鸞の最終的な思想的到達点としての「自然法爾」という自在の場を見出すに至った吉本隆明の思惟の力に私は、深く頷かざるを得ない。(後略)」

また、「吉本隆明と親鸞思想」(一九九九年七月二日付「北海道新聞」)[註11]の中で、

「(前略)人は宗教によって自己の罪悪性が自覚され、その罪悪性の超克を希求して更に絶対への依存の関係性を強める。しかし、ここでは罪悪性を自覚する自己そのものは問われていない。それは存在や世界の正邪・善悪を分別する理性の自己である。ここではこの理性分別のいわゆるノエシス(思惟)的自己が残される。この理性分別の自己は果たして如何に救済されて行くのであるか。(中略)分別する理性の自己とは自己自身をけして斬ることの出来ない絶対性の剣である。本来、一個人の信仰の問題に過ぎない宗教を敢えて思想として捉えるのは、この自己という名の絶対性の錯誤が治喩し難い人間の思惟の根源的な病理であることをあからさまにする為である。(後略)」と述べている。

これらは、〈統一性〉に通じる思想なのではないかと私には思えるのである。相対的な善悪も知も分離された自己であり、二元論の産物に他ならない。

そして、彼は、家庭人として、住職としてのペルソナを立派に果している。そして、まさに、西川徹郎氏の俳句は、そこまで辿り着くための、ゼルプスト化への超克の長い過程における、実存という一過程の領域の精神の表出であるのだ。

そして、西川徹郎氏の俳句に魅せられて止まないわれわれも、彼の俳句に接することによって、魂の浄化がなされているのである。西川徹郎氏の俳句がつよくわれわれを魅了するのはこのためなのである。

もっと深い個々の点からの考察も必要かと思われるのであるが、それはまたの機会にして、今回は、西川徹郎氏の俳句の世界を駆け足で全般的に展望してみた。まさに、生命をかけての俳句のアポリアへの挑戦である

かの感を持ったのである。

そして、前出の「この悪魔は、あなたがかかえこんでしまったところの、そしていまそこから何かを作りださねばならないところの（根本のところはすばらしい）材料なのです。」とのカフカの言葉どおり、見事に西川徹郎実存俳句として創出されたのである。

〔註１〕『アートマンプロジェクト』ケン・ウイルバー　春秋社
〔註２〕『アートマンプロジェクト』一〇六頁　ケン・ウイルバー　春秋社
〔註３〕『決定版カフカ全集』
〔註３〕『生きている象徴　上』一二頁　アードラー
〔註４〕『ユング心理学辞典』一二九頁
〔註５〕『決定版カフカ全集』第八巻
〔註６〕『ユング心理学』四九頁　ヨランデ・ヤコービ　日本教文社
〔註７〕『ソシュール』カラー
〔註８〕『定本　言語にとって美とは何か』一三六頁　吉本隆明　角川選書
〔註９〕「決定版親鸞」一一三頁　吉本隆明　春秋社
〔註10〕「銀河系つうしん」ＶＯＬ．15　一〇五頁　黎明舎
〔註11〕「銀河系つうしん」ＶＯＬ．18　一五頁　黎明舎

（本論の初出は二〇〇二年九月茜屋書店の『星月の惨劇―西川徹郎の世界』）

◆高橋比呂子　たかはし・ひろこ＝俳人。神智学研究者。著書に句集『アマラント』『風果』、共著『日英対訳現代俳句２００１』ほか。さいたま市在住。

皆川　燈

世界詩としての俳句——櫻井琢巳著『世界詩としての俳句——西川徹郎論』

詩人でフランス文学者、文芸評論家櫻井琢巳氏が、もっとも評価する俳句作家西川徹郎氏について、最晩年の精魂を傾けてまとめ上げた渾身の西川徹郎論である。

西川氏との出会いは、著者の評論集『地平線の羊たち』(本阿弥書店)を西川氏が一九九二年七月号の「俳句とエッセイ」(牧羊社)誌上で書評したことを縁として始まったという。いまその評論集は手元にないが、のちに「銀河系つうしん」第十四号に再録された西川氏の書評を読むと、新興俳句運動を中心に昭和俳句史の内実に切り込んだすぐれた俳句論であったと知れる。

著者と俳句とのそもそもの接点はどこにあったのだろうかと興味を覚えたのだが、たまたま著者の『太陽にまじわる海　回想的詩人論』(一九八七年・河出書房新社)を読む機会があり、著者に俳句との出会いをもたらしたのは高柳重信であると知った。著者はサナトリウムで療養中の四九年頃に療友の手ほどきで俳句をはじめたが、そのときに目にしたのが「群」のバックナンバーだった。高柳重信の多行形式の俳句と、「韜晦の詩」としての俳句詩論に影響を受けつつも、「重信の論文『バベルの塔』を『詩歌殿』の旧号で読んでからまもなく、わたしは決意して(略)俳句をやめた。わたしが二十三歳の秋である。」と述べている。

その後、著者はランボーやアポリネールなどフランスの詩に親しみ、詩作に転じるが、俳句への関心を捨て去ることはなかったにちがいない。だからこそ、『太陽にまじわる海』で重信を取り上げ、『地平線の羊たち』で新興俳句運動を取り上げたのであろう。著者の目には、俳句という詩形式は、日本のローカルな詩ではなく、

「世界詩」として屹立し得る器としてうつっていた。ただ、真に世界詩と言い得るに足る作品が、重信以後、ほとんど見当たらないと思えたのではなかっただろうか。

著者が四十年後に西川徹郎の俳句と出会い、〈世界詩としての俳句〉の可能性に新たな命脈を見出したことは両者にとって、また、俳句の可能性を模索する人々にとってしあわせなことであった。

本書は三部構成で、第一部は「西川俳句その幻像の生成と特質」として、シュルレアリスム絵画との関連という斬新な視点から西川俳句が考察される。

「西川俳句は強烈な超現実（シュルレアリテ）の詩型として現れたのであるが、その生成にあたってこれらシュルレアリスム絵画のイメージとぶつかり合い、たたかい、その結果として交流の影を曳いているように見える。今までに多くの西川徹郎論が書かれたが、このような視点から書かれたものはなかった。私は西川徹郎論の処女地に鍬を入れるつもりで本稿を書き出した。」
そして、「西川の超現実（シュルレアリテ）の感性とイメージが先にあって、シュルレアリスムの影響はあとからきたものだということだ」とも付言している。

著者は西川に取材し、彼が青春期にダリやシャガールやムンクなどを好みブルトンの『シュルレアリスム宣言』を読んだことも確認し、西川俳句にダリやシャガールなどシュルレアリスム絵画との共通項を見出していく。

私もシャガールやピカソ、ダリの絵に魅せられてきたが、西川俳句とシュルレアリスム絵画との連関を考えたことはなかった。西川作品の描き出す世界は、西欧とはまったく異質の土着的な詩の風土に花開いた作品群と思われたからである。その徹底した土俗性、暴力性こそが「世界」を撃つと思ってきたのだが、「世界」は、西欧世界をも包み込む生命の地下水脈を媒介として、相互に共振しあうものであったのだと改めて知らされた。

シュルレアリスム運動は第一次世界大戦と第二次世界大戦の緊迫した世界情況のうちに開花した人間の危機意識の産物であるかもしれない。絶対神の強烈な合理的論理に対して、非合理の世界に人間の情念を解き放つことで、生の営みの根源を描き尽くそうとしたシュルレアリスム絵画に、西川の超現実俳句を並べてみる。すると、西川の作品に見られる時空のねじれやグロテスクなまでの肉体の変容、生々しい情念の奔流は、これらの絵画の緊迫感と作家体質を同じくしていると思われてくる。シャガールが「白い磔刑」で裸のキリストの周りに老婆を飛ばせたように、ダリが「内乱の予感」で引き裂かれた肉体によって恐怖に存在感を与えたように、西川は血脈や風土を生活として実存俳句にうたい上げていく。

「幻影をつぎつぎに連想することで連作に向かう姿勢」は西川作品の一つの特徴をなす。西川自身は「一句の完結性や独立性を顧みず、想像力の飛翔に言葉を託し、暗喩を多層的に構築し、連作を方法化する試みを実践した」（第八句集『月山山系』後記、一九九二年・書肆茜屋）と述べている。

著者は、西川俳句を「喩や象徴では捉えられぬ幻想の領域」から「意識下のイメージ」が「感覚の世界をとおして実存の深みを呼び出してくる」と捉え、「いくつかの題材についてイメージを重ね、主題の全体像を描き出していく詩法」には、シュルレアリスム絵画の手法が影を落としているとし、次の様に分析する。

「もともと西川俳句は、新しい詩性をもとめて、子規以来の俳句表現史に抵抗することから出発した。連想による連作俳句もまた、西川の反抗的詩業の所産である。」

旧来の連作とは根源的に異なる詩法であることがこうして明らかにされていく。

第二部は「自伝と回想記の方法と作品世界」である。ここでは俳句と自伝的エッセイで構成された『無灯艦隊ノート』（一九九七年・蝸牛社）を手がかりに、シュルレアリスム絵画の影響を大きく受ける前後の西川の幻想領域の始原へと迫っていく。そして「反抗の詩人の中の優しさ」に注目する。赤黄男や窓秋、三鬼らの作品と西川俳句を並べつつ「新興俳句とは生成の条件も時代もちがうけれども、優しさという詩性に本質的な違いがある筈はなかろう。西川の優しさがどこから出てどこに向かって流れて行くのか。両者とも時代や生活の中から流れ出して、孤独や、自分の家族の方へ向かって流れて行くことが見てとれる。」と述べる。

生活からにじみでる「優しさ」という詩性は、第三部「信仰と文学のからみ合い」でさらに掘り下げられていく。西川が浄土真宗の僧侶として生きることと、俳句作家として生きることの二つの生をどのように一元化しえているのかは、シュルレアリスム絵画とともに、西川俳句を読み解く大きな鍵であろう。

「信仰と文学は西川の内部でからみ合いを持たない。持たないのみならず、それは、西川の表現や思想を〈実存俳句〉の深みにみちびく何ものかとして存在している。両者は二足のわらじではなく、一本の思念となって生活と作品を貫いているのである。そこが、フランソワ・モーリャックにおける信仰と文学のからみ合いと決定的にちがうところである。西川は、信仰と文学を分けて考えたことはないと言う。それは生活なのだ。というのが西川の信念なのだ。（略）西川における信仰は、作品の表現の深さと豊かさに重なっていくのではないか。」

『天女と修羅』は、西川俳句が到達した最高峰であるという著者は、

　　イッポンノ箒ガ空ヲナガレテイル　　徹郎

を引きつつ、「西川俳句はこれ一本で、『古今集』の美意識に対向できる、まれにみる力づよい文学性をもつ」と断言してはばからない。

〈世界詩としての俳句〉……それは世界中で俳句が作られている、そうしたグローバルな動きを指すのでは、もちろん、ない。俳句のローカリズムを根源まで徹底的に掘り進めることで、人々を震撼させる「世界詩」としての位相を切り開こうとする、果敢な試みをそれは言うのだ。人間の社会の理想を夢想してやまない強靭な思念と心優しい魂が傷つきながら世界に滴らせる詩、それだけが「世界詩」と呼ばれるにふさわしい。著者は〈世界詩としての俳句〉の可能性を、西川俳句にまざまざと見たのである。

新興俳句、富澤赤黄男や橋本鷹女、高柳重信、そして西川徹郎へと飛び石のように、しかし、確実に、〈世界詩としての俳句〉を志した人々による精神のリレーはなされてきた。櫻井琢巳という一人の詩人が、生の最後の力をふりしぼって、そのことを私たちに明らかにしてくれたのである。

（本論の初出は二〇〇八年二月二日付「図書新聞」）

伊丹　啓子

鎮魂賦――西川徹郎句集『月夜の遠足』

平成十二(二〇〇〇)年二月二十日、沖山隆久と私は品川プリンスホテルの高階で西川徹郎と対座していた。徹郎は、前日に築地本願寺で催された仏教文化講座で講演のため、冬海夫人と龍大君を伴って上京中だった。我々はそこで、おりから沖積舎で編集中の大冊『西川徹郎全句集』の最終的な詰めを終えた後、文学的な雑談を愉しんだ。

思えば私が徹郎とこのように親しく接するのはこの時が初めてではなかったか。若き日の徹郎の俳歴に私自身の俳歴と重なり合う部分がいくつかあったにもかかわらず……。昭和四十七(一九七二)年、徹郎は坪内稔典らの同人誌「日時計」に二十句を寄稿しているが、私は「日時計」の創刊同人だった。昭和五十五(一九八〇)年徹郎は攝津幸彦・大井恒行らの同人誌「豈」に創刊参加しているが、大学時代に幸彦を俳句の世界にひきずり込んだ張本人は私である。

だから、私は徹郎の存在を早くから知っていたのには違いない。けれども、北海道と関西という在住地の遠さに加えて、徐徐に私の方が句作を怠けるようになったため、徹郎との親交の機会を逸していたのだった。

私は数年間、俳句界から離れていた。その間にも、彼は弛むことなく、渾身の力でもって膨大な量の作句をしつづけていたのは大きな驚きである。

さて、本稿では『西川徹郎全句集』についての批評や感想を書かねばならない。のっけから私事にわたったことをお許し願いたい。このＡ５判布装函付天金総九百七十頁の豪華な全句集は、ズシリと持ち重りがする。

質量に比例して内実も重たいので、全句集の全体について批評するなどということは、私には荷が重すぎる。そこで、先の二月二十日に徹郎から直接聞いた話に触発されての感想を少し記してみたいと思う。

雑談の中で彼は、前年の十一月に兄上が亡くなられたこと、その四日後に母上も亡くなられたことを訥訥と語った。亡きお二方を合修する荘厳な寺葬（正信寺）にいかに精魂を傾けたかを。とりわけ兄上のことでは、遠路奈良まで事後の挨拶回り等々、心身ともに極限状態に達した由。徹郎の静かな口調の中に、我々はただその悲しみの深さを察するよりほかなかった。

『西川徹郎全句集』は、その年の夏にいよいよ刊行の運びとなるが、この大冊に先立って「銀河系つうしん」第十八号が発刊された。そこでビジュアル化された誌上句集「月夜の遠足」を目にした私は、アッと息を呑んだ。細かい活字の覚書に挟まれた形で展開する魂の連作句の凄さ。半年近く前に彼が我々に話した惨劇が、このように純粋結晶していたのか！と。

「私の母は去年の六月、私の生地新城の北のはずれに聳え立つ新城峠が白緑に染まる緑夜の早暁に、突如脳内出血を発して倒れた。」

の覚書に始まる〈緑夜〉五句が巻頭にある。

緑夜をきみの眼の紫紺の淵まで走る
前夜、老人介護施設におられた母上は徹郎に向かって「家に帰りたい」と訴えられた。彼は緑夜を走って、必死の思いで走って母に会いに来たが、孝をつくす術は母の眼の紫紺の悲しみの淵に自身の魂を同化させて沈めることでしかなかったのだ。

「私の兄は、新城峠の麓の寺、浄土真宗本願寺派法性山正信寺に長男として出生したから、生まれながらに肉親や村中の門徒から「しんぼち」と呼ばれていた。」

の覚書に始まる〈かげろう〉六句は兄上への鎮魂句の清らかな序奏である。

薄羽かげろうはははの指より兄のゆびへ

次の〈母は蘭〉五句では母上は幽界へ旅立つ人として描かれている。魂の形をした白い蘭へと変身した母上。

薄月夜白衣で還る母は蘭

続く〈月夜の遠足〉三十四句は覚書はないが、この誌上句集の題名ともなっているだけに圧巻である。

月夜の遠足未だ熱がある死者の足

ははは兄を兄ははは撃つ月の庭

母上と兄上、二人の肉親があい携えつつ幽冥界へ行かれる姿を、一読非情とも思われる突き放した表現で詠んだ後句の衝撃力は並外れている。愛が強すぎるゆえに、ベタついた表現を排するのが、徹郎が培ってきた表現法であるように思う。

続いて兄上逝去のおりの具体的な状況の覚書が五句を挟んで二カ所あり、〈冬の庭〉三十三句が展開される。

雪が来るまえに桔梗が菊に死を告げる

満ち潮のように死は来る冬の家

最後の覚書〈冬の峯〉では、奈良県立北大和高校で教員だった兄上の人柄を説明していて胸が締めつけられる。急逝の第一報を知らせてくれた同校校長の談では、兄上は全ての生徒から慕われて「麿先生」と愛称をもって呼ばれていた由。母上は天寿を全うされたが、兄上はまだ五十代だったから、徹郎には悔やんでも悔やみ切れない思いが強いのだろう。兄上の死を詠んだ一連の真迫力には、たじたじとさせられる。

玄関で倒れた兄は冬の峯

玄関に陽が射す兄は眼を剥いた儘

玄関先を乳母車兄は喉を開いた儘

路地で縄跳び兄は手足を投げた儘

東雲や兄は肛門を開いた儘

そして、この句集の最後、〈校門〉と〈冬の街〉の連作では、兄上生前の面影が映し出される。この辺りの句は、一転して抒情的ですらある。

教壇に兄立つ大雪山系を背負い

冬の街楓は腕組む兄である

冬の奈良を終の棲処として、腕組みながら微笑む兄を幻視した。兄の姿はそのまま楓の木となって、句集『月夜の遠足』の巻尾に立ちつくしたままだ。

全十二句集（未刊句集を除いて）を収載した『西川徹郎全句集』の十二番目に据えられた句集『月夜の遠足』。この一篇は俳句史上稀に見る珠玉の鎮魂句集である。この句集が私にもたらした驚愕を、私は生涯忘れないと思う。

ところで、『月夜の遠足』を賞賛したことで誤解されないように、次の点を補足しておく。私はこの句集が事実に基づいているから感動したと言っている訳では決してない。事実に基づいた句であろうが、虚構の句であろうが、作品としての徹郎俳句に何ら変わりはないと思っている。従って、彼の他の句集も、常々彼の主張している実存俳句の環状の中にあり、輪の中の『月夜の遠足』の部分が実際の肉親の死とこすれ合ってしまったのであった。

全句集を通読した読者諸氏はすぐに気付かれるであろうが、徹郎俳句には肉親をモチーフにした作品が数多くある。その傾向はごく初期の頃から見られるが、『家族の肖像』あたりから意識的に頻出して来る。

朝の木にぶら下っている姉の卵管　（『家族の肖像』）

銀杏銀杏と腸（わた）枯れて死ぬ母なり　（同）

空を亡父芒は琵琶を掻き鳴らす　（同）

『家族の肖像』が出版されたのは昭和五十九年である。この時、父上は既に亡くなられていたが、母上は健在であり、フィクションによる幻視の句であると見ることが出来る。次に挙げる弟君・姉上・兄上をモチーフにした句についても、銀杏の句と同様のことが言えるだろう。

おとうとは野のかげろうに食べられて　　（死亡の塔）
曙の姉のしかばね山茶花は　　（同）
戸口の桔梗くぐれば兄は八つ裂きに　　（桔梗祭）

句集『家族の肖像』の覚書（後記）の中で徹郎はこう述べている。〈これらの作品に多在する不在のイメージと溢れる死者達の声なき言葉は、私という存在の深淵に久しく棲みついていた私の修羅の幻影である。〉と。非常に分かりやすく、納得の行く説明である。もちろん、俳句に虚構を織り込んではいけないという理由はどこにもないのだ。

蕪村も、小説的傾向の句として、

身にしむやなき妻のくしを閨（ねや）に踏（ふむ）　　蕪村

という句を作っているが、この時彼の妻は健在であって、（蕪村の妻は蕪村より長生きした）事実とは違う。亡き妻の櫛を踏むことで、身にしむ秋の無常感を表現しようとしたのである。現代においては、寺山修司が作品の中で健在な母を死亡させたりもしている訳で、徹郎が曙の姉の句や戸口の桔梗の句を詠んだとしても不吉とは言えないだろう。

そもそも人間は、この世に生まれ落ちた時から生老病死を避けられない運命として背負っている。だから、私達はやがて訪れる惨劇と添い寝をしつつ生を愉しんでいるのだと言っても過言ではないだろう。ただ、私などはそのことを日頃忘れて、能天気に生活している。しかし、徹郎の場合は生と死と性の織りなす存在の内部の光景を実存俳句の中に定着し続けて来たのである。

『西川徹郎全句集』一巻全体の重みは、そこにこそ量られるべきであろう。

（本論の初出は二〇〇二年九月茜屋書店発行、『星月の惨劇―西川徹郎の世界』）

◆伊丹啓子　いたみ・けいこ＝一九四八年兵庫県生まれ。俳人・文芸家。関西学院大学文学部卒。現代俳句協会会員。日本文藝家協会会員。俳誌「青群」編集発行人。〇一年伊丹市芸術家協会新人賞。著書に句集『神保町発』、評伝『軒破れたる』『日野草城伝』ほか。東京都在住。

秦 夕美

「月夜の遠足」にさそわれて—西川徹郎句集『月夜の遠足』

月夜に遠足に出かけようなどと思いつくのは狐や狸ばかりではあるまい。死者たちの魂もまた月の光に誘われて、相集い遠足を試みるのかも知れない。かつてなじみ親しんだ山や野を生ある時と同じように語らい列をなして歩きつづける死者たち、そしてまた生者の魂も時にその中に紛れ込むとしたら、どのような光景が生まれるのだろう。

西川徹郎の『月夜の遠足』には、冴え冴えとした月の夜を遠足に出かける死者—ここでは母と兄—と生者の魂の交歓がおりなす光景が描かれている。いや、魂の交歓を願いながら、常に一方通行に終わってしまう生者の側のいいようのない哀しみが全体を覆っている。また嗚咽とも慟哭とも憤怒とも思える激しさで叩きつけられた言葉の裏に、どこか心細げな表情、心もとなさのまま棒立ちになっている作者の心が透けて見えるように思える。

人は必ず死ぬ。古今東西いかなる人といえども死を免れることは出来なかった。そこから来世や復活を信じる宗教が生まれてきた。その宗教が家業でもある僧侶として、日々、人の死に向き合ってきた西川、死に対する達観や諦念もあったことだろう。だが、その西川にしても肉親の死に対して平然とした態度を取ることは出来なかった。知性も教養も世俗的な常識もかなぐり捨てて、自らの感情を言葉にして叩きつける。それは肉親を失った哀しみというより、肉親を奪った死そのものへの憤りがどす黒く噴きあげ渦まいているような激しさである。荒野をさまようリヤ王の孤独にも似た魂は、まるで呪詛のように同じ言葉を繰り返し、繰り返すことによって憤りを増殖させているようにも見える。

『月夜の遠足』は相次いで亡くなった母と兄に捧げられたもので、書家久保観堂の揮毫による百三十句が絹張帙入和装本の特別限定として三百部出版された。緑夜五句、かげろう六句、母は蘭五句、月夜の遠足三十四句、終の息五句、冬の庭三十三句、冬の峯二十六句、校門九句、冬の街七句で構成されている。それぞれの章には文章が添えられ俳句の書かれた背景が説明されている。客観的に事実を冷静な筆致で記す文に比して、俳句そのものは読者の介入を拒否するかのように独善的で主観的な言葉が繰り返される。だが、そのような作品群のなかにも添えられた短文に呼応するように静かなたたずまいを見せる俳句がある。そして私はその静かさの中に漂う哀しさに心魅かれる。

緑夜は棚引く小学校の弔旗のように

遠い昔、母と共に見上げた小学校の弔旗、その時、母と共有した感情、この緑夜にその記憶がよみがえる時、倒れた母に対して己の無力をさらけだすしかない哀しさがたなびく。

薄羽かげろうははの指から兄のゆびへ

吉野弘にI was born という散文詩がある。その中に、父親が息子に蜉蝣の話をするところがある。

（前略）口は全く退化して食物を摂るに適さない。胃の腑を開いても入っているのは空気ばかり。見ると、その通りなんだ。ところが卵だけは腹の中にぎっしり充満していて、ほっそりとした胸の方まで及んでいる。それはまるで目まぐるしく繰り返される生き死にの悲しみが、咽喉もとまでこみあげて居るように見えるのだ。（後略）

西川は、この詩を知っていたのだろうか。

遂に一人となってしまった月夜の遠足

月夜の遠足だんだん死者がふえてくる

『月の魔力』という本があるが、太陽と異なり月は人の魂に妖かしの影を生じさせる。母も兄も月の光に誘われてすでに異界の人となり、たった一人残された作者に月はそ知らぬ顔で、その光を投げつづける。そしていつしかまわりに死者の魂が増えつづけ、自らもまた死者と化すかのごとき錯覚のなかで語りかける。母へ、兄へ、だが、その声はむなしく月に吸われていく。

終の息して鬼百合峠のははと兄

終の息の章には次のような文章が添えられている。

兄は去年の霜月二日の夜に、奈良県生駒市鹿ノ台の自宅の玄関先の廊下で、急性心筋梗塞の発作に襲われて死んだ。

「玄関」とは、一枚の戸板を境とした波打つ生死の実存の戸口である。

私の兄は、その戸口に身を投げ出して倒れたのだった。

此岸と彼岸の境に身をおき、終の息をする瞬間、その目に見えたのは実在の鬼百合峠か、はたまたあの世の風物としてのものだったか、いずれにせよ母と兄の魂はいま、その峠に立ち、生前の自らを振り返っているように思えてくる。

満ち潮のように死は来る冬の家

オーソドックスな手法で書かれた地味な句だが、ここには、ひたひたと潮の満ちてくるように押し寄せる哀しみの波が幾重にも感じられる。たしかに死は気づかぬうちに冬の家に忍び寄る。そして満ち潮という海の摂理をとどめることが不可能なように死を止めだてすることは出来ない。

しろへびとなりつつ兄のはらわたは

神聖なもの、神の化身ともされる「しろへび」、亡くなった兄のはらわたが、しろへびと化してゆくイメージは妖しく美しい。生存のために必要不可欠だったはらわたは死ねば屍とともに焼かれ灰になってしまう。だが、火葬の炎をおぶることを厭うはらわたは、いま兄の体をしろへびとなって抜け出していく事を試みる。「しろへびとなりつつ」あるはらわたは、そのこころみを成就することが出来るだろうか。

黒板に写る吹雪の寺を消す

教鞭をとる兄は、黒板のなかにふるさとの吹雪を、その中に建つ生家の寺を幻視することがあったかも知れない。だが、自ら決めた掟を固辞するごとく、黒板拭きを取り上げる。そんな兄の姿を思うのもまた作者の一方通行の情にすぎないだろうか。

奈良という阿修羅は兄か吹雪つつ

奈良の有する歴史、その地で死んだ兄、吹雪という気象現象、それらが創り出す世界に立ち入ることの出来ない作者は「阿修羅」という言葉に万感の思いをこめる。「阿修羅」は西川の中にこそ存在する。後記の中に

私は一九九九年初冬より二〇〇〇年の年頭に亙る二カ月余りの日と夜とを、青白く降り注ぐ冬日と冴えわたる冬月の光を身に浴びつつ只茫然と雪積む峠の麓に立ち尽くす思いで過ごして来た。只々私にはこの二人の肉親の美しく哀しい生と死とが思われ、その余りにも凄絶な死に様が身を裂くように切々と思われてならなかった。

母と兄、二人の魂に捧げるためにのみ書かれ、編まれた『月夜の遠足』は、また西川自身の魂への鎮魂歌でもあった。だが、書くことによって肉親の死という理不尽なものへの悲痛な叫びは納まったであろうか。否、書くことでなお深まっていく怒りや哀しみというものもあろう。西川は終わりのない輪舞に疲れはて倒れ込むまで書きつづけるだろう。出口のない闇を見つめながら。そしてその闇に耐えられなくなった時、その魂は月の光を恋い、『月夜の遠足』を繰り返すことになるのだろう。

月は死を死は月を吸ふ輪舞かな　夕美

（本論の初出は二〇〇三年黎明舎「銀河系通信」第十九号）

◆秦 夕美 はた・ゆみ＝一九三八年福岡県生まれ。俳人。日本大学国文科卒。福岡工業大学エクステンションセンター講師。一九五八年第十三回福岡市文学賞。著書に句集『仮面』『深井』、エッセイ集『赤黄男幻想』ほか。福岡市在住。

斎藤　冬海

『月夜の遠足』と久保観堂のこと

西川徹郎と書家・久保観堂との出会いは、一九九九年十月七日、四十五歳の若さで亡くなった砂川市・浄土真宗本願寺派西願寺の長女、若坊守の西川まゆみの通夜の席でのことだった。久保が書き上げたばかりの「寳樹院釋尼黛見」という法名が認められた位牌に、徹郎は驚嘆し、すぐさま自分の自選作品百句の揮毫を依頼した。久保は、本名勝文、北見市・浄土真宗本願寺派本勝寺の住職でもあり、徹郎の父代わりともいうべき西願寺住職西川宗一のすぐ上の姉奈南子を娶っていた。遠戚として顔を合わせたことはあっても、徹郎が久保の書を見るのはこの時が初めてであった。

作品の自選を進めていた矢先の一ヶ月後の十一月、徹郎は兄と母とを相次いで喪い、衝撃と悲嘆のうちに『月夜の遠足』百三十句を書き下ろす。自選百句に代わり、これを久保に書いてほしいという思いが募ったのは当然の成り行きでもあった。二〇〇〇年三月、春彼岸を前に書肆茜屋に久保の揮毫になる『月夜の遠足』が速達書留の郵便で届けられた。厳重な梱包を解き、その書を目の当たりにして、徹郎と私は息を呑んだ。まゆみさんの位牌の文字は、荘厳な中にも深い紅紫の牡丹の花弁が幾重にも打ち重なったような密やかな華やぎがあった。しかしこの度の書は、見る者の目に押し当てられた剥き出しの刃のように恐ろしい。

薄羽かげろうははの指より兄のゆびへ　（かげろう）

という一句を見てみよう。触れ合わんとして触れ合わない「ははの指」から「兄のゆび」へ震える魂が渡る瞬間である。俄かに私の背筋を、薄羽かげろうが掠め飛ぶ。文字たちはみな、月夜に出現する影法師のように生き生きと躍動し、遠足し、ふらふらし、立ち、倒れ、風に揺れる。

久保観堂は、一九四九年龍谷大学予科に入学した折、郷里の先輩に勧められるまま書道部に入部した。寺の後継者として、いずれ位牌の字を書くことになるからという理由だった。しかし、書生として同居していた当時の勧学寮頭深浦正文師に「勉強するのか、字を書くのか」と問い詰められる程に書にのめり込む。在学中は安井吾心、帰寺してからは番場敬華、後に木村知石の各師に師事するが、現在は書壇において無所属であり、弟子も持たない。「書は直観と感情のおりなす心の旅。わが書のルーツは母」(「回顧五十年展にあたって」一九九七年)という久保は、三歳で母と死別している。母への思いが作品のバックボーンとなっており、母を抜きにしては成り立たないと語る。心の旅は常に母という自らの誕生の地に向かっているのだ。

徹郎もまた母を生死の原郷として、俳句をもって家族の肖像を描き続けてきた作家である。久保は一九九七年北見市開基百年記念・斎藤茂吉展に茂吉の短歌三首を出品した縁で、茂吉の次兄守谷富太郎愛用の硯を遺族から譲られているが、その硯で、本句集は揮毫された。「茂吉も嬉しい。徹郎も嬉しい。今後は文人的書の世界を生きたい」と、久保は淡々とした中にも意欲を滲ませて語ってくれた。

徹郎の実存俳句の世界に感応する久保観堂という稀に見る書の表現者を得た本書は、徹郎の第十一句集に当たる。

　　はははは兄を兄はははを撃つ月の庭　(月夜の遠足)

月光はいよいよ明らかに恩愛の劇を照らし出す。

(本論の初出は二〇〇〇年六月三〇日書肆茜屋、久保観堂揮毫の西川徹郎第十一句集『月夜の遠足』栞)

■書道家 久保観堂 くぼ・かんどう紹介

一九三一年北海道生まれ。北見市相内町の浄土真宗本願寺派本勝寺の前住職。本名（僧名）は久保勝文。メディチ文化協会正会員。全日本書道連盟会員・北海道書道連盟参与。龍谷大学卒業。一九六五年第八回日本美術展覧会第5科入選。二〇〇一年アルバ・ガッタ・ローマ芸術家協会名誉会員。二〇〇二年サンクトペテルブルグ美術アカデミー賞。二〇〇三年コスタンツア・デ・メディチ芸術褒賞。トリコロール芸術平和賞。二〇〇四年ミラノ芸術家協会正会員。龍谷大学龍谷賞。二〇〇九年モナコ公国芸術褒賞。日本の書道界の第一人者であり、世界的書道家。二〇一三年『久保観堂作品集』エルミタージュ美術館収蔵。二〇〇〇年西川徹郎書き下ろし第十一句集『月夜の遠足』全百三十句を揮毫。以降、西川文学の支持者として西川徹郎へ激励を続け、今日に至る。北見市在住。

研生 英午

空の谺――実存俳句の行方

不可視の風景

日本の極北の地、北海道という場所は、小さな島国である日本のなかでも、とりわけ大陸に近い風土を持っている。広大な地平線が見られるのも、おそらく日本では稀有な場所であることは確かだろう。数少ない先住民族の伝統は別にして、新しい開拓地として発展した北海道は、既存の古い伝統に縛られずに、新しい自由な精神に基づき、早くから欧米の文化が根づいた。広大な大地を背景としてスケールの大きな感性を育むのに適していた。思えば英米詩、とりわけキリスト教のカトリシズムに基づいた詩想から始まり、後に親鸞の浄土真宗に啓示を受け、独自の詩境を拓いた日本の形而上詩の巨星和田徹三氏も、この地が生んだ偉大な詩人だった。この日本においては特異な風土のなかで、北の詩聖西川徹郎は既成の俳壇とは一線を画して、孤高の存在を持続しながら精力的に俳句作品を書き、既存の俳句形式に対して果敢に戦いを挑んでいる。もちろんこの評論を単なる風土論のなかで語ろうとは思わない。

しかしこの極北の茫漠とした地平に佇むとき、誰もが風土を超え、大地の呪縛から離れ、非在ともいえる不可視の乾坤へと誘われてゆくのだ。

列車やバスに乗り、札幌などの都市部を離れると、たちまち白一色に覆われた雪の大地が現出し、どこまでも続く地平線が眼前に広がる。大地に隣接し果てのない空がある。それは黄昏時になると、ヘリオトロープの薄紫いろから次第に青深い底無しの闇へと変化してゆく。地平線が青白く光りながら、ところどころに影の木々が気管支のように細い無数の枝々を空に拡げている。空を掴み取るにはあまりにも小さな腕が、虚空に向かい幾本も林立し開かれている。それはこの地上には、あたかも初めから何も存在しなかったかのように思わせる、無の風景だ。眼を閉じれば、大地に吹きつける強い風の音が聞こえる。それは無の中を駆けぬける人間の群れの叫び声のようにも聞こえてくる。そんな無限とも思える闇の底から吹き寄せ、瞬時のうちにここを去ってゆく風とともに、西川徹郎の句は屹立してくる。

一行一行のうちに立ち上がってくる句は、実在の可視的な世界の奥底に潜む闇のなかに、真なる不可視の非在の風景を見極めようとして、残酷とも思える惨劇を繰り返す。それは力強いようで極めて危うく、不安に満ちた血なまぐさい惨劇だ。不可視の風景ゆえに脆い。しかしこの身を通してやってくる魂の他者の姿を言葉で彫琢しようとする。存在の芯を掴もうとする言葉と実在の身の間を往還しながら、一回性の惨劇を綴り、ゆらぎ、生成する。この変化のなかに身を晒し、常に異質なものへと突き進む危うさのなかにこそ、只今ここを生きようとする西川徹郎の〈実存俳句〉の地平がある。

私への問い

自らの実存を意識したときから、「私とは何か」、あるいは「私とは誰か」という問いは始まる。こうした問いとともに、自我に目覚め、多感で感受性の強い十代の少年期を過ごした西川は、俳句という形式と出会うことで、早熟な才能を開花させた。書くことで不毛とも思える問いへの答えを模索した。それは「私」の内部への問いであったゆえに、高浜虚子等により唱導された有季定型の花鳥諷詠、客観写生とは異なる季題詠ではない主題詠としての反俳句の道を志向した。

発句の伝統を継承した俳句というよりは、散文的な一行詩に近い、極めて饒舌な文体を採用した。隠喩や換喩によるイマージュを幾層にも重ねてゆく詠法は、昭和三十年代の初頭を一世風靡した、社会性俳句に伴い造型俳句論を展開した金子兜太や第三イメージ論の赤尾兜子、抽象俳句論の島津亮等の、総じて前衛俳句の影響を強く感じさせた。しかしイマージュの在処は実生活や社会に基づくものではない。十代という若さもあるが、身体とともにある強い感受性と想像力に裏打ちされたものだった。それらのイマージュは非在ではあるが、存在の根元や始原へと迫真しようとする強度を持っていた。ジャン・コクトーに見出だされ、夭折したフランスの作家レーモン・ラディゲの『肉体の悪魔』の再来かと思わせる、初学の頃の西川の天才ぶりは、誰もが舌を巻くものだった。

闇から出て鋭き秋光身が吸えり
暗い冬老婆の鏡に鬼がいる
木枯の呼吸ばかりの鏡店
暗い牛の眼がある枯野で拾った空缶
枯向日葵カラカラと森の水車です
奈落で鈴が鳴り出す青とんぼの臨終
不眠症に落葉が魚になっている
巨きな耳が飛び出す羊飼う村に

麦ぐんぐん伸ばす力が海にある
狂院の窓苦い戦車が動きだす
さくら散る火夫らは耳を剃り落とし
くらい嬰児をころがし草木ナイフに化け

これらの句が十五歳のころから十代の後半にかけて書かれたというから驚きだ。高橋愁著『暮色の定型—西川徹郎論』（一九九三年・沖積舎）によれば、これらの句は、昭和三十八年から四十年代の前半にかけて、細谷源二選の「北海道新聞」の新聞俳壇や細谷源二主宰の「氷原帯」に投稿した句だそうだ。

「闇から」の句では、その後の西川俳句における主要なテーマの一つである「身」への着目がある。自らの「身」を通して自らの存在を捉えようとする傾向はすでに顕れている。「身」は単なる肉体ではない。精神を含めた肉体の延長として捉えられている。「村」やその後の句集に登場する「家」、「机」、「箪笥」、「畳」等を綜合的に語る言葉だろう。

「暗い冬」の句では、少年はすでに「老婆」であり、「鏡」に映る顔は「鬼」の形相をしている。「私とは何か」という問いとともに、存在の本質を「私」に問う少年期の西川は、すでに精神的な「老」いを体現し、凝視めるまなざしは「鬼」と化した。「木枯」の句では、自我の無間地獄を前にして、嘆息する西川がいる。「暗い牛の」の句では、自らの存在を「空缶」と認識する。私が私に問うことの空虚を直感していたのだ。「奈落で」の句では、「青とんぼの臨終」がある。存在のすぐ傍らにある死。生まれてきたものにとり老いや死が存在と等価なものとして在ることを、少年の西川は早々と知っていたようだ。「不眠症に」の句や「巨きな耳が」の句では、いささか神経症的に過敏になった感性で肥大した自我が見られる。私が私に問うことは、合せ鏡のような自我の無間地獄のなかで空回りを繰り返すか、自我を異常に膨脹させてゆくだけだ。いずれにしても出口なき「私」の内側を還流し続ける救われない道だ。

他方、十六歳のときに、僧侶であった祖父の死に直面した西川は、死というものを早くから具体的なものとして自覚していた。存在が死によって完全になること。「私」という実存が死によって裏打ちされてこそ生き生きと輝くことも知った。死の認識の絶対性に対して存在の認識の不完全性を直感しながら、存在の不確かな暗い淵に佇み、同時に生きようとする意志も憧憬も強烈に合わせ持っていた。

「麦」の句には、水から来た生命の「力」が詠まれている。「狂院の」や「さくら散る」の句には、狂気へと足を踏み入れる存在がある。西川の〈実存俳句〉の危うい一断面だろう。「くらい嬰児」の句では、「草木」の「ナイフ」で自らを切り刻もうとする自虐的な一面を見せる。

少年期の西川は、自らの存在の根拠を「私」に問うことの空虚さを知りながら、その行方を知らずに、孤独なまま暗い虚ろな空洞を巡っていたようだ。

第一句集の『無灯艦隊』（粒叢書第一号、一九七四年・粒発行所）、『定本　無灯艦隊』（一九八六年・冬青社）には孤独な少年の自閉的な心象世界が顕れている。

一回性の生死と巡り来る生死

自らの身をもって体現しようとする生。私の身体とともに、その存在の一回性に賭けようとする生。こうした志向性に基づき、西川は自らの生と対峙し、「私」を問うた。

自我の無間地獄をいかに超え出るか。自らの存在を「私」に幽閉するのではなく、その由来を問うかのごとく、第二句集の『瞳孔祭』（一九八〇年・南方社）では西川は他者へと視線を向けようとする。

第一章「路上慟哭」では、まず血脈に基づいた身近な他者である父へと視線は注がれた。第三章「羊水溺死」では離別した前妻や胎児へと視線は向けられた。それは一回性の存在から巡り来る、あるいはやって来る存在への架橋であり、身近な他者の鏡に映しだされた「私」の現象であるはずだった。

しかしそこに映しだされたものは父の死や妻との別離、子供の死産という悲痛なものだった。少年から青年へと変化する過程において、西川の俳句の世界は暗く、出口を見つけられないまま彷徨するしかなかったのだ。

（路上慟哭）

ねむれぬから隣家の馬をなぐりに行く
凩や木となり草となり父は
癌の家系ふしぎな無数の落下傘
父の陰茎を抜かんと喘ぐ真昼のくらがり
（羊水溺死）
羊水溺死みている白い葉のプール

西川が目撃した身近な他者は、自らを映す鏡として明るい方向を示すものではなかった。むしろ、自らが置かれている悲劇の宿命を自覚させるものだった。そうした宿命とあらがいながら、それらを憂いていた。

第一章「路上慟哭」のなかの句では、西川が二八歳のときに他界した父の死が詠まれている。「ねむれぬから」の句には、「隣家の馬」という象徴のもとに、血脈に縛られる自らの宿命への苛立ちが示されている。「凩や」の句では父が死に自然へ還り、再び生まれ出づるものとして、「木となり草となる」霊魂の存在が詠まれている。句意としては生えてくる生命の連鎖や循環の行く末を案じている。「癌の家系」の句では、生においては負として認識するしかない「家系」が詠まれている。「父の陰茎」の句では、こうした宿命を「抜かん」とする西川がいる。父殺しは西川にとっても回避できない宿命だったのかもしれない。

第三章「羊水溺死」では、章立てのタイトルにもなっている「羊水溺死」の句において、胎内で死んでしまった児と空白の風景が詠まれている。

父や児の不在を語るこの句集は未だ西川の私小説的傾向が強いが、これらは自らの実存を問う過程において、語らざるをえない事態だったのだろう。

〈実存俳句〉の地平

『瞳孔祭』では、他者に視線が注がれた分、俳句形式においても、それらが持つ独自の文体や方法が問われたようだ。過剰な饒舌さが殺がれ、明確な句切れや、芭蕉が『黒冊子』で「行きて帰る心」として語った、いわゆる取合せの方法が「凩や」などの句で意識されている。

しかし西川の主題詠の方法は、発句とは異なり、座において一句として成立し言い切ることを求められた詠法よりも、主題について多面的に語る可能性を目指そうとする。それも「座」への啓発ではなく、「私」への問いに答えることに発している。

それは西川だけに固有な問題というより、近代そのものが抱えた問題ではあった。西川の場合は、わが身や血脈への視線において、特異性を示している。

それは書かれた作品を主題別に再編集して句集にすることや、主題による書下ろしの句集を目論む試みへと発展する。さらには次第に行の展開により語られる連作という詠法を意識してゆくことになる。それは確かに、一行棒書きとして出発し、他者への知的啓発として成立した俳句の伝統に反する、反俳句としての道だった。

従って、西川の〈実存俳句〉の地平は、俳句形式が持つ骨法や構造、俳句の伝統のみにおいて、あるいは既存の俳句の領野のみにおいて、語り切れるものではない。俳句形式に先立ち存在がある。「私」の根拠を問うことにおいて、存在論、他者の存在との関係論、身体、生死、死霊と言霊等の問題として捉えようとする。こうした俳句の外部の問題とされていた主題は、俳句形式そのものに揺さぶりをかけてくる。これらの問題は既存の俳句の方法では捉え切れなくなってきている。

こうした問題は西川とともに、現代俳句が抱え込んだ困難な問題だといえよう。それは花鳥諷詠、季題詠、境涯詠として成立した既存の俳句の領野を大きく逸脱している。とりわけ西川の場合は、既存の俳句が「即物写生」、「寄物陳思」等といい、可視的な物象の世界へまなざしを向け、視覚への偏重を持ったのに対し、自らの身をとおして不可視の非在の世界へ言葉の矛先を向けようとする。

それゆえ西川にとってイマージュの問題は必然となる。イマージュの問題は複雑化してゆく現在の現実において、困難な問題としてある。

しかし、西川のイマージュの根は、身を通して存在の始原や自己の深層へと触手を伸ばし、その果てに辿り着くべき実相を持つことで救われている。

他方、都市を取り巻くイマージュは無数の記号と化した差異の海を漂い、物語なき表層世界を浮遊している。現象においては千々に霧散してしまう危機に晒されている。記号として複雑化され、重層化され、多次元化されたイマージュが乱反射する世界は、現実においてはすでに言語的世界を凌駕してしまっているのだ。

俳句形式において、イメージを重層化し、世界や存在を造型的に語る方法は、人工的な映像や情報が氾濫する現在の現実に直面するとき、その有効性を失いつつある。隠喩法における、イマジスムやシュルレアリスム、サンボリスム、アブストラクティスムの方法はＣＧ（コンピューター・グラフィックス）の出現によりとって代わった。

すでにそれらは虚を盛る器とされた俳句形式が担うだけの必然性を欠いた。現在の僕たちはイマージュの新たな地平を拓かなければならないのではないだろうか。

視覚や聴覚よりは、嗅覚、触覚、味覚、身体感覚等の自らの身体を通した感覚に止まらず、言語や俳句形式を通した言葉でしか表現できない方法が求められているのではないだろうか。新しい表現方法、素材、複合化する媒体、進展する技術、複雑化する情報ネットワークの交通のなかで、地球規模や宇宙規模での情報が流通し氾濫している。隠蔽されたり、知らずにいたものが白日のもとに表層化され語られる。

すでにあらゆる試みが行われている。俳句形式が担う未来の可能性は針の穴ほどのものなのかもしれない。それどころか地球環境の劣化や悪化も進展している。俳句形式のみならず、地球そのものの存亡が問われているのだ。

僕たちの身体に宿る生命の遺伝子操作やそれらの機能の延長は、生命の存続を問う倫理に関わる問題にまで発展している。やがて、暴走する機能の延長が操作不能に陥り、僕たちの棲む地球や生命を滅亡へと導く日も遠くないかもしれない。それも無に帰することだろうか。生命の活動は多様化への道だ。その果てにあるものやことは僕たちをいかなる所へ導いてゆくのだろうか。暗澹たる気持ちを抱えて生きているのは西川だけではないだろう。僕たちの明日は内部からの認識以前に、外部からの侵略により、すでに死と隣り合わせなのだ。

それでは、西川の〈実存俳句〉の地平におけるイマージュはどうだろうか。西川のイマージュは我が身をもたらす血脈や死霊へと通じ、それらは無数の死者とともに、「葉」や「木」の植物、「魚」や「馬」の動物と通底し、「日」や「月」の巡り来る、あるいは永遠と繰り返される時間性において、我が身の器官や存在の根源と繋がっている。

しかし、西川の悲痛さは存在の極北を志向しながら、こうした一切の輪廻を断ち切り、色（しき）の世界を超え、空（くう）を捕らえて無となり、涅槃の境位を得ようとすることにあるのではないだろうか。一切は無であり、生死、彼岸や此岸も一つであることを体現しようとする葛藤があるからだろう。

父殺し、母殺し、兄弟殺しという血の惨劇を繰り返す西川の相貌が、次第に阿修羅と化してゆく理由がそこにあるのではないだろうか。

阿修羅の相貌

私を超えるために注がれた身近な他者への視線は、第三句集『家族の肖像』（一九八四年・沖積舎）では、父や母、姉、妹、弟、さらには無数の死者たちと交信しながら、惨劇を繰り広げる。第四句集『死亡の塔』（一九八六年・海風社）でも死者たちのさらなる惨劇は繰り返される。それらはアントナン・アルトーの残酷劇にも似た世界であり、身とともに語られる存在の不完全な不条理劇といえよう。

西川は『家族の肖像』の覚書において、次のように語っている。

「これらの作品に多在する不在のイメージと溢れる死者達の声なき言葉は、私という存在の深淵に久しく棲みついていた私の修羅の幻影である。」

（暗い生誕）

食器持って集まれ脳髄の白い木　(白い木)
葉にまみれ葉がまみれいもうとはだか　(〃)
朝の木にぶら下がっている姉の卵管　(暗い生誕)
(楢の木)
畳屋はからまっている野のはらわた　(北の寺々)
桜並木と忌中の刺身透きとおる　(桜の木)
卵黄流れだし暗い寝起きのははよ　(無名の舌)
家中月の足あと桔梗さらわれて　(楢の木)
(町は白髪)
四、五日で家食い荒らす蓮の花　(肉体抄)
睾丸へばりつく水底の町がみえる　(肉屋)
畳めくれば氷河うねっているよ父さん　(霊場ふぶく)
箪笥からはみだす姉のはらわたも春　(〃)

この句集の第一章「暗い生誕」、第一節「白い水」の巻頭句に置かれた「食器持って」の句は、「脳髄の白い木」に対して、「食器を持って集まれ」と召喚をかける。「脳髄の白い木」とは「脳髄」から生えた「白い木」、あるいは「脳髄の」なかの「白い木」と読まれるべきだろう。すなわち、「白い木」とは記憶の深い闇において、死霊と通底し、再び新たな生命として蘇る不在の死者たちの象徴といえようか。

例えばそれは、第一節「白い水」の句の「葉にまみれ葉がまみれ」る「いもうとはだか」であり、第二節「暗い生誕」の句の「朝の木にぶら下がっている」「姉の卵管」だ。「葉にまみれ葉がまみれ」とは主客混交し「葉」そのものの存在が不確かになることであり、「いもうとはだか」は赤裸々な存在を示していよう。「葉」は庭木の「葉」だろうが、無数の死霊と交信する装置のようなものとも読める。「朝の木にぶら下がっている」とは、あけぼのとともに深い闇の底から次第に存在の輪郭を明らかにする「木」、すなわち渾沌から生起する存在の象徴である「木に」「ぶら下がっている」のだ。「姉の卵管」とはそれらへと通底する生命の「管」を詠んでいるといえよう。

西川の句の世界は生きている主体が棲む身と、「葉」や「木」を介して、死霊と結び、生と死の世界を往還させる能の謡曲にもにた構造を持っている。それは生死の取合せといえようか。

第二章「楢の木」、第一節「北辺の寺々」の「畳屋は」の句では、死者たちが漂う「野」に林立する藺草を「畳屋は」織り込みながら、それらに「はらわた」が「からまっている」と語る。第二節「桜の木」の「桜並木」の句では、死者が眠る「桜並木」と死者を葬る「忌中の刺身」が取合されている。ここでも「桜並木」は季語として季感を語るのではなく、自然へ還り、再び蘇る死者たちの霊の現し身として語られているのだろう。第三節「無名の舌」の「卵黄」や第四節「楢の木」の「家中」の句では、生命や魂が抜けおちた身が語られている。「卵黄」は生命であり、「寝起きのはは」はも抜けとなった身だろう。「家中」は、生命の棲処としての身の延長であり、存在が晒されている場所だ。「月」は巡り来る日月の「月」として、その存在に循環的な時間性を含んでいると読めば、「月の足あと」とは巡り来る、あるいは繰り返される時間の痕跡を「家中」に残しているのだろう。「桔梗」もやはり死霊の化身だろうか。これらは実在の肉体でありながら、空となった身の不在を語っている。

第三章「町は白髪」、第二節「肉体抄」の「四、五日で」の句では、死霊の化身である「蓮の花」が「家」としての身を「食い荒らす」。実在としての身の儚さを語っていよう。

第六節「肉屋」の「窖丸へ」の句では、「水底の町」とは生命の始原としての場所だろう。それが「窖丸へ」「へばりつく」のだ。生命の棲処は「私」の身でありながら、「私」を超えている現象だろう。

第七節「霊場ふぶく」の「畳めくれば」の句では、身の延長である家の「畳めくれば」「氷河」の海原が「うねっている」。「氷河」とは生命の始原の極北から流れ来る死者たちの凍結した魂だろう。それらが脈々とうねりここへ漂着してくる。「箪笥から」の句では、家の装置としての「箪笥から」あたかも余分な存在であるかのごとく「姉のはらわた」が「はみだ」している。「箪笥」は異界への導入口なのだ。それでもそこには「春」がさらなる新しい生命の誕生の予感を引き連れてやってくる。生命に裏打ちされた存在は「私」とは無関係に持続される。輪廻は断ち切られずに生命の乗物に乗り持続されてゆくのだ。

存在の根源へ

第四句集『死亡の塔』にいたると、西川の主題詠は連作という方法が意識されてくる。この句集は書かれた作品を主題にそい再編集したものだそうだ。その意味では予め連作を前提として書かれたものではない。そこには死者たちの惨劇をとおして、西川が自らこの句集の覚書で語るように、次のことを確信する。

「俳句こそが存在へ向かって言語を矢のごとく尖鋭化させ、存在を刺し貫くことのできうる詩型である。」

このように存在の一回性を一行の俳句形式において刺し貫こうとする西川の〈実存俳句〉の試みが散見できる。それは同じ一行の成立においても、発句とは異なる契機を示しているといえよう。他方、同時に行の展開により、同一の主題にそい書き継ぐという相反する傾向も示している。

しかし、それは物語なき不確定的な事態といえるような、鮮やかな切断面としての現実を示している。これもやはり連句の匂付けなどとは異なり、一行一行のなかに完結した事態を現出させながら、主題の本質へと迫ろうとする試みがある。

しかし、これらの試みは完全に成功しているとはいえない。おそらくそれは西川にとりこれらの相反する試みが、「私」という実存において、一回性の存在として完結しようとする絶対性の方向と、他者との関係において語られる関係性の方向に引き裂かれながら、「私」が彷徨しているからだといえないだろうか。

（麦野は鏡）
麦野は鏡棺を出て来た少年に
郵便局で五月切り裂く死者の喉

草の葉それは行方不明の月の汽車
（昨夜の父）
麦畑の麦の根父の毛の根の肉は
一番奥の戸は冬海である肩で押す
（寺町）
蓮の手足が五本野道に落ちている
魚の足がたくさん姉の寺荒らす
永遠の姉は菜の花喉開き
（ほうきぼし）
胎内を四、五日歩く稗生えて

この句集では、肉親殺しは凄惨さを増すとともに、無数の死者たちと交信しながら、それらの死霊はそれぞれの身の器官である「喉」や「胎内」、四肢である「手足」と繋がり、動植物である「麦」や「葉」、「菜の花」や「稗」、「魚」と変化して現象する。「野」は生者と死者が入れ替わる空間としての場所であり、「月」は巡り来る時間としての流転を象徴している。どちらも実在の存在を保証するものだろう。それは存在の本質である根源的時間性を示している。現象的には、生成し多様な変化を見せる生の諸相の顕現といえよう。

第一節「麦野は鏡」の巻頭句「麦野は鏡」の句では、「麦野」は此岸と彼岸を繋ぐ「鏡」として語られる。死んだ「少年」は「棺」から蘇ってくるのだ。「郵便局で」の句では、凄惨な肉親殺しが行われる。生者と死者を繋ぐ「喉」を「切り裂く」。それも生命が芽吹き出す「五月」に惨劇は行われる。「草の葉」の句では、巡り来るはずの「月の汽車」が「行方不明」になる。こうした残酷劇を展開しながら、西川は存在の不在を語ろうとする。

第二節「昨夜の父」の「麦畑の」の句では、「麦畑」において、死霊と通底する「麦の根」と、死んだ「父の毛の根」が「肉」を介して繋がる。「一番奥の」の句では、「戸」の向う側に「冬海」が広がっている。「冬海」とは死者たちが蠢く「冬」の荒涼とした「海」の闇であり、二次的には、現在の妻であり作家の斎藤「冬海」が等価な存在として語られている。その境は「肩で押」せるほどの「戸」なのだ。

第三節「寺町」の「蓮の手足が」の句では、死霊である「蓮の」「手足が」「野道に」「落ちている」「野道」はやはり死者と生者を繋ぐ場所だ。「魚の足が」の句では、海からやってきた生命の始原を語る「魚の足が」、「姉の寺」を「荒らす」。「魚の足」とは山椒魚のように水陸を行き来する「魚」だろうか。二次的には「魚」をサンボリックに読み男性器の象徴として解釈すれば、エロスそのものを語っているとも考えられる。「姉の寺」とは「姉」のからだの延長を示唆しながら、同時に「姉」の不在を語っている。雌雄を巡る性のドラマは生命の現象だが、そこには「私」や「姉」は不在なのだ。「永遠の」の句では、春になると一面に咲き誇る「菜の花」が「永遠」に巡り来る生命の現象として、「花」を開く。それと同じように「喉開」くのだ。「菜の花」を死者の蘇りと考えてもよいだろう。

第十一節「ほうきぼし」の「胎内を」の句では、「稗生えて」「胎内を」「歩く」死者たちがいる。生命現象の流転が語られている。

このように『死亡の塔』とは無数の死者たちと交信しながら、生者たちが生成流転し、生死とともに入れ替わる「野」に、建てられた非在の「塔」といえよう。そこには多様な相貌を持つ阿修羅たちが夜毎、惨劇を繰り返しながら棲みついているのだろうか。そうであるとすれば、存在の一回性に賭けて、その螺旋状の塔から離脱しようとする「私」の相貌とは、無を喰うのっぺらぼうに違いあるまい。

阿修羅に流れる時間

西川の〈実存俳句〉の展開は、ここまで検証してきたように、主題として、私、血脈としての死者の系譜、身、存在、生死、エロス等について語りながら、書き綴られてきた。第五句集以後も同じような主題のもとに書かれている。むしろ、第五句集以後は出口なきプロセスのなかで、迷路へと足を踏み入れたようだ。それを停滞と捉えるのか、言葉が消え、行為そのもののなかに、存在を解消しようとしているのかは分からない。しかし、不可視の世界を見るまなざしは心眼を研ぎ、無数の他者へと注がれながら、無数の「私」と遭遇する。それはほとんど無限に近い無数であり、「私」を霧散させる無へといたる道ではないだろうか。死とは存在の終焉ではなく、全てが生まれ出づる以前の始原の渾沌へと導くのではないだろうか。そうであるならば生死の境界すらあまり意味を持たないことになる。

しかし、西川の反俳句の道は簡単には終わらない。

第五句集『町は白緑』においては、「町は白緑」と「鷲の喉」の二つの大きな章立てがあり、それぞれの章のなかで小題が立てられている。それらの題において、短い連作と意識的な構成で展開が計られている。しかし、展開において物語のようなものはなく、断片のような事態が屹立している。それは不確定的に変化する存在の現象を捕らえようとしているようだ。

（町は白緑）

遠い駅から届いた死体町は白緑　（町は白緑）
ふらふらと草食べている父は山霧　（〃）
二階まで迷路は続く春の家　（春の家）
みんみん蝉であった村びと水鏡　（水鏡）

（鷲の喉）

秋津が秋の日の野の人を鷲掴む　（秋津）
月の根へ象はばたばた倒れ行き　（月の根）
汽車を咥えたきつねが庭で鳴いている　（きつね）
波止場まで永田耕衣を引き摺り歩く　（波止場）
暁へ机を運ぶ天の川　（天の川）

第一章『町は白緑』の第一節「町は白緑」の「遠い駅から」の句では、「遠い駅」の何処かから送られて来た「死体」が「届いた」。巻頭句のこの一句から、第四句集の『死亡の塔』の句、「おとうとを野原の郵便局へ届ける」を思い出した。「届いた」のは「おとうと」の「死体」だろうか。「野原」とは生者と死者を行き来させる場所だった。そこには異界と通信する「郵便局」も、死者が往来する「駅」もあるのだ。前句集の句を想起しなくても、「遠い」という言葉から、「届いた」「町」が送った「駅」からかなり離れていることが分かる。同様に「二階まで」の句でも、「迷路は続く」という言葉から、なかなか辿り着けない場所として「二階」は語られている。それは「町は白緑」や「春の家」の此処に対して、彼方としての場所であり、彼岸とも読める。「死体」は「おとうと」と限定しないまでも、魂の抜け落ちた存在としての肉体だろう。「死体」が「届いた」とき「町は白緑」だった。「白緑」とは、西川が棲む北海道の新城峠では六月の頃に峠を白緑に染めるという。峠に包まれた「町」の姿は「届いた死体」とは対照的に生き生きとしている。生と死が入れ替わる瞬間だろう。

しかし、西川俳句においては、第三句集『家族の肖像』の「食器持って集まれ脳髄の白い木」にみられるように、「白」という色彩は不在のイメージを語る言葉として捉えられている。そうであるならば、この句集のタイトルにもなっている「町は白緑」という言葉で語られる世界は、生の瑞々しい姿であると同時に、不在の世界でもあるということになろう。「町」は人が棲む場所でありながら、存在の不在が問われている。「死体」や「白」という言葉が語ること。それは此処という場所を保証する「町」や人の棲処としての、肉体という存在の危うさを語っているのではないだろうか。

この句集にいたって、西川俳句の世界は「私」を問う契機として、「血脈」や「死者」たちと交信しながらも、それらとの距離が遠のき、今まで以上に不在の事物たちが浮上してくる。「ふらふらと」の句では、「父は山霧」となる。それは遠くに漂う不確かで形なき存在だ。それは存在がその根源に持つ時間性において、変化する不断の相であるようにも見える。生まれ成長し、やがて死とともに無に帰する肉体という存在。無に帰するのは肉体だけではない。象あるものや生あるものはいつか必ず無に帰する。存在はその根源的時間性のなかに呑まれてゆくのだ。第二章「鷲の喉」、「月の根」の題の「月の根へ」の句では、巡り来る時間そのものである「月の根へ」向かって「象（ぞう）は」「ばたばた倒れ行」く。「象（ぞう）」は「象（かたち）」をも合せて語っている。この存在に流れる根源的時間性はランダムな時間を刻んでいるが、それは永いようで短い時間だ。「水鏡」の題の「みんみん蝉で」の句では、「村びと」の存在が「みんみん蝉」として語られる。それは現象としては七日間に満たない永さだろう。「水鏡」が映すものは存在でありながら、実はその根源的時間性なのだ。「秋津」の題の「秋津が」の句では、「秋津」が「野の人」を「鷲掴む」。蜻蛉が「鷲掴む」という表現はいささか大袈裟であるように思える。「秋津」は秋津島として大和の国の別称でもある。ここでは民族としての血脈が詠まれているのだろうか。それも「秋の日の」だから、稲穂の実りの絶頂期において「鷲掴む」のだ。「秋の日」は「秋津」と重複しているように思えるが、生の絶頂から死へと向かう臨界点が語られていようか。「きつね」の題の「汽車を咥えた」の句では、「きつねが庭で鳴いている」「汽車」は玩具の「汽車」だろうか。それならば児の死霊を連れて来たのだろうか。あるいは、以前に「月の汽車」として語られた「汽車」ならば、過ぎ行く時間に耐えている「きつね」の存在がある。「波止場」の題の「波止場まで」の句では、「波止場まで永田」で句切れ、ここまでを上句とし、「耕衣を引き摺り歩く」を下句とすれば、「波止場まで」「永」き日に浮き立つ「田」があり、「耕衣」としての農耕の作業着を「引き摺り歩く」主体としての存在が語られている。それは死して海へと還るまでの間、僕たち日本人が、この地において瑞穂の国としての地霊を「引き摺り歩く」という、生ける存在の姿だといえよう。

さらに「永田耕衣」という俳人の人称が合せ語られている。二次的な読みをいえば、耕衣は俳句に自力としての禅の思想を持ち込んだが、親鸞の浄土真宗を本分とする西川は「永田耕衣」に対して、戦いを挑んでいるのかもしれない。「天の川」の題の「暁へ」の句では、「暁へ」死霊と通じる装置としての「机を運ぶ」生者がいる。「天の川」は死者たちが渡り来る水路だろうか。「暁」は生の始原としても語られていよう。また、此処では日毎、繰り返される「暁」において、「机」という日常的な棲処のなかの装置とともに、死者と生者は入れ替わる。「机」は言葉・俳句を紡ぎ出す場所でもあるから、死者は言葉・俳句と入れ替わるのかもしれない。それにしても、死者へと通じる水路は、僕たちの頭上を流れながら、何と遠いところを流れているのだろうか。「天の川」に流れる存在の根源的時間性は、宇宙生成の何十億光年ともいえる光の時間を含んで輝いている。それに比べ僕たちがこの地上に滞在できる時間は何と短い間だろうか。

死者たちの棲む異界が遠ざかり、霞んでゆく生死の過程のなかで、存在は不在の影を色濃くとどめてゆく。「白」という色なき色は存在を浸食しながら、徐々に存在の棲処を解体してゆくのだろうか。それは、まさしく阿修羅に流れている時間といえよう。

連作という方法

第六句集『桔梗祭』(一九八八年二月・冬青社)は、過去に書かれた句群を編集して一冊の句集にしたのではない。当初から「桔梗祭」という一つの主題のもとに、五十に及ぶ小題が設けられている。連作という方法を採用し、書下ろしにより構成的に書かれ成立している。

この連作という方法は、もともと昭和九(一九三四)年の後半から昭和十一(一九三六)年にかけて展開された新興俳句運動で試みられた方法だ。従来の一行棒書きの題詠や嘱目による諷詠の俳句とは異なり、主題を設け複数の行において成立した。それは現代俳句において顕著となる無季俳句を出現させた。

当時、試みられた連作俳句は、映画のように時間の経過とともに連続的に起こる事態や行為の展開を綴る作品が多かった。先駆的な作品としては、山口誓子の思春期の少年のエロスを詠んだ「汗とプベリテェト」(「ホトトギス」一九三二年九月)や高篤三のレスビアンをテーマにした「含羞」(「句と評論」一九三四年四月)、日野草城の新婚の初夜を詠んだ「ミヤコホテル」(「俳句研究」一九三四年四月)等がある。いづれの作品も瑞々しいエロティシスムに彩られたものだった。時間による展開は別にして、問題はこれらの連作による作品が、従来の俳句の題詠とは異なる斬新な主題を持っていたことだろう。

西川がこの句集で試みた連作俳句は、現在の切断面のような、点景としての事態が、小題のうちに一行や複数の行で表現されている。句集一冊でパノラマのような風景が展望できるようになっている。そこから浮上するものは、一定の脈絡や物語を持つものではない。瞬間、瞬間のうちに点滅する実存の諸相だ。ブリューゲルや、さらにはボッシュの悪魔的な絵画の世界を観ているようにあちこちで様々な事態が同時に起きているのだ。

それは西川の現存在を要として、存在の内部に展開される家族の不可視の風景だ。まさしく現在に集約された西川の「私」探しの彷徨といえよう。

たとえそれらの事態が、さまざまな時間軸において展開された事態だとしても、西川の現存在としての自己の存在の内部においては、時間は一定に刻まれていない。起きた事態も時間的な序列を持っていない。例えば僕たちの記憶の風景を考えてみよう。それは過去と現在が混交するランダムで渾沌とした風景だろう。

西川は自らの記憶を紐解くように、この句集を綴る。

しかし、それは実在の世界において経験したり、展開された記憶の風景だけではない。西川の現存在の闇の底から浮上してくる、深層としての家族という始原の風景なのだ。

西川はこうして、現存在としての我が身をとおして、「私」を描き出す家族の祝祭を一望している。西川にとり自らの身体とは、現象や深層としての記憶、それは宿命ともいえるものかもしれないが、それらを統合する場所として捉えられている。それは存在の内部において、複雑に入り組んだ迷路のような闇の世界を描いているのだ。まさしく存在の黙示録といえるような世界だろう。

こうした存在に纏わる広大な世界を射程にする場合、俳句も一行では表現し切れないだろう。

西川の暗喩によるイマージュの方法は、一行のうちに重層的な構造を持つ。連作という方法により、行を要請することで、さらに複雑で重層的な世界を表現することができる。現在の純粋知覚の先端において、我が身より現象を吸引し、幾層にも積層され、過去に向かい擂鉢状に広がってゆく切断面の層の根は、やがて底無しの暴流へと吸い込まれてゆく。

他方、幾世代にも渡り乗り継がれた血脈の記憶は、遺伝子や心理的な遺伝により我が身へと刷り込まれてゆく。我が身を介して、「私」の外部と内部が交錯する。身は空間的には「私」の外部と内部、時間的には「私」の現在と過去が統合される場所だ。身が経験する範囲は「私」だけではない。現象学的視線において、複数の他者の視線が交錯する。そうした闇の底から再浮上してくる言葉は、どんな言葉として書かれてゆくのだろうか。死霊や言霊を引き連れてやってくるのだろうか。

それはおそらくイマージュを重層化し、幾重にも屈折した言葉ではなく、むしろ、イマージュを剥奪された、むき出しの言葉ではないだろうか。それは暴れ馬のように、僕たちの生を営む「私」を解体してしまうほどに、凶暴な言葉ではないだろうか。

存在の黙示録。それは未だ出現せざる言葉といえようか。たとえ出現したとしても、それは無のような、何も語らない、言葉そのものを消してゆくような、矛盾に満ちた言葉だろう。

荒らぶる言葉

句集『桔梗祭』の作品に立ち返ってみよう。まず、第一節「桔梗祭」と第二節「桔梗祭」の連作の作品を挙げよう。

桔梗祭

暗く喚いて出て行くおまえ桔梗祭
戸口の桔梗くぐれば兄は八つ裂きに
桔梗に混じり見ている母が兄産むを
襖絵の桔梗が屋根を突き破る
棺の内部の見えない階段桔梗咲く

桔梗祭

空を打つ空のはずれの桔梗祭
妹を捜しに狂院の夏祭

首締めてと桔梗が手紙書いている

狂院の桔梗祭に逢いに行く

「桔梗祭」とは、西川の血脈である家族を巡る存在の祝祭劇だろうか。それは生者のみでなく死者も加わり行われる闇の祝祭劇だ。「暗く喚いて」の句では楽園追放ともとれる光景が語られる。それは血脈という楽園だろうか。人間の残酷な存在劇の幕開けだ。「戸口の桔梗」の句では、血脈から離脱しようとする「兄」の存在が「八つ裂きに」なる。「桔梗に混じり」の句では、血脈の継承者である「母が」「兄」を「産む」が、その行く末が案じられている。「襖絵の」の句では、家の「襖絵の桔梗が」「屋根を突き破る」。それは脈々と続く家族が描いた「桔梗」が存在の棲処である身を「突き破る」のだ。「棺の」の句では死者を包む「棺の」「内部」にも「桔梗咲く」「階段」が続いている。

この連作が表現する世界は、家族という連鎖のなかで語られる世界であり、生者と死者を繋ぐ存在劇だ。「寺」の継承という問題を抱えた西川にとり、それは人一倍大きな問題だったのだろう。この「桔梗祭」では、西川は自らの宿命である存在の深層へ降りて行こうとする。

他方、「桔梗祭」においては、現存在である西川の現実における「桔梗祭」が問われる。「空を打つ」の句では、現し世の「はずれ」にいる存在の「桔梗祭」がある。「妹を」の句では、「妹を捜しに」行けば「狂院の夏祭」である。此岸では、存在が繰り広げるのは狂気に満ちた祝祭劇だ。「首締めて」の句では、「桔梗が」死者に向け「手紙」を「書いている」。それも自らの「首」を「締めてと」書くのだ。ここにも西川の自虐的な一面がある。「狂院の」の句では、自らが「狂院の」「桔梗祭」「に逢いに行く」。そこには狂気に満ちた存在の祝祭劇に加わろうとする姿がある。「桔梗祭」とは西川にとり、争えない存在の宿命として、語られていようか。

これらの連作による作品では、家族の宿命に彩られた存在の深層と表層が語られている。それは同時に死者と生者が棲む世界でもある。

西川の〈実存俳句〉の言葉は、存在の深層と表層、彼岸と此岸を往還しながら、再び、我が身を通して、さらには俳句形式を通して此処に立ち上がってくる。往還を繰り返しながら、言葉は次第に荒らぶる獅子として、凶暴さを増して来るようだ。それは何を示しているのだろうか。言葉がむき出しの存在を掴む瞬間、それは無へと向かう存在の臨界点なのではないだろうか。

切株

寺山の切株は薄く血を浮べ

切株は切られ切られて暴れだす

第二八節「切株」の連作作品、「寺山の」の句では、家族の棲処としてある「寺」の「山」にある「切株は」「薄く血を浮べ」ている。「切株は」の句では、「切られ切られて暴れだす」存在が語られている。それは「切られ」ても「切られて」も「暴れだす」ような荒らぶる存在である。

第一句目の「寺山」は西川の精神的血脈でもある寺山修司の存在が二次的に語られている。寺山もまた「私」捜しの彷徨を繰り返した。俳句形式にはじまり短歌、詩、演劇、映画等さまざまな形式を試みながら、その短い生涯を終えた。それは既成の芸術に対するアンチとしての前衛精神を示す血の軌跡だった。俳句の他に、短歌、小説という形式を試みる西川の現存在は、あるいは「私」は、「寺山」の存在にも映しだされていたのだろう。

荒らぶる言葉は、自らの現存在を規定しようとするあらゆるものへ牙をむく。それは自由などというものではなく、むき出しの存在へと向かう真摯な言葉だ。西川が俳句形式において、反季、反定型、反結社主義等を標榜し、反俳句の道を志向するのは、俳句形式を通して、自らの存在の本質へと向かう言葉を希求しているからだろう。

微小な差異と無数の切断面を紡ぐ言葉

第八句集『月山山系』(一九九〇年八月・書肆茜屋)は、第六句集『桔梗祭』と同様、同一の主題のもとに小題を九十五設け、連作の方法により書かれている。この句集では、かつて石田波郷により、一句の自立性に欠けるとして批判された連作という方法に、あえて挑戦するかのように、小題において百四十もの句を連作で書いている。それは表層的には微小な差異を、深層的には無数の切断面を紡いで行くかのような方法だ。そこには「私」捜しの彷徨において、引き裂かれた無数の自己や切断面として生起した家族の事態を統合しようとする傾向が見られる。

それは我が身と俳句形式を通して、「私」の物語を浮上させようとする試みだ。あるいは、不確定的に進行し、ランダムな時間を刻み続ける存在の来し方と行く末を綜合的に語ろうとする試みであるといえようか。この句集では我が身である身体から行為へと迫り出して行こうとする存在がある。それも連続する行為としてではなく、瞬間、瞬間の内に、異質なものへと変化してゆく創造的な行為だ。そこには一人の「私」ではなく、無数の「私」の存在がある。無数の「私」と化した存在は、増殖し続けた家族の無数の根とともに、やがて日本民族の根へと通底してゆく。この句集の小題「東雲」から「秋津の国」、「月夜ゆえ」へと増殖する連作群は圧巻でもある。

僕たちが棲む現在の都市的な現実では、無数の記号や情報が氾濫し、コンピューター・グラフィックスの出現により、あらゆる方法が映像化でき、視覚により認知できることで、イマージュそのものの存立が危ぶまれて来た。現実そのものが虚構として、僕たちの現存在を包み込んでゆく。虚構そのものが、真実を捉えるというリアリティーを喪失してしまったのだ。僕たちの現実が実在の存在に埋め尽くされていた時代にはイマージュは、想像力により真実の別乾坤の世界へと導く重要な契機であった。

あらゆるものが表層化され、深層すらも映像として表層的に語ることが可能になってきた現在。こうした深層なき、あるいは物語なき現在において、西川はあえて暗喩と連作という方法において、イマージュの可能性に挑もうとしているようだ。それは、存在が不完全であるように、不完全な俳句形式に賭けようとする西川の意気込みだろう。俳句形式そのものが、暗喩として、あるいは非在のイマージュとして成立する以外にない必然を担っているからだろう。西川がむき出しの存在を捉え、行為そのものに成るとき、それは言葉や俳句形式を捨て去るときだろう。もしかしたらそれは死とともに完結する祝祭劇なのかもしれない。寺山修司や三島由紀夫、レーモン・ラディゲ、アントナン・アルトーが生き急いだように、それは余りにも短い祝祭劇なのかもしれない。こうした激烈な存在を名指さなくても、たとえ百年生きたとしても、僕たちの存在の祝祭劇は、生命の歴史にも及ぶ彼岸の世界の永さから比べたら、ほんの一瞬にすぎないのではないだろうか。

この句集では、連作の醍醐味がある作品は、句群として余りにも多いので、一部の連作のみの引用にとどめよう。

東雲

炉箒を東雲として売り尽くす
佛壇の中の東雲を少しずつ食べる
佛具屋の中の東雲が暴れている
鶏として東雲が倒れている
抽斗の中の東雲をときどき覗く
抽斗の中の東雲を父と思い込む
東雲と走り経卓へかえって来る
東雲を椀に盛り亡き父へ供える
東雲を経に挟んで栞とする
東雲を咥えヒマラヤ越えて行った
東雲で尻拭く父を見てしまう
床を剥がせば東雲父さんもう居ない
谿寺の厠で東雲に襲われる
薄野の古書店東雲を売っている

東雲ヲ棺ニ詰メ込ム仕度ヲセヨ
東雲ヲ洗面器ニ採リ唄イ出ス

「東雲」の連作においては、「東雲」は「佛壇の中」で「食べ」られたり、「佛具屋の中」で「暴れてい」たりする。また「東雲」は「抽斗の中」にいたり、「ヒマラヤ越えて行った」りする。さらには「薄野の古書店」で「売ってい」たりする。まさに神出鬼没だ。「東雲」は行から行へと跳梁しながら、時空を駆け巡る『西遊記』の孫悟空のようだ。まさしく幻想譚ともいえるような句集を成していよう。ここでは「東雲」に映されたユーモラスとも思える「私」が見られる。「東雲」そのものに反射される「私」なのだろうが、こうした句群では、存在よりも行為が立って来ているように思える。こうした行為の断片を紡いで行くところに、「私」という存在が統合されるのだろうか。そうであるとすれば、「私」とはランダムに刻まれる存在の根源的な時間性に導かれて、変化する行為の瞬間的な異相の綜合なのかもしれない。それらを統合するものとして、現存在としての我が身があり、俳句形式があるのかもしれない。西川にとり、連作の方法はさらなる群作へと向かうのだろうか。

無へと帰する言葉

句集『月山山系』で軽やかとも思える行為の断片を紡いだ西川の反俳句の道は、第十句集『わが植物領』（一九九九年十月・沖積舎）において、いきなり死へと急降下して行くように思える。それは西川自らが「私」に手向ける癒しにもにた鎮魂歌のように思える。「私」捜しの彷徨は、ついに「私」殺しへと向かい始めたのか。この句集には句集のタイトルともなった「わが植物領」と「一夏の夜叉」の二つの章がある。「わが植物領」では、「裏の木」や「松の木」、「芝桜」、「山梔子」、「欅」、「柊」、「向日葵」、「柿の木」、「冬の桜」等の植物たちとともに、現象を静観している存在がある。それは存在の窮冬へと向かう旅路のようだ。死に急いでいるようにも思える。

「一夏の夜叉」の章の始まりには長い詞書のような散文が掲載されている。西川が一九九七年にある僧の来訪を受け、その夏に地底界に棲む夜叉を見た事情が書かれてある。それは突然訪れた生身の姿をした死霊だろうか。壮絶な記録として、連作で綴られている。

死に急いでいるのは突然来訪した僧だったのだ。しかし、西川はこうした他者の存在を通して、生死に引き裂かれる我が身を映し見たのかもしれない。そこには死へと直結された生死の間に横たわる性の奈落が見えるようだ。「一夏の夜叉」とはいったい誰だったのだろうか。僕たちの生の傍らには、すぐ手の届く所に常に死は在るのだ。

（一夏の夜叉）

桔梗ハ夜叉デアル幾千ノ日ト月ト
畑デ暴レル紫紺ノ茄子トナリツツ夜叉ハ

＊

夜叉ノ腋毛ヲ葵祭ト思イ込ム

＊

蓮ノヨウナ衣ヲ夜叉ガ脱グ石畳

＊

「センセ私ヲコロシテ」石榴ガ喉見セテ
心中ノレンシュウスル地蔵ノ首締メテ
死ニ急グ夜叉ト野ヲ行ク黄菊ニマミレ

＊

激シク軋ム夜叉ノ脊髄ト塔ノ階段
萩嵐シテ萩ノ間ヲ出テ行ク夜叉

＊

夜叉ゴウゴウト韃靼ヲ過ギッツアリ

＊

黄落急グ枕ノ北ノ闇ノ谿

突然やってくる性の奈落は、たしかに存在の闇を垣間見せ僕たちに匿名の夜叉を突きつけてくる。「私」と他者を瞬間一つにし、かつ引き裂く。生の高揚とともに、すぐ傍らには死へと急降下する瀑布のような切岸がある。確かに存在のドラマは雌雄の性のドラマでもある。「桔梗ハ」の句では、生死を結ぶものが「桔梗」であり「夜叉」であることを語っている。そこには「幾千ノ日ト月ト」が込められている。雌雄の性ドラマはそれが不条理であればあるほど、僕たちを生の絶頂へと導く。おそらくそこに居るのは「私」ではなく、「紫紺ノ茄子」であり、「蓮」である。お互いに匿名の存在をぶつけ合うのだ。性の闇は生の闇であり、存在の闇でもある。性の欲望は、死への欲動に裏打ちされている。性の絶頂において、僕たちは「私」の死を、かつ存在の死を仮体験する。それゆえ「センセ私ヲコロシテ」と叫んだり、「心中ノレンシュウ」をしたりするのだ。性の欲望に巻かれている存在は「死ニ急」いでいる。それはまっしぐらに死へと向かう道行きだ。それは「ゴウゴウト韃靼ヲ過ギ」行く危険な越境であり、「黄落急グ」ように散り行き、存在の極「北ノ闇ノ谿」へと向かって行くのだ。僕たちは性の深淵に佇むことで、存在の深層に渦巻く暴流へと身投げする。それはあらゆる存在が溶け行く場所であり、あらゆる存在が生起する力を蔵した場所だ。まさしくそれは、空（くう）としての場所なのだ。

萩嵐は去った。此所には白い地平線と青深い底無しの空がある。足跡はない。ただ阿修羅の産声だけが響いている。

しかし、その産声は自らが叫ぶ声ではない。風に導かれ、風に止む風鈴の音ににている。それは存在の奥底に谺している空の音といえようか。

（本論の初出は二〇〇二年九月茜屋書店刊行『星月の惨劇―西川徹郎の世界』）

生死の乾坤——西川徹郎句集『天女と修羅』頌

人間というものは必ず死ぬものだ。僕たちはこのように自らの現存性において、死というものを回避しがたいものとして自覚するとき、身体とともにある現存性を持って、一回性の生死の過程を生きることを決意する。そこには身体的な行為を通して、持続とよばれうるような生の厚みを語る時間はあるだろうが、主体的な視線においては、常に異質なものへと変化する切断面のような現実があるだけだ。予測不能で、不確定的かつ偶発的な事態こそ、僕たちに現前し生起する現実といえよう。それを物語なき現実の断片と言い換えても良いだろう。西川氏が創出する「実存俳句」とは、こうした主体的な視線において捉えられた、切断面のような現実なのではないだろうか。『天女と修羅』において語られる世界は実在の風景ではない。それは存在論的風景といえようか。それも現存在としての風景だ。それはあくまでもこの此岸を問題にしつつも、彼岸と此岸を結ぶ存在としての現存在が開示されている。「天女」と「修羅」とはおそらく、生を懐胎しつつ生きる汝であり、死と対峙しつつ、生きる我の化身ではないだろうか。僕たちは背中合わせの双子のように、確かに相反しつつ、引き合う不思議な対としての両極的な存在として成立している。

『天女と修羅』は場所や事物、人物、時節等示す十の題が付けられ、それぞれ一行もしくは二行、さらには複行によって構成されている。それらは物語を浮上させるのではなく、さらには時間的展開を示すのでもなく、むしろ客観的な観察者の視線による物語を解体するかのようにして、事物や事態について語って行く。その点、従来の連作の方法とも一線を画している。しかもそれは方法的に此岸としての風景を語りつつも、僕たちの回りに実在している風景とも何処か違うのだ。それは存在を開示するために語られる形而上的な世界といっても良いだろう。だが、それは身体を通した現存在において語られる風景ゆえに、僕たちに実在の世界の現実世界以上の強烈なレアリテを突き付けて来る。俳句形式において一行として屹立し切断面としての現実を表すとき、それは僕たちの皮膚につけられた鮮やかな掻き傷のように、いささか凄惨ともいえるような事態を展開する。
春ノ寺天女モ梅ノ毒ニ死ヌ
杉ノ木ニ引ッ掛カッテイル悲鳴ノ列車
カラダノナカノ青栗澤ヲトキドキ覗ク
春蟬ニ頭割ラレテ父死ヌヤ
塔ノカタチノ青蓮ハ溺死体ナラン
『天女と修羅』において、さまざまな死体が頻出し、病死や凄惨な事態が語られるのは、それらによって、実存としての存在を、さらには生を、死の反証として確認したいからなのではないだろうか。それは必然的に父や母、兄、弟、姉、妹等の血脈や、身体について語ることでもある。それも生者だけではない。すでに死んだ者たちも此処に帰還したりする。
緑夜ハ髪洗ウ井戸ニ落チタ妹モ
月ガ出テチチハハ絡ミ合ウカラ草
父帰ル鞄ニ黒揚羽ヲ詰メテ
僕たちの存在の深部では、唐草のように、生と死が混濁した渾沌(カオス)のような世界を形成しているのかもしれない。それは東洋的な思考として、生とともに死を懐胎し、死とともに新たな生を喚起するというような、輪廻転生ともいう生死の円環を、あるいは、翁のなかには童を、童のなかには翁を観ようとするような、翁童という存在の連続性を語っているのかもしれない。
寺寺ノ天女ノ死体菖蒲咲ク
少年ヲ呑ミ込ム机晩秋ハ
秋ノクレトイウペルソナノ裏ノ肉
白桔梗少年ハ柱ニ食ベラレテ

第4章　魔弾の射手　研生英午

しかし「実存俳句」とは、むしろこうした生死の円環を断ち切り、自らの生の一回性に賭けようとする世界を展開することではないだろうか。最近ではＤＮＡもゲノムと称し、特定の遺伝子に止まらず、あらゆる遺伝子の組み合わせに言及しなければならなくなってきている。そのことは、僕たちのそれぞれの現存在が固有のものであり、一回性のものであることを示している。それには超人としての我、すなわち修羅について語らなければならない。しかし、それは絶対者や特権者としての我ではない。存在するもの全てが、並列に語られる視線であり、共進化ともいえるような生命論的な視線ではないだろうか。西川氏の句がときとして、アルトーの残酷演劇のように、身体や事物を生き物のように偏在させ、屹立させてくるのは、そのためだろう。

月ノ柱ガ一本カラダノ中ニ在ル
スカートノ中ニ夜叉棲ム小焼カナ
犬トナリ出テ行ク机ニ毛ガ生エテ
秋ノクレ野ニ穴ガアリ人出デ来ル
「旅人帰ラズ」叫ブ狐ヲ抽斗ニ
山峡ガ下駄箱ノ中デウネリ出ス

それらは散文に近い文体で、物語なき断片の現実として語られつつも、存在相互の相補性を語っているようだ。それは生死という相補性だろうか。おそらく、『天女と修羅』において語られている世界とは、西川氏の現存在を浮上させるために、生死の乾坤を捉えつつ、此所に召喚された世界ではないだろうか。死と対峙し、修羅として生きつつも、生へと浸透して行こうとする。それは「私とは何か」を問いつつも、平常において、没我の道へ至る、生命体としての生死の過程そのものではないだろうか。

（本論の初出は一九九七年沖積舎西川徹郎句集『天女と修羅』栞）

◆研生英午　みがき・えいご＝一九五〇年神奈川県生まれ。俳人・詩人・文芸評論家。武蔵野美術大学卒。総合誌「鹿首」編集発行人。著書に句集『水の痕（あと）』『火在』『地環（ちかん）』。諏訪市在住。

谷口 愼也

位相――西川徹郎論

僕は怒ったときにしか詩を書かないと行ったのは金子光晴であったが、確かに昨今は怒れる人間が少なくなってきた。単に不平不満を言う人間ならそこら中ごろごろしている。それは今も昔も変わらぬ現象だ。そして、心から怒っている人間はこの俳句界でも数少ない。が、今の私には、その数少ない怒れる人間しか信用できないのだ。

のつけからやや感情的な文章になってしまったが、そう言わざるを得ないほど大勢（たいせい）においては怠惰な俳句界であることには間違いがない。そんな中で、各地方、幾つかの句誌から、怒れる火の手が独自の形で上がっている現状は頼もしい。捨て石になっても構わぬから、その各々の火の手は上げ続けねばならないと思うのである。

さて、西川徹郎は、「詩歌というコスモス」（「銀河系つうしん」第十一号、一九九〇年・黎明舎）で次のように云う。

「短歌や俳句の定型は、彼の本質として国家の意志にに通じている。国家の意志が民族の言語に対して、もっとも直接的に、かつ根強く、見えざる強制の力としてはたらく場として定型がある、従って、短歌や俳句の定型をもって言語的自立を遂げようとする者は、定型と国家の意志(見えざる定型)との二重の抗いを必然的に余儀なくされるのである。」

そして、その究極においては、定型に関わることは己れの言葉と存在の死を覚悟しなければならない、とも言う。ここには、西川の言語表現者としての真摯な姿勢がある。そして多分、そういう真摯さの中にしか今後の俳句の展望は開けてこないのだ。現俳壇の怠惰さは、己の総体を賭けた言語表現における根源的な問いの不足と、その甘さにある。その事を怒らざる者を、あるいは怒る必然性のない者を、私は詩人として認めようとは思わないのだ。より根源的な意味での詩人とは、この日常的現実の中において「言語的自立」を遂げることでしか生き延びることのできない奇妙な生き物のことを言うのだ。その生き物とは、決して日常生活における勝利者でもなければその甘受者でもない。日常の総体に否応なく疎外され、言葉を最後の砦として日常的現実に対峙するしかない者のことを言うのだ。そこに詩人の不幸と陰惨な栄光とがあるといっても過言ではあるまい。

詩人北川透は、名著『詩と思想の自立』(思潮社)で、近代詩・戦後詩そして戦後思想に鋭利なメスを入れながら、「詩の不可能性」と題し、次のように論じている。

「詩がことばと、その思考の秩序において、本質的に自由であるための条件は、詩人の想像力において全的な否定者の位置を貫く以外にないと思われる。しかし、ぼくらがどうしようもなく生きているこの日常的な生活の次元においては、否定者というのは、いわば虚構の位置でしかない。(中略)この生活者が「生活圏」のなかでもつ絶対肯定性と、否定者が「虚構」においてもつ絶対否定性の豊饒な分裂の劇に、今日の詩的想像力の源泉があると思われる。」

俳人西川徹郎における「国家」(の意志)あるいは「定型」と「個人」との抗いが、詩人北川透においては「生活圏」と「虚構」との対峙として把握されている。いずれも優れた洞察力と言わねばならないが、その根底には深い絶望感、ニヒリズムがある。だがそれは、明日への視座を確保するものとしての積極的なニヒリズムであることを忘れてはならないだろう。希望をもって明日を語ることのライトな欺瞞性は普段我々の感知するところである。だがこの二人は、絶望無くして明日を語ること勿れ、とより根源的な意味での詩人の態度を鮮明にしているのである。

坂の上に白き空ありほととぎす　（堀口星眠）
山の日のしみじみさせば吾亦紅　（鷲谷七菜子）
雄ごころ九月の幹をひとめぐり　（藤田湘子）
母のかげかたはらにあり夜の秋　（きくちつねこ）

作者達には申し訳ないが、たまたま机上に置いてあった或る俳句総合雑誌から作品を引用させてもらった。一読してすぐわかるが、これらの作者の詩的思惟性は北川や西川のそれらからはほど遠い。だがこれらが、いわゆる昨今通用している「俳句」なのだという現実は私を絶望的にする。定型との格闘もなければ現実と言葉との摩擦音も聞こえて来ない。言えばこれらは単なる発句にしか過ぎない。堀口の句は、明らかにこの平和さの中で呆けてしまった人間のなまぬるい挨拶であり、鷲谷の句は、「しみじみさせば……」と独り悦に入っている演歌すれすれのナルチシズムの世界である。「九月の幹をひとめぐり」するのが「雄ごころ」であれば、藤田さん、私だって何度だって廻れますよと言いたい。だって、自分が傷付かぬ行為であればこんな容易いことはないのだから。きくちの句になると、まるでこの人は小学性並の頭の持ち主ではないかと疑いたくなるほどである。「秋の夜」を「夜の秋」にしてみたって、お世辞にも気が効いているなどとは言えまい。

どの人がどれほど有名でどんな仕事をしているのかはよく知らないが、これらが雑誌掲載の位置としては重要な所に載っているのだから、多分結社誌あるいは同人誌の中の重要な作者なのだろう。とすれば、この下に何百の俳句作りが存在し、それなりの影響を受けていくわけで、この呆けた俳句天国は想像以上に恐ろしいということになる。話が横道に逸れてしまったので、本題に戻る。

先の北川における一文は、より根源的な意味での詩人の位相を確実に指摘し得ている。そして、わが俳句界において最も欠落しているのがこの思考方法であろう。季語や写生や花鳥諷詠を美的スローガンとすることによって欠落する詩的態度の根源性。多分、ぼくらが言葉を使うということは、現実と己れの内部の断層を明確化すると同時に、それを埋めようとする衝動のことに他ならないのだ。その円環化された構図をまるごと抱え込み、絶えず揺れ動いているのが詩人と呼ばれる人々なのだ。現実と己れとの断層が無ければ、我々は文学における言葉に頼る必要はない。日常的な言語体系の中で充足し、日毎そこで安眠できるのだから。それでも必然性の無い処で日常を表現しようと思えば、それは日常を美しく糊塗する「夢の欺瞞性」へと走るしかない。即ち日常的現実を絶対化したある諦念の中で、我々はファンタジックになったりナルシズムになったり、下手な悟りを開いたりするしかないのだ。要するに「箱庭俳句」をいじくりまわすしかない。何とみみっちく裏淋しいことであるか――。「社会性は態度の問題である」以前に、「俳句は態度の問題」なのだ。書く必然性の無い処からは如何なる言葉も生まれてはこない。だが人は、敢えてその断層感覚を捜し出す必要はない。現実に充足し、それを甘受すればいいのかも知れぬ。言葉によってしか生き延びることのできない詩人とは、実に不幸かつ奇妙な生き物なのだからそんな処に足を踏み入れぬ方が良いのかも知れぬ。

現実から疎外され、尚かつこの現実の中で生き延びるべく言葉を砦とする人間は、もはや体制的な言語体系の総体に予定調和するわけにはいかなくなる。それに対するたった独りの総反撃を決意するしかないのだ。それもいきなり体制的言語体系の中枢へ突撃すること――。その視座をいち早く確保しなければ、詩人というものの存在はたちまちのうちにこの世から抹殺されてしまうのだ。これが詩人にとっての危機感覚というものであり、同時にそれは詩を書かざるを得ない必然性でもあり動機でもあるのだ。

野道で死んでいる月山を喉に入れ
浦の床屋で側頭葉刈られ居り
ごうごうと空行く揚羽姉は裂かれ
空に庭がありおだまきのように騒ぐ妻
犬を裂き村じゅうをアマゾン川にする
寺屋根にひっかかっている白いマネキン

「銀河系つうしん」の最近号あたりからの抜粋であるが、この、詩人の受け持つ、現実に対する断層感覚を、非常に判り易くかつ鮮明に提示し続ける作家が西川徹郎である。彼は絶えず自分に怒っている。詩人が受け持たなければならない絶対的な不幸さ加減に怒りながら、己の虚構の位置を確保せんが為に、体制的言語体系に総攻撃を加えている。そういう視座が無ければ彼はたちまちのうちにこの世から抹殺されてしまうのだ。だからこそ、定型に関わることはいつか己れの言葉と存在の死を覚悟しなければならないとも云う。俳句五・七・五の定型感覚は国家の意志に通じていると西川は言う。それを具体的に提示する「場」が俳句形式であるとの思いである。そして私に言わせれば、俳句に関わる者にとって、俳句五・七・五の宇宙は、個をも統合する全宇宙であり、「現実生活」と「虚構」との間で分裂させられた根源的な意味での詩人は、同時に定型という国家のナショナリズムの中でも更なる分裂を余儀なくされる。そう考えると、己れの視座を確保するその困難性の前に、もうすでに俳句は書けないのではないか、あるいはそういう意味での俳句解体の時代に入ったのではないかという不安にふと駆られたりもする。だが生きている以上、その不安を打ち消しつつ生き延びるしかないのだ。「月山を喉に入れ」、「側頭葉刈られ」る行為も、犬を引き裂き「アマゾン川」にする行為も、俳句帝国における国家ナショナリズムの中では狂気であり、あってはならぬ危険な虚構の視座であろう。が、そうしなければ生き延び得ない一群の詩人達、運命的に現実との断層感覚を背負わされた人々、それらの豊饒な分裂劇の中から、明日への希望を初めて聴くことができるように思えるのだ。

（本論の初出は一九九二年七月一日黎明舎発行「銀河系つうしん」第十三号）

◆谷口愼也　たにぐち・しんや＝一九四六年福岡県生まれ。俳人・歌人。俳句誌「連衆」発行人。現代俳句協会員。一九八六年第十八回九州俳句賞。一九九四年第一回銀河系俳句大賞。著書に句集『短詩形文学全書　谷口愼也句集』『残像忌』、評論集『虚構の現実―西川徹郎論』ほか。大牟田市在住。

大井　恒行

超出への志――西川徹郎の俳句

僕はときおり、西川徹郎のいう実存俳句とは何だろうかと考えてみることがある。そうすると、決まって、今や遠い彼方の、おぼろげになりかかってる昔日のことを、消えかかりそうな記憶の底から掬い上げ、思い出そうとしている自分に気付く。

それは僕が、中谷寛章に憧れ、赤尾兜子に魅せられ、俳誌「渦」を覗き読むようになった頃のことだ。もう三十四、五年は前、一九六八年前後の頃であったろうか。すでに「渦」にあった西川徹郎という俳人のその後の軌跡について、常にその動向には興味と注目を払って来た。ましてや、攝津幸彦等と同人誌「豈」の主要メンバーとして、活躍していた西川徹郎について、当然のように彼自身の俳句や、「銀河系つうしん」の精力的な作品活動になどについて、攝津幸彦や仁平勝ら「豈」同人たちと会うたびに話題にもした。とりわけ、「銀河系つうしん」の「編集後記」の直前、彼の日録を含めた「黎明通信」では、西川徹郎の日常が、ほとんど睡眠時間を削るように執筆が行われ、さらに僧侶としての勤行などの厳しい現実生活は、超人的と言えば聞こえはいいが、むしろ、過労死するのではないかという心配すら僕たちにもたらしていた。実際、その危惧は危惧のままでは終わらずに、倒れて入院生活を余儀なくされていることもあったらしいことが記されていたりもした。西川徹郎はそういうふうにして、全身全霊、その生活のすべてを賭けて俳句に打ち込んでいたように思えたのであった。

不眠症に落葉が魚になっている　　『無灯艦隊』（一九七四年）

男根担ぎ佛壇峠越えにけり　同
鶴の首へのびるふるえるくろい手がある　同
樹上に鬼　歯が泣き濡れる小学校　『瞳孔祭』（一九八〇年）
ねむれぬから隣家の馬をなぐりに行く　同
父はなみだのらんぷの船でながれている　同
遠野市というひとすじの静脈を過ぎる　同

これらの初期の作品、第一句集『無灯艦隊』、第二句集『瞳孔祭』などに見られる上から下への直線的な句の仕立て方は、ついに変わることなく西川徹郎の現在までの歩みに連なっているが、その後、もたらされる句の深化による句の陰影や深さを考慮したとしても、初々しい志の一途さによる一句の初々しい主張の方法は、その根源的な象徴性を示唆している。単純化された一句はそのことによって、もとより複雑ではない直線の力強さを獲得しているということができる。作家にとって畢竟、一番力になるのは、なによりシンプルさであり、シンプルさに勝る力はないのだということをあらためて思うのである。

戦後俳句が、新花鳥諷詠とも称されるようになり、変質し、かつ日本経済のバブル化と呼応するように、カルチャー化する俳句と大衆化する俳句、さらにはバブル崩壊を承けた九〇年代を経て、いまや総鬱の時代に突入したとまでいわれる現状況にあって、それらに抗うように西川徹郎の「実存俳句」という言挙げがいっそう鮮明になっていく過程は、俳句のおびただしい泡沫を鏡のように抱摂する苦汁を含んでいる。そのあたりの西川俳句の特質を、吉本隆明は『西川徹郎全句集』（二〇〇〇年七月・沖積舎）の解説「西川俳句について」において、

「問いこそが詩であり、答えることは詩ではない。この詩観を持ちこたえたまま、かれくらい遠くまで歩んでいる者をわたしは知らない。」

と記し、「イメージだけでできた『時間のない夢』なのだ」と述べる。

西川徹郎はその苦汁を一貫して「反季」「反定型」「反結社主義」というスローガンに集約して「反俳句の視座―実存俳句を書く」と題して次のように提示する。長くなるが、煩を厭わず引用する。

口語とは生活の言語のことであり、生活者の思惟の言語のことである。この生活者の思惟の言語をもって俳句を書くことが、とりもなおさず口語で俳句を書く行為である。生活とは人間が生き活かされてゆく実存の謂いであり、生活者とは人間の生存に直接し、生の根拠を問う実存的な思惟のあり方を指し示す言葉である。それは季語・季題の指し示す和歌伝統の美意識を相対化し、生の根拠をもって俳句を書く行為を問い質してゆく、俳句形式との凄絶な抗いの営みである。故に口語で俳句を書くことは、反定型の意志の顕在を意味している。この叛意を以て定型詩たる俳句を書く営みであるから、それを私は「反定型の定型詩」と呼ぶのである。この反定型の叛意を貫きつつ、且つ定型詩を書く、この桎梏の引き裂かれてゆく実存の峡谷が俳句の言語を唯一文学たらしめ、大地に立つ人間の詩(うた声)たらしめてゆく場所である。それを私は「実存俳句」とも呼ぶ。

(學燈社「國文學」、二〇〇一年七月号)

「問いこそが詩であり、答えることは詩ではない」という吉本隆明の西川徹郎の評価は、それこそが、西川徹郎の人間の詩(うた声)、実存俳句のありかなのだということを示している。反定型、反季といいながら、なお、俳句という定型と季にこだわるという矛盾こそが、実存を実存たらしめる契機と、俳句を書くという行為の契機をもたらし続けている根源なのである。そこにこそ、「〈不可避〉の細い一本道ではあるが、〈自由〉へとひらかれた世界が開示される」(『最後の親鸞』吉本隆明著)のだ。そこには、絶望が同時に希望であり、存在が同時に非在である自明の「実存」が現れる。

祭あと毛がわあわあと山に　『家族の肖像』(一九八四年)
畳めくれば氷河うねっているよ父さん　同
おとうとを野原の郵便局へ届ける　『死亡の塔』(一九八六年)
父の肛門へ葬花詰め込むまっぴるま　同

おとうとを探して野原兄はかみそり　同（一九八八年）
なみだながれてかげろうは月夜のゆうびん　同
遠い駅から届いた死体町は白緑　『町は白緑』（一九八八年）
涙ながし空で縊死する鶯よ　『桔梗祭』（一九八八年）
抽斗の中の月山山系へ行きて帰らず　『月山山系』（一九九二年）
イッポンノ箒ガ空ヲ流レテイル　『天女と修羅』（一九九七年）
裏の木が舌をべろりと出している　『わが植物領』（一九九九年）
ふらふらと遠足に出て行く死後の兄　『月夜の遠足』（二〇〇〇年）

掲句は西川徹郎の各句集から引いたが、いずれも、現実的な風景というよりも、言葉の作り出すイメージで一句を読み込む以外に適切な読みは無さそうである。だからといって、まったく架空の世界が描かれているかというと、そうとばかりは言えないリアリティが句にはある。例えば、第一句目「祭あと…」の句にしても、「毛がわあわあと」を「山に」認めるならば、それはそれで畏怖するべき気分の多くを味わうことができる。また二句目の「畳めくれば…」も「氷河うねっているよ父さん」と書かれればいかにも氷河のうねりが見える。さらに、語りかけられた父さんは、当惑のままに佇立しているほかは無さそうでさえある。つまり、西川徹郎の俳句は、風景として確かに存在するように書かれているのだ。こうして「かれは言葉を意識から拾ってきて無意識の上にのせる」（吉本隆明「西川俳句について」）のである。

＊

ここまでに引用した西川徹郎の俳句は、彼のこれまでの刊行句集からの作品であるが、『西川徹郎全句集』には、これまでの句集未収録の作品が未刊集『東雲抄』として搭載されている。一九六三（昭和三十八）年から二〇〇〇（平成十二）年まで二千七句というから、さらに、同じく未刊の『月光學校』（三百七十六句）を、加えて、未刊行句の数は実に、二千三百八十三句、全句集収録句五千三百三十八句の実に約四十五％にも達する。

それも「抄」とあるので、ほかにもまだ未収録句が存在していることになる。その未刊句集『東雲抄』は次の句から始まる。

雷雨止み牧の木々より山羊の声
青野の雨が少女の足を磨いている　一九六三年

一九六三（昭和三十八）年とあるから、西川徹郎十五歳、高校一年の時である。雷雨が止んで牧の木々から聞こえる山羊の鳴き声や、青い野原の雨が少女の足を濡らしているのを、磨いていると捉えた初々しい純情も、同年、わずかの日月、俳句の実作のうちに、瞬く間に孤独の層を現してくる。

濡れた心を持ち寄る雪の日の登校　同
淋しき荒野少女が一匹の蝶と化す　同
北国は死者の口笛止む間無し　一九六五年
冬が来たいやぴらぴらなナイフが来た　一九六六年
冬が来る、いや、ぴらぴらなナイフがくる

こうして初心から約十年、『無灯艦隊』（一九七四年）の巻頭の句、

不眠症に落葉が魚になっている　一九七四年

の背景には、『東雲抄』の、

たすけてくれぇたすけてくれぇと冬木たち

の心象があるようにも思える。

あるいは、当時の前衛俳句の残り香でもあろうか、若き日の西川徹郎の次のような句には、その影響が見えなくもない。

銀行員の神経が流れている山脈　一九六六年
性病院の蒼い便器を担いで帰る　一九六九年

無灯艦隊草一本が戦慄する　　　　　　一九七三年

一句目は、

銀行員等朝より蛍光す烏賊のごとく　　金子兜太

二句目は、

性病院に瑞々しきは鳩の糞　　　　鈴木六林男

三句目は、

草二本だけ生えてゐる　時間　　　　富沢赤黄男

など、当時僕らの世代がしきりに目標とした戦後の作家たちの影響と超出への志さえ見えるようだ。それは同時代の真っ只中の言葉の風景に生きた証しでもあろう。

西川徹郎にとって、人間の個を個としてあらしめ、抵抗すること、生身の人間をそのまま生き、生かしめようとする、そういう存在にまつわる本質を、俳句の言葉として紡ぎ出し続けること、このことが最も重要な課題であった。言えば、全句集、とりわけ、これまでの彼の句業と合わせて未刊句集を読むと、合わせ鏡のようにそれらがはっきりとしてくるのであった。

（本論の初出は二〇〇二年茜屋書店『星月の惨劇―西川徹郎の世界』）

「実存俳句」のありか―西川徹郎に寄せて

つい先ごろ、二〇一一年に作家生活五十年を迎えることを記念して上梓された『西川徹郎青春歌集―十代作品集』（二〇一〇年十月・茜屋書店）を恵まれた。先に『決定版　無灯艦隊―十代作品集』（二〇〇七年六月・沖積舎）

が刊行されているので、これで、西川徹郎の十代における俳句と短歌作品、つまり、短詩型における初期西川徹郎の全貌が明らかになったことになる。

僕は二十代の初めに、当時、若き俳人の坩堝であった「渦」(赤尾兜子主宰)の会員として投句していた時期がある。そのときすでに、同人で活躍していた西川徹郎を遠望していた。その西川徹郎が一九七七年、二十七歳で第一句集『無灯艦隊』を上梓し、

不眠症に落葉が魚になっている　　徹郎

男根担ぎ仏壇峠越えにけり

父の陰茎の霊柩車に泣きながら乗る

の句を記憶に留めた。その十二年後、冬青社から『定本　無灯艦隊』(一九八六年十月・冬青社)を出版し、それには、

海女が沖より引きずり上げる無灯艦隊　　徹郎

の句を追加収載し、沈められていた「無灯艦隊」を眼前に在らしめたのであった。その後、一九八〇年に西川徹郎は、僕自身も参加していたが、攝津幸彦、大本義幸、大屋達治、長岡裕一郎、藤原月彦(現、龍一郎)などとともに同人誌「豈」の創刊メンバーとなった。

当時、二ヶ月に一度、奇数月の最終日、つまり三十一日に新橋三井アーバンホテルのロビーを「豈」のメンバーは待ち合わせに使っていた。攝津幸彦や仁平勝と会うと、必ず「銀河系つうしん」最新号についての話題となった。「銀河系つうしん」の最後部分に収録されている西川徹郎の日録ともいうべき「黎明通信」は、その批評の姿勢と激越な文章によって苦闘する西川徹郎の内面の激しさを象徴していた。しかし、その激越なる文章とは違い、数度の面晤の機会における西川徹郎の振る舞いは、生業である僧帽の姿を裏切らない、実に礼儀正しい礼節の人であった。現実に会う西川徹郎と、書かれた文章から受ける激越なイメージの不思議な印象を「豈」のメンバーと語りあったものである。一九九七年十月、攝津幸彦の急逝に遭ったときは、遠く北海道

芦別の地から駆けつけてくれた。攝津幸彦没後一年後に行われた偲ぶ会でも同様であった。攝津幸彦と同じく西川徹郎は、年齢的にも僕の兄貴分であったから、ただ、居ることで心が落ち着き、励まされたのである。

『西川徹郎青春歌集―十代作品集』は、一九六三(昭和三十八)年から六八(同四十三)年までの五年間、その名の通り、西川徹郎の青春期、十五歳から二十歳までの五年間の作品三百八十四首を収めている。そのうち九十七首は芦別高校文芸誌「シリンクス」に発表されたものだという。しかも一人の少女に捧げられた初恋の結晶なのである。このあたりの事情と全容については、同書に収められた「少女ポラリス」斎藤冬海の解説が精緻を極めている。

君が家見むとて丘を登りつつ撫子摘めば腕に溢れぬ　　徹郎
空知川の岸辺の町に君住むやそこはかとなき水の青さよ
己(おの)が病む如くに君は病みゐたり川は夜空を流れてゐたり
青ざめし心の如きあおき花狸小路にふってゐるかな
わが胸に海の流れてゐるごとし恋はば胸より海鳥の発つ

これらの短歌作品が書き継がれながら、「無灯艦隊」の句群も同時に生み出されていたのだ。ただ、短歌作品はその清冽な抒情とともに、歴史的仮名遣いで書き留められているが、「無灯艦隊」の俳句作品は、現代仮名遣いで書かれている。後に俳句一筋への道を歩むこととなる西川徹郎は、表記において、俳句では出立の時から現代仮名遣いを選択していたことになる。

その後、西川徹郎が自らの営為を明確に「実存俳句」と名付けて旗幟を鮮明にしてくる過程は、戦後俳句が、新花鳥諷詠と言挙げされるようになり、日本経済のバブル化とともにカルチャー化し、大衆化していく俳句に対して、さらに、日本経済のバブルが弾けて失われた十年を迎えたあたり、つまり、二十一世紀に入る時期、辺見庸の喝破したごとく総鬱の時代に突入する状況の、その流れに棹さすように「反季・反定型・反結社主義」

を掲げ、その叛意を「反定型の定型詩」という根拠において、引き裂かれゆく実存というふうに営為していった。西川徹郎自身も「実存俳句」という呼称を明確に標榜するようになったのである。ここで言われている「実存俳句」の〈実存〉とは、戦後に流行するサルトル風のアンガージュとも、いわゆる西欧哲学にある実存主義ともおよそ別のものである。実存とは何かと問われるときに、その「実存俳句」の意を、どうにも西洋的な範疇で理解してしまうのは、私たち戦後世代が東洋的、とりわけ仏教の原理、経典に不昧であることに依っているのだろうと推測できる。そのことは、西川徹郎も見通していて、その根拠を明確に、次のように述べている。

「私が命名した〈実存俳句〉という名称は、ゼーレン・キルケゴール(一八一三―五五)やカール・ヤスパース(一八八三―一九六九)などの所謂、実存哲学や実存主義でいう〈実存〉とは異なり、東洋思想の究極的な存在論である大乗佛教の浄土教の人間観によっていることをここに書き述べておきたい。(中略)

四苦の相(生老病死)と共にこの罪悪性と反自然的な本質こそ人間存在の偽らざる事実であり、実存性である。佛陀の教えがこの実存性の克服のために説かれた東洋の暁光であることを法然や親鸞は伝えたのである。私の文学はこの法然や親鸞の伝えた大乗の他力の人間観に依っている。(中略)

私の俳句は、この浄土教のミダの本願の、絶対他力の大悲の思想に依っており、殊に親鸞が明らかにしたこの〈地獄一定すみか〉という実存的な極苦の人間観こそ、私が殊更に〈実存俳句〉と呼ぶ根拠にほかならない。」

(「〈火宅〉のパラドックス―実存俳句の根拠」『星月の惨劇―西川徹郎の世界』所収、二〇〇二年九月・茜屋書店)

生を得たものは、生まれてくる時に、時代を選ぶことはできない。芭蕉は四十五歳の折り、「造化にしたがひ造化にかへれとなり」といい、「つひに無能無芸にして、只此一筋に繋がる」(『笈の小文』)と、また、最後の病床にあっては「旅に病んで夢は枯野をかけ廻る」の句について、「これは是れ、辞世にあらず、病中の吟なり、しかし、かかる生死の大事を前に置きながら、いかに生涯好みし風流とはいひながら、是も妄執の一と云ふべけれ。今は本意なし」(『遺語集』)と嘆じ、俳諧風雅を捨てることになったのも、選びとることの叶わない運命のなせる境地であったのだとも思える。その引き裂かれた実存と、口語で書かれた芭蕉最後の一句に対して、西川徹郎は「口語で俳句を書く」根拠を求め、次のように述べている。

「まさに生死の境に立ったこの〈実存俳句〉一句の屹立によって、〈わび〉〈さび〉や〈風雅のまこと〉を求めた俳諧の宗匠松尾芭蕉の生涯にわたる創作と漂泊の意味が転翻し、それらの総てが実存に駆り立てられて旅行く痛切な、一人の表現者、一人の創造的な思惟者のものと改変したのである。」　（同前）

それは、芭蕉が「汝が性（さが）のつたなきをなけ」（『野ざらし紀行』）とした「猿を聞く人捨て子に秋の風いかに」の心境に「聖道（しょうどう）の慈悲といふは、ものを憐（あはれ）み、悲（かな）しみ、はぐくむなり。しかれども、おもふがごとく、助（たすけ）とぐること、きはめてありがたし。」（『歎異抄』第四章）を重ねて想ってみてもよい。なお、かつ、西川徹郎は、

「一切の有情は皆もって世々生々の父母・兄弟なり、何れも何れもこの順次生に佛に成りて助け候ふべきなり」　（『同』第五章）

の言葉にこそ救いを感得し、自身の生業である僧・徹真と俳人・徹郎との合一を不可分のものとして生き抜く覚悟と実践の境地に到達しつつあるのだ、といえるのではなかろうか。

西川徹郎はここに自身の追求して止まない〈世界文学としての俳句〉の根拠が在ると喝破しているのであろう。

死ぬ前に睾（きんたま）の重さを量ってみる　徹郎

（本論の初出は二〇一〇年十二月二十五日口語俳句協会発行『口語俳句年鑑二〇一〇』）

◆大井恒行　おおい・つねゆき＝一九四八年山口県生まれ。立命館大学修。俳人。「豈」編集人。総合誌「俳句界」元編集顧問。元総合誌「俳句空間」（弘栄堂書店）編集人。現代俳句協会会員。日本文藝家協会会員。一九八〇年攝津幸彦・西川徹郎・宮入聖・藤原月彦（現・龍一郎）等と共に「豈」の創刊同人。「俳句空間」で西川徹郎を投稿欄選者に起用。月刊「俳句界」二〇一〇年二月号で特集「特別企画・極北孤高の異色俳人西川徹郎」を企画し、二〇〇九年十一月三十日西川徹郎文學館で「西川徹郎独占インタビュー」、翌十二月一日西川徹郎の生地新城峠をカメラマン赤羽真也を同行取材した。句集に『風の銀漢』『大井恒行句集』、著書に『教室でみんなと読みたい俳句85』ほか。府中市在住。

第五章　性的黙示録の世界

西川徹郎句集『家族の肖像』を読む

鶴岡　善久

憎襲われる白く汚れた樅の木に
浴室にて死児が青葉を掻き毟る
劇場に紙切れあふれる薄っぺらな死体
町は白髪のよう胎内に桜生え
銀河ごうごうと水牛の脳の髄

西川徹郎氏の新句集『家族の肖像』の原稿のコピーを読んだ。西川氏の句の感覚には、どこかうす気味悪いところがある。神経の芯が狂気のかげに染っているような句も見受けられる。西川氏の句集を読んでいくうちに、「白昼の浴室の凌辱」というスリラーの題名めいた言葉が浮かんだ。しかし西川氏はきわめて紳士的な人格のひとであろう。正常な人間の白昼夢ほどよりスリリングなのである。

狂人がみずからの狂気に気づかずつねに「至福」の状態におかれているのに反し、正常な人間は、逆に世界に対して居心地の悪さを、絶えず感じている。抑圧される「身のつらさ」に責められている。西川氏の句の美意識は、この「つらさ」が屈折し内向した部分から発生しているように、ぼくには思われる。西川氏のこの特異なイメージをシュルレアリスムの枠に入れるのは危険だと思う。フランスにおけるシュルレアリストたちは、ダダが破壊した秩序の無制限性=自由のなかにいた。したがってシュルレアリストの幻想はきわめて陽性である。幻想ははてしなく拡散し、どこかで再生に連らなっている。それに対し西川氏の幻想はかなり閉ざされた密室性を有している。それは「北方的な求心性」といいかえてもよい。一瞬突き出された刃物のように、読者の感性にくい込んでくる。そしてこうした西川氏の幻想の求心性はちょっと緊張が弛緩すると急速に幻想のリアリティを失うという危険性をつねにはらんでいるように、ぼくは思うのだ。危険に接している分だけ西川氏の美の資質は鋭い。

夕日嗅いでるかみそりばなの嫁さん
秋草へころされにゆく淡いゆびたち
通夜の客が梅の花ほど梅の家に
桜並木と忌中の刺身透きとおる
稗さわぐ日の押入れの中のたましい

さて西川氏の句にはもうひとつの顕著な特質があるように思う。これらの句のイメージはどこか外側へはみだしていっているようなところがある。イメージがやや不確かに漂泊、ないしは溶解しているような感がする。ぼくはむしろ西川氏の句のこうした傾向により好感をもつ。「夕日嗅いで」から破調の「嫁さん」まで一気に詠んでなお充足する「ゆとり」。秋草のなかへ殺されにいくゆびたち。しかしこの「ゆびたち」が「淡い」と規定されることによって惨劇からまぬがれる。むしろ秋草のなかへゆびたちは参入することによって和合する。通夜の客が「梅の花ほど」と形容されることによって、通夜の人間臭い悲哀から一気に昇華される。句作りの手法からいえばさらに「梅の家に」と重ねたところが手柄なのだが、ぼくはこの句から「死への祝祭」をさえ感じてしまう。死を悲しみの極致としてとらえるリアリズムを超えて、この句は自由な開放されたリアリティに届いているように思う。「忌中の」の句、ぼくは「通夜の客」の続篇として面白く読んだ。この句にも同じことがいえよう。「稗さわぐ」の句も仲々にいい。句の総体がしんなりとぼくの魂を、自在な空間へ連れだし解放してくれる。

祭あと毛がわあわあと山に

さてぼくがこの句集でもっとも仰天したのはこの句との出会いである。ぼくにとって『家族の肖像』一巻はこの句唯一句によって忘れえぬ句集となった。この一句のために他のすべての句を捨ててもぼくは惜しくない。従来の新興俳句、前衛俳句がついに到達しえなかった一極地をこの句は占めている。なぜこの句がそれほど秀句なのか、ぼくには説明ができない。「祭あと」の空虚な静寂と毛がわあわあと生えてくる増殖性のアンヴァランスの妙、などといってみたところで、この句の本質に迫りえない。またこの句を句作するときの西川氏の「無心」に想像をめぐらしたとて、あるいは破調がいっそうこの句の魅惑を保証しているのだ、といってみてもどうにもならぬ。ただこの句に出会ったとき、もうどうしようもなく、ぼくはぞくぞくとした快感に襲われたのである。この句はぼくが関わっている詩の世界へ連れだしても、ちょっと類をみぬ不可思議な魅力をもっている句だと思うのである。この種の句はただいたずらに齢を重ねただけではぜったいに生まれるものではない。もしかすると、

白い木槿の錯乱という少年

というような句が保障している西川氏の若くナイーヴな詩精神が産みだしたものであるやもしれぬ。最後に苦言をひとつ。この句集のもっている「前衛らしさ」は存外に古いところがある。ふり捨てるべきだと、ぼくは思う。

（本論の初出は一九八四年沖積舎発行西川徹郎第三句集『家族の肖像』別刷栞）

◆鶴岡善久　つるおか・よしひさ＝一九三六年千葉県生まれ。詩人・評論家。明治大学文学部卒。元青山学院短期大学講師。元敬愛大学講師。詩誌「時間」「地球」同人を経て沢村光博と「想像」「言葉」を編集。画家ミショーと親交を結ぶ。著書に詩集『蜃気楼の旅』、評論集『日本超現実主義詩論』『日本シュルレアリスム画家論』ほか。船橋市在住。

菱川　善夫

人間をせせら笑う草木──むきだしにされた存在の不安定性

食器持って集まれ脳髄の白い木　　徹郎

「現代俳句」第10集、〈八〇年代の俳句〉特集の『瞳孔祭』以後」の冒頭におかれていたのもこの作品で、その時も強い印象を受けたが、『家族の肖像』と命名されたこの句集の巻頭においてこれを読むと、とりわけ私の神経にびりびりと響いてくる。

木に脳髄がある、というのは、さほど驚くべき発見ではないが、脳髄を持った白い木にむかって、「食器持って集まれ」と命ずるのはただごとではない。木も人間同様に飯を食い、水を飲み、わいざつな会話を楽しむことのできる存在として、西川徹郎の中では自覚されているのである。

家族、というものを描きだすもっとも日常的な風景が、食事の場面である。ホームドラマから、食事の場面をとりのぞいたら、ドラマが成立しないほど、めしを食う場面は氾濫している。その凡庸な日常性を叩きつぶすために、西川は、白い木に向かって「食器持って集まれ」と号令を下す。

家族論が、血縁関係を中心とする領域の中に限定されているとき、西川は、大胆にもそこに、樹木を、家族の構成員として持ちこむことを提案しているのである。ペットの小動物を、家族の成員とみなす感覚は、今日の都市型家族の感覚の中に、ひろく浸透しているけれど、ペットが家族の成員となる条件は、人間の愛翫物であることを絶対的条件とする。その枠を踏みはずした途端、彼らは捨てられるか殺されるか、いずれかの形で処理される。人間の尊厳は絶対であり、たといどのようにくだらない人間であっても、賢明な猿よりはましなのだ。そのヒエラルキーの崩壊することはありえない。

同様に、多くの市民が観葉植物のたぐいを部屋に持ちこみ、定年退職後の老人が、庭木いじりに熱中するけれど、それも人間に快楽を提供することが絶対的条件となっている。睡眠中に首を締めにやってくるような植物を誰が大事に育てるだろうか。

われわれの日常性は、そういう人間にとって都合のよい価値体系の上に築かれている。その価値体系の上にわれわれはあぐらをかいているのだが、もしそれが崩れたなら、いったい人間はどうなるのか。人間中心の神話が崩れ、人間至上の価値体系が崩れたなら、たぶん人間存在の不安定性がむきだしになるだろう。しかも、そのような不安定性がむきだしになった状態の中で、人間は、他の生物や物との信頼関係をとりもどしうるかどうか、とりわけ、人間との関係を新しくつかみなおす必要に迫られるだろうが、家族論は実はそこから出発すべきだという、きわめて根源的で、かつ尖鋭な問題意識が、西川徹郎の深底に潜んでいる問題だ、というふうに私は推察している。

だから、もしそのような価値体系が崩れたなら、人間のために祈り、もっぱら人間のための救済をこととしてきた宗教が揺らぎ、坊さんが、まっさきにやっつけられるのは当然だ。いや狂暴なエネルギーの犠牲になるのは、何も坊さんに限ったことではない。

僧襲われる白く汚れた樅の木に
庭のはずれの草が皿屋を殺めに行く
鳥に食いちぎられる喉青葉の詩人
必ず刺しにくる北北東に木が咲いて
倒れている自転車月の家のおおかみ
四、五日で家食い荒らす蓮の花
ぎゃあぎゃあと舌毟りあう棕櫚の家

床下から足が出てくる草のよう
剛毛生えた自転車突如走りだす
猛犬である下駄箱は町を映し

庭はずれの草は皿屋を殺しに行き、北北東に咲いた木は、必ず刺しにやってくるし、蓮の花は、四、五日で家を食いつぶしてしまい、棕櫚の木は、ぎゃあぎゃあ言わせながら、人間の舌むしりを楽しんでいるのである。ここには、眺められた草木は一つだに存在しない。人間の下位に立つ植物、というヒエラルキーが撤廃され、彼らも、人間と同じく殺意を持つことができるのだ。殺しが、人間の特権である、という傲慢を、西川徹郎の草木たちはせせら笑っている。

草木だけではない。倒れた自転車は、月光を浴びてよみがえり、「おおかみ」となって人を襲う。狼男の正体が、実は自転車だ、というところに痛烈なイロニーがこめられているが、この自転車は、夜だけではなく、日中にも全身見る見るうちに剛毛を密生させて疾走する。玄関の下駄箱だって、猛犬の表情をかくし持っているのである。

こういう殺意を秘めた外界――人間が、文明という名によって馴致したはずのものが、その鎖を切って立ちあらわれ、文明への反抗、人間の傲慢への復讐を企てているのが、西川徹郎の世界である。そのエネルギーは瞠目に値するが、さてそういう世界の中で、人間に〈死〉以外のどのような道が可能なのか、と問えば、その答を見出すのは、なかなか困難なことだ。西川自身も苦しんでいるところだが、その答えの一つは、次の句の中に見出すことができるかもしれない。

葉にまみれ葉がまみれいもうとはだか

「葉にまみれ」は、植物との姦淫関係を暗示するが、裸形をさらしたところからの、その意味では、より性的な、より根源的な結合関係の創造を、西川徹郎は、思考の根底に捉えようとしているように思われる。『家族の肖像』は、その認識が果敢に展開される前の、挑発にとんだ句集ではあるまいか。

（本論の初出は一九八四年沖積舎西川徹郎第三句集『家族の肖像』栞）

◆菱川善夫　ひしかわ・よしお＝一九二九年小樽市生まれ。二〇〇七年没。短歌評論家。北海道大学文学部卒。同大学院文学研究科博士課程修。近代日本文学史専攻、風巻景次郎に学ぶ。詩歌句横断のシンポジウム「スクランブル88」を西川徹郎と共に代表世話人となり札幌市教育会館で開催。寺山修司十三回忌に当たる〇三年五月四日、北海道立文学館特別展「寺山修司～燦めく闇の宇宙～」では西川徹郎と共に記念講演。北海学園大学大学院教授を務めた。著書に『飢餓と充足』『戦後短歌の光源』『菱川善夫著作集』全十巻ほか。

清水　昶

断章・俳句を開く扉──西川徹郎へ

西川徹郎さま。まず現在のぼくの心的状態を説明しておきたい。東京は「意味」であふれかえっている。憂鬱でしかたがない。出会う人間も、まるでデパートの売場にいるような雰囲気である。ほんらい日本人は「意味」など信用していないのに文学も「意味」で埋めつくされ「意味」という商品が叩き売られている。「意味」すなわち「言語」には、もともと実体などはなく、言語がもし緊張感を持つとすれば、それは言語と言語のあいだにある深ぶかとした暗闇からもたらす、みえざる心の戦闘性のごときものである。それは「喩」すなわち暗示の表現方法といい換えてもよい。

現代の商品的司祭たちは、言語の意味こそ最良の「私」の実体だと思い込んでいる。そういった輩がいるかぎり、ぼくらは闘いつづけなければならぬ。それは、たぶん孤独を強いられた戦闘になるだろうが、負けるわけにはいかないのだ。今回は、現代俳句批評ではなく、その前提として「意味」というものの「無意味さ」への断章を俳句を開く扉として書いてみた。

ときとして、ぼくはとてつもない淋しさにおそわれる。しかし、その淋しさは「詩的想像力」をかきたててくれる。どうしてなのだろう。ぼくは政治的に反発したが石原吉郎と黒田喜夫の心の奥底には、いいしれぬ淋しさの存在が、しっかりと根をはっていた。石原吉郎には苛酷なシベリア・ラーゲリ体験があった。黒田喜夫には極貧の幼少年期体験と日本共産党への憎悪、そして気の遠くなるほどの病魔との苦痛にみちた生涯があった。ただし、時代的肉体的苦痛は、彼ら詩人たちに徹底して心の淋しさをうえつけた。その淋しさの「自覚」において石原吉郎も黒田喜夫も、はじめて政治的な「世間」を眺めるに至った。

では苛酷な体験を経なければ、淋しさという心の根拠を持てないのか。そんな馬鹿な！　それは日本人のだれしもが心の底に持っている「無意味」な感受性である。たまたま彼らインテリゲンチャは、その無意味性に気がついたにすぎない。

「意味」というものは、一種の恐迫観念から生まれる。日本人が本質的に持っている淋しさという「無意味」からの。ジャック・デリダのいうエクリチュール(記述)、あるいはパロール、ロゴス(言語)をアプリオリにテキストとして「人性」と「歴史」を解明しようとする「哲学」は、一見、新鮮に思えるが、単なる無限に「おしゃべり」をつづける不毛なイドバタ会議にすぎない。ミッシェル・フーコーの「権力論」も、この資本制社会の「疎外」された欲望を合理化するための単なる「理想」にすぎなかった。可愛そうなフランス最尖鋭の「哲学者」たち。命名すること、つまり、すべてを「意味」づけることこそ「権力者」の重要な課題だという。そして「あなたも権力者」のひとりになれると主張する。それは、とてもぼくらを勇気づけるが、中世から近代への歴史的「意味」から理想化する現実肯定の「権力論」はキベンにしかすぎない。本質的に人間の存在を馬鹿にした嘘つきどもだ。

けだし、ぼくらは正統な「権力」を持つべきである。「反権力」などという甘ったれた「権力」ではなく、ぼくら日本人に、いわれもなく内在している「無意味さ」その淋しさを根拠にして。

ぼくは、その「権力の正統性」を、晩年の黒田喜夫に対して主張した。政治においても文学においても。政治的な立場から「反権力」主義者だった黒田喜夫は、猛然と反撃してきた。だれしも、人間は、生活的体験的に時代の「流行」として生きざるをえないことはわかる。学生時代から黒田喜夫の心の風景、その淋しさの「つよさ」に惚れ込んでいたが、黒田喜夫は、ついにみずからの政治体験的「流行」を切り拓くことができなかった。

ぼくは、いわゆる日本的「心情右翼」に仕立てあげられてしまった。理論闘争において、もっと「権力の正統性」について言及したかったのだが、黒田喜夫は「この目で革命というやつを見たかった」という初期からの無念の思いを持続しつつ苦悶の内に昨年、亡くなった。黒田喜夫とは政治思想的に対立したが、彼の淋しさの根拠は、いまでも心の底に鮮烈にのこっている。

石原吉郎は俳句が好きだった。俳句的空間(嫌なことばだが)「私」というものを言語の裏がわに隠す最適の表現方法であるような気がする。石原吉郎の詩は、すべて俳句の手法を借りて成立している。したがって苛酷なシベリア・ラーゲリ体験を越えて、淋しさの極地を、みごとに現代に表現しえた。真の俳句には芭蕉にもみられるごとく、時間がない。したがって俳句は歳をとらない。遠近法を消去したピカソの絵のように。

本来、人間は未完成であるゆえに希望を持つ。「絶望」ということばを、アメ玉のようにしゃぶりながら、それでも、ふとかんがえる。もともと西欧的な「近代的自我」などというものは、この日本の風土には、ありはしないのだ。「私」というものはない。政治制度が明治、近代において、それは幻想として強いてきたものであり、文学的情念は、つまり、ぼくらの日常的感受性は、徹底して、制度としての言語を排除してきた。主体なき主体を、反逆と「革命的」情熱の破壊の原点としてきた。

日本語は二重の「意味」を持っている。制度的な合理性からの強制と「無意味」さをあらわすものとしての「意味」の情熱と。

現代詩、現代短歌、現代俳句、それら表現者は、その二重の「意味」にひきさかれながら、苦闘してきたといえる。その苦闘の中で、知的戦略をなした者が「有名人」となり果てた。なれの果てという「意味」だ。

きみは現代俳句についていう。「もっとも報われることの少ない詩型と表現を選んだ」と。嘘だ。この管理社会において現象的に、ほとんどの人間が、みずからの苛だちを巧みに知的戦略としての「幸福」へと転嫁している現在において「不幸」を、あえて選んだということは、素晴らしい認識である。

「意味」のそとがわで圧倒的に「無意味」であるがゆえの官能を表現すること、俳句の可能性があるとすれば、その一点につきる。

そして日本共同体の風土的淋しさを激しく表現することによって、その根底的な淋しさを根拠にして、体制的言語を破壊すること。愛への淋しさ、死者たちへの淋しさこそが、ぼくらを激励する。

「意味」のその「言外」の、はげしい沈黙の渦動を根拠に、ぼくらは、ぼくらを「創造」すべきだ。

現在の高度資本制社会を分析し解釈し、そして理解する輩は、ごまんといる。そんなことをして何になる！それこそ「意味という病」に犯された病者たちではないのか。彼らは、よほど暇なのだ。現在、ぼくらは詩の一行、あるいは俳句の一行によって「国家論」を語ることができる。

いまこそ「沈黙するための言語」が必要とされている。真の詩が必要とされている。なのに詩人(俳人)たちは、詩の中で、意味を求めて息ぐるしいまでに、しゃべりすぎる。意味で、すべてを埋めつくそうとする。知的戦略家としてのソフィストども！　ぼくは「詩人」ではないから気楽だが、真の「詩人」志願への願望はある。まだ「詩人」になりたいという「未来」が残されている。ただ、くたばりそこないの「詩人」にだけはなりたくない。

破壊せよ！　そのあとにも精神の空地は充分に残されている。

険悪な天候のため、ドイツ革命は音楽の中で行われた。

百年前、あるいは千年前の死者たちに手紙を書こうと思っている。ぼくは正気だ。正気だということを主張する人間は、今日の精神病院では狂気だと診断される。ならば、あえて狂人になりたいが。

　一度だけずたずたになって死にそこなったことがある。「自己」と「世界」のギアが狂った。精神の弱者は勝手に死ねばいい。同情される必要は、まったくない。ぼくは「近代医学」によって奇跡的？に生きかえったが、その後、地を這ってでも生きようと思った。もっとも真に同情などしてくれる人間はいない。「あいつは馬鹿だった」という「やさしさ」が「落ち」である。他人との関係は「印象」にすぎない。ペシミスティクに、そういっているのではない。馬鹿であれ、何であれ、ぼくらの生とは、あるいは表現とは、「印象」によって成立している。

　寺山修司は、死の直前「あなたは何故、死を恐れるのか」という苛酷な医師の質問に、しばらくおびえてから「未練だ」と答えたという。大阪にいる、ぼくの祖母は九十二歳で健在だが、ひさしぶりにたずねていったとき、「ありがたい」を連発していた。「有り難い」。この世に在るということのやすらぎに満ちていた。

　人間には、ふたつの時間がある。ひとつは生きるということを危機感として捉え充実させることと、死ぬということを、おなじように捉え充実させることである。このふたつの時間を、統一するのが真の哲学だが、現代の、だれしもが「流行」として生き「流行」として死んでいく資本制社会において、死生観は不安に満ちて分裂の極に達している。

　神なき国の肉体的「神学」が必要とされている。「詩」が必要とされている。

　暗喩としての生、暗喩としての死。ぼくらは、そこをつきつめるべきだ。すべてが「喩」としてしか語れない、この現世は、表現の、死生観の、文学の永遠の授業、生業であるかもしれない。

　神は人間のコピーになった。民衆自身の「権力」は、テクノロジー的支配のコピーに堕落した。

　テクノロジーの発達は仕方のない、とどめようもない人間的現実である。現在はコンピューターだが、たとえば「電話」という器具を、かんがえてもいい。せっかく、心が安らいでいるとき電話は、容赦なく、まったく不意に人間の心に土足で飛び込んでくる。コンピューターをはじめとするテクノロジーの発達は、合理性、その便理さを産んだが、それゆえに人間が人間として生きるための、一対一の、あるいはその共同性を肉声を「機械的」にアレンジした。かつてのイギリスにおける「機械打ち壊し運動」は馬鹿げていたが、テクノロジーの発達によって人間は新しくなるという連中も現在、愚劣きわまりない。テクノロジーの発達は、あくなき人間の欲望の必然的過程であり、否定しようもないが、百年前に言ったマルクスの人間の自然哲学は、現在でも否定しようがない。人間は「アイ・ウォズ・ボーン」であり、その「生まれさせられる」という被造物だ。ゆえに自然から「疎外」されているということを認識することによって、もうひとつの「自然」である「人間的自然」を生き死にすることになる。まったく偶然に、しかも「人間的自然」に男と女が存在し、その「疎外」ゆえに、恋とか愛とかも生まれてくる。この「疎外」があるからこそ、肉体的にして精神的な「疎外」の絶対性、矛盾しているがために「家族」をつくるようになる。男と女は、ついに和解すべくもない、その逆説としての葛藤においてのみ「安定」という「未来」を渇望しつづける。そういった「未来」への情熱こそ、じつは「現在」をしっかりと支える「沈黙の意味」なのである。

人間の死と生存の原理は、いかに時代が変わろうと、いかように「流行」の波に流されようと絶対的に不変である。

ぼくらは現在を生きぬくためには「流行」としての「生活」を生きざるをえない。自分を売るために。それがカネになるか、ならないかなんて、そんなことは、どうでもいい。しかし表現者としての自覚は、有名であれ、無名であれ、この時代の「流行」つまり自分自身が「流行」として生きざるをえない「言語の現実」に徹底して不信に徹することによって「没歴史的」に、ことばを使うべきであるということである。「没歴史的」とは「没個人性」の喩でもあり「流行」としてのことばへの反逆において、人間の思索の、そのはげしい沈黙に居坐って、その風景を可視的に捉えるべきだということである。風俗的ことばは走る。その「走り」を見とどけるためには、静止と沈黙の言葉が必要とされている。同時におなじスピードで走っていては相手の姿がみえない。

（本論の初出は一九八五年九月二十日黎明舎「銀河系つうしん」第四号）

◆清水 昶 しみず・あきら＝一九四〇年東京生まれ。二〇一一年没。詩人、評論家。同志社大学法学部卒。一九六六年第七回現代詩手帖賞。この頃より「現代詩のスーパースター」と称される。晩年精力的に俳句を作り、没後有志により刊行された『俳句航海日誌』は西川徹郎第十四句集『幻想詩篇 天使の悪夢九千句』と共に第七回日本一行詩大賞特別賞を受賞した。詩集に『現代詩文庫 清水昶詩集』『夜の椅子』、評論集に『抒情の遠景』ほか。

菅谷規矩雄

死者の棲むところに—西川徹郎小論

空の裂け目に母棲む赤い着物着て

——この句のイメージは、あざやかだ。それは、幽暗を背景にしているからこその、あざやぎである。空を、ではなくして、空の〈さけめ〉をこそ、みたい、みてしまいたいという欲求——しかも欲求でありながら、みてはならぬものをみてしまったという負いめである。なぜなら、無にみちみちているからこそ完全であるところの空に、さけめが生じたとしたら、それはすなわち世界の崩壊のきざしにほかなるまい。そのきざし（すなわち、さけめ）のただなかに、母が棲む……のだとしたら、このさけめは、それじたいとしていかなる境域なのか。

空無のさけめとして出現しうるのは、虚有である。わたしたちはここで、ほとんど一瞬のうちに、実有—空無—虚有……の三つの境域があやなす存在界に、たちあっている。——小むずかしく言あげすれば、そういうしだいである。

この句の〈母〉は、地上のひとではむろんないが、地下のひとでも、さらには天上のひとでもなく、では空のさけめ、虚の境域とは、天界や人界にたいして、どのような位相としてあるのか――ひとことでいえば、幽界である。

冥界とか魔界とかは、幽界の末期相であり、ほんらい、幽界は、天界(彼岸)と人界(此岸)との通路にほかならなかった。ではなぜ〈母〉は、通路にほかならないこの境域に〈棲む〉のか。あえて極論しよう――彼岸の聖性にたいする〈信〉の絶対性が、わたしたちの世界では稀薄になってしまっているからだ。言いかえれば、彼岸が相対化されてしまっているからだ――むろん、そうしてしまったのは、わたしたち人界にすむものの不信である。

西川徹郎の作品群は、しばしばこう問うているようである――死者はどこに棲むことができるか、すなわち安住の場(エートスのありか)をみいだせるのか。「空の裂け目に……」の句を、かりにその問いかけとみなせば(むろんこの句は、この問いだけのものではないが)、こたえは、こんなふうにもえられる――。

雪降る秋も押入れに父棲んでいる

「棲む」という語は、西川徹郎の句作にあっては、特有の意味をあたえられる――といっていい。わたしたちが現世に(人界に)「住む」のだとすれば、死者たちは幽界に(しかも、現世をも幽界となして、そこに)「棲む」のである。

さらに、「犬がいる」「庭がある」――のように、「いる」と「ある」のつかいわけの基準が有情・無情の区別にもとづいているごとく、西川のヴォキャブラリィとしての「棲む」は、転生輪廻をはてしなくつづけるすべての有情のものの、本源の場、すなわち幽界そのものの〈すがた〉をさししめしている。

そのような了解のもとに、みぎの句は、ひとつの条件を提示している――もし、死者が家族の内部に〈棲む〉

ことができるならば、したがって、わたしたちは、家族の一員として死ぬことができるならば、わたしたちは死者として（死者としてのわたしたちひとりひとりは）、どのような不信からの相対化や無化のまなざしにも耐えぬいて、浄化されたもの――全き死者でありつづけることができる。

西川の作品群は、この条件を定位することがわたしたちの現代にとっていかに至難なことであるかを、身をよじらせての泣きわらいで、語っている、のみならず、おのれのことばの意力と念力とさらには呪力をあげて、読誦している。

赤い着物の母、押入に棲む父――その幽明と幽暗のあやなす〈幽〉そのものの本源、死者たちのありかとしての幽なる〈家族〉、すでにわたしたちは、そのありかをエロスとよぶのをためらわない。

ためらわないがゆえに、この本源（エロスのありか）が、エートスが、ひきさかれている、その〈さけめ〉に、西川徹郎のパートスがふきだすのを、まのあたりにする――そして、不可能な家族、という冥界の出現にたちあうのである。

無蓋車が姉積んで行く彼岸花

――姉にたいする弟（である「わたし」）、という視点を定位するとしよう。彼岸花は、弟の眼前に、冥界から〈出現〉して、幽界への視野を（「母」の句における「空のさけめ」のように）、幻出（そんな語法が可能ならば、だが）させている。このパースペクト（世界の「さけめ」を介してえられる）の地平を、無蓋車が、横切ってゆく――それは、ほんらいは、幽界を無限に循環している、いわば銀河鉄道なのだが、彼岸花が弟にあたえる視界のなかでは、ハイパー・リアルな〈物化〉のすがたとして、つまり姉を〈貨物〉として、出現させる〈通路〉であるほかないのだ。

物象の〈出現〉は、さらに侵入、はては乱入のさまを呈して、ついには〈家族〉を文字通りの修羅場とするにいたる。これは必然であろう。

家族晩秋毛の生えたマネキンも混じり

四、五日で家食い荒らす蓮の花
家中月の足あと桔梗さらわれて

ここまできて、わたしたちは、こんなふうなメッセージをききとっていることになろう——。〈家族〉だけが死者の〈棲みか〉でありうるならば、その〈家族〉という幻を負って生きるかぎり、世界とは〈修羅〉の場である。修羅の出現と惑乱に身をゆだね、おのれもまたひとりの修羅のすがたを世にさらすこと。

僧とは、申すまでもなく、出家であり、出家とは、まずなによりも家族の絆をたち切ることであった。——このプロセスは、現在にあたって、西川徹郎というひとりの僧侶において逆転されている。家族という修羅場にたつためにこそ、出家は必然だ——というように。

なぜなら、死者を排してなりたつ現実の〈家族〉は、不可避的に崩壊してしまっており、この不可避さの因は、なによりも、死者を家族から追放してしまったことじたいにある。

西川の句作が、直接にそのようなメッセージを発して、現代の家族状況に発言しているというのではない。西川はひたすら、五七五を念じているのみだ。定型がどうの、また、前衛がどうの……はどうでもいい。五七五への、果てしない異化を介して以外に、日本語のリズムの本源へ、ゆきつくみちはない。そして、その本源とは、意力であり、念力であり、呪力であり、それらを統べたところでの、鎮める力のありかである。

ことばが韻律に執する理由はただひとつ——リズムとは、詩の発生の現前(プレザンス)にほかならない。この、発生の瞬間……というスリルをふくまなければ、俳句も、短歌も、むろん現代詩も、韻律として存在する理由はない。

西川徹郎があえてえらんだ悪戦の場が、なおまだ、遠くのわたしたちに、霊たちの泣き笑いするすがたを、その出現のスリルを、たんのうさせてくれることを期待して、この不格恰な走り書きを、ひとまずしめくくることにさせていただく。

（本論の初出は一九八八年七月秋桜発行所『西川徹郎の世界』（『秋桜COSMOS別冊』））

◆菅谷規矩雄　すがや・きくお＝一九三六年東京都生まれ。一九八九年没。詩人・文芸評論家。宮沢賢治研究。東京教育大学独文科卒。東京大学独文科に学士入学し卒業。天沢退二郎等と詩誌「暴走」「凶区」に拠り詩や評論を発表。東京都立大学助教授となるが、大学紛争で免職。著書『詩的リズム』『無言の現在』『詩的六十年代』ほか。

乾　裕幸

迷宮の胎蔵界──西川徹郎小論

一句のありさま異形異類にして、新事前代未聞也。さてもしたり、おもしろし（『誹諧破邪顕正』）

試みに問うてみよう。西川徹郎は表現の武器としてなぜ俳句を選んだのかと。この問ほど無意味なものはないと思う。なぜなら、かれはけっして「俳句」を選んだのではないからである。具体的に言うと、かれは虚子のような《花鳥諷詠》の俳句を選ばなかったし、誓子のような即物的な《取合せ》の俳句も、ぐっと近づけて坪内稔典のような《口誦性》の俳句も選ばなかった、ということである。かれは、まさにただいま在るとおりの、かれじしんの俳句を選んだのであって、いうならば俳句がかれを選んだのである。だから、かれがなぜ俳句を選んだのかという問にたいしては、かれじしんの俳句がもっとも適確な答を用意しているにちがいない。

問いかたを変えてみよう。西川徹郎はなぜ表現の武器として俳句形式を選んだのかと。だがこれもまたあまり意味がないのではないか。かれはこういうにちがいない、俳句形式の可能性を信じたからだと。はたしてかれはつぎのように答えていた。

「俳句と呼ばれるこの極小極短の詩型の構造こそが、言語を弓矢の如く尖鋭化させ、存在をその根源まで刺し貫いてゆくことを可能とする方法であるはずだと私は信じてきたのである。」（『死亡の塔』後記）

問は俳句形式の可能性を問うという一般論のレヴェルで逡巡することになるであろう。したがってわれわれは一気に、西川徹郎のことばへと向わなければならない。ことばそのものが、西川徹郎とことばとの関係、言いかえれば西川徹郎にとって俳句とは何であるかを開示するに相違あるまい。

○

北海道に住む多くの人びとは、津軽海峡に隔てられた日本列島の長大部分を「内地」と呼んでいる。それは北海道を「外地」とみる認識に呼応するものであろう。（中略）

一国の政治的・経済的メカニズムを支配する東京都と陸続きの本島が中央であるならば、歴史的にも地理的にも北海道はまさに辺界と呼ぶにふさわしい土地であった。

西川徹郎はそんな辺界から、そんな辺界にこそふさわしい有標のことばに乗って、銀河系つうしんの光速で、中央へ飛来し、そして撹乱する。じっさい、かれの俳句は撹乱要素に満ちあふれている。

巨きな　＊　が飛びだす羊飼う村に　①

海女が沖より引きずり上げる　＊　②

無数の蝶に食べられている　＊　③

銀行より　＊　が出てくる真昼なり　④

＊　が樹上にいる北端の町を通る　⑤

紙飛行機　＊　越え青田越え　⑥

＊　の生えた遠い岬が見える図書館　⑦

＊　の中の墓地咲きかけの曼珠沙華　⑧

『定本　無灯艦隊』から任意に数句を抽出し、＊の部分をわざと隠蔽して掲げてみた、ちょっとしたいたずらである。これらは何の変哲もない、しごくオーソドックスな文脈として読みとられるだろう。＊の部分におのがじし想像力をはたらかせてことばを補ってみるがよい。句々をそのまま充足させ完結させることばがいくつも思い浮かぶだろう。

西川徹郎じしんのことばは、①耳、②無灯艦隊、③渚町、④皿、⑤犬、⑥尼の耳、⑦乳房、⑧枕、である。先ほどの文脈は、これらの語の充填によって完結への指向を疎外され、攪乱され、不透明となる。ことばの指示性(ディノテーション)はにわかに後退し、文脈は圧倒的に優勢な含意性(コノテーション)によって満たされる。こうして人々は、西川徹郎の見出した(創作した)ことばのコードを見つけようとして懸命にもがくことになるのである。

○

北辺の地から飛来して、ひっ搔きまわし、ひっくり返し、「内地」の人々を混沌の渦中へ投げ込む、このものの正体はいったい何なのか。トリック・スターなのであろうか。いや、そうではあるまい。かれはけっして俳諧(放笑性)の方へは面(おもて)を向けようとしないのだ。(中略)

西川徹郎はトリック・スターであるよりも圧倒的に巫覡的である。(以下の引用句はすべて『死亡の塔』所収)

　梅咲く戸口死者と生者が入れ替わる

この「梅の木」は、プリヤト人において「樺の木」がそうであるように、西川徹郎においてもおそらくudesi burkhan(戸の守護者)の喩的存在に相違あるまい。それはシャーマンに冥界(異界)への扉を開く樹なのである。かれは彼岸と此岸とを往還し、媒介し、攪乱する。あらゆる異質の空間を、自在に通りぬける。これはシャーマンの呪的飛翔のやはり喩的営為にほかならない。

　麦野は鏡宿を出て来た少年に
　鏡三枚持って遠野へ通りゃんせ
　鏡破って出て行く少年冬波は

サルトルの『汚れた手』における「鏡」の役割がそうであったように、この「鏡」もまた異界への通路である。

一番奥の戸は冬海である肩で押す

ときには「冬海」が「鏡」の役割を代行する。

西川徹郎は、これらの通路を通り抜けて死者たちと交感するわけだ。

たとえば、

物置きの中の自転車を亡き姉に貸す

物置きへ弟を仕舞い込む晩秋は

というふうに。

○

もとより虚構の家族構成において、かれの父は「押入れ」に棲んで草を食い、母は天上にいて出血し、兄は失踪し、姉は植物となり、弟はマテリアルな存在として描かれ、妻は幽霊である。そのようにどろどろした肉親との関係性のもとに、かれの自我は分裂しつづけるわけだが、崩壊にまではけっして至らない。かれの俳句のことばは一見精神分裂症的ではある(清水昶「ひとつの感想」、『死亡の塔』栞)けれども、それはイニシエーションに顕著な幻想なのであって、これらの俳句はことばによるその擬態にほかならない。

胎内を四、五日歩く稗生えて

母なる大地の胎内をかけめぐる山の験者の胎内遍歴を、これはわりなくも想像せしめる。

西川徹郎は「銀河系つうしん」第八号(一九八七年・黎明舎)の「黎明通信」に、熊野での体験をつぎのように書いている。

「朝から降り続ける雨が、杉の木の森や林を一層鬱然とした暗緑に染め抜いて、言いようも無いほどの新鮮な霊気を発散させているのであった。熊野は何んと霊気の漂う国か（略）三、四十分杉の古木の樹ち込んだ山中を揺られた後、私は、比類なく荘厳な、あるいは神秘的なとでも呼ぶほかの無い一条の、紛れもなく一条の、光の束の突然の落下としか喩えようのない光景に出遇ったのであった。つまり那智の滝である。天へ向かって聳立する杉の巨木の群の裂け目に、まさしくその天頂から突如として落下する一条の白い光が那智の滝であった。私は、一瞬のうちに強烈な霊気の発散を感受した。」

わたしたち「俗」にとっては観光廻りでしかありえない〈熊野の山奥を巡るというバス〉は、かれにとっては〈この不思議な、大地の《声》とも名付くべきものとの交感を果たし遂げ〉るための、母なる《滝》と相交わるための、胎蔵界廻りのバスだったのである。

かれはおそらく死に至るまで、俳句という《狂言綺語》に自己を委ね尽くすことであろう。そしてその限りにおいて一生涯、迷宮の胎蔵界を遍歴しつづけるにちがいないと思う。

（本論の初出は一九八八年七月一〇日秋桜発行所『西川徹郎の世界』（秋桜COSMOS別冊）／乾裕幸著『俳句の現在と古典』（平凡社選書）載録）

◆乾 裕幸 いぬい・ひろゆき＝一九三二年和歌山県生まれ。二〇〇〇年没。高野山大学卒。日本近代文学専攻。元関西大学文学部教授。著書に『初期俳諧の研究』『ことばの内なる芭蕉』（文部大臣賞）『芭蕉と西鶴の文学』ほか。

鳳 真治

瑞々しき青春の俳句――西川徹郎句集『死亡の塔』

日本のポエムは元来が、中国の輸入詩を基礎にしてきているが、明治中期以後、その伝統を脱して西洋輸入詩によって、現代詩の源としている。民族の伝統詩といわれた俳句は、中世、貴族の歌から独立し、庶民のポエムとして分蘖して以来、日本の四季ある自然を中心に、永く形骸を守りつづけてきた故に、句会などで散見する俳句なるものは、百年前、二百年前の形骸に於て異なることなく、時代によって、日常詩的多少のモチーフを拡げ、つみ重ねたにすぎない。

ところが、昭和後期に於て、俳句はあらたなる改革を試み、歌から分離した従来の伝統性に反逆し、西洋輸入詩系列の、独歩の造型を定着させようと、幾多の努力が重ねられている。評者は寡聞にして、高柳重信、加藤郁乎、角川春樹と、その勇士のあまり多くを知らないが、いまここに、西川徹郎氏の俳句に接するにあたって、現代あまた古墳が発見発掘され、あたかも考古元年に似た現象に相通じる驚きを、喫している。

現代詩系の一分野として開拓された、これらの俳句は、「俳句は象徴詩である」と断定した西東三鬼を、さらに飛躍し、現代詩の暗喩のなかに、深く錘りを沈めるものである。先に形骸という言葉を私は用いたが、定形とか、自由律とか、有季とか、無季とか、そんな専門的な区別を超越して、形式的なあたらしさにとどまらず、その内容と発想法の斬新性に於て、かつて寺山修司の青春歌集をはじめて手にしたときと、同じ戦慄を覚えるのである。

俳句の伝統性にあっては、座の文学であるにもかかわらず、孤高を尊び、枯渇を美とする意志を、さびとか、わびとかいって、重宝され勝ちだが、それよりも瑞々しい青春の文学としての俳句を、開拓することこそ急務である。その意味に於て西川俳句の、矢つぎ早の発進は当を得ている。寺山修司の青春歌集で何が問題になったか。一口にいって、抒情性ではなかろうか。抒情とはブルジョワジィが鼻も引っかけずせせら笑うものであり、庶民のみの共有する連帯の感情であるから、たとえ幼稚（アルカシー）にみえても、魂のふれあいに於て、絶大な力をもっている。

鬱金の襖を倒す月が土足で

郵便局で五月切り裂く死者の喉

おとうとを野原の郵便局へ届ける
あおあおと肉親が食う遠野の木槿
父の肛門へ葬花詰め込むまっぴるま
屋根に届いた野の草父は天を行く
股開き乗る自転車みんな墓地に居て
父と蓮との夜の手足を折り畳む
馬の皮柔らかく剥ぐ緑雨の老人
喉の奥の桃の木を伐る姉いもと
空の裂け目に母棲む赤い着物着て
暗く泡立つ眼の番犬が疾走す
姉は浜薔薇（はまなす）海は戸口に立っている
階段下の死者の靴履き町へ出る

かつて寺山修司は、書を捨てて、町へ出ようといった。文芸は理屈ではない。文芸の本質は、人間の生の悲しみであろう。それ故に、もはや私が、この文章を書く必要もない筈である。悲しみが充分に表されているところに、この句集『死亡の塔』の目的は達せられている。

と、ここまでは、山本周五郎の推めにしたがって、批評をもっぱらの褒めことばにかえてきた。だが、現代詩を難解だとする読者のために、いまファッション詩横行のなかで、いささか現代詩の本質と、流行の是非にも触れておこう。

私達の話し言葉を、漢字に置きかえると、案外、意味がはっきりする場合がある。現代漢字の本場中国では、「朦朧詩批判」という旋風が捲き起こっている。わが邦でも表現の違いこそあれ、それを論議された一時期があった。簡単にいうと、レアリズムなどの直裁直喩の表現方法にアンチして、象徴をさらに飛躍させ、言葉を的確からズラせ、具象を抽象に換えて、モノの本質をぼやかす文法である。これは文革時代の、政治的配慮と抵抗と保身の中から生まれたもので、かつて「神戸詩人事件」に際しての、詩人たちのシュルレアレスム手法に似ている。

とにかく、一般人は、わかりにくいという一つの宿命をもっている。民衆は暗愚だから前衛芸術がわからないのだ。といってしまえば、詩人の前衛性のみが際だって見えるけれど、朦朧とした説得性のない手法に、自己主張が、どれだけ生かされるといえよう。

まだ若き俳句作家に、今後を期待するもの大である。

（本論の初出は一九八六年八月海風社発行西川徹郎第四句集『死亡の塔』別冊栞）

◆鳳　真治　おおとり・しんじ＝二〇〇二年三月二十九日没。詩人・作家・文芸評論家。姫路市に在住し生涯反権力の文学活動を続け、晩年西川徹郎を知って激励を続けた。二〇〇二年『星月の惨劇―西川徹郎の世界』（茜屋書店）に寄稿した論文「無灯艦隊、発進せよ」が絶筆となった。著書に『わが漏刻』『旅程』『玄冬記』ほか。

福島　泰樹

性的黙示録の世界

きみの子宮は青葉北見市を過ぎて　　徹郎

お元気ですか。ここ東京は、青葉若葉の季節も過ぎて、樹々はくろみをおびた葉をおもたく繁らせ、梅雨の到来をこころ待ちしているかのごとくです。もう五月も終りです。

そうそう、去年の五月、青森に行って驚いたのですが、青森はおりしも桜が満開。あらためて寺山修司が遺書を書くように書き散らした〈昭和十年十二月十日に／ぼくは不完全な死体として生まれ／何十年かゝって／完全な死体となるのである。／そのときが来たら／ぼくは思いあたるだろう／青森市浦町字橋本の／小さな陽あたりのいゝ家の庭で／外に向って育ちすぎた桜の木が／内部から成長をはじめるときが来たことを〉という詩が意味する世界を、垣間見る想いがいたしました。

おりしも、青森市浦町字橋本の、小学校の陽あたりのいい庭の桜は満開でした。五月四日、寺山さんの二回目の命日の日、寺山祭に招かれ追悼歌集『望郷』を絶叫しえたことを、翌朝青森市浦町字橋本の桜に接し、しみじみと感謝したものでした。この顚末については、ちょうど去年の今頃書いた大井恒行句集『風の銀漢』――ぼくは〈風の無頼漢〉というタイトルをお勧めしたのだが――、跋文にも書かせてもらいました。

東京生まれのぼくには、桜といえば三月四月のイメージなのです。そうか、寺山修司のこころの原郷にある五月は、桜であったのかとあらためておもい知らされました。

　鳥に食いちぎられる喉青葉の詩人　徹郎

その日、東京は快晴で、阿佐ヶ谷河北病院の欅の若葉が、五月の風に戦ぎ揺れていました。

　葉にまみれ葉がまみれいもうとはだか　徹郎

西川さん、芦別市新城町の桜はいつごろ開花するのですか。いくら青森より遅いといっても、もう葉桜ではないでしょうか。〈葉にまみれ葉がまみれいもうとはだか〉、以前いただいたあなたの句集『家族の肖像』から好きな句をくりかえしつぶやいていると不思議なことに、まだ行ったことのないあなたの寺の庭が見えてきます。いもうとのあられない姿も葉にまみれながらみえてきます。

小気味よいＨＡ音のリフレインは、妹から姉へ〈はだか〉から〈はらわた〉へと移行してゆきます。

　箪笥からはみだす姉のはらわたも春

朝の木にぶら下がっている姉の卵管

まったく久し振りに、萩原朔太郎を想いおこしていました。〈地面の底に顔があらはれ、さみしい病人の顔があらはれ〉の、えもいえぬなつかしい感情が蘇ってまいりました。

ああ、春は遠くからけぶって来る、
ぽつくりとふくらんだ柳の葉のしたに
やさしいくちびるをさしよせ、
をとめのくちづけを吸いこみたさに
春は遠くからごむ輪のくるまにのって来る。

『月に吠える』は、「陽春」の一節の棹尾に、あなたの〈箪笥からはみだす姉のはらわたも春〉の一句を、反歌としておいたらどうでしょうか。この春を呼ぶけだるくものうげな抒情世界は、いきおい現実味をおびて倒立することでしょう。

顔裂けて浜昼顔となるよ姉さん　徹郎
紺のすみれは死者の手姉さんだめよ　徹郎

そして、本句集『死亡の塔』にいたり、姉なる女(ひと)のイメージは、より身近かにより鮮烈にふくらんでゆきます。

西川さん、あなたの〈姉さん〉を想っていたら、こんな歌をうたってみたくなりました。覚えていますか。〈チイタカタッタチイタカタッタ　笛の音が／聞こえる窓の　あの中で／僕の一番好きな　姉さんが／きれいなドレス着て　毎日踊ってた〉〈僕も行きたいな　夜空をかけて〉。

守屋浩「夜空の笛」の姉さんです。この歌が流行ったのは、二十七、八年も前でしょうか、ぼくが高校生の頃でした。西川さんは中学生ですか。――姉のいないぼくは、遠い国に住んでいるという夜空の笛の姉さんに、切なる想いを寄せていたのでありました。

〈紺のすみれは死者の手姉さんだめよ〉、集中浸して読んだ一句です。なんという優しい感情だ。なんという切ない語りかけだ。この一句にめぐりあえただけでぼくはもういい。寺山修司も高柳重信も、おそらくあなたに影響を与えたであろう、そう、西川徹郎の抒情の源泉ともいっていい萩原朔太郎もここにはいない。まぎれもなく、これはあなたの声だ。あなたの嘆息だ。あなたの祈りだ。世評のたかい、おそらくあなたの自信作であろう〈食器持って集まれ脳髄の白い木〉など、ぼくにはどうでもいい。

『氷島』の詩人萩原朔太郎は、こう歌っている。

我は何物をも喪失せず
また一切を失ひ尽せり

そうだとも、西川徹郎よ、あなたの詩の出立は、この詩のパラドックスをいま一度倒立させたところにあったのだ。

畳めくれば氷河うねっているよ父さん　　徹郎

前句集中、この父への呼びかけもまた痛切である。早くに厳父を失い……という、あなたの実人生はこの際考えまい。ぼくが言いたいことは、あなたは失い尽すことによって、一切を獲得した、ということだ。〈我は何物をも喪失せず／また一切を失ひ尽せり〉のパラドックスを、いま一度倒立せしめたということです。

喉鳴らし草食う押入れに棲む父は　　徹郎

存在と所有、非在と所有、ええいっ、面倒臭い、立松和平流に言うならば、前句集に続く『死亡の塔』の世界は、まぎれもなく〈性的黙示録〉の世界だ。

父はなみだのらんぷの船でながれている　　徹郎
父無き二月木に跨がったり馬に跨がったり　　徹郎

と、八〇年、すなわち六年前の三月に刊行された『瞳孔祭』で、悲嘆のように歌われた父は、いま作者の思惑をせせら笑うかのごとく、屋根の上を跳び回ったり、押入に棲い、うまそうに草を食ったりしている。

一九三〇年刊、前川佐美雄が青春の狂気と欝憂を歌った『植物祭』をにわかに読みたくなる。「押入風景」という作品があったっけ。おびえ煩悶する鋭くナイーブな魂の戦き、あなたの抒情の源泉は、朔太郎であり『植物祭』の前川佐美雄であると思いました。詩と短歌の差こそあれ、二人共に口語体の開拓者でもあります。

西川さん、昨夜、ぼくの短歌絶叫コンサートが、吉祥寺の曼荼羅であってね、友川かずきと会って、またゆっくりとあなたの話しをしたよ。

〈二月二八日札幌市に於ての、三月二日旭川市に於ての福島泰樹・友川かずき絶叫コンサートに出席した。今回は、「中原中也没後五十周年」記念としての追悼コンサートであった。中也の「生」と言葉の切なさが、福島と友川の喉をふるわせ絶叫となって当夜の聴衆の胸を突き破った。〉

「銀河系つうしん」第六号拝読。昨年に引き続き、旭川ではすっかりお世話になってしまいました。それなのに、原稿こんなにおくれてしまいました。おくれた原因は、実は友川かずきにあったのです。

曼荼羅での友川のコンサートのときです。――ぼくたちは毎月、定例でコンサートをしている――。ゲストで出かけていったぼくの鼻先に、福島さん書いた?と、彼はさも得意そうに原稿をちらつかせたのでありました。みれば西川徹郎論、おれはまだ、と言いながら読んでびっくりした。目の鱗が落ちるとはこのことか、おもわず、涙を流して悦ぶであろう西川さんの顔が浮んだのでありました。実にいい文章だ。

あれから何度も机にむかったのですが、友川かずきの癪な文章が気になって、一向に筆が進まず仕舞。ついに今日になってしまいました。お陰で、あなたの句の大半は諳んじることができるようになりました。

執筆前に、くれぐれも人の書いた文章など読むものではない、と今日もおのれにむかって言い聞かすのでありました。

　箒は壁に掛けられ青い血をながす　　徹郎

それでは西川さん、ぼくはこれから年に一度の部屋の掃除でもすることといたしましょう。

（本論の初出は一九八六年八月海風社発行西川徹郎第四句集『死亡の塔』別冊・栞）

◆福島泰樹　ふくしま・やすき＝一九四三年東京生れ。歌人。早稲田大学文学部卒。福島泰樹は一九八七年頃、西川徹郎が芦別市で三年続けて主催した福島泰樹短歌絶叫コンサートの夜、共演のミュージシャン友川かずき・菊地雅志・石塚俊明・永畑雅人等を共に新城峠の黎明舎〈正信寺〉に宿泊、一夜を明かした。著書に『福島泰樹全歌集』『福島泰樹総集編』、編著に『さらば、立松和平』ほか。東京都在住。

立松　和平

悲しみを食らう――西川徹郎句集『町は白緑』

西川徹郎は境界を見定めて発句する。言葉はつねに境界線上でゆらめき、仄暗い炎となっている。生と死との境界を往ったり来たりすることにより、すべてのものに命が吹き込まれる。だがそれは輝くような生命ではない。ぼんやりとしたあるかなきかのもの、しかし生きている。死んでいるかもしれないが、死者さえもが西川徹郎の世界では生きているのだ。

　ふらふらと草食べている父は山霧

山霧に父を見るとはどんな目なのだろう。草を食べているのであるから、人をも拒むような峻険な峰ではないだろう。牛を飼っているような日常生活にある山だ。牧草の繁るあおあおとした山も、霧が込めてくることによって、日常ではあらざる空間、つまり他界になってくる。

西川の目はあらゆるものを彼岸へと押しやる。そして、彼岸からきたものを、現世に取り込む。他界と現世とは交通をくりかえし、その交通の交差点に西川は立っているのだ。その場所はどちらの側も見渡せる。

　押入の球根親族ふえつづく

押入は他界である。交通のたやすい他界であって、してみると身のまわりは他界ばかりだ。二階、家、湖底、裏山、山中、寺、水田、空、境、床下、棺、箪笥、枯野等々これらがすべて他界であれば、西川が立つ場所は無限にあり、交通のたび句が生まれでるということになる。いや、句も、日常言語からすれば他界なのかもしれない。

　みんみん蟬であった村びと水鏡

　死ねば死ねばと空ゆく雲はいつも人形（ひとがた）

死をよみながら、西川の句は不思議ににおいというものを消している。鮮明な映像を浮かばせながらも、においがないのは、俳句の持つ生理なのかもわからない。だが、このことが句集中にこれだけ横溢する死臭からまぬがれ、透明感を漂わせている。淋しい句だが、透明感がはっとするような奥行きをつくっているのだ。

　弟を植えた植込み植物ふえる

この世は悲しみに満ちているが、生きるとはこの悲しみを食らうことであって、そこいら中に悲しみがなければ餓死してしまうではないか。西川はそういっている。山も河も植物も動物も悲しいから、生きていける。死者があるからこそ、生者がある。他界があるからこそ、現世があるのだ。

（本論の初出は一九八八年沖積舎西川徹郎第五句集『町は白緑』栞）

◆立松和平　たてまつ・わへい＝一九四七年宇都宮市生まれ、二〇一〇年二月没。作家。早稲田大学文学部卒。一九八九年十一月二十一日新城峠の黎明舎を訪問、西川徹郎は芦別市市長東田耕一等と共に黎明舎で一夜歓迎会を催した。「銀河系つうしん」第十五号で西川徹郎は「特集・立松和平—同時代特集①」を企画した。早稲田文学新人賞・野間文芸新人賞・一九八五年若い作家のためのロータス賞（アジア・アフリカ作家会議）等。坪田譲治文学賞。著書に小説『遠雷』『性的黙示録』、評論集『永遠の子供』ほか。

青木はるみ

生と死の接点──西川徹郎句集『町は白緑』

遠い駅から届いた死体町は白緑

『町は白緑』の冒頭の一句を私は長い間眺めていた。死体が届くといった事態の異様さよりも、届けられた時点での町の反応、あるいは受容のイメージが白緑で示されているところに激しくとらわれたのである。

ごく日常的なレベルで読みとるなら、死体が貨物便のようにして届くことはあり得ないから、はるばる遠い旅をしてまるで死者のように疲弊してようやく到着した町は……と補足するのが妥当であろう。その町はみずからの死者もどきの異和をきわだたす。折しも樹々は白緑に噴く新芽で満ちている。

しかし白緑のイメージを生命の輝きとしてシンボライズしてしまうには、死体の残像がきつすぎて無理がある。やはり死体が届くからには町は蒼白にならなくてはおかしい。いややはり死体もどきだとしても、町はそれを抱きこんでの不安により変貌を示すだろう。薄気味わるさが広がるだろう。曖昧な霧。そうだ。白緑は韜晦の霧であり生体と死体を同時限に存在さす格好な、それ故に西川徹郎氏一流の美意識であるにちがいない。

ふらふらと草食べている父は山霧

次の句に読みすすむだけでも直ちに納得できる思いがある。狂態とか老人性の痴呆症とかいった具合のリアリズムとはほど遠い西川氏の方法では、父という関係性を示す言葉はむしろ非在の感覚をより強く呼びさます。

昭和六十一(一九八六)年刊の句集『死亡の塔』に

喉鳴らし草食う押入に棲む父は

とあるのを見つけるなら、この父なる存在がいわば死につつ生かされている様相が、いっそうよくわかるのである。父に限らない。姉、弟、妻といった日常の関係にがんじがらめの存在もすべて等質と見てよい。彼らは観念の住所に共に棲息している。観念の住所だから場所は一定しない。

だからこの場所さがしこそは西川氏の俳句の言葉による悲願であり、ロマンだともいえるのではないか。したがって読む側としても、そう簡単に謎が解けてしまっては楽しみが減るというものだ。冒頭の一句もむろん全体が暗喩として成立している。存在の闇にスポットライトを当てるイメージが、同時に西川氏のポリシーにかさなるのだし、現俳壇へのおびやかしというか、一矢報いる意がかくされているとも受け取れるのである。

けれどもほんとうは西川氏の術中におち入って、その迷路でふらふらしている魅惑こそ最上である。私などはポール・デルボーの「森の中の駅」を想起したあげく、あの絵が真夜中の想定でありながら昼ま以上によく見える夜であることに改めて気付くのだ。西川氏にとっても死を一個の物体として凝視してみて、初めて生の根本をとらえ、その表情を顕現させ得ると考えているにちがいない。

　　茸摑んだまま右手死ぬ山の中

はこういった意味からも全く凄い句である。

　　手淫の鏡十四、五枚もありぬべし

は正岡子規のパロディでありながら、存在の陰湿を華麗に反照させた点においてやはり見事である。

くりかえしいっておきたいが、西川氏にとっては、死骸といえども決して死そのままのシンボルではなく反対に生の根本であるというその一事である。あまり多くについて触れることができなかったが、せめて畏怖をこめて西川氏のためにボードレールのフレーズを捧げたい。「人間の愛が骸骨の上で笑っている」

（本論の初出は一九八八年沖積舎西川徹郎第五句集『町は白緑』栞）

◆青木はるみ　あおき・はるみ＝一九三三年兵庫県生まれ。詩人。関西学院大学文学部を経て大阪文学学校に学ぶ。一九七四年現代詩手帖賞。八二年H氏賞。井上文化賞。著書に『現代詩文庫　青木はるみ詩集』『火薬』『絵本　魚の伝説』ほか。奈良市在住。

松岡　達宣

蜻蛉姉妹哀史——西川徹郎論のために

カーテンを裂き白い路上現れたり　（西川徹郎句集『瞳孔祭』）

東京都足立区鹿浜呼人町三番地。ぼくは三年の間、そこに住んでいた。抜き差しならぬ愛恋の縺れを抱え、妻と実母との確執を抱え、まるで、火宅のひとのように、連夜、ぼくは酒を飲み続けて、終幕は妻と別れ、親戚に身を寄せていた。東京の番外地〈鹿浜〉はあたかも、夢の島のように荒涼としていた。東京にしてはこの一角はとり残された地であり、電車は一切なく辛うじてバスのみが都市に向けて開かれた交通機関であった。ひとは肩寄せ合いながら生きていて、町のボスが取り仕切る伝統的な風習を残していた。ぼくは全くの余所者だった。ぶらりと深夜、帰るぼくの背を不逞の輩とばかり、少し開いた窓から指す眼がある。

なす術もなく、犬の散策をするのがぼくの日課であった。母殺しの邪悪な夢を抱きながら、ぼくは何とか犬と折り合っていた。その番外地の町には公園が四ケ所あったが、比較的大きな公園がぼくと犬とのリーベン・ザインであった。春には桜が血を降らすように咲き乱れ、行く場のない若衆が今宵一盛りとばかり戯れ、秋には物凄い落ち葉のなかで、少しの感傷を味わった。この町でこの公園がただ一つのひと息のする磁場と思えた。その公園の一角に五棟程の、こじんまりした都営団地がある。ひっそりとしていて、犬と散策していても、あまりひとと会わない。小さなマーケットと風呂屋と飲み屋があって、時折、二十年は経つであろう団地の住人が這い出してくるようにして消えてゆく。

ぼくがその団地のある公園を犬と散策したのは昭和五十八年の秋から、昭和六十年の晩秋までであった。母殺しの思念を止めて、呼人町を夜逃げのようにあとにしたのはあの冬に起きた事件のためだ。その都営団地で起きた悲惨な事件がぼくの遁走を促したことは確かだ。惨い事件と、灰色の町のことを思い出すと、いまでもぼくは辛くなる。

昭和六十年の八月の暑い盛り、新聞を見て驚いた。《若い姉妹、変死体で発見される、足立区の都営団地で》という見出しであった。丁度、その頃、群馬の御巣鷹山に日航ジャンボ機が墜落して、五百名余りの死者を出したという連日の新聞記事の片隅にその記事はあった。報道によれば都営団地内で発見された姉妹の死体は死後六ケ月経っており、行政解剖の結果、二人の胃や小腸には一片の残留物もなかった。ただひとつ、麦の穂、いや藁、それも畳の残留物が胃腸に残されていたと言う。姉の名を北川しげ美(二十五歳)といい、妹は和子(二十三歳)という名で、発見された時、抱き合うように餓死していたという。姉妹が死んだのが二月頃で、隣室の人によると〈春先の頃には異臭が漂っていたが、暮れには取り立て屋のような男が扉を蹴飛ばし、それ以降、姉妹の姿が見えないから夜逃げしたとばかり思っていた〉と証言している。父親は事業に失敗し借金を残し家出し、長く患っていた母親は去年、死亡し、あとに姉妹二人が残った。同時に多大な借金も。まるで地獄絵だ。高度成長という名の路地裏で餓死があり、母殺しの思念を癒やす、犬との散策の道筋で知らぬ間に餓死の時間が進行していた。あの棟にゆくと異様に犬が吠えたのもいまにして思うと当然だ。

そしてまた、その頃、愛読していた、西川徹郎の『瞳孔祭』の俳句的風景が餓死する姉妹のそれとそっくりだと思った。

ねむれぬから隣家の馬をなぐりに行く

《わたしは昭和三十四年生まれの、いま、二十五歳。妹は二歳違いの二十三歳。わたしたちに両親はいない。窓の外、冷たい雨がねちっこく降っていて、わたしのこころは虚ろです。昨日、七年いた、船舶会社に辞表をだしました。わたし、仕事すきでした。ギリシャやコロンビア、インドなどの海外へ、輸出入の書類を揃えて税関に提出するのがわたしの役目で、商業高校出のわたしは重宝されたし、これでも職場ではわたし、もてたんです。背丈だって父親譲りで高く、足だって、自分でいうのはなんですが、すらっとしていて、美人だねと課長に言われたこともありました。食事に誘われたことだって。わたしが辞表を出すと課長さんは顔もあげずにいいました。〈君は夜遊びを控えるように注意して、親御さんと相談してサラ金の借金を清算して、一から出直しなさい〉好きだったロマンスグレーの課長さんは何にもわかっていない。なぜ、頻繁に会社にサラ金から電話がはいるのか。わたし、夜遊びなんかしてません。化粧品だって安いものを捜して倹約していたのだから。

父を焼く山上焼酎ほど澄んで
父はなみだのらんぷの船でながれている

どんどんと団地の扉を足で蹴り、〈いることは判ってるんだぞ、早く金をかえせ〉と大きな声で男が叫んでいる。震える和子を抱き締めて、電気を消して息を殺して部屋の隅で、小動物のようにしている。哀願のまなざしで和子がわたしの胸に蹲り、〈お父さん、お母さん助けて〉と呟いている。和子、お父さんお母さんはもういないのだよ。父はわたしが六歳の頃、つまらないサギ師に騙されて会社を倒産させて、家を出てしまい行方不明になり、ガンで死んだという連絡が来たのはわたしが十六歳の時でした。それも多額の借金を残して。その借金、わたし毎月、給料のなかから返していました。父の遺骨を引取りにいった時も、今日のような雨の日で寒く、足立区の福祉事務所の世話で無縁仏として葬ってもらいました。母は父の出奔後、身体をこわし寝たきりとなって、〈しげ美、御免ね、至らなくて〉と事あるごとに枕を濡らし、去年、肺炎を併発して死にました。病院にいくお金もままならず、母には申し訳なく思っております。母だけは無縁仏にしたくないと思ったわたしは、湯島の親戚をたよって、墓地の片隅でもいいですからと頼みましたが、父の所業をあげつらった挙句、〈一族の恥曝しめ〉と取り合ってくれません。それでも、涙ながらに懇願しました。サラ金ニコラレタラ、困ルンダヨ。鳥のように震えながら雨のなか、妹とわたしは母の遺骨を抱いて帰ってきました。何遍も、後ろを振り返るバセドー氏病の妹を宥めて。

螢が棲んでいる亡父の鬘

背に父しばり火の雨がふる旅立ち

この東京の縁(へり)の団地にわたしたちが引越してきたのはわたしが五歳の時で、思えばその頃からわたしたち家族のケチのつき始めでした。父は事業に失敗するし、妹は中学にあがるなり消しゴム・鉛筆を隠されるイジメに合い、すっかり意気消沈した挙句、自閉症になってしまい、一ケ月も学校へ行かなくなったり、病弱の母の世話はしなければならないで、なんだか人が経験する全ての苦労をここへ来てからしてしまったような気がします。それでも、高校にいる間は楽しかった。母はやさしく、自閉症の妹は絵をかくことが無類に好きで動植物の絵を描かせたら天才的でした。わたしが学校へ行ってる間、物語風のイラストを描いては母に見せていたようです。〈この子は絵描きさんになれるね〉と嬉しそうにしていた母。生活は苦しかったけれども、毎月の生活保護で細々であれ、生活は何とかやって行けました。不幸は突然、やってきました。わたしが船舶会社に就職して、しばらくして、区の保護司さんがやって来て、保護費の打ち切りを言ってきたのです。わたしの月給で充分やっていかれるというのが理由でした。月収十一万の就職したてのわたしに父の借金、母の医療費をだすことなんか出来ませんと抗弁しても、どうしようもありませんでした。悪いことは続くもので中学を卒業するなり、妹がバセドー氏病になってしまったのです。

風と暮らしひとさしゆびは狂死せん

駅風上にあるか風よりも淡いぼくら

どんどんとまた、扉を蹴る音がする。〈三百万返せ。何なら身体で払ってもらってもいいんだぞ〉と叫んでいる。昨日、電気と水道が止まりました。退職金も使い果たしました。食糧はラーメンとパンがありましたが、五日前に無くなりました。和子がお腹が空いたというから、仕方無く、隣りのひとに物乞いに行きましたが、自業自得だと揶揄され、断られました。もう、食べるものは何もないのです。水さえも。あるのは空気だけです。和子、元気をお出し。ほら、窓の外を見てごらん。サラ金のひとに見付からないようにカーテンをすこし開けてね。雨が降っているけど、風は暖かそうだよ。もうすぐ、公園の桜も咲くだろう。ほら、和子、また、あのひとが散歩に来ているよ。犬の恋人といっしょに。髪を濡らして、ボクシングの真似している。元ボクサーなのかしら。犬の首輪がきつそうだね。でも、犬の眼、五月の空のように綺麗。あらあら、あの犬、わたしたちが植えたチューリップにおしっこしている。いやだね。でも、あのひと、わたしたちと同じ様に暗い顔しているね。幸せぢゃないのかしら。あのひとが夕方、散歩に来る度に、声かけて助けて貰おうと何度思ったことか。でも、和子、わたしたち、お父さん、お母さんのところへ行こうね。生きていたって、わたしたち、二人きりだし、あんたは病気だし、あっ、ねえちゃん、悪いこと言って御免。どうしたのよ。あんた、やめなさいよ。やめなさいってば。畳をむしって食べるのは。やめてよ。お願い。いくらお腹空いたからって。

　　螢火が映る秋子の秋の乳房よ
　死者に紅さす夕月よりも鮮やか

和子、ひとは悪いことしなければ極楽というところへいけるのよ。その極楽には綺麗な池があって、蓮の花が咲いていて、あんたの好きな犬や鳥や馬が楽しそうに遊んでいて、花もたくさん咲いている。わたしたちはそこで蜻蛉になろう。極楽トンボっていう言葉のようにあんたとわたし、仲よく遊ぼうよ。あんたの好きな花の絵、誰にも邪魔されずに描く事だって出来る。たまには桜の園の公園にもいってみようよ。ああ、わたしたち、極楽蜻蛉。食べ物を食べてないせいかしら、だんだん、わたしたち、身体が透けてくるみたいだ。胃、腸、肝臓、心臓、内臓が綺麗になっていく気がする。身体が軽くなる。羽根が生えて飛んでいけるよ。そうだね。和子、蜻蛉なら、麦の穂、畳の穂、食べてもおかしくないね。わたしも、食べるから、ほら、和子、お食べ。口開けて。どうしたのよ。口開けなさい。眼開けて、あんた、起きなさいよ。わたしより、早く死ぬのはやめて。起きてよ……。

　白く頬が透けて、和子、あんた綺麗だね。ねえちゃんも今、ゆくから。眼が霞んできました。喉が蛇のようにくねる。もう、一度外をみたい。白いカーテン、掴みたいが掴めない。カーテン、剥がして、白いレースのドレスにしよう。和子にも掛けて、わたしたちの婚礼衣裳にしよう。あっ、窓の外、レースのように真っ白だ。眼が霞む。どうしたのよ。胸を裂くような青空は何処……。》

カーテンを裂き白い路上現れたり

この姉妹、死後、生前の付き合いがないという理由で、すべての親戚・縁者から遺体の引取りを拒否される。仕方なく、足立区の福祉課が引取り荼毘に付す。すなわち、父親、母親、姉妹、一家全員が無縁仏として、同区内の共同墓地に埋葬されている。

西川徹郎さん、この姉妹に戒名を付けて下さい。北川しげ美、享年二十五歳。北川和子、享年二十三歳。願えれば戒名の横にでもこんな書き込みをお願い致したいのですが。

《この姉妹、かくも美しく螢となり蜻蛉となりしが》と。

［筆者註］なお、若一光司著『我、自殺者の名において—戦後一〇四人』を参考にいたしました。

（本論の初出は《盥》組発行『盥ＴＡＲＲＡＩ』六号その弐）

月夜の宿題帳—西川徹郎へ

抽斗のなかの冬海流れてゆく学校

（西川徹郎句集『月光學校』未刊）

朝、学校の門をくぐる度に〈あっ、宿題をまた、忘れた〉と思うのがぼくの思春期の日課であった。先生から言い使った宿題を忘れ、その夜を呆けて朝を迎える。学校へ行く冬の道を、ぼくはまるで教室の机の抽出しの中に忘れてきた消しゴムのように身を縮ませ、歩く姿はセミの殻のようであったろう。寒い風に震える樹木の殻のようでもいいから、あんな風にずっと止まっていたいなんて思いつつぼくは歩く。だからいつも遅刻する。朝礼はすでに始まっていて毬栗頭の学友はまたかよとばかりに振り向き、教室に入れば、〈さあ、皆さん、鞄から宿題帳を〉という先生の言葉におどおどし、仕方なく窓の向こうの青空、そこを飛ぶ鳥になりたいなどと呆けていると黒板消しが飛んで来てぼくは灰神楽三太郎になる。だから、嫌らしい毛ばかり生えてしまった大人になっても、その癖は直らず、酒場のカウンターに凭れかかって、家に帰るのを殊更に延ばして遅刻し、〈あっ、また、宿題を忘れてきた〉なぞと訳もなく、ふと思ったりするのだ。きっと、子供の頃、学校の宿題を忘れてばかりいると宿題の悪霊が乗り移って大人になっても遣り残した《人生の宿題帳》をたくさん抱え込む羽目になるのだと思ったりしてしまう。さながら、週刊誌の人生相談なんぞは忘れてた宿題帳の墓場のようだ。ぼくは今夜、遣り残した沢山の宿題を片付けるためにＨＢの鉛筆でノォトに書き始める。

　おだまきのように肢絡みあう月の學校

　眼ニ刺ッタ山ノ秋津ヲ抜イテ下サイ

聖書のなかに、神の試練を余りに受け過ぎ怒り悶える男の話が出て来る。ある時、神に私に背く者等の街があるから、おまえ行って街の者等すべてを改悛させてくれないかねと言われたが、どうした訳か、男はその街へは行かず、舟に乗りあらぬところへ逃亡する。すると〈烈しき颱風海にありたれば船は幾んど破れんとせり〉という神の怒りに舟は遭い、船長を始め乗組みの人衆はこの災禍はおまえがいらぬ事をするからこんな事態になったと、不当な言い掛かりを付けられ人身御供として海に投げ出されてしまう。神は大なる魚の、多分、鯨だろう、腹の中に、三日三夜閉じ込める。その男は神に対して鯨の腹部の暗室でひたすら祈った。〈我は汝の目の前より逐れたけれども復汝の聖殿を望まん〉と祈る。その男に巨浪が襲い、海草が頭に纏いつき、海底の關木は背を撃ち抜かんと迫り、艱難が襲い来る。霊魂は弱りしと弱音を吐けばおまえの祈りに免じてとばかり、その男は陸に放り投げられる。ああよかったとほっとしていると神は再び言うのであった。おまえ、あの街へいってわたしの言に服するように説きなさい、逐電は許しませぬぞと。大変な思いをしてその男が街にたどり着き、三日ほど不眠不休で、言うことを聞かないと街が四十日で滅びるぞとふれ回ると、どうしたことか、その街の王、大臣始め、人衆みながこぞって改悛してしまう。人ばかりか、牛、羊、家畜までもが。

全知全能の神はすでにそうなることを見通したうえで、試すためにわざわざ遠方の街に遣わしたとその男は思い、烈火の如く怒り、街のいちばん高い丘に住居を定め住みついてしまう。そこは陽光が強烈で長時間、座していると頭がくらくらして死ぬのではと思われた。すると神が日除けのための瓢の木を授けてくれたので木陰で休む。ああ、有難いと思っていると、翌日の夜明けに神が虫を遣わし木を根こそぎ枯らしてしまう。なんということをと男は怒り問えば、全知全能の神はいうのであった。おまえは労せずして一夜で授けた瓢の木が翌日に枯れたといって惜念するが、わたしなぞは一夜にして改悛した、おまえの眼の前の街が枯れたにしても惜しむことなどないのだというのであった。その男とは舊約聖書の『ヨナ書』のヨナの事である。ぼくは聖書のことはよく知らないが、これほど全知全能の神に盾ついた者はほかにいないのではないか。これは試練というにしては苛酷であり、これでは神様のイジメではないかといいたくもなる。怒り、叫び、呻き、悲しむ、ヨナの鯨の腹のなかの祈りは果たして叶えられる時がくるのだろうか。〈われ陰府（よみ）の腹の中より呼はりしに汝わが聲を聴きたまへり〉と祈るヨナの冥府の腹部を、ぼくが夢見るあやかしの〈街の腹部〉と呼び換えてみる。あらゆる聖も邪も飛び込んで来る夜の街の腹部でじっと蹲っていると何かが聞こえている。夜の街のざわめきのように。余談をいえば、ヨナ書を読む度にもうひとりの男を想い出す。二・二六事件の磯部浅一だ。この男は北一輝らとともに連座処刑されたが、獄舎に繋がれている間も、ひたすら、「大御心に待つ」という祈りにも似た熱い心で待ち続ける。彼は苦悶のすえ、最后には「天皇閣下、許しませぬぞ」という、「天皇」を拒むことで、みずからが唯一者であるという境地に到達する。ヨナと磯部浅一、街の腹部で彼らの聲を聞いている。

　街の腹部をいま、古びた靴の音を発てて歩いて行く者がいる。

　　血を吐き倒れる抽斗の中の遠足は
　死に切れぬ家具に山茶花散りかかる

〈何一つ世の為人のためには役に立つ事もできぬままで、多くの人々にお世話になり、特に神々様には何事もご無理なお願いやお助けを一方的にお願いして参りもして、本当に有難うございましたが、何時も都合よくして頂き本当に有難うございました。〉と、その母は三月九日の日記に書いた一ヶ月後の、四月二十七日に、その息子が仰向けになって絶命した傍らに横たわるようにして死んでいた。一九九六年、春四月のあさまだき、東京・池袋の二間のアパートで、母子の餓死死体が発見された。母親、七十七歳、息子、四十一歳であった。卓上には大学ノォト、十冊の日記が残されていた。週刊誌（「週刊文春」）はそれを『餓死日記』と称したが、餓死と日記という造語にぼくは苦笑した。小動物の腐乱死体を他人が覗きこむ心理にも似て、やな気持ちがした。〈役に立たない私共が何時まで生きていても、ご心配をおかけするばかり〉と書く母の祈りはその造語からは響いてこない。収入八万五千円、アパート代八万円、この母子を襲った飢餓の絵図とは何。

締め殺されるから月夜の舞踏会へ行かない

おまえ、苦しいのかい。ぜいぜいいって胸がポンプのようになっているけど。随分とおまえも、因果な星の下に生まれたね、二十五歳の春、母さん、体が妙に熱いんだ、まるで砂漠の隠花植物のように熱いといって、布団を剥いでしまうから、お医者さんに見せても原因が分からないと言う。その日以来、十六年、おまえは寝たきりで熱が引けることがない。熱が少しでも引くと今度は寒いと言う。私の布団を全部掛けても寒いという。母さんだって、寒い冬の晩に擦り切れた毛布一枚では寒いんだよ。御免、愚痴をいって。父さんが亡くなった後、私は持病の神経痛が出て、満足にパートの仕事もできなくなって、おまえは心配しなくていいよ、ぼくに任せてといって朝から晩までよく働いたね。昼はアスベストの粉塵工場、夜はビルの窓拭き。あの粉塵工場が良くなかったのかね。でも、おまえは誰もやらない仕事がお金になるのさといって、よく頑張って残業をしたね。社長さんに、お宅の息子さんは会社の模範社員だと言われた時は母さん、嬉しかった。それから、おまえがボーナスで食べさせてくれた、初めてのステーキ。美味しかったね。駅前のステーキ屋さん、あの前を通る度、母さん、あの時の事を思いだし笑み浮かべてしまう。もう一度、行こうね。また、咳がでるのかい。そんなに体を掻きむしって痒いだろうね。無理もないね、ここ七、八年、お風呂に入っていないし、髪もあらってしないしね。洗濯だってしてない。ストーブだって節約するため、使っていない。御免なさいね。おまえの鼻水を拭く紙だって買えずに、こうやってシャツを切って使っているのだから。
〈朝、サンカクムシパン　白・黒　１００×２　２００円／コッペパン・ツブアン・マーガリン　３０９円
９円足し、残金２８円でこれが全財産です。二・三日で食べ物は全部なくなります。〉（一九九五年三月の日記）
おなかが空いたのかい。残念だけど何もないのよ。もうすぐ、お父さんの五回目の命日だというのに、何もお供えするものもないのだから。去年、わたしたちの唯ひとつの財産の電話を五万五千円で売って、ようやく生活を繋いできたけれど、お茶、みかん、パンももう食べるものがないの。最後まで電話だけは取っておこうと思ってた。足が痛くて歩けない母さんの、命綱だからね、でも料金を払えなくなったから、売ってしまったの。さあ、水を飲みなさい。ゆっくりとね。おまえの喉も母さんと同じ様に皺くちゃだね。体を拭いてあげるから、パジャマをほら脱いで、おなかばかりが妙に膨らんでメダカの妊娠かあさんのようだね。おかしかったかい。この間、区の保護士さんが来て生活保護を受けたらといってきたけど、母さん、断ったよ。何も世の中に役に立っていないわたしたちがそんなものを受けたら神様に申し訳ないと思ったから、断ったの。悪い事したかい。おまえに。いいよね。その代わり、母さん、おまえのこと、あの世の父さんと神様に、どうぞ、この子をお守りしてくださいと、いつも祈っているからね。安心してゆっくりおやすみ。おまえの額、熱が引けて少し冷たいくらいだね。いつものように寝返りもしないで、今日は気分がいいようだね。仏さまのように安らかに寝ているね。鼾なんかかいて……ああ、おまえ、母さんより早く、神様のところへいく積りだね。いいんだよ、わたしの事は心配しなくて、お前が黄泉の国へ無事にゆけるように、何日も何日も祈ってあげるから。えっ、何いっているの、アリガトウかい、もういいよ、さあ、瞼を閉じてゆっくりとおやすみ。もう、苦しむことはないのだからね。電気を消して暗くしてあげようね。長い事、ご苦労さま。
　怒りつつ群がる昆虫月夜の勅使
　ゆめの抽斗たくさんあって死ねません
寝たきりの息子と神経痛の母とが歩けないのに手を繋いで、ぼくの街の腹部をゆったりと横切ってゆく。母

の祈りはヨナのように神様に届いて、腹部の彼方に吐き出され、もうひとつの祈り、今度はすこし楽しい祈りを持つ事ができるのだろうか。そして、冬の教室で黒板消しを投げられてチョークの粉まじりになったぼくの宿題帳は、担任の平井先生に〈遅れまして〉といって届くだろうか。こころもとない気がするが、しかしながら、はっきりしていることは西川徹郎さん、あなたへの宿題をぼくは今夜、提出しました。西川さん、随分と季節を重ねてしまいましたが、あなたへの宿題を拙いながらここに提出してぼくの宿題帳を閉じます。

そう、閉じるまえにあの母の言葉を書き残して。

〈今日一日、無事に生きさせていただき有難うございます。〉

（本論の初出は一九九七年二月二十日月光の会「月光」第三十五号／再録一九九八年十二月二十五日黎明舎「銀河系つうしん」第十七号）

◆松岡達宜　まつおか・たつよし＝歌人。『盥ＴＡＲＲＡＩ』発行人。月光の会会員。著書に歌集『青空』『松岡達宜歌集』ほか。東京都在住。

藤原龍一郎

セピアの異相―西川徹郎句集『桔梗祭』

西川徹郎の俳句にはじめて触れたのは、一九七三年か一九七四年、昭和でいえばちょうど四十年代の終り頃のことだ。

一九七〇年に高校を卒業して上京、一年浪人して、慶應の法学部に入ったものの、もうひとつなじめず、結局、翌一九七二年には、早稲田の文学部を再受験して、文芸科に入学した。自分を表現する方法を探して試行錯誤をくり返すうちにいつしか寺山修司、春日井建、塚本邦雄といった前衛短歌の精華を知り、それまで無縁だった短詩型の魅力に憑かれ、その延長線上で現代俳句にも触手を伸ばし、徹郎俳句にめぐりあったのだった。

男根担ぎ佛壇峠越えにけり
癌の隣家の猫美しい秋である
流氷の夜鐘ほど父を突きにけり
黒い峠ありわが花嫁は剃刀咥え
京都の鐘はいつしか母の悲鳴である

異相の句は、二十代はじめの私の心を、みごとにとらえた。ちょうど、処女句集『無灯艦隊』が出版された直後で、私は早速、代金を同封し、句集を注文した。

数日後に送られて来た『無灯艦隊』には、神経質そうなペン字で、前記の「佛壇峠」の一句が記されていた。改めて、徹郎俳句を読み終えて、私が抱いた印象は「セピアの地獄絵」といったものだった。ちょうどその頃流行っていた佐伯俊男や花輪和一の妖美なイラストレーションを連想したりもした。

一見、時の霧に沈みこんでいるようなセピアの構図をみつめていると、突然、くれないの鮮血がにじみだし、まるで戸板返しのように、凄惨な地獄絵が顕現する。前掲の五句など、すべて、そういう仕掛けがみごとに働いている。

この一行の言葉の中に、めくるめく落差を仕掛ける技こそが、西川徹郎の類のない才能だといえる。それが証拠に、徹郎俳句は、俳句史に先行する他の誰とも似ていないし、また、後続する者たちにも、徹郎俳句のエピゴーネンは一人もいない。

その後、『瞳孔祭』『家族の肖像』『町は白緑』『桔梗祭』、と徹郎は、独自の深まりを見せつづける。

暗く喚いて出て行くおまえ桔梗祭　（桔梗祭）
棺の内部の見えない階段桔梗咲く

町を歩けば喉より溢れだす若葉　（若葉）
鶏小屋の朝焼姉は血に濡れる　（鶏小屋）
船大工螢に船を焼かれたり　（船大工）
鯨の胎のなかの月夜を遠く見る　（月夜）
夜の登頂枕の籾が流れ出す　（夜）
死なねばならぬ人がたくさん岬の町に　（岬町）
戸口まで欄間の蓮が伸びつつあり　（戸口まで）

同じセピアの地獄絵でも、言葉が静謐になっている。そして当然、言葉の尖端は、より精神の深暗部まで届いている。いわば、ショッカーからモダン・ゴシック・ホラーへの転換とでもいえようか。

初期の作品によく見られた、生理的嫌悪感をかきたてるような言葉の展開がなくなったのも、表現上の洗練といえる。

たとえば「鶏小屋」の一句。これが『死亡の塔』以前なら「姉は血にまみれ」又は「姉は血みどろに」など と、より強烈な言葉が塗り重ねられたのではないかと思われる。これが「血に濡れる」と表現されることで、変に因果物めいたオドロオドロしさはなくなり、妖美な官能性が漂うようにさえなっている。

「螢」や「夜」の句にも同じことがいえる。以前なら、螢は大工を喰い殺し、枕から鮮血があふれだす、というような泥絵っぽい修羅場がくり拡げられたはずだ。それが抑制されつつ、なお、神経に突き刺さる言葉の鋭さはより深くなっている。

『町は白緑』『桔梗祭』ともに、一句又は数句の作品に表題が付されている。この表題の多用が、作品中の言葉の尖鋭化を助けていると思える。つまり、表面的に強烈な言葉を濫用するかわりに、一句の中のキー・ワードを表題としてピックアップしてやる。こうして、最重要ワードが表題と作品で二重にくり返され、合せ鏡の無限の鏡像をのぞきこむように、句の世界がパノラマ的な展開を見せてくれるというわけなのである。

後記によると、『桔梗祭』百句は、三ヶ月間に書きおろされた一千句の中から、そのエキスだけが精選されたものだという。この句世界の例の無い静謐さは、夾雑な表現を極限にまで削ぎおとしたはての寂滅境であったわけだ。棄て去られた九百句の水子たちの情念が、それぞれの表題にこめられ、作品と拮抗しているということか。

初学時代の私が触れた『無灯艦隊』からこの『桔梗祭』まで、徹郎俳句は、常に誰のマネでもなく、また誰もマネのできない異相を示しつづけている。そしてこの異相が、一見、おだやかで他愛ない繁栄を誇っているかにみえる現代俳句の、凄惨な素貌であるかもしれないことを、作者西川徹郎は、とうに承知の上なのである。

（本論の初出は一九九〇年十月黎明舎「銀河系つうしん」第十一号）

藤沢　周

迷路　『町は白緑』西川徹郎論（二）

西川徹郎はその僧衣の袂に二つの迷路を蔵している。

一つの袂には

　階段で四、五日迷う春の寺

もう一つは

　抽斗へ迷路は続く春の家

前者は、

二階まで迷路は続く春の家
簞持って四、五日歩く身のまわり
佛壇のなかを七年迷う鶯よ

と共通するタイプのものだが、これらの句は次元としてユークリッド幾何の地平にありながら、その時空を形成している座標を寸断させることによって成立する。

春の寺の階段で一歩踏み出そうとした時に突然訪れる迷いとは、地理的な迷いでないことは自明。つまり、自己の所在への懐疑である。アリバイを自ら疑ってしまうということだ。それは五十センチ先の目的地でも迷わせる。この白昼のデジャ・ヴェ、あるいは記憶喪失に襲われたような刹那、人は立ち止まり、現実の整理を試みるだろう。ここで立て直しに失敗し、目の前の寺までの距離が茫漠としたものとして映った時、人は実存からの後退りを始める。それは、虚無、絶望、死——。

だが、西川徹郎は立ち止まることをせず、大胆にも歩き続けてしまうのだ。迷うままに歩いてしまうこの暴挙に、ある種の狂気を見るのは容易だが、この一句にはそこに内臓された狂気を読者に体感させてしまう装置が隠されている。

読む者の認識力に頼りつつ、その認識されたイメージを一気に破砕するところで、この句は成就する。座標の中心にある春の寺の階段、その限られたスペースを迷い続ける軌跡を追えば、やがて縺れ絡まる一本の混乱した線の塊—四、五日分—として現れる。ここでわれわれは、「四、五日」というマッスを了解しながらも、無意識のうちに時間軸を導入している。つまり、迷い歩いた時間を一本のχ軸に置換してしまうのだ。その時、われわれが目撃する風景とは—。

最初に作られた座標は寸断され、一本の時間軸という直線のまわりに点在する、もはや認識不能な破片の数々を目の当たりにする。それは階段であり、寺の屋根であり、陽炎であり、杉の木であり、夜であり、昼であり……「迷う」ということなのだ。ひたすら歩き続ける迷いの空間が自らの等身大と化せば、そのまま徒労を生きる人間の生そのものでもある。迷っているかぎり、途中、何かの弾みで彼岸に渡ったとしても気づかないのが、また生だ。

さて、もう一つの迷路「抽斗へ迷路は続く春の家」は、非ユークリッド。空間の襞に隠されたさらなる空間・リーマン空間に繋がっていく。

狭い入口に比して無尽蔵の空間を抱えこんだ「抽斗」というこの句は、われわれのイメージの死角を刺激する。ごく当たり前の抽斗の容積を裏切って、その句が「迷路」というタームを持って来る時、気の遠くなるような、——奈落に落ちるような——加速を頭の芯に感じさせる。今までまるで気づきもしなかった死角を現出させるこの句のダイナミクスは、われわれが信じていた知覚大系の虚構を暴いてしまう可能性を秘めているところから来るが、そこに「春の家」という午睡の仮死的なエロスを持って来ることによって、われれの感覚を揺らめかせる。この揺らめきが、抽斗の中の迷路の存在にリアリティを与えるのだ。

西川はこの「抽斗へ」に代表される知覚のリーマン空間をモチーフにした句のヴァリエーションを数多く試みている。

戸袋の霧はきつねと言いふらす
戸袋を歩き疲れて風の原
戸棚の中の夜道を急ぎつつ父は
戸棚より兄現れて焼香す
床下の父へときどき会いに行く

いずれも逸脱した遠近法でイメージを深い所へと誘導するが、コンセプトとしての「抽斗」や「戸袋」「戸棚」は、さらに小さなものでも構わないはずだ。たとえば、マッチ箱や急須に迷路が続いていても成立する。むしろ、小さな容器に莫大な空間を蔵するというギャップに、より大きな眩暈を呼び込むことに成功するはずだ。しかし、何故、抽斗であり、戸袋であり、戸棚であるのか。ここに西川徹郎俳句の世界がある。

　これら抽斗、戸棚、あるいは、

　　靴箱の中のくねった道を墓参する

の靴箱に共通するのは、人がその中へ入りこみ、またその中から出て来るのに最低限必要な入口(出口)のスペースを有することだ。いわば、棺。底なしの棺なのである。

ただ、ここで直截に等身大のスペースとして「戸棚」や「抽斗」が選ばれたわけではない。西川はリアリズムの次元ではおよそ捉えることのできないトポスに立っている。抽斗や戸棚、靴箱の中はいずれも死者の世界として表現されているが、その彼岸と此岸の境界に霊や神秘などのサイキックなトランス(変圧器)を微塵も持って来ないところに、西川俳句独自のものがある。死と生が同位であり、その接触面に開いた口があくまで人と等身大の抽斗、戸棚、靴箱として形象される。未知ゆえにイメージが加重されてしまう彼岸・死と、現世を繋ぐ時に用いる様々な函数――例えば、神秘主義、オカルト、宗教、哲学――を敢えて無視し、死そのものを自己に合致させる句である。

　　戸棚より兄現れて焼香す

という句に対して、死・生の二元論をもって語ることがいかに不毛であるか。その臨界自体がすでに存在しないのだ。われわれの死生観を一挙に踏み越え、その文脈自体をせせら笑う紫色のユーモアに一本の句が烟っている。

　ここで、西川徹郎の二つの迷路の座標は重なって来る。戸棚から出て来る兄。戸棚の夜道を一心に歩く父。この死んでいることに気づかない死者達は、春の寺の階段で迷う者とイコールの関係にある。四、五日迷い、気がついたら、戸棚から踊り出て来るのである。それはまた戸棚に入って行くことでもある。あたかも両面の鏡で隔てられた部屋を、それぞれの者が透過するかのような様態にも似ている。むこうの部屋では、われわれもまた死んでいることを知らない迷い出る者なのだ。もはや、そこに死者は誰一人としていないだろうし、また生者も誰一人としていない。

　　球根も死児もさまよう春の家

この句は二つの座標の接点である戸棚、靴箱、抽斗等を略し、いくつかの位相をそのまま同一空間＝春の家に持ちこんだものだ。錯綜した迷路を透視し、生死混沌としたその状況が、春の陽炎の描くマーブル模様――熱感度カメラの映像のように――で提出される。技法上からいえば、シュルレアリスティックな「球根」と「死児」の組み合わせもさることながら「さまよう」というスローニスな言葉でスイッチを入れられる無方向・無目的な動きが、時間という生の概念を無化してしまう。しかも係助詞「も」に示される他のものたちまでをも含む全てのものの時間を。

この時間を無意味なものとさせる「さまよう」という言葉が象徴するように、西川は生の根拠のなさ、死の根拠のなさを熟知しているように思われる。だが、人がふつう進むであろう虚無主義や見性への道はとらないのだ。虚無が虚無として意味を持つ場所(トポス)(文脈)が存在するというパラドクサルな怪しさに、もはや愛想をつかしている。西川はそんな虚妄で構成された世界を暴くかのように句を立てていく。

　　ふらふらと草食べている父は山霧

死もない、生もない、あの草の辺りでさまよう山霧は父そのものだという直視から、さらに根拠なき無目的な生をラディカルに蕩尽する狂気の句を立てる。

　　裏山を僧急ぎつつ桃の種

この僧が何かの理由で、例えば裏山で犯した罪から逃走しているとか、どこか葬式に向かっているとか、という目的を持った「急ぎ」でないことは、「桃の種」というタームによって象徴されている。果実に比してわけなく大きな種＝無意味のデフォルマシオンは、「裏山を僧急ぎつつ」のドラマツルギーを全て収奪する装置としてある。ここで「桃の種」から逆照射されるのは、どこへ向かうでもない急ぎという無意味な行動を蕩尽していることなのだ。これは、

戸棚の中の夜道を急ぎつつ父は

と同じであるが、その蕩尽のヒステリックな回転が、自己所在の懐疑、その反省的視点に立ち戻る余裕さえ奪い、超越する。

西川徹郎が僧衣の二つの袂をはためかせる時――。それは、既存の二元論的死生観を成立させている大系自体を迷路へと導く時だ。われわれは西川俳句に迷いながら、途方もない出口に踊り出ることになる。

（本論の初出は一九九〇年十月一日黎明舎「銀河系つうしん」第十一号。一九九一年ふらんす堂『現代俳句文庫⑤西川徹郎句集』解説として収載。更に藤沢周著『スモーク・オン・ザナイフ』（河出書房新社）に載録／「無化『町は白緑』西川徹郎論２」、「増殖『町は白緑』西川徹郎論３」は「銀河系つうしん」第十二号及び「銀河系つうしん」第十三号に発表されている。）

一天才詩人の現場――『西川徹郎の世界』（「秋桜COSMOS別冊」）

西川徹郎の眼は同時に違うものを見るカメレオンの眼に近い。片眼で彼岸を見、片眼で此岸を見ることをする。網膜に結ばれた像を想像せよ。

不眠症に落葉が魚になっている

裏山を僧急ぎつつ桃の種

従来の不条理の出会いという並列の眩暈ではなく、重なりの眩暈である。おそらくダダ的なイマージュなど微塵も狙っていない。

抽斗へ迷路は続く春の家

戸棚より兄現れて焼香す

やがて読み手の網膜の色が変わりかける頃、西川はその句の空間にこさえた奈落の階から消えて行く。

「秋桜 COSMOS」が、『西川徹郎の世界』として別冊を刊行した。生と死と性の現代俳句の旗手を、吉本隆明、鶴岡善久、菅谷規矩雄、倉橋健一、福島泰樹、安井浩司氏等三十五人が多角的に論じている。

「西川さんの句のなかで、西川さんの内面に鳴っている楽音は音楽を奏で、言葉は言葉の音韻とリズム(韻律)で、別々に鳴っている。この悲劇的な運命が西川さんの俳句」

という吉本氏の言葉から、西川イマージュの極度な不均衡から来る軋轢の音が聞こえて来る。

　家族晩秋毛の生えたマネキンも混じり

　空の裂け目に母棲む赤い着物着て

　顔裂けて浜昼顔となるよ姉さん

これらの不気味な情念の句を多作する西川氏のエネルギーの向こうに、鶴岡氏は無常観を見る。

　球根も死児もさまよう春の家

生命と無念の死を共に「春の家」に位置づける構図自体が、西川氏の生であると。朦朧と形容しがたい彼岸と此岸の境界を、より鮮明に見てしまう十七文字の末期の眼に、句作という自らの存在証明で抗っているのかもしれない。そんな一天才詩人の現場を目撃する一冊となっている。西川徹郎の世界への階段、そして、幽界への階段。

(本論の初出は一九八九年十一月十九日付「図書新聞」)

◆**藤沢 周** ふじさわ・しゅう＝一九五九年新潟生れ。作家。法政大学文学部卒。法政大学教授。第一一九回芥川賞。日本文学協会会員。著書に『死亡遊戯』『ブエノスアイレス午前零時』『スモーク・オン・ザ・ナイフ』ほか。鎌倉市在住。

鷲田小彌太

未完の鉄路の終端にある新城——西川徹郎著『無灯艦隊ノート』

たくさんの鉄道跡を見た。レールがそのまま残って瓦礫や草むらに埋まったものがある。レールも枕木もそっくりそのまま取り払われ、砂利「道」があるから、かすかに鉄道跡だと分かるようなところもある。何かの「記念」のためなのか、終点「駅」の所だけにわずかに残された鉄路の痕跡がある。

芦別から新城(芦別市)まで鉄道の跡が残っている。といっても、線路が敷かれたわけではない。鉄道建設の途中で中止となり、橋梁や鉄路予定跡地だけが残ったのである。私が見たのは十数年前だが、いまも残っている(と思われる)。

この鉄道計画跡の終端部分の道向かいにあるのがお西の正信寺で、住職が俳人の西川徹郎(昭和二十二年生)である。その俳句と思考の独特は、自選俳句と俳景を記したエッセイからなる薄い『無灯艦隊ノート』(一九九七年・蝸牛社)に凝縮されている。これは西川の自作解説であり、半生記、家郷記で、そして新城を知るための最良とはいえないが、もっとも心に残る記録である。

戦後の石炭ブームに乗って、芦別から新城を経由し、深川、留萌へと通じる計画だったが、石炭の斜陽で頓挫した。この鉄道建設に奔走したのが西川の祖父證信である。

あの鶏の卵巣は駅晩夏です　　徹郎
遠い駅から届いた死体町は白緑

祖父の死のイメージと鉄路の未完をイメージして読むと、この句が近づいてくる。

新城は芦別と空知川で、旭川や深川と新城峠で塞がれた、いわば陸の孤島である。この「僻村」から西川は虚空へ向かって叫び続けてきた。私にもきれぎれにその声は届いてきた。大きな耳を立てると、受けとめることができないほどの重力をもっている。

西川の生まれた寺はかつて部屋数だけでも二十ほどあった本書院造りの総柱の御殿であった、と記されている。

屋根裏を野のように歩き　独身

襖絵の桔梗が屋根を突き破る　　徹郎

この感覚は広い屋敷に育った私にもわかる。

（本論の初出は二〇〇七年三月二〇日付「日刊ゲンダイ」）

◆鷲田小彌太　わしだ・こやた＝一九四二年札幌市生まれ。哲学者。文芸評論家。札幌大学名誉教授。「北方文芸」編集委員だった一九八六年六月黎明舎を来訪し宿泊。一夜西川徹郎と歓談した。主著『日本人の哲学』（全五巻刊行中）『昭和思想史60年』『吉本隆明論』ほか。北海道長沼町在住。

雨宮　慶子

幻夢交換とファルスの磁場――『天女と修羅』への漸進的アプローチ

太陽を見失ったような八月が過ぎ、菊月の暦に取りすがるような思いで、エミール・ガレの収蔵で知られる熱海のサンクリノ美術館にペーパーアートの昆虫作家、小林和史さんの個展に出かけた。フランス、アール・ヌーボーのガラス工芸家ガレと、そう遠くない過去にイッセイ・ミヤケの敏腕なディレクターとしての華やかな栄光から、「三つ子の魂」に舞い戻って、文字通り三歳の頃から始めた紙を素材として昆虫をつくることに専心しはじめた小林さんの乾坤一擲の、いかなる歓喜の幕屋に導かれるのか、ちょうどてんとう虫の羽音のような微かな予兆の音源にむけて小さな旅を進めたのである。

『天女と修羅』、西川徹郎氏の第九句集のなかのカタカナ表記のかなかなの音。死を身のうちに隠した天女のおもいおもい衣擦れ。たなごころに衣の身代わりの書物の重量をおしはかって、さてと思案してからのはるかな幻聴。蜉蝣の羽化。カタカナの身じろぎ。すでに身じろぐ微小の生。乾いて軽くはない、湿度をもった粘体から繰り出される無数の糸のぬめりに捕縛されていく。カタカナノカナカナガミミノフタヲアケテサンランスル。ナガクシメッタクライツチノナカデタエテキタノダ。透明な薄羽に油膜が滲んでくる。日暮れ。ひぐらし。カナカナ。ヨルナク。夜啼く蝉の狂い。天人の衣を踏む。断末魔の。アカネノイトガハカレル。ヒトスジ。

天人モ箒トナリツツ夏茜

箒トシテ痩セタ天女ガ寺寺ニ

床下へ真ッ黒ナ太陽ヲ探シニ行ク　『天女と修羅』

カタカナは突如笑う。断腸の哄笑。身を捩り、震わせ、腸捻転の苦しげな己をちらりとみやって再び笑い痴れる。この修羅はダダイストである。DA-DA-DA。

磯へ足出シ寺ノ蚊ヲ育テテヤル

輪番ノ喉へ噛ミツク山秋津

屋根裏ノ柱トタタカウ寺男

大佛ノ腸蠢ク梅月夜

ショーケースニ白髪ノ天女ガ飾ッテアル

縊死ニハタシカナ褌ガアル秋ノクレ

菊人形ノ菊ヲ毟ッテ食イツナグ

『天女と修羅』

「磯へ足出シ」の句は、私にはマンテーニャ（北イタリアのルネッサンス様式の画家）の「死せるキリスト」を思い起こさせる。こちらへどうっと倒れて足裏を見せている蓬髪のクリスト。わが北方の西川氏は僧籍にあられるが、時折紙面で拝見するポートレートでは有髪でおわす。（お写真の印象では、なんとはなく剛そうな黒髪の感じがする）。

地の塩クリストの御足はさぞやしおっぱいだろうし、浜辺の僧侶の砂まじりの足裏はパラドクサルな慈愛で湿っていよう。

電柱ニ天女降リ立ツタマグレ

秋津ノ眼ノ中ノ劇場父死ヌハ

秋津ガ壁ニ当タリ緑ノ血ヲ流ス

『天女と修羅』

「幸福の伝道師」（小林氏のオブジェのてんとう虫につけられたタイトル）は、句集に紛れ込むと秋の螢に姿をやつしている。

秋ノ螢ガ尼僧ノ裾ニモグリ込ム

螢湧ク枕ヲ抱エ裏山へ

性愛ヲ秋ノ螢ト云イ忘レル

産院デ少シズツ気ガフレ秋螢

『天女と修羅』

産むことの寠しと狂れ。破戒のmagic lantern、幻灯機が雪見障子の桟を震わせる。

「人間の実存とは、周期的に結晶するたびごとに、わめきたてられる言葉、激しい痙攣、気違いじみた笑いとなってのみあらわれるものであり、しかも、その瞬間には、わたしたち自身と世界との不可入性impenetrabliteがついに共有されたpartageというひとつの意識において、共感がわき起こるからである」（ジョルジュ・

バタイユ『文学と悪』

　やるせなき哄笑の津波が押し寄せて、秋である。

カゲロウハ死ノバイオリントナッテイル
叫ブヒマワリ山峡ガ枯レ尽スマデ
生家ノ柱眼帯ハ血ニ濡レテ
切リ刻マレテ生家ノ柱美シキ
唸リツツ生家ノ柱野韮食ウ
秋ノクレ天人ノ腸透キ通ル
天人ノ棺桶五ツ秋ノクレ

『天女と修羅』

人間をながく続けているといろいろな目に遭うものだが、今回の私の熱海詣にはやはり、小林氏経由の伏線があった。今春の桑原弘明氏のオブジェ展に引き続き、国立の某スペースでの九月に予定されている「世紀末かたつむり展」のプロデュースのミーティングの宵、幼少の頃喘息に悩まされていた小林少年が父上のコレクションの蝶の標本を見よう見まねで鋏を持ちはじめたのだという「昆虫事始め」の感動的な由来をお聞きして、ハクルベリフィンみたいなそれからの成長記をかい摘んで、成るほど現在の繊細で温かい御仕事に得心がいき、つもるお話に心を残しながら車中の人となって間もなく、金星のよく光る空の方向、さほどの上空といわれぬあたりを冴えた白色光で棚引いてすっと消える火の玉、鬼火を見たのである。日中、風が塵を飛ばしてよく晴れた空のせいか、全くおどろの印象はなく、怖さもなく、好感のもてる火の玉というのも妙であるが、ブリリアントという感嘆さえ覚えたのであるから本当に不思議である。あれは、きっと天人のプシュケに違いないと今でも思っている。(耳の蓋を開けて、飛んでいこう)………。

　バトミントンニ夜叉モ混ジッテ秋ノクレ
　天人ハ空ノ旅人秋ノクレ

銀ノ蜻蛉ガ顔顰メ飛ブ秋ノクレ
卵食ウトキロニ飛ビ込ム秋螢
蕎麦津波シテ少年ハ走リ続ケル
少年ノヨウニ舌ハ峠デ身ヲ反ラス
ニンゲンヲ忘レタ月ノ椅子ガ在ル

『天女と修羅』

「月の光を浴びて蘇生したかのように飛び回る秋津たちの美しさは、私にはこの世のものとはどうしても思うことが出来ない。」（句集後書より抜粋）

この度の『天女と修羅』のカタカナ表記とあわせて、頻出する天女とは、私には月夜の秋津のイマジネール、成虫（心像）であり、はかなさと世の掟を超えた強靭な、うつくしい性を持った死生物に思われる。月に憑かれて深更の原野に自転車を駆る西川少年もまた物狂いのいとおしさを月光に靡かせているではないか。

伝統的な意匠を継いでスタートに立った、ガレの初期の作品は精巧な美しさと、緊張感に満ちている。そこからどんな葛藤が彼を引き裂いて、どんな憤怒が漲ったのか、彼の最高作品といわれる「群蜉蝣文脚付杯」（一八八九年作）の臈たけたローズピンクの蜉蝣の天人たちの前で作者の恍惚がこころを浸す。さらに、「蝉文花入」には、ガレの苦心の月光色の花器いっぱいにレリーフされた蝉がいまにも果敢な夏を放ちそうである。この花器の蝉が虚空に飛び立ったようにして、同じケースの壁面に小林氏の作品である蝉が在る。

一〇〇年の時空を超えて、魂が結晶する。土中で一五年暮らして、一瞬の夏に灼かれる蝉の生を二人のあたらしい造物主が生け捕り、わが北方のビジオネール西川徹郎氏は、最短詩型という棺に彼を生かす。大胆な破壊から独自のアール・ヌーボー様式を創始するに至るガレの作品は息をのむようなゲシュタルトと美の融合を見せ、それは偉大なる美のなかの必然の痙攣である狂気を孕み、生の終焉としての死に際の姿にさえ反転した美の姿、崇高が宿ることを私たちに呈示する。最晩年の「蜉蝣文大杯」。死にゆく秋津の失墜のさまをレリーフした大杯の前で人はみな言葉を失うだろう。現代を生きる私たちは本当にこのような荘厳の死を迎えることができるだろうか。

アール・ヌーボーの曲線のダンスマカブル、死の舞踏。群れなす蜉蝣の死と背中合わせの恍惚。そして、実存の荒野で俳句という短詩型に「ひとたびは定型に依拠しつつも、その実は国家の意思と定型の呪縛へ犯意と抗いを貫く、このひたすらなる悪意」の血の涙を流す、地獄の蜻蛉いっぴき。カタスナカナカナノナクサンキヨウノサケメニアカネサス。

夜叉来テ開ク仏間ノ黄金峡ノ入口

『天女と修羅』

（本論の初出は一九九八年十二月二十五日黎明舎「銀河系つうしん」第十七号）

◆雨宮慶子　あめみや・けいこ＝詩人・文芸評論家。書肆蘭亭記主宰。詩集に『円錐の墟』等、他に多数の評論・エッセイ。東京都在住。

小林　孝吉

西川徹郎と石川啄木──高橋愁著『わが心の石川啄木』

一八八六（明治一九）年に岩手県の日戸村に生まれ、すぐに生涯故郷と呼んだ渋谷村に移り、貧困のなかで短歌、小説、詩、評論を書き、明治最後の年の一九一二年に、「肺結核」でわずか二七歳の一生を終えた歌人石川啄木。『暮色の定型─西川徹郎論』などの評論を刊行し、文学ジャンルの解放を提唱する著者高橋愁は、石川啄木が現代に生きていたらどのようなことになるのだろうかと問い、そんな「無謀」な夢と現実の創出を試みたのが『わが心の石川啄木』であると「あとがき」に書いている。

この作品は、「深夜の風」「片目の黒猫」「沛然」の三つの短編からなるが、そこには石川啄木の研究成果、啄木の短歌論など、作品中に短歌、俳句、批評などが自在に取り込まれ、そこに著者の心のなかで思い描かれた現代の石川啄木が自由に生きるのだ。時代は、「深夜の風」が九四年頃で、他二篇は、作中の啄木が関心を示したオウム真理教事件の起こった翌年で、舞台は北海道の石狩、札幌、芦別などである。それは「一家離散とはこれなるべし。昔は、これ唯小説のうちにのみあるべき事と思ひしものを……」「我は妻を思ひつ、老ひたる母を思ひつ、をさなき京子を思ひつ。我が渋民の小さき天地はいと鮮やかに眼にうかびき」と日誌に記した、啄木二一歳頃の「北海漂泊」を連想させる。

〈わが心の啄木〉に、著者は次のような問いをひそませている。——はたして、啄木は転落者であったか、なぜ本格的に俳句をつくらなかったか、死は貧困に起因した飢え死にではなかったか、と。そのうえで、著者は芦別の浄土真宗正信寺の住職であり、実存俳句の俳人西川徹郎と啄木を対置する。それは二人がともに「寺」を出自としていること、絶望を風土とした啄木と、非定型・無季語の革新的な俳人西川徹郎の終末観が、時代を超えて対照性をもつことによる。作品中に、『月山山系』などから西川の俳句がいくつか引用されている。

　抽斗の中の月山山系に行きて帰らず

　不眠症に落葉が魚になっている

この西川徹郎と石川啄木の邂逅、それが著者の意図なのだ。

「深夜の風」は、啄木が新聞連載の原稿料をもって「わたし」と喫茶店で会う場面からはじまり、文学仲間と文学論をかわし、酒を飲み、すぐに浪費してしまう型破りな姿が描かれている。「片目の黒猫」は、三月半ばの石狩で、「わたし」の家を訪ね食事をする貧しく孤独な啄木で、彼は短歌雑誌の批判、総合誌の犯罪を痛烈に論じた原稿を書く。この「わたし」の家で、西川と石川ははじめて出会う。「沛然」には、ガスも止められ、暖房用の灯油も買えず、妻、病弱の母、子どもにも仕送りもできない貧困のなかで一人苦しむ啄木がいる。最後に、「わたし」と啄木は、芦別の西川を車で訪ねようとするが、着く少し前に、札幌へと引き返してしまう。結局、ここでは西川と啄木の決定的な出会いは回避されている。

作品は、「わたし」の見た啄木の夢で終わっている。夢の中で啄木は訴える。——破滅です。昨日も血を吐きました。一家心中しか道はありません、と。しかも、林のなかにある由緒ある寺は紅蓮の炎につつまれるのだ。この夢に、啄木の姿がもっとも生き生きと描かれている。この批評的小説は、現代歌人による〈わが心の石川啄木〉序説といえよう。

（本論初出は一九九八年八月八日付「図書新聞」）

■編者註、高橋愁著『わが心の石川啄木』は一九九八年書肆茜屋から刊行。石川啄木と西川徹郎の邂逅を描く批評的小説。

森村　誠一

西川徹郎の句界——死ぬ前に何処へ行くかと問う句集

人はなぜ俳句を創るのか。

まず、職業としての俳人がいる。しかし、著名な俳人にしても、俳句で生計を立てるというのは容易ではあるまい。小説やドキュメントと異なり、一句五七五に縛られる定型俳句はもとより、自由律俳句にしても使用語数が極めて少なく、稿料は高が知れたものであろう。

俳人は職業というよりは、生きる形であろうか。生きる形となると、作者の全人生が俳句に傾斜してしまう。あるいは俳句が作者の人生の要素となる。

次に趣味としての俳句が考えられる。老境に入って俳句に親しむのは、だれでも手軽にひねることができて、時間潰しになるからであろう。しかし、俳句人口は老人の専売特許ではなく、若者や現役の壮年の人々にも増えている。俳句に親しむと、人生や人間や事物の観察が深く広くなり、世界が「俳句前」とは異なって見えるようになる。

著名な俳人にしても、俳句によって洛陽の紙価を高める（ミリオンセラーを出す）というような場面はめったにないのであるから、俳句によって身を立てようとする野心家は少ないであろう。西川徹郎にとって俳句とはなにか。西川徹郎はなぜ俳句を創るのか。

西川徹郎氏の全句集を俯瞰すると、死に関わる言葉が多用されている。

反対に季語はほとんどない。例えば『天女と修羅』中「秋ノ暮」の章においての「暮」を片仮名で表記して、ほぼ全章をリフレインする。この章においては、「秋ノクレ」は季語ではなく、西川徹郎の句界の門、あるいは表象として使われている。さらに「月ふる峠」においては、「月ふる峠」と「峠の寺」のリフレインに挟まれて、言葉はさらに圧迫される。

峠の寺の抽斗に溢れる月ふる峠

峠の寺の机に溢れる月ふる峠

峠の寺の食卓に溢れる月ふる峠

と圧迫されつづけた言葉が、ついに〈籐椅子〉〈便所〉〈室〉〈床下〉〈屋根裏〉〈産屋〉〈倉庫〉〈井戸〉〈畑〉〈裏山〉〈蓮池〉〈箪笥〉とたった一語に押し込められてしまう。

初めて西川俳句に接したとき、私は面食らった。これまでこのような俳句に接したことはなかったからである。山頭火、金子兜太などの自由律俳句や前衛俳句にもこのような執拗なリフレインによる言葉の圧迫はなかった。

だが、そのリフレインを眺めている間に、これは圧迫ではなく、言葉の解放であることに気がついた。「峠の寺」と「月ふる峠」に挟まれたなんと豊饒な空間であることか。月光煌々たる峠の寺に、畑の百合や茄子や著もあれば、ついに婆さんの乳房や坊さんの男根までが登場してくる。これは一筋縄ではいかない相手だとおもったときは、西川徹郎の世界につかまっている。

西川徹郎の句界には「月」が多い。第一句集『無灯艦隊』は非常に象徴的であるが、無灯の最高の照明は月光である。艦隊が寄港するのは暗い空港であり、夜光都市である。

首のない暮景を咀嚼している少年

骨の匂いのひたひたとする過密都市

少年がはばたく岬　白い寝棺

全植物の戦慄が見え寺が見え

骨透くほどの馬に跨り青い旅

このような俳句を提示されると、季語を帽子のように被り、五七五音の定型句に縛られた俳句の約束事から解放された俳句を感じた。

西川徹郎は季語・季題は「俳句の言葉から人間を奪い取り、俳句を文学から断種する魔物である」（「國文學」二〇〇一年七月号・學燈社）と言い切っている。そして生活の言語である口語で俳句を書くことを提唱する。これまで、さほど深くも考えず、俳句の約束事を無条件に受け入れ、俳句を鑑賞し、自らも駄句をひねっていた私は、目を洗われたような気がした。

旅に病で夢は枯野をかけ廻る

芭蕉の辞世が「旅に病み」の文語定型や、「旅に病みて」の文語表記ではなく、「旅に病で」と一字字あまりの口語が実存の未知の荒野へと一歩歩み出させたという主張はまさに卓見である。たしかに「旅に病み」でも「旅に病みて」でも、旅中、俳句に殉死するような凄絶な芭蕉の漂泊は表現されない。

表現にはいかなる枷もはめられるべきではない。憲法で表現の自由を保障される前に、作者が自らの表現手段に季語という枷をはめてしまったのが俳句であった。

西川徹郎の唱える実存俳句とはなにか。それはあらゆる約束事から解放された自由な表現の中に、自分の真の存在を、あるいは存在証明を確認しようとする営みである。

たとえば、『天女と修羅』の「夜叉燦燦」中「山寺」と題し、

山寺ノ井戸ニ天女ヲ引キズリ込ム
物干竿ニ天女ノ死体ガ懸カッテイル

「月ノ庭」では、

弟ノ骨ガ刺サッタ月ノ庭

このような悽愴、悽惨な句は、読者のイメージをさらに、

天ヲサス物干竿ニ刺サル天女ノ死体

を連想させる。つまり、西川徹郎の句は連想をいざなう句である。連想は無限であり、読者を実存の未知の無限言語空間へ踏み出させる。

あらゆる文芸形式の中で、俳句ほど作者と読者の距離が短い分野はない。他人の俳句に触発されて、あるいは刺激されて、自分の俳句を創る。読者は直ちに作者になってしまう。日本語を知っている者であれば、直ちに俳句の作者になれる。最近は英語俳句の人口も増えている。これが五七五の定型や、季語の枷を外されれば、さらに俳句人口は増えていくであろう。

だが、西川徹郎の俳句を読んでいると、それほど単純ではないことに気がつく。西川俳句は単に季語や季題、約束事の否定、それらからの解放ではなく、また言語の玩弄でもない。読者の無限の連想を誘いながら、西川俳句に共鳴するためには、したたかな読者の実存（人生）を踏まえなければならない。

実存とは、まず思想であり、問題意識であり、主体性の確立であり、既成（エスタブリッシュメント）に対する反旗である。

たとえば、『東雲抄』の、

一九六九年作、

花弁で隠す女陰はるかな唖者の家

肋骨にひびく流氷睡い性病院

たすけてくれぇたすけてくれぇと冬木たち

夜の青空にピラニアがいる密会

海蝕は屍姦のごとしと囁き合う

花の木の裏側の木が魘される

一九九〇年作、

姉さんのはらわたながす裏の川

桜三月さくらがからだに突き刺さる

一九九三年作、

死ぬ前に罌の重さを量ってみる

特にこの年の作は「死ぬ前に」と「罌」がリフレインされて連想をいざなう。

一九九九年作、

冬暁の机に死者の手形が写る

二〇〇〇年作、

数え切れない行雁を数えている月夜

に至る、これらの句には、俳句の身上である軽さはまったくない。いずれも重い。作者の人生が重く、遊び心は感じられず、暗い連想へといざなう。一体、なにが楽しくて俳句を創るのかと怪しむほどに、重く暗い作品が連なる。だが、それが実存であり、作者の存在主張であり、主体性の確立である。連想をいざなわれても遊び感覚で、無責任に模倣するようなわけにはいかない。人生の共鳴、それもしたたかな人生の共鳴を求めるのが西川徹郎の実存俳句である。

なぜなら、実存とはそれぞれの存在証明であり、人生の証明として俳句は死と隣接した生として、死と直面・対決せざるを得ない。そんな重い俳句は真っ平だという読者に、西川俳句は執拗な繰り返しをもって、この世に生きて（死ぬ前に）どこへ行く、どこへ行く、どこへ行くと、レコードの同溝回転のように問いかけてくる。その回答が『西川徹郎全句集』に啓示されている。

（本論の初出は二〇〇二年九月二十五日茜屋書店『星月の惨劇―西川徹郎の世界』）

永遠の青春性―西川徹郎の世界　後記

西川徹郎文學館を訪問時の私の拙なる講演録が同文學館新書の一冊に収録されることは、私にとって身にすぎた光栄である。

作家は本来、これ以外はないベストの表現を熟成して発表する。だが、講演となると多数の聴衆を前にして、ベストの表現を発酵させる時間が足りない。それゆえ講演は言葉が未熟なまま発表しなければならないという宿命を抱えている。

もちろん講演録として活字に定着する前に、発言者自身が目を通して校正をするが、文章とはおのずからちがう講演は、すでに骨格が定まっていて完全な文章化は難しい。

西川文学と西川俳句を言葉が未熟なまま語ることは不遜であるが、講演にはまたおのずから講演の宿命があり、西川文学について書くのではなく、語るということでご理解いただければ幸いである。

西川文学の中核をなす西川俳句は、日本の文学遺産として凄絶な発光をする宝石である。あまりに凄絶すぎて、ついて来られない読者もいるであろう。だが、西川文学の栄光は一度目(ひとたび)にする限り、理解、不理解とは別な凄まじい衝撃を読者に射ち込むところにある。衝撃なき文学は文学でなく、衝撃なき俳句は俳句ではないことを提唱する見本が、西川徹郎の作品である。

死ぬ前にどこへ行き、なにをするかと問うのが西川文学であると同時に、生死の境界を超えた永遠の絶唱であることが、西川徹郎の人生の凝縮と実存である。

そのことが、「龍谷教学」第四十五号、発表論文（編者註、二〇一一年六月龍谷教学会議全国大会／於・龍谷大学）「真實之利と大無量寿経——真實之利は人類の如何なる未来を開くのか　西川徹真（西川徹郎の法名）」に書かれているが、この難解なる論文をわかりやすく、凄絶なきらめきに砕いたのが西川俳句（私は西川凄句と称(よ)んでいる）なのである。

西川文学の凄絶さはそこに永遠の青春が実存（最初からそこにある）として凝縮されているからである。

これ以上の凝縮はない作品にあとがきは蛇足であるが、これは西川文学のわずかな反映と受け取っていただければ幸いです。

（本論初出は講演録『永遠の青春性―西川徹郎の世界』）

■編者註、同書は二〇〇九年五月二十三日森村誠一が西川徹郎文學館に初来館し、「俳句と人生―西川徹郎の世界」と題し講演した折の講演記録。二〇一〇年一月改題し西川徹郎文學館新書②として発行。

稲葉　真弓

言葉の「無限樹海」――西川徹郎の世界に寄せて

長い間私は「句」の世界とは無縁だった。詩や散文を書き始めて、古典として「ハイク」に触れることはあっても、自分の心にしっくりとくる「句」がなかなかみつからないままでいた。が、ときに言葉はおもいがけない場所から「まれびと」の顔をしてやってくる。読むものの心にとりついたまま離れなくなる瞬間があるのだ。言葉が人の心をとらえるのは、こうした「まれびと」に出会ったときだ。遠い世界や無縁だったものを、衝撃とともに目の前に差し出してみせてくれる。

西川徹郎の「句」は、私にとってまさにその「衝撃」以外のなにものでもなかった。言葉が一瞬ごとに乱反射し、ひとつひとつの文字が、ページの上で凶器のように光っていた。そう、私は最初、西川徹郎の「句」を〃読む〃のではなく、発光するナイフの研がれた切っ先を眺めるようにして、文字のひとつひとつの姿形の美しさに魅いられたのだった。

最初に読んだのは『町は白緑』、といっても、全部を読んだわけではない。たまたま新聞だったか、雑誌だったかで句集が紹介され、いくつかの句が抜粋されていた。それを見た瞬間、視線を吸いとられていた。

　球根も死児もさまよう春の家

　みんみん蝉であった村びと水鏡

　緑青の卵管見える金閣寺

どの句も選びとられた文字のひとつひとつが絵画のように見えた。春の夜の家をひそやかにあるく死んだ子供の魂と、かたわらでふくらむ球根のあやしい気配。

二句目は、冷たい水鏡の上を葬列のようにうごめくみんみん蝉が見えてくる。そしてその顔のひとつひとつが村人である不思議。

三句目は、あの金閣寺の荘厳な姿の中に、青い緑青でできた血管や筋肉の透けてくる幻のような光景が提示される。卵管とあるからには、金閣寺はここでは女人なのだろう。このイメージだけでも私の脳裏は衝撃のあまり真っ白になる。

たった十七文字なのに、一句一句の中になんとおそろしく美しい「あやしの絵画」が隠されていることか。今回、ゆっくりと『西川徹郎全句集』の世界を歩いた。歩いてわかったことだが、天金で装飾されたこの句集は、人間の記憶の中に無意識に眠る「無限樹海」への入口なのだ。

入口という言葉で思いあたるのは、西川句にしばしば登場する無数の「内部」と「裂け目」だ。

梅咲いて喉を淫らに通う汽車　（『家族の肖像』）
箪笥からはみだす姉のはらわたも春　（『同』）
空の裂け目に母棲む赤い着物着て　（『死亡の塔』）
床下の父へときどき会いに行く　（『町は白緑』）
体内へ続く階段曼珠沙華　（『同』）
靴箱の中のくねった道を墓参する　（『同』）
抽斗の中の月山山系へ行きて帰らず　（『月山山系』）

「喉」も「箪笥」も「空」も「床下」も「体内」も「階段」も「靴箱」も「抽斗」も、一見極めて日常的なものだが、反転させればなにが隠れているかわからない不安な場所でもある。どの器も暗い夢を内包するパオであり、そこを行き来できるのは、第三句集『家族の肖像』の覚書で西川氏が書いているように「私という修羅の幻影」だけのように思える。

そしてその〃修羅〃たちへと寄り添う心は、せきとめられぬ奔流のように、嘆きのリフレインとなって読むものの心を打つ。

そのリフレインは、第八句集『月山山系』の「月夜ゆえ」から第九句集『天女と修羅』の一〇〇〇余句の中へ凝縮されていくが、中でも「秋ノ暮」の章は圧倒的な迫力で、読むものを茫然とさせる。ページをめくれどめくれど「秋ノクレ」。「秋ノクレ」「秋ノクレ」と繰り返し繰り返し語られる光景と、少しずつ変容する言葉の姿形は、ここでも生き物のように「あやしの絵画」に変わっていく。そして、

シノノメノホテルノ中マデ萩津波

姉サンノ箪笥ノ中マデ萩津波

弟ノポケットノ中マデ萩津波

妹ヲ捧ゲル萩津波シテ

と詠み上げられた「萩津波」。

森羅万象を包むような萩の中に、親族が集い、けれども津波と化した萩に阻まれて行きたい場所には決してたどりつくことができない。たどりつけないもどかしさに、言葉はねじれつつ、距離を縮めようとして身悶えする。その身悶えと、萩のうねりが見えるような言葉の行列ではないか。「秋ノクレ」の圧倒的なリフレインは、ここでは息をとめた祈りのようなものに変わっている。

これらの特徴的なリフレインは、この世の時間とあの世の時間をさまよう亡霊のように、句集を流れる哀切かつ強靭な通奏低音となっている。そしてまた、作者自身のどこにも折り合いのつかぬ心の叫びとなって、私の胸に届く。このような形の「句」をかつて読み、記憶したことがはたしてあっただろうか。

これらの句を読むと、西川氏にとっての句は、あの世とこの世をつなぐ極めて個人的な装置なのだと思いあたる。私的な思念の上に確固としてそそりたつ言葉の塔は、「私的」であるがゆえに安易な客観を拒んでいるようにも思える。絶体絶命の覚悟の上に、積み上げられ、検証され、削がれ、それでも滴り落ちずにはおかな

い言葉の群れたちの自発と決意。苦しい仕事だろうと思う。「句」を作ることを楽しみだという人がいる一方で、悽惨な闘いを強いられる場をえらんでいることがわかる言葉の群れたち。

句の世界にも、おそらくは派閥はあるだろう。定型、非定型、それぞれの擁護派があって、制約や禁忌を句の神髄とする流派があるらしいことは想像ができる。幸いにして私は内実を詳しくは知らないが、おそらく西川氏はどこにも属さない、氏が属しているのは、「私の中の彼岸」なのだから。

そのなつかしいような同時に恐ろしい、遠いものを幻視する氏の句は、ときに、人と物の境目を軽々と跳び越える。物が人のようで、人が物のようで、ともに生死の時間をわけあっているのだ。

夕顔が兄さんの足食べている　（『月光學校』）
桔梗であった頃夜会は山頂で　（『同』）
姉さんをたたみ損ねる月の畳屋　（『月山山系』）
東雲のように戦ぐ父さんに草生えて　（『同』）

人と物が互いの影を映しあい、重なりあい、ときには物が人に、人が物に変身しあいながら「私はだれか」と問い続ける。夕顔は煩悩を抱いた人となり、人は清らかな桔梗に、姉は不条理を抱えた畳に、父は草を生やす男性的な大地となり、ここに描かれているのは、すべて世にあるものが混沌とした「なにものか」へと溶解する転位の様相である。

「存在」への疑い・問いかけと、物と人を「交感」させるダブル・ビジョンが、西川句の魂ではあるまいか。「句」なのか「詩」なのか、もはやどうでもいい。


床屋で魔羅を見せられ浦という鏡　（『月光學校』）

末屋の鏡に魔羅が見えて、そこにこうこうと光る澄んだ水がある、あるいは、エロスの塔である魔羅を映す床屋の鏡に、生命の水があふれるのが見える、と私は（作中の〃浦〃が地名であってもそれを無視して）読むが、このすさまじい言葉の反逆。シュールなイメージ。

この一句だけでも世界がひっくりかえるような驚きを覚える。「句」であろうが、「詩」であろうがいいのだ。生ぐさい批評を拒む思念の屹立がここにある。その衝撃にアタマくらくらしながら、私は『西川徹郎全句集』の、絢爛たる世界を歩く。歩きながら考える。自伝的エッセイ『無灯艦隊ノート』に記された〃修羅と夜叉との相咬む非望の異星界〃を、鋭く痛ましく感受する心は、この先どこに向かうのか。

言葉の「無限樹海」に、身投げし続ける人の足跡が、秋津の羽擦れのようにこの都市にも届く秋の夜、匕首のような言葉に眩暈を覚えつつ記す。明後日は十五夜。

月夜ゆえ秋津一匹兇ろしき

（『月山山系』）

（本論の初出は二〇〇二年茜屋書店『星月の惨劇―西川徹郎の世界』）

修羅の精神と幻想

第十三句集『銀河小學校』と櫻井琢巳著『世界詩としての俳句―西川徹郎論』を読む

五千句、それも書き下ろしという膨大な句集である。六四六ページにわたる「西川徹郎」の世界は、相変わらず修羅の精神と幻想に満ちていて、読み終わった今、尋常ならざる妖気に脳を乗っ取られたままだ。この妖気は、同時に「俳句」という形式に投げられた「テロ的」起爆剤といってもいい。

最初に西川徹郎の作品に触れたとき、私はその強烈・独特な言語感覚に驚き、これは「句」か「詩」かという問いと定義を真っ先に捨てた。捨てなければ西川句の孕む世界は理解できないような気がしたからだ。甘やかな自然描写からはるか遠く、時事の一切さえ切り捨ててほとんど狂気すれすれに、内的世界をこの世のどこにもない風景に置き換える西川の作品は、その一句一句が匕首の化身のような不穏な輝きをまとっている。

たとえばこの句集の表題にもなっている「銀河小學校」は、そのタイトルから宮沢賢治を喚起させるが、賢治の持つ童話的宇宙に比較すると、西川句は生々しく痙攣的だ。どのページを繰っても子どものどかな姿は登場しない。むしろ小学校という牧歌的な場に隠された異世界が不穏なリアリティを伴って立ち上がってくる。

小學校で暴れる螢に眼を焼かれ　（「銀河小學校」）
ランドセルに畳んで入れるノコギリ銀河　（「同」）
体育館でノコギリ銀河を振り回す　（「同」）

ここに描かれる「螢」や「ノコギリ銀河」（時には「カミソリ銀河」とも表出される）とは何か。眼を焼く「螢」や鋭い凹凸を持った「ノコギリ銀河」は、私たちが普段感じている「カオスとしての学校」へと放たれた反逆の矢として読むことができる。この過激な矢は、「銀河小學校Ⅱ」の章ではさらに研ぎ澄まされた刃を持ち、それは例えば「怖ろしい峡谷學校の抽斗に」という句のように、学校に潜む暗い谷間をぐさりと刺し貫く。

本書を彩る「火」はことに印象的だ。「火のカケス」「火の鴉」「火の百合」「火の蟻」「火の燕」「火のスリッパ」「火の蝿」などが学校を包囲し、教室や校庭、さらには校長を襲撃する幻影。かつて俳句でこのようなシーンが書かれたことはあるだろうか。

『銀河小學校』に描き出される世界への違和感、火でもってしか焼き尽くせないカオスへの怒りに私はいたく共感するが、「月夜茸」「雛祭」「月の凧」の章にも強くひかれた。

惨劇という名の月夜茸が生え　（「銀河小學校」）

の発句を持つ「月夜茸」の章では、茸は死者たちを従者にして増殖していく。生存の淋しさをその青白い体にまとわりつかせ、西川徹郎の月夜茸は夜の中を狂奔する。その鮮烈でシュールなイメージ。あるいは「雛祭」の「春の家雛の白髪が戦ぐなり」で描かれる雛は、生々しい身体を持った女人の化身であり、「人形」という不具の生を解き放つエロスと優しさに満ちている。そう、西川徹郎にとって、月夜茸は野につなぎとめられた一介の茸ではなく、雛段の雛もまた動かぬ人形ではない。形あるもののすべてに生死の不思議と森羅万象が渺々とこめられているのだ。

こうした森羅万象を読み取り表現する西川徹郎の眼と脳髄は、限りなく直立しているというべきだろう。世界との「並走」でもなく「融和」でもなく、時代との「接点」も持たない。むしろそうした迎合をはなから拒み、ただそこに屹立し、屹立した眼と耳と感覚でもって案山子の孤独を、あるいは月夜の凧の淋しい浮遊を、言葉という揺籃に乗せて一緒に生き抜こうとしているように思える。この強烈な自我と、不動の姿勢が西川徹郎を、五千句書き下ろしという仕事に到達させた。

この西川の世界をシュルレアリスム絵画との関わりを磁場にして読み解こうとしたのが櫻井琢巳の『世界詩としての俳句—西川徹郎論』である。櫻井は、昨年（編者註・二〇〇三年）四月逝去、この評論集が遺稿となった。病身をおして西川の世界を歩く誠実な評論家の姿は、この渾身の一冊から透けて見えるが、なによりも西川俳句の原初的なイメージが、シュルレアリスム絵画と深く関わっていることを見抜いたのは櫻井だった。櫻井は、西川の自伝的エッセイともいえる『無灯艦隊ノート』や「略年譜」を丁寧に読み込み、西川の句に青春時代の体験が深く「暗喩」として影を落としていると指摘した。事実、西川はこの指摘によってシュルレアリスム絵画との出会いがあったことを認めている。こうした粘りつよい伴走者・理解者を失ったことは残念だが、まぎれもなく本書によって西川の作品は、さらに多くの「読み方」へと開かれていくだろう。

（本論の初出は二〇〇四年二月六日付「週刊読書人」）

異界へ私を連れていく—『西川徹郎全句集』

球根も死児もさまよう春の家

抽斗の中の月山山系へ行きて帰らず

『西川徹郎全句集』（沖積舎）

恐ろしい句だ。異界にぽつんと放り込まれたようなそくそくとした寂しさと、孤独が胸を打つ。生者と死者、あるいは「物」が、無明の思念を抱えて放浪しているのが見える。句中の死児がだれかなんてことはどうでもいい。しかし、その春の家では死者と球根が静かに寄り添い、抽斗の中には幻の月山山系が輝いている。おそらくは山にはこうこうとした月があり、真っ白な雪も降っていることだろう。

喚起されるイメージに導かれて句を読んでいると、私の中にも無明の「思念原野」がぼうぼうと広がる。同時に、かつて愛読書のひとつだった「シュルレアリスム簡約辞典」に収められた言葉の「跳躍力」や「飛翔力」を思い出す。西川徹郎の世界から転がり出る言葉は、私にとっては飛ぶ匕首に似ている。人間の足を食べる夕顔、法衣を着て歩く舌。そんな作品を目にするたびに、平凡でありふれた私の日常は反転する。現実と非現実を自在に行き交う十七文字に、「言葉」が持つ無限の力を思い知らされもする。そしていつも、どこか遠いところに運ばれてゆくのだ。

もっと遠くへ、もっと果てなき場所に私を連れていって欲しい。それが言葉の持つ魔力だと、内なる声に耳を澄ましながら、いつしか球根や死児になっている私。

（本論の初出は二〇〇五年十月二十九日付「読売新聞」夕刊文化欄「言葉を生きる」連載⑤）

どこにもないたったひとつの表現をめざす言葉の戦士

西川徹郎様　秋の淡い光が降り注ぐ、のどかな日々、お元気でお過ごしのことと存じます。

この度は、お便りとともに、我が自宅の方にも、おいしいじゃがいもを送って戴き、本当にありがとうございました。

母や妹と一緒に過ごした三重県の別宅にも、転送していただいたじゃがいも、何だか図々しいお願いをしてしまったようで、恐縮致しましたが、その折の御礼も、申し上げないまま、失礼致しました。

お送り下さったじゃがいもは、母がことのほか喜びました。二年ほど前までは自宅で菜園を楽しみ、例年、かわいいじゃがいもを作っていたのですが、大病をして右足を切断、今は、菜園にも足を運ぶことができなくなりました。

そんな訳で三重県では「小さな療養」の日々を送ったのですが、ほくほくのじゃがいもが、本当に私たちを楽しませてくれました。

今回、お送り下さったものも、妹や、親しい方に少しお裾分け、喜びをわかちあいたいと思っています。感謝申し上げます。

尚、すでにお目通しになったかもしれませんが、東京新聞の十月二十四日夕刊に西川さんの俳句について宗田安正氏が触れておられます。早くコピーをお送りしようと思いつつ遅くなってしまいました。同封致します。お名前を拝見した時、自分の作品に触れられたようなうれしさを覚えました。どこにもないたったひとつの表現をめざす言葉の戦士としての西川さんに改めて敬意を表しつつ。

そちらは晩秋の訪れも早いことと思います。気温の差にお気をつけて、くれぐれもご自愛下さいませ。

冬海さんにもよろしく。

又、ゆっくりと、お目にかかれる日を念じております。

まずは、心よりお礼を。

■編者註・「どこにもないたったひとつの表現をめざす言葉の戦士」は二〇〇六年十一月に届いた西川徹郎宛の書簡。稲葉真弓の西川徹郎宛の書簡は西川徹郎文學館に多数収蔵され展示されているが、その中の一通を本書に収録した。

立松　和平

未だ熱がある死者の足―『西川徹郎全句集』

『西川徹郎全句集』の巻末にある詳細な年譜によれば、私が北海道の西川徹郎の黎明舎にいったのは平成元（一九八九）年十一月二十一日のことである。彼は浄土真宗の僧侶で、正信寺の住職である。外は寒くて、真冬がすぐそこに迫っているのが実感されたのだが、家の中にはいると大きなストーブがあかあかと灯っていた。芦別市の人たちがたくさん集まり、大いに飲んだことを覚えている。芦別は炭坑町だ。炭坑は次々と閉山になり、町の人たちは未来に向かってどのように生きようかともがいている時期であった。西川徹郎の黎明舎と正信寺は、そんな人たちが拠る場所であったのだ。

巻末の年譜は奥さんの冬海さんがつくったものだが、私もはじめての年譜を彼女に編んでもらった。冬海さんは東京の某出版社の編集者をしていて、年譜作成という面倒な仕事を引き受けてくれた。冬海さんのその仕事は、『昭和文学全集』に載っている。

その頃、私は西川徹郎の第五句集『町は白緑』を愛読していた。彼は何か暗い目をしてこのように詠む。

　遠い駅から届いた死体町は白緑
　ふらふらと草食べている父は山霧
　山霧ははを連れ出すふらんする
　まだ死なぬゆえ褌を干す山の家
　棺より逃走して来た父を叱るなり

西川徹郎はこの世とあの世の境界線に身を置き、あの世にいってきては言葉を紡ぎだす。一見抽象的に見える言葉なのだが、私には見えているものを素直に描写しているように感じられるのだった。西川徹郎の暗い目には、ここに詠まれているように風景が見えるのである。白緑色の町なら春の喜びに満ち、人々も喜んでいるだろうに、彼はそこに死体を持ち込まねば気がすまない。しかも、父や母や弟などの肉親を、たとえ生きている人でも死体として扱ってしまう。それは彼が生まれ育った北海道芦別市の風景と無縁ではないかもしれないと、晩秋の憂鬱な季節に芦別で彼とはじめて会った私は思ったりもしたのであった。

『西川徹郎全句集』には、彼の五十二歳までの総五千三百三十八句がおさめられている。四十年の総決算の、未刊二句集を含む全十三句集である。後記に彼はこのように書く。

「伝統的な季的規範にからめ捕られ死渇した近・現代の俳句史の総体を否定し、江戸俳諧の松尾芭蕉や小林一茶等を遥かなる先達として実存の文学精神を継承する「実存俳句」正統の興業を集大成するものである。

本書の読者はそこに表現に生きる者の死を賭した修羅を垣間見ることとなるだろう。」

気負った文章なのだが、季語や五七五などの規範を徹底して無視し、中央俳壇や結社などに背を向けて実作をつづけてきた俳人に気負いがあるのは当然である。この本により、西川徹郎は何も隠さずすべてをさらけだしているのだ。全作品を眺めると、選んでそうしたのではなく、これしかない道を孤独に歩みつづける表現者の姿が見える。彼の歩む道こそが境界線で、時折向こう側の世界にいってしまう。

不眠症に落葉が魚になっている

暗い地方の立ち寝の馬は脚から氷る

昭和四十九年二十六歳の第一句集『無灯艦隊』での出発の時から、すでに西川徹郎は完成されたスタイルを持っていた。

ふらふらと遠足に出て行く死後の兄

月夜の遠出未だ熱がある死者の足

平成十二年五十二歳の第十一句集『月夜の遠足』まで、西川徹郎は完成されたスタイルを崩さず、深く歩いてきたのである。

生きるとは、死と寄り添うことである。俳句の表現をここまで深めたことで、西川徹郎は彼自身が否定する近・現代の俳句史に刻印されるべきだと私は確信するのである。

（本論の初出は二〇〇〇年十月二十日付「週刊読書人」）

尾内　達也

俳句の自己批判──『西川徹郎全句集』

西川徹郎の句集を読むと、ニューヨークの街角に毎朝定刻に立って、街の風景を撮し続けた男の話を思い出す。その作業は二十年以上に及んだという。西川の俳句は、どの句集から作品を選んでも、この写真に写った街の風景のように、みな同じように思える。彼の句業は四十年に及ぶので、定点観測はこの男の二倍である。なぜ、このような印象を受けるのだろうか？

それは西川の俳句に対するスタンスと係わっている。西川は第一句集『無灯艦隊』から最新句集『月夜の遠足』まで、俳句に対するスタンスは変わっていない。このことは、初期から進歩がないというより、初期からスタイルが完成されていたと考えるべきである。

骨の匂いのひたひたとする過密都市　　（一九七四年『無灯艦隊』）

少年の暗い花束　巨船溶ける　同前
粉屋あばれてぼくの地方が暗くなる　同前
酢が匂う都市骨だけの鶏歩き　同前
唖家族飢え裏半島のするどい空　同前
無明の島でくろい卵が降っている　同前
母はぐれ兄もはぐれて月夜の遠足　（二〇〇〇年『月夜の遠足』）
月夜の遠足尾の生えた生徒も混じり　同前
雪が来るまえに桔梗が菊に死を告げる　同前
夕焼け小焼け兄は瞼を剥いた儘　同前
雪が来るまえに死んでいる兄と母　同前
ははは兄を兄ははを撃つ月の庭　同前

『無灯艦隊』の六句は『月夜の遠足』六句と比べても完成度は極めて高い。ここで、六句づつ作品を挙げたのにはわけがある。西川の俳句の大きな特徴に、一句では独立完結した世界を構成しない、という点がある。一種の独吟連句という形態を取るのだ。つまり、ある数の作品をまとめて読んで初めて作品世界が開示されるのである。この方法は、俳諧の発句を独立させた現代俳句とは鋭い対立を構成する。近現代俳句との対立点はこれに留まらない。有季定型を意図的に破壊し、シュールな比喩を多用するところは、多くの近現代俳句と対立するだろう。西川の俳句に対するスタンスが俳句による俳句の自己批判であることは明白である。

西川の定点観測に映し出される現実は、幻想的で明るくない。だが、不思議にリアルである。

いみじくもかがやく柚子や神の留守　阿波野青畝
秋晴れの何処かに杖を忘れけり　松本たかし
流星の使ひきれざる空の丈　鷹羽狩行

目をとぢて秋の夜汽車はすれちがふ　　中村汀子
やはらかき身を月光の中に容れ　　桂　信子

こうした名句が優れた美質を持っていることは理解できても、東欧や中東やアフリカで繰り返される血で血を洗う争い、少年達の反乱、学校や企業で毎日繰り返されるいじめや差別、リストラによる失業や自殺などの現実を前にすると、どこか別世界の出来事のような気がしてくる。こうした一見「特殊な」現実は、遠景にあるのではなく平凡な現実と地続きなのである。西川の俳句が幻想的でありながら、その定点観測がリアルなのは、決して世界と和解しない作者の姿勢に由来する。俳句の自己批判は、必然的に俳句的現実に対する批判的契機を含む。西川の句業は、俳句の自己批判が社会批判に転化する地平を開いてきたと考えることができるのではないだろうか。

（本論の初出は二〇〇〇年十二月二日付「図書新聞」／二〇〇一年刊『星月の惨劇―西川徹郎の世界』（茜屋書店）再録）

◆尾内達也　おない・たつや＝一九六〇年群馬県生まれ。詩人・翻訳家。同志社大学文学部・関西学院大学大学院修士卒業。著書に詩集『耳の眠り』、訳書に『サイバープロテスト』ほか。千葉県松戸市在住。

松本　健一

西川徹郎と夢野久作―幻語と空語のはざまに

わたしは西川徹郎というひとをしらない。かれの俳句もさいきんまで読んだことはなかった。『死亡の塔』

や『桔梗祭』などといった句集、それにこの『西川徹郎の世界』(「秋桜COSMOS別冊」一九八八年・秋桜発行所)を贈られて、はじめてかれの真価を知った、怠惰の読者にすぎない。

しかし、次のような句をよんでいて、これは夢野久作だな、という気がした。

空の裂け目に母棲む赤い着物着て

ふらふらと草食べている父は山霧

前者は、亡者の着るという赤い着衣と、亡き母が空にしかもその裂け目にいる、という想い(イメージ)であろう。後者は、霧が山の林や草のあいだをふあふあ、ゆらゆらと漂ってゆくさまと、亡き父が山のその霧になっている、という想い(イメージ)にちがいない。

しかし、そんな解読よりさきに、わたしは前者から夢野久作の「空を飛ぶパラソル」を連想した。機関車に轢かれた女の「群青と淡紅色のパラソル」が、その黒い機関車のかげからフワーリと浮きあがり、空中に舞い上がってゆく。パラソルが血しぶきに赤く染まっているとは書かれていないが、夢野久作はその女の轢死体の切断場面から「鮮血がドクリドクリと迸り出て」いるさまを描写しているのだ。

また、後者からは同じ久作の「父杉山茂丸を語る」を連想した。西川のばあい、父は「ふらふらと草食べている」霧のようであろうが、久作のばあい、父は肩にあるイボに生えた長い毛をひっぱると、「痛いぞ痛いぞ。ウフフフ……」ととぼけたような、不気味でもあるような笑い声がもたらすのだ。

そういえば、西川の

体内へ続く階段曼珠沙華

は、「ドグラマグラ」や「人間腸詰」なぞを思い出させかねない、鮮血と暗黒の胎内のイメージと音の快調さであろう。

これは、西川がかつて萩原朔太郎に感化をうけたことや、仏教のマンダラ絵などに親しんでいる影響なのかもしれない。かれは真宗系の僧侶でもあるらしいが、夢野久作も(杉山)泰道と名のり出家した時代を持っている。
　そんなとりとめのないことを考えつつ、『西川徹郎の世界』をめくっていると、そこに収められている西川の写真の、やや口も鼻も大きく、茫洋として、ひょっとしたら魁偉に転ずるかもしれない容貌は、メガネをとれば夢野久作そっくりであった。鮮血と暗黒、モダニズムと古風、茫洋と怜悧、カラカラ笑い（句の感じ）と慟哭、それらが渾然一体となっている。
　本書に収められた西川評も大きくいうと、こういった対極を合わせもっている。
　　晩鐘はわが慟哭に消されけり
といった句を愛唱する福島泰樹と、
　　対岸を右足走る八月は
を気に入っている坪内稔典と。
　そのどちらが正しいか、ではなく、どちらも正しい、というのが、おそらく西川徹郎の世界だ。その世界はあやしい幻語と、かなしい空語の綱渡しである。

（本論の初出は一九八九年三月十五日弘栄堂書店「俳句空間」第八号）

形無きものを……　西川徹郎の俳句

すべて形有るものは形無きものの影なり。

――これは、日本で唯一の独創的な哲学者であった西田幾多郎の言葉である。西田哲学の基本的な命題の一つ、といっていいだろう。

　ここで西田幾多郎がのべていることの意味は、かんたんである。意味はかんたんであるが、ではその形無きものとはいったい何だろう、それはどのようにして形有るものたりうるのか、と考えはじめると、茫漠たる思いにとらわれざるをえない。

もちろん、その形無きものとは、実在に対する観念、イデーのことであり、自由とか、尊厳とか、虚無とか、絶望とか……である、といちおうは説明できるだろう。しかしそれは論理として説明できるということであって、その形無き観念の影がすべて形有るものの根源であるとは、身に即してただちに了解できることではない。しかし、この、すべて形有るものは形無きものの影なり、という西田哲学の命題を、じぶんだったら俳句で表現できるのではないか、と西川徹郎はドン・キホーテのように考えているようにおもわれる。もちろんこれは、西川徹郎が西田哲学の徒であるということを意味しない。わたしが西川徹郎の俳句をよんで感じるのは、西川はむしろ、形無きものに形を与えようという無謀な企てにつかれているのではないか、ということである。

抽斗の中の月山山系へ行きて帰らず
わあわあと月山越える喉の肉
陰唇も桔梗も月山越えて行くか
蓮の葉より月山山系へ足懸ける
西川徹郎第八句集『月山山系』(一九九二年・書肆茜屋)

こういった連作にでてくる月山、もしくは月山山系は、むろん実在の月山をさしているわけではない。改めて説明するまでもないだろうが、月山山系は「抽斗」のなかにあるものであり、また「蓮の葉」のうえに、つまり仏の世界に足が懸かったところから始まるものである。そうして、その月山の領域は、喉の肉や陰唇や桔梗といった、生や性や自然界を超越していると同時に、それらによって簡単にとび越えられ、無視されるしかない非在の世界なのにちがいない。

非在とは、形無きものの謂である。それは、観念という人工的、抽象性の高いものとちがい、もっと生々しく人間のなかに息づいているものなのだろう。たとえば、原罪などといえば、われわれ日本人の生のなかにうごめいているようには感じられないが、煩悩といえば、それはたしかにわれわれのなかに息づいている形無きもの、という感じがするのである。

月山とか、月山山系は、そういう煩悩などをもふくんだ、形無きものへ与えられた形の総称なのではないか。それが、「わあわあ」と喉の肉を越え、またその生の欲求とか肉とかいう形有るものによって、簡単に無視されてゆくのである。

考えてみると、西川徹郎の俳句は、むかしからそういった形無きものに形を与えようと、うめき、怒鳴り、遠吠えし、目をつむり、耳をすます、という傾きをもっていたような気がする。

京都の鐘はいつしか母の悲鳴である　（第一句集『無灯艦隊』一九七四年・粒発行所）
百姓の怒りが暗く流れる三味線　（『定本　無灯艦隊』一九八六年・冬青社）
かげろうが背を刺し抜いて行った寺町　（第四句集『死亡の塔』一九八六年・海風社）

どちらかというと、音無しい性格の句をとりあげてみた。それらは、西川が形有るものをよむことによって、なんとか形無きものをいいあらわそうと心静めている感じがよくでているからだ。西川の句にある「月山」は、そのようにして、形無きものに形を与えようとしている記号なのではないだろうか。たとえば、西川は『月山山系』の後記に、次のように書いている。

「『月山山系』という命名は、近年、私を魅了して止むことのない極北の月光の幻想譚とともに、生と死と性の織り成す存在の内部の光景を、意識的な連作によって書き切ろうとしたことに由っている。」（傍点引用者）

西川はここで、月山山系という言葉が実在の月山などをさしているのではなく、「存在の内部の光景」であると言い切り、そうしてそれがじぶんを魅了してやまない「極北の月光」に関する幻想でもある、といっているわけだ。

それをきいて、わたしは、ああ、と憶いだすことがある。――いつだったか、わたしは西川徹郎の顔貌にふれて、その魁偉さは、まさしく容貌魁偉の人、夢野久作のそれを想わせるものがある、などと失礼なことを書いたのだった。だが、その連想はかならずしも的外れなものではなかったのではないか、と。

なぜなら、西川の「極北の月山」に関する幻想こそ、夢野久作が『氷の涯』で描こうとしたものであったような気がするからだ。夢野久作が昭和八年の『新青年』に発表した『氷の涯』のストーリィを、いまここでくわしく紹介するつもりはない。ハルピンの日本軍司令部につとめる上村一等兵が、ある複雑な事情で日本軍からはもちろん、ロシアの赤軍(革命軍)からも白軍(反革命軍)からも追われ、白軍のオスロフの養女でコルシカ人の血をひくニーナとともに、松花江からウラジオストークに、そうしてそこから北の海に死の脱出行を企てるものだ、というにとどめよう。

北の海は、氷で凍結している。その氷のうえを、二人は夜の十二時過ぎに馬そりにのって出発する。氷の涯にむかって。おりしも満月で、雲もない。その氷の涯はどうなっているのか、ニーナがハルピンできいた話を、上村に語ってきかせるのだ。

「そうすると、月のいい晩だったら氷がだんだんと真珠のような色から、虹のような色に変化して、眼がチクチクと痛くなって来る。それでも構わずグングン沖へ出て行くと、今度は氷がだんだん真黒く見えて来るが、それから先は、ドウなっているか誰も知らないのだそうだ。」

一面の氷の海に、月光があたってきらきらと輝やいている。それは、「真珠」のような光を放っているのだ。しかし、なおも先にいくと、それは「虹のような色」に変化してくる。目がチクチクと痛くなる。それでも構わず、もっと北に、極北のほうへとゆくと、氷は「真黒」にみえてくる。その先に何があるのか、極北の月光のもとで氷はどのように光ってみえるのか、誰も知らない。

西川徹郎が魅了されて、歩いてゆこうとしている「存在の内部の光景」も、そのような美しい、けれども行き先の分からない、恐いようなトポス(場所)なのだろうか。いや、かれはそこに歩いてゆこうとしているのではない。かれは出来たら、そこに往ってしまって帰りたくないのだ。

抽斗の中の月山山系へ行きて帰らず

とは、その氷の涯に往ってしまって帰りたくない、という願望を物語っているのではないだろうか。

だが、夢野久作の『氷の涯』の結末は、その北の海に馬そりを出発させる場面で終わっているばかりか、上村一等兵を「もし氷が日本まで続いていたらドウスル……」という、まことにシリアスな問いへとたどりつかせているのである。これに対して、コルシカの美女ニーナは、編物をつづけている棒をゴジャゴジャにして、笑いこけるのであったが……。

西川徹郎の月山、もしくは月山山系もまた、極北の月光に蒼白く照らされつつ、それをたどっていくと「日本」というトポス(場所)があらわれでてくるのではないか。わたしが秘かにそうおもっていると、西川の月山はたしかに「日本」へと繋がっているのである。

　抽斗の中の秋津の国へ迷い込む

秋津とは、むろん、トンボの島大和、秋津日本のことである。抽斗の中の月山山系は、たしかに日本へと繋がっていたのである。もうこうなったら、逃げられない。西川はその叫びを「書き切」れない。

　月夜ゆえ秋津の国へ死にに行く
　月夜ゆえ寺の中じゅう秋津です
　月夜ゆえ学校の中じゅう秋津です
　月夜ゆえ病院の中じゅう秋津です
　月夜ゆえ公民館の中じゅう秋津
　……
　月夜ゆえ秋津轟き眠られず

西川徹郎は、トンボにのって月山山系にゆくのか。それとも月山山系に往って日本へと帰ってくるのか。いずれにしても同じこと、形無きものに形を与えた結果、日本というトポス(場所)が浮上したのである。

(本論の初出は一九九四年十二月十五日黎明舎「銀河系つうしん」第十五号)

無意識領域の書記——『西川徹郎全句集』について

かつてわたしは種田山頭火の、次のような自由律俳句が好きだった。いまでも好きである。

分け入っても分け入っても青い山

青い山、すなわち青山は、春の山を意味し、草木があおく萌えだし、人生の希望を象徴する。それゆえ、古詩に、人間(じんかん)到るところ青山あり、とうたわれ、また、雲井龍雄の詩に、骨を埋むるの山は到る処翠(みどり)なり、とうたわれたゆえんである。

そうして、山頭火はこのような青い山のイメージを底にふまえて、——分け入っても分け入っても、なお青い山がつづいている。その山奥の道を、じぶんは今日も歩いてゆく、とうたうのである。

希望にむかっての、果てしない旅。いや、それは永遠にたどりつけない希望の場処にむかっての、苦しい歩行なのだろう。

そうおもって、わたしは放浪の俳人、種田山頭火のこの句が好きだったのである。しかし、ある年齢ごろから——それは昔ふうにいうと初老にあたる、四十歳ごろのことだったろうか——わたしはこの句に関して、もうすこし異なった感想をいだくようになった。

青い山々をながめながら山頭火が感じていたのは、振りはらっても振りはらっても付いてくる人生、その人間の生への鬱陶しさではなかったろうか、とおもうようになったのである。——捨ててしまいたいじぶんの人生。にもかかわらず捨てることのできない生への執着。それが今日もじぶんを山奥へと歩かせている、と。

そのように、わたしの山頭火の句に対する感想は、若干変わったのである。

ところが、西川徹郎は「反俳句の視座—実存俳句を書く」(「國文學」二〇〇一年七月号・學燈社)で、この句について、わたしの思いもかけない感想をのべたのだった。まずは、俳句の実作者からみた技巧上の感想。

「この句は「分け入っても」の反復によって「も」の音を重畳させる構成が巧みに取られている。ここでは「も」は否定と再肯定を同在させ、「分け入」る動作と「青い山」の存在を映画のズームアップ手法のように際立たせている。」

これは、技法上の感想であって、ことさら意外なことが語られているわけではない。なるほど、そうだな、と了解すればいいだけのことである。思いもかけない感想というのは、そのあとの、俳句というものが作者にとってどのような表現方法と考えられているか、そのことに関わる部分だ。西川はいう。

「これらの（山頭火の）句は、俳句形式との抗（あらが）いを離れて、自己の気息に随って口語の内在律に即する結果、書き上げられた言葉は自己心中の表白の域を出ることがなく、敗者の独白のように虚無主義とナルシシズムと共にあり、自ら違和の言語となって他者と向き合うことがない。つまり、ここでは自己や世界に対する質疑の矢は、はじめから折り捨てられてしまっているのである。」（振り仮名・傍点、引用者）

俳句作家としての西川徹郎がここでいっているのは、山頭火の口語自由律俳句は口語の「内在律」に即していて、「自己心中の表白」に終わっている、ということだ。なるほど、これもそのとおりである。かんたんにいえば、山頭火の俳句は、自己の心情表白に終わっている、ということだろう。

しかしそれは、山頭火にとって俳句という方法が、ほかでもない、かれの自己表現だったことの結果なのである。そう考えれば、批難すべきことではない。いや、西川も批難しているわけではない。かれは山頭火の句を「非定型の自由律作品として傑（すぐ）れてはいる」、と評価しているのだ。

とすると、西川がここでいおうとしていることは、何なのだろう。

西川は山頭火の俳句を語ることで、みずからの俳句の方法を語っているのである。つまり、かれにとって俳句とは、「自己や世界に対する質疑の矢」を射る方法なのだ。山頭火のばあい、その自己表現としての俳句は、結果として「自己や世界に対する質疑」をおのずからにじみださせるものになっている。これに対し、西川はあらかじめ、みずからの方法として「自己や世界に対する質疑の矢」を射ようとするのだ。

なぜそんなことを、西川徹郎という俳句作家はするのだろうか。それはおそらく、かれが自己をじぶんで捉えられる領域のものと考えていないためである。かれは自己をその無意識領域にまで踏みこんで捉えたいのである。いわば、一切の形有るものは形無きものの影であると考え、その形無きものの領域にまで踏みこんで自己表出したい、と欲望しているのにちがいない。それが、かれの仏教者としての人間認識、無意識領域への観念とつながっているのかどうかは、わからない。おそらくつながっているような気がする。

ただ、西川がその無意識領域にまで踏みこんでゆく方法として、俳句という場を使おうとしていることだけは、たしかだろう。そうなのだ、俳句はかれにとって方法というより、自己の無意識領域、あるいは形無きもののところにまで踏み込んでゆく場なのだ。

　抽斗の中の月山山系へ行きて帰らず

この句によって、かれは抽斗(ひきだし)の中、つまり想像力の世界にまず暴力的に入ってゆく。そうして、

　わあわあと月山越える喉の肉
　野道で死んでいる月山を喉に入れ

このあたりから、西川は言葉つまり自己表現の領域から、無意識の領域へとあらあらしく入ってゆこうとする。それが、次の二句でいっそう明らかになる。

　陰唇も桔梗も月山越えて行くか
　オルガンを月山へ当て打ち壊す

自己表現から無意識領域への踏み越えは、ある意味で暴力的にしか成しえない。しかし、その踏み越えをしたあとでは、俳句はかれにとって、いわば自動書記の役割をはたすのである。

そのことは、『月夜の遠足』になると、いっそう明らかになる。

　ふらふらと遠足に出て行く死後の兄から

月夜の遠足に出た儘兄は帰らない

まで、俳句という場は、死んだ兄（と母）の物語りであって、西川徹郎という俳句作家の自己表現ではない。俳句は、かれにとって形無きものを書記させる、畏るべき物語りの場となったのである。実存俳句はかれをそういうところに踏み出させた、といってもいいだろう。

（本論の初出は二〇〇二年九月二十五日茜屋書店『星月の惨劇―西川徹郎の世界』）

◆松本　健一　まつもと・けんいち＝一九四六年群馬県生まれ。二〇一四年十一月二十七日病没。思想家・評論家。東京大学卒。麗澤大学教授。前内閣官房参与。二〇一一年七月二日西川徹郎作家生活五十年記念祝賀会（旭川グランドホテル）に出席、翌日新城峠に立った。翌一二年十月二十日西川徹郎文學館で「世界文学とは何か―西川徹郎の俳句について」と題し講演。西川徹郎は翌一三年九月七日松本健一著『思想伝』出版記念会（東京・四谷スクワール麹町）に出席して田原総一朗等と共に講演、松本健一を「革命評論家」と称んだ。アジア・太平洋賞・司馬遼太郎賞・毎日出版文化賞等。著書に『評伝北一輝全五巻』『三島由紀夫亡命伝説』『まぼろしの華』ほか。

増子　耕一

天才詩人の神髄―『星月の惨劇―西川徹郎の世界』

「北海道にすごい詩人がいるぞ」と文芸評論家吉本隆明氏が絶賛したのは、芦別市新城に住む俳人の西川徹郎氏である。五千三百三十八句を収録した『西川徹郎全句集』（解説・吉本隆明、沖積舎）が刊行されたのは、二年前の七月。それをもとに、作家、俳人、評論家、文学研究者など五十四人が、作品論や作家論などを展開。

五十五編におよぶ評論文がここに収録されている。

全句集の編集にしても、この評論集の刊行にしても、大がかりな仕事だったと思われるが、ここには、今日の俳壇に対して反季、反定型、反結社主義を旗印に「文学としての俳句」を築き上げようとしてきた俳人西川徹郎と、その文学を支持する人たちの意気込みが表れているといえるだろう。

俳句は座の文学といわれ、有季定型が本質とされてきたから、それらを否定することは俳句でなくなることを意味する。が、俳句にはある種の幅があるし、昭和四十年、十七歳で「氷原帯」新人賞を受賞して、俳壇にデビューしたとき、俳句評論家の中村還一氏から「天才詩人」と激賞されてもいた。俳句は西川氏の身に即した文学形態であったことは間違いないのである。

が、すでに高校生のころ、「ぼくはダンテの『神曲』の「煉獄篇」を書き続けてゆくのだ」

（越澤和子「惨劇と北の砦―天才詩人西川徹郎について」『星月の惨劇―西川徹郎の世界』所収、二〇〇二年・茜屋書店）

と述べたことは、いわゆる花鳥諷詠の俳句とは違った方向に進んでゆくことを示していたといえる。

西川氏は、身を引き裂かれながら生きる人間の姿を描き続けてきたのだ。

その俳句はシュルレアリスムや、ヒエロニムス・ボッシュの絵画を連想させる。あるいは源信の『往生要集』の地獄絵を思い起こさせるものがある。

本書の中で、松本健一は「俳句はかれにとって方法というより、自己の無意識領域、あるいは形無きもののところまで踏み込んでゆく場なのだ」と語り、立松和平は「この世とあの世の境界線に身を置き、あの世にいってきては言葉を紡ぎだす」と論ずる。

評論のなかで圧巻は、越澤和子「惨劇と北の砦」と斎藤冬海「「秋ノクレ」論」。二人とも、人と作品に肉薄しているのは、やはり、浄土真宗の僧侶としての本人のことを深く知っているかららしい。

（本論の初出は二〇〇二年十月二十一日付「世界日報」）

◆増子　耕一　ますこ・こういち＝ジャーナリスト。東京都在住。

芹沢　俊介

無私の批評──小笠原賢二著『極北の詩精神──西川徹郎論』

表現者にとって、すぐれた批評家を理解者に持つということほど幸福なことはない。俳人の西川徹郎にとって、文芸批評家の小笠原賢二がその人である。

ここで「すぐれた」とは、無私の意味にとってもらっていいと思う。この本には無私の批評家によって、俳句の革命家の本領が、的確に、しかも誰にでもわかるようにとらえられている。

著者は西川俳句の革命性の一つを、季語の解体に認める。

激シク喚ク国旗デ尻拭ク秋ノクレ
池デ溺レル人ヲ見テイル秋ノクレ
首斬リ落トサレテモ三島ガ秋ノクレト叫ブ

俳句に定型の心地よさを求める者には、ぎょっとしてのけぞりたくなる世界がうたわれている。叙情の定型的思考では決して結びつくはずのない二つの世界が結びつけられている。すなわち「秋の暮」は国旗で尻を拭く男のイメージや、水中でもがき苦しむ人のイメージや、首を切り落とされた三島由紀夫のイメージと激突する。そこに見える作者の身悶えを、著者は「実存の怒濤」と評する。これらの作品について、著者はこんなふうに述べる。

「秋ノクレ」は、「秋の暮」であり、もののあわれや寂寥や孤愁といった情感を濃厚に含んだ季語として、古来から現代までの過程で定式化されるにいたっている。

この季語を上の句か下の句に据えれば、句の情感は明瞭に方向付けされ、また不安なく着地させることができる。つまり「秋の暮」は壮大で強力な紋切り型なのである。

その例として著者は、以下の句を引き、これらはどれも例外なしに、歴史的な表現の蓄積としての「秋の暮」によって句の姿は過不足なく整えられている、と指摘する。

此の道や行く人なしに秋の暮　　芭蕉
秋の暮いよいよかるくなる身かな　　荷兮
山門をぎいと鎖すや秋の暮　　子規

しかし西川徹郎の場合はどうだろうか、と著者は論を進める。

「「秋の暮」のそうした正統的なイメージは、ことごとく脱臼され突き放されているのである。これは、西川の本州中心の定式化された季語の機能への、そしてそれを自明の前提として疑わない俳句の制度に対する激しいいらだちの表れに他なるまい。

そもそも北海道の秋は、もののあわれや寂寥や孤愁にふけっている間もない。長い冬の入り口と重なったみぞれや雪の重苦しい季節でもあった。本州中心の季語をそのまま北海道に適用すること自体に無理があるというだけではない。西川は、それ以前に季語そのものさえ否定するのである。」

なるほどなあ、と思わず嘆声をあげてしまった。西川徹郎は、北海道の詩人であったのだ。北海道の風土が育て上げた感性が、そのおのずからを表出すれば、句は真っ先に季語の解体に向かうのは避けられない、と思った。鮮やかな批評の冴えを示す著者もまた、北海道を故郷とする文学者なのである。

小笠原賢二はかねてより闘病中であったが、残念なことにこの四日、訃報が届いた。享年五八歳だった。

（本論の初出は読売新聞社発行二〇〇四年十月二十四日付「ヨミウリウイークリー」）

◆芹沢俊介　せりざわ・しゅんすけ＝一九四二年東京生まれ。批評家。主に家族、子ども、女性、犯罪、宗教、死などをテーマに批評を書き続ける。一九九八年から養育論の再構築を目指した「養育を考える会」を仲間と共に始める。この会は隔月で開催され、誰でもが参加できる、養育をめぐる話し合いの場として今も持続されている。著書に『養育事典』『家族という意志』『宿業の思想を超えて―吉本隆明と親鸞』ほか。千葉県我孫子市在住。

宗田　安正

西川徹郎と俳句形式

俳句や俳人の評価には、俳壇と他の表現者との間にズレがあるようだ。詩人たちに人気のある安井浩司や夏石番矢、齋藤愼爾などは、俳壇では話題にならない。総合誌にも、作品はほとんど載らない。永田耕衣の時もそうだった。最晩年は別として、その以前から西脇順三郎、渋澤龍彦、吉岡実、種村季弘、土方巽などが高く評価していたが、俳壇は反応しなかった。先日、七百二十ページの個人誌「銀河系通信」第十九号(二〇〇六年・黎明舎/茜屋書店)を出した西川徹郎の場合も同じ。

不眠症に落葉が魚になっている

無数の蝶に食べられている渚町

男根担ぎ佛壇峠越えにけり

畳めくれば氷河うねっているよ父さん

西川徹郎を紹介すると、十五歳で作句、現在五十九歳。十三冊の句集、五千三百句収録の『西川徹郎全句集』(解説・吉本隆明、二〇〇〇年・沖積舎)と、その後の一年半で五千余句を書き下ろした新句集『銀河小學校』(二〇〇三年・沖積舎)、吉本隆明、梅原猛、小笠原賢二、加藤克巳、菱川善夫、三橋敏雄など五十三名の西川論『星月の惨劇―西川徹郎論』(二〇〇二年・茜屋書店)等をもつ。徹底して「実存俳句」を唱え、並外れたエネルギーとスケールでこの世の修羅を書く。

小學校の階段銀河が瀧のよう
廊下に映る銀河夜まで立たされて
筆入にカミソリ銀河を隠し持つ
小學校で死篇を書いて罵られ

最新句集『銀河小學校』は、小学校を国家の意志と幼き者への暴力的差別による「惨劇の場」(後記)として受け止め、その異相のイメージの噴出は季語の予定調和内の定型を超克、無視しがたい「反定型の定型詩」を立ち上げる。

この俳壇と一般の評価のズレで思い出すのが、十年程前の現代詩作家荒川洋治の現代俳句鑑賞「私のハイク・ショック」(『俳句とエッセイ』)連載打ち切りの弁。「なんとか八回までこぎつけたが、とうとう根が尽きた」「読みづらい」「特別な言葉が多すぎる」「過度な教養、過度な自然……はものを見えなくする。それは、世界のまずしさ」とし、「特殊にして過度なもので現実の度合を見失ってもたれている俳句の内気さ、内輪さに目をつむって鑑賞にいそしむことに意味を感じなくなった」と引導を渡す。俳人の頼る季語も大半は生活と無縁の言葉であり、世界。その表現も含めてこの俳句の特殊性は今日、当時よりも進んでいる。

いわずもがなのことだが、表現者の表現は、どんなに特殊でもよい。問題なのは、俳人が表現の中における自己の表現の位置を認識もせずに、自分の表現世界と異なる表現やその試みを頭から「異物」として排除する風潮。他の表現世界も認める表現者の謙虚さの欠落。度量の狭さ。

もともと俳句の源流である俳諧の発生は、王朝和歌文学では表現しきれなくなったところにあったはず。異物(俗語、漢語などの俳言はその好例)を取り込む装置が俳諧で、「俳諧」という言葉の意味自体が異物の介入なくしては成立しない。本来、俳句や俳諧の形式は、現在流行の和歌的季語世界に収まるだけではなく、もっと大きな可能性を内蔵したものではなかったろうか。

先日、「ホトトギス」系の俊英坊城俊樹が、「俳句をもう一度、しろうとの手に戻す必要が……」と言っていたのを目にした。「花鳥諷詠」内にも認められる玄人筋の特殊性への批判とすれば、よく理解できる。更に言うなら、俳句は、俳諧の原初から出発しなおす必要があるのかもしれない。

（本論の初出は二〇〇六年十月二十四日付「東京新聞」夕刊「俳句月評」／「北海道新聞」夕刊、同文掲載）

馬場駿吉

世界文学の最先端に立つ詩——西川徹郎文學館を訪ねて

このほど北海道旭川市を訪れる機会があった。その際立ち寄るのを楽しみにしていたのは、今話題の旭山動物園ではなく、この五月に開館したばかりの西川徹郎文學館だ。瀟洒な三階建ては、幸い宿泊したホテルから徒歩三分ほどの至近距離にあった。

西川徹郎さんは知る人ぞ知る極北孤高の現代俳人（一九四七年生まれ）で、芦別市の浄土真宗本願寺派正信寺住職。この文學館は現在進行形の氏の巨大な文学的営み（すでに一万五千句にも及ぶ作品を発表）を明示するとともに、俳句が「世界文学の最先端に立つ詩」であることを一段市民に知らせたいと有志が設立したもの（月、火休館、冬期十一—四月休館）。

二十四冊の既刊著作とその創作ノート、個人文芸誌「銀河系通信」（最新の第十九号は七百二十頁の大冊）をめぐる資料、真宗学の専門書籍を納める公開書斎、吉本隆明や森村誠一などさまざまな文筆家たちとの交友写真や書簡を展示するとともに、吹き抜け空間の壁面を一万五千冊の蔵書で埋め、図書館機能を果たす。

蓮池で金襴濯ぐ秋の寺　徹郎

という幻視的な句のように、氏は既成の俳句概念にこだわることなく、自由に自己刻々の存在と想念を十七音詩に言いとめるのが俳句だという信条を実践するとともに、文学活動の本質とかけ離れた凭れ合いと商業主義がはびこる俳壇へ厳しい批判を浴びせ続けてきた。

突然の訪問だったのだが、幸運にも偶然立ち寄られた徹郎さんとの初対面がかなった。その革新的で激烈な文学活動を遠望していた者にとって意外にも氏は慈眼温顔の人だった。そして芸術活動の原点は開かれた個だという信念を確かめ合う貴重な一時間ほどとなった。

（本稿初出は二〇〇七年九月二十八日付夕刊「東京新聞」一面コラム「放射線」）

■編者註・文中に「一万五千句にも及ぶ作品」とあるのは本論の初出時の句数、二〇一四年六月現在、西川徹郎の活字発表句数は二万一千句で、小林一茶の一万五千句（参照・信濃新聞社『小林一茶全集』）を抜いて西川徹郎が日本文学史上、最多発表者である。

◆馬場　駿吉　ばば・しゅんきち＝一九三二年名古屋市生まれ。俳人。美術評論家。名古屋市立大学医学部卒。名古屋市立大学名誉教授。名古屋造形大学客員教授。名古屋ボストン美術館館長。現代俳句協会会員。二〇〇七年以降西川徹郎文學館を数度来館、西川徹郎と会談。著書に句集『海馬の夢―ヴェネツィア百句』『耳海岸』、エッセイ集『星形の言葉を求めて』ほか。名古屋市在住。

天沢退二郎

西川徹郎句集『無灯艦隊』について

ことし八月の初旬、私がサハリン旅行の帰途稚内の駅裏から独り乗った都市間バスは、夕方四時四十五分に発車して、ひたすら南へ南へと走り、まもなく日がゆっくり暮れはじめて、日本海岸の天売国道はぢきにまっ暗になった。ときに遠く水平線までひらける海も、砂浜も、樹林も、さだかに見え分かぬ。たまさか通過する集落も、交番や公民館以外の民家はすべて無灯で、地名も人影も認めがたい——ほとんど《無灯街道》と呼びたくなる。

この五時間近いコースの、あまりといえばあんまりな無灯ぶりの所以は、こんど枕元の印刷物の山の中から西川徹郎句集『決定版　無灯艦隊——十代作品集』(二〇〇七年・沖積舎)を掘り出して、まとめて読み直してみることで、ようやくある程度納得できる気がしはじめた。

もしあのとき沖合の波間から東の陸を望見する漁舟からの眼に、無灯街道を走るちっぽけな夜行バスの車窓の灯など、見え分かるわけがなかったであろう、それ以上に、かつて時に拾い読みした「銀河系つうしん」から私の眼が『無灯艦隊』の無灯の列を見定められなかったとしても、自らの眼など見せようともせずに暗々と進行する西川徹郎の句また句の凶々しい流れは、いつからか、私の胸の底にも無言無灯の航跡をのこしていて、それがゆくりなくも稚内・札幌間の長距離バスの窓外の、見れども見えぬ時空を並走していたのではあるまいか。

骨透くほどの馬に跨り青い旅

(たしかにあのバスの床板は、透けていた)
「山を越えねば」酢のように雨降る中
(たしかにあのコースの途中、いっとき、酢のような雨が降った……)
海女が沖より引きずり上げる無灯艦隊
暗い地方の立ち寝の馬は脚から氷る
沖へ独泳薄くらがりにある塩壺
無人の浜の捨人形のように　独身
骨となり骨となり北辺へ消える旅人
夜毎慟哭螢は沖へ出でて帰らず
馬の前歯しらしらと濡れ孤村の祭
……

この私自身は、〈定型の魔〉への断ち難い不信感から主として不定型口語詩と非教育的童話を書きながら、全く勝手流の五七五テクストを仲間内の小同人誌に、年五、六十句、呟いているにすぎないが、西川俳句という否定し難いスペクトルには、これからも注意を怠らずにいたいと思っている。

(本論の初出は二〇〇七年思潮社「現代詩手帖」十一月号)

◆天沢退二郎　あまざわ・たいじろう＝一九三六年東京生まれ。詩人・評論家。東京大学卒。明治学院大学名誉教授。国際アーサー王学会、日本フランス語フランス文学会、宮沢賢治学会イーハトーブセンター会員。著書に『幽明偶輪歌』『宮沢賢治の彼方へ』編著に『宮沢賢治イーハトヴ事典』ほか。千葉市在住。

川瀬理香子

無灯の航行――『決定版　無灯艦隊――十代作品集』

前号（編者註・二〇〇七年「抒情文芸」第一二二号）にエッセイをいただいた西川徹郎氏の文學館が北海道旭川市に開館する。旭川市には、井上靖、三浦綾子両氏の記念文学館があり、これが三館目となる。

芦別市の新城峠は、その麓に生まれた西川徹郎氏の文学の原点である。その新城峠から望める旭川市は、西川少年が青春の夢と懊悩を抱き彷徨した憧憬の都市である。自転車で坂道を登る高校生の汗の額と淋しげな瞳が目に浮かぶ。

開館を記念して、西川徹郎句集『決定版　無灯艦隊――十代作品集』（二〇〇七年・沖積舎）が再び出版された。「無灯艦隊」に、暗夜を無灯で航行する大胆不敵な戦艦の群れを想像する。ある夜、闇に紛れ密かに母港を離れた艦隊はどこへ向かうのか。十代にしてすでに幽玄に立ち、鮮烈な言葉、縦横無尽な表現、どれをとっても追随を許さないものがある。そこに北国の大胆かつ繊細な孤独な魂がある。

その後の数十年にわたる句集を読む。膨大な句はまさに「句海」である。その水底に西川氏の透徹した冷厳な眼差しを感じるのである。そのダイナミックな根源的発想と容赦のない奔放な魂の表出が、「俳句の詩人」といわれる所以でもあろう。今、また、暗い海からの突然の出現を期待したい。

（本論の初出は二〇〇七年七月十日抒情文芸刊行会「抒情文芸」第一二三号「編集後記」）

◆川瀬理香子　かわせ・りかこ＝札幌市生まれ。抒情文芸刊行会発行「抒情文芸」編集長。東京都在住。

加藤　幸子

北のことば抄――『決定版　無灯艦隊――十代作品集』

赤とんぼ青とんぼ奈落で鐘が鳴る　　徹郎

生家は札幌の山際にあった。ある日、家の中の一人遊びに退屈し、友だちを探しに表に出た。赤トンボが一匹垣根に止まっていた。次々に飛んできて等間隔に並んだ。胴体がクレヨンで塗りつぶしたように赤い。空にも数えきれぬほどトンボが飛び交っている。皆、山から流れるように下ってくる。山と家とがトンボの川でつながっている。突然、世界には自分とトンボしかいないのだ、ということに気づいてしまった。

（本稿の初出は二〇〇八年八月二十日付「朝日新聞」「北のことば抄」）

海峡がてのひらに充ち髪梳く青年　　徹郎

青年は長髪にちがいない。けれどまちがっても人工整髪料なんかふりかけていない。何というすがすがしいエロス。もし彼がだれかに属しているのなら悔しい！　という夢想にふける私。すでに白髪染めを放棄した、ということは何色にも自在に染められる、というはずだったのに、生来の無精ゆえにまだ実行していない。それでも「海峡がてのひらに充ち」る感覚をまれに味わうことがある。ささいな日常の中で。

（本稿の初出は二〇〇八年八月二十一日付「朝日新聞」「北のことば抄」）

◆加藤　幸子　かとう・ゆきこ＝一九三六年、北海道生まれ。作家。日本近代文学館理事。元北海道大学教授。北海道大学農学部卒。日本ペンクラブ会員。第八十八回芥川賞。著書に『加藤幸子自選作品集全五巻』『長江』ほか。東京都在住。

志村　有弘

西川徹郎の〈夭折〉

西川徹郎は、昭和四十九(一九七四)年、二十八歳(数え年齢。本稿では年齢は全て数えのそれで記す)のとき、第一句集『無灯艦隊』を上梓した。これは「病床にあった父證教のわが子への最期の激励だった」(西川徹郎年譜)という。この句集は北海道立芦別高校に入学した昭和三十八(一九六三)年から四十九年までの、西川の十代後半から二十代前半までの作品が収録されている。この時期は、習作期とはいうものの、「氷原帯」新人賞を受賞し(高校時代)、その後、金子兜太らの「海程」新人賞、赤尾兜子の「渦」大賞準賞を受賞した時期でもある。西川徹郎は俳人としてスタートしたとき、すでに熟成していたのである。

　　黒穂ふえ喪がふえ母が倒れている
　　晩鐘はわが慟哭に消されけり
　　琴も橋も反り発狂近い晩夏の京

『無灯艦隊』所収の句である。少年期の不安定な心情をまことに鋭く吐露しているではないか。

私が、『西川徹郎青春歌集―十代作品集』(二〇一〇年・茜屋書店)を読んだのは、平成二十二(二〇一〇)年の暮れであった。少年時の歌集を読み、いつの間にか気づかぬうちに涙が流れていた。ヒタヒタと押し寄せる青春の痛みと哀感に、私は思わず涙を流していたらしい。私が西川の生まれ故郷に近い土地で少年時代を過ごしたことも、この歌に親しみを覚え、それゆえの深い悲しみを感じたのも事実である。といっても、私は青春時代、西川のように儚く、悲しい恋を経験したわけではなかった。しかし、文学というものは、読んでその作者と同次元に近いところに立脚することができる。作品を通して、実作者の体験に近付くことができるわけである。

西川の『青春歌集』に収録されている歌は秀歌揃いである。選びすぐった語彙。時に流れる軽快さを感じるリズム。私は西川徹郎という繊細で至純な魂の文学者の存在に、一種痛みのようなものを感じた。

西川の生家は浄土真宗の寺であった。幼少年期は病弱で、小学二年生のころ、自宅療養を余儀なくされ、病室とされた部屋の屏風や襖に祖父が書いた芭蕉や一茶の発句、親鸞の『教行信証』中の聖句を暗唱して過ごしたという。これが西川徹郎の文学の母胎となった。

昭和四十一(一九六六)年、徹郎は、庫裡の屋根裏から風呂敷に包まれた叔父の麿(本名、信暁。昭和十六(一九四一)年、肺結核で死去。行年十九歳)が死ぬ間際まで大学ノートに鉛筆で書き続けた歌稿四、五冊を発見した。それは石川啄木の息遣いを感じさせるもので、麿はこの歌を本にして出して欲しいと願っていたという。だが、それは徹郎が京都滞在中の昭和四十二(一九六七)年、庫裡改修のおり、村人が屋根裏の不要物と共に焼却してしまった。『西川徹郎全句集』(二〇〇〇年・沖積舎)付載の「西川徹郎年譜」(斎藤冬海編)には「徹郎は自分にそっくり似と謂われた夭折の無名の歌詠みであった肉親が遠い日の悲しみの床で日夜書き綴ったその悲嘆の歌の筆跡を、屋根裏の西日にかざして思わず読んだ日の驚きと共に今も忘れられずにいる」と記されている。西川は叔父の草稿を紛失した大きな痛みを今もなお引きずっているに相違ない。西川徹郎という人は、なによりも文学を大事にし、誰よりも物書く人の悲しみ、悔いを痛切に感じる人だからである。『青春歌集』には次のような歌が見える。

　看護婦に声振るわせて君を訊く病舎の窓の湖の遠さよ

「病みたまふ君」と題する一連の歌の一首である。重い病に沈む愛する人の病状を必死に声をふるわせながら訊く少年の心。「秋の町」と題する、

　秋の日の憂ひなるかな糸蜻蛉を殺せし少年と争ひし後

という歌は、糸蜻蛉を殺した残酷さをどうしても許すことができず、口争いとなってしまった。しかし、その

後に残る深い憂いをどうすることもできない。

「月寒町よ」の項には、十六首の歌を掲載している。

月寒の町に住むてふ病む君を一目見んとて急ぎ来しかも
月寒町に来は来つれども君が家はああ何処なる日は落ちゆける
月寒の町に住むてふ病む君を一目見んとて来は来つれども
たそがれは見知らぬ町をさまよひてたどり着きたる冬の停車場
雪國の小さき駅なる窓に頭を傾げて立てば涙流るる

右の五首を掲げてみたが、初恋の人が住む月寒の町。その人が病んでいるという話を聞いて、西川はともかく「病む君」の姿を一目見たいと思って家を飛び出し、月寒の町に来た。しかし、恋する人がどこに住んでいるものやら、皆目見当がつかない。日が暮れるまでただ さまよい歩き、やむなく駅に戻ってきたものの、なおも雪明かりに札幌の町を眺め、思わず歯ぎしりするような無念さに涙したのだ。これらの歌がまた一つの物語を形成していることに気づく。しかし、この物語は悲痛な実体験に基づくものであり、金子みすゞの詩の昔話、物語性とは異質のものである。

斎藤冬海は『西川徹郎青春歌集』に寄せた「西川徹郎青春歌集――十代作品集解説＊少女ポラリス」で、「西川徹郎は、「少年詩人とは永遠の彷徨者・永遠の詩の探究者・永遠の夭折者のことである」（西川徹郎「創作ノート」）と語っている。「僕の青春の日の〈生〉は、俳句を書き続けることでかろうじて維持されていた」と述べる西川徹郎の文学は、彼が紛れもなく少年詩人であることを証している。少年詩人とは、単に年若くして詩を書く者のことではない。詩人とは詩とは何かと問い、詩を探究し、詩を達成せんと志す人のことであるから、少年詩人とは〈天才〉の異名であり、詩を以て己の生を夭折した人のことである。この場合は肉体的な死には関わりがない。肉体的な生き死にを超えて、彼は永遠の夭折者としての生を生き続けるのである。西川徹郎が現在も多数の論者から幾度となく〈天才〉と呼ばれ続けているのは、西川徹郎が紛れもなく少年詩人であるからに他ならない。」

と述べていることに注目したい。確かに西川に限らず、島尾敏雄、林富士馬などは心の中では永遠の彷徨者・放浪者であったし、命終えるまで文学とは何か、詩とは何かを問い続けた文人であった。作品で推測する限り、西川徹郎という人も島尾や林と共通する体質を感じる。西川は人一倍負けん気が強い反面、おのれの感動をどうにも制御できない性質を有しているらしい。

西川は二十代の半ば、病気の父に代わって僧侶の資格を持たぬまま法衣を着て、門徒の家を読経して回ったという。父が死去(昭和五十(一九七五)年三月六日)したあと、声明を学び、西本願寺で得度し、法名を釈徹真と称することになった。西川の人間性を伝える逸話がある。中学二、三年のころ、裏沼で鮒などを釣ったことがあった。夕暮れになり、最後の一匹をと思って、一匹の鮒を釣り上げた。その鮒は釣針を喉の奥深く呑み込んで血が滲んできた。針を口からどうしても外すことができない。やがて暗くなり、やむなく、釣糸を切り、針をつけたまま鮒を沼に戻した。あの鮒は二、三日で死ぬだろうと思い、以後、魚を釣ることはやめてしまった(『無灯艦隊ノート』一九九七年・蝸牛社)。西川を殺生禁断の世界に踏み込ませた鮒は善知識というべきか。この話は西川の心の痛み、そして優しさを伝えるものでもある。

西川徹郎は、青春時代の寂しさをいやというほど味わっていた。彼の歌に見る孤独感、寂寥感は果てしなく深い。西川はともあれ寂しさに耐えて生き抜くことができたが、父の死は、大きな打撃であった。父はかけがえのない庇護者であると同時に、信仰・宗教上の偉大な師であったろう。しかし、西川は父の死を乗り越え、文学者として、また宗教家として、独自の世界を築いていった。

(本論の初出は二〇一一年四月十一日勉誠出版『金子みすゞ み仏への祈り』)

◆志村 有弘 しむら・くにひろ＝一九四一年北海道生まれ。文芸評論家。伝承文学研究家。立教大学大学院文学研究科博士課程修了。相模女子大学名誉教授。八重洲学園大学客員教授。日本ペンクラブ会員。日本文藝家協会会員。二〇一二年二月七日東京・四谷主婦会館で西川徹郎は志村有弘・鼎書房社主加曽利達孝と一夜歓談。著書に『説話文学の構想と伝承』『新編百物語』、編著に『詩歌作者事典』ほか。東京都在住。

第六章　極北の詩精神

宮入　聖

蓮華逍遙──西川徹郎の世界

Ⅰ　京都の鐘──句集『無灯艦隊』の俳句（1）

後年詩業を大成させた俳人達の処女句集は、まず例外なく立派で、処女句集の立派さが後年の大成を保証するといった逆は真ではないけれど西川徹郎の処女句集『無灯艦隊』は戦後俳句（史）のバアを間違いなくクリアーする一冊であろうかと思う。それにしても処女句集とはよく言ったもので、こんど時間をかけて西川のこれまでの句作品をじっくりと漁渉した内でもこの『無灯艦隊』は当時の作者と作品の晴れがましくも気恥ずかしい愛憐の関係性が芳香性の果物のように匂って来、作者と作品におけるつかのまの幸福な時代が彼にも我にもあったのだと妙に懐かしく感傷的な気分に耽ったのである。

後年この俳句詩作習作時代のことを西川はウツウツした無明の時代というふうに述懐しているが、たしかに出口無しの閉塞的状況にすなわち政治的思想的変革の前夜における暗雲の時代であったかも知れないにしても、私も西川も十代の後半現代詩を通過して一行直立の俳句詩にみるみるのめりこみ寝食を忘れて打ち込んだあの時代というものは決して不倖な時代ではなかった筈である。少なくとも今にして思えば学校共同体から変わり者の詩人というふうに白眼視され疎外され暗い屋根裏部屋で孤り詩作に耽るといった詩の時代は、この只今の安逸的な日常性に充ち充ちた中年男の憧憬となりうる。そういえば私も西川も先頃相前後して四十代を迎えたのだった。二十年ちょっとの歳月があれからあっという間に過ぎたが、はるばる遠くへ運ばれて来たもんだという歌の科白どおり、この道程は容易ならぬものがある。あの二十数年前の私には自分が生きるために行為する全てのことや俳句を書く営為にたいしこれらをとても恥ずかしい後ろめたい罪科のひとつというふうに受けとめており、何を為すにも喪失感と疲労感が死神のようにつきまといついには神経症を患うまでにいたるのだが、二十数年の歳月は私をあきれる程の鈍感な、生きることにも句を書くことにも然程恥ずかしさや後ろめたさを感じないでいられる人間に変えてしまった。

不眠症に落葉が魚になっている

屋根裏を野のように歩き　独身

埃や黴臭く或いは葉の匂いのする屋根裏を野のように歩くという心性は何と独身者の孤独と自由と矜恃、いうならば旅人の心境に似ていることだろう。いうまでもなく屋根裏とは家というものの時間的空間的な余白であり余計者である。独身者もまた同じ性質の厄介者である。やがてこの家を継ぐにしろここから出てゆくにしろ只今のところは旅人のように自由である代りに家や共同体にたいして後ろ暗い後ろめたいヌエ的存在である。独身者とは婚姻という形式を経て家を形成するという暗黙の前提のもとにしばし猶予を与えられている制度的(半)不具者なのである。家の異界としての屋根裏はそうした半不具者や家の霊や死者達といった非日常的異種の集う場所であるが、一方野とはこれ又家や共同体の外側を囲繞する異界であり、屋根裏の径は野につながっている。私はこの国の伝統的な民家の絶望的に暗い穴ぐらのような空間に愛憎二筋の思いを抱くが、その屋根裏にはまるまると肥え大きなとぐろを巻き一年中睡りこけている一匹の老蛇がいて、私を戦慄せしめ近づけしめない。どうしてこのようなイメージが育ってしまったかと考えるが、私は十七、八で田舎の生家を去るまで文字通り如上の屋根裏で暮らしており、それはそれで快適な空間であったから、蛇のイメージはその後今日に至る都市生活の間に徐々にかたまっていったに違いない。つまり私は様々な神話と自由と孤独と妄念に充ちた屋根裏の聖域に回帰してゆきたいことを念じているのだが、そのような場所は私が母の死と同時に最終的に家を去りほぼ同時に独身者から妻帯者になることによって喪失されておりつまりどこにもないことを私は知つておりしかも回帰願望を諦めることが出来ないため蛇という私にとっては最大のタブーをイメージしたのであろう。或いは蛇のイメージとは末期の暗い病室に籠もったまま私を寄せつけることがなく逝った母のそれであったか。母を、家(父)と屋根裏を独身者をほぼいちどきに喪失し野そのものである都市に棲息し私はことばをうしなってしまい一年位は何かというと号泣慟哭していたらしいが、まるで将棋倒しのような喪失感覚、恐怖感が私を幼児へと退行させたのであろう。

　京都の鐘はいつしか母の悲鳴である
　晩鐘はわが慟哭に消されけり
　鶴より軽くなりさようならさようなら
　号泣や壺に描かれた山間の寺

私の場合と違い、いずれ家に戻り妻帯者としてその家を継ぐことが約束づけられたとしても西川徹郎も又成年儀式のようにひとたび父母を家と共同体を屋根裏と野を喪失させられる。

　観音は蛇に絡まれ　美しい村

多分西川の生まれ育った村もこのように宗教的な至福に包まれた美しい在所であると想像するが、そうした美しい村の宗教的司祭者となるための教育を受けに京都へ赴くのである。私の友人に非俳人の西川ファンがいて彼は実に偏執的な『無灯艦隊』の愛読者であるが、西川が笈を負って暗い津軽海峡を旅立つ様が実に映像(画)的興奮を伴って感知できるのだという。無灯艦隊の命名と由来も京へ赴かんとする彼の気概と悲壮感に基くのではないかなどともいう。まさか東郷平八郎じゃあるまいし西川氏は飛行機でいったにちがいないよと半畳を入れると、いや絶対にそんなことはないと血相を変える。ファンというものはどのようなファンであれ五月蠅いもので、しかし西川の京都遊学が彼の俳句的出立にとってまことに重大事であったことが云えるのだ。こういうことを書くと誤解を招きやすいのだが十代後半から二十代前半のもっとも感じ易い時期西川が北海道にとどまっており彼地の俳句(人)のみと交渉しているだけであったら今日の西川徹郎はあったかどうか。たとえば旧いところで小林一茶近いところで寺山修司、彼らが信州や津軽の山猿でありつづけていたとしたら溢れる才能を持ってしても届かないのではないか。どうも誤解されそうであるがそんな気がする。都、ここで私が云うのは京都と東京のことであるが、その時代の権力や夢や欲望が、頽廃や悪徳や犯罪がもっとも集中する場所であり、それらの不条理と矛盾が錬金術のように詩（人）を生むところである。あらゆる不条理と矛盾が肩を並べ共存共栄する虚構の都は詩人の何よりの師であり反面教師である。要するに都とは家にたいする野であり、ここでの人は孤立である代りに自由であるが、旅人のように野垂死にすることを常に覚悟しなければならない。ともあれこの時の西川徹郎が京都という空母に接近する無灯の艦隊であったとする彼の想像はまんざら当たっていなくもない。

京都の橋は肋骨よりもそり返る
橋に羽生えてきそうな暗緑の京
琴も橋も反り発狂近い晩夏の京

先述の句同様、彼の京都遊学生活をモチーフにした作品と察するがここで描かれた京、都は肋骨のようにシュールな非在であり、いまにも発火しそうな揮発性と暗緑空間を奔馬のように翔けぬけるあこがれのイメージであり、まさに弾性の限界をつきやぶろうとする狂的暴力的なイメージとしてある。ここにイメージされた京とは橋といい琴といい反り返るといい発狂近いといいどちらかといえばにんげん的なそれも性的に成熟した女性のイメージであることに気付く。川というものも妙に女性的であるが現界と他界を跨ぐ橋という代物もなかなかに女性的でありエロチックなのだ。まして美しく反り返った京の橋は都に住む女のように楚々としていながら底意地悪く権高く利にさといようでありながら狂をいとわない。つまるところミヤコとは女であり女陰である。西川は美しい京の橋の彼方にそのような残酷な蠱惑的なミヤコの性質を発見したわけで、こういう非情な発見が彼を本物の詩人に変えてゆくのである。これは先に於いて触れてゆくだろうが西川の京俳句には、

白い京樹にピラニアが棲んでいる

という直截な秀句もあり、ピラニアとはみてくれの美しい肉食魚、ピラニアのようなとは貪欲のかたまりを云

うすなわちミヤコの本質であり、さらに直截にミヤコをいきいきと跋扈する怖ろしくも魅惑的なお嬢さん方をいうのである。先日のとある夕暮、人と面会するために銀座のホテルのコーヒーラウンジに腰をおろしふと見廻せばいるわいるわ、ピラニアじゃなかった高級娼婦と貴婦人を兼備したような高貴にして下品、雅にして卑を絵に描いたような女たちが。私は思わず先のピラニアの句を思い出して笑ってしまった。そこにいる女達がみんな魚の顔にみえてきておかしかった。

私の東京遊学はまるでチャランポランのものであったけれど西川の京都生活は家職を修めるという命題のゆえに思うについに不眠症を患う程にストイックな張りつめたもので、美しく反り返った京の橋は彼の詩魂をなぐさめこれを解放したであろうが、一方「京都の鐘」は「山間の寺」の鐘声を彼に想起させホームシックを募らせたに違いない。「京都の鐘」「晩鐘」「号泣」の句は私のみるところに間違いがなければホームシックのうたとしてそれぞれ一流である。悲鳴、慟哭、号泣といったまことに大ぶりな感情表現をとりながら、一句はそれぞれボリュームをぎりぎりまで絞り込んだ映像のように思えるのが何ともいえず秀抜である。空気の震動だけが静かに伝わって来るような句達である。さて先に西川が「琴も橋も反」る晩夏の京に狂を、すなわち成熟した女性のエロスの極をみているのだが、「京都の鐘」にきく「母の悲鳴」も母なるものの狂を、ひいては母という女性のエロスを誘導しているのであろうか。どうも私の感じではこの母なるものの悲鳴をこの世ならぬもののように聴いているのである。京都の鐘は、「いつしか母の悲鳴である」かんじんの母のイメージが少し弱過ぎると思うのだ。ホームシックのうたと捉えてしまうならば、ああそうか彼は京都の鐘にお袋さんの絶叫をきいているのだなでいいけれど、「琴も橋も」の句に較べてみた場合にどうもこの母が不自然なのだ。「いつしか母の」のいつしかが生マ身の母を死のところまで連れ去ってしまうかのようだ。あらためて調べたわけではないが西川の俳句に於ける父子関係は母子関係に較べて圧倒的に質量共優位にあると私は思うのだがどうであろうか。

黒穂ふえ喪がふえ母が倒れている

父よ馬よ月に睫毛が生えている

いずれも童画風な稚純な作風であるが、父よ馬よお月さんに睫毛が生えていますゾといった剽軽な呼び掛けにたいして、黒穂ふえ喪がふえと黒のイメージを増殖させ唐突に泥人形のように倒れた母を活写するという豹変ぶりなのである。そういえば黒穂の句の隣は、

流氷の夜鐘ほど父を突きにけり

と、同じ男としての父を意識しはじめた頃に感ずる彼への抵抗や焦燥や憧憬やらが実に率直に描かれており頬笑ましい。鐘を突くほど父を突くとは紛れもなく愛を告げる行為として少年にある。

Ⅱ　湖畔の鶴―句集『無灯艦隊』の俳句（2）

やや雑然とした宝石箱の中の彩とりどりの宝石達のように処女句集というものの美しさ、輝きはあるのだろう。西川の処女句集『無灯艦隊』は彼が十代後半から二十代前半にかけて無心に精力的にかつ野心的に夥しい現代俳句と現代詩の鉱脈の中から発見した宝石達である。そしてほぼ十年にわたる探索の成果から極力模倣を排した、歳月の割合にはほんの少量が赤紫地の質素なカバーに今や消えかかりそうな金で「無灯艦隊」とのみ刻字されいささか淋しいたたずまいをみせているが、私はこれはこれで好きな処女句集の一冊である。宝石箱ならぬ造本の立派な処女句集も勿論結構であるが、何か親のお金をふんだんに使って着飾ったどら息子といった風情で、私は貧乏性なのであろうか、偏見を抱く。『無灯艦隊』はみごとといってよい程他への見栄もみてくれも虚飾もなく、造本や印刷の技術もおあいそにも褒められたものではなく荒々しく、別にどうでもいいことだが西川自身による後記もなく、考えようによっては荒涼とした一本なのだが当時の作者の気概にとってそんなことは瑣末的などうでもよいことであったのだろう。私などは二十代前半に自分の家集を持とうなどということは夢にも思ったことはなかったが、昨今は物が豊かになったせいか作品の質量共貧弱な若い諸公がどんどん句集を出す。おのれの未熟な作品を棚にあげて装幀や造本やあげくのはてには制作費にまで細かく口を挟む。別に悪いことではないから憮然として黙っているけれど腹の中では、恥を知れ恥を、西川の句集をみろ

西川の、と怒鳴っているのである。自分の分身たる作品を美しく飾ってやりたいという気持ちはわかるが、かまいすぎは器物愛好症や死屍愛好症のように薄気味悪く病的である。

私は今、西川の処女句集の外装の印象を荒涼としたというふうに表わしたが、荒涼とは当時の西川の内面の風景に酷似していたことが察せられる。近頃の西川徹郎は彼の俳句形式への愛情と使命感から実によく物を書く発言者という印象を持つが、彼は本来静かで寡黙な人であるに違いなくて内面の荒涼が遂に元々寡黙な彼に処女句集への作者の思いを後記という形式で書かせることを許さなかった。彼はただ十年にわたる自己の作品の堆積とこれからも昨日の幻影のように明日を生きていかざるを得ない内面の荒涼にたいして作品の墓標のうえに無灯艦隊と命名したのかも知れなかった。この句集が彼の手によって編まれた昭和四十八年後半から翌春にかけて、京都遊学から土着の生活へ、自由気随な独身者から家(職)を背負って立つ妻帯者へと日々一刻と改変をよぎなくされる季節の変り目のなかで彼は遺書を残すような思いで、厖大な過去の作品を選別する作業に没頭したのかもしれなかった。私には彼が嬉々として土着の中へ家と家職の中へ自らを閉じこめたとはとうてい思えず、彼のうたのわかれに相応する覚悟の季節がこの奇妙な後記を付けない荒涼とした美しい作品集に凝ったのだと考えたいのだ。

さくら散って火夫らは耳を剃り落とす
剃刀研ぎと冷やされし馬擦れちがう
肺病む父へしろじろと満開の島
耐えがたく青い陸橋手のない家族
銀行より皿が出てくる真昼なり
尼の頭蓋に星が映っているは秋
癌の隣家の猫美しい秋である

絹の地方の夜汽車は去った恋である
海辺の町の貝売りよりも恋淡し
海のお寺にさよならの木が咲いている
湖南の道が離愁離愁と呼ばれけり
遠船火事の赤バラをわが髪に挿す
椿咥えしいんしいんと旅をしたり
首刈られそうに細い花嫁基地が見え
沼一面にしびんが浮いている時間
黒い峠ありわが花嫁は剃刀咥え
花嫁が青竹となりまぼろしとなり
全植物の戦慄が見え寺が見え
鶴の首へのびるふるえるくろい手がある
ひそかに皿は配られてゆく月の館
日神月神照らしあうわがされこうべ
湖畔の鶴の脚の林で迷いけり
秋は白い館を蝶が食べはじめ
茸採り達木星の静かな怒りを採る
刈られるために伸びる植物白い寺院
しののめのゆめ神父ゆびさき濡れている

前章に於いて引用した句々と併せこれらが私の択んだ宝石箱の宝石達であるのでいちいち手に取ってごらん頂きたい。西川のこれらの作品に対して現代俳句も満更棄てたもんじゃないという誰彼の発言を思い起こすがまったくその通りでこれらは新興俳句を光源とする戦後俳句のもっとも尖鋭的な豊饒の部分が若い西川の肉体にのりうつり詩を発揮しているのを見るのである。それは具体的にいうならば西川と直接的な関わりのあった赤尾兜子、金子兜太の俳句と方法であり、高柳重信、加藤郁乎、寺山修司その他同時代の表現者の俳句と方法であった。又しても無心という言葉が浮かんで来るのを禁じ得ないが時代の新奇流行を追うことにのみ執心の都会のモダンボーイには気恥ずかしくなる程の姿正しい俳句形式の現代性への探索と試行と発見の跡がここにはある。と同時に精神の脆弱さながら半年遅れの新奇流行を鵜呑みにしてしまう田舎者のモダニズムとは一線を画す無心の気品といったものがこれらにはある。要するに都会者のモダニズムも田舎者のモダニズムも詩を書く精神とはまったく別質のものであり、モダニズムはファッションや風俗のように色褪せ旧びるが、一見モダニズムの産物と見なされやすい西川の如上の俳句達は時代からの腐朽をまぬがれている。こんど彼の作品を実に時間をかけて一巡してまず感じたことは西川という俳人は実に老成したテクニシャンとして出発したこと、このことは重要な忘れてはならぬことのように思える。彼は今も時折北海道に於ける俳句と俳人の不毛について嘆いてみせるが俳句エピゴーネンと俳壇ヒエラルキーの植民地と化したそこに変革の新を期待するのはとうてい無理としても不毛性の最大の被害者は西川本人ではないか、つまり彼の天与のテクニシャンをいわば画塾風に研き上げることの出来る優秀なレッスンプロに出逢う前に、二流のエピゴーネン辺境的モダニストと出逢ってしまったということが。

後に彼が出逢う兜子、兜太にしても然りであろう。多分彼らは寡黙で折り目正しい白皙の俳句青年の背後に、北海道の荒涼とした辺境性を嗅ぐに性急で、或いは寺院の出身者であるという彼を、尼寺の俳句を作れなどというふうな奇妙な激励というかまるで西川の俳人としての本質を解さないやり方で自らのエピゴーネンへと誘導する。生来のテクニシャンというものは林檎ひとかけら皿一枚あればそれで足りるのである。なにもごたいそうな北海道だの尼寺などといった装置は要らないのである。

　　鶴より軽くなりさようならさようなら

椿咥えしいんしいんと旅をしたり

或いは

海のお寺にさよならの木が咲いている

でもいいがこういった夭逝的な、無心に遊ぶ児童のような明るさ自由さ哀しさ、俗心のない高貴さといったものは天与の恩寵であり、そういう眼の遊心をテクニシャンと私は称んでいるわけだが、例えば先年宇多喜代子氏が全集を出された片山桃史、彼は昭和十九年三十一歳の若さでニューギニアに戦死するわけだが、彼も又戦場に於ける眼のテクニシャンであり写真家のロバートキャパを私に思わせるがその彼の初期の句に

花たちが揺らぎ「さようなら」「さようなら」　桃史

があり、私は興味をそそられた。昭和十一年の作だそうだ。いうまでもないが、両句はどちらがどちらへ影響を与えたというものでもなく、花たちの命短かい懸命の揺らぎを「さようなら」「さようなら」と10文字の平仮名の形象として見てしまう眼の無為と、同じく純白の鶴をたちのぼる彼のたましいのふるえを「さようならさようなら」という形象として見てしまう眼の無為が偶々一致しただけのことだ。同じく篠原鳳作の高名な作

しんしんと肺蒼きまで海の旅　鳳作

のコピーととられかねない椿咥えの句も、片方が海の色に染まったおのれの肺の部分を視ているのにたいし、何か土地土地の土霊のように椿を咥え地鎮めの旅をしているおのれの等身大を視ている西川の眼といったものが感じられなくはないか。しんしんには求心的な空気のささやきが感じられるが、しいんしいんには遠心的な空気の震動が感じられる、それだけのふんいきの差異である。

湖南の道が離愁離愁と呼ばれけり

このＲＩＳＨＵＲＩＳＨＵという明るい愁いを含んだ秋の大気を思わせる中国的(というよりは志那的な)音声と離愁離愁という漢字の形象が明るい湖の南岸に生えている落葉樹や竹林の秋のゆらめきを思わせ、旅の開放感に思わず胸を弾ませながら歩いていると背後から鋭い調子で離愁、離愁と呼ばれふと我に返る。或いは夢か

ら返るといった構造の句である。離愁或いは李周か、李白の歳のはなれた弟にたしかにそんな名前の人がいてこの人は夭折した筈だが西川徹郎は李周の生まれ代りかも知れない。北方人である西川に北方的に暗冥な句の多いのはあたり前であるが彼は多分京都遊学と赤尾兜子との出逢いを通じて南方的に明かるい作品を意識的に試みるようになり湖南の句はその成果の一端であるが、先に抄出した中にも例えば「絹の地方」「海辺の町」「海のお寺」「遠船火事」「湖畔の鶴」などがそうで、選句からは外したが、

地中海の鷗を恋慕している僧よ

なども一時代の彼の南方憧憬或いは南方志向を証左するであろう。それにしても地中海の鷗を恋慕する僧という彼の自画像は何とエキゾチックで夭々しいことか。彼が学んだ京都という街のエキゾチズムが西川の詩の形成にとっていかに大きかったかを物語る。前に西川は京都という街に成熟した女のエロスを幻視したことを書いたが、彼の南方志向(エキゾチズム)とエロチシズムは例えば

湖畔の鶴の脚の林で迷いけり

という形で最高潮に融合達成される。湖畔などと云っても今はアンチャンネエチャンの屯すへドロ臭い巷と化してしまったが私の即ち西川の十代の頃の湖畔とはなかなかに風格溢れるエキゾチックなリゾートであったのだ。そうした物静かでエキゾチックな湖畔には時折鶴や、或いは鶴のような純白を纏った血色のよい異国の女性達がひっそりと飛来し、やおら裳裾を上げて水遊びなどをなさるのである。そうした鶴たちの脚の林で迷ってしまったとは、何と含羞と気品に充ちたエロチシズムの顕現なのであろうか。

鶴の首へのびるふるえる黒い手がある

湖畔の鶴が外光的なエキゾチズムとエロチシズムの極致をあらわしているとするならこの句のエロスの極私性が犯罪という形式をとることを思わせる程、犯行の一シーンを思わせるが勿論この通り魔的犯行は「のびるふるえるくろい」と、美と性をめぐる犯罪への純一的な苦悩に充ち充ちており、変質者の不潔を全く感じさせない。いわゆる大人や精神病による性犯罪とはまったく違う、美への犯行、性への殉教的な行為であり、それ

ゆえぐろい手の主人公は美と性を所有すると同時に対象と自分を殺さねばならない宿命にある。鶴という高貴な生き物は肉も又美味なのだといつか聞かされたがこのこととは関係のないことである。

Ⅲ　劇的破局―句集『瞳孔祭』の俳句（1）

全く世俗的な理由から私は昭和四十九年初頭より五十五年初夏に至る約六年半の間を時の俳句状況と全く没交渉に過ごして来たが、ふとした機縁で句作を再開し徐々に旧知の誰彼との交信も回復に及んでいた或る日のこと、旧知によってもたらされた同人誌の一隈に西川徹郎の称名と特異な一連の作品を見出し、山出しの少年のような新鮮な感動を覚えたのである。その一連の作品とは、西川の第二句集『瞳孔祭』の中の「羊水溺死」という章に収められており彼の後記によればこの章の「今は離別した迷える妻K子との家庭生活をモチーフとしたものを収めた」とあり、そのような経緯は当時の私には全く知る由もなかったにせよ、一連はまことに切迫した奇妙な味のものであってこれはヤバイなぁ、これは大丈夫かなぁなどと印象は生マ身の作者へ及んだことを今もありありと思い出す。

樺の木くらやみぶら下がっている赤ちゃん
傘ぐるぐる宇宙遊泳の赤ちゃん
地球が灯っているよ柩の中の赤ちゃん
赤ちゃんそれは届いたまんじゅしゃげの花束

具体的にいえばこの赤ちゃんという極めて日常的な愛想のいい言葉が非日常的な不吉さをこめて暴力的に突出したところから来る不吉感、死のイメージなどに対してである。こんにちは赤ちゃんなどというアホうたが泣いたり笑ったり眠ったりする外に能のない平和な生物にたいする親馬鹿の極致というならば、まるで体操選手のように樹にぶら下ったり、ポップアートかSF映画のように宇宙遊泳をしたり柩のスペースシャトルから地球の灯を眺めている宇宙人風の赤ちゃんとは作者西川徹郎のどのような日常性の或いは非日常性の暗部から生みだされた畸形児であるのか。ともあれ作者の後記に触発され「羊水溺死」の章を私小説の文脈を採用しながら読み進めてみると、羊水溺死というアクシデントによって、死んでこの世に「届いた」赤ちゃん、しかもそれはまんじゅしゃげの花束のように朱い一個の物質の死骸に外ならずナンノタレベイという称名性個別性を持ちえぬ永久不変に無名性の、強いて云えば赤ちゃんというほかにない物質性なのであった。こんにちは赤ちゃんという目尻の下った呼び掛けが現前の愛児を経由した世界一般の赤ン坊とその親に対する祝福の呼び掛けとするならば西川の赤ちゃんとは死の無称名性によって永久に名告ることを剥奪された仮初の親子関係に於ける親からの哀しい呼び掛けの愛称である。私などもこれと同じ体験を持つが動いたり呼吸をしたり泣いたりしないほかはまったく普通の赤ン坊と変わらないわが子を前にせめてのちのちの思い出のために称名を付けてやろうなどと思いながら余りの空しさのために今も果たせずいうなれば赤ちゃんのままである。

西川の『瞳孔祭』が書かれたのは昭和四十九年から昭和五十四年にかけて、ちょうど先述した私のリタイヤの期間に当たるが、この時期とは男が社会的に一人前になるための試練の期間とでもいうのか実に様々な事件に西川も私も見舞われている。『瞳孔祭』を私小説として読むことが許されるならば即ち父の死、嬰児の死、妻との離別、祖母の死といったふうに僅々五年余りの歳月は西川から実に多くのものを奪った。実に多くを奪ったが実に多くの作品を書かせたともいえるだろう。私は現実の苦悩に目をつむって詩を書かなかったけれど西川は極めて率直にかれのくるしみをたかぶらずに謐かに見詰めながら詩に書いた。私が時々驚くのはそのような西川の天性幼児のようにあけっぴろげな苦しみのパフォーマンスといったもので、幼児が自らの身体的苦痛をあたりかまわず痛いよ痛いよと母親に訴求しているかのような無縫性にたいしてである。

苦しみくらやみ落ちゆく落とし紙の行方

苦しみ居れば天をねずみが走るなり

別に「僧侶と白い楡が烈しくくるしみ居り」があるが、これは作品として採らない。採らないが西川の生理的な心的な苦悩の自画像としてみる。くるしみ居ればという時間の進行形が非日常的苦悩の襲来に対しなすすべも失って放心状態にあり、しかもそうした放心的な苦悩のカサブタをはがそうとする時の痛痒い快感がここには感じられ、つまりは苦悩が少し快感に近いといった生理感情の位相にこれらの句はあるやに思われる。現実の西川は愛する者たちとの離別に大いに苦悩し「苦しみ居れば」などという余裕のある状態ではなかったにしろ、極限的な苦悩さえも、「苦しみ居れば」と客体化し苦悩するおのれに快楽を見出そうとする辛抱の強さである。苦しみに対して幼児のようにあけっぴろげであることと辛抱強いということは一見矛盾するようであるが、そうではあるまい。保護者に対して苦悩を訴求し続ける彼らは実に辛抱強く快楽の訪れるのを待ち望んでいる。私はここで余り持ち出したくはない職能的宗教者としての西川というテーマを考え始めておりひょっとして彼はまことに生来の宗教者というふうに思い始めているのだ。しかし繰り返すが、「羊水溺死」の後記の「今は離別した迷える妻K子との」の條の迷える小羊ならぬ迷える妻という決めつけかたは私など迷える凡俗からみて少し不自然であり酷薄ではないかと思うのだが、苦しみを生活化し作品化することに努める西川の不断の意思からみて苦悩の現実に翻弄されるばかりの妻という現実的同伴者は、迷える羊に外ならないのだ。まことに女という生き物は始末に負えぬ厄介な隣人であって、この現実的無明の河を渉る同伴者としては、やれ足が痛いやれ背負ってくれとまことにうるさい迷惑な他者であるが、一方で男というものは単純かつウヌボレの強い生き物であるから、俺が背負ってやらなければこの女は溺れてしまうという義侠心のゆえに、却って男のほうがへとへとになり時に死ぬ。男女(夫婦)関係とはそのようにダマシダマサレル関係性、演劇的な関係性を完うすることではないかと思うが、そして家というものは観客を全く必要としない劇場のようなものだと云ってしまえば「羊水溺死」とはあまりにも無菌質的に潔癖にそのような演劇的関係性をゆるさないものであったことが窺える。しかも西川は、

父を焼く山上焼酎ほど澄んで
父はなみだのらんぷの船でながれている
父無き二月木に跨がったり馬に跨がったり

と父亡き後の西川家の家長であり、多分家と地続きにしてある寺院の宗教的共同体における主宰者なのであっ

た。従って西川家というものは西川配下の宗教的大衆の日常的拠り処を兼ねたサロン（劇場）に均しく、本来閉じられてあるべき家庭生活もダマシダマサレル演劇性を他人行儀に演じなければならない白らけの場所となってしまうのである。家庭生活がオープンにみられている悲劇の主人公は何んといってもいちばん遅くその家に外部から参加した者、即ちお嫁さんであって、これは余談であるが私のハネッカエリの妹がさる寺院の継取り息子と見合をした折りのこと、貴女はお寺なんかに来て務まる人ではありませんと当の息子から宣告されて口惜しいようなホッとしたような思いであったとのこと。

父君亡き後の西川家の当主として又地縁血縁になる宗教的共同体の後継者として、むろん変革期特有の苦痛はあろうがむしろこれらの苦痛や現実的な苦悩はあたかも殉教的なくるしみとして或いは宗教的試練として若い西川にあったのだろうと思った。しかし一方の現実的伴走者である妻はそのあまりにもめまぐるしい現実的変革と様々な現実的喪失に遂には伴走していくことが出来ず欠落をよぎなくされた。

雨のように美し仮面劇観る妻よ
児を横抱きに家出る流れる雲のように
妻よはつなつ輪切りレモンのように自転車
夏立つ日妻眉を引き帆を引きたり
山道くねるくちなわのごとく妻のごとく
楢の葉雪のように積もる日出て行く妻

○

初夜のごと美し棺に寝し祖母は　（圏点は宮入）

或いは

螢火が映る秋子の秋の乳房よ

とか、『無灯艦隊』所収の

黒い峠ありわが花嫁は剃刀咥え

花嫁が青竹となりまぼろしとなり

とか、私は西川の妻物?俳句が本当に好きで身近の女性をこのように美しく描くことの出来る西川に同性として羨望を禁じ得ないのであるが、それにしても「雨のように美し」とか「青竹となりまぼろしとなり」といった妻や花嫁のたたずまいは何んと肉体に於いて貧しく現実に於いて生活感が稀薄で、息もたえだえに美しいのであろうか。偶々西川の近作に、

生美人死美人も居て黄水仙

黄水仙水差し咥え死んでいた

を見掛けたが前掲の西川の女性たちは水仙の花のように儚い淡い、成熟と性器をどこかへ置き忘れてきたような肉体で死美人に属する。水差しを咥えたまま死んでいる黄水仙も又死美人のひとりである。死美人といえば棺に横たわっている祖母も、初夜の花嫁の如くに美しい夢幻性の死美人のひとりであるし、死、異界に隣接する黒い峠をバックに剃刀を咥えた花嫁にも妖異性のしつこさよりは死美人を想像してしまう。剃刀を咥えて人を呪禁するような狂的なエネルギーを感じることが出来ずこの花嫁はほんのささいな悲愁から咥えた剃刀をおのれの喉に当て自刃する程の儚さとして描かれている。も一つ、

首刈られそうに細い花嫁基地が見え

というのもあってこれも黄水仙的な死美人であり、私は一瞬この基地というところを墓地と読み違えた程であった。

このようにこの時点まで西川に描かれた身近な女性たちには成熟と性器を忘れ去られた死のイメージの強い死美人としてあることをみてきたが、この、女性を性的にあえて描かない、少なくとも性としての女性を描かないというところに西川の宗教的ストイズムをすなわち佛教的不犯の継承を察知してもよいだろう。私たちは性としての女性をアケスケに赤裸々に描いた佛教者表現者をいくたりか知っているが、もちろんとるに足らな

い。職業としての佛教者も同じく表現者も本物に近づけば近づく程ゾッとする程に寒く淋しく厳しい所業であり、世俗に向けて面白おかしくエロバナシの出来る程気楽なものではない筈だからだ。

家庭生活、夫婦生活というものは観客を必要としない閉じられた演劇と前に書いたが、私の推察にあやまりがなければ西川におけるそれは彼の宗教的な使命感や家父長的な使命感の性急と優位から遂には日常的私性を逸脱するほどに観念化し形式化をとげ、それゆえ彼(等)の家庭生活は他から視られるために存在する演劇そのものと化しやがて劇的破局を迎える。演劇の女優と化した妻を「雨のように美し仮面劇観る妻よ」と讃美せざるをえない家庭生活、夫婦生活の虚構性も赤ちゃんの出現によって現実的に恢復するであろう希望もつかのま、

　　児を横抱きに家出る流れる雲のように

赤ちゃんのイメージを抱きしめたまま、虚構は破局する。

Ⅳ　父と馬—句集『瞳孔祭』の俳句(2)

十代後半から二十代前半に於ける『無灯艦隊』が薄暮の静謐にも似た思惟し夢想する句集というなら、『瞳孔祭』は一転して行為する句集であるといってもよい。集名はいうまでもなく、

　　瞳孔にピラニアを飼う舞踏のさかり

に由来するが、カーニバルの熱気の最高潮に絶叫する踊り子達の瞳孔に写しだされた、見物の男たちを食い殺さんとする好色(戦)的なまなざしは祭の本質をいいえている。或いは舞踏の性的たかぶりのたけなわの女を視る男の瞳孔には一匹のピラニアが棲んでおり、おあずけ状態にある肉食の快感を思って気も狂わんばかりである。私は作品の舞踏のさかりというところを土俗的カーニバルに於けると勝手に解釈し、カーニバル即ち異性間の擬肉食行為のハレの空間と解釈しているが、たしかにあの白眼を剥いて倒れる寸前の踊り手の内にもその他大勢の内にもピラニアが飼われており、それはカーニバルの一夜限りの肉食の追体験を憧憬しつつ彷徨うのである。そういえば先に紹介した「白い京樹にピラニアが棲んでいる」も恒常的な祝祭空間京の「殺めては拭きとる京の」といった肉食願望をひいては好色性を活写している。「白い京」というふうにミヤコはとり澄ま

した雅びの神聖空間ではあるが、一皮剥けば鬼女のようにどんらんに若い男達の肉を喰らい続けた飢餓空間である。樹とは、その神聖なるミヤコと餓鬼なるミヤコの結界を指すのであろうし、樹の上は西川の

樹上に鬼　歯が泣き濡れる小学校

というふうにすでに他界なのである。それにしてもいちどＴＶでピラニアという魚が水牛を襲いそれこそアッという間にこれを骨だらけに変えてしまう場面に嘔吐を催したが、ひと呑みに食い殺されるのではなくチクリチクリ食い破られというのがいかにも残酷で女性的に陰湿なのだ。これに対する反射的にシャークという肉食魚を思いだすがこれも『瞳孔祭』では、

黒鮫がほのぼの踊る小樽で逢う

というふうに使われ、黒鮫がほのぼの踊る小樽というイメージがまず秀抜であり、死の使嗾としては見方によっていくぶんトボケタ味のある鮫の游弋のイメージを北方都市の祝祭性に重ね合わせながら祝祭性としての異性を待つ。鮫にはこの他赤青白といろいろあるようだがここでは小樽という都市の祝祭性が作者の生活空間とダブって把えられているためにここでは黒い鮫というより日常性に支えられた死の影が相応しい。

ピラニアといい黒鮫といい彼らはハレとしての祝祭空間に欠かせない彼方からの死の使者マレビトたちとして京に小樽に出没し舞踏の熱気をたかめるのだが、一方西川が生活者としてケなる生活空間に於いてすらも或る種狂躁的に行為しようとする情熱のようなものが『瞳孔祭』には窺われるのである。

ねむれぬから隣家の馬をなぐりに行く
暗い夏樹より胎児をひきずり降ろし
桜三月箒のような犬と争う
殺した犬の毛がくちづけのくちに紛れる
栗の木が死ぬまで僧になぐられいたり
校庭にへびひとすじの鼻血のように

　血に濡れし鶏が佛間へ逃げ込むなり

常識的に隣家の馬が睡眠のさまたげになるとは考えにくいのに暴力的行使に及ぶというのは立派なヤツアタリである。同じく物言えず行為不能の「栗の木」も死ぬまでなぐるという行為も常識的にヤクザ者の気晴らしの域を出まい。馬にヤツアタリを行うとか樹に仕返しを行うといった行為は私には経験があるけれど幼児的な退行行為であろう。というふうに考えればわざわざ持ち出すまでもなく一瞬ニヤッとして素通りすればよいのであるがどうも私には隣家の馬であるところが気になる。虐待する僧も虐待される栗の木も気になる。「隣家」とは『無灯艦隊』に

　癌の隣家の猫美しい秋である

本集には、

　蝶降りしきるステンドグラスの隣家恐し

と登場するもっとも近接する他者の居住生活空間であるが、ここでは癌の患者がまるで伝染病の病人のように寝ていたり、ステンドグラスの教会のように異質であったりする恐ろしい空間である。すくなくともねむれない病的な青年はそう妄想している。私たちは同じ作者の処女句集の冒頭の一句

　不眠症に落葉が魚になっている

をこのねむれない青年の上に思い重ねている。「蝶降りしきるステンドグラスの隣家」というイメージも不眠による感覚の崩壊感を表そうとしているのかも知れない。或いは私たちが夢のなかでみようとしている華麗なイメージを、眠りたいけれども眠れない頭脳が妄念している。ただそのような夢のような華麗な建築物が近接する他人の生活空間であるという妄想は恐い。だいいち西川の居住生活空間は広大な？敷地を有する佛教寺院の一部であろうし都市のそれならいざしらず隣家の存在をまったく意識することを要しない孤化密閉された空間と思うからだ。にもかかわらず彼の詩的分身たる青年は不眠症の心理的治療を隣家の馬によって夜な夜な遠征しているらしいのだ。

ここで西川の作品に頻出する馬という生き物は何物なのか。私は或る郷愁とともにムチ打たれながら黙々と働らく土俗的な、日本的な生き物を思い出しているが、私の少年時代馬はまだまだ現役の労働力であり彼らは実にボロボロになるまでこき使われていた。一方で牛という労働力もあってこれはムチ打たれることに鈍感であったり時には獰猛に反抗したりで余り賢そうではなく生き物としての哀感も感じられなかった。しかし馬が好きというのはあくまでも私の主観に過ぎず私の父などは俺は牛が好きなのだといって野口米次郎の牛の詩を若き頃愛誦していたそうである。西川徹郎も馬派であって前に紹介したが、

父よ馬よ月に睫毛が生えている

という初期の秀作がある。又本集でも

父無き二月木に跨がったり馬に跨がったり

の収穫があるし、これは作品としては下るが、

桜に繋がれている馬遠い祭を孕み

があり、私たち世代の馬とともにあった時代に対するノスタルジアに充ち充ちている。桜花、馬、祭とくればこれは文句なく私たちの少年時代にみられた農村共同体におけるハレの景色である。馬という図体の大きな生き物はけして使い捨ての労働力であるばかりではなく、家のひいては農耕共同体の労力を分担する大事な家族の一員であった。馬と共に寝起きするという東北の民家などがそうした思想の名残と思われるが、父が家の精神的な制度的な主柱というならば労働の過半を分担する馬は、大げさにいってしまえば家の経済的な主柱といってもよい時代があった筈である。さらに大げさにいってしまえば馬とは農村共同体に於ける幻想上のもうひとりの父性であってもおかしくはない筈なのである。「父よ馬よ」お月さんに睫毛が生えていますゾという人懐かしいノスタルジックな呼び掛けは、遊学先の京都の月夜に触発され発信されたものと見ると更に趣きを増すが暗黒の千里を隔てて同じ月明の下に父と馬とが睡っている筈である。仮に「父よ母よ」という呼び掛けを考えた場合に、これは単なるホームシックというほかはない。自分の生まれ育ったそしていずれそこに帰るべ

き家にたいしてひいては山間の農耕共同体にたいして、現実上幻想上の二個の父性に彼の愛を表白しているのである。

その一方の父、現実上の父、肉親の父が死んだ。「父無き二月」その喪失感と空白感を木に跨がるという擬他界体験をしたり馬に跨がってという自己慰撫をこころみるのだが、彼がその父に生り変わってこの居住空間を継承するには、この空間は余りにも近接する共同体から孤化された関係性をうばわれたものとして彼には映るのである。父という空間性の抜けてしまった家というものがただのぬけがらであることは当然のことであり、その父によって外部から心地よく閉じられた家すなわちその形骸を新たなる父性として再び回復するためには、家の密室性に風穴を入れるという行為、些か乱暴な行為が必要である。

何か得体の知れぬ隣家という共同体との結界に飼われている馬という、家の一方の象徴的主柱をなぐりに行くという行為は、例えばけんかという暴力的行為によって他者と関係性をとり結びたい私たちの欲求の変種に思われる。私の場合は中学の二三年がそうであったがとにかく連日ささいな事でけんかをし撲り撲られ仲直りし仲良しになりという忙しさであった。それは個我性の成長と自覚にあたりその個我なるものの不可思議さと不可解さを他個と暴力的に係わることによって一挙に埋めたいとする動物的な欲求であろう。個我性への畏怖が他個と暴力的に関係することにより普遍性を獲得し孤化をまぬがれると信じていたのである。

　父の陰茎を抜かんと喘ぐ真昼のくらがり
　褌で顔洗う隣人薔薇のたびだち
　背に父しばり火の雨がふる旅立ち
　まいにち舌が尊属ごろし夢みたり

家の生産的呪力的シンボルであり同性の男としてライバルである父の性的シンボルを抜かんと喘ぐ暴力的なイメージはあきらかに父殺しのイメ－ジとして父のそれを「真昼のくらがり」に素早く隠匿し自分がそれに生り変わる。真昼のくらがりとは家の性的な空間をいっているのであろう。男という生き物は同性の男としての父を敬愛、崇拝、憧憬というプラスの心情で捉え反逆、劣等、呪縛というマイナスの心情で捉え要するに複雑極まりない他者性の極致として顕在するため、その死にはあたかも私が全面的に係わっているかの錯覚を抱く。私などもそうであったため、かつて父の急逝の報に接し思わず自分の呪禁性が父を滅ぼしたのだと身がすくむのを感じた。いい代えれば男にとっての父とは最高に暴力的な他者であり私たちは常に彼からの暴力的解放を希っているため彼の暴力的?な死は、私たちに父殺しを錯覚させる。これまでみてきたように西川の父子関係は私には程よく調和のとれた羨ましい関係性に映るが、それにしてもかくのごとく父の死に暴力的な意思がつきまとうのだ。まるで飢えた畜生や亡者のように父の死骸から男性のシンボルを抜去しようとはやるあさましいまでの喘ぎは、父権の交代をよぎなくされ父に生(な)り変って家の生産的呪力的シンボルを維持してゆかざるを得ない西川の、謝肉儀式としてあるのだ。この野蛮きわまりない行為のなかに西川は男として父としての「旅だち」を自覚自負しているのだ。「褌で顔洗う隣人」と野蛮で野性に充ちた多分けんかなども抜群に強いであろう隣人のイメージと、祝福性に充ちた出発「薔薇のたびだち」との一見アンバランスな連結もその自負と自覚のあらわれに外ならず、気負いが感じられる。同じく背に父をしばり火の雨が降る中の旅立ちとは何んと大時代であろうかと思いつつ火の雨とはなんと父へのもろもろの思いを浄化してくれるのであろうか、と感嘆せざるを得ないのだ。

V　共棲感覚―句集『家族の肖像』の俳句(1)

棺にひそかに山霧を詰め運ぶ数人

私が本論を準備するためにひと夏滞在した上越国境の山村も霧の深い村だった。霧ふかく雨多くおまけに有数の豪雪地帯とあって、家々は教科書で習った竪穴式住居のように密閉性の高いものでしかも百年以上三百年という耐久性の高さである。私たちが借りた民家(百姓家)は百年未満のいうならば文化住宅であったがやはり圧倒的にうす暗く、しかも持ち主がすでに離村しているため家の空気や様々の備品が強烈な黴やものの饐えたような匂いを発し、まさに家の個臭ともいうべき悪臭に私の妻子などはカルチャーショックを受けそそくさと帰り支度を始める有様であった。そうした家々を秘匿するかのようにみごとに成長した杉の大木が襖をなし、朝夕の霧の中に立つとそれはこの世ならぬ彼岸の眺めであった。かろうじて霧の中に浮かぶ家や杉やその他のぼんやりとした幽鬼のような姿を眺めているとこの村に生まれそして死んだ厖大な死者達がそのあたりに蠢いているように感じられ寒気を催すのである。私たちの借りた家も居住空間の合理性からみてまったくわけのわからぬ空間や小部屋、二つ程あった開かずの間それに迷路のような屋根裏の空間、そのような不可解な場所にこの家の死者達が住んでいると感じられたため、私たちは階下のいちばん日当りのいい一室を居住空間としそれ以外へはあえて近づかなかった。人間という何を考えているかわからぬ粘着性の生き物が百年もの間住んだ家とはもう単なる建造物とは異なる、いうならば墳墓と同じ性質のものといってよいのだろう。墳墓のように暗い家。そういえば夏の訪れ遅く秋早いこの村の径や家々のまわりには夏花秋草とりみだれまことに鮮やかにあたかも墓辺のそれのように咲きみだれているのである。それらは自生の花というより住人の誰彼が種を播き手をかけたごくありふれた園芸植物の類いであるが街でみかける脆弱なそれらとはまったく信じられぬ程の逞しいあでやかさなのである。夏秋とりみだれた花々を遍歴する蜂や蝶や蜻蛉や、杉の木のみごとさやそこで啼く蟬の美声や、要するにその他の生き物達の生々とした営みに比べて、何という人間共の営みの貧しさ暗さであろうか。

　四、五日で家食い荒らす蓮の花

積雪を融かす必要性からと思うがどの家にも隣接して池が掘られ子供の背丈程に繁った蓮があの独特な傘のような葉をゆるやかに戦がせ時折ピンクや白の花の宝珠があらわれる。私も以前に「蓮の葉のどんらんなるは死の象(かたち)」という余り上等でない句を物しているが蓮の花が菩薩とするならば葉はどんらんな死の死者夜叉といったところで、私のイメージの中の蓮池(沼)は人間の寝しずまった夜な夜なその夜叉性を発揮しておのが身を肥えふとらせている。実際あの蓮の葉の厖大な面積そして、それらが何百何千という数で戦いでいるのをみると、一体彼らの栄養源?は何んなのかと考えさせられてしまう。根ッ子の先が家の台所につながっており夜な夜な冷蔵庫を開けてという想像すらも、或いは桜の木の下ならぬ蓮池の底に死体が繋がれておりそれらが彼らの栄養源であるという想像も可能な程に。私が借りた家にもそうした蓮池はあってお勝手の流し場がその池に直結され、つまり池に飼われている鯉も或いは蓮たちも私たちの食事の残り滓を栄養にして成熟しているらしいのだった。家の内部には幾代にもわたる死者たちとの共棲があり、その外部には逞しい時には人間の食性へ殉じてくれる池の生物との共棲があるといった家の重構造性は実に宗教的な連環性を思わせる。私たちの排泄物を他の生物が摂取しそれを私たちが頂戴し、その私たちも死しては他の生物の栄養源になるという連環的な共存性の思想をこの蓮池から私はみることが出来て、有難かったのである。都市に住む私たちがもうどうにかなってしまったのだろうが家内が云うに、週一度ゴミを集める日があり所定の場所へ運んだところ私たち三人の俄か住民の出す(生)ゴミが圧倒的に多いんでびっくりしたとのこと。皆んな一体何を食べてゴミを出さないんだろうかと、いかにも不思議がっていたが、ゴミという思想はもともとないのでそういえば火葬場すらこの村にはない。全て残滓というものがあるとすれば他の生物の口の中か、土の中へ還ってゆくのである。ほとんどが自給生活に依存しており農協の出張販売が週二回訪れるだけだからけして豊かな食生活ではないのにもかかわらず、ただ自分の口が可愛いだけの私たちのそれとは違い共存する他の生物への配慮を忘れない。そういう配慮を忘れずに持続することこそ、私たちの生命と生活を可能にする重要な手だてであることを体験から彼らは知っている。

四、五日で家を食い荒らす蓮とはもちろんフィクションとしてのそれであっても、家と共棲(存)関係にある蓮という生物のどんらんさ、逞しい生命力をもってすれば四、五日で食いつぶされてしまうであろうとする想像力はけっして過激ではあっても破天荒なものではない。西川の想像寺領に咲くそれもさぞや巨大なものであろうが積雪による疲労のため今にも倒れそうに荒廃した百姓家の、これと対照的な蓮のあでやかさと逞しさは、まるで蓮の犯行を思わせる程のリアリティーでこの村の行く末を暗示している。実際にこの豪雪地方の人の住まなくなった家は積雪のためもあり数年のうちに崩壊し、その際生き物のような咆哮を発するという話をきいた。四五日で家を食い荒らすという蓮の花のイメージにはうす気味の悪い怪獣の悪意による犯行のイメージがつきまとうが、どうもそのようなものではない。パラボナアンテナのようにもみえる蓮たちには共棲する家(人)の運命を読みとる能力があるのかも知れない。夜毎家の外壁にあの大いなる耳を擦りよせて、人間共の咄をきいているのに違いない。日本の正しい農家の宿命によって百年を経過した家は閉じられ蓮と鯉と家の形骸を置き去りにして人間共は都市へと流入する。そして、忽忙のうちに都市での流民生活の数年が過ぎ懐かしさに駆られ帰ってみると家は跡形もなく崩れ池には沼と化し当時よりさらに逞しくなった蓮たちが光沢のある緑を陽に戦がせている。解体屋のことをハツリ屋と称し解体することをハツルと云うが蓮はあの超三次元的パラボナレーダーのレーダー光線で家をハツってしまったに違いないのだ。人間共との共棲関係を解消し山野の自然と化した蓮池(沼)はこの村のあちこちにみられ往時の村の繁栄をしのばせた。

あたりまえのことだが都市に棲息する私達の共棲関係とは内にあっては妻子や犬猫それに蠅とゴキブリ、外側にあっては猫の額ほどの庭と近くの公園の植物動物達といった決定的な貧困であり多かれ少なかれ都市生活者がポートピープルであるという賤称は憤懣の余地もなく私には思える。百年という単位で連綿と続く家に棲み内にゆたかな死者達を棲まわせ外側には生命共存者として他の生物との共棲関係をとりむすぶという農耕型の生活様式は現在絶滅状態にあり多分遠からず絶滅すると思うが、もともとみえない死者達の姿やきくことの不可能な他の生物達(自然)のこえをきくための再生器であり増幅器であった詩人の才能や能力も絶滅にひんしているのかも知れない。どだいマンション暮らしの詩人に秀れた詩が書けるかという私の偏見は据くとしても私たちの五感から原始感覚とも呼ぶべき共棲の感覚がほぼ全面的に後退していることは否めないであろう。さりとて私は田舎や農村に還れ自然に帰れと、宗教な党派や精神的ベジタリアン達のように力説するつもりはない。応々にして彼らは都会に住む田舎者であり都市への浅薄な憧憬から十分に食える農村をゾウリの如く捨てた都市流浪の底辺住民であり敗北者であり、そういう連中が田舎はいいですよ素朴で、空気がうまくてなどということを平気で言う。

桔梗は京へ行きて戻らぬ庭の狂人
葉にまみれ葉がまみれいもうとはだか
祭あと毛がわあわあと山に
まひるの浜の浜ひるがおの溺死体
淡いうねりの血便咲いている寺の木
通夜の客が梅の花ほど梅の家に
楢の木たたく父よ父よと霧が
芒は月の家を洗っているけもの
家族晩秋毛の生えたマネキンも混じり
倉庫の死体ときどき眼開く晩秋は
家中月の足あと桔梗さらわれて
いちめんに手が出て低流の鳥を掴む
揺れる芒という死体解剖をみたか
死児と死蟬が木を食べている朝だ
畳めくれば氷河うねっているよ父さん

都市のウインド越しに売られているヒネこびたのとは違い山の桔梗はまこと妖精の野趣と気品と侠気に充ちた可憐な小植物であるが、それゆえその貴種流離の宿命により京へ赴きいまだに戻ることなき狂的隣人であると作者は書く。或いは小妖精桔梗は西川の心的分身又は愛恋の関係性にあるのかも知れず、月という盗賊に押入られ彼女をさらわれてしまう。これ又都市のうすぼんやりとした病的なそれに較べようもなく山の月(光)は凄絶な蒼味をおびた一枚の聖なる鏡であり、そうした月帝の放つ精鋭たちにより地上の妖精桔梗がさらわれたという想像力はいちいち竹取物語などを引いてくるまでもなく只今の私たちに息も絶えだえの原始感覚によるものであることが、先の蓮の句同様理解できよう。何にせよマゼモノのない純潔性というのは怖いもので、私が過した山村の夜半にみた月明も思わず眼をそむけたくなる程の純粋な殺生性を秘めた神秘光線であり、そういう存在をかつて私たちの原始感覚ではカミと称んだ。そういうカミの手勢に押し込まれてさらわれた花の妖精ならぬ村の美少女桔梗といえば物語の構造そのものということになってしまうが作者はそのような物語性の表出を重要に考えているのではなく月にしろ桔梗にしろ存在の他者が根源的に持つ純潔性に対する共棲感覚、原始感覚としての畏怖をここで表出しようとしたのではなかったかと思う。同じくそのような凄絶な月明に照らし出され墓標のように睡りこんでいる家を四方からとりまいて夥しい白い芒の穂が思い思いに揺れる様を「家を洗っているけもの」とまことに秀抜に芒という存在他者の純潔性を作者は捉えてみせた。私たちの家はそのようにカミなる月や芒というケモノにとりまかれ共棲と共存の関係性をとりむすんでおり、私たちはけして孤独ではなかった筈である。と同時に暗く内側に閉じられた家の中には「毛の生えたマネキン」や「ときど き眼開く」死体や、桔梗や梅の花や死児や父さんたちといった生死を超越したヒトたちが生棲しており、それらは家族というにはアナーキーな平等性に充ちた関係性として描かれている。共棲感覚というものは存在対存在の優位性を問うことのないアナーキズムでもあるのだ。

Ⅵ　不具性について――句集『家族の肖像』の俳句（２）

野道で落とした眼球をめそめそ捜す
父の陰茎を抜かんと喘ぐ真昼のくらがり
螢火が映る秋子の秋の乳房よ
肛門のようにかなしく沼ぎわの黙礼
遠野市というひとすじの静脈を過ぎる
校庭六月肛門もきんせんかも咲いて
眼球が宙を翔ぶなり神死ぬなり

あの岸を戦ぐはまんじゅしゃげか舌か

○

食器持って集まれ脳髄の白い木
朝の木にぶら下っている姉の卵管
爪の生えた道が便所で止まっている
白いれんぎょうはらわたよじれ死んだ坊さん
駅山中にまぶためくれば血管みえる
友よ芒の肛門なびく空をみたか
きみの子宮は青葉北見市を過ぎて
梅咲いて喉を淫らに通う汽車
冬浜その無名の舌が身を起こす
あの鶏の卵巣は駅晩夏です
ひらく肛門水中に陽が滲みわたり
肉屋へ突き出た肉親の足は桜木
まぶためくれば青麦死者を運ぶとき
箪笥からはみだす姉のはらわたも春

先程の『瞳孔祭』と昭和五十九年発行の第三句集『家族の肖像』から身体的部位や身体的器官を作品化したもののなかから佳品と思われるものだけを抽出した。はたして大変な句数ではあるが二著の作品数に占める身体言語の含有率は私たち同世代の誰彼を見渡しても抜群に高いと思われ、西川徹郎という独自な俳人が身体、及び身体の様々な器官や部位を詩の強力なモチーフやイメージとして使用するタイプの俳人であることがお解りいただけよう。

私はこの『家族の肖像』によって西川という俳人と同時代に活動出来ることの嬉びを味わったのだが、西川はついに彼の俳句に思想を導入した、発見したのだとその時確信したのであった。その時の感銘を彼の編集発行する「銀河系つうしん」(第四号・一九八五年九月二十日・黎明舎)へ「不具性として」という表題で書き散らしているので参照されたい。要するに現代絵画や映像、現代彫刻のジャンルに於いては自明の、身体(肉体)性の解体(放)と復権のための挺子としての不具性という魅力的な位相と視座を俳句の言語領域において西川が方法化思想化したというわけなのである。たとえばこれまで私たちが身体(肉体)性という時のそれは十全に具備された器官や部分品を指すのであり、そのような身体性を日常生活と同様に自明のことと思い、それ以上に意識することも思い煩うこともない。多少の効率や美醜のもんだいはあっても五体満足という世俗のことば通りに私たちは満足することができる。しかし只今の私のように歯という身体性を病むとすると、五体満足感すなわち日常的平衡感はウソのように消えうせ、代りに意識が様々な不快感や不安感を訴え、美味そうに肉やセンベイを噛む家族や友人たちに殺意すら抱かせ、俺はしみじみ不幸な人間であるとか孤独であるといったデスペレートな気分に下降する。一時的にせよ日常的に自明の身体的器官を使えないという苦しみは、苦痛の張本人である歯という器官を起点とした放射状の意識空間を形成しはじめており、この空間に写しだされた世界は、疾患による身体的不如意感、欠如感を変数として、かなり病人特有のイビツなワガママな像としてある。むろん生理的苦痛や精神的不安によるせいでもあるが、病人における病状がどんどん進行し自分でも回復の見込みのないことを悟った時の彼は、びっくりするほど幼い、自己中心的な独裁者に変貌してしまうことを、私は悲しい記憶として身内にみている。多分或る限界を境に病人(身体的不具者)の多い共同体、社会、国家というものは労働力の低下や医療費の増大によって駄目になってしまうのではなく、彼らの非日常的非共同体(社会)的思念や思想の伝播によって駄目になってしまうのであろう。

それゆえ権力や制度にとって、病人や身体的不具者はほどほどがよく、私の行きつけの病院はいつも立錐の余地もなく繁盛しており、私たちの子供時分はどこにもいてツンボメクラオシイザリなどと蔑称されていた身体不具者たちは今日パックされてどこかに隔離されてしまい、ツンボオシは差別用語ということになり、彼らのこの世のものならぬ妖異と無明と反逆と他界性を秘めた風丰は、街頭から姿を消してしまった。要するに病気や不具者をクリーニングした環境の中で私たちの日常性と五体満足性は限りなく保証されベルトコンベアのブロイラーよろしく生死を管理されることに慣らされているのが身体性をめぐる只今の環境であって、いうならば医療というエサと引きかえに私たちの生殺与奪権は彼ら権力の側にすっかりと管理把握されているのである。

そして云うまでもなく思想の具体的吐露としての芸術、絵画や立体や映像表現、それに現代詩歌までもがこれら常識化された社会思想に対する反逆であり解放への思想的構築であるならば、西川のとろうとした思想的な位相と詩的方法は差別の差別的空無化クリーニング化をなしくずしにされ絶滅寸前の身体的不具者の異相異貌に詩的に生り変わることによって硬直化した世紀末的時代状況のクス玉に亀裂を入れるということであった。具体的にいうならば全き身体性からの器官の独立と存在論を、外界の様々な事物や事象、現象と均質的に並べあわせ、眺めみるという作業を指すのである。

朝の木にぶら下っている姉の卵管　徹郎

薔薇かるし卵管その他なきごとく　聖

偶々拙作にも割合に支持をうけている卵管の句があるので参考に並べさせて頂く。むろん私にとっても西川にとっても卵管とは異性の身体器官を指す言語認識以外は、これを見たわけでも触れたわけでもないので、不可視不可侵、神聖侵すべからざる闇の身体器官としてそれは私たちの生誕に係わり、私たちの性的、生殖的行動にかかわる。私の場合はよくある手だが薔薇の花の肉感と感触と芳香に女性器をみてとり、しかしその決定的な存在性のかるさ、美的な整序性、此岸性を、「卵管その他なきごとく」とカイギャク的にオチョクッテいるわけだがこう書いてしまうと身も蓋もない。

一方西川の卵管は恐らく夜という闇の時間と空間を経た、光まばゆい朝の木に、姉の身体的具備性（五体満足性）から解放され闇の彼岸をずるずると引き出され、異様な長さとなってぶらさがっているのだ。そうとも知らぬ姉は彼女の家族たちといぎたなく寝ているのかも知れない。むろん彼女が未婚の処女であっても一向にかまわない。要するに姉や妹といった存在が母という存在同様、性的生殖的にかかわることを禁忌とする身近な異性であることだけが肝腎なのである。いうまでもなく近親による性交渉を私たちの帰属する共同体の歴史的規範と制度が認めておらぬので、しかも近親婚を厭避するほんとうのところがどうにもいまひとつ不明なので、私たちはこれをタブーとしているわけだ。私たちは母にしろ姉妹にしろ近親の異性に対してのみ性的に身体的不具者の立場でいることを強いられる。性的不能（具）者であることを擬装せず家の密閉性をいいことに自由奔放に振舞おうものなら禁忌の侵犯者として例えば村八分といった社会的な制裁や迫害をうけるであろう。私には姉というものがなかったが馬場という巡査の息子に評判の美しい姉がいて私たち悪童は学校帰り彼の住居でもある派出所に寄り牢屋と同様に美しい年上の異性を見物した。だから余計にそうなのかも知れぬが姉という血縁的にタブーの異性の存在は、美的にも性的にも理想の女性、卑近であるが不可解であるという物語性によって夢の中の、或いは物語の中の女性を想わせる。そういえば少年時代の私は姉に代り母方の叔母にそのような異性の芳醇を嗅付けていた。

卑近であるが性的に不可侵、不能（具）の関係性として私たちに棲む姉は聖母マリアのような処女性として、未懐胎性として、すなわち私たちが彼女に対してのみ性的不能（具）者である少年の立場を強いられると同様、姉も又性的に少女の未熟さを持たされ続ける。ところが生マ身の姉は勿論他の女性たちと同様に他の男たちと性的交渉も行えば妊娠し出産したりもする。そういう点で姉という存在は私たちの恋人や女房やその他の性的なパートナーと一寸も違うことがない。ただ私たちの頭が、頭に植えつけられた血縁への社会的制度侵犯に対する禁忌と制裁への恐怖感が他の女性たちと一線を画し姉への性的接触を拒む。性というのはまことに頭であり制度であり政治的であることがよくわかる。血縁の異性に対する時の私たちは立派？な性的不具（能）者であるが、それが体制や制度の側から容認され制度化されているため不具者としての差別や蔑みを受けることがない。一方その他の性的、身体的、精神的不具者とは社会的に少数でありその多くが弱者であるため、体制は保護の名のもとに排除という差別を行う。身体的にしろ精神的にしろ性的にしろ不具者とは体制や制度の利害の側から指された差別的少数であるということができる。今の少年たちはどうなのか私たちの少年の頃は薄暗く淋しい学校や公共施設の便所(トイレではなく)でいかにも性急に稚拙なタッチで描かれた例の女性器のマークを頻々と見出すことができ、又私たちも何かというとあれを描き殴ったものだったが、今思うにあの頃の私たち少年は自分が身体的社会的弱者であり、性的に不具(能)者であることを漠然と認識しはじめており、保護の名のもとに実は監視され差別されていることをうすうす感じており、それらの差別と疎外に服従する以外に何ら抵抗したりすることの出来ない無力な自分を知っており、いわばそれらの外圧への呪禁的封殺行為が例のマークに凝ったのではなかろうかと。あのマルと線の単純な組み合わせによる似ても似つかず、稚拙で野放図で暴力的な女性器のかたちは、少年の成熟した大人たちへの、お前らこんなもんのどこがいいのかというふうな挑戦的な嘲笑にすら映るのだ。私は西川の姉の卵管の句に初見して、まずありありと眼に浮かんだのが例のマークであったことを思い出す。

　　筆筒からはみだす姉のはらわたも春

少年のように性的生殖的に手のとどかない姉の、ひいては成熟した女性の性器への不可侵性、聖性、ひいてはそのような生殖器そのものであるところの体制にたいする秘やかな行為が女性器のコッケイ化、デフォルメとしてあり、西川の洗濯物のようにぶら下がる生殖器のコッケイ化、デフォルメとして描かれているのをみた。同じく筆筒からはみだす姉のはらわたとは、文字通り半開きのまま放置された筆筒から彩とりどりの衣装が溢れかえる様に触発されたイメージと思うが、それはそっくりそのまま変り果てた姉の姿とみてもけして不自然ではない。筆筒という家の備品はたしかに姉のイメージであり、姉という女性は筆筒のように家とともに旧び家とともに殉ずるという古風の持ち主である。

私の記憶にまちがいがなければ鏡という魅力的なキイワードが西川の作品に登場するのは第四句集『死亡の塔』からでそれは今日に至っている。以下作品を洩れなく列挙する。

麦野は鏡棺を出て来た少年に　　『死亡の塔』
鏡三枚持って遠野へ通りゃんせ　　同
鏡破って出て行く少年冬波は　　同
朝顔は紫紺の鏡妻のまぼろし　　同
みんみん蟬であった村びと水鏡　　『町は白緑』
直立して神々が棲む水鏡　　同
白髪の姉は峠へ走る水鏡　　同
ほととぎす空の鏡は裂けはじめ　　同
鏡飾して死者数人を連れあるく　　同
鏡屋を曲がり見えなくなった姉　　同
手淫の鏡十四、五枚もありぬべし　　同
鏡の中の迷路みぞれが降っている　　同
遙かな打球鏡の浜の鏡破り　　同
浦の寺の鏡に映る寺の浦　　『桔梗祭』
鏡が浦へ廻わり半身透きとおる　　同

今こうして挙げた限りでは質量ともに何となく稀薄散漫な印象をまぬがれ得ないのは作品の個性が他に対して相殺的に働くためだろうか。往々にして西川の句集はその個性的な一句一句の風貌に愉しく迷わされながらつきあいつつ一巻を閉じるとさてさて彼らの名前や顔がなぜか朧気なものになってしまっている。そういうこともあって西川の作品はこれまで一冊の本という形で読まれがちで辛抱強く個々の肉声や風貌を全体からときほぐすような手腕に残念ながら恵まれなかったといってよい。私はこの仕事のお陰で彼の全作品の九割方を今では暗誦できるが数ヶ月前までは彼我における文体の違和感もありせいぜいが一割程度の寥々とした多分に心情過多の一読者に過ぎなかった。他人の一句に、しかも吐息のようなこの詩形による吐露に付合うというのは辛棒をすることなのである。そういう意味で他人の詩を読むに足る辛棒を可能にしてくれるだけの齢をとるというのはよいことなのである。それはさておき水鏡、空の鏡は各々他とは異なったニュアンスで使われていると思うので列記するに留めるが第一、二句、第十一、十三句は実に野心にみちた快作と思う。

第一句、麦野は今や馬と共に滅びたあの黄金色の麦秋を想起して結構と思うが、その黄金色の空間と思えたものは実はことごとく鏡面に覆われた空間であり、黄金色の鏡面空間を舞台(演劇)空間とするならば中央に古井戸と見まごう棺が置かれている。少しの静寂のあとそろそろと棺の蓋が持ちあげられ全体に土気色をした少年が弱々しい足どりで棺を跨ぎ舞台の中央すなわち黄金色の鏡面空間に立つ。鏡はあたかも万華鏡のように様々な少年の側面をこれでもかこれでもかといった風に映し出す。ガマの油を摂るために彼を閉じこめておくという多面鏡空間、鏡地獄を想起してもよいだろう。多分ガマガエルにとっては油を摂られるだけで生還できそうなそこも私たちにとっては発狂を必須とする魔空間である。少年は今そのようにリビドーの高い空間に立ちながら別段衝撃を感じた様子もなく鏡の全体をねめまわしている。少年は生前の生の側に甦えったのではなくて、死の側に甦えりそれゆえ棺を降りたった今死後の風景の中に佇み、佇むおのれを確認する仕事に没頭しているのである。麦野は演劇的に可視可能なマジックミラーのような鏡面構造として私たちの生の側に向けて解放されており、私たちはそこに麦秋のように懐かしい母胎回帰的な死後の風景を見出すのである。

第二句、遠野は

あおあおと肉親が食う遠野の木槿

というふうな他界に隣接する共同体内異境、時に死んだ肉親に逢うことの出来る場所だが、そのような霊(聖)地へ鏡を持って通りゃんせというのだ。私は今通りゃんせのうたを朧気ながら反芻しているわけだが、あれはたしか天神様へ子供の七つのお祝いにお札を納めに行くというのであり、行きはよいが帰りは怖いと嚇しているわけだ。天神様の護符ならぬ三枚の鏡というのが何とも異様なわけである。鏡とはいうまでもなく神道に於ける主要な神器である。又いうまでもなく三枚の三は聖数であるという。だから私が思うに三枚の鏡とは〈行きはよいよい帰りは怖い〉的な状況に於ける即席のヒモロギではなかろうかと。

　直立して神々が棲む水鏡

などはあきらかに(水)鏡がヒモロギのイメージを負荷されている。又、

　鏡飾して死者数人を連れあるく

は神道的な死(者)の不浄が及ばぬよう祓穢の証として鏡がイメージされている。

さて私が西川の鏡句の中でもっとも快作であり傑作であると信じて疑わない、

　手淫の鏡十四、五枚もありぬべし

は余りに名高いので引用が気恥かしくなる子規の「鶏頭の十四五本もありぬべし」に依拠した本歌?取りのそれということで、そうであれば本歌にたいする余りのオチョクリように多数派の俳人道学者たちははなからこれを黙殺にかかるだろう。さりとてそれじゃあ子規のこの句のどこがいいんだと彼らに逆ネジを食わせたところで納得のゆく答は得られぬであろう。不毛な論争を寄せつけぬほどに日本の正しい秋そのものの眺めであり鶏頭といえばまずこの句に描かれた光景が泛んでくるのが有難いといえば有難いのでつまり大観の富士の画と同じ心理である。ただそれにしても薄幸なさびしげな句ではある。対するに西川の手淫の句は、様々な手淫という秘事を枕絵のように嵌め込んだ鏡が十四、五枚もその辺にころがっているという賑やかさである。或いは手淫のあるじは一人であってそれを覗き部屋のように十四、五枚の鏡が写していると解してもよかろう。更に或いは浮世絵の秘画にはおのれの手淫を鏡をみながら行っている図というふうなのもあり、その際手淫の主は鏡に他者のそれを幻視しているのであり、それが彼のリビドーを互換的に高めてゆく。手淫を教えこまれたエテ公はヘトヘトになり死ぬまでそれを止めないときくが彼はきっとみえない鏡を、鏡に写った性的他者のリビ

ドーを死ぬまでトレースし飽かぬのであろう。もちろん浮世絵の若衆にとってもおのが性的擬似行為のリビドーを押し上げる装置としての鏡は一枚あれば十分なので、まるで電気店の店頭の受像器よろしくいちどに十四五も映しだされた手淫光景は賑やかどころの話でもなく、薄気味悪くコッケイであり生イコール性としての人生に深甚の寂寥を抱くことであろう。だからこの句はポルノグラフィーとしてしかありえぬ性不在の時代に対する批評として読んでもちっともおかしくないのだ。

とすると『死亡の塔』に頻出するマネキンというキイワードはどういうことになるのか。

マネキン横抱きに走れはしれと青みぞれ
マネキンの七、八人も草野球
マネキン抱いて寝る谷底の家はあるか
マネキンを五人走らせ桔梗寺
彼岸花庭にマネキン棄ててある
マネキンに混じって姉も梅咲く町へ

なお『家族の肖像』の中の、

家族晩秋毛の生えたマネキンも混じり
マネキンの皮膚が溶けだす夜の馬車

の二句がこれらの魁ということになる。手元の広辞苑を引くと、マネキン、流行服を着せて飾る陳列用人形、マネキンガールの略とあり他の辞書には等身大のとある要するに等身大ではあるが脚や腕や首をスマートにデフォルメされ毛髪と性器を省略された光沢のある裸人形を想像すればよかろう。女性のマネキンが性器を省略されている癖に乳房を具有しているのはおかしいにしろ着せかえ人形としての必要性が乳房を必要とするので私達はそういう約束事として不自然を感じていない。不自然ではないけれど休日のデパートの前を通りかかり衣服と毛髪をはぎとられ元の姿に戻ったマネキン人形が相変らず気取ったポーズを続ける様を眺めるのは余り気持ちのいいものではない。美しく装われたマネキン人形に私たちは約束事としての女性（異性）を幻視しておりそれが一瞬のうちに性器を持たない元の泥人形に正体化、正気化するというのは美しい女房の正体が蛇であったり鶴であったりするのと同様、その差異感情のうちに私たちは死をみている。酒を呑みながらしばらく経つとそのへんに坐っている醜女がとてつもない美人に錯覚されるということが私たち男にはよくありその俄か美人を誘って一夜を共にするということも当然あろうわけだがさて夜が明け正気に戻り傍らに寝ているものの正体が泥人形や鶴や蛇であったという経験を男たちは持っている。あとかたもない昨夜の美女との差異感情が現前する肉体にたいしモノやゲテモノとしての恐怖や異和や嫌悪を、そして死を覚えさせるのだ。娼婦がゆきずりの客に絞め殺されたなどという新聞記事をみるたびに私が思うのはそういう醒めたあとに膝をかかえながら男を襲うところの差異感情についてである。肉体のモノにたいする恐怖や異和や嫌悪が思わず首を締めるという形になるのであろう。夢や憧憬や欲情の対象として美しかるべきその異性が一夜のうちにモノに実体化正体化され或いは妖異（ケモノ）性のそれとして現前する。娼婦の本質とはいうまでもなく性的モノであり性器的妖異（ケモノ）であってけしてふつうの女性たちのような日常的実体ではないにもかかわらず私たちの潜在的恐怖感は酒で融かされ彼女らへ向かう。そして彼女らの本質がもっとも露呈された瞬間、私たちはこれに恐怖を抱き、時には本当に肉体のモノ化という荒技を行ったりもする。

　もとよりマネキンはヒトの肉体を鉱物でものまねされたモノであり体毛も毛髪も性器も省略された泥人形であり、私たちの生マ身の肉体と較べるべくもないが、例えば西川の「毛の生えたマネキン」というマネキンの本質性を逸脱した状況におけるそのモノ性には妙にリアリティが加わる。家族晩秋、前時代的な大家族制のもとでの居住空間の拡がりの中に様々な老若男女のヒトの顔が妙にボンヤリと写し出されているのに較べこの毛の生えたマネキンだけが、生き生きと家の象徴性を負って写されているようだ。むろん家族の全員がとりどりの正装姿でかしこまっているのにマネキンは本来の裸のままで全ての毛根から毛を生やし、生まれたまま？の姿で臨んでいる。たとえば毛髪の殖えつづける姉さま人形といったふうな怪談をすぐさま想起できるが、この場合の人形はあきらかにヒトの女性として美しく装われ植毛されておりあたかも死美人を思わせるゆえ死体の毛髪がしばらく伸びつづけるという伝承の影響がここにはある。

　マネキンに混じって姉も梅咲く町へ

或いは、

　無蓋車が姉積んで行く彼岸花

を『死亡の塔』にみることもできる。マネキンというモノが毛という虚構性を持つことによりヒト以上の存在性(リアリティ)をかち得たのが家族晩秋の句であるならば、マネキンという女体のコピーに混じって同化して梅咲く町へ運ばれて行く姉も又「毛の生えたマネキン」と同じ奇妙な存在となっている。毛という一点に於いてかろうじてヒトたる姉が毛と性器を外された女性のモノたるマネキンに混じって揺られている。私たちが生といい死といい、生といい性というその皮膜がまさに虚構性であることをこれらの句は物語る。

Ⅷ　小さき者弱き者―句集『町は白緑』『桔梗祭』の俳句

早逝がふつうの私どもの家系にとり平均寿命とは画餅に均しくこの程四十を迎えた私は既に老いらくの人である。煙草はどうにか熄めることが出来て丸一年経つがその他軀のためによくないことを二十五年は続けてきた不摂生の報いで、歯その他を病み記憶力激減、眠り薄くおまけに涙脆くなった。たとえば無心に遊ぶ幼な児や他の小動物、可憐な花や虫たちの営みを眺めているうちに彼らに対するいじらしさの感情、お前たちよく頑張っているなあ健ナ気なものだなあというレンビンの情が沸々と湧興り気がつくと涙しているのである。小さき者、弱き者、幸薄き者、一生懸命な者、まるで武者小路先生じゃないが、自分でも少し馬鹿じゃあるまいかと思うほど彼らの稚純が稚拙がむきだしの生命(いのち)がいとおしく可愛くみえるのである。しかしこれは私だけの感情ではないらしくカルガモの親子がどうしたとかパンダの赤チャンがどうしたとか一喜一憂する私達民族に共通するそれである。今私の住む街には割と豊富な外国語学科を持つ大学がありそのため外人教師やその家族たちとよく同じ電車で乗り合わす機会があるが、先日私の前に坐っていたロシア人の母が金髪碧眼でまるで絵ように美しく可愛らしい幼女を彼女が他の客に一寸ソソウをしたという理由から鬼のように激しく折檻するのをみ、又幼女が口をつぐんでなされるがままであるのをみ、圧倒された。しかもソソウの相手に対してては娘の保護者として一言の申訳もないままであった。私などは子供を叱る前に反射的にアアゴメンなさいよと謝罪してしまい多くの場合はそれで赦される。彼我ともに子供の不始末だからと、納得しているのである。本心は子供の躾がなっとらんよ、クリーニング代くらい持ったらどうだと呟きながらも平静を装いうすら笑いを浮かべて赦している。それを又心暖まる風景というように周りもみている。まさにムラ社会の縮図であって、小さき者に対する寛容と愛憐はムラ社会の根本的な生活感情ということになるのだろう。一方で先程のロシア女の所属する社会とは社会的弱者や未成熟者に対する寛容と同情を持ちえないそれといってよく、幼女は折檻という形で社会的成熟者への矯正を施されるのである。ロシアの幼女はそれを知っているから、私たちの子供のようにお尻を撲たれながら痛いよ痛いよと泣きさけばず、いわば罪を静かに受入れるのだ。私たちは折檻しながらも心のどこかで子供のソソウは親のソソウというふうに考えておりそれゆえ一家心中や母子心中、成人した伜の犯罪に親が謝罪するというまことに独特な光景をみることが出来る。私たちは死ぬまで、自分の手塩にかけた子供たちに社会的弱者や未成熟者を、ひいては幼き頃の彼らの面影をひきずりながら生きる民族であるらしく、馬鹿な子供ほど可愛いいとはまことに民族的至言である。我々の心のどこかには、坊や大きくならないでという願望がたしかにあって、大きくなって見上げるようになってしまう息子にうたの別れを覚える。

小さき者弱き者への愛惜や保護感情はムラ社会の伝統的生活感情であることを書いたが、もうひとつこれを現在の私がそうであるように息子や娘が大きくなり手元を離れたあとの代償感情すなわちオキナの感情といってもいいかと思う。幸福を絵に描いた一家団欒の中核にはいつまでも甘えられたり、叱っていたい小さき者たちがいるが親達が齢をとるにつれ彼らはひとりふたりと家を去る。たとえ子供の一人が残りこれを継いだとしても妻帯者としての彼は半分他人のものである。かくて幼き者への愛情は息子の子供たる孫へ転嫁されたりその他の小動物や鳥虫花石にまで及ぶ。少し前置きが長くなったが西川の手書きになる『町は白緑』『桔梗祭』

を眺めながら彼の手腕によって彼の創造王国に生を享けた小さき者弱き者たちの健ナ気な可愛らしさにオキナとしての私は時折涙腺を刺激されているのである。

口腔に鳥詰め少年死んでいた　『町は白緑』
黄水仙水差し咥え死んでいた　同
山寺の桔梗に指を食いちぎられる　同
月の根を犀は三年がかりで食べる　同
汽車を咥えたきつねが庭で鳴いている　同
秋津が秋の日の野の人を鷲掴む　同
首締めてと桔梗が手紙書いている　『桔梗祭』
月夜ゆえ蘭を戸口で抱き締める　同
涙ながし空で縊死する鶯よ　同
波打つ麦野突如裸になり妻は　同
遠い記憶の菖蒲で妻の眼を包む　同
丘でぶつかる月と石屋のゆめをみる　同
楢山の楢の木死児はみな裸足　同
鯨の胎の中の月夜を遠く見る　同

喉に鳥を詰まらせた少年の死、水差しを咥えたままの美少女ならぬ黄水仙の死、又その可憐さに指をさしだせば食らいつき食い破るという癇性の少女桔梗、少年Ａに首締めにきてねと手紙を書いている同じくクレイジィな桔梗少女Ｂ、いずれも小さき者弱き者の薄命や薄幸、彼らの本能や野性や狂気が実によく読みとることが出来快感を覚える。もうすっかりと忘却してしまったが川端康成の少女小説や花柳小説にこういう少女たちが沢山描かれていたと思うが、彼女たちは少女期特有の気紛れや衝動や狂気からいとも易々と男を死傷させたり自分も命を絶ってしまう。少年少女という途上期の生き物は自らの経験に照らしても実に危なげな不安定な餓えた生物で、未だ所有という観念を持つことがないのでこれにつきまとう欺瞞に充ちた社会や大人や父母に対する実に残酷苛烈な批判者として自らの唯一の所有性である死を賭して反抗する。とにかく何かといえば死にたかった季節であった。

　涙ながし空で縊死する鶯よ

の鶯も他の思春期の少年少女と同じく、晩春の夕空に美しくさえずりながら涙をふりまき死んでゆく少女の別称であろう。陳腐常凡な体裁にみえてもこの句はけして陳腐でも凡庸でもない。

　ここでは妻という成熟した一個の女性、性的同伴者すらも小さき者弱き者として扱われる。波打つ麦野、ここでは一面の青麦畑に風がわたり青麦のあの成長期特有の青くさい匂いが鼻腔をつく中で、まるでモノに憑かれたかのように突如生まれたままの姿になる妻があらわれる。妻はとあるからには私はいささか衝動的でクレイジィな他人の奥さんを脳裡に浮かべご亭主を憐れむ外はないのだが、私には突如という語感からこの女性を肉体性の稀薄な性的にも未熟そのものの少女もしくは幼女のイメージとして把えている。性器と乳房を持たない白い陶器のような少女の肉体をこの妻の上にイメージしているのだ。黄水仙や桔梗や蘭という植物がほぼ完璧に少女のイメージとして出ているのと同様、突如裸になってしまった妻は衣服という社会性をかなぐりすてた植物のイメージ、性的に稀薄なイメージとして私に感受させる。

　　抽斗の中の写真の妻が岸で叫ぶよ

　　春の家写真の妻は眼より血を

　『町は白緑』中「写真の妻」と小題をおく全てである。現身の妻にたいする不在(非在)としての妻、記憶の中に棲んでけしてふるびるばかりか記憶の美化作用によって若返る妻、いわば美化純化され理想化された面影としての妻が稚純な少女のような大らかさで岸から作者に向けて叫んでいるのだ。第二句目、うつそみの妻は成熟した女性の証としての血をいつも雫しつづけているが肉体と性を過去へ極限化され記憶に生きつづけるほかはない妻は眼より血を流す。或いは眼を突くという突差の自死行為、これも又成熟した男女のというよりヒステリックな少女の行為として写るが、そういう行為を未遂に終らせた妻であったかも知れないのだ。前掲の

遠い記憶の菖蒲で妻の眼を包む

もあきらかに眼を病んでいる或いは眼の機能を拒否している妻のイメージであろう。この句は「遠い記憶の」で一拍半ほど休むとよく読めるのだ。菖蒲の葉で眼を包まれている妻もこれを児戯のように行っている夫も何んと少年少女のような頼りのなさ稚純さなのであろう。いうまでもなく夫婦とは家や共同体の存続に欠かせない性的生産的極小単位として子を産み育てモノを生産する。ところがここに西川によって提起された妻、ひいては夫婦のイメージは性をもたず所有の観念をもたぬそれゆえ性的(家庭的)にも生産的(社会的)にも不能であり非在としてある一対の男女のそれである。だいいち「写真の妻」という妻は存在しない。妻とは現在から未来にかけての性的生産的行為の同伴者に名付けられた現在性の呼称であるからだ。

草のなか婦人来てぼくを裏返す

ぼくのからだを婦長まさぐる草のなか

『町は白緑』に「草の中」とある全てだが「波打つ麦野」の爽涼とした清澄に較べ十分に繁茂し熱気と湿気にむせかえるような草のイメージひいては女陰のイメージがある。婦人も婦長も妻に較べて格段の強者であり、性的にも社会的にも成熟した一人前の大人である。対するにぼくという人称性からここでは彼女らに較べて格段の弱者であり性的にも社会的にも未成熟な少年が、弱者の宿命によって性的なモノとして裏返されたり、まさぐられたり彼女たちの性的玩具としてなすがままにされている。ここでは波打つ麦野で突如裸になった妻の無為性と同じぼくの無為性が、物体(死体)のイメージをともなって出ている。婦人や婦長に裏返されたりまさぐられるという行為に対しこれに抵抗したり大声で叫んだり恥辱に頬を染めたり時に性的感応に到ったりというぼくはあらわれておらず、モノ(死体)と化して静かに凌辱にあまんじている様子である。いわば大人たちの

性的凌辱になされるがままのぼく（少年）の死体を、意識としてのぼくが窺っており見守っている。

萩の間へ続く萩野を背負われて行く

桔梗に混じり見ている母が兄産むを

死なねばならぬ人がたくさん岬の町に

背負われて行くのは勿論ぼくであるところの小さき者弱き者であろう。いちめんの彩とりどりの萩の野を誰か身近の背中におぶわれて萩の間という家の一部分にたどりつくまでの道中を夢ともうつつとも通り過ぎてゆく。萩の間に続く萩野というのが何とも秀抜で野と間に於ける実と虚、陽と陰、ハレとケの劇的関係性の構造が美しく直截に描かれ、そうした花道を此岸から彼岸へとモノとしてのぼくが運ばれてゆく。

第二句目も又奇妙な句であるが前出の桔梗という癇性の可憐な生き物に混じって、自分を生んだその母が自分の兄なるヒトを産むところを見ているという意である。自分の兄に当るヒトの出産にたちあうぼくとは常に小さき者弱き者の立場として実在の兄に対し常に弟を強いられる者、すなわち死者としてのぼくひいては西川の作品に頻出する死児としてのぼくをいうのである。兄の出生以前に死児として生まれ性的にも社会的にも決して生長成熟することの不能な小さき者弱き者の立場視点から時に婦人や婦長を冷やかに見据え、時に背負われ時に母のお産に立ちあう。その見据える諸々の人間共を「死なねばならぬ人がたくさん」とごく当り前のごとくに断じているのである。

（本論の初出は一九八八年二月冬青社発行西川徹郎句集『桔梗祭』）

■編者註・単行本として刊行された西川徹郎論の中では冬青社の宮入聖の「蓮華逍遙―西川徹郎の世界」一百枚（一九八八年・西川徹郎第六句集『桔梗祭』併載）が最も早く書かれたが、一九九三年高橋愁の一千枚書き下ろし『暮色の定型―西川徹郎論』（沖積舎・本書未収録）が刊行されている。

谷口　愼也

虚構の現実——西川徹郎論（抄）

Ⅰ　書くという行為

超越的な何か

先ず、西川徹郎にとって、書くという行為は彼の中でどのように位置付けられているのか。書くという行為をどう定義付けこの人生に斬り込もうとしているのか。それに対して、彼は至る所でその姿勢を明確にしているが、特に西川徹郎の個人誌「銀河系つうしん」創刊号（一九八四年六月一日・銀河系通信発行所）の後記で述べている次の一文が私の注意を引く。

「父よ。あるいは、私は、書く行為の持続の中で、どこかで、すでに不在者でしかないあなたに、なされるはずのない再びの出会いを成し遂げようと必死になってきたのであったのかもしれない。もし、仮にそうであったとすれば、「銀河系つうしん」は、〈不在〉の読者へこそ向けて発信しつづけられてゆく霊性の便りなのだと言ってもよいはずである。そのとき、それは、たとえば、銀河系の彼方から不断に私たちの〈生〉に向けて送り届けられている宇宙の淡い光りにも似て、言語表現の〈現場〉を青白く照らしだすはずである。

このように考えるとき、〈わたしといふ現象は／仮定された有機交流電燈の／ひとつの青い照明です〉という宮沢賢治のことばが、哀しい傷みを伴って、私の全身に染みわたってくるのがわかる。」

少々ながい引用となったが、ここで彼は、自分にとっての書くという行為の意味の殆どを語り尽くしているように思える。「父よ」と呼びかけ、一応はすでに不在者となってしまった父への鎮魂の形を取って書く動機を語ってはいるが、狙いは「〈不在〉の読者へこそ向けられ発信しつづけられていく霊性の便りなのだ」ということが理解できる。勿論これは西川独特の語り口であるが、それを彼は、宮沢賢治の言葉を借りて、「仮定された有機交流電燈の／ひとつの青い照明です」とも言い換えている。

また一方で、最新句集『月山山系』でも、「著者略歴」において、「反季・反定型・反結社主義を標榜しつつ、「実存俳句」を書き続けている。」とある。

「実存俳句」とは実存主義を基調にしたものなのか、あるいは、真に人間の存在を問うという漠とした意味で言うのか。その辺のことは私には定かではないが、西川の仕事を振り返ってみれば、その両方の意味を包括しているのではないかと思われる。

実存主義という場合、先ず頭に浮かぶのがサルトルであるが、私は彼の思想を理解したとは言わない。なかなかわかりにくく、これが東洋人と西洋人との違いかなどという言い訳をして、途中で放り出しているのが実情である。ただ、サルトルの場合は、他の実存哲学に比べて、「絶対の自覚」というようなものを人間の有限性の自覚から消去してしまおうという意思が強固であって、やや特殊な部類に入るのではないかと思われる。ヤスパースの「限界状位」やハイデッガーにおける死の問題など、要するにそれらは歴史的に、極めて簡単な物言いだか、ヘーゲルが精神の自覚において、神と私の相即性を説いたことに対するアンチ・テーゼとして出現したのである。

だがここで生半可な私の実存主義に対する知識をくだくだ述べても始まらない。要するに実存主義の基底は、〈有限である人間存在の自覚〉である。その有限性を自覚するところから諸々の観念が生まれてくるのである。そういう実存哲学は、親鸞の『教行信証』の研究者である西川の、その仏教的な世界とどう結びついているのか。

西川が、「銀河系つうしん」を「〈不在〉の読者へこそ向けて発信しつづけられてゆく霊性の便り」だと言うとき、彼はすでに人間の有限性をはっきりと認識論として自覚している。それは宮沢賢治が、人の存在を「仮定された有機交流電燈の／ひとつの青い照明」と認識したのと軌を一にする。

人間の有限性の自覚とは同時に自己否定の自覚でもある。自己否定は必ず超越的な何かを希求する。超越的な何かを見るからこそ、そこに自己否定なる観念が生じるという円環性のなかにある。西川徹郎の言葉は、その有限性と超越性の相克の中から発語され続けていくものである。

「生と死を、一度混合させて、ある時は、残虐的な、ある時は、攻撃的な調味をほどこし、激しく攪拌している。うわずみと沈殿物との分離を待たない、いや、それを許さないかにさえ見えるように、この後も烈々と攪拌は続けられるだろう。西川氏の俳句によって掬い取られるその混合液は、氏の精神の深層に巣くっている宇宙的規模のとも言える「かなしみ」をも、漂白させ続けるのではないだろうか。」

（『西川徹郎の世界』所収、一九八八年・秋桜発行所）

『西川徹郎の世界』の「「時空」への射手―西川徹郎の俳句によせて」と題する永田早苗のこの一文は、有限性の自覚の果てに来る西川の具体的な世界を言い当てている。

『教行信証』の著者である親鸞は、阿弥陀仏の〈至誠心〉という言葉を借りながら、人間の生死や罪悪を有限性へと転化させたわけであるが、それは自己否定を通して、やがて来る超越的なものの設定を通してなされたものであった。西川もまた、生と死、罪と罰を混交させながら、その果てに来るある超越的な何かを見ようと、必死であがいているように思える。

西川徹郎の詩的思惟性においては、思想・哲学としての実存主義を人間存在の有限性という側面から捉えることと、仏教で言う生死や罪悪の有限性を認知することによって、その両者を統合する超越的な何かを見ようとする姿勢がうかがえる。西川における仏教と実存主義の接点をそこに求めていいと思うが、あくまで特筆すべきことは、西川が超越的なものを求めるに及んで、その格闘の姿がまるで阿修羅の形相を示す処にある。そしてその悪戦苦闘の際立ちこそ、私に、列島北端に位置する西川徹郎なる存在を認めさせたものであった。

実存俳句

さて、人は第一句集にその作家の生涯のモチーフを見るという。私もその例に倣って、彼の『無灯艦隊』（一九七四年・粒発行所）を見てみよう。

不眠症に落葉が魚になっている
流氷の夜鐘ほど父を突きにけり
黒穂ふえ喪がふえ母が倒れている
死者の耳裏海峡が見えたりする
蝙蝠傘がとぶ妙にあかるい村の尖塔
癌の隣家の猫美しい秋である
京都の橋は肋骨よりもそり返る
黒い峠ありわが花嫁は剃刀咥え
鶴より軽くなりさようならさようなら
屋根裏を野のように歩き　独身
男根担ぎ佛壇峠越えにけり
沼裏の産婆ひそかに泳ぐを見たり
父の陰茎の霊柩車に泣きながら乗る

今私はここでは、彼の、書くという行為について話を進めているわけであるが、これらの作品をざっと見ただけでも、彼の発信音は確かにこの世の者ではない何かに向けられていることがわかる。極論すれば、すなわち読者は、わが身をこの世に置いては西川の作品が読めないというふうに書かれている。現世的なこの身の存在を何処かで拒否し、超越的な何かを指向することを西川と共に余儀なくされるのである。

一句一句の読みの解説や、家族や彼の死生観の解説はここではさておくとして、彼の言う「実存俳句」、そして「霊性の便り」などを具体的に探ってみよう。

私は、彼の「実存俳句」を代表するものとして、冒頭の

　不眠症に落葉が魚になっている

を先ず挙げる。下手な作家ならばここは〈不眠症に〉ではなく、〈不眠症で〉とする筈だ。この〈に〉一語で、この句は人間存在の闇の部分を開示している。更に詳しく説明するが、その前に次の文を見てみよう。

「つまり、俳句は、異質・異形の言語を生み出す装置として意味をもちうるのであり、その言葉は、実存の闇を照らす始原の火種ともなりうるはずであります。実存、即ち人間存在の根源を覆う孤独と不安と絶望の感情を宙吊りにされた問いの言葉は見事に写し撮ってくれるはずであります。」

これは「銀河系つうしん」第十二号（一九九一年・黎明舎）の「講演録②定型詩を如何に書くか」における西川の言葉である。

ここで彼は「実存俳句」の定義をはっきりと言い切っている。すなわちそれは、「人間存在の根源を覆う孤独と不安と絶望の感情」というフレーズに代表される。

だが、実はこれだけでは彼の「実存俳句」なる観念が私にはよく判らない。人間存在の孤独と不安と絶望の感情とは、一般的に解釈すればごくごく当たり前のことなのであって、今更言うに及ぶまいとも思われる。だが、今更言うに及ばぬことを、西川徹郎なる男は常に絶叫するのである。ポーズではなく、彼は真剣なのである。絶叫せざるを得ない内的な衝動によって絶叫するのである。ポーズではなく、彼は真剣なのである。絶叫せざるを得ない内的な衝動によって絶叫するのである。だからこの辺のことをどう考えればいいのかと言えば、孤独と不安と絶望が結局私のそれよりも数倍強い、あるいは濃いと解釈しなければなるまい。ごくごく当たり前のことと私は今表現したが、それは、私などは「当たり前」という言い訳をしながら問題を解決してしまおうという安易さに満ち溢れているからだとも言える。真に孤独で不安で絶望的であるならば、真に己の存在を否定し、強烈に超越的な何かを求めるということになるのは理の当然だ。だとすれば、西川の言う「実存俳句」とは、教条主義的な、観念的なそれではなく、あくまで己の存在を問うという切迫感から出た極めて実感的・

肉体的なそれということになる。

さて先ほどの句であるが、〈不眠症で〉とくれば、不眠症の為に落葉が魚に見えてくるといった類いの、安直で、大変馬鹿馬鹿しい句に過ぎなくなる。すなわち、少しも不安ではなくなるのである。そんな不眠症ならば、睡眠薬でも飲んで眠ればすぐに治るのだ。

だが、問題は〈に〉である。この仕掛けの為に、この句は、意識とその空間のとんでもない屈折を生み出している。〈に〉は決して〈不眠症〉の原因を説明するものではない。その〈に〉は、中七下五の日常的な比喩といきなり断絶する無意味性、換言すれば、超越的な意味性があるのである。〈不眠症〉という熟語に代表される渾沌を、すなわち「人間存在の根源」的な「孤独と不安と絶望」を、一挙に誘導する為の、実に根源的な仕掛けなのだ。だから、〈落葉が魚になっている〉有様は、実はその仕掛けを活かす為の舞台装置に過ぎないのだ。落葉が魚になっているなんてちょいと付き過ぎじゃないかとか、いや無理な比喩だよなどと言う句会ずれした批評は当たらないのだ。西川はこの一句で、彼の言う「実存俳句」を証明してみせてくれたのだと思う。

他の句に目を移してみると、鐘を突くほど突かれる父の姿があったり、黒穂や喪が累乗的に増えていく果てに倒れている母の姿があったりする。また剃刀を啣えた花嫁の姿があったり、霊柩車は父の陰茎であったりもする。

これらは、この世の姿ではない異界の出来事として我々の目の前に出現している。しかもそれは概略としてではなく、言葉のリアリティを実に深く確保しながら我々に迫ってくるのである。その光景に読者は一瞬たじろぐのであるが、同時にそれは、かくなる世界を垣間見なければならない作者の内面をも思わせる。苦しかろうつらかろう、不安であろう哀しかろう――、そう思ったときすでに我々は、この身を西川の保有する異界に喰われてしまっているのである。まさに我々は、「霊性の便り」を受信することによって、異界の世界の肉体の持ち主に変身させられてしまうのである。そこに西川徹郎の〈力〉がある。

そして、

京都の橋は肋骨よりもそり返る

等を、その当時の西川の京都遊学に引っかけて鑑賞するのもいいだろう。だが、先ほども触れたが、私は西川の細かい生活については殆ど知らないので、私史を交えての西川論を書くことができない。またそういう文章は西川の近くにいる人々が幾つか書いているので、私の役目ではないだろう。私はただ、この句を例にとれば、雅(みやび)と血なまぐさい歴史とを兼ね合わせた「京都」という都を、肋骨よりもそり返らせる西川の言葉の暴力性を思うのである。すなわち何故君はそこまでしなければならないのか、という問いとして鑑賞したいのだ。

猫が美しい秋に何故君は「癌の家」を措辞しなければならないのか。何故君は〈海峡〉という響きを〈死者〉の耳裏に聴くのか。また何故君は沼裏に産婆を泳がせるのか。

これらは全て、人間の内部から突き上げてくる懊悩や渾沌やらが具現化した異形の姿に他ならない。従って、西川のいう「霊性の便り」とは、異形異相の諸々が、言葉によってこの世に現存しだしたことの意味を言う。この厄介なもの!

以上大急ぎで、西川徹郎の書くと言う行為について考えてみた。ひとことで言えば、西川徹郎における創作活動は、仏教的実存主義が現出せしめる異形異相のものの意味を問いつつ続けられているのである。異形異相という非現実的なものが、現実を圧倒する力強さに西川の書くという行為の意味があるのだ。

Ⅱ　定型の思想

次に、西川徹郎における定型なり定型感覚というものを探っていきたい。俳句と銘打って作品を発表している以上、そこには歴然とした態度がある筈だ。それを私なりに解釈するのと同時に、それらが今の俳壇的な現状とどう関わっているのか、その辺の事情を探ってみたいと思うのだ。

反定型

①西川流定型

俳句は定型詩であるという物言いには誰も異存はあるまい。では具体的に、定型とは何かと問えば、意外とその概念がまちまちであることに気づく。

五七五の音数律をきっちり守り、そこから一字でもはみ出したり不足したりすると、これは字余り字足らず、すなわち破調だという考え方が先ずある。教科書などで教えているのがこれだ。大抵それは、季語は俳句の必須条件として併せ考えている。ついでながら言えば、この考え方は俳句的なヒエラルキーを構成する手段として大いに活用される。

次に、音数律の「間」の取り方などを研究しながら口語自由律の類いを包括する考え方がある。簡単に言えば、要するにそれらの作品は、俳句的な風土を背負っているから俳句なのだという考え方である。ではその俳句的な風土とは何なのかと問えば、具体的な答がなかなか出てこない。

また、社会性俳句や前衛俳句と呼称されたような作品群の中の、音数律を極端にはみ出したものや、もはや在来の俳句的風土では鑑賞できない詩の断片のようなものまで含めて、定型詩として纏める考え方もある。

その他、川柳との接点を求めつつ、川柳的な風土までをも俳句の世界に取り込み、それを俳句的な定型の世界に導入しようとする動きもある。

細かく言えばその他幾つかのことが挙げられるが、「俳句は定型詩である」という簡単な物言いにも幾つもの概念が存在するのである。

さて、西川は、先に引用した〈講演録②定型詩を如何に書くか〉で次のように言う。

「私は、俳句を定型詩として捉えてゆきたいと考えているわけでございます。（中略）それでは、川柳を含めたうえで、定型詩といったらどういうことなのか、といえば、〈定型〉と〈詩〉という二つの概念がひとつの言葉になっているのが、定型詩という言葉であります。詩というものは、本来、人間精神の根源的な自由性の獲得、言語的人間の内発的な復権を目指す表現であります。それに対して、定型というものは、言語の自由性の獲得ではなくして、束縛としてはたらく。ですから、定型詩という言葉自体が、既に言語的矛盾によって成立している、背反する矛盾を胎んだ言葉なのであります。ですから、この定型と詩との葛藤、抗いの中に書くという行為の意義を見出し、その意味するところを問い尋ねてゆこうとする志向が、〈定型詩を如何に書くか〉という捉え方から浮上する問題であります。」

私が彼の〈講演録②定型詩を如何に書くか〉を引用するのは、ここに彼の俳句に対する思いが誠に簡潔に記録されているからである。西川理解には充分な役割を果たしてくれる。

ここで西川は、定型とは何かは問うていない。僅かに、定型とは言語の束縛として働くことを言っているのみだ。それよりも彼が言いたいのは、定型詩という表現にはすでに概念の矛盾があるということ、だがその矛盾こそが如何に書くかというモチーフを活性化させる為のものであることを言いたいのだ。すなわちここには、定型を束縛として、詩を内発的な自由の象徴として対峙させる概念が歴然と働いている。

西川と私との違いはこの辺にあるのだろうかと思ったりもする。何故なら私は、定型の五七五の音数律を一度も不自由だと思ったことはなかったからだ。勿論自由だと感じたこともなかった。それならば何も考えなかったのと同じではないかという意見も出てこようが、そうではない。五七五は機械をいじるように、難しいことではあるが、いじれば面白い代物であった。すなわち、小さな仕掛けながら、遊ぶにはうってつけの歴史が産み出した不思議な代物ではあったのだ。

だからと言って、私はその音数律をきっちり守れとか季語を入れねばなどと馬鹿なことを言っているのではない。その仕掛けを中心にしながら、韻文が散文化するその瀬戸際で遊ぶことはあっても、西川のように強引に内発的なエネルギーで書き抜くということはなかったのだ。私の体内にバランス計があって、定型(感覚)の中で私は私の課題に段階的な決着をつけてきたと言ってよい。バランス計とは、私が幻想する俳句的な風土のことでもある。

西川は、定型を不自由と感じることから出発した詩人であると言ってよい。その不自由さに対して彼は、言うなれば病的なまでに敏感な男である。その敏感さはやがて定型に対する呪詛を呼び起こす。そしてその呪詛は、定型(感覚)を支える諸々の現実に向けられる。これは実に西川流のやり方なのだ。だがそれは、単にアナーキーな無節操さとは本質的に違うのだ。アナーキーな無節操さは、その主体である自分の存在は疑わないという身勝手さに裏打ちされている。が、西川における定型の問題は、言葉の問題に直結し、言葉は存在の問題にまで深入りする。西川流とはそんなことを言うのだが、彼は絶えず己の存在を疑っているが故に、この世(日常的な現実)にはもともと存在することができないひとつの「魂」でもある。正に「仮定された有機交流電燈の／ひとつの青い照明」なのである。

②定型の観念

さて、定型という言葉を見事に論じ切ったのが仁平勝だ。彼の『詩的ナショナリズム』(一九八六年四月)は近年にない一冊だと言ってよい。その中の、冒頭に書かれた〈虚構(フィクション)としての定型〉から抽出してみよう。

「俳句とは、さしあたり、五・七・五の音数律が一篇の詩を完結させるという［定型］の観念である。」

「俳句にとっていわゆる「五七五、十七文字(十七音)」とは、けっしてその実体的(外的)な形式のことなのではない。つまりそれは、結果的にではなくいわば前提的に、〈俳句〉という表出意識を支配する過程において［定型］なのである。」

「いいかえれば、五七五＝十七音の［定型］という観念の共同性が消滅すれば、俳句(の現在性)はそこで消滅するはずである。」

「定型のリアリティとは、すなわち(私たちの内なる)〈反近代〉のリアリティであるにちがいない。」

この仁平勝の定型に関する考察は、それぞれの結社や時代が背負う風土をいっきに飛び越えて、いわば定型の普遍的な観念をズバリ言い当てている。今のところ、この概念規定を覆すものは現れていないと思われる。抽出した文のなかでも、眼目は、〈俳句は五・七・五の音数律が一篇の詩を完結させるという定型の観念〉というところにあろう。それは前提的に俳句という表出意識を支配する過程において定型足り得るという認識に裏づけられている。

例えば私が、俳句をやり始めた頃に、俳句は伝統詩であるから、伝統は大切にしなければならないというようなことを至る処で聞いたものだが、それでは伝統とは一体何なのかと問うと、どうもすっきりした回答が得られない。下手すると五・七・五の音数律と季語が俳句における伝統だから、それは守らなければならないのだと、やや脅迫的な答えが戻って来たりしたものだ。冗談じゃない、机や椅子がそこにあるように伝統がそこにあるのではないだろうと思ったり、では伝統と伝承とはどう違うのかなどと考えたりしたものだが、この俳句の世界は、それぞれ個人的なあるいは結社誌的な立場の違いで、いつもその辺のことは曖昧にされてきたように思える。勿論幾人かの人々がそれなりに決着はつけてはいるものの、大勢(たいせい)において黙殺されているのが現状ではなかろうか。

仁平勝においても事情は同じであるようだ。いつか彼が、〈どうもこの書物の売れ行きが悪い〉ことを嘆いている一文に出会ったものだが、さもありなんとひとりで納得したものだ。何故ならこの書物は、俳句なるものを徹底して共同の観念体として捉えようとするものであり、それは俳句なるものを具体的な、あるいは即物的な「物」として実体化しようとする動きとは真っ向から対立するものであるからだ。おまけに、定型のリアリティを〈反近代のリアリティ〉などと表現されれば、読んだ方は不安になるようにできているからだ。更には俳句を通して文化に貢献するとか、俳句を体制内的な処で意義付けようとする人々にとっては迷惑な話であるからだ。

が、それはさておき、西川の定型の思想を探るには、ここでもう少し私の考えを整理しておかないと話は先へ進まぬかもしれぬ。

③相対化作業

俳句形式というものが、机や椅子がそこにあるように五・七・五音の実体的(外的)なものとしてそこに在るのではないということと、伝統というものが実体的にそこに在るのではないという考え方とは一致する。そこを伝統やら形式やらが歴然と存在するが如く解釈すれば、当然のことながら、形式は感情や感性を流し込むだけの単なる「器」にしか過ぎなくなるし、伝統と呼ぶべきものの実体も、伝承的な概略としてしか継承され得ない。

そして私の定型に関する考え方はつぎのようになる。

五・七・五音に象徴される観念共同体と、現に今生きて在る我々の思いとを対峙させることによってそこで初めて生じるものとしての、その認識論の中にしか「定型」なる観念は出てこないのではないか。対峙させるという言い方は、その観念共同体を「相対化」すると言い換えてもよい。相対化する作業が際立つ為には、相対化する対象を概念としてではなく、きっちりとした認識論として捉えていなければその作業は不可能である。

例えば松尾芭蕉の作業とは、体系化された中世美意識の相対化作業であった。その作業を通して、現に今生きて在る芭蕉の文学が際立ったのである。発句の独立が、ある体系化された流れに対峙した結果に他ならなかったことを思えば、対峙するあるいは相対化するという作業が如何に大切かが判るはずである。その相対化する対象を抱え込んだものが伝統詩であると私は解釈している。従って、私は川柳なる文芸は、その発生当時から現在に至るまでの時間の短さゆえに伝統詩型と呼ぶのを躊躇しているのではなく、もともとその歴史的な発生構造的な側面から捉えて、相対化作業を重視する詩型ではなかったが故に、伝統詩という概念ではなく、「口語一行詩型」という概念で捉えている。そして私は、今ある川柳作品群によってではなく（その歴史的な発生構造的な側面から）、今後の可能性を孕んだものとしての価値を認めている。すなわち、「一回性の文学」としての本質を持ち得るものとしての詩型という認識である。だが、この辺のことは私は幾つかの文章で述べているので省略する。

西川は〈講演録②定型詩を如何に書くか〉では、「川柳を含めたうえで、定型詩」ということを考えている。その辺が私と少々意見を異にするが、川柳をのみ込む形で彼が今後の俳句を考えていることは確かだ。

仁平勝なり私なり、その他の定型に関する考えなりをざっと述べてきたが、西川は定型ということを、結局は俳句という次元のみに限定せず、言葉や存在を束縛するものという、ある意味ではかなり拡大した形で捉えているのではないか。もっと言えば、我々を致し方なく規定し束縛してくるこの日常的な現実の総体を定型とみなす彼の呪詛が働いているのでないだろうか。だとすれば、まさに定型とは、西川が生涯を賭けて闘わねばならぬモチーフであるわけだ。生涯を賭けねばならぬとは、生き死にの問題のことである。生き死にの問題ならば、本人にとっては切羽詰まった大問題なのである。西川の絶叫の意味がここでもうかがわれる。

彼の第二句集『瞳孔祭』（一九八〇年・南方社）を見てみる。

樹上に鬼　歯が泣き濡れる小学校
ねむれぬから隣家の馬をなぐりに行く
号泣やひとりひとりが森に入り
父はなみだのらんぷの船でながれている
野道で落とした眼球をめそめそ捜す
父の陰茎を抜かんと喘ぐ真昼のくらがり
瞳孔にピラニアを飼う舞踏のさかり
雨のように美し仮面劇観る妻よ
蝶降りしきるステンドグラスの隣家怖し
棺で帰ってきた児が屋根を這いあがる
遠野市というひとすじの静脈を過ぎる
羊水溺死見ている白い葉のプール
ねむり浅ければ高山植物にころされる

一九八〇年に刊行されたこの句集で、私が何よりも先ず興味深く思ったのは、西川が書くその〈あとがき〉であった。

「その間の私の日常は、非日常的苦痛が襲うように通過する数年であった。それは、非日常的なるがゆえに、一層私の日常を暗澹とするものであった。（中略）非日常を孕んで今、苦悩の窓辺を翔ばんとする迷える一句が、果たして明日の静寂の宇宙を産卵するのはいつか。／何はともあれ、日常の中で激しく揺れつつ転変し、開花することなき無明の思念を『瞳孔祭』一巻に収録した。」

作品群は、「Ⅰ・路上慟哭」「Ⅱ・瞳孔祭」「Ⅲ・羊水溺死」の三章から成り立っており、作者自らが告白するように、それらは実父の死に関わるもの、離別した迷える妻Ｋ子との家庭生活をモチーフとしたものというふうに作者の手の内を自ら明らかにしている。私なら絶対そんな内幕は書かないのだ。例え妻が狂おうが自殺しようが、またその他の日常の異変を句集の〈あとがき〉なんぞには絶対に書かないのだ。何故書かないかと言えば、作品と日常的な現実とを厳しく区別したいという気持ちが先ずあることと、またそれを俳句という範疇で表現することのある種の気恥ずかしさがあるからだ。ところが西川は（私に言わせれば）平気でそれらを書きつけているのである。

このとき私はふと、明治文学のひとつの帰結であった「自然主義文学」を思った。我ながら唐突な発想だとは思ったが、この考えも悪くはないなと考えたものだ。何故なら、私は自然主義文学を滅んだものとは思ってはいないし、それどころか、現今の小説においても、時代を飛び越えて自然主義文学の影響大なるものが横溢しているからだ。

翻訳文学者であった我が国の知識人は、英語のネイチャアを「自然」と訳したわけだが、ネイチャアの語源であるギリシア語やラテン語には「生まれる」とか「育つ」とかの意味があったようで、西洋人はこれを生命的なものとして見る傾向にあったようだ。このネイチャアを我が国では「自然」とか「造化」あるいは「天然」とかに訳している。明治期のその代表者が北村透谷である。ご存知のように、透谷が己の内面に「神」を用意したのは、人間の魂と肉体という二元論を克服する為に、自然の中に超自然的な何かを探ることでその二元論を克服しようと努めた結果に他ならない。その肉と魂との相克の中に透谷の存在が輝いて見えるのである。ただ、透谷までは「自然」という言葉には反世俗的・反体制的な意味合いが非常に強かったのであるが、明治も三十代になるとやや様相が違ってきている。透谷のような求道心は薄らいできて世俗的な道を辿っていくことになる。すなわち、この現実の場に「肉」の開放を求めるようになっていくのだ。言うなれば、文学魂の世俗における解放を目指すことになる。世俗化を辿ったものの、だがこのことは生活に即物的に付随するが故に、個々人の生に対する覚醒化をもたらし、以後様々なバリエーションをもった表現が出現したと言ってよい。

私は安易に自然主義文学などと口走ったのかもしれない。が、少なくとも、北村透谷における「肉」と「霊」の相克、その二元論の統括過程における求道心など、西川徹郎と重ね合わせて考えてみるのもひとつの方法かとも思う。西川作品の中に頻繁に出てくる父や姉や妻、そして棺や死者や陰茎、それらは「家」を中心にした生と死、エロスとタナトス、それらの混交する世界を統括しようとする意志において、透谷を想起するのである。

念の為に付け加えておくが、透谷は一般には浪漫主義運動の先駆者として位置付けられている。が、それは、「自然」すなわちネイチャアに拘って来たという意味において、私は彼を自然主義文学の先駆者と見ているし、そこから派生する「私小説」の原形も、田山花袋を突き抜けて透谷にあるのではないかと見ている。西川徹郎における「家」を中心にした「私小説」的なものも、この透谷の姿を考え合わせることによって、もっと違った視点が確保できるのではないだろうか。

④詩の発生の現前

だが、それらは別の機会に譲るとして、この『瞳孔祭』では、定型と戦う西川の姿が血と肉の匂いを漂わせながら展開されている。「非日常を孕んで今、苦悩の窓辺を翔ばんとする迷える一句が、果たして明日の静寂の宇宙を産卵するのはいつか」と彼は言うが、私には「明日の静寂の宇宙」など来はしないのだと思われる。それが来たと思われるときは、思考が停止した時空の境地に入るときしかあるまい。人はそれを格好よく「悟り」などと呼び習わす。

現実という定型に対して病的なまでに敏感な彼は、その意識の表出過程において、歪められた現実をそのまま言葉として提出する。勿論そこには詩的な技法なり修辞なりを働かせるのであるが、彼は多分その本質において素朴なのだ。素朴？この表現が適当かどうかはにわかには判断し難いが、要するに私の思いは、西川は異形・異相を表出するのに極めて自然体で言葉を発しているのだと言うことである。

樹上に鬼がいて歯が泣き濡れている小学校も、眠れないから隣の家の馬を殴りに行くのも、又野道で落とした眼球を拾うのも、これが何かの比喩であるかというと、そうではない。例えば、樹上の鬼とは西川の小学校時代の姿で、野道で落とした眼球は作者の大切な何かを意味し、隣家の馬を殴るというのは現代における他者と自分との関係の比喩だ―、というような鑑賞の仕方は、作品を日常現実的な何かの比喩としてしか捉えられない方法であり、それは作品を現実に引き下ろす作業でしかあり得ない。作品を現実に引き下ろすとは、一度異空間へ飛び立とうとした言葉を、再び現実の世界に密閉することに他ならない。更に言えば、それを支える詩的思惟性には、言葉は現実を写しとるものという、言語認識の大いなる錯誤があるのだ。

私は先ほど、西川は本質において素朴なのだと言った。だからこちらが素直に西川の描く世界に入ってみれば、樹上に鬼がいるのも、隣家の馬が殴られるのも、あるいは父の陰茎を抜かんと喘いでいる光景も、妙なリアリティをもって、そこにそのまま在る現実として、鑑賞することができるのだ。

今は亡き菅谷規矩雄が『西川徹郎の世界』（一九八八年・秋桜発行所）の中で、実にいいことを言ってくれた。

「ことばが韻律に執する理由はただひとつ―リズムとは、詩の発生の現前（プレザンス）にほかならない。この発生の瞬間―というスリルをふくまなければ、俳句も、短歌も、むろん現代詩も、韻律として存在する理由はない。／西川徹郎があえてえらんだ悪戦の場が、なおまだ、遠くの私たちに、霊たちの泣き笑いするすがたを、その出現のスリルを、たんのうさせてくれることを期待して、この不格好な走り書きを、ひとまずしめくくることにさせていただく。」

（菅谷規矩雄「死者の棲むところに―西川徹郎小論」）

西川の俳句が、韻律の瀬戸際で書かれていることは確かであろう。散文と韻文のせめぎ合いの面白さ、そのスリリングさが読者に快感として伝わってくるのだ。

　父の陰茎を抜かんと喘ぐ真昼のくらがり

　棺で帰ってきた児が屋根を這いあがる

にしても、その散文化を食い止めているのが、まさに菅谷が言う「詩の発生の現前(プレザンス)」なのだ。そして西川にとって詩とは、「霊たちの泣き笑いするすがた」でもある。

ここでは〈定型〉ということに拘ってきた。そして西川の定型における思想が、五・七・五の形式化した音数律という観念を飛び越え、またそれらが支える俳句的な風土、あるいは感覚を突破し、現に今生きて在る西川の存在を規制してくる全てのものに対する総反撃の手始めとして、言葉の領域における体制内的言語を、異形異相の風景や人物を実在させることによって破壊していることを見た。

補足するが、『瞳孔祭』(西川徹郎第二句集、一九八〇年・南方社)の〈あとがき〉で「日常の中で激しく揺れつつ転変し、開花することなき無明の思念」と西川が認識するものは、日常的な現実の場で、全く私的な、スリリングな危機意識として「詩の発生の現前」を味わったことが前提となっているが、その「開花することなき無明の思念」こそ、俳句という現場で、存在としての不気味さを漂わせているのである。

口語の異貌

予定ではここで西川における「反季語」ということに触れてみるつもりであったが、坪内稔典が『瞳孔祭』の〈栞〉で、「口語の異貌」と題して面白いことを言っているので、ついでに少し触れておきたい。

坪内は、西川に感覚のモダニズム性を見て、それがかつての「新興俳句」に通じているとして、

　不眠症に落葉が魚になっている　　徹郎

　我が思ふ白い青空と落葉ふる　　窓秋

　水枕ガバリと寒い海がある　　三鬼

を比較しながら、「私が西川に注目する最大の理由もそこに、つまり、新興俳句の地平で、口語的な俳句定型

を模索しているところにある」と言う。坪内が新興俳句を言うのは、西川徹郎の感性の基盤が、「一般的な都市生活者のそれに近く、そのために彼の句は、都市生活者の感性に根ざしていた新興俳句を想起させる」からであると言う。また、感覚の生ま生ましさを定着させる為に、新興俳句は、口語的な俳句定型を出現させていたとも言う。

また、

霊柩車の耳がはばたく昼月や
号泣やひとりひとりが森に入り
畳屋と地平見ている死が近し
漂泊白し暗し木管楽器のからだ

を例にとり、これら口語と文語混淆文体が発句でもなく俳句でもない中途半端なものを産み出すとし、「西川は思いきって、その文語を追放してみたらどうだろうか」と書きつける。更には、「口語で書くことは、平常の言葉がかくしている異貌をひき出し、その異貌にふさわしいものとして俳句定型を発見することなのだ」と補足している。そして倉橋健一までもが「新興俳句のモダニズムが、西川のモダニズムにつながっているという指摘は、同感だ」（『西川徹郎の世界』）と言う。

西川がこれらの意見に対して何かコメントなり反論をしているのかは知らない。が、私にはこの解釈がどうもすっきりとしないのだ。

それは、先ず第一に、「感覚のモダニズム性」というところにある。坪内稔典さんは学者だから、新興俳句と西川俳句の重なり合う部分を発見し、作家の位置をしかるべき処に押し込めてしまうことなど簡単にできるのであろう。事実、重なり合う部分も多いのだが、少し大雑把に過ぎはしないかと思われる。

モダニズムという言葉の規定を私はここではいちいち言うつもりはない。絵画や詩におけるモダニズム、精神生活におけるモダニズム、あるいはファッションにおけるモダニズム等々、これまた概念規定がややこしい。

だから要するに、「新興俳句のモダニズム」ということを極めて簡単に、目新しいもの、近代的なあるいは現代的な新しい様式(スタイル)というふうに解釈するのが一番適当であるかもしれない。

現代詩のジャンルでも事情は同じで、手法としてのモダニズムはシュルレアリスムやダダイズム等と混淆し、またその時々の詩人の資質との違いもあって、やはり時代区分をする上で、とりあえず命名された感じの方が強い。西洋の詩を規範としながら、平明な日常的用語を使用しながら、近代人の複雑かつグロテスクな感情を、新しい形式としての詩に盛り込もうとする処に、近代詩が伝統詩から離脱する理由があったわけだが、それでは近代詩と現代詩とは何処で区別すべきかとなると、これはなかなかに難しい。西脇順三郎に言わせれば、いつの時代でもモダン（あるいはモデヌル）があるわけで、ボードレールだってモダンという考え方である。要するにそれは、自由を前提として、絶えず新しい現実に目覚めていく姿勢そのものを指すというふうに解釈されている。

ただ、詩人の中で、吉本隆明が近代と現代との切り口を次のように語ったのは、非常に興味深かった。

「一九二九年ニューヨオクの株式市場の大暴落によって口火を切られた世界恐慌は、近代と現代との分水嶺を形成する時期として極めて重要な意味をもつものであった。この恐慌は、ヨオロッパにおいては、ファシズム抬頭の本質的な原因であったし、極東においては日本のファシズムと金融資本による大陸侵略の直接の導火線をもたらすものであった。現実の構造に倫理的衣装が被せられ近代精神の由緒ある歴史的命脈が切断されたのはこの時期からであり、僕たちが近代と現代を実質的にわけようとするならば、この時期によってしなければならない。人間の精神が完全に現実の条件に従属する時期が来た。現在に至るまで無数に繰り返されたオプティミストたちの近代奪回の文化的思想的試みが決して成功しない所以は既に本質的に過ぎ去ったものを、ただの特殊条件によって覆われたものとして考察しているに過ぎないからである。」

（昭和二十七年〈アラゴンへの一視点〉「大岡山文学」より）

この吉本隆明の視点には誠に優れた説得力がある。近代と現代とをこれほどまでにきっちり具体的に説得したものを私は見たことがない。「近代奪回の文化的思想的な試み」は、「人間の精神が完全に現実の条件に従属する時期」を看破しなければ、オプティミストなる汚名を注がれても仕方がないのだ。現代詩の場合、私はモダニズムなるものは、吉本の言うこの近代から現代の接点にあると考えるのだ。したがってモダニズムとは、かかる時代の動きをその背景に背負っていること、またそれを言う人が、その辺の時代認識を正確にしていなければ、迂闊には使えぬ言葉でもあるのだ。

ここでも私はひとつの言葉、モダニズムに拘ったが、俳句の世界では、写生なり抽象なり観念なり、それらの言葉があまりに安易に使われ過ぎていることに少々腹を立てているからである。句会などの現場で、これは観念句だ、抽象句だ、だからつまらない、もっと生活に即して写生の精神で書かなければ、などとわかったふりして物を言う人が多いからだ。

観念という言葉ひとつとっても、私に言わせれば、言葉は観念そのものだから、観念とは何か、その観念の扱う形式とは何かをいちいち明らかにしなければ、本当は批評の現場などありはしないのだ。

さて、先ほどの話に戻そう。戦前の新興俳句におけるモダニズムとは、一に花鳥諷詠趣味に対するアンチ・テーゼであり、その帰結としての人間性の復活であった。二にその手法として、現代詩と呼ばれるものが獲得した諸々のものの応用であった。もっと簡単に言えば、我が国における近代と現代との接点が要求する新しい様式(スタイル)、新しい思想を人はモダニズムと呼び習わした。西脇順三郎が「ボードレールだってモダン」と言ったのはそういう意味だ。だから私も西脇順三郎に習って、『瞳孔祭』に表出された西川の俳句をモダニズムと呼ぶことに躊躇しない。

だがそれが、「感性の基盤が一般的な都市生活者のそれに近い」となると異議を唱えなければならない。新興俳句は、確かに都市生活者の感性が、花鳥諷詠という土俗性に対峙したところから出発したものであった。土俗性と今言ったが、正確ではなかろう。花鳥諷詠という観念化され概念化された美的体系、あるいは共同幻想。すなわち体制内的言語体系と呼んだ方がよさそうだ。

そして西川徹郎のモダニズム性は、都市生活者の感性などにあるのではないと思われる。勿論、「口語的な俳句定型」を目指しているのでもない。あくまで、菅谷(規矩雄)が言う「詩の発生の現前(プレザンス)」に集中する諸々が、五・七・五という象徴としての定型とぶつかるときの斬新さにあるのだと言ってよい。だから坪内の言う「口語」という箇所は、それを言うとすれば、むしろ「散文性」と言い換えた方がよかろう。従来の俳句的な韻文性に対する俳句的な散文性だ。坪内は「口語」というものを「平常の言葉がかくしている異貌を引き出し」と書くが、口語という言葉の使い方が少々曖昧だから、せっかくいいことを言っていてもその力が半減している。

例えば坪内は、先に抽出した西川の句「霊柩車の耳がはばたく昼月や」や「畳屋が地平見ている死が近し」などを口語と文語の混淆文体と見ていて、発句でも俳句でもない中途半端なものを産み出していると言う。確かに口語と文語の混淆文体ではあるけれど、私には、これが発句でも俳句でもないとは思われない。発句と俳句の違いを、坪内は迂闊にも口語的表現であるかそうでないかを判断の基準にしてしまっているのだ。評論集『世紀末の地球儀』(一九八六年・海風社)で、俳句と発句の違いを、形式と作者の内面的な世界との抗いとして鋭く捉えた坪内を思えば、ここでは言葉が滑ったとしか思われないが、要するに西川における口語性、私に言わせればその俳句的な散文性(異形異相)が、俳句的な観念に覆われた美的体系を引き剥がすその時のショックが坪内の言う「異貌にふさわしいものとして俳句定型を発見することなのだ」と言う表現につながっていくのだ。

また坪内は、西川評の中で「感性の基盤」とか「感覚の生ま生ましさ」という表現を使っているが、新興俳句のモダニズム性に関しては間違いではあるまいが、西川徹郎においてはその表現は似つかわしくないと思われる。何故ならば、彼の意識の中から突出してくる異形・異相は、「詩の発生の現前」と即応しているものであり、それは人の存在の奥深く入り込んだものであるからだ。すなわち、西川言うところの「実存俳句」とは、「感性」とか「感覚」という一部分では論じられないものであるからだ。

先の俳句ふたつを改めて比較してみよう。

　不眠症に落葉が魚になっている　　徹郎

水枕ガバリと寒い海がある　　三鬼

三鬼の句は五・七・五の音数律で素直に読めば、〈水枕〉・〈ガバリと寒い〉・〈海がある〉である。そしてその意味性においては、〈水枕〉・〈ガバリと寒い海がある〉とも読めるし、〈水枕ガバリと寒い〉・〈海がある〉とも読める。勿論この句はその両方の読みを頭にインプットしながら読むところに楽しみがある。どちらにしても、〈ガバリと〉が〈水枕〉と〈海〉とを繋ぐ微妙な役割をしているのであるが、それよりもこの句の生命は、〈水枕〉から〈海〉へ飛翔するその感性にあるのだ。今私はわざと感性なる言葉を使った。それはここに三鬼のモダニズム性を強調したかったからだ。この句が登場するまでは〈水枕〉と来れば母の愛とか、夢とかやや生活臭くなって貧乏とかの観念が登場する筈である。そうである筈であったのだが、突然〈海〉が出てきたものだからみんなびっくりしたのである。つまりこの斬新さがモダニズム感覚なのである。

それに比べると、西川の〈落葉〉は〈魚〉を誘導するわけであるが、そこに視点を絞りつつ、尚且つそれぞれの時代背景を考え合わせると、三鬼のそれに比べ、西川の句はインパクトに弱い。「I　書くという行為」の中でも触れたが、〈落葉〉と〈魚〉は付き過ぎであるとも思われるし、また写生派を自認する人々からは観念句だとの誇りを受けるかもしれない。だが、問題はそんな処にあるのではなかろう。三鬼の句と西川のそれとは鑑賞の視点をずらさなければならないのだ。

三鬼の句には、モダニズム感覚というものが命であるが、それはあくまで〈物に即した書き方〉であることにご注意願いたい。〈水枕〉と言う措辞は、俳句の骨法でもある即物的な手法をちゃんと応用しているのだ。断わっておくが、今それをいい悪い、古い新しいというような問題として論じているのではない。

一方、西川の句は、比喩としての即物性には斬新さを欠きながらも、〈不眠症に〉の〈に〉の措辞によって、日常的な比喩といきなり断絶する無意味性、その果てに来る超越的な意味性こそが生命なのだと思われる。その人間存在の闇の部分を開示する力こそがこの句の生命であろう。

坪生稔典の文章を引用しながら少々考えてきたが、要するにこの第二句集『瞳孔祭』では、西川の個人的な体験が句に語られているにしても、それは個人的な体験としての異様さに終るのではなく、「開花することなき無明の思念」(『瞳孔祭』後記)を、存在としてのこの世に出現せしめた手柄があるのだ。

反季語

①虚子に対して

西川徹郎は、極めて明瞭に反定型・反季語・反結社主義を言う。これを性急な判断と取るか、強烈な意思と取るか、はたまた政治的な策略と解釈するか、その辺のことは読者なりのお考えもあろうと思うが、とりあえず私は、彼の言説に添って、そのいちいちを考えてみたいのだ。

西川徹郎の対極に高浜虚子を据えてみることから始めてみよう。

ご存じのように、虚子における「花鳥諷詠」の理念は、季節の移り変りと共に俳句を書こうということである。極めて簡単なのである。大体、俳句における論などは、簡単に済めばそれに越したことはあるまい。簡単に済んだ時代はよかったなとさえ思っている。その点では虚子の簡単さには賛成である。簡単さには賛成であるが、簡単な不明瞭さには反対である。そして複雑ではあっても正確さがあれば、結果として簡単になるものである。

虚子の文章は余りにも有名になりすぎて、引用するに気が引けるのであるが、西川徹郎を論じる為の一応の目安として挙げておかなければなるまい。

「花鳥諷詠と申しまするのは花鳥風月を諷詠すると云ふことであります。一層精密に云へば、春夏秋冬四時の遷り変りによつて起こる天然界の現象並びにそれに伴ふ人事界の現象を諷詠する謂であります。」

「元来吾等の祖先からして花鳥風月を愛好する性癖は強いのであります。万葉集といふやうな古い時代の歌集にも桜を愛で時鳥を賞美し七夕を詠んだといふ歌はたくさんあります。降つて古今集新古今集に至ってもつづいてをります。足利の末葉に、連歌から俳諧が生まれて、専ら花鳥を諷詠するやうになりました。特に俳諧の発句、即ち今日云ふところの俳句は、全く専門的に花鳥を諷詠する文学となつたのであります。」

「天下有用の学問事業は全く私たちの関係しないところであります。私たちは花鳥風月を吟詠するほか一向役に立たぬ人間であります。」

「吾等は天下無用の徒ではあるが、しかし祖先以来伝統的の趣味をうけ継いで、花鳥風月に心を寄せてゐます。さうして日本の国家が、有用な学問事業に携はつている人々の力によつて、世界にいよいよ地歩を占める時が来たならば、日本の文学もそれにつれて世界の文壇上に頭を擡げていくに違いない。そうして日本が一番えらくなる時が来たならば(中略)、戯曲小説などの群がつてゐる後の方から、不景気な顔を出して、ここに花鳥諷詠の俳句といふやうなものがあります、と云ふやうなことになりはすまいかと、まあ考えてゐる次第であります。」

（以上、昭和四年二月、「ホトトギス」〈講演筆記〉より）

これらの虚子の言葉を額面通りに解釈すれば、日本人は万葉の昔から花鳥風月を愛好する民族であって、歴史的に見れば、それは連歌から俳諧の発句へ受け継がれ、俳句になるに至って専門的に花鳥を諷詠する文学になったと言うのである。更に、花鳥を諷詠する者は、この世では全く役に立たぬ天下無用の輩であるが、日本が世界で一番偉くなった暁には、戯曲小説の後の方からこんなものもありますと、花鳥諷詠の俳句を差し出すこともあろうと言うのである。

こういう文章というのは、人の神経を逆撫でするもので、下手に出ると見せかけて、その実、居直り的な傲慢性をたたえた嫌らしいものである。私が虚子の文章を一番嫌う理由はそこにある。妙なことを言わず俳句だけ書いていれば私も虚子と仲良くなれた筈であるが、こんな文章はどうも私の神経によくない。

「天下無用」と本気で思うなら、その辺の処は、「全く役立たず」とだけ書いた方が未だ好感が持てるのだ。「天下」などと、実に嫌味な表現である。その上(人の力で)日本が一番えらくなったときには、「ここに花鳥諷詠の俳句といふやうなものがあります」と言うのだから、厚かましさが倍増する。

ま、それはさておくとして、自分の「花鳥諷詠」・「客観写生」のスローガンの言い訳として、祖先からして花鳥風月を愛好する国民性が、俳諧、俳諧の発句を通して専門的に花鳥を諷詠するようになったという言い方には論理の飛躍がある。専門的に花鳥を諷詠するようになったとは、自分の俳句における観念共同体を絶対のものとして、強引に、一方的に解釈しているに過ぎない。すなわち虚子においては、万葉の詩型から俳諧の発句、俳句へと至る道筋において(彼が見てとった伝統的な美意識のみが強調され)、俳句という詩型が、既成の美意識(体制化された価値意識)と絶えず対峙しながら「切れ」ていく過程は見事に忘却されているのだ。つまり、俳句形式が、その歴史的な発生構造的な意味合いにおいて、絶えずある美的体系を相対化しながらいくという視点の忘却である。相対化とは、一言で言えば、その美的体系と絶えず関わり合いながら、関わることによって今日的な課題や在り方を見つけることを言う。それが大きく言えば「切れ」ると言うことの真の意味なのだ。そしてそこにこそ俳句を書くという行為の意味があるのだ。

例えば芭蕉が「切字」について、次のように言う。

「昔より用ひ来たる文字ども用ゆべし。連・俳の書に委しくある事なり。切字なくては発句の姿にあらず。付句の体なり。切字を加へても、付句の姿ある句あり。誠に切れたる句にあらず。また切字なくとも切るる句あり。その分別、切字の第一なり。その位は、自然と知らざれば知りがたし。」　(『しろさうし』より)

それは連歌以来、良基の『連理秘抄』に、

「所詮、発句はまづ切るべき也。切れぬは用いるべからず。かな・けり・らんなどやうな字は何としても切るべし。物の名風情は切れぬもある也、云々。」

とあるように、「切れ」という観念が典型化され固定化されたことに対する、芭蕉の、俳句(発句)の発生構造に視点を捉えた鋭い叛意であった。「切字を加へても、付句の姿ある句」や「切字なくとも切るる句あり」という結論は、まさに発句が独立し完結していく時代をひとつの美的体系と対峙させ、それを相対化するという作業を通してしか生まれてくるものではない。その結論が、「切字に用ふる時は、四十八字皆切字也。用ひざる時は一字も切字なし」（『去来抄』）という簡潔で力強い思想を生み出すのである。また「その分別、切字の第一なり」とは、俳句(発句)形式が受け持つ時代の必然性が解らぬようでは話になりませんよということである。

このように、江戸期に芭蕉がせっかく俳句(発句)の本質論を言っているのに、虚子は「花鳥諷詠」という言葉を借りながら、特に古今・新古今の時代に観念化した美的体系を、いわば共同幻想として、観念的なスローガンとして定着させんとしたのである。

虚子の「花鳥諷詠」と「客観写生」についての解釈は、仁平勝が評論集『虚子の近代』(一九八九年・弘栄堂書店)で分析しているので特に付け加える必要もないが、例えば季語に話を絞れば、仁平が指摘するように、虚子においては、季語が背負う「ナショナルな詩的共同体のありよう」や「花鳥風月に象徴される伝統的な美意識のありか」を探るものとして認識されていたのであるが、俳句の持つ、歴史的な発生構造に対する視点は、美事に忘却されていたことを繰り返しておきたい。

②擬制としての季語

そこで、西川徹郎は、「季語・季題・花鳥諷詠」についてどう考えているのか。これも「講演録②定型詩を如何に書くか」からの度々の引用になる。

「俳句の歴史では、今日まで、この未完成の形式を完結した表現となすための、あるいはこの不安定な形式を信頼しうる安定した表現形式となすための様々な方法が追求されてきたのであります。その代表的な例が、高浜虚子の花鳥諷詠や写生論などのいわゆる有季定型の理論であります。」

「有季定型の理論は(中略)、一句の成立にとって季語を絶対の要件とします。季語は一句の中核を為すキーワードであると同様に、それは季題であって、一句の主題を指し示すものでもあるわけであります。(中略)何故、季語を季題とするかと言えば、そこには俳句言語の共同性の問題が顕現して参ります。つまり、今日までの俳句の言葉は、かつての日本の農耕社会の擬制としての共同体の中に於いて生成し、存続してきたということが一つあるわけであります。」

「しかし、この有季定型の理論が、人間の内部の闇の告発と言語の内発的な復権を目指す現代の文学の課題に応えうるものでないことは自明であります。（中略）客観写生という方法によって、自然・天然の事象を眼に写し、季節の移ろいの中に揺曳する微細な心情を詠む有季定型に俳句も、既に眼にすべき自然は、生活者の足許を遠く去ってしまっているわけです。」

「それで、俳人たちは、吟行と称して、己の生活空間を離れて野山へ自然を求める旅を盛んにするわけであります。（中略）吟行は、極めて象徴的に今日の俳句の置かれた状況を物語っております。」

「それでは、都市にあって歳時記の言葉をどのように俳句定型の中に回復しようとするかといえば、象徴として捉えることになる。象徴ということは、つまり簡単にいえば、比喩です。比喩の言葉としてのみ、季語が俳句空間の中で蘇る場所が与えられている。このような虚構に充ちた場所で今日の俳句の言葉の問題が語られているわけです。」

ここでも西川は、有季定型俳句に対する明瞭な自分の態度を述べている。季語は日本の農耕社会の擬制としての共同体の中で生成・存続してきたものだが、自然が崩壊した都市生活者の中では、それは比喩・象徴としてこの俳句空間に蘇生させるしかないと言うのだ。そして、有季定型の亡霊（私に言わせれば虚子の亡霊）に捕られた者達は、今なお吟行という現実離れした空間に遊んでいると言うのである。

この考えは、金子兜太に代表される社会性俳句と呼ばれたものの理念に何処かよく似ている。要するに季語を支える国民的な精神なり共同幻想的なナショナリズムなりは崩壊したんだから、季語に替わるべき何かを設定する時代だという考え方である。それは、兜太が「社会性は作者の態度の問題である。自分を社会的関連のなかで考え、解決しようとする〈社会的態度〉が意識的にとらえられている態度」とアンケートに応えたことや、昭和三十年代に「俳句の造型について」（「俳句」）で語られた「対象と自己との間に結合者としての自分を設定する」という理論である。また、西川が季語を「象徴や比喩」として蘇生させようというのに対して、金子兜太は「暗喩こそ造型にとって必然的なものです」と言う。二人とも同じようなことを言っているわけである。

だが、何故、坪内稔典は、西川徹郎に対して、「社会性俳句の地平で、口語的な俳句定型を模索している」とは言わなかったのであろうか。あくまで「新興俳句の地平」を、そのモダニズム性を、何故、坪内は強調してみせたのであろうか。

やはりこの辺には坪内稔典の鋭い洞察力が働いていて、彼は新興俳句のモダニズム性が、単なるモダニズム感覚という技法のみの軽くて洒落たものではなく、そこに歴史的な分岐点としての意味や必然性を見出していたからであろうと思われる。大げさに言えば、それを俳句における近代と現代との裂け目と言ってもよい。一方、金子兜太における社会性俳句理論には、自分を社会的な関連の中で考えるにしても、あるいは対象と自己との間に結合者としての自分を設定するにしても、その時、自分という存在は歴然としてそこに在るという前提を少しも疑うことはなかったのである。逆に言えば、疑うことがなかった故に、「造型俳句」は易々と提唱されたのである。

ところが西川の俳句には、先ず何よりも、自己の存在の不安定さや不安感が強烈に漂っている。それが彼の詩の発生源であるが、その不安定さなり不安感なりは、社会的にある何かが解決すれば終了するといった類いのものではない。永遠に不安であり不安定なのである。実はそこが真の意味でのモダニズムが出てくる所以でもあり、社会性俳句などとは呼びにくい理由である。

西川徹郎においては、言葉によって己が存在を繋ぎ留めておくという、切羽詰まった状況が絶えず付き纏っているのだ。

③吟行など

かつて私は、「虚子の亡霊たち」と題する文章を、自分が発行する「連衆通信」に二回に亘って書いたことがある。虚子の有季定型理論に惑わされている幸福かつナンセンスな人々を批判したものであったが、ここいら近辺の俳人達には予想通り評判が悪かった。また大牟田市近郊の中学校の国語部大会でも幾度か講師として話はしたが、なかなか理解してもらえなかった。

あるとき、「あなたは吟行についてどう思いますか?」と会場から言うものだから、「そんな暇は私にはありません」と簡単に応えると、「私は俳句などの韻文の授業では、生徒を連れて吟行に出かけます」と相手は胸を張って、ついでに私を見下して言ったのだ。相手はまだ三十前後の若い男性の教師だ。野原に連れていくのは結構だけど、自然の発見などという名目は建て前にしか過ぎない。第一、野原に行かなければ自然が見えないという考え方がおかしいのだ。自然に親しみ、きれいな空気を吸うというのならよくわかるが、ことは文学の問題だ。人間をも含めて、自然ならば眼の前にいくらでもあるではないか。またその考えがつまらないのは、わざわざ外に出かけなければものの真理がわからないという処にある等々。ま、そのようなことを私も正直に述べて、最後に「そんな暇があれば机で本でも読んでいます」と言ったものだから、相手はついにムッとして、「あなたは机派ですか」と言う。「机派」とはなかなか面白い表現をしたものだが、物を書く道具として机なるものは人間の歴史に役立ってきた。野原で書くより合理的にできてるだろうなどと、また私もついムッとして大人気なく言ったものだからたまらない。会場が少し騒がしくなって、その場を何とか纏めようとした司会者が、ついには「〈机派〉か〈野原派〉か会場の皆さんの決をとりましょう」などと、とんでもないことを言い出す始末(本当に馬鹿な司会者だ)。これは私が体験した漫画みたいな本当の話で、情けないやら後悔するやら腹立たしいやらで、私の目には泪の溜まる思いであった。この場での挙手など止めたほうがいいという私の提案で、司会者もさすがにそれは思いとどまったが、これは本当の話である。

この事は、一地方での出来事だけど、虚子の亡霊が未だ生きている証拠で、大勢において未だ未だ多分そういうこともあるだろうと思い諦めることも出来るが、最近、また新聞で堂々と虚子の亡霊が登場して来ているのには驚いた。

平成六年(一九九四年)九月十日、「毎日新聞」紙上での片山由美子の記事から抜粋してみよう。それは饗庭孝男の『文学としての俳句』（小沢書店）についての反論の形で書かれたものである。

「饗庭孝男氏は（中略）、「吟行」などの共同体験などはたかが知れているとして、漂泊の思い、「風狂」の深い希求に突き動かされることのない作られた旅はむしろマイナスであり、文学的営為からもっとも遠い「遊び」にすぎないと述べる。／実作者からすれば、吟行は必ずしも共同体験を目的としているわけでもなく、ひとりでもできる。結社の行事として、大勢ですることはあるにせよ、その場で俳句を作るということは、各々にとっての季節の現場における「個」の発見が目的であり、そのあとで行われる句会は、それを作品として確認しあうためのものである。／饗庭氏はまた、「私たちが自然と接し、人生を思う時、感動は自らの内部の深いところからやってくるものであり、時には長い時間のはてに生まれるものでもある」ともいう。／吟行において瞬間的に作られたかのような作品は、その長い時間を背景にもたないということであろうが、人間はその場その場、一瞬一瞬を独立して生きるものであろうか――。（中略）／季語の問題もある。季語を知識として知っていることと、それが存在している空間に身を置くことではまったく違う。同じ季語とはいえど、二度と同じ出会いはない。そのようないわば偶然から、逆に普遍性をひきだすのが俳句の大きな力であると思うが、どうであろうか。」

「どうであろうか」と問われたならば、私は馬鹿な文章だと応えるしかない。何故そうであるかと言えば、第一に、片山由美子は『文学としての俳句』という書物を本当に読んだのだろうかという疑問が湧くからだ。何故なら、この書物の中で、「吟行」を例にとり饗庭がそれを批判したのは、現在の多くの俳人の自然に対するおもいが、無自覚無思想であることの批判がその根底にあるからだ。単に「吟行」が駄目だなどと表面的なことを言っているのではない。詠めばそのくらいのことはすぐにわかるように書かれているのだ。それを片山は素通りして「人間はその場その場、一瞬一瞬を独立して生きるものであろうか」などと問題を擦り替えつつ、己の言い分が有利のような書き方をしている。要するに、饗庭の文章を読んでいない者には、片山の言い分が正当であるかのような書き方だ。これはマス・メディアにのっかった人間がよく使う卑怯な手でもある。だが、私に言わせれば、片山はこの書物を読んでいないか、読んでいたとしても理解できていないか、あるいは理解していてもわざと曲解したかのいずれかである。残念ながら、どちらにしても片山由美子なる人物の姿が見えてしまうのだ。

第二に、片山が虚子の亡霊である証拠として、吟行をしてその場で俳句を作ることは「季節の現場における〈個〉の発見が目的である」という処にある。先ほども少し触れたが、季節の現場は野山に行かなくとも至る所で発見できるのだ。だから片山の論理は逆に応用して物言えば、至る所で季節を発見できないくらいの能力しか持たないならば、俳句なんぞは書かないほうがいいのだという言い方ができる。だからもっと素直に、私は、あるいは私たちは、野山に行って俳句を作るのが好きですとだけ言っていれば済むのだ（私は、俳句は机で作るのが好きなだけなのだと言おう）。虚子だって「春夏秋冬四時の遷り変りによつて起こる天然界の現象並びにそれに伴ふ人事界の現象を諷詠する」（傍点・谷口）と言っているくらいだから、吟行して個の発見などと言っているくらいなら、片山が虚子の亡霊だとしても、その威力は半減するのだ。

また片山は、「季語を知識として知っていることと、それが存在している空間に身を置くことではまったく違う」などというとんでもない言い訳をしている。ちょっと読めば気の利いたことを言っているようだか、ごまかされたらいけない。片山は季語が存在する空間が、例えば野山などの何処か特定の場所にでもあると思っているのだ。だからそこへ行って身を置けというわけだが、我々の日常の生活は、只今現在の空間の中で一日の大半を呼吸していることを忘れてはなるまい。そういう生活の現場を離れてしか書けない文学であるのならば、俳句など本当のお遊びの文芸ということになる。だから片山は、確かにお遊びの文芸を進行しつつあるのだ。彼女の作品に目を通してみるがよい。

鬼の豆たんと余ってしまひけり
たましひの抜けしにあらず実南天
湯ざめしてどうでもよいと思ふこと

　　　

耀られている魚の真顔や万愚節

形代に書きてよき名と言はれけり

「同じ季語とはいえど、二度と同じ出会いはない。そのようないわば偶然から、逆に普遍性をひきだすのが俳句の大きな力」とはよく言うたもので、これらの句の、季語との出会いの何処に偶然から引き出した普遍性があるか。「鬼の豆」にだって「実南天」にだって、先人が体系付けた美意識の残骸が目につくばかりである。季語の飼い殺し現象が空しく目立つのである。その上、これらの句における旧かなづかいは、その必然性がないばかりか、俳句らしさにおもねっている作者のいやらしさばかりが目につくのである。

私はここで、片山由美子なる俳人を批判しすぎたとは思わない。何故なら、この片山の背後には、現俳壇を支える人々の馬鹿さ加減が見え隠れしているからである。だから私は、たまたま片山の文章を借りたまでだと解釈してもらえばありがたい。

④自然について

虚子の「花鳥諷詠」・「客観写生」、そしてそれらに激しく対峙する西川の論理。それらは常に「自然」という言葉を下敷きにして考えられているが、「自然」と我々日本人の関係は一体どうなっているのかを少し考えてもいい。

もともと大和言葉には「自然」（ネイチャー）に相当する言葉はなかったと指摘したのは大野晋（『日本語の年輪』）であった。この指摘は非常に面白く、私の興味をそそったものであった。

花鳥風月を諷詠する精神に富んだと思われる我々の祖先からの血の流れが、考えれば、森林をいとも簡単に伐採し、ゴルフ場やら遊戯場やらを乱立させる。また工場排水の河川への垂れ流し。排気ガスやら名所旧跡等の観光地におけるゴミの放置。または大規模なオゾン層の破壊、等々、考えれば際限がないほどの自然破壊は一体どうしたことだろうか。国が経済的に発展する為には仕方がないという言い訳は、それを法的根拠や制度に求めるものであるが、それが直接人間の生死に関わる問題を孕んでいる以上、やはり言い訳にしか過ぎないのだ。日本人の花鳥風月を愛する心には、何処かに無責任さがあるのだということに、我々は気が付かなければならないのだろう。

大野晋は『日本語の年輪』で、「ヤマト言葉に〈自然〉が発見できない」理由として、次のように述べている。

「それは、古代の日本人が、〈自然〉を人間に対立する一つの物として、対象として捉えていなかったからであろうと思う。自分に対立する一つの物として、意識のうちに確立していなかった〈自然〉が、一つの名前を持たずに終ったのは当然ではなかろうか。」

「だから、〈自然〉というシナ語を学んだ後でも、長い間、日本人は〈自然〉を一つの物と見る考え方を身につけずに来た。それは、単に遠い歴史の時代だけでなく、現代の日本人の間でも、根強いことのように見える。」

大野の論は、すなわち、自然の現場(山川草木)に生活する我々の思惟性は、自然への同化あるいは没入という形で行われ、自然を人間生活に対する原理的な構造としては捉えていなかったことを示している。この自己の拡散現象の故に、「自然」なる言葉は産まれてくる必然性がなかったのである。

だが、中世隠者文学としての鴨長明や西行が、人事界を離れ自然界に没入して自己拡散を起こしたかというと、そうではない、山川草木を愛する事が、すなわち人間の現実生活の場である人事社会に対する強烈な批判となり得たことを忘れてはなるまい。つまり彼らの厭世的な思想は、あくまで人事社会を対象として、換言すれば、それを厳しく相対化することによって成立しているのである。だからこそ、古典として生き残っているとも言えるのだ。だが、彼らとて、自然と人間との関わりを原理的に捉えていたわけではない。それには多分、やはり明治期を待たねばならなかったのである。

明治期における「自然主義」の思想は、特に三十年代のそれは、E・ゾラのフランス自然主義に求めることから始まった。それは社会と人間の関係に科学的なメスを入れることによって、従来の旧習慣や文人的な趣味の打破を計ったものである。そしてこの後の、自己に目覚め自己を開放するという自然主義の積極性は、北村透谷や高山樗牛らの浪漫主義思想によって展開していくのである。一概に自然主義文学といっても、その幅が広く、また当事者たちの解釈もかなり入り乱れているが、要するにそれは、今日までの日本人の「自然」に対する観照的な態度を打破し、自己の欲求に応じた自然の態度を積極的に表現しようとすることであった。

だから「自然」（ネイチャー）という言葉が、後に虚子が規定するように「花鳥風月を諷詠する」という自然観として使われていたのではないことは確かである。その一部分を切り取って「花鳥諷詠」を理念としたのは、俳句という詩形の片言性の為であるといってよい。虚子はその辺の事を見抜いていて、より伝達し易い形で、より明瞭な形で、ひとつの「観念」を提出したのである。それは、逆に言えば、日本人の自然に対する拡散現象（無自覚・無思想性）をはっきりとした形で表現したひとつの方法でもあったのだ。すなわち我々の祖先からの血の流れとして、かくかくしかじかの伝統的な美意識が存在しますよ、と言うふうに。彼は、その美意識を受け継ぐ貴重な装置として季語なるものを考えていた。だから虚子にとって季語とは、日本人の無自覚・無思想な自然観を自覚あるべきものにする為の装置ではあったが、また一方では、季語の為に切り捨てねばならない多くのものもあったのである。

⑤季語の解体

西川徹郎は、虚子の弁に代表される俳句の現場における「観念」に激しく対峙する。彼は、そこに、日本農耕民族が国家体制を形作る天皇制のヒエラルキーを見る。そのヒエラルキーこそ、西川の「詩の発生の現前（プレザンス）」の息の根を止めようとするものだからである。

昭和五十九年（一九八四年）七月に発刊された西川徹郎の第三句集『家族の肖像』（沖積舎）には、不可知の存在物、あるいは得体の知れない生き物や風景が圧倒的なエネルギーを漲らせながら蠢いたり飛んだり跳ねたりしている。第一句集『無灯艦隊』から『瞳孔祭』を経て、この句集では本格的な西川徹郎の登場を思わせる。

「これらの作品に多在する不在のイメージと溢れる死者達の声なき言葉は、私という存在の深淵に久しく棲みついていた私の修羅の幻影である。私はこの幻影としての修羅を恐怖し、恐怖というかたちで修羅をまた見いだす。つまり、これらの作品の内的光景は、眼の劇場に降臨した私という修羅の現象であるとも言い得るのである。すなわち、俳句形式という言語表現の一回性の舞台の上に、私という修羅の幻影が、現象として発光する未知の光景を、私はある傷ましさと悍しさを覚えつつ、本書一巻の中に書きとめてきたつもりである。」

（『家族の肖像』覚書より）

ここでも少し寄り道をするが、彼の文章のみならず、作品にも、一般的に言って過激な言葉が随分と登場する。これを私は、最初のうちは、彼の文学的な修辞癖くらいにしか思っていなかったが、つまりオーバーな男だくらいの捉え方であったのだが、どうもそうではないようだ。「眼の劇場に降臨した私という修羅の現象」などと、私は恥かしくて言えないのだ。照れるのであるが、西川はそれを平気で言う。照れが無いのである。西川は素直だと私は前に言ったが、彼はこういう書き方でないと自分の思いが伝わらない、いや、こういう書き方でないと自分の思いに忠実ではないと思っているのだ。それは彼の作品を鑑賞してみればすぐに納得のいく処で、西川の文章は大袈裟だとか、文学的な修辞が多すぎるとかいう批判は当たらない。彼は、こう書かざるを得ないのだというのが一番の正解である。私などは人目を気にする方だから、なるべく他人受けをしようなどと言う気持ちが働くときがある。が、西川は最初からそこの処はすっ飛ばしているのだ。

食器持って集まれ脳髄の白い木
眼を洗う妹しののめの草の葉
朝日に打たれし浴槽修理人は鳥
憎襲われる白く汚れた樅の木に
舞いあがる木はしののめという胎児
さざんかいま網膜剥離です妹よ
自転車に絡まる海藻暗い生誕

第６章 極北の詩精神 谷口愼也

ことばは風にくちなしの木が血をながす
朝の木にぶら下がっている姉の卵管
銀河ごうごうと水牛の脳の髄
ぎゃあぎゃあれは屋根の上の眼球
爪の生えた道が便所で止まっている
祭あと毛がわあわあと山に
れんぎょう咲いて坊さんむちでうたれます
棺にひそかに山霧を詰め運ぶ数人
北辺の寺々魚が棲んでいる草は
耳は隣家の抽斗である馬よ
淡いうねりの血便咲いている寺の木
きみの子宮は青葉北見市を過ぎて
梅咲いて喉を淫らに通う汽車
鳥に食いちぎられる喉青葉の詩人
必ず刺しにくる北北東に木が咲いて
ほとときす陸上競技のしびとたち
魔羅のかたちの魚食う姉食堂に
ははよねむれ血は棒状に野を走る
夜へ紛れるボクサー脳髄は楡の葉
くらい体操髪の館がみえますか
枝肉その他苦しむ舌が裏戸より

家族晩秋毛の生えたマネキンも混じり
家中月の足あと桔梗さらわれて
鳥がばたばたと飛ぶ棺のなか町のよう
肉体をゆめゆめ蓮の葉が犯す
淫らな野球する野球人しびとばな
ピアノに滲み出す血管はあやめ草
死児と死蟬が木を食べている朝だ
肉屋へ突き出た肉親の足は桜木
箪笥からはみ出す姉のはらわたも春

私の好きな作品が多いので、つい予定より多く引用してしまったが、西川も、美意識が体系化され体制下されたところの季語や季題の観念を素直に応用していれば、得体の知れない生き物や風景に出会うことはなかったろうに、彼はこの句集でそれらを集結させた感じである。

この句集では「家族」という人間集団の最小の単位が、「家」という制度を中心にして。如何に複雑・グロテスクであり、奇怪であるかを実証してみせている。そして、自然主義文学や私小説が取り扱った「家」の問題が、実は何一つ解決されていなかったということをもこの句集は言いたげである。

さて、これらの句群に表われている季語に目をつけてみよう。一読判然としているが、季語は季語としての役割を果たしてはいない。つまり、一句読み通すとき、従来の「季語」という観念や概念は全く通用しないように書かれているのだ。〈さざんか〉〈銀河〉〈れんぎょう〉〈霧〉〈青葉〉〈梅〉〈晩秋〉〈桔梗〉、どれを採ってもいいわけであるが、いわば季語の常識を全くひっくり返している。それは西川が季語なるものに、体制化され観念化されたある象徴を見るが故に、それは季語を装いながら、実質的には、西川の懐の鋭い刃として応用されている。〈梅咲いて喉を淫らに通う汽車〉を例に取れば、〈梅一輪ほどのあたたかさ〉などと小市民的な和風土に腑抜けてはいないのだ。喉に淫らな汽車を通わせることによって、すなわち〈梅〉という現実(季語)に非現実を対比させることによって、今までの〈梅〉に纏わる暗黙の諒承を打ち破っているのだ。〈銀河〉という自然を代表するような季語も、〈水牛の脳の髄〉の中で美事な価値転換を計られている。それは現実の非現実化への作業であり、その結果として、虚構がリアリティをもって現実化する風景である。季語使用の句に限って見渡しただけでも、それは西川の句群の中で計り知れないほどの圧倒的な多数をもって実践されている。

一般に俳人たちは、固定化された観念を季語と呼び習わし、それを句に挿入するだけで事足れりとする、と言えば怒る人が大部分であろう。そんなことはない、季語を現代に活き活きと活用させているんだとか、季語が隠し持った部分を明るみに出してやっているんだとか言うのであろう。あるいは、正しく季語を継承して日本人の伝統的な美意識を受け継ぐ(この言葉の胡散臭さ!)と言うのだ。それぞれの主張や考えがあるのは大いに結構だが、それらは「季語」という言葉を一度も根底から疑っていない人々の言う、楽観的な俳句観にしか過ぎないだろう。

私は今、西川の句の中から季語を使用しているものを抽出し、馬鹿みたいに季語・季語と言ってみたのだが、これはあくまで西川が「反季語」なるスローガンを提出し、また一般の俳句的状況では未だ「季語」なる観念が大きく幅を利かせているので、話をわかりやすくする為にそれらの土俵に乗ったに過ぎないのだ。実は、西川の句の中で、これは季語ですがそれに対して彼はこう対処していますなどと言うのさえ、憚られるのだ。何故なら、西川の中では、季語なる観念は完全に解体ししているからである。だから本当は彼は、「反季語」などと言う必要もないのだが、そのスローガンはあくまで対外的なアピールだという、政策としてみなければならないのだろう。

⑥制度と情念

では、季語の解体とは一体どういうことであろうか。もともと季語は季節の挨拶として連歌の場で使用されていたものだ。挨拶とは、人間が集まるその場を形作る為の「タガ」としての役割を担うものであった。それがあれば無定形に集まった人間たちに「形」ができるのである。要するにそこに集う人間たちの身分保障である。だから別に季節を詠うそのことに中心があるのではなかったのである。大袈裟に言えば、その身分保障、存在証明さえ得られれば、その手段は季語でなくとも何でもよかったのである。ここのところは簡単なことだが、簡単すぎるが故に大きく誤解されるところだから注意しておいた方がよい。（俳句など知らない人から見れば、単なる普通の言葉が、何故俳句では季語などと呼ばれるのかという疑問を、それは俳句を知らないからだと笑うだけでは無責任であろう。その疑問を自分の疑問として答えられなければ人を笑うことなどできないのだ。）

季語は、そこに集合する人々の存在を保証する為の「タガ」としての働きをしていたが、当然のことながら、季節の挨拶などを否定する者はその「タガ」を壊す者として排斥されるのである。「あいつは大人の癖して挨拶もできない」という批判の表現が今なお残っているのは、「タガ」を壊す者の存在が、ひいては己の存在を保証するものに対する恐怖となるからである。「タガ」とは一種の約束事(コンベンション)である。暗黙の諒承と言い換えてもよい。そういう約束事をきっかけとして、お互いを認め合うことから「場」が展開するのだ。

連歌や連句において、発句のみならず脇句以下が、個人の「我」を押さえながらより大きな普遍的な個性に到着するという見方がある。

ここに国文学者小西甚一の優れた一冊がある。『宗祇』(一九七一年・筑摩書房)の中で、連歌について述べた一節である。

「個人による独創は、前に述べたごとく、幾世紀にもわたる共同的な経験から生まれた「型」の前では、あまりに卑小である。その卑小さは、しかし、個人という限界のなかに閉じこもるからであって、もしその閉鎖性が破れたならば、個人のもつ想像能力は、ずっと大きく伸びることができよう。すなわち、個人的(personal)な閉鎖性が非個人的(impersonal)な「型」によって破られるとき、個性はもうひとつ高い次元の自由を得るわけであり、それはまた同時に、非個人的な「型」をも、単に個人を束縛するだけの固定的な類型に終らせず、生きいきとした旋律を形成していく「詩の音程」となるはずである。」

「個人性が非個人的な「型」に対して「破れる」とは、どういう意味であろうか。これは、われわれの日常的な意識が、非日常的な意識によって変革され、新しい立場をわがものとすることである。（中略）しかも月を秋のものだとする非日常的な感じかたは、実はわれわれの祖先たちが深い意識の底で共感したところであり、われわれ自身も、ふだんは感じないけれど、よく考えてみると、意識のどこかでそれに共感していることに気づく。（中略）これはもちろん、風土の特殊性とか文化の伝統とか、さまざまな要素が複合し、さらに幾世紀もの社会生活を通じて形成された民族的な深層意識であるから、」云々。

この後、小西は、その民族的な深層意識が神話にまで至りつくことを指摘している。

この小西の一冊は、和辻哲郎の『風土』論を下敷きにしたものであろうが、私が若いときに随分共感したものであった。またこの考えは、俳句定型に関しての言い訳として、今日まで大いに利用されているから、一言触れておく必要はある。

小西はあくまで連歌を論じているのであるが、連歌の分析としては、実に的確な論である。連歌の持つ本質が、「個性はもうひとつ高い次元の自由を得る」に代表される処にあることに納得する。ただ彼の文章を注意深く読めば、連歌論を突破して、一般的に、「型」というものが持つ超個人的な力を強調しながら、それを今日にそのまま応用しようとする視点が明確に出ているところが問題なのだ。私は別に学者の悪口を言うつもりはないが、ある時代の洞察が、そのままその時代の時代背景をかき消して、いつの間にやら現代の背景に擦り替えられて論じられているものが多く目につくから、一応の注意として言っているのだ。

結局、小西甚一の文章もそうである。「月を秋のものだとする非日常的な感じかた」は「民族的な深層意識」であるとの結論は、「月を秋のものだとする」理由にはなっていない。これは何も言っていないのと同じで、それが「神話へ至り着く」などと言われても更に読者は困るのである。これをわかりやすく俳句の季語に例えると、「月という季語を秋とするのは、民族的な深層意識である」ということになる。こうなると焦点が拡散し過ぎて、学者の文章としては魅力が半減する。だが、俳句界ではこの手のごまかしが横行していることに、読者は体験的に気づいている筈である。

　更に言えば、小西は「個人」（性）というものを最初から限界性のあるもの、閉鎖的なものとして一方的に規定しながら論を進めている点に問題があろう。その上「型」に対する絶体的な信仰を揺るがしてはいないから、「型」が個を超越的なものにするという考え方が最初から出てきてしまうのだ。が、果たして、「個」とはそんなものだろうか。小西に言わせれば「個」はその辺に放り出された一個の物体くらいにしか認識されていないのではないか。彼が民族の深層意識を言うなら、「個」における深層心理なり深層意識を言ってもらいたいものだ。「個」は彼がいとも簡単に言ってのけるほど単純なものではない。きっと小西の頭の中には、一人一人における人間存在の有様が、翻訳語としての「個人」（性）というくらいの観念しかないのではなかろうか。「個」の垂直の掘り下げが、ある普遍性を獲得する筋道が一方にあることが、小西の文章では無視されているのだ。また、これが最も重要なことであろうが、小西言うところの「型」とは、自らが「神話へと至り着く」というように、結局それは、日本農耕民族が天皇制を中心にして国家体制を形成するヒエラルキーの代名詞でもあるのだ。だとすれば、当然のことながら「制度」と「情念」の問題がここで出てこなければならないが、「型」というものに対する絶対的な信仰心の為に、個の「情念」の問題はここでは切り捨てられているのだ。私は先ほど、西川の中では季語なる観念は完全に解体していると言った。それは、小西言うところの「型」、神話へと直結する我々農耕民族の血の流れとしての「制度」が、西川徹郎を絶えず苦しめる存在としてあるが故に、西川の仕事は先ずそれらと闘い、それらを解体していくという処にあるからだ。季語とは「制度」が典型化した一姿態である。

　『家族の肖像』において、彼は何故かくまでも多くの異形・異相を登場させねばならなかったか。また何故彼は、それらを「眼の劇場に降臨した私という修羅の現象」と呼んだのか。それを私は、「制度」に対する「情念」の復活と呼んでもいいと思う。そして私は「自然」（ネイチャー）という言葉に拘って、それに対する日本人の無自覚・無思想を言った。また自然主義文学の例も引用した。随分回り道をしたが、西川徹郎の作品とそれがどう関わるのか、そろそろ纏めねばならない。

⑦まとめ

第一に、西川徹郎における「反季語」とは、農耕民族が築きあげてきた天皇制ヒエラルキーに対する個の「情念」の復活宣言でもある。第二に、彼が描く異形・異相の諸々は、「制度」を突き破ったときに初めて出てくる民族の「情念」そのものの姿である。第三に、句集『家族の肖像』において、制度としての「家」の問題を、自然主義的な手法、あるいは私小説的な手法を匂わせながら、生の情念を具象的に登場させている。ここには日常生活を「自然」という概念のもとに無自覚・無思想に描くのではなく、一度「自然」なり「人間」なりを解体し、その後の異形・異相を登場させることによって、今までにない迫力を勝ち得ながら、それを俳句文学に定着せしめたのである。だから、多分西川は、一方に「季語」を中心にして形作られた美的体系とは別の、我々民族が抱え込んでいる暗い血の流れを掘り当てているのだと思う。日の当たるところに季語に象徴される流れがあるとすれば、西川のそれは長い間隠され続けた、日の当たらない鉱脈を発見しているのだと思う。目に見える部分を現実と言い、そうでない部分を非現実と言うなら、西川俳句はこの非現実的な鉱脈の発見と、それを我々の眼前に提出することにある。虚構を現実化することこそ西川の仕事だと言ってもよい。「眼の劇場に降臨した私という修羅の現象」とはそう云う意味だ。

『家族の肖像』で、私は季語を含む作品を例に採って物を言ったが、そうでない作品をもう一度見てみよう。

　食器持って集まれ脳髄の白い木
でも
　くらい体操髪の館がみえますか
でも、あるいは
　枝肉その他苦しむ舌が裏戸より
でもいい。ここに西川の、剥き出しの、痛々しい「情念」が蠢いているのだ。実に痛々しい生まれたての魂なのである。西川の〈脳髄〉や〈髪〉や〈舌〉は、所構わず、この日常的な風景のなかに、何の防備もなく突出してくる。そしてそれは、極めて肉体的・具体的に提出される。我々はその肉体の痛々しさゆえに、ある「もの哀しさ」に囚われる。この「もの哀しさ」とは、有情という人間の存在の「もの哀しさ」でもあろう。西川の肉体が、外界へ向けて、大きく言えば自然へ向けて浸透していくとき、そこには有情としての生き物という人間の、動物やら植物やら自然現象やらを含めた自然に対する不具者性が、よりいっそう明らかになっていく。だから西川の肉体は、この日常に浸透しながら、その日常を裏返す奇妙な能力を持った物体なのである。その物体の「もの哀しさ」は、この日常的な現実が存在する限り、永遠に続くのだと見てよい。

西川は俳句定型という概念を相対化しながら、その作業の過程で己の肉体がその中で解消することの不可能性を知ったのに違いない。西川の「もの哀しさ」とは、自然に没入し、自己解消のできない「もの哀しさ」であるのかもしれない。剥き出しで挑んだ彼の肉体は、自然への自己解消どころか、極めて異様な異物としてそこに提出されたのである。そしてそれらが提出されることによって、西川俳句は、更なる呻吟を要求されるという立場に立たされる。

俳句定型の要求してくる水路は、俳句という共同観念の中で脈々として流れている。そこに飛び込めば気は楽だ。また、その流れに乗っかって、思わぬ光景を見てしまうこともある。だが、西川の肉体がそれを許さない。彼には、絶えず俳句的な概念なりその美的体系なりを相対化していくしか道がないのだ。

相対化とは、あくまでそれに関わりながら、自分の風土を確立していくことを言う。例えば芭蕉は、中世美意識をはっきりと相対化した。つまりそれは、中世美意識を明確に認識することから始められる。伝統的な流れを人一倍正しく認識しながら、それとの関わりにおいて、今生きて在ること(立場)をリアリティ化する作業である。伝統詩型に関わるとはそんなことを言うので、五・七・五の音数律を守らないから破調だとか、季語がないから俳句ではないなどという物言いは、何ら問題の本質に関わってはいない。またそんな人に限って自然自然と言うけれど、自然を愛することの本当の意味がわかっていないのだ。彼らには自然とは花や木ぐらいの認識しかない。誠に小市民的な予定調和の中に、己の存在を解消しようと努めるものだ。それは西川が己の無垢の肉体をもって自然の総体に浸透していこうとする意志とは決定的に違う。また、神話へ至り着くヒエラルキーの中に没入することとも違う。それらに抑圧され疎外し続けられた異形・異相の全てを呼び出すことが西川の仕事なのである。「自然」（ネイチャー）という言葉が、翻訳的な意味性を突破して、本来の姿を現すのはこの西川の仕事においてであるとも言えるのだ。私は、我々民族の、この暗い血の流れを今しきりに思うのだ。

Ⅲ　言葉と詩人

詩人の位相

先に私は、詩人という漠然とした言葉を使用しながら、それはこの日常的な現実に対する永遠の欠落感覚を言葉によって埋めようとする不具的な人種と規定した。そして今、詩人とは、言葉を最後の砦とする人種のことだと言い直してもよい。

そして詩人でもあり評論家でもある北川透は、『詩と思想の自立』（思潮社）で次のように言っている。

「詩がことばと、その思考の秩序において、本質的に自由であるための条件は、詩人の想像力において全的な否定者の位置を貫く以外にないと思われる。しかし、ぼくらがどうしようもなく生きているこの日常的な生活の次元においては、否定者というのは、いわば虚構の位置でしかない。（中略）この生活者が「生活圏」のなかでもつ絶対肯定性と、否定者が「虚構」においてもつ絶対否定性の豊饒な分裂の劇に、今日の詩的想像力の源泉があると思われる。」（〈詩の不可能性〉）

私がこの一文を読んだのはすでに二十五、六年前であるが、三年ほど前、名古屋の北川透氏の自宅を訪ね、「否定者が虚構においてもつ絶対否定性」について少々尋ねたら、「厳密に考えすぎたら生きてはいけませんよ」という返事が返ってきた。当然のことながら、生活の次元では、我々は日常の言語体系の範疇で生活を余儀なくされている。だが、言葉に向かうとき、我々は生活圏での肯定性と虚構における現実との間の「豊饒な分裂劇」を覗かざるを得ないのだ。その分裂を埋めようとする必死の作業を詩的営為と名付けて間違いはあるまい。

では何故、詩人が言葉に向かうとき、まるでそれが詩人の宿命ででもあるかのようにその「豊饒な分裂劇」を覗いてしまうのであろうか。

大雑把に言って、人間以外の自然は、全て一義的な自然の摂理とでも言ったようなものに則って、しかも明確な解答を用意しながら循環している。人間だけが何故かそこから脱落しているのだ。

私はそれを「有情のもの哀しさ」と呼び習わしているが、それは他の自然(物)に較べて、何処か不具的な存在でもあるからだ。これを自然の一義性に対する有情の、永遠の不条理性あるいは非合理性であると言い直してもよい、「有情」の「もの哀しさ」の根源はそこにあるのではないか。

藤原俊成の『古来風体抄』に、「人の心をたねとして、よろづの言の葉となりにければ、春の花をたづね、秋のもみぢをみても、歌といふものなからましかば、色も香も知る人なく、何をかはもとの心とすべき」とある。これは『古今集』(仮名序)の紀貫之の言葉を受けて書かれたものだが、これは有情のものと言葉との関係を端的に把握した一文であり、その断定の響きが快い。

例えば、人間が一義的な自然そのものであったら言葉など不要である。人の存在が自然界の中で不具的であるが故に、人は言葉をほしがるのである。そして俊成は、言葉がなかったら我々の存在さえおぼつかないことをはやばやと見抜いてしまっている。私が俊成の言葉を貫之のそれよりも深く思うのは、「人の心をたねとしてよろづの言の葉となりにければ」の部分は貫之がら受け継いでいるものの、「歌といふものなからましかば—何をかはもとの心とすべき」に現れている洞察力にある。すなわちここでは、「心」から「歌」へという図式(順番)を突破して、「歌(言葉)」がなければ、人の「心」は存在しないという論法に逆転しつつ、それらを循環させているのだ。これは優れた「言霊論」と言うしかない。

そしてこう言えるのだ。人が人としての有情性(不具性)に目覚めたとき、それは言葉に目覚めたことと同じことである。何故ならばその「目覚め」は、言葉と共に自覚されるものであるからだ。従って、人間という名の有情を、永遠の不具性として、不条理として存在せしめるのが言葉であり、それは同時に、言葉は永遠に不具であり不条理であるということにもなる。「ことの葉」が古来から「もののあはれ」を宿す所以である。だから北川透言うところの「豊饒な分裂劇」は、一義的な自然に対する有情の有情たる認識の深さと比例するとも言えるのだ。

西川徹郎が、『家族の肖像』に引き続き、第四句集『死亡の塔』（一九八六年・海風社）で垣間見せた世界はこうだ。

麦野は鏡棺を出て来た少年に
土足で月が二階へ上がる死者を連れ
郵便局で五月切り裂く死者の喉
解体されてあけぼのの野のおとうと
肛門に手を差し入れる若葉の死者
父の肛門へ葬花詰め込むまっぴるま
一番奥の戸は冬海である肩で押す
真昼の寺に大きな箒死んでいる
股開き乗る自転車みんな墓地に居て
蓮の手足が五本野道に落ちている
睾丸を紙に包んで桔梗寺
空の裂け目に母棲む赤い着物着て
梅咲く戸口死者と生者が入れ替わる
廊下の奥が見え柿の木乱交す
物置きの中の自転車を亡き姉に貸す

顔裂けて浜昼顔となるよ姉さん
紺のすみれは死者の手姉さんだめよ
おとうとを巻き取る蓮の葉は月夜
おとうとの顔に映っている鳥その他
妻のゆうれいビルにぶつかる自転車は
サフランは子を一人ずつ食べて
戸に刺さった蝶は速達暗い朝
横死者の髪は箒として使う
湖底の草が肛門にふれ眠られず
マネキンの七、八人も草野球

ここでも彼は、『死亡の塔』覚書で、「私とは一体誰なのか、私とは一体如何なる生きものなのか、と問い続けることが、私を今日まで俳句という表現に駆り立ててきたと言っても過言ではない。（中略）。俳句を書くことを通して見出された異形異相の関係性を、私は『死亡の塔』と呼ぶことにしたのである。」と言う。

ここでも、と言ったのは、彼の句集の〈序文〉なり〈後書き〉なりは、殆どこの手の文章で埋められているからである。すなわちそれらは、この日常的な現実の世界における自己の存在の不安感を色濃く漂わせながら書かれているのだ。その不安感を埋めようとする彼にとって、言葉はまさに最後の砦である。そしてそれは絶えず、言葉と自己との豊饒な分裂劇を演出する。それは言葉の体制的、分類記号的な機能を破壊し、我々に見てはならないものを見せつけてくれるのである。しばらくは作品に添って見てみよう。

一句目、棺を出てきた少年にとって、この世は倒錯の世界そのものである。のみならず、当の本人そのものがこの世とあの世を混交させ円環化させる仕組みそのものであるというふうに書かれている。

二句目、月はこれまでの物静かな月ではない。土足で家へ乗り込む強引で無礼な月に変身している。貌に毛など生えているかもしれない。しかも死者など小脇に抱えて。一体二階で何を始めようというのか。屍姦か、祈りか、はたまた解剖か。その先は闇だ。

三句目、極めて日常的で和平的な郵便局が死の祭壇に変身させられている。日常の安心できる場が、突然の惨劇の舞台となるのだ。

四句目、〈春はあけぼの。やうやう白くなりゆく山ぎは―〉ではない。肉親である弟が山野で無残にも解体されているという現実がそこにあるのだ。〈あけぼの〉はそれを証明する為の道具に使われている。

五句目、若葉は死者であるが、この死者は意外と健康的である。肛門に手を突っ込むのは汚いことに違いないのだが、その仕種がユーモラスである。西川の句に、この手の健康さが幾つも見られるのは、私にとって救いでもある。若葉の死者には明るいエネルギーが感じられ、異形・異相の滑稽さがある。

六句目、極めてぎょっとさせられる。〈肛門〉がひとつのキーワードであろうが、宇多喜代子はこの言葉に、西川徹郎が無意識のうちに持っている〈帰巣本能〉を読み取ろうとする（『死亡の塔』・別刷栞）。すなわち、「抑圧されたものの本音として、含羞を持つものの仮面として、ランボー的悪の華への願望としての有効性をもつようだ」と宇多に言わしめているが、要するにこの現実を生きる為に隠匿してしまう世界をさらけ出すことによる自虐的な安堵感である。またこの世界は我々が長ずるに従って理性によって抑圧してしまう世界でもある。勿論この場合の理性とは、体制が飼い慣らす思考回路に他ならない。そしてこの句の場合、〈父〉は、西川徹郎の帰巣本能、あるいは自虐的な劇場を実現する為の神聖かつ残虐な主役と成り得ているのだ。

七句目、実は西川の伸縮自在の化け物となっているのだが、その不気味さよりもある種のロマンチシズムの方が勝っている。〈冬海〉を個人名として読むことにも差し障りはなかろうが、一番奥の戸が冬海であるという認識と同時に、それを肩で押すことの可能性を実にリアルに表現している。戸を押した後どんな世界が開けるのか、それは読者の想像に任せられている。これもまた言葉の力によるもの、言葉でしか表現できない世界である。

八句目、〈大きな箒〉はつい今しがたまで生きていたのである。それを〈死んでいる〉と表現することによって逆に〈箒〉の存在のリアリティを獲得している。西川の世界は〈戸〉や〈箒〉や〈鏡〉のように、有情のみならず、非情なものとの自在な交流を通して、生と死との葛藤、あるいは永遠の裂け目とでも言うべき世界を露呈してくる。

九句目、〈自転車〉は生きている者専用の乗り物であろう。だがそこには、すでに股を開いた硬直状態の死者が乗っているのである。この〈股開き乗る〉という表現が、実によく死体の姿を具体化しているのに驚かされる。

十句目、〈蓮の手足〉は、その観念性を通り越して、一句の中で人間よりも人間臭い「具象」として野道に落とされている。その存在感を一句の中で保障されていると言ってもよい。こういう世界では、「私とは一体誰なのか、私とは一体如何なる生きものなのか」という不安が募るのは当然のことながら、それは必然として読者にも伝播する。西川は己の不安を拡大しかつ増強させることによってその世界を読者に強いるのである。自虐的な作業には違いない。

以上、大雑把に抽出句の順序通り作品を見てきたが、これらに全て共通するものは、言葉によって現実を虚構化し、また虚構を現実化するエネルギーであり手法である。そしてそれらは、「I　書くという行為」でも触れたが、その詩的思惟性において、存在の不安や不安定さから来る彼の「実存俳句」に裏付けられている。

そして多分、詩を書く動機をも含めて、詩人の位相とはそんな処にしかないのだと思われる。すなわち、虚構を現実化する行為は、日常的な現実に対する己の存在の欠落感覚、換言すれば人間という有情のもつ不具性の為さしめる業である。だからその不具性は、体制的なヒエラルキーの中で、文化の発展の為に寄与するという公人的な優越感とは絶対に結びつかないのである。詩人の叫びは、絶えず、この現実と非現実、現実と虚構の谷間を振り子のように揺れ続けるしかないのであろう。その一種自虐的な行為に耐えている者こそ、詩人と呼ばれるものにふさわしいのではなかろうか。詩人の惨状と栄光もまたここに在るのだと思う。

場の拡大

さて、西川徹郎作品は、従来の俳句的な読みの世界を充分にはみ出すものである。読みには、それを支える風土におけるそれぞれの約束事が先ず在る。その約束事が概略化すれば、当然そこには固定化された美意識しか残されない。固定化された美意識は、日常的な体制の中にたちまちのうちに繰り込まれてしまう。これもまた、理の当然である。だから、従来の俳句的な読みと思われるものは、その一典型ではあっても、ひとつの読みの約束事に過ぎないということを頭に入れておかなければならない。西川俳句は、否応なしにその読みの風土、すなわち「場」の変革を我々に強要してくるものである。

例えば、私の最も好きな作品のひとつを先ほどの『死亡の塔』から抜粋すると、

空の裂け目に母棲む赤い着物着て

になるが、これもどうも従来の読みではやりにくいということになろう。「これ、俳句ですか？」とか「季語がありませんね」とかが疑問として先ず返ってくるであろう。それから、「お母さんはすでに亡くなっているのだろう」とか「空の裂け目は女性性器をたとえているのではないですか」とか、また例のごとく「〈赤い〉という言葉は〈裂け目〉と付きすぎですね」とかいう批評（作品を現実界に引きずり下ろすような）が返ってくるであろう。要するに、自分の読みの範囲を固定化してしまうと、その批評も古くさい比喩や技法に終始するしかなく、話は一向に前へ進まないのである。だから、作者は何故この手の作品を作らざるを得なかったのか。また、そういう視点が俳句にとって如何なる意味を持つのか。更には、作者は言葉をどう考えているのか、等々、作品鑑賞とは、相手が片言の短詩型であるがゆえに尚更のこと、こういった複数の視点を確保しておかなければならないのだ。その為には、読みの拡大、それを支える風土の、「場」の拡大が実践されなければならないのだ。だから少なくとも、〈空の裂け目に母〉を棲まわせなければならない作者の作家としての位相と、現代俳句的状況との比較や関係性においてそれは鑑賞されなければならないのだと思う。

短詩型文学において、きちんと「場」の拡大作業の必要性を説いたのは歌人岡井隆の『新編・現代短歌入門』

（一九七四年・大和書房）においてではなかったかと思う。その中の〈場について〉の章で彼は次のように言う。

「私小説という特異なヴァリエーションを生んだ近代日本の思想の底には、書かれたものを書いた人の一部として受けとるという根強い習慣が一貫して流れています。短歌観は、言わば、そういう思想の一つの典型的なあらわれにすぎぬのかも知れぬのです。」

そして彼は、その短歌観の流れのもとを、写実派と呼ばれる〈アララギ派〉に求めようとする。そういう「場」からの脱出を、塚本邦雄の作品〈銅婚式　百のコップに車輪なす同心円の溺るる檸檬（レモン）〉を引用しながら論を進めている。この鑑賞の仕方として、岡井は「作者自身の銅婚式の晩餐の一景を少しシャレて描写してみたものだと解釈してみたってはじまりません」と言う。更には、「場」の力は絶対的だが運命的ではない、たいていの結社誌が抱える戦後的貧困を「場」を変革することによって脱却しなければならないとも言う。

西川徹郎において、従来の俳句的な「場」は、（岡井隆の言葉を借りれば）「一人の神＝主宰者を信ずる新興宗教団体におけるごとき親愛感と競合心」に満ち溢れていることの腹立たしさとして映ったに違いない。彼が「反結社主義」を叫ぶのも、結社誌が従来の「場」を典型として抱え込んでいるからである。私は時々、俳句における「暗黙の諒承」という言葉を使ってきたが、それを形成するのが「場」であり、「場」には必ず観念として定着しようとする性質がある。いわゆる「場」の固定化であり擬似体制化現象である。それらに対する総攻撃が西川の俳句行為であろう。

花鳥諷詠の精神、あるいは新興俳句でもモダニズムでも、社会性俳句でも口語俳句でもよいが、西川徹郎はそれらが形成する「場」に充足することはない。どれもこれもが不満足なのである。だから彼はとりあえず、「実存俳句」なる呼称で己が俳句行為を呼び習わすのだ。とりあえずと言ったが、しかしこのとりあえずにはかなりの力強さがある。何故ならば、先述したように、人の存在のその根源において言葉を据えようとする意思があるからだ。「詩」の発生の現前（プレザンス）とは、「言葉の発生の現前（プレザンス）」と言い直すことができようが、それをまるごと俳句という現場に持ち込んだ西川が、俳句的な風土からはみ出すのは当然である。

そして西川にとっての「場」の拡大とは、意識的なそれではなく、彼の存在そのものがどうしようもなく抱え込むものと解釈とした方が正しいようだ。だから俳句の現場にとって西川徹郎なる存在は厄介な代物なのだ。「場」の拡大の必要性をここで改めて説くまでもあるまいが、「場」は「読み」を規定する。そして「読み」は俳句的な擬似体制の支配下にある。だとすれば、「場」の固定化は擬似的な支配体制の増強作業に繋がることは自明のことである。西川の作業は、結果的にそれらの増強作業を根底から突き崩すところにあろう。

更に彼の第五句集『町は白緑』（一九九八年・沖積舎）から作品を抜粋してみる。

口腔に鳥詰め少年死んでいた

黄水仙水差し咥え死んでいた

山寺の桔梗に指を食いちぎられる

汽車を咥えたきつねが庭で鳴いている

月の根を犀は三年がかりで食べる

秋津が秋の日の野の人を鷲掴む

宮入聖はその良質な西川徹郎論「蓮華逍遙―西川徹郎の世界」（第六句集『桔梗祭』併載、一九八九年・冬青社）において、これらの句について、自分の思いを絡ませながら次のように述べている。

「少年少女という途上期の生き物は自らの体験に照らしても実に危なげな不安定な餓えた生物で、未だ所有という観念を持つことがないのでこれにつきまとう欺瞞に充ちた社会や大人や父母に対する実に苛酷・苛烈な批判者として自らの唯一の所有性である死を賭して反抗する。」

そして西川の俳句が、「社会や大人や父母に対する実に苛酷・苛烈な批判者」であることには間違いない。同時にこの世の価値体系を形作るのは「社会や大人や父母」である。だが、勿論西川のそれは「未だ所有という観念を持つことがない」子供のそれではなく、自己の存在に対するより深い探求心から来るものである。西川はそれを、宮入聖が指摘するように、少年の眼で舞台化しリアリティ化しようとする。「口腔に鳥詰め」て死んでいた少年は、鳥をむさぼり食おうとしていたのか。あるいは、鳥の方から少年の口めがけて飛び込んできたのか。また、何故少年はそうしなければならなかったのか。何故そういう目に会わなければならないのか。幾つかの問題を具体的に提示してくれるのである。が、いずれにしろ奇妙で恐ろしい風景である。こんな少年を大人たちは決して歓迎はしないのだ。そして今度は「黄水仙」という植物である。この「黄水仙」は、当然のごとく人間同様生臭く描かれていて、それはつい先ほどまでは生きていたのである。それが今は「水差し」を咥えて死んでいるのだ。新たな死の確認である。そして「山寺の桔梗」は指を食いちぎるほどに狂暴で、ここではあってはならない現実が平然と実践されているのだ。「汽車を咥えたきつね」とは童話的な誇張であるが、句の構図にははっきりとした力強さがある。すなわち、読者を〈さもありなん〉と納得させる文体なのである。だから、「汽車を咥えたきつね」がそこに居るのだと思う。更には、「犀」という動物は「月の根」を三年がかりで食べるものだという新しい詩的認識が、言葉の舞台装置によって為されているのである。

これらを一瞥して、西川徹郎が成し得ているものは、「物に託して思いを語る」という俳句的技法、ひいてはそれを土台とした鑑賞方法などをすっ飛ばして、いきなり諸々の有情やら非情やらの蠢く世界を提示するのだ。その為に我々は、俳句を作る主体である人間を優先的に、つまりそれを主体として、あるいは信用して西川の俳句を読むことはできないというふうに書かれているのだ。端的に言えば、人間を前提にして読むわけにはいかないのである。それは従来の鑑賞方法とは大いに違う。「場」が違うのだと言うしかない。

更に特徴的なことは、西川の俳句に登場する主役の殆どが、今まで生きていたかと思えばすでに死んでいたり、死んでいたかと思えばいきなり復活して暴れたりするのだ。生と死の円環化されたドラマと言ってしまえば簡単だが、それがドラマを支える「場」の安定を前提とはしていないだけに、読者は根底から読みの行為の変革を迫られるのだ。我々は何処かに別の「場」を設定するように仕組まれてしまうのである。それは新興俳句が社会性俳句に、社会性俳句が前衛俳句に変貌していく過程とは根底から違うのだと言わなければならない。何処かにある別な「場」とは、我々が祖先から受け継いだ暗い血の流れ、まだ体制化されない未整理の情念。

我々はこの俳句という「場」において、それらを殆ど掘り下げていないのではないかと思われる。西川はそれを「家族」という一等身近な舞台劇を設定しながら拡大しているのである。

「喩」の構造

①喩の状態

西川は、季語というものは自然が崩壊した都市生活者の中では、それは比喩・象徴としてこの俳句空間に蘇生させるしかないと言った。この辺のことを少し探ってみたい。

彼の第六句集『桔梗祭』（一九八九年・冬青社）から抽出する。

桔梗祭Ⅰ

暗く喚いて出て行くおまえ桔梗祭
戸口の桔梗くぐれば兄は八つ裂きに
桔梗に混じり見ている母が兄産むを
襖絵の桔梗が屋根を突き破る
棺の内部の見えない階段桔梗咲く

石屋

丘でぶつかる月と石屋のゆめをみる
谷底の町の石屋が谷囓る

岬まで

佛身のなかの青野を岬まで

蓮寺

月の寺蓮華は野球をして眠らない
三日月咥えたまま姉蓮寺を疾走す

蓮池に沈んだ姉を思う山越え
蓮池に潜り三日月の根を掴む

さて私は、迂闊にも「喩の構造」などという小見出しを付けてしまって、いささか後悔している。「喩」の問題は一般にいう詩の問題のその根本に直結しているからである。詩とは何かを問うとき、それは必ず「喩」とは何かを問わねばならないことになる。だからいささか荷が重い。にも拘わらず、ここでそれを論じなければならないのは、西川の俳句がもろに抱え込むものは、詩とは何か、俳句とは何かを読者に厳しく問うているからである。避けて通れぬ命題でもあるのだ。

「喩」とは一般にいう比喩のことであるが、ここでは、吉本隆明が『言語にとって美とは何か』において短歌においてのみあらわれる〈喩〉の問題を論じたときの、その言葉に従っている。詩の本などを読むと、直喩(シミリ)に隠喩(暗喩＝メタファ)とここまではいいのだが、それを形態上の相違と思考過程上の相違から分類し、死隠喩(日常化してしまったもの)、擬隠喩(日常化していないが、詩にもたかまっていないもの)、詩的隠喩等に分類し、その例をいちいち列挙したりしている。まさか高校入試の為ではあるまいが、そういう分類癖を打ち破る意味でも吉本の言う「喩」という言葉を使ってみたくなったのだ。そして私がここで言う「喩」とは、象徴(シンボル)や寓意(アレゴリー)や映像、その他反語や誇張、擬声後・擬態語を包括するものと解釈していただければ幸いである。

西川が俳人を自認する以上、季語という観念をどう相対化するのかは避けられない問題である。それを単に季語は不必要だとか是非必要だとか、そこだけに視点を当ててものを言っても始まらない。俳句というフィールドには季語という観念なり概念なりがれっきとして在るのであり、書くという姿勢において先ずはそれをどう捉える(相対化する)のかの根本的な問いを欠いたならば、俳句の入口さえわからないということになる。そしてそれは当然、「切れ」や五・七・五の定型律等の相対化の問題でもある。

西川はまず俳句を俳句たらしめている(と一般には思われている)季語を引き合いに出す。これは俳壇ジャーナリズムに対する一種の戦略ではあろうが、ちょっと引っかかるのは、季語を比喩・象徴として蘇生させるしかない原因を「自然が崩壊した都市生活者の中では」と規定しているところにある。これを字義通りに解釈すれば、都市生活の中では自然が消滅しているから、自然を代表あるいは象徴するような季語を使う必然性がなくなった、使えば嘘になる、ということになる。だがそうであれば、これは素朴なリアリズム論以外の何ものでもない。季語とは歴史が積み上げた美的観念であり、言葉である。決して現実に即応する現場的な言葉ではないのだ。あくまで共同幻想的な観念の中でしか成立しない概念である。だとすれば、西川もまた季語を表わすという中学生並みの季感説(と勝手に名付けたが)から自由でないということになる。これでは季語信奉者と同じ次元に立ってしまうのだ。だからこれは、西川の文学的な営為から見ても、どうもおかしいのだ。一番穿った見方は、これもまた西川の戦略かということになろうが、戦略にしては危な過ぎる。西川がここまで他人にへつらうわけがないから、それではどう考えればいいのかと言うことになるが、多分ここには「喩」や「象徴」の問題が横たわっているのだ。そして私は、「喩」は「象徴」をまで包括すると考えているので、先ほども言った通り、これ以後は「喩」という表現に一括して話を進めたい。

先ほどの句集から一句引用する。

　襖絵の桔梗が屋根を突き破る

俳句を読もうとする意識(態度)は、その時すでに俳句のフィールドの中に包括されている。従って読者は、目ざとく〈桔梗〉という言葉を発見しそれが季語であるという前提に立ってしまう。ところがこの場合の〈桔梗〉は〈襖絵〉の中の〈桔梗〉であるから、読者はたちまちのうちに違和の感情に支配される。次のその〈桔梗〉は〈屋根を突き破る〉という行動に出るのだから、その「像(イメージ)」は季節を象徴する植物の〈桔梗〉であることを一瞬匂わせながらも、完全に能動的な「何か」に変身させられてしまう。この素早い変身の中に「喩」があるのだと思えばいい。この句を散文として言えば、「襖絵の中の桔梗が屋根を突き破った」とでもなるのだろうが、そしてこの句と散文的な叙述との間には一見大した違いはなさそうだが、どうしてこれが俳句(詩)になるかと言えば、そこには「喩」があるからだと言うしかない。

私が「比喩」と言わないのは、例えば「自分の思いを託して、桔梗に屋根を突き破らせているのだ」などと言うパターン化した鑑賞が出てくるのを嫌う為だ。比喩と言えばそれを単なる修辞の問題として解決しようとする態度が出てくるからであり、先ほど言ったような下らない比喩の分類法などにとらわれてしまうからである。少々言葉が混乱するが、大きく言えば「喩」とは、詩と散文とを区別する為の「仕掛け」(本質的なレトリック)なのだ。

もう少し具体的に言えば、この作品に〈桔梗が屋根を突き破る〉という比喩の素晴らしさを見る読者がいたとすれば、それはもう充分に、分類化されパターン化された比喩の体系に絡まっていると見ていいのだ。そこに視点を定めれば、この句は、「指が屋根を」「帽子が屋根を」突き破るといった類いの陳腐な比喩にしか過ぎなくなってしまうのだ。そして勿論この句は単なる詩的技法としての部分的な比喩が命なのではない。もしこの技法がこの句の中で活きているとしたら、それはその技法を支えている作家の〈方法意識〉に裏付けられていると見なければならないのだ。修辞としての「比喩」を支える「仕掛け」(本質的なレトリック)にこそ目を付けねばならないのだろう。

そこでいよいよ疑問の解決だが、西川は〈桔梗〉という季語をその観念化した美的体系から先ず外すことから始める。〈襖絵の桔梗〉がそれだ。何故〈襖絵〉でなければならないか。何故いきなり生身の〈桔梗〉ではいけないのか。そういう疑問を伴いながらこの〈桔梗〉は突然一瞬のうちに〈屋根を突き破る〉という行動に出るのだ。何故〈突き破る〉のかという疑問。ここには西川が言う「季語を比喩・象徴」に転換させる技法が充分に露呈されているが、大切なのは、この句に伴う「何故」という疑問の方であろう。何故そういう行動に出るのかと言えば、西川が「都市生活者」であるからだ。〈おや、西川は北海道の自然の中にいるではないか〉などと言う声が聞こえてきそうだが、それは見当外れである。その辺の事を補足しよう。

今まで見てきた通り、西川が批判する「自然」とは、広義の意味での「自然」(ネイチャー)ではなく、花鳥風月に代表される「自然」を指すことがすぐ判る。彼の句は季語が持つ美的体系をことごとく打ち砕くように作られているからだ。だがそれだけなら彼自身も素朴なリアリズム論から殆ど外へ出ていないことになる。むしろ目を付けなければならないのは、「都市生活者」という表現の方であろう。これを私は、農村に対する都市という短絡的な二極的な構図で捉えていた為に、彼の真意が判りかねたのであろうと思われる。それは、都市には花や鳥が遊ばなくなったからという表層的な側面よりも、「都市生活者」として規定され得る我々の歴史的かつ社会的存在に対する認識論に裏付けられたものであることを見逃してはならないだろう。

だとしたら、次に私は、「都市生活者」とは何かを問わねばならない。この「都市生活者」という認識こそが季語を否定し、修辞法としての比喩を否定し、ひいては西川の「詩の発生の現前（プレザンス）」の息の根を止めようとする天皇制ヒエラルキーの否定にまで通じているように思われるからである。

都市と農村という二極対立的な概念あるいは社会現象やそれに伴う価値観は、多分一九六〇年頃までは区別がついていたのではないかというのが私の思いである。そこには田舎から都会へと流出する人々の様々な姿が目に浮かぶ。集団就職、あるいは出稼ぎ、あるいは都会に憧れそこに食いぶちを求める人々の姿が様々なバリエーションをもちながらも、我々の心の中では、はっきりと「田舎から都会へ」という心的構図が成立していたのではなかったか。だがそれ以後はどうもその二極的な境界が曖昧になってきて、七〇年代にはそれが決定的になってきたように思えるのだ。勿論、現在も都市の風景と農村の風景とは明らかに違うものとして列島の至る所に散在はしているが、我々の心的構図の中では、その二極対立的なイメージはすでにリアリティをなくしてしまっているのだ。目には見えるがリアリティが無い、と言ってもよい。換言すれば、西川徹郎は、「農村」という言葉に代表される農耕民族の体系、そのヒエラルキーの実質的な崩壊をここで見ているのだと言ってよい。だから西川が言う「都市生活者」には、都市で働くサラリーマンや商人の世界という表層的な側面ではなく、日本人としてのアイデンティティを実質的に喪失した者という意味を読み取るべきであろう。西川が叫ぶ反俳句・反季語・反結社主義とは、その喪失感に対する一種の叫びであり警告でもあるのだ。だから、〈自然が崩壊した都市生活者〉とは、〈「季語」に象徴される擬似体制的ヒエラルキーの崩壊を鋭く感知した者〉と読み直すことができるのだ。ここまで来て、どうにか西川の真意が理解できるのである。

　更に言えば、「都市生活者」が日本人としてのアイデンティティを喪失した者だとすれば、それは未だ名付け難く、体系付け難い未明の何かであろう。そして、名付け難く体系付け難き未明のものとは、誤解を恐れずに言えば、一種の「喩の状態にある何か」なのだ。〈襖絵の桔梗が屋根を突き破る〉に顕在化している俳句的比喩(修辞)は、この「喩の状態」にある何かに支えられている。それを私は先ほど、修辞としての「比喩」を支える「仕掛け」(本質的なレトリック)と言った。勿論この「仕掛け」は、俳句形式五・七・五の音数律、及び読みの「間(ま)」(余白)と相即性をもって成立するものという条件を忘れてはならないのだが、西川はそれを、季語を違和として存在せしめ、次にそれを素早く未だ名付け難く体系付け難い何かの「喩」として成立せしめているのである。

　　丘でぶつかる月と石屋のゆめをみる

　次にこの句を見てみよう。「季語」は無い。おまけに七・七・五音で成立している作品である。私はこれをやはり俳句だと思うし、一般的に言う「詩」を感じてしまうのだが、それは何故だろう。判りやすく説明すれば、先ずこの句を読むときの呼吸として、〈丘でぶつかる〉までいっきに読み、その後少し「間」を置く。次に〈月と石屋の〉まで行き、最初よりもやや短い「間」を取ったあと〈ゆめをみる〉を読む。そしてこれを簡単な文の構図にすると〈作者は□のゆめをみる〉となる。ところが□内が問題で、意味の上からは「丘でぶつかる」のは〈月と石屋〉であるから、ここで読みの流れと意味の連続の上での違和(感)が生じる。結論から先に行けば、そしてその違和(感)は、美事に下の〈ゆめ〉と照応する。すなわち□との交流が生じ〈ゆめ〉と「像」との交響楽が生じることになる。□の内部をもう少し説明し直すと、〈丘でぶつかる↓月と石屋〉といっきに読み下したいのだが、我々はその本来的な生理(呼吸)からどうしても〈丘でぶつかる〉で大きく「間」を取る。そして重要なのは、その「間」に滑り込む何かがあることだ。その「間」のお陰で、〈丘でぶつかる〉のは〈月と石屋〉という「像」ばかりではないという暗示性が出てくる。そしてその滑り込む何か、暗示される「像」こそこの句を支える本質的なレトリック、すなわち未だ名付け難く体系付け難い「喩の状態」ではないかと思われる。だから、「月と石屋が丘でぶつかるなんて、意表を突いていて面白いですね」などと言う単純なイメージ論や修辞的な賛美はこの句には役立たないのである。

最初の大きな「間」を〈●〉、次の小さな「間」を〈•〉と仮定してこの句を再度眺めてみよう。

丘でぶつかる●月と石屋の•ゆめをみる

私がこれを何故「俳句」だと言い、「詩」だと感じるかを繰り返し言わねばならない。

第一に、五七五音という定型律を基調にしながら、その音数律をはぐらかすことによって、「像」を伴う韻律を成立せしめていることが挙げられる。最初の〈●〉がその役目を果たしている。これは定型(感覚)を、その音数律においてどう相対化するかの作業に従事しているが故に俳句である。同時に大きな〈●〉の部分に名付け難く体系付け難い〈像〉を導入するが故に、散文ではない詩(韻文)を読み取るのである。名付けられ体系付けられる「像」は、修辞的な比喩としての役割を果たすものの、詩の本質的なレトリックとは成り得ない。

次の小さな〈•〉は上七七の「喩」と照応しながら、それらを具象化していると言ってよい。その為の「間」である。〈丘でぶつかる月と石屋〉というフレーズが、ある「像」を結ぶ為に必要な「間」であると言い換えてもよい。そして一句読み通したときの〈ゆめ〉は、それ自体が奇妙なリアリティをもってそこに存在しているのである。

西川の言う「比喩」や「象徴」を私は一括して「喩」と言った。そしてその「喩」は、詩的なレトリックの問題として本質的なものであり、修辞学的なレトリックをその根底から支えるものであることを言った。だから西川の言う「都市生活者」とは、この未だ体系付けられない「喩の状態」をもろに抱え込んだものと解釈していいのだと思う。その「喩の状態」とは、「Ⅱ　定型の思想」の〈反季語〉の部分で述べたが、「季語」に象徴される美的体系とは別の、我々民族が抱え込んでいる暗い血の流れ(と一応言っておくが)、日の当たらない鉱脈にその源泉があるのだと思っていい。

②比喩の崩壊

少し脇道に逸れるが、比喩的な表現は、事実からの「はぐらかし」をその本質としている。『伊勢物語』の中の有名な歌を引用してみる。

鳥の子を十づつ十は重ぬとも思はぬ人を思ふものかは
行く水に数かくよりもはかなきは思はぬ人を思ふなりけり

これは男女がお互いの浮気を恨んで詠ったもので、右が男性、左が女性の歌である。男の方は「鳥の卵を十個ずつ十回積み重ねるよりも、愛想のない貴女をことの方が難しいよ」と言う意味。それに対する女の返歌は、「流れていく水に数を書くよりもはかないのは、思ってくれない人を恋しく思うことですよ」と言う意味。これなどは「数」という概念に機知を得た遊戯的な歌である。要するに「はぐらかし」(比喩)であるが、その行為に当時としては作者の教養を問うたのである。だから、本来比喩とは体系化されパターン化されるものではなく、その時代の背景を十分に反映したもの、あるいは時代を先取りしたものである筈だ。そして突き詰めていけば、それはその人間一代限りの詩的方法(レトリック)でもある。

「はぐらかし」の快感は、先ず第一に現実から目を逸らすことにある。右の男女の歌に「はぐらかし」の手法がなかったならば、現実は生臭く陰惨なものになってしまう。現在新聞などを賑わす痴情の果ての殺人などは、この「はぐらかし」の精神が無い証拠であろう。だから人は「はぐらかし」、換言すれば「虚構」の領域に遊ぶことになる。と言ってもそれは直ちに現実からの逃避を意味するのではない。現実を活性化させるひとつの手段となる。現実の活性化とはその時代をどう生き抜くかの想像力の問題となってくる。たとえその想像力が、現実の価値体系から見てマイナスの現象を帯びたものであっても、それは個を呪縛する体系に一撃を加える快感であることには変わりがない。想像力などと言うとどうも大袈裟でいけないが、人はこの「はぐらかし」がないとどうも生きてはいけぬ代物であるようだ。それは私には、人が己の存在の不具者性を忘れようとする、あるいは克服しようとする姿に見えて仕方がないのだ。「はぐらかし」もまた有情のもの哀しさにその動機を孕んでいる。それは換言すれば、一義的な円環性の中では生きてはいけぬ人間の〈業〉でもあるのだ。

そしてその「はぐらかし」は常に、何処かしら時代の感覚や精神をその背後に隠し持っている。遠くは松尾芭蕉を思えばいい。彼は中世美意識を相対化し、そうすることによって現に今生きて在る己の存在を活性化させたのである。唐突に聞こえるかもしれないが、これもまた「はぐらかし」の精神である。そして繰り返すが、相対化とは、体制化された美意識や価値意識と絶えず対峙しながらそこからどう「切れ」ていくかという認識論の問題であると同時に、極めて現実的で実践的な作業である。「はぐらかし」の手法として比喩があり諧謔や滑稽の精神が存在するのである。更に、「はぐらかし」の精神は、それが俳句のフィールドに入るとき「喩」の状態として在ることを駄目押し的に言っておきたい。

最もわかりやすい例として、近い処で金子兜太の作品を引用してみよう。

銀行員等(ら)朝より螢光す烏賊のごとく
彎曲し火傷し爆心地のマラソン
（一九六一年・『金子兜太句集』）

一読してすぐに了解できるように、これらは一九六〇年前後の感覚なりその精神なりに確実に支えられている。つまり前句が受け持つ修辞的な比喩や、後句が一句として形成する比喩を活き活きさせているのは、時代そのものなのである。すなわち作者の内に存在していた〈喩の状態〉にある何かを、彼は「造型」なる理論で具体化したのだ。

だが、大切なことは、これらの作品が記念碑的な役目は果たしたものの、何故急速に色褪せたのかという問いであろう。それは一言で言えば、作品が受け持つ比喩の構造が、時代の構造を〈後追い〉していたからである。こんなことを言えば必ず次のような反論が返ってくるのだ。いやとんでもない、これこそ先取りではないか。漠然とした時代の状況をきっちり韻文として成立せしめたのだから──。これに対しては私はこう言わざるを得ない──、「〈喩の状態〉にある何かが比喩として一句の中に成立していても、それが時代の構造に絡め取られるものであれば、その比喩は修辞学としての比喩を一歩も出るものではない」と。要するにこれらの兜太の句は、時代に対する認識(論)はあるけれども、その時代を相対化し、そこから「はぐれ」て別の〈像〉を形成する飛躍力に弱いのである。従って当然の如く、時代が過ぎれば作品もたちまちのうちに色褪せるということになる。作者の心的構造の内に発生する〈喩の状態〉は、それが全面的に時代に依存したものであれば、結局は修辞としての比喩として限定されるのだ。兜太の作品を作る〈主体〉というものも、もともとこの時代に限定されていたのだと言っても言い過ぎではなかろう。有情の受け持つ「はぐらかし」、そのもの哀しさには、もう少し幅広い時間の流れがあるのではないか。

詩人北川透の『詩的レトリック入門』(一九九三年・思潮社)は、本人自らが言うように、わが国初の現代詩におけるレトリックを詳細に論じたものであり、最近にない暗示に富んだ書物である。彼は詩と韻文との違いを、〈余白〉や〈比喩〉や〈語り手〉という側面から分析しながら、「未知の像」の章では詩的比喩論を展開している。

彼は一般的比喩と詩的比喩とを区別しながら、「意味のネットワークから、魅惑的に未知を出現させる魔術の一つが詩的比喩である」と規定する。また直喩と隠喩を形式的に区別することのナンセンスさを説きながら、「意味とのつながりをたどれる比喩は、直喩と考えていい」と言い、隠喩に話を移行させながら、「詩的隠喩を、意味とのつながりを隠された(消された)像への転移、あるいは意味という根底を失った〈像〉の表現と考えたい」と言う。ここで言う意味とは、日常的な体系に絡め取られる意味性であり、〈像〉とは新しい価値を形成(秩序化)する何かである。

そして、私が一番興味深かったのは、(彼は現代詩を中心に論じているのであるが)、戦後詩人たちが、初期に獲得した基底的な隠喩は、個人的ではありながらも、体験的な意味との強い対応を持っていたことを認めながら、「戦後社会の変容と共に、やがて、その意味との対応は失われ、隠喩的なイメージだけが自己増殖をはじめることになる。その時からこの喩法は飽和点に近づきはじめた」という洞察である。かれはその辺のことを様々な詩人の詩や論を通じて論述するわけであるが、換言すればこれは、修辞学的な比喩を支える時代の解体を意味する。あるいはその社会の体験がリアリティを喪失していく過程を洞察している。そして彼は、八〇年代に登場してきた松井啓子の詩を引用しながら、「そこにメタファーのどのような形式も使われていないように見えて、現在というもののメタファーとなっているのではないか。とすれば、この修辞上の貧しさこそは、喩の現在にとって、さしあたっては本質的なことであろう。」と結論付ける。

つまり北川は、比喩の解体を通して、それでも尚かつ韻文として成立するための〈喩の構造〉を先見的に語っているわけで、「現代詩が、ことばの貧しさを拒否しようとすれば、必然的に現在との回路を閉ざさねばならないだろう。寓話性や肯定性としての隠喩は、現在の都市の感性への回路の形式である」という物言いは、北川の、究極を問う詩人としての資質でもある。

これらの〈比喩〉に関する論考を読んでいると、俳句における修辞学も改めて問い直さなければならないように思えてくる。

先の北川透の文章における「戦後社会の変容とともに、やがて、その意味との対応は失われ——」の「対応」とは、私の言う「相対化」とその意味を同じくする。北川は戦後社会の飽和点が無意味の意味性を指示していることを指摘するわけであるが、俳句とは絶えざる相対化によって生き延びる詩型であることを思えば、相対化すべき「あるもの」が解体し、あるいは目にみえなくなったとき、それは金子兜太の句に見られるように急速にそのエネルギーを失墜してしまうのだ。

西川の「都市生活者」という言葉に触れながら私は、〈「季語」に象徴される擬似体制的ヒエラルキーの崩壊を鋭く感知したもの〉と読み直したが、言うなればこれは「喩の状態にある何か」である。そして西川徹郎は、時代的に言えば、比喩的方法が飽和点に近づき始めた頃に本格的に俳句を書き出している。彼は季語を比喩や象徴にと言うが、勿論これは修辞学的な意味合いにおいてだけではない。

きみの子宮は青葉北見市を過ぎて

夜へ紛れるボクサー脳髄は楡の葉

西川の俳句は主題の変遷はあっても、その方法論に大きな変化はない。だから大体どこから句を引用しても西川は語れるのだと思う。右の二句は『家族の肖像』からの再引用である。

一句目、〈子宮は青葉〉が比喩である。そこで断絶(間)が生じる。そして下の句〈北見市を過ぎて〉との間の「はぐらかし」があるからその比喩は単なる修辞学的な意味性を突破して何かの「喩」を暗示することになる。すなわち上の句と下の句との断絶(間)に何かの「喩」が誘引されるわけである。正確にはそれを〈喩の状態〉と言っていいかもしれない。それが一句成立と同時に「喩」を形成するのだ。

二句目、〈脳髄は楡の葉〉に比喩の手法がある。が、これも上の句との間に断絶がある。そこに〈喩の状態〉が横たわる。従って、〈夜へ紛れるボクサー〉は、「喩の状態」が具体化したものとして何かの「喩」や「象徴」と成り得る。

試しに、この二句を散文に書き直してみるとこうなる。

①きみの子宮は青葉だ北見市を過ぎて

②夜へ紛れるボクサーの脳髄は楡の葉

他にも散文化の方法はあるだろうが、取りあえずこれで検討してみる。

①は、〈だ〉一語で、「北見市を過ぎるのは君の子宮だ」という日常的な読みの限界性の方が強くなる。従って、元の句と比べた場合、一句に〈喩〉が生まれにくくなり、散文化する。

②の場合も同じで、〈の〉のお陰で、句は「楡の葉のような脳髄を持つボクサーが夜へ紛れる」という意味を持ちたがり(すなわち日常的な体系に繰り込まれ)全くの散文的な叙述となってしまう。すなわち句は、修辞としての「比喩」を使用していても、「喩」や「喩の状態」を暗示させるものでなければ韻文とは成り得ないということだ。そして俳句の場合にはそれを導入する為の断絶(間)が、要するに「切れ」が必要になってくる。

私は長々とわかりきったことに拘わってきたが、ひとつには西川徹郎の作品が、一行詩的な作品、下手すれば散文的な作品として見られがちなことに対する私なりの弁護がある。すなわち、西川作品は俳句でない、あるいはそこまで言わなくとも、彼の作品は異端であるというような声が出てくる。

だが、なるほど表記方法は口語文と呼ばれるものだが、今まで説明してきたように、その作品は、俳句という詩型が歴史的必然として受け持つ構造をあるいは命題をきっちり継承しているという点で大いに俳句的なのである。

③まとめ

我々が、一般に日常的な生活者として区別して「詩人」なる言葉を使用するとき、そこには目安になる何かがある筈だ。しかし詩を書くから詩人であるという判断は余りにも表層的である。だとすればそこにもう少ししっかりした基準を置かなくてはならないのだろう。それを私は、今まで見てきたように「喩」という言葉で捉えてみたい。

すなわち、詩人とはこの日常的な現実の中で殆ど「喩の状態」として在る者の存在を示すと解釈したいのだ。それは技法的としての比喩を支えるものであり、俳句の構造上の断絶(間)に入り込むものであり、一句全体の外側に無言の「像」として屹立するものである。あるいは詩人は「喩の状態」でしか存在出来ない極めて奇妙な生き物であると規定してもいい。だから、もし本当に詩人が増えたら国家は滅びるしかない。逆に言えば、延々と国家は続いているのだから、本来詩人とは極めて数少ない人種であるとも言える。だから、俳句に親しむ日本国家の殆どが詩人だというのは、何処か嘘であることには間違いがない。

西川徹郎は、この数少ない詩人の一人である。何故ならば、彼はすでに殆ど「喩の状態」でこの世に棲息しているからである。彼が言う「実存俳句」という言葉は、まさにこの「喩の状態」を象徴しているからである。また反季語・反結社主義・反俳句という宣言は、「喩の状態」でなければこの世に棲息できないことの自己宣言であり、詩人の闘争宣言でもあるのだ。

西川徹郎は我々が祖先から受け持つひとつの美的体系が、我々の「詩の発生の現前(プレザンス)」を拘束するほどに固定化したとき、未だ体系化され得ない祖先からの別の血の流れ、その詩的な鉱脈を掘り当て、それを相対化することによって復活しようとしているのだ。その相対化の作業の場が「家」であり、そこに集う「家霊」たちであり、その回りに出現する諸々の有情であり、「異相・異形」の現象である。

ただ、この私の説明は随分な言葉足らずの部分があることも認めなければならない。何故ならば、西川の言葉の舞台に登場する「何か」は、未だはっきりと体系付けられていないが故に、説明が非常に困難になるのだから。だから私は、取りあえず「喩」や「比喩」の部分でものを言うしかないのだ。例えば〈銀行員等朝より螢光す烏賊のごとく〉には、〈銀行員等朝より螢光す〉と〈烏賊のごとく〉の間には時代が受け持つ意味性が強く働きすぎていて「喩」が効いていない、すなわち未だ体系化されていない「喩の状態」が見えてこない。だが一方では、西川の「きみの子宮は青葉北見市を過ぎて」には、〈きみの子宮は青葉〉と〈北見市を過ぎて〉の間には「喩」(像)が導入される。そしてそこを覗くことによって作者が抱え込む「喩の状態」が把握できるのだ、という具合に。

簡単に言えば、「喩」や「喩の状態」というものは実体の外側に立つ「影」のようなもので、自分という人間には自分が見えにくいが、自分の存在を証明する「影」ならばはっきり認識出来る。逆に言えば「影」が己の存在を証明してくれるわけだ。我ながらあまりうまくない例えであると思うが、「個」や「家」や「社会」や「国家」という実体も、何らかの歴史的な「影」を引きずってきている筈だし、それらが自分という実体に反映できれば大したものだと言えるのだ。

言葉と言葉の間に入り込もうとする名付け難い何か。実は詩人の存在はその何かに形を与えることでしか証明できないものであろう。そういう根源的な処で作品活動をやっているのが西川徹郎であろうと思われるが、彼に対する正確な評価はごく一部でしか行われていないと見ていい。

先に私は〈反季語〉の部分で、片山由美子の新聞紙上での一文に腹が立ったが、ついでであるから、ここでもうひとつだけ納得のいかない文章を紹介して、私の思いをまとめてみたい。

詩人であり俳人、そして評論家である平井照敏は、自分の編による『現代の俳句』（一九九三年・講談社学術文庫）の中で、「現代俳句の行方」と題して、「むずかしい課題である」と前置きしながらも次のように言う。

「これは草間氏の危惧する時代の流れで、たしかに大勢はじょじょにその方向へ進んでゆくのだろうが、現在のところ、大勢は依然、伝統俳句全盛なのである。俳句の協会は三つあり、俳人協会、伝統俳句協会、現代俳句協会だが、それぞれ一万から数千に及ぶ会員を持ち、そのほとんどが伝統俳人であり、現俳協の一部だけが詩的俳句を作っているのである。」

これは草間時彦の『伝統の終末』の中の一文を受けて書かれたものだが、平井は更に、昭和俳句を論じながら「俳句はものすごく変わりそうに見えて、じつはほとんど変わってゆかない、それが定型、大衆詩の本質なのかもしれない」と言い、現在の若手世代の夏石番矢、西川徹郎、岸本尚毅、長谷川櫂等を挙げながら、そのそれぞれを現代詩派、古典派に二分する坪内稔典の言に賛同しながら、「しかしこれは、どちらが勝った負けたということで律せられる問題ではないだろう。俳句全体から見れば、圧倒的な伝統俳句優位の中での、小さな端末の火花のようなものなのだから」と言う。

さて、平井の文章は多くの人々を納得させるであろう。何故ならば、平井の思いは多くの人々の思いと一致するからだ。そして多くの人々の思いを代弁するに大した苦労はいらない。ちょっとした知識と、表現方法さえ知っていれば誰にでもできることだ。

先ず私が評論家として彼を疑うのは、「俳句はものすごく変わりそうに見えて、じつはほとんど変わってゆかない」理由として、三つの協会（実は四つだ）の殆どが「伝統俳句」を書いている、変わったことをやっているのはそのごく一部だからという数の理論に従っている処にある。しかもそれを理由として「それが定型、大衆詩の本質」とまで規定しているのだ。彼は学者でもあるわけだが、この論理の飛躍は不用意としか言い様がない。

それでは私が彼に問おうか。〈伝統俳人〉といとも簡単に彼は言うが、その根拠は何か。三つの協会の殆どの作品が季語を使用し、五・七・五の音数律に従っているからか。そして人事を包括した花鳥風月を謳っているからか。彼の判断は多分その辺にあると思われるのだが、それならばそれは実は〈伝承俳人〉なのだ。彼に倣って〈伝統俳人〉という奇妙な言葉を使用するならば、俳句に携わる者全てをそう呼ぶこともできるのだが、真にその名に値する者は、美的体系として体制化したものを、現に今生きて在る我々の生活の中で絶えず相対化していくその過程の中にしか存在しないのである。相対化とは捨て去るということではない。あくまでそれに関わりながら、同時に現在の生活との断絶の部分に何かを産み出そうとする行為を言う。

だから私に言わせれば、真の〈伝統俳人〉こそ数少なく、あとは〈伝承俳人〉ばかりが残るのだ。この〈伝承俳句〉と〈伝統俳句〉の区別はいちいちの作品を列挙・検討することによって可能である。私にはその用意もあるが、別の機会に譲らざるを得ない。

このように平井の評論家としての資質は、戦後民主主義の悪しき数の理論に迎合した想像力も批判力も無いものである。そんな彼に、俳句という大衆詩は変わらないのが本質だなどと言われたら、実作者の私としてははなはだ迷惑なのである。例えば〈比喩〉の処で論じたが、それひとつ取っても俳句は変わらざるを得ないのだという歴史の必然性が彼には見えてこないのである。

次に、俳句作者としての平井は、夏石、西川、岸本、長谷川等を現代詩派、古典派に分けながら(これも奇妙な分類法だ)、「圧倒的な伝統俳句優位の中での、小さな端末の火花のようなもの」と言うほどに、作者に対して横柄なのである。彼も実作者であるならば、わざわざここで「小さな端末の火花」などという悪意に満ちた表現をすることはなかろう。もっと違った表現がある筈だ。だが、こういう表現が出てくるという裏には、やはりここでも数の論理に従った彼の物の見方があるのだ。従って、穿って考えれば、彼が作る俳句も数の論理やその風土に追随した作品だと見てほぼ間違いはなかろうとまで私に思わせる。その上、夏石たちの世代に触れながら、「どちらが勝った負けたということで律せられる問題ではないだろう」などというオマケまで付いている。「勝った負けた」などとは誰も言っていないのに、そしてそれを自ら否定して見せるのだが、ここでは迂闊にも、己の内面に文学を勝ち負けで論じる資質をちらりと覗かせていることを見逃すことができない。大げさに言うならば、ことは文学の問題だ。数の問題でもなければ勝負の問題でもない。評論家だったら、もう少し本当のことを言って、自分自らが傷付くことぐらいのことはやって欲しいと思うのだ。

さて、ここでも私は平井照敏の文章に拘り過ぎたのかもしれない。だが、拘らざるを得なかったのだと言ってもいい。俳句に関する書物は数多く出回ってはいるが、それらの殆どが世間話の域を出ていない。しかもそれぞれの利益が絡むと言った具合に―。

そういう状況下で、例えば西川徹郎のような作家への理解は、なかなか困難であるのかもしれない。彼が、歌人や詩人、あるいは小説家や評論家へとその交流の場を拡大していくのは、文学の問題を世間話へと失墜せしめる俳壇的な状況に対する不満や不安からであるのかもしれない。そして何よりも先ず、西川徹郎という「喩の状態」が、俳句という現実的な現場を溢れ出していく淋しさからであろう。しかし、西川は、俳句を書くという認識に立っている以上、西川の俳句は他のジャンルをも包括する俳句へと変貌していく可能性を大いに孕んでいることも確かである。

主題を求めて

句集『桔梗祭』の後に、第七句集として『月光學校』が予定されていたが、それが未刊の形になっていて、第八句集『月山山系』（書肆茜屋）が平成四年（一九九二年）に発行されている。『桔梗祭』でもそうであったが、句の頭にはそれぞれの題が細かく付けられていて、少々風変わりな句集となっている。少し引用してみよう。

月山山系

抽斗の中の月山山系へ行きて帰らず
わあわあと月山越える喉の肉
野道で死んでいる月山を喉に入れ
陰唇も桔梗も月山越えて行くか

オルガンを月山に当て打ち壊す
蓮の葉より月山山系へ足懸ける

遺書

姉さんの遺書抽斗の中の萩月夜
多螢という僧来て遺書を書き足すなり

遠火事

靴箱の中の遠火事も消えつつあり

魚屋

死なぬために魚屋は不意に身をよじる

帚星

石棺を掃く人帚星を掴み

遂の父

ヒマラヤへ身は差し掛かる遂の父

ざっとこういう方法で書かれているのだが、中には一つの題で十句あるいは百四十句も並べられたりしている。これに対して西川は、句集の後記で「作品に夫々題を付したのは、書くべき主題を喪失した現代の俳句に対する私の細やかな反意であり、犯意でもある」と述べ、「敢えて、一句の完結性や独立性を顧みず、想像力の飛翔に言葉を托し、暗喩を多層的に構築し、連作を方法化する試みを実践したのである」と言う。

西川は、実在する「月山」に舞台を借りながらその伝説的な幻想世界に主題を求めているわけであるが、ここで私が問題にしたいのは、①「書くべき主題を喪失した現代の俳句」と②「暗喩を多層的に構築し、連作を方法化する試み」という部分である。ここでは今までの苦痛や苦悩、あるいは不安と言った心情を吐露する西川と違って、明らかに二つの主題に向かって彼の意識は集中している。ただ②の場合は、今までの西川の俳句的行為から判断すれば、私は「連作」という言葉よりも「暗喩を多層的に構築する」という方にウエイトが置かれていると解釈するがどうであろうか。

すなわち私は、西川における「喩の状態」が、俳句という一観念の領域では律しきれないが故に、俳句形式に身を借りながら「暗喩」という方法論でその他の領域をも取り込もうとするとき、そのスタイルは連作（的）にならざるを得なかったと解釈したいのである。とは言っても、初期の句集から西川にはこの連作的な癖が充分に見受けられる。そしてここには明らかに多層的な暗喩が形成されているのであった。それらを考え合わせると西川の命題は殆ど「比喩」というものにあることが今更の如く判るのである。

今回の句集冒頭の一句は、「抽斗の中の月山山系へ行きて帰らず」であり、これがドラマの始まりである。日常的な現実へ出発するというのではない。〈抽斗の中の月山山系〉という非現実的な世界への出発宣言である。ここに私たちが見なければならないものは、「書くべき主題喪失した現代の俳句」に対する西川の明らかな認識であろう。主題があれば、それを相対化することによって言葉は一時的であるにしてもその生命を取り戻す。彼はだから言語の復活の為に〈月山山系〉へ出発したのだ。

「書くべき主題を喪失した現代の俳句」とは、「比喩」の解体した現代という時代を鋭く洞察していると思われる。ここの処は、先述した〈「喩」の構造〉の部分を再度読んでいただきたいのであるが、修辞学としての「比喩」を支える「喩」や「喩の状態」が、日常的な現実を相対化する目安を失ったとき、さて詩人はどう対応するのかという問題が浮上してくる。北川透が『詩的レトリック入門』で暗示するがごとく、「修辞学の貧しさ」すなわち比喩の解体そのものをさらけ出すことによって現代というものを暗示し、そのことを逆説的に比喩化せんとするか。あるいは更なる虚構を構築し、ひとつの才能によって「喩」を復活させるのか。あるいは再び、思い切って古典文学としての俳句の場から現代を狙い撃ってみるか。方法は幾つかありそうに思えるのだが、西川の場合、自分の内面に巣くう「喩の状態」を、「家族」や「家霊」に名を借りながら、散文的（あくまで「的」であるのだが）な領域に浸透していこうとする過程において、その領域が暗示する諸々を多層的な

「像」として表出しようとしているのではないか。「一句の完結性や独立性を顧みず」彼がそれに挑戦するのは、勿論一句における「比喩」が時代の必然として容易には成り立ち難い現実を踏まえているのではあるが、彼が意図するものはその俳句的な比喩ではなく、他の領域をも包括する「喩の状態」をどうこの俳句形式に定着させるかという極めて暴力的な実践であろう。

例えば、「死なぬために魚屋は不意に身をよじる」や「石棺を掃く人帚星を掴み」の句にそれぞれ〈魚屋〉や〈帚星〉というタイトルを付ける。タイトルが無くとも私にはこれらの句が読める。従って言葉の無駄、あるいは省略という側面からそれらを捉えれば、明らかに言い過ぎである。従って、俳句としてはどうもすっきりしないということになる。

詩や小説にタイトルが付く。これが詩や小説を読むときの前提である。前提とはそこに入る為の門(ゲート)みたいなものだ。タイトルがなければ「おや?」と思う。一般的な見方をすれば、俳句には一句一句にタイトルは付けない。だからタイトルが付いていると逆に先ず「おや?」と思う。そしてこの「おや?」と思わせることが重要で、読者はそう思ったときすでに、詩や小説の領域を無意識のうちに読みの前提として導入してしまっているのだ。そしてそれは読者に多層的な「喩」を喚起する契機となる。

「死なぬために魚屋は不意に身をよじる」には、〈魚屋〉という熟語で観念化し記号化していたものに、〈身をよじる〉動きを与えることによってそれが一瞬生臭い存在として句に顕在化してくる。つまり一句は立派に一句としてのリアリティを確保しているわけだが、その詩的リアリティを同時に「魚屋」というタイトルを付けることによって散文的に仕立て直していると言える。すなわち「魚屋」という分類記号を、新しく西川の内面世界で定義付けし直すのである。言うなればこれは、小さな主題に対するひとつの決着である。〈遠花火〉にしろ〈帚星〉にしろ、あるいは〈遂の父〉にしろ、事情は同じである。この句集におけるそれぞれのタイトル付けは、一句が詩的喩として成立したものを再度確認する為の作業なのである。同時にそれは、その作業の必然性を裏付ける時代というものを我々に思わせる。「主題を喪失した現代の俳句」に対する西川の、誠に「細やかな反意であり、犯意」であるのだ。

また抽出句の「遺書」では二行詩的なスタイルを取りながら、時間と空間の立体的な構成を目指している。意味のつながりとしては、姉さんの遺書がある抽斗の中は萩月夜なのであるが、そこへ多螢という名の僧が来てその遺書に何かを書き足すのである。その意味の連続の合間を縫って、それぞれの言葉が不思議な交響楽を演じ、不思議な〈像〉の多層化と散文的な物語性とを展開する。

更には、「月夜ゆえ」では、まさに似たような作品のオンパレードである。

月夜ゆえ
月夜ゆえ秋津の国に死にに行く
月夜ゆえ寺の中じゅう秋津です
月夜ゆえ学校の中じゅう秋津です
月夜ゆえ病院の中じゅう秋津です
月夜ゆえ公民館の中じゅう秋津です
月夜ゆえ裁判所の中じゅう秋津
月夜ゆえ税務署の中じゅう秋津
月夜ゆえ薬屋の中じゅう秋津です
月夜ゆえ・・・・・

実にこの〈月夜ゆえ〉が百四十句も並ぶのである。一句完結、言い切りを大切にする俳句の常識から言えば、これはもう常識を通り越してしまっている。「何だこりゃあ?」と先ず思うのが常識だ。そしてそう思わせるものを非常識と言う。だがその非常識にしばし留まってみれば、別のものが見えてくる。

例えば山村暮鳥の詩「いちめんのなのはな」の実験的な詩を想起させる。と同時に、連作形式でもあり、更には西川の内面にいる幾人もの自分を自分の総体における「連衆」として登場させようとする試みのようにも思える。だから西川が試みているものは、俳句における「喩」の多層化に限定させるものではなく、幾つかの計算のもとにこの句集は編まれていると見なしてよい。そして計算とは西川が設定した方法論としての主題だと言ってよい。同時にその主題の設定は「暗喩の多層化」とその拡大を目的としている。

以上大雑把に見ても、この句集では、自らに課した主題と、それへ向けての解釈なりひとつの決着なりを着けるという西川の姿勢が伺われる。繰り返しになるが、ひとつの「喩」として成立したもの(作品)に改めてタイトルを付け、外見では俳句らしからぬ様式(スタイル)を取りながらも、その内面で自分の叩き出した「喩」にそのつど決着をつけていくということだ。

だが、この行為は自己矛盾を孕んでいることも確かである。一度詩的な「喩」として成立させたものを、再び散文的な様式に還元し直すという矛盾である。だから次に我々は、西川が何故こういうことをしなければならないかという疑問に向かうことになる。

そこにやはり現代と言うものが否応なく介入してくる。すなわち「喩」が「喩」として、西川に従えば、「比喩」が「比喩」として作品に成立しているのかどうかの作家としての不安感である。作家としての不安感は時代としての不安感である。大げさにそれを、不安感ゆえの時代的な矛盾であると言ってよい。それに対して西川は一応の決着を着けようとした。それが作品に付けるタイトルである。

俳句という韻文が本当に現代に成立するのか、あるいは成立しているのかという根源的な問いは、真摯な詩人の問いでもある。そういう不安感の無い詩人は鈍感であるがゆえに、実は詩人などとは呼ばれ得ぬ者であろう。

「時代の空洞化」という言葉がある。この空洞化現象の中に俳句の「連衆」は存在するのかという問いも面白い。すなわちこの空洞化に「比喩」や「喩」は成立するのかという問いである。

俳人は以前にも増して物を言うようになった。「黙って作品が命」の時代は終ってしまったと言ってよい。黙っていてもこの空洞化が進まぬ間はよかった。それを直感的に感じ出した人々はいろんな叫び声を挙げ始めた。それが作品論であり俳句論であり風土論であり、その他様々な形をとって俳人達は叫び始めたのだ。ひとことで言えば、これはこの空洞化現象を何とか食い止めようとする為の行為であったと言ってよい。換言すれば、俳句が韻文として成立する為の「喩」を支える「場」の崩壊を直感した人々が、今後どういう形で新しい「場」を、「連衆」を形成するかという問いでもあったのだ。

西川徹郎が詩や短歌、そして小説の領域にまでその触手を伸ばしていくのは、この時代的な危機感からである。彼がもろに抱え込んでいる「喩の状態」は、大きく現代の危機と直面しているのだと言ってよいのだ。『月山山系』へ出かけて行った彼は、虚構という姿を借りながら見事に現実と対峙しているのだ。

（本論の初出は一九九五年九月書肆茜屋の茜屋新書①『虚構の現実―西川徹郎論』）

編者註・書肆茜屋刊行『虚構の現実―西川徹郎論』の中の「序」と「反結社」の章をのみ除き他の総ての章を収載した。

逍遥〈西川徹郎〉―句集『天女と修羅』を中心にして

先年私は、西川徹郎論として『虚構の現実』なる評論集を上梓したが、その作業は決して楽ではなかった。西川の文学的な本質論と私の俳句に対する思いと絡ませながら、あらかじめ名付けておいた各章ごとにのテーマに即して書き上げていったから、それは筆記試験か卒業論文に取組むような気分であったし、また西川徹郎を語りながらも私は余りにも私の思いにのめり込み、そこから這い上がるのにひと苦労したからでもあった。

そして今回、私は西川を論ずるに何の計画性もない。これから何をどう書いていくのかの明確な筋道も見えてはこない。ただ私は、机上に積まれた西川の句集やら文庫やらに思いを馳せながら、ぼんやりと、あの『無灯艦隊』の西川徹郎を感じているのである。原稿を依頼された者として、これにはなにだ無責任である。はなはだ無責任ではあるが、この類いの無責任さは唯一文学的な行為の中では許されるのではないか、と勝手な解釈をしつつ、自分を納得させているのだ。

いま私はつい、あの『無灯艦隊』の西川徹郎と言ってしまった。本論は、今回の句集『天女と修羅』を中心に展開されなければならないのだが、そうではあっても、あの『無灯艦隊』が否応なしに脳裏に浮上してくるのである。とすれば、今回の私の作業は、私の必然として、『無灯艦隊』と『天女と修羅』との二点をどう結ぶか、あるいは結び直すかという点にあってもいいわけだ。

さて、前置きはこのくらいにして、『天女と修羅』の〈後書〉を見てみると、こう書きつけてある。

「天上と極苦界の狭間を往来して続けてきた無明の存在者である私が、独り〈実存俳句〉の旗を掲げて果て知らぬ苦患のわが身の実存の沢へ分け入り、遂に無底の悲心の谷に到ったのである。従って、本書は〈実存俳句〉の思想を永く主張し続けて来た私の実存俳句実践の書であり、わが実存俳句集であり、近現代の俳句文学史に挑戦するわが俳句革命の書であることをここに宣言するものである。」

更に、句集の帯には「阿修羅の詩人西川徹郎が／子規以来の近現代の俳句表現史に挑戦する実存俳句〉集」とある。

要するに、西川の言うところの実存俳句は、子規以来の俳句文学史とは〈根本的に〉違うのだということであり、だとすれば、西川の作業は、現在の俳句の総体に対するたった独りの反乱ということになる。そしてそのことを西川は今回の句集において〈宣言〉するのだ。これまた、とんでもない〈宣言〉をしてくれたものだと思った。〈実存俳句〉にしろ今回の〈宣言〉にしろ、何せ西川は大仰なことを言うのだ。大仰なことを言いながら、だがしかし、言った分だけの仕事はきっちりやるのが西川だから、ここの処は一度検証してみる必要があるのだ。

『天女と修羅』は、〈春ノ寺〉〈天人天女〉〈月ふる峠〉〈夜叉燦燦〉〈秋ノ暮〉〈晩秋地蔵〉等の十章、一千百四十五句を収めた書き下ろし句集である。

春ノ寺

婆数人空ヲ飛ブナリ春ノ寺
参道デ倒レタ婆ヲ春茜
春ノ寺天女モ梅ノ毒ニ死ス
　死人花
空ガ一枚ズツ墜チテクル死人花
　　箒
イッポンノ箒ガ空ヲ流レテイル
　天人天女
天人ノ慟哭サヤサヤトオダマキ寺
白桔梗ニ打タレミルミル天女死ヌ
淋シクテ旅立ツ天女モ自転車デ
（中略）
青蛇ヲ呑ミツツ天女息絶エル
（中略）
寺寺ノ天女ノ死体菖蒲咲ク
　秋ノクレ
石ノ地蔵モ縄跳ビニ混ジリ秋ノクレ
（中略）
秋ノクレト叫ビ父サン死ンデシマッタ
未ダ生キテイテ父サンガ秋ノクレト叫ブ

＊

切腹スルトキ必ズ秋ノクレト叫ブ
溺死スルトキ必ズ秋ノクレト叫ブ
秋ノクレト叫ビ男根掻キ毟ル
入水ノ弟ガ秋ノクレト叫ブ
腹上死ノトキ必ズ秋ノクレト叫ブ
縊死スルトキ必ズ秋ノクレト叫ブ

（中略）

葬列ガ木ノテッペンヲ行ク秋ノクレ
太刀魚ガ市場デ暴レル秋ノクレ

抜き出してみるとざっとこんな調子で一巻が編まれている。要するにこれは一般的な解釈をすれば、〈連作〉である。〈連作〉ではあるが、私は先に『虚構の現実』に於いてこの辺のことを第八句集『月山山系』について触れているので、そこから一部引用してみる。

「すなわち私は、西川における〈喩の状態〉が、俳句という一観念の領域では律しきれないが故に、〈暗喩〉という方法論でその他の領域をも取り込もうとするときの、そのスタイルは連作(的)にならざるを得なかったと解釈したいのである。とは言っても初期の句集から西川にはこの連作的な癖が充分に見受けられる。そしてここには明らかに多層的な暗喩が形成されているのであった。それらを考え合わせると西川の命題が殆ど〈比喩〉というものにあることが今更の如く判るのである。」

「西川の場合、自分の内部に巣くう〈喩の状態〉を、〈家族〉や〈家霊〉に名を借りながら、散文的(あくまで「的」であるのだが)な領域に浸透していこうとする過程において、その領域が暗示する諸々を多層的な〈像〉として表出しようとしているのではないか。〈一句の完結性や独立性を顧みず〉彼がそれに挑戦するのは、勿論一句における〈比喩〉が時代の必然として容易には成り立ち難い現実を踏まえているのではあるが、彼が意図するものはその俳句的な比喩ではなく、ほかの領域をも包括する〈喩の状態〉をどうこの俳句形式に定着させるかという極めて暴力的な実践であろう。」

この見解に今でも殆ど手を加えるつもりはないのだが、初めて読まれる方にはいささかの補足が必要のようだ。

簡単に言ってしまえば、わたしはここで〈喩の状態〉を、詩人の内面に生まれうごめくその混沌が、やがて比喩や象徴などの姿をとって立ち現れるであろう直前の状態を示して言ったのであった。そしてそれは、亡き菅谷規矩雄の言葉、

「ことばが韻律に執する理由はただひとつ―リズムとは、詩の発生の現前（プレザンス）にほかならない。この発生の瞬間―というスリルをふくまなければ、俳句も、短歌も、むろん現代詩も、韻律として存在する理由はない。」

（『西川徹郎の世界』「秋櫻COSMOS別冊」、一九八八年・秋桜発行所）

を下地にして一考したものであった。また、〈比喩〉を何かを何かに例えているというようにパターン化したもの、あるいは現実生活の意味性にいとも簡単に絡め取られるような修辞学的なものではなく、吉本隆明が『言語にとって美とは何か』において、短歌においてのみ表出される〈喩〉の問題を論じたときの、その言葉に従っている。すなわち俳句的な〈喩〉を基底にした比喩の総体をどう捉えるのかが西川の命題であることを言いたかったのである。

この『月山山系』（〈後記〉）で西川は、「作品に夫々題を付したのは、書くべき主題を喪失した現代の俳句に対する私の細やかな反意であり、犯意でもある」と言い、「敢えて一句の完結性や独立性を顧みず、想像力の飛翔に言葉を託し、暗喩を多層的に構築し、連作を方法化する試みを実践したのである。」と述べる。そしてその試みの実践は『天女と修羅』においても変わらない。と言うより、前にも増して西川は「暗喩を多層的に構築」し「書くべき主題」を追求しようとしている。

だが、「書くべき主題」とは何か。題材は〈新城峠〉一帯であり、彼の〈家〉であり、そこを取り巻く〈人

々や物〉である。そういう題材へのこだわりは、自身の幼児期から少年期までをノンフィクションで描いた句文集『俳句・俳景15　無灯艦隊ノート』(一九九七年・蝸牛社)を見れば、なるほどと思われる。ここには実に感じ易く傷つき易い西川の内面が、まさに剥き出しの状態で把握できる。例えばその中の「新城蟻」では、寺の境内に出現する無数の赤蟻に対する少年の心の震えが、いや魂の震えが決して大袈裟にではなく、だが尋常ならざる感覚で描かれている。一例を挙げると、

「果たして少年の日、私は幾千匹の彼らを踏み殺したのであったか。蟻の体液の付着した靴底の甘酸っぱい強烈な匂いを覚えながら私は狂おしく中学校へ通ったのだった。」

また無数の赤蟻を殺蟻剤のスプレーで殺そうとしたときの様子を、

「気配を感じとった赤蟻数十匹が突如一斉に立ち上がり、万歳をする形になって抵抗の姿勢を取ったのである。(中略)私もまたその時赤蟻のもつ本能的な恐ろしいある何かを肌身に感じ、総毛立ってしまったのである。」

と書き付ける。更には「乞食」では、西川のお寺に物乞いに来る男が、役僧によって叱責され無下に追い返される様子を、

「私は彼の暴力的な態度に脅え、頭髪を震わせながらすごすごと引き返す乞食の喩えようのない困惑の顔色をじいっと見ていたのである。込み上げる憤りと切なさが幼年の私の胸を襲った。そんな時、私はきまって庭へ出て、夕顔の花に乞食の紫紺の泪を注いで日を過ごしたのである。」

と表現する。

まさに、その成長期において、西川の無垢で傷つきやすい魂は下界と薄皮一枚で接しているのであり、後年その心の傷や魂の震えが彼に過大な影響を及ぼしていることは想像に難くない。彼が持つ題材へのこだわりはこういった幼少年期の体験によって培われたのである。

そういう題材へのこだわりを保持しつつ、西川は「書くべき主題」を追求するわけであるが、結論から先に

言えば、多分、その答えは、明確なひとつの概念として我々の目の前に提示されることはないのだ。何故なら、西川において「書くべき主題」とは、己が「実存の沢」に分け入ることによってその時々に認識される異形・異相の諸々であり、それらの像が形成する名づけ難い何かであるからだ。その「名づけ難い何か」は、「名づけ難い」がゆえに、「多層的な暗喩」という方法でしか表出できないのである。

そして私は、彼の言う〈実存〉という言葉について触れなければならないが、その様々な解釈の伴う言葉を、わかりやすくかつ簡潔に表現してくれたのが松浪信三郎氏の次の定義（『実存主義』岩波書店）であろう。

「すべての人間の自己投企的なありかた、いまだあらぬかたへ向かって現にある自己から脱出していく人間存在のありかた」

「『実存』とは、「事物存在」や「道具存在」のありかたとは異なる「人間存在」の特殊なありかたである。』これを私なりに言い直せば「この天然自然界の総体における人間存在の特殊性」と言うことになる。私はこの「特殊性」を「不具性」という言葉に置き換えてみたりした。考えてみれば、この自然界において、人間ほど特殊かつ奇妙な存在はいない。ほかの生物が自然界の一義性に従ってその生き死にを繰り返すのに、また与えられた環境の苛酷さや優しさを素直に受け入れているのに、人間だけがそれに逆らっている。その逆らい方の歩みが多分人間の歴史とか文明とかいうものなのだ。そして人間が体系的な言葉を持つことによってその「不具性」は決定付けられたのである。

西川徹郎が「実存」というとき、それは彼の宗教的、あるいは風土的、さらには宮沢賢治的な、というふうにいろんな要素が混在しているのであるが、今はそれをいちいち解き明かす時間はない。だからこれはまことに大雑把な把握になるが、彼の言う「実存」とは、この人間存在の「特殊性」、「不具性」に目覚めることによって、それでも尚かつ生きていかなければならない人間の「自己投企的な」在り方を言うのであり、その題材は先ほど述べた異形・異相の諸々なのである。

そういう意味で、彼の第一句集『無灯艦隊』は西川流「実存俳句」の明確な出発点であった。彼は「実存」

を、「人間存在の根源を覆う孤独と不安と絶望の感情」と言っているが、それはまた、人間の「特殊性」、「不具性」に目覚めた者のみが味わう感情でもある。

無数の蝶に食べられている渚町
月夜轢死者ひたひた蝶が降っている
日夜菜食の尼らさびしい蛇あばれ
癌の隣家の猫美しい秋である
蛇あばれる家人形が裂けている
海女の陰鴉に食べられている白浜
精神科よりさめざめと首泳ぎゆけり
沼裏の産婆ひそかに泳ぐを見たり
男根担ぎ佛壇峠越えにけり

『無灯艦隊』から幾つか抜粋してみたが、これらは実に異様な風景であり、また実に奇妙な言い回しである。そして必ず何処か不安であり不安定である。

幾つかの句を解釈してみる。例えば一句目、

「渚町」という処はこの日本の何処かに実際幾つかは存在するのであろうが、それは「無数の蝶」に食べられることによって初めて存在する。いや、「無数の蝶」に食べられることによってしか存在しない、というふうにここでは書かれている。つまりこの奇妙な「渚町」は、西川の認定を受けて初めてこの世に実在するのである。これは西川流「実存俳句」の書き方の判りやすい例である。

そしてここに於ける「蝶」という季語は、季語の〈本意〉を継承するというものではなく、また私の方法論のひとつでもある、季語を〈相対化〉するというものでもない。読者はそういう俳句的なコードとは全く別のコードを辿らなければならないのだ。そういう意味では、西川俳句は「子規以来の近現代の俳句表現史に／挑

戦する」ものである。

すなわち西川俳句が行き着く処は、この「特殊」かつ「不具」的な生き物が、「特殊」かつ「不具」であるというそのことによって、体内から外界へ向かって、今まさに言葉とともに発しようとするより根源的な「孤独と不安と絶望」の世界なのである。だからこそ「月夜」に「轢死者」を配置し、更には畳み掛けるようにして、死んだ無数の「蝶」を「ひたひた」と降らせようとするのだ。この異様な世界が、そっくりそのまま、西川が覗き込む己の「実存」の世界なのである。

「日夜菜食の尼ら」や「癌の隣家」は、日常的な事象・物象であり、決して特殊ではない。だが西川は、その日常に「蛇」を暴れさせ、「癌」と「秋」とを対比させそれを「美しい」と感知せしめる。そうせざるを得ない必然性は己が「実存」への目覚めにある。表現方法としては異形・異相を描くことにより、書き手である西川徹郎という一個の人間の「特殊性」「不具性」を一句の内奥に深く沈めているのであるが、勿論これは、西川徹郎という一個人が特殊かつ不具なのではない。彼は、その俳句という表現方法によって、この自然界における人間というものの存在が、特殊であり、不具である故の「孤独と不安と絶望」を普遍化しようとしているようにも見えるのだ。

「精神科よりさめざめと首泳ぎゆけり」「沼裏の産婆ひそかに泳ぐを見たり」などになると、西川は実に素直に西川流「実存俳句」を書き切っているように思える。実に素直にとは、意識的な舞台設定なしに、つまりその実存へ至るまでの手続きなしに、彼の覗き込む世界をそのまま写しとっているかに見える。さめざめと首が泳ぐ風景や、産婆が沼を泳ぐ風景が、ごく自然の事として表出されているのである。

彼は「近現代の俳句文学史に挑戦する」と言った。それは「子規以来の近現代の俳句表現史」ということである。それでは、その「表現史」とは一体何を指し示すのであろうか。

近代俳句が子規に始まり、虚子によって展開され、現代俳句へと続く有様は幾多の人が論ずるところではあるが、その歴史は、究極のところ、子規、あるいは虚子の論理を継承するか、はたまたそれらを対局に置いて

〈相対化〉するかのいずれかであったろう。それらが伝統派とか人間探求派とか前衛とか、私にはあまり理解できない言葉で分類され続けてきたのである。いずれにしても、近現代俳句の表現史は、子規や虚子の俳句理論と今をどう対峙させるのか、すなわちそれをどう〈相対化〉していくのかの一点にあったように思える。それには先ずは子規の理論を少し復習しなければならないが、その前に、私の言う〈相対化〉という概念をもう一度ここで述べておかなければならない。

先の『虚構の現実』において、私は次のように書いている。

「五・七・五音に象徴される観念共同体と、現に今生きて在る我々の思いとを対峙させることによってそこで初めて生じるものとしての、その認識論の中にしか「定型」なる観念は出てこないのではないか。対峙させるという言い方は、その観念共同体を「相対化」すると言い換えてもよい。（中略）例えば松尾芭蕉の作業とは、体系化された中世美意識の相対化作業であった。（中略）その相対化する対象を抱え込んだものが伝統詩であると私は解釈している。従って、私は川柳なる文芸は、その発生当時から現在に至るまでの時間の短さゆえに伝統詩と呼ぶのを躊躇しているのではなく、もともとその歴史的な発生構造的な側面から捉えて、相対化作業を重視する詩型ではなかったがゆえに伝統詩という概念ではなく、「口語一行詩型」という概念で捉えている。」

ここの処は随分荒っぽい論法であり文脈も不安定ではあるが、そして一部言葉の修正も必要ではないかと反省もするが、〈相対化〉に対する私の思いは大体これでよいと思っている。

さて、子規における理論の眼目は「写生」であり、それは「草花の一枝を枕元に置いて、それを正直に写生して居ると、造化の秘密が段々分かつて来るやうな気がする」（『病牀六尺』）という一文に集約されるのだろう。それを具体化したものが『仰臥漫録』の中に書き記されている次のような作品であろう。

洗ひたる机洗ひたる硯かな

山吹と見ゆるガラスの曇かな

鶏頭の十四五本もありぬべし

火を焚かぬ暖炉の下や梅の鉢

この子規の言う「写生」については、いろんな人がいろんな処で触れているので、今更いちいちの紹介はいらないのだろうが、オーソドックスな一例を抜き書きしてみる。

例えば、大江健三郎氏は次のように言う。

「造化の秘密、それは人間がそのなかに生きている世界の全構造の秘密がある。一枝の草花の正確な認識が、そのまま世界の全構造の秘密の核心に向けて人間の想像力を飛翔させる。その認識と想像力のあいだの具体的な人間の行為による橋渡し。そのような機能をもつものとしての写生」（『子規全集十一』解説、講談社）

大江氏もまた随分大仰な表現をしたものだ。「また」と言うのは、子規の仕事はこのように後の人から必要以上に評価される側面があるからで、その点、子規は幸福な男だとも思うのだ。本当は長生きした分だけ虚子の方が面白いものを残していると私は見るのだが、こちらには処々の悪評が付きまとい、時々気の毒にも思えるのである。

それはさて置き、子規の言う「写生」主義とは、「世界の全構造の秘密の核心」へ向けて放たれようとした矢であった、と私も解釈したい。たが、「解釈したい」とはあくまで願望であって、そこに何らかの確信があるわけではない。

実は「世界の全構造の秘密の核心」などは何処にも無いのである。それを知るのはまさに〈神〉のみである。従ってこのセンテンスは文法的には成立するが、そこにはわずかに「写生」という機能を通して「全構造の秘密の核心」に触れたような気がするという、個に於ける認識論が成立するだけである。それを子規は「造化の秘密」という言葉で表現したのであって、それがはっきりと論証された形跡は見当たらない。

そして改めて紹介するまでもないが、「写生」という概念が出て来るにはそれなりの理由があった。子規は『俳句問答』でこう言う。

「第一、我は直接に感情に訴へんと欲し、彼は往々知識に訴へんと欲す。
第二、我は意匠の陳腐なるを嫌へども、彼は意匠の陳腐を嫌ふこと我より少し」

ここでは、子規が〈月並み俳句〉と批評したそれに内包される二大要素、すなわち「知識」と「陳腐」が攻撃されているのであるが、このふたつの要素を払拭する為に出てきたのが「写生」という概念であった。

ここで少し補足を要するのは、「我は直接に感情に訴へんと欲し」の部分であろう。ここで言う「感情」とは、主観的な感情とか叙情とかいうものではない。それはすなわち「造化の秘密」を感知せんとするときの、ある種の感覚や感情だと言ってよい。

それでは子規が「知識」であり「陳腐」であると攻撃するのは一体どんな句かと言うと、「物言へば唇寒し秋の風」(芭蕉)であり「手をついて歌申し上る蛙かな」(山崎宗鑑)等である。子規はそれらを〈理屈を含みたる句〉〈擬人法を用ひし句〉と言って排斥する(『俳句の初歩』)。

要するにこれは、子規以前の、あるいは同時代の知識偏重主義(陳腐)に対するアンチ・テーゼである。換言すれば、知識による素材の組合わせを面白がる、あるいは一句が現実的な意味解釈によって占領されることへの警告であった。「造化の秘密」とは、だからそういう散文的句を一挙に超越し、韻文として何物かを獲得せんとする為の子規なりのスローガンであったのだ。「秘密」はあくまで「秘密」でなければならず、「造化の秘密」を論理的に解明する必要もなかったのだ。もし子規がもう少し長生きしてそれを論理的に解き明かそうなどとしたら、結局は〈藪蛇〉で、自分の首を絞めるしかなかったろうと想像する。「造化の秘密」がスローガンなる所以である。

話は飛ぶが、子規から虚子、そしてその流れを汲む人々を伝統派などと呼ぶらしいが、それらの人々がよく口にするのが、〈主観を排して客観写生を〉というフレーズである。それで、吟行などで、じっと花の前にしゃがみ込んで、〈主観を排して客観写生を〉行っている人をたまに見かけるが、これなぞは子規の「写生」、あるいは虚子の〈花鳥諷詠〉のスローガンを鵜呑みにした行為で、はっきり言えば、それは子規や虚子の物真似である。物真似であれば結局、物真似作品しかできないのは理の必然であろう。第一、〈客観写生〉などこの世に存在できる可能性など無いのだ。何故なら、人は〈有情〉、〈有情〉であれば〈主情〉、〈主情〉であれば〈主観〉という一連の定めから、人は自由には成り得ないのだから。

話を戻す。子規の「写生」主義は、だから最初は、余りの知的偏重主義に対する今までの俳句に対するスローガンであったのだが、後年、彼はその自分の仕掛けた罠に嵌まっていくのだ。それはどういうことかと言えば、当初、彼の「写生」に対する考えは、〈主観〉というものを全く拒否しようと言うものではなかったと私には思われる。それは「写生」というスローガンは、〈主観〉の排除よりもその〈主観〉が知識の陳腐を句に蔓延させることへの抵抗であったかと思われるからだ。〈主観〉とは「対象についての認識・行為・評価などのはたらき、またそのはたらきをなす者」（『大辞林』）であるとすれば尚更のこと、子規における「写生」というものが、個に於ける認識論であるという前提からは逃れられないが故に、〈主観〉からも自由であり得ないのである。その辺はいちいちの作品を見てみるとまことに納得のいくところでもある。

ところが、彼が病床に臥し、身動きできなくなったとき、彼は「写生」による「造化の秘密」を感得するのである。すなわち「造化の秘密」を感得したという個の認識論のなかに身を置くのである。当初、「陳腐」と「知識」に対するアンチ・テーゼとしてのスローガン（「写生」）が、今や「造化の秘密」を感得するもの、正確にはそう思わせるような方法論として納得されるのである。そのあと彼はすぐに亡くなるのだが、虚子の作品において、その「造化の秘密」は実践され続けていくことになる。

そして、虚子以降、「客観写生」「花鳥諷詠」は空洞化し、それをお題目にすれば「造化の秘密」にたどり着くのだという空念仏が流行り出す。伝統派などと言えば格好はいいが、人は空念仏こそ唱えたがるものである。そして空念仏は大勢で唱える方がいいに決まっているのだ。「空」を感じても大勢であれば怖くないのだから。

少し戻って、『仰臥漫録』の中の作品。

「洗ひたる机洗ひたる硯かな」で子規は「造化の秘密」を感じているのである。目の前にある風景を「写生」

したのである。だが、「写生」したから「造化の秘密」を感じ得たと解釈したら大間違いであろう。実は順序は逆で、これはこう書きつける前から子規はその風景を見ながら「何かを感じていた」のである。そういう認知作用と目の前の風景とが期せずして一致したのである。我々がたまに経験すること―、何でもない風景が、心の持ちようで何でもある風景に感じられる、そのことを思い起こせばいい。

解釈ならばいくらでもできる。例えば大江健三郎流に言えば、「洗ひたる」の繰り返しにより、目の前の清楚な風景が、狭い世界から広い空間へ浸透して行き、「世界の全構造」の清楚さを感知せしめる、など。だが、勿論、そういう解釈は何も生み出さないばかりか、「写生」という方法を何か特別なもの、魔法の仕掛けのように思い成す誤解を生むのである。そしてその誤解が、信仰にも似て、理屈抜きに頑固で、聞く耳持たぬ人間を輩出するのである。

次の句、子規が寝たままで見ている「ガラスの曇」。それがいきなり外界の風景「山吹」の咲く風景へと連動する。まさに理屈的には、この句において「写生」論は成立する。「ガラスの曇」という小さな日常が、「山吹」の咲く風景へと飛翔するのだから「草花の一枝」から「世界の全構造」とまではいかないが、より広い世界を透視するのだから、子規の言う理屈は一応成立する。だがこの作品は比喩が陳腐で、類型的であるが故につまらない。「造化の秘密」どころの話ではないのだが、子規の作品にはこの手の自己矛盾を来(きた)したものが数多く存在する。が、それは子規の責任というより、時代の必然と言うべきであろう。

「鶏頭」の句になると、「ありぬべし」で、「ありぬべし」は子規がそのように感じたということであって、要するに子規の風景の「客観性」と軌を一にしているが故に句は在来の「知識」と「陳腐」の領域を逃れているのだ。

そして私が、最も子規の「写生」主義の典型を表出していると思うのが、「火を焚かぬ暖炉の下や梅の鉢」の句である。すなわち目の前の風景の「写生」が、個の認知論抜きに、すなわち「主観」抜きに、そっくりそのまま言葉の配合の美事さとして定着しているからだ。「暖炉の下や梅の鉢」とは、理屈抜きに「造化の秘密」

だなと思うのである。だが大勢の人は、後年、この句に見られるような美事な配合、更には切れ、切れ字、季語等の検討なしに、シャセイ・シャセイを繰り返し、「写生」することこそ俳句だなどと思い込み、信仰の領域へと入っていくのだ。

さて、西川徹郎が「近現代の俳句表現史」というとき、その言葉の根幹に在るのが以上くどくどと論述した子規の「写生」主義である。この「写生」主義と虚子の「花鳥諷詠」主義という態度の問題、それに「季語」をどう扱うかという技法の問題、それらをひっくるめての「表現史」なのだが、西川はいきなり「精神科よりさめざめと首泳ぎゆけり」「沼裏の産婆ひそかに泳ぐを見たり」と書くのだ。これらが何故、「近現代の俳句表現史」に対する挑戦と成り得るのか。

先ずは、細かいところを抜きにして言えば、子規の言う「写生」から「造化の秘密」へ至るまでの経過が、西川に於いては全く抜け落ちているという点が挙げられる。要するに、そういう俳句的な美学とは全く無縁なところから、一句、韻文を成立させているその凄さにあろう。

「写生」を最も簡単に、目の前にある風景を無心に書き写すことと解釈すれば、実は西川徹郎における「首」も「産婆」も、彼が〈実存の淵〉を覗くことによって出現する極めて当たり前の風景なのである。だからこれは決してこじつけではなく、西川はその当たり前の風景を「写生」しているだけだと言うことになり、ここに於いて、「写生」という概念を根底から奪回しようとする西川の革新性が出てくるのである。そして子規に於ける「造化の秘密」、更には大江健三郎言う処の「世界の全構造」とは、人間の「特殊性」「不具性」に目覚めることによって覗き込まれる「実存の秘密」「実存の構造」に取って替わられるのである。そのことを西川は句集『無灯艦隊』によって確実に実証して見せた。

ただここで充分に留意しなければならないのは、先に引用した菅谷規矩雄の、「リズムとは、詩の発生の現前（プレザンス）にほかならない」である。西川の、一見散文的に見える作品が、しかも季語などは無視しているにも拘らず韻文としての力を保ち得ているのは、まさにこの「詩の発生の現前（プレザンス）」というスリル、西川に言わせればどうしようもない「孤独と不安と絶望」が、否応なく体内から突き上げて来る瞬時の力を保有しているからに他ならない。

今回の句集『天女と修羅』においても西川流のその書き方は変わってはいない。ただ今回は、「近現代の俳句表現史」への挑戦をいっそう強めつつ、また『月山山系』に於いて試みたごとく、書くべき主題を喪失した現代の俳句に対する反意と犯意が、多層的に構築され、書くべき主題の追求が、更に深化し、パワーアップしている。そしてそれは、先に述べたが、「書くべき主題」が明確な概念として提示されることはないのだろう。その時々の「異形・異相」に出会う作業、「実存の沢」に分け入る行為は、それら結実する像が「名づけ難い何か」であるがゆえに、永遠に続くしかないのである。西川は誠に苛酷な作業を引き受けているのだ。だが詩人の受け持つ本来的な仕事とはこのような苛酷なものであるかもしれないのだ。

ただ、今回の句集、一千百四十五句を読み通すうちに、今までとは違った面白さを私は味わった。例えば先に掲載した〈秋ノクレ〉の一連の作品をもう一度ご覧いただきたいのだが、西川の言う「孤独と不安と絶望」よりも、ここでは実に諧謔的な実践がなされている。西川の作品をいろんな意味から面白いと感じたことはあっても、私は一度も愉快になったことはないのだが、今回は実に愉快、そして快感を味わったものだ。

それを、季語である「秋の暮」の本意に対する叛意として読むことも可能であるが、叛意というより、しかつめらしい「秋の暮」という季語の典型が、これほどまでに愉快に扱われているそのことに軽い驚きを禁じ得なかったのである。切腹するとき、溺死するとき必ず秋の暮れと叫び、また腹上死や縊死するときもそう叫ぶのである。また父さんは秋の暮と叫んだら死んでしまったのである。何故なのかは書いていない。また何故と問う必要もない。これらは、「季語」を通しての日本人の美意識とその体系に対する機関銃乱射のような攻撃なのであるが、その攻撃の仕方が実に愉快なのである。これで「秋の暮」はその本意ごと西川に奪回されたのである。俳句表現史に対する「書くべき主題」とは、だから西川にとって「攻撃すべき主題」であるとも言えるのだ。

俳句はその歴史的な発生とその形式から言って、絶えず何かを〈相対化〉して初めて生き生きする文学だというのが私の持論である。（芭蕉は和歌の受け持つ中世美学を〈相対化〉した）が、西川は子規以降の近現代俳句を〈相対化〉することによって独特の文学的領域を広げつつある。

そしてその攻撃材料となる言葉は、「切腹」「腹上死」「男根」「縊死」「陰」等々、おおよそ今までの俳句には馴染まないもの、いわゆる〈俗語〉である。それを今彼は深刻にではなく、全く愉快に使い出して来ている。実は今、この原稿を書いているとき、西川の新しい句集が送られてきた。また精神の高揚があったか。驚くべきパワーである。

いま〈俗語〉と書いてしまったので、その点にも少々触れておくと、それらの言葉はこの俳句的な領域の中では、まだ体系化されていない言葉であるとも言えよう。為にその言葉の中には、未だ整理されていない概念やら情念やらが右往左往しているのである。

そして俳句という形式は、それらの言葉を、一句成立と同時にある種の体系の中に組み入れようとするのだ。その形式が強制してくる力と西川の〈俗語〉との攻めぎ合いが西川俳句の特徴でもある。

春ノ寺天女モ梅ノ毒ニ死ス

なども そうであるが、「春」に「毒」を盛ることによる快感と諧謔、西川はこれを充分に楽しんでいるのだ。

私は先にも、西川俳句は「彼が意図するのは俳句的な比喩ではなく、他の領域をも包括する〈喩の状態〉をどうこの俳句形式に定着させるかという極めて暴力的な実践」と言う一文を引用した。

〈俗語〉は、「発生の現前（プレザンス）」を踏まえて、体系化される以前の他の領域を包括しながら、西川の呼吸とともにこの形式に吐き出されるのだ。だから西川にとって、言葉が簡単に体系化されない為には、句は多層的でなくてはならず、ひとつの方法として、連作による主題の振幅の幅の拡大も必要となってくる。このように、俳句形式と西川の呼吸のスリリングかつ愉快な攻めぎ合いが実に面白い。

大急ぎでここまで書いてきたが、今回私は子規の「写生」主義に拘り過ぎたのかもしれない。だが一方では、

「近現代の俳句表現史に挑戦する」西川の姿を言うには、やはり表現史における根幹である正岡子規の思いに触れざるを得なかったという思いもある。

いずれにしろ、西川を浮き彫りにするには、かなりの時間とかなりの枚数を要する。ひと言では語れない処に西川徹郎という男の独特な存在があるのである。『天女と修羅』という今回の句集において、例えば私はそれを宮沢賢治との対比において論じてもよかった。あるいは寺山修司。更には口語俳句という視点から論じてもよかった。あるいは親鸞、等々。西川徹郎に迫るには幾つもの登り道があるのだが、今回はそのほんの一部分を論じたに過ぎない。

（本論の初出は二〇〇〇年七月十五日黎明舎「銀河系つうしん」第十八号）

■編者註、本論は一九九五年九月刊行の『虚構の現実─西川徹郎論』の続編的意味を持つ故に本章に収載した。

櫻井　琢巳

世界詩としての俳句─西川徹郎論（抄）

反抗的詩人の像と優しさ

展開された自伝的エッセイ『無灯艦隊ノート』（一九九七年・蝸牛社）から、西川俳句における反抗的詩人の像を捉えるときがきた。西川俳句には、どのような反抗的詩人の像が隠されていて、時としてそれがどのような光をおびてわれわれの目を射るのか。そこから本章を出発させよう。

アルベール・カミュに「反抗的人間」という言葉があるが、その性格をうけついで「反抗的詩人」という言葉を登場させるとき、私の内部に反時代、反国家、反権力など、およそ既成の秩序に立ち向かう反抗的な詩人の像がうかびあがる。抵抗詩「鮫」を書き「灯台」で天皇制をはげしく批判した日本の詩人金子光晴や、『地獄の季節』を書いたアルチュール・ランボー、『マルドロールの歌』で反神のイメージと「壮大な悪夢」をほしいままにしたロートレアモンなどが私の視野に入ってくる。もしも、これらの詩人たちの反抗をうけついだわれわれの詩人西川徹郎を反抗的詩人と呼ぶとすれば、西川俳句における反抗は、金子光晴やランボーやロートレアモンにおける反抗のあり方と、どのようにちがうのか。それからもう一つ、私の視野に入ってきた詩人たちには反逆と反抗だけで、優しさは存在しないのか。存在するなら、多少長くなっても、反抗の詩の中の優しさを捉えておくことが、西川俳句論を導くための重要なポイントである筈だ。

西川俳句には、反抗的なものと優しさのイメージの作品が両極にある。西川徹郎の世界をちらっと見ただけで、

猛魚を喰いおとうとと三角山登る
百姓の怒りが暗く流れる三味線

のような反抗にぬられた作品もあり、

黒穂ふえ喪がふえ母が倒れている
なみだながれてかげろうは月夜のゆうびん

のごとき優しさを抱いたものも目につく。しかし西川俳句は、反抗的作品と優しさのイメージに截然と分けられるものではない。その中間のものが多いし、少しずつ両方のイメージにかかわった作品もかなりあるのだから。ここで西川俳句を反抗的作品と優しさのそれとに分類してしまうことは、西川俳句を逆に見えにくくしてしまうので、先行する詩人たちの作品を先に見てから、西川俳句にもどることにしたい。

金子光晴については、さきに自伝の解説でふれ、いままた詩人論として作品にふれることになった。詩集『こ

がね虫』のきらきら輝く美の殿堂から出発した金子光晴は、昭和十二年に詩集『鮫』を出した。その中のタイトルポエム「鮫」は、反国家と反権力でかたまった、反逆と反抗のすごい詩集である。金子がクロポトキンの思想に近づいて抵抗詩「鮫」を生み出したことは知られている。

私はさきに、小著『太陽にまじわる海』の「金子光晴論」の中で、この詩人について詳しく論じた。その際、金子の抵抗詩「鮫」の第五章の後半における攻撃的な部分や、淋しさを主題とした作品「かつこう」にもふれたが、ここでは少し視点を変えて、さきの小著の中での引用とだぶることをおことわりして、反抗の詩性と優しさという両極から二つの詩に近づいてみよう。先づ「鮫」の方から。「塩水がにがい。一匹の蝶。ボルネオ船が、揉まれてゐる。／／ボスチロ・チモール島から、ニューギネアまで、／海は全く、処女林のやうに深い。／金持のサロンへ入つたやうに俺は淋しいのだ。／／俺を欺し、俺を錯乱させ、まどはす海。／だが、俺はしつてゐる。ふざけてはこまります。海をほのじろくして浮上つてくるもの。奈落だ。正体は鮫のやつだ。／鮫は、ほそい菱形の鼻の穴で、／俺のからだをそつと物色する。／／奴らは一斉にいふ。友情だ。平和だ。社会愛だ。／奴らはそして縦陣をつくる。それは法律だ。輿論だ。人間価値だ。／糞、又、そこで、俺達はバラバラになるんだ」（「鮫」）。

これは金子光晴の抵抗詩「鮫」の中の、反国家の本態を示す部分で、全くすごい詩である。金子光晴は、以後終戦まで反戦詩を書きつづけてきたのだが、こうした金子にもこころにしみるような優しさを形象化した詩があった。「かつこう」という作品である。途中からだが、後半の部分を引いてみよう。「霧煙りにつゞいてゐる路で、／僕は、あゆみを止めてきく。／さびしいかつこうの声を。／／みぢんからできた水の幕をへだてた／永遠のはてからきこえる／単調なそのくり返しを。／／僕の短い生涯の／ながい時間をふりかへる。／／うとうとしかつた愛情と／うらぎりの多かつた時を。／／別れたこひびとたちも／ばらばらになつた友も／みんな、この霧の中に散つて／霧のはてのどこかにゐるのだらう。／いまはもう、さがしやうもない。／はてからはてへ／みつみつとこめる霧。／とりかへせない淋しさだけが／非常なはやさで流されてゐる。／／霧の大海のあつちこつちで、／よびかはす心と心のやうに、／かつこうがないてゐる。／かつこうがないてゐる」（「かつこう」）。

このように、抵抗詩「鮫」に「かつこう」を並べると、金子光晴の詩の両極がよく見えるだろう。「鮫」は金子光晴の思想風景を見るようで、「反国家」の思想を抱いた、アナキックな爆発力をもった作品である。それに対して「かつこう」は、こころにしみるような優しさをもち、過ぎた愛の日々を思い出す哀切な音色で鳴っている。

ランボーの『地獄の季節』（一八七五年）は、詩で書かれたランボーの青春の自叙伝である。すでにふれたように、この象徴派の詩人の内部でも、シュルレアリスムの河を求めて想像力と幻想がはばたいていた。ランボーは、ヴェルレーヌとの関係によって自分がまきこまれた事件を含む過去を清算しようとして、『地獄の季節』を書き出した。当然、それは、ランボーの痛烈な告白と懺悔を主調音として、反抗や逃亡のイメージにキリスト教との格闘を重ねる。序章から「わかれ」まで九編の構成で展開されるが、その中の「悪い血」は次のようなイメージを現出させる。

「俺の日程は終つた。俺はヨオロッパを去る。海の空気は俺の肺臓を焼くだらう。僻陬（へきすう）の気候は俺の肉を鞣（なめ）すだらう。」「俺は、鋼鉄の四肢と、浅黒い肌と兇暴な眼とをもつて、還つて来るだらう。」――「女達は、熱帯の国々から帰還するこれらの兇暴な廃人共を看護するのだ。」

（「悪い血」鈴木信太郎・小林秀雄訳）

この反抗のイメージの上に、「錯乱Ⅱ」の〈言葉の錬金術〉の中にはめこまれた、同じ訳者による韻文詩を重ねてみよう。初出の原詩とは多少の表現のちがいをもったヴァリアントだが、次のような作品である。「小鳥の群、羊の群、村の娘たちから遠く離れて、／はしばみのやはらかな森に囲まれた／このヒスイの叢（くさむら）の中に膝をつき、／生ぬるい緑の午後の霧の中で、俺は何を飲んでいたのか」という「涙」。「時よ、來い、來い、／陶酔の時よ、來い」というルフランをもつ「一番高い塔の歌」。「また見付かつた。／――何が。――永遠が。

／太陽に／媾はる海だ」という「永遠」。これらを含めて、〈言葉の錬金術〉の章の中におかれたヴァリアントの韻文詩は六篇あるが、何れも反抗の詩人ランボーの優しさをひらいたものだ。

　シュルレアリストたちの聖典として、フランス文学史の上に光芒を放ちつづけるロートレアモンの『マルドロールの歌』は、二十世紀に入って光をおびてきた作品である。『マルドロールの歌』は、神に対する絶望的な反抗の叫びを中心にした、「極めて奇怪な空想的な叙事詩であり、美しい神秘的な幻影と凄惨で醜悪な描写とが、入り交じった『壮大な悪夢』」（中村眞一郎）であるといわれる。マルドロールが巨大な一匹の蛸に姿を変えて、その巨大な八本の足で神の体をからめ、締めあげて行く場面を見ると、神に対する反抗とペシミスムの激しさでは比べるものがない。まさに、「錯乱したヴィジョン」と反抗の書のすさまじさがある。

　この『マルドロールの歌』にも、優しさの血が流れている。『マルドロールの歌』は第一の歌から第六の歌まで六部に分れているが、その第六部に、三人のマルグリットの物語がある。栗田勇訳によってその物語の主要部分を要約引用すれば、次のようだ。「ぼく」の父はヴェルリ街の大工だった。が、彼は酔いどれぐせがついてしまって、のんだあとも家であばれまわった。友だちの非難にあって行動を反省し、むっつりした性分になったが、誰も彼に近よることは出来なかった。「ぼく」は三人の妹のために、一羽のカナリアを買ってやっていた。彼女たちはそれを鳥かごに入れて、門口にかけておいた。カナリアは、「ぼく」たちには一家の守り神のような存在だった。が、父はそれに怒りをおぼえて、鳥かごごとカナリアをどこか遠くへやってしまえと家族に言いつけていた。彼は美しい歌手のカナリアに、大工でこんな性格である自分が毎日ばかにされていると思いこんでいた。彼の怒りは日ごとにふかくなった。そんなある日、父は憤怒に目がくらんで、鳥かごを釘からはずしに行き、はずした鳥かごをかかえて仕事場の奥へ行った。彼は、家の人たちの悲鳴も嘆願も聞かず、カナリアのかごを鋲の打ってある靴の踵でふみつぶした。カナリアは、母の手の中で血にまみれて息絶えた。その直後、三人の姉妹は姿を消した。母は、疲れたので三人は犬小屋の藁の中で眠っているのだろうと思った。しかし、彼女たちは抱き合ったまま、犬小屋の藁の中で死んでいたという。全く泪ぐましいほどの物語である。

以上、私の視野に入ってきた詩人たちの作品について、それぞれ荒々しい反抗にみちた像の中に、優しさの血が流れているのをみてきた。金子光晴の「かつこう」をよんだひとは、金子が放浪と反逆と反国家だけで詩を書いたわけではないことがわかるだろう。ランボーの詩の中の優しさに出会ったひとは、いたみに焼かれた黒こげの野に、僅かに残っていた青草を思わないわけにはいかない。また、ロートレアモンの神に対する反抗と呪詛の「壮大な悪夢」をみた者は、この詩人のマルグリットの物語に泪するのではないか。

話が横道に入って長くなったように思われるかも知れないが、そうではない。気が付いたとき、われわれは、メインストリートに立っている自分自身を見出すだろう。詩における反抗の荒々しさと優しさの流れを見た目をもって、われわれはいま西川俳句にもどって行く。西川俳句の荒々しさと反抗はどのようなものであり、それはどこから出発してどこに向かったのか。その荒々しさのもう一つの極に、どのような優しさの世界があるのか。それがわれわれの問題である。他の俳句作品と西川俳句を並べてみると、それがわかるだろう。他の俳句作品にもいろいろあるが、ここでは、詩型の上でも作品の色彩や構成の上でも比較的似ていると思われる新興俳句に、われわれの西川俳句を重ねてみよう。うまく重なるか、重ならないのか。

新興俳句は、日本の中国侵略がはじまった昭和十年代に、伝統俳句の訂正者として現われた。伝統俳句の方法から離れて、秋櫻子や誓子の近代的抒情と感覚的表現の限界を破り、美と思想を自らの俳句詩型の中にとりこんで時代の姿を焙り出したことが、俳句表現史上の新興俳句の功績として光っている。西川俳句が理性の支配から離れて、シュルレアリスム絵画のイメージの影響の下に生成された幻像の詩型であることについては、本論のはじめの部分で詳しくふれた。繰返すようだが、西川俳句には喩や象徴という領域からは内蔵するイメージを捉えることが出来ないものが多く、また多重像の作品も多い。新興俳句は理性の枠の中で、どのように美と思想の詩型を可能にしようとしたのか。一方、西川俳句は、理性の統御を脱した幻像の詩型として、幻想の美学に向かってどのように力強い前進と見事な開花によって、日本の俳句をどのように大きく変えていくのか。この問題を頭において、はじめに両者の反抗的な詩性をもった作品を比べ、次に優しさの詩性をもった作品を比べることにしたい。

①鶏交り太陽泥をしたたらし　（赤黄男）
②陽炎はぬらぬらひかる午後のわれ　（〃）
③地の果の風の涯なる炎の櫟　（〃）
④日に憤怒る黒豹くろき爪を研ぎ　（〃）
⑤戦争が廊下の奥に立つてゐた　（白泉）
⑥黄色の情慾の列が来る枯野　（〃）
⑦荒地ゆゑ柩を発すいなびかり　（窓秋）
⑧夕日なれば白氷に静かな爆発　（〃）
⑨馬がみな寒の没日に向き進む　（三鬼）
⑩寒卵累々たりや黒き市民　（〃）
⑪めんどりが来て乱舞する北枕　（徹郎）
⑫いちめんに手が出て低流の鳥を掴む　（〃）
⑬土足で月が二階に上がる死者を連れ　（〃）
⑭死ねば死ねばと空ゆく雲はいつも人形　（〃）
⑮月の村びとわあわあ毟る楡の肉　（〃）
⑯後家犯ス生家ノ柱立ッタママ　（〃）
⑰暴れる桃を白髪の姉と思い込む　（〃）
⑱猛禽トナッテ天女ガ屋根ニ立ツ　（〃）
⑲白髪ノ天女ガイッパイ箒屋ニ　（〃）
⑳戸口にてときどき絶叫する箒　（〃）

二つの領域の作品を比べるについて、作品に番号を付けておいた。前半の①から⑩までは、反抗の詩性をもつ新興俳句の作品、後半の⑪から⑳までは、西川俳句からの引用である。

先づ新興俳句の作品を見渡すと、広く時代の暗黒に対して抵抗し反抗したイメージを突出させていることがわかる。赤黄男俳句の②「陽炎はぬらぬらひかる午後のわれ」には、「ぬらぬら光る」という副詞的オノマトペに、時代への反抗の激しさが現われているようだ。「日に憤怒る黒豹」のイメージも、直線的な反抗を表わし、赤黄男の『天の狼』が怒りの句集であることを示していよう。⑤の「戦争が廊下の奥に立つてゐた」という白泉の作品は、ひとも知るように、戦争の恐怖のすがたを示したものだ。

⑦と⑧は、窓秋の句集『石の門』から引いた。「荒地にて――日本へ帰還以後――」という群作の中のもので、戦後の日本の荒廃した精神風土に対する内的なたたかいをたたみこんだ作品である。とりわけ⑧の作品「白氷に静かな爆発」は、あざやかな反抗の詩として時代に向かっていよう。三鬼の作品にも⑩にみられるように、時代への強烈な反抗を示しているものが多い。

これら新興俳句の反抗の詩性に対して、後半に西川俳句の反抗的な作品を引いた。新興俳句は時代に向かう一本の線で描かれるものが多かったが、西川俳句の反抗性はそうではない。シュルレアリスム絵画のイメージを負うて現われた詩性がその特徴であり、多重像をもつものもある。それらは、どの作品を見ても一面的ではない。数枚の鏡と映し合っているもののようだ。新興俳句の時代性と比べると西川の反抗の詩性が弱いと思う人があるかも知れないが、そういうひとはもう一度顔を洗って、西川俳句の前に出てきていただきたい。新興俳句が相手に向かって直線的に発射された魚雷とすれば、ここに引いた西川俳句は、音を立てずに海面下で何隻かの相手の艦船の腹部にうまく取付けられた爆薬であり、時間がきたら連鎖的に爆発するものであることがわかるだろう。とりわけ、⑯から⑳までは、この傾向が強い。

⑱の「猛禽トナッテ天女ガ屋根ニ立ツ」はすでに詳しくふれたように、西川俳句の最良の作品であり、⑲と⑳は、⑱の猛禽のイメージの原型としてすぐれている。天人天女の物語から発して、白髪の天女のいっぱいい

る箒屋と、戸口にきてときどき絶叫する箒のイメージは、西川俳句の反抗と反逆性の激しさを象徴する。あのダリの作品「内乱の予感」における時代への反抗性を、西川俳句はふところ深く隠しもっているようだ。「記憶の固執」の、ぐにゃりとまがった時計たちのイメージも、「大自慰者」の男根のイメージも、「内乱の予感」のそれとともに今も自分を離れないという。これらが反抗のかたちをとって西川作品に現われたとき、われわれは西川徹郎を「日本のダリ」と呼ぶことに躊躇しないだろう。それでは、反抗の詩を離れて、作品と詩人たちの内部を流れる優しさの川に眼を転じてみよう。
青蚊帳に染りてねまる今宵ふたり　（赤黄男）
蚊帳青く海月にも似てちゝ房は　（〃）
妻よ歔いて熱き味噌汁をこぼすなよ　（〃）
灯をともし潤子のやうな小さいランプ　（窓秋）
髪梳くは死よりも黒し桃の花　（〃）
花の国あるいは滅ぶ蝶のむれ　（〃）
けふの日も春また夕べ真紅　（三鬼）
中年や遠くみのれる夜の桃　（〃）
生パンと女心やはらか春嵐　（白泉）
わが初夏や吾子抱く妻の肩を抱く　（徹郎）
鶴の愁いのいもうとたちと月の出待つ　（〃）
空の裂け目に母棲む赤い着物着て　（〃）
紺のすみれは死者の手姉さんだめよ　（〃）
なみだながれてかげろうは月夜のゆうびん　（〃）
父の陰茎の霊柩車に泣きながら乗る　（〃）

白萩ヲ月夜ノ妹トシテ手折ル　　　　　　　　（〃）
佛壇ノ中デ白萩股ヒラク　　　　　　　　　　（〃）
緑夜をきみの眼の紫紺の淵まで走る　　　　　（〃）
兄さんに降り注ぐ螢も薄羽かげろうも　　　　（〃）
兄さん角を曲がってはだめよ冬の波　　　　　（〃）

赤黄男から白泉まで、新興俳句の優しさの詩性をもった作品を引いた。赤黄男は新興俳句の王様であるが、優しさの作品にも感動的なものがあるので、四句を引いた。「妻よ歔(な)いて熱き味噌汁をこぼすなよ」は昭和十年の作品であり、赤黄男一家が事業に失敗して、最も困難を極めたときのものである。赤黄男は炎暑の中を毎日職さがしに出かけるが、職は無い。そういう時期の妻に向かって流れ出した優しさの言葉である。先の二句は、そのような赤黄男の、蚊帳の中の光景を歌ったものだ。蚊帳の青さにそめられた妻の、海月にも似た乳房が、赤黄男のこころに与えた慰安は、はかり知れない優しさをもつ。

窓秋の作品から三句を引いた。昭和五十八年作「緑星」と、昭和五十九年の「星月夜」から引いたのだが、ここでは自己の人生の終末を前にして安らぎとみどりの春に出会った静かな優しさがあふれている。さきの、日本の中国侵略の時に書かれた「弔旗垂れ黒き河なみはながれき」「橋上に涙し夕日鏡なる」などを思い出していただきたい。ボナールの「地中海風景」や「花ざかりの杏の木」のような濃い色彩感には及ばないとしても、春のやわらかな情感と慰安のイメージを抱いて、晩年の窓秋が立っていることがわかる。三鬼の作品にも、優しさの流れているものがある。「生パンと女心やはらか春嵐」は、人生の深みを示したよい作品であろう。

「鶴の愁い」から「兄さん」まで、西川俳句における優しさを抱いた作品を引いた。新興俳句とは生成の条件も時代もちがうけれども、優しさという詩性に本質的な違いがある筈はなかろう。西川の優しさがどこから出てどこに向かって流れて行くのか。両者とも時代や生活の中から流れ出して、孤独や、自分の家族の方へ向かって流れて行くことが見てとれる。ここに表われた西川の優しさは、他のそれよりも自伝の影を濃く負うているようだ。西川俳句は、父親に対する優しさを歌ったものが多い。「白萩ヲ月夜ノ妹トシテ手折ル」と「佛壇ノ中デ白萩股ヒラク」は先にも一度引用したが、女性的で、たおやかな情感と品位がある。とりわけ「佛壇ノ中デ」の句は、静かなエロスをまとうた優しさとして、われわれをひきつけてやまない。

最後の三句は西川俳句の分水嶺にあたる『月夜の遠足』から引いた。句集『月夜の遠足』については、改めて論じる機会がないと思うので、ひとことふれておこう。この句集は、母と兄とを相次いで喪った西川徹郎が、悲嘆と鎮魂を重ねるようにして書いたもので、優しさという点からみると、西川俳句の中心点に位置する。彼と兄との仲がどのようなものであったかについては、前章で詳しくふれているので繰返さない。『無灯艦隊ノート』にも極めて自伝的に書きこまれているから、読者はそれを思い出していただきたい。西川が兄に対して抱いていた不満の思いが、兄の死に際して一転して兄への優しさに変わった、注目すべき作品である。「緑夜をきみの眼の紫紺の淵まで走る」。この冒頭作品に導かれた『月夜の遠足』は、西川俳句のもう一つのピークを形成するに足りる重い要素をもっていよう。兄に対する西川の優しさをひらいた風景や幻像にゆすぶられ、われわれは本章のしめと終末に近づこうとしている。

本章は長い論考になった。西川俳句の両極に位置する反抗的詩人の像と優しさを捉えるため、われわれは二段構えの剣をくり出した。先づ金子光晴やランボーやロートレアモンなどの作品をとおして、文学史の上で比較文学に近接した方法をとり、いかに荒々しい反抗的詩人の内部にも優しさの血が流れていることをつきとめた。次に、この方法の確認の上に立って、西川俳句と昭和十年代の新興俳句とを比べて、二つの俳句がともに反抗的な詩性と優しさの川を抱いていることを原点としておさえたのである。新興俳句には無い、西川俳句の実存のすがたとすぐれた前衛性も見えてきた。西川俳句がよく見えるようになったところで、本章をしめようと思う。本項の四つの章は、自伝や回想記の存在理由とその方法を論じてきたので、本章は自伝や回想記によってしめくくることがふさわしい。

私はいま、プルーストの『失われた時を求めて』を思い出している。フランス文学に無意志的記憶（レミニサンス）という言葉があるが、思い出として記憶していたイメージや光景が意志に沿って出てくるのではなく、何かの切っかけで全く無意志的に記憶がパッと現われるのだ。ルソーの自伝『告白』の中の例を引くと長くなるので、省略したい。

ひとは、プルーストの『失われた時を求めて』が、「マドレーヌ体験」と呼ばれる無意志的記憶（レミニサンス）によってはじめられたことを知っている。意志による過去の時間の再現ではなく、経験の非意図的な想起なのである。すべてのひとが、このような経験をしているだろう。文学的表現の上に、それは革命的なものをもたらした。一度無意志的記憶（レミニサンス）によって過去の時間の中に運ばれれば、あとは自伝の中で回想の波が拡がり、そのうねりの中でそれらの光景がただよい、まじり合って美しい織物のように記憶を再現させる。先にジャンル論の途中で一度ふれたが、『失われた時を求めて』は、この無意志的記憶（レミニサンス）を出発点とした、小説のかたちをした自伝なのではないか。

プルーストは、『失われた時を求めて』の後半の後半に、「囚われの女」と「消え去ったアルベルチーヌ」という、最も重要で美しい二つの章をおいている。鈴木道彦訳によって部分的に要約引用してみると、次のようだ。即ち、アルベルチーヌは語り手の「私」の恋人として「私」と同棲していたのだが、レスビアンの傾向もあり、二人の間はひどい不和と和睦の繰返しで、もうあなたとは生活できませんという手紙を残して、ある朝アルベルチーヌは失踪する。「私」はおどろき、どんな条件でもいいからすぐ帰ってくるように彼女に電報をうち、手紙を書く。アルベルチーヌがいなくなって、はじめて「私」は彼女を愛していたことがわかった。しかし、アルベルチーヌは馬で散歩の途中、振り落とされ、木にたたきつけられて死んでしまう。彼女の死がもたらされたすぐあと、彼女から二通の手紙がとどく。死ぬ前に書いて投函したものだ。よろこんであなたのもとに帰っていきます、という。しかし、その手紙を「私」が手にしたときは、もうアルベルチーヌはこの世にいなかった。小説の方法をもちこんだこの厖大な自伝の後半の後半にアルベルチーヌの死をおいたプルーストの筆の運びは、実にうまい。

アルベルチーヌの死についてよんだあと、前章にもどって「囚われの女」を見ると、二人の同棲時の光景が最もエロス的に描かれていることがわかる。とりわけ、眠っているときの彼女を見つめる「私」は、たとえば彼女の、暗い色をした肉の開花期のイメージを、彼女の本性につけ加えさせ、彼女の眠りのほとりで無限に味わうことの出来る官能の逸楽を感じる。彼女の眠りは一つの風景のように思われ、それは「私」のそばに、二人がまじわったバルベック湾の満月の夜のように、穏やかで肉感をそそる何物かをおくようだったという。繰返すようだが、『失われた時を求めて』は外側から見れば長篇小説に見えるが、その本質は、小説のかたちをとった自伝なのだ。風俗や心理のみならず、プルーストは、「人間の意識の深層」を描いたと言われる。時間的構造が複雑で、その中でいくつもの無意志的記憶(レミニサンス)を描き出し、過ぎ去った時間をあざやかに再現させる方法で作品を充たしている。〈「私」の生涯の回想記〉のかたちで書かれたこの全七巻の自伝作品が、二十世紀文学の原点として光をあびる理由がそこにある。

これ以上筆がすべると、プルースト論が長くなり、本稿のしめから離れるので、『失われた時を求めて』の部分的な要約引用と自伝の解説はここでとめる。すでに予言したが、われわれの詩人西川徹郎にも、『無灯艦隊ノート』を超えて厖大な自伝を書くときがやってくるだろう。ダリやエルンストなどのシュルレアリスム絵画の波をあびて生成した西川俳句が、たたかいの中で斬り伏せたものは、金子兜太と俳壇の欺瞞性だけではなかった。天才詩人西川徹郎の出現とたたかいによって、日本の俳句が変わる「時」は近づいた。われわれの西川俳句は、ごうごうと鳴りわたる新しいひびきの中で、俳句詩の大河を下るために大きく舳先をまわす。「ゆけ、フラマンの小麦船、イギリスの綿船(わたぶね)よ」。

(本論初出は著者没後の二〇〇三年十一月沖積舎刊行の『世界詩としての俳句—西川徹郎論』。同書は二〇〇四年「ちゅうせき叢書27」として新装再刊。本論は同書八六頁より一〇三頁「第二部　自伝と回想記の方法と作品世界」の「第四章　反抗的詩人の像と優しさ」に当たる。『世界詩としての俳句—西川徹郎論』は『櫻井琢巳全集』第四巻に収録される。)

◆櫻井琢巳　さくらい・たくみ＝一九二六年茨城県生まれ。二〇〇三年没。詩人。文芸評論家。仏文学者。詩誌「落下傘」主宰。日本ペンク

ラブ会員。日本現代詩人会会員。一九八三年茨城文学賞。一九八七年茨城新聞社賞。著書に詩集『櫻井琢巳初期詩集』、評論集『太陽にまじわる海』ほか。没後、沖積舎より『櫻井琢巳全集』全五巻刊行。第四巻に西川徹郎は解説「永遠の金字塔—櫻井文学について」を寄稿。

小笠原賢二

極北の詩精神—西川徹郎論

極北の詩精神—幻視者西川徹郎が見出した世界

1

文学表現、とりわけ短歌や俳句といった定型詩は、そのリズムや語彙において伝統という名の枠組みから逃れるのは難しい。と言うよりも、良くも悪くも蓄積された表現の様式なしに定型詩の表現は成り立ちにくい。世の大方の俳人は、そのあり方を当然のように受け入れて疑わないのである。

しかしここに、そうした前提に異議を唱える表現者がいる。西川徹郎である。

この型破りの俳人については、たとえば、「西川徹郎氏は化け物であり、怪物であり、得体のしれない謎の俳人であった」（高橋愁著『暮色の定型—西川徹郎論』一九九三年・沖積舎）との評がある。有季定型を至上の美徳と考える現在の行儀のよい俳句のイメージの中では、まったく異質の評言であろう。「化け物」「怪物」などは、おおよそ俳句表現とは、俳壇の常識とは無関係な言葉と見なされるであろう。しかし私などは、こうした異形の感受性にどうしようもなく引かれてしまうのである。

定型俳句自体がすべて駄目だと言うのではない。そうではなくて、定型や紋切り型表現に従属というよりは隷属してしまって、真の詩精神のありかを考えようとしない俳人が多数になっている現状は一種の荒廃と言うべきであって、それは俳句表現とは無縁な俳句の光景ではないか。そんな時に、俳句とは何かを、通念の枠を越えて、不退転の姿勢において考察し実践する西川徹郎のような存在がとても貴重に思われるのだ。

大切なのは、尖鋭な文学的想像力であり、詩的行為である。そもそも正岡子規にしてからが、『俳諧大要』の冒頭で、このように言っているではないか。

「俳句は文学の一部なり。……文学の標準は俳句の標準なり。即ち絵画も彫刻も音楽も演劇も詩歌小説も皆同一の標準を以て論評すべし。

（中略）

その音調は普通に五音七音五音の三句を以て一首と為すといへども、あるいは六音七音五音なるあり、あるいは五音八音五音なるあり、あるいは　六音八音五音なるあり、その他の文学とは厳密に区別すべからず。」

しかるに子規以降の俳句の流れは、さまざまな可能性の模索を捨てて窮屈な枠の中に囲い込まれたのである。それが俳句表現の停滞の大きな要因をなしていることは、今や明らかであろう。従って大切なことは、可能態としての、俳句文学としての俳句の追求であり、他の分野と「同一の標準を以て論評」することである。「俳句文学の復権」を掲げて反季・反定型・反結社主義を実践する西川徹郎についてなにがしかを語るとなると、なおさらのことである。

2

西川徹郎の俳句を特徴づける著しい傾向は、超現実的な幻想的想像力である。このことは第一句集『無灯艦隊』（一九七四年・粒発行所）にすでに明らかだ。

不眠症に落葉が魚になっている

巨きな耳が飛びだす羊飼う村に

海峡がてのひらに充ち髪梳く青年
胎盤透きとおり水くさいコスモス畑
月光や耳泳ぎゆき消えゆけり
枕の中の墓地咲きかけの曼珠沙華

遠近法の解体、自在な変身と生命観、レントゲン的な透視力、が西川の幻想的想像力の基本をなす特徴と言えようか。実に不思議な世界である。なぜこのような俳句が出現するに至ったのか。この感受性の背景には何があるのか。

『西川徹郎全句集』（二〇〇〇年・沖積舎）に付された「西川徹郎年譜」をふまえて言えば、まず少年時代に読んだ種田山頭火、高柳重信、富澤赤黄男、西東三鬼、細谷源二といった自由律や前衛俳句の影響があるだろう。また、十代から二十代以降に親しんだと言うダリ、ムンク、シャガール、エルンストといった幻想派やシュルレアリスムの絵画を彷彿させもする。なじみ深い物体を思いもかけぬ構図に配置したり、人間の肉体があらゆるものに変化する可能性を自明の事としたのが、不安を生きる近代以降の芸術家に他ならない。また、実在と仮象が矛盾と緊張をはらみながら幻覚的なダブル・イメージとして捉えられる主観主義もシュルレアリスムの基本姿勢であった。

西川の句を考える場合、このような文学や絵画の影響関係は無視出来ないが、私には次のような八歳の時の記述も印象に残った。すなわち、病気での自宅療養で、「病室に当てられた裏庭沿いの薄暗い部屋」の、襖や枕元の屏風に揮毫された芭蕉や一茶の句や、親鸞の『教行信証』の文言を、暗誦して過したと言うのである。

こうした、行動の自由を束縛された一種の幽閉状態が原体験となり、後に触れる西川特有の想像力の培養器になったのではないかと思われる。また、十七歳以降の「暁就床の不睡眠の生活習慣」によって「日中強烈な睡魔に苛まれていた」とする記述も見のがせない。日中の睡魔がもたらす半睡半醒の夢幻状態も、過激なイメージの源泉たりえただろうからである。更に、西川の出生地であり定住の地になってもいる北海道芦別市新城町の地形学的な要因も重要だろう。高橋愁によれば、この町は峠と川を境にして静まり返った、「他の土地から隔絶した幽閉の場所」であり、「脱出を不可能なものにしたみなもとに他ならない」のである。またそこには深い雪に閉ざされた長い冬という北海道的な荒々しい気候風土も作用せざるを得ないだろう。このような空間からの脱出がかなわないのであれば、その拘束を逆手に取って想像力をあたう限り強力に、遠方まで飛翔させる他はない。西川俳句を読みこむに当って、安直な私小説的な解釈は邪道であることを重々承知しながらも、前例のない想像力を支える感受性の起源や原型的体験を無視することはやはり出来ない。

まず、脱出不可能な「薄暗い部屋」や「幽閉の場所」があり、その閉所空間から西川の営為は出発した。このように考えた時に、西川の俳句自体が既にその想像力の形を如実に示していることに気づかざるを得ない。

抽斗へ迷路は続く春の家
抽斗へ銀河落ち込む音立てて
蒼蒼と自転車漕いで抽斗へ
血を吐き倒れる抽斗の中の遠足は
少し見える冬海抽斗の中の町
月夜だから羽ばたく抽斗の中の鵺
抽斗の中の月山山系へ行きて帰らず
抽斗の中の緑の星座を覗き見る
ゆめの抽斗たくさんあって死ねません
抽斗を出て行く月の出の電車

要するに西川の「抽斗」には、動物も人間も自然も、更には「銀河」や「月山山系」や「緑の星座」というとてつもなく広い時空や森羅万象が含まれている。極小が極大を含み、極大と極小の遠近法は廃棄されてしまう。なにやらこれは、日本的な箱庭の美意識を思わせもするのだが、西川の感受性はそうした小ぎれいな様式などに行儀よく納まらない暴力性を含んでいる。

想像力の源は「抽斗」だけに限らない。靴箱、棺、押入れ、下駄箱、水枕、佛間、物置、戸棚、経机、箪笥、皿、冷蔵庫、等々もまた森羅万象や宇宙を含み、そこでも実に不可思議な出来事が起こるのである。

　コップの底に鷗群れ降る暗い病室

　鳴り続く寺の内部の冬の浜

という例もあるように、「抽斗」は「病室」や「寺」になりもする。

そしてもちろんこれらの一切が、非人称の脳髄やその外部器官である眼球という想像力の運動場なのだと言い換えてもよい。小さな箱めいた閉所空間としての肉体の制約から抜け出すためには、脳髄や眼球の機能を極限まで駆使する他はない。この点で、『瞳孔祭』（一九八〇年・南方社）という句集名は象徴的であろう。

　眼球も地球も桜三月暗し

　眼球が宙を翔ぶなり神死ぬなり

　紫陽花寺に眼球がたくさん咲いて

　ぎゃあぎゃあああれは屋根の上の眼球

こうした、身体の制約からさえも解き放たれて眼球自体が想像力の運動体と化した句は、ルドンの幻想絵画を彷彿とさせもする。

「人間の形らしいものが、いわば額縁の外に脱出して、歩いたり行動したり考えたりするようなイリュージョンを与えるのでなくては、近代的な素描とはいえない。」

と言うルドンは、眼そのものをしばしば題材にすることによって、絵の枠をのり越え外に出る幻覚を実現しようとしたが、同様に西川もまた眼球を想像力の機能として有効に駆使しているのである。これは近代俳句にはほとんど類縁のない近代芸術の精神と言うべきだろう。

西川徹郎は、見えないものの姿形を執拗に視覚化しようとするヴォワイヤン（見者）に他ならない。このような想像力の運動を考える時、「極限へのいざない」（一九七一年三月・「粒」第十八号）という初期の評論の一節は大変に重要な意味を持つ。

「暗い夜空にひらく花火のような人生を思う時、私は無性に詩（俳句）を書きたくなるのです。宿命とは霊魂が肉体に入り込んで悪夢を見ている時であり、その自覚は霊魂が肉体を離れた時、即ち死んだ時だと思うのです。地球はもともと霊魂が無数にうようよしている所であり、僕には日夜と云わず幻や錯覚が付きまとうが、それらは永遠の世界よりの使者であり、それへの誘いの様である。又、生は、肉体は霊魂の影であり幻であり、幽霊の様に得体の知れぬ物であり、永遠の世界だけが、死だけが真実である様に思うのです。

詩は死に向って前進し、詩を創ると云う事は死を認識する事である様である。霊の世界の永遠は、如何なる理論によっても見定める事は出来ず、唯、極めて純粋な感性によってのみ、ちらりと刹那的に覗き見る事が出来るばかりなのです。詩作は死の認識であると同時に、永遠の世界よりの使者である所の、潜在的な狂気の認識でもある様である。」

たぐい稀な幻視者の資質がとてもよく出たくだりだろう。肉体の内部にも外界にも充満している霊魂の類に西川は異様に鋭く感応する。そもそも肉体自体が霊魂の幻影であり幽霊のように得体の知れぬものだと言う。西川はそれらを徹底的に見尽くそうとするのだが、「永遠の世界だけが、死だけが真実」であり、「詩を創る事は死を認識する事」であれば、理論などによって意識的に「永遠の世界」に到達する事は出来ず、せいぜい「極めて純粋な感性によってのみ、ちらりと刹那的に覗き見る事」が可能となるにすぎない。こうした不可能性の問いに関わってしまえば、小ぎれいな収束も昇華も脱皮も成熟もあり得ず、ただひたすらに「永遠」に向かう表現の持続があるばかりだろう。従ってこれは、そう易々と成就されるような事業ではない。たとえば第二句集『瞳孔祭』の「あとがき」では、『無灯艦隊』以降の日常的な「非日常的苦痛」を暗澹として過したことに触れてこんな風に言う。

「されば、今、この苦悩を大地と為し、ゆるぎなき一句が樹つのは何時か。非日常を孕んで今、苦悩の窓辺を翔ばんとする迷える一句が、果して明日の静寂の宇宙を産卵するのは何時か。」

また、『死亡の塔』（一九八六年・海風社）「後記」には、このような言葉もある。

「俳句こそが存在へ向って言語を矢のごとく尖鋭化させ、存在を刺し貫くことのできうる詩型である、という考えを強く持つようになった。（中略）

「今日の荒涼とした俳句情況の荒野に在って、とにもかくにも、野垂れ死にを覚悟で今日まで書いてきた。それが、果たして永劫の暗夜として終るのか、あるいは、如何なる黎明に遇うことになるのかはあえて考えるまい。」

この問いは容易な収束や着地を拒むゆえに、めでたき安息の場など産み出しはしないだろう。容易に答えの出ない難問だからこそ、いよいよ激しく格闘せざるを得ないのである。このような存在論的難問を抱えて俳句に向かう表現者はめったにいるものではない。同じく「極限へのいざない」での、

「俳句は単なる遊びでなく、詩作。それは極限の行為でありたい。」

との言もそこに深く関わっているであろう。まさにこれは詩人の営為であり、更に言えば正岡子規の理念を拡張し発展させた文学営為に他ならない。では、このように出発した幻視者西川徹郎は、どんな世界像・宇宙像を見出したのだろうか。

3

とりあえず、『西川徹郎全句集』に今回初めて収められた未刊の第七句集『月光學校』あたりまでを対象に、印象深い句を少し多めに引いてみることにしよう。

乳房の生えた遠い岬が見える図書館
秋は白い館を蝶が食べはじめ
凩や木となり草となり父は
まいにち舌が尊属ごろし夢みたり

ゆめゆめ暗し血液のぼる花の木
星を盛る皿水陸両棲する僕ら
胎内墓地行最終バスが揺れるなり
夕ぐれホテル水の血管が立っている
湖底にたくさん足あとぼくの身体にも
校葬のおとうと銀河が床下に
螢を追って行った箒に手足生え
おとうとは野のかげろうに食べられて
ふらふらと草食べている父は山霧
はらわたは空でほぐれる鶯よ
からだのなかの竹がからだを突きやぶる
竹原に父祖千人がそよぎおり
山寺の桔梗に指を食いちぎられる
手を繋ぐ二階の死者と杉の木が
医学書畳む樹上へ船が差しかかり
汽車を咥えたきつねが庭で鳴いている
唸りつつ寺屋根運ぶ天の川
戸口の桔梗くぐれば兄は八つ裂きに
町を歩けば喉より溢れ出す若葉
溺死する時喉に銀河が流れ込む
浦の寺の鏡に映る寺の浦

第６章 極北の詩精神 小笠原賢二

浦または大寺小寺うねりだす
荒馬ノカラダ銀河ガノリウツル
馬ガイマ五頭銀河ヲサカノボル
鯨の胎のなかの月夜を遠く見る
寺山の切株は薄く血を浮べ
床下へ潜る夕月空には妻
蓮池に潜り三日月の根を掴む
月夜の谷が谷間の寺のなかに在る
月光学校少女たちまち龍となる
月光学校少年は鋭く地に刺さり
下駄箱の中の月光を父と呼ぶ
月が走って来て姉にぶつかる広い原
解体されて蝶となる月夜の寺のオルガン
鉄棒が夏草を食べ太り出す
月山という夜の黄金の汽車に乗る
寺屋根に死鯨打ち寄せうねり出す
天の川家具はときどき嗚咽する
暁をはるばる魚が靴穿いて
山茶花潜る湖底の人に逢うために
荒れた海を思い箒木が立っている
柊に食い千切られる弟よ

池に沈んだ汽車青蓮となりつつあり

見られるように、西川の俳句世界では実に不可思議な事態が頻繁に所かまわず出来する。まず何よりも、海と陸、天と地、光（月光）と闇、生と死、過去と現在といった時空が相互に浸透し交感し照応する往還運動がたいへん過剰に密接に行われている。世界や風景の入子構造や合わせ鏡的な無限増殖及び循環のイメージも著しい。また、自然・動植物・無機質・物体などと人間・生物の合成や交錯や入替がいたるところで生起し、重力の法則や遠近法も失効して、すべての境界が溶解し曖昧となっている。その結果、「水陸両棲」にとどまらず、天地両棲、生死一如とでもいった生存感が招き寄せられもする。そこには、「父祖」「父」「兄」「姉」「弟（おとうと）」「妻」といった一族も姿形を変えて出没する。まことに壮大で徹底したシンクレティズム（混合主義）と言うべきだが、だからといってこれを曼荼羅や涅槃といった仏教的な概念に回収するわけにはいかないだろう。流血や侵犯や暴力や殺傷といった不穏なイメージは、修羅の相そのものであって、世界との和解の因子などは見られないからだ。その荒々しいイメージはそのまま、西川の攻撃的な想像力の振幅と強度に見合っているだろう。それはちんまりとした小宇宙などを吹き飛ばすエネルギーの証明であり、ラテンアメリカ的なマジックリアリズムさえ想起させたりもする。少なくとも、日本的な洗練や収束や成熟の美意識とは相入れない軌跡を描いているのだと言えよう。

こうした〃西川ワールド〃を支える幻想世界には、バシュラールの次のような一節がふさわしいのではないだろうか。

「ポエジーとは瞬間化された形而上学である。それは短いひとつの詩の中に、全宇宙の展望と、ひとつの魂の秘密、ひとつの存在の秘密、そしてさまざまな対象の秘密をすべて同時にあたえるはずである。もしポエジーが、ただ単純に生の時間に従うだけのものであるならば、生以下のものである。それは、生を不動化し、喜びと苦しみの弁証法をその場において生きることによってはじめて、生以上のものとなることができる。従ってポエジーとは、言ってみれば本質的同時性の原理であって、そこでは、最も拡散し、最も分離した存

（「詩的瞬間と形而上学的瞬間」）

在も、みずからの統一を勝とるのである。」

まさに「生以下」のものを拒否し、「喜びと苦しみの弁証法」を生きることを西川も選んだのである。それは言い換えれば、決して回避したり途中で放棄したり出来ない「極限の行為」としての「詩作」のことでもあった。ひたすら行くところまで行く他ないのである。では、この「極限の行為」は以後、どのような過程をたどることになったのだろうか。

私の見るところ、幻視者西川徹郎の文学世界の動きがより一層激しくなり大きな拡がりを見せたのは、一九九〇年代に入ってからだ。初期から断続的に見られ、『月光學校』で顕著となったメタファーとしての月光のイメージが、『月山山系』（一九九二年・書肆茜屋）以降の〃西川ワールド〃の中心的動力となり、更にそれが『天女と修羅』（一九九八年・沖積舎）や『わが植物領』（一九九九年・沖積舎）を経る中で、より徹底した表現スタイルを取り始めたのである。

4

まず『月山山系』で特に目を引くのは、

「敢えて、一句の完結性や独立性を顧みず、想像力の飛翔に言葉を託し、暗喩を多層的に構築し、連作を方法化する試みを実践した。」

（『月山山系』「後記」）

と言う、連作の方法だ。その中でも私は、「秋津の国」と「月夜ゆえ」にとりわけ関心を抱いたのである。まず「秋津の国」から引いてみよう。

秋津の国のカッタァナイフである秋津
秋津の国の秋津を刺身にして食べる
月の光の秋津の国の内乱よ
秋津の国の月光浴で溺れ死ぬ
秋津の国の秋津へ訣れの手紙書く

秋津の国の月光を浴び甦る
月光を浴びびしょびしょになる秋津
月光は秋津の尻尾に火を点ける

二十四句のうちとりあえず八句だけを引いたが、この連作はすべて「秋津」及び「秋津の国」と「月光」を含んでいる。この二つの言葉をセットにし、波状的にくり返す方法によって次第に酩酊状態にされ、〃西川ワールド〃に深く引きずり込まれてしまうのである。月光と秋津（蜻蛉）の取り合わせは、幼少期から西川には見なれた光景であったようだ。『天女と修羅』の後記には、秋の満月の頃に数限りない秋津が、山峡の村や峠を埋めつくすように羽ずれの音を響かせながら飛び交う光景が回想されている。月光の化身として蘇生したかのように飛び回る秋津たちの美しさに西川は、この世ならぬ幻想的気分を味わったと言うが、「秋津の国」にこの原風景が濃厚に投影していることは明らかだろう。

ところで「秋津の国」とは、そもそも日本国の異称であり、大和国や本州のことではなかったか。とすればその時空はいやおうなしに日本的抒情で塗りこめられていた筈であり、その場合の「月光」にしても、花鳥風月の美意識の次元に落着いてしまうことになるだろう。しかしここで西川が提示しているのはいずれも、そうした「大和国」のイメージを転覆するような荒々しいパワーに他ならない。つまり西川はここで、「大和国」＝「秋津の国」とその「月光」を〃西川ワールド〃特有のイメージで塗り変えようとしている。「秋津の国」の「秋津」を「刺身」にしてしまい、殺傷の武器にもなり得る「カッターナイフ」として再生させたりしているのはその端的な例であろう。

以上の消息をふまえれば、百三十句からなる「月夜ゆえ」の方も解釈しやすくなるだろう。この連作では、「月夜」のルナティックな雰囲気そのものを体現した如くに、「秋津」たちが「秋津の国」の学校、病院、公民館、税務署、酒屋、郵便局等々に押し寄せる。箪笥、押入れ、物置、犬小屋ばかりか、口、耳、胃袋、腸、子宮をはじめとする人体内部にも侵犯してやまない。「食らいつく」「襲う」「刺さり込む」「暴れる」という具合にその行為はしばしば激しい攻撃力に満たされてもいる。ヒッチコックの『鳥』を思わせるような恐ろしさではないか。「襲う」の対象が「議事堂」「都議会」でもあるとは即ち、「大和国」や「本州」への攻撃を意味しよう。「海軍」「空軍」「歩兵」にも変身するということは、場合によっては「大和国」との戦争も辞さないということだろう。

そうかと思うと「秋津」は、経を読み耽ったり鐘を突いたりもする。あるいは、十字架、墓標、火葬夫、市民等にも「なりすます」のであり、また時にはその市民を食べ始めたり、村人を呑み込んだりしてしまう。更に「秋津」は、人体の主要な臓器を透視するだけで済まず、人間たちの夢そのものになったり、夢の中にまで入りこんで自在に翔び回るということまでやってのける。一筋縄ではいかない、多様な超能力を発揮してしまうのだ。これは一種のオージー（狂宴）とでも言うべきアナーキーな事態ではないか。

既に明らかであろう。「月光」の化身である「秋津」たちは〝西川ワールド〟の過敏・過激な動力に他ならないのである。たとえば、

　革命を銀の秋津がふれまわる

などは、〝西川ワールド〟という独立共和国のマニフェストと見なすことも可能ではなかろうか。これを、本州の歳時記に立脚した制度的思考への「革命」と見なしてもさしつかえないであろう。

5

以上のような幻想的想像力は『天女と修羅』や『わが植物領』において、より振幅の度合いを強めて行くようだ。ここには新たに「天人天女」や「夜叉」や「地蔵」といった新たな怪物が登場して、生きかわり死にかわりしながら所狭しと行動するからである。

　天人天女羽抜ケ落チテ狂イ死ヌ
　淋シサニ天人天女攫ミ合ウ
　羽抜鶏天女モ天へ戻ラレズ

淋シサニ天人モ自墜シツツアリ
地ノ人トナリ天人モ草餅食ウカ
天人ヲ追イツツ天女ハ鷹トナル
引キ裂カレ天女稗田デ死ンデイル
白髪靡カセ天人ハ龍トナリツツアリ
月ノ麦刈リ天女モ夜叉モ舞イ降リテ
剥製ノ夜叉ヲ見ニ行ク月ノ道
稲ノ花夜叉ハ箪笥ニナリ切ッテ
二日月夜叉ハ蜻蛉ニナリツツアリ
青光リツツ翔ブコウモリトナリツツ夜叉ハ
魚ノヨウニ往キ交ウ天女夕茜
猛禽トナッテ天女ガ屋根ニ立ツ
天人モ箒トナリツツ夏茜
地蔵ノ裂ケタ背中ニビッシリ山秋津
山ノ蜻蛉ガブスブス刺サル地蔵ノカラダ
地蔵ノ腹ノ中ノ蜻蛉ガ未ダ動ク
地蔵ノ腕ガイキナリ天女ノ羽衣摑ム
秋ノクレ夜叉ト地蔵ガ入レ換ワル
秋ノクレ地蔵ノ頭蓋ニ毛ガ生エテ

堕天使ならぬ堕天人や堕天女たちは、天へ戻ろうとして果たせず、さまざまに姿を変えてあちこちに出没する。夜叉もそこに加わり、更に彼女らは地蔵とも交感したり入れ替ったりする。基本的にこれらは、秋津同様に月光の化身としてのイメージを担って、〃西川ワールド〃の天と地と虚空を多層的に多彩に攪拌してやまないのである。

ここに来て月光は、より完璧に森羅万象を被い尽すに到ったと見るべきなのであろう。その浸透力は、まことに徹底してとどまるところを知らない。他の連作も、それを如実に証明している。

峠の寺の鏡の中の月ふる峠

といったように、「峠の寺」を上の句に、「月ふる峠」を下の句に据えたスタイルの三十九句からなる「月ふる峠」をはじめ、「月ノ柱」「月ノ川屋」「月ノ道」「月ノ畑」「月ノ峠」「月ノ寺」「月ノ浜」などの大小の連作では、月光が万物の出現と消滅を司る天地創造神と化したかのようだ。天と地、水と陸、生命と自然・物質を際限なく往還させて止むことがない。万物の解体・溶解・変換・変貌の運動が頻繁になることはあっても、静止の気配はいささかも見られない。秋津の大群が満月の夜を被い尽す、「言葉では遂に言い表わしようのない」「この世のものとはどうしても思うことが出来ない」(『天女と修羅』「後記」)という西川の「原風景」は、このような場所にまで到達したのである。

ところで、『天女と修羅』で見過ごせないのは、二百四十九句からなる連作「秋ノ暮」である。これもまた、一部だけの引用にとどめざるを得ない。

秋ノクレヒマラヤノヨウニ死者ヲ積ム
激シク喚ク国旗デ尻拭ク秋ノクレ
舌ノ根ニ秋ノクレ死スト書イテ下サイ
秋ノクレトイウ怖ロシイ言ノ葉ヲ毟ル
舌ガ庭デ紅葉ヲ拾ウ秋ノクレ
池デ溺レル人ヲ見テイル秋ノクレ
秋ノクレトイウ野ノ宿デ絶叫ス

奈落ニ落チテ秋ノクレ秋ノクレト叫ブ
便槽ニ落チタ子供ガ秋ノクレト叫ブ
川底ノ死体ガ秋ノクレト叫ブ
首斬リ落トサレテモ三島ガ秋ノクレト叫ブ
太刀魚ガ市場デ暴レル秋ノクレ

言うまでもなく「秋の暮」は、歳時記の代表的な秋の季語である。古来から、秋の日暮れ時と、秋の季節の末としての晩秋という、二つの意味を担って来たが、今日では前者が優勢であるらしい。しかしいずれにしろ「秋の暮」は、定家、寂蓮、西行の「三夕の歌」をはじめとする多くの古典和歌で歌われ、『源氏物語』や『枕草子』等でも、印象的なシーンとしてくり返し描かれた。もちろん、近世以降の俳諧や近代以降の俳句でもおびただしく詠みこまれて来た。その結果、もののあわれや寂寥や孤愁といった情感を濃厚に含んだ季語として定式化されるに至ったのだと言ってよい。

枯枝に烏のとまりたる秋の暮　芭蕉
此の道や行く人なしに秋の暮　芭蕉
秋の暮いよいよかるくなる身かな　荷兮
山門をぎいと鎖すや秋の暮　子規
日のくれと子供が言ひて秋の暮　虚子
貌見えて行き違ふ秋の暮　草田男

どれも例外なしに、歴史的な表現の蓄積としての「秋の暮」によって句の姿は過不足なく整えられている。上の句か下の句にこの季語を据えることによって句の情感は明瞭に方向づけされ、また不安なく着地させられている。「秋の暮」は壮大で強力な紋切り型でもあった。しかし西川徹郎の場合はどうだろうか。「秋の暮」のそうした正統的なイメージは、ことごとく脱臼され突き放されているのである。〃西川ワールド〃のカーニバル的な時空の中に拉致されて激しく揺さぶられ変形され、茶化しの憂き目に会っているかのようだ。これは、西川の本州中心の定式化された季語の機能への、それを自明の前提として疑わない俳句の制度に対する激しいいらだちの表われに他なるまい。そもそも北海道の秋は、もののあわれや寂寥や孤愁にふけっている間もない、長い長い冬の入口と重なったみぞれや雪の重苦しい季節でもあった。それは、歳時記的な「秋の暮」のイメージとはほど遠い、と私には思われる。本州中心の季語をそのまま北海道に適用すること自体に無理があると言うだけではない。西川は、それ以前に季語そのものさえ否定するのである。「秋ノ暮」はそのようなモチーフの端的な現われに違いない。

そればかりではない。西川の想像力は〃西川ワールド〃にとどまらず、日本さえ越境してしまう動力を孕んでいるようだ。たとえば先の引用の、

秋ノクレヒマラヤノヨウニ死者ヲ積ム

はその一例だろう。他に、

ヒマラヤ越エル秋津心経ニ挟マレテ
ヒマラヤノ鳥葬ノ羽毛ヲ襟ニ挿ス

があり、

韃靼ヲ夜叉ゴウゴウト過ギツツアリ
韃靼ヲ秋津ゴウゴウト過ギツツアリ

といった例もある。インドとチベット間の世界最大の山脈のイメージがそのまま西川の想像力のパワーに対応しているのが、前二句だろう。後二句の「韃靼」とはモンゴル民族のことであり、大帝国を建てたジンギス汗も連想されるけれど、私はあえて韃靼海峡も視野に入れて読んでみたい。サハリン（樺太）北部とシベリア東岸の間の海峡を夜叉や秋津が越境するイメージの方が、西川の文学世界にはふさわしいと思うからだ。これは西川の俳句表現への果敢な野心の現われとして注目すべき作品ではなかろうか。同時に私は、安西冬衛の、

てふてふが一匹韃靼海峡を渡つて行つた

という一行詩も想起せざるをえない。清岡卓行の『海と蝶』によればこの一行は、ある女性に向けた恋唄であり、蝶の可憐な羽ばたきは海への形而上的な憧れであり、詩そのものの暗喩であり、詩人の本源的な郷愁でもあるということになるのだが、西川の場合はどうであろうか。「ゴウゴウ」にも明らかなように可憐さではなく、より荒々しく北を志向するという次元で「詩そのものの暗喩」や「海への形而上的な憧れ」が見られよう。

いずれにしろここには、かつて無い程の果敢な想像力の運動が確認出来るだろう。〃西川ワールド〃の領域は既に、月山山系をはじめとして、みちのく、花巻、奥飛騨、嵯峨野、比叡山等にまで及んでいたが、ここでは日本をも越境する広がりを獲得し始めているのである。

6

ところで『天女と修羅』は全千百四十五句のうち三十九句を除いてすべて、漢字とカタカナで表記されている。この表現上の根拠をどう説明すべきなのだろうか。ちなみにこの表記は、『町は白緑』(一九八八年・沖積舎)と『桔梗祭』(一九八八年・冬青社)に二句ずつあり、『月光学校』に十句、『月山山系』(一九九二年・書肆茜屋)には七句あり、『天女と修羅』に至って圧倒的に増大した。以降、『わが植物領』(一九九九年)では半数程度になり、『月夜の遠足』(二〇〇〇年・書肆茜屋)では消滅している。これを単なる気まぐれや偶然とは思えない。既に見たような『天女と修羅』の実験的な方法を想起すれば、この表記にもやはり必然的な根拠があると思わざるを得ない。たとえば小説の世界ではしばしば、表現がある臨界点に達した時に、カタカナと漢字の表記に突然変換してしまう場合がある。そのいくつかの例を私は思い浮かべるのである。

まず、原爆文学の名作として知られる原民喜の『夏の花』では、被爆の惨状が次々と描き出されるうち、突如次のような詩篇が挿入される。

ギラギラノ破片ヤ
灰白色ノ燃エガラガ

ヒロビロトシタ　パノラマノヨウニ
アカクヤケタダレタ　ニンゲンノ死体ノキミョウナリズム
スベテアッタコトカ　アリエタコトナノカ
パット剥ギトッテシマッタ　アトノセカイ
テンプクシタ電車ノワキノ
馬ノ胴ナンカノ　フクラミカタハ
ブスブストケムル電線ノニオイ

原爆によって一瞬のうちに廃墟となり焦熱地獄と化して、すべて押し潰され寸断され鋭角的に曲った光景は、柔らかいカーブを持つひらがな文字よりも、カタカナの方が視覚的にもふさわしいと言うだけではない。「スベテアッタコトカ　アリエタコトナノカ」といった、突如出現した信じがたい現実に対して、なまなかな形容では追い着かない事態において、この表記が自然発生的に出現したと見るべきではないか。次に、昭和二十年の沖縄特攻で撃沈された戦艦大和から辛くも脱出した吉田満の『戦艦大和の最期』を挙げたい。船体が大きく傾き始めて万事休し、死を覚悟した時の「われ」に、自身の肋の下から「何びとかの声」が聞こえて来るのだ。

オ前、死ニ瀕シタル者ヨ　死ヲ抱擁シ、死ノ予感ヲタノシメ
サテ死神ノ面貌ハ如何　死ノ肌触リハ如何……

絶体絶命の状態に追い込まれた「われ」は、このような「何びとかの声」と対話しながら沈みゆく船からの脱出をはかるのだが、この極限状況に際会した者の内部に自然にわき上ったこの世ならぬ声も、漢字とカタカナでの表記が妥当だったと思われるのだ。

こうした戦争・戦災文学とはまったく異質な谷崎潤一郎『瘋癲老人日記』も、すべてカタカナと漢字で書かれている。これは八十歳近い老人の異様に耽美的な性愛を追求した、前例のない老年文学であって、やはりこの境界を越えた圧倒的な世界を描き出す為には、有効な文体だったと言えるだろう。また近年では、日野啓三

『光』における宇宙飛行士の月着陸時の描写も忘れがたい。

「オレハ危険標示ノ点滅モ忘レテ眩キ続ケタ、眼球ガ、神経繊維ガ、意識ガ、体ノ全細胞ガ、闇ノ無限ノ中デタダ光ッテイル。(中略)

自分トイウ実感ハ薄レ、意識ト無意識ノ境界、精神ト身体ノ区別モ薄レテ、魂ノ剥キ出シノ知覚ノヨウナモノダケガ、光ノRhythmトトモニ澄ミ切ッテ明滅シタ。」

まさに光と闇、意識と無意識、精神と肉体の境界が稀薄化したような反地上的な体験にもやはり、このような表記がふさわしかったのである。通常の表現ルートでは追いつかない事態を前にして、文体はいやおうなしに変形を迫られることになった。

西川徹郎の表記も、以上のような例と同じ系列に属しているのだと思われる。西川もまた、『天女と修羅』において、確かにある境界を越えてしまったらしいのである。それは想像力をより猛々しく展開する「修羅」の相においてであり、その際、天人天女だけでなく、夜叉まで出現したことが重要ではなかろうか。夜叉はもともとインド神話で人を食う鬼神だったが、仏教に取り入れられてからは仏法護持の神となって北方守護を任じられた。天夜叉、地夜叉、虚空夜叉に分けられるこの鬼神についての詳しい知識は私には無いが、『天女と修羅』においては天人天女よりも、天・地・虚空にわたる強力な役割を振り当てられているようだ。夜叉は、激しい戦闘や争乱や妄執を象徴する阿修羅のイメージと重複した、〃西川ワールド〃を含む北方守護の有効な鬼神なのである。一句の完結性をあえて顧みずに想像力の飛翔をはかり、「実存俳句」をきわめようとした西川にとって、この文体はやはり必然的だったと見なすことが出来るのである。

「天上と極苦界の狭間を往来し続けて来た無明の存在者である私が、独り〈実存俳句〉の旗を掲げて果て知らぬ苦患のわが身の実存の沢へ分け入り、遂に無底の悲心の谷に到ったのである。従って、本書は〈実存俳句〉の思想を永く主張し続けて来た私の実存俳句実践の書であり、わが実存俳句集であり、近現代の俳句文学史に挑戦するわが俳句革命の書であることをここに宣言するものである。」

（『天女と修羅』後記）

いささか高ぶった、自信過剰とも受け取られかねない物言いかもしれないが、「わが俳句革命の書」なる根拠は既に見て来たところからも明らかではなかろうか。確かに、このような構想で表現に向かった俳人は居ないのである。「俳句は単なる遊びではなく、詩作。それは極限の行為でありたい」という言葉を改めて思い浮かべたい。それを実践するためにはやはり「近現代の俳句文学史」の枠からはみ出す他はなく、唯唯諾諾と歳時記的な美意識に連なっていることは出来ないのである。

かくして西川徹郎はいよいよ、どの系列・系譜にも属さない、孤立した俳人と見なされることになる。だが、私はここで考え込んでしまう。本当にその通りなのだろうか、と。もちろん、作品中に詠み込まれた永田耕衣や寺山修司、更には冒頭で触れたような若き日に読んだ自由律や前衛俳人らの文学精神を多かれ少なかれ受け継いでいることは確かであろう。また俳句革命を自任する西川は、

「……三十八年に及ぶ私の文学的営為の悉くが、江戸俳諧の松尾芭蕉や小林一茶等を遥かなる先達とする実存俳句の文学正統の興業であった…」

（『わが植物領』後記）

といった風な言い方もする。確かに芭蕉らは俳諧の革新者であり、また、幼少期に「薄暗い部屋」で目にした彼らの句が西川の核にある以上、「文学正統」云々も納得出来るところだが、さし当り今考えたいのはそのことではない。西川にとって俳句は詩作であり、文学的行為であり、その極限にまで至らんとする行為であるのなら、分野を越えた何人かの文学者との類縁を見出すことも可能ではないかと思うのだ。

7

その点でまず思い出すのは、宮澤賢治である。『月山山系』にも、

キャベツ畑で宮澤賢治と囁き合う

という句があるけれど、文学精神における賢治との縁は「囁き合う」以上に深いような気がする。

たとえば賢治の初期短歌と西川の句の世界観・宇宙観には、かなりの類似が認められるのである。またここで私は、西川の初期詩篇の一つである「月夜」（一九七二年版『北海道詩集』・北海道詩人協会編）も、賢治との関連で注目したくなる。

青火のような夜行列車が
北へ北へ
と、疾走しています。

のっぺらぼうの若いふたりが乗客です。

と、この詩は始まる。「今夜のような月夜に、いっしょに死にたいものです」といった会話を交しながらこの「若いふたり」は、北にはどんな駅があるのかも知らないままに、月の光に透き通った列車に乗り続ける。更に興味深いのはこの二人はどちらも「西川徹郎」という名前を持つ双生児もしくは分身的な存在であることだ。

唐突かもしれないが私は、この詩から賢治の「銀河鉄道の夜」を思い浮かべることになった。ジョバンニとカンパネルラという二人の、やはり分身めいた少年は軽便鉄道に乗って、月夜にも見まがう銀河の光りに照らし出された風景の中を、「どこまでもどこまでも走って行く」のである。もちろん、列車に乗降する人物は二人の他にも居り、筋書きも一篇の詩にすぎない「月夜」よりずっと複雑だが、その中で特に印象的なのは、極点や極限への著しい志向性である。たとえばそれは、「凍った北極の雲で鑄た」ような「北十字」であり、「氷山の流れる北のはての海で、小さな船に乗って、風や凍りつく湖水や、烈しい寒さ」と戦う人への思いである。また、あらゆる光でちりばめた十字架を再び目にした直後に二人が、「見えない天の川をわたってひとりの神々しい白いきものの人が手をのばしてこっちへ来る」のを目にしたくだりも忘れがたい。二人は、「月夜」と同様に、「どこまでもどこまでも僕たち一緒に進んで行こう」と誓うのだが、結局最後には、カンパネルラが姿を消してショックを受けたところで、ジョバンニは現実世界に引き戻される。そしてそこで、カンパネルラが入水したことを知るのである。しかし夢うつつ状態のジョバンニは大騒ぎする人々を尻目に、さして取り乱すこともなく、カンパネルラは「あの銀河のはづれにしかいない」と思うのである。なぜ、このような冷静な反応が可能なのか。かねてから作品解釈の上で問題になっている点でもあるのだが、私には、この二少年が、天地も水陸も自在に往来して、幻想的な宇宙像を形成する賢治の感受性の二面を体現する分身のような存在だからではないかと思われる。従って、カンパネルラの入水に対してジョバンニがさほど取り乱しているように見えないのは、それが了解済みの、身に覚えのある事態だからではないか。入水とは言わば決定的に境界を越えてしまう行為であり、その意味では銀河鉄道での旅が、そもそものような異次元の時空への軌道にあったことになるだろう。「どこまでもどこまでも一緒に進んで行こう」としたその先は、どう考えてもこの世とは考えられない以上、この二人と、西川の「月夜」の「いっしょに死にたい」と考えている「のっぺらぼうの若い二人」は同じ宿命を担っていると考えてもさしつかえないだろう。しかしジョバンニは、紙一重のきわどい段階でカンパネルラを残して地上に帰還したのであり、それは天地・水陸という宇宙を両棲状態で往還する感受性の一帰結と考えられるだろう。必要とあらば夢みがちなジョバンニは、いつでもカンパネルラと再会が可能な状態にあるのではなかろうか。

以上のような想像力の運動は、そのまま西川にも通じていると考えられる。現に、ジョバンニとカンパネルラの関係を彷彿とさせ、またカンパネルラの入水を連想させもするようなイメージの句を見出すことも可能なのだ。

月光の呪いの地方の馬上　ふたり
褌ひきずり峠をのぼりゆけりふたり
死馬そり返る峠道　白い二人
裂けたグラスに透るしののめの入水
あじさい駅でゆびがたくさん溺死する

まひるの浜の浜ひるがおの溺死体

少年溺死してさざんかになっている

溺死する時喉へ銀河が流れ込む

ひかる朝礼塔に水死者ひっかかり

秋津の国の月光浴で溺れ死ぬ

前三句のふたり（二人）には、「月夜」の「のっぺらぼうの若いふたり」の延長に属するイメージがあり、また「銀河鉄道の夜」の二人にも重なる面があるのではなかろうか。二者はたぶん、虚と実を、夢と現を、また、天と地を、水と陸を一人二役のように往還する西川の想像力の使者なのである。この二者が後々、天人天女や夜叉や地蔵に変身して〃西川ワールド〃をより濃密な空間にするであろうことは想像に難くない。そのことによって西川も、賢治のような「修羅」を獲得したのだと言ってもよい。また西川の句においても、境界を越えようとする感受性の過剰な運動の帰結として「入水」や「溺死」や「水死体」が生じたのではなかろうか。その溺死が「銀河」や「月光浴」という宇宙空間まで含んでいる点も、「月夜」と「銀河鉄道の夜」の類似性と見なすことが可能だと思うのである。

更に、「のっぺらぼう」や、右の句の「白い二人」にも関連させながら、西川と他の文学者との類縁を考えさせる句にも注目したい。

地下癌院のエレベーターののっぺらぼうの他人

のっぺらぼうの村童縄とびの寺の庭

村の火薬庫白い魚は消えゆけり

裏庭で見る白魚降っている祭

二階の白い学生達は鈴より喋り

真昼の性夢白鶏があふれる部落

刈られるためにのびる植物白い寺院
骨透くほどの馬に跨り青い旅
骨となり骨となり北辺へ消える旅人

「月夜」の「のっぺらぼうの若いふたり」とはつまり、目も鼻も口もない怪物めいた存在なのだが、ここでは「他人」や「村童」にも同じ風貌が与えられている。もちろん「のっぺらぼう」へのこだわりも、偶然や気まぐれの結果ではないだろう。とすれば私は、埴谷雄高の「存在と非在とのっぺらぼう」を、ここで思い出さざるを得なくなるのだ。埴谷は〃存在の革命〃を掲げて、かつてあり得たようにではなく、あり得るかもしれない、未だ何処にも見出されていない存在の形やイメージを、さまざまな実験的手法で捉えようとした。不可視の存在のイメージを可視化しようとした。そのために埴谷はたとえば、単眼レンズから覗かれた連続性の視界や見取図の限界を指摘する。そして、「それぞれの構造のまったく違っている眼を備えた百の異なった動物」が交わす「存在についての対話」や、「無限と永遠のなかにおける観察主体の多様について吟味してみること」をすすめた。「のっぺらぼう」とは、そうした文学的思考法によってのみ密かに暗示し得るところの何者かなのである。埴谷はまたこれを、次のように言い変えもする。すなわち、かつても将来もあり得ないであろうことをまざまざと見てしまうことが、「白紙」を与えられた想像力のみがなし得る宇宙の創造なのだ、と。現に在る存在とはまったく異なる存在の型を何時か形造るための単純模型をあらかじめ作り出す場が「白紙」なのである。実際に埴谷は、『闇の中の黒い馬』での夢と想像力の実験によって、「完璧な純粋空間ともいうべき白い夢」や「神の白い虚無の顔」を見出したりしたのだった。

もちろん、埴谷と西川徹郎の資質も主題も異なってはいる。しかし、究極や極限を志向する文学精神が無意識のうちに類似した想像力のスタイルを見出すことは確かである。その意味で、かつて在ったようにではなく、あり得べき「実存」を幻想的手法によって探る西川の「のっぺらぼう」や右に引いたような初期の句に多い「白」のイメージは、埴谷と類似していると言えるだろう。

8

既に引いたような西川の「白」のイメージは、『瞳孔祭』あたりまでに多く使われ、以後に減少する。それと反比例するように、初期には必ずしも多くなかった「月光」のイメージが急激に増大し、『月光學校』以後はほとんどの作品の時空に隈なく遍在するに至った。「白」は「月光」に吸収され、取って替られたかのようだ。無灯艦隊は「月光」という最も強力な照明燈を獲得したらしい。この時〃西川ワールド〃は、遍在する「月光」によって青白く染めあげられ、「のっぺらぼう」状態となった。その白紙状態の空間に出現したのが、あり得るかもしれない存在としての天人天女や夜叉であり、あふれるばかりの秋津の群であり、そこで生起する諸々の怪奇なのだと言ってもいいだろう。

またこの際、埴谷の言う「それぞれの構造のまったく違っている眼を備えた百の異なった動物」を、秋津に当てはめてみたらどうだろうか。秋津は複眼である。複眼は多くの節足動物が備えた多数の小眼の集合体であり、明暗の判断しか出来ない単眼には無い多数の驚異的な視点によって、物の形や運動までも見分けてしまうのである。すると西川の「原風景」である秋津の大群は、それ自体が過剰で過激な、この世ならぬ視力の暗喩であり、幻想的想像力の運動や文学的思考法の象徴に他ならないと見なすことが可能になるのではなかろうか。森羅万象を侵犯し透視し変貌させる数限りない秋津の複眼によりながら西川は、同時に臨界点を越えかねない極限的な俳句のイメージを見出すことになったと言ってもさしつかえないのである。まさにこれが、

眼球が宙を翔ぶなり神死ぬなり　（『瞳孔祭』）

と詠まれるべき世界であり、神さえ及ばぬような圧倒的な幻視力を獲得した〃西川ワールド〃にふさわしい事態と言うべきではなかろうか。

ところで初期詩篇において、夜行列車を北へ北へと疾走させ、右に引いた句の「北辺へ消える旅人」めいてもいる西川徹郎はまた、北の涯へ、非在の極へと志向してやまなかった詩人の吉田一穂の詩精神とも交差するのではないか、と私は思う。たとえば、「極の誘い」の中で一穂はこんなことを言う。

「人は垂直の天を指し、鳥は水平に北へ向う。垂直性脳脊髄が人間を自然の不可逆像とした。いと高きところ、聖なるもの、永遠や無限の触れ難きに、手をあげて誓うTotemの萌芽、これを神獣性と解したら誤りだろうか。」

一穂と西川の資質もまた相当に異なってはいる。しかし〃西川ワールド〃を拡大する想像力はヒマラヤや韃靼まで含みながら極限を志向していることについては既に見た通りである。そしてそれが「ゴウゴウ」たる激しさにおいてなされているのであれば、荒々しい想像力の喩としての「神獣性」などは、西川にとっても異和感の無い言葉だろう。

日本海ヲ行ッタリ来タリ風ノ夜叉

とも詠むような想像力と一穂の形而上的思念は共振しているのである。

「遠く北方の嵐を聴きつゝ……

弧状光を描く夢魔の美しきかな。

現身(うつそみ)を破って、鷲は内より放たれたり。

自らを啄み啖ふ、刹那の血の充実感(みちたらひ)。

無風帯に闘争を超えて高く、いや高く飛翔し、

時空一如の諧調に昏々と眠りいる黄金の死点。」

この一穂の「鷲」という詩の「夢魔」や「刹那の血の充実感」や「時空一如」や「黄金の死」は、なんと西川の幻想領域を彷彿とさせることだろうか。「現身を破って、鷲は内より放たれたり。」という一行も面白い。この「現身」を西川流に言い変えれば「実存」である。現実存在、事実存在の短縮形である実存とは、有限な人間の主体的存在形態を意味する。詩や文学とはつまり、この有限の「実存」から一羽の想像力の「鷲」を放

つことである。西川の場合もそれは、

鷲の喉の階段を麦野と思い込む
天人ヲ追イツツ天女ハ鷲トナル
淋シサニ天女ハ忽チ鷲トナル

の鷲だけでなく、汽車や飛行機やバスや自転車や馬や秋津といった形を取り、またそれは天人天女や夜叉にも変貌した。その結果、「独り〈実存俳句〉の旗を掲げて果て知らぬ苦患のわが身の実存の沢へ分け入り、遂に無底の悲心の谷に到った」との自己確認がなされたのだった。この「実存の沢」や「無底の悲心の谷」はもちろん、「鷲」の形而上的な飛翔力と同義である。

西川徹郎が、現代俳句では類例のない営為によって、かつてない視野を開きつつあることは確かである。それ故に異端視され孤立者と見なされてもいる。しかしそもそも、俳句らしさなどという概念がいかがわしいと言うべきではなかったか。重要なのは、俳句概念がいかに何を含んで甦新・甦生され得るのかというモチーフの方だ。これは、俳句を文学として位置づけた正岡子規の主張といささかも矛盾していないのである。しかも、西川の極限や極点への想像力の運動は既に見たように、孤立などしていない。明らかに突出した表現者たちとの類縁を確認出来るのだ。その正当な問と格闘する過程において、せせこましい俳句表現からはみ出したところで、いったい何程のことがあろうか。大切なのは真に詩的・文学的行為であり、その可能性の追求であった。

かくして私は、『西川徹郎全句集』以後も続くであろうこの文学者のスリリングな営為から目を離すことが出来なくなった。

（本論の初出は「極北の詩精神—幻視者・西川徹郎が見出した世界」・二〇〇二年九月二五日茜屋書店『星月の惨劇』）

幽閉の中の解放―『無灯艦隊ノート』『天女と修羅』

北海道芦別市の寒村新城に住む、僧侶にして前衛俳人である西川徹郎についてはかなり前から知っていたが、作品を読む機会はなかった。しかし、やはり北海道は札幌在住の歌人であり評論家でもある高橋愁の『暮色の定型』というおそろしく大部の西川徹郎論には、すっかり威圧されていた。こんなに情熱的に論じられてしまう俳人はただ者ではないのだ、と。それで、西川の俳句を飛ばして論の方を読むのは順序が違うと思ったし、その分、いずれ西川作品をじっくり味わいたいとの思いもふくらんだのである。

それが今度、ようやく果たされた。とは言っても、西川俳句の全体を通観したのではない。見開きの右頁に俳句を、左頁に自伝的エッセイ（というよりほとんど散文詩）を収めた『無灯艦隊ノート』（一九九八年・蝸牛社）というコンパクトなアンソロジーと、第九句集『天女と修羅』（一九九八年・沖積舎）を読むことが出来たにすぎない。それでも、西川徹郎の詩精神の非凡さ、類例の無さはよくわかったような気がした。特にエッセイ部分に見られる荒々しく狂暴な自然感覚は、高校を終えるまで北海道に居た私にとって十分に身に覚えがあり、まさに手に取るような臨場感を喚起させせられたことであった。

まず、蛇、蟻、蜻蛉、魚、狐、鶏、猫、山羊といった野生動物や家畜に囲まれた生活である。幼少時の西川は、おびただしい蛇に、人間にまで向かって来る蟻の群れに恐怖を抱いたと言うが、私も似たような日々を過ごしていた。野性への恐怖はそのまま攻撃に転化した。どれほど蛇を殺したことだろうか。蛇に限らない。蜥蜴、蟻、蜘蛛、蛙、蜻蛉、蝶、蝸牛、蚯蚓、兜虫等々も、ひねり潰したり叩きつけたりして殺した。殺戮は、瞬間的な快感だった。その一方で、馬、山羊、綿羊、豚、鶏、猫、犬を養うのと同様に、青大将を丸めてポケットに入れたり首に巻きつけたりすることなど平気になったし、鳥や野兎やリスを捕獲して飼育したりもした。もちろん、手塩にかけた家畜だとて肉にしたり売却したりせざるを得ない。その辛さも哀しさもしたたかに味わった。春先に犬や猫が産んだ仔のうち一匹だけ残して、後は生きたまま雪解けの川に放り投げる役目もふり当てられた。動物愛護と虐待は何ら矛盾していなかった。それが当然であり自然だった。ヤワな生命尊重では、やって行けなかったのだ。

このように、西川のエッセイは、動物を巡るあれこれを次々に思い出させたのである。

「塩辛蜻蛉に糸蜻蛉、香水蜻蛉に赤蜻蛉、麦藁蜻蛉、黒蜻蛉、それに鬼やんまや銀やんま等の無数の秋津たちが幾万匹、否、幾十万匹かが群れをなして、透き通ったシルクの羽根を旗のように打ち震わせながら秋の山峡を易々と往き交うのである。

峠の上で両耳をそば立てて聴き澄ませば、月の光を浴びて羽ばたく無数の秋津たちの羽擦れの音が鮮明に聞こえてくるのである。」

こんな光景も私には親しいものだった。夕陽を浴びた蜻蛉の氾濫などは確かに美しく、しばしば時を忘れて見入ったものだった。しかし反面、その羽音の集合は、狂暴な攻撃力にも感じられた。つまり恐しくもあった。また、せわしない蜻蛉の群は、短い夏に合わせて、後が無い、後が無いとばかりに大急ぎで生のサイクルを終えようとしているようで、焦燥感ばかりかき立てられたのである。次のように書く西川もたぶん、同じ気分だった筈だ。

「春祭りは雪解けの遅れた年では未だ残雪が所々にあって、残雪に参道の幟が棚引く様子はさもさも北国の山峡の春の祭礼といった趣である。／しかし、私には殊更秋祭が私の心の山峡の渓深く、幟棚引く哀愁の想念となって私の詩神の生成に関わってきたもののように思われる。」

雪の残る春祭より秋祭が「哀愁の想念」を喚起するのは、迫り来る冬の威圧感からに相違ない。現に、門徒の家を回った帰りに、猛吹雪のために山道が消えてしまい、印に立てられた竹の棒を目当てに辛うじて帰り着くような冬の体験も書かれている。私もまた、一寸先も見えない吹雪で野原に迷い込み、行き倒れの危機にさらされたこと一再ではなかった。

べつに、北海道での特殊な体験を強調するために延々と書いているのではない。このような過剰な生活感覚や原風景は、とうてい本州中心の歳時記的季節感に合致しないことを言いたいのである。それは、日本的な花鳥風月からは遠く離れた自然一般との闘争的な世界だと言う他ない。

鳥に食い千切られる喉青葉の詩人
校庭にへび　ひとすじの鼻血のように
家ノ中ノ蟻ノ渦巻二巻カレテ死ヌ
白い木槿の錯乱という少年
美しあれは百鬼夜行の舌だ
口腔に鳥詰め少年死んでいた
月夜ゆえ秋津轟き眠られず
めんどりが来て乱舞する北枕
黒い峠ありわが花嫁は剃刀咥え
涙ながし空で縊死する鶯よ
月夜の谷が谷間の寺のなかに在る
屋根裏を野のように歩き　独身
血に濡れた鶏が佛間に逃げ込むなり

西川徹郎は「実存俳句」を志向していると言うが、確かにここには季語中心の花鳥風月も定型を遵守する行儀の良さも無い。俳句という形式への異様な執着とのめりこみそれ自体が、むしろ伝統的な俳句のイメージを解体することになっている。動物や自然との交感も生易しいものではなく、常に危機的な相貌を帯びている。身体性をテコにしたアナーキーで暴力的な想像力の解放である。生存の苦悶が生存の枠から際限なく逸脱する狂気が充満している。その動力の源には既に見た「原風景」がのぞいているのである。

西川徹郎の言葉を借りれば、「密かに垣間見た極苦の地底界」であり、「修羅と夜叉とが相咬む非望の異星界」

であり、「しかも猶それを照射し続けて止むことの無い超日月光の聞光の世界」ということになる。西川の良い読者でなかった私は更に、高橋愁の解説も借りたくなる。『暮色の定型』によれば、西川の住む新城は峠と川と山岳に仕切られた「他の土地から隔絶した幽閉の場所」であり、故あって同地から脱出不可能な状態に置かれた西川はむしろ、「幽閉」を逆手に取って過剰で暴力的な想像力を駆使するに至っているということになる。それは、閉ざされた村と精神と魂のおたけびによる幻想なのだと言う。

こうして、北海道的な風土を背負いながら類例の見出しがたい世界が出現したというわけなのである。西川徹郎は、祖父の代から住みついた土地から動くことなく、その一点に時空を限ることによって、かえって想像力を過激に遠くまで解放することに成功している。一千百四十余句も収めた『天女と修羅』になると、「実存俳句」の動力は一層緻密に執拗に加速されているようだ。

空ガ一枚ズツ堕チテクル死人花
自転車ヲ漕ギツツ鯉ハ息絶エル
蛇座蠍座死人ノ劇ガ始マルカ
棺ノ内部ニ峪アリ凶暴ナ山ノ蝉
天人天女羽根抜ケ落チテ狂イ死ヌ
猛禽トナッテ天女ガ屋根ニ立ツ
夜叉死ンデ螢光管トナッテイル
秋ノクレトイウ怖ロシイ言ノ葉ヲ毟ル

天と地の、内と外の、闇と光の、聖と俗の、生と死の、自然と人間の、物質と生命の、その他諸々の対立項の相互移行・交換・混淆が圧倒的規模で進行している。しかしこれはよくある幸福なシンクレティズム(混合主義)などとは遠い場所にある。西川の詩魂はいささかも静まることなく、かえって狂気の相貌を顕わにしているようだ。この安全運転など問題にしていないらしい想像力の運動は、どこまで突き進もうとしているのか。

（本論の初出は一九九八年思潮社「現代詩手帖」六月号）

実存の波濤―西川徹郎句集『月夜の遠足』

西川徹郎は一九九九年十一月の初旬に、母と兄を相ついで失った。母は北海道滝川市の病院で四ヶ月余の闘病の末の、兄は遠く離れた奈良県の自宅での急性心筋梗塞による死だったと言う。

この書き下ろしの第十一句集『月夜の遠足』（二〇〇〇年・書肆茜屋）は全篇、亡き母と兄に捧げた追悼句から成っている。死別の辛さは、後記によく出ている。

「只々私にはこの二人の肉親の美しく哀しい生と死とが思われ、そしてその余りにも凄絶な死に様が身を裂くように切々と思われてならなかった。」

こんな一節からは、いわゆる追悼作品一般に伴いがちな声涙ともにくだる悲傷感を連想するかもしれない。しかしここに収められた全百三十句には、決して口当りの良い、常識的な慟哭の調べなどはない。身を裂くような辛い思いを発条に、前衛俳人の強靭な想像力がいかんなく発揮されるからだ。同じく後記のこんなくだりは、そのあたりの消息をよく伝えているだろう。

「それらはこの二人の肉親の生と死を通して垣間見た実存の波濤であり、そのままが逃げ隠れようの無い人間の凄絶な生の実相である。」

まさに「実存の波濤」「凄絶な生の実相」としてのコスミックな世界がここには出現している。私的な事情に発しながらも作品は、狭く閉じることなく果敢に幻想世界へと飛翔する。安手の感傷や抒情に足を取られかねない局面で、逆により徹底した反俗的文学世界を屹立させている。過激な孤高の俳人の真骨頂と言うべきだろう。

　　かげろうに咬まれた指より死が始まる

薄羽かげろうははの指より兄のゆびへ
薄月夜白衣で還る母は蘭
ふらふらと遠足に出て行く死後の兄
母はぐれ兄もはぐれて月夜の遠足
月夜の遠足だんだん死者がふえてくる
ははは兄を兄はははを撃つ月の庭
倒れた兄を切り刻む星菊の庭
兄の枕を襲うもの冬の津波となり
満ち潮のように死は来る冬の家

想像力が濃密に自己増殖する「実存の波濤」としての連作句集であるから、部分的な引用では持味が十分に伝わらないけれど、ありきたりの感傷的な追悼とははっきり異なる声調はよく了解されるだろう。肉親を月夜の時空へと解放する、修羅の祈りとでもいうべき勁い精神作用を私は感じる。月夜が死の世界であることは確かだが、ここにはまた、「凄絶な生の実相」とでも言うべき息苦しい程の生命力が満ちてもいる。「撃つ」「切り刻む」「襲う」などは狂暴なエネルギーの現われだろう。「津波」や「満ち潮」など、スタティックな死の世界には相応わしからざる荒々しい力が含まれていたりする。これは北海道の並外れた自然風景のイメージでもあろうか。言い変えればこれは、峠と川によって他の土地から隔絶された奥深い山峡の村落〈芦別新城〉の荒々しい自然の懐に死者たちを抱き取り幽閉する試みでもあるだろう。遠く隔たった地で死んだ母と兄の霊を、同じ月夜に呼びこみ、作者自身もまた同じ時空に参入しようとする。真の意味において死者とともに修羅の相において生き死にすること。それがここでの鎮魂の意味するところであるらしい。

『月夜の遠足』を読んでいて私は、西川のこんな発言を自然に思い浮かべていた。
「地球はもともと霊魂が無数にうようよしている所であり、僕には日夜と云わず幻や錯覚が付きまとうが、それらは永遠の世界よりの使者であり、それへの誘いの様である。又、生は、肉体は霊魂の影であり幻であり幽霊のように得体の知れぬ物であり、永遠の世界だけが、死だけが真実である様に思うのです。……詩は死に向って前進し、詩を創ると云う事は死を認識する事である……詩作は死の認識であると同時に、永遠の世界よりの使者である所の、潜在的な狂気の認識でもある様である。」

（一九七一年「粒」第十八号／高橋愁著『暮色の定型』収載）

生死一如となり、詩によって死を認識することから「永遠の世界」が出現する。この、狂気を帯びたラディカルな感受性の運動と文学観を端的に示した右の言葉は、『月夜の遠足』への過不足ない解説にもなっていると言えよう。

ところで『月夜の遠足』は、北海道在住の書家久保観堂が揮毫した筆蹟をそのまま生かした豪華な観る句集でもある。「実存の波濤」に濃密に寄り添い、時に荒々しく葛藤するようなダイナミックな運動をはらんだ書体によって、西川の句は一層深遠な情感を帯びるに至っているようだ。何度見ても飽きないこの書体の魅力を、私はまだ適切に説明し切れない。すばらしい表現に出会った時に、しばしばこのような充足した失語状態にとらえられてしまうのである。こうして句と書が緊迫したハーモニーをかなでた『月夜の遠足』はまた、和装で絹製帙入りの美しい手造りの書物であることを言い落とすわけにはいかない。奇書であり稀書であり貴書であるこの句集からもたらされた深い酔いから私は、当分の間醒めることが出来そうにない。

（本論の初出は二〇〇〇年十月十四日付「図書新聞」）

生存を賭けた闇夜の峡谷―西川徹郎句集『銀河小學校』

西川徹郎は年々、想像力を拡大させ飛躍させてやまない稀な表現者だ。これほど既成の間尺に合わない、異形の、謎めいた俳人はいない。何から何まで型破りである。

ちなみに、この『銀河小學校』（二〇〇三年・沖積舎）を手に取ってみるとよい。Ａ５判で箱入りの、六百四十頁を超える大冊は、片手で簡単にあやつれない厚さであり重さである。全句集なら別に驚きはしないが、これはれっきとした単行句集なのだ。しかも一頁に十一句も入っている。つごう五千九十一句の、書き下ろしである。こんな句集は見たことがない。

構成も前例がない。表題作をはじめとする三十四もの「群作」を含んでいる。各「群作」は、少ないものでは数十句、多いものでは数百句からなっている。昭和初期の新興俳句の「連作」とは質も次元も違った方法だ。西川の俳句はなぜこうも、既成のそれとは相容れないのか。

早くに西川は、

「俳句は単なる遊びではなく、詩作。それは極限の行為でありたい。」

（一九七一年・「粒」第十八号）

と言った。以後、この姿勢は貫かれて、

「敢えて、一句の完結性や独立性を顧みず、想像力の飛翔に言葉を託し、暗喩を多層的に構築し、連作を方法化する試み……」

（一九九二年・句集『月光學校』後記）

にまで発展したのである。更に最近は、高らかに「実存俳句」を宣言した。

私の俳句はその悉くが、実存俳句であり、その句集は実存俳句集である。人間の実存に根ざす存在論の俳句であり、「私は誰か」という存在の初源の問いに応え、更なる問いを開示せんとするものである。

（一九九九年・句集『わが植物頌』後記）

だからこれは必然的に、有季定型や季語季題の俳句とは対立する。本書の後記にも「私の実存俳句が反抗的文学であり、反権力の文学」なる一節が見える。「実存」と言えば、私はまっ先に、若き日に愛読したカミュなどの実存主義文学を想起し、またその次元で読み取りたくもなる。だが西川の「実存」は、西洋哲学や文学ではなく、大乗仏教の人間観、特に浄土教における絶対他力の大悲の思想によっているらしい。その辺の消息に私は無知だが、とにかくこの「実存俳句」には特定の思想を越えたふくらみがあり、生々しい人間の声に満ちている。それを虚心に聞き取ればよいのである。

さて、では、この「反抗的文学」「反権力の文学」が、なぜ「小學校」などを舞台とするのか。

「「學校」という教育の場こそ、人間を統率する国家の意志が弱者や苦者や幼き者に対して暴力的に差別的に権力を行使する〈生〉の惨劇の場なのである。『小學校』という閉ざされた権力の〈劇〉場に、唯一俳句形式の剣を掲げて潜入し、必敗の覚悟を以て、私は抗い、ここに告発する。」

（『銀河小學校』後記）

病弱で長期欠席し、一日一日を「臨終の思い」で生きた幼少期の西川にとって、教育の場は確かに抑圧的な場所でしかなかった。「小学校」への異和と呪詛はたびたび作品化されて来たが、右の一節には単に調子が高過ぎると言うだけでは済まない、今まで以上の切迫感がある。また、西川の危機意識はただ今現在の、戦争へ向かう日本国家や、それと連動する教育機構によっても、いやが上にも強まらざるを得ないのだろう。その意味でこれは、きわめてアクチュアルな句集である。

ランドセルに畳んで入れるノコギリ銀河
教頭の首斬り落とすノコギリ銀河
教科書にカミソリ銀河を隠し持つ
校長の背骨に刺さるノコギリ銀河
小學校で三度暴れるカミソリ銀河
小學校の廊下で立たされ狂句書く
死句俳句さんざん書いて罵られ
屠殺場で唄う「螢の光窓の雪」
古池や蝿乱れ飛ぶ学校の便所です

自動記述めいた純粋知覚が形成するパノラマ風景とでも言うべき「群作」から、任意に抜き出すことにはためらいもあるのだが、右の一句一句には既に見たような問題意識が、尖鋭に認められる。ここにあるのは攻撃化した幼心であり、行動体と化した宇宙や自然の、「小學校」という教育制度＝国家意識への暴力的な侵犯である。「狂句」「死句」にこめられた「反俳句」への意志も鮮明だ。「実存俳句」の先駆として西川が重視する松尾芭蕉への応答句も含んでいる。口語俳句も詠んだ芭蕉は季題を不要と考え、発句をもって人生の総量と考えたが、子規から虚子へと継承された「写生」や花鳥諷詠では芭蕉の俳諧観は正当に継承されず、和歌伝統的な美意識による季語・季題に無批判に傾いた。そこに、近代以降の俳句の不幸がある、と西川は考える。

だからたとえば、「木の葉髪」「菊人形」「雛祭」という季語を表題とする「群作」があったとしても、既成のイメージとは程遠い。季語・季題は徹頭徹尾、脱臼させられている。たとえば「菊人形」の

腐乱シツツ立ツ菊人形皇居前

や、「雛祭」の

雛壇の雛が思惟する人殺し

などは端的な例だろう。

「木の葉髪」も同様で、冬の季語のイメージとは無縁の、森羅万象を埋め尽すほどの猛烈な能力を与えられているのだが、その中で、次のような一連が特に気になった。

「もう逃げれない」ジープに絡む木の葉髪
「もう戻れない」裏口閉ざす木の葉髪
「もうだめか」と頭を振れば木の葉髪
「姉さんもうだめだ」雪積む木の葉髪
「もうだめか」身の丈ほど積む木の葉髪
「愛とは何か」と頭を振れば木の葉髪
「汝は誰か」と頭を振れば木の葉髪
「父よ母よ」と頭を振れば木の葉髪

「死に切れない」と頭を振れば木の葉髪
「殺せ殺せ」と頭を振れば木の葉髪

危機意識の異様な高まりの中から発せられた問いかけであり叫びである。まさに「必敗の覚悟」めいた実存的な不安が感じられてならない。「実存の波濤」どころか「実存の怒濤」めいた次元にまで到達した西川の俳句はまさにその故に、前進も後退もかなわぬ難局につき当ったような印象を受けるのだ。「実存俳句」は常に「極限の行為」ではあるのだが、このような生々しい肉声めいた声の露出は今までに無い。「生存を賭けた闇夜の峡谷」を、今後、西川はどのように渡ろうとするのか。その闘いぶりに改めて注目したくなるのだ。

俳句は、こうあらねばならないという決まりなどはない。固定化された概念に隷属した境界の設定などには、さしたる意味を認めない。要は、どんな必然性によって構想され実践されたかが重要である。その結果、そこから伝統を更新するいかなるスタイルが出現したかが問題なのだ。たった一人の航路を行く西川徹郎の「実存俳句」は、そうした創造の根本的な条件を具えていると言ってよい。

（本論の初出は二〇〇四年二月二八日付「図書新聞」）

◆小笠原賢二　おがさわら・けんじ＝一九四六年北海道増毛郡増毛町生まれ、二〇〇四年没。文芸評論家。日本文藝家協会会員。法政大学教授。法政大学大学院日本文学科修士課程修了。著書に『黒衣の文学誌』『拡張される視野』『極北の詩精神―西川徹郎論』ほか。北海道増毛が生んだ文学者小笠原賢二の純粋真直な文学精神に惹かれ西川徹郎は幾度か闘病中の小笠原賢二を見舞った。二〇〇四年夏、立川共済病院で『極北の詩精神』の刊行と「小笠原賢二覚書」の執筆を約束、西川徹郎は小笠原賢二を「私の文学の永遠の伴侶」と記し同書の巻末に収載した。

小林 孝吉

銀河の光 修羅の闇――西川徹郎の俳句宇宙

序章 未出現宇宙の消息――西川徹郎と埴谷雄高

形にあらわれない存在の宇宙がある。

埴谷雄高(一九一〇―九七)は、『死霊』のなかで、それを人類史や自然史に対して、文学でしか創出できない〈未出現宇宙〉と名づけた。しかも、この雌雄、男女など生命連鎖悪に満ち満ちたこの宇宙史を「過誤の宇宙史」と呼んだのである。これまですぐれた文学は、どこかで未出現宇宙の消息を伝えてきたのではないだろうか。あるいは、この宇宙のなかに一回限り出現した自己も、その誕生の背景にはこのような未出現宇宙、存在の宇宙が果てしもなく広がっていたのではないか。私には西川徹郎の俳句から、存在の深部と通ずる、そんな未出現宇宙の消息が伝わってくるような気がしてならない。

第一句集『無灯艦隊』(粒発行所・一九七四年)には、次のような句がある。

不眠症に落葉が魚になっている (「村の火薬庫」)

死者の耳裏海峡が見えたりする (同前)

胎盤透きとおり水くさいコスモス畑 (「艦長の耳」)

尼の頭蓋に星が映っているは秋 (「尼寺」)

「落葉」が「魚」になり、「死者の耳裏」に「海峡」が映り、「胎盤」が透き通って「コスモス畑」が見え、「尼の頭蓋」に「星」が映る――短い俳句の宇宙のなかに、具体的なものに非現実が、実在に非存在が、ともに鋭い精神の緊張感をもって対峙しつつ存在している。西川徹郎の俳句宇宙を形づくるこの原型のような構図の裂け目から、あるいは二つのものの矛盾の間から、そこを軋みながら存在宇宙をつきぬけ未出現宇宙へとつづく、死者だけを乗せた〈銀河鉄道〉の走る響きが、木霊（こだま）が聞こえてくるのだ。西川徹郎が自ら名づける〈実存俳句〉とは、そんな具体と抽象、現実と非現実、実在と非存在、俳句における定型と反定型という険しい前人未踏の矛盾的峡谷から生まれているのではないか。そこのところが、一生涯、未完の小説『死霊』全九章を書くという作家的運命を生きた埴谷雄高の文学と、遠く近く響き合うのである。

『埴谷雄高準詩集』（水兵社・一九七九年）のなかに、埴谷雄高は「隕石」と題して次のような「準詩」を書いている。

　　　　——《あまりに完璧な燃えがらとなった
　　　　お前の不幸は
　　　　不吉な生物《変貌の魔》を
　　　　そこにのせたことだけに由来する。》

　　嘗て在った生の燃えがらの不思議、
　　その巨大な意味をあまさず削りとられてしまった
　　恐ろしいほど小さな、小さな、微小な部分。

　　燃えがらよ
　　暗黒にさからって発光する
　　宇宙の秘密と
　　絶えず自身でない何者かになりゆかねばならない

事物の転変の
二つの原理のあいだに踏みまよって
自身が自身である禁錮を苛らだちの裡にうちくだいたあまり
部分を全体に、そして、全体を部分に
変貌せしめてしまった
不思議な、名状しがたい痕跡がそこにある。

燃えがらよ
燃えがらよ
いま在るものの来るべきかたちの
孤独な、小さな予言者として横たわっている
燃えがらよ

非存在と成り果てた「燃えがら」という〈私〉(=非〈私〉)は、この宇宙に現象した存在と、絶えずそれ以外の非存在になろうとする二つの原理の間に、そんな宇宙的峡谷の間にある……。

大雪山系の奥深い山峡に生まれた西川徹郎は、自ら発行する「銀河系つうしん」の創刊号(一九八四年)に、少年時代に宮沢賢治の詩に胸を熱くしたことなどを回想したあと、死者となった縁者へ、父へ、さらには宇宙の彼方へと消え去った〈不在者〉たちに向けて、次のような文章を記している。この部分は、〈夢〉を通路として未出現宇宙へと迫ろうとした埴谷雄高と何と近いことだろう。

「父よ。あるいは、私は、書く行為の持続の中で、どこかで、すでに不在者でしかないあなたに、なされるはずのない再びの出会いを成し遂げようと必死になってきたのであったのかもしれない。もし、仮にそうであったとすれば、「銀河系つうしん」は、〈不在〉の読者へこそ向けて発信しつづけられてゆく霊性の

便りなのだと言ってもよいはずである。そのとき、それは、たとえば、銀河系の彼方から不断に私たちの〈生〉に向けて送り届けられている宇宙の淡い光りにも似て、言語表現の〈現場〉を青白く照らしだすはずである。」

その直後に、宮沢賢治の詩集『春と修羅』の序の「わたくしといふ現象は／仮定された有機交流電燈の／ひとつの青い照明です」という冒頭部分の三行が引用されているように、西川徹郎の世界は、そのまま宮沢賢治的な宇宙へもつながっていく。

『春と修羅』の序は、こう続いている。

（あらゆる透明な幽靈の複合體）
風景やみんなといっしょに
せはしくせはしく明滅しながら
いかにもたしかにともりつづける
因果交流電燈の
ひとつの青い照明です……（以下略）

（『昭和文学全集』第一八巻）

宇宙的現象のなかで、「ひとつの青い照明」のように明滅する〈私〉は、いつか「燃えがら」となって、〈銀河鉄道〉をとりまく星々のように、暗黒の宇宙のなかで「発光」する。それが宇宙の「秘密」なのだ。埴谷雄高も、宮沢賢治も、そして短詩型・俳句宇宙の革命をめざす西川徹郎も、その存在宇宙の「秘密」を知っているのであろう。それは、〈死〉と、〈不在者〉との出会いの問題でもある。西川徹郎の膨大な俳句のなかには、死や不在者の気配を伝える多くの句と、そんな未出現宇宙に通底していく暗黒の通路がある。

第三句集『家族の肖像』（沖積舎・一九八四年）の「覚書」に、西川徹郎の表現世界の本質にふれた次のような文章が記されている。――作品を彩る不在のイメージや溢れる死者たちの声なき言葉は、長く私自身の深淵に棲みついていた私の修羅の幻影であり、私はこの幻影としての修羅を恐怖し、恐怖という形で修羅を見いだす。それは、また降霊した私という修羅の現象ともいえよう。「何はともあれ、私は、永い精神の白夜を憑かれた者のように、存在と存在に纏いついた不在性の意味を問いつづけてきたのであった」と。確かに、私たちは存在の原郷へ、意味の根源へ、生きることの懐疑の底へと降り立つとき、どうしても存在の〈不在性〉と向き合わざるをえない。まさに、「父母未生以前の真面目」、「私たちはどこから来て、どこへ行くのか」——という問いのなかの問いとぶつかるのである。

『家族の肖像』には、以下のような句がある。

浴室にまで付きまとう五月の葬儀人　（「白い木」）

ことばは風にくちなしの木が血をながす　（「暗い生誕」）

まひるの浜の浜ひるがおの溺死体　（「羊肉料理人」）

棺背負えば姉蒼い花のおおかみ　（「桜の木」）

眠れはよききょうは銀河系の脳髄　（「楢の木」）

鳥がばたばたととぶ棺のなか町のよう　（「夜の階段」）

死児と死蟬が木を食べている朝だ　（「嵐の桔梗」）

この句集は、《暗い生誕》《楢の木》《町は白髪》などの中見出しのもとに、このような〈死〉に満ちた家族の肖像が描かれている。ここでは、家の浴室には「死児」が、真昼の浜には「溺死体」が、そして「葬儀人」が、「死蟬」が、そんな多くの死の光景がある。また、第四句集以下、『死亡の塔』（一九八六年・海風社）、『町は白緑』（一九八八年・沖積舎）、『桔梗祭』（一九八八年・冬青社）、『月光學校』（未刊集）、『月山山系』（一九九二年・書肆茜屋）、『天女と修羅』（一九九七年・沖積舎）などから、『わが植物領』（一九九九年・沖積舎）や『月夜の遠足』（二〇〇〇年・書肆茜屋）、『銀河小學校』（二〇〇三年・沖積舎）まで、西川徹郎の俳句世界は、第一句集から一貫して〈死〉と〈不在者〉となってしまったものたちへ向かっている。

「私とは一体誰なのか、私とは一体如何なる生きものなのか、と問い続けることが、私を今日まで俳句という表現に駆り立ててきたと言っても過言ではないという事実を先ず私は述べておきたい」。このような「覚書」をもつ第四句集『死亡の塔』には、多数の死亡の塔が立っている。

土足で月が二階へ上がる死者を連れ　（「麦野は鏡」、以下同じ）
郵便局で五月切り裂く死者の喉
箒持って死者暁の式場に
空の裂け目に母棲む赤い着物着て　（「春の家」）
尖塔のなかの死螢を掃いて下さい　（「螢」）

それ以後も、西川徹郎は、「存在へ向って言語を矢のごとく尖鋭化させ、存在を刺し貫くことのできうる詩型」（『死亡の塔』「覚書」）である俳句によって、〈死〉をテーマにしていくのである。

遠い駅から届いた死体町は白緑　（「町は白緑」、『町は白緑』、以下同じ）
ふらふらと草食べている父は山霧　（「山霧」）
竹原に父祖千人が戦ぎおり　（「竹原」）
桔梗が来て死衣展く夕まぐれ　（「わが植物領」、『わが植物領』、以下同じ）
死化粧の仕方を習う月の楡　（「一夏の夜叉」、以下同じ）
死枕を抱えて辻に立つ葵
昨夜の死者がとうに来ている瓜畑
山脈となる迄死者の椅子を積む
縊死体のように汽車がビルから垂れ下がる

一九九九年一一月初旬、母と兄の死を体験した西川徹郎の第一一句集『月夜の遠足』は、どこをとっても死者＝不在者、母、兄たちがいる。

ははより兄へかげろうは一輪車に乗って　（「かげろう」）

ふらふらと遠足に出て行く死後の兄　（「月夜の遠足」）
月夜の遠足に出た儘兄は帰らない　（同前）
酸素マスクした儘松の木死んでいる　（「冬の庭」）
桔梗死ぬ吹雪の中で立った儘　（同前）

一方、埴谷雄高は、七八歳のとき、小川国夫との往復書簡集『隠された無限――〈終末〉の彼方に』（一九八八年・岩波書店）のなかで、「永生と永死」と題してこう書いている。「私達は、何かを問うことを知った遠い昔から、何時でも、何処から来て、何処へ行くのか、と絶えず自ら問いつづけてきました。これは、生が生自体へ問いかけるばかりでなく、死が死自体へも問いかけているのでしたから、天地創造の神話はつねに生とともにあり、そして、終末論もまた、最後の審判やその彼方の天国や或いは諸元素への分解という帰結などを携えながら、死とともにありました」と。

その埴谷雄高は、『死霊』前半のクライマックスにあたる五章「夢魔の世界」の冒頭に、「死者の電話箱」というある医学生の挿話を置いている。これは三輪家の異母兄弟、首猛夫が主人公三輪與志に語る死の物語であり、「存在の根據の不思議な暗い祕密を覗こうとする永遠の現代史」なのである。

この医学生は、〈死〉という非存在の宇宙を覗こうと試みる。そのために、「死者の電話箱」という精密な測定器をつくる。それは生者と死者の間の通信を可能にする伝導器であり、こんなふうに使用される。――生死の縁に立つ患者の耳にゾンデを差し込み、それは錐のように穿孔しながら脳の奥へと入り込んでいく。生者のオペレーターは、「聞こえますか……聞こえますか……聞こえますか」と呼びかける。すると、緩いリズムで指針が顫えはじめる。「苦しいですか?」。針が揺れる。やがて生から死へと移り、「鼓動が停りましたよ」とオペレーターはいう。「やつてくる……やつてくる!」と、死者は通信を送る。

そこで、「死者の電話箱」は、第二段階に切り換わる。そこは、「分解の大國」。死者は、こう告げる。――「何故にわれをなおとらえるや。われはもはやわれならざるわれなり」。やがて、ゾンデは、分解の王国の奥へ、奥へと進み、第三段階に切り換わるのである。そして、「死者の電話箱」は「存在の電話箱」へと変換し、ついには、〈存在のざわめき〉、宇宙全体の〈私語する無数のざわめき〉へといたるのだ。

このように、この物語は、「解體の王國」から「存在の電話箱」へ、〈存在のざわめき〉、宇宙の私語へと至り、ついには「原判断力」をもった〈還元物質〉へ、存在と非在の原根源へと遡っていく……。この死者の通信と、作者埴谷雄高が伝えようとしたのが、〈死〉と〈不在者〉のいる存在の宇宙＝未出現宇宙なのだ。それは、西川徹郎の俳句宇宙と、きわめて近いのではないだろうか。

結局、西川徹郎の俳句は、俳句という伝統的な有季定型、形ある世界に対して、形にあらわれない存在の宇宙、埴谷雄高のいう未出現宇宙の消息を伝えているのではないか。そこに「反定型の定型詩」（「反俳句の視座―実存俳句を書く」「國文學」二〇〇一年七月号・學燈社）をめざす〈実存俳句〉の先鋭的な可能性がある。

第一章 〈西川徹郎〉存在の原風景

「そうだ。今晩は銀河のお祭だねえ。」（同前）

宮沢賢治『銀河鉄道の夜』の冒頭、ジョバンニが学校で銀河のなかの天の川の授業を受けて帰宅したとき、病気の床にある母は何気なく彼にこう語った。ジョバンニは、母の牛乳を取りに行きながら見てくるというと、行っておいで、川には入らないで……、こうしてジョバンニは、生と死をめぐる銀河鉄道の夜を体験する。「銀河のお祭」、この言葉は、ジョバンニが理科の時間に習った無数の星々からなる天の川を連想させつつも、冷たく死んだ星々がにぎやかに輝いているように感じられる。星が誕生し、星が死に、数限りない生命が生まれては、死んでいく……そんな生と死の宇宙を「銀河ステーション、銀河ステーション」という声とともに、ジョバンニと死んだカンパネルラを乗せた銀河鉄道は光の渦のなかを走る。

西川徹郎は、十代半ばから後半にかけての澄んだ魂に木霊する、この死者とともにある銀河鉄道の響きを北海道芦別の地で聞いたのではなかったか。三篇だけ発表された詩のなかに、『北海道詩集』（一九七二年版・北海道詩人協会）に掲載された「月夜」という詩がある。

青火のような夜行列車が
北へ北へ
と、疾走しています。

のっぺらぼうの若いふたりが乗客です。


「今夜の月はいいですねえ。」

「ええ、今夜の月は、まるで、洗いたての皿のように、いいですねえ。」

「今夜のような月夜に、いっしょに死にたいものですねえ。」（中略）

夜行列車は
蛙たちの嗚咽のようなさみしい地方の、
月の光に透きとおり
北へ北へと走行しています。（中略）

「ところで、あなたのお名前は？」

「私は、西川徹郎と申します。よろしく。」

「あなたは？」

「…………実は、私も、西川徹郎というのでありますが………」

〈銀河鉄道〉を連想する、北へ、北へと疾走する夜行列車に乗り合わせた西川徹郎と〈西川徹郎〉は、出現宇宙と〈未出現宇宙〉に存在する／不在の、ともに《私》なのだ。

「俳景」をつづった西川徹郎『無灯艦隊ノート』（一九九八年・蝸牛社）の最初には、「生家」と題された短いエッセイがある。ここに西川徹郎の家族と風土の原風景がある。

「昭和二十二年の秋九月二十九日暁、私は北海道の寒村芦別市新城二四八番地に、浄土真宗本願寺派の寺院法性山正信寺の次男として出生した。大雪山系の芦別岳から流れ込む空知川の中流に芦別市があり、その市街から北へ旭川へと向かう山峡の奥に村落があり、その村が私の生まれ育ち、そして今日文学と布教の拠点としての私の現住所芦別市新城である。西の彼方にはエルムケップ山のなだらかな麓が扇状に展らけ、東にはパンケホロナイ山がせり出すように迫るその山間に百五十戸余りの農家が集合し、荒くれた精魂の畑を放置したまま消え入りそうな農業の灯をともしている。

私の父證教もまたこの寒村の寺法性山正信寺に生まれた。父は若い頃に結核を患い療養生活を続けていた。法性山正信寺はその父の父、つまり私の祖父に当たる證信が建てた寺である。證信は北海道の戦前戦後を代表する布教使だったから、道内のあらゆる真宗寺院を巡回布教し、一年の半分は不在であった。その為に父證教は住職不在の寺を護ってこの寒村に血痰を吐きつつ影のように生き、かつ死んで行った。六十一年の生涯だった。私の母貞子は夫の吐く血痰を拭い回るかのように夫に代わって雨の日も風の日も山峡を駆け巡って門徒の家を訪ねて読経し、四人の子を育てた。吹雪に道を失い幾度ともなく行き倒れになりかかったと言う。積雪に腰を下ろし息を調えながら道無き道を進んだと言う。その若い頃の無理がたたってか母は後に腸癌に罹ってまるで路傍の枯れ草のように身を捩り、呻吟しつつ苦悶の日々を生き続けている。」

祖父證信、祖母ヒサ、父證教、母貞子、兄徹麿、姉暢子、弟徹博——西川徹郎の俳句にとって、山系や水系のような血の繋がりは、きわめて濃密な形で流れ、それがいっそう存在の亀裂の深部を垣間見せている。

父よ馬よ月に睫毛が生えている　（「村の火薬庫」、『無灯艦隊』、以下同じ）

肺病む父へしろじろと満開の島　（「艦長の耳」）

父の陰茎の霊柩車に泣きながら乗る　（「鬼神峠」）

父を焼く山上焼酎ほど澄んで　（「路上慟哭」、『瞳孔祭』）
父はなみだのらんぷの船でながれている　（同前）
ははよねむれ血は棒状に野を走る　（「無名の舌」、『家族の肖像』）
眠れははよききょうは銀河系の脳髄　（「楢の木」）
石に打たれて母さんねむれ夜の浜　（「夜の浜」、『町は白緑』、以下同じ）
母のからだの穴は暗くて屋根裏ほど　（「母のからだ」）
春の家母は死体をそよがせる　（同前）
母はぐれ兄もはぐれて月夜の遠足　（「月夜の遠足」、『月夜の遠足』、以下同じ）
倒れた兄に雪降る北の山系の　（「冬の庭」）
倒れた兄のたなびく死髪冬の波　（同前）
開いた儘の兄の肛門冬の華　（「冬の峯」）
雪虫も螢も兄の死顔かな　（同前）
棺背負えば姉蒼い花のおおかみ　（「桜の木」、『家族の肖像』、以下同じ）
鶏が姉であった日霊場ふぶく　（「霊場ふぶく」）
箪笥からはみだす姉のはらわたも春　（同前）
鶏小屋の朝焼姉は血に濡れる　（「鶏小屋」、『桔梗祭』）
蓮池に沈んだ姉を思う山越え　（「蓮寺」、同前）

父も、母も、兄、姉、家族すべては、〈死〉へ、未生以前の〈闇〉へとつながっている。一方、大雪山系の芦別岳、エルムケップ山、パンケホロナイ山、空知川、そこに建つ浄土真宗本願寺派の法性山正信寺――これらの厳しい風土は、やはり西川徹郎の俳句宇宙を重く支配している。一九九七年、五〇歳の八月下旬、一週間ほどで書き下ろされた『無灯艦隊ノート』のエッセイには、幼年期から青年期までの西川徹郎の存在の原風景が鋭く描出されている。

櫻井琢巳は、シュルレアリスムと西川徹郎の実存俳句を論じた『世界詩としての俳句―西川徹郎論』（ちゅうせき叢書27・二〇〇三年・沖積舎）のなかで、自伝的エッセイ『無灯艦隊ノート』は詩人・西川徹郎の「感性」を映しだした唯一の資料であるとその重要性を指摘する。「私の西川徹郎論に即して言えば、『無灯艦隊ノート』の出現によって、暗夜に光がともり、海水はひたひたと黒く光って港は満潮を迎えようとしている」と。

『無灯艦隊ノート』は、以下のような三三の短いエッセイと一五〇の俳句で構成されている。

芦別市新城のはずれ、寺から五キロほどのところに新城峠がある。少年の頃の西川徹郎は、その峠へ続く砂利道を自転車を漕いで行く。砂利の激しい振動が股間を打ち、強烈な刺激が脳天を襲う。「睾丸の疼きを覚えながら私は唯白銀の照り返す連峰に向かって立ち尽くし、時には唯故も無く絶叫し、時には唯故も無く慟哭し、時には唯轢死者のように峠道に横たわって果てしもない狂おしい未来の夢を見ていたのに過ぎない」（『無灯艦隊ノート』、以下同じ）。村人たちは、彼を〈峠の狂人〉と呼んだのだ。

男根担ぎ佛壇峠越えにけり

この新城には、驚くほどの多くの蟻がいる。赤蟻、黒蟻……彼はそれを「新城蟻」と呼ぶ。ときには、台所の床中に幾百匹という赤蟻の隊列が続くことがある。「果たして少年の日、私は幾千匹の彼らを踏み殺したのであったか。蟻の体液の付着した靴底の甘酸っぱい強烈な匂いを覚えながら私は狂おしく中学校へ通ったのだった」。

家ノ中ノ蟻ノ渦巻二巻カレテ死ヌ

寺から一キロほどの裏山沿いの水田の奥に小さな沼がある。沼の岸には、柳の古木が生え繁り、それは底無し沼と呼ばれていた。中学生の彼と弟は、釣りをする。ある夏の夕暮れ、最後に釣った魚から針が取れずに、糸を切り釣針を喉奥深くにつけたまま沼へ返す。「それ以来、私は魚釣りというものをまったくしなくなった。今も、裏沼の近くを通る時、鮒に針を孕ませてしまった切ない少年の日の思い出が私の胸元をずきっと過ぎることがある。少年の日、確かに私は薄墨色の日の光の中で鋭く光る一本の針を胸元深く呑んでしまったに違いない」。

口腔に鳥詰め少年死んでいた

秋津――新城の山峡には、塩辛蜻蛉、糸蜻蛉、香水蜻蛉、赤蜻蛉、麦藁蜻蛉、黒蜻蛉、鬼やんま、銀やんま、など無数の秋津が幾万、幾十万匹群れをなして往き交う。満月の頃、彼は深夜の寝床を抜けだし、「その余りにも澄み切った美しい轟きを聴きに峠まで自転車を駆ったのである」。ある夕方、彼は玄関をでてすぐに、一瞬ぴたりと止まった鬼やんまと出会う。「嗚呼、なんと恐ろしいものを私は見てしまったのであろう。その鬼やんまの顔の相とは、実に所謂角反り出たあの般若の鬼面の相とそっくりだったのである」。彼はこの記憶を忘れることはできないのである。

眼ニ刺サッタ山ノ秋津ヲ抜イテ下サイ

また、寺の向かいの丘陵を村人は仙台山と呼び慣らわしている。丘陵の上に開かれた水田で、十数戸の農家が稲作をしていた。大学を神経症で中途退学して寺に戻ってきてから十数年間、一冬に二回ずつ、彼は雪道を徒歩で仙台山の門徒の家を読経して回る。最後の家を済ませると、山道は雪混じりの北風が吹き荒ぶ。「左手下には新城の六、七十軒に過ぎない町並の灯が墨色の雪の谷底にきらきらと輝く。横殴りの風が私の泣き出しそうな顔面を容赦なく撃ち続けた」。

月夜の谷が谷間の寺のなかに在る

砂利道が続く新城峠、無数の新城蟻、底無し沼と永遠に針を咥えこんだままの鮒、何十万匹と群れをなして往き交う秋津、北風が吹き荒ぶ仙台山、この風物すべては、西川徹郎の俳句や存在と不可分の関係にある。祖父、父、母、兄、姉、弟、新城の風景、鮒、雪、風、秋津、読経――ここでは血縁と風土が交差し、融け合う、その最深部に存在するのが〈死〉である。西川徹郎の俳句は、終始、この死とともにある。死こそ、未出現宇宙をめぐる銀河鉄道の始発駅にして終着駅ではないか。

『銀河鉄道の夜』では、ジョバンニとカンパネルラは、銀河鉄道で北十字やプリオシン海岸、白鳥の停車場、南十字などを通過し、鳥を捕る人、一二歳ほどの女の子、黒服の青年、姉弟が乗っては降りていく。銀河鉄道で埴谷雄高のいう〈精霊宇宙〉をめぐり、ジョバンニとカンパネルラは成長する。ジョバンニは、いう。――「僕はもうあんな大きな暗（やみ）の中だってこはくない。きっとみんなのほんたうのさいはひをさがしに行く。どこまでもどこまでも僕たち一緒に進んで行かう」と。カンパネルラは、「ああきっと行くよ。ああ、あすこの野原はなんてきれいだらう。みんな集ってるねえ。あすこがほんたうの天上なんだ、あっ、あすこにゐるのはぼくのお母さんだよ」と、窓の外の遠くの野原を指して叫ぶと、もう一度、ジョバンニが振り向いたとき、すでにカンパネルラはいない……。彼は遠くへ行ってしまったのだ。ジョバンニのいう「ほんたうのさいはひ」、人はそれを求めることなしには生きることができないのだ。

　俳人・西川徹郎は、浄土真宗本願寺派法性山正信寺の住職で真宗学者、宗教者・西川徹真でもある。西川徹真は、「真の幸福とは何か」（「宗教」一九九二年四月号・教育新潮社）の冒頭で、人生にとって「真の幸福」（宮沢賢治の「ほんたうのさいはひ」）とは何かを問うことは、人生そのものの意味と、その人の直接の生き方を詰問する本質的、宗教的な「質疑」であるといい、こう続けている。宗教とは、「精神の内部の飢渇の荒野を自らに問いせしめ、大いなる慈悲者との遭遇を経て、やがて自身の荒野のままに至福の大地を授与された私であったことを知らせしむる真実の智慧」である。そして、本当の幸福を知るとは、「大いなる慈悲者の願心」が、「罪業深重」のこの〈私〉を見捨てず、〈私〉をとらえて離さず、その願心のなかに〈私〉を見いだす「苦難の道程」にほかならない、と。

　修羅と詩人の魂をもった西川徹郎にとって生きるとは、宗教者・西川徹真として永遠の「願心」のなかに自己自身を見つめつつ、瞬間瞬間に現象する森羅万象を実存的に経験する「苦難の道程」ではなかったか。修羅と願心、懺悔と歓喜、罪業と救済――これらの自己矛盾を同時に生きること、闇と光という正反対のベクトルの存在を知って「有機交流電燈の／ひとつの青い照明」（宮沢賢治『春と修羅』）として生きること、ここに〈私〉

の「ほんたうのさいはひ」があるのではないか。この〈青い照明〉は、西川徹郎の〈実存俳句〉の光源であり、〈未出現宇宙〉を照らす微小にして偉大な光なのだ。その入口に、死がある……。

西川徹郎が俳句をはじめる直前、祖父の死との対面という出来事がある。彼は『無灯艦隊ノート』のなかに、「指」と題して次のように記している。西川徹郎が一五歳で芦別高校に入った年の四月、祖父は七五歳で布教一筋の生涯を終えた。寺葬の読経を終え、出棺のとき、喪主の父は、突然寝棺の蓋を開け、硬直した祖父の屍から片手を掴みあげて、自分の頬に擦りつづけたのである。「私はその父の少し斜め後ろに在って、掴み上げられた屍のするどく剣のようにそり返り痩せ細った蒼白な五本の指を密かに只じいっと瞠めていた。／私はこの時のぞっとするほどに美しく透き通った棺の中の祖父の青白い指を、眠れぬ夜には決まって思い出すのである」。

高橋愁『暮色の定型―西川徹郎論』（一九九三年・沖積舎、以下引用同書）によると、西川徹郎が本格的に俳句に取り組むようになるのは、この祖父の死の翌月五月からである。それは「北海道新聞」の「道新俳壇」への投句であり、選者は細谷源二、土岐錬太郎等であった。「西川翠雨」という筆名で、はじめて掲載されたのは、一九六三年一二月二五日であり、以下、一九六四年二月二日（二句）、二月一六日で、全部で次のような四句である。

牛の眼に星が光ってここは北の冬　（細谷源二選）
凍る町の少年の日の金属音　（土岐錬太郎選）
暗い冬老婆の鏡に鬼がいる　（細谷源二選）
泣きに来て木枯の賛美歌に囲まれる　（同前）

これが一五歳の表現だろうか。〈銀河鉄道〉とも響き合う透明感と宇宙のなかの孤独――これらは死から生まれている。さらに、銀河鉄道の美しい星々の光の散乱のように、この死は〈永遠〉（＝未出現宇宙）によって透過されている。一五歳の俳人・西川徹郎は、新城峠から見た銀河の彼方に、そんな宇宙の秘密を全魂で直観していたのではないか。厳寒の地・芦別、星と牛の眼が宇宙的比率で重なり合い、老婆の鏡には鬼が映り、木枯らしの音の響きに賛美歌を聞く……。ここでは人生の悲しみと癒しが、死によってかろうじて均衡を保っているように見える。ここを出発点にして、西川徹郎はこの世界と宇宙の亀裂を鋭利に引き裂き、透視し、存在の深部へ、深宇宙へ、未出現宇宙へ、精霊宇宙へ、非在宇宙へ、あるいは逆に亡霊宇宙へ、死霊宇宙へと、〈実存俳句〉という俳句の革命とともに進んでいくことになる。未出現宇宙に架かる言語による橋、それが西川徹郎の実存俳句ではないだろうか。

作家の稲葉真弓は、「言葉の「無限樹海」」（『星月の惨劇―西川徹郎の世界』、二〇〇二年・茜屋書店）のなかで、西川徹郎の俳句は、「人間の記憶の中に無意識に眠る「無限樹海」への入口」であり、「あの世とこの世をつなぐ極めて個人的な装置なのだと思いあたる」といい、『月光學校』『月山山系』から四句引用し、次のように書いている。――「人と物が互いの影を映しあい、重なりあい、ときには物が人に、人が物に変身しあいながら「私はだれか」と問い続ける」「「存在」への疑い・問いかけと、物と人を「交感」させるダブル・ビジョンが、西川句の魂ではあるまいか」と。「無限樹海」へ入るための言葉＝装置が西川徹郎の実存俳句であり、それには私とはだれか、私はどこから来てどこへ行くのか、という存在への問いが刺し貫いている。人間の自由は、「精霊宇宙」への固有の入口（＝「掟の門」）は、この問いとともにある。

カフカに『掟の門』という掌篇がある。掟の門の前には、鷲鼻で顎鬚をはやした一人の門番が立っている。ある男は、入門の許可を求める。だが、いまは許可できない、自分には威力があると門番はいう。男はひたすら待ち、長い年月が過ぎる。やがて男に死が迫り、周りが薄暗く見えてきたころ、彼は掟の門のなかから一条の輝きを認め、門番にはじめて一つのことを尋ねる。――長年、どうして、この門から自分以外に入ろうとしなかったのか。門番は、こう答える。これは、ただ、おまえのためだけの入口だったのだ、さあ、閉鎖しよう、と。この未出現宇宙、銀河宇宙へとつづく〈掟の門〉は、死という門番の存在にかかわらず、ただこの男のために、いつも開かれていたのだ。

文学のなかでもっとも心の美しい、信仰深い青年に、ドストエフスキーの描くアリョーシャ・カラマーゾフがいる。アリョーシャは、兄のイヴァンたちとも異なり、不死と神の存在を信じ、高齢なゾシマ長老の寵愛を受けて僧院で暮らしている。だが、アリョーシャが全身全霊をかけて慕うゾシマ長老は、ある夜、胸に激痛を感じ突然、死に至る。長老の遺骸は、湯灌をすることもなく、夜明け前に棺に納められ埋葬の準備を終える。

ところが、長老の遺骸は死臭を発しないという伝説があるにもかかわらず、一日も経ずに明らかに死臭が認められた。アリョーシャは、ショックを受け動揺する。遺骸のある庵室では、主教が福音書のカナの婚礼の部分を読んでいる。アリョーシャはそれを聞きながら、疲労のために腐臭も、憂悶も消え、いつしかまどろんでいく。そんなアリョーシャに、なつかしいゾシマ長老の声がし、アリョーシャを新しい世界へと誘う。すると突然、アリョーシャに歓喜の涙がほとばしる。このゾシマ長老の人間としての死は、そのまま復活のゾシマへと続く。感激に満ちたアリョーシャは、庵室をでると、銀河の星々のきらめく夜空のもとで、この大地を永久に愛すると誓うのである。

人はだれも、カフカの〈掟の門〉とゾシマの〈人間としての死〉を入口として、〈永遠〉へ、カンパネルラのいう〈天上〉へとつながっているのだ。

宮沢賢治の法華経、ドストエフスキーのロシア正教、西川徹郎の浄土真宗、それらの宗教を超え、あるいは地下水脈のように、偉大な魂は、その存在の事実の木霊を、詩・童話、小説、実存俳句などの芸術表現で伝えようとしているのである。

大雪山系の麓・芦別の地、新城峠から見る星々、雪、風、秋津などの風物、正信寺へとつながる祖父、父、母、兄、姉、弟などの家族の肖像——俳人、詩人・西川徹郎にとって、これらはすべて銀河鉄道のめぐる〈死〉の宇宙へとつながり、〈未出現宇宙〉と交感する、そんな存在の原風景となっている。

第二章　孤独と焦燥の〈海〉で—未刊集『東雲抄』一九六三—一九七二

北国は死者の口笛止む間無し　　（一五歳、未刊集『東雲抄』・一九六三年）

高橋愁は、『暮色の定型―西川徹郎論』の「〈涯〉の声」のなかで、西川徹郎は俳句をはじめた初期から、文学の「理念」を形成していたと指摘し、「西川徹郎の源流は〈涯〉であるといっても過言でもない。〈涯〉こそが西川徹郎の戦場にほかならない」と書いている。「〈涯〉」とは、「〈此処〉」であり、それは「意識した現実感」である、と。西川徹郎の源流が「〈涯〉」というならば、それは端的に〈死〉なのだ。だが、その〈死〉はたんなる〈涯〉ではなく、不在、非在、未出現宇宙への通路となる〈死〉なのである。

西川徹郎は、一九六三年六月に細谷源二の主宰する「氷原帯」に入会し、そこに西川翠雨の名前で俳句を発表している。細谷源二との出会いは、「北の地の二大俳人―細谷源二と星野一郎」（『現代俳句新世紀』下巻、二〇〇四年・北溟社）には、以下のように記されている。高校生になった西川少年は、図書館で孤高の俳人・細谷源二の第三句集『砂金帯』と遭遇する。〈地の涯に倖せありと来しが　雪〉。「地の涯」北海道の雪の荒野に立ち尽くす一人の俳人の姿は、孤独な少年の精神を鮮烈に打ったのであろう。

細谷源二は、戦争中の新興俳句弾圧事件で獄中を体験し、敗戦の年に釈放され、北海道開拓移民として十勝地方の豊頃村に移住したのである。西川は、言論弾圧を受けることになった作品として、次の一句をあげている。〈鉄工葬終わりまっ赤な鉄打てり〉（第一句集『鉄』）。「東京の鉄工場に旋盤工として勤務し、自身の生活と密着した俳句を書いていた細谷源二は、いわば都市や社会のもっとも低い位相から力強く人間の声、生活者の必死のうた声を俳句をもって書き綴っていたのである。「鉄工葬」の句が花鳥に依らず、無季の句である理由はここに在った」。

もう一人、この頃影響を受けた俳人は、同じ「氷原帯」にいた星野一郎であり、その第一句集『白い堆積』（一九六三年・氷原帯発行所）であった。

　枯木の列の先頭は聖書を持っている　　一郎
　凍った海に耳がたくさん落ちている　　一郎

西川徹郎の実存俳句の遥かなる原点は、ここにある。

このように、西川徹郎が一九六三年の一五歳の「氷原帯」から、一九六六年一月「粒」（山田緑光発行）、四月「海程」（金子兜太代表）「渦」（赤尾兜子代表）への同人としての参加、一九七四年二七歳のときの第一句集までに書かれた未刊集『東雲抄』と第一句集『無灯艦隊』（粒発行所・粒叢書第一号）に収められた初期俳句の世界はどのようなものだったのか。

斎藤冬海編の「西川徹郎年譜」（『西川徹郎全句集』所収）によると、一五歳から約一〇年間の思春期、青年期は、ほぼ次のように概観できる。一九六三年四月に一五歳で芦別高校に入学して文芸部、図書館部に所属し文芸書を乱読、祖父の死とともに俳句を書きはじめ、いくつかの俳誌の同人となる。彼は芥川龍之介、萩原朔太郎、宮沢賢治、種田山頭火、尾崎放哉などを不眠のなかで夜明けまで読む日々が続く。

一九六六年四月、龍谷大学文学部国文科に入学するが、精神的緊張が著しく、大学の講義にはでずに、学生寮の一室でひらすら俳句を書きつづける。不安、焦燥、衰弱のなかで、一時休学して芦別に帰る。六七年四月に復学するが、九月三条河原の橋上で退学を決意し、一〇月下旬に帰郷し、初冬の頃に北條民雄の『いのちの初夜』を読み感動する。翌年、大学を正式に希望退学し、七月頃失意のなかで『吉本隆明　初期ノート増補版』に出会い、透徹した吉本の詩と思索にうたれ、「表現者」として生きることを決意する。六九年、金子兜太にすすめられ「海程」に「尼寺」九三句を発表する。七〇年頃より、病気療養中の住職の父に代わって、僧侶の資格のないまま法務を行うことになる。一九七四年三月、心身衰弱気味の西川徹郎を励ますために、父母が『無灯艦隊』を自費出版するのである。

西川徹郎は、『定本　無灯艦隊』（一九八六年・冬青社）の後書に、次のように記している。「昭和三八年、想えば、それは、私の一五歳の少年の日の出来事であったが、細谷源二よりの一通の便りを手にして以来、私は、無心に俳句を書き続けて、飢渇の心と戦うように薄暗く繋った青春の日々を送ったのだった。／本書は、そのような私の遠い日の、若く貧しい未完の作品を未完のままに収録するものだが、何よりも、私は、今、青春の日の私が、激しく波打つ暗夜の葛藤の果に、遂に〈無灯艦隊〉と命名せずにはおれなかったなにものかへこそ言い知れぬ思いをめぐらせているのである」。

また、彼は「小笠原賢二覚書」（小笠原賢二著『極北の詩精神—西川徹郎論』所収・二〇〇四年・茜屋書店）のなかでも、『定本 無灯艦隊』の後書を引用し、そのあとにこう続けている。——『無灯艦隊』の時代、それはまさに「激しく波打つ暗夜の葛藤」の日々の連続であった。二〇歳を過ぎた頃から、孤独と焦燥に駆られ、よく未明に車で日本海の増毛の海を見に行った。新城峠を越え、深川市、留萌市、増毛町へと夜の国道を猛スピードで運転し、増毛の海に着くと、夜が白みはじめる。夜の闇が破れる直前、鴎が闇のなかで甲高く喚ぶのを聞く。荒磯に句帳を開き、あるいは破船に横臥して一日中俳句を書く。「〈無灯艦隊〉、それは私の青少年期の孤独の夜の海底から浮上し、激しく航行し続けていた、青春のある何ものかに対する必然の呼称だったのである」と。〈無灯艦隊〉と名づけずにはいられなかったもの、あるいは、青春のある何ものかへの〈必然の呼称〉——それは、いったい何か。

吉本隆明は、二十代初めの頃、一九四六年から四七年にかけて執筆し、当時未発表だった「エリアンの手記と詩」のなかに、「死者の時から（Ⅱ）」と題して、次のように書いている。

薄ら氷の触れるような風の触覚に僕は目覚めた　僕は生きていた！　窓——見知らぬ洋風の窓……風の匂い、白いカーテン、壁……寝台……僕はやつと知つた　病院……（中略）

僕は何故生きられないのだろうか　イザベル先生の暗示は真実なのだ　僕はその様な相でしか人達の間に現われない〈暗い孤立〉　如何にして人間は大勢でなくては生きられないのだろう　そうして僕はたつた十六歳になつたばかりなのに、どうしてこんな沢山の重荷に耐えなくてはならないのか　どうして斯んな弱い心で唯ひとり皆の生き方を怖れて、自分の咽喉を傷つけて死のうとしなければならないのか〈神よ！〉

（『吉本隆明全著作集』第一巻）

吉本隆明のこの〈孤独〉は、おそらく新城峠を越え暗い海に向って未明の闇を車で走る西川徹郎の魂にもっとも近いものではなかったか。「死者の時から」の重荷に耐える一六歳の〈僕〉は、波打つ暗夜の葛藤に揺れた青春期の〈西川徹郎〉ではないか……。

一九六三年から六六年、西川徹郎一五歳から一九歳までの『東雲抄』の未刊俳句は、のちの西川徹郎の実存俳句へとつながる存在の孤独と悲哀を、思春期の抒情性の余韻を残しながら透明に表現している。

毛タンポポを夕日に解かせ孤独の空　（一九六三年）
淋しき荒野少女が一匹の蝶と化す　（同前）
神の日没見て来た老婆の眼は枯色　（一九六四年）
農夫のポケット溜るは寒の夕焼けのみ　（一九六五年）
蒼い魚が走る寒景を抱く少年　（同前）
寒星を七、八つ燃やす激怒の火夫　（同前）
冬海吠えろ遠い羊を曳きずって　（一九六六年）
墓は永遠に裸である　氷雨　（同前）

生の不条理の底と向きあいつつ、北の地・芦別から空を、荒野を、日没、農夫、星、海を、「少年」の西川徹郎は見る。ここには、生きることの孤独と焦燥と慰めがある。それは人が一度は垣間見る風景であり、通過しなければならない〈いのち〉への入口なのだ。

吉本隆明の未刊行であった初期詩篇の最初の詩稿に「呼子と北風」（一九四三年一月下旬・一八歳頃）という原稿がある。吉本隆明が米沢高等工業学校に入学した年のものである。

北風

渦状星雲の極北を吹いて
人の愛の蔭にとまつた

いまだ死なぬときに
　はんの木の葉　散れ

帽にさす夕日
　影はろばろ

呼子

今　兄さんが暮してゐる北の町は
白いよろひの下に眠つてゐる
雪は遠慮もなく降つて来て
　雪庇はやがて地につながる頃なのだ
斯うやつて何か書いていゐる私の手の先は
　凍るやうに痛んで来る（中略）

兄さんはいま
　誰にでも呼びかけたいやうな
妙な冷え冷えとした音を感ずる（以下略）

　山の指話

小さな丘の
　真白な光の中で
女の子供達が踊りを踊つた
詩情のとぼしい北国の子供達では
　　　　　　　　あつたが
それでも影ぼうしが
　はじらひながら地にたはむれた
蔵王や吾妻の山が見え
蔵王や吾妻に雲が浮び
静かに風が動いて行つた
（『吉本隆明全著作集』第二巻）

吉本隆明も東北の北の町で、星雲を、夕日を、影、雪、蔵王、吾妻、雲を、風を、透明な魂で見つめている。芦別と米沢、俳句と詩篇、高度経済成長期と戦時下、さまざまに異なりながらも、西川徹郎と吉本隆明の初期の未発表作品群は、「表現者」に向かってともに静かに通じ合っていないだろうか。

吉本隆明は、『西川徹郎全句集』（二〇〇〇年・沖積舎）の解説「西川俳句について」を、「西川徹郎にとって青春期の表現はどこにどんな形式でありえたのだろうか」という一行からはじめ、その設問、問いこそが彼の俳句だったのではないかと指摘する。吉本は、西川の「ポエジィ」のなかには「生存の不快感」が響いていて、彼は伝統俳人のように青春から老熟へと進まずに、「老熟から嬰児へと逆行する歩み」、あるいは嬰児のもつ「永遠」へと迫るのが、西川徹郎の俳句の世界ではないかと解説している。

しかし、このプロセスを厳密にたどることは、そのまま西川徹郎の精神世界とその根源と向き合うことであり、自らの存在宇宙を見極めるもっとも困難な道程でもある。いったい、だれが西川徹郎ほど、存在の、父母未生以前の、自己の深淵にある死と永遠の峡谷を表現しうるだろうか。西川徹郎が到達した無季非定型の〈実存俳句〉は、そんな彼の資質と感性に最適の表現形式であろう。西川徹郎の一五歳からの俳句の宇宙は、老熟から嬰児への逆行というよりも、死から、不在から、永遠へと至る〈自由〉への道なのだ。

その出発点となる未発表であった『東雲抄』に収められた青春期の諸作品には、少年から青年へと歩む西川徹郎の精神の孤独と焦燥の海がうねっている。一九六七年から『無灯艦隊』刊行以前の一九七三年までの『東雲抄』の作品にも、その内的宇宙の片鱗が映しだされている。

屠夫の食卓昏れて海獣吠えはじめ　（一九六七年）
鐘突きながら夜明の沖を咀嚼している　（一九六八年）
轢死者のくちびる流氷がくる匂い　（一九六九年）
鐘乱打する母月光の曼珠沙華　（同前）
ブラックコーヒーミイラと啜る春の京　（同前）
蝶となり耳凶作の田を越えゆけり　（一九七〇年）
兄嫁の舌が枯野になっている　（一九七一年）
浜が孕んで砂山になる暗い時間　（一九七二年）
京都の川が私にときどき死ねと云う　（同前）
無灯艦隊草一本が戦慄する　（一九七三年）
死顔の皺に棲みつく遠い海鳴りは　（同前）

ここには、屠夫、鐘、轢死者、曼珠沙華、蝶、舌、死顔などが、それぞれが全体的な焦点を結ばずに孤独な拮抗関係を構成している。それだけに、俳句とだけ向き合う西川徹郎の内面は、大学休学、復学、退学、心身の衰弱、帰郷、寺の法務などの実生活とともに、どれほどの〈いたみ〉を伴いつつ先が見えないまま漂泊を続けていたことだろう。

年譜によると、『無灯艦隊』以前の『東雲抄』をこのように二期に分けたとき、その境目に位置する一九六六年、一九歳のある秋の夕方の出来事が次のように記述されている。――西川徹郎は、物置となっていた庫裡の屋根裏で、埃だらけの風呂敷包みを発見する。そこには、一五、六冊のぶ厚い大学ノートが入っていて、鉛筆でページいっぱいに短歌が記されていた。彼は夕暮れの西日のなかで、息をひそめて読む。それはすでに焼失したが、若くして死んだ叔父、父の弟信暁が肺結核の死の病床で書き続けたものだった。「徹郎は自分にそっくり似と謂われた夭折の無名の歌詠みであった肉親が遠い日の悲しみの床で日夜書き綴ったその悲嘆の歌の筆跡を、屋根裏の西日にかざして思わず読んだ日の驚きと共に今も忘れられずにいる」(『西川徹郎全句集』年譜)。

夭折の歌人の魂は、血の系譜として、孤独と焦燥の〈海〉を漂う若き徹郎へと引き継がれたのである。

芸術とは死との関係である」天井裏　(一九七二年・『東雲抄』)

第三章　存在の無惨さと死と―『無灯艦隊』

『無灯艦隊』(二六歳、粒叢書第一号、一九七四年三月・粒俳句会)は、一五歳のときに俳句に出会って以来、十代後半の全魂を傾注した夜明けまでの読書、思索、作句、京都の大学への入学、学生寮の一室での終日の作句、精神の焦燥、衰弱、休学、帰郷、退学、「表現者」として生きる決意、慣れない寺での法務――そんな西川徹郎を父母が「激励する為」(年譜)に自費出版した第一句集である。

〈無灯艦隊〉――西川徹郎の俳句の出発点となるこの第一句集の表題に、彼は何をこめたのだろうか。彼は青春期の孤独と焦燥という存在の激しい海のなかで、あるいは魂のもっとも苦しい暗夜の連続のなかで何を見ようとしていたのか。

のちに、西川徹郎は「抒情文芸」(二〇〇七年春号・抒情文芸刊行会)に、「新城峠は私の文学の原郷である」という書き出しの「新城峠」というエッセイで、句集『無灯艦隊』の「集名は、新城峠の絶景を海原に喩え、青春の日の叛意と新たな出立と俳句革命の意志を表したものだ」と回想している。少年の頃、西川は学校から帰ると、すぐに自転車で峠の頂きへと向かう。五月には、峠の南方には大雪山系の白銀の頂きが輝き、九月には、幾万匹という秋津が精霊のような羽音を響かせて峠を越えていく……。

高橋愁は、『暮色の定型―西川徹郎論』の『無灯艦隊』編を「第一句集『無灯艦隊』は虚妄のなかの〈実存〉である」という一行からはじめ、西川徹郎には「青春」といえる晴れやかな時代はなく、『無灯艦隊』の世界は暗く陰鬱である」と評している。そんな西川徹郎を育んだ新城町は、新城峠と空知川を境とした「密閉した村落」であり、とくに新城峠は彼の「文学理念」の現場にして「魔霊の住む場所にちがいなかった」と記している。

また、旭川 西川徹郎文學館館長で妻でもある斎藤冬海は、『決定版 無灯艦隊―十代作品集』（二〇〇七年・沖積舎）の解説のなかで、こう書いている。「真昼間に明らかに見える艦隊ならば、「無灯」とは言わない。夜闇を進む艦隊だから無灯と言うのである。見えない筈の闇の中のものをまざまざと現出させるのが〈無灯艦隊〉という言葉であり、それが文学というもののはたらきである。自らの文学世界を〈無灯艦隊〉と名付けて、俳句の詩人西川徹郎は出発を遂げた」と。新城峠の大海原から、彼はどこへ向かったのか。

未刊『東雲抄』とは異なり、『無灯艦隊』は、《無灯艦隊》という中見出しのもとに「村の火薬庫」「船長の耳」というタイトルの作品が、また《尼寺》には独立した作品が、《暗い空港》には「夜光都市」「遠船火事」、《わが峠の花嫁》には「飢餓半島」「凍港の洋燈」「鬼神峠」などの作品が収められている。そのような意味からも、西川徹郎の精神の位置と存在の位相が鮮明に見えてくるのではないだろうか。

『定本 無灯艦隊』（一九八六年・冬青社）には、一句だけ〈無灯艦隊〉という表記を用いた句がある。

海女が沖より引きずり上げる無灯艦隊

満艦飾の戦艦に対し、灯りひとつ燈らない〈無灯艦隊〉とは、何と無惨な表現だろう。しかも、沖に沈没し海女によって引きずり上げられる無灯艦隊とは……。そこには「表現者」の宿命として、存在の無惨さと死とが色濃く漂っているのだ。ここから『無灯艦隊』を読み解くとき、存在の荒野と生きることの困難さと、〈死〉を掟の門とした〈永遠〉の片鱗が見えてくるのではないか。それは仄かな銀河系の発する光と現世の修羅の闇、それが混在し鋭く拮抗する俳句宇宙でもある。

西川徹郎は、第五〇回口語俳句全国大会での講演「口語で書く俳句—実存俳句の思想」(「俳句原点」一一七号・二〇〇六年二月・口語俳句協会／「銀河系通信」第一九号・二〇〇六年八月・茜屋書店)のなかで、自らの俳句についてこう語っている。「私の提唱する「実存俳句」の「実存」とは何か、と言うと、それは、「人間のありの儘の姿」を口語で書く俳句のことであります。／「人間のありの儘の姿」こそ人間の真実の相であり、「実存」なのであります。「実存」たるその「人間のありの儘の姿」は、同時に「人間の在るべき姿」をも映し出しています」。その「人間ありの儘の姿」は、「苦悩的存在」「生活者」としての人間存在であり、そこにはまた「共生の思想」が入っていると述べ、こう続けている。

だから、私の俳句には、今日までの所謂、花鳥諷詠や有季定型の文語俳句が見捨てて来た、渦巻銀河や星雲やあるいはヒマラヤ山上の反り返った死馬や、砂漠の商人が飼う緑の瞳をした駱駝や、白髪になった経蔵の鼠や、癌の隣家の奇妙に美しい犬や猫や、ありとあらゆる生きとし生きるものが、そしてあの、臨終に横たわったわが父上の腸の中のサナダムシさえもが、私の実存俳句の立派な主人公として登場するのです。

(「俳句原点」一一七号)

『東雲抄』には、講演と通じる次のような俳句がある。

父さんと一緒に死んでゆくさなだむし　(一九八一年)

歩き疲れた驢馬のからだと月の書架　(一九八三年)

ヒマラヤの死馬の鬣星を掃く　(同前)

西川徹郎にとって、死者や物を含む、この地球上の、渦巻銀河のありとあらゆるもの、それがいっさいの差別なく俳句構成の主人公であり、存在のいのちなのである。さらに、それは私にはこの出現宇宙をつらぬき、死者を乗せた銀河鉄道によって未出現宇宙へとつながっているように見える。

『無灯艦隊』には、落葉、魚、耳、羊、火夫、唖、鐘、死者、星、便器、少年、霊柩車、蝙蝠傘、蛇、岬、

破船、血、骨、艦長、尼、捨子、轢死者、蝶、葬儀屋、馬、鴉、鷗、鶏、男根、産婆……などが主人公として、有季定型の伝統俳句とはまったく異なり、それぞれが存在の無惨さと死と、修羅の闇を、ありのままの人間存在の実相を証ししている。講演のなかでふれられた癌の隣家の猫は、こう表現されている。

癌の隣家の猫美しい秋である　　（『無灯艦隊』）

西川徹郎は、二〇〇四年「渦巻銀河」と題して、次のような作品を発表している。

自転車は渦巻銀河峠まで　　（「詩歌句」二〇〇四年第四号、以下同じ）
峠迄渦巻銀河に跨って
独楽という渦巻銀河夜の教室
キャベツ畑の渦巻銀河若い妻
旅人を巻き込む渦巻銀河と蟻地獄

厳冬、少年の日に砂利道を自転車で向かった新城峠から見た渦巻銀河、独楽にも、キャベツ畑にもある渦巻銀河、旅人を誘う蟻地獄という渦巻銀河――西川徹郎の実存俳句は、必然的に宇宙の存在と存在の宇宙の根源への問いへと向かい、それはすべてが生老病死の苦悩を超えて生きることの意味へとつながっていくのである。夜空の星の瞬きも、地上の一吹きの風も、水の流れも、『無灯艦隊』を形づくる落葉も、魚も、蝶も、馬も……、〈私〉という現象も、死さえも、その宇宙的な意味（＝「ほんたうのさいはひ」）なしには、起こりえないのだ。

宮沢賢治の『春と修羅』の序のなかには、次のような表現がある。

これらについて人や銀河や修羅や海膽(うに)は
宇宙塵をたべ　または空氣や鹽水を呼吸しながら
それぞれ新鮮な本體論もかんがへませうが
それらも畢竟(ひっきょう)こころのひとつの風物です

ただたしかに記録されたこれらのけしきは
記録されたそのとほりのこのけしきで
それが虚無ならば虚無自身がこのとほりで
ある程度まではみんなに共通いたします
（すべてがわたくしの中のみんなであるやうに
みんなのおのおののなかのすべてですから）　（同前）

西川徹郎の俳句も、宮沢賢治の詩も、ともに人間、銀河、修羅など、こころに現象する風物、こころの景色を描いている。それは虚無のように見えながら、虚無からもっとも遠いところにある。それは明滅する〈永遠〉と、それが映しだす〈苦界〉の諸相なのだ。西川徹郎は、書く。「俳句は本来、詩表現の形式としてあらゆる可能性と未来性を内蔵し、閉ざされた人間の内部、生と死と性の実存を開く豊饒の海である。私は俳句という東洋のこの紺碧の海に身を委ねつつ、かの俳聖がそうであったように、やがて世界詩、世界文学としての俳句を屹立させてゆきたいと考えている」（『現代俳句新世紀』下巻、二〇〇四年・北溟社）と。『無灯艦隊』は、世界詩、世界文学へと向かう西川徹郎の出発点における精神の位置を告げている。

伊東聖子は、「『無灯艦隊』は、宇宙エネルギーのなかを星籠として漂流しつづける」という印象的な一行でむすんでいる評論「銀漢抄／『無灯艦隊』という言語（ランゲ）―西川徹郎の文学世界」（『星月の惨劇』所収、二〇〇二年・茜屋書店）のなかで、言語表象、句と言語などについて論じたあと、『無灯艦隊』についてこう記している。『無灯艦隊』一冊はヒト種ヒトの極限の最終的視力がとらえた、無限との宇宙的カオスにむかうべきところの、若い無垢ゆえに捉えた非線型（ノンリニア）時間の最終的といってもいいヒトの言語表記集積体であり、『西川徹郎全句集』は、たとえばダンテの薔薇の曼荼羅といわれる『神曲』に比すべき大業としてあり、『無灯艦隊』はその、煉獄編として想定され成立したものではないか？　とふと想っていることがある」と。

私もときに、想う。浄土真宗の西川徹郎の俳句宇宙は、キリスト教文学の最高峰のひとつで、地獄篇、煉獄篇、天国篇からなる壮大な詩文学であるダンテの『神曲』と、その宗教を超えた〈人間存在〉という面から、相通ずるところがあるのではないか。『無灯艦隊』は、ダンテの地獄篇や煉獄篇ともどこか響き合うのではないか、と。――三五歳という人生の半ばで、ダンテは暗い罪の森に迷いこむ。時は、西暦一三〇〇年春、彼は地獄、煉獄をめぐる旅をする。

　人生の道の半ばで
　　正道を踏みはずした私が
　　目をさました時は暗い森の中にいた
　その苛烈で荒涼とした峻厳（しゅんげん）な森が
　　いかなるものであったか、口にするのも辛い、
　　思いかえしただけでもぞっとする、
　その苦しさに死なんばかりであった。

（『神曲』「地獄篇第一歌」、平川祐弘訳）

その森を出て丘に登ろうとすると、豹と獅子と牡狼に妨げられる。そのとき、ダンテはその「人気のない場所」で、「影」となった詩人ウェルギリウスと出会う。ウェルギリウスは、ダンテにこう尋ねる。「だがおまえ、なぜこの苦悩の谷へ引き返すのか？　なぜ喜びの山に登らないのか、あらゆる歓喜の始めであり、本（もと）である、あの喜びの山に？」と。このあと、影・ウェルギリウスは、ダンテに「永劫の場所」（＝地獄）と「煉獄」を案内し、そこで人々の絶望の叫びと亡霊を見るだろうと告げる。

なぜ、地獄、煉獄という修羅の闇に身を置き、歓喜の、喜びの山に登らないのか。それはそのまま『無灯艦隊』の西川徹郎への本質的問いでもある。たしかに、人は絶望の谷深くをたどらずして、どうして喜びの峰への道を見いだすことができようか。

西川徹郎の出発点として屹立するこの『無灯艦隊』には、存在の無惨さと死に彩られた俳句の放つ存在の、あるいは不在の〈うめき〉が響き木霊し合っている。彼は「不在の彼方へ――わが芭蕉論」（現代俳句文庫⑤『西

川徹郎句集』、一九九一年・ふらんす堂）の冒頭を、次のようなある僧侶の自殺から書きはじめている。「あれは、一昨年の初夏、静かな朝のことであった。私の心に、一筋の痛みが走った。それは、年老いた一人の僧侶、Aの突然の自死であった」。

Aは、西川の住む山間の隣村にある真宗寺院の住職で、日頃から畏敬の念をもたれた、この地では有名な僧侶であった。その僧侶は、鎌の刃で咽喉を切り裂いて死んだのである。「それは、今、Aの寺の中庭に咲き誇っていた一群の鬱金草とともに、私の心の底に、揺れ動き止まない淡い感傷の記憶と化して、生きもののように棲みついているのである」（同前）。人間の危うさを印象づけるこの出来事の描写に続けて、西川は人間の存在について、以下のように記している。——人間存在とは、否応なく危うさをひめた危機的存在であり、それは存在の基底としての〈不在性〉によって成立し、そのことにより存在とは、もともとは〈非在〉であり、この非在としての存在を認識することのなかにしか、人間存在の「不可知性」を透視する方法はないであろう、と。そして、それは「私とは果たして誰なのか」という原初的な問いへといきつく。このような存在と不在、あるいは埴谷雄高のいう出現宇宙と未出現宇宙、私と非私の深淵に、〈私〉と〈言葉〉が出会い、さらに私と言葉を超えた「自然」と「宗教」が見えてくるのである。

それに関連して、西川徹郎はこの芭蕉論のなかで、山下一海の「芭蕉と仏教」を引用し、「悟りへの希求と悟り切れない肉体との葛藤の中に、芭蕉の文学は、ある緊迫感を獲得していったのである」と述べている。しかも、それは〈野ざらしを心に風のしむ身哉〉の句のように、芭蕉自身の「身」（肉体）への執着とその表現によって成り立ち、その身体という出会いの場を通して「大いなるものの意志」としての〈いたみ〉が表出され、具体的には存在の〈うめき〉となって生起する。西川は、こう書く。

存在とは、〈いたみ〉〈うめき〉として現行し、現象するものの中にはじめて見出されるものであるゆえに、そこでは、存在の〈いたみ〉〈うめき〉をこそ超越しようとする意志がはたらく。しかし、その意志は、また、存在の〈いたみ〉〈うめき〉によって妨げられるものであるゆえに、一層、〈いたみ〉〈うめき〉は増強されて、存在の根底に繁茂した不在性の闇は、愈々深められるのである。不在性の闇の深淵が、存在の〈いたみ〉〈うめき〉そのものによって知らされるとき、存在を超越する存在が意識されるのである。

（『現代俳句文庫⑤西川徹郎句集』）

存在とは、不在である死によって存在となり、その存在は同時に、超越者の意志を体現し、それが〈いたみ〉〈うめき〉となって増幅、共鳴し、修羅の闇を深めつつ永遠の銀河の光を垣間見せる――それが修羅の闇と銀河の光の峡谷を、存在と不在の狭間を〈生きる〉ということ＝〈実存〉するということなのだ。

このように考えると、『無灯艦隊』の存在の無惨さと死とは、「自然」「超越者」の〈いたみ〉が、西川徹郎の、父の、母の、死者の、火夫の、蝶の、馬の、鶏の、落葉の……森羅万象を通した〈うめき〉として表現されているのである。西川徹郎が第一句集で凝視し直観していたのは、その存在の根源的矛盾性、不条理性と引き裂かれた実存の本質ではなかったか。死は、未出現宇宙へと通ずる魂のゲート・ウェイでもある。『無灯艦隊』は、そんな若き西川徹郎の生きることの修羅場の光景を苦しみとともに色濃くとどめている。

さくら散って火夫らは耳を剃り落とす　（「村の火薬庫」、以下同じ）
黒穂ふえ喪がふえ母が倒れている
茸採り達木星の静かな怒りを採る
星の出に剃刀研げり山河を研げり
首のない暮景を咀嚼している少年
耐えがたく青い陸橋手のない家族
骨の匂いのひたひたとする過密都市　（「艦長の耳」、以下同じ）
少年の暗い花束　巨船溶ける
椿散る尖塔が哭いている時間
森散りかけ北へ北へ　船長ら

尼の頭蓋に星が映っているは秋　　（「尼寺」、以下同じ）
葬儀屋に消されし海がしくしく明ける
喪の船かすむ向日葵畑尼らねむれり
孤島醒める乳房に月の匂い残り
生姜がにおう星の出の寺蝮あばれ
癌の隣家の猫美しい秋である　　（「暗い空港」、以下同じ）
星を盛る皿水陸両棲する僕ら
秋は白い館を蝶が食べはじめ
湖南の道が離愁離愁と呼ばれけり
鐘につられて湖の地方が慟哭せり
酢が匂う都市骨だけの鶏歩き
無明の島でくろい卵が降っている　　（「わが峠の花嫁」、以下同じ）
枕の中の墓地咲きかけの曼珠沙華
黒い峠ありわが花嫁は剃刀咥え
骨となり骨となり北辺へ消える旅人

さくらと火夫、黒穂と母、茸採りと木星、陸橋と家族、骨と都市、花束と巨船、椿と尖塔、尼と星、ひまわり畑と尼、癌と猫、白い館と蝶、枕と墓地、黒い峠と花嫁、骨と旅人――このように一句一句のなかで、二つの屹立する事象と物象は、夜明けまで眠れない若き西川徹郎によって、無限に引き裂かれたまま、存在と不在の無惨な〈うめき〉となって暗く表現されている。それは、生きることの鋭く、癒されることのない〈いたみ〉でもあり、端的にいえば〈死〉なのだ。

少年がはばたく岬　白い寝棺　　（『無灯艦隊』）

この世界は、毎夜の不眠のなかで、存在と宇宙のひそかな囁きを聞いた、二十代の埴谷雄高の精神とどこかつながっているのではないだろうか。埴谷雄高は、「構想」に連載した「不合理ゆえに吾信ず」（一九三九年一〇月―一九四一年一二月号）のなかに、次のように記している。

――（悪しきものとして起き、悪しきものとして寝床へ入るものの、その夢の悲しきかな。夜もすがら反転しつつ、神に呵責されるごとく。）

――存在が思惟するときのひそやかな囁きを聞こう。それはそこに自身を見出し得ない呻きではないのか。

身を削られる不眠の夜々、この巨大な宇宙を或る日破壊するであろう或る男の心裡に駆りゆくものは、私をいま駆りやるそのものに違いあるまいと、私はさいなまれるごとくおもいはかつた。

（『埴谷雄高作品集』第二巻）

――生と死と。Pfui!　魔の山の影を眺めよ。　悪意と深淵の間に彷徨いつつ　宇宙のごとく　私語する死霊達」（同前）。私には、生涯、この誤謬の宇宙史と存在の革命、そして未出現宇宙の文学的創出に挑んだ埴谷雄高と極北の詩人・西川徹郎は、その若い日々の孤独な精神の肖像がどこか重なって見えてくる。『無灯艦隊』には、不在性を証しする存在の無惨さと死と西川徹郎の精神の原風景が広がっている――。

第四章　悲しみの峪で―『瞳孔祭』

「空の空　空の空なる哉　都て空なり」からはじまる『旧約聖書』の「伝道の書」には、次のような一節がある。

人は生命の涯暗闇の中に食ふことを為す　また憂愁多かり　疾病身にあり　憤怒あり（第五章一七節）

伝道者の言葉である「伝道の書」の冒頭には、日の下で人が労するすべての労苦は、何の益があるか、世は去り世は来る、しかし地は永遠に変わらず、日は出で没し、風は南に北に吹き、川は海に流れ入り、日の下に新しいものはない、と記されている。

旧約の時代から、古今東西、人が生きるということは、何と苦難に満ちていることだろう。人は、悲しみの峪を生きる……。

号泣やひとりひとりが森に入り（「路上慟哭」、『瞳孔祭』、以下同じ）
青い火の木を抱き締めて慟哭せり（「瞳孔祭」）
眼球も地球も桜三月暗し（同前）
皿運ばれる八ツ手の葉よりも暗い家（「羊水溺死」）
苦しみ居れば天をねずみが走るなり（同前）

この時期、西川徹郎は「号泣」と「慟哭」のなかにあり、春の桜も家も暗く、苦しみと悲しみの峪底の日々を生きている。

年譜によると、『無灯艦隊』を出版した一九七四年に、父の代役として寺務にたずさわるが、それは経験もなく苦心の連続であった。一九七五年三月、父證教死去、正信寺後継のために西本願寺で得度（法名釈徹真）する。一九七六年には笹田久美子と結婚するが、七七年妻は八カ月で女児を死産（「暁美」と命名）、翌年離婚し、浄土真宗本願寺派の安居専修科に入学する。この西川徹郎二七歳から三二歳までは、父の死、寺の後継、死産、離婚と苦しみに満ちた日々を送ることになる。高橋愁は、こう書いている。「西川徹郎のこの五年間は希望と絶望と自立の時でもあった」（同前）。第二句集『瞳孔祭』は、父の死、胎児の死、離婚など、そんな日常生活の悲しみを具体的なテーマにしている。

金鶴泳（キムハギョン）という作家がいる。彼は一九三八年に在日朝鮮人の長男として生まれ、吃音と孤独をテーマとした『凍える口』で太宰治賞を受賞することで作家として出発し、以後『石の道』『鑿』などの作品を発表し、一九八五年正月に四六歳という人生の途上で自殺している。そんな彼の遺作に『土の悲しみ』（『新潮』一九八五年六月号）がある。この中篇小説には、存在の原郷となる国と民族がなく、作品の底には生きることの透明な〈悲しみ〉が静かに流れている。

作品は、李という在日朝鮮人の主人公の大学生が日本人の女子学生をひたすら想い続けることを物語の筋とし、そこには一九二三（大正一二）年、日本に渡った祖父、祖母、一二歳だった父、母、父の弟の叔父など、李家の「家族の肖像」が〈土〉の悲しみとして描かれている。

この主人公の心のなかには、物心ついてからいつも、ある「辛い感情」「疼き」があった。それは、いったいどこからくるのだろうかと自問し、作品のなかではこう書かれている。「ぼくは、暗い家庭に育ちました。冷たい家庭、寂しい家庭などというものではなく、母に対する父の暴力の絶えない、恐ろしい家庭に育ちました。そして、疼きの感情の由来の淵源は、どうやらその辺にあるように、ぼくには思われるのです」と。戦後父は、リアカーを自転車のうしろにつけて、鉄屑や空瓶を集める仕事をし、家族の団欒もなく、父はある感情にとらわれると怒声とともに母を殴打する。いつしか、吃音となった「ぼく」は、毎夜自分を見舞う「疼き」に苦しむ。その不幸の根源には、祖母の死があった。

三一歳の祖母は、祖父と父と叔父の二人の子どもとともに、一九二三年春日本へとやってくる。その二年後、三三歳の祖母は人生に悲嘆し、主人公の郷里の無人踏切で自殺してしまう……。その骨は、踏切近くのどこかに埋められ、行方不明となる。後年、父が墓を作り、祖母の遺骨を納めようと、そのあたりを掘って捜したが見つからず、結局自殺した付近の「土」をひと握り骨壺に入れて墓に納めたのだ。「祖母は、犬のように埋められました。遺骨のありかさえわからなくなってしまった祖母は、人に想われる、つまり愛から最も遠く隔ったところで果てた人でした。遺骨代わりに骨壺に納められた土は、愛から見放された人間の悲しみを、いまも訴え続けているようにぼくには思われてならないのです」。人は、いつも存在の底深くにある〈土〉の悲しみを生きるものだろうか——。

西川徹郎は、『瞳孔祭』のあとがきに、現実生活は苦痛と暗澹に満ちた日常であり、「何はともあれ、日常の中で、激しく揺れつつ変転し、開花することなき無明の思念を『瞳孔祭』一巻に収録した」と書き、以下のように続けている。『瞳孔祭』は、「路上慟哭」「瞳孔祭」「羊水溺死」からなり、「路上慟哭」は実父の死を、「羊水溺死」は死産した女児と離別した妻との家庭生活を、それ以外の作品を「瞳孔祭」に収めた、と。その三編をつらぬいているもの、それが生きることの悲哀なのだ。

『無灯艦隊ノート』には、「父上」と題し、父をテーマとした〈父よ馬よ月に睫毛が生えている〉など五句をかかげ、その「俳景」をこう振り返っている。

「私の父は若い頃に胸を患ってから生涯療養生活を続けていた。最後は腎不全による人工透析を続け、六十一歳で死んでいった。晩年、「わしはもう駄目だ」と言うのが、口癖のようだった。その頃の私はといえば京都の大学をノイローゼで中途退学して新城へ戻り、心身不安定な中に寺務の手伝いをして日を過ごしていた。(中略) 寺でぶらぶらしていたその当時の私は、僧侶の資格も持たないままに療養の住職に代わって門徒の家を廻って経を読み、葬儀や法事の読経や法話を勤め、近隣の寺院の報恩講等の法要にも作法も知らぬまま出勤して廻った。(中略) 父が死ぬ前の年の秋のある日の夕方、他所の寺院の法要から帰ってずたずたに切り裂かれた心を抑えられず、家の中でいきなり暴れたことがある。机をひっくり返す音を聞きつけ床から起き上がって来た寝巻き姿の父が、鎮まった私の傍で日の落ちた薄暗い廊下の壁に向かって一言こう呟いたのである。「この寺、この後どうなるのかな」、私はこの時のこの父の言葉を、生涯忘れることが出来ない。」

西川徹郎は、大学を中退して「故郷」に戻って以来、芦別の地に立つ寺で、満たされない魂の孤独と向き合い、どれほど呻吟したことだろう。この頃、彼はもっとも深い悲しみの峡谷の底にたたずんでいたのではないだろうか。そして、父の病の悪化とともにたずさわってきた寺務は、正式な作法も知らないまま失敗の連続で、心は引き裂かれることが多かったという。だが、一方では二六歳ではじめて住職の代わりに行った盂蘭盆会の法話は、隣室の病床で聴いていた父や門徒を感動させ、また翌年の最初の門徒の通夜の席の法話も参列者の賞讃を受けたのだった。おそらく、彼の法話には実存のいたみと、生きることの悲しみが死を通して透明に響いていたことだろう。

「路上慟哭」には、次のような句がある。

樹上に鬼　歯が泣き濡れる小学校

凩や木となり草となり父は

野が暗くなるまで父を梳きいたり

父無き二月木に跨ったり馬に跨ったり

父の陰茎を抜かんと喘ぐ真昼のくらがり

号泣やひとりひとりが森に入り

〈樹上に鬼　歯が泣き濡れる小学校〉については、高橋愁『わが心の石川啄木』（一九九八年・書肆茜屋）のなかでも取りあげている。この作品は、「深夜の風」「片目の黒猫」「沛然」の三つの短編から構成された、実名の小説である。この小説では、明治末年二七歳の若さで一生を終えた歌人・石川啄木がもし現代に生きていたらと問い、石川と〈わたし〉や西川との俳句、短歌、文学をめぐっての対話が描かれている。『瞳孔祭』は、『無灯艦隊』から大きな飛躍があるという高橋愁は、『わが心の石川啄木』のなかで、『瞳孔祭』について石川啄木と次のような会話をかわしている。〈わたし〉は、西川徹郎の句集を自宅のテーブルの上に積み、訪れた石川啄木が手にとった第二句集『瞳孔祭』について、こう語る。

「西川徹郎という俳人を語るとき、もっとも研究されなければならない句集が『瞳孔祭』だと思う。これほどの告白の俳句はない。西川さんの句集と句集のあいだにきわめて危険な綱渡り的なところがあるけれど、そのことはともかくとして、ことばの実践、ことばの存在、ことばの生活、言葉の自由性、ことばの芸術性などが、この一冊に見事に収録され開花している。次の句集『家族の肖像』の芸術論をたかめるためのステップとしてのことばの理由が『瞳孔祭』に網羅されているんだ」

それに対して、石川啄木はこう応じている。――「『樹上に鬼　歯が泣き濡れる小学校』とはすごいですね。よくわからないけれど、俳句破壊のエネルギーがある。俳句とはなにか、定型とはなにかという問いが充満している。爆発する運動がある。魅力がある。従来の俳句論ではない、なにかがテーマとしてひしめいている」と。これはそのまま、石川啄木への共感をもとにした高橋愁の『瞳孔祭』論ともいえる。また、この句集を「告白の俳句」というならば、西川徹郎の俳句自体が実存的告白の俳句ということもできよう。

『銀河小學校』（二〇〇三年・沖積舎）のあとがきに、西川徹郎はこの書名について、それは実存俳句が反抗的文学であり、反権力の文学であることのひそかな表明であり、権力による生の惨劇の場である「学校」「小学校」に、俳句形式という「剣」をもって立ち向かうのだ、と。石川啄木が評価する『瞳孔祭』の冒頭一句は、「小学校」は、そんな西川徹郎の俳句の遥かなるいたみの原風景なのかもしれない。

「羊水溺死」には、父の死後、一年数カ月で終わりを告げた結婚生活、妻の妊娠中毒症による胎児の死産など、家庭生活の悲嘆が表現されている。

雨のように美し仮面劇観る妻よ
白し美し死者立ちあがる葉陰の家
羊水溺死みている白い葉のプール

胎内墓地行最終バスが揺れるなり
地球が灯っているよ柩のなかの赤ちゃん
棺で帰ってきた児が屋根を這いあがる

これらの句には、死が満ち満ちている。死の前では、私たち人間の生とは、どこまでも〈永遠なる序章〉なのだろうか。戦後派作家でのちにキリスト者となった椎名麟三の初期作品に、『永遠なる序章』（一九四八年・河出書房）という小説がある。冒頭、主人公の貧しい鉄道員・砂川安太は、黄昏のなかで、いまでてきたばかりの古びた病院をふりかえり、こうつぶやく。「まるで大きな墓みたいだ」と。まだ、戦後の廃墟の雰囲気の色濃い街を、彼は駅へと向かう。服装は、機械油のしみついた復員服、左足は義足で、肺と心臓の病気で医者に数カ月の余命を宣告されたばかりである。「今となっては、一切がもう無駄なのだ。歩くということさえ無駄なのだ」。

安太は、駅前の橋までたどりつき欄干にもたれかかると、眼の前は暗く、駅からでてくる人の波はあわただしく彼のうしろを通りすぎていく。水面まで遠い橋の下を眺める。「ふいに自分の傍で、何かの火の粉が、強い風に小さくとび散った。気が付くと、煙草の火なのだ。そして更に気が付くと、すぐ傍に人間がいるのである。若い勤人風の男で、人待顔に駅の方を眺めている。瞬間、安太はひどく感動している。死を宣告されたような今、すぐ傍に人間のいることに気付くことの出来る自分が強く心を打ったのだ」。

彼は一六歳のときに自殺を試み、そのあと電車の車掌、工務員となり二〇歳で志願して入隊し、満州、北部中国を経て、漢口作戦のときには決死隊を志願する。だが、足を負傷しただけで上海に送られ、肺患発症、国内へと送還される。この青年は、死の恐怖から逃れるために自殺未遂をし、戦場では決死隊を自ら希望し、死があるかぎりいっさいが無意味であるという感じとともに生きてきたのである。

その安太は、いま具体的な死に直面している。「三月、すると来年の二月だ。つまり後もう三度給料をもらえば、それで自分はこの世に居ないのだ。すると、再び彼の身体のなかを強い戦慄が通りすぎている。彼は、呆然と石の上に腰を下ろしながらやはり歓喜にあふれている自分が不可解なのである。全くどうして、酔うような強い歓喜が自分を打ちひらくのであろう。（中略）何か自由で、何かその自由が肌寒い」。彼は戦慄とともに、これまで経験のない不可解な「歓喜」と「自由」にさらされている。――まったくわからない、こんな晴れがましい気分は自分にはにあわない、自分のすべきことは死の不当性を訴え、のろいわめくことではないか、あるいは即刻自殺することでは……と繰り返し自問する。「そうだ。自分には何事かが起っているのだ。その時突然ある一条の光が彼の胸にひらめいた」。

存在の闇にさしこんだ「一条の光」は、自然の美しさを愛し、しかも自殺しようとする芥川龍之介『或る旧友に送る手記』の「末期の眼」のように、彼の死に彩られた無意味な日常に、生きることに、戦慄的な自由と歓喜をあたえたのである。以後、彼は一週間、その自由と微笑とともに生活し、人を愛し、労働運動のデモの途上で死にいたるのである。

ある朝、重苦しい眠りから覚めると、彼は戦慄を感じ、それは生きている実感として凱歌のように心を満たしている。安太は、強く何かをはじめなければと思う。

「しかし、一体、何をはじめるのか。それはほかの何ものかである筈があろう。この生活をはじめるのだ。今日一日の生活をはじめるのだ。そして人類は、長い歴史を通じてそうして来たのではなかったか。瞬間、瞬間にはじめ、一日、一日にはじめ、永遠にはじめているのではなかったか。たとえはじめることのなかに滅ぶのが人類の運命であっても。そうなのだ。生活、それ以外に大切なものは何一つありはしないのだ。」

（『椎名麟三全集』第一巻）

死の宣告の七日後のある瞬間、砂川安太は永遠なる序章としての短い生を閉じる。では、無意味と虚無のなかを生きる私たちも、一人ひとりこの砂川安太なのであろうか。そこには、宮沢賢治の『銀河鉄道の夜』の「ほんたうのさいはひ」も、西川徹真の「大いなる慈悲者の願心」も、この罪と絶望を生きる私たちに永遠に無縁なのだろうか。銀河の光と修羅の闇の真実相とは……。偉大な魂と精神は、究極的にはこの実存的な問いへと帰着する。

光は暗黒(くらき)に照る、而して暗黒(くらき)は之を悟らざりき。

（「ヨハネ伝」第一章五節）

西川徹郎の俳句宇宙は、その内部に死をはらみつつ、句集ごとに、銀河の高みに、不在の深みに、その相互のダイナミズムを極めながら、激しく、ときに静かに変転し移ろいゆく――。そこに人生の無限の修羅の相貌を映しだしていくのだ。

「瞳孔祭」には、日常の深淵を垣間見ることができる。

羽透きとおる死馬に群っている蝶の
青い火の木を抱き締めて慟哭せり
暮光の丘磨ぎ夢みる人を磨ぎ殺し
血に濡れし鶏が佛間へ逃げ込むなり
川さかのぼるひとだま渇きはてる喉
眼球も地球も桜三月暗し

（「瞳孔祭」、以下同じ）

『瞳孔祭』では、西川徹郎は人生最大の悲しみの峪を生きている。それは『家族の肖像』へと続いている。

第五章　不在のなかの修羅の幻影――『家族の肖像』

『家族の肖像』の最後には、あとがきに代わって「覚書」が記されている。このなかに、一九八〇年から八三年にかけて、「豈」「粒」「海程」「現代俳句」「俳句研究」などの雑誌やアンソロジーに発表されたものを収めた、この『家族の肖像』の根本的なモティーフについて、次のように表現している。

「これらの作品に多在する不在のイメージと溢れる死者達の声なき言葉は、私という存在の深淵に久しく棲みついていた私の修羅の幻影である。私はこの幻影としての修羅を恐怖し、恐怖というかたちで修羅を見いだす。つまり、これらの作品の内的光景は、眼の劇場に降霊した私という修羅の現象であるとも言い得るのである。すなわち、俳句形式という言語表現の一回生の舞台の上に、私という修羅の幻影が、現象として発光する未知の光景を、私はある傷しさと悍しさを覚えつつ、本書一巻の中に書きとめてきたつもりである。」

（『西川徹郎全句集』）

『家族の肖像』収録句が創作された約三年間は、浄土真宗本願寺派の安居専修科に入学、西本願寺で殿試を受け本願寺派学階「得業」を取得、以降本願寺派安居に大衆として懸席し安居論題会読優秀賞を七年連続受賞、後に学階「輔教」を授与されるなど、親鸞の主著『教行信証』等の真宗の聖教の研鑽に打ちこんでいる。その二五年後、西川徹真は「法燈録 その二」と題した自らが編集発行する『教行信証研究』第二号（二〇〇五年・黎明學舎）「後書に代えて」のなかで、本願寺教団所属の僧侶の大方が、浄土真宗の根本聖典『教行信証』六巻を一遍たりとも読了することなく、「信心」も喪失し、葬儀や追善に明け暮れしていることを批判し、最後にこう記している。「信ヲ喪失シタ迷妄ノ時代ニ、今コソ真実ノ法燈ヲ掲ゲン。願ワクバ我、真宗教学ノ北ノ砦トナラン」。西川徹真の「信心」があってこそ、西川徹郎の俳句宇宙が銀河系現象までとどくのであろう。

一方、覚書にあるように句誌「渦」（一九六〇年創刊）を主宰し、前衛俳句に貢献した赤尾兜子（一九二五-八一）の突然の自死があり、それはさらに修羅の闇を深くしている。「私はかって未だ明けやらぬ精魂の薄暗の中に、この鬼人的天才と出会うべき出会いをはたし、揺曳してやまない精神の曙光とともに訣別の不幸を余儀なくされたのであった。その訣別の日に、一葉の便りが届いたのである。桜の季節を鬱々と悲哀に暮れるという兜子のその言葉は、私の心に狂乱の嵐を誘うものであった」（『家族の肖像』「覚書」）。翌八一年三月一七日、桜の季節に彼は鉄路へ身を投じたという。

『家族の肖像』は、《暗い生誕》のなかに「白い木」「暗い生誕」「羊肉料理人」を、また《楢の木》には「北辺の寺々」「桜の木」「無名の舌」「楢の木」を、《町は白髪》には「夜の階段」「肉体抄」「棕櫚の家」「淡いピアノ」「嵐の桔梗」「肉屋」「霊場ふぶく」を収めている。ここには、すでに不在となった胎児、死児、父が登場し、葬儀人、入水、死馬、屠場、尊属殺し、溺死体、死螢、忌中、柩、棺、縊死、死鹿、脳死、子ごろし、死蟬、横死、霊場など、数多くの死のイメージが氾濫し、修羅の幻影を明滅させている。その幻影に、妹、姉、母が交錯し、暗い家族の肖像をいっそう浮かびあがらせている。

食器持って集まれ脳髄の白い木　（「白い木」、以下同じ）
舞いあがる木はしののめという胎児
さざんかいま網膜剥離です妹よ
朝の木にぶら下っている姉の卵管　（「暗い生誕」）
銀杏銀杏と腸(わた)枯れて死ぬ母なり　（「北辺の寺々」）
楢の木たたく父よ父よと霧が　（「楢の木」）
淡い鴉の肉は冬庭おとうとよ　（「肉屋」）

日本現代詩歌文学館の二〇〇〇年度の常設展のテーマ「家族を問う」に、西川徹郎は「顔裂けて浜昼顔となるよ姉さん　徹郎」の句を掲げ、その説明としてこう記した。「「姉」とは誰か。「姉」とは私に先立ってこの世に生まれ、血まみれとなって死んで行った私自身の異形のエロスの名である。「浜昼顔」は風に吹かれて、生と死の引き裂かれた実存の風景（家族）を映し出すスクリーンとなる」（「銀河系通信」第一九号）。この顔の裂ける姉も、朝の木にぶらさがる姉の卵管も、不在の深淵に映る修羅の幻影なのだ。同じように、食器持って集まる家族も、しののめという胎児も、妹も、母も、死んだ父も、ともに修羅の幻影とともにある不在者の現象、実存の風景、家族の肖像ではないだろうか。

菱川善夫は、「家族論へのアプローチ」（一九八六年一一月・「銀河系つうしん」第七号）のなかで、『家族の肖像』の第一句〈食器持って集まれ脳髄の白い木〉について、次のように書いている。「脳髄を持った白い木にむかって、さあ、食事の時間がきたから、食器を持って集まれ、と作者は号令を掛けているのである。西川の世界では、木も人間と同様に飯を食い、家族の構成員としてその存在が認められている。植物や動物との間にあるべき格差がとりのぞかれているのだが、こういう発想は、人間中心の家族概念を突き崩そうとする狙いなくしてはうまれてこないものだ」と。

そして菱川は、作者は家族の幸福やユートピア、秩序、人間の優位性を崩壊させ、「攻撃的であることが美徳であるような倫理観が、西川の世界には充満し、それが異様なエネルギーとして醗酵しているのだ」と続けている。だが、この世の修羅の幻影を映しだす実存俳句に徹する西川徹郎は、白い木や物が人間と同様に家族の構成員となる水準の句にとどまっているのではなく、「食器」「脳髄」「白い木」が、それぞれ言語の峡谷で相互に断絶しつつ関連し、その谷底に反響する地獄の響きが作品に投影している。それはたんなる家族や秩序の否定、崩壊などではなく、この出現宇宙の家族そのものを不在の闇から照らしだすのである。そこでは、実在は不在に、不在は修羅のリアリティとなってあらわれるのだ。

また高橋愁は、この『家族の肖像』で西川徹郎の「〈家族〉意識」がいっそう強まり、それはなぜ家族なのかという問いにつながっていく、「その本質的なものに遡行する刻の舟である」（『暮色の定型』）と書いている。一方、彼は『家族の肖像』では、「独善的な発想」がめだち、「西川は〈家族〉を想うあまりに自分を見失っているのである」、「『家族の肖像』は西川徹郎を生殺しにしようとしている」とも指摘する。でも、ほんとうにそうだろうか。私には『家族の肖像』からは、銀河系の彼方に不在となった父、女児、さらには本質的な不在性としての〈姉〉などが、修羅の幻影として映しだされている光景が見えてくる。

《暗い生誕》には、次のような句がある。

浴室にまで付きまとう五月の葬儀人　（「白い木」）

自転車に絡まる海藻暗い生誕　（「暗い生誕」）

揺れる芒はおびただしい死馬か山上　（同前）

まひるの浜の浜ひるがおの溺死体　（「羊肉料理人」）

西川徹郎は、「暗い生誕」からはじまるこの世の生に対して、死へ向かって、死をはらみつつ、無数の生の闇を描きだすのである。

人間と人生の悲惨さを知りつくしたキリスト者パスカルは、『パンセ』のなかにこう書いた。「この劇は、ほかの部分ではどんなに美しくても、最後の場面は血みどろなのだ。最後には、頭から土をかぶせられて、それでもう永遠に一巻の終りである」（田辺保訳）。また、パスカル同様に、生きることの地獄的様相を見つくして、最後に死に魅惑され自殺した芥川龍之介は、『侏儒の言葉』に「地獄」と題して、次のように記している。

人生は地獄よりも地獄的である。地獄の与へる苦しみは一定の法則を破つたことはない。たとへば餓鬼道の苦しみは目前の飯を食はうとすれば飯の上に火の燃えるたぐひである。しかし人生の与へる苦しみは不幸にもそれほど単純ではない。目前の飯を食はうとすれば、火の燃えることもあると同時に、又存外楽楽と食ひ得ることもあるのである。のみならず楽楽と食ひ得た後さへ、腸加太児の起ることもあると同時に、又存外楽楽と消化し得ることもあるのである。かう云ふ無法則の世界に順応するのは何びとにも容易に出来るものではない。もし地獄に墜ちたとすれば、わたしは必ず咄嗟の間に餓鬼道の飯も掠め得るであろう。況や針の山や血の池などは二三年其処に住み慣れさへすれば格別跋渉の苦しみを感じないやうになつてしまふ筈である。

（筑摩書房版『芥川龍之介全集』第五巻）

年譜によると、芦別高校で俳句をつくりはじめた頃、西川はとくに好きな作家として、最初に芥川龍之介の名前をあげている。また、屋根裏で夭折した叔父の風呂敷に包まれた何冊かの大学ノートに記された短歌を見つけた一九歳の年、札幌の古書店で『芥川龍之介全集』を購入している。孤独という地獄を生きた芥川は、『西方の人』『続西方の人』で聖書のキリストにひかれながら、〈復活のイエス〉が弟子たちの前にあらわれる、聖書のエマオの旅人に死の直前までひかれたまま、ついに深夜ヴェロナールで永遠の眠りにつく。芥川龍之介が地獄以上に地獄的だといった人生の修羅を、西川徹郎も偉大なる詩人の魂をもって実存俳句で鮮烈に表現したのだ。

屠場の牛の瞳のあけぼのに溺れる　（『羊肉料理人』）

友よ芒の肛門なびく空をみたか　（『北辺の寺々』）

梅咲いて喉を淫らに通う汽車　（『桜の木』）

縊死する隣人草木透きとおり　（「無名の舌」）
家族晩秋毛の生えたマネキンも混じり　（「楢の木」）
町は白髪のよう胎内に桜生え　（「棕櫚の家」）
箪笥からはみだす姉のはらわたも春　（「霊場ふぶく」）

これらの作品は、透明なものと修羅の影を帯びたものが、引き裂かれつつ緊張感みなぎるひとつの「互殺の和」のような宇宙を表出している。「屠場の牛」の瞳に映る「あけぼの」、「肛門」と「空」、「梅」と「淫ら」、「縊死」と「透きとおり」、また「家族」に対する「毛の生えたマネキン」、「白髪」に胎内に生えた「桜」、「姉のはらわた」に「春」などが、相互に生の深淵と存在の秘密の片鱗を伝えている。《楢の木》も、ほぼ同様な句が多い。

畳屋は絡まっている野のはらわた　（「北辺の寺々」）
八月ゆうぐれ町ははらわたで汚れる　（同前）
鳥に食いちぎられる喉青葉の詩人　（「桜の木」）
秋草へころされにゆく淡いゆびたち　（「楢の木」）
倉庫の死体ときどき眼開く晩秋は　（同前）

《町は白髪》には、『瞳孔祭』から引き続き、不在となった父、死児、また不在性として明滅する母、姉など、ともに修羅の幻影としての家族の肖像が描かれている。

倒れる家具は倒れた父であるあやめ草　（「夜の階段」）
あかるくみぞれるしざんの家であるのはら　（同前）
能面ひらくあやめあやめの姉の寺　（「肉体抄」）
おとうとの陰茎霞む木に似て庭に　（同前）
死児抱いて彼柱時計の柱のよう　（「棕櫚の家」）

西川徹郎の俳句宇宙には、このような死者たちの声なき声と、この修羅の出現宇宙を指弾する幻影に満ちている。

埴谷雄高『死霊』全九章には、生命連鎖悪を裁く「亡霊宇宙の法廷」という前代未聞の未出現宇宙を扱う七章「《最後の審判》」という『死霊』最大の山場の一つとして屹立する章がある。この部分は、黙狂といわれる三輪家の兄弟の一人矢場徹吾による内面吐露の物語である。

「——そう、この一見何もない暗黒に向つてまず言つておくべきことが確かにあります」。それまで一言も語らなかった矢場は、こうはっきりとした口調で語りはじめる。それが「全宇宙のすべてへ向つての最後の最後の審判」なのだ。この「亡霊宇宙の法廷」が開廷される場所は、果てのない暗黒につつまれた奥深い場所で、全空間、全時間にただ一つしかない「影の影の影の國」と呼ばれ、無限大に死者をおさめる死の宇宙である。ここでは食物連鎖で死に追いやられたものたちが、次々と自分に死をもたらしたものを指弾する。みじんこは金魚を、またみみずや乾草も自分を食べたものたちを、こうしてどこまでも無限大に連続する連鎖悪を順々と裁いていく。

その法廷は、ついに食物連鎖悪の頂点に立つ人間へと至り、その代表としてイエスが呼びだされる。「おお、イエス。この焼き魚こそは、お前を『復活』させた當の至高のものこそは、はじめのはじめに食われて冷たく蒼白いお前に生氣と温かみをまず與えたこの焼き魚自身だと信じているのだ」。三十数年間の生涯において、神の愛を信じ人々に伝え、十字架で死に、そして新しい生へと復活したイエスは、なぜ食われるものの悲哀を感じとれなかったのか、とその罪を裁かれるのである。

「おお、イエスよ。この宏大な生のなかで、人間だけしか見ず、人間だけしか認めなかつたそのお前こそが、悲哀も、歓喜も、そして、まさに愛そのものも、まつたく無自覺に自ら取り戻しがたく取り違えてしまつたので、お前以後のひとびとの全歴史を無慈悲無自覚の人間の隊列しかそこにないところの略奪殺戮の全歴史としてこれまたまつたく取り戻しがたく取り違えさせてしまうことになつたのだ。つまり、怖ろしい凶悪な生物殺し、絶えざる人間殺しの大歓喜へ向う人類史の大錯誤を、まず無自覚に俺を食つたお前こそがその後のすべての人間にもたらしてしまつたのだ。
（『埴谷雄高全集』第三巻）

愛の欺瞞を問われたイエスの次に、東方の代表として釈迦が法廷に立たされ、涅槃に入る前に食べた「チーナカ豆」によって断罪される――。

「おお、サッカ、お前は、生きとし生けるものを殺してならぬ、と繰返し述べながら、その殺してならぬ生きとし生けるもののなかに、いいかな、他を食わずに、ひたすら食われるだけのこの俺達、お前達の大地の上に緑なす「生の造化主たる生」をこそひたすらもたらした俺達草木を含めていなかつたのだ。（中略）だが、サッカよ、すべての緑の草木が、お前に食べられるのを喜んでいるなどと思つてはならない。お前は憶えていまいが、苦行によつて鍛えられたお前の鋼鐵ほどにも堅い歯と歯の間で俺自身ついに数えきれぬほど幾度も幾度も繰返して強く嚙まれた生の俺、即ち、チーナカ豆こそは、お前を決して許しはしないのだ。（同前）」

生の人イエスと死の人釈迦は、ともに二人が食べて死の不在宇宙にいる魚と豆にその教えの欺瞞を、愛と悟りの誤謬史を質されたのである。

このあと、死んだ母親の胎内で三日間だけ生きていた胎児の亡霊が現われ、生命連鎖の原罪を問いつめる。そして、亡霊宇宙の法廷は、いつしか〈自己存在〉の物語へと転換する。「おお、私とは何か！」「何が私であるのか」……と。さらに、生殖以前の「原始の單細胞」、「虚脱細胞」などが登場し、以下のような地点に到達する。――「光あれといいて、光そこにあれば、すべての惡、その光よりはじまりぬ」。さらに、さまざまな宇宙が語られ、最後にこの特異な亡霊宇宙の法廷は閉じられるのである。

宇宙の奥の奥の暗黒に存在する亡霊宇宙には、この出現宇宙の戦争、病気、自殺など無数の人類史の死者たちと、その満たされざる魂が存在している。そこから、死者たちの声なき言葉が届き、〈私〉に幻影としての修羅を映しだすのだ。

空を亡父芒は琵琶を掻き鳴らす　（「霊場ふぶく」）
浴室にて死児が青葉を掻き毟る　（「暗い生誕」）

第六章　非在の時空に生きる人たち──『死亡の塔』

二〇〇七年一〇月六日から一一月二五日まで、県立神奈川近代文学館で「無限大の宇宙─埴谷雄高『死霊』展」が開催された。それは半世紀以上書きつづけられた『死霊』一章から九章までの作品の展開をたどる構成とともに、埴谷雄高の八七年間の人生を重ねあわせる形で展示されていた。私はこのなかで、『死霊』に関する草稿や書簡等の資料ではなく、般若豊が旧植民地・台湾の尋常小学校二年（七歳頃）のときに、習字の授業で書いたであろう一枚の半紙の文字につよくひかれたのである。その文字は、小学校二年生にしては、しっかりとした筆使いで、こう書かれていた。

生きる死ぬ枯れる

この文章は、小学生・般若豊が自ら選んで書いたものだろうか。私は展示ケースに収められたこの半紙にひきつけられた。私たちはこの出現宇宙に大いなる偶然によって現象し、たった一回だけ「生きる」「死ぬ」「枯れる」のだ。そこには、無数の見えざる「死亡の塔」が立っている……。

西川徹郎は、第四句集『死亡の塔』（一九八六年・海風社）の「覚書」で、この句集は第三句集『家族の肖像』の続篇として位置していると記している。『死亡の塔』には、一四八の句と、一六人の西川徹郎の俳句論が「琹」として収められている。『家族の肖像』を西川徹郎の「最高傑作」「到達点」（『暮色の定型』）であるという高橋愁は、この「琹」と呼ぶ論集は、「あぶない」という一言に集約できるという。「「あぶない」生き方は西川徹郎の持ち味であることはいまさらではない。いや、持ち味というよりも本当は西川徹郎の体液であるといった方がいい。それだけ西川徹郎は「あぶない」生き方をしてきている。自分からすすんで求めているのだ。当然のように西川徹郎の世界には人生を捨てたところがある。捨て身ではなく、自分を殺したところの世界である」。

『暮色の定型』には、この「琹」のなかの宇多喜代子「西川徹郎の俳句」が全文引用されている。この評論は「岸から一斉に沖に向って泳ぎはじめ、ふと気がつくと広い海原には誰もいなくなっていた、という寂然とした孤独感――私自身がしばしば体験する実感である」という文章からはじまり、西川徹郎にとって父、兄、姉、弟など家族は、彼の「深部に棲みついて離れぬ宿業のようなもの」、あるいは「自己そのものとしての仮構の血族」であり、「非在の時空の人たち」であると書いている。それは未出現宇宙に、亡霊宇宙に、銀河宇宙に死に／生きる人たちなのだ。宇多喜代子は、こう書いている。「非在の時空に生きる姉や弟や兄という慕わしきものたちが、西川徹郎の永遠、生死、性、原郷、といったものを表現する役割をもって蘇生してくる」と。

西川徹郎は、「私の家の裏山の鬱蒼と茂った雑木林を、時折、木枯が鳥のように叫んで走り過ぎて行くのが分かる」という書きだしで『死亡の塔』の覚書をはじめ、ここには〈私〉とは何かを問いつめることが自分にとっての俳句表現であり、それは言語を存在に向って尖鋭化させ射抜くことのできる詩型であると記している。また、『死亡の塔』については、「俳句を書くことを通して見出された異相異形の関係性を、私は「死亡の塔」と呼ぶことにしたのである」と書く。この「異相異形の関係性」こそが、父であり、姉、遺児、母、兄、妻、弟なのだ。

『死亡の塔』は、「麦野は鏡」「昨夜の父」「寺町」「春の家」「物置」「兄はかみそり」「自転車」「ゆうれい」「朝顔」「螢」「箒星」「かげろう」「夜の寝台」「草野球」「僧侶」「彼岸花」「梅咲く町」などの見出しのなかに、一句から二〇句程度収められている。これらの句は、ほとんどが〈死〉〈死者〉〈棺〉などで暗く彩られている。

麦野は鏡棺を出て来た少年に

土足で月が二階へ上がる死者を連れ　（「麦野は鏡」、以下同じ）

夕顔ひらく葬列はるばる押入れへ

ああああおと脱腸の死者石原行く　（「昨夜の父」）

寝棺の中の麦秋荒れるくちびる　（「寺町」）

少しずつピアノが腐乱春の家　　（「春の家」）
梅咲く戸口死者と生者が入れ替わる　　（同前）
校葬のおとうと銀河が床下に　　（「兄はかみそり」）

〈麦野は鏡棺を出て来た少年に〉は、『死亡の塔』の冒頭句であり、高橋愁は句自体としてはよくわからないが、みずみずしい「情景句」として受けとめればいいと評している。たしかに、「棺」をでてきた少年と「麦野」の対比は鮮やかであり、ここには死を通して見たこの世界の眩い光の反射がある。また、「月」と「死者」も、「夕顔」と「葬列」も、「腐乱」と「春」、「死者」と「生者」、「銀河」と「床下」なども、それぞれが生／死の引き裂かれた原対照イメージを表現しているのではないか。

少年と棺については、椎名麟三のデビュー作『深夜の酒宴』（「展望」一九四七年二月号）のなかに、きわめて印象的に表現されている部分がある。彼は敗戦後の社会と存在の廃墟のなかで、当時実存主義作家と呼ばれ、人間の「絶望」と「死」から出発したのである。「絶望と死、これが僕の運命なのだ」という主人公は、倉庫を改造した、押し入れも戸棚もなく、昼間でも薄暗い部屋に住んでいる。このアパートには、荷扱い夫の一家をはじめ、貧しく悲惨な人たちが暮らしている。そのなかに、ある少年の死が描かれている。その彼は手足は骨ばかりで、腹だけは異様に膨れ、蒼白い頬は落ち込んで見える。通夜の読経がはじまると、主人公は少年の部屋に行き、それを聞きながらふと、リアカーの音を想い浮かべる。

「そのリアカーはアパートのもので、空気が減っているために一回転する毎に手荒にごとんごとんと揺れるのである。リアカーの上には一番安い棺が載っていて、菰で蔽いかくしてあるのだった。（中略）ごとんごとんと単調な音を立ててリアカーが揺れるたびに、棺のなかの少年は考えるのだ。なんて死とは大儀な厄介なものであろうと。僕はいつの間にか読経のゆるやかなリズムに調子を合せながら、ごとんごとんと憂鬱に口の中で呟いていていた。」　　（『椎名麟三全集』第一巻）

だが、この主人公は世界でもっとも嫌いなものはニヒリストだといい、ニヒリストと正反対のものを求めているとひそかに告白する。彼の死と絶望は、人間の自由を淵源として生まれているのだ。

『死亡の塔』では、生死の分裂、対照は、父、姉、母、弟など、異相異形の関係性として、いっそう存在の裸形を浮かびあがらせるのである。そして、彼ら家族は非在の時空を生き、原〈西川徹郎〉とともにある……。

非在の時空を生きる最初は、父――。

雪降る秋も押入れに父棲んでいる　（「昨夜の父」、以下同じ）
父の肛門へ葬花詰め込むまっぴるま
屋根に届いた野の草父は天を行く
麦畑の麦の根父の毛の根の肉は
父と蓮との夜の手足を折り畳む　（「寺町」）

次は、母――。

食道癌の白浜を行く真昼の母と　（「寺町」）
空の裂け目に母棲む赤い着物着て　（「春の家」）
蓮華は母の性器ならずや蓮花寺　（同前）

姉――。

魚の足がたくさん姉の寺荒らす　（「寺町」）
永遠の姉は菜の花喉開き　（同前）
姉は浜なす海は戸口に立っている　（「物置」、以下同じ）
浜なすの浜へ隠れた姉は荒波
顔裂けて浜昼顔となるよ姉さん
曙の姉のしかばね山茶花は　（「かげろう」）

マネキンに混じって姉も梅咲く町へ　（「梅咲く町」）

兄、弟――。

おとうとを探して野原兄はかみそり　（「兄はかみそり」）
彼岸花火となり家を出たまま兄は　（「彼岸花」）
列柱へ兄紛れ込む彼岸花　（同前）
おとうとを野原の郵便局へ届ける　（「麦野は鏡」）
おとうとを巻きとる蓮の葉は月夜　（「兄はかみそり」）
おとうとの肋骨に刺さる蝶その他　（同前）

そして、妻、遺児については、こう表現する。

妻のゆうれいビルにぶつかる自転車は　（「ゆうれい」）
朝顔は紫紺の鏡妻のまぼろし　（「朝顔」）
馬のからだをまさぐる青葉の遺児と　（同前）

『家族の肖像』から続篇『死亡の塔』までの約二年間に、作品はどのような変化をたどっているのだろうか。高橋秀明「陶酔と自由―俳句定型あるいは西川徹郎に関する覚書」（「銀河系つうしん」第八号）のなかで、『死亡の塔』で西川は表現に幾分ゆとりを見せ、「理念的な自縛から俳句のことばを少しほどきはじめたようなのだ」といい、こうつづけている。

――肉親のなかでも、「姉」「弟」「兄」「母」は次々と姿を消していくが、「父」は存在感を薄めながらも「押入れ」などに潜在し、「妻」は渇望とともに現われる、と。

そして、エピローグではこう結論づけている。「欲望は必ず二つに裂けて激しく逆立し、打ち消し合おうとする。私達は誰もが現実には、その二つに裂けた欲望をあいまいに和合させることで、不可能な願望を形づくり、願望として欲望をとどめることにおいて、欲望の危険性から足早にたち去ろうと努める。おそらく欲望の危険な裂け目にとどまることは、陶酔からも自由の幻影からも見放されて、なおかつそれらの力によって何度も過ちを繰り返すことになるかもしれない不安と同在することなのだ。西川徹郎は、いまその場所にいる、と言ってよい」。また、高橋愁はこういう。「今、たしかに西川徹郎はたちあがろうとしている。今は、である。この、今、に燃えている。『家族の肖像』によって、徹底的に荒廃した〈家族〉より反転して〈家族〉の回復へ歩みはじめたのが『死亡の塔』であるだろう」（同前）と。

西川徹郎は、修羅の幻影を映しだした『家族の肖像』から、非在の時空に生きる家族の「異相異形の関係性」を描いた『死亡の塔』へと、存在と非在、自由と修羅、性と死に引き裂かれた存在宇宙の片鱗をより鮮やかに伝えようとしているように見える。

『死亡の塔』の「覚書」には、次のように記されている。「人間は、本来、類的にしかその存在を証明することができえず、関係性のなかにしかその存在の成立する場所を見出すことのできえぬ生きものであるという自明の事実を知ったのは、少年の季節の如何なる光の中の出来事であったのかは必ずしも定かではないのだが、しかしその関係性のなかに在って、しかもその関係性によって、止めようもなく引き裂かれてゆく自我の意識と痛苦を、その瞬時の光を見た日より今日まで、確かに覚え続けてきたのだということだけは、私は定かに語ることができる」。

吉本隆明のいう「関係の絶対性」、私たちは瞬時といえどもその磁場を離れて生きることはできない。そこには非在の時空を生きる人たちの墓標として、無数の〈死亡の塔〉が立っている。島田雅彦は、『徒然王子』（第一、二部、朝日新聞社、二〇〇八―二〇〇九年）という、ある王子が二二五〇年前の縄文末期から近世までの前世四幕と近未来を遍歴する物語を発表している。ダンテの『神曲』にもつながるこの物語で、憂愁の森に住んでいた王子は、最後に人も、森の木も、生き、枝葉を伸ばし、花を咲かせ、やがて枯れ土へと帰っていくことを深く知ることになる。まさに、七歳の埴谷雄高＝般若豊が習字で書いた「生きる死ぬ枯れる」なのだ。

前世をめぐり終えた王子は、こう語る。

死者は夢の中の人と同じだ。　（第二部）

埴谷雄高も、未出現宇宙と出現宇宙をつなぐ通路としての〈夢〉を強調したように、島田雅彦にとっても〈夢〉は死者とつながり、それは非在宇宙の存在を証しするとともに、死者たちとともに生きることができることを告げている。西川徹郎『死亡の塔』は、そんな非在の時空を生きる人たちの〈いのちの塔〉でもある。八カ月で死産した女児も、六一歳で死んだ父も、この非在の時空を生きている——。

雪降る庭に昨夜の父が立っている　（「昨夜の父」）

また、この間一九歳の年以来所属し、第五回「海程」新人賞を受賞するなど、「「海程」という場所は「粒」と同様に西川徹郎を育てた故郷みたいなところである」（同前）と高橋愁のいう俳句同人誌「海程」が、金子兜太の主宰誌へと移行するのをはげしく批判し、「海程」の退会とともに、「葬送の日の金子兜太—同人誌「海程」の終末をめぐって」（「銀河系つうしん」第七号、一九八六年一一月発行）を発表して「海程」と決別することになる。それは俳句界の状況に対する危機感とともに、「僕自身が俳句を始めた頃は、金子兜太っていうのは、すごく大きな、一つの目標のようなものでした」（坪内稔典との対談「新たな磁場の創造へ向けて」「銀河系つうしん」第一〇号）とまでいう以上、西川徹郎自身この事実は大きな苦しみであったことだろう。

「私は、銀河系つうしん第七号に執筆した「葬送の日の金子兜太」を生涯忘れることはないだろう。」　（『町は白緑』後記）

第七章　銀河系宇宙の単独者—『町は白緑』

西川徹郎は、「今日は、朝から庭先の木蓮が騒いでいる」という一行からはじまる、第五句集『町は白緑』（一九八八年・沖積舎）の後記に、以下のように書いている。

「私が俳句を始めたのは、私の十五の年であったから、今年で丁度、二十五年目に当たっている。この間、決して少なからぬ人々との出会いと別離を繰り返してきた。しかもその大方は、苦痛との出会いであり、あるいは、引き裂かれた忌まわしい訣別であった。私は、この痛苦としかたとえようのない日々の中で俳句を書き続けてきたのである。つまり、そのような私の精神の生活の中で、私の身の丈ほどに積集してしまったものこそが、私の俳句の言葉の根部を部厚く覆ってやまぬものと言って相違ないだろう。今後も、私は私自身の言葉の根部を見据えつつ、何処までも私自身の俳句を書き続けてゆくつもりである。しかし、それにしても、今日、激しい風蝕に晒されているこの詩型が、しんじつに復権を果たすべき領域は、如何なる苦行と苦闘の果に立ち現れるのであろう。私は、この未知なる領野へこそ向けて書き続けてゆきたいと思う。」
（『西川徹郎全句集』）

ここには「海程」と金子兜太と決別し、ひたすら存在と言葉の「根部」を見つめつつ、修羅の闇と銀河の光の交錯を映しだす、俳句革命としての〈実存俳句〉という「未知なる領野」＝「荒野」へと向かう凜とした決意が記されている。西川徹郎は、銀河系宇宙のなかの単独者なのだ。

遠い駅から届いた死体町は白緑　（『町は白緑』）
弟の腸をさぐれば鎌倉が　（『手淫の鏡』）
靴箱のなかの茜が身を照らす　（『靴箱』）
くちびるで秋津殺める妹よ　（『少年』）
抽斗へ銀河落ち込む音立てて　（『天の川』）

『町は白緑』は、『死亡の塔』以後二〇〇〇句からの自選により、冬青社の総合詩歌誌「季刊俳句」第一二号に発表した「町は白緑　書下ろし二百句」を中心にした句集である。『町は白緑』は、『家族の肖像』『死亡の塔』から続く、家族の不在的存在と、生死の屹立的往還が表現されている。その舞台は、「家」「寺」「靴箱」「戸棚」などであり、その具体的なものを通路として、非存在の宇宙と交感するのである。

まずは、「家」と「寺」――。

階段で児を産み足を踏みはずす　（「春の家」、以下同じ）
二階まで迷路は続く春の家

球根も死児もさまよう春の家　（「寺々」）
厠の深い谷間を跨ぐ谿の寺　（同前）
山寺の桔梗に指を食いちぎられる
寺が遠くて婆は女陰を庭先に　（「遠い寺」）

次に、「靴箱」や「抽斗」「戸棚」などの日常生活の空間が、西川徹郎にとってそのまま異世界への通路となる。

靴箱の中のくねった道を墓参する　（「靴箱」）
靴箱に靴哭き狂う野には犀　（同前）
抽斗を出て行く月の出の電車　（「抽斗」）
戸棚より兄現われて焼香す　（「戸棚」）
晴れ着着て姉は戸棚を出て行くなり　（同前）

この『町は白緑』においても、『無灯艦隊』を自費出版してくれたあと一年後に死んだ父、姉、弟、母、妹、兄などの肉親が、鋭く引き裂かれた異形の関係性として表現されている。

ふらふらと草食べている父は山霧　（「山霧」）
棺より逃走して来た父を叱るなり　（「床下」）
まひるまの白髪の姉が抽斗に　（「白髪の姉」）
おとうとと湖底を歩く眼を開き　（「水鏡」）
河岸で打つ電球妹の乳房ほど　（「少年」）
戸棚より兄迷い出て麦野人　（「戸棚」）

西川徹郎は、『町は白緑』を刊行した翌年の一九八九年九月二四日に、北海道立芦別高校で全生徒、全教職員を聴衆に、「青春と文学」（「銀河系つうしん」第一一号）と題した講演を行っている。ここでは、芦別高校時代の三年間、一三、四キロの通学バスのなかや、毎夜未明まで眠れないままに、一万句にもおよぶ俳句を作った〈孤独の日々〉について回想している。――「その不安と苦悩に充ち充ちた世界とは、一言で言って、他者と私との関係性によって切り裂かれた内面的な精神の葛藤の世界であり、或いは、他者の集合としての社会と私との対応・対立によって必然として生じてくるであろう存在の根源的な自立に関わる問題なのであります」。

その他者との関係のなかで、もっとも象徴的なのが「親子」という肉親の関係であり、それについてはこう表現する。「まさしくこのことは、他者の身体の世界の奥深くに、他者の異物として出生した私が、今後は逆に他者を大いなる異物として自覚してゆく血にまみれた過程こそが、私にとって最初の、しかも人と生まれた根源的な苦痛に他なりません」と。

少年期の西川徹郎は、内気で気が弱く、「自閉的な孤独な性格」であり、山羊、鶏、子猫だけが彼の友であり、他者と社会との「葛藤」は、いっそう句作へと駆り立てていったのであろう。芦別高校卒業後の二十代も、大学中退、新城への帰還を経て、未来への不安や他者との関係に傷つき、一人苦しみのなかで悲鳴をあげる日々であった。彼は夜明け前に家をでて、「まるで夜明けの一条の光を探し求めるかのように、ただ死ぬことのみを思いつめながら裏山や野原をただ一人で歩き回っておりました」と、その頃のことを回顧している。彼は内にどうしようもない寂しさをいだき、家のなかで大声をあげては暴れ、その感情の吐け口が人工透析をつづける痩せ細った父親へのやりきれない「暴力」となったのだ。それは「異形の関係性」として、銀河のように渦巻く、激しくも狂おしい孤立感ではなかったか。

父対岸で鵙のごとく夕餉告ぐ　（『定本　無灯艦隊』）
野が暗くなるまで父を梳きいたり　（『瞳孔祭』）
背に父しばり火の雨がふる旅立ち　（同前）

藤沢周は、『町は白緑』論を「迷路」と題し、西川徹郎の「僧衣の袂」にある二つの「迷路」について論じている。藤沢は〈階段で四、五日迷う春の寺〉と〈抽斗へ迷路は続く春の家〉などの句をあげ、前者は「ユークリッド幾何の地平にありながら、その時空を形成している座標を寸断させることによって成立する」「迷路」と、後者はリーマン幾何につながる非ユークリッド的世界であると指摘し、こう結論づけている。「西川徹郎が僧衣の二つの袂をはためかせる時――。それは、既存の二元論的死生観を成立させている体系自体を迷路へと導く時だ。われわれは西川俳句に迷いながら途方もない出口に踊り出ることになる」（『現代俳句文庫５西川徹郎句集』解説、一九九一年・ふらんす堂）と。この「迷路」とは、現実に存在し現象するすべてが、「迷路」（＝異形の関係性）という通路を経由して、非存在的宇宙へと、「途方もない出口」へと通じているのだ。二つの〈迷路〉は、そのままただ一つの〈いのち〉への通路なのかもしれない。生は死を入口にして永遠へと通じ、永遠は絶対の死の暗黒から〈いのち〉を生む……。

歌人工藤博子は、『町は白緑』についてのエッセイ「白緑の光はつかに」（「銀河系つうしん」第一一号）のなかで、「ふと、私は思った。もしかしたら、十字架から降ろされたキリストも／遠い駅から届いた死体……／と言えるのかもしれない」という書きだしで、イエスの死と表裏一体をなす「復活」、その「甦えりの色」としての「白緑」が、ここにわずかに漂っていると記している。『家族の肖像』『死亡の塔』では、家族と肉親の修羅の闇が映しだされ、『町は白緑』においては、「復活」＝「永遠」を淵源とした白緑の色がわずかに漂いでているのかもしれない。闇は光の存在を告げるとともに、光はその闇を照らすのだ。ときには、その事実は修羅の現実へのユーモアやゆるめのように作用するのではないだろうか。

戸袋の霧はきつねと言いふらす　（「山霧」）
まだ死なぬゆえ褌を干す山の家　（「山の家」）
肉親の肉をきつつきつつきに来るか　（「肉親」）
生美人死美人も居て黄水仙　（「黄水仙」）
窓開き黄いろい死者と地平見る　（「地平」）

西川徹郎の俳句宇宙をまとめた『西川徹郎全句集』（二〇〇〇年・沖積舎）の刊行を記念して、五四名の執筆者による西川徹郎論である『星月の惨劇―西川徹郎の世界』（二〇〇二年・茜屋書店）が斎藤冬海によって編集・出版され、そこに西川は「〈火宅〉のパラドックス―〈実存俳句〉の根拠」という評論を書き下ろしている。ここには、反季・反定型・反結社主義を掲げて、ひたすら人間存在の実相を刻んだ〈実存俳句〉をめざして書き続けてきた自らの俳句について、その根拠となる大乗仏教の浄土教の人間観をもとに自己解説をしている。

この宗教と俳句の究極について論じたこの評論からは、次のような存在の事実が伝わってくる。――人間は、どこまでも「生老病死」は避けがたく、その事実を深く見つつ、「過現未の三世」の底をつらぬいて流れる〈永遠のいのち〉（＝絶対の他力）にふれることで、罪悪深重・煩悩具足のまま救済されるのではないか……と。さらに、西川徹郎は実存のパラドックスについて、こう記している。

「しかるに、自らの身を「堕獄必定」「凡愚底下のつみびと」と知った者とは、実に堕ちる身のままに救われた身であり、堕ちるものを落とさぬ無底の大悲に抱かれた身である。故に堕ちる身は落ちぬ身であり、浄土に即生する身である。堕獄必定の身がそのまま往生必定の身となる。まさしくわが身の実存の「火宅」の中に展開されるこの壮大なパラドックスこそ、大乗佛教の究極としての絶対他力の論理であり、一切の人間が救われてゆく必然の道理（すじみち）なのである。

私の俳句は、この浄土教のミダの本願の、絶対他力の大悲の思想に依っており、殊に親鸞が明らかにしたこの「地獄一定すみか」という実存的な極苦の人間観こそ、私が殊更に〈実存俳句〉と呼ぶ根拠にほかならない。」

（『星月の惨劇』）

評論「〈火宅〉のパラドックス」の「六、結びに代えて―生きとし生きるものたち」のなかでは、自分の俳句の対象は、浄土教の経典にある「衆生」（sattva）と関連し、この世界の生きとし生けるもの、山や森、海や川、水や風、月や星などすべてを含んでいるといい、こう書いている。「それ故に、私の俳句が人間実存の闇の深みを書けば書くほどに、読者にはそこに却って一筋の光明を読み取ってほしいという念いが作者としての私の切なる希いであると、ここに声をひそめて書いておく」と。作者のひそかな〈声〉は、西川徹郎の作品宇宙に静かに木霊している――。この〈声〉をどれほどの人が聞きとることができるだろうか。

『無灯艦隊』以降、この〈火宅〉のパラドックスは、『町は白緑』の次の『桔梗祭』から『月光學校』『月山山系』『天女と修羅』『わが植物領』『月夜の遠足』へ、さらに大作『銀河小學校』へと、修羅の闇と銀河の光、そのダイナミックな対照をきわだたせつつ、西川徹郎の俳句宇宙は究極まで深まっていくのである。

『町は白緑』では、銀河系宇宙の単独者の〈孤独〉と〈火宅〉である現世に、表現者西川徹郎自身に、仄かな銀河の光がとどいている。

第八章　桔梗祭と観念の光景―『桔梗祭』

西川徹郎は、『町は白緑』を脱稿して数日後、にわかに「気力の不例の充溢を自覚」（『桔梗祭』後記）すると、新たに一〇〇〇句を書き下ろし、そのうちの一〇〇句を一巻として刊行することを決意したといい、こう続ける。「意気昂揚したその初夏の日より今日晩秋の季節まで凡そ三ケ月間を私は、苦悶しつつ、泥を嘗め地を這うような気持で俳句を書き続けてきたのだった」と。それが第六句集『桔梗祭』（一九八八年・冬青社）である。

暗く喚いて出て行くおまえ桔梗祭
戸口の桔梗くぐれば兄は八つ裂きに
桔梗に混じり見ている母が兄産むを
襖絵の桔梗が屋根を突き破る

（「桔梗祭Ⅰ」、以下同じ）

棺の内部の見えない階段桔梗咲く
空を打つ空のはずれの桔梗祭
妹を捜しに狂院の夏祭
首絞めてと桔梗が手紙書いている
狂院の桔梗祭に逢いに行く

（「桔梗祭Ⅱ」、以下同じ）

高橋愁は、「うつつの楽」（「季刊俳句」第二一号・『暮色の定型』所収）という評論で、『桔梗祭』についてこう論じている。「『桔梗祭』こそ、西川個人が保有するところの意味性であり、それはまた西川が自由とするところの原野のなかの戦場の地である。「おまえ」という他者への言い分が、同時に自分との決別すべき要点であるとするなら、「おまえ」の用途は決して使命ではない。が、しかし、「戸口の桔梗」と「兄」、そして「桔梗」と「母」の関連性とむきあう時、西川はみずからの思索と配分の様式のうえで邂逅することの興奮にみちたりている。その意識した特徴の結果が「襖絵」の句や「棺」の句意を形成しているのだ」。しかも、『桔梗祭』は「貴重な定型句集」であり、そこには俳句とは、創作とは何かを、作者自身が「詰問している句集」である、と。

また、『暮色の定型』の「『桔梗祭』編」には、「シーガル」第一〇号（一九八七年一月）に掲載された座談会「異端の原点」において、以下のような西川の発言も収められている。

「句集では『家族の肖像』の後、最近海風社から第四句集『死亡の塔』が出ました。俳句形式というものが、実は、もっとも鮮烈に言語の虚構性を展く方法であって、重層的に暗喩を構築する言語構造を持つものだという考えが私にはあります。しかもそれは、存在の根源や無底性ともいうべき世界までをも映し出してくれるものだと考えています。この二つの句集では、家族や肉親が盛んに登場します。また、たとえば、家の中に迷路があったり、押入や抽斗の中に肉親が棲んでいたりする句がたくさん収録されています。つまり、私は、存在の内部に幾筋にも巡らされた暗黒の迷路の意味や生の不可解性を俳句の言葉によって照らし出そうとしてきました。例えば、家というのは、考えてみると、常に何かが生死（しょうじ）にさらされている空間ですね。人間がまるで死者と同じように裸形となって横たわる不思議な場所でもある。いわばそれは観念の住所であって、そのような不可視な場所へ俳句形式の虚構性を届けるとどうなるかと考えたわけです。ですから、私の俳句の家族や肉親は、言語の虚構性の鏡が映し出した観念の光景とでも言うべきものだと思います。」

（『暮色の定型』）

この発言に対し、高橋愁は西川が俳句の手の内を見せる必要はなく、俳句形式についての言及に西川徹郎の「特異性」はなく、また「家族」についてもこう述べている。「〈家族〉は西川徹郎の血であり肉である。一生涯、この問題から逃亡は無理だろう。手をかえ品をかえ西川徹郎の〈家族〉は生き続けていくはずだ」（同前）と。だが、西川徹郎のこの家族についての発言は、彼の俳句世界を作者として、わかりやすく伝えようとしているのではないか。彼の俳句は、「押入」や「抽斗」などの具体性を通して存在の深部につながる「暗黒の迷路」を照らしだすとともに、「家」とは「観念の住所」であり、そこに俳句形式の虚構性を対峙させることで、異様な芸術的緊迫感を生んでいるのではないだろうか。西川徹郎の俳句宇宙における家族＝肉親とは、まさに言語の虚構性という「鏡」に映しだされる「観念の光景」＝「修羅の幻影」なのだ。

詩人吉本隆明は、『マタイ福音書』を対象に、原始キリスト教の近親憎悪と、ユダヤの人々、風景などを論じた「マチウ書試論―反逆の倫理」（一九五四―五五年執筆、『吉本隆明全著作集』第四巻所収）のなかで、「人間は、狡猾に秩序をぬってあるきながら、革命思想を信じることもできるし、貧困と不合理な立法をまもることを強いられながら、革命思想を嫌悪することも出来る」と書いたうえで、次のように続けている。――「しかし、人間の情況を決定するのは関係の絶対性だけである。ぼくたちは、この矛盾を断ちきろうとするときだけは、じぶんの発想の底をえぐり出してみる。そのとき、ぼくたちの孤独がある。……」と。

この吉本隆明の〈関係の絶対性〉を、そのまま西川徹郎の〈観念の光景〉や〈異相異形の関係性〉と関連づけることはできないかもしれないが、ともに世界と存在の荒涼たる果ての果てを見つめる孤独のなかで、生きること＝死ぬことの意味を厳しく問うことから生まれた言葉として、どこか相互に響き合っていないだろうか。〈関係性〉とは、親密と憎悪のパラドックスのなかに、無限の振幅をもって両極に引き裂かれたなかにこそ現象する……。そこに生成し消滅する宇宙的光景を、修羅の風景を、明滅する光芒を、西川徹郎は俳句形式の虚構性によって表現しようとしているのだ。〈実存俳句〉とは、そのようなことを意味しているのではないか。

犬小屋の中の弟月の山越え（「犬小屋」）
鶏小屋の朝焼姉は血に濡れる（「鶏小屋」）
冬浜へ喉を突き出す棺の父（「冬浜など」）
戸袋の浦を兄嫁走りつつ（「浦」）
揺れつつ野行く籠の螢を姉という（「螢」）
波打つ麦野突如裸になり妻は（「麦野」）
遠い記憶の菖蒲で妻の眼を包む（「眼」）
妻は野へ夜鳥夜鳥と喚きつつ（「夜鳥」）
蓮池に沈んだ姉を思う山越え（「蓮寺」）
妹は菖蒲で鳥を包み込む（「菖蒲」）
暁の姉の植え換え菖蒲寺（同前）
風上人野へ出て母に突き当たる（「上人」）
棺に寝ていた父が朝から麦畑に（「父」、以下同じ）
毛は木戸にひっかかっているあさの父
萩は厠に立つ父である繃帯して
欄間の鶴が窓を出て行く父死んで（「欄間の鶴」）

『桔梗祭』には、これまでの『家族の肖像』『死亡の塔』ほど家族は頻出していないが、ここにも犬小屋のなかの弟、鶏小屋の姉、棺のなかの父、籠の螢としての姉、野の妻、蓮池に沈んだ姉、野に出ている母、麦畑にいる棺に寝ていた父……などの観念の光景が鮮烈に描かれている。

一方、『銀河鉄道の夜』の冒頭の「銀河のお祭」のように、『桔梗祭』にも銀河が「桔梗祭」のイメージと関連して表現されている――。

馬ガイマ五頭銀河ヲサカノボル　（「馬Ⅰ」）
荒馬ノカラダ銀河ガノリウツル　（同前）
銀河の淵源あるいは野菊と決めかねる　（「野菊」）
子殺しに銀河の紫紺染みわたる　（「稗の花」）

また、闇夜に仄かな銀河の光を映す「螢」や「月」なども句に登場する。

船大工螢に船を焼かれたり　（「螢」）
鯨の胎のなかの月夜を遠く見る　（「月夜」、以下同じ）
月夜ゆえ蘭を戸口で抱き締める
目蓋切り落とした月の書架がある
床下へ潜る夕月空には妻　（「夕月」）
月の寺蓮華は野球をして眠らない　（「蓮寺」）
蓮池に潜り三日月の根を掴む　（同前）

そして、桔梗――。

戦前の蛇が桔梗を食い散らす　（「蛇」）
破れた馬のからだ桔梗が咲いている　（「馬Ⅱ」）

第六句集『桔梗祭』には、「銀河のお祭」を想起する「桔梗祭」と家族という〈観念の光景〉が広がっている。

西川徹郎は、『桔梗祭』の後記にこう記している。――「私は、今夜、遂に本句集の最後の作品を書き終え、集名も『桔梗祭』と定めることができたのである。私は、今、一人茫然として、自らに一夜の祝祭の灯を掲げているのである」と。この後記には、一九八七年九月末日と執筆時期が記されている。その約一年半後の一九八九年四月、西川徹郎は作家の斎藤冬海と結婚し、八月には「月光學校」三〇〇句を、「銀河系句編89」と特集した「銀河系つうしん」第一〇号に、『町は白緑』『桔梗祭』以後として発表するのである。これをもとにした未刊集『月光學校』（『西川徹郎全句集』所収）には、『無灯艦隊』以後、『瞳孔祭』『家族の肖像』『町は白緑』から『桔梗祭』までを画する俳句宇宙に、遥か銀河系の放つ光芒がその輝きを増しているように見える――。

月夜の谷が谷間の寺のなかに在る　（「月夜の谷」）

月の学校きらきらと抽斗の中の性愛　（「月光學校」）

桜明かり土中の父も寝返るか　（「花吹雪」）

第九章　存在を照らす月光―未刊集『月光學校』

おだまきのように肢絡みあう月の学校　（「月光學校」）

西川徹郎は、『無灯艦隊ノート』（一九九八年・蝸牛社）では「小学校」と題したエッセイとともに、『月光學校』にあるこの句を引用している。西川徹郎にとって学校とは、どのようなものだったのだろう。「六、七十軒の集落のはずれに山峡の子供たちが通う山の学校があって、私はその新城小学校に毎日独りで徒歩で通った」。エッセイはこのようにはじまり、小学生の頃の自分自身について、次のように回想している。――小学生の頃、教室のなかには弱い者をいじめる強い生徒に群れるグループや、村の名士の子どもに甘い教師などがいて、彼らに立ち向かった私は、教師から「乱暴者」「粗暴」と決めつけられた。「私はすでに小学生の時、学校という人間を欺く虚偽のシステムに苛立ちを覚えていたのである。なぜ教師だけが有無を言わさず、十三歳に満たない私の頬を撃ち、私を罵倒出来るのか。なぜ教師だけが私の頭蓋を出席簿の硬い縁でいきなり打ち殴る事が許されるのか。殴られながら私はその教師の目を下からじっと睨み続けていた。」

暁を抜け出し白髪の小学校へ　（「白髪の小學校」）

唖唖唖と白髪の小学校へ迷い込む　（同前）

剃刀を振り振り青葉が小学校へ　（「小學校へ」、以下同じ）

男根咥えたまま茜が小学校へ

白髪振り乱し茜が小学校へ

高橋愁は、『暮色の定型』のなかで「風景の距離」と題して、未刊『月光學校』についてふれ、この句集はこれまでの「西川徹郎のカラーより脱皮せんとして、そのカラーをまたひきだし自省している面が新鮮なのだ。いろんな角度からの工夫があり、試みがある。強引な面もある」といい、最後にこう記している。「西川徹郎が生きたという素晴らしいあかるさとあかしだ」。

未刊集『月光學校』（『西川徹郎全句集』所収）は、第一句集『無灯艦隊』から第六句集『桔梗祭』までに対して、ある飛躍があり、同時に存在の底への作品宇宙の深化がある……。

『月光學校』には、「月夜の谷」「月光學校」からはじまり、「花吹雪」「螢火」「山の中」「山頂」「蕎麦明かり」などとならび、ここにはいくつかの〈光〉を感じさせる題名のもとに句が収められている。それ以降、ここに最初に登場する「マネキン」、「螢から雪へ」「松の枝」「月光写真」と続き、「月の回廊」「月見」「月の根」「月狂い」「月の村」「月山」「暁の星」など、〈月光學校〉をイメージする章が頻出し、「冬海」「舌吹雪」や、『月光學校』以降重要なテーマとなる「秋津」などが見出しとなった三〇〇以上の句によって構成されている。

四二歳の頃の未刊集『月光學校』は、西川徹郎の俳句宇宙の一つの転換点を告げていないだろうか。この句集には、月の光が注がれていることと、マネキン、月山、学校、遠足、舌、秋津などが新たに登場し、それとともに「修羅の幻影」や、「異相異形の関係性」、「観念の光景」などと呼ばれてきた、西川俳句の根幹をなす〈家族〉――父、母、兄、姉、弟なども、月光學校の存在の生徒として、月光の仄かな光を浴び、抽斗、押入、階段などとともに新たな相貌で見えてくるのだ。

月の光の仄かな反映――。

花吹雪観る土中の父も身を起こし　（「花吹雪」）

手を擦れば螢火土の中の父さん　（「螢火」）

蕎麦明かり剃刀跨ぐ姉が居て　（「蕎麦明かり」）

月光写真暴れる父が庭先に　　　　　　（「月光写真」、以下同じ）
下駄箱の中の月光を父と呼ぶ
月光る野原いちめん姉が居て
月が出てより父は土中の寺巡り　　　　（「寺巡り」）
抽斗を出て来た父と月見している　　　（「月見」）
月狂いしてききょうききょうと叫ぶはは　（「月狂い」）
萩である麓に棄てて来たははは　　　　（「萩」）
敷居で躓く長兄に萩散っている　　　　（同前）
押入の中の階段降りて行った姉　　　　（「階段」）
弟よ白いタイルの朝の馬　　　　　　　（「弟よ」）
姉さんが届く緋の絨毯に包(くる)まれて　（「姉」）
屋根裏で生まれた兄と凧揚げに　　　　（「兄」）
父はればれ母はれはれと月の頂　　　　（「月の頂」）

すでに死んだ土中の父は、花吹雪を観るために身を起こし、月夜のなか土中で寺巡りをし、抽斗をでてきた父と月見をする。また、押入のなかの階段を姉は降りていき、屋根裏で生まれた兄と凧を揚げる。一方、下駄箱のなかには月光が射し込み、いちめんに姉のいる野原に月が光る。未刊集『月光學校』には、森羅万象存在を照らす月光が仄かに注がれている……。

「マネキン」と題した章には、次のような句がならんでいる。

彼岸花マネキンも姉も棄ててある
山茶花の道で倒れるマネキンは
寺屋根に引っ掛かっている白いマネキン

たとえば峡の箒木マネキン痩せ果てる
マネキンは木曾路を倒れつつ走る
山上のマネキン雪雲となりつつあり
マネキンは、人間の形をした非人間として、存在と風景を引き裂いている。
また、西川徹郎が結婚した妻斎藤冬海の名前と同じ「冬海」という章がある。
抽斗の中の冬海　流れてゆく学校
岬のはずれの郵便局へ冬海と走る
冬海と走る遠い斜塔を考えつつ
箪笥の中の冬海下着として眠る
冬海と冬の運河が突如起ち上がる
野寺にて冬海を夢の果てに見る
西川徹郎の俳句宇宙に、「冬海」は新たな観念の光景＝関係性を構成し、この修羅の現実に、月光とともに一つの光を点じていないだろうか。さらに、『月光學校』には『天女と修羅』『わが植物領』などでは多用される片仮名混じりの「秋津」という章がある。
眼ニ刺サッタ山ノ秋津ヲ抜イテ下サイ
弟ハ山ノ秋津ニ食ベラレテ
秋津ヨリ死産シザント囁カレ
マラソンヲ秋津ハ一人ズツ食ベル
彼岸マデ秋津ハ肉ヲ咥エツツ
カゲロウガハバタキ崩レユク寺院
寺山ノ盗掘秋津ノ眼ノ中ヲ

山ノ秋津海ノ秋津ノ叫ビカナ

山ノ秋津ノ影ガ老人ヲ包ミ込ム

町ガ遠クテ郵便局ノ中ジュウ秋津

「秋津」は、『月光學校』、第八句集『月山山系』以降、俳句宇宙に鮮烈に、幻想的に飛び交う対象となっていく。『無灯艦隊ノート』には、〈眼ニ刺サッタ山ノ秋津ヲ抜イテ下サイ〉という句とともに、「秋津」についてのエッセイが記されている。――無数の秋津が新城の山峡を飛び交う。「満月の夜は殊更に幻想的な思いを掻き立たせてくれる。月の光を浴びて蘇生したかのように飛び回る秋津たちの美しさはこの世のものとはどうしても思えない。果たして彼らは燦燦と降り注ぐ月の光を真昼の日の光と過ちて飛び交うのであろうか。あるいは満月の余りに青々とした怪しい光に誘われて飛び交うのであろうか」。

『銀河鉄道の夜』には、「七、北十字とプリオシン海岸」という美しい章がある。カムパネルラとジョバンニを乗せて銀河系を走る〈銀河鉄道〉の車窓から、銀河の河床の上を流れる水、そこに青白く後光の差した一つの島、その頂に立つ白い十字架……などが見えては消えていく。二人は、「もうぢき白鳥の停車場だねえ。」「ああ、十一時かっきりには着くんだよ。」と、会話を交わす。二〇分停車。二人は降りると、小さな広場にでて、そこからまっすぐに広い道が銀河の青光りのなかを通っている。二人は、汽車から見えたきれいな河原に着く。

「カムパネルラは、そのきれいな砂を一つまみ、掌にひろげ、指できしきしさせながら、夢のやうに云ってゐるのでした。

「この砂はみんな水晶だ。中で小さな火が燃えてゐる。」

「さうだ。」どこでぼくは、そんなことを習ったらうと思ひながら、ジョバンニもぼんやり答へてゐました。

河原の礫(こいし)は、みんなすきとほって、たしかに水晶や黄玉や、またくしゃくしゃの皺曲(しうきょく)をあらはしたのや、また稜から霧のやうな青広い光を出す鋼玉やらでした。ジョバンニは、走ってその渚(なぎさ)に行って、水に手をひたしました。けれどもあやしいその銀河の水は、水素よりももっとすきとほってゐたのです。それでもたしかに流れてゐたことは、二人の手首の、水にひたったとこが、少し水銀いろに浮いたやうに見え、その手首にぶっつかってできた波は、うつくしい燐光をあげて、ちらちらと燃えるやうに見えたのでもわかりました。（同前）」

西川徹郎の未刊『月光學校』で、夜月光を浴びて飛び交う秋津には、このような〈銀河鉄道〉の走る銀河系から届く無数の〈死〉が交感し発光している――。

第八句集『月山山系』には、次のような秋津の句がある。

秋津の国の月光を浴び甦る　（「秋津の国」）

第十章　存在内部の光景――『月山山系』

第八句集『月山山系』（一九九二年・書肆茜屋）には、未刊集『月光學校』以後の作品を収めている。西川徹郎は、『月山山系』の後書に、こう記している。「『月山山系』という命名は、近年、私を魅了して止むことのない極北の月光の幻想譚とともに、生と死と性の織り成す存在の内部の光景を意識的な連作によって書き切ろうとしたことに由っている」と。ここにはどのような生と死と性の現象学＝存在内部の光景が見えてくるのだろうか。それは人間の存在の由来へとつながっている。人は、なぜ、この世に生れてくるのだろうか。

劇作家三好十郎には、この存在内部の光景、生と死をめぐる存在のドラマを描いた『胎内』（「中央公論」一九四九年四―五月号）という戯曲がある。この作品は、戦争中に掘られた暗い大きな穴を舞台に、この穴を掘らされた復員兵の佐山、闇ブローカーの花岡、その愛人・村子の三人は、偶然にも入り口が地震によって塞がれ、数日後には死ぬ運命のなかにある。死の恐怖のなかで、世俗では悪のかぎりを尽くした花岡と、日々虚無に身を任せてきた佐山は、次のような会話を交わすのである。

「花岡　食いものは、もうないんだぜ。ロウソクも、もうあと三本――第一、イキをする空気が、いつまで続くか――すると、十が十、おれたちの運は――

佐山の声　……きまっている。いいじゃないか、それで。誰がきまっていないんだ?……どこにいたって、一人のこらず、しまいにゃ、死ぬんだ。……きまっている。……三十年生きておれるんだったら、三日生きておれん法はない。……人間は苦しむために生まれて来たんだ。」（『現代日本文學大系』第五八巻）

この暗い壕のなかで、三人はそれぞれこれまでの自分の人生と向き合い、次々と人生への疑問がわきあがる。——これまでの三〇年とあと数日とどう違うのか、死とは、それからどこへ行くのか。村子は、独り言のようにこういう。「どうして生まれて来るんだろう?」「どういうわけで——なんのために——」。また、そんな村子に佐山は、四、五日で死ぬのも、三〇、四〇年後の死も同じではないかとも語る。——「おそかれ早かれ……それがハッキリわかっていて、それを知っているくせに、どうして生きておれるんだろう?死?　シ?　腐るんだ、その瞬間から。死。シ、し。……」と。

だが、この生死のドラマの展開のなかで、死を前にした佐山は「人間はいいもんだ。美しい」という存在の事実に逢着し、この死に閉ざされた暗い洞穴は、永遠のいのちの生まれる〈胎内〉へと変貌するのだ。——「人間は、死にはしない。人間にゃ、後光がさしてるぞ。いつまでだって、生きて、栄える。……それが人間だ。……好きだ、俺あ。愛する、俺あ。どんな、どんなヘンテコな、下等な、愚劣なことをしたって、人間!愛するよ俺あ!」

西川徹郎にとっては、この暗い穴と人間の織り成すドラマは修羅の現実の闇であり、それはそのまま銀河の光に満ちた胎内なのだ。銀河の光が強まるほどに、修羅の闇はその惨劇の表現を増していく。そこに西川徹郎の俳句宇宙のもっとも深い謎がある——。

抽斗の中の緑の星座を覗き見る　（『星座』）

石棺を掃く人箒星を摑み　（『箒星』）

月夜ゆえ死者の枕を売りに出す　（『月の間』）

秋津の国の月光浴で溺れ死ぬ　（「秋津の国」）
月夜ゆえ火葬場の中じゅう秋津　（「月夜ゆえ」）
月夜ゆえ死につつ生きる秋津です　（同前）
鏡屋を二軒通って月の渓　（「月の渓」）

『月山山系』刊行の一カ月前に発行された「銀河系つうしん」第一三号（一九九二年七月）の六月一三日付「黎明通信」の最後には、西川徹郎の近況として次のように記されている。――「エルムケップの残雪がしらじらとした光を届けてくれる早春四月から三カ月、私は、旭川・北空知・南空知の真宗寺院四十八ヶ寺を布教の為に巡り続けている。（中略）暗くなって帰舎して、飯を食い、夜は聖典を開き、或いは狂気のように句を書き過ごし、やがて裏山の朝の鳥の囀きの雨を全身に浴びつつ床に入るのだ。少し眠ってから風呂を浴び、再び車を走らせ、布教の旅に出る。これが、私の修羅の日常だ。……」。

宗教者西川徹真と俳人西川徹郎、銀河の光と修羅の闇、三好十郎の描いた死の洞窟と生の胎内――これが西川徹郎にとっての修羅の日常であり、そこから銀河系俳句宇宙が生まれるのである。「私は私の修羅を何処までもこの異形の詩形式をもって書き続けてゆくつもりだ」（同前）。

第八句集の冒頭に置かれているのは、月光の幻想譚と修羅を重ねた「月山山系」――。

抽斗の中の月山山系へ行きて帰らず
わあわあと月山越える喉の肉
野道で死んでいる月山を喉に入れ
陰唇も桔梗も月山越えて行くか
オルガンを月山へ当て打ち壊す
蓮の葉より月山山系へ足懸ける

抽斗という宇宙空間にある月山山系、野道に死んでいる月山を喉に、また陰唇と桔梗がともに月山を越えていく……。宇多喜代子は、『月山山系』を評して、「不吉で悲しい出来事は、何故かすべて抽斗のような密室空間で起こるのである」（「密室的仕掛けの句集」「銀河系つうしん」第一四号）といい、「生きることと死ぬことの間に生じるもろもろのことは、ついに燦々たる日光ときらきらする風に遭うことなく苦痛の表情のまま、まるで苦痛が歓喜であるかのような倒錯の中で妙にいきいきとしてくるのである」（同前）と書いている。このことも、西川徹郎の俳句の秘めた存在の根源的なパラドックスとつながっているのだろう。

『月山山系』の刊行と同時期、現代俳句文庫5『西川徹郎句集』（一九九二年八月・ふらんす堂）が発行され、ここには『無灯艦隊』から『月光學校』『月山山系』までの句集から選ばれた句と、芭蕉論、エッセイが収録されている。この『西川徹郎句集』の書評として、遠藤若狭男は「黙示としての俳句」（「銀河系つうしん」第一四号）と題して、以下のように批評している。――『無灯艦隊』以来、西川徹郎の俳句の世界は「どの作品にも生と死のはざまでゆらめく心象が疼きとともに現出している」。それはどのような猥雑な光景を描いても、どこか美しく澄んでいる。「水晶の透明すぎるかなしみ、そしてそこに一条はしる疵のかなしみ、いうならば西川徹郎の作品には、そうしたものが底流していて、それが一人よがりの狭隘な世界に終わらせないのにちがいない」。そして、この句集には性的光景、生と死の光景が混じり合ってカオスとして存在し、「私とは何か」という永遠なる問いを乱反射させている、と。

畢竟、西川徹郎の俳句宇宙＝「異形の詩形式」は、〈私とは何か〉へといきつき、それは存在内部の死と生の織り成す光景として現出する――。

姉さんの遺書抽斗の中の萩月夜　（「遺書」）

多螢という僧来て遺書を書き足すなり　（同前）

マネキンも姉も縊死して萩月夜　（「萩Ⅰ」、以下同じ）

マネキンの瞳も燦燦と萩月夜

マネキン解体して萩原を夢に見る
萩模様の棺を出て来た母が野に
棺をはみだす萩姉さんは咲き乱れ
ここでは悲しくも美しい死の光景を、静かに月光が照らしているのではないか。そのことで、死はいつしか永遠の光芒のなかに闇を透過して見えてくる。だが、死は続く――。

黄金の影絵浦行く葬列は　（「影絵」）
義父と訣れて来て死蟬を樹より剥ぐ　（「死蟬」）
少女柊鞠はさんざん蹴られ死ぬ　（「柊Ⅰ」）
キャベツ渦巻く畑少年死に急ぐ　（「キャベツ」）
麦刈りの手つきで死者を刈り尽くす　（「麦刈り」）
桃の木は町へ出て行く死者として　（「桃の木」）

「月の間」と題した章では、死はやはり月光のなかにある。

月の間は死髪胎髪戦ぎつつ
月の間へはればれ死者を送り込む
月の間の死者の褌戦ぎつつ
月の間にて綿を詰め込む鷲の喉
寝返りしつつ月の間の死者外を見る

一方、死と月光との関係からか、死もどこかユーモアをたたえている句も目立つ。ここにも、存在の絶対的救済を背景にした生と死と性の織り成す一光景を見ることができる。

月夜ゆえ畳屋に喪服のたたみ方習う　（「畳屋」）
姉さんをたたみ損ねる月の畳屋　（同前）

月が無数にあって鏡屋は死に損ねる　（「鏡屋」）

東雲のように戦ぐ父さんに草生えて　（「草」）

鹿のように毛野で喪服に着替えする　（「毛野で」）

西川徹郎は、宗教者西川徹真として、「教行信証研究」創刊号（二〇〇一年一月・黎明學舎）に、「末法思想の現在的意義―『正像末和讃』の研究、序説」（「龍谷教学」第三五号初出）という論文を掲載している。この論文の冒頭、末法思想が覆った鎌倉時代は、「多くの仏教徒は虚無主義とペシミズムの虜となり自己の立場を迷失するに至った」と書き、この末法思想の超克を視野に、『正像末和讃』研究の序論として、末法思想の現在的意義について論じている。

この論文の「四、『教行信証』における高祖の末法思想」のなかで、涅槃経の「譬えば月の光能く一切の優鉢羅華をして開敷し鮮明なら令むるが如し。月愛三昧も亦復是の如し、能く衆生をして善心開敷せ令む、この故に名づけて月愛三昧と為す。大王、譬えば月の光能く一切路を行之人心に歓喜を生ぜ令むが如し。月愛三昧も亦復是の如し。……」を引用し、月光の人の疑惑をはらい歓喜を生ずるはたらきが「月愛三昧」であるとい い、続けて以下のように解釈を加えている。

「月輪は日中にあってはその存在を露にすることはないが、夕刻になるに従ってその輪郭を現わし、夜闇の深みゆくに従って徐々に輝きを増す。つまり、月輪は夜闇の深みに従ってその輝きを増すのであり、燈明もまた月輪とまったく同一の道理である。即ち、弥陀の本願が在世正法の時の衆生よりも像法時の衆生を、像法時よりも末法時の衆生を、末法時よりも法滅の時の衆生を対機と為す智慧の光輪であることを喩顕するのである。」　（「教行信証研究」創刊号）

西川徹郎には、西川徹真のこの宗教観、人間観、存在論があって、それが一挙に詩人西川徹郎の詩精神をもって銀河系俳句宇宙へと飛躍し、修羅の闇と銀河の光が燦然と交差し、存在宇宙における生と死と性の鮮烈な光景となって現出、明滅するのである。そこでは、夜明けを告げる「東雲（しののめ）」がすでに死者となった父を照らし、新城峠に乱舞した無数の「秋津」（蜻蛉）が抽斗に迷い込み、郵便局を襲い、経を読む――。

佛壇の中の東雲を少しずつ食べる　（「東雲Ｉ」、以下同じ）
佛具屋の中の東雲が暴れている
鶏として東雲が倒れている
抽斗の中の東雲を父と思い込む
東雲を椀に盛り亡き父へ供える
東雲ヲ棺ニ詰メ込ム仕度ヲセヨ
東雲ヲ洗面器ニ採リ唄イ出ス
東雲の自転車勅使を振り落とす　（「東雲Ⅱ」）
抽斗の中の秋津の国へ迷い込む　（「秋津の国」、以下同じ）
秋津の国の秋津が郵便局襲う
秋津の国の秋津を葬儀の栞とす
秋津の国の秋津が経を読み耽る
月が出て秋津たちまち死へ急ぐ
秋津しきりに月光の棺運びおり
秋津の血を絞り月山山系へ　（「秋津Ｉ」）
死んだまま空を流されている秋津　（「秋津Ⅱ」）

この『月山山系』に繰り広げられる光景は、〈月夜ゆえ〉の存在世界なのであろう。

月夜ゆえ秋津の国へ死にに行く　（「月夜ゆえ」、以下同じ）
月夜ゆえ寺の中じゅう秋津です
月夜ゆえ学校の中じゅう秋津です

月夜ゆえ病院の中じゅう秋津です
月夜ゆえ駅の中じゅう秋津です
月夜ゆえ厠の中じゅう秋津です
月夜ゆえ抽斗の中じゅう秋津です
月夜ゆえ押入れの中じゅう秋津です
月夜ゆえ子宮の中さえ秋津です
月夜ゆえ陰唇さえも秋津です
月夜ゆえ顔に刺さっている秋津
月夜ゆえハーモニカを吹く秋津
月夜ゆえ木魚を叩く秋津さえ
月夜ゆえ読経み狂う秋津さえ
月夜ゆえ和尚の夢の端翔ぶ秋津
月夜ゆえ霊柩バスの中じゅう秋津
月夜ゆえ死につつ生きる秋津です
月夜ゆえ秋津十字架になりすます
月夜ゆえ秋津墓標になりすます

〈月夜ゆえ〉、人は生き、苦悩し、秋津は飛び、舞い、すべての生あるものは死にいたる……。しかし、〈月夜ゆえ〉、その実存は、修羅の現世は、そのまま救済のなかにあるのではないか。月輪は、闇夜の深まりにしたがってその輝きを増すのだ。

西川徹真は、「末法思想の現在的意義」の最後に、次のように記している。「過去なる久遠の佛の悲願と永劫の未来とが交叉する一瞬の場が今現在臨終の我が身である。故に宗教的実存たる今現在臨終はそのまま刻々と佛の悲願のはたらく未来に接続し続けている。……」と。西川徹郎の〈実存俳句〉とは、もっとも深い意味ではこのような宗教観とつながっていないだろうか。

『月山山系』には、そんな存在内部の光景が広がっている――。

第十一章　天女と秋津と修羅の光景――『天女と修羅』

『天女と修羅』（一九九七年・沖積舎）は、『月山山系』の五年後に刊行した第九句集である。そこには一九九三年仲秋から翌年初夏までの七カ月間に書いた二〇〇〇句から一一四五句を収め、『桔梗祭』以降二冊目の書き下ろし句集である。『天女と修羅』の後書によると、この句集の題名は、浄土教の経典や親鸞の『教行信証』に引用された『盂蘭盆経新記』の「神は謂く鬼神なり、惣て四趣、天・修・鬼・獄に収むと。」に依っているといい、こうつづけている。「天上と極苦界の狭間を往来し続けて来た無明の存在者である私が、独り〈実存俳句〉の旗を掲げて果て知らぬ苦患のわが身の実存の沢へ分け入り、遂に無底の悲心の谷に到ったのである。従って、本書は〈実存俳句〉の思想を永く主張し続けて来た私の実存俳句実践の書であり、わが実存俳句集であり、近現代の俳句文学史に挑戦するわが俳句革命の書であることをここに宣言するものである」。

親鸞『教行信証』（金子大栄校訂）の「正しく眞實の宗教に歸入すべき實際上の過程を彰わすものである」という「化身土巻」には、後書同様に次のような表記がある。――「大智律師（だいちりつし）のいはく、神（じん）はいはく鬼神（くゐじん）なり。すべて四趣（ししゅ）、天修（てんしゅ）、鬼獄（くゐごく）におさむ」と。実存の底深くに、苦難とともに分け入り「悲心の谷」に到った西川徹郎は、この「四悪趣」に満ちた現世の修羅を、たった一七文字の俳句形式をもって、一人どのように挑もうとしているのだろうか。

また、西川徹郎は『天女と修羅』を書き下ろした翌一九九五年六月四日、北海道文学懇話会主催の講演会で、「俳句の根拠―何故俳句でなければならぬのか」と題した、この後書ともつながる講演を札幌で行っている。彼はここで、俳句という定型詩を書く行為の意味について、芭蕉、親鸞などにもふれながら、近代俳句、俳句の革新運動、結社主義など俳句形式の死の病に言及し、自らの句も紹介しながら、〈絶句〉としての〈実存俳句〉について、次のように語っている。

「短歌が自問自答の谷間の異空間を形成する形式であるとすれば、そこでは必ず既になにものかの物語りが成就し、既に一つの世界が完結していることになります。それに対して、問いのみあって応答を抹殺された俳句の言葉とは、未完のままに未知の世界へ投げ出された不安の言葉であって、未開の野へ見開かれた実存の〈眼〉が俳句にほかなりません。この不安と恐怖と絶望の実存の〈眼〉に映し出された忌まわしくも悲惨な悲・喜劇の光景のみが俳句にとっての唯一の〈世界〉と言い得るのであります。」(「銀河系つうしん」第一六号)

この修羅を見つめる〈眼〉としての俳句、そこに映しだされる「悲惨な悲・喜劇の光景」が俳句にとって「世界」なのである。そんな修羅の世界を引き裂く『天女と修羅』ではじめて登場する〈天女〉とは、だれか――。

春ノ寺天女モ梅ノ毒ニ死ヌ　(「春ノ寺」)

鶯モ天女モ死衣靡カセテ　(「天女」、以下同じ)

天女死ヌ箒ノヨウニ靡キツツ

天女ラモ死ニツツアルカ飛ブ箒

飛ブ箒天人モ死ニ急グラン

時鳥天女モ腐リツツアラム　(「時鳥」)

白桔梗ニ打タレミルミル天女死ヌ　(「天人天女」、以下同じ)

天人天女羽根抜ケ落チテ狂イ死ヌ
引キ裂カレ天女稗田デ死ンデイル
朴ノ花天女モ棺ニ容レラレテ
青蛇ヲ呑ミツツ天女息絶エル
寺寺ノ天女ノ死体菖蒲咲ク

ここでは、浄土を羽衣とともに秋津のように飛ぶ〈天女〉は、ことごとく死の影を帯び、「春ノ寺」では「梅ノ毒」で死に、「天女」では鶩と同じように「死衣」を靡かせ、「飛ブ箒」とともに死に急ぐ。また、「白桔梗」に打たれた〈天女〉は死に、引き裂かれた〈天女〉は稗田で死んでおり、「朴ノ花」と〈天女〉はいっしょに棺に入れられ、その死体に花が咲く。この修羅の世界は、そのまま浄土となり、「極苦界」と「天上」の狭間で〈天女〉は死に急ぐ……。そして、西川徹郎は「悲心」の谷を生きるのだ。

いつしか、〈天女〉は秋津となり、春の寺を、峠の寺を、「緑夜ユエ」飛び交い、ときに抽斗に、佛壇に潜り、自転車を漕ぎ、「死者ノ書」を読み、「風ノ晩餐」に加わる。それほどまでも、永劫の果てからの銀河の光は強く鮮明に、この修羅を、現世を、苦界を映しだし、〈天女〉は天上と地獄を引き裂きつつ、自らの死をもってその二つをつなげようとしている。そこには、新城峠に乱舞する秋津のように、残光のなかで死すべき運命を生きることの悲哀が流れている――。

緑夜緑ノ天女ガ路地ニ立ッテイル
緑夜ノ天女佛壇ノ抽斗ニ潜リ込ム
緑夜ユエ天女モ自転車漕イデイル
緑夜ユエ天女モ「死者ノ書」読ンデイル
天女ノ死体緑夜ノ寺ノ屋根裏ニ
（「緑夜」、以下同じ）

風ノ晩餐少シ淋シゲニ天女モ混ジリ
（「風ノ晩餐」）

峠の寺の鏡の中の月ふる峠
峠の寺の墓石に映る月ふる峠
峠の寺の抽斗に溢れる月ふる峠
峠の寺の秋津の羽根の月ふる峠
峠の寺の婆の乳房の月ふる峠
峠の寺の坊さんの男根月ふる峠
（「月ふる峠」、以下同じ）

『天女と修羅』には、天人天女だけでなく「夜叉」もいる――。

野ヲ渡ル夜叉嫁入リ道具ニナリスマシ
心経開ク杉ノ木ノテッペンノ夜叉
山系ヲ翔ビツツ夜叉ハ朱鷺トナル
蝙蝠ト夜叉翔ビ交ワス身ノマワリ
夕三日月蜻蛉ト夜叉ガロ淫ス
燦燦ト芙蓉峠ニ夜叉ガ起ツ
（「夜叉燦燦」、以下同じ）
（「芙蓉」）

高橋愁は、「地上の戦場―西川徹郎句集『天女と修羅』の位置と周辺」（「銀河系つうしん」第一七号）の最後の部分を、こう締めくくっている。「秋津は「天女」であろうか。秋津は「天女」の羽衣であろうか。西川徹郎の鮮明なる自由意志は固有の「天上」と「極苦界」の中層に存在する地上界の現地をものがたっていよう」と。また、雨宮慶子は、「幻夢交換とファルスの磁場―「天女と修羅」への漸進的アプローチ」（同前）のなかで、この片仮名表記の第九句集は、「死を身のうちに隠した天女のおもいおもい衣擦れ」の幻聴などが聞こえ、〈天女〉については、「頻出する天女とは、私には月夜の秋津のイマジネール、成虫（心像）であり、はかなさと世の掟を超えた強靭な、うつくしい性を持った死生物に思われる」と表現している。ともに天女＝秋津のイメージでとらえている。

西川徹郎は、『天女と修羅』の後書に、『無灯艦隊ノート』のエッセイ「秋津その１」とほぼ同じ内容のことを、以下のように記している。――芦別市新城は、上川郡と空知郡の境界に位置し、北の石狩川、南の空知川に挟まれた山峡の村である。その最北端に新城峠があり、新緑の頃には遥か南東の彼方に大雪山系が白銀とともに見える。秋には、無数の秋津が透明な羽根をふるわせて飛び交う――。「峠の頂上に立つ時、私の身体にすれすれに往き交う彼らの肢体が月の光に驚くほどにくきやかに見えてその余りの美しさに言葉を失う。そればかりではない。両耳をそば立て聴き澄ますならば、忽ち月の光を浴びて羽ばたく村じゅうの無数の秋津たちの羽擦れの音が余りに鮮明に聞こえて来てわが耳を疑うのである。」

死を前に無数の秋津が飛び交う「秋ノクレ」には、「石ノ地蔵」も、「天女」「天人」も、「狐」も、「夜叉」も、「銀ノ蜻蛉」も、「死児」も……美しくも怖ろしい光景を幻出する。

石ノ地蔵モ縄跳ビ二混ジリ秋ノクレ　（「秋ノ暮」、以下同じ）
鞠突キニ天女モ混ジリ秋ノクレ
野上ノ宴ニ狐モ混ジリ秋ノクレ
天人ノ棺桶五ツ秋ノクレ
秋ノクレ天女ノ胎モ透キ通ル
夜叉ガ来テ尼三人ヲ裂ク秋ノクレ
銀ノ蜻蛉ガ顔顰メ飛ブ秋ノクレ
秋ノクレ舌ガ柩車ヲ挽イテ行ク
死児モ草木モ犬猫モ秋ノクレト叫ブ
葬列ガ木ノテッペンヲ行ク秋ノクレ

斎藤冬海は、西川徹郎の俳句宇宙において、この「秋ノクレ」に注目し、「「秋ノクレ」論―西川文学の拓く世界」（『星月の惨劇』）という長文の論文を発表し、「反季・反定型・反結社主義」を掲げる〈実存俳句〉について本格的に論じている。なかでも、斎藤冬海は西川自身が後書で、「実存俳句実践の書」にして「俳句革命の書」であると宣言した『天女と修羅』の「秋の暮」（秋ノクレ）と題した二四九句こそ、その文学的、思想的な意義が大きいと指摘し、こうつづけている。「何故なら、わざわざ「暮」という漢字を片仮名の「クレ」に開いた「秋ノクレ」とは、季語を装いつつ実は、季語に奪われていた人間の内部の声を奪回し、人間存在の真実の在り様を明らかにする試みであったからである。そしてその人間の真実の声こそ、「タスケテクレ」という、実存の叫びであった」。

斎藤冬海は、西川徹郎の俳句世界について、次のようにいう——。

「西川徹郎の俳句世界には、人間のみならずあらゆる生きとし生くるものが登場し、実存の叫びを上げている。あらゆる生きとし生くるものとは、佛教の人間観・世界観に従うならば、「衆生」という、人間は勿論、動植物・天然自然物・人工物・星や月等の宇宙・銀河系までのこの世の一切の存在を指し、しかも人間の本質としての六道に棲む天人・阿修羅・夜叉、更には四聖と呼ばれる声聞・縁覚・菩薩等までもが含まれている。この無量無辺の生きとし生くるものが共存・共生し、活かされて生きる世界が、西川徹郎がその想像力を高く飛翔させて具に描く文学世界であり、その世界は、遠く現在・過去・未来の三世にまで亙っている。」

（『星月の惨劇』）

浄土真宗の人間観がもとにある西川徹郎の俳句宇宙は、この出現宇宙に現われたすべてのもの、森羅万象がその表現の対象となり、そこには「永遠のいのち」＝「弥陀の本願」が流れ生きている。そのことによってこそ修羅の怖るべき光景を映すことができるのだ。それをどうして日本的美意識のなかに封じこめることができるだろうか。しかも、すべての「生きとし生くるもの」の生命連鎖は、過去から未来まで「三世」をつらぬいているのだ。

雲雀ガ雲雀ヲ啄ム空ハ血ニマミレ　（「雲雀」）

春ノ家蛇美シク戦ギッツ　（「春ノ家」）

杉ノ木ニ引ッ掛カッテイル悲鳴ノ列車　（「杉ノ木」）
昼ノ月木馬ノ尻ヨリ腸見エル　（「腸」）
春蟬ニ頭割ラレテ父死ヌヤ　（「春蟬」）
橋ノフモトデ靴ガ血ヲ吐キ叫ブ春　（「靴ガ」）
裂ケタ地蔵ニ秋ノ茜ガ染ミ渡ル　（「晩秋地蔵」）
秋ノ螢ガ死水トッテクレト云ウ　（「秋ノ螢」）
野ヲ越エツツ生家ノ柱フリ返ル　（「生家ノ柱」）
「旅人帰ラズ」叫ブ狐ヲ抽斗ニ　（「狐」）
青鷺ガ胎ヲ出テ行ク石ノ影　（「青鷺」）
星夜啜リ泣ク菊人形ヲ見テシマウ　（「菊人形」）
溺死体ノヨウニ舌ガ峠デ横タワル　（「舌」）
肉体ヲ鶏ガ出テ来テ暗イト云ウ　（「鶏」）
ヒマラヤノ鳥葬ノ羽毛ヲ襟ニ挿ス　（「ヒマラヤ」）
背ノ闇ノ青蓮ガ一本ズツヒラク　（「青蓮」）
山ノ上ノ紫紺ノ湖ヲ仰ギ住ム　（「紫紺ノ湖」）
死ヌゾ死ヌゾトサカンニ舌ガ漕グカヌー　（「カヌー」）

雲雀は血にまみれ、蛇が戦ぎ、杉の木に列車が引っかかり、木馬の尻から腸が見え、靴は血を吐き、地蔵は裂け、狐は抽斗に、菊人形は星夜に啜り泣き、舌がカヌーを漕ぐ……まさに、生きとし生くるものたちの苦しみ＝修羅の光景がここに展開されている。〈天女〉＝〈秋津〉は、自らも苦悩に引き裂かれつつ、この修羅の光景＝秋ノクレを、この「今現在臨終」の瞬間を照らしだすのだ。

　西川徹郎にとって『天女と修羅』は、「苦患」の実存の底に分け入り「無底の悲心」の峡谷に到り着き、そこから新たな境地を開いた書き下ろし句集＝実存俳句集である。

秋ノクレ天女モ臓腑病ンデイル

未ダ生キテイテ野ザラシガ秋ノクレト叫ブ

秋ノクレタスケテクレト書イテアル

（「秋ノクレ」、以下同じ）

〈実存俳句〉とは、〈秋ノクレ〉という修羅の光景のなかで〈タスケテクレ〉という存在の叫び声ではないか。同時に、人は「老少善悪」を選ぶことなく絶対の救済（＝悲心）のなかにあり、過去と未来の交差する生の瞬間は永遠と接し、森羅万象は非連続の連続として刻々と移ろいゆく。そこには存在宇宙の原郷から届く〈銀河の光〉が射している——。

西田幾多郎は、遺作「場所的論理と宗教的世界観」（『哲学論文集第七』所収）という宗教と哲学が渾然と一体化したこの論文のなかで、次のように表現している。

「我々の自己は、自己矛盾的存在である。世界を自己に映すと共に、絶対の他に於いて自己を有つのである。死すべく生れ、生るべく死するのである。時の瞬間は永遠に消え行くものなると共に、永遠に生れるもの、即ち瞬間は永遠である。而して絶対現在の世界は、周辺なき無限大の球として、到る所が中心となるのである。かゝる世界は、必然の自由、自由の必然の世界である。」

（『西田幾多郎全集』第一一巻）

この世は、秋ノクレに美しい秋津が飛び交い、死衣をまとった天女が舞う、修羅の闇と銀河の光が無限に交錯しながら変転する世界なのだ。

第十二章　植物領と一夏の夜叉—『わが植物領』

西川徹郎は、「第十句集「わが植物領」を上梓して」（二〇〇〇年七月・「銀河系つうしん」第一八号）というエッセイのなかで、芦別高校で俳句を書きはじめた頃を振り返り、それからすでに三八年のときが経ったといい、次のように述べている。「私は今日迄、「実存俳句」の思想を提唱して実作と評論によってその思想を追求し続けて来た。「私とは誰か?」、私という実存の闇を照射するこの孤独な問いの刃は、俳句というこの不具性の詩形式がもっともよく鋭く研ぎ澄ますのだ」と。

この第一〇句集『わが植物領』（一九九九年・沖積舎）も、『天女と修羅』と同様に、「精神の白夜の果てなき旅」（同前）を照射する実存俳句実践の書である。『わが植物領』の後書でも、西川は繰り返し書いている。「私の俳句はその悉くが、実存俳句であり、その句集は実存俳句集である。人間の実存に根ざす存在論の俳句であり、「私は誰か」という存在の初源の問いに応え、更なる問いを開示せんとするものである」。私とはだれか、私はどこからきてどこへ行くのか——この問いのなかの問いとの対峙の姿勢に、その人の文学世界が形づくられ、その一本の深く暗い実存の井戸を通路として、永遠に流れる地下水脈へと至るのではないか。

高橋愁は、「光の在処—西川徹郎論」（「銀河系つうしん」同前）のなかで、『わが植物領』は圧巻であった『天女と修羅』の姉妹編のように見えるという。たしかに、第一部「わが植物領」、第二部「一夏の夜叉」から構成され、〈夢竟る馬が義足を踏み鳴らし〉という一句からはじまる『わが植物領』は、前句集『天女と修羅』の延長線上にある実存俳句集ともいえよう。

桔梗来て死衣展く夕まぐれ
裏の木が舌をぺろりと出している
腸出した儘松の木立っている
墓石を呑み嗚咽する芝桜
白藤となりつつ父は藤棚組む
股から腐る参道で倒れた山梔子は
向日葵畑で息絶え太陽と共に起つ
地蔵が滝を真っ逆さまに落ちる山吹
桃の湯灌に遅れる夕月と一緒に歩き
床下巡る霊柩バスとヒマワリが

（「わが植物領」、以下同じ）

辻で別れた姉が紅葉となっている
死にに行く谷間の星である菫

桔梗、裏の木、松、芝桜、白藤、山梔子、向日葵、山吹、桃、紅葉、菫——これらの植物は、一個の実存的苦悩を背負いつつ、修羅の光景を幻出している。

第二部「一夏の夜叉」には、次のような付記がある。「一九九七年、朧の月の夜に、紫紺の衣を身に纏った一人の僧が私の門を敲いた。その年の夏、私はその一人の僧と伴に恐ろしく口裂けた夜叉の姿を地底界に見た。それは私の人生にかつて無かった痛恨の、暗くて寒いそして余りに長い夏であった。そのひと夏を私は阿修羅の如く髪振り乱しつつ駆け走って必死に生きた。これはその痛恨の、鎮魂が為に書き下ろすひと夏の記録である」。西川徹郎が朧月夜に訪れた一人の紫紺の僧とともに見てしまった夜叉の姿とは、何か。あるいは、この僧こそが、夜叉ではなかったか。

また、一九九七年夏とは、その終りの一週間で、自らの存在と生い立ちの深淵へと迫る三三篇のエッセイを『無灯艦隊ノート』として、日夜集中して書き下ろしていた時期でもあった。『無灯艦隊ノート』の「解説に代えて」には、以下のように記されている。

「エッセイは私の幼年期から青年期にかけて育ちつつあった私の感性の穂先が感受した世界をそのまま書き綴った。だから、その一篇一篇が少・青年期の詩人としての私が密かに垣間見た極苦の地底界であり、修羅と夜叉とが相咬む非望の異星界であり、しかも猶それを照射し続けて止むことの無い超日月光の聞光の世界である。」

（『無灯艦隊ノート』）

第二部「一夏の夜叉」の付記と『無灯艦隊ノート』のあとがきは、あまりに似通っていないだろうか。西川徹郎は、自己の来歴へと遡源しつつ、再び存在の闇に、「極苦の地底界」＝「修羅と夜叉とが相咬む非望の異星界」に遭遇してしまったのではないか。〈僧〉とは、その異名ではないだろうか。「一夏の夜叉」と『無灯艦隊ノート』は、そんな苦しくも長い夏を阿修羅のように生きた自分自身への「鎮魂」を秘めつつ、どこかで相対応し相互に響き合っている……。

念佛する時唇ひらく立葵
死枕を抱えて辻に立つ葵
山脈となる迄死者の椅子を積む
叫びつつ死児が鞠突く茜寺
死人が来て覗く階段下の桃の箱
（『一夏の夜叉』、以下同じ）

ここから夜叉が登場し、修羅を引き裂く。それは何と怖ろしい光景だろう――。

勝手口カラ夜叉ガ　洗濯屋ノヨウニ
紋白蝶ト夜叉ガユラユラト飛ンデイル
夜叉ガ白衣ヲ着テ来テ「弟子ニシテ呉レ」ト云ウ
畑デ暴レル紫紺ノ茄子トナリツツ夜叉ハ
秋ノクレ夜叉ト地蔵ガ行キ違ウ
月ガ青スギテ土中ノ夜叉モ眼ヲ開ク
月ガ紫デ夜叉ガ死ヌマデ死ネマセン
「センセ私ノロガダンダン裂ケテユク」
ニンゲンニ生レテ夜叉ト蟬ヲ聴ク
死ニ急グ夜叉ト野ヲ行ク黄菊ニマミレ
玄関先ノ夜叉ノ死体ニ青霙
夜叉ハ淋シカラム柩ノ中モ黄落シ

ここでは、夜叉は勝手口から訪れ、紋白蝶といっしょに飛び、白衣を着た夜叉は弟子にしてくれといい、畑で暴れる紫紺の茄子となり、秋ノクレでは夜叉と地蔵が行き違う。そして、月が青すぎて土中の夜叉が眼を開き、口がだんだん裂けていき、玄関先には夜叉の死体があり、また夜叉は柩のなかに淋しく横たわる……。いつしか、この夜叉は生きることの悲哀をまとっているように見えるとともに、作者・西川徹郎の姿に重なってくる。さらに、この夜叉は極苦のなかにいる私たち人間を、七五歳で布教一筋の生涯を終えた祖父の寝棺の蓋を開け突如硬直した片手を摑み上げた父を、寺の行く末を案じ六一歳で死んだ父を彷彿とさせないだろうか。夜叉もまた、悲心の谷をさ迷うのだ。

紫紺ノ夜叉ガ別院ノ裏戸ヲ叩ク　（「一夏の夜叉」）

裏木戸ヲ夜叉ガ出テ行ク萩ノ月　（同前）

一人の僧＝口の裂けた夜叉は、夏の一夜、裏戸を叩き、やがて萩の月のなかを出て行ったのである。それはまた死者となった祖父であり、父ではなかったか。

第十三章　母と兄の死と実存の波濤――『月夜の遠足』

一三〇〇句を収める第一一句集『月夜の遠足』（二〇〇〇年・書肆茜屋）は、前年一一月二日、奈良県生駒市の自宅で四歳年上の兄徹麿が急性心筋梗塞で、その四日後、母貞子が心不全で相次いで死去するという、〈家族〉の二つの死を通して垣間見た「実存の波濤」＝「凄絶な生の実相」（『月夜の遠足』後書）を描いている。その後書には、こう書かれている。「私は一九九九年初冬より二〇〇〇年の年頭に亙る二カ月余りの日と夜とを、青白く降り注ぐ冬日と冴えわたった冬月の光を身に浴びつつ只茫然と雪積む峠の麓に立ち尽くす思いで過ごして来た。只々私にはこの二人の肉親の美しく哀しい生と死とが思われ、そしてその余りにも凄絶な死に様が身を裂くように切々と思われてならなかった」。また、「銀河系つうしん」第一八号の「黎明通信」（二〇〇〇年一月二八日付）には、以下のような内容の「私の母と兄の事―句集『月夜の遠足』覚書」が記されている。

母貞子――大正九年、北海道空知郡南幌町の浄土真宗本願寺派の寺院妙華寺に生まれ、少女の頃から水彩画を好んで描く。昭和一四年、西川證教と結婚し、病弱な父に代わって、野や山を越え吹雪の夜も厭わず、門徒の家を訪ねては読経する日々を過ごしたのである。

兄徹麿——昭和一八年に芦別新城に生まれ、出生したときから寺院の後継者に使われる「しんぼち」(新発意)と呼ばれたが、教師の道を選び、結婚を機に奈良に移り住むが、数年で離婚し、子もなく独身のまま急逝する。兄は、三日二夜一人で廊下に横臥したままで発見された。「兄の遺骨を抱え郷里の寺へ戻った姉と弟は、普段の冷静さを失って取り乱し、狂気のように喚叫し、身を嵐の芭蕉樹のように震撼させるばかりであった」。西川徹郎は、兄について次のような感慨を述べている。

「兄とは一体誰であったのであろうか。私は幾度も繰り返しそう自問し続けてきた。その都度、私はその問いにこう自ら応えるほかはなかった。兄上とは私に先立ち倒れていった私自身の異相であり、又死を体現して立つ私自身の生の異称であると。つまり、兄とは私よりも一刻先に月夜の遠出の旅に旅立っていった私自身であり、私自身の孤独の幻影であったのである。

私は冴えわたった冬の月下に、自らの家の玄関先で、人知れず息絶えた私の兄の凄絶な孤独極まる死に様を通して、はじめてそう自らに思い至ったのである。」(「銀河系つうしん」第一八号)

斎藤冬海は、「銀河系つうしん」第一八号の特集「批評の峡谷―修羅と実存」のなかに、俳句「百合九相図」一〇〇句を発表し、それに合わせて「青茜」という短いエッセイを付している。そこには母貞子の死も影を落としているのだろうか。

　青茜わたしの項を刺しに来る
　ひりひりと舌の根乾く秋を逝かせ
　午前十一時の陽を幽かにして逝く母は
　新城は白い歯の母白い葉の父
　門灯は暗く灯り続ける幼年記

また、「青茜」には、斎藤冬海の孤独と〈家族〉とともに生きることの底に垣間見えてしまう「生の実相」のある片鱗が描かれている。彼女は子どもの頃、夕方になると家を抜けだし、母に呼ばれるまで外に隠れていた――。

「午後六時。まだ明るい夏でもすっかり暮れた冬でも、家々にぽつんぽつんと灯が灯り出し、一家団欒の始まる頃のこの時間帯が、私は苦手だ。旅や仕事で遠出の道すがら車窓から見る、灯りの点いた家もまだ窓が暗い家も、そこに住まう人間の生々しい気配を濃くしてくる。生まれ、働き、家族をなして、ささやかな幸福を点して暮らしていくという人間の営みが、愛しいと同時に寂しくてたまらない。夕景に、寂しさがどんどん点り、きらきら輝き、美しい夜景をなす。私の胸いっぱいに人間の寂しさが点る。」

（「銀河系つうしん」第一八号）

生の、実存の透明な悲哀は、家族の、生活の団欒のなかにこそ漂っている。斎藤冬海は、夕暮に家族が集まり灯りが点る頃、幸福とは何かなど生きる意味と向き合ったのではなかったか。あるいは、彼女は幼くして人生の遥かなる修羅の投影を感じとっていたのではなかっただろうか。だが、孤独とともに愛もある――。

ぼんやりと月が西へ落ちるのも愛

（同前）

『月夜の遠足』は、「私の母は去年の六月、私の生地芦別市新城の北のはずれに聳え立つ新城峠が白緑に染まる緑夜の早暁に、突如、脳内出血を発して倒れた。……」という母の病気と死についての短い付記があり、「緑夜」と題された章からはじまっている。

緑夜をきみの眼の紫紺の淵まで走る

（「緑夜」、以下同じ）

母上の死髪たなびく溷も緑夜

緑夜は棚引く小学校の弔旗のように

緑夜の馬のからだに刺さるしょうれいとんぼ

緑夜ゆえ褌一枚で死にに行く

「冬の庭」と題された章には、次のような付記がある。「冬の家の玄関先で倒れ、冷たくなった兄の身体の上に、二夜、黄色の月が音も無く昇り、やがて燦燦と銀河が流れた。／庭には山茶花が津波のように揺れていた」。このたった一人で倒れた兄については、こう表現されている――。

倒れた兄を切り刻む星菊の庭　（「冬の庭」、以下同じ）
倒れた兄に雪降る北の山系の
倒れた兄が天北峠を掠め見る
兄さんに降り注ぐ螢も薄羽かげろうも
玄関で倒れた兄が冬浜に
激しく息吹く兄は木枯らしの井戸である
冬の華抱き締め兄は死に急ぐ
開いた儘の兄の肛門冬の華　（「冬の峯」、以下同じ）
夕焼け小焼け兄は瞼を剥いた儘
玄関で倒れた兄に冬の虹
倒れた兄の靴に銀河が降り注ぐ
倒れた兄の耳より白蛇を引き抜くや
教壇に兄立つ大雪山系を背負い　（「校門」）
黒板に写る吹雪の寺を消す　（同前）
虚無僧の形（ナリ）して兄は奈良を発つ　（「冬の街」、以下同じ）
奈良という阿修羅は兄か吹雪つつ
冬の街楓は腕組む兄である

「月夜の遠足」には、母と兄がいる――。

ふらふらと遠足に出て行く死後の兄　（「月夜の遠足」、以下同じ）
槍持ってははは月野で犀を討つ

東雲の野に出る鬼百合を性具とし
野の遠足は葬送のよう日に灼かれ
母はぐれ兄もはぐれて月夜の遠足
月夜の遠足尾の生えた生徒も混じり
月夜の遠足だんだん死者がふえてくる
ははは兄を兄ははは撃つ月の庭

兄の死の二年ほど前、西川徹郎は『無灯艦隊ノート』のなかに、〈彼岸花火となり家を出たまま兄は〉などの句とともに、「新発意」というエッセイをつづっている。

「私に四つ違いの兄がいる。幼い頃から寺では「しんぼち」、門徒からは「しんぼっちゃん」と呼ばれていた。（中略）高校生になって初めて解った。「しんぼち」は新発意の音で、寺院の後継者が生まれた事を愛でる言葉であった事を。それで彼について幼い頃から不審だった総ての意味が解った。彼にだけ立派なカメラやスケート靴が与えられていた事などの意味が。ある日、カメラを見せて貰おうとして拒まれ、喧嘩になって殴ったことがあった。唇が腫れ紫色になった。それは兄が私を恐怖の眼で見た最初の出来事だった。

彼が京都の宗門関係の大学に入る時、父は門徒を説得して幾十万かの学業資金を集めた。だが、彼は山村の寺院の住職の労苦を知って、卒業するやいなや寺を離れ、旭川市の某私立高校の教員となった。丁度その当時ノイローゼを患って大学を中退し寺でぶらぶらしていた私が父親の急逝とともに寺院の後継者となった。

彼は今は奈良で県立高校の教師を勤め、生活に何の不自由も無い。山寺には腸癌を患う老母が残っているが、寺を遠く離れたまま彼は年に一度も帰ることは無い。

しかし、彼は寺では今でも「しんぼち」と呼び交わされているのだ。そう、荒涼とした遠い日の、唇を紫色に腫らし目を見開いたあの時のあの立ち姿そのままで。」

（『無灯艦隊ノート』）

西川徹郎自身の「異相」にして「異称」の兄は、決して戻ることない〈月夜の遠足〉にたった一人で出て行ったのだ。あるいは、一人銀河をめぐる〈銀河鉄道〉の旅に出たのかもしれない。西川徹郎には、いまも紫色の唇のままの兄＝「しんぼち」でいるだろうか。『月夜の遠足』には、母と兄の死と「実存の波濤」が繰り返し激しく押し寄せている。

月夜の遠足に出た儘兄は帰らない　（「月夜の遠足」）

西川徹郎は、『月夜の遠足』の後書に、「本書の作品を以て今日迄の私の実存俳句のたたかいの歴史が必然的に到達した文学世界と言って相違ないと思う」と記している。

西川徹郎は、第一句集『無灯艦隊』いう存在の無残と死から出立し、『瞳孔祭』という悲しみの峪、不在と修羅の幻影を描く『家族の肖像』、非在の時空を見つめた『死亡の塔』を経て、銀河系の単独者と観念の光景を映す『町は白緑』『桔梗祭』、銀河と月の光が射し込む『月光學校』、それが存在の内部を照らす『月山山系』、天女と秋津の舞う修羅の光景『天女と修羅』、一夏に夜叉を見た『わが植物領』へ、さらに母と兄の遠出の旅を描いた第一一句集『月夜の遠足』へと到達したのである。――それにしても、何という高い自由の峰々が続き、険しい存在の峡谷が伸びていることか。だが、遥かなる銀河の光は、峪底を歩く孤高の俳人西川徹郎の刻む一歩一歩を照らしているのだ。そこには絶対の救済が、無底の悲心が、永遠の希望がある。

第一一句集『月夜の遠足』は、集大成『天女と修羅』を経て、これまでの〈実存俳句〉の一つの到達点でもある。これから西川徹郎の俳句宇宙は、どこへ行こうとしているのだろうか。五〇九一句を収めた『銀河小學校』（二〇〇三年・沖積舎）には、新たな存在宇宙が広がっていないだろうか――。

小学校の階段銀河が瀧のよう　（「銀河小學校Ⅰ」）
青蓮と銀河たたかう校舎跡　（「銀河小學校Ⅱ」）
棺の窓より眼開き仰ぐ銀河の瀧　（「銀河峡」）

ここに、私たちは〈死〉を存在の窓にして、無限銀河が流れ、氾濫する光景を見る……。

第十四章　銀河の光と修羅の闇――『銀河小學校』

ドストエフスキーには、『地下生活者の手記』という中篇小説がある。「地下の世界」「べた雪の連想から」から成るこの作品は、次のようにはじまっている。「わたしは病的な人間だ……わたしは意地悪な人間だ。わたしは人好きのしない人間だ」（米川正夫訳、以下同じ）。この地下生活者は、四〇歳になるまで「わたしは単に意地悪な人間ばかりでなく、結局なにものにもなれなかった。悪人にも、善人にも、卑劣漢にも、正直者にも、英雄にも、虫けらにもなれなかった」と自分自身を顧みる。彼は〈美しく高遠なもの〉を意識すればするほど、逆に「泥沼」にはまり込み、いつしかそれは一種の汚辱に満ちた「快楽」へと変わっていくという――。

「べた雪の連想から」には、ある一人の心美しい娼婦リーザとの出会いと、「地下室」という闇に差し込む一条の光が描かれている。地下生活者は、娼婦としての運命の果てには、やがて病気になり一人淋しくぬかるみのような墓穴に葬られて終わることを、リーザを愛するがゆえに克明に描いてみせる。人は、なぜ、〈美しく高遠なもの〉を求めることで、逆にさまざまな〈闇〉や〈悪〉を生むのだろう……。この作品では、「地下室」にリーザという美しい一条の光がもたらされたにもかかわらず、地下生活者はそこにとどまりつづけるのである。

以後、ドストエフスキーは、神と悪魔、信仰と不信、救済と虚無など、出現宇宙の光と闇の織り成すダイナミズムを、『罪と罰』から『カラマーゾフの兄弟』まで見事なまでに鮮やかに映しだし、未完『偉大なる罪人の生涯』を構想したまま死に至るのである。傑出した文学は、すべてこのような〈いのち〉と〈宇宙〉の究極から生まれ、そこに帰するのだ。

西川徹郎の俳句宇宙とドストエフスキーの文学宇宙は、その存在の底にある浄土真宗とロシア正教という宗教の違いや、俳句形式と長篇小説という表現方法の対照性を超えて、奇しくも響き合う――。未刊集『月光學校』は、どこか『地下生活者の手記』を想起させ、『西川徹郎全句集』に収録された第一二句集『東雲抄』に続く、全三四章五〇九一句を収めた第一三句集『銀河小學校』（二〇〇三年・沖積舎）は、文学史上稀有な救済のドラマを描出する長篇小説『カラマーゾフの兄弟』に対応していないだろうか。
西川徹郎の『月光學校』と『銀河小學校』には、次のような句がある。

眩しくてならぬ棺の内部の萩月夜　（「萩」『月光學校』）

旅人は銀河の瀧に打たれつつ　（「銀河峡」『銀河小學校』）

一方、ドストエフスキーは『地下生活者の手記』にネクラーソフの長詩からリーザに捧げる詩句を引用し、『カラマーゾフの兄弟』のエピローグは、心美しい青年アリョーシャと仲間の死に直面した少年たちとの会話で終わっている。

「はばかることなく悪びれず入っておいで
お前は立派な女あるじだ！」

（『ドストエフスキー全集』第五巻）

「カラマーゾフさん！」とコーリャは叫んだ。「ぼくたちはみんな死からよみがえって命を得て、またお互いに会えるって、――どんな人にでも、イリョーシャにでも会えるって、宗教のほうでは教えていますが、あれはほんとうでしょうか？」
「きっとわれわれはよみがえります。きっとお互いにもう一ど出会って、昔のことを愉快に楽しく語り合うでしょう」アリョーシャはなかば笑いながら、なかば感動のていで答えた。

（『ドストエフスキー全集』第一三巻）

〈銀河の光〉と〈修羅の闇〉、〈死〉と〈復活〉――畢竟、偉大な文学はここに終始するのではないだろうか。
二〇〇三年一〇月二三日付『銀河小學校』の後書は、こうはじまっている。「新城峠の麓のすっかり葉の落ちた唐松林を霙混じりの初冬の風が狢のように駆け抜けてゆく」。西川徹郎は、二〇〇二年四月二〇日から、二〇〇三年九月一九日に脱稿するまで、一年五カ月を四冊目の書き下ろし句集『銀河小學校』に打ち込み、「恐らく本書は、書き下ろしによる〈実存俳句〉集として、その質量に於いて日本の詩歌一千年の歴史の上で先例の無い作品集ではないかと窃かに私は考えている」と記し、次のように続けている。「本書に於て私は、俳句定型の内部にざっくりと切り裂かれた〈実存〉の峡谷を経ずしては一言も書き止めることの出来得なかった〈生〉の惨劇を幻出した。それを私は『銀河小學校』と名付けたのである」。さらに、彼は〈実存俳句〉は反権力の文学であり、「学校」こそ国家の意思が差別的に権力を行使する「〈生〉の惨劇の現場」であると書く。

——私はそれを俳句形式をもって告発するのだ、と。

「しかし、この生存を賭けた抗いの闇夜の峡谷に一筋燦然とした永劫の銀河が流れている。本書はこの永劫の光耀を仰ぎつつ書き続けて来た「わが地獄篇」にほかならない。」

（『銀河小學校』後記）

一点の灯りさえ点すことのなかった『無灯艦隊』を出発点にして、西川徹郎の俳句宇宙は、遥かなる銀河系の光を受け、それを光源にして修羅の光景＝「〈生〉の惨劇」を照らしつつ、ついに〈実存俳句〉の集大成『銀河小學校』へと至り着いたのである。ここには、燦然たる無限銀河が永劫の光を放ちつつ流れている。『銀河小學校』は、その「永劫の光耀」によって見ることのできた、西川徹郎固有の〈地獄篇〉なのだ。

〈地獄篇〉第一章は、「銀河小學校Ⅰ」と題されている。

小学校の梁に銀河が垂れ下がる

（「銀河小學校Ⅰ」、以下同じ）

小学校の抽斗の中の渦巻銀河

小学校の柳に懸かる銀河の飛沫

森で沐浴銀河の津波に流されて

プール一杯の銀河峠の小学校に

極北の峠の小学校に燦々と降り注ぐ銀河は、下駄箱に、鉄棒に、廊下に届き、それは校長を、教頭を襲う。

下駄箱の中の銀河がうねり出す

カミソリ銀河鉄棒はすっかり濡れて

廊下に映る銀河夜まで立たされて

校長の背を突く銀河系の槍
教頭の首切り落とすノコギリ銀河
その「カミソリ銀河」や「ノコギリ銀河」の鋭い光は、学校や駅で日常生活を脅かす。
筆入にカミソリ銀河を隠し持つ
「螢の光」が流れる体育館カミソリ銀河
小学校で三夜暴れるカミソリ銀河
野の駅で汽車に乗り込むノコギリ銀河
靴入にノコギリ銀河を隠し持つ
そして、そこからさまざまな修羅の光景＝存在の風景が見えてくる。
小学校の廊下陰毛を掃く狐
屋根裏に狐のミイラ夢荒れて
羽根を広げた鶴が屋根裏で雛殺し
小学生となって切り落とす鶴の舌
銀河を流れて行く小学校曼珠沙華
「銀河小學校Ⅰ」には、銀河が小学校の階段に、梁、抽斗、黒板、便所、プール、校長室、下駄箱に、さらにカミソリ銀河は筆入に、教科書、国語辞典、日記帖に隠れ、ノコギリ銀河は、峠の郵便局で、学校、押入のなかで暴れ、野の駅では汽車に乗り込む……。
「銀河小學校Ⅱ」は、「惨劇の現場」としての小学校が、峡谷が暴きだされる。
学校という晩秋の峡谷児を殺し
階段という峡谷三半規管の傍らの
教壇の隙間の深い月の峡谷
（「銀河小學校Ⅱ」、以下同じ）

怖ろしい峡谷学校の抽斗に
深い裂け目の峡谷学校の木の机
そこに〈火〉の草が、竹、蓮が生え、蝶、秋津などが飛んでいる。何と怖ろしい光景だろう。
火の草がいたるところに生えている
火の竹がいたるところに生えている
火の蓮がいたるところに生えている
火の蝶がいたるところに飛んでいる
火の秋津いたるところに飛んでいる
火の鴉いたるところに飛んでいる
そして、〈火の蟻を踏みしめ小学校へ行く〉のである。
火の蟻を踏みしめ靴を焼失す
小学校へ行かず火の蟻踏み殺す
火の蟻に足首焼かれ休学する
しかし、銀河宇宙の〈月光〉は、そんな学校にも届いている。
月光の学校祭へ弟行った儘
学校裏の箒に映る月の谷
死んだ奴らが箒を掴む月の庭
ここにも火の秋津が飛び交う。
校庭の峡谷飛び交う火の秋津
朝礼にまぎれ込む火の秋津です
下校する秋津の火矢が飛ぶ夕

また、秋の暮に、小学校には火の燕や鴉が止まっている。

東雲の校舎の軒に棲む火の燕
校塔に止まっている火の鴉かな
火の鴉校舎を燃やす秋の暮
校長の背骨に止まる火の鴉
火の鴉飛べばたちまち秋のくれ

小学校では、〈火の鴉たすけてくれと飛び回る〉――。そしてここには月の光のなかに火の雪虫も登場する。

火の雪虫に峰がきれいな夕です
火の雪虫に町がきれいな夕です
火の雪虫に駅がきれいな夕です
火の雪虫に萩がきれいな夕です
火の雪虫に姉さん狂う夕です

「銀河小學校ＩⅡ」において、西川徹郎はどこまでも〈荒れ狂う銀河を校舎の裏で見る〉のである。この銀河の光、月光のなかで、小学校は惨劇の舞台宇宙となり、実存を引き裂くように光と闇が交錯し、火の鴉や秋津が飛び交い、火の雪虫が町や萩、姉を死で透過し美しく映しだすのだ。

第三章は、「銀河峡」である。ここには、渦巻銀河、銀河の瀧、冬の銀河が峠まで広がり氾濫する。

弟と渦巻銀河で峠迄
峠祭を渦巻銀河で見に行かん
旅人は渦巻銀河に巻き込まれ
葬列に銀河の瀧に打たれつつ
佛壇の抽斗銀河の瀧が在る

（「銀河峡」、以下同じ）

銀河とともに、天の川も満ちている。

井戸に落ちた弟と仰ぐ天の川
羽蟻の列はみるみる天の川となる
天の川墓標に白髪靡きつつ
桃の実を死霊にさらす天の川
天の川母は幾たびも死にそびれ

野晒しの馬を冬銀河が照らし、銀河は眩しく峠の寺に、野に、棺桶にまで射し込んでいる。

野晒しの馬立ち上がる冬銀河
野晒しの馬も銀河も身を反らす
馬も虱も芭蕉も仰ぐ冬銀河
峠の寺を発つ銀河が眩しくて
萱野に身を伏せる銀河が眩しくて
棺桶に潜り込む銀河が眩しくて

銀河によってこそ、実存という修羅と惨劇はいっそうリアルに映しだされ、生の現場は、森羅万象は、いつしかそのままこの世の〈銀河峡〉に変貌する。

銀河を仰ぐ欄間の天女も靡きつつ
銀河が喉に溢れる虫籠のキリギリス
銀河明かりで綴った遺書を床に置く
死化粧の紅を銀河の間にて差す
銀河燦然菊人形を野に棄てに来て
北枕初夜を銀河が身を反らす

顔すれすれに飛び交う蜻蜓銀河峡

燦々たる銀河峡においては、奈良の地で一人死んだ兄も、吹雪の夜も厭わず門徒の家を訪れては読経して生涯を閉じた母も、永劫の、無限のいのちのなかにいる。ここに死は存在しない……。

銀河燦然木箱の中に母と兄

野の駅で母待つ兄に銀河燦然

第四章以降は、「白髪の鼠」「桔梗駅」「錦秋抄」「白萩峡」と続いていく。

死水を白髪の鼠に横取られ　（「白髪の鼠」）

死水をもう一杯呉れと銀鼠　（同前）

桔梗駅より銀河駅迄秋津に乗って　（「桔梗駅」）

日と月の惨劇を観に嵯峨野まで　（同前）

錦秋の森で縊死する母と姉　（「錦秋抄」）

欄間の天女も眩しくてならん錦秋は　（同前）

父の背の裂け目の遠い萩峡へ　（「白萩峡」、以下同じ）

白萩峡へ湯灌の水を汲みに行く

棺の蓋に萩峡の出口が書いてある

棺の小窓に白萩峡が映っている

死の闇は、ここでは銀河の光に透過されている。だが、同時に生きることは何と苦しみに満ちていることだろう。第八章「案山子抄」は、まさに実存の深い惨劇を体現している。

片目潰レタ案山子手ヲ振リ小学校へ　（「案山子抄」、以下同じ）

激シク喚ク峠ノ案山子風ニ撲タレ

激シク血ヲ吐クタノ村ノ案山子デス

「死トハ何カ」ト案山子ニ問ワレ秋ノ暮
「殺シテクレ」ト頼マレ案山子ノ首絞メル
「オマエハ誰カ」枯野行ク時案山子ニ問ワレ
「案山子ガ死ンダ」ト村人叫ブ秋ノ暮
「人ガ死ンダ」ト案山子ガ叫ブ秋ノ暮
秋風ニ案山子ハ遠イ尾根ヲ見ル
死ンデ生マレタオマエハ案山子秋ノ風
日ガ落チテ野道デ案山子ト行キ違ウ
眼ヲ開ケタ儘案山子闇夜ニ立チ尽ス

この〈案山子〉とは、誰か。片目が潰れ、峠では風に打たれながら激しく喚き、血を吐き、死とは何か、お前とは誰かと問い、ときには遠い山々の尾根を見たり、目を開けたまま闇夜に立ち尽くしたりする。それはまぎれもなく生老病死のなかを、〈私〉とは誰かという存在を引き裂く問いをかかえて生きる、この私たち自身の、西川徹郎自身の現実の姿ではないか。西川徹郎は、北海道芦別の地で新城峠を望み、そこで銀河の瀧の轟々たる音を聞きつつ、このような一個の〈案山子〉としての実存を生きている――。

西川徹郎は、「はるかなる響き―ことばが映す、ふるさと。」と題された日本詩歌文学館の展示に、〈小学校の階段銀河が瀧のよう〉という『銀河小學校』からの一句を掲げ、次のようにコメントしている。

「極北の生地、北海道空知の新城峠に居住する私にとって、「故郷」とは私の文学に幻出する魂の原郷にほかならず、深々と切り裂かれた実存の峡谷なのである。そこでは一筋、永劫の銀河の瀧が轟き渡っている。」

（二〇〇四年常設展『はるかなる響き―ことばが映す、ふるさと。』）

『銀河小學校』は、西川徹郎のこの言葉と呼応し、存在宇宙に木霊している。だが、その〈案山子〉は、あまりにも深い苦悩の峪を生きるのである。

ボロボロトナッタ案山子ノ木ノ葉髪

第九章は、この句を受けた「木の葉髪」で、第一〇章「兄亡き家」は、一人死んでいった兄の不在の現実を映しだしている。

樫落葉楢落葉して木の葉髪　（「木の葉髪」、以下同じ）
木の葉髪父母兄が散り尽くす
父の枕にいつしか降り積む木の葉髪
夢魔が来て夜な夜な掴む木の葉髪
胎内の死児が集める木の葉髪

〈木の葉髪〉は、実存的惨劇とも結びつく。

「愛とは何か」と頭を振れば木の葉髪
「汝は誰か」と頭を振れば木の葉髪
「死に切れない」と頭を振れば木の葉髪

だが、〈木の葉髪怖ろし天井裏いっぱい〉〈木の葉髪怖ろし抽斗のなかいっぱい〉になりながらも、一条の〈銀河光〉は輝き、月光に木の葉髪は照らされる。

胎内の銀河輝く木の葉髪
月光に木の葉髪降りしきりつつ

さらに〈兄亡き家〉も銀河は照らしだし、不在者となった兄は〈月光菩薩〉とともに峠の木の上にいる――。

洋服箪笥に銀河が懸かる兄の家　（「兄亡き家」、以下同じ）
兄亡き家のバケツの水の銀河光
兄亡き家の書斎のヒマラヤ光り出す
孤絶して兄亡き家の冬の蠅

兄亡き家の屋根裏銀河が暴れ出す
絶叫しつつ散る兄亡き家の山茶花は
月光菩薩と兄が峠の木の上に

第一一章「猩々紅葉」でも〈野を行く兄は月見草ほど輝いて〉おり、〈こうしてはおれないこうしてはおれないと月見草〉〈こうしてはおれないこうしてはおれないと萩紅葉〉の句のように、月見草が、萩紅葉、樫落葉、雪の山茶花が実存の苦悩をにじませる。そして、死者となった〈兄を捜して猩々紅葉の町歩く〉のだ。

第一二章「鳥葬」では、〈もう止められない鳥葬の鳥が学校に〉、交番に、駅にあふれ、原郷の地は〈銀河津波して鳥葬の峪の村〉となる。第一三章「鶴首地獄」では、首の折られた鶴が、生の惨劇を見る欄間の鶴が、首を伸ばして父の死に水を呑む鶴がいる。

首折られた儘三年寺に棲む鶴よ　（「鶴首地獄」、以下同じ）
惨劇を観ている欄間の鶴の首
欄間の鶴が首伸ばし呑む父の死水

第一四章「鳩時計」では、鳩時計の鳩が発狂し暴れる。――〈時計の鳩が時々発狂夕まぐれ〉、〈時計の鳩が佛間で暴れる夕まぐれ〉。『銀河小學校』には、「写真の母」「狐の嫁入」「百合の喉」「青竹藪」と、怖るべき実存の光景が続いていく。

母が未だ畑で茄子採る茜雲　（「写真の母」）
萩の月母の人工肛門燃え遣る　（同前）
狐の嫁入ざっくり裂けた顔がある　（「狐の嫁入」）
葬列を追い抜いてゆく狐の嫁入　（同前）
麓の百合の花芯の泉血を湛え　（「百合の喉」）
下着の儘百合が峠の小学校へ　（同前）

兄の衣が脱ぎ棄ててある青竹藪　　（「青竹藪」）
屋根裏の青竹藪に修羅が棲む　　（同前）

第一九章は「月ノ峡谷」。ここにも〈月ノ峡谷〉が広がり、次章「月夜茸」では、〈惨劇という名の月夜茸が生え〉、二二章「菊人形」でも、〈菊人形〉は〈月ノ谷〉で涙を流している――。

月ノ峡谷暗ク波打ツ教室ハ　　（「月ノ峡谷」）
月夜ノ谷デタナビク案山子ヲ見テ帰ル　　（同前）
月夜茸ホド透キ通ル死者ノ爪　　（「月夜茸」）
性愛ノ果テ畳ニ生エタ月夜茸　　（同前）
菊人形ガ涙ヲ流ス月ノ峡谷　　（「菊人形」）
未ダ生キテイテ菊人形ガ身ヲ捩ル　　（同前）

第二二章「月夜ノマラソン」では、すでに死者となった母が、祖父、父、兄が月夜のマラソンに加わる。さらにそこには、霊柩バスの車掌も、葬儀屋、佛間の襖絵の鶴、菊人形、芭蕉、一茶、北條民雄、細谷源二、吉本隆明、斎藤冬海も……ありとあらゆる人、ものがひたすら〈月夜ノマラソン〉を走るのだ。

月夜ノマラソン母ハ膓靡カセテ　　（「月夜ノマラソン」、以下同じ）
土カラ死者ガ次々出テ来テ月夜ノマラソン
説教ニ出タ儘祖父モ月夜ノマラソン
父サンモ褌引キズリ月夜ノマラソン
月夜ノマラソン半裸デ兄モ喘ギツツ
霊柩バスノ車掌モイツシカ月夜ノマラソン
葬儀屋モ喪主モイツシカ月夜ノマラソン
佛間ノ襖絵ノ鶴モイツシカ月夜ノマラソン

菊人形モマネキンニ混ジッテ月夜ノマラソン
月夜ノマラソン芭蕉モ一茶モ杖突キナガラ
北條民雄モ繃帯靡カセ月夜ノマラソン
月夜ノマラソン細谷源二モ一郎モ
月夜ノマラソン吉本隆明モ詩ヲ書キナガラ
月夜ノマラソン斎藤冬海モ児ヲ抱キナガラ

そして、ついにこの月夜のマラソンは、いつしか修羅の群れとなる――。

月夜ノマラソンイツシカ修羅ノ群レトナリ

二三章は「喉佛峠」で、喉佛峠まで峡谷が、墓標、葬列、蓮沼、狐の嫁入などが続き、〈喉佛峠の案山子も混じり盆踊り〉〈茜の寺で佛を探す喉佛〉などの句がある。第二四章「峠町より」には、〈燦々と火の燕降る峠町〉〈峠の遠い寺々を枯尾花で掃く〉など、峠の町や寺が描かれ、「北狐」では、〈北狐七輪で魔羅を焼いている〉など、北狐が登場し、法衣を着たり、自転車を漕いだり、峠の町へ托鉢に行くのである。以下、「犬宰（いぬふぐり）」には、〈犬宰という惨劇を観に峠迄〉〈冬の鷗に殺せと叫ぶ犬宰〉などの句があり、「キリギリス」では、兄に、兄の家に、山寺にキリギリスが出現する――。

啼きしきる兄の額のキリギリス　（「キリギリス」、以下同じ）
キリギリスの咬み傷鮮やか兄の頬
兄上の足斬り落とすキリギリス
キリギリスの羽脈に透る銀河系
鉄窓より名月を観るキリギリス

第二八章は「雛祭」で、ここでも雛は喚き、遠い夢を見、雛壇の雛は死化粧し、死句を書き、淋しさに死篇を綴り、死ねない雛が苦しむ……。

死ねぬゆえのたうち回る雛が居る
死ねぬゆえ胸掻き毟る雛が居る
死ねぬゆえ舌を噛み切る雛が居る
死ねぬゆえ鋏で耳裂く雛が居る
死ねぬゆえ箸で眼を突く雛が居る
死ねぬゆえ刀で魔羅切る雛が居る
（「雛祭」、以下同じ）

そして、〈半身焼かれた雛が路上に落ちている〉のである。

第二九章から三二章までは、「折鶴地獄」「螢籠」「佛身抄」「月の凧」と題名が付され、それぞれの章では、折鶴が絶叫し、螢籠が揺れ、佛身は切り傷を帯び、月夜に凧を揚げる、そんな光景が広がっている。

背骨折られた鶴が絶叫春の家
折鶴に吹雪の峠を折り畳む
折鶴に秋津の羽根を折り畳む
折鶴地獄より逃げて来て叫ぶ鶴
折鶴に折り殺されて月を観る
（「折鶴地獄」、以下同じ）

螢籠で揺すられて眩暈峠道
籠の中の峡谷螢が雪崩れ込む
縊死のよう軒に揺れてる螢籠
野の狂院に似て青光る螢籠
（「螢籠」、以下同じ）

生前に螢に咬まれた耳が在る
夕茜佛身の傷を数えつつ
佛身の背の闇に棲む蝙蝠よ
（「佛身抄」、以下同じ）

月が出て佛身寝返る薄原
泥池に潜る佛身に抱えられ
耳迄裂けた佛の目尻蓮の寺
死に切れず凧揚げに行く月の原
天北迄凧に曳かれて来てしまう
兄さんに習った凧揚げ死界にて
兄還らず夕に凧揚げに行った儘
死んで生まれ生まれて死んで破れ凧
（「月の凧」、以下同じ）

『銀河小學校』は、第三三章「秋の寺」、第三四章「抽斗地獄」で膨大な俳句宇宙を閉じている。

緋の紐が谷川流れて行く秋の寺
死に切れず鹿に跨る秋の寺
秋の寺柳に葬列がぶら下がり
秋の寺柳に天女が搦められ
棺桶の谷底の夕月秋の寺
（「秋の寺」、以下同じ）

学校という抽斗地獄月見草
抽斗が深くて兄を救えない
秋という辻を曲がれば押入地獄
鳥地獄の寺で書き足す萩の遺書
抽斗を雲雀地獄と思い込む
（「抽斗地獄」、以下同じ）

それにしても、西川徹郎の〈実存俳句〉の集大成である五〇〇〇句以上から成るこの『銀河小學校』とは、いったいどのような世界を表現しているのであろうか。『銀河小學校』の俳句宇宙の表象とは、まさに〈銀河の光〉と〈修羅の闇〉ではないか。銀河や月光に照らされた生の惨劇＝修羅の闇――それが西川徹郎の〈地獄篇〉としての『銀河小學校』なのだ。闇が闇を照らすことができないように、銀河の光に照射されてこそ、はじめて〈私〉の実存も、生の峡谷も鮮烈にとらえることができるのである。

この『銀河小學校』では、宮沢賢治の生と死を往還する銀河鉄道が、〈銀河小學校〉〈銀河峡〉〈桔梗駅〉〈白萩峡〉〈月ノ峡谷〉……などをステーション名にしてめぐり回っている。その銀河鉄道は、布教の果てに死んだ祖父も、『無灯艦隊』を出版してくれた父も、奈良でただ一人で死んだ兄も、病で倒れた母も、すべての〈死者〉＝〈不在者〉を乗せて、渦巻銀河を抜け、月の峡谷を通り、天の川のなかを走っている。銀河鉄道の窓の外には、秋津が、火の鴉が、鶴が、百合が、寺が、峠が……見え行き過ぎる。そして、生の苦悩を一身に背負った案山子が燦々たる銀河のなかに立っているのが見える――。

血反吐デ汚レタ案山子ノ頬ニ秋ノ風　（「案山子抄」、以下同じ）
秋風ニ案山子ハ遠イ尾根ヲ見ル
切傷ダラケノ案山子ノ呻キ秋ノ風
淋シサニ案山子ハ月夜ノ戸ヲ叩ク
ゴウゴウト哭ク月ノ峠ノ案山子カナ
旅デ倒レタ案山子ガ仰グ銀河紺

この血反吐で汚れ、遠い尾根を見、ときに淋しさに泣き、旅に倒れた〈案山子〉とは、まぎれもなく、この修羅の闇夜を生きる〈私自身〉（＝西川徹郎）なのだ。その絶対孤独の〈案山子〉に、銀河系からの透明な光の瀧が降り注ぐ――。

案山子の耳に銀河が懸かる山畑　（「銀河小學校Ⅰ」）

未刊集『東雲抄』には、一五歳のときの次のような俳句が収められている。

地の涯へ冬日に蟻が追われてゆく　（『西川徹郎全句集』、以下同じ）

淋しき荒野少女が一匹の蝶と化す
暗い森で少女が蝶を生んで死んだ

四八年前、このような孤独の入り口で俳句表現と出会い、以後反季・反定型・反結社主義をつらぬき、「タスケテクレ」という魂の叫びとともに〈実存俳句〉の峡谷を歩んできた西川徹郎は、ついにダンテやドストエフスキー、日本では宮沢賢治や埴谷雄高などごく少数のものしか至りえない、生の惨劇の究極の地点＝魂の高い峠に立ったのだ。そこには〈絶対の救済〉＝〈銀河の光〉が満ち溢れている……。

第十五章　月光と銀河のもとで―〈光の文学〉

埴谷雄高『死霊』の第八章は、「《月光のなかで》」と題され、次のような描写ではじまっている。

「それは素晴らしく幻想的な蒼白い月光を浴びた大運河の晩夏の夜であつた。大運河のすべての水面を目立つた隈ひとつなく覆い擴がつている蒼白い月光は、いちまいの幅廣く長い長く薄い、軟らかな絹を下方に敷きつめて、果てもない果てへまで遠くつらなつているように見えた。そこは、ふと思い立てば、誰でもがこの岸邊から降り立つて歩き出すことができ、そして、その蒼白く薄い均質な霊性をもつた長い長い月光の道を歩きに歩きつづけてゆけば、その誰でもが、無限大の果ての果ての思いもかけぬ一種自在の世界のなかへ何時しかはいりこんでしまえるように思われた。」

（『埴谷雄高全集』第三巻『死霊』）

『死霊』の主要登場人物である黒川建吉と津田安壽子と「神様」と呼ばれる少女が、地下印刷所をでて、蒼白い月光のもとを大運河に沿って歩いて行く。以下、この章は印刷所での安壽子と非合法の地下出版の組版をする李との会話、黒川が安壽子に許婚の三輪與志について「無限大への道」という物語を通して語る場面など、幻想的な雰囲気のなかで展開していく。そして、三人は大運河、小運河に架かる橋を渡り、「生の歸結たる死の原初の全體をまるごとかかえこんでいる巨大な暗黒の森」のなかの小庭園へと至る。

小庭園のなかには、黄色い灯火のともった古い木造の家屋があり、そこで姉が政治目的で「一角犀」という革命家と心中させられた尾木恒子と会話を交わすのである。託児所で働く恒子は、姉の心中や姉の恋人であった三輪高志の書いた〈人類の死滅〉をテーマとした『自分だけでおこなう革命』と名づけられたリーフレットなどについて語る。安壽子、恒子、「神様」が庭園内のベンチに座ると、月光のなか上空を白い蝙蝠、白い鷗が飛ぶ――。

やがて、昨夜、子どもを嫌う三輪與志が抱いたという赤ん坊を「神様」が連れてくる。蒼白い月光のなかで、この庭園の風景は一種の万象の「宇宙交響樂」となる。ベンチの上で、その赤ん坊は安壽子の膝に触れる。「すると、その瞬間、激しく沸きたつ海嘯が海嘯を呼ぶ凄まじい戰慄と、思いもかけぬ果てしもない深い強烈な陶酔感が、津田安壽子の全身の細胞から細胞へともはや停止も到達もないままとめどもなく顫え走りつづけたのであつた。「これが、節子姉さんの《精神の處女懐胎》なんだわ！」ふわつと白い衣装が擴がつた膝の上によじのぼつた赤ん坊は、だあ、だあ、と彈んだ聲をあげた」。――〈月光〉のなかで、心中した姉節子の生命は、新たに津田安壽子につながっていったのだ。埴谷雄高は、こう書く。「なんと素晴らしく幻想的な萬象がつぎつぎと祕密な出現をつづけた蒼白い月光の夜だつたことだろう」と。

一方、『死霊』五章には、ある一人の革命家の処刑を扱った「夢魔の世界」という物語の山場となる章がある。ここでは、革命による権力を否定したある旋盤工の査問と処刑の場面が描かれている。組織の上部を否定し、『自分だけでおこなう革命』を純粋に実践しようとしたこの〈ただひとりの革命家〉は、月の光がめまぐるしく回転し、低くたれこめた雲が勢いよく池の水面を走る幻想的な満月の夜、同志によって処刑されるのである。被査問者の旋盤工は、自由を奪われて一艘の小舟に乗せられ、月光に照らされて黒く光る水面に投げ入れられると「――いいか、もう一度、考えろ！」と聞きとれる最後の叫び声を残して水中深く沈んでいく――。

「時折、蒼白い月の光の輪が上方からさしこみ、斜めに走つてゆく光の波が僅かな水面下にある彼の軀の上を凄まじい速度で渡つてゆくと、眩ゆい、透明な、果てもない、廣い、廣い空間のなかに怖ろしいほど静かな悠容たる物體が不思議な安らぎに支えられた安定度をたもつて果てもなく浮遊しているようにさえ見えた。注意してみれば、呼吸を示す空氣の泡もいまはのぼつてこず、月光の見え隠れする厚い雲の層の激しい動きにつれてその黒い固定したかたちは、暗い奥底を背後にした一種幻想的な透明な世界のなかを浮遊しながら、現われたり、また、消失したりして見えたのだ。（同前）」

八章「《月光のなかで》」では、〈精神の處女懐胎〉という生命の再生のドラマを生んだ〈月光〉（＝銀河の光）は、五章「夢魔の世界」では、査問の果てに〈永久革命者〉の処刑の場面（＝修羅の闇）を照らしだしたのである。

月ノ峡谷トウ二案山子八殺サレテ　（「月の峡谷」『銀河小學校』）

『カラマーゾフの兄弟』の第七編には、「アリョーシャ」という章がある。心美しいアリョーシャ・カラマーゾフは、信仰の師ゾシマ長老の死に直面し悲嘆にくれる。大主教の遺骸は、湯灌しない習慣に従い、温湯で拭われただけで法衣、外袍をまとった長老の亡骸に、主教や助祭たちは福音書を読誦する。聖人の遺骸は死んでも腐敗しないと信じられていたにもかかわらず、ゾシマ長老は一日も経たないうちに腐敗しはじめるのだ。アリョーシャも、僧たちも動揺する。アリョーシャは、棺の安置された庵をでる。知人のラキーチンに出会うと、別人のような苦痛の表情のアリョーシャはこう告げる。——「ぼくは神にたいして謀反を起こしたのじゃない、ただ『神の世界を認めない』のだ」（米川正夫訳、以下同じ）と。信仰深いアリョーシャに、はじめて不信の芽がめばえる。

夜九時、アリョーシャは僧院に戻り長老の庵室に入ると、パイーシイ主教と若い修行僧は棺に向かって福音書を読んでいる。アリョーシャもひざまづいて祈祷をはじめる。だんだんと熱意をこめて祈ると、いつしか疲労のなかでまどろんでいく。パイーシイ主教は、ガリラヤのカナの婚礼の部分を読んでいる。アリョーシャは、この婚礼の喜びのなかにいる。大テーブルの陰から立ち上がり、彼の方へと進んでくる小柄な老人が目に入る。老人＝ゾシマ長老は、アリョーシャにこう呼びかける。——おまえもいっしょに皆の方へ行こう、新しい酒をいっしょに飲もう……と。すると、アリョーシャの胸は燃え立ち、歓喜の涙がほとばしり目が覚める。再び、棺、死臭のために開け放した窓、読経の声がよみがえる。アリョーシャは、突然庵室をでると、急いで庭へと降りる――。

「静かに輝く星くずに満ちた夜空が、ひと目に見つくすことができぬほど広々と頭上におおいかぶさっている。まだはっきりしない銀河が、天心から地平へかけて二すじに分かれている。不動といってもいいほど静かなさわやかな夜は、地上をおおいつくして、僧院の白い塔や黄金色をした円頂閣が、琥珀のごとき空に輝いている。おごれる秋の花は、家のまわりの花壇の上で、朝まで眠りをつづけようとしている。地上の静寂は天上の静寂と合し、地上の神秘は星の神秘と相触れているように思われた……アリョーシャはたたずみながらながめていたが……ふいに足でも薙がれたように地上へがばと身を投じた。」

（『ドストエフスキー全集』第一二巻）

アリョーシャには美しい魂と信仰がよみがえり、歓喜とともに地にひれ伏し接吻し、「自分は大地を愛する、永久に愛する」と誓い、大地を涙でうるおすのである。そんな新しいアリョーシャを、ゾシマ長老の棺のある庵室を、遠い銀河の星々の光が照らすのだ。

切傷ダラケノ案山子瞬ク暁ノ星　（「案山子抄」『銀河小學校』）

淡々と銀河一すじ棺の蓋　（「銀河峡」同前）

俳句総合誌「俳句界」（二〇一〇年二月号・文學の森）には、「極北孤高の異色俳人　西川徹郎独占インタビュー」が、「西川徹郎の風景」「自選三十句」、二篇の西川徹郎論とともに掲載されている。インタビューでは、少年の頃の俳句との出会いからはじめ、細谷源二、赤尾兜子、金子兜太、島津亮との出会いを経て、自分のことをこう語る。「西川徹郎とは、新興俳句と前衛俳句の狭間に生まれ、しかも、その両者とも全く異なる異質な表現、その両者を超出する志を抱いた作家。もし許されるのであれば、そういう俳人です」。

さらに、「私の俳句は人間の心の世界、人間存在とは何かを問い続けていく。人はいかに、苦悩の北壁を超え、いかに生きるべきか、これが本来文学の永遠の課題です。俳句もまたそうでなければならない」といい、芭蕉の〈荒海や佐渡に横たふ天河〉の句について、「これも芭蕉という一人の表現者の人生とその実存を映し出した作品です」と評し、こう続けている。

「天の川という宇宙、銀河系があって、そのきらめきと、キラキラと輝く日本海の荒海の波の穂、もう一つきらめくもの、それは、佐渡島の地の底にあって、金鉱に送り込まれた囚人たちが、絶望の中で息絶えてゆく。彼らの生命の輝きが同時にある。そこに、宙空から注がれてくる銀河系の光、同時に地の底からうめきあえぐ人々の声。〈タスケテクレ〉、実存のこの声無き声が、地の底から天空の銀河へとつながる叫びとなり、一条の光となって一句を形成している。」

銀河の光は、日本海という荒海と同時に、地の底に生きた囚人たちの絶望と、一人ひとりのいのちの輝きを永遠に照らすのだ。

西川徹郎は、この特集に『無灯艦隊』から『銀河小學校』まで四八年間にわたる全作品のなかから、次のような「自選三十句」をとりあげている。

不眠症に落葉が魚になっている
癌の隣家の猫美しい秋である
首のない暮景を咀嚼している少年
京都の橋は肋骨よりもそり返る
京都の鐘はいつしか母の悲鳴である
晩鐘はわが慟哭に消されけり
男根担ぎ佛壇峠越えにけり
父の陰茎の霊柩車に泣きながら乗る
海女が沖より引きずり上げる無灯艦隊
こんなきれいな傘をはじめてみた祇園

屠馬は七夜一睡もせず星数え
ねむれぬから隣家の馬をなぐりに行く
食器持って集まれ脳髄の白い木
階段で四、五日迷う春の寺
少しずつピアノが腐爛春の家
尖塔のなかの死螢を掃いて下さい
なみだながれてかげろうは月夜のゆうびん
朝の木に引っ掛かっている姉の卵管
床屋で魔羅を見せられ浦という鏡
陰血(ほとぢ)流す犬も雪見に金閣寺
庭先を五年走っているマネキン
首絞めてと桔梗が手紙書いている
月夜の谷が谷間の寺のなかに在る
佛壇のなかを通って月山へ
嵐の旅立ちゆえ妻抱くおだまきのように
抽斗の中の月山山系へ行きて帰らず
秋津しきりに月光の棺運びおり
顔裂けた地蔵もろとも山畑売られ
犬から解けた繃帯が町の外れまで
夢竟る馬が義足を踏み鳴らし

（「俳句界」二〇一〇年二月号・文學の森）

俳人にして詩人西川徹郎は、第一句集『無灯艦隊』から、第二句集『瞳孔祭』、以後『家族の肖像』『死亡の塔』『町は白緑』『桔梗祭』を経て、未刊集『月光學校』、『月山山系』『天女と修羅』『わが植物領』『月夜の遠足』、『西川徹郎全句集』に収められた未刊集『東雲抄』、第一三句集『銀河小學校』まで、前人未到ともいえる一〇四〇〇句を超える俳句宇宙を創出してきている。そこから選ばれた「自選三十句」には、西川徹郎の厖大な文学宇宙の片鱗がきらめいている。さらに、ここには銀河系・時空・存在宇宙のいのちの〈交響楽〉と、〈タスケテクレ〉という実存の叫び声が、同時に響きわたっていないだろうか……。

西川徹郎は、独占インタビューで、芭蕉の〈荒海や佐渡に横たふ天河〉の句についてふれたあと、親鸞の「和讃」をとりあげて、自らの文学についてこう語っている。

「親鸞の和讃に、「無明長夜の燈炬なり　智眼くらしとかなしむな　生死大海の船筏なり　罪障おもしとなげかざれ」があります。「無明長夜」とは人生を長い夜でたとえた言葉です。この長い夜を長い夜として書いたのがカフカやキルケゴールなどの実存主義文学です。私の文学は実存主義ではありません。長夜の闇ではなく、その闇を破る光を書いたのが私の文学です。親鸞が言う「燈炬」です。

闇を破る光とは何か。それは日の光、月の光、星の光である。その銀河系の光に映し出されていく人間の姿を書いたのが実存俳句。暗闇を書くのではなくて、月の光、銀河の光という光を書く文学です。」（同前）

ここには、文学の究極的な光源が、〈生きる死ぬ枯れる〉という生きとし生くるものの宿命と、森羅万象の生まれくるいのちの原水脈が表現されている。闇を破る光を描く文学――それはドストエフスキーや埴谷雄高、西川徹郎の文学を、死とニヒリズムの文学と決定的に分かつ希望の分水嶺なのだ。この世に存在するすべてのものは、月光と銀河のもとで、過去・現在・未来の三世のなかのときを、生き、死に、枯れるのである。

月夜蝶死者ひたひた蝶が降っている　（『無灯艦隊』）

山のあなたの銀河が湖の底に在る　（『銀河小學校』）

西川徹郎の俳句宇宙は、生と死、存在と非在を架橋する〈銀河の光〉によって〈修羅の闇〉を照らしつつ、そこに在る絶対的救済を映しだす〈光の文学〉なのである。

あとがき

〈西川徹郎〉の名前をはじめて知ったのは、たしか一〇年ほど前のことではなかったか。「図書新聞」から、北海道石狩市に在住の歌人高橋愁さんの『わが心の石川啄木』（一九九八年・書肆茜屋）という批評的小説の書評を依頼されたときであった。それまで俳句との関わりが薄かったこともあり、現代俳句や俳人についてはほとんど知らないままであった。

一八八六（明治一九）年に岩手県の日戸村に生まれ、すぐに生涯故郷と呼んだ渋民村に移り、貧困のなかで短歌、小説、評論を書き、明治最後の年に二七歳の若さでこの世を去った石川啄木と西川徹郎の現代での邂逅を描いた、歌人の〈わが心の石川啄木〉のなかで、私は〈西川徹郎〉という俳人とその俳句宇宙の片鱗にふれたのだった。そこには『月山山系』『現代俳句文庫5西川徹郎句集』などから、彼の代表的な俳句がいくつか引用されていた。

　抽斗の中の月山山系へ行きて帰らず
　不眠症に落葉が魚になっている
　巨きな耳が飛びだす羊飼う村に
　樹上に鬼　歯が泣き濡れる小学校
　食器持って集まれ脳髄の白い木

このとき、私はこれらの俳句をどのように読んだのだろう。いま、はっきりと思いだすことはできないが、これまで私が知っている俳句とはまったく異なった世界を感じたのはたしかであった。この書評が掲載されて少し経ったころ、一面識もない私のところに執筆の礼状とともに、既刊の「銀河系つうしん」や何冊かの句集、作品の掲載された雑誌などが届いた。私は『わが心の石川啄木』のなかの限られた句ではなく、その厖大な句の星雲のような集積に接し、まさに極北の地と銀河系宇宙が交感するように、作品が放つ光芒とそれが照らしだす地獄絵図のような光景に目をみはった。

それ以後、『わが植物領』『天女と修羅』『西川徹郎全句集』『銀河小學校』などの新しい句集や掲載誌が届き、いつしか私は〈西川徹郎〉という俳人にして詩人の表現宇宙にひきつけられていった。そんなとき、『星月の惨劇―西川徹郎の世界』（茜屋書店、二〇〇二年）という西川徹郎論を集めた論集への執筆依頼を受けた。それまでは俳人について書いたこともなかった私は、迷いつつも埴谷雄高の『死霊』と深く通ずる存在宇宙について論じた「未出現宇宙の消息―西川徹郎と埴谷雄高」を書いた。それは本書の序章にあたるものであった。

それを機縁に、私は西川徹郎論の書き下ろしを依頼され、それも何年も途中まで書き継ぎながら長い間完成を見なかった。ところが、昨年の年末近くのある日、半分近くで数年間中断していた本書に、なぜか心ひかれて再び西川徹郎の実存俳句と向き合うことになった。ちょうどそのとき、信州蓼科の山間の小さな町で生涯を送った私の八四歳の母が死の間際にあった。執筆を再開した数日後、一二月三〇日深夜母は亡くなった。それは、私が第六章『死亡の塔』について書いている途中であった。この『死亡の塔』には、非在の時空を生きる人たちが登場し、そこには多くの〈死亡の塔〉が立っていた。私の母も、私の記憶のなかに一つの〈死亡の塔〉（＝〈いのちの塔〉）を残してこの世を去った……。

以後、数カ月間私はひたすら第五句集『町は白緑』から『桔梗祭』、月の光の射し込む『月光學校』、『月山山系』『天女と修羅』『わが植物領』、母と兄の死をテーマにした『月夜の遠足』、第一三句集『銀河小學校』まで、句集一冊一冊、一句一句と向き合い、そして句集が進むにつれてはげしくなる修羅の惨劇とともに、比例的に銀河の光がその美しさを増していく光景に一人息をのんだ。

〈銀河鉄道〉で死の宇宙をめぐり成長したジョバンニは、もう「大きな暗（やみ）の中」もこわくはないとカンパネルラにいったように、〈ほんたうのさひわい〉（＝光）によってしか〈修羅〉（＝闇）を怖れずに描きだすことはできないことを想った。そして、あらゆる死者、非在となったものたちも、この宇宙の光のなかに永遠に生きるのではないかとの想いを新たにした。その微光は、生きとし生くるものを、森羅万象を、生老病死の人生をつらぬいていているのだ。

奇しくも、本書の書き下ろしが後半終わりに近づいたころ、私のもとに西川さんから「極北孤高の異色俳人　西川徹郎」という特別企画を掲載した「俳句界」二〇一〇年二月号が届いた。そこには私の知らない北海道芦別の風景、『無灯艦隊』の原郷新城峠、西川徹郎文學館などの写真とともに、「西川徹郎独占インタビュー」が載っていた。このなかで、彼は自分の俳句は人間存在とは何かを問い続けてきたといい、人はいかに苦悩の北壁を超えることができるか、それが本来文学の永遠の課題であると述べている。

さらに、インタビューの後半では〈実存俳句〉について、こう語る。――闇を破る光は、月の光、星の光、銀河系の光で、その光に映しだされる人間の姿を描くのが実存俳句、それは光を書く文学です、と。私はこの言葉に衝撃を受けるとともに、そのとき私のなかで本書のエピローグが決まった。

五〇〇〇句を超える書き下ろし句集『銀河小學校』には、一二〇句ほどからなる「案山子抄」という章がある。ここには人として生きることの苦悩が凝縮されている。

発狂スル案山子枯野ノ風ニ撲タレ
野ロデ倒レタ案山子ニ星ガ霰降ル
ガラガラト崩レル案山子ノ身ノ骨ガ
村村ノ案山子ノ叫ビ声ヲ聞ク
野ノ案山子流星ヲ数エ眠ラレン
淋シサニ案山子ハ三十三夜泣ク
「殺セ殺セ」ト案山子ガ叫ブ秋ノ風

風に、雨に、雪に打たれ、淋しさに泣き、野に、峠にひたすら立ちつづける案山子(かかし)――それは私たち人間の実存そのものではないか。だが、そんな案山子にも、陽が差し、鳥がとまり、周囲では草木が育っていく。そんな案山子を、夜、銀河の光が照らすのだ。

ときに、旅で倒れた案山子の上にも銀河が広がり、光の波が泼う……。

旅デ倒レタ案山子ヲ湙ウ銀河荒波

生きるとは、何と不可思議なことだろう。私は俳人・西川徹郎と出会い、その俳句宇宙とともに、そんな想いを実感した。

書き下ろしの原稿を何とか完成させ、西川徹郎さん、斎藤冬海さんにお送りしたあと、西川さんからのお手紙に、新城峠に雪解けがはじまったこと、自分の俳句の根本の苦闘を明らかにしてくれたことへの感謝のあと、最終章の副題であり本書のテーマについて、次のような思いがけない一行が記されていた。――〈光の文学〉とは、あなたの文学のことです、と。私はその一行を、心ふるえるような気持で読んだ。だが、それは私以上に、やはり西川徹郎の俳句宇宙にふさわしいであろう。同時に、すべての文学は、畢竟〈光の文学〉ではないか。

私にこのような執筆の機会を与えてくださった西川徹郎さん、作家で西川徹郎文學館館長の斎藤冬海さんはじめ、編集を担当してくださった西川徹郎文學館図書編集室の戸島あかねさんなど関係者の方々に深く感謝したい。

そして、本書は銀河の光を受けた母の〈いのちの塔〉として、私のなかにいつまでも生きつづけるであろう――。

（本論初出は二〇一〇年西川徹郎文學館刊行の『銀河の光 修羅の闇―西川徹郎の俳句宇宙』（西川徹郎文學館新書③））

笠原 伸夫

銀河と地獄—西川徹郎論

銀河と地獄の狭間—西川徹郎論

一、鳥葬

西川徹郎の第十三句集『銀河小學校』（二〇〇三年・沖積舎）は、Ａ５版、六百四十五ページ、五千句ほどを収める。「銀河小學校Ⅰ」から「抽斗地獄」まで全三十四章、俳句という最小の詩形式でありながら、いや逆にだからこそなのか、津波のような詩的言語の大群には、目も眩む思いがする。活字の大きさ十四ポイントの文字列が五千行並ぶのだから、狂暴なまでのエネルギーの発現はいったい何なのか。

もちろん〈狂暴な〉と簡単にいい切ってよいものかどうか疑わしい。自明のことながら西鶴流の一昼夜二万三千五百句独吟の大矢数俳諧とは異質である。西川徹郎の五千句は、制作に一年五ヶ月を要しており、大矢数のナンセンスな荒行とは無縁だ。語句の吟味、研磨、構想、どれをとっても緻密に練り上げられた五千句といってよい註①。

兄妹螢谷まで一輪車

第三十四章「抽斗地獄」二百十二句のうちの一句だ。清冽なイメージがここちよい。そういえば第二句集『瞳孔祭』（一九八〇年・南方社）のなかに、

妻よはつなつ輪切りレモンのように自転車

という、美しい一句があった。

ただしそのような抒情的清冽さを含み込みながら、この句集の総体から匂いたつのは量的迫力に比例した濃厚さである。俳味とか俳諧性とかいえば、まず飄逸、洒脱など肩の力の抜けた、墨絵的境地をいうのだろうが、しかしここにあるのはそれとは裏腹な異形性である。西川自身の言葉でいえば、〈反俳句的視座〉註②なるものを内包する。

〈反俳句〉を自称しつつ、しかしかれの言語的表現は間違いなく〈俳句〉である。定型十七文字なる範型を内に蔵し、といってそれに捕われることなく自在であり、その表象の行方は無辺際の拡がりをみせる。魔術的イメージの喚起力といってよい。

この句集の第十二章「鳥葬」五十七句をみてみよう。〈鳥葬〉とは鳥のとむらいではなく、鳥による人の弔いの儀式である。日本にはない習俗であり、この句集の話者の心象の景にほかならない。五十七句の展開のなかに鳥たちは獰猛な目をみひらき、羽を大きくひろげる。かれらが見るのはまだ新鮮な人の身体である。〈鳥葬〉という語によって喚起されるのは、切り立つ岩壁、天空、乾いた大気、鳥影。猛禽の羽は拡げれば丈余となり、炯々たる眼光に射抜かれる獲物としての屍。嘴は死んだばかりの肉を啣える。

〈鳥葬〉とは言葉としては一般的だが、日本では風葬、洗骨の習俗も大方は過去のものだろう。映像をみた記憶はある。チベットあたりか、断崖のうえの死者は鄭重な葬送儀礼を経て安置され、鳥たちが空に群れはじめる。削ぎ立つ岩肌。ナレーションは、さしたる時を刻むこともなく白骨化される、と語っていた。

屍体の処理には火葬、風葬等の乾燥葬と、水葬、土葬という湿葬の二つがあるという（久野昭『葬送の論理』一九六九年・紀伊國屋新書）。いずれにしても死者たちはどのような形でか自然に還る。普通一民族一葬法なのに、日本の葬送は多様で、古くから乾燥葬、湿葬入り混じっていた、と久野昭はいう。『今昔物語』巻第十三、「摂津ノ国多々院持経者語第六」のなかに〈死シテ人ヲ棺ニ入レテ木ノ上ニ置ツ〉という一節があり、別のところに犬が死骸を食いに来る夢の話がでてくる。犬だけでなく猛鳥が飛んできて死骸を食らってもおかしくはない。

しかし西川徹郎における〈鳥葬〉はそのような具象的存在とは縁はない。心象であり、映像であり、影かもしれぬ。〈鳥葬〉という語の字型、韻からくる印象もあるだろう。もちろん〈鳥葬〉というからには、鳥の餌食となるべき死屍がなければならない。

たとえば次のような具合にである。

山頂の鳥がさかんに襲う魔羅

鳥葬を見て来て睾丸を確かめる

岩擦れ擦れに飛ぶ鳥魔羅を嘴に

「鳥葬」五十七句末尾五句のうちの三句である。西川徹郎の詩的言語のもつ身体性がここでは極限のイメージを呼び起こす。山頂の岩場に横たわっているのは当然死屍であり、鳥はその男根めがけて襲いかかるというわけだ。最後の一句の鳥は切りたつ岩壁すれすれに死者の魔羅を咥えて飛ぶ。

〈魔羅〉とは梵語で、釈迦の修行を妨げようとした魔王の名だそうである。西川徹郎の俳句には、魔羅とか陰唇とか他ではあまり目にしない身体的器官名がよくでてくる。

人肉の朱さを灯し頂は

死んで別れた人が雪崩に流されて行く

というものもある。死んだ男の身体は岩山の頂で月光にさらされているのかもしれず、雪崩に巻き込まれてゆく姿を、鳥はどこかで見ているのかもしれない。いや西川徹郎の内なる想像のスクリーンで、咥えられた巨根が宙を飛ぶ。

しかしこのような〈鳥葬〉の死屍がでてくるのは、「鳥葬」のうちの後半においてであって、冒頭部分は乾いた風のなかの死のイメージと直接結びつくわけではない。

鳥葬の鳥が並木に止まっている

鳥葬の鳥が電線に止まっている
＊
路地に落ちてる鳥葬の鳥の羽根
玄関に落ちてる鳥葬の鳥の羽根
＊
鳥葬の鳥紛れ込む兄の家
戸の隙間から鳥葬の鳥が入ってくる
ガラス戸破り鳥葬の鳥雪崩れ込む
＊
鴉の羽根が一枚ドアに挿してある
鴉の羽根が散らばっている兄の寝台
＊
嫂は鴉の羽根を襟に挿し
母の鬢の鴉の羽根は濃紫

これは「鳥葬」五十七句のうちのはじめの十一句である。その配列についてみるなら、まず星印での区分が目につく。五十七句を並列するだけでよさそうなものだが、まず短かければ二句、長くて二十句を一纏りとして十個の星印で区切られる。細心の注意のはらわれる構成といえるだろう。

星印による区分はどのような意味と効果があるのだろうか。「鳥葬」のなかに星印は十個でてくる。まずはじめの二句は並木と電線に止まっている鳥、星印を挟んで路地に落ちている鳥の羽根、次いで室内に入り込む鳥、以下、ドアやベッドのそばに落ちている鴉の羽根、嫂の襟や母の鬢の鴉の羽根、星印五番目の後は二十句で華燭のホテルでの光景、ついで町じゅうに溢れる鳥たち、死んで別れた人のこと、星印八番目以下末尾まで鳥葬の実際、鳥と死者の身体の対比。

全十一節。発端で鳥は〈鳥葬の鳥〉というけれど、鳥がいるのは岩山でなく街である。楽曲のはじめはごく緩やかにアダージョかラルゴ。二節に鳥の姿はない。ただし路地はともかく玄関に鳥の羽根が落ちているのは、すこし不気味ではある。三節、楽曲は波だちはじめ、やがてヒチコックの「鳥」の映像を思いださせるような騒がしさとなる。戸の隙間どころかガラス戸を破って侵入。曲想はさほど激しくはない。

しかしそれは瞬時のことで六節二十句へ入ると、光景は華燭のホテルの賑わいに転じ、鳥は花嫁のペチコートのなかに入り、花婿の魔羅を突き、酒を酌み交わしもする。〈陰唇〉という言葉まででてくる。鳥は街中に溢れ、そして最終四つの節へとつづく。

構成からいえば、グスタフ・フライタークの〈五部三点説〉か、能の序一段、破三段、急一段の五段の展開を思わせるところがある。物語性をもつ展開なのである。シュルレアリスム風のタブローか、ルイス・ブニュエルの映像を連想させる。これがブルトンの「溶ける魚」の一節であるなら格別奇想天外とも思わぬであろう。われわれはアニメーションやテレビのコマーシャル・メッセージですでにこのような超現実風景に馴れていて、なんの違和感もなくそれを受け入れられる。シュルレアリスムの通俗化現象であって、考えてみればブルトンの「シュルレアリスム宣言」からでも八十年は過ぎているのである。

〈鳥葬〉はいまの日本には存在しない。しかしこの五十七句の連作のなかで、鳥たちはヒチコックのカモメのように獰猛な目をかがやかせ、いきいきと乱舞する。

二、**アブジエクシオン**

それにしても〈花嫁の股間の鳥〉とか〈陰唇のように羽ばたく〉とか、〈人肉の朱さ〉〈死肉咥えた鳥〉〈鳥がさかんに襲う魔羅〉あるいは〈鳥に捧げる睾丸〉とか、あられもない身体用語が頻出するのはなぜか。小説でも近来ペニス、ヴァギナといった用語が医学書でもないのに散見されるようになった。驚くには当らないのかもしれない。

句集『銀河小學校』の末尾近くに、

紫陽花寺の便槽に落ち立ち泳ぐ

という句まである。医学的身体用語だけでなく、金子光晴と一脈通じるようなスカトロジーまで溢れてくる。容赦ない感じだ。

野村喜和夫の『金子光晴を読もう』（二〇〇四年七月・未来社）の第三章は「母性棄却を超えて」で四節からなる。野村氏ははじめの二節が「糞尿趣味」「アブジエクシオンの詩学」で、金子光晴の詩的想像力の異形性について述べている。

〈恋人よ。／たうたう僕は／あなたのうんことなりました（一行あき）そして狭い糞壺のなかで／ほかのうんこといつしよに／蠅がうみつけた幼虫どもに／くすぐられてゐる〉（『人間の悲劇』）という断片にふれ、あわせて名高い「洗面器」のオノマトペーで、〈しゃぼりしゃぼり〉がいつの間にか雨の音に引きつがれるさまを克明に論じる。

西川徹郎の便槽の一句の、金子光晴の詩との類縁をことさらにいいたてたいわけではない。野村喜和夫のいう、ジュリア・クリステヴァの〈アブジエクシオン論〉が気になるからである。

野村喜和夫はクリステヴァの著作『恐怖の権力――〈アブジエクシオン〉試論』（枝川昌雄訳・一九八五年・法政大学出版局）の冒頭の一節をまず引用する。枝川訳とほとんど同じだが、野村氏の小さな改変が分かりやすくなっているので、こちらを引くことにする。《存在が自己の脅威に対して企てる反抗、可能なもの、許容しうるもの、思考しうるものから投げ出され、途方もない外部や内部から来るようにみえるものに相対してのあの暴力的で得体の知れない反抗が、アブジエクシオンにはある。そこにごく近くにありながら、同化し難いもの。それは欲望をそそり、欲望を不安と魅惑に投げ込むが、それでも欲望はいたずらに魅了されるままにはなっていない。恐怖を覚え、欲望は身をそむける。吐き気を催して、投げ返す。ある絶対的なものが汚辱から欲望を守る。欲望はこの絶対者を誇りに思い、それにしがみつく。しかし同時に、この激情、この痙攣、この高揚はそれでもなお、断罪されてはいるが誘惑的な異域に引き寄せられる。倦むことなく、まるで制御できないブーメランのように、誘引する力と反発する力の対極が、それに取り憑かれた者を文字通りおのれの外へ連れ出す。》

フランス語で〈アブジエクト〉とは卑しい、おぞましいという意味で、〈アブジエクシオン〉はそのようなおぞましきもの、〈母性〉を棄却する行為をいう。おぞましさは同時に魅惑的という両義性をもつこともある。クリステヴァによると、セリーヌについて論じようとしているときに、〈アブジエクシオン〉という言葉が頭にうかんだのだという（「『恐怖の権力――〈アブジエクシオン〉試論』自作解説」枝川昌雄訳、「現代思想」一九八三年五月）。

クリステヴァは、セリーヌについて〈苦痛にみちた肉体、いつの場合でもすぐさま死体、腐敗、屑に転落しかねない肉体のテーマが遍在している〉といい、母性的なものへの対処の仕方に二通りある、と述べた。一方は〈憧憬的、理想化の一面――踊り子〉であり、他方は〈偏執狂や娼婦で、大なり小なり貶め蔑まれている女たち〉だという。この両面性はエディプス・コンプレックス完成期以前の未分化な感情のなかでの〈母なるもの〉への接し方の両面性でもあるようだ。貶斥しつつ魅せられる。おぞましくも蠱惑的、いやおぞましいからこそ蠱惑的なのかもしれない。

『銀河小學校』のなかに「螢籠」百十一句がある。いうまでもなく〈螢籠〉とは代表的な季題であって、夏の夜の微妙な風情がこの一語から匂いたってくる。おぞましさとか卑しさとは無縁のものといわねばなるまい。たしかに〈螢籠〉という季語と効果的な切れ字がそろえば、まず秀句の一つも出来そうだ。繊く白い指がその籠をもつ。都市では疾うに失せた風俗画ではあっても、われわれの記憶のなかからその語句のもつ映像が消えたわけではない。

淀舟の棹の雫もほたるかな　蕪村

蕪村の『夜半叟句集』から。三十石船は螢の飛び交う淀川を行く。螢狩りであれば乗り合い衆もいつもの喧しさはない。〈棹の雫も〉の〈も〉が絶妙である。この〈も〉から淀川の夕闇のなかで飛ぶ無数のホタルの明滅がみえてくる。棹の先から滴る雫すらホタル。もはや今では失われた景物でしかなかろうが。しかし西川徹郎の〈螢〉はそんな生易しいものではない。

野螢が旅人襲う夕径
籠の中の峡谷螢が雪崩れ込む
籠の中の峡谷唸る螢草
螢籠下げて出て行く夜の峠
峠の鬼の喉元照らす螢店
野の修羅に遇う螢籠売る店で
螢籠の中の荒野を行き倒れ
螢籠の中の峪行く夜行バス
螢籠の中で寝て居て殺される
人喰いの夢見て覚める螢籠
夢と現の狭間で螢籠揺らす
縊死のよう軒に揺れてる螢籠

「螢籠」百十一句のうち最初の星印までの十九句から十二句をアトランダムに選んでみた。〈夢と現の狭間で螢籠揺らす〉という、いささか観念的な抽象性をもつものもあるが、すくなくとも歳時記むきの〈風流〉とは異質の映像群である。日暮れどきの小道で野螢は旅人を襲う。カエルにホタルが食われる、という話は耳にするが、人を襲うホタルとは何だろう。籠のなかの峡谷、唸る螢草、峠の鬼と螢店、野の修羅と螢籠、螢籠の中の荒野、螢籠の中の峪と夜行バス、螢籠の中に寝ていて殺され、人食いの夢と螢籠——。こう並べると野山一面に光りつつ飛ぶものに、古代、神話圏の闇のなかでの異形の神々の〈目〉のごときものを連想したくなる。

『日本書紀』神代下の冒頭部。

《然かもその地に、さはに螢火のかがやく神、及びさばへなす邪しき神有り。また草木ことごとくによくものいふこと有り。故、高皇産霊尊、八十諸神を召し集へて、問ひて曰はく、「吾、葦原中国の邪しき鬼をはらひ平けしめむと欲ふ。当に誰を遣さば宜けむ。惟、爾、諸神、知らむ所をな隠しましそ」とのたまふ。》

天孫降臨説話である。戦前の小学校教育を受けたわたしの年齢ならばだれでも知っている、ニニギノミコトの話であって、降臨した地は磐、木立、草の葉がそよぎ立ち物をいう。荒らぶる神々の怨嗟の声が充ちるのである。〈五月蠅なす〉という枕詞を冠するにふさわしい異形の空間であって、ホタルは騒がしく悪しき神々の象徴にほかならなかった。

　このホタルの飛ぶ峡谷を句集の話者は〈螢谷〉と呼ぶが地名として各地に残る〈螢谷〉は、ここではかなり異様な奥行きを示すことになる。螢火を王朝女流歌人は〈物おもへば沢の螢もわが身よりあくがれいづる魂かとぞ見る〉といい、幽艶なイメージに転化する。

　しかも西川徹郎の句集のなかで〈螢〉の明滅は、古代神話圏の荒ぶる神々の眼光と重なりあわなければならない。優雅、幽艶というわけにはゆかぬのである。岡本太郎の縄文文化論（『日本の伝統』一九五六年・光文社）をふと連想する。西川徹郎のメタファはまさしく縄文的な荒ぶる魂の表出なのだ。

　いま「螢籠」の冒頭部から抄出した十一句を読んでみて、〈さばへなす〉と枕詞を冠したくなるような、闇に跳梁する魅（もの）たちの影を感じてしまう。〈縊死のように軒に揺れてる螢籠〉など、ただならぬ感性というほかはあるまい。〈螢籠〉という一語のもつ歳時記的な印象の定型性はここにはない。夢と現（うつつ）の狭間でそれは揺れているというが、この現はあきらかに虚構の空間であって、夢から覚めてもまた夢という性格を帯びている。

　王朝女流歌人は〈螢〉をわが身から離れ、あくがれ惑う魂とうたうのだが、西川徹郎の俳句はより古代的な修羅なす魂を内ふかく抱え込むわけだ。

　　夜毎煌めく螢籠の中の惨劇
　　隣人縊死す螢籠のように揺れ

等々、ただならぬオブセッションの影が濃い。

三、地獄へ

西川徹郎の想像力のなかで、夢と現の境界域は截然としてはいない。どこまでが夢でどこまでが現か。醒めてみる夢も形容の矛盾ではなく、夢のなかの実在感もまた確かだ。かれの言語的形象は世俗の理を超えて生気を帯びる。籠の中に深い峡谷があり、夜行バスがその峪を通過しても不思議ではなく、なんの違和もなくそれらは読み手の内面に入ってくる。〈螢籠の中で寝て居て殺される〉のも、ホタルではなく発話する主体そのものので、ありうべき出来事といえる。

いまやテレビCMやアニメーションの類で超現実主義的な構図は一般化していて、この程度では奇想とまではいえないのかもしれない。リアリズムの敗北と一応はいってよい。ただし〈一応は〉と限定しておく必要はあろう。

眼底奈落揺れつつ野行く螢籠

一つの映像のなかを螢籠が揺れながら遠ざかってゆく。きわめて鮮明な形をなしているはずだ。〈遠ざかって行く〉というのは固定された視点からの見方であって、カメラアイは籠の移動とともに動き、周辺の磐や樹木が後方へずれてゆく、とも考えられる。なにしろ〈眼底奈落〉なのだ。発話者の内なる映写幕のうえの図像とみてもよい。

映写幕のうえに大きく見開かれた目がうかぶ。ルイス・ブニュエルの「アンダルシアの犬」を思いだしてもよい。瞳孔は切り裂かれるのではなく、瞳孔の奥の網膜が浮上し、そのなかに野面は俯瞰的な構図をみせる。螢籠は揺れながら野面を通ってゆく。己れの内なる映写幕に映しだされる像も、もう一人の自分が見ている。

〈眼底奈落〉の奈落はもちろん地獄のことである。〈地獄〉なる語は西川徹郎の表現者としての全行程のなかで、なんとも親しい用語であった。『銀河小學校』のなかにも「鶴首地獄」「折鶴地獄」「抽斗地獄」等々、その語は目に付きすぎるほどだ。

なぜ〈地獄〉なのか。『歎異抄』の〈地獄は一定すみかぞかし〉なる一節を待つまでもなく、それはこの世に生きる者の究極の覚悟でもあろう。そう思わずしていま世界を吹き荒れている突風から身を護るすべは無きか、に思えてくる。

胎道の螢火地獄に迷い込む
胎道の地蔵を横切る螢籠
「螢火地獄雪虫地獄」と囁かれ
螢火地獄の入口描いてある襖
螢火地獄出口に草が生えている
山のあなたの雪虫地獄に誘われ

〈胎道〉とは何だろう。〈胎〉とはいうまでもなく身ごもることであり、肉（からだ）偏と旁の台（みごもる）から組み立てられている。〈体が身ごもる〉というわけだ。胎児、懐胎、胎内、母胎、胎動……。胎道が胎内と同義であるなら、〈螢火地獄〉とは、そこに螢火が無数に浮遊し、胎児を責める、という図柄を思いうかべてもよい。語り手はその責め苦のさなかに迷い込む、というのであろうか。

もちろんそんなふうに理詰めに読む必要はない。映像がすんなり読み手の内面に落ちてくればよい。そこに迷い込んだ話者の悪夢のごとき感覚が、わたしにはよく分かる。〈胎道〉には地蔵もいる。

〈螢火地獄雪虫地獄〉とささやくのはだれか。西川徹郎の一行詩には早い時期から〈地獄〉という表記が頻出していた。囁くのは話者の内なる自己、もう一人の話者による異界への誘いの声でもあるのだろう。

〈螢火地獄の入口描いてある襖〉という一句を読んで、なるほど庫裏か本堂にある襖絵という手もある、と納得してもよいのだが、そうもいい切れない。つまりそういう具体物とは限らないからである。西川徹郎の方法は現と夢は混淆し、夢の形は鮮明であり、夢であれば身辺の具体物とは直接かかわらない。

ところで地獄絵のなかで〈地獄〉はどのように説明されているか。『地獄草紙』のなかの「鶏地獄」をみてみよう。

《またこの地獄に別所あり、鶏地獄となづく、むかし人間にありしとき、こゝろおろかなるによりて、はら悪しくして諍いを好み、あるいは生けるものをわびしめ、鳥けだものを悩ます者、これに生まる、この地獄に猛けき焔身に満ちたる鶏ありて、罪人をしきりに蹴踏む、罪人の身分づたづたになりて、その苦患えしのぶべきかたなし》

『地獄草紙』（原家本）に添えられた詞書を、読みやすく漢字に直しての引用である。炎に燃えて猛りたつ眼光炯々たる巨大な鶏。凄まじい造型は後の世の人を戦慄せしめるに充分なものがあった。地獄絵とは単なる観賞用ではなく、さりとて仏教布教の具だけでなく、絵師の精根の尽きはてるまでの求心力のはたらく場にちがいなかった。

『枕草子』のなかで地獄絵の屏風をみて〈ゆゆしう、いみじきことかぎりなし〉と書き手は溜息をついている。地獄は要するに〈いみじき=忌むの形容詞〉ものであり、畏ろしく、しかし目を逸らすことも出来かねる。怖いもの見たさ、なのである。それは極限の想像力といってよく、『往生要集』などを読めば、酸鼻な光景はこれでもか、とばかり繰りひろげられる。

〈地獄〉とは古来人間の想像力の限界が試される場でもあった。そこはなんとも変化に富んでいて、興つきせぬ世界である。極楽の単調さにはすぐ飽きがきそうだが、複雑怪奇なテーマ・パークとしてのそこは、寺山修司ならずとも〈せつに地獄へ行きたし今日も〉なのだ。〈雪虫地獄に誘われ〉るものなら、山の何処へでもわたしも参加したい註③。

地獄図が単なる布教の道具としての役割を果たすだけでなく、いまに伝えられるのには、目的を超えたエネルギーを内在させているからにほかなるまい。西川徹郎の場合も同じである。〈――地獄〉と繰り返されながら、一句一句変化し、予想外のイメージの提示、一種言語の魔術と思わせる力を発揮する。その変幻の妙にこそ、かれの一行詩の面目があるのだ。

その一つに西川徹郎に特有の身体感覚がある。

　耳穴より次々出て飛ぶ鬼螢
　鬼螢膣に七年棲み狎れて
　鬼螢乳首に纏わり付いてならぬ
　螢に焼かれた姉の陰唇黒揚羽

鬼螢は、耳の穴から出てきて飛ぶし、膣に七年も棲みなれ、乳首に纏り付きもする。あげくには〈螢に焼かれた姉の陰唇黒揚羽〉なのだから、ダリのいう〈パラノイアークリティック〉そのままで、シュルレアリスム芸術に馴れているはずのわたしでも、開いた口が塞がらぬありさまである。旧世代の読み手は吃音になってしまうだろう。「抽斗地獄」の章に

　コウモリを捕えてみれば陰唇で

という句がある。イメージとしてはなんとも効果的で感心するのだが。

ところで〈鬼螢〉の〈鬼〉とはもちろん異形、巨大という意味で、〈鬼〉を冠する動植物はすくなくない。たとえばオニヤンマ、日本産のトンボのなかで最大級であり、雄が九センチ、雌で十センチ以上になるという。普通のゲンジボタルが最大で十八ミリくらいだというから、オニボタルというからにはそれより大きくなくてはなるまい。

　もちろん現実の鬼螢についてあれこれ詮索する必要はない。ここにあるのは夏の夕べ儚く明滅するホタルではなく異形の、テクスト内のホタルであり、耳の穴から飛びたち、膣に七年も棲む〈鬼螢〉なのである。すくなくとも王朝女流歌人の感性と交錯する余地はない。接点があるとすれば王朝仏教説話集ぐらいだろう。

　今日、小説のなかだけでなく、新国立劇場でも卑語の類が平然と発せられている。状況劇場が一九六七年夏、新宿花園神社の境内で三ヵ月間「腰巻お仙・人情いろはにほへと編」を上演したとき、〈腰巻〉は下品だからという保健所の意見で（もちろん神社側も）、なぜか「月笛お仙」という仮題が与えられた。話題を呼ぶ紅テ

ントの始まりである。その唐十郎も国立大学に教授として勤め、新国立劇場へ〈劇団唐ゼミ〉を率いて進出し、卑語を連発する。時代は変る、としかいいようがない。異端が異端でなく、前衛が前衛でなくなる時代なのかもしれない。

ともあれ、〈螢に焼かれた姉の陰唇黒揚羽〉のイメージは鮮烈にして、不思議に美しい。

四、抽斗のなかの天地

西川徹郎の一行詩には抽斗とか押入とか、家の中でもっとも有用な場所がよく出てくる。「抽斗地獄」という三十四章の表題が代表例である。

　抽斗が深くて秋の湖のよう
　抽斗が深くて地中湖の漣
　抽斗の中の湖底を歩く人
　抽斗という秋の地獄が深すぎて
　押入の隅は茫々と稗地獄
　押入の中を歩いて紅葉渓

「抽斗地獄」冒頭に近い部分から六句抄出した。シュルレアリスム風の構図といってよいだろう。抽斗が深く秋の湖のようだ、という喩法は、むしろきわめて素直である。抽斗のなかは〈地中湖の漣〉がひろがり、湖底を歩く人もいる。〈秋の地獄〉というからには、地獄にも季節があるのだろうか。寒冷、風雨に強いため古来救荒作物とされた稗もまた季語は秋である。茫々たる稗地獄、秋の風景としてはいかにも荒涼としている。一転して押入から歩いて進む紅葉渓も、全山紅葉して美しいだろう。

いずれも抽斗や押入という閉所を通って異界へでてゆく。抽斗、押入という日常的な器物が、ここでは非日常的な空間への通路になる。

それはしかし奇想天外でありつつ、超現実的表象のなかでは特別のアイディアではない。ジャン・コクトーは映画「オルフェ」（シナリオ、台詞コクトー、美術ジャン・ドーポンヌ）のなかで、鏡という日常的器物を通って生死の境を超える映像を提示した。

ジャン・マレー扮するオルフェは鏡を抜けて、ドイツ軍の爆撃で廃墟と化したパリの街サン・シールへ出て行く。画家クリスチャン・ベラールの下絵をもとに美術担当のジャン・ドーポンヌがタンク入りの水銀を用いて鏡の場面を作ったのだという。コクトーは〈人は鏡のなかに年老いてゆく自分を見る。鏡はわれわれを死に近づける〉（『映画について』梁木靖弘訳、フィルムアート社）と述べた。

抽斗、押入というきわめて日常的な器物が一瞬にして非日常的な幻想性の中心に位置するのである。しかしこの発想をシュルレアリスムの影響と短絡させてしまう必要はなかろう。

現世という平面から別乾坤へ出て行くためには、当然通過点としての器物や屹立する物体が必要となる。滝のむこう側に桃源の里があったり、大きな柿の下に下駄が脱ぎ棄ててあって、当人は姿を消してしまったりする。

泉鏡花の小説「きぬぎぬ川」（一九〇三年）では、山の奥の千枚岩なる巨岩の向こう側と下界の廃屋とが一瞬にして繋がる。幻想の山の彼方と現実の川沿いとが結びつくのである。川沿いの廃屋は以前遊女屋であったのだが、なぜか綺麗な一室の襖には千枚岩の絵があり、その押入を覗いた元兵士は髪を梳く美女に櫛で額を突かれて失神してしまう。

鏡花独特の超自然の幻想的構図である。奥深い山という幻想の界域にユートピア、桃源の世界があり、そこに聖なる女人が位置する。この小説の前編は「女仙前記」といい、ここには「女仙後記」という副題が付されている。千枚岩は現世と他界を隔てる境い目の印しであった。そして川沿いの廃屋の押入と千枚岩の向こう側とが一瞬にして繋がるのである。山中異界譚は『遠野物語』をはじめ多くの民譚にその影をとどめている。

もちろん西川徹郎の一行詩に独特の鏡、戸棚、抽斗、押入、襖等の物体のもつ超自然的なありようが、鏡花や民譚の幻想性と短絡するといいたいわけではない。むしろサルバドール・ダリなどの超現実主義絵画からの影響の方が強いのであろう。しかし同様の主題が日本文学史上にかつてみられたことを無視してよいとは思われない。

それに、それらのテーマは西川徹郎にとっても早い時期からの試みであった。

鏡破って出て行く少年冬波は　（『死亡の塔』）
抽斗へ銀河落ち込む音立てて　（『町は白緑』）
抽斗へ迷路は続く春の家　（『町は白緑』）
襖絵の桔梗が屋根を突き破る　（『桔梗祭』）
押入の中の夜の渚を行き帰る　（『月山山系』）

鏡を破って少年は出て行く。少年の去った後で冬波は鏡に映っているのか、それとも音だけなのか。抽斗という閉鎖的空間へ銀河は音たてて落ちてくる。抽斗のなかの迷路で行き惑った者の帰りつく処はどこか。襖絵の桔梗は伸びて屋根を突き破ってしまうし、押入から夜の渚へ出て行った者は波の音を纏って帰ってくる。ではなぜ生活空間のなかにある器物が幻影喚起をもたらすのだろう。鏡はたしかに不思議である。鏡の面に覆いを被せておく習慣はむかしからあった。鏡に映る己れ自身や他のもろもろの物体は、鏡がガラスであっても青銅であっても、また水であっても、不思議そのものであり、そこに異変が生じても可笑しくはない。鏡のなかの顔が鏡とともに罅割れて血を流したとして、驚いて頬を触ってみて何でもない、とすれば、もはや神経の異常では済まされなくなる。狂言「鏡男」、そのヴァリエーション落語「松山鏡」と、鏡の挿話にはこと欠かない。生活空間のなかで鏡はいまなお想像力を掻き立ててやまぬものの一つだろう。

押入とか抽斗も鏡ほどではないにしても想像力と無縁とはいえない。ザシキワラシやクラボッコが、何処からくるのか分からぬが、天井や押入を通って、といってもよいかもしれない。天井、押入、戸棚、抽斗など閉所は開けっ放しになっていると落ちつかない。箪笥の抽斗を開けたままにしておくということはありえまい。物を仕舞うためにある器物なのだから、戸棚の戸は閉めておくべきだし、机の抽斗は開けておくべきではない。

ノベルク・シュルツは『実存・空間・建築』（加藤邦男訳・一九七三年・鹿島出版会）のなかで、ガストン・バシュラールの説を引用しながら次のようにいう。
《「戸棚の中には際限のない渾沌から家全体をまもる秩序の中心が生きている」と、彼（ガストン・バシュラール）はいう。また、われわれが、「開け胡麻！」ということばを聞くときの魅惑感を指摘して、次のようにもいう。「われわれが最も完全に所有している箱やとくに小箱は、開かれる物体である」。したがって、これらは、隠蔽しかつ顕示する、保存しかつ記憶に甦らせる、という基本的行為に結びついたものなのである。》

戸棚や抽斗の役割りは隠蔽と顕示、閉ざすことと開くことにある。保存しかつ記憶に甦らせるのである。家全体の秩序を護り、整理し、必要なときにはそれを取りだせるし、どこに仕舞ってあるか、を一応覚えていなくてはならない。帽子は帽子入れに、洋服は洋服ダンスにである。

わたしの仕事部屋に納戸がついていて、主として本が積んであり、床に掃除機、棚に文箱だの花瓶だの、カバン、衣装ケースなど雑多なものが置かれてある。もちろんそこから異界へ出て行く気分にはなれないが、しかし閉鎖された納戸を開けるとき、毎回自覚するわけではないが、一瞬妙な気分になる。すくなくともそこを開け放っておく気にはなれない。

ノベルク・シュルツがいうように、開かれることに意味のある箱やタンス、押入は同時に役目が終れば閉めねばならない。〈隠蔽しかつ顕示する〉ことによって存在しうる器物であって、日常の平面で普段身を閉ざしているそれらは、身を開くときいささかあられもなさを示すのかもしれない。用もないのに開かれていたのでは日常の秩序は保たれない。開示されている棚でもガラス戸のなかでも、一定の秩序によってそこにある。

納戸へ入るときの微妙な心的揺らぎは、目的をもってそこに入るわけだから、内面に影がすこし射すだけですぐに忘れる。しかし西川徹郎の話者のようにそこに立ち尽くし、想像の輪を拡げようものなら、そこから幻の野や谷は展開しても差し支えはない。

　抽斗に義眼が二つ秋のくれ

「抽斗地獄」から抄出した六句のなかには入れなかったが、〈義眼〉は近来とみに精巧につくられ、美術品として制作されてもいる。しかし抽斗のなかにそれが二つ並んでいるとなると、にわかに異様な光景と化す。いや、義眼だけではない、耳でも指でもそれだけ人体から切り離せば異変の匂いは重くなろうというものだ。

五、ファミリー・ロマンス1

西川徹郎にとって〈家族〉は第一句集『無灯艦隊』以来つづく主要なテーマの一つであった。『無灯艦隊ノート』（蝸牛社）という俳句とエッセイをあわせた小さな本のなかに、「生家」「父上」「姉弟」等、かれの家族のことがでている。

『無灯艦隊ノート』は一九九八年二月の刊行で、翌一九九九年十一月二日実兄徹麿が奈良県生駒市で五十七歳で没し、同月六日、母貞子が芦別市新城町で死去する。七十九歳であった。なお父證教は若いころから肺を病むなど病弱で、一九七四年三月腎不全に肺炎併発で死去している。六十一歳。

テクストのなかの〈家族〉は当然、制作時期の年齢に応じて微妙な差異を示している。

1　黒穂ふえ喪がふえ母が倒れている
2　おとうとよあいらいらとアスパラ畑
3　いもうとの乳房に反射している祭
4　父はなみだのらんぷの船でながれている
5　初夜のごと美し棺に寝し祖母は
6　朝の木にぶら下がっている姉の卵管

1から3までが第一句集『無灯艦隊』より、4、5が第二句集『瞳孔祭』、6が第三句集『家族の肖像』より。

西川徹郎は第十三句集『銀河小學校』刊行の年、二〇〇三年五十六歳になる。五十六歳とはまだ老年にはすこし間があり、さりとて若くはない。多くの知友の死と立ち合わねばならぬ年齢である。

もっとも生活実体とテクストの間には微妙なズレがあろう。当然である。たとえばかれは四人きょうだいで、兄、姉、弟それに自分、妹はいない。しかし『無灯艦隊』のなかに早くも〈妹〉が登場しているように、〈妹〉はわれわれ読者にとって親しい存在であった。寺山修司の詩的表象にも〈母〉だけでなく、不在の姉や妹が登場するのはよく知られている。

第十三句集『銀河小學校』の末尾「抽斗地獄」には、〈家族〉を対象とする二十句の連作がある。この二十句で家族たちはなぜか不在である。発話者は懸命にかれらを捜しつづける。星印を挟んで前半に十一句、後半九句。前半には、母と兄、父と母、弟がでてくるが、いずれも見失われていてここにはいない。次に引くのは後半の九句。

兄さんを七年捜す玄関先
弟を三年捜す檜の廊下
妹を二晩捜す洗面所
裏庭に落ちている妹の蓮の靴
押入が広過ぎて姉を朝から捜す
祖父祖母を佛間で三夜捜しつつ
回廊地獄所々に野菊咲き
父が遠くて廊下地獄の秋の暮
夕暮は父祖父碁を打つ池の淵

兄弟姉妹、父も祖父も祖母も、何処にもいない。話者は必死にかれらを捜すのである。〈はらから捜し〉のテーマといえる。捜しつづけて、兄は七年、弟は三年、妹は二晩、姉は朝から。これは夢の表象と似ている。話者は夢みる人であり、かれはここにいない兄を弟を姉を捜す。玄関先、廊下、洗面所、押入、具体物として妹の蓮の靴があり、やがて遠くに父の姿がみえ、末尾で父と祖父が碁を打つ。池の淵で。

なぜ捜すのかは分からない。死んだ者もいるだろうし、そうでない人もいそうである。ともあれ捜すのである。捜すことが目的のようにも思えてくる。

引用した九句のうち四句目の〈妹の蓮の靴〉が気にかかる。妹を捜しているうちに裏庭で靴を発見したとも読めなくはないが、一句一句独立したものであり、そのような〈物語〉を組み立てる必要はない。蓮の靴という非現実的なモノと裏庭とはどうかかわるのか。〈裏〉は表があることによって他界への通路となるかもしれず、そして〈蓮の靴〉なのだから異変の影濃し、といわねばなるまい。

ハスはいうまでもなく仏教的なイメージをもつ水生植物で、大きな丸い葉が水の面にうかび、大型の花を咲かせる。〈蓮の靴〉は〈妹〉の他界性、冥府性を象徴する。〈蓮の靴〉は妹のこの世での不在証明でもあろう。

この九句の構成は周到な工夫のもとに組み立てられている。〈はらから捜し〉も七年、三年、二晩とつづいて、次に〈蓮の靴〉がくる。その後押入で姉を捜すのは朝からであり、すでに鬼籍に入っているにちがいない祖父母を捜すのは仏間で三夜、灯明はおそらく暗くほのめき、読経の声もか細くなるだろう。〈三夜講〉の習俗を思い起す必要はない。仏間は死んだ者たちの記憶が封じ込まれているところであり、野菊が〈回廊地獄〉の所々に咲いている。父は遠く、池の淵でその父と祖父が碁を打つ。細心の組み立てといわねばなるまい。

〈蓮の靴〉が裏庭に落ちているのであれば、両方揃えてか、片方かはともかく、〈蓮の〉と認定する根拠は何だろう……などと詮索してもさしたる意味はない。〈妹〉がいま、ここに存在しないように、〈蓮の靴〉もまたイメージとしてのみあるのだろう。幻の靴であるのは間違いない。

『銀河小學校』二十八章「雛祭」と次の章「折紙地獄」のそれぞれに〈妹の死〉が語られている。

死んで別れた妹雛の頬の月　（「雛祭」）

死んで別れた妹が折る紙の雛　（「折紙地獄」）

数が多いわけではないが、〈妹〉は第一句集から登場する。『無灯艦隊』の〈いもうとの乳房に反射している祭〉など清冽な抒情といってよい。第三句集『家族の肖像』のなかの〈葉にまみれ葉がまみれいもうとはだか〉

の爽やかな印象も記憶に残る。

もっとも全てがそういうわけではない。たとえば次の三句。

くちびるで秋津殺める妹よ　（『町は白緑』）
妹を捜しに狂院の夏祭　（『桔梗祭』）
妹は剃刀孕む桔梗祭　（『桔梗祭』）

ただならぬ異変の影が射しはじめている。西川徹郎の想像の視野に〈妹〉もまた強く転移し、その影を濃くする。

〈妹〉の像はかれの想像の界面でさまざまに変転する。ときには雛祭りのとき、あるいは折鶴を折って〈死んで別れた〉のであり、またときにいきいきとした姿をとる。乳房に〈反射している祭〉のさい、あるいは葉にまみれたか、葉がまみれたか、そんなさなかの〈いもうとはだか〉では、映像は清純な形を示している。虚構の存在としての彼女は、はじめから実在と非実在、あるとないとの狭間にいるのであって、死んで別れたのは何時か、などと野暮なことを問う必要はもちろんない。

しかし『銀河小學校』に到れば彼女は不在性を明確にする。たとえば第七章「白萩峡」百二十一句の冒頭。

ランドセルの中の白萩峡妹よ
妹は風金魚掬いに行った儘
夜祭の綿菓子ほど淡し妹は
妹は峠の夜店から戻らない
峠の夜店に妹に似た鬼の面
蜻蛉のよう首千切られて妹は
白萩の枝折る妹と思い込み
妹の胎髪絡む萩の枝

ついでにこの章の最後に近い、星印に挟まれた三句を引く。

白萩地獄妹は腸まで食われ

妹の生理用品入れも白萩地獄

妹の下着も白萩地獄かな

ここでは初期の句集にみられるういういしい妹像とは異質の、大人びたイメージが顕れる。それでも幼い少女像と一脈通じる印象は拭いきれないのだが。

一句目、ランドセルの中の白萩峡といい、一瞬間をおいてから〈妹よ〉と呼びかける。妹はもはや不在なのだろう。しかし話者は〈妹よ〉と呼びかけることによって、その遠い日々を反芻する。彼女は金魚掬いに行ったままで帰らず、綿菓子ほど淡い妹よ、いまいずこ——なのである。峠の夜店へ行ったまま妹は帰らず、夜店には彼女に似た鬼の面が売られている。

そこまでが遠い記憶のなかの妹像だが、その後のイメージは転調する。〈妹のいま〉が浮上するのである。白萩地獄において、妹は腸まで食いちぎられ、生理用品入れまでそこに放置される。下着さえ白萩地獄へ、なのだ。

最後の一句〈妹の下着も白萩地獄かな〉は〈かな〉なる凡常の切れ字で閉じられるところが面白い。思わぬ旧手法の効用なのだろうが。妹の白い下着がクローズアップしてくる。

六、ファミリー・ロマンス2

懐旧の情から始まった〈妹〉のテーマは次第に純化されてか、イメージが蒸留されたのか、一層過激になり、「白萩峡」百二十一句の結末は次の三句で閉じられる。

分娩台で白萩地獄を思い出す

＊

死刑台から白萩峡を遠望す

＊

死刑執行人の妻と酒酌む白い萩

分娩台、死刑台、そして死刑執行人の妻と並ぶわけだが、〈妹〉のテーマと一続きというわけではない。〈妹の下着も白萩地獄かな〉の後に星印が一つあって、その次にこの三句がくるのである。しかも三句それぞれ星印によって区分される。つまり一句一句自立しつつ、同時に強いイメージで繫がるわけだ。

〈姉〉のテーマも構造的にはきわめて似ている。妹から姉に目を移してもことがそんなに変るわけではない。

床下は笹の葉竹の葉の地獄
笹の葉が夜中に父の脛を削ぐ
笹の葉がざっくり刻む月の汽車
笹野を跳んで行く綺麗な陰部を見せて
笹の葉毟る姉の手鏡にするために
笹の葉がいっぱい姉の浴室に
笹の葉捲り生家を夢のように見る
笹の葉に切られ姉さん血を流す
姉の寝台遙かにうねる笹の原
笹原の辻で別れた小笹の姉よ
激しく唸る鏡台裏の笹の姉
姉さんの日記を捲る笹男
笹の葉のように葬列の末尾を捲る
姉さんを引き裂く笹の葉の枕
夢がたくさん折り重なって笹枕

これは句集『銀河小學校』の第五章「桔梗駅」からの十五句で、星印によって区分された一纏りである。四句目〈笹野を跳んで行く綺麗な陰部を見せて〉の笹野を跳ぶのはだれか。男か、女か、だれでもよいとはいえまい。十五句全体を読み通してみるとき、跳ぶのは次にくる手鏡を差しだされる人物と考えるのが順当だろう。この一句を理解するために、すくなくとも一連十五句を対象とすべきであろう。手鏡を差しだされる人はいうまでもなく〈姉〉なのだ。

引用した十五句のうち〈姉〉の映像は、笹野を跳ぶのが姉だとしてだが、陰部を見せたり、血を流したり、身体の感覚を全開させている。それでいてなまなましさには欠ける。非在のイメージが強いためか。

十五句の構成をみると〈床下は笹の葉竹の葉の地獄〉から始まり、〈夢がたくさん折り重なって笹枕〉で終る、という形になっている。それを物語的枠組みとみる必要はなかろうが、すくなくとも意図的に組み立てられている。

床下の笹の葉の群生を〈地獄〉というが、一ページに十句近く収められた六百ページ五千句に及ぶ大冊を読み終えた者の目には、〈地獄〉はむしろ普遍的な世界としか思えなくなるが、もちろん〈竹の葉地獄〉という以上現実の領域であろうはずはない。

そこは笹の葉で覆われ、葉ずれの音が耳につく。父の脛、月の汽車、いずれも導入部のイメージとしては面白い。そして〈綺麗な陰部〉をみせるのも、笹の葉に切られて血を流すのも、引き裂かれるのも、話者の想像の界面での〈姉〉の映像なのだ。笹原の辻で別れたまま、いま、ここにいない〈姉〉は、しかし輪郭鮮明な映像としてテクスト内に浮かびでる。鮮明な形象性を帯びての不在なのである。

〈姉―妹〉を対比してみると、姉はふくよかな印象を喚起し、妹は懐旧の情の尾を曳きながらも繊く鋭い。話者は男性であり、姉への視点と妹へのそれとでは自から差異がでてくる。

〈姉〉のテーマについて演劇評論家の小田島雄志が、テネシー・ウイリアムズの自伝的戯曲「ガラスの動物園」の公演のさいのインタビューで面白いことを述べていた。

《息子にとって母親というのは、幼児期においては絶対的な存在で、それが成長していくうちに「なんだ、おふくろもただの女なんだ」と気づいて、それが分かるまでの間に葛藤があるんですよね。ハムレットがガートルードに説教したりするのもそう。そういう反抗期を経て、母親を超えるわけです。

ところが、姉っていうのは超えられないんですよ。僕の三つ上の姉もいまだに僕のことを「雄ちゃん」っていうし（笑）、何だか頭が上がらない。弟の姉に対する気持ちって独特なものがあって、だから最後にトムが「そのろうそくを吹き消してくれ、ローラ」っていう台詞は、本当に痛切に来ますね。あのときに母親のことはいわないんだよね。やっぱり姉なんですよ。》（二〇〇五年十一月『ジ・アトレ』）

小田島氏は『ガラスの動物園』（新潮文庫）の訳者でもあるが、そこに描かれた〈家族〉は非常に普遍的な関係だろうといい、とくに一九五九年劇団民芸の舞台ではじめてそれを観たとき、息子は俺だ、と思ったと述べている。後に唐十郎が〈あれはすごい芝居ですねえ、最後のトムの台詞は、地獄への登竜門ですよね〉と小田島氏に対していい、はじめはそうは思わなかったけれど、その言葉を「ガラスの動物園」を観るたびに思い出して、〈そのうち何となく納得してしまいましたね〉といい添えている註④。談話の紹介だから重要な提言というわけではない。しかし〈姉〉のテーマを考えるさいの一つのヒントにはなろう。〈母〉は超えられる、また超えねばならないが、〈姉〉はついに〈姉〉でありつづける、というのである。興味ぶかい視点である。

ではその〈母〉はどうか。

　母も蓮華も少し出血して空に
　空の裂け目に母棲む赤い着物着て

第四句集『死亡の塔』所収「春の家」より二句。西川徹郎における〈母〉のテーマのもっとも美しい作といってよい。空に、あるいは空の裂け目にうかぶ母の像というヴィジュアルな側面があざやかだ。

母はここでは極楽を象徴する花としての蓮華と同格でありつつ、しかし〈少し出血して空に〉という。出血は性的イメージに繋がる。母はまた赤い着物を着て空の裂け目にいる。空にいるのではなく〈空の裂け目〉であり、それは映像喚起力にある種の強さを内在させる。〈空の裂け目〉であって、雲の切れ目ではない。裂け目は空を眺めることで感じとれるのではなく、抽象的、観念的な空のありようである。しかも母は空の裂け目に赤い着物を着て棲むのである。空に像が映るのではなく、そこに棲む、存在するというのだから、一瞬の幻影としても強烈といえよう。

映像喚起力は強くあざやかなのだ。この一連二十句「春の家」は、〈少しずつピアノが腐爛春の家〉から始まり、〈蓮華は母の性器ならずや蓮華寺〉で終る。終りから二句目は〈姉を死産するはは草の葉で拭い〉である。〈ピアノの腐爛〉は、塚本邦雄の『水葬物語』巻首の〈すこしづつ液化してゆくピアノ〉を連想しないでもない。

西川徹郎は兄と母の亡くなった年の翌年、両名の追悼句集『月夜の遠足』を編んでいる。百三十句を収め、作られたのは一九九九年十一月下旬から翌二〇〇〇年一月初旬までだという（越澤和子「西川徹郎主要著作解題」『西川徹郎全句集』所収、二〇〇〇年・沖積舎）。慌ただしさのなかでの制作にちがいなかった。

その冒頭は「緑夜」と題された五句で、詞書が付されていて、前夜も見舞ったとき母は〈家に帰りたい〉と切なく訴え、〈母の眼に、激しく棚引く峠の緑夜の木々が映っていた〉と記している。その五句のはじめの二句。

緑夜をきみの眼の紫紺の淵まで走る
母上の死髪たなびく溷も緑夜

母や兄の死への痛哭の思いはまだなまなましい。しかしかれは素朴な挽歌を作ることはなかった。君の、と呼びかけられている親しい人の眼のなかの緑夜を紫紺の淵まで話者は疾走する。〈緑夜〉という表記法は普通の辞書にはない。もちろん暗緑色という用語があるのだし、〈緑夜〉という語の使い方に違和はない。

だからといって〈緑夜〉を〈暗緑色〉の夜とみる必要はなかろう。濃淡はあるにしてもいささかの艶めきを含む闇とみなしたい。〈緑〉とはそもそも若緑は当然であり老緑でさえ潤いを感じさせる。死者を包み込む〈緑夜〉ともなれば、たとえばそれが地獄のイメージに繋がろうとも複雑な情感に支えられる。

その五句の末尾に〈緑夜ゆえ褌一枚で死にに行く〉とある。死にに行くのは話者か母か。褌とは湯文字、腰巻の意味もあるのだから、母とみて差し支えはない。それよりも引用の二句目、死んだ母の髪が横に長く長くなびくのが厠だという点に注意したい。クリステヴァのいう〈アブジエクシオン〉なる用語を思い起こしたくなる。

〈厠＝カワヤ〉という用語は溷とも書き、『源氏物語』等には避けて使われないというが、もちろん『古事記』以来記述されないわけではない。「源氏」のなかにも〈御厠人＝便器掃除人〉という用語が「須磨」の巻にでてくる。『今昔物語集』では恵泉和尚なる人物が厠の前で鬼に会ったり、小児がそこに落ちたり、といくらでもでてくる。不浄なものでありつつ、避けきれるものでは当然ない。西川徹郎の世界のようにその中に落ちて泳ぐ必要はさらさらないのだが。

追悼句集『月夜の遠足』では「緑夜」に比較的長い詞書がついており、次の「かげろう」六句は兄の死を悼む簡潔な一文から始まる。三番目が「母は蘭」五句、その次が「月夜の遠足」三十四句で、兄を主に母の死がみつめられる。やはり構成に腐心しているのである。

その「かげろう」から三句。

かげろうに咬まれ一すじ血を流す
薄羽かげろうははの指より兄のゆびへ
ははより兄へかげろうは一輪車に乗って

カゲロウは漢字で書けば蜉蝣、蜻蛉、薄羽蜉蝣はトンボに似ているが別の種で、トンボ目トンボ科に対して、ウスバカゲロウは脈翅目ウスバカゲロウ科に属する。ウスバカゲロウは夏、水辺を飛ぶ弱々しい、文字通り陽炎のような昆虫である。カゲロウが人間を咬む可能性はまずなかろう。しかしもはや死者である兄はカゲロウの影に咬まれて一筋の血を流さねばならない。西川徹郎に特有のイマジネーションなのだ。

〈アブジエクシオン〉ということでいえば、「母は蘭」五句のなかに

薄月夜白衣で還る母は蘭

という美しい句の後に一つおいて

裏溷がばりと闇が立ち上る

がくる。西東三鬼の〈水枕ガバリと寒い海がある〉を思いうかべないでもない。

ただし〈父〉のテーマについては、〈母―姉〉の美しくも強い印象と対比すれば、いささか音調が弱い。父

西川證教の死は一九七五年三月であり、句集『銀河小學校』刊行の年、二十七回忌を過ぎた。母の年忌はまだ

七回忌には達していない。

〈父〉のテーマは、早い時期の代表作

父はなみだのらんぷの船でながれている　（『瞳孔祭』）

に示されたような清冽な抒情性が、二十年の歳月を経てなお尾を曳いている。もちろん西川徹郎固有の身体表

現が〈父〉のテーマにもある。たとえば、

父の肛門へ葬花詰め込むまっぴるま

父の肛門急に波立つ麦秋は　（『死亡の塔』）

等々。

「螢籠」百十一句の末尾八句を読んでみよう。

少し緊張して死出の父螢籠

青々と螢は死出の籠に入り

死出の山路で抜刀の練習する父よ

父の背の刺青の菖蒲を摘み了る

みるみるうちに螢が襲う父の喉

ヒマラヤ映すあまりに遠い父の背(せな)

父の背の峡谷続々鬼螢

西川徹郎の体質化した昏く重い色調、音調が消えたわけではない。テクストに封じ込められた父の像は母や姉と同様に形鮮やかだ。歳月の襞を感じさせないし、〈あまりに遠い父の背〉といいながら映像は新しくかつ鮮明である。ただし過激な身体性の色調の弱まりは否めない。どうしても〈母―姉〉の音調の強さは打ち消しようがないのである。〈母―姉〉のテーマにも〈父〉のテーマのような柔らかさ、抒情性が潜在することはいうまでもないのだが。

西川徹郎の〈家族の物語〉は、しかし量的にいくら拡大しても、小説や戯曲と較べて、物語を柔らかく、大きく組み立てることはない。やはり俳句なのだ。イメージは抒情性を湛えながらも細く激しく屹立する。

幾千の桃の屍寺溷　（『わが植物領』）

桃を乳房や女体のメタファとみてもみなくても、幾千もの桃が寺の厠に浮いている、という構図はただごとではなかろう。幾千とはもはや量的イメージとしては無限大に近い。そのうえ〈桃の屍〉なのだから、単なる果実の腐乱ではない。〈屍＝しかばね〉とは死人の躯の意だろうし、いささか凡常だが、桃は擬人化されている。

西川徹郎には

姉千人裂かれていたり月の鏡屋　（『月山山系』）

という句がある。〈幾千の桃〉を〈幾千の姉〉と読みかえることも不可能ではない。もっとも〈姉千人〉が裂かれるのは第八句集『月山山系』（書肆茜屋・一九九二年）においてで、第十句集『わが植物領』（一九九九年・沖積舎）の七年前になるのだから、七年という歳月の幅を視野に入れて読まねばなるまい。それでも乱反射する映像の核心に桃と姉はダブらざるをえない註⑤。

ところで西川徹郎慣用の字形としての〈溷〉だが、あまり馴染みのある文字ではないものの、ＪＩＳコード第二水準の漢字で、読みとしては〈けがれ、けがれる、にごす、みだれる〉で、厠溷（ソクコン）という熟語もある。穢れの空間の抽象化としてこの字形が選ばれたのかもしれない。

〈溷〉という字形を核とするその言語空間は、中上健次における〈路地〉に相当する。中上にとって〈路地〉とは母系的なものと父系的なものの対立、相克の場でありつつ、異界への通路でもあり、近親相姦、近親殺しなど異形なものの影が揺れうごく処でもあった。

七、峠とは何か

西川徹郎にとって峠とは何だろう。峠について人は次のようないい方をする。

《峠は自然的な境界線であるばかりでなく、二つの相異なる文化圏が、半ば争い半ば調和している所である。人々をまったく寄せつけない山脈の尾根とは異なり、交流する人間によって、物や文化が流通している峠は、人文的な収斂線が走っている所だといってもよい。日本の歴史においても、交通・軍事・政治などの分野にわたって、その存在を抜きにしては語れぬほど、峠が重要な役割をはたしてきたのである。》（市川健夫「峠の歴史と民俗」日本文化体系6『漂泊と定着』一九八四年・小学館）

西川徹郎にとっても〈峠〉はきわめて重要なはたらきを果たしている。さりとて文化や交通、政治の問題ではなく、人間にとってより根源的なはたらきというべきものかもしれない。

峠は山の鞍部を人為的に切り拓くことによって成立する。此方から彼方への通路なのだから、そこを始めて通る人にとって大袈裟にいえば未知への挑戦ということになる。山のあなたの空遠く――、である。風の強弱から光の濃淡、気温の差までを含めて驚きを禁じえない。まあそれほどではないにしても気分が大いに変ることとは確かだろう。

西川徹郎の馴染んだ峠は北海道の中央芦別市の北の堺にある新城峠で、その先には旭川、東に富良野、南は歌志内。神居古潭を通ってこの峠を越える道は旭川・芦別線といい、近くにイルムケップ山が聳え、パンケ幌内川が流れる。

峠は行政的には境界線である場合が多い。比喩的にいえば此方と彼方だけでなくさまざまなものを切りわける。定住と放浪、生と死、現と夢、この世とあの世、天と地――。

風船売りがたたかう木枯らし鬼峠

＊

夜叉の裾見せ峠祭の仮面売り
月光仮面を拾う峠の夜祭で
天北が見え出す峠の風祭

＊

帷子たなびく月の峠の風祭
喉佛峠で靡く帷子は

＊

三角巾額にした儘兄立つ風峠
死衣巻くし上げて母立つ風峠

＊

自転車は月光の渦巻峠迄
峠迄自転車銀河の渦となり

＊

自転車を足場に月夜の兄の縊死

論より証拠、まずかれの峠を素材とする句を読んでみる。句集『銀河小學校』二十三章「喉佛峠」群作三百三十五句から十一句。三百三十五句といえば句集一冊分であろう。これだけの量ともなると、シュルレアリスムの〈自動筆記〉を連想しないでもない。小笠原賢二も『極北の詩精神――西川徹郎論』（二〇〇四年・茜屋書店）のなかでそれについて触れているので詳述しないが、しかし右の引用句からも分かるように、自動筆記風の変幻自在よりも緻密に計量された、むしろ抑制された造形性がみられる。

つまり自動記述的なエネルギーの発露とともに、テクストを生成する造形力、技術がはたらくのである。かなり均斉のとれた夢幻性ともいえる。ここでの峠は実在の新城峠とは関係ない。なにしろ〈喉佛峠〉ではないか。

この十一句に限っていえば風船売りも仮面売りも、夜祭、風祭も幻影とみた方がよい。死者の印しとしての三角巾を額にしたまま風峠に立つ兄、死衣を巻くし上げる母、死者の衣帷子が月のなかで靡いている。

峠は生と死、現と夢を切りわけるといったが、それは単なる二分法ではない。峠の頂でそれらは出会うのである。此方から彼方へとつづく接点のように峠では二つのものの接触がある。話者はあえて〈鬼峠〉という。〈鬼〉とは陰陽でいえば陰の力、陰の魂魄の義だろう。昼の峠ではなく当然夜の峠、闇の峠ということになる。超越的な力のはたらく意味にもなる。

では風船売りや仮面売りとは何だ。風船売りが戦うのは〈木枯らし〉なのか。〈風船売りがたたかう／木枯らし鬼峠〉か、それとも〈風船売りがたたかう木枯らし／鬼峠〉か。あるいは〈夜叉の裾〉とは何だろう。仮面売りは夜叉の姿絵の描かれた半纏か長襦袢かを羽織って祭りの場にいるのかもしれない。峠道に月光仮面が落ちている。〈天北が見え出す〉というが、見え出すという以上それは時間的な意味あいを含むのであって、すこし前までは空は曇っていて天北までは見えなかった、やっと空は晴れてきたのか。経帷子が風にたなびいている。そして死者二人の顕現。〈風峠〉とある。

これらはヴィジュアルな映像である。峠の実相もそこを超える困苦も楽しみも描かれない。代わりに幻の像があざやかなのである。母や兄だけでなく、風船売りも仮面売りも生身の存在とは思いにくい。それは現であるとともに幻でもあった。たとえば次の一句はどうか。

天北の峠で凧が翻る

句集『銀河小學校』「月の凧」五十八句のなかの一つである。西川徹郎のものとしては平淡で屈折はなく清潔なイメージをもつ。〈天北〉にしても〈極北〉ほど激しくはない。峠の上に凧がひとつ孤韻とでもいうべき風情で揚がっている。糸が切れているわけではなく、糸は地上につづいていてそれを手にする人によって凧はコントロールされている。

しかしそれでも〈峠〉のテーマとしてこの一句はきわめて印象ぶかい。西川徹郎にとって想像力を培養する原基としての空間性ではなかろうか。句集『銀河小學校』のなかに「銀河峡」「白萩峡」「月の峡谷」「峠町より」とある表題群に共通するものは、いわばイメージの強さである。輪郭鮮明な表象だ。

西川徹郎は初期作品からシュルレアリスム風のデフォルマションを示しつづけていて、もちろん〈峠〉でも〈峡谷〉でも尋常一様ではない。印象鮮明な空間性をもつのだが、二十歳代のそれと五十歳代のとでは当然差異はある。

　黒い峠ありわが花嫁は剃刀咥え

第一句集『無灯艦隊』「わが峠の花嫁」からの一句である。黒い峠という抽象的構図のなかに剃刀をくわえた花嫁の像がうかびでる、というなかなかに刺激的な映像である。凄味のある、シャープな切れ味とでもいうべきだろうか。

〈峠〉に限って第一句集からもうすこし引用する。「鬼神峠」と題された三十一句のなかの六句である。

聳える峠巡礼は蔦に巻きつかれ
褌ひきずり峠をのぼりゆけりふたり
死馬そり返る峠道　白い二人
男根担ぎ佛壇峠越えにけり
いっしんに産婆とのぼる鬼神峠
全裸がのぼる月のまぶしい峠道

〈聳える峠〉というときの〈聳える〉はそそり立つ急峻という感じだろう。二百三メートルの新城峠のイメージとは相入れないし、そもそも単なる足跡でしかなかった一筋のけもの道を人為的に切り拓く峠が聳えたつのでは具合が悪い。現実の新城峠を知らぬわたしには〈聳える峠＝新城峠〉に関しては発言できかねる。しかしここは現の山道ではなく二十歳代の西川徹郎の想像の空間のことで〈巡礼は蔦に巻きつかれ〉行手を阻まれるのである。

〈褌ひきずり〉つつ峠を登る二人というのも気にかかる。なぜ二人なのか。高橋愁の『暮色の定型——西川徹郎論』（一九九三年・沖積舎）のなかにこの〈峠〉の六句についての詳細な鑑賞があり、〈褌〉も〈ふたり〉もよく分からなかったと述べている。〈ひとり〉でも充分俳句の意味は通じる、というのである。そういえば五句目、なぜ一心に峠を産婆と登らねばならないのかもイメージは鮮明でありながら解しかねるところもないではない。

〈死馬そり返る〉にしても〈男根担ぎ〉にしても、通常のリアリズムという観点からみればありうべからざる図像ということになろう。いまここでサルバドール・ダリの〈偏狂的—批判的〉方法との関連を論及する必要はなかろうが、西川徹郎がそれを意識していたことは間違いなく、〈ありうべからざる図像〉こそシュルレアリスムのシュルレアリスム的構図であれば問題はない。高橋愁の読み方についてもそれはそれとして受け入れるべきだろう。

〈峠〉は本来日常的な通路であって、山国の日本では〈箱根の山は天下の嶮〉のような難所はいくらでもある。といって新城峠は急峻とはいえまい。狂言「伯母が酒」（狂言記二ノ四）の、山一つへだてた処に住む酒造りの吝嗇な伯母を甥が懲らしめるために鬼の面をかぶって脅すという話にしても、峠は格別の難所ではなかった註⑥。

しかし西川徹郎の想像の界面で峠はただならず歪む。峠は床下にもあるし変幻自在なのである。初期の世界では峠を登るためのアクションに視線が注がれ、当然坂は急勾配となる。同じ〈鬼峠〉でも五十歳代の作ではひろびろとした空間性が顕れでる。北天に凧の孤影がうかぶのである。

八、銀河について1

なぜ〈銀河〉かに答えて、西川徹郎は第十三句集の後記でいう。己れの詩法の根拠は反俳句――反季、反定型、反結社主義、さらに〈しかし、この生存を賭けた抗いの闇夜の峡谷に一筋燦然とした永劫の銀河が流れている。本書はこの永劫の光耀を仰ぎつつ書き続けて来た「わが地獄篇」にほかならない〉と。立言は明快であり、その意気や壮である。五千余句に及ぶ書き下ろし句集『銀河小學校』は、かれの人生における一転換点であり、巨大な爆裂弾でもあった。〈銀河〉はその象徴という意味あいを含んでいるはずなのだ。

これは銀河の光耀を仰ぎつつ書き綴った〈わが地獄篇〉だと西川氏はいう。そういえば川村二郎の評論集に『銀河と地獄――幻想文学論』（一九七三年・講談社）という題のものがあった。これは「岩野泡鳴論」に付されたもので、そのなかで川村氏は〈銀河があるから地獄があるのであり、銀河をもとめるから地獄が見えるのである。とはすなわち、銀河即地獄ということだ。〉と述べている。さらに次のようにもいう。

《超絶的な幻想世界の、日常の現実から遮断されて凝然と静止した相を眺めるよりも、幻想世界は日常に浸蝕され、日常は幻想に攪乱され、現実と非現実の境界線を引くのも困難な、曖昧な動きにみちた空間に見入る方が、より一層、心を躍らせた。》

資質の違いをあえて無視して、この言説を西川徹郎の詩的表現に当て嵌めたくなる欲求を抑えがたい。西川氏にとっても〈銀河と地獄〉は相対観念でありつつ、絶妙な形で融化するものでもあった。

そもそも〈銀河〉は抽象でも観念でもなく実在そのものである。地獄となれば当然実在ではない。形而上的宗教的な想念である。しかしそのイメージはなまなましく形而下的世界でもあった。むしろ実在が信じられたむきもなくはない。〈硫黄の匂い、火あぶり台、焼網……とんだお笑い草だ。焼網なんか要るものか。地獄とは他人のことだ〉（伊吹武彦訳『出口なし』人文書院）とサルトルの戯曲の主人公はいう。地獄とは他者の目、現世のことだといいたいのである。

銀河も地獄も〈日常の現実から遮断されて凝然とした相〉としてあるのではなく、つねに現実と非現実は触れあい、葛藤しあいつつわれわれの生を囲繞する。〈銀河〉は西川徹郎にとって〈地獄〉と同じように親しくもつれない存在でありつづけた。〈わが地獄篇〉とは同時に〈わが銀河篇〉でもあったのだ。

もっとも〈銀河〉のテーマが群作という形で集中的に表出されるようになるのはずっと遅く第十三句集に到ってからであって、『西川徹郎全句集』つまり第十二句集までその語は多くは現れていない。

なぜ『銀河小學校』五千余句に到ってから〈銀河〉が氾濫するのか。読み手は銀河の渦潮に巻き込まれて溺死しそうである。

『銀河小學校』のなかで〈銀河〉のつく章が三つある。「銀河小學校Ⅰ」「銀河小學校Ⅱ」「銀河峡」である。第三章「銀河峡」だけでも三百七十九句もの分量である。この第十三句集のなかに〈銀河〉なる語がいくつあるか分からない。分からないけれどそれにしても「銀河峡」三百七十九句はただごとではなかろう。

それに触れる前にまず十二句集までの〈銀河〉の位相について考えてみよう。

　銀河ごうごうと水牛の脳の髄

　眠れはよききょうは銀河系の脳髄

二句とも第三句集『家族の肖像』から引いた。第一句集にも第二句集にも〈銀河〉はでて来ない。せいぜい〈月光〉である。

一句目、銀河は中天に帯のように流れ、囂囂と音がきこえるようでもある。地上の話者はそれを見上げて水牛の脳髄を思いうかべる。絶妙のメタファといってよいだろう。

二句目、〈ねむれははよ〉という句が同じ句集のすこし前にでてくる。呼びかけの助詞〈よ〉によってイメージの流れが切断され、その後一息に〈ききょうは銀河系の脳髄〉とくる。桔梗の五弁の花は星形で、それは銀河系の脳髄なのだ、というわけだ。優しく美しい句である。

〈銀河〉は第三句集『町は白緑』のなかに五句纏ってでてくる。

男根は銀河へながれ行方知れず
抽斗へ銀河落ち込む音立てて
天の川机は突如鳴り出さん
暁へ机を運ぶ天の川
唸りつつ寺屋根運ぶ天の川

シュルレアリスム風の構図であり、緊迫感のある用字法も瑞々しさを湛えていてよい。句集『町は白緑』の刊行は一九八八年一月、西川徹郎も四十歳を超えていた。作柄に厚みがでており、それでいて印象喚起力は相変わらず鋭い。一句一句ヴィジュアルな構図が爽やかである。

『西川徹郎全句集』のなかで〈銀河〉のテーマは十二句を数える。五千三百三十八句中の十二句だから、〇・二パーセントほどの少量である。問題はことの多寡ではなく、なぜ次の第十三句集に到って〈銀河〉が氾濫するかであろう。

西川徹郎の全句集刊行は二〇〇〇年七月、四十年に及ぶ句作の総決算として編まれた。この年五十二歳になるかれにとって、そのような纏め方がふさわしいかどうかは、次にどのような形の句集をだすかにかかっている。ただ凡常に十二番目から十三番目へと繫がるのであれば、節目としての意味は薄いことになる。全句集は四十年の総決算にふさわしく五千三百三十八句、句集で十二冊、九百七十二ページに及ぶ大冊となった。

そして十三番目の句集『銀河小學校』が、全句集の三年後二〇〇三年十一月に書き下ろしとして出された。五千八十一句を収める。分量としては全句集に匹敵する大著である。狂暴なエネルギーといいたくなるくらいだ。

なんだこれは、と思うのが普通だろう。いまわたしの手許に一冊の句集がある。百八十七ページ、一ページに二句組まれ、総量三百十八句。たぶんこれが平均的な分量なのではあるまいか。

『銀河小學校』の五千余句と全句集を対比してみて、素材や方法の面で大きな差異があるのかといえばそれほどではない。青春の書である第一句集にも〈男根、陰茎、海女の陰、便器、褌〉など褻なる語がでてくる。

では何が違っているのか。句集、各章や節の見出しを並べてみると、まず〈地獄〉は全句集ではみられない。『銀河小學校』になると三十四章中三章に〈地獄〉という語がある。「鶴首地獄」「折鶴地獄」「抽斗地獄」等々。まさしく〈銀河と地獄〉である。川村二郎のいうように〈銀河があるから地獄がある〉のであり、〈銀河をもとめるから地獄が見える〉にちがいなかった。

一すじの銀河路上に青蝮

銀河に沿って歩き忽ち溺死する

一家四人が銀河に沈む峠です

峠では鋸で首斬る銀河系

鋸で首斬るあなたこなたの星の屑

「銀河峡」のほとんど最後に近い部分にある五句である。この後、末尾まで十六句を残す。一句目、一筋の銀河と路上の青蝮が対比される。蝮は真虫でそれほど大きくはないが、毒があり人間にとって不気味な存在である。二句目から死のイメージが並ぶ。溺死、一家四人の心中か銀河に沈む。そして後の二句、峠での鋸による処刑。銀河は不気味な青蝮と対比され、そのイメージは溺死やら処刑やら地獄の光景へと繋がり、ほどなくしてこの章三百余句が閉じられる。首を斬る無惨な行為の上空では星屑がきらやかに散らばる。

後の二句は説経節「さんせう太夫」の末尾とかかわりがあろう。よく知られた安寿と厨子王の物語。丹後由良の非情冷酷な支配者山椒太夫とその息子三郎への凄絶酸鼻な報復で決着がつく。それがここでは透し模様になっている。父と子は〈一引き引きては千僧供養、二引き引きては万僧供養〉という掛け声とともに竹の鋸で頸を切られる。父は館の広庭で、三郎は山道を往還する山人に七日七夜を引かれた。

峠の夜空は銀河も星屑も一層美しくみえるかもしれない。蒼ざめた闇の層は山人たちの掛け声を谺させ、切り落された三郎の血まみれの首の幻を宙に浮かべそうだ。

峠は町のなかとも野原とも違う、還る道と往く道の両面がそこからみえる。同時に峠に立つ人にとって宙天はどこまでも高く、己れは宇宙の中心軸なのかもしれない、という思いを一瞬抱かせる。しかし足の裏は山道の石ころの突起を感ぜずにはいられない。峠とはそんな処だ。

そんな峠道に銀河は、星屑は、首を斬られた男の血まみれの幻と折り重なるのである。全句集以後、〈銀河〉はより鮮明に〈地獄〉との対の相を深める。

九、銀河について2

「銀河峡」三百七十九句は序詩の形で〈蟋蟀は遠い旅人銀河峡〉〈銀河峡という剥製の鷹の喉〉の二句が始めに位置し、結びは〈一すじの屠場の銀河に打ちのめされ〉で終る。

このような群作の意味について、西川徹郎は第八句集『月山山系』の後記で次のようにいう。

《作品に夫々題を付したのは、書くべき主題を喪失した現代の俳句に対する私の細やかな反意であり、犯意でもある。一題一句の作品も多々収録したが、同時に又、一題五句、十句、乃至一題百四十句等の可能性への試みも収録した。そこでは、敢えて、一句の完結性や独立性を顧みず、想像力の飛翔に言葉を託し、暗喩を多層的に構築し、連作を方法化する試みを実践したのである。》

一句の完結性や独立性を顧みず、とあるのは、顧みねばならぬという意識を秘めたうえでの、あえてかく主張する、ということではなかろうか。実験的といってよい試みであり、その成否は結果に托すまでだ、なのである。

「銀河峡」三百余句の構成についてまず眺めてみたい。つまり〈蟋蟀〉から〈屠場の銀河〉までの詩的言語の大氾濫を整理してみる必要があろう、というところだ。

全体は三十六の星印で区切られている。三十七区分である。単純に句数だけで計算すれば、百九十句が折り目となる。星印でいえば二十四番目である。

一覧してまず中心部分よりすこし後の六十句が目につく。次に目立つ構成面での特徴としては、前半星印八個目と九個目の間にある一句と後半二十六個目と二十七個目の間の一句の類似性である。

最初の方は

井戸に落ちた弟と仰ぐ天の川

という句であり、後の方は

蒙古斑という青銀河弟よ

である。二つの類似した構成をもつグループの起句がともに〈弟〉である点は興味ぶかい。一種のファミリー・ロマンスが綴られるのである。両者ともにはじめに星印で区分された一句が位置し、ついで主要部分が展開する、という形になっている。

井戸に落ちた弟と仰ぐ天の川

話者はどこにいるのだろうか。井戸に落ちた弟の絶叫を耳にしながら地上で空を見上げているのか。それとも井戸の底で静かに上をむいている弟と共に、地上の兄も空へ目をはしらせているのか。ともあれこの一句を、歌仙の発句のように位置させながら、星印一つを挟んで次に〈天の川〉二十二句が並ぶ。この初句と二十二句の配列法や内容の検討は後半の似た仕組みのものを読むさいに譲るとして、これよりすこし後の五句について触れたい。

森の中の銀河湖に裸の君が居て

＊

天の川桃に食い込む首の縄
桃の種銀河の裾はぬれている
銀河漣桃の木梨の木胡桃の木

＊

銀河漣弟は遂に帰らない

星印十五個目以下の五句である。とくに五句目の〈弟〉の不在についてはファミリー・ロマンスのキーイメージともなる。遂に帰らない弟、とあるが、〈弟〉は記憶のなかへは帰ってくる。

うねる銀河を階段で観る弟と

は帰らない弟の句の二十句後にある。夜は満天の星、銀河はさざなみのように帯状にひろがる。〈妹〉はもはや登場しなくなっている。亡き父や兄たち、そして母――、ファミリーらが銀河の漣を浴びながら浄化されてゆく。もちろん単純に抒情的ではないし、浄化の過程も〈アブジエクシオン〉を踏まえての屈折回路を辿る。一句目の裸の君は妻かもしれず、桃はエロティックなメタファでもあろう。次に後半だが、二十七番目の一句と二十八番目の十二句、二十九番目の十句である。

蒙古斑という青銀河弟よ

＊

喪服の襟に輝く銀河系の紺
ざわざわと銀河の舟が墜ちてくる
天北に還る銀河に帆を上げて
兄の喉に詰まった銀河枯尾花
庭で倒れた兄の喉から銀河を外す
一すじの銀河が兄の頬を剪る
兄の陰毛の一本一本の銀河ぞぇ
耳という渦巻銀河が唸り出す
妻の翼と耳という渦巻銀河
野良犬の尾が引きずってゆく銀河
寺の溷に銀河がだらりと垂れ下がる

谷寺の厠で跨ぐ天の川

＊

北枕初夜を銀河が身を反らす
北枕さんざん鷺の夢を見る
北枕残夢を露の世につなぐ
北枕で見た夢をノートに書き切れず
北枕夢の残りを羽ばたく蜻蜓
かげろうの羽根は紫北枕
身を反らしつつ飛ぶ蜻蜓銀河峡
顔すれすれに飛び交う蜻蜓銀河峡
白鷺翔つ初夜の枕の北の闇
初夜ゆえに枕を北に鶴の舞

句集の表現者が、ここに引いた部分についてあえて意図的にこのように組み立てたのかどうかは分からない。分からないけれど、星印をいくつも配して並列させたことそのものに意味はあろう。〈弟〉はここでも〈青銀河〉というイメージを身に帯びて帰ってくる。

もちろん〈蒙古斑という青銀河弟よ〉を、つづく十二句、十句と繋げて読む義務は読者にはない。ただ〈蒙古斑〉の一句の前にくるのはこの句集のなかでもっとも分量の多い六十句で、その群作のコーダとしてこれを読むのにはいささか無理がある。それよりはここから次の展開が始まる、とみる方が尋常だろう。

まず一句目が序詩という形で位置する。次の十二句で主題を呼び起し、兄、弟、妻といったファミリー・ロマンスの影が射し込み、〈喪〉のイメージが展開する。星印を挟んで〈北枕〉である。北枕といえばわれわれは遺体安置の習俗を連想するが、婚礼の夜の礼法として新夫婦は頭を北にして寝る礼法もあった。

北枕残夢を露の世につなぐ

白鷺翔つ初夜の枕の北の闇

など柔らかな香りが漂い、美しくういういしい。

引用の二十三句を眺めてみて、西川徹郎に固有の主題がかなり濃厚な彩色を帯びつつ描かれていることに気づく。シュルレアリスム風の構図である。野良犬の尾が銀河を引きずる。溷、厠の字形がでてくる。銀河という清冽なイメージが〈溷＝濁る、汚い〉という褻そのものと結びつくところがかれの個性でもある。特有のダンディズムというほかあるまい。

それと銀河が〈だらりと〉垂れ下がる、という構図が気にかかる。こうなると日常的な可視性の範囲を大きく逸脱せざるをえない。にわかに不吉な様相を帯びるのである。サルバドール・ダリの「記憶の固執」（一九三一、ニューヨーク美術館）における木の枝や台の上に垂れた時計を連想するのはわたしだけではあるまい。

つまりわたしが取りだした引用の一連二十三句についていえば、自在に放恣に詩的言語が溢れでるようでいて、実は緻密に計算された厳しい定式を内在させているのである。この一行詩群に緩みはない。

弟の躯に残る青い蒙古斑は天空の銀河の影かもしれず、それは喪服の襟に紺のかがやきとなり、舟は銀河から墜ちてくるし、帆を上げて進みもする。兄や妻へ想いを致し、新婚の北枕の闇に白鷺が翔ぶ。身を反らす〈銀河〉はもちろん新妻の裸身のメタファでなくて何であろう。

ファミリー・ロマンスはこの後もつづく。〈死衣の帯〉〈妻は裸で〉〈緑石盗掘〉〈棺の底の銀河〉〈死象、ヒマラヤ杉と木鼠〉〈死化粧、母、銀河の櫛〉〈峠で首斬る〉そして最後の一句〈一すじの屠場〉で締め括られる。いずれにも低音部の主旋律として〈銀河〉のテーマがひびく。

ただし〈死象の胎の海、ヒマラヤ杉と木鼠〉を捉える星印三十四番目の十八句は、かなり異質である。起承転結の構成法を考えるなら転であろう。

たとえばその十八句の最初の五句。

象のからだの中の死象が夕月仰ぐ
死象の胎の海が波打つ月光写真
駱駝の瞳に映る惨劇砂漠の星
駱駝の脚の繃帯は砂漠の寺より続く
血の駱駝忽ち沙上の華となる

この突然の転調は読み手の虚を突く感じで、想像力の拡がりに驚く。もっとも大正十二年に『少女倶楽部』に発表され、人口に膾炙した「月の砂漠」という童謡があるくらいだから、満天の星の下で想像の輪がここまで及んだとしても不思議とはいえまい。

それにしても象や駱駝らが行く中央アジアの砂漠の映像のなかに、夕月が一つ浮いている、という構図は鮮明で美しい。〈血の駱駝忽ち沙上の華となる〉という句もいかにもこの話者らしくて惨にして燦、耽美的であるからである。

十、実存、定型１

西川徹郎の主要論文の一つに「反俳句の視座――実存俳句を書く」（「國文學」二〇〇一年七月号・學燈社）がある。そのなかでかれは次のようにいう。

《ここで言う口語とは但に話し言葉という意味ではない。口語とは生活の言語のことであり、生活者の思惟の言語のことである。この生活者の思惟の言語をもって俳句を書くことが、とりもなおさず口語で俳句を書く行為である。生活とは人間が生き活かされてゆく実存の謂いであり、生活者とは人間の生存に直接し、生の根拠を問う実存的な思惟のあり方を指し示す言葉である。それは季語・季題の指し示す和歌伝統の美意識を相対化し、生の根拠をもって俳句を書く行為を問い質してゆく、俳句形式との凄絶な抗いの営みである。故に口語で俳句を書くことは、反定型の意志の顕在を意味している。この叛意を貫きつつ、且つ定型詩を書く、この桎梏の引き裂かれてゆく実存の峡谷が俳句の言語を唯一文学たらしめ、大地に立つ人間の詩（うた声）たらしめ

てゆく場所である。それを私は「実存俳句」とも呼ぶ。》

表題自体、反俳句とか実存俳句とか耳慣れぬ言葉が並び刺激的である。もっとも戦後の一時期流布したアンチ・ロマンとかアンチ・テアトルとかは、ヌーボー・ロマン、ヌーボー・テアトルと同義であって格別驚くには当たらぬのかもしれない。〈反〉は下にくる被修飾語に対する過剰な意識のゆえに〈反〉なのである。西川徹郎はいう。反定型、反季語、反季題、反結社主義、反中央、反地方、反天皇。〈反定型の定型詩〉という背理的命題まで導きだされてくるのだから、〈反〉はかれの存在原理でもあるかのようだ註⑦。

かれは引用の一文のなかでまず〈口語で俳句を書く〉ことを力を込めて主張する。詩や小説ならごく当り前のことでも、定型詩ではそうは行かない、短歌結社誌のなかには現代カナ遣いを用いる人の氏名の下に星印を付けて現代カナ遣いを別する例もあった。近ごろでは有季定型でも口語発想はすくなくないのだが、口語の俳句で歴史的カナ遣いは不似合ではないか。

つまり口語で俳句を書くことは〈反定型の意志の顕在〉を意味するものだ、と西川徹郎はいう。叛意を内に秘めつつ定型詩を書くのだから〈反定型の定型詩〉にならざるを得ない、というのがかれの言い分である。そこから〈実存俳句〉という用語も引きだされてくる註⑧。

西川氏は〈生活とは人間が生き活かされてゆく実存の謂いであり、生活者とは人間の生存に直接し、生の根拠を問う実存的な思惟のあり方を指し示す言葉である〉と述べている。

もっともかれは旧来の根源俳句、新興俳句、第三イメージ論のいずれとも自分の俳句は違うのだから、便宜的にそう名づけたまでで、〈実存俳句〉と呼ぼうが〈西川俳句〉と名づけようが勿論構いはしないという。問題はその内実であり、〈実存俳句〉とは己れの俳句思想、言語世界、俳句形式に対する問い、だと述べる（「〈火宅〉のパラドックス――〈実存俳句〉の根拠」『星月の惨劇』所収、二〇〇二年・茜屋書店）。〈実存俳句〉なる語には、戦後の文学や思想の荒波のなかで育ったわたしにとってかなりのインパクトがある。サルトルの小説、戯曲、なによりも主著『存在と無』を読み、ハイデッガー、ヤスパース、キルケゴールの著作を一知半解のまま読み漁った記憶はいまなお鮮やかだ。

〈実存〉という語そのものは、実際に存在する、〈ある〉という意味で明治のころから用いられてきた。『日本国語大辞典』（小学館）には〈実存〉の用例として第一に北村透谷の「厭世詩家と女性」（一八九二）の一節が引かれている。〈じつぞん〉ではなく〈じつそん〉と読んだらしい。第二に Existenz の訳としての意味がでてくる。〈（哲学的）人間という、自覚した存在の独自のあり方〉（『新明解国語辞典』三省堂）とあり、別の辞書では〈実存主義〉まで説明される。〈実存〉はいまやごく一般的な用語として〈二〉の用い方が流布したのである。

もっとも〈実存〉なる語が Existenz の訳語として登場するのはそんなに古いことではないようだ。一九二九年七月、ドイツのフライブルク大学でのハイデッガーの就職講演「形而上学とは何か」を聴いた湯浅誠之助はそれを訳出、ハイデッガー自身の序を添えて翌年十月に理想社から刊行した。

三木清は「シェストフ的不安」（『改造』一九三四年九月）のなかで〈現代の哲学、特にあの実存の哲学は、もはやリアリティの問題を、旧い形而上学のやうに、実存と現象、本質と仮象といふ如き区別をもつて考へない〉と述べている。〈あの実存の哲学〉といういい方は、〈皆さんご存じの〉というような既知に属する口吻だろう。一九三四年、〈実存〉なる語は〈あの実存の〉であった。三木は「ネオヒューマニズムの問題」（『文芸』一九三三年十月）においてもニーチェについて〈生の、実存の哲学者〉というような表現をとっており、これは『続哲学ノート』にも収められ、普及した。

だからどうだ、というのでは勿論ない。〈実存俳句〉の〈実存〉なる語が一般化している現在、その語の由来に言及し、西欧の形而上学の受容に触れてみてもさしたる意味はなかろう。問題は現代俳句の状況に対してそれがいかなる衝撃力をもつかにある。全く無視されるならそれはそれでよい。

すくなくとも西川徹郎が人間存在の根底に視座を据え、〈自己〉の究明に的を絞って〈俳句〉の制作を推し進めてきたことに変りはなく、それを自ら〈実存俳句〉と呼んだとしてもなんの問題もないはずだ。

かれは早くから〈口語〉を用いてきたし、〈定型〉の意味も問いつづけてきた。有季定型か、無季非定型か、といった単純な二者択一ではない。かれは〈反定型〉であっても〈非定型〉とはいわないのである。〈反〉と〈非〉とは似て非なるいい方だ。〈反〉とは〈正〉があっての〈反〉であって、〈非〉は〈正〉との確執、葛藤ではなく、あくまで無関係、無関心なのである。西川徹郎は非俳句、非定型とはいわない。非俳句なら短い自由詩であっても、別のいい方をしてもよい。一行詩でも三行詩でもよいのである。

しかし〈反〉というかぎりつねに〈正〉への激しい叛意が内在する。西川徹郎の立場は定型を選びつつ反定型を主張し実行する。〈反定型の定型詩〉というわけだ。

すでにいくつかの項目にわけて論じてきたように、西川徹郎のテクストはヴィジュアルな要素が強い。映像喚起力が鮮明なのである。といって凡常なリアリズムではなく、シュルレアリスム風の奇想性に溢れる。

　籠の中の峡谷螢が雪崩れ込む
　籠の中の峡谷唸る螢草
　螢籠の中の峪行く夜行バス

すでに論じた「螢籠」のなかの三句で、三句とも五音で綴じられている。それぞれ句のイメージの切れがあり、そして結びの五音でテクストは自立する。間違いなく俳句なのである。古賀春江の「鳥籠」（一九二九年・久留米石橋美術館）と題された油彩画を連想してもよい。古賀の方はこの俳句よりずっとスタティックで、鳥籠のなかに束髪の裸婦が足を組んで座る。マックス・エルンストとかルネ・マグリットを思いうかべるが、古賀は、シュルレアリスム絵画については、図版をみて学んだのであって、実物に接したわけではないらしい。

鳥籠と螢籠のイメージの間にはもちろん繋がりはない。制作時期としては七十年以上の歳月の差がある。そのうえ表現の形式、素材が違う。古賀の方は八十号大の油彩画であり、一方西川徹郎の場合、俳句十七音の一行である。古賀の八十号には鳥籠の周りに抽象風の形象がいくつも並べられ、画布の右下には嘴の黄色い白鳥が何羽か水に浮く。西川徹郎の方は十七音の詩型をとる以上、古賀のようにいくつもの図像を並列させるわけにはゆかない。それは一瞬の空華にも似ている。幻の花である。それでいて小さな虫籠のなかに無辺の空間が拡がり、雪崩があったり、唸る螢草であったり、動きがある。八十号の方は静的であり、十七音は動的である。

もっとも性格が違うこの二つの幻想喚起の構図を比較するのは無謀で、一方はシュルレアリスム揺籃期の作であり、七十年後、二〇〇〇年はじめの時期の伝統詩との対比自体可笑しい。

しかし構図の面白さは比類なく、比較してみたい気分になるのはやむを得ない。すくなくとも後者には伝統的な詩型を保持しつつ、それに対する総力を上げての反抗が読みとれ、アヴァンギャルドとしての熱気を激しく放射していて心地わるくはない。

ただし〈実存俳句〉という命名がわたしにはもう一つしっくり来ない。疑念というほどではないとしても、〈実存〉という用語のインパクトが強く、わたしには西欧形而上学史の流れが消えやらぬのである。

もちろんかれの俳句の依って立つ場が〈実存俳句〉である、というのならそれはそれでよい。わたしには〈前衛俳句〉の方がよほど分かりやすいが、もはやそれは終った成語であって、今更なのであろう。〈ポスト・アヴァンギャルド〉ではさまにならないのかもしれぬ。

十一、実存、定型2

褌解けつつあり井戸に落とされて
包帯の渦巻秋沼に落とされて
紫陽花寺の便槽に落とされ立ち泳ぐ
落とされる木槿地獄の馬上より
突き落とされる桔梗地獄の欄間より
しばらく失語空から落とされ鶯は

＊

うねりつつ喉咬む雲雀抽斗に

失明の雲雀が空に　恋人よ
遂の間際を燦々と降る火の雲雀

＊

抽斗を雲雀地獄と思い込む

句集『銀河小學校』最終章「抽斗地獄」の末尾の十句である。総量五千余の締め括りであり、書き手はどのように終るかを考えるかもしれない。ここには三つの星印が付されてある。はじめの六句、ついで三句、そして最後の一句と三区分。西川徹郎は己れの〈反俳句〉成立をまず〈口語で〉と力説する。そこからかれの叛意も情念もすべてが始まるといってよい。

口語と文語の差異について時枝誠記は、それらは起原的には音声による言語、文字による言語の意味に用いられていたが、次第に文法体系の相違をいうようになった、といい、〈口語は、現代語法に基づくすべての表現を意味し、文語は、それとは異なった文法体系に基づく表現を云ふやうになった。ここに至つて、口語、文語の名称は、実は二つの文法体系に与へられた名称として理解されるやうになったのである〉（『日本文法、文語篇』岩波書店、一九五四）と結論づけている。

右に引いた十句すべてが口語であり、そのうち五句が五、七、五の十七音の形式をもち、七、七、五が二句、七、八、五が一句、意味による区切りを別にすれば、〈褌解け／つつあり井戸に／落とされて〉も六、七、五で十八音、一音余りということになる。もちろんそんな区切りは成立しない。意味を考えれば四、六、三、五、あるいは十、三、五となる。ただし引用の十句がこのような破調を含みながらなおかつ〈俳句〉なのは十句全て結句が五音で収まっているところにあるのかもしれない。

もっとも細かくみると二句目〈秋沼〉を、〈ヌマ〉と読んでいいのか〈アキヌマ〉なのかはルビが付されていないので分かりかねる。〈アキヌマ〉なら〈包帯の渦巻〉〈秋沼に〉〈落とされて〉と、九、五、五でも差し支えない。

西川徹郎のテクストに一人よがりの思い込みとか、あるいは散文的とかの批判があるとして、しかしこの十句に限っていえば（いや一万余句のすべてで）、意味不明ということはない。むしろ分かりすぎる。不透明な部分や飛躍があってもよいのではないか、と思えるほどだ。

これまで俳句、十七音という極小の言語空間をどのように生気あるものにするか、という工夫がされつづけてきた。季語や切れ字がそのような工夫の一つであろう。〈切れ〉の問題にしても今日なお俳句形式の重要なテーマたりえている。高柳重信のような多行形式によらずとも、一行の詩型が有効に機能するには〈切れ〉は必要不可欠ではないにしても、依然として重要な役割りを担うはずなのだ。

引用の十句をみると〈失明の雲雀が空に〉と〈恋人よ〉の間に一字分の空白がある。この種の空隙は西川徹郎の俳句にはすくないが、印象喚起の手法としては意味がなくはない。

次の〈遂の間際を燦々と降る火の雲雀〉では〈を〉がある種の役割りをはたしている。〈遂の〉は〈終りに、とうとう、結局〉といった意味で、ここでは末期、臨終とも読める。死に際の人の幻視に〈火の雲雀〉が耀きながら降り注ぐという感じにもなるし、ストレートに死に際の雲雀のことなのかもしれない。それは発話者自身の心象の景でもある。ここで〈を〉は〈に〉でも〈へ〉でもイメージは弱い。〈を〉であることによって一句は見事に屹立する。

この十句それぞれに〈切れ〉が内蔵され、原則十七音の形式のなかで映像は微妙に動き、揺れを示す。

一九六〇年前後の〈前衛俳句〉と対比してみて、この十句は平明である。

広場に裂けた木塩のまわりに塩軋み　　赤尾兜子　（句集『蛇』・一九五九年）

飢えて禪な洪水の村粥の晩鐘　　島津　亮　（句集『記録』・一九六〇年）

印象喚起力という点からいえば赤尾兜子の方が分かりやすい。〈群衆が集まる広場には太い生木が裂けて、生々しい傷跡が晒されている。一方では塩と塩とがこすれ合い、軋み合って、きしきしと音を立てている。この二つのイメージは極めて隔たってはいるが、傷ついた内面や、その傷みを生々しく晒しているような痛ましさという点でアナロジーが働いている。むきだしになった内面に痛ましさが二物の衝撃によって増幅されており、そこに作者のねらいがある〉（『現代俳句』上、ちくま文庫）という川名大の鑑賞は正確な読みであり、付加えることはない。

二句目島津亮の方は難解で知られた句だ。〈禅な〉がいかにも分かりにくい。〈な〉を〈の〉と代えてみたところですっきりとはしない。〈禅那〉と読んでもよいのだろうが、そうなるといささか判じ物めいて来ないでもない。〈飢えて禅な洪水の村〉がまず一纏まりであり、〈禅な〉が〈の〉の転としての格助詞であるなら〈禅な洪水の村〉の〈な〉は〈禅〉と〈洪水〉とを接続させる働きをもつはずである。では〈禅な洪水の村〉とは何か。

もっともごく素直に読解した方がよいのかもしれない。〈禅〉には〈天〉にかかわる意味と、仏教的な使い方がある。〈禅譲、禅授〉は前者であり、大方は後の方の意味で使われている。〈禅な〉を後者に通じるものとして古訓では〈シズカ、シズカナ〉とも読むこともある。そうであれば洪水に見舞われた村がいまは静まりかえっていて、炊きだしの鐘が鳴る。そう読むなら〈飢えて禅な洪水の村〉のイメージがわたしの内面にすんなりとした形を顕わしはじめる。

そのように読んでよいかどうかは分かりかねる。ただ島津亮らの前衛俳句を一過的な狂躁として受けとってしまってはなるまい。現代俳句の重要な課題の一つとして評価すべきである。その場合、他ジャンルとの横断的な視座も不必要とはいえないし、〈俳句とは何か〉といった根源的な問いもあってしかるべきだ。

引用十句へ戻ろう。そこには前衛風の難解さはない。前半星印までの六句は身体の落下がテーマである。井戸に落とされる、秋沼に落とされる、便槽に、馬上より、欄間から、空から、どこからでも際限もなく落下するのである。夢のなかでの上昇と落下は古来考察の対象となりつづけた。上昇は吉、落ちるのは凶が普通の解釈で、フロイトの性的見解もよく知られている。

蓮實重彦によれば、落下という縦の構図は映画にとっては見果てぬ夢でありつづけたようだ。いかなるスタントマンといえどビルの屋上から地上に墜ちて生きながらえる者はいない。落下点にセーフティ・ネットを張ってもまず駄目だ。

落下のテーマではルイス・ブニュエルの「糧なき土地」(一九三〇年)という映画のなかに、切り立つ崖からカモシカが一頭落ちるシーンがある。カモシカの落ちはじめる瞬間、途中の運動、運動停止の三画面。もっともこの三つのショットが同じカモシカだという保証はどこにもなく、単なる虚構である可能性も大きい(蓮實重彦『映画の神話学』ちくま学芸文庫)。

西川徹郎の落下の六句は、いずれも身体の闇のなかへ落ちてゆく印象が強い。〈落とされる〉という受身の表現は、ブニュエルのカモシカと同じように、自発的にではなく、他の力を受けて落ちるのである。

紫陽花寺の便槽に落とされ立ち泳ぐ

映像の華やかさと汚濁との混合は不思議な喚起力をもつのではないか。青から赤紫へと変色するアジサイの群落、夏の陽光、しかし話者は便槽へ墜ち込んで糞便の渦に巻き込まれる。ここにはかなりの悪意が仕掛けられているとしか思えない。六句それぞれが心的傷を深く負っているのである。

昏い糞壺のなかの裸の男の像ともなれば、夢としても悪夢だろう。もっとも〈裸の男〉と決まったわけではない。そんな処に落ちるのは、裸で、しかも男だろうと思うだけである。この一句、まず〈紫陽花寺の〉で切れる。〈紫陽花寺の〉のもつ華やかな色彩の氾濫。次にくる〈便槽に落とされ〉九音は五と四に分けてもよい。〈立ち泳ぐ〉を〈泳ぐかな〉とやってもよいのだが、西川氏は〈かな〉を使う例はあまりなく、〈泳ぐかな〉では上句の語調の持つ緊迫感が薄れかねず、この句のもつ凛乎としたひびきが緩む可能性もある。

映像は紫陽花寺の花の拡がりを背景として、話者が便槽の淵に立つところから始まる。狭い空間に窓があり、紫陽花の群落がみえるかもしれぬ。映像のなかの人物は自分の意志からではなく、何者かの影に強いられて闇のなかへ落下する。話者の内面へ、かもしれぬのである。落ちる前と落ちる途中、落ちた瞬間、そして泡くって泳ごうとする姿とが一瞬のうちに折り重なる。この句の構成は甚だしい破調だが、それでいてイメージは充分凝縮力を示している。映像喚起力はむしろシャープでさえある。

西川徹郎は自身の俳句へ駆りたてられる根拠について、〈私とは一体誰なのか、私とは一体如何なる生きものなのか、と問い続けることが、私を今日まで俳句という表現に駆り立ててきたと言っても過言ではない〉（第四句集『死亡の塔』後記）と述べたことがある。〈私とは何か〉という問いは、現代文学一般の普遍的命題であって、格別異とするには当るまい。

十二、自己、身体

いや違う、俳句とはそんなに大層なものではない。俳句は自意識の表現には適さない詩型であり、〈大人の文学〉なのだという考え方もある。すなわち青年の文学ではなく、大人の文学である。仁平勝は「朝日新聞」の時評欄で〈しかし俳句は、自意識の表現には適さない。すなわち青年の文学ではなく、大人の文学である。恋も反逆も重要なテーマでなくなったとき、それまで価値を認めなかった日常のささいな出来事が、人生にとって大事なものであることに気づく。俳句はそうした第二の発見を楽しむ詩型だ〉（「詩歌句」欄、二〇〇六年二月二日付「朝日新聞」夕刊）と述べ、西川流の見解を牽制している。俳句は青年客気の情念や理想を盛る器ではなく、成熟期以後の身心の静謐を捉えるに適した詩型なのだ、というわけである。常識的見解といえよう。

今日成熟しても理想を掲げ市民運動などに走り廻る大人もすくなくないように思われるし、金子光晴のように老いてますます〈恋も反逆も重要なテーマ〉でありつづけて悪いわけはなかろう。そのような者は〈俳句以外へ〉というのなら、それはそれでよい。しかし俳句もまた現代文化の流れのなかの一つであって、現代芸術の動向と無縁であってよいとはいい切れない。

そういえば小説家真鍋呉夫の句に、

　イヴのホテルで死んでゐたのは俺かもしれぬ　（句集『雪女』）

という妙になまなましく、胸騒ぎのするものがあった。この句集の初版刊行時一九九二年、真鍋呉夫は七十二歳のはずだが、〈日常のささいな出来事〉に目をむける〈第二の発見〉をよろこびにしているのかといえば、すこし違うだろう。〈雪女見しより瘧おさまらず〉という真鍋氏の代表作にしても同じだ。存在の根底にあるいのちの震えのようなものの言語化である。俳句や短歌などの伝統的定型詩を、今日ただいまの、時代の身心の深部の表現と受けとっても不都合はない。

それはそれとして西川徹郎に戻していえば、自意識の表現大いに結構である。その方法についてなんと批判されようと、実作で切り返せばよい。谷崎潤一郎、稲垣足穂、金子光晴等々の瘋癲老人像もあることだし、やがて迎えるであろうかれの〈老耄〉に祝杯をあげたい気分がしてならない。老耄の自己像、いいではないか。

縊死のように軒に揺れてる螢籠

隣人縊死す螢籠のように揺れ

句集『銀河小學校』「螢籠」のなかの二句である。一つは螢籠が揺れており、二つ目は縊死体が揺れる。揺れる、揺れる、籠も死体も。螢籠は縊死体のようにぶら下がり、縊死体は螢籠のようにぶら下がる。

朝の木にぶら下がっている姉の卵管

第三句集『家族の肖像』のなかの一句、「暗い生誕」という小題で纏められる十六句のなかの一句である。その十六句は〈自転車の絡まる海藻暗い生誕〉〈白い木槿の錯乱という少年〉から始まる。〈暗い生誕〉であり、〈錯乱〉であり、シュルレアリスム風の構図が充分いきいきしている。

揺れてぶら下がるのは死体や螢籠ばかりではない。普通は見えない内臓までが朝の木の枝でぶら下がる。清涼な朝の大気のなかで木に異物が引っかかるというグロテスクな光景なのだが、不思議と粘着力をもつ印象はない。さらりとして乾いている。ダリの絵にでもありそうな図柄の写し絵めいている。ただし〈姉の卵管〉というのは発話者が〈姉の〉と思うのだからそれでよいわけだが、母の、でも妹のでもなく〈姉の〉と限定しうるのは何故だろう、などと不埒なことを考えた。膣とか陰唇とか、あまり詩的言語とはいいかねる言葉がかれのテクストにはよく出てくる。ここではやはり〈姉の卵管〉なのだろう。母の、でも妹の、でもなく〈姉の〉なのだ。そう思うことにする。卵管はその形態からラッパ管ともいう。風に飛ばされたブラジャーの隠喩と受けとってしまってはつまらなくなるが。

このような解剖学的な臓物の展示は、はらわた、子宮、膣などほかにも散見される。〈父の肛門へ葬花詰め込む〉〈喉を淫らに通う汽車〉〈脳髄の白い木〉〈網膜剥離です妹よ〉〈死者の耳裏海峡が〉等々初期の句集以来西川徹郎における身体語の頻度数の多さは格別である。

包帯の渦巻秋沼に落とされて

前章で採り上げた句集『銀河小學校』の末尾十句のうちの一句である。ここには身体語そのものはでて来ない。しかし映像は形あざやかな身体像を浮上させずにはおかない。いま落ちつつある、という発話する主体の意識の変化とその落ちるさまをみているもう一人の発話者の〈目〉がある。

映像はなかなかに効果的だ。包帯の白い渦が拡がり、その中心部分に落ちる身体がある。包帯の渦を見ているもう一人の自分がいなければ包帯の渦巻までは見えない。落下する身体自身にはせいぜい水面の揺れぐらいしか視野には入らないだろう。

俳句という最短の詩型であれば剰余のものは切り棄てねばならない。イメージは起点から終結点にむかって真っすぐに走る。それでいて俳句独自の切れが設定される。〈包帯の渦巻〉で切れ、その渦が俳句的映像のなかに拡がる。そして渦巻の外側は秋景色である。視線は身体の内側と外側と二つみひらかれる。可視的表象のむこう側から不可視の闇が滲みだしてくる。読み手の内面に何物か、手ざわりのような感覚が湧きたってくるのである。

このような感触は身体語をめぐってだけ感じられるものではない。西川徹郎の可視的表象はつねに不可視の部分の影が揺らぐ。

天北の峠で凧が翻る　（『銀河小學校』「月の凧二」）

天北の峠で凧が揚がる。ただそれだけの光景である。気になるといえば、〈天北〉だろう。〈極北〉という語があり、〈天北〉はそれと同義とみてよいかもしれないが、〈極北〉の方が抽象度は強い。

もっとも〈天北の峠〉は〈天北原野〉のなかの峠ということで、地図をみるとこの呼び方をする峠は二カ所もある。そこは荒涼とした広大な原野なのだそうで、土地の人ならこの句をごく当り前に読みとれるのだろう。

天北まで凧に曳かれて来てしまう

という句がある。この場合の〈天北〉は〈極北〉ではないにしても抽象的な境域とも受けとれる。凧が一つ北の空に風に吹かれて翻っている。皓々たる雪景色がみえてくる。凧の季語は春だが、どうしてどうして天北に揚がる凧は凜烈な気配に包まれた方がよい。読み手の内面につめたい風が吹き、深閑とした静寂が拡がる。

〈天北の峠で〉の句につづく八句。

凧が死界を行ったり来たり東雲は
死界より凧引き戻す指の糸
指切れて凧が漂う夕茜
指切れて凧が四、五枚漂うや
右腕を咥えた凧が漂うや
凧糸を魔羅に搦める夜明迄
凧糸に曳かれて魔羅は空に在る
凧糸も陰毛も冬の空に在る

北の空で凧が揚がる。それだけの構図の次へ目を移すと、光景はにわかに騒がしくなる。〈天北〉とは発話者の位置から仰がれる北方の空というだけでなく、どうやら他界の印象と結びつくもののようである。冬空に凧が揚がるという、ありふれた眺めから、発話者の身心には不可視の景まで喚起されてくる。〈天北＝極北＝異界〉という構図が浮上するのである。凧は〈死界〉に位置したり、そこから抜けでたり、ときに現世の異物まで絡めとる。右腕にしても魔羅、陰毛、いずれも現実には異物であろうはずもない。しかしそれが身体から切り離されて宙にうかぶとなると、異変の気配濃しである。

天北の峠で凧が翻る

において空気は張りつめ静寂の相を拡げるだけで、〈花鳥諷詠〉の範囲に入りそうだが、次の句の〈死界〉という語に結びついたとたん、イメージはネガティブへと裏返る。夢幻性の濃い奇抜な光景が顕われでるのである。

十三、定型の不思議

それにしても定型の不思議を思う。西川徹郎は反定型、反文語、反季語と〈反〉を積み重ねながら、なおかつ、〈反定型の定型詩〉という背理的命題を掲げ、定型を範とすることを拒まない。むしろ基本的には俳句的言語秩序への揺るぎない自負がある。

そのような己れの立場についてかれは次のようにいう。

《私はこの私という存在の根源を探り、そしてその根源の感情に到りたかった。そしてまた、俳句と呼ばれるこの極小の詩型の構造こそが、言葉を弓矢のごとく尖鋭化させ、存在をその根源まで刺し貫いてゆくことを可能とする方法であるはずだと私は信じてきたのである。》

（一九八六年一月『銀河系つうしん』第五号所収「黎明通信」）

いささか気負いすぎのようにも思えるが、かれはここで二つのことを明言する。一つは己れの文学的課題は〈私〉の究明であり、もう一つはそれを可能にする方法は俳句という極小の詩型の構造にこそある、というのである。句集『死亡の塔』の後記「覚書」にも同じ意味のことが書かれている。

この一文を書いた一九八六年、西川徹郎は三十七歳、このていどの高揚はあって可笑しくはない気鋭の存在であった。かれは仁平勝がいうような意味での〈大人の文学〉余白の美としての俳句を拒否せざるをえまい。〈私〉という〈存在の根源〉を探り、〈根源の感情〉へ俳句形式を楯として到りつくためには、〈第二の発見を楽しむ〉境地に身を置くわけにはゆかぬのである。自意識過剰といわれようと、それを文学的主題とする以上致し方あるまい。

仁平勝は俳句は自意識の表現には適さぬといい、西川徹郎は逆に自意識の根源を探ることこそ俳句制作の主眼であると主張する。俳句の世界を展望すれば、仁平風の考え方が大勢であり、西川的発想は無勢そのものであろう。仁平からすれば新興俳句も前衛俳句も荒涼のこととなる。

しかし当然のことながら西川徹郎は怯む謂れはない。俳句という短い詩型に依りつつ、かれは〈私とは何か〉という問いを己れ自身に突きつける。〈反俳句〉といい切るのである。かれの言い分を読むとそれは決して奇矯の、偏向の言辞ではなく、むしろ俳句への切ないオマージュに充ちていることに気づく。俳句形式こそ〈存在をその根源まで刺し貫いてゆくことを可能にする方法〉だといういい方は、一種の信仰告白めいてくる。

西川徹郎のいう〈私〉とはもちろんその主体を取り巻く一切のもの、つまり自己の総体である。自己を中心とする幻想のすべてともいえる。映像化された父の身体であり、母のであり、兄、姉、妹、嫂等々はらからたちの、である。それを俳句という言語秩序を受け皿として表現する。

己れのすべてとは身心の一切、可視と不可視、観念と抽象、意識、無意識、感情のシステム、認知の領域その他もろもろである。風も地平線も銀河も地獄も——。それが三句十七音を基本とする俳句のなかに封じ込められる。言葉を尖鋭化して存在の根源まで刺し貫く、とかれはいう。極小の形式のゆえに切っ先は鋭利に研ぎ澄まされる、とでもいいたいのだろうか。

さればふたたび三たび問わねばなるまい。俳句とは何か。なぜ俳句なのか。以前、坪内稔典の「俳句は可能か」（一九七八年『過渡の詩』牧神社）を読んだとき、そのなかに引用されていた三橋敏雄の俳句への根本的な認識に感銘を受けたことがある。

《五七五調十七字が、すぐれた表現に内在する、いわば自他一如のダイアローグの永遠性を受け入れたとき、つづくべき七七調十四字を無言におさえた余勢をもって、十七字はその末尾から首部へ返る繰り返しの円環世界を現前しはじめる。これを、私は、現在の俳句形式に期待できる機能の精髄だと思う。むろん、一般の十七字表現にあっては、かかる円環する機能を誘い出すような、永遠性をおおむね期待しがたい。》

坪内稔典はこの文章を引いたうえで〈「発句形式」への見事な洞察である。今日の俳句が「五七五十七字」の機能に全面的に賭けるものである限り、三橋の洞察に疑問はないだろう〉と述べる。なるほどそうか、と思ったものだ。

西川徹郎の俳句形式への賭けもこの一点に凝縮されるかもしれない。〈かもしれない〉とは曖昧ないい方だが、それはついに断定しようがないからだ。一九四〇年新興俳句運動終息期に二十歳であった三橋敏雄と、一九四七年に生れた西川徹郎とは体験の質が違うだろう。西川徹郎の意識下に〈連句〉的感性が潜在しているかどうかはにわかには判断しがたい。口語で書き、季語を無視し、あえて〈反定型〉といいつつ、しかし〈定型〉を守る、という決意は、この円環する機能、永遠性を恃む心根と無縁ではない、と一応は考えられる。

前章で引いた凧八句をみると、一句目が七、七、五であるほかは全て五、七、五で纏っている。それぞれ結びの五音が俳句的構想力をつよく帯びる。三橋敏雄がいうような意味での七、七、十四音が押さえられ、その余勢をもって十七音の首部へ返る、という連句的潜勢力を西川徹郎も内在させているのかどうかは分かりかねるとしても、しかしこの八句以外のものを含めてかれの句集を読み込むうちに、一種の俳句的リズム感が読み手であるわたしの内面にも沈降してくる。

現代詩の側ではしばらく前に〈定型論争〉なるものが引き起こされた。飯島耕一による秩序喪失の現代詩への強い警告である（飯島耕一『定型論争』一九九一年・風媒社）。短歌、俳句など定型詩の陣営では格別問題にもならなかったが、詩人たちの間では姦しい議論が交わされ、なかには俳句や短歌を作る人まで現われた註⑨。いまそれをここで詳述する必要は勿論ない。しかし〈詩とは何か〉といったごく原理的な初発の問いを投げかけるとき、形式の問題は避けては通れない重要な課題の一つとなる註⑩。

たとえば野村喜和夫の『現代詩作マニュアル――詩の森に踏み込むために』（二〇〇五年・思潮社）のなかに次のような一節がある。

《要は、定型であろうとなかろうと、内容が形式であり、形式が内容であるような状態を指して詩というのであり、したがって詩人は、つねに形への感覚を目覚めさせておかなければならない。形に鈍感な人は、自由詩といえども、いや自由詩であればなおさら、無惨な結果を生むだけである。》

自由詩といえど〈形への感覚〉はつねに鋭敏に目覚めさせておかねばならぬ、と野村喜和夫はいう。自明の理ではあってもそれがつねに詩人の意識の俎上に上るものかどうか。

つまり一回的なフォルムの発見、詩の成立はここから始まるのはいうまでもない。定型詩であるなら尚更である。三句十七音を基本とする詩型に依拠しながら、一句の造型にさいして作り手は身体の深部での五音の微妙な反応が言葉となって光彩を放ちはじめるとき、そこに一回的に成立するフォルムを感じとる。五千句あれば五千通りの〈新しい型〉が出現する。

発話者の内面には感性の秩序としての俳句的リズム感が出来上ってくる。感性はつねに鋭敏にひらかれていなければならず、馴れや惰性があってはなるまい。類型的な隠喩も危険だ。発話者は自由を翹望しつつ、自由であることを何ら妨げられないまま、形式という外皮に対する発話主体の感情の渦が湧きたつ。感情は不定形のマグマだろう。五、七、五、十七音という型と内部に発生する感情との葛藤なしに一行の詩も生れでない。いや生れでないはずである。

言語表現にかかわる者はすべて、表現に関するメタフィジカルな問いを内に抱えている。絵とは何か、演技とは、定型とは。〈反定型の定型詩〉という西川徹郎の難問などその最たるものだろう。そのような問いを己れに突きつけながらついに定型を離れない、とかれはいう。二律背反である。

西川徹郎はいう。俳句を書くとは、定型韻律のなかに伏在する和歌的感性、朝廷の美意識への抗いであり、それは生存を賭けた必死、必敗の試みなのだ、と。さらにつづけて、〈それ故にこそけして定型韻律を離れるのではない。定型との熾烈な抗い故にこそ定型の内部に潜入し、その喉元へまさしく実存の剣を刺し貫く、密やかな、そして熾烈な、生存を賭けた反定型の営みが俳句を書く行為です。〉（第五十回口語俳句全国大会記念講演録、二〇〇六年二月発行『俳句原点』第一一七号）とも。これは講演速記だから感情の起伏が激しく、挑発的に過ぎる面もなくはない。しかしかれの実作そのものは〈反定型の定型〉という立言を踏みはずすことはないのである。自由律への進路はかれにはない。かれはついに定型詩人なのだ。

〈反定型の定型詩〉とは、つねに定型への懐疑や執着を内在させつつ、それを極度に意識化させて一句一行のイメージを屹立させる、ということなのであろう。定型が拘束としてはたらくのではなく、意識と無意識の境い目でそれは揺れうごきながら言語化される。

それにしても定型の不思議を思う。定型の基本は確乎とした枠組みである。それでいて表現者は枠組みを心的な部分までの拘束とは受けとらない。むしろそれを逆手にとって、それを意識化させつつも制作の過程では拘束感はいつしか透明に抜け落ちてゆく。定型という枠のなかで五感——視、聴、嗅、味、触は繊細、鋭敏、自在にひらかれる。〈自在〉といい切れるかどうかは分からぬが、すくなくとも定型詩の作り手たちは己れの感覚に定型の拘束はありうべくもないと確信しているはずである。

あるいは定型の不思議というよりは身体の不思議といった方がよいのかもしれない。聴覚に障害をもつ音楽家、エヴリン・グレニーの名を耳にしたことがある。世界的パーカッショニストである。耳の聞こえない音楽家というのは普通からいえばありうべくもない形容矛盾であろう。無いけれど有る、なのだから。

彼女のことは映画にもなった。ドキュメンタリー映画「そこにある音」である註⑪。エヴリン・グレニーはいう、聴覚は体の一部であり、音を共有する感覚は耳だけでなく総身で受けとめるのであって、音は主体のすべてに反応する、と。五感の全開である。高浜虚子風の視覚依存型は〈見る〉ということへの素朴な理解にすぎない。見えないものまで見るのが詩人の想像力というものだ。

みえないものを見、きこえないものを聞く、身心の総体で五感が鋭敏にひらく。器官の一つが欠落しても他の感覚を集中させ、身体の深部で欠けた感覚を感じとる。身体の不思議である。

西川徹郎は俳句という最小、極小の詩型を楯として、そんな身体の不思議を言語化してみせるのである。かれの想像力は可視と不可視、意識と無意識の境い目を自在に往き来する。その詩法は身心の基底から発せられる力を支えとして成り立つのであろう。激しく濃密なイメージ群——、蓮華は母の性器かもしれず、陰唇は仏壇の梨や桃を食い、爪は人間の右腕を銜えて揚がり、姉の卵管は朝の木にぶら下がる。極小の詩型は一瞬の光芒となって宙空に幻像をひらく。

秋の寺ゆめがだんだん荒れてくる　（『銀河小學校』「秋の寺」）

幻像は荒れ模様なのだ。夢の紋様は次第に濃度を増してゆく。この場合の〈夢〉は睡眠中の幻覚か、それとも寺の境内に佇つ人の思念か。本堂のなかで沈思黙考する人の意識の揺れとも受けとれる。二百八十句を連ねる連作「秋の寺」の素材はさまざまであり、〈秋の寺〉という五音はときに抽象とも、ときに実在とも受けとれる。季語的な役割はあまり果たしてはいない。シュルレアリスム風の構図が大半を占めるのである。

素材を並べてみれば花鳥風月、獣や、縊死体から人体の内部まで、それらは夢の波間に揺れ返る。〈反定型〉を力説しつつ、しかしかれの紡ぎだす言葉の秩序は決して乱脈ではない。〈俳句的〉というほかはないリズム感を伴って独自のフォルムが生みだされる。韻律は澄明である。

夢は荒れていても、その表象の粒子は粗くはない。よく磨きあげられて質感が保たれている。端麗、清楚といったのではいい過ぎかもしれぬが、初期の作のういういしい美しさはやはり尾を曳いている。いうまでなく闇は深く底しれず、もちろん奇っ怪しごくな形象にこと欠くわけではない。最小、極小の詩型のなかにおぞましきものの影がうごめき、一筋狂気が走る。

終りに——伝統と引用

前近代文化の引用に際して演出家の鈴木忠志は次のようにいう。

《演劇においては、クラシックバレエやカタカリの形を導入したり、歌舞伎や能の動きや喋り方を入れることで演劇の引用がなされたとは言えませんし、あるいはコラージュがなされたとも言えません。型とか形、あるいは物言いの背後にある身体感覚自体を引用し、それをひとつの時空のなかに統合し、ひとつの新しい生きた

関係の世界をつくることができなければ、前近代の演劇の引用は無意味なのです。》（『演劇とは何か』岩波新書、一九八八年）

　カタカリというのは南インド西海岸地方の古典舞踊のことである。古典演劇の形や動き、喋り方を取り入れることで〈演劇の引用〉がされたとはいわない、とかれはまず断定する。ではその〈引用〉とは何か。型とか形、あるいは物言いの背後にある〈身体感覚〉自体を引用し、ひとつの新しい生きた関係の世界を作ることが出来なければ、先行の文化は現代演劇に益することはない、というのである。鈴木忠志にとって〈引用〉とは外形模写ではなかった。

　〈引用〉とはそもそも表現者が己れの表現の根拠とか補強とかのために、他者の表現を引くことで、問題はその引き方であろう。早稲田小劇場を率いて戦後演劇史に一つのエポックメーキングをなした鈴木忠志は、前近代文化の〈引用〉について、問題は〈俳優が現在を身体的感覚として生きる、一回性の生き方〉にリアリティがあるかどうか、だという。ここには伝統文化受容についての根源的なありようが提示されている。単なる伝統文化の表面的な受容ではなく、型とか形、物言いの背後にある〈身体感覚〉の根源を凝視せよ、というわけだ。

　かれの眼差しは演技者の身体の深部に〈伝統〉を生み育てた力の大本をみようとする。単なる形式ではなく、形式を支えている根本の力の凝視なのだ。〈前衛〉とはそのような力を創造の局面に提示するものをいう、とかれは考える。

　すこし迂回しすぎたようだが、ここには〈西川徹郎〉の問題が匿されている。伝統、前衛、反俳句、反定型の定型詩、実存――西川徹郎の提示するこれらの問題は、モダニズムからポストモダニズムへと切り替わる美的思考の潮流ともからんで、きわめて現代的課題たりえている。

　何故いま俳句なのか、西川徹郎なのか、といえば、〈伝統と現代〉の問題がわたしにとって古くかつ新しい終生の課題かもしれないと思うからである。実をいえば『銀河系通信』の編集部から小笠原賢二の本の書評を頼まれたさい、別に〈西川徹郎論〉を既発表のものと合わせて一冊にしないかと誘われた。以前かれを巡って小論を書いていたし、和歌文学会での〈定型〉についての講演草稿が手許にあったので、現代俳句を材料にこれらの問題を考えるのも悪くはなかろうと、その提案に応ずることにした。

そのとき一瞬わたしの脳裏を掠めたのは、三十数年前に書いた一編の論考である。「存在と形式の相克——伝統芸術の現代的課題」(『すばる』一九七二年七月)なるもので、その論考の一部を引けば——、

《茶湯、生花、能、狂言、短歌、俳句、歌舞伎、文楽、こうした定型をもった伝統芸術の問題は、実は型を喪った現代にあって、もっとも深刻に己れ自身を凝視するところから出発しなくてはならないのである。極端なことをいえば、定型をもった伝統芸術の継承者は、その型のなかで、型との相克の末に斃れるべきなのかも知れぬ》

自明の理を述べているだけで、〈表現〉とは本質的にそのような葛藤をはらむものであるだろう。型をもたない自由詩でもそこには一回的に成立する命の燃焼があるはずだし、それなりにフォルムがなくてはならない。ないとすれば飯島耕一のいう〈粥状〉のだらしないものとなるだけだろう註⑩。まして定型をもつ詩形では尚更である。

わたしの論はこうつづく。

《昭和のモダニズム芸術運動の一環として突起する〈自由律短歌〉は、型に対する内的抵抗をなに一つ示さぬまま、型を放棄したものの悲惨をあからさまにさし示している。短歌とは定型詩であろう。定型内での型との激突なしに、新しい創造は可能ではなかった。ここに伝統芸術の苛酷な命題が匿されている。型を踏みやぶっても内的苦悶の結果としてでなければほとんど意味をなさないし、といって安易に型にもたれかかるだけなら、現在なぜそれを必要とするかという問いには全く答えられなくなる。伝統芸術の問題は実はこうした背離を鋭く内包するゆえに、今なお鮮度を帯びてわれわれ自身の課題となるのではないのか。反時代的な様式であると仮定しても、その反時代性を逆手にとって、逆に目も綾な型の美を放射しえないとだれにもいえない。それを

可能にするのは定型に対する内的なたたかいだ》

旧稿をながながしく引用しても致し方ない。ただ〈なぜ西川徹郎か〉へのわたしなりの動機の一端ではある。さて〈伝統と引用〉という標題を付したこの終章を閉じるに当って、もう一度はじめに引いた鈴木忠志の別の言葉を思い返したい。〈演劇の前衛とは、戯曲の主題や政治的立場、あるいは反時代的な心情にかかわらない。制約というものをどこに背負ったか、それにどう応えていったかという具体的な創造方法の問題にかかわって成立してくる概念であろう〉（『演劇論、騙りの地平』一九八〇年・白水社）とかれはいう。

それを西川徹郎風にいい代えれば、日常語で書く俳句、あるいは〈反定型の定型詩〉ということになる。西川徹郎も多くの先行テクストを引用する。新興俳句から前衛俳句、そして寺山修司、塚本邦雄、吉田一穂、宮澤賢治等々、そこに掠める影は濃く、薄く、ときに幽かに、気配として。もちろん他ジャンルへの投影も。たとえば山田隆昭の詩集『座敷牢』（二〇〇三年・思潮社）から「床の間」。

《誰もいなくなった真昼
　少年は床の間に入ってみる
　そこは空っぽで奥行がないのに
　どこまで行ってもどん詰まりがこない
　壁が踊るように後退しているのだ
　はるか彼方　少年の背後に
　明るい座敷が小さく見えて
　家族と呼ばれる生き物が
　行き交っている

　いつしか少年は壁に塗りこめられていた

隣で去年死んだ祖父が
静かに笑っている
床の間は生物と死者で
ごったがえしている》

ここに引いたのは全四連のうちの後半二連で、はじめの二連は〈床柱に挟まれた空間にも／屍体が詰っているのだろうか／柱は桜／であろうはずがなくても〉〈にぎやかな儀式が終わる頃／家中がからっぽになる……〉とつづく。なかなか面白い。

山田隆昭の詩集にはこのほかに「畳」「納戸」「押入」「屋根裏」「箪笥」「戸袋」その他の見出しが並ぶ。引用は『現代詩手帖』二〇〇三年十二月号（「現代詩年鑑二〇〇四」）からで、同誌の〈展望〉欄の解説で関口篤がこの詩を推奨して〈誰でも伝統的な日本家屋と代々そこで死に代わり生き代わりしてきたねっとりからみつく無名の人間ドラマを予測する。しかし、この作者はこれに不気味なイメージを匙加減して詩の領域にずかずかと闖入する。その腕っ節は生半可ではない〉と述べている。

西川徹郎の俳句ではすでに『家族の肖像』（一九八四年・沖積舎）や『死亡の塔』（一九八六年・海風社）辺りからそれらの語彙やイメージは頻出し、西川俳句との類似は濃厚である。だからといってプライオリティの問題は残るとしても、単純にイメージの重なりあいを対比しようとは思わない。他人の空似かもしれぬではないか。

伝統的な日本の家屋も近ごろめっきり減ってきた。しかし習俗や年中行事を含めて、われわれの身辺に息づいている、そのような旧世界も絶滅したわけではない。家屋の構造や調度から旧世界の不可視の部分がみえてしまっても可笑しくはないし、古い屋敷内にはザシキワラシだのカマドガミなどが現在形で漂っているかもしれぬ。すくなくとも文学的想像力のはたらく場でなら、生き代わり死に代わる累世の霊的存在は強いリアリティを帯び、輪郭鮮明に顕れでて不思議ではなかろう。

西川徹郎の俳句に戻していえば、かれの言語的秩序のなかに顕現する生者も死者も同格であって、かれの示す映像は形あざやかである。日常の物の形状を克明にみつめながら、同じような細密さで非日常的な物の形が顕れでてくる。生者、死者の区別なくである。

夕暮は父祖父碁を打つ池の淵

西川徹郎の表象は幽顕混淆の気配濃厚なのだ。夕暮れ、薄墨色の空気の層のなかの池の淵で碁を打つ父と祖父、第一池の淵とは妙ではないか。そこには幽顕の境い目が融けて、日常的光景がそのまま非日常的な幻景と化してしまう一瞬がある。池の淵の二人をみている発話者も映像のなかの二人も、夢のなかの物のように違和感はない。宙空を飛ぶ人も、樹木に卵管を引っかける姉も、もちろん池の淵の父や祖父も、此方から彼方へと自在に移行して不思議はないのである。

西川徹郎の方法はつねに尖鋭であり、原則十七音の俳句形式への断絶と連続という背理的な形での自負につらぬかれている。現代文化全般からの養分摂取はいうまでもないが、これは創造的主体にとって当然のことで、現代文化の渦潮のなかに、かれはかれの方法をかかげて明確な主張を指し示す。一言でいえば反俳句の俳句——反伝統の伝統である。鈴木忠志風にいうなら形式を支えている根本の力を凝視せよ、ということだ。

註

①延宝八年（一六八〇年）五月、大阪生玉本覚寺での西鶴独吟の「大矢数」興行は一夜四千句、介添の役人等医師二人を含めて五十五人という大一座であった。これは出版されている。この後西鶴は一昼夜二万三千五百句を吟ずるという荒行をやってのけている。それは出版されなかった。

②「反俳句の視座——実存俳句を書く」（『國文學　解釈と教材の研究』二〇〇一年七月・學燈社）がもっとも西川徹郎の俳句観を要約している。

③寺山修司の最後の歌集『田園に死す』（一九六五年・白玉書房）には、〈わが一家族の歴史「恐山和讃」〉が一ページ目に掲げられてあって、最初の十首「恐山」には〈間引かれしゆゑに一生欠席する学校地獄のおとうとの椅子〉〈夏蝶の屍ひそかにかくし来し本屋地獄の中の一冊〉等がある。寺山には〈姉と書けばいろは狂いの髪地獄〉という句もあり、三浦雅士

は『寺山修司、鏡のなかの言葉』(一九八七年・新書館)のなかで寺山修司の独創性を認めつつも、なお〈蟻地獄孤独地獄のつづきなり〉という橋本多佳子の句からの影響の有無について言及している。西川徹郎が〈地獄は一定すみかぞかし〉(『歎異抄』)と意を決する親鸞の教門に属する、いわば〈地獄〉の専門家であり、単純に先後関係だけでは論じきれるものではない。しかし他の部分も含めて寺山修司の影響については論を立てる余地は充分あろう。

④最近では「ガラスの動物園」は小田島雄志訳、イリーナ・ブルック演出で二〇〇六年二月、新国立劇場で上演された。これはそのさいの同劇場の情報誌でのインタビューに答えた小田島氏の発言である。

⑤柳田国男「妹の力」(定本『柳田国男集』)、林達夫「妹の力」(一九四〇年十二月十九日付『朝日新聞』)。なお関礼子の樋口一葉論のタイトルは『妹の力樋口一葉』(「ちくまライブラリー94」)であり、関氏には「ジェンダーとテクスト生成――姉弟物語の変奏」(岩波講座現代社会学11『ジェンダーの社会学』一九九五年十一月)という優れた考察もある。フェミニズム批評の先駆けでもあろう。

⑥箱根越えの旧道御殿場から乙女峠(一〇〇五メートル)、三島からの箱根峠(八四九メートル)。

⑦アンチ・ロマンなる用語はナタリー・サロートの小説『見知らぬ男の肖像』(一九四七年)の序文のなかでサルトルが用いたものだという。アンチ・テアトルについてはベケットの「ゴドーを待ちながら」(一九五三年)を観たユック・エスタンという詩人の発した言葉だといわれている。

⑧西川氏は〈実存〉なる用語をめぐって西欧形而上学史との比較があってなんら差し支えないという。ただかれの〈実存〉は実存主義風のものではなく、〈東洋思想の究極的な存在論である大乗仏教の浄土教の人間観〉(「〈火宅〉のパラドックス」『星月の惨劇』)によるのだ、と述べている。

⑨高橋睦郎の句集、歌集はよく知られており、先年平出隆の『弔父百首』(二〇〇〇年・不識書院)が話題を呼んだ。

⑩飯島耕一「いま詩の『文体』はどうなっているか」(一九七七年十一月『文体』)を発端として一九八〇年代半ばに詩壇で定型詩論争が起った。詳細は「現代文学における定型の問題」(「和歌文学会」第四十八回大会講演)を参照(本書所収)。

⑪この映画は二〇〇六年四月、東京渋谷のユーロスペースで上映された。監督トーマス・リーデルシェイマー、制作年度

二〇〇四年ドイツ。エヴリン・グレニー、フレッド・フリス主演。

（本論の初出は二〇〇九年西川徹郎文學館新書①として茜屋書店刊行『銀河と地獄―西川徹郎論』）

現代俳句の一極北―西川徹郎論

西川徹郎の世界は決して難解ではない。むしろ澄明で象（かたち）あざやかだ。三句十七音の定型に依拠しつつ、しばしば破調であり、口語、無季となんとも自在奔放、ときに奇想天外でもある。だからといってその表象が〈俳句〉の法を超えるわけではなく、あくまで法の内側にとどまる。まさしく〈俳句〉そのものなのだ。

第一句集『無灯艦隊』から未刊集『東雲抄』までの膨大な全句集を読み通して、現代俳句に馴れていないわたしでも、読解にさして難渋しなかった。そのモダニズムも、シュルレアリスム風の構図もすんなり受け入れたのである。

ひところの現代詩の、意味を排除し、読み手の共感を峻拒するごとき方法に較べると、それは遥かに読みやすい。われわれ読み手の側に現代俳句の前衛性を受容する基盤のようなものが出来上っているためかもしれない。われわれは二十世紀芸術運動の渦中とはいわぬまでも、その周縁あたりと永い間触れあってきていて、〈アヴァンギャルド以後〉はいまどのような動態を示しつつあるか、いささかは知識として知っている。

もちろん西川徹郎の世界を、二十世紀芸術運動史などという巨視的な視野からのみ眺める必要はない。それは伝統的な範型を守る定型詩である。しかし現代の芸術情況からの検証という枠組の設定は、それがいまを生きる詩的存在であるかぎり必須の条件でもあろう。まして俳壇とは無縁である読み手のわたしが、わたしの身心に押し寄せるさまざまな情報の束のなかで、西川徹郎の一句を吟味することに躊躇する謂れはない。

いささか身構えが過ぎたようだ。そんなに力むことはなかろう、というわたし自身の内なる声が聞えてくる。たしかにそうだ。ただ西川徹郎の全句集のもつ挑発力に刺激されてつい力んでしまった。西川徹郎の全句集から放たれるただならぬ活力のなせるわざかもしれぬ。

『西川徹郎全句集』を読み通すうちに、かれの示す一行詩の凛冽な形式、語彙、リズム感に圧倒されたのか、馴らされたのか、その破調がさして気にならず、むしろ心地よく感じられるから不思議である。

沖へ独泳薄くらがりにある塩壺　（『無灯艦隊』、一九七四年）

〈沖〉という一語から喚起されるのは、読み手の内面に引かれる一本の水平線である。紺青の海と、いささか色あいを変えた、ときに淡い茜色が滲んでいるかもしれない空。〈沖へ独泳〉というときの〈へ〉という格助詞は、行為者の動線を含んでいる。いま行為者は一点にとどまるかに見えるけれど、かれはこちらの岸から無辺際の彼方を目ざして移動中である。〈独泳〉という語そのものに身体的映像と時間の襞が折り重なる。それは波間にある運動する身体だ。波の間から黒い頭がみえ、いや白い帽子かもしれぬが、抜き手を切る腕まで捉えることが出来るだろう。

〈沖へ独泳〉というときの〈へ〉という目的地へむけての動線は、発話者の内面に力動感を蓄える。発話者はかれの可視的領域に泳ぐ人の姿を捉え、同時に泳ぐ人の息づかいや鼓動を己れのものとして感じとっている。発話者は泳ぐ人そのものでもある。

あるいは〈沖へ独泳〉というとき、この一句の視点人物は、まだ沖のこちら側、陸地にとどまっているのかもしれぬ。しかし〈沖へ独泳〉の一句に込められたものは、波間を泳ぐ行為者の姿態だろう。まだ泳いでいないとしても、かれの感覚は沖へむかって波しぶきを浴びつつあるのは確かだ。

だがかれの視圏には拡がる海と空ばかりがあるわけではない。そこには塩壺が一個置かれている。近ごろの機能化されたキッチンには似つかわしくないが、以前はどこの家にも常滑焼の塩壺があった。味噌入れでも砂糖壺でもない、塩壺であることの意味は大きい。大仰にいえば、そのちいさな壺は、命の根元、存在の原拠のイメージの凝集点でもあるだろう。なにしろ命の原点としての〈塩〉なのだ。

壺は厨房の棚か台の上にあり、そのむこうに窓があって海が見える、などという瑣末なリアリズムに拘泥する必要はない。薄くらがりに壺がある。その後ろに海があり、読み手の視圏に水平線が引かれる、それだけで充分である。

有季定型、文語を基本とするひとびとからみれば、西川徹郎の世界はきわめて破格であって、三句、十七文字という形式から食みだすことが多い。

〈沖へ独泳〉の一句は十七字ではなく二十字、初句〈沖へ独泳〉が七字、次の〈薄くらがりにある〉が九字、結句〈塩壺〉が四字。ただし五音、七音の組み合わせに馴れたわれわれは無意識のうちに〈薄くらがりに、ある〉と一呼吸おいて読んでしまう。

意味のうえからいえば、〈沖へ独泳〉と〈薄くらがりにある塩壺〉の間には深い裂け目がある。その一瞬の空白のゆえに、一句は映像を鮮やかに屹立させるのである。

五句三十一音の短歌形式には、塚本邦雄など少数の例外を除いてこのような不連続はあまりない。意味がなだらかに完結するのである。〈五七五／七七〉の〈七七〉が意味の過剰を招き、剰余のものを付け加える。

それに対して三句十七音の方は、形式からくる制約のためか、イメージの切れを尖鋭にせざるをえない。句切れというのか、言葉と言葉の対比の間に、カミソリによって切られたような厳しい断裂が生ずる。

では西川徹郎の一句は、異質のものを二枚貼り合わせただけの、単なるコラージュの妙か、といえばそうではあるまい。まず〈塩壺〉という生の根元、存在の根拠をはらむ形象が全面に浮上する。背景に広がる海は水平線で区切られ、恐らく発話者の内面が托されるのであろう泳ぐ人は、かれの存在の故郷の根元、〈塩壺〉と無縁であるはずはない。〈塩壺〉に支えられていまかれは波間にある。

西川徹郎におけるモダニズム、あるいはシュルレアリスムとの類縁が語られるむきがあるらしい。わたしもそれを感じる。塩壺、沖、独泳を一枚のタブローのなかに収めれば、古賀春江の一九三〇年前後の制作に思い及ぶ。「窓外の化粧」（一九三〇年・油彩、カンヴァス）は右手の高層建築の屋上で手を拡げる踊り子、背景は青い空であり、パラシュートが四つ浮遊している。海はかなり下方に描かれ、水平線は画面七分の一ぐらいのところに引かれる。海上には船が何艘も浮かぶ。煙を吐く汽船や白い水脈を曳く船もある。左下方に区切られた抽象的な図形、手を差しだす人体。

西川徹郎の塩壺、沖、独泳の方は、構図が古賀春江よりも単純だが、一九三〇年前後のモダニズム絵画と一脈通じあうのは確かだろう。古賀春江の絵は空が大半で水平線は低い位置にある。西川徹郎の塩壺の周辺は薄暗く、明るさをたたえる水平線は視圏のどの部分に引かれているのだろうか。船やパラシュートはみえるか。時刻は昼か夕方か。

○

西川徹郎の世界は可視的表象が多く、音や匂いを描くものが思ったよりすくない。

夜明け沖よりボクサーの鼓動村を走る

『無灯艦隊』のなかの一句である。鼓動は音ではない。他人には聞えまい。この一句の発話者の内面にひびいてくるものだろう。しかし読み手の耳にその音は鮮明に聞こえる。すくなくともこの一句のなかで〈鼓動〉は強く脈打つ。

音に較べると匂いの句は多い。

骨の匂いのひたひたとする過密都市

孤島醒める乳房に月の匂い残り

酢が匂う都市骨だけの鶏歩き

しかしこれらの匂いは、嗅覚を刺激するなまなましい臭気ではなく、観念性の強い感じのものだ。一句目、〈ひたひたとする〉骨の匂いとは、過密都市の総体を象徴するものであって、生理的嗅覚というよりは観念そのものといえる。また乳房に残る月の匂いともなれば、視覚的な印象といえるだろう。〈酢が匂う都市〉にも嗅覚を刺激するなまなましさはない。この一句は三句十七音の定型遵守となってはいるが、意味の上からいえば〈酢が匂う都市〉という鋭い感覚的背景のなかに、〈骨だけの鶏〉が歩くという動態が提示されるのだから、現代の都市の運命を象徴して余りある。

　葱臭く昏れる列島墓が立つ

　生姜がにおう星の出の寺蝮あばれ

この二句からは現（うつつ）の匂いが立ち昇ってくるようでもある。しかし葱臭い列島という巨視的な捉え方や、〈生姜がにおう星の出の寺〉と〈あばれる蝮〉の組合せのもつ奇想性は、単なる生理的嗅覚から遠い。

○

　罅割れたマネキン町じゅうまんじゅしゃげ　（一九八八年・『町は白緑』）

この一句は塩壺、沖、独泳の句より一層モダニズムの気配が濃い。〈曼珠沙華〉ではなく〈まんじゅしゃげ〉と表記されるところに意味がありそうだ。視圏の前面に罅割れたマネキンが位置する。その町に住む人の何人もがやがて解体し、砂粒となる罅割れたマネキンのごとき存在なのだ、という受けとり方もある。しかし、それを比喩としてではなく、罅割れ、解体寸前のマネキンが視圏の前面に顕れでると素直に読みたい。罅割れたマネキンは当然人間の運命を象徴するものだろう。しかしここはごく表面的に捉えねばならない。

　背景にあるのはヒガンバナで溢れかえる都市である。〈町じゅう〉と表記されるだけだが、〈町中〉ではなく〈町じゅう〉であることによって、影絵のような輪郭をみせる都市の映像が浮かびでる。高層の建造物であってもよく、港の倉庫群が並んでいてもよい。なにしろ〈町じゅう〉なのだ。ここには〈じゅう〉という音声と可視的要素がだぶってくる。そして〈まんじゅしゃげ〉である。〈町じゅう〉から〈まんじゅしゃげ〉へと平仮名表記のもつ軟体動物のような可視性がつづくとき、ヒガンバナの赤ないし弁柄が視圏いっぱいに氾濫する。

　彼岸花、曼珠沙華、死人花、天涯花、幽霊花、三昧花、捨子花、したまがり、狐花、きつねのたいまつ。『花鳥小辞典』（講談社）という小冊子のなかのヒガンバナの説明のなかにそんな異称が列記されている。秋の彼岸ごろ咲くのでこの名があるのだが、ジャランボンバナ、キツネノカミソリ、カミソリグサ、エンコウバナ、エンコ花という呼び方もある。柳田國男にいわせると、エンコとは河童のことだそうである。地方によって実にいろいろの呼び名があるのに驚いてしまう。ヒガンバナはわたしの好きな綺麗な花だが、墓や湿地帯の群落ともなれば毒々しく、すこし不気味かもしれない。キツネノタイマツなるいい方について柳田國男は〈殊に美しく鮮やかな空想〉（「野草雑記」）と評している。〈狐の扇〉という美しい命名もある。ヒガンバナの真赤に咲きつらなる光景に、ひとびとはさまざまな名を与えているのである。それらは原野の草であり、咲くのが墓地や河原といった淋しい場所であるところから、いささか不吉な名が冠されるようになったもののようだ。

だが西川徹郎の一句が示すのは、真赤な死人花が乱れ咲くのは原野ではなく〈町じゅう〉なのである。影絵のように浮かびでる町並み、高層もあり、低層もあり、電柱や交通標識があり、電飾が明滅し、寺院の碧緑の屋根の勾配やガスタンクもあるかもしれない。それら薄墨色に沈む町並みの構図のなかに隈無くヒガンバナが咲く。赤またはベンガラ色の群落。

それらを背景として立つのは罅割れた人体模型である。マネキンらはショーウインドーのなかで、流行の衣裳を身に纏いつつ、華やかな光彩を受けて立ちつくすが、用済みともなれば倉庫の片隅か店先の暗がりに裸にされて打ち棄てられる。まして〈罅割れたマネキン〉など無用中の無用な物体だろう。破却されるだけの運命にある。

〈町じゅう〉という俯瞰図のなかに氾濫する赤い花と、罅割れて立つマネキン人形、モダン都市の一断面のような光景である。ここからも一九三〇年前後の日本のシュルレアリスム絵画を連想する。

さくら散って火夫らは耳を剃り落とす
日傘ながれる岬ぐんぐん睫毛生え
死者の耳裏海峡が見えたりする
水枕の中の港の痩せたくろい鴎よ
無数の蝶に食べられている渚町
鶴はいつしか青い液体村祭

校庭にへびひとすじの鼻血のように
初夜のごと美し棺に寝し祖母は
朝日に打たれし浴槽修理人は鳥
家中月の足あと桔梗さらわれて
おとうと縊死す眼を桔梗ほどひらき

第一句集から第三句集まで、全句集のなかでわたしが印を付けたものの一部を抜粋した。どれも面白い。奇想であり、驚異であり、非合理であり、夢の断片のごときものであり、そして何よりも澄明である。

近ごろ〈前衛〉の老いということを、なんとなく感じはじめている。フランスのあの伝説の「太陽劇団」日本初演を、先日新国立劇場で観ながら、もっと早くパリ郊外ヴァンセンヌの森の旧弾薬倉庫で観たかったと切に思った。実験性においてかれらの試みはやはり際立っていた。際立っているのだが、なにかが足りない、そんな思いを禁じえなかったのは確かである。わたしの方が古いのかもしれぬのだが。

様式＝形を内側で支えるのは、三木清ふうにいうならロゴスとパトスの攻めぎあい、確執、葛藤だろう。そのような内的緊張を欠く、単なる様式＝形にとどまるなら、〈前衛〉は前衛でなくなる。骨だけの鶏だ。

西川徹郎はまだ若い。激しさや蛮勇を失わないでほしい。肉体は老いても、詩が老いるはずはないのだから。

（本論の初出は二〇〇二年八月発行茜屋書店『星月の惨劇――西川徹郎の世界』）

〈闇夜の峡谷〉へ、一本の征矢―小笠原賢二著『極北の詩精神―西川徹郎論』

『極北の詩精神―西川徹郎論』は、四六版百三十ページの小さな本である。質、量ともに一冊に纏めるだけの仕事はしていない、と、著者小笠原賢二は刊行を一度は断ったそうだが、分量はそうだとしても、質の方は躊躇する必要はなかった。良質の批評精神に首尾貫かれている。

結果としてこれはかれの生前最後の著作となった。この本がでた二ヵ月半後の二〇〇四年十月四日、小笠原賢二は肺癌で死去する。五十八歳であった。夭折とはいえないとしても、現今の五十八歳は晩歳ではない。早すぎる死に悔しさが残る。

西川徹郎について詩人の飯島耕一が〈夏石番矢には、どこか祝福された異端という感じがあるが、西川徹郎には呪われた異端の匂いがする。呪われたというのは、しかし詩人にとっては光栄を意味している。北海道の寺の子。死と性の意識が濃厚である〉(『現代俳句の新鋭』第四巻、一九八六年・東京四季出版)と述べてから二十年近い歳月が過ぎている。〈呪われた異端の匂い〉は一層濃度を増し、いまや絶対、唯一の異端派の驍将の観さえある。

そのような西川徹郎の俳句に対して、短歌の批評家として声望の高まりつつあった小笠原賢二が、かれにとっては未知の世界に近い俳句にむけて果敢な挑戦を試みることになったのが本書である。

小笠原賢二が西川徹郎の世界に接したのはそんなに早いことではなかった。「幽閉の中の解放―『無灯艦隊ノート』『天女と修羅』」(一九九八年六月「現代詩手帖」)のなかでかれは西川徹郎の二冊の著作に触れた驚きを率直に語っている。西川俳句の全てを通観したのではなく、二冊の本に接しただけだが、それでも西川徹郎の詩精神の非凡さ、類例のなさはよく分かった、といい、さらに〈特にエッセイ部分に見られる荒々しく狂暴な自然感覚は、高校を終えるまで北海道に居た私にとって十分に身に覚えがあり、まさに手に取るような臨場感を喚起させられたことであった〉とつづける。

同郷、似た年頃ということもあり、いわくいいがたい親近の情を感じたのであろう。それをかれは〈極北の詩精神〉と呼ぶわけだ。以来まだ七年しか経っていない。

小笠原賢二は『終焉からの問い　短歌考現学』(一九九四年・ながらみ書房)をはじめ、短歌批評の領域で優れた才能を発揮しつづけてきた。上田三四二、菱川善夫ら一九二〇年代生れの短歌の批評家に対して、小笠原賢二は戦後、一九四六年の生れで、大学の卒業論文は武田泰淳論、修士論文も多分同じなのだろう。小田切秀雄のゼミに加わり、〈昭和十年代の文学〉を研究対象として選んでいる。

その種のテーマは評論集『時代を超える意志　昭和作家論抄』(二〇〇一年・作品社)に集約された。そこに収められた十五編の現代作家論のなかでもっとも古いのが、「〝二つの矛盾〟との格闘―武田泰淳　昭和初〜十年代」で、一九七六年十月『星雲』に発表された。

小笠原賢二もいまや五十歳代の終りに近く、批評的業績も熟成期に差しかかっていた。熟成し、なおかつ先鋭な批評眼が現代俳句の先端部分に及ぼうとしていたのであり、着眼点、分析力ともに秀抜である。本書はその最初にして最後の一冊となった。

定型詩の批評はつねにある種の危うさが匿されている。あれは所詮外部の声だ、というわけである。俳句の世界は膨大な大衆的詠み手を抱え、それゆえなのか内向きの拘束力が強い。外部からの批評には、それこそ専門的な情報収集力を必要とする。結社制度に支えられる定型詩陣営は、外部の力の及びにくい不可侵領域でもある。結社誌を一瞥しただけでは、人間関係の微妙さまでは分からない。

しかし小笠原賢二は『拡張される視野―現代短歌の可能性』(二〇〇一年・ながらみ書房)に収められた歌壇時評の類をはじめ、見るべきもの、見なければならないものは徹底して見据え、厳しい提言もしている。強靭な眼力、意志といわねばなるまい。

本書の後記でかれは次のようにいう。

《私は、西川徹郎の文学を、詩精神を極限まで追求するものとして高く評価する。他人の評価などにとらわれないその自立した営為は、かけがえのないものである。このような詩人は、そうどこにでもいるものではない。異端や前衛とは無縁な、常識的で健康的な文学から私は触発されることが少ない。西川の精神はそれとは逆のところにあって、私はしたたかに勇気を与えられた。文学的想像力を可能な限り拡大しようという野心・冒険心は一体どこまで飛翔しようと言うのか。私の数少ない西川論が、そうした志向性への全面的共感によって書かれていることは確かである。》

第6章 極北の詩精神　笠原伸夫

この後記の末尾に〈二〇〇四年六月十六日〉とある。最後の著作となったこの本の後記は、いわばかれの最後のメッセージ、遺言のごときものではなかったか。

次は本書の主論文「極北の詩精神—幻視者・西川徹郎が見出した世界」のなかの一節である。

《定型俳句自体がすべて駄目だと言うのではない。そうではなくて、定型や紋きり型に従属というよりは隷属してしまって、真の詩精神のありかを考えようとしない俳人が多数になっている現状は一種の荒廃というべきであって、それは俳句表現とは無縁な俳句の光景ではないか。そんな時に、俳句とは何かを、通念の枠を越えて、不退転の姿勢において考察し実践する西川徹郎のような存在がとても貴重に思われるのだ。／大切なのは、尖鋭な文学的想像力であり、詩的行為である。》

先にあげた、後記の一文とこの部分を重ねあわせるなら、その批評の核がみえてくる。かれは定型、有季の俳句のすべてを拒否しているわけではなく、定型への無反省、空疎な紋切型で平然としていられる感性の鈍化を厭うのである。

定型という縛りのゆえに逆に身心を自在に解放する例はいくらでもある。有季、切れ字などの制約のなかでの見事な詩的達成にもこと欠くまい。しかし〈一種の荒廃〉といわねばならぬ苛立ちはわたしにも分かる。〈大切なのは、尖鋭な文学的想像力〉なのだ、と言わずもがなのことをあえて書きとどめねばならぬところに、苛立ちの原因がある。要するに俳句が俳壇の枠を超えて、現代の文学として機能する、その一点に己れの批評的行為の的を絞りたい、というのである。

そのような己れの批評的立場を、かれは正岡子規の『俳諧大要』の延長線上に置いてみせる。

子規はいう〈俳句は文学の一部なり。文学は美術の一部なり。故に美の標準は文学の標準なり。文学の標準は俳句の標準なり。即ち絵画も彫刻も音楽も演劇も詩歌小説も皆同一の標準を以て論評し得べし〉と。

俳句は五音七音五音の三句よりなるが、六音七音五音もあり、六音八音五音もある。その他の文学と厳密に区別すべきではない、とも。小笠原賢二は子規の改革者らしい柔軟な発想に触れながら、子規以後の俳句の流れは〈さまざまな可能性の模索を捨てて窮屈な枠の中に囲い込まれた〉と残念がる。それこそ俳句停滞の要因であった、とみるのである。

かかる停滞の突破を可能にするものとして、小笠原賢二は西川徹郎に注目する。かれは西川徹郎の〈通念を越えた、不退転の姿勢〉を評価し、その〈幻想〉について分析を試みる。〈幻想〉の特徴を端的に〈超現実的想像力〉といい、第一句集『無灯艦隊』（一九七四年・粒発行所）から次の六句を引いて説明を加える。

《不眠症に落葉が魚になっている
巨きな耳が飛びだす羊飼う村に
海峡がてのひらに充ち髪梳く青年
胎盤透きとおり水くさいコスモス畑
月光や耳泳ぎゆき消えゆけり
枕の中の墓地咲きかけの曼珠沙華

遠近法の解体、自在な変身と生命観、レントゲン的な透視力、が西川の幻想的想像力の基本をなす特徴と言えようか。実に不思議な世界である。なぜこのような俳句が出現するに至ったのか。この感受性の背景には何があるのか。》

実に不思議な世界だ、と嘆声をあげ、このような俳句出現の理由、そうした感受性の背景について問うのである。まず西川徹郎の〈年譜〉から、年少のころ読んだ種田山頭火、高柳重信、富沢赤黄男、西東三鬼、細谷源二ら前世代の俳人の名を挙げる。二十代以降では、ダリ、ムンク、シャガール、エルンストら幻想、シュールレアリスム絵画への親炙にも触れる。あるいは西川徹郎の出生地の地形から、風土的条件、生活環境にも及ぶ。その表象に現れる動物、人間をはじめ森羅万象のもろもろを列記し、想像力の振幅と強度を測りつつ、評者は半ば茫然自失たる趣きすらみせもする。

しかし批評する側としてはそうそう茫然ともしていられない。以下、具体的にテクストの解読、分析をはじめる。たとえば第八句集『月山山系』（一九九二年・書肆茜屋）に収められた「秋津の国」二十四句のうち次の八句を引いて、秋津と月光のイメージの原初的生命力、荒々しいパワーを抄出する。〈西川ワールド〉特質への急追である。

秋津の国のカッタァナイフである秋津
秋津の国の秋津を刺身にして食べる
月の光の秋津の国の内乱よ
秋津の国の月光浴で溺れ死ぬ
秋津の国の秋津へ訣れの手紙書く
秋津の国の月光を浴び甦る
月光を浴びびしょびしょになる秋津
月光は秋津の尻尾に火を点ける

秋津はいうまでもなくトンボの古名であり、〈秋津州＝大和〉という風雅にして、装飾的イメージに繋がる。方言のなかには、いまでもアキツ、アキズ、アケズなどというい方が残っている地方もある（『定本柳田国男集』第二十巻「赤とんぼの話」）。

引用された西川徹郎の〈秋津〉の句八句をみると、花鳥風月の美意識に結びつく要素が皆無であることに気づく。〈秋津〉とはここでは人を傷つけることもなくはない。〈カッターナイフ〉であったり、〈刺身〉であったり、内乱を誘発し、尻尾に火の点けられる存在ともなる。とてもとても〈花鳥風月〉などという微温的イメージからは遠い。月光はなんと秋津の尻尾に火を放たねばならない。美しい狂気をはらむ映像ではないか。

小笠原賢二の〈西川にとって俳句は詩作であり、文学的行為であり、その極限にまで至らんとする行為であるのなら、分野を越えた何人かの文学者との類縁を見出すことも可能ではないかと思うのだ〉という見解はこうしたイメージ群からごく当たり前に引きだされるものであり、ついで宮沢賢治との類縁が語られる。

裂けたグラスに透るしののめの入水
あじさい駅でゆびがたくさん溺死する
まひるの浜の浜ひるがおの溺死体
少年溺死してさざんかになっている
溺死する時喉へ銀河が流れ込む

わたしも小笠原賢二と同じように、これらの短詩群からたやすくカンパネルラの入水を連想する。「銀河鉄道の夜」と西川徹郎の透明な詩情の重なりあいは、あえて贅言を差し挟む必要もないくらいだ。ただし両者の類比を超えて、西川徹郎の短詩群がどのように自立してくるか。何を生み、いかなるイメージの厚みを提示しえているかが問題なのである。小笠原賢二は、宮沢賢治だけでなく、安西冬衛、日野啓三から埴谷雄高、吉田一穂と連想の輪を拡げ、華麗な批評的言説を展開する。なかでも埴谷雄高との対比が面白い。埴谷の『闇の中の黒い馬』に注目し、埴谷と西川徹郎の差異は差異として認めつつ、資質や主題の違いにもかかわらず〈究極や極限を志向する文学精神が無意識のうちに類似した想像力のスタイルを見出す〉と述べる。

吉田一穂との類縁を説く場合も比較的成功しているが、ただ似ている、というだけでは批評的迫力に欠ける憾みもでてくるのではないか。

たとえば第二句集『瞳孔祭』（一九八〇年・南方社）における〈眼〉のイメージとオディロン・ルドンとの対比について、それ自体に異議はないのだが、しかしシュルレアリスム運動史を繙くなら、ルドンだけでなく、その運動史のなかで〈眼〉が重要な役割りを担っていたことにも触れておく必要があろう。

小笠原賢二が引くのは次の四句である。

眼球も地球も桜三月暗し
眼球が宙を翔ぶなり神死ぬなり

紫陽花寺に眼球がたくさん咲いて
ぎゃあぎゃあああれは屋根の上の眼球

ルドンといえば東野芳明の『グロッタの画家』（一九六五年・美術出版社）が思いだされる。ボッシュ、ゴヤ、エルンスト、ダリから日本の伎楽面、地獄草紙までを論じて大いに刺激的であった。ルドン論は『美術批評』一九五六年五月、「ルドンの眼玉」と題されて発表された。

西川徹郎の示す眼玉のイメージがルドンの絵と類縁をもつことは明らかである。しかしシュルレアリスムの表象群を思いうかべるなら、眼球が空を飛ぶとか、たくさん咲くとか、屋根の上の眼球とか、ルドンのキマイラより、マン・レイの写真の方にわたしの関心はむきがちになる。マン・レイの写真にメトロノームの針のうえに貼りつけられた〈眼〉がある（一九二三年「破壊すべきオブジェ」）。これはシュルレアリスムの一典型であろう。ルイス・ブニュエルの「アンダルシアの犬」を思いだしてもよい。

いやこのわたしの意見は後出しじゃん拳のようなもので、ルドンではなくマン・レイだと力説してもさしたる意味はない。西川徹郎の膨大な短詩群のことを思えば、類縁をいうならかれの意識下の世界まで含めて、いくらでも出てくるはずである。

吉田一穂と俳句の関係については、飯島耕一が夏石番矢の俳句に関して、瀧口修造作の趣があり、〈どこか吉田一穂の感触もある〉といい、〈現代詩の若い作者で、一穂的宇宙論を受け継いだのが一人もいない中で、夏石番矢が宇宙的に詩を直立、屹立させようとしている〉と付け加えている（「カタカナの強飯―夏石番矢の『真空律』」・一九九五年『夏石番矢句集』砂子屋書房）。

小笠原賢二はいやそれは違うだろう、もう一人西川徹郎を忘れてもらっては困るといいたかったかもしれない。かれは西川徹郎の〈日本海ヲ行ッタリ来タリ風ノ夜叉〉をあげ、そのように詠む想像力と吉田一穂の〈形而上学的思念〉が共振、共鳴する、という。

遠く北方の嵐を聴きつつ

　弧状光を描く夢魔の美しきかな。
　現身を破つて、鷲は内より放たれたり。
　自らを啄み啖ふ、刹那の血の充実感。

　無風帯に闘争を超えて高く、いや高く飛翔し、
　時空一如の諧調に昏々と眠りいる黄金の死点。

　これは吉田一穂の第一詩集『海の聖母』（一九二六年・金星堂）に収められた「鷲」と題する一編である。一穂は徹底して寡作であり、生涯己れの制作に手を入れつづけたことで知られる。過剰なものをいかに削ぐかである。かれにとって選びぬかれた最小限の言葉があればよい、というわけだ。

　「鷲」も第一詩集に収められた初出形と決定稿では大きく違っている。『定本吉田一穂全集』（一九九二年・小沢書店）のなかに、初版から再版にいたるまで各種の異本が収められている。

　いまその異同については詳しくは触れない。ただ第三連の〈時空一如の諧調に昏々と眠りいる黄金の死点〉の〈死点〉が初出形では〈鷲〉になっている。〈鷲〉から〈死点〉への転移は、詩行の抽象化では済まされない何かがある。

　この詩の初出は不詳だそうで、制作年次は不明だが、仮に詩集刊行時の一九二六年から数えても、形が定まる一九五〇年まで二十数年を要した。そして〈鷲〉から〈死点〉へである。初版を用いた中央文庫版の『海の聖母』の解説で伊藤信吉は〈黄金の鷲〉は〈黄金の精神〉にほかならない、と述べている。〈鷲＝死点＝精神〉と並べてみるなら、ここから西川徹郎の世界に流れてくるものの形がみえて来そうである。

　鷲の喉の階段を麦野と思い込む
天人ヲ追イツツ天女ハ鷲トナル

淋シサニ天女ハ忽チ鷲トナル

この鷲をめぐる三句を引きながら、小笠原賢二は西川徹郎における〈鷲〉のイメージの受容について語る。《汽車や飛行機やバスや自転車や馬や秋津といった形を取り、またそれは天人天女や夜叉にも変貌した。その結果、「独り〈実存俳句〉の旗を掲げて果て知らぬ苦患のわが身の実存の沢へ分け入り、遂に無底の悲心の谷に到った」との自己確認がなされたのだった。この「実存の沢」や「無底の悲心の谷」はもちろん、「鷲」の形而上的な飛翔力と同義である。》

『海の聖母』刊行の一九二六年は、新感覚派やプロレタリア文学の顕在化とともに、『ホトトギス』内部でも日野草城らの清新な作風が注目の的となるなど、〈昭和モダニズム〉の風が吹きはじめていた。吉田一穂の『海の聖母』が、やがて勃興する新興俳句運動にどのような刺激を与えたか、興味ぶかい。

小笠原賢二のこの本のなかで残念ながら触れられていないのは、新興俳句運動への西川徹郎のかかわり方である。短歌の〈前衛〉塚本邦雄は戦前のモダニズム短歌を〈零の遺産〉と呼んで、はっきり切り捨てる。そのような決心のなかから塚本の戦後短歌は出発した。俳句にそのような決心がなかったとはもちろんいえない。高柳重信を思いだしてもよい。

塚本邦雄や岡井隆は、批評家菱川善夫に支えられて歌壇の水脈のなかに重要な位置を占めつづけた。では俳句の〈前衛〉はどうであったか。俳句の方は新派、旧派、有季、無季、なにやら入り乱れて囂しい。小笠原賢二があえて西川徹郎の試みを〈正岡子規の主張といささかも矛盾しない〉といい張り、埴谷雄高や吉田一穂らとの類比に言及するのも、要は〈せせこましい俳句表現からはみだしたところで、いったい何程のことがあろうか。大切なのは真に詩的文学的行為であり、その可能性の追求〉ではないか、という結論への道筋としてであろう。

言わずもがなのことだが、俳句にとっての宿命としての〈宗匠主義〉の跋扈のなかで、孤立、無援、果敢に闘う西川徹郎への喝采を小笠原賢二は送る。それは批評家としてのかれの見識であり、また自負でもあったはずだ。

本書に収められた四編は収録順に副題を別に記せば「極北の詩精神」二〇〇二年、「幽閉の中の解放」一九九八年、「実存の波涛」二〇〇〇年、「生存を賭けた闇夜の峡谷」二〇〇四年となる。

「生存を賭けた闇夜の峡谷」は、西川徹郎の第十三句集『銀河小學校』の書評（二〇〇四年二月二八日付「図書新聞」）である。〈生存を賭けた闇夜の峡谷〉を、今後西川徹郎はどのようにして渡るのか、その闘いぶりに注目している、とかれはいう。その問いは小笠原賢二自身の批評的身心の寓意のようにも受けとれる。

生前最後の著作となった本書は、〈闇夜の峡谷〉を渡ろうとする孤独な友への、支援の思いを込めた批評的征矢にちにちがいなかった。

（本論の初出は二〇〇六年八月黎明舎発行の「銀河系通信」第十九号）

◆笠原伸夫　かさはら・のぶお＝一九三二年北海道小樽市生まれ。文芸評論家。日本大学文学部国文科卒業。日本大学教授を経て、現在、日本大学名誉教授。日本近代文学専攻。著書に『谷崎潤一郎論――宿命のエロス』（冬樹社）、『評伝　泉鏡花』（白地社）、『銀河と地獄―西川徹郎論』（西川徹郎文學館新書①／茜屋書店）ほか。柏市在住。

第七章　永遠の夭折者

斎藤　冬海

新城峠／詩聖西川徹郎傳其の一

漆黒の峠を越えて—詩聖　西川徹郎傳　序章

妙好人といえば、狭義においては、最も古い「妙好人伝」の写本といわれる仰誓撰『妙好人伝』（文政元年（一八一八年）、二巻本、原本は現存せず）を始めとした篤信の人の伝記に登場する人物を指す。だが、広い意味では、真宗他力の法義を頂き、信心を歓ぶ人はすべて妙好人である。親鸞聖人は、「正信偈」中に、「一切善悪凡夫人、如来の弘誓願を聞信すれば、佛「広大勝解の者」と言へり、是の人を「分陀利華」と名く」と申され、信心よろこぶ人を白蓮華に譬えられるとする。また『正像末和讃』にも、「他力の信心うるひとを／うやまひおほきによろこべば／すなはちわが親友ぞと／教主世尊はほめたまふ」と和讃せられる。いずれも『佛説無量寿経』において釈尊が「法を聞き能く忘れず　見て敬ひ得て大に慶ばゝ　則ち我が善親友なり　是の故に当に意を発すべし」と、阿弥陀如来の法を聞く信心の人を、我が親友であると讃えていることを示されたもので、他力の信心を勧めているのである。『佛説観無量寿経』に「若し念佛する者は当に知るべし、此の人は是れ人中の分陀利華なり。観世音菩薩・大勢至菩薩、其の勝友と為りたもう」と「南無阿弥陀佛」の名を称える念佛が勧められており、中国の高僧善導大師はこれを釈して『観経疏』「散善義」において佛の本願は一向に専ら阿弥陀佛の名を称せしむるにありとし、「分陀利華」という喩えを「人中の妙好人なり」と懇切に説き明かした。これが、信心を歓ぶ人を妙好人と称するいわれとなっている。

信心に生きた人々の姿が、妙好人の伝記には顕れており、胸に迫る感銘を受けることが多い。例えば、温泉津の浅原才市の詩に次のようなものがある。「わしのこころのくらやみに　なむあみだぶつのひをつけて　きざま（機様）もみゑるをじひ（お慈悲）もみゑる　ごをんうれしやなむあみだぶつ」（『大乗仏典第二十八巻』）。この才市さんはある日、「遇い難くして法に遇い、得難くして信を得ることが出来たのは、例えてみれば富籤に当たったようなものだ」という和上の説法を聞いた時、いきなり立ち上がって大声で「当たった！　当たった！」と叫んでぐるりと一回転し、はっと我に返って恥ずかしそうにまた座った。講師も満堂の参詣人も一瞬あっけに取られたが、やがて才市さんの喜びの心が伝わって、一同言い知れぬ感動を覚えた（『妙好人才市さんの世界』）という。

妙好人の一人小林一茶の句に、「仏法がなくば光らじ草の露」（『一茶全集第三巻句帖Ⅱ』）とあるように、妙好人の白蓮華の芳香は、もとより阿弥陀如来の本願他力のはたらきのすがたである。とすれば、妙好人は妙好人伝中にのみ存在するとは限らない。佛法がはたらいたすがたを描く一つの試みとして、本稿においては、北海道芦別市の山間、新城峠の麓の真宗寺院に生を享け、文学と真宗学とを志した「俳句の詩人」と呼ばれる現代俳句作家にして浄土真宗本願寺派の真宗学者、西川徹郎（法名釋徹真）の文学と宗教とに亘る創造と思索の世界の淵源を、その若い日に尋ねてみたい。尚「俳句の詩人」とは戦後日本を代表する思想家吉本隆明が『西川徹郎全句集』解説「西川俳句について」の中で西川徹郎を絶賛して称んだ名称である。また本稿の題名にある「詩聖」とは、文芸評論家研生英午氏が西川徹郎論「空の谺—実存俳句の行方」（『星月の惨劇』所収）において「北の詩聖西川徹郎」と呼称したことによる。研生英午は同論文で、多感で感受性の強い十代の西川徹郎が、俳句形式と出会って早熟な才能を開花させ、その想像力は「存在の根元や始原へと迫真しようとする強度を持っていた」とし、「夭折したフランスの作家レーモン・ラディゲの『肉体の悪魔』の再来かと思わせる、初学の頃の西川の天才ぶりは、誰もが舌を巻くものだった」と述べている。西川徹郎については、哲学者梅原猛が「ボードレールの散文詩を思わせる」（「『無灯艦隊ノート』について」『星月の惨劇』所収）と述べ、作家森村誠一が「西川俳句は、日本の文学遺産として凄絶な発光をする宝石である」（『永遠の青春性』）と述べている。文芸評論家小林孝吉は「西川徹郎は、ついにダンテやドストエフスキー、日本では宮沢賢治や埴谷雄高などごく少数のものしか到りえない、生の惨劇の究極の地点＝魂の高い峠に立ったのだ。そこには〈絶対の救済〉＝〈銀河の光〉が満ち溢れている」（『銀河の光　修羅の闇』）と述べて、西川文学を「光の文学」と呼んだ。

西川徹郎は昭和二十二年（一九四七）北海道芦別市新城町に生まれた。新城峠の麓の浄土真宗本願寺派法性山正信寺の第二世住職西川證教と坊守貞子の次男であった。祖父である開基住職西川證信は、明治二十二年（一八八九）西川利八、みいの二男として福井県足羽郡東下野村（現・福井市）に生まれた。幼名・清。父母兄弟ら家族を挙げて北海道空知郡奈江村字砂川（現・砂川市）に移住した後、證信は、大井僧円が明治三十八年（一九〇五）に開いた芦別市新城町の浄土真宗の説教所に四十三年（一九一〇）に赴任、門徒の力を結集して大正五年（一九一六）、正信寺の寺号の公称認可を受けて開基住職となった。證信は、北海道開教時代の布教使として、また声明・勤式の指導員として道内に名前を馳せた僧侶であった。長年本山や札幌別院の報恩講の会役者を務め、昭和二十六年北海道教区文化功労章、三十六年特別表彰を受けている。証信は札幌別院や道内の主な寺院の報恩講の会行事と布教使も務めており、そのため何日も泊まり掛けで各地に出向くという生活を続けていた。

証信は遠戚に当たる梶原ヒサ（札幌市）と結婚、大正三年（一九一四）三月長男證教（幼名・信隆）が生まれる。他に一男（信暁）三女（正慧・信栄・久枝）がいた。證教は、昭和十五年（一九四〇）に神埜貞子（南幌町、本願寺派妙華寺神埜無学・ムラヨの六女）と結婚し、貞子と共に留守を守って證信の活躍を支えた。

布教の天才とも言うべき開基住職証信の才能は、その次男信暁に受け継がれていたようで、麿（まろ）ちゃんと愛称されていた信暁（一九二三〜四一）は大変演説の上手い青年だったという。また、信暁は昭和十六年僅か十九歳で亡くなっているが、風呂敷包みに一杯のノートを遺していた。西川徹郎は中学生の頃、正信寺旧庫裡の屋根裏に残されていたその風呂敷包みの中の埃まみれのノートにびっしり石川啄木調の短歌が書き込まれているのを垣間見、自分の中にも文学の血が流れていることを感じたという。

西川徹郎は中学生時代に既に詩歌に目覚め、盛んに習作を行っていた。高校生時代には三百首ほどの短歌と、一万五千句を超える俳句作品を書き、昭和四十年（一九六五）十月「氷原帯」新人賞を受賞して高校生俳人として全国的なデビューも果たしていた。この文学への傾倒は、中学時代に祖父證信が経蔵に所蔵していた石川啄木の詩集『あこがれ』や歌集『一握の砂』などをむさぼり読み、また新城中学校の図書室から盛んに宮沢賢治や高村光太郎等の詩歌や「江戸川乱歩全集」や芥川龍之介等の小説などを借りて読んだことにもよるが、小学生時代に遡れば、二年生の頃に肺門リンパ腺炎に罹り、自宅療養していた時に枕元の屏風に祖父証信の手になる力強い毛筆で、親鸞聖人の『教行信証』の総序や「正信偈」や「十二嘆徳文」、芭蕉、一茶、蕪村等の発句が書かれており、それを眺め暗誦しつつ寝ていたことにもよると後年西川徹郎は語っている。親鸞聖人の著作に顕れた文学の素養と、膨大な経典、聖教の精読によって研ぎ澄まされた思考による精緻で簡潔な『教行信証』の文体は、幼少年期の西川徹郎の心身に深く刻み込まれたのである。

寺院の次男坊故、両親は徹郎が宗門の大学である龍谷大学で好きな文学を学び、住職を務めながら国語の教師になればよいと考えた、と後に徹郎の実母である正信寺第二世坊守貞子は語っていた。親の薦めに従い、昭和四十一年（一九六六）龍谷大学国文学科に進学したものの、当時の学園には政治の季節の嵐が吹き荒れ、勉学の環境にはなかった。西川徹郎は京都での学生生活に馴染むことが出来ず、二年後遂に自主退学。生家に戻り、昭和四十三年頃から、病気療養中の父證教に代わって門徒の家を読経して回る。兄は旭川龍谷高校の教師をしており、弟は札幌の大学に在学中、姉は札幌に嫁いでいたため、父に代わって寺の仕事が出来るのは徹郎一人であった。徹郎は、やむなく僧侶の資格も無いまま、父に付いて法事や葬儀の読経の手伝いなどもした。その様な中で、ある日父が「これを読め」と言って手渡してくれたのが読み下し文の『教行信証』であった。草色の古びた本は、父が得度した折に本山で門主から黄袈裟と共に頂いたものだった。現在も、得度を受けた者は本山の門主から法名と共に『教行信証』と黄袈裟とを頂く。袈裟の黄の色は学問僧が使用する色であり、僧侶となったからには一生涯聖教を学んでゆけ、という奨励である。

西川徹郎が父證教より受け継いだものは、聖教を学ぶ志であった。父證教は、若い日に龍谷大学に学び、当時の本願寺の代表的な仏教学者月輪賢隆和上に就いて真宗学を修めて、本願寺派学階得業を修得している。この時代の得業という学階は現在の輔教クラスの学力を持つことを意味した。病のために学問を究めることは出来なかったが、證教は、学問への志を窃かな誇りとして雪深い辺境の地の一学問僧としての人生を生きたのである。

徹郎は、昭和四十七年（一九七二）祖母ヒサが亡くなった年、京都・中央佛教学院の通信教育の受講を始め、佛教学と真宗学の基礎を学び始めた。ある日、身を屈め一心に『教行信証』を読んでいる徹郎の後ろ姿を肩越しに覗き込んだ父證教は、「お前、これを読んでいたのか」と驚きの声を挙げたという。父は、我が子が日本佛教史上最も難解の書と呼ばれる『教行信証』を本当に読むとは思っていなかったらしい、と後年西川徹郎は語った。

法座や門徒の法事毎に父の布教を聞き、また聖教を読んでいたために、徹郎は僧侶の資格を持っていなくとも父に代わって堂々と法座や通夜の席での説教をすることが出来た。亡くなる前年の夏のこと、自坊の盂蘭盆会法要の説教を徹郎に任せ、佛間の隣の間で病床に就いていた證教は、襖越しに徹郎の説教を息を呑んで聴いていた。それは法座での徹郎の生涯初めての説法だった。『佛説阿弥陀経』の「池中蓮華。大如車輪。青色青光。黄色黄光。赤色赤光。白色白光。微妙香潔」のいわれについて、「お浄土には大きな車輪ほどもある蓮の花が咲き乱れている。青い色の花からは青い光が、赤い花からは赤い光が放たれている。このお浄土の花の光が、今私に届いてくださっている南無阿弥陀佛なのだよ。それはお阿弥陀様の必ず救うという誓いのはたらきなのだよ」という徹郎の説法を、頷いて聴いていた門徒の老女神田いといが突然「なんまんだぶ、なんまんだぶ」と大きな声で念佛を唱えはじめた。聴き終えると「いやあ、若さんのお説教、ありがたかったわあ」としみじみと言った。法座が終わった後、父もまた「よかった、よかった、いい説教だった」と徹郎を労った。布教を聴き、安心した様子であった。病床に伏してからというもの「困った、本当に困った」というのが口癖になっていた父の面貌の久し振りの明るさを、徹郎は今でも記憶している。

また、徹郎が初めて父に代わって門徒の葬儀で通夜の説教をした時のことだ。親鸞聖人の御和讃「生死の苦海ほとりなし　ひさしくしづめるわれらをば　弥陀弘誓のふねのみぞ　のせて必ずわたしける」を説いて、徹郎は「如来様のみ舟であるぞー、海に沈む我らがために、如来様が、まかせよ必ず救う、と叫びつつ、南無阿弥陀仏のみ舟となって、立ちあらわれて下されたぞー」と通夜の満堂の弔問者へ声を張り上げた。弔問者の一番後ろでじっと項垂れて聴いていた門徒の矢口留治が、布教が終わるやいなや感極まって、人を掻き分け徹郎の真ん前まで駆け寄って来たのである。留治は涙ぐんで「若さん、ありがとう、これでわしは間違いなくお浄土に参らしてもらえる」と徹郎の手を取って固く握り締めたのであった。

西川徹郎は、祖父である證信の布教は殆ど記憶にはないと言う。證信の布教を聞き知る門徒で第三世住職徹真（徹郎の法名）について「声がいいのと説教の有難いのはおじいちゃん譲りだ」と言う人が当時沢山いたが、現在では證信の声に接した人は殆どいなくなってしまった。当時子供だった人で、證信の説教が「面白いので、お寺に連れて行ってもらうのが楽しみだった」と言う人がいて偲ばれるのである。證信が活躍していた時代には、本堂には説教のために布教使が使う高座が用意されていた。満堂の参詣者の誰からも布教使の姿が見え、法話がよく聞こえるように、高いところに席を作ってそこに登って布教をするのである。丁度人の背丈ほどの高さであろうか、木で組んだ櫓のようなもので、裏側に登るための段が付いており、黒い漆塗りであった。證信は、高座から声明で鍛えた美声を発し、巧みな話術で人を惹き付けたであろう。法座が終われば、お参りに来ていた青年の誰かしらが長い竹竿の先に括り付けた竹笊を人々の間に差し出し、賽銭を集めて回った。

法座の時ばかりではなく、門徒の者は老若男女を問わず、常に寺の運営を助けた。門前に住んでいた鈴木ミツは若い頃から、寺の洗濯物があると「おミッちゃーん、来てー」と庫裡の窓から坊守に呼ばれ、洗濯に行ったという。冬場は村の青年たちが、境内の雪囲いを始め、参道の雪掻き、屋根の雪下ろし、窓の雪透かし等をし、石炭小屋から庫裡に石炭を運んだり、正月がくるともなれば泊まりがけでお供えの餅搗きをした。

住職の妻である坊守は、仕事をしに来た門徒を手厚くもてなす。證信の妻で開基坊守であるヒサは、寺に来た者が弁当を持参していても決して弁当は使わせず、必ず食事を用意した。またどぶろく作りの名手でもあり、寺に行けば酒が飲める、と楽しみにやってくる者もいたという。證教の妻で第二世坊守貞子は、華道と和裁をたしなみ、寺で生け花教室や裁縫教室を開き、門徒の娘たちの指導を行った。西川徹郎の幼少時のことである。

住職に代わり、坊守貞子も門徒の月忌の読経に回っていたが、車の無い時代のことで、冬は殊に難儀した。貞子は腰に昼食の握り飯をぶら下げて雪の野山に点在する門徒の家を回り、合間に雪原に腰を下ろして凍った握り飯を食べて休息したという。徹郎も冬期間の月忌の読経のほかに、厳寒期の十二月の報恩講、一月の年頭のお参りには正式な衣体で読経しており、雪に埋もれた道を辿って自分も埋もれつつ歩くという日々を送った。早朝に寺を出ても、新城峠や仙台山沿いの数軒の門徒の家を回れば帰りは既にとっぷりと日が暮れる。雪道に立ててある竹竿を目当てに歩くのだが、時折片足がずぼっと付け根まで埋まってしまうことがあった。それは馬橇を曳く馬の深い足跡に足が落ちてしまうためであった。

昼は法務、夜は不休で俳句を書き続ける息子を励まそうと、晩年の父證教は、貧しい家計の中から高額の出版費用を捻出、ついに昭和四十九年（一九七四）西川徹郎の第一句集である『無灯艦隊』が刊行された。

晩鐘はわが慟哭に消されけり　　　　徹郎
馬の瞳の中の遠火事を消しにゆく
男根担ぎ佛壇峠越えにけり

など、二百二十句を搭載した同句集は、作者の十代から二十代の初期の作品にして既に完成された文学作品であり、詩歌の世界に留まらず、日本の文学界全体に大きな衝撃を与えたのである。

昭和五十年（一九七五）三月六日、父である第二世住職が逝去、その葬儀の席で当時の門徒総代横川定美（さだよし）は、徹郎を側らに呼び、参列者に向かって「今後は、徹郎さんと共に正信寺を護って参ります」と挨拶を述べた。その時徹郎は二十七歳、寺の手伝いをしていたとはいえ、未だ得度を受けていなかったため、僧侶としての正式な作法や声明など殆ど解らない。父を喪ったショックと住職後継というプレッシャーの中で、あっという間に四十九日法要の日が来た。その日の明け方のことである。うとうととした浅い眠りの中で、突然、燦然と輝く金色の光に目を射られた。はっとして顔を上げると、目映い光の中に、僧侶の正装をして念珠と中啓を手にした祖父證信が端座している。その厳めしい顔が目近に迫ったと思うや、大音声が響き渡った。それは確かに證信の声であった。

「佛法を聞いてゆけ。佛法を聞かない者は、畜生と同じじゃー」

徹郎は思わず身を伏せた。やがて身を起こした時、裏山の鬱蒼とした森林から、鳥たちの啼き声が雨降るように一斉に降り注いで来た。徹郎はこの不思議な体験を今も鮮明に記憶している。

この年十月、西本願寺にて得度、法名釋徹真を授かり、以後本名とする（徹郎は筆名として使用）。昭和五十三（一九七八）年正信寺の第三世住職を継承。五十四（一九七九）年本願寺派安居専修科に入学、真宗学を生涯の専攻とする志を抱く。以後安居に懸席して連続して論題会読優秀賞を受け、二度の本願寺賞を受賞する。平成二（一九九〇）年札幌別院を会場とした教行信証研究会を創立し、自ら講師となって『教行信証』を一字一句精読。同会は平成十年再創立され、現在も黎明學舍（代表・西川徹真）主催で自坊での合宿研修や旭川の西川徹郎文學館を会場とした例会が継続され、学術誌『教行信証研究』（黎明學舍／茜屋書店）が発行されている。

徹郎は寺での法座はもとより門徒の月忌などでも、たとえその家の人が一人しかいなくても読経後に説法を欠かすことはなかった。西川徹真の常の説法は、阿弥陀如来の摂取不捨、光明の投網（とあみ）の話である。

「南無阿弥陀佛の本願というは、一人も漏らさんという如来様のお慈悲の誓いです。御開山様は申されましたよ。〈攝取不捨トイフハ、攝ハニグルモノヲオワヘトルナリ、取ハトルトイフ。不捨トイフハ、ヒトタビトリテナガクステヌナリ〉と。〈ニグルモノ〉とはこの私のことをいう。如来に背を向けて逃げる私に如来様は光明の投網を打ち放って下されて、この私を光の網の中に摂め入れて下された。逃げる魚が逃げられぬ魚となったのと同じく、逃げる身が逃げられぬ身に、落ちる身がけして落ちることのなき身とならせて頂いたのです。罪悪深重の凡夫が凡夫のままに、浄土に生まれ間違いなく仏となる身と決定したのです。〈一念発起入正定之聚〉という」と語るものだった。門徒たちは「お参り毎に有難いお説教を聞かせてくれるお寺さんて滅多にいないそうだ。有難いことだ」と喜んでいた。徹郎のその説法は、内部から迸るような溢れる声と御法がひとつとなったもので、直接聞く者の胸に響くものであった。

しかし、徹真は二〇一〇年師走十日、厳寒の中を百数十戸の門徒の家の報恩講を勤め、説法を続けていた時、幾十年にも亘る布教生活の発声によって声帯が破れ、峠の降りしきる雪の中で鮮血を吐いて倒れた。このため旭川医科大学付属病院での入院も含め本年三月まで、凡そ四ヶ月間の静養を余儀なくされた。静養中、平成二十三年度の龍谷大学を会場とする龍谷教学会議（浄土真宗本願寺派の真宗学の研究機関）全国大会での三度目の研究発表者に選出されていた。徹郎は病室のベッドの周りに敷物を敷き詰めその上に聖教を山積みし、『教行信証』行文類の研究」に向けた研鑽をし続けた。入院中は医師からは発声が禁じられ、筆談にて用事を足していたが、その筆談用の紙切れが床に落ちていた。そこには、読みとりづらい文字ではあったが、次のような御法の言葉が認められていた。

「――『教行信証』信文類末に「信楽一念釈あり。彼の釈に「夫れ真実信楽を按ずるに信楽に一念有り。一念は斯れ信楽開発の時剋の極促を顕し、廣大難思の慶心を彰すなり」とあるは如何。法蔵菩薩因位の永劫修行の功徳、今我らが信楽開発の一念に極光の如く立ち顕るるを云うなり――。」と。

（本論の初出は二〇一一年勉誠出版『わが心の妙好人』）

少女ポラリス―『西川徹郎青春歌集―十代作品集』解説

新城峠■詩聖西川徹郎傳其の三

I 初恋の少女

俳句の詩人西川徹郎の魂の原郷に聳えるのは、新城峠（しんじょうとうげ）である。西川徹郎は、新城峠の麓の浄土真宗本願寺派法性山正信寺に生まれ育った。新城峠は、北海道芦別市の北壁に位置し、西に向かえば音江連山の一つイルムケップ山、東に向かえば夕張山地から続くパンケホロナイ山という山々を東西に結ぶ尾根に当たる。山々は鬱蒼とした森林に覆われ、豊かな水脈を湛え、峠は美事な分水嶺を形成している。清らかな水が北へ南へと分かれて錚々と流れ落ち、峠の北側へ流れる水はやがて石狩川へ、南側へ流れる水は空知川へと注ぐ。新城の田畑を潤す泥川、新城川、新城六線川、七線沢などの幾筋もの流れは新城市街を横切って、パンケホロナイ川に出会い、やがて空知川に合流する。

西川徹郎の第一句集『無灯艦隊』（一九七四年）は、新城峠より見晴るかす、扇のように打ち重なる緑の丘陵の光景を深い海原に喩え、「青春の日の叛意と新たなる出立と俳句革命の意志を表し」（エッセイ「新城峠」、「抒情文芸」二〇〇七年春号）て命名された。『無灯艦隊』に搭載された俳句作品は、西川徹郎の青少年期に当たる一九六三年から七三年の十年間に日夜書き継がれた凡そ七万句余りの中から選ばれた二百二十句である。現在当時の数十冊に及ぶ創作ノートが旭川西川徹郎文學館に収蔵保管されており、現在までに『東雲抄』（『西川徹郎全句集』所収、二〇〇〇年・沖積舎）として二千句が、『幻想詩篇　天使の悪夢九千句』（編者註・二〇一三年六月刊）として九千句が発表されている。西川徹郎は十代の日より現在までに凡そ十五万句に及ぶ膨大な俳句作品を書き続けてきたのである。それらを収めた創作ノートの中には俳句と同時に、窃かに短歌も詠まれ遺されていた。短歌作品が詠まれたのは、西川徹郎の北海道立芦別高等学校在学中の十五歳から、京都・龍谷大学文学部国文学科を自主退学して帰郷した二十歳になる頃までの、十代の僅かな期間のみである。しかし俳句も短歌も共に新城峠の分水嶺から分かれ落ちる水脈のように、もとは少年詩人の崇高な詩魂から溢れ出た清冽な潺（せせらぎ）に他ならない。

短歌作品は、計九十七首が一九六五年から六六年にかけて芦別高校文芸部発行の「シリンクス」に発表された。また同時期「北海道新聞」歌壇に投稿した二首が小田観螢の選により紙上に掲載された。これらの西川徹郎の短歌に就いては、石狩市在住の歌人・文芸評論家高橋愁（一九四二年〜）が一千枚の書き下ろし評論『暮色の定型―西川徹郎論』（一九九三年・沖積舎）の中の「短歌編」章にて論じている。同書には、西川徹郎が「シリンクス」に発表した短歌全てが発表当時の形で収載されており、「北海道新聞」の「道新歌壇」入選作品二首も提示されている。本書には、それら既発表の作品を含め、全四十一章三百八十四首を収める。

西川徹郎の短歌作品は、殆どがある一人の少女に捧げられた恋の歌である。一体どのような物語が秘められているのか。芦別市新城町の市街地で呉服店を営んでいた蓑輪商店の長女曽我部芳子（旧姓蓑輪、赤平市在住）は、西川徹郎が通った芦別市立新城小中学校の同級生で、現在西川徹郎文學顕彰委員会・西川徹郎文學館友の会「星雲の会」会員でもあり、西川文学の応援者だ。曽我部芳子が語った西川徹郎少年の初恋の物語によれば、中学一年時に転校してきた桑野郁子という少女がいた。新城の営林署（芦別支所新城駐在所）に転勤となった父親に伴って札幌からやって来たのだ。桑野郁子は、新城の田舎育ちの子供とは全然違う都会的な雰囲気の清楚な可憐な少女で一躍クラスの注目を集めた。正信寺に隣り合う新城神社の丘からは、桑野郁子の住む営林署の官舎の屋根を臨むことが出来たので、西川少年は憧れの少女を偲んで寺の裏山伝いに神社の丘に登るのが常となった。

白鷺の城のごとくにあるゆえに秋草に寝て君を思はむ　（君が家）
君が家見むとて丘を登りつつ撫子摘めば腕に溢れぬ　（〃）

しかし次の年には父親が隣の町の赤平市に転勤となったために再び転校して行ってしまった。営林署の官舎は正信寺からほど近い新城川の川縁にあり、川の向かいには加藤鉄工所があって同級生の加藤拓栄子（現在、旭川市在住）が住んでいた。曽我部芳子が加藤拓栄子から聞いたことには、夕暮れ時になると自転車に乗った西川少年が新城川に架かる江村沢橋のたもとにやって来て、既に桑野郁子の去った後の家屋を暗くなるまで見つめているのを何度か目撃したというのである。

君が手に初めて触れし秋の夜の木橋に涙ぐみつつ佇(た)てり　（病みたまふ君）

秋風に荒家と化せし君が家夜毎に犬の遠吠える家　（君が家）
赤平市平岸町の街外れ君住むといふ灯の点る家　（空知川）
空知川の岸辺の町に君住むやそこはかとなき水の青さよ　（〃）

更に後年、曽我部芳子が西川徹郎から直接聞いた話によると、芦別高校入学後、間もなくのこと、もう会えないものと思っていた桑野郁子の姿を思いがけず芦別高校の校舎の中で見た。桑野郁子は父親が赤平市から再び芦別市東頼城の営林署に転勤となり、芦別高校に通うようになっていたのだ。西川少年は驚き、その再会を運命的な出会いと感じたという。

陸橋に登りて東のかなた見ゆ東に君の住む町あれば　（東のかなた）

だが又しても少女は姿を消す。西川少年は職員室を訪ね、担任の教師から桑野郁子が芦別市内の病院に入院したことを聞き出す。胸を痛めつつ病院へ向かうが桑野郁子の姿はなく、看護婦に問い尋ねて、その少女は脊椎カリエスという不治の病で、治療のため札幌市の病院へ転院したと告げられる。愕然としながら西川少年は札幌市の月寒高校に転校したという情報をもとに桑野郁子を尋ねて札幌に赴き、一人冬の月寒の町を彷徨い歩いた。

君を語る看護婦の瞳（め）にそこはかとなく凍りたる湖（うみ）の浮べり　（病みたまふ君）
冬来れば月寒町の裏通り哀しき歌を唄ひ歩めり　（月寒町よ）
月寒町のバスストップのかなしけれ冬日に影となりつつ立つは　（〃）
たそがれは見知らぬ町をさまよひてたどりつきたる冬の停車場　（〃）

高校卒業後、京都の龍谷大学に進学したものの、二年で自主退学を決意した西川徹郎は、晩秋の故郷に帰る。在学中、京都にては『酒ほがひ』『祇園歌集』等が収録された吉井勇（一八八六〜一九六〇年）の岩波文庫『吉井勇歌集』などを手に彷徨し、賀茂川、祇園、歌舞練場、東山、清水、鳥辺野などを舞台にした作品を多く書くが、心は常に初恋の少女にあった。

第7章 永遠の夭折者　斎藤冬海

わが身病む如くに君は病みゐたり川は夜空を流れてゐたり　（幻の花）
煙草吸ふとき冷たき涙流れけり北の都に病める人あり　（淡雪）
遙かなる比叡の鐘を数えつつ人の恋しき夜となりにけり　（賀茂川）

帰郷した西川徹郎は桑野郁子の父親が営林署に勤務していることを手掛かりにして、ようやく一九六八年の春三月、札幌市の簾舞という町に少女の家を探し当てた。ついに相見えることの出来た桑野郁子自身の口から、脊椎カリエスは誤診であったことを聞かされて胸を撫で下ろし、ただ一回のみのデートを約束して、徹郎は少女の家を後にした。中学時代に芽生え、二十歳となるまで思慕し続けた少女への初恋は成就せず竟る。

月の出を待つが如くに君を待つ君影の花匂ふ喫茶店　（幻の花）
わが前に幻として君は在り幻の花匂ふ喫茶店　（〃）
白藤の花が匂ふと囁かば頷きたまふ君なりしかな　（〃）
君が髪梳けばさやけき藤の香の町に匂ふとわれ囁きぬ　（〃）
君に逢ひ別れて来れば白藤の匂ひの髪に滲みてありけり　（〃）
月見草野に咲く如く我もまた一人野に出て君を思はむ　（〃）
月見草咲く野に出(い)でてひと思ふこの淋しさを誰に語らむ　（〃）
何処となく笛の音聞こゆ初恋のひと吹くらむか花蔭にして　（〃）
蒼白くをみな子薄き星に照りはにかんでをり草編みながら　（〃）
我は病みても君を忘れず君を恋はばまなうらに咲く幻の花　（〃）
春の雪花の如くに降る朝の狸小路にひとと別れぬ　（春の雪）
君と逢ひ別れし町に花の散る如くに春の雪は降るかな　（〃）
青ざめし心の如きあおき花狸小路にふってゐるかな　（〃）
ひと恋へば心のなかの薄野を暗き笛吹き渡る人あり　（〃）

孤独な少年詩人の凡そ八年間にも及ぶ恋の年代記は、花のように淡雪の降り注ぐ永遠の時間として短歌作品の中に封じ込められた。それ以後西川徹郎は一首たりと短歌を詠むことはなかった。それは一人の少年詩人の、短歌形式に捧げた魂の夭折ともいえるだろう。ひっそりと創作ノートの中に眠っていた短歌作品を、この度西川徹郎作家生活五十年記念出版、西川徹郎文學館叢書の第一集として刊行する。〈世界文学としての俳句〉を提唱し、実存俳句を書き続ける西川徹郎の文学の歴史の中に在って夭折した少年歌人の作品も又、日本文学史上に類い希な詩精神の香気と文学の光芒を放ち、西川徹郎の文学世界を荘厳しているのである。

わが胸に海の流れてゐるごとし恋はば胸より海鳥の発つ　（幻の花）

Ⅱ　詩の溶鉱炉

連山の凍り横たふそのもとに溶鉱炉静かに火を吐きてをり　（秋の町）

日々新城峠が見せてくれる光景の中でも特筆すべきものは夕映えの素晴らしさである。地球の地軸の傾きが関係するのか、未だイルムケップ山の頂に残雪が光る四月の半ば頃と、晩秋に入らんとする九月の終わり頃には殊に天の業火と喩えたいほどの夕焼けが見られる。日が落ちたばかりのイルムケップの山頂は音を立てて白く煮え滾り、周囲の空を紅蓮に染め上げる。西川徹郎文學館三階展示室の新城峠の夕映えのパネル写真を見て「これは夕焼けじゃない、火事だ！」と叫んだ来館者もいる。西川徹郎は、日本海に落ちる夕陽がイルムケップ山に照り映えるため、凄まじい夕焼けになるのだと言う。西の山の遙か彼方には、西川徹郎が殊に好んで今でも年に数度は車を駆って見にゆく、インドのマドラス、スコットランドのウィックと並んで世界の三大波濤に数えられる留萌・増毛の荒涼とした海流がある。

掲出歌にある凍れる山の麓の溶鉱炉とは、例えばこの夕焼けのことではないかと思わせられる。燃え盛る火の前には、恋人の睫毛にそっと訪れるような淡雪や春の雪はひとたまりもない。西川徹郎は、詩の溶鉱炉に自らの詩心を投げ込み、鍛え上げた。その結果が、西川徹郎二十六歳の年に刊行された第一句集『無灯艦隊』（一九七四年）である。西川徹郎を劇的な恋愛歌人にした抒情の翼は焼き切られ、手には俳句という輝く鋼の刃（やいば）が握り締められたのである。

ここで西川徹郎が少年の日に触れた作家や文学作品等を『西川徹郎全句集』（二〇〇〇年・沖積舎）他の年譜から辿ってみたい。小学校の二年生頃まで病弱だった徹郎少年は、自宅で療養中に、枕元の屏風に祖父であり正信寺開基住職で当時北海道を代表する本願寺派布教使、勤式・声明の指導者であった西川證信（一八八八〜一九六三年）の手で毛筆で書かれた芭蕉や一茶の発句、『教行信証』の「正信念佛偈」や「信巻」十二嘆名の釈文を、目に当て心に刻み込んだ。これらが後に西川徹郎の文学精神を支え、又、真宗学者西川徹真の宗教的信念を支える言葉となった。同時に、発句の持つ五七五や偈文の持つリズム、漢詩や経典等から汲み上げた豊かな文学的素養を持つ親鸞（一一七三〜一二六三年）の著作の雄渾にして流麗な筆致も又、西川文学に大きな影響を与えたと言えるだろう。

又、小学校の修学旅行で初めて札幌市に行った折、自由行動の時間に、母方の叔父神埜努（つとめ）（一九二四〜）が勤務していた北海道新聞社を訪ね、叔父より「イソップ物語」の単行本を貰ったが、これが初めて手にする自分の本であり嬉しかったという。因みに神埜努は同社の政治経済部、学芸部の記者をしていたが、郷土史や有島武郎（一八七八〜一九二三年）・宇野千代（一八九七〜一九九六年）等の研究家でもあり、『女流作家の誕生―宇野千代の札幌時代』（二〇〇〇年・共同文化社）等数冊の著書を持つ。学芸部在任中は、北海道新聞社が招待した瀬戸内晴美（寂聴）の講演・取材旅行の案内役として同行したり、有島武郎の「生まれ出づる悩み」（一九一八年）のモデルとなった岩内出身の画家木田金次郎（一八九三〜一九六二年）と親交を結んだりしている。瀬戸内晴美の新聞連載小説『妻たち』（新潮文庫）には、努夫妻をモデルにした夫婦も登場している。努は学芸部勤務の時、女性の投稿欄「いずみ」を創設し、この欄は現在も同紙にあって読者に親しまれている。徹郎の母貞子（一九二〇〜九九年）の弟で、神埜家は北海道空知郡南幌町にある浄土真宗本願寺派妙華寺の住職の家系。祖先に歴史的真宗学者で、江戸時代の本願寺派第六世能化實明院功存（享保五〜寛政八年、一七二〇〜一七九六）がいる。

芦別高校に入学した西川徹郎は文芸部と図書館部に入部、書庫にも自由に出入りして、北條民雄・芥川龍之介・萩原朔太郎・大手拓次・宮沢賢治・石川啄木・斎藤茂吉・吉井勇などの文芸書や、特に当時目にして感動した関根正三やシュルレアリスム関係の絵画集、ダリの芸術論などに惹かれて読み込み、『日本文学全集』中、「現代俳句集」に収録されていた種田山頭火・尾崎放哉・高柳重信・富澤赤黄男・西東三鬼・細谷源二らを耽読した。日本文学のみならずダンテ・ボードレール・アポリネール・ランボー・ロートレアモン・プルースト・ドストエフスキー・トルストイなどこの時期に目にした古今東西の文学作品や絵画集が、西川文学の糧となり、また世界文学としての西川文学を鍛えるものとなった。本格的に俳句を書き始め、西川俳句の文学世界はまさに〈無灯艦隊〉として姿を顕し始めていた。

それにしても、「溶鉱炉」の一首だけを見てもこれが十代の少年の手による作品とは到底思えない。端正でありながらイメージの喚起力が圧倒的であり、何よりも戦慄させられるのはその読み手の脳裏に描き出される一首の世界が、日常的スケッチの凡庸を離れ、氷の世界で永遠に点り続ける火を見つめているかのような森閑とした深みを湛えていることだ。連山が凍る、連山が横たふ、と時間と空間を一気に把握し、溶鉱炉という激しい対象物を一旦「静かに」と鎮め、次に「火を吐く」と動に戻す自在なレトリックを既にこの少年は易々と行っている。

因みに本書に収載された短歌が詠まれたのと同時期に書かれた俳句を、『無灯艦隊』と『東雲抄』（『西川徹郎全句集』所収、二〇〇〇年）から挙げてみよう。

不眠症に落葉が魚になっている　（『無灯艦隊』）
海峡がてのひらに充ち髪梳く青年　（〃）
剃刀研ぎと冷やされし馬擦れちがう　（〃）
癌の隣家の猫美しい秋である　（〃）
京都の橋は肋骨よりもそり返る　（〃）
京都の鐘はいつしか母の悲鳴である　（〃）

晩鐘はわが慟哭に消されけり　　（〃）
男根担ぎ佛壇峠越えにけり　　（〃）
北国は死者の口笛止む間無し　　（『東雲抄』一九六三〜七三年作）
凍る町の少年の日の金属音　　（〃）
群れを離れた鶴の泪(なみだ)が雪となる　　（〃）
こんなきれいな傘をはじめてみた祇園　　（〃）
病院裏の飯粒よりも小さな白馬　　（〃）
屠馬は七夜一睡もせず星数え　　（〃）

Ⅲ 西川徹郎と石川啄木

勿論、短歌にせよ俳句にせよ他の詩人たちと同様に、少年詩人西川徹郎にも習作期があった。西川徹郎が初めて俳句を書いたのが小学六年生の冬休みだという。宿題のために二十句ほど書き上げ提出したところ、その早熟振りを教師に驚かれた。又、初めて短歌を詠んだのは中学の国語の授業でのことであった。教師に短歌を作れと言われ、三首詠んだところ「西川君の作品は、専門にやっている大人の歌人でも書けん」と褒められ、読み上げられた。生家正信寺の経蔵にあった石川啄木（一八八六〜一九一二年）の詩集『あこがれ』（一九〇五年）や歌集『一握の砂』（一九一〇年）を読み耽り、詩歌に目覚めた西川少年は、俳句や短歌の創作にのめり込んでいった。残念ながら現存はしていないが、授業中にノートや教科書の端に多くの俳句や短歌の詩句を書き続けたのであった。

このような小中学時代の習作期を経て、高校時代は西川翠雨というペンネームを用い、文芸部の雑誌「シリンクス」に俳句や短歌を発表し、北海道新聞の俳壇欄の細谷源二（一九〇六〜七〇年）選や土岐錬太郎（一九二〇〜七七年）選に投句し、細谷源二主宰の「氷原帯」に俳句作品を発表した。校内誌や新聞に作品が掲載されて、西川翠雨が西川少年のペンネームであることが知られ、級友たちからは「スイウ、スイウ」と呼ばれて持て囃されたという。

当時のペンネームとして使用された「翠雨」とは、石川啄木が十六歳の時用いた「翠江」の号と、啄木の函館時代の友人宮崎郁雨の名から取ったもので、西川徹郎の青春期の啄木への傾倒が見て取れる。因みに啄木が宮崎郁雨の名を読み込んだ作品が

大川の水の面を見るごとに
　郁雨よ
　君の悩みを思ふ
（『一握の砂』）

であり、

智恵とその深き慈悲とを
　もちあぐみ
　為すこともなく友は遊べり
（同）

は郁雨を詠んだものという（『定本石川啄木歌集』岩城之徳編・解説、學燈社）。既存の美意識に依るのではない新しい短歌表現を志し、苦悩しつつ歩む人間の姿を率直に詠む啄木の作品は当時から注目されていたが、西川少年の心をも又捉えた。

「一握の砂」という歌集のタイトルにもなった言葉は、佛弟子の佛法僧の三寶への敬信を表す「三帰依文」を想起させる。それは「人身受け難し、今已に受く、佛法聞き難し、今已に聞く」と始まる文である。釈迦がガンジス河の辺で河原の無尽の砂から一握りの砂を掬い取って弟子の阿難に示し、生きとし生くるものの中で人間に生まれる者はこの一握の砂ほど稀であることを伝え、更にその中から指先で砂を摘み、佛法に遇う者は指先の砂ほど僅かであると説いたことによる。釈迦の示した「一握の砂」とは苦悩の人間存在そのものであり、岩手県日戸村の曹洞宗常光寺に生まれ、渋民村宝徳寺で育った啄木も恐らくは「一握の砂」という言葉に、人間に生まれたということ、人間存在の意味への問いを短歌表現において追究していくという志を籠めたのであ

ろうと思われる。

西川少年はその後、新興俳句の旗手の一人細谷源二が主宰し、当時俳壇で全国的に注目されていた俳句誌「氷原帯」の新人賞を受賞し、細谷源二や星野一郎（一九二六～二〇〇九年）、評論家中村還一（一八九八～一九七六年）等から天才詩人と絶賛されて高校生俳人として文学の世界にデビューする。その折りに当時の本名であった西川徹郎を名乗り、寺門継承の為に西本願寺で得度し法名釈徹真を授かった後は、徹真を本名とし、徹郎を筆名としている。

啄木の哀しみをもて飯食へば流るる涙の冷たくもあり　（秋の町）
秋近き神社の森で拾ひたる白き電球を点けてみるかな　（〃）
大いなる瞳を持てる君こそは雨の中なる馬鈴薯の花　（馬鈴薯の花）
啄木の恋の歌よりわが詠ふ歌かなしけれ馬鈴薯の花　（〃）
裏山に桐の青葉のさやぐなりわが青春を育みし家　（〃）
少年の淋しく揚ぐる凧の如き恋初めし日の秋風のわれ　（〃）
桐の葉に頬を埋めて初恋の後の傷みに堪ふるものかな　（〃）
砂山に君と腹這ひ沖見れば白き破船の沈むこそ見ゆ　（月草の花）
君を思ふ夕べ砂山月草のはらはらと散るを怖れつつ見き　（〃）
君が手を取りて荒磯（ありそ）を渉りつつ海より深きあはれを思ふ　（〃）
摘み摘みて胸に溢るる撫子を君に捧げむと来し野道かな　（撫子）
別れなる朝に贈りしわが庭の花はかの花君影の花　（別れなる朝）
五年前の君が腕（かいな）と我が腕いとか細くもありしものかな　（病みたまふ君）
三日月の微光に濡れし君が頬半跏思惟の君なりしかな　（旅人）
水匂ふ朝は雪降り初めにけり二十歳になりしひとを思へる　（口笛）

紫の野花の茎を噛みにけり初こひびとは病みたまひつつ（野花）
青白き梨の蕾に降る雨の如くに涙流しひと恋ふ（〃）
初恋の傷み残れる君が名を荒磯の砂に書き残しけり（君が名）
砂浜の砂に残せし君が名は波に消されて幾秋経たむ（〃）
藤咲けば君の咲くやに思はるる思い出の山に一人登る日（藤咲けば）
十三の君を忘れずヒヤシンスはつかに春の雪降る夕（ゆうべ）（ヒヤシンス）
雪國に雪降る如くわが胸に君が面影棲むは寂しき（雪國）

石川啄木の短歌作品には、明らかに西川少年が意識している次のような作品がある。

愁ひ来て
　丘にのぼれば
　名も知らぬ鳥啄めり赤き茨（ばら）の実（『一握の砂』以下同）
ふるさとの空遠みかも
　高き屋にひとりのぼりて
　愁ひて下る
馬鈴薯のうす紫の花に降る
　雨を思へり
　都の雨に
馬鈴薯の花咲く頃と
　なれりけり
　君もこの花を好きたまふらむ
砂山の砂に腹這ひ

初恋の
いたみを遠く思ひ出づる日

ゆゑもなく海が見たくて
海に来ぬ
こころ傷みてたへがたき日に

うす紅く雪に流れて
入日影
曠野の汽車の窓を照せり

ひと夜さに嵐来たりて築きたる
この砂山は
何の墓ぞも

空知川雪に埋れて
鳥も見えず
岸辺の林に人ひとりゐき

西川少年が通う芦別高校への通学バスは、朝夕必ず木々に縁取られた美しい空知川を渡る。空知川はいわば西川少年のテリトリーにある。

雪に埋もれし空知川こそ悲しけれ飛ぶ鳥もなく釣る人もなく　（空知川）

空知川雪に埋もれて飛ぶ鳥もなければわが胸の如く淋しき　（〃）

これらの啄木に応答するかのような作品があるが、啄木が旅吟であることに対し、西川少年が生活や存在と一体となった空知川を主題としているところに、悲哀は啄木の叙景歌を超えて高まる。ここに日本歌壇の代表作家石川啄木への敬意を込めた密かな挑戦を見て取ることが出来る。

わが胸に黒き小旗の烈風に靡くが如く心荒れをり　（宿命）

には中原中也（一九〇七～三七年）の「曇天」（『在りし日の歌』）の、

ある朝　僕は　空の　中に、
黒い　旗が　はためくを　見た。
はたはた　それは　はためいて　ゐたが、
音は　きこえぬ　高きが　ゆゑに。

と始まる詩を思う。西川徹郎には俳句作品として、短歌と同じ「黒い旗」を書いた、

念佛や夜闇に黒い旗靡く　（一九七三年・『東雲抄』）

という句があるが、中也の描いた網膜に焼き付くような、身を絞る祈りのような虚空に激しくはためく旗とは逆に、西川徹郎の旗は闇夜の中の黒い旗であり目には見えない。ただ音として聞こえるのであるが、その音とは、『佛説無量寿経』に十方に響流して究竟して聞こえない所は無いと説かれる大いなる絶対者（如来）の呼び声なのである。

赤平の文京町に雪降れりわが胸底に降るがごとくに　（宿命）
雪國に雪降る如くわが胸に君が涙の降りしきるかな　（雪國）

に、ヴェルレーヌの

都に雨の降るごとく／わが心にも涙ふる。――　（「都に雨の降るごとく」鈴木信太郎訳）

を思い浮かべるのであるが、西川少年は「文京町に雪の降るごとく」とは言わず、雪は彼の「胸底に降るがごとくに」降る。又、「雪國に雪降る如くわが胸に」降りしきるのは、わが涙ではなく「君が涙」である。抒情的な風情とはうらはらに、定型のリズムに乗せた流暢な一首の中に、冷徹と言ってもよいほどひねりを効かせた巧みなレトリックが駆使されている。

犬橇の柩のなかに凝固せる己が額に雪の積もれり　（宿命）

には彼もまた十四歳から和歌を詠み始め、二十八歳で暗殺によりその生涯を閉じた鎌倉幕府三代将軍、右大臣源実朝（一一九二～一二一九年）の、

われのみぞ悲しと思ふ浪のよる山のひたひに雪のふれれば　源実朝　（齋藤茂吉校訂『金槐和歌集』）

を思わせられたが、ヴェルレーヌに対し「赤平の文京町」を突き付けたのと同様、未だ見ない老いの哀しみを透明な調べで詠う実朝に対しては「犬橇の柩」で野辺に送られる、雪の野に生き死ぬ自己を凛烈なイメージを以て提示する。

鳥辺野に恋に破れて泣きに来し大工の紺の瞳を思ふ　（鳥辺野）

に於いては若い大工が登場する。西川徹郎の描く「大工」はどこかで庶民を逸脱する存在だ。大工は慎ましい生活者としての庶民の代表でもあるが、例え貧しい一青年であったとしても彼が卓抜した技芸を持つ者である時、永遠を求めて何ものかを建立しようとする勇猛な志ある者というイメージを持つ。日本に佛法を広め、法隆寺を建立した聖徳太子が大工を守護する菩薩として崇められ、現代においても建築関係者が聖徳太子祭を執り行ったりしていることや、イエスの父が大工ヨセフであったこと、太宰治の「花きちがひの大工がゐる。邪魔だ」（「葉」『晩年』所収）という警句めいた一句などが思い浮かぶ。因みに西川少年の生まれ育った正信寺においても、長らく境内の聖徳太子堂に於いて、新城町の住民によって上宮太子奉賛法要が修行されてきた。抑も新城町は樵（きこり）が伐り拓いた村と言われ、豊かな山林を有する木材の産地であった（『新城町百年史』）。故に桑野郁子の父親が勤務した営林署の支所が帝室林野局の新城駐在所として設けられた一九三三年から一九九四年（名称は九二年より「新城森林事務所」）まで置かれており、住民にも大工をする者が多かったのである。正信寺の太子堂には、大工道具である曲り尺を手にした可憐な少年の姿の聖徳太子像が安置されている。

斎藤茂吉（一八八二～一九五三年）の『赤光』（一九一三年）にある一首、

めん鶏（どり）ら砂あび居たれひつそりと剃刀研人（かみそりとぎ）は過ぎ行きにけり　茂吉

に描かれためん鶏らと剃刀研人との緊張を孕んだ真昼の邂逅は、ナイフのような影を連れて歩む「剃刀研人（かみそりとぎ）」

のイメージと共に一読忘れられないシーンである。この一首は独立した一首として充分不穏な状況を伝えるが、次の、

たたかひは上海に起り居たりけり鳳仙花紅く散りゐたりけり　茂吉

という一首とともに「七月二十三日」という小題で括られている。歌集刊行の翌一九一四年、第一次世界大戦勃発。一方西川徹郎の短歌においては、

星の出に剃刀研人（かみそりとぎ）は月見草摘み摘み深き裏山行けり　（剃刀研人）

と、場面は星の出た夜となる。剃刀研人は花を摘みながら裏山の奥深くを歩んでいる。「月見草」と「摘み摘み…」と韻を踏みつつ「罪深き」という音が導き出される。裏山を急ぐ剃刀研人を追った一連の作品には剃刀研人を剃刀研人たらしめる内面の異様な緊張が描かれる。西川徹郎の短歌には同時期に膨大な量が書かれていた俳句表現に隣接すると感じられる作品があり、剃刀研人（かみそりとぎ）も西川徹郎の俳句に登場する。

剃刀研ぎと冷やされし馬擦れちがう　（『無灯艦隊』）

「冷やされし馬」は西川少年が二十歳となる頃まで新城町にも飼っている農家があった農耕馬のことであり、西川少年は実際に、厳しい真夏の農作業を終え、夕闇が迫る川で洗われて、熱くなった体を冷やされている馬を見たことがあったという（エッセイ「夏の日」「銀河系通信」第十九号所収、二〇〇六年）。同句は、「海程」一九六九年六月号に発表された「尼寺」九十三句の中の一句である。

歌人塚本邦雄（一九二〇〜二〇〇五年）に、

馬を洗はば馬のたましひ冱ゆるまで人恋はば人あやむるこころ　邦雄　（『感幻楽』一九六九年）

という作品があるが、耽美を極めようとする塚本邦雄の描く馬とは逆に、西川徹郎の描く馬は、常に人間の側にあって大きな瞳に人間の生を映し、人間の生の悲哀を曳いている。

父よ馬よ月に睫毛が生えている　（『無灯艦隊』）

馬の瞳の中の遠火事を消しにゆく　（〃）

暗い地方の立ち寝の馬は脚から氷る　（〃）
ねむれぬから隣家の馬をなぐりに行く　（第二句集『瞳孔祭』一九八〇年）
蹄鉄屋より胎児ころがる夕月夜　（〃）

農耕馬は、春夏秋と田畑で働き、冬は深い雪の中で馬橇を曳いて人や荷物を運搬する、農村の人々の生活になくてはならない存在だった。又、村から村へ刃物を研いで廻る刃物研ぎ師もその時代にいた。包丁は砥石で研いだが、剃刀は肩から掛けた幅広い革のベルトに刃を滑らせて研いだ。この剃刀を研ぐ革が馬革だった。「冷やされし馬」と「剃刀研ぎ」の擦過は、死と生との極限に達し、一瞬の青白い光を放つ。西川徹郎は、日本経済が高度成長期に入る寸前、馬が人と共に暮らしていた最期の時代の記憶を持つ世代だ。その時代の闇黒と生きるものの息遣いまでもが感じられる情景を、西川徹郎の俳句は見事に映し出す。

更に西川少年の短歌を掲げてみよう。

藤咲けば君が咲くやに思はるる思い出の山に一人登る日　（藤咲けば）

薄紫の藤の花は決して地味な花ではない。庭の藤棚に行儀良く下がっている藤の花房でさえ豪奢で、遠く離れていても強く薫ってそれと気付く。まして聳える山の木々に巻き付き、森林の最も高い場所まで巻き登り、空高く陽を浴びながら一斉に咲き誇っている藤の花には圧倒的な生命力が感じられる。「君が咲くやに思はるる」と、古代の日本神話の大山祇神（おおやまつみのかみ）の娘、邇邇藝命（ににぎのみこと）の后である「木花之開耶姫（このはなのさくやひめ）」をイメージさせつつ、青春の日の生命力の輝きが、読む者の心を照らし返すような一首である。

初恋の傷みに堪えて月の出を見てゐる大きな月出（い）でたれば　（月の出）
君が名をくちづさむ時幻の琴の音聞こゆ月の出の頃　（〃）

何一つ遮るものの無い月の航路である。新城峠の峡谷の月夜の景色の素晴らしさは譬えようもない。イルムケップ山に日が落ちる頃、黎明舎（正信寺）の裏山の新城神社の森の奥から、まだ明るい東の空に白い大きな月が昇る。暮れて行くに従って月は輝きを増し、一晩懸けて西へと向かう。やがて朝焼けが西の空まで染める頃、ひっそりと貝殻のような白い月が、西の山の上にまだ浮かんでいたりするのである。黎明舎には「月愛の間」や「月の間」という名が付いた客室があり、一晩中月を眺めていることが出来るが、客人は時として余りの月明かりで眠れない。『竹取物語』の昔から人間の愛の物語は数限りなくあるが、西川少年の思う人は一人である。「大きな月」によって一層に切なさが迫る。

君が死の夢を見し日に裏山の藤の花のみ散り初めにけり　（病みたまふ君）

に於いては、夢にも現（うつつ）にも恋人の死の予兆に震える少年の不安な心を詠む。「死」と「藤」＝「不死」との取り合わせ、サ行の繰り返し、イ音の韻の配置の妙に驚かされる。

月の出を待つが如くに君を待つ君影の花匂ふ喫茶店　（幻の花）

に於いては、恋人は澄んだ月影であり、可憐な花である。読む者は空高く月の辺に飛翔し、喫茶店の卓の花の前に舞い戻る。天空に輝く月球が、そのまま君影の花＝鈴蘭の花の小さく灯る鈴となり、〈君〉への思いが結実する。月影は君影と変奏され、〈君影の花〉となり〈幻の花〉となる。イメージの喚起力に加え、「月の出」の「ツ」の韻が「待ツ」「君を待ツ」と漣のように繰り返され、「月」の「キ」によって「君を」「君影の花匂ふ」「喫茶店」と韻を踏むようにたたみ掛けられ、更にカ行の音が「月」「待つがごとく」「君」「君影」「喫茶店」と連続し、喫茶店で恋人を待つ初めてのデートで、次第に高まって行く想い、更にそれを抑制しようとする心の動きまでが見事な臨場感とリアリティを獲得して表現されている。大空にまで広げた視野を、瞬時に目前の小さな花に絞り込む圧倒的なイメージの再現性と韻律の魔術を駆使した作品が、畏るべきことに十代の少年によって詠まれたのである。「幻の花」章は、本書のクライマックスであると同時に、少年詩人西川徹郎の青春のクライマックスでもあった。

我は病みても君を忘れず君を恋はばまならうらに咲く幻の花　（幻の花）

「幻の花」章は、思慕し続けた少女と遂に会うことが出来たただ一回のみのデートを詠った章である。目の前の少女はやはり幻の花であった。徹郎少年の現実生活に於いては、大学を中退して帰郷したものの生家の父は体調が思わしくなく、床に就いていた。そのため父に代わり僧籍を持たぬまま父の僧衣を着けて、雪の降る日も風の吹く日も、新城峠の寒村の門徒の家々を読経して廻った（『無灯艦隊ノート』一九九七年）。家業を支えなければならない重圧に、自身の失恋の傷手も加わった状態にあった。この一首の如く七七六七七という破調を以てしか表現することの出来ない心の呻きを抱えながら、少年は詩作というナイフを握り締め、彷徨を続けていた。

君がためただ君がためわが心枯野の如くなりにけるかな　（君がため）

後年西川徹郎は、自らの俳句思想を「反季・反定型・反結社主義」と明確に述べ、〈世界文学としての俳句〉を提唱し、実存俳句を書き続けるが、破調について、松尾芭蕉（一六四四年～九四年）の発句、

旅に病で夢は枯野をかけ廻る　芭蕉

を引いて次のように述べている。

「上五の「旅に病で」は、（略）明らかに「旅ニ病ンデ」と口語による破調表現が為されているのである。この「病ンデ」と一字はみ出した口語表現の中に、俳聖松尾芭蕉の、あくまでも独りの生活者としての実存が垣間見える。これは芭蕉の辞世の絶句である。この芭蕉辞世の絶句の一字はみ出した言語の中に、芭蕉五十一年の生涯の思惟の総てが呑み込まれているのである。（略）「病ンデ」の一字はみ出した口語が、芭蕉をして実存の未知の荒野へと歩み出させる一歩を確実に書き止め得たのである」

（「反俳句の視座―実存俳句を書く」「國文學」七月号、二〇〇一年・學燈社）

西川少年の短歌は基本的に歴史的仮名遣いによる文語表記で書かれたが、「我は病みても君を忘れず」の一首は失恋による大きな心身の喪失感により、殆ど口語の破調表記と隣り合わせの表現が為されていると言っていいだろう。更に二〇〇五年、第五十回口語俳句全国大会（口語俳句協会主催、静岡県島田市）の記念講演「口語で書く俳句―実存俳句の思想」に於いて、西川徹郎は松尾芭蕉の同作品を引き、

「わが身に至らんとする漆黒の死の闇を予感しつつ、その末期の床の中で為した起死回生の口語による無季

・非定型の一句が、この辞世の句なのであります。ここには、付句や連衆等の一切の俳諧連歌の共同性を断ち切って、あくまで一句独立した未曾有の銀河系が成就しているのです。／この芭蕉の辞世の一句こそ、わが国の文学史に於いて、口語で書かれた俳句の嚆矢(こうし)であり、それはまさしく俳聖松尾芭蕉に於ける「実存俳句宣言」であったと私は思います。／ここに確かに枯野に遺され見捨てられてきた儘の、荒野の中の一本の道があります。この道は、明治期に在って、あの正岡子規が踏み損ねた道なのであります。／日は暮れて既に暗いが、この荒野の中に遺された一本の道を、私は遙かに三百余年の時空を超えてここに継承し、唯ひたすらに口語による反季・反定型の実存俳句の隘路を歩み抜いて行く覚悟をあらたにするものであります」

（「銀河系通信」第十九号所収、二〇〇六年・黎明舎／茜屋書店）

と述べて、松尾芭蕉を遙かなる先達として、〈世界文学〉へ連らなる俳句興業の正統の道を自らも歩んでいくことを宣言したのだった。

君と逢ひ別れし町に花の散る如くに春の雪は降るかな　（春の雪）

西川徹郎はこの短歌作品において、八行の「花」「春」「降る」を重ねて柔らかな情感を醸し出し、別れの悲しみを「散る花」、「降る雪」と共に永遠の時間の中に封じ込めた。二十歳となった西川徹郎は、その後短歌を書くことは無かった。ここに少年の心の荒野は、その後俳句の詩人西川徹郎が切り拓く豊穣な俳句文学の沃野となるのである。

以上の如く、石川啄木を始め主に日本文学史上の代表的詩人や歌人等の作品との比較検証を進めて来た。限られた紙幅の中の検証ではあるが、それでも西川徹郎の十代作品が、彼らの代表的な作品と肩を並べ、且つそれらを凌ぐものであることが明らかである。

一九八四年、三十七歳の西川徹郎は自らの表現の砦として、又、広く全国の有為の書き手に向けた文学としての俳句の追究の場として個人編集誌「銀河系つうしん」（第十九号より「銀河系通信」に改題）を創刊した。創刊第一号の表紙には「友よ、批評の鍬を！」の言葉を掲げ、同題名の評論を執筆している。巻頭に置かれた「創刊の言葉」の全文を挙げてみる。

「今日、俳句表現の地平は、余りにも暗く、非文学的な風食に晒されてしまっている。／小誌は、わたしの個人誌ではあるが、俳句表現の現在的問題を自己への問いとして苦悩し、言語表現の不可視の地平へ向って起ち上ろうと決意する人々に、望んで登場いただき、新鮮な批評と作品を発表していただくつもりである。／わたしは、個人誌というこの自在な〈場〉の獲得によって、わたし自身の批評の眼を開き、苦悩をこそ表現の力として書き継いでゆきたい。俳句表現の新たな展開を模索するために、細やかながら小誌を非定期的に発行しつづけてゆくつもりである」

「銀河系通信」の創刊は、『無灯艦隊』以後、第二句集『瞳孔祭』を経て、第三句集『家族の肖像』（一九八四年・沖積舎）の刊行を目前にしつつ、西川徹郎が、旧弊な俳句観と結社主義に囚われた人々からの激しいバッシングを受けながらも果敢に踏み出した、俳句革命の道程であった。西川徹郎個人への謂われ無き誹謗と中傷とが飛び交う中で、北海道詩人協会会長を務めた新妻博（一九一七～二〇一〇年）、越澤和子らは、西川徹郎支持の態度を明らかにし、俳人小南文子（一九二三～二〇一〇年）・加藤佳枝らは「銀河系通信」のスタッフを買って出て、西川徹郎の文学活動を支えた。一九八五年発行の第四号から、発行所を黎明舎と名付け、西川徹郎の文学活動の拠点とし、現在に至る。

新妻博は総合誌「北方文芸」（北方文芸刊行会）一九八六年七月号の俳句時評欄で「銀河系通信」の創刊はあくまで俳句革新を目指す西川徹郎の「ひとつの芸術上の正義」であり、積極的に支援したいと述べ、西川徹郎への支持を表明した。

俳人谷口慎也（一九四六～）は、〈世界文学としての俳句〉を提唱し「反季・反定型・反結社主義」を標榜して自らの文学を〈実存俳句〉と名付けた西川徹郎について、その著『虚構の現実―西川徹郎論』（一九九五年・書肆茜屋）中の「反定型」章に於いて次のように論じている。

「例えば松尾芭蕉の作業とは、体系化された中世美意識の相対化作業であった」「西川は定型ということを、結局は俳句という次元のみに限定せず、言葉や存在を束縛するものという、ある意味ではかなり拡大した形で捉えているのではなかろうか。もっと言えば、我々を致し方なく規定し束縛してくるこの日常的な現実の総体を定型とみなす彼の呪詛が働いているのではないだろうか。だとすれば、まさに定型とは、西川が生涯を賭けて闘わねばならぬモチーフであるわけだ」『瞳孔祭』では、定型と戦う西川の姿が血と肉の匂いをさせながら展開されている（略）こちらが素直に西川の描く世界に入ってみれば、樹上に鬼がいるのも、隣家の馬が殴られるのも、あるいは父の陰茎を抜かんと喘いでいる光景も、妙なリアリティをもって、そこにそのまま在る（傍点著者）現実として、鑑賞することができるのだ。／今は亡き菅谷規矩雄が、『西川徹郎の世界』（筆者注、越澤和子編『秋桜COSMOS別冊西川徹郎の世界』）の中で、実にいいことを言ってくれた。

「ことばが韻律に執する理由はただひとつ―リズムとは、詩の発生（傍点菅谷）の現前（プレザンス）にほかならない。この、発生の、瞬間……というスリルをふくまなければ、俳句も、短歌も、むろん現代詩も、韻律として存在する理由はない。／西川徹郎があえてえらんだ悪戦の場が、なおまだ、遠くのわたしたちに、霊たちの泣き笑いするすがたを、その出現のスリルを、たんのうさせてくれることを期待して、この不格恰な走り書きを、ひとまずしめくくることにさせていただく。（菅谷規矩雄）」

「西川の俳句が、韻律の瀬戸際で書かれていることは確かであろう。散文と韻文のせめぎ合いの面白さ、そのスリリングさが読者に快感として伝わってくるのだ。〈父の陰茎を抜かんと喘ぐ真昼のくらがり〉にしても〈棺で帰ってきた児が屋根を這いあがる〉にしても、その散文化を食い止めているのが、まさに菅谷が言う詩の発生の現前（プレザンス）」なのだ。そして西川にとって詩とは霊たちの泣き笑いするすがた」でもある」

（『虚構の現実』谷口愼也著、一九九五年・書肆茜屋）

又〈実存俳句〉に就いて西川徹郎は、講演録「口語で書く俳句―実存俳句の思想」で次のように述べている。

前掲のこの講演は口語俳句協会が主催した二〇〇五年静岡県島田市での第五十回口語俳句全国大会記念講演。

同大会幹事長田中陽（一九三三〜）と大会実行委員長加藤太郎（一九三一年〜）の熱烈な要請によって行われた

ものであった。

「私の提唱する「実存俳句」の「実存」とは何か、と言うと、それは、「人間のありの儘の姿」を口語で書く俳句のことであります。／「人間のありの儘の姿」こそ人間の真実の相であり、「実存」なのであります。「実存」たるその「人間のありの儘の姿」は、同時に「人間の在るべき姿」をも映し出しています。／では、「人間のありの儘の姿」とは何か。「人間の在るべき姿」とは何か。／私の第九句集に、書き下ろしで一一四五句を収録した『天女と修羅』（沖積舎）が一九九七年に刊行されています。この句集は、全て漢字とカタカナ表記の句集です。

秋ノクレタスケテクレト書イテアル　徹郎

端的に言えば、この句に表われた「タスケテクレ」の絶叫が、人間の〈実存〉です。この「タスケテクレ」という声は、何処までも人間という存在の「内部の声」であり、「内奥の声」であります。あるいはそれを、人間の「末期の声」、「後の無い、最期の声」と言っても、「声にならない声無き声」と言ってもよいでしょう。私たちは皆、この「タスケテクレ」の、声にならぬ声無き声を内部に抱えながら、自らそれを発し、自らそれを聞きつつ日々の生活を為しているのであります。／実に、この「タスケテクレ」という内部の声こそが詩であり、生存の告発であり、詩表現といわれるものの原形態です。極論すれば、この内部の声の聞こえぬものなどは詩でも文学でもないのであります。この内部の声を書きとどめ得て初めて、詩を、文学を名乗ることが出来ると言って過言ではありません」

（「俳句原点」一一七号、口語俳句協会刊、二〇〇六年／二〇〇六年刊「銀河系通信」第十九号・黎明舎）

Ⅳ　少年詩人の系譜―永遠の夭折者

戦後日本を代表する〈知〉の巨人、詩人・思想家吉本隆明（一九二四年〜二〇一二年）が執筆した詩人論は数多いが、絶賛の筆を走らせた日本文学史上の詩人は、源実朝・宮沢賢治・西川徹郎の三人である。すなわち『吉本隆明 初期ノート増補版』（川上春雄編、一九七〇年・試行出版部）収載の「宮沢賢治論」（後に『宮沢賢治論』（一九九六年・ちくま文庫)、『源実朝』(一九九〇年・ちくま文庫)、『西川徹郎全句集』(二〇〇〇年・沖積舎)収載の「西川俳句について」の三編がそれである。

吉本隆明が「一冊の著作を、宮沢賢治について最初にもちたい」と願った『宮沢賢治』論の原稿は、『初期ノート』(一九六四年)刊行時には、「戦後の洪水で失われた」(吉本隆明、同書所収「過去についての自註」)とされていた。一九四七年九月、関東・東北地方を襲ったキャスリーン台風は、東京東部の低地帯を完全に浸水させたのだった。しかし三年後、吉本隆明研究の第一人者川上春雄(一九二三年~二〇〇一年)がノート九冊を発見し、『増補版』として収載、七〇年に刊行されたのである。

「西川俳句について」は、先に『秋桜COSMOS別冊西川徹郎の世界』(越澤和子編、一九八八年・秋桜発行所)に「西川徹郎さんの俳句」という評論を寄せていた吉本隆明が、編者に「いずれもう一度西川論を書きます」という私信を認めていたものが実現したものである。

宮沢賢治(現代詩)、源実朝(短歌)、西川徹郎(俳句)について成されたこの三編の「少年詩人」についての評論には、吉本隆明が明らかにした詩とは何か、詩人とは何か、という問いがある。例えば〈実朝的なもの〉について、吉本隆明は「第一級の詩心の持主」又、「暗殺によって夭折したもの」であることを挙げる。これは吉本隆明が実朝が「少年詩人」であるということを確認した言葉ではないか。実朝に、

大海の磯もとどろによする波われてくだけて裂けて散るかも　　源実朝(『金槐和歌集』)

という高名な歌がある。死の前年(実朝二十七歳)に詠まれたもので、『金槐和歌集』貞享板本(一六八七年板行、七百十六首)に収録された。まず海が大きく捉えられ、波が分割拡大され、スローモーション画像を見るように時間と空間がダイナミック且つ微細に描かれる。その波の穂先にやがて霧消する自らの行く末までも見据えている、夭折者たる宿命を生きる実朝の透徹したまなざしがある。

因みに実朝の『金槐和歌集』には二系統があり、貞享板本の他に、定家所伝本とも呼ばれる建暦三年本(一二一三年刊・六百六十六首)がある(実朝二十二歳)。鎌倉時代の史書『吾妻鏡』の詳細な記述に拠れば、実朝は

十四歳から和歌を詠み始めており、師として選んだ藤原定家（一一六二～一二四一年）に歌稿を預けていた。「鎌倉の大臣」を意味する「金槐」という歌集名は没後つけられたもので、この歌稿が『金槐和歌集』の大半を成す。その意味からも同集は、日本の詩歌史上の十代作品集の一つと数えられるだろう。

太宰治は小説「右大臣実朝」（一九四四年）の中で実朝に未だ十二歳の公暁に対し、「學問ハオ好キデスカ／無理カモ知レマセヌガ／ソレダケガ生キル道デス」と言わせている。実朝こそ、常に極限状態であった生涯にもし七百余首の歌を詠まずにいたならば、生きることは不可能だっただろう。

西川徹郎は、一九八四年「銀河系通信」（当時「銀河系つうしん」）創刊号の「編集後記」を「宮沢賢治の『春と修羅』第一集は、次の言葉ではじまっている」と賢治の詩を引用することから書き出し、次のように結んでいる。

「私の家の裏山には、今日、桜の花が開き始めた。葉桜となる五月末の頃には、共著の評論集『俳句１９８４』（南方社刊）が刊行される。また、六月には、私の第三句集『家族の肖像』も、東京の沖積舎からいよいよ刊行されるであろう。ともに多くの志ある方々のご一読を願ってやまない。少なくとも、そこには、〈書く〉という行為に生活の全てを投げだしてきた私の必死の言葉が開花しているはずであるから」「近頃、ふしぎなくらいに、賢治の詩集を読んで胸を熱くした私の少年の日が想い出されてくる。私の母校の中学校の若葉や青草の匂いが甦ってくるのだ。そして、それとともに、その少年の日から今日までの間に、苦しみの〈生〉の現場からばたばたと姿を消していった多くの縁者たちの言葉が、私には、ふしぎに懐しく思われてくる。／父よ。あるいは、私は、書く行為の持続の中で、どこかで、すでに不在者でしかないあなたに、なされるはずのない再びの出会いを成し遂げようと必死になってきたのであったのかもしれない。もし、仮りにそうであったとすれば、小誌「銀河系つうしん」は、〈不在〉の読者へこそ向けて発信しつづけられてゆく霊性の便りなのだと言ってもよいはずである。そのとき、それは、たとえば、銀河系の彼方から不断に私たちの〈生〉に向けて送り届けられている宇宙の淡い光りにも似て、言語表現の〈現場〉を青白く照らしだすはずである。／このように考えるとき、〈わたくしという現象は／仮定された有機交流電燈の／ひとつの青い照明です〉という賢治のことばが、哀しい傷みをともなって、私の全身に染みわたってくるのがわかる。／何はともあれ、私は、この傷みと苦しみの中から、力あるかぎり、小誌「銀河系つうしん」を発信しつづけてゆこうと思う」

西川徹郎の作品は、現在も〈生〉を賭けて創造され、未知の、そして〈不在〉の読者へと向けて発信され続けている。

西川徹郎は詩や詩人について、常にこのように語っている。

「詩を書くということが無ければ一日たりとも生きることが出来ないという一点に於いて、彼らは詩人であり、それが詩というものが発生する根拠なのだ。人間が生きることの根拠と、詩を書くという行為が、詩人にとっては全く同一の問題の中に提示されていなければならない」（「創作ノート」）

と。又、西川徹郎が自らの彷徨の時代について書いた「睡蓮の夢—赤尾兜子」と題するエッセイが同人誌「豈」九号（一九八五年・豈の会）に発表されている。それは一九六六年赤尾兜子（一九二五〜八一年）に「初めて会った頃—、」と書き出されている。

「（略）昭和四一年の春、ぼくは、生きることの不安と焦燥に胸掻き毟るようにして京都の暗い下宿屋の二階に住んでいたのであった。暑苦しく薄暗いその四畳の小部屋は、不眠に窶(やつ)れ果ててしまった僕の頭の中の重苦しさに似ていて、一日を通して日が入ることはなかった。ぼくはその日当たりの悪さに、ぼく自身が人生として背負い込んでしまった不幸を予感し、しかも、その予感が醸しだす不安と戦うように来る日も来る日も、ただ俳句を書き続けて暮していたのであった。おそらく、ぼくの青春の日の〈生〉は、俳句を書き続けることで辛うじて維持されていたのであった。」

西川徹郎は、

「少年詩人とは永遠の彷徨者・永遠の詩の探究者・永遠の夭折者のことである。」（「創作ノート」）

と語っている。「僕の青春の日の〈生〉は、俳句を書き続けることでかろうじて維持されていた」と述べる西川徹郎の文学は、彼が紛れもなく少年詩人であることを証している。少年詩人とは、単に年若くして詩を書く者のことではない。詩人とは詩とは何かと問い、詩を探究し、詩を達成せんと志す人のことであるから、少年詩人とは〈天才〉の異名であり、詩を以て己の生を夭折した人のことである。この場合は肉体的な死には関わりがない。肉体的な生き死にを超えて、彼は永遠の夭折者としての生を生き続けるのである。西川徹郎が現在も多数の論者から幾度となく〈天才〉と呼ばれ続けているのは、西川徹郎が紛れもなく少年詩人であるからに他ならない。

吉本隆明は、『西川徹郎全句集』（二〇〇〇年・沖積舎）所収の「西川俳句について」の中で、

「西川徹郎にとって青春期の表現はどこにどんな形式でありえたのだろうか。かれの俳句は読むたびにわたしにそんな設問を仕かけてくるようにおもわれる。そして答えが見つけ出されるよりも、その設問がかれの俳句だったので答えがかれの俳句だったのではないという思いが、しきりにやってくる。これはいつもかれの句作を苦しくしただろうが、かれはどうやらすべての設問こそがポエジィなのだという詩観に到達していったのではないか。問いこそが詩であり、答えることが詩ではない。この詩観を持ちこたえたまま、かれくらい遠くまで歩んでいる者をわたしは知らない。もしかするとこれがかれに諦念の安直な道を択ばせない根拠なのに違いない。」

と述べる。ここに西川徹郎の詩に対する考えが明らかにされていると同時に、吉本隆明自身の詩観の方位も明確に述べられている。

又、吉本隆明は続けて、

「西川徹郎は俳人としては宿命的な不幸を背負っているといえようが、詩人としては誰も真似できないような晴れ姿ですっくと佇っていて天晴れといいたいような気がしてくる」（傍点筆者）

と述べている。詩人・文芸評論家飯島耕一（一九三〇〜）は、評論集『俳句の国俳諧記』（一九八八年・書肆山田）

に於いて、

「西川徹郎には呪われた異端の匂いがする。呪われたというのは、しかし詩人にとっては光栄を意味している。」（傍点筆者）

と述べている。「宿命的な不幸」も「呪われた異端」も、「詩人としては天晴れ」であり「詩人にとっては光栄」なのである。いずれも「少年詩人＝永遠の夭折者」を示唆するものであろう。

少年詩人の系譜を辿れば、松尾芭蕉も又その系譜に連なる。「おくのほそ道」（芭蕉没後八年後、一七〇二年刊）に現代の照明を当てようとする『芭蕉道への旅』（二〇一〇年・角川学芸出版）を監修した森村誠一（一九三三〜）は、同書に於いて芭蕉の「おくのほそ道」の完全創作訳を成し遂げて、表現者として常に未知の遠方へと向かった芭蕉に敬意と共感とを表した。一六八九年三月から八月まで半年にも及ぶ「おくのほそ道」の道程を終えて間もなく、芭蕉は「またぞろ旅恋が頭をもたげてき」て、「旅の疲れはまだ癒えていないが、九月六日、伊勢神宮の参拝を口実にして、ふたたび腰を上げ、舟に乗った」（森村誠一訳）のである。「舟に乗った」というさりげない結びであるが、芭蕉の詩魂の熾烈さを思わせる。この「おくのほそ道」の最終章に森村誠一は「おもえば芭蕉は終着駅のない途上の旅人であった。むすびの地は新たな旅立ちの地であった」と註を付している。芭蕉の半年をかけた「おくのほそ道」の旅には、同行二人として五歳年下の河合曽良（一六四九〜一七一〇年）が随行した。曽良とは少年詩人としてのもう一人の芭蕉とでもいうべき象徴的な存在のように思われる。

蛤のふたみに別れ行く秋ぞ　芭蕉　（「おくのほそ道」）
行き行きて倒れ伏すとも萩の原　曽良　（〃）

北の地に在って独学の灯をともす真宗学者西川徹真を激励し続けてきた浄土真宗本願寺派の勧学稲城選恵和上（一九一七〜）は、常々講演で曽良の句の「萩の原」とは〈浄土〉を指すと論じている。旅とはそのまま人生であり、詩人とは永遠の旅人である。それは森村誠一が西川文学を「永遠の青春性」と論じた（『永遠の青春性―西川徹郎の世界』二〇一〇年・西川徹郎文學館新書2）ことと、全く同じ意味である。彼らは死と隣り合わせの旅を懼れない果敢な飽くなき詩の追究者に他ならない。

又、森村誠一は連載評論「おくのほそ道新紀行」（「毎日が発見」二〇一〇年七月号・角川ＳＳコミュニケーションズ）に於いて、

　夏草や兵どもが夢の跡　　芭蕉（「おくのほそ道」）

　無人の浜の捨人形のように独身　　徹郎（『無灯艦隊』）

を組み合わせ、

　夏草や無人の浜の捨人形

とし、松尾芭蕉の〈蕉句〉と西川徹郎の〈凄句〉とに「運命的な相性が私には感じられる」と述べている。森村誠一が感じとった「運命的な相性」とは、松尾芭蕉と西川徹郎が共に永遠の詩の追究者であり、遙かに三百余年の時空を超えてこの両者のなかに永遠の夭折者・少年詩人を見た言葉なのである。

西川徹郎の文学は、もとより俳句形式が日本の伝統的な美意識や抒情性を断ち切ったところから直接「存在」を問う形式であるという理念と哲学に貫かれていた。青春の日に連日連夜明け方まで書き続け、さらに悪路を往く通学バスの窓際で、教室の片隅で、あるいは新城峠や夏休みに自転車を駆って訪れた隣市旭川市の神居古潭や常磐公園などの石狩川の河畔で書き継がれた青少年期の凡そ七万句の作品は、一九七四年西川徹郎二十六歳の年に第一句集『無灯艦隊』（粒発行所）として二百二十句が精選され刊行された。この折りの出版費用は両親によって用意されたが、それは、正信寺二世住職で、病床にあった父西川證教（一九一四～一九七五年）の徹郎への最期の激励だった。證教は刊行の翌年の春三月に六十二歳で病没したのである。

『無灯艦隊』刊行と同時に、新しい俳句の詩人の登場に対して、全国から驚きと賞賛の反響が新城峠の麓の少年詩人のもとへ寄せられた。三橋敏雄・佐藤鬼房・鈴木六林男・前田鬼子・三谷昭・土岐錬太郎・近藤潤一ら新興俳句に連なる俳人たちや赤尾兜子・島津亮・林田紀音夫・阿部完市・仲上隆夫・堀葦男ら前衛俳句の陣営の俳人たちが絶賛。三橋敏雄（一九二〇～二〇〇一年）は後に、「『無灯艦隊』自選百句」（アンソロジー『最初の

出発』、一九九三年・東京四季出版）に就いて解説「出藍の句集」を執筆し、『無灯艦隊』は細谷源二を「発展的に継承」した「出藍の誉れの第一歩を示した句集」と呼んだ。又、二〇〇五年に刊行された『西川徹郎全句集』刊行記念論叢『星月の惨劇―西川徹郎の世界』（茜屋書店）に於いて俳人・評論家宗田安正（一九三〇〜）は「西川徹郎の俳句」と題し、赤尾兜子の「〈第三イメージ論〉のような前衛俳句の方法も押し流してしまう」と述べ、和田悟朗（一九二三〜）は「生と死と性の集約」と題した論で、西川徹郎の『無灯艦隊』が「完全に兜子の峠を越えきっている」と述べた。すでに詩人鶴岡善久（一九三六〜）は、西川徹郎第三句集『家族の肖像』（沖積舎、一九八四年）の栞文に於いて、集中の

祭あと毛がわあわあと山に　　徹郎

を引き、「従来の新興俳句、前衛俳句がついに到達しえなかった一極地をこの句は占めている」と述べているが、『星月の惨劇』で俳人・編集者大井恒行（一九四八〜）はそれを「超出への志」と呼んだ。大井は、西川徹郎が赤尾兜子の「渦」に関わった時代の貴重な目撃者であり、「超出への志」とは西川徹郎の俳句が、新興俳句と前衛俳句との双方を超えゆくもの、つまりは子規以来の俳句史の全てを超えることを意味しているのである。又、藤原月彦（一九四八〜現、龍一郎）も西川徹郎と同時代に「渦」に関わった俳人であり、『無灯艦隊』の最初の購読者であるが、『星月の惨劇―西川徹郎の世界』に収録された「夜叉見る阿修羅」に於いて「何より西川徹郎の俳句を読んでいて実感するのは、この特異な世界には、まったく、追随者が存在しない。出現しえないということだ。『無灯艦隊』の上梓から、すでに四半世紀の歳月が流れているが、ついに西川徹郎俳句のエピゴーネンは出て来なかったではないか。真似ができないことが、まさに実存俳句の根拠ではないのか、と思う」と述べている。宗田安正は前掲の言葉に続いて、「その修羅の道を誰よりも遠くまで歩き続け、俳句史のなかで類のない新しい表現世界を樹立したのが西川俳句だった」と述べている。

当時北海道大学教授であった近藤潤一（一九三一〜九四年）は巻紙に墨書した長文の私信の中で、「（略）伝統否定の場から出された、これはもっとも良質な、魅力ある句集のひとつであることを私はすくなからぬ感動を

こめて申すことが出来ます」（「粒」第三十号所収、一九七四年）と述べた。新興俳句の日野草城の門弟で文化人としても広く知られていた土岐錬太郎は一九七四年十二月「北海道新聞」「俳壇回顧」で「新たな前衛の誕生を祝す」と俳句形式が生んだ天才の前途を期待し、最大級の祝意を述べた。短歌評論家菱川善夫（一九二九～二〇〇七年）も〈俳句革命〉を叫んで忽然と俳句界に現れた前衛の作家を寺山修司の再来の如く言祝いだ。寺山修司については西川徹郎は「銀河系通信」第十九号（二〇〇六年八月）で特集を組み、寺山修司についての「寺山修司とは誰か」（二〇〇二年五月四日、北海道立文学館の特別展「寺山修司～きらめく闇の宇宙～」での講演録）及び評論「〈革命前夜〉の寺山修司」等五編を収載している。近藤潤一・菱川善夫の同僚であった国際的文学者、中国・北京社会科学院名誉教授千葉宣一が二〇一〇年八月一日付で、西川徹郎文學館の名誉館長に就任した。千葉宣一は一九三〇年旭川市に生まれ、北海道大学大学院修了。元北海学園大学人文学部大学院教授。千葉宣一は『無灯艦隊』刊行時より、西川徹郎を日本モダニズムの代表的詩人と評価し、「松尾芭蕉は世界の詩の革命者、西川徹郎は世界文学の先端に立つ詩人」と呼んで孤高の道を行く西川徹郎を激励し続けてきた。

　ともあれ『無灯艦隊』という一振りの鋭利な剣は日本文学史に大きな亀裂を生ぜしめた。僅か十七音の俳句が、銀河系をも超える広大な未知の詩的宇宙を表現し得る世界で最もすぐれた詩形式であることが、文学史上に刻印されたのだ。西川徹郎の俳句革命の第一歩が踏み出され、以後今日までの五十年間、西川徹郎は〈世界文学としての俳句〉を提唱し、〈反季・反定型・反結社主義〉の俳句思想に基づく実存俳句を書き続けてきた。即ち季語季題に奪われてきた俳句文学のテーマを奪い返し、人生の総体を俳句の主題として、俳句表現の根本の理由を人間が生きる意味を問うことに置いたのだ。詩人の自由を奪い、国家の意志に跪（ひざまづ）かせようとする定型の作用に定型を以て抵抗する姿勢を貫いて、西川徹郎の全ての文学活動は営まれてきた。

　後に芥川賞作家となる藤沢周（一九五九～）は「図書新聞」一九八八年十一月十九日号に於いて西川徹郎の最初の読本である『秋桜 COSMOS 別冊西川徹郎の世界』（秋桜発行所）を紹介し、「朦朧と形容したい彼岸と此岸の境界を、より鮮明に見てしまう十七音の末期の眼に、句作という自らの存在証明で抗っているのかも知れない。そんな一天才詩人の現場を目撃する一冊となっている」と書いた。藤沢周はその後「銀河系つうしん」第十一号から十三号まで『町は白緑』―西川徹郎論」を連載、その一回目の論が『現代俳句文庫5西川徹郎句集』（一九九一年・ふらんす堂）に解説として収録されている。

二〇〇〇年迄の集大成『西川徹郎全句集』（二〇〇〇年・沖積舎）に、西川徹郎が少年の日より憧憬し続けてきた詩人・思想家吉本隆明は、前記の論文「西川俳句について」を執筆して絶賛、西川徹郎を「俳句の詩人」と称んで最長不倒の業績を讃えた。

詩人・評論家櫻井琢巳（一九二六〜二〇〇三年）は『世界詩としての俳句―西川徹郎論』（二〇〇三年・沖積舎）に於いてランボーやボードレール、アポリネール等の詩作品と西川俳句との精密な比較検証を行い、彼等世界の詩人たちと西川文学が比肩することを実証した。又、同書で櫻井は、西川徹郎の、

イッポンノ箒ガ空ヲナガレテイル　（第九句集『天女と修羅』一九九七年、沖積舎）

を掲げて、日本の一千年の詩歌史に対しても「西川俳句は、これ一本で『古今集』の美意識に対向できる、まれにみる力づよい文学性を持つ。（略）西川俳句はいま、『古今集』的な美意識をつきぬけてそびえる一連の高峰としてわれわれの前に立つ」と述べた。

法政大学教授で文芸評論家小笠原賢二（一九四六年〜二〇〇四年）は『極北の詩精神―西川徹郎論』（二〇〇四年・茜屋書店）の中で、「西川ワールド」について、

日本海ヲ行ッタリ来タリ風ノ夜叉　（第九句集『天女と修羅』）

の一句を挙げ、その想像力と詩人吉田一穂（一八九八〜一九七三年）の「形而上的思念は共振している」とし、「遠く北方の嵐を聴きつつ……／弧状光を描く夢魔の美しきかな。／現身（うつそみ）を破つて、鷲は内より放たれたり。／自らを啄み啖ふ、刹那の血の充実感（みちたらひ）。／無風帯に闘争を超えて高く、いや高く飛翔し、／時空一如の階調に昏々と眠りいる黄金の死点。」（吉田一穂「鷲」）を挙げて「西川の幻想領域を彷彿とさせる」とし、「現身を破つて、鷲は内より放たれたり」について、「「現身」を西川流に言い変えれば「実存」である。現実存在、事実存

在の短縮形である実存とは、有限な人間の主体的存在形態を意味する。詩や文学とはつまり、この有限の「実存」から一羽の想像力の「鷲」を放つことである」と述べている。

川端康成賞や芸術選奨受章作家である稲葉真弓（一九五〇～二〇一四年）は、「読売新聞」二〇〇五年十月の連載コラム「言葉を生きる」で寺山修司に続き西川徹郎を取り上げ、同二十九日付で「喚起されるイメージに導れて句を読んでいると、私の中にも無明の「思念原野」がぼうぼうと広がる。（略）現実と非現実を自在に行き交う十七文字に、「言葉」の持つ無限の力を思い知らされもする」と述べている。

西川徹郎作家生活五十年の成果に就いて、日本大学名誉教授で「泉鏡花論」等の著者として高名な文芸評論家笠原伸夫（一九三二～）は『銀河と地獄―西川徹郎論』（西川徹郎文學館新書1、二〇〇九年刊）に於いて「西川徹郎の方法はつねに尖鋭であり、原則十七音の俳句形式への断絶と連続という背理的な形での自負につらぬかれている。（中略）一言でいえば反俳句の俳句―反伝統の伝統である」「西川徹郎、異形の天才というほかはない」等と述べる。

二〇〇九年五月西川徹郎文學館で行われた来館記念講演で西川徹郎の実存俳句を「西川凄句（せいく）」と命名した作家森村誠一は、『永遠の青春性―西川徹郎の世界』（二〇一〇年・西川徹郎文學館新書2）の後記に「西川凄句は日本の文学遺産」「生死の境界を超えた永遠の絶唱である」と銘記した。

又、西川徹郎の十代作品を「世界文学」と呼ぶ「神奈川大学評論」の創刊号からの編集専門委員を務める文芸評論家小林孝吉（一九五〇～）は、『銀河の光　修羅の闇―西川徹郎の俳句宇宙』（西川徹郎作家生活五十年記念出版、西川徹郎文學館新書3）に於いて「西川徹郎は、ついにダンテやドストエフスキー、日本では宮沢賢治や埴谷雄高などごく少数のものしか到りえない、生の惨劇の究極の地点＝魂の高い峠に立ったのだ。そこには〈絶対の救済〉＝〈銀河の光〉が満ち溢れている……。」と述べた。

『北一輝論』（講談社学術文庫）等の著者で革命評論家として名高い松本健一（一九四六～二〇一四年）は、西川徹郎へ宛てた書簡（二〇一〇年六月一日付）で「西川実存俳句が〈世界文学〉への歩みを続けていることは間違いない」等と述べている。

『物語の哲学』『科学の解釈学』等の著者で東北大学総長特命教授を務める言語哲学者・科学哲学者野家啓一（一九四九〜）は、「読売新聞」（二〇一〇年六月十八日付）で『永遠の青春性―西川徹郎の世界』を紹介し、「『わが黄金伝説』と題する西川の自選三百句が収録されており、そこに展開される血族の修羅と死の予兆に彩られた風景は、寺山修司の歌集『田園に死す』を想起させる」と述べた。

『無灯艦隊』の刊行以後、今日までに、西川文学の総体としての〈無灯艦隊〉は、日本文学史に高遠な航跡を拓き続けているのである。

因みに、十代に短歌によってその文学活動を始めた作家の一人として、宮沢賢治が挙げられる。賢治は十四歳の年即ち一九一一年一月、盛岡中学二年の三学期から短歌を作り始めるのであるが、一ヶ月前に盛岡中学の十年先輩の石川啄木の『一握の砂』が刊行されており、この年から盛岡中学校では、啄木張りの短歌が流行したとのことである（「作品解説」原子朗『群像日本の作家12宮澤賢治』一九九〇年）。賢治は約十一年間短歌を創作したが、「異稿をふくめて千余首の歌を残していながら、短歌だけで見るとすれば、ユニークな連作歌群などありはするものの、ついに独自の歌風といえる賢治短歌の自立の様式を私たちはそこに見いだすことができない」と、詩人・文芸評論家原子朗（一九二四〜）は述べている。宮沢賢治の一九一九年（十九歳）作の「夜をこめて行くの歌」と題された連作から二首見てみよう。

みかづきは幻師のごとくよそほひて
　きらびやかなる虚空をわたる
みがかれし
　空はわびしく濁るかな
三日月幻師
あけがたとなり

（「宮澤賢治短歌考」岡井隆『群像日本の作家12宮澤賢治』より引用）

二行、又は四行等に分かち書きするところに、啄木の三行書きの短歌の影響が見られるが、啄木短歌の形を借りて童話の一節を、絵画的イメージで描き出したスケッチの感があり、短歌という定型詩に対する意識はむしろ希薄といえる。

宮沢賢治の死の前日（一九三三年）に書かれたという「絶筆」も短歌であった（「生命と精神―賢治におけるリズムの問題」原子朗『群像日本の作家12宮澤賢治』）。

方十里稗貫のみかも稲熟れてみ祭三日そらはれわたる
病（いたつき）のゆゑにもくちんいのちなりみのりに棄てばうれしからまし

（「生命と精神―賢治におけるリズムの問題」原子朗『群像日本の作家12宮澤賢治』より引用）

宮沢賢治の没年となった年は豊作で、賢治はその安堵感の中で死を迎えたことが辞世の二首に表れている。全短歌作品を検討出来なかったが、短歌は賢治にとって親しいものではあったものの、〈生〉の根拠としての詩の形式とはなり得なかったと思われる。

他に十代の詩歌作品集としては、石川啄木が二十歳で出版した詩集『あこがれ』（一九〇五年）や、十代に書かれた俳句九百句を収める寺山修司（一九三〇～八三年）の『寺山修司俳句全集』（宗田安正解説、新書館、一九八六年）等がある。

西川徹郎には、先に『決定版 無灯艦隊―十代作品集』（二〇〇七年・沖積舎）があり、この度本書『西川徹郎青春歌集―十代作品集』を刊行する。俳句と短歌という二ジャンルに亘り、十代作品集を著書として持つ詩人は日本文学史上に恐らく例が無い。

Ⅴ 少女ポラリス

しらしらと朝降る雪を映すかに白かりしかの君が頬かな　（淡雪）

歯磨き粉の匂ひして雪降ってゐる学校帰りの君の幻　（歯磨き粉の匂ひ）

初恋の君と別れて来し日より歯磨き粉の匂ひして雪降ってゐる　（〃）

西川徹郎少年が初恋の少女と出会ったのは中学時代のことであった。少年時代の自分自身について、後年西川徹郎は「秋風、鶏足に」（『秋桜COSMOS別冊西川徹郎の世界』）という文章の中で次のように語っている。

「昔、貧しかったぼくの家では、庭先の日当たりの悪い空地に、鶏を数羽飼っていた。／孤独で自閉症ぎみの少年であったその頃のぼくは、暇さえあれば、庭中に彼女らを追い回したり、時には窓から侵入してくる彼女らを物陰に隠れていて、大声を挙げて驚かしたりして遊んだ。彼女らは、当時のぼくの唯一の友達だったのである」

家畜として飼っていた鶏や山羊、寺に迷い込んで来た犬や鳩や門前に捨てられていた猫、寺の飼猫の母猫ミーコとその子猫たちが少年の友達だった。動物たちは不思議なくらいよく少年に懐いて、少年が学校から帰るのを待ちかねたように現れては少年の後を付いて回った。迷い鳩は、学校から帰った徹郎少年が玄関先で「ポー、ポー」と呼ぶとさあっと裏山から飛んできて、少年の肩に止まるほどであった。孤独な少年の友達はこれらの小動物、そして自在に少年の心と体を何処までも運ぶ口笛と自転車であった。

まっ青な夜空があれば口笛を北上夜曲吹き鳴らすかな　（口笛）

本書の作品を整理していたこの春（二〇一〇年）、西川徹郎は思い出せなくなっていた「北上夜曲」のメロディーを試みに口笛で吹いてみたという。頭ではすっかり忘れ去っていたメロディーを唇が覚えていて口笛は朗々と鳴り響き、驚いたとのことである。自転車については、西川徹郎のエッセイ集『無灯艦隊ノート』（一九九八年・蝸牛社）の「峠の狂人」の章や第九句集『天女と修羅』（一九九七年・沖積舎）後書等に、無心に自転車を漕いで新城峠に登るのが常だった少年期の美しい記述がある。

「少年の頃、私は幾度も自転車を駆って独りで峠へ上ぼった」

「満月の夜などは殊更に幻想的な思いを掻き立てさせてくれる。月の光を浴びて蘇生したかのように飛び回る秋津たちの美しさは、私にはこの世のものとはどうしても思うことが出来ない。（略）両耳をそば立て聴き澄ますならば、忽ち月の光を浴びて羽ばたく村じゅうの無数の秋津たちの羽擦れの音が余りに鮮明に聞こえて来てわが耳を疑うのである。／仲秋の満月ともなれば、少年の頃の私は決まって深夜の寝床を抜け出し、その余りにも澄み切った美しい轟きを聴きに自転車を駆ったのである」

（句集『天女と修羅』後書）

因みに、最初の結婚の日々の眩しいばかりに溌剌とした妻を描いた

妻よはつなつ輪切りレモンのように自転車　（『瞳孔祭』）

以来、〈自転車〉は今日まで書かれ続けており、西川文学の数多いキーワードの中の一つである。

剛毛生えた自転車突如走りだす　（『家族の肖像』）
妻のゆうれいビルにぶつかる自転車は　（『死亡の塔』）
月夜茸むしんに走る自転車は　（『町は白緑』）
自転車は屋根駈け巡る銀の花　（『桔梗祭』）
自転車に乗るため舌は裂けている　（『月光學校』）
白い切れで自転車をぐるぐる巻きに　（『月山山系』）
繃帯の自転車を父と思い込む　（〃）
蒼蒼と自転車漕いで戻る抽斗　（〃）
青蓮ハ自転車漕ギツツ村越エル　（『天女と修羅』）
杉ノ木ノテッペン銀ノ自転車懸カル　（〃）
くちなわで括られ死後の自転車は　（『わが植物領』）
自転車という渦巻銀河弟よ　（『銀河小學校』）

動物たちと遊び、自転車を駆る孤独な西川少年の中学時代に訪れた文学世界への憧憬と詩歌への傾倒は、都会からやって来た少女に対する初恋と重なり合う。幼少期に親しんできた既視の世界から徹郎少年を未知の世界へと誘い行くものが、文学であり初恋の少女であった。

俳句革命に人生を賭けた詩人西川徹郎にとって、殊更に短歌を以て謳い上げた初恋の少女とは誰だったのか。

その少女とは西川徹郎が一途に求め続ける詩的真実の異名、ポラリスとでも名付け得るべきものではなかったか。

君と来て東寺の塔の尖端のひとときは暗き星を見てゐる　（秋の風）

京都での在学生活を題材にした短歌作品には、初恋の少女とオーバーラップして、歌い舞いギターを弾く伎芸天のような、或いは歌いつつ人を水底に誘うセイレーンの如き愁いを帯びた少女が現れる。

水際に棲みて水より透きとおるかげろふのごときひとを祈れり　（蜉蝣）
涙(さし)ぐみし瞳に浮ぶ賀茂川の水の色など美しかりき　（賀茂川）
君がため涙流るる賀茂川の岸の菫は星屑なりき　（〃）
泣くほどに賀茂川恋し夕空を命の如く雁飛びゆけり　（秋の風）
賀茂川の水より暗き水滴がわが掌に落ちぬ君が目(まみ)より　（〃）
君が胸に小雨降るなりわが胸に雪の降るなり祇園よさらば　（祇園よさらば）

彼女等こそ、西川少年が心を奪われ追い求めた、芸術を司る美の女神たちだ。追っても追っても幻のように現れては消え、消えては現れる。「黄漠奇聞」（稲垣足穂、新潮文庫『一千一秒物語』所収）の月影を追う王のように、またついに海に浮かぶことがないまま渡宋の夢と共に砂浜で朽ち果てた唐船を建造した源実朝のように、見果てぬ世界への憧れは詩人の身を焼く。

血の駱駝忽ち沙上の華となる　（第十三句集『銀河小學校』二〇〇三年）
船大工螢に船を焼かれたり　（第六句集『桔梗祭』一九八八年）

西川徹郎にとって初恋の少女とは、永遠に求め続けるべき青白く輝く極北の星であった。

「極北」について、真宗学者西川徹真が二〇〇〇年七月に創刊した『教行信証研究』の第三号（二〇〇九年、黎明學舍）に掲載された西川徹真の論文「「正信念佛偈」造偈の由序」の註に「北極」についての記述がある。「北極」とは「真理のありか」を指し示す言葉で、「浄土三部経や真宗の七祖聖教にはないが、空海の『三教指帰』に出で来る」と述べている。但し西川徹真の同論文は、空海の解釈とは異なり、「北極」という言辞を以て釈迦一代の説法の帰結が阿弥陀佛の本願であることを示し、『大無量寿経』に釈迦が説く阿弥陀佛の本願が人類の究極の帰依処であることを論じているのである。

文学に於いても同様に、真実の文学は人間を死へ向かわしめるのではなく、必ず人間を生かすためにはたらく。ダンテやドストエフスキー等の文学が成し遂げているように人生の苦悩の北壁を超えてゆく人間の姿を描き出すのが世界文学なのだと西川徹郎は常に語っている。

石川啄木は『一握の砂』『悲しき玩具』を以て人生の苦悩の相をありのままに詠った。西川徹郎の実存俳句に準えれば石川啄木の歌は実存短歌と呼んでいい。歌人・文芸評論家高橋愁（一九四二〜）は、西川徹郎と石川啄木との共通点を見出し、啄木を現代に甦らせて西川徹郎と遭遇させ、啄木が西川徹郎の実存俳句を論ずるという奇想天外な評論小説『わが心の石川啄木』（一九九八年、書肆茜屋）を書いた。青春といえる年代に人生のぬかるみ道を何処までも喘ぎつつ歩む啄木の文学は共感を呼び、今も読み継がれている。しかし人間の実存を描きつつ実存を超える道を照らし出す、〈光を書く文学〉が世界文学としての西川俳句なのである。青春の日に愛唱した啄木を超え、西川徹郎の文学は、今、〈世界文学〉としての光輝を放つ。

大学を中退し、初恋の少女とも別れた二十歳の西川徹郎は、絶望の中に果てしなき彷徨を続けていたが、ある夏の日、札幌大通公園の青草の上で、書店で見つけたばかりの『吉本隆明 初期ノート増補版』（発行人・川上春雄、試行出版部）を開く。吉本隆明が自分と同じ年代に書いた強靭で透徹した詩と宮沢賢治論などの精緻な思索とを目の当たりにした西川徹郎は、作家としてこうしてはいられないと身震いする。この傑出した詩人・思想家吉本隆明に対峙すべき文学作品を書き上げなければならない。それは西川徹郎が〈俳句の詩人〉として生きる決意を固めた瞬間だった。

ところで、宮沢賢治は十四歳であった一九一一年、盛岡中学在学中に石川啄木の『一握の砂』に喚起されて短歌を書き始め、それが彼の文学活動の端緒になった。吉本隆明は一九四三年、十九歳の年、その「宮沢賢治論」の中で「賢治さんを見ならうても賢治さん以上の人になつてみせる」と述べた。少年の日の吉本隆明も又、宮沢賢治を凌ぐ詩人にならんと決意したのである。そして西川徹郎は、一九六七年二十歳の年に吉本隆明と文学を以て対峙しようとする詩志を燃やした。ここに石川啄木―宮沢賢治―吉本隆明―西川徹郎と続く日本文学史の一筋の道を見渡すことが出来る。

少女ポラリスの役目はしかし、終わったわけではない。西川徹郎の文学世界を私たちは、第一句集の題名の如く、闇夜に出立し、降り注ぐ銀河の光を浴びて未知の世界文学の航路を開く〈無灯艦隊〉と名付けることが出来るだろう。「無灯艦隊」という言葉はタイトルとなっていながら実は、初版本の『無灯艦隊』の作品中には登場しない。十二年後に初めて、同世代の俳句作家で、西川徹郎と共に同人誌「豈」を創刊した攝津幸彦（一九四七～九六年）や「季刊俳句」（冬青社）の創刊と刊行によって西川文学を推進し、自らも西川徹郎第七句集『桔梗祭』（一九八八年、冬青社）伴載の西川徹郎初の本格的な作家論「蓮華逍遥―西川徹郎の世界」一百枚を執筆した宮入聖（一九四七～）らが現代俳句の牽引力とすべく定本として刊行した『定本　無灯艦隊』（一九八六年、冬青社）に、「無灯艦隊」という言葉を含む作品、

海女が沖より引きずり上げる無灯艦隊

が収載されたのである。この「海女」こそが、少女ポラリスではないか。筆者はかつて「「秋ノクレ」論―西川文学の拓く世界」（『星月の惨劇―西川徹郎の世界』所収、二〇〇二年・茜屋書店）に於いてこの作品を、沖の海底に在る〈無灯艦隊〉が「海女」によって海上に引きずり上げられ、西川徹郎の文学世界が姿を現した、と読み、西川文学世界の登場とした。だが今、少女ポラリスとは、波間の〈無灯艦隊〉を銀河輝く天空へと引き上げ、西川徹郎を永遠の真実・極北の真理へと差し招く詩神であると思わずにいられない。恰も『ファウスト』に於いてゲーテが、

永遠の女性が
われらを引きあげて行く

（『ファウスト』「世界文学全集」高橋健二訳）

と嘆じたように――。

『西川徹郎青春歌集―十代作品集』は真摯に詩的真実を求め続けた少年期の詩人の魂の軌跡が一少女への憧憬の足跡と重なる希有の歌集であり、同時に一人の天才詩人の、日本の詩歌史に遺すべき永遠の絶唱である。ここに西川徹郎作家生活五十年を期して西川徹郎文學館叢書の第一巻として本書を刊行するものである。

（畢）

付記

本解説には実在する方の御名前が登場します。芦別市立新城中学校・北海道立芦別高等学校在学中に西川徹郎の同級生であった桑野郁子様には今回残念ながら連絡が取れませんでしたが、本書が学術的意味を持つ刊行物であることから敢えて当時の御名前を出させて頂きました。桑野郁子様をはじめ関係者各位には御了承をお願いすると共に深く感謝を申し上げます。

執筆中、偶々芦別市新城、銀河系通信発行所／黎明舎の書庫を整理したところ、保管されていた一束の書簡があり、奇しくもその中に昭和四十四（一九六九）年一月五日消印の桑野郁子様から西川徹郎へ宛てた年賀状が発見されました。桑野郁子様よりの書簡はこの一通のみで、西川徹郎よりの賀状に対する返信と思われます。徹郎の健康状態が良さそうであることに安心し、今後の各方面での活躍を期待する旨が端正なペン字で認めてあったことでありました。

（本論の初出は二〇一〇年十月三十日茜屋書店『西川徹郎青春歌集―十代作品集』解説）

新城峠／詩聖西川徹郎傳其の四

地獄の地誌学——西川徹郎文學地図

二〇〇七年五月二十七日の旭川西川徹郎文學館開館を記念し、沖積舎より刊行されるのが、本書、西川徹郎句集『決定版　無灯艦隊ー十代作品集』である。第一章は『無灯艦隊』二百五句、第二章は『定本無灯艦隊』十五句、第三章は「銀河系句篇」八百六十五句、全一千八十五句を収める。第一章・第二章は、『西川徹郎全句集』（二〇〇〇年・沖積舎）を定本とし、第三章は同書に収められた未刊句集「東雲抄」より、『無灯艦隊』所収の作品と同時期に書かれた一九六三年から一九七四年までの作品を抄出したものである。「十代作品集」とは、俳句の詩人西川徹郎が、本格的に作品を書き込み始めた十代の日に、既に今日に至るまで変わることのない西川俳句の資質が決定されていたことを示す。

西川徹郎の処女句集である『無灯艦隊』の初版本は、一九七四年三月二十日に粒発行所より刊行され、今日既に三十三年が過ぎたことになる。しかし、初版から十三年後の一九八六年十月二十日には、同時代の俳人宮入聖が発行人である冬青社から、『定本　無燈艦隊』（『西川徹郎全句集』所収の際に『定本　無灯艦隊』と改められた）が若干の改編を施されて刊行された。彼も又同時代の俳人である攝津幸彦が栞文を執筆し、西川の「この時期の多作とその充実ぶりが自然と伺える」と記している。

更に、『定本　無燈艦隊』から十四年後の二〇〇〇年七月三十日に沖積舎より刊行された『西川徹郎全句集』（以下『全句集』）には、『無灯艦隊』『定本　無灯艦隊』として収録されているから、本書は実に、四度目の『無灯艦隊』の出版となる。

又、西川の初めてのエッセイ集のタイトルは『無灯艦隊ノート』（一九九七年・蝸牛社）と名付けられ、西川の青少年期の詩人としての感性の全てが、エッセイと俳句作品との交響から立ちのぼる希有の一冊となっている。

恰も「海女が沖より引きずり上げる無灯艦隊」（『全句集』）の句の如く、時を隔てながら、繰り返し私たちの眼前に突き付けられる『無灯艦隊』とは一体如何なる詞華集なのか。

不眠症に落葉が魚になっている
沖に帆がてのひらに飯粒が昏れ
流氷の夜鐘ほど父を突きにけり
便器を河で洗いしみじみ国歌唄えり
京都の橋は肋骨よりもそり返る
鶴の愁いのいもうとたちと月の出待つ
男根担ぎ佛壇峠越えにけり
父の陰茎の霊柩車に泣きながら乗る
暗い地方の立ち寝の馬は脚から氷る

手元にある『定本』から、任意に何句か抜き出してみた。集中名句が犇めき合うことは、抄出が到底不可能に思われる程である。西川徹郎の存在を真っ先に絶賛し、「天才詩人」と最初に呼んだのは、西川の初学時代の師で、北海道から発行される当時全国でも屈指の俳誌「氷原帯」を率いるかっての新興俳句の旗手細谷源二であった。細谷源二の詩人としての眼力が、西川をそのように呼ばせたのである。細谷は、道立芦別高等学校在籍中の、未だ十六歳にも満たない少年西川に、「氷原帯」新人賞を与え、西川は高校生俳人として俳壇にデビューしたのだった。

『無灯艦隊』初版本の頃の西川は、京都龍谷大学への進学の喜びも束の間、政治の季節に翻弄されて本来の姿を失った大学に絶望して帰郷、しかし、拠り所のないまま生家である寺の仕事を見様見真似で手伝う日々にも憔悴していた。息子を励ます為、父母は、高額の費用を捻出して『無灯艦隊』の自費出版を実現させたのであった。長く病床にあった父は、この半年後に逝去する。結婚の破綻と寺院の後継とにより、西川の青春時代は慌ただしく終わりを告げた。

又、『無灯艦隊』当時の俳壇の状況は、前衛俳句の退潮しつつあった時代とも言える。「ホトトギス」の有季定型を超えんとした戦前・戦中の新興俳句は国家の弾圧により壊滅し、戦後の前衛俳句は思想と表現との乖離による行き詰まりから伝統回帰へと向かっていた。その状況の中での『無灯艦隊』の刊行は、俳壇に大きな衝撃を与えたのである。

赤尾兜子・島津亮・三谷昭・寺田京子・前田鬼子・中上隆夫・阿部完市・林田紀音夫・堀葦男等、当時の俳壇の錚々とした俳人達が悉く絶賛した。佐藤鬼房はその年俳人協会新人賞を受賞した鷹羽狩行と比肩し、革新からの新人の登場を「天狼」に書いた。北海道大学で教鞭を執っていた近藤潤一は長文の書簡を送って賞賛し、「北海道新聞」の「道新俳壇」の選者で「俳壇回顧」を担当し、浄土真宗本願寺派の僧侶としても西川を見守っていた土岐錬太郎は、新興俳句の流れを汲む俳人であったが、「新しい前衛の誕生を祝す」という最大級の賛辞で『無灯艦隊』の登場を迎えた。

一九九三年二月に東京四季出版から刊行されたアンソロジー『最初の出発』には、「西川徹郎句集『無灯艦隊』自選一〇〇句」と、その解説として三橋敏雄の「出藍の句集」という文章が収録されている。ここで三橋は西川が最初の師というべき細谷源二の文体を「さらなる可能性の追求者として、これを発展的に継承」しているとし、『無灯艦隊』を「出藍の誉れの第一歩を示した句集」と呼んでいる。新興俳句の命脈を担って生きた俳人三橋のこの言葉は、西川の俳句が既に新興俳句自体を超えたことを意味している。

又、後のことになるが二〇〇二年九月、西川徹郎も含め五十四名の論考を集めた『星月の惨劇―西川徹郎の世界』（茜屋書店）が刊行された。その中で、俳人・評論家宗田安正は、西川俳句を論じて「西川の実存認識からくる定型におさまりきらない〈不在〉と〈死〉と〈性〉、実相としての〈修羅〉のイメージの圧倒的な湧出は、先人の方法を通用させせない。例えば、実存にこだわった赤尾兜子の、一句中に二つの異なるイメージをぶつけ合って第一、第二のいずれのイメージとも異なる第三のイメージを創出する〈第三イメージ論〉のような前衛俳句の方法も押し流してしまう」と述べ、西川俳句の方法が、前衛俳句を超えなければならなかった必然性を明らかにしている。

『無灯艦隊』とは、西川の最初の句集にして、西川の文学世界そのものなのである。真昼間に明らかに見える艦隊ならば、「無灯」とは言わない。夜闇を進む艦隊だから無灯と言うのである。見えない筈の闇の中のものをまざまざと現出させるのが〈無灯艦隊〉という言葉であり、それが文学というもののはたらきである。自らの文学世界を〈無灯艦隊〉と名付けて、俳句の詩人西川徹郎は出発を遂げた。

西川は、次々と己の俳句思想を明らかにし、実践していく。一九八四年には、個人文芸誌「銀河系つうしん」（二〇〇六年に「銀河系通信」に改められた）を創刊。反季・反定型・反結社主義を総じて「反俳句」の旗を掲げる。一九九四年には、既成の俳壇の賞の悪弊を離れた真の俳句文学の顕彰のために銀河系俳句大賞を創設する。第一回の受賞者は、同世代の俳人谷口愼也。谷口は一九九五年『虚構の現実―西川徹郎論』（書肆茜屋）を書き下ろし、西川が主張する〈実存俳句〉の思想を明快に論じた。

一九九七年西川は第九句集『天女と修羅』に「〈実存俳句〉宣言」ともいうべき後書を認め、俳句革命の旗幟をいよいよ鮮明にした。〈実存俳句〉についての西川自身の論は、二〇〇一年七月発行の「國文學」七月号（學燈社）掲載の論文「反俳句の視座―実存俳句を書く」によって知られる。一言で言えば、人間存在を問い続ける生活者の俳句である。それは、「タスケテクレ」という火急の声、人間の真実の声を書き留めることであり、口語表現にならざるをえないことを、芭蕉の辞世の句を引いて論じた。一九九九年第十句集『わが植物領』後記において西川は、「私の俳句はその悉くが、実存俳句であり、その句集は実存俳句集である（略）それは私の少年期の作品を収めた第一句集『無灯艦隊』から本書に到るまでの、凡そ三十八年に及ぶ私の文学的営為の悉くが、江戸俳諧の松尾芭蕉や小林一茶等を遙かなる先達とする実存俳句の文学正統の興業であった（略）」と述べている。

詩人鶴岡善久は、一九八四年七月に刊行された西川徹郎第三句集『家族の肖像』の栞文において、集中の一句「祭あと毛がわあわあと山に」を挙げ「従来の新興俳句、前衛俳句がついに到達しえなかった一極地をこの句は占めている」と書いた。「ホトトギス」の有季定型の伝統俳句を超えんとした新興俳句・前衛俳句をも超え、つまりは日本の俳句史の全体性をも超えて、西川俳句の至った「一極地」とは、どのような場所であろうか。

一九八八年七月、細谷源二の直弟子である俳人越澤和子が個人誌「秋桜COSMOS」の別冊として『西川徹郎の世界』（秋桜発行所、以下『秋桜COSMOS別冊西川徹郎の世界』と呼ぶ）を刊行する。吉本隆明・菅谷規矩雄・安井浩司・乾裕幸等、評論家・詩歌俳人三十五人が、西川俳句を論じた。後に芥川賞作家となる藤沢周は、この一冊を取り上げて「図書新聞」に「天才詩人の現場を目撃する一冊」と書評している。

同書の中で菅谷規矩雄は、「五七五への、果てしない異化を介して以外に、日本語のリズムの本源へ、ゆきつくみちはない。（略）ことばが韻律に執する理由はただひとつ――リズムとは、詩の発生の現前（プレザンス）にほかならない。この、発生の瞬間――というスリルをふくまなければ、俳句も、短歌も、むろん現代詩も、韻律として存在する理由はない」と述べ、詩の発生の現前する場として西川俳句の世界を開いて見せた。

吉本隆明は「西川徹郎さんの俳句」という一文を寄せ、「ほんらい的にいえば、現代音楽の様式でしか成し遂げられそうもない内的なモチーフが、西川さんの意識と無意識と、それを理念化しようとする思想のなかに、根深くあって、それを言葉の表現でやり遂げようとしているのではないか。（略）楽音の非意味性でしか言い現わせないものを、言葉にしようとするところからくる格闘ではないかと思えてくる」と述べ、文学の可能性の極北に挑む詩人の「悲劇的な運命」を指摘した。

吉本は二〇〇〇年『西川徹郎全句集』収載の解説として、新たに西川論「西川俳句について」を書き下ろしている。その中で、俳句史の中の西川の位置を「俳句の詩人として最長不倒の人」としているのも、新興俳句・前衛俳句が到り着くことの出来なかった表現の極北に西川が至ったことを述べているのである。

『全句集』刊行記念論叢として二〇〇二年九月に編まれた『星月の惨劇―西川徹郎の世界』（茜屋書店）は、梅原猛・森村誠一・笠原伸夫・松本健一・立松和平・稲葉真弓等各界の代表的な表現者五十三人が西川を論じている。その中で文芸評論家笠原伸夫は西川俳句の世界を「現代俳句の一極北」と言い、文芸評論家小笠原賢二は「極北の詩精神」と呼んだ。

小笠原は、西川俳句の「表現がある臨界点に達した時」のカタカナ表記に注目し、その「極限にまで至らんとする文学的行為」の類似が認められる作家として、宮沢賢治・吉田一穂を掲げている。吉田一穂の詩の一節「現身（うつそみ）を破って、鷲は内より放たれたり」を引いて、「この「現身」を西川流に言い変えれば「実存」である。現実存在、事実存在の短縮形である実存とは、有限な人間の主体的存在形態を意味する。詩や文学とはつまり、この有限の「実存」から一羽の想像力の「鷲」を放つことである」と述べ、西川文学の飛翔力を指摘した。現実には西川徹郎は、日本の極北というべき北の果ての地新城峠に在住しているが、文学は、その生の空間を超え飛翔するのである。

評論家小林孝吉は、「未出現宇宙の消息―西川徹郎と埴谷雄高」と題して、「形にあらわれない存在の宇宙」を文学でしか創出できない「未出現宇宙」と名付けた埴谷雄高の文学と比較し、「西川徹郎の俳句から、存在の深部と通ずる、そんな未出現宇宙の消息が伝わってくるような気がしてならない」とする。そして、『無灯艦隊』の句を掲げて「短い俳句の宇宙のなかに、具体的なものに非現実が、実在に非存在が、ともに鋭い精神の緊張感をもって対峙しつつ存在している。（略）西川徹郎が自ら名づける「実存俳句」とは、そんな具体と抽象、現実と非現実、実在と非存在、俳句における定型と反定型という険しい前人未踏の矛盾的峡谷から生まれているのではないか」と書く。

又、小笠原賢二も小林孝吉も、西川の文学世界に宮沢賢治の詩や『銀河鉄道の夜』を重ね合わせて論じているが、一九九〇年十月刊の「銀河系つうしん」第十一号において、俳人・評論家で、当時東京大学総長であった有馬朗人も「西川徹郎と宮沢賢治」という評論を寄せて、銀河へ飛翔する作家の想像力を指摘している。

俳人遠藤若狭男は、「花鳥諷詠では見えてこぬ」「痛切な生存の光景をいいとめている」西川の実存俳句を、「近現代の俳人の誰もが為し得なかった見事な成果」と称し、カフカの『変身』や三島由紀夫の『近代能楽集』への連想を書き留めている。

西川俳句は、その「極北の詩精神」の屹立によって、俳句史のみならず日本文学の歴史に未知の領域を拓く文学的成果であることが、これらの論文から明らかとなるのである。

作家稲葉真弓は、『全句集』を「人間の記憶の中に無意識に眠る「無限樹海」への入口」であると言い、「言葉」が持つ無限の力が「異界へ私を連れていく」としている。言葉をもって表現する者への最大の賛辞である。

立松和平は、「西川徹郎はこの世とあの世の境界線上に身を置き、あの世にいってきては言葉を紡ぎだす」表現者であると書く。又、「昭和四十九年二十六歳の第一句集『無灯艦隊』での出発の時から、すでに西川徹郎は完成されたスタイルを持っていた」と指摘する。

評論家松本健一は、「俳句はかれにとって方法というより、自己の無意識領域、あるいは形無きもののところにまで踏み込んでゆく場なのだ」とし、「俳句は、かれにとって形無きものを書記させる、畏るべき物語りの場となったのである」と述べた。松本は、一九九四年十二月刊の「銀河系つうしん」第十五号においても「形無きものを——西川徹郎の俳句」と題して、西田幾多郎の哲学や夢野久作の小説『氷の涯』を引き、西川の創作の根源の力に迫っている。

作家森村誠一は、西川俳句に接した時の驚きを率直に述べながらも、それが「言葉の解放」であり、「実存俳句とはあらゆる約束事から解放された自由な表現の中に、自分の真の存在を、あるいは存在証明を確認しようとする営みである」ことを指摘、「実存とは、まず思想であり、問題意識であり、主体性の確立であり、既成（エスタブリッシュメント）に対する反旗である」とした。又、森村は、西川俳句には「月」が多いことを述べ、「第一句集『無灯艦隊』は非常に象徴的であるが、無灯の最高の照明は月光である」と言っている。

暗夜を航行する無灯艦隊であるが、その漆黒の船体には目映い星月の影が射し、甲板には一筋の銀河が映っている。人間の実存を照らし出す月と銀河の光を、確かに私たちは西川の文学世界に見ているのである。〈無灯艦隊〉は、黒闇ではなく、黒闇を照らす光を描く文学世界なのだ。

俳人・評論家の研生英午は、一九九七年に刊行された西川徹郎第九句集『天女と修羅』の解説（栞）として「生死の乾坤」という西川論を寄せている。そこで研生は、「僕たちの存在の深部では、唐草のように、生と死が混濁した混沌（カオス）のような世界を形成しているのかもしれない。（略）しかし「実存俳句」とは、むしろこうした生死の円環を断ち切り、自らの生の一回性に賭けようとする世界を展開することではないだろうか。（略）死と対峙し、修羅として生きつつも、平常において、没我の道へと至る、生命体としての生死の過程そのものではないだろうか」と述べる。

「極北の詩精神」とは、言葉による表現の可能性を追求し続けるものであると同時に、実存を描きつつ実存を超克する、人間がこの苦悩の生を生き抜くための思想なのである。それは、『西川徹郎全句集』刊行の一年後である二〇〇一年に刊行された『西川徹郎全句集　普及版』の後記に、西川が幼少時より親しく聴き続けてきた親鸞の和讃に触れて「『西川徹郎全句集』に収蔵された私の実存の俳句山脈が非連続の連続性の相を顕現しているのも、かくなる親鸞の和讃と無縁であるとは誰人にも言うことは出来ない。「今現在臨終」の我が身の実存に根拠しつつ且つ実存を超克する言葉、それを敢えて私は「実存俳句」と呼称して来たのである」と記している通りだ。ここに西川文学の思想と親鸞の佛教思想とは通底している。

研生は、『星月の惨劇』において、西川徹郎の十代の頃の俳句に触れている。一九九三年に刊行された高橋愁の一千枚の書き下ろし西川徹郎論『暮色の定型』（沖積舎）には、西川が俳句書き始め、「北海道新聞」の新聞俳壇や細谷源二の「氷原帯」に投稿していた句、又芦別高校の文芸誌「シリンクス」に発表した句等が丹念に収集されており、西川論を書く者にとって貴重な資料となっている。研生は、それに拠って十代の西川について、「夭折したフランスの作家レーモン・ラディゲの『肉体の悪魔』の再来かと思わせる、初学の頃の西川の天才ぶりは、誰もが舌を巻くものだった」と書いた。

『星月の惨劇』には、西川徹郎の文学世界を全て〈無灯艦隊〉として論じる作家・評論家伊東聖子の「銀漢抄／『無灯艦隊』という言語（ラング）」が収録されている。伊東は、ランボー、ロート・レアモン、トリスタン・ツァラ、ジャック・ラカン等を引いて西川俳句を論じ、次のように言う。「『西川徹郎全句集』は、たとえばダンテの薔薇の曼荼羅といわれる『神曲』に比すべき大業としてあり、『無灯艦隊』はその、煉獄編として想定され成立したものではないか？」

奇しくも同書所収の越澤和子の西川論「惨劇と北の砦―天才詩人西川徹郎について」には、未だ高校生であった西川徹郎が詰襟の学生服姿で出席していた砂川市公民館句会において呟くように言い放ち、越澤を震撼させたという、「ぼくはダンテの『神曲』の「煉獄篇」を書き続けてゆくのだ。苦悩する人間が身を引き裂かれながらも生き続けてゆかねばならぬその姿を、ぼくは俳句で書いてゆくのだ」という少年の日の西川の言葉が書き留められている。

西川徹郎の文学世界の射程にはその出立の当初から〈世界文学としての俳句〉が入っていたのだ。

『星月の惨劇』には哲学者梅原猛も『無灯艦隊ノート』についての論考を寄せている。「その俳句もさることながら、むしろ俳句の説明のために書かれた随筆により美しい詩を感じた。（略）特に祖父の死後、祖父にそっくりな人間が家にやってきたことを記した「訪問者」、及び蝙蝠傘に生ける蝙蝠という恐ろしい鳥の霊を感じた「蝙蝠傘」など、ボードレールの散文詩を思わせるほどであった」と締め括られている。梅原のこの指摘は、世界詩としての西川文学の領有を指摘するものである。

俳人高橋比呂子は同書において、西川徹郎とカフカとの類似について心理学や神智学を駆使して詳細に論説し、「無意識こそが意識的存在を、生命をささえている。そしてこの悪魔的な無意識に創出されるべき神の子が潜んでいる」としている。高橋は、西川の俳句世界を展望し「まさに、生命をかけての俳句のアポリアへの挑戦」という感慨と、「この悪魔は、あなたがかかえこんでしまったところの、そしていまそこから何かを作りださねばならないところの〈根本のところはすばらしい〉材料なのです」というカフカの手紙の引用を以て論を締め括っている。

『星月の惨劇』所収の論考に、西川徹郎の文学世界と世界文学とを比較するものが多く現れたが、二〇〇〇年、詩人・仏文学者櫻井琢巳が「銀河系つうしん」第十八号より、ヨーロッパのシュルレアリスム詩や芸術と西川文学とを論じる西川論の連載を開始した。執筆半ばにして二〇〇三年櫻井は逝去する。だが、遺稿には、「西川俳句はいま、『古今集』的な美意識をつきぬけてそびえる一連の高い峰としてわれわれの前に立つ」を結語として、西川の日本の詩歌一千年の歴史に対抗して屹立する文学性が証されている。櫻井の渾身の西川論は同年『世界詩としての俳句ー西川徹郎論』として沖積舎から刊行され、現在はちゅうせき叢書の一冊として、又同社刊の『櫻井琢巳全集』第五巻所収として単行本化されている。

西川徹郎の文学世界である〈無灯艦隊〉は、これからも普遍的根源的な人間の〈実存〉を問い続け、世界文学としての軌跡を拓いていくだろう。旭川西川徹郎文學館も又、西川文学の営為の一端を担ってゆくものである。

（本論の初出は二〇〇七年五月沖積舎発行の西川徹郎文學館開館記念出版『決定版　無灯艦隊―十代作品集』解説）

新城峠／詩聖西川徹郎傳其の五

「秋ノクレ」論―西川文学の拓く世界（抄）

始めに

峠で犬が一滴の血を思想する　　『東雲抄』（一九八四年）

二〇〇〇年七月刊行になった『西川徹郎全句集』（沖積舎）は、「反季・反定型・反結社主義」を唱える俳句作家西川徹郎の、前人未踏の〈実存俳句〉の世界を、一望のもとに見渡すことの出来る、誠に意義ある出版であった。彼の命名による〈実存俳句〉とは、一体何をどのように描く如何なるものなのか。

まず、「反季・反定型・反結社主義」であるが、これは、俳句形式が現在置かれている状況への異議の提出である。「反季」とは、俳句が〈雪月花〉を代表とする日本の伝統的美意識を以て季節を謳う所謂花鳥諷詠の文芸、あるいは自然や季節の詩であると規定されることへの異議、「反定型」とは、日本の定型詩の定型の中に潜む国家の意志への抗いをいい、俳句定型というものが、詠嘆を促して思索の足場を奪う抒情の形式として機能していることへの異議、「反結社主義」とは、俳句結社という組織権力が俳句界の権力構造を構築し、如上の「有季・定型」の状況において、俳人が何の抵抗も無く身を任せることを管理推進し、組織としての安定と繁栄を求め、文学を疎外することへの異議申し立てである。これらを、一言でいえば、「反俳句」となる。この状況を打破し、俳句が本来最も鋭利な十七音律の文学であることを明らかにし、一人の表現者として想像力を最大限に開放し、飛翔させ、一切の規制を離れた独自の文学世界を構築するという〈俳句革命〉に単身で打って出たのが西川徹郎であり、その実践が〈実存俳句〉なのである。

『西川徹郎全句集』刊行の一年後、「國文學」二〇〇一年七月号の特集「俳句の争点ノート」に寄稿した西川徹郎の論文「反俳句の視座―実存俳句を書く」の中の、

「人間の実存は和歌伝統の美意識や国家の意志に隷属する文語では書き止め得ることは凡そ不可能である。果たして誰が、人間の〈助ケテクレ〉の実存の末期の声を自ら文語によって書き止め得ることが可能であると言えよう。」

という一節に、筆者は瞠目させられたのであった。自らの死に臨んで美辞麗句を弄ぶ者は無い。何もかもかなぐり捨てた本当の声があるばかりである。〈助ケテクレ〉の叫びには、自らは何の術も持たない人間の真実の姿がある。

この姿を描き出すものこそ西川徹郎の〈実存俳句〉なのである。これは西洋哲学の「実存主義」思想とは異なるものであり、西川自身「実存主義」とか「実存哲学」とは一言も述べていない。文学とは、如何なる主義にも哲学にも隷属するものではなく、却ってそれを打ち破って、自在な言語的想像力や人間の根源的な自由を

確立する営みであるからである。西川徹郎が現役の浄土真宗本願寺派の寺の住職であり、佛教徒であることは既に知られているところだ。彼の人間観・世界観は、大乗佛教の他力思想に拠っており、その作品世界も又、奥処において他力の思想に貫かれている。本論においては、西川徹郎の俳句世界に流れる佛教の他力思想についても随時触れていくつもりである。

殊に、西川徹郎の〈実存俳句〉の方法論が美事な展開を見せた第九句集『天女と修羅』に収められた長大な群作であり、俳句の季語・季題の代表とも言うべき「秋ノ暮」（「秋ノクレ」）を題名とした二百四十九句の、文学的・思想的意義は大きいと言わねばならない。何故なら、わざわざ「暮」という漢字を片仮名の「クレ」に開いた「秋ノクレ」とは、季語を装いながら実は、季語に奪われていた人間の内部の声を奪回し、人間存在の真実の在り様を明らかにする試みであったからである。そしてその人間の真実の声こそ、「助ケテクレ」という、実存の叫びであった。

俳句は、文学の一ジャンルとしては、十七音という世界最短の詩型であるが故、長々と情を抒べ立てる暇も、論理に引き摺られる暇も無く、最も鋭くものの本質を抉り出すことの出来る、世界文学の中においても稀有の、傑れた詩型である。俳句が、存在の思惟の文学たる俳句の本来のはたらきを季語・季題とそれが引き連れてくる日本伝統の美意識と短歌的抒情に明け渡してしまっている現在、人間の真実の声を奪還した西川徹郎の〈実存俳句〉という営為は、まさに〈俳句革命〉の名に値する。

その俳句の革命者西川徹郎の姿が、冒頭に掲出した「峠で犬が」の一句である。「峠」とは、西川徹郎の「今ここに在る」場所である。「一滴の血」という言葉は、同年に制作された、

陰血（ほとぢ）流す犬も雪見に金閣寺　　『東雲抄』（一九八四年）

の「陰血」を承けているものだろう。権力と美とが結ばれた象徴的な建築物に対峙し、昂然とそれを見据える一匹の犬がいる。金箔に降りかかり、その輝きに一層の趣を添え、愛でられる筈の季語・季題としての雪は、この犬の登場によって、無人の荒野に降りしきる雪の如くに変貌し、荒々しく清洌に香り立って「血」の赤を

際立たせている。「一滴の血」という言葉が如実に表しているように、己れの肉体を通過する痛みを以てのみ思索し得、掴み得たもののエキスが滴って初めて西川徹郎の俳句表現となり得るのである。長く日本の詩歌の歴史は、生きて生活する人間の思惟と思想とを文芸の傍らにしてきた。しかし、空疎な美意識を以ては決して描き得ない、血肉を分けた思惟の言葉で描かれたものこそ西川徹郎の文学世界である。

緑青の卵管見える金閣寺　　　『町は白緑』（一九八八年）

しかも、西川徹郎の卓抜した想像力は、これ程玲瓏として美しい、全く新しい生命を吹き込まれて脈打つ「金閣寺」をも現前させるのである。この独自の強烈なイマジネーションによる俳句世界の創造が、西川文学の大きな特徴であり、魅力である。

西川徹郎の俳句世界には、人間のみならずあらゆる生きとし生くるものが登場し、実存の叫びを上げている。あらゆる生きとし生くるものとは、佛教の人間観・世界観に従うならば、「衆生」という、人間は勿論、動植物・天然自然物・人工物・星や月等の宇宙・銀河系までのこの世の一切の存在を指し、しかも人間の本質としての六道に棲む天人・阿修羅・夜叉、更には四聖と呼ばれる声聞・縁覚・菩薩等までもが含まれている。この無量無辺の生きとし生くるものが共存・共生し、活かされて生きる世界が西川徹郎が、その想像力を高く飛翔させて具に描く文学世界であり、その世界は、遠く現在・過去・未来の三世にまで亙っている。

西川が描き出す叫びは、あらゆる空間（十方）とあらゆる時間（三世）に響いているが、その叫びに先立つものこそ、佛＝絶対者の永劫来の「タノメ、タスクル」という救済の喚び声であった。この佛の名告りに遇い、疑い晴れて信順した者の姿が、西川徹郎の文学世界の住人の姿である。

西川文学の出現によって、久しく閉ざされ、秘されていた俳句の本質を開く扉は大きく開け放たれた。のみならず、宗教や霊性或いは存在論的東洋思想についての思索が希薄で、それらへの批判精神を欠落させた現代日本の文学界において、東洋思想の極致である大乗佛教の他力思想に裏打ちされた文学が出現すること自体が稀有のことだと言わざるを得ない。

本論はこのような日本の詩歌の文学史上、全く前例の無い、西川文学の思想と実践とを探求し、俳句の詩人西川徹郎の〈実存俳句〉の意義を明らかにするものである。

第一章　〈実存俳句〉の出現

作家・西川徹郎の出発

不眠症に落葉が魚になっている　　『無灯艦隊』（一九七四年）

西川徹郎の俳句の世界において、時間は極めて特異な流れ方をする。その例は、枚挙に暇がないが、例えば時間が歪み、粘り着くように身を取り巻いて、距離感を失わせる句がある。

胎内を四、五日歩く稗生えて　　『死亡の塔』（一九八六年）
佛壇のなかを七年迷う鶯よ　　『町は白緑』（一九八八年）
階段で四、五日迷う春の寺　　同
庭先を五年走っているマネキン　　『月光学校』（未刊集）
遠泳の樅の木未だ庭先に　　同
激しく喘ぐ遠足晩秋の物置まで　　同
死者の眼の中を七年飛ぶ鳥なり　　同
炉辺ヲ三年歩イテイタリ炉箒ハ　　『天女と修羅』（一九九七年）
塔ノ周リヲ四、五日走ル喚キツツ　　同
兄細る四、五年坂に挟まった儘　　『月夜の遠足』（二〇〇〇年）
指の間に七年鶏が棲んでいる　　『東雲抄』（一九八七年）
雪降らせつつ舌は四、五日山頂に　　同（一九八九年）

これらの句は、何れも「迷う」という事態についての思索のように思われる。迷っていることに気付かない状態こそ、迷うということであり、一種平穏な停滞であるが、やがて、羽根箒ト呼バレ天マデ舞イ上ガル　『天女と修羅』
炉辺デ倒レテ天人炉箒トナリツツアリ　同
炉辺デ倒レテ天人焼死シツツアリ　同
焼カレツツ天女二、三歩歩キ出ス　同
地蔵ノマワリヲ歩キ疲レテ三度死ヌ　同

の如く、一気に激しい錯乱と死に至る疲弊を巻き起こすことが予感されて、読む者に緊張を強いる。

さて、冒頭に掲げた「不眠症に」の句は、西川徹郎の第一句集『無灯艦隊』の巻頭の一句である。昨夜の落葉が、境目のない昨日と今日との間で、今朝は魚になっている。単に落葉が魚になったのではない。世界ががらりと変わっている。木の葉は例えば山深い寺の境内にいつか音立てて落ちたのであるが、その場所は今は青く深い海底となって、ひっそりと魚は泳ぎ始めている。昨夜と今朝との間の何万年何億年かを経て、山は海となり、落葉は魚になったのである。かくも長い不眠の、これは一句である。

不眠症とは、目を見開いていることを宿命づけられたということだ。決して閉じない眼にのみ、映るものがある。永劫に「眼の劇場に降臨した私という修羅の現象」（『家族の肖像』覚書・一九八四年）を見続ける宿命を、西川徹郎はこの一句を第一句集の巻頭に置くことによって受け入れ、作家として出発したのである。

父よ馬よ月に睫毛が生えている　『無灯艦隊』

見開いた瞳は天空に懸かる月ともなり、瞳のスクリーンの上には懐かしい影絵のように、父も馬もくっきりと映る。月の瞳は、もはや西川徹郎一人の眼を、遥かに逸脱した巨大なものとして天にある。一体誰が、瞳いっぱいの、西川徹郎をも含めた「修羅の現象」という地上の劇を照らし見ているのか。

目蓋切り落とした月の書架がある　『桔梗祭』（一九八八年）

〈無灯艦隊〉の誕生

ともあれ西川徹郎は、長い不眠の夜に輝き渡る月光の中、第一句集『無灯艦隊』（一九七四年・粒発行所）という出発を遂げた。彼の作家としての矜持は、粗末な造本の、くすんだワイン色の表紙の小さな処女句集の表紙に、掠れそうながらも確かに金色のインクでそのタイトルを刻印することを忘れなかった。この金色は、二十数年を経て『西川徹郎全句集』（二〇〇〇年・沖積舎）を荘厳する眩ゆい天金となって蘇ったと言えるだろう。

しかも、タイトルとなっている〈無灯艦隊〉の字句は、実は句集『無灯艦隊』の作品の中には見出すことが出来ない。その後十二年を経て、再度『無灯艦隊』は『定本無灯艦隊』（一九八六年・冬青社）として世に問われることになるのだが、この定本版において、新しく十八句が加えられた。その中の一句に、初めて〈無灯艦隊〉の語が見られる。

沖より海女が引きずり上げる無灯艦隊　『定本無灯艦隊』（一九八六年）

恰かもまさに今、『定本無灯艦隊』の出版によって、最初の出版『無灯艦隊』が沖の海底より引きずり上げられて、姿を現わしたとでもいったような、これは見事な演出となっている。図らずもこうなったのか、十二年前より意図され、タイトルを以て予告されていたのかは定かではないが、このことから読み取れるのは、〈無灯艦隊〉とは、西川徹郎の句業の総称にして、未だ明らかでない、しかし確かに現われつつある全貌を、現在形で指し続けているものであるということだろう。二十世紀の最後の年に私たちの前に出現した『西川徹郎全句集』もまた、月光を浴びつつ航行を続ける〈無灯艦隊〉の姿なのである。

それでは、〈無灯艦隊〉を沖より引きずり上げる「海女」とは、誰なのだろうか。

掲句とほぼ同時期に書かれたと思われる「海女」の句は、次のようなものである。

海女の陰鴉に食べられている白浜　『無灯艦隊』
岩に跨って哭く海女の眩しい乳房　『東雲抄』（一九七一年）
海女の乳房に廃船の骨一本刺さり　同（一九七一年）
突然蝶に襲われる海女歯茎の浜　同（一九七五年）

ここには、岩にも対峙する逞しく美しい肉体を持ち、大らかな感情の発露を見せる、太古の女神のような輝かしい「海女」がいる。己れの陰を鴉に突つかせ、廃船の骨を乳房に刺し、襲い来る蝶を体に纏い付かせたままの姿は、エロスとタナトスとが渾然としたエネルギーの塊である。この「海女」は、〈無灯艦隊〉を引きずり上げた後は、役割を果たし終えたかのように、西川徹郎の俳句世界から姿を消している。

この「海女」のエネルギーの淵源は、何なのであろう。『無灯艦隊』には、注目すべき一句がある。

凄い引き潮月見草と尼だけが知る　　『無灯艦隊』

引き潮の迫力と、相対する小さく可憐な月見草と尼との対比が際立つ作品であるが、「尼」と「海女」とは音韻が同じであり、「凄い引き潮」という言葉は「無灯艦隊」を引きずり上げるという並々ならない力の発動を連想させる。引き潮は月の引力の為せるところであるから、月見草と同然の月見る「尼」は、海潮を統治する者であろう。この化身が「海女」だったのではないか。

「尼」をテーマにした句は、この時期、集中して書かれている。

尼の頭蓋に星が映っているは秋　　『無灯艦隊』
尼寺暮れて沖の力動感となる　　同
喪の船かすむひまわり畑尼らねむれり　　同
日夜菜食の尼らさびしい蛇あばれ　　同
半盲の村は尼寺より灯る　　同
海蝕ながい尼寺すばやい蛇ら　　同
経読む尼の頭の上に花びら積り　　『東雲抄』（一九六八年）、以下同年
尼寺で暗い渚を創っている　　同
尼ら風邪ひき巨船は頭蓋に沈みゆけり　　同
尼ら墓標に繃帯の馬を繋ぎゆけり　　同
尼寺暗く象の匂いのする炎昼　　同

花弁の夜明け尼種馬を引きゆけり　同
ながい日暮れの尼寺沖へつづく蛇　同
葉蔭に来る流氷尼ら胸薄く　同
ガラスのごとき対岸尼ら目覚めている　同
尼らねむれり沖で巨船が燃えていて　同

これらの句にみてとれるものは、夜明けから日暮れ、春夏秋冬の季節の巡り、海の満ち引き、誕生と消滅などの繰り返すあらゆる時であり、尼とは時の司祭者にして、生と死の揺り籠を揺らすものであるということだ。この波間から、『無灯艦隊』は生まれたことを、西川徹郎は「沖より尼が引きずり上げる無灯艦隊」の一句を以て明らかにしたのである。

又、西川徹郎の作品中「引き潮」の句は、前出以外には、

心中前夜引き潮の藍の渦　『東雲抄』（一九六九年）
引き潮に舌が引かれて行き戻らない　同（一九七一年）
引き潮に羊水引かれゆく浜霞　同（一九八一年）
引き潮が引き摺る棺を戸に繋ぐ　同（一九八三年）

があり、引き潮の生のエネルギー（愛の高まり）が、死へと振れていく消息を語っている。

そして、二〇〇〇年、西川徹郎の実母・実兄の死を主題に書き下ろされた句集『月夜の遠足』（書肆茜屋）には、

満ち潮のように死は来る冬の家　『月夜の遠足』（二〇〇〇年）

の如き、万物を懐に包む「満ち潮」が来たのであった。

佛教的時間について

西川徹郎の俳句世界には、先に指摘した、永劫にも値する長い「迷い」の時間と対を為すかのような、現象

の刹那の転変や変幻を書いた作品が存在する。それは例えば、

草食動物を殴りたちまち秋終る　『東雲抄』（一九六九年）
蒼光る義眼洗えば忽ち日暮れ　同（一九七三年）
またたくまに暮れ橋上は他人ばかり　同（同）
忽ち畳剥がされる曼珠沙華の家　同（一九八一年）
忽ち日暮れ藻が絡まっている手足　同（同）
階段下から忽ちはじまる霧の葬列　同（同）
玄関先でたちまち倒れる父と樫　『月光學校』（未刊集）
月が出て秋津たちまち死へ急ぐ　『月山山系』（一九九二年）
みるみる白髪となり弟庭先に　同
雲雀忽チ瞳ヲ討ツ丘ノ鏡店　『天女と修羅』（一九九七年）
秋風路地ヲ走リ忽チ足折ル人　同
白萩ニ打タレミルミル天女死ヌ　同
秋ノ庭ミルミル白馬ガ食ベラレル　同
菊人形ミルミル菊ガ枯レ尽クス　同
またたく間に佛壇の西瓜が朽ちてゆく　『わが植物領』（一九九九年）
忽チ黄落未ダ一枚ノ舌ガアル　同
倒れた兄に庭は忽ち峪となる　『月夜の遠足』（二〇〇〇年）

のような句である。四、五日或いは三年、四、五年、七年、九年という迷える時間に、実は何が起こっているかという示唆である。日は暮れ、秋は暮れ、肉体は老い、命は枯れ果てるのである。永い「迷い」が「生」の姿だとすれば、生あるものに忽ちにして訪れる、これは「老・病・死」の姿ではないか。「倒れた兄」の句の、

「峪」の何と深く暗いことか。

西川徹郎の俳句に流れる時間には、一見荒唐無稽のようでありながら、凡そ二千五百年前に北インドに生れたゴータマ・ブッダ（釈尊）が成道後、鹿野苑（現在のベナレス郊外）で五人の弟子に初めて説いたといわれる初転法輪の佛教の根本的教理、四諦の中の苦諦の四苦（生老病死）という人間の真の姿が刻まれている。この痛切な不可避の生の時間に響くのは、

　黄金ノ棺打ツ声カ時鳥　　『月山山系』（一九九二年）

の、終の声のみであろうか。

ここで、多少煩瑣に亙るが言及しておきたいのは、佛教には、三時思想という考え方があるということである。釈尊を中心に据えた史観であり、世の中は進歩し発展して行くものだとする考えとは全く逆の、世の中はどんどん悪くなるという衰退史観である。

即ち時代を三つに分けて、正法の時代、像法の時代、末法の時代と呼ぶ。「世も末だ」とは現代でもよく耳にするが、これは佛教の三時思想から来た言葉である。

特に三時思想に注目したのは中国の隋唐代の僧道綽（五六二―六四五年）である。経典解釈の上で年代区分に諸学説があるが、彼の著『安楽集』に従えば、正法の時代は、釈尊滅後の五百年で、釈尊の教法は現存し、教えの通りに修行する者もあり、従って証果（さとり）を得る者もある時代である。次の像法の時代は一千年続き、「像は似なり」といわれ、正法の時代に似ているが、「教」「行」はあっても「証」の無い時代である。次に来る末法の時代とは、一万年に亙って、「教」のみはあるのだが、すでに行ずる者も、証を得る者も無いという。さらに、この三時代の後には、「教」さえ失われ、もはや年限も無い、法滅という時代に入るというのだ。

この区分に拠れば、日本に於ては、鎌倉時代にはすでに末法の時代に入っていたことになる。末法の世は、佛教では「五濁悪世」ともいわれる。この、日本の歴史区分で中世と呼ばれる十二世紀末から十六世紀にかけ

て、確かに時代は不穏に過ぎた。「地震・火事・疫病、旱魃・長雨・水害とそれによる飢饉、日常的な喧嘩・闘争・盗賊・私戦・夜討の頻発に、歴史にも残る合戦・戦乱等の厄災に満ち満ち、不安に戦く社会であった」とは、黒田俊雄著「中世民衆の生活と論理」（『中世民衆の世界』所収）の中の言葉であるが、まさに、経典に説かれた、「娑婆国土は五濁悪世にして、劫濁・見濁・煩悩濁・衆生濁・命濁の中」（『佛説阿弥陀経』）であった。悪世の五濁とは、娑婆国土つまり人類世界に起こる、五つの汚濁といわれており、『佛説阿弥陀経』の他にも『法華経』に、「諸佛は五濁悪世に出づ」と説かれる。列記された、五つの汚濁を見てみる。

まず「劫濁」とは、五濁の中でも総相を示す。劫（長時）という言葉が表す如く、時代が劣悪となることを言う。具体的には、「暴風・大雨・大地震などの天災地変が頻りに起り悪病が流行し戦争が頻りに起り穀物の不作が多き等を云ふ」（龍谷大学編『真宗大辞典』）。この劫濁を総相に据えて、以下の四濁を見てみよう。勿論、佛教で言うところの「濁」であるから、濁とは佛教の究極の到達である「佛に成る」、つまり涅槃の境位を得ることの妨げとしての「濁」であることが前提だが、「濁」はまさに人間の生きる世界、生きる姿そのものである。

「見濁」とは、人の思想の次第に悪化することを言い、「煩悩濁」とは、煩悩心が強まって、盗賊・詐欺などが多くなること、「衆生濁」とは、人の身体が強さを失って、力弱く、病が多くなること、「命濁」とは、人の寿命が次第に短くなることを言う。日本人の平均寿命は延びている筈、という反論があるかも知れないが、佛教においては、「世界の最初は人間の寿命は数万歳あったのが、二万歳になってしまった時から五濁悪世と呼ぶ」という位で、桁が違うのである。

この、佛教の三時思想のいうところは、各々の時代は何年から何年までこういう時代であったというような平板な歴史的な叙述ではなく、又、過去に対する懐古趣味でもなく、これからより悪くなるといったジャーナリスティックな未来社会の分析でもない。例え二万年もの間生き永らえて修行を積んだとしても、この私がこの土で佛の悟りを開くことはないということを教えるのである。

佛教の「時間」論は、過去も未来も全てが、「今」を指している。その「今」とは、誰彼という相対的次元の「今」ではない。「今ここに存在する私」を指す。佛教で説かれた時間や空間は、一見それこそ荒唐無稽にも見えるあり方をしているが、すべては、時間と空間とが交差する一点、「今現在の私」に向かって、集中しているのである。逆に言えば、「今」を基点に、過去と未来の意義を見い出すこと、私が生きていることの意味を問うこと、これが佛教の時間論の意味するものなのである。

西川徹郎と折口信夫

このような時間の捉え方が、日本文学に現れた一つの例として思い浮かぶのが、折口信夫（一八八七―一九五三年）の、三つの詩集のタイトル、即ち『古代感愛集』（一九四七、昭和二十二年）、『近代悲傷集』（一九五二、昭和二十七年）、『現代襤褸集』（折口信夫没後『折口信夫全集』収録により公刊）である。感愛の時代は遠く過ぎ、悲傷の時代を越え、そして襤褸の今、と表記されなければならない、折口信夫の時間の感覚である。第二次世界大戦後という当時の時代状況と晩年を迎えた折口信夫自身の情況もあるが、「現代」が、「今」という時が、そしてそこに生きる「私」というものが襤褸そのものなのだという認識に強い印象を受けた。

ただし、『現代襤褸集』というタイトルは、折口信夫の意図を汲んだとする『全集』の編者によるものであり、折口自身が名付けたのではない。『全集』の編者の「あとがき」によると、折口信夫は、『現代饗宴集』という別のタイトルも考えていたという。しかし、編者の選択は、折口信夫の意から離れてはいない。どちらにしても、詩集の命名には、折口信夫の時代観、文学観が息づいており、自分自身を含めた世界への批判精神が宿っていると思うからだ。

折口信夫自身の「近代悲傷集追ひ書き」の終わりの方にある一節を見てみよう。

「私などは最も力ない古典派作者だが、一方亦、ろまんちくな感懐詩人である。だがもう、其にも留まつて居られない。現実の生活が、私の腹から、胸からつきあげるほどに、迫つて来ている。何よりも、私の詩が、時々深い現前のおくびを洩しはじめたのを、どうする訣にもゆかない。

「第三詩」とでも命けようか。「古代感愛集」にも、「近代悲傷集」にも、縁のないやうに見える作品群が、戦争末期から、既に相応なかさに堆積して来て、別にある。」

この「別にある」作品群が、『現代襤褸集』であった。

折口信夫は、「前後両集とは、あまり変り過ぎて来た」「心が志のままにならぬ」「思想が私を引かなければならぬのに、どうも生活が力を持ち過ぎている」（「近代悲傷集追ひ書き」）と、戸惑いつつも、その作品群の「新しい創作の動機」が、自分を「更に好ましい方角に振り向ける力となって来る」ことを期待していた。

『現代襤褸集』の成立について、『折口信夫全集』編者の「あとがき」を更にみると、「かねて著者は口語発想の作品だけを一本に纏めようと計画し、自身でほぼその編輯体裁を整へたが、なほ推敲している間に病が篤くなり、遂に完成しなかった」とある。

一九五三年、折口信夫は没した。彼の「時間」もまた、「現前」の「襤褸」の「私」に集中したのである。その時間において、折口信夫は、「古典派作者」にも「ろまんちくな感懐詩人」にもなる暇は無かった。口語発想の衝迫力に満ちた『現代襤褸集』に、私たちは、西川徹郎の「実存俳句」に通底するものを見ることが出来る筈だ。晩年の折口信夫を襲ったのは、まさに身体を突き上げて逆ろうとする、実存の叫びであった。もし、「実存」というものに音があったとしたら、それはどんな音であろうか。

西川徹郎には「蝙蝠傘」と題した次のようなエッセイがある。

「蝙蝠傘とは何とも奇妙な存在物である。蝙蝠の伸縮自在の羽根と傘とを同時に思惟した人によって創られたものに違いないが、私にはそれ自体が暗示的で、哲学的な奇妙な存在物に思われる。たとえば傘は何故に必ず内側から外側へ向かって開くのか。その反対は何故に無いのだろうか。蝙蝠の羽根が開くのは彼自体の内なる力だが、内発する力と抑圧する力の絶妙の均一を得た時、彼は飛翔し、大空は彼の自在のものとなる。蝙蝠傘はこの内発と抑圧の力の組織化を思惟した人が創り出した類稀なる作品である。人が生きる原理そのものの形象であり、否定即包摂、非連続即連続の東洋的な存在の哲学を具現している。だから私には蝙蝠傘は人そのものの喩として時には懐かしく時には畏怖すべきものとして格別な存在物なのである。たとえば玄関に立て掛けられた蝙蝠傘や階段下の物掛けにぶら下がった蝙蝠傘には、殊更に人体の喩としての陰影が感じられる。また嵐の中の蝙蝠傘は、開くやいなや傘の骨は逆さに折れ曲がり、怒髪の如く、人体の喩は凄まじい現実の中に曝されることとなる。

二十歳の頃であった。ある夜、小用の為に廊下に干された蝙蝠傘の横を過ぎる時、俄かに人の気配を感じ、総毛立ったことがある。バリバリバリという全身の毛が逆立つ一瞬の恐ろしい声が今でも私の耳を衝く。

蝙蝠が羽根を開く時、彼らもまたこの同じ恐ろしい響きを聞くのであろうか。

（エッセイ集『無灯艦隊ノート』、一九九八年）

「蝙蝠が羽根を開く時」聞くこの恐ろしい響きとは、まさしく「実存」というものの音ではないか。

折口信夫の『現代襤褸集』中の、「生滅」という一篇を引いてみる。

ざあつと言ふ音―。
とてつもなくひろがったおれの翼
おれはそらを渡つている―。
真白な総身（そうみ）を叩いて飛ぶ白鳥だ。

でもおれの、昔から持つた悲しみを
だれが知つて居よう―。

何かかう明りのさす地層のなかに―
蚰蜒でいたをとゝひだつた―
さうだ―。目がなくて

仰いた口だけがものを考へていたおれだ―
きのふは空想のない犬で気楽にゐた。
腹のくちくなるだけの日々（にちにち）に飽きあきした。
いつそおれが消えてなくなればよいと思へた―。
死にきることの出来ない生物（セイブツ）に生れついて…

たゞ飽きることだけが、能力だつた―。
あきた瞬間ひよつくり思ひがけないものになり替る。
この白鳥の身も明日は飽きてしまふだらう―。
飛んでとんで、飛びくたびれたら
今度は　岩山の苔に　なつてゐるかも知れない。

死にきれないおれ
死にきれないことを考へるにもあきあきしているおれを
だれもうかまつてくれるな。

冒頭の一行の、「ざあつと言ふ音―。」この大きな白鳥の翼が虚空を斬る音は、読む者の身を激しく取り囲み、折口信夫の作品世界に連れ込む役割を果たしているのだが、またこの音は、西川徹郎の俳句作品の、

ごうごうと空ゆく揚羽姉は裂かれ　　『東雲抄』（一九九〇年）

を思い出させる。揚羽といえども、「ごうごう」と空をゆくという。この音は、まさに一個の孤独な存在が生きて行こうとする時に、世界と激しく擦れ合う音であろう。その激しさは「姉は裂かれ」と表現されている通りだ。折口の聞いた音もまた、同じものだったに違いない。

西川徹郎には、その他に次のような句もある。

月ごうごうと胎児を照らしている砂漠　『東雲抄』（一九七五年）
ごうごうと柱を登る月の鯉　同（一九八三年）
銀河ごうごうと水牛の脳の髄　『家族の肖像』（一九八四年）
ごうごうと空行く自転車を見たり　『東雲抄』（一九八九年）
韃靼ヲ夜叉ゴウゴウト過ギツツアリ　『天女と修羅』（一九九七年）
韃靼ヲ秋津ゴウゴウト過ギツツアリ　同
ゴウゴウト祭壇裏ノ蕎麦津波　同

天空をゆくものの轟音が迫ってくるが、最も早い時期に制作された「月ごうごうと」の句は、少し趣が違っている。静まり返った世界に、映画『２００１年宇宙の旅』の、スペース・チャイルドを彷彿とさせる、小さな生命だけがある。それに向かって注ぎ込まれる圧倒的な月の光の量が、ごうごうという無音の音で表現されているのである。月に照らされた胎児はまだまどろんでいるが、やがて月光に呼ばれたかのように、目を覚ますだろう。

もしも、先立つ谺というものがあるとしたら、の話であるが、この月光は、まだ発せられない実存の叫びへの、予め返されて来た遠い谺とでもいうべきものなのかも知れない。例えば、佛教的時間の中の、まさに「末代」に生きている私たちであるけれど、「如来懸（はるか）に末代罪濁の凡夫を知（しろしめ）す」（『教行信証』「化身土巻」）ように。

月の破船の時計がボーンと鳴っている　『東雲抄』（一九六八年）

「破船の時計」が、一体何時を示しているのかは不明であるが、「今」という時を「私」に示していることは確かである。そして、「月」の声は遥かに「私」を呼び続けているのである。

（本論の初出は二〇〇二年八月茜屋書店『星月の惨劇――西川徹郎の世界』）

■編者註・本論は『星月の惨劇―西川徹郎の世界』所収の同名タイトルの西川徹郎論四百枚の中から第一章を抄出した。

新城峠／詩聖西川徹郎傳其の六

西川徹郎の俳句革命――世界文学としての俳句を求めて

文学としての俳句の復権を目指す西川徹郎は、自らの俳句を実存俳句と呼ぶ。本稿では、西川の実存俳句文学とは、一体如何なる営為を指すのか、又、現在西川文学がどのような場所に至り着いたのかを、簡略に、述べてみたい。

西川は、現在、俳句がおかれている状況に対して、反季・反定型・反結社主義を唱える。一言で言えば〈反俳句〉ということであり、その提唱と実践である。それは、作句活動のみならず、個人編集誌「銀河系つうしん」の編集発行、俳句評論等を刊行する出版事業も含めて、旺盛な文学活動となって、現在継続されている。

西川の俳句作品は全て口語体だ。その理由は、次に掲げる一文に、明白に述べられている。

「人間の実存は和歌伝統の美意識や国家の意志に隷属する文語では書き止め得ることは凡そ不可能である。果たして誰が、人間の〈タスケテクレ〉の実存の末期の声を自ら文語によって書き止め得ることが可能であると言えよう。」

（西川徹郎「反俳句の視座―実存俳句を書く」「國文學」二〇〇一年七月号所収）

文語とは、和歌伝統の美意識（季語・季題）と、国家の意志（定型）に隷属するものであって、まさに有季定型の俳句の姿そのものである。それに反し、文学とは、人類普遍の問題の提起であり、人間の〈タスケテクレ〉という真実の声を書き止めることに他ならない。

又、俳句定型という詩形式そのものが、本来「実存的な不具性の形式」（西川徹郎講演録「俳句の根拠―何故俳句でなければならぬのか」「銀河系つうしん」十六号所収）であり、「俳句を書く行為とは〈反定型の定型詩〉を書く行為であって、国家の意志との凄絶な抗いを為す必敗の行為である」（同）と、西川は言う。この反権力の詩、即ち文学としての俳句の本来のあり方を希求して、西川は、実存俳句を唱え、〈反俳句〉を語るのである。

二〇〇〇年、実存俳句四十年の集大成ともいうべき『西川徹郎全句集』が刊行された。これは未刊句集・定本句集を含む全十三句集総句数五千三百三十八句を収載したものであり、詩人・思想家吉本隆明の解説「西川俳句について」が収録されている。そして二〇〇三年、更に『全句集』に匹敵する五千九十一句を書き下ろして収載した第十三句集『銀河小學校』が刊行されたのであった。『全句集』所収の各句集から、作品を掲げる。

不眠症に落葉が魚になっている　（『無灯艦隊』）
男根担ぎ佛壇峠越えにけり　（同）
樹上に鬼　歯が泣き濡れる小学校　（『瞳孔祭』）
祭あと毛がわあわあと山に　（『家族の肖像』）
麦野は鏡棺を出て来た少年に　（『死亡の塔』）
遠い駅から届いた死体町は白緑　（『町は白緑』）
首締めてと桔梗が手紙書いている　（『桔梗祭』）
抽斗の中の月山山系へ行きて帰らず　（『月山山系』）
月夜ゆえ秋津轟き眠られず　（同）
ははは兄を兄はははを撃つ月の庭　（『月夜の遠足』）

『西川徹郎全句集』の「後記」には、西川徹郎の文学思想の生立ちの一端が述べられている。それに拠れば、西川は、芦別市立新城中学校在籍中より俳句を書き始め、一九六三年北海道立芦別高等学校に入学して間もなく、新興俳句の旗手の一人故細谷源二の口語調の俳句との遭遇を果す。一九六五年、西川は細谷源二の主宰する「氷原帯」新人賞を受賞して高校生俳人として俳壇にデビュー。その後、「海程」「渦」等の前衛俳句や同時代の「現代俳句」「豈」「季刊俳句」等に関わるが、一九八四年「銀河系つうしん」を創刊して、現在に至る。

（略）以来、同誌を唯一の表現の砦とし、反俳句の視座を確立しつつ、反季・反定型・反結社主義を標榜し、自らの俳句を「実存俳句」と呼称して書き続けて来た。つまり、それは今日、伝統回帰と結社主義隆盛の名の下に確実に死に瀕しつつある詩形式である俳句文学の復権を遂げんが為のたたかいであり、〈反中央・反地方〉の〈表現者即独立者〉の実存の文学精神を持続しつつの凄絶なたたかいの日夜であった。私はこの現代日本の極北の峠に唯一人在って、俳句革命の血の叫びを発しつつ今日まで書き続けて来たのである。

（『西川徹郎全句集』「後記」）

西川は続けて、『全句集』に集成された実存俳句の源泉を明かす。実存俳句とは決して西川の独創ではなく、「伝統的な季的規範にからめ捕られ死渇した近・現代の俳句史の総体を否定し、江戸俳諧の松尾芭蕉や小林一茶等を遙かなる先達として実存の文学精神を継承する「実存俳句」正統の興業」（『全句集』「後記」）であると言うのである。

詩人・文芸評論家櫻井琢巳は、著書『世界詩としての俳句―西川徹郎論』（二〇〇五年新装再版・沖積舎）に於いて、日本文学史を見据えて、西川文学を次のように位置付ける。西川の作品から、

イッポンノ箒ガ空ヲナガレテイル　（『天女と修羅』）

緑夜をきみの眼の紫紺の淵まで走る　（『月夜の遠足』）

他を引いて、「作品はすべて苦悩の谷を流れる血であり、思想は〈実存俳句〉として表現されている」と述べ、殊にも『天女と修羅』のテーマを日本最古の物語文学と言われる「竹取物語」の羽衣伝説と重ね合わせ、長大な時間を遡って日本文学の源泉を顧み、「イッポンノ箒ガ空ヲナガレテイル」と三夕の歌の一つと讃えられる西行の「こころなき身にもあはれは知られけり鴫立つ沢の秋の夕ぐれ」とを並べて提示し、「西川俳句は、これ一本で『古今集』の美意識に対向できる、まれにみる力づよい文学性をもつ。」と、西川俳句の芸術性・革命性をはっきりと指摘するのである。

ここで、西川の最新句集である第十三句集『銀河小學校』の世界に一歩足を踏みいれてみよう。

もとより西川は、第一句集『無灯艦隊』から、作品に章立てを施して句集を構成していたが、第二句集『瞳孔祭』では、「あとがき」で、作品に小題を付していることに作者自ら読者の注意を促している。この「小題」

こそ、美の規範たる「季題」に対抗すべく著者が放った方法論であった。以後も西川俳句には、作品にこと細かな「題」が提示されていく。「一題一句」から「乃至一題百四十句等」（『月山山系』）の試みは、やがて群作という怒濤のような作品の姿となって、第九句集『天女と修羅』を形作り、この度は五千句句集『銀河小學校』の三十四に渉る章を形成している。

巻頭の「銀河小學校でたたかうキリギリス」（「銀河小學校Ⅰ」章）という一句は、『銀河小學校』一巻が、「たたかい」の書であることを宣言するものである。西川は「後記」にも、

「学校」という教育の場こそ、人間を統率する国家の意志が弱者や苦者や幼き者に対して暴力的に差別的に権力を行使する〈生〉の惨劇の現場なのである。

と書く。

文芸評論家小笠原賢二は、その著『極北の詩精神―西川徹郎論』（二〇〇四年・茜屋書店）に於て、『銀河小學校』句群に注目し、西川俳句に於ては「季語・季題は徹頭徹尾、脱臼させられている」とし、「危機意識の異様な高まりの中から発せられた問いかけであり叫びである。まさに「必敗の覚悟」めいた実存的な不安が感じられてならない」「前進も後退もかなわなぬ難局につき当たったような印象」と書いた。

因みに「映る・映す」「鏡」等の語彙は、これまでも西川文学に頻出してきたものであるが、「鏡屋を曲がり萩峡に出てしまう」（「白萩峡」章）の句が示す如く、鏡は人間の「見る（知る）」ということの哲学的意味とその限界をも示す。すでに西川俳句によって描かれた、「浦の寺の鏡に映る寺の浦」（『桔梗祭』）の、反転し続けるめくるめく鏡地獄が思い出される。この限界性の中に人間は生きなければならない。

しかしながら、西川は、「小學校」に「銀河」という名を冠したのである。銀河は、人間の眼を焼き尽くすかのように輝く。

小學校の階段銀河が瀧のよう　（「銀河小學校Ⅰ」章）
自転車という渦巻銀河弟よ　（「銀河峡」）章

渦巻きつつ、人間の頭上に降り注ぐ星や月の光がある。

人間の側からは限界としか見えない無明の暗夜に、すでに一筋の道が差し伸べられている。西川は、前出の講演録「俳句の根拠」で、芭蕉について、「芭蕉の生涯を貫く思想こそ、わが身という存在の生死（しょうじ）をその根底から問い、生死の根元的な意味を明かにし生死を根本的に超克し離脱する大乗佛教の根本的な哲理であった」と述べるが、西川自身もまた大乗の哲理に生きる人なのであり、人間の生死の限界を突破するための試考は『銀河小學校』に於いてもなされ続けている。

凡そ芸術というものは、どのようなジャンルであろうとも、その表現形式の枠を押し広げていこうとする精神の自由な羽搏きの営為である。故に、西川俳句は、常に読む者に「俳句とは何か」「文学とは何か」「人間とは何か」という根源的な問いを突き付けて止まない。俳句という表現形式への、西川の果敢な挑戦と革命は、これからも、読者を戦慄させ、歓喜させ、俳句の命脈を世界文学の領域へまで到達させるに違いない。

（本論の発出は二〇〇五年口語俳句協会発行「俳句原点」百十六号『口語俳句年鑑２００５』）

新城峠／詩聖西川徹郎傳其の七

燦めく恋愛詩──新興俳句から西川徹郎句集『幻想詩篇　天使の悪夢九千句』迄

新興俳句運動の中から生み出された渡邊白泉の一句、

われは恋ひきみは晩霞を告げわたる　白泉　（『白泉句集』「青春譜十句」）

は、恋愛を描いた俳句作品の最高峰の一つではないだろうか。筆者は初めてこの句を目にした日から、そう思っているのだ。白泉には、

憲兵の前で滑つて転んぢやつた　白泉

戦争が廊下の奥に立ってゐた　白泉
赤く青く黄いろく黒く戦死せり　白泉
繃帯を巻かれ巨大な兵となる　白泉

等の戦争を戯画的に描いているように見えて、戦争の暗さと悲惨とを余りにもストレートに伝え、戦争の真実を描き切っている故に読む者を震撼させる作品があるが、掲出句も、単に恋愛が描かれている句ではない。「晩霞」が作品世界に複雑な陰翳を落としている。晩霞は、夕暮れ時に立ち籠める白い闇、甘い死の影である。生と死とは手を携えて、青春の日に訪れる。「われ」と「きみ」の二人は向かい合ってお互いを見詰めているのではない。二人は共に何ものにも臆せず世界に真向かい、生きる誇りに満ちている。この一句は、人生の希有の一瞬を照らす恋愛を高らかに謳う一篇の恋愛詩である。

後に、目映い恋愛詩として筆者が出会ったのは西川徹郎の作品の数々である。

西川徹郎の第二句集『瞳孔祭』（一九八〇年、南方社）の一句、

妻よはつなつ輪切りレモンのように自転車　徹郎

において、初夏の妻は颯爽と自転車を駆る。自転車は少年の日の作者の友だ。峠へ、遠い町へ、常に自転車で、憧れはどこまでも少年を運ぶ。その自転車に今は眩しい若い妻が乗る。『瞳孔祭』は別れた妻の永遠の姿を留めると共に西川徹郎の青春期の終わりを告げる句集であった。

瞳孔という駅揺れる葉あれは　徹郎
瞳孔にピラニアを飼う舞踏のさかり　徹郎

の二句を句集名の由来とする。「駅」は青葉の戦ぎに一瞬、瑠璃のように燦めき、透きとおった君の「瞳孔」となるのだ。「祭」とは、舞踏の場であり、人間の生が凝縮される場である。

西川徹郎には「祭」の付く句集がもう一冊ある。『桔梗祭』（一九八八年・冬青社）には、恋人「桔梗」の奇矯にして真摯な姿を描く、

首締めてと桔梗が手紙書いている　　徹郎

がある。西川徹郎の俳句世界において「祭」は、生に食い込もうとする死を煽りつつ、死へと突出しようとする生を鎮める劇場なのだ。

俳句革新を掲げた新興俳句運動は、詩としての俳句の可能性を大きく広げた。季語・季題を詠んでいるばかりが俳句である筈がない。俳句は文学なのである。〈人生〉を書かねばならないのだ。西川徹郎は夙に「世界文学としての俳句」を提唱してきたが、書き下ろし九千句を収める第十四句集『幻想詩篇　天使の悪夢九千句』(二〇一三年、茜屋書店)の後記「白い渚を行く旅人」の中で次のように述べている。

「文学はこの虚構の鏡の中に人間の実存と社会と現実の不条理の黒闇を映し出し、幻想と夢の言葉の中に生在る者の危機と地獄と修羅と悪魔の永遠性を描き出す。俳句形式は殊更にその虚構を構築する形式としてあり、それ故に日本文学の根源の形式が俳句であり、それは自ずから日本の詩歌の精髄であり、その本質なのである。」

西川徹郎は、俳句こそ日本文学の根源であるとして、「十七音の世界文学」を標榜するに到っている。新興俳句運動が生み出した詩精神は此処に受け継がれ、今や高く世界と銀河系への飛翔を続けている。

冬の鳥奈落の空を低く飛ぶ　　(『幻想詩篇　天使の悪夢九千句』)

妹が跨がる白馬血にまみれ　　(同)

ハンケチが遠くて瞼は月夜の津波　　(同)

五月の兄の瞳孔夜の青空は　　(同)

(本論の初出は二〇一三年十二月発行口語俳句協会発行『口語俳句年鑑』)

◆斎藤　冬海　さいとう・ふゆみ＝一九五七年福島県生まれ。作家・文芸評論家。日本女子大学文学部国文学科卒。西川徹郎文學館館長・學藝員。本願寺派輔教・布教使。龍谷教学会議会員。著書に小説集『斎藤冬海短編集』(茜屋書店)『月の出予報』(鼎書房)、編著に『星月の惨劇―西川徹郎の世界』(茜屋書店)ほか。芦別市在住。

資料篇

西川徹郎近影
春霞する芦別川の川岸にて

長男龍大を囲んで
日本海沿岸の町苫前にて　平成十四(二〇〇二)年頃

■西川徹郎評論&ESSAY抄

細谷源二の俳句、あるいは地方性という命題

一九八五年九月二十日黎明舎発行、西川徹郎個人編集誌「銀河系つうしん」第四号

わたしにとって細谷源二とは、一体何者であったのか。そして細谷源二の晩年が到達した俳句の言葉は、わたしの意識の何を開こうとするのか。それらについてを考えてゆくことは、とりもなおさず、細谷源二というこの薄幸の俳人の内部の闇をとおして見えてくるものとわたしとの〈地方性〉を介した対決を意味していると言わざるをえない。

わたしは、かつて過去に一度だけ、細谷源二と対座したことがある。わたしの記憶に間違いがなければ、それは昭和四十一年の初秋、留萌線と呼ばれる北海道の国鉄地方線の客車の中のことであった。日本海沿岸の北辺の炭鉱の町、昭和町において開催された「氷原帯」全道俳句大会に出席するために偶然に乗り合わせてしまったのだが、当時、北海道の俳句を代表する著名俳人であった細谷と無名の十代の少年であったわたしとが、北海道の片田舎の地方線の車中において同席している風情は、一種奇妙な、なんとも不自然な情景であった。もちろん、細谷がそこでわたしに何を話しかけてくれたのかは想いだすことができないのだが、その情景が、不自然なものであればあるほど、晩年に到ろうとする細谷の侘びしげな姿態が、薄汚れた客車の窓に滲んでいた初秋の陽の光りとともに鮮明に記憶の底に焼きつくものとなっていったのである。

わたしは、今、細谷源二の俳句についてを書こうとしているのにもかかわらず、細谷に対するこのような個人的な感懐から語りはじめているのだが、それは、そのときの細谷のうらぶれた旅客としての姿態が、孤高に生きたこの俳人の栄光と悲惨をともに能く伝えていると思うからだ。つまり、わたしは、晩年に到ってはじめて自己の内部の不毛を自覚し、内部の地方への彷徨を決意したこの俳人の孤独という名に刻印された不幸や、あるいは、不幸という名に背負わされている内面の至福を共に感じとってゆきたいと思うからだ。

たとえば、細谷の最晩年の句集『瓦礫』には、次のような俳句が載っている。

バナナの指を光りの中で買う倖せ　源二

細谷にもっとも近い位置で俳句に関わってきた越澤和子の言によると、晩年の細谷は、右の俳句を度々快心の作として語っていた、とのことであるのだが、〈バナナの指を光りの中で買う〉ことに至福を覚えるというこの言葉からは、細谷が到り着いた内部世界の純粋性や、それゆえにこそ喩えようもなく心髄に染み込んでしまった不幸の意識が言外に伝えられてあることだろう。おそらく、〈バナナの指〉という措辞には、色白くふくよかな女性の手指も想起されてあるだろうし、〈光りの中で買う〉には、触れあう皮膚に予感される血液の温みも連想されてあることだろう。しかも、その感応の全体が、〈倖せ〉という日常性に基いた心情の言葉で書きとめられるとき、それらはたちまちに細谷の想念の中の現象として密閉化されてゆくのがわかるだろう。ここからは、細谷の場合の日常性に即いた方法の欠落点を指摘してゆかなければならないのだが、しかし、それ以上にこの一句の言葉が、細谷の晩年の俳句が開示する内面の不幸と至福、あるいは、なにものかの不足と充溢の感情の溌出が感じられてあることを確認しておきたいのである。そして、それはまた、人生の上で遂に終着してしまった不如意のものに対する苦い思いと、しかし、不如意であるからこそ未だ途上でしかありえぬのだとする意思をも同時に映し出しているのであるといってもよいし、内部の不毛や不幸に即かざるをえなかった細谷の俳句が、観念化された光りの中に見え隠れすることに興味をそそられるのである。

ところで細谷の俳句は、晩年に到ってはじめて内部の不毛性に即いたのではなかった。細谷の俳句の言葉は、実は遠くその出立の日に不幸の観念と不毛性を胚胎させて成立していたと考えられる。

鉄工場冬正門に獅子を彫れり　源二
鉄工場巨き扉をあけぬ戦車見ゆる
冬の馬鋼鉄を輓けり輓きつ息吹き
鉄工場鉄輓き馬の小さく出ず
鉄工場真夜の職工立ちねむる

右の俳句は、昭和十三年に刊行された細谷の第一句集『鉄』の巻頭に飾られた俳句である。社会の全体が戦争へと傾斜を強めつつあった時代、一方、俳句界は新興俳句運動の興隆を告げようとする時代の只中で細谷は、生ま生ましい肉体労働の現場を精密に描写したこれらの俳句を書いていったのである。つまり、細谷は、都市的生活感情に根ざした感覚中心の志向によって既成の諷詠の思想を乗り越え、俳句の上に生活者の生命の復権を果たそうとして繰り返されていた新興俳句運動の大方の俳人達の中にあって、〈工場〉という都市生活の中の最も底部に位置していた肉体労働の現場そのものの中へ俳句の言葉の生起を見定めてゆこうとしていたのである。それは、もちろん、清新な感覚の駆使によって詩性の奪回を果たそうとする新興俳句の中にあっても、極めて特異な位置を占めるものであったことは言うまでもない。

提出の俳句の一句目、〈鉄工場〉の〈冬正門〉に威風正しく刻印された〈獅子〉の像の堂々とした存在感は、細谷が否応なしに対面せざるをえなかったものへの厳粛さを物語って余りある。このような、都市生活のどん底の緊迫感から出発を遂げざるをえなかった細谷の俳句は、遂にその終末に到るまで日常性の闇と不幸の観念を影のように纏いつかせてゆくことになるのである。

その後、新興俳句弾圧事件の勃発によって昭和十八年に投獄され、ほぼ二年間の獄中生活を経て出獄した細谷は、昭和二十年五月生活の維持のために家族を引き連れて北海道開拓移民団の一員として津軽海峡を渡り、北海道東部の原野、十勝地方の豊頃村に入植することとなる。

地の涯に倖せありときしが雪　源二

渡道後の最初の句集で、細谷の第三句集に当たる『砂金帯』に収録されている右の俳句からは、細谷の渡道が、細谷の生のきりぎしにおいて決断されたものであり、そしてまた渡道後の細谷の日常生活が、細谷の生のきりぎしにおいて維持されていたことが窺える。〈地の涯に〉といった一見、大仰な身振りの言葉の中に、せっぱ詰まった生活者細谷の実感を読みとることが可能であるし、行き場を失った人間の暗鬱な想念が辿り着いた意識の辺境をそこに見ることができるだろう。事実、この俳句が秀作と認められるべき唯一の理由は、この俳句の言葉のはざまから見えあらわれてくるこの詩人の意識の辺境の黙々としたたたずまいにあると言わなければならないし、その辺境のたたずまいをかすめ見る者は、自己を含めた人間存在の足場の闇の深さに気付かされて愕然とするのである。しかも、かつどこかでこの俳句の言葉が、言葉自体の力によって意識の辺境をさえも突き破って、闇の深みを抜き出た自在感に即いているといった矛盾を同時に共有して成立していることにあると言ってよいだろう。

明日伐る木ものを云わざるみな冬木　　源二
かぎりなく冬木倒すや幸探すごと
生きんとし日の出のごとく木を伐りに
みな生きようと妻の種蒔き風に飛ぶ
低く重い声で農夫は馬を叱る
妻も小さく歌をうたえり雪解の日

これらの俳句を収録した『砂金帯』からは、北海道に入植後、圧倒的な十勝地方の大地を眼前にして驚愕し、異相の風土に恐怖して立ちすくんだ都市生活者細谷の姿態が鮮明である。生活の維持の困難によって起きる焦燥や不安は、俳人細谷源二の眼を再度、否応なしに生々とした実生活の肉体労働の現場へ密着させてゆくのである。つまり、提出の俳句の言葉が持ち得ている新鮮な輝きは、十勝の異相の大地と向きあった都市生活者細谷が、地方生活者としての安住をかちとるために風土との必死の格闘を持続させていった熾烈な葛藤に支えられていることを抜きにしては語ることはできないだろう。換言すれば他者他物としての風土を自己の意識と生活の内部へ取り込んでゆく過程の中で繰り返されてゆく軋轢と苦痛が、如上の俳句の言葉を内側から発光させていったのであり、いわば、その対自化の経緯の中で軋みはじめた精神の亀裂が、内部の闇を深々と覗かせていたからに外ならないと言ってよいのだ。

例するまでもなく、戦後、地方詩人の多くの者が、都市や中央と呼ばれる幻影の場所へその幻に従って地方と袂別し中央を目指して出て行った。細谷は、逆に都市生活や中央と袂別して地方に立ち、異相の風土の対自化の経緯の中で、遂にはそれを内部の地方、意識の辺境へと変容させ、対他化するに到ったという一点に、既にこの詩人の日本の戦後文学における固有の位置が保証されているとわたしは思う。そして、このことは、もちろん、第一句集『鉄』（昭和十三年）第二句集『塵中』

（昭和十五年）を通じて、〈工場〉という都市生活の最も低い位置から俳句の言葉の屹立を意図し、新興俳句運動の一方の旗手たらんとした俳壇踏破の意志をも断念するものであったはずである。

しかし、〈地方〉は、渡道後の漂泊者細谷にあって、殊更に第三句集『砂金帯』（昭和二十四年）から第四句集『餐燈』（昭和二十七年）第五句集『飲食の火』（昭和三十一年）に到るまでにおいては、未だ多分に風土的異質性によって外在的に意識されている空間であった。

細谷は、自伝的小説である『泥んこ一代』（昭和四十二年）の「あとがき」に次のように書いている。

「北海道に渡ってからの開拓生活は、重い石を縄で吊しているような状態であった。風雪にさらされて、その縄がいつ切れるかわからない。飢えと疲労と貧しさに、不安・焦燥の連続。その危機一髪の状態のとき、俳句が取りもつ縁で、砂川市の東洋高圧に拾われた。ささやかな幸運というべきであった。」

（筆者註・砂川市の東洋高圧は当時化学肥料等を製造する三井系の化学大工場であった）

細谷自ら言う〈ささやかな幸運〉は、細谷の労働生活の現場を再び〈工場〉へと移し変えたのであったが、細谷の俳句の言葉は再び圧倒的な質量をもって肉体労働の現場へと根を下ろすことはなかった。〈ささやかな幸運〉が突如としてもたらした生活環境の急変とそのことによる日常生活上の余裕は、細谷の俳句の内質的変化をもたらす契機ともなってゆくものだった。しかも、その内質的変化は、当時の細谷にあっては、実生活と俳句の言語とのずれとして意識されていたのである。

「『砂金帯』の作風は、異状な生活の中におちいったぼくのドキュメンタリー的な体験と生来の抒情とが詠嘆的なリズムで奏でられたものだったが、同時に開拓生活の愚痴や不満も訴えられ、社会性と云うものが自然発生的に含まれていた。主義主張があってそれを意識して作ることを東京時代からきびしく押さえてきたのだが、生活に忠実であればあるほど作品とのずれを感じるが、俳句が思想伝達だけの道具であってはならない、その点自作の態度に誤りはないと思っている。」

（傍点・西川）

右の言葉は、第四句集『餐燈』の自序として書かれた「餐燈の灯の下に」と題された文章の抄出であるが、当時の細谷の俳句に対する認識があらわれていて興味深い。

田より夕日を引き剥がすごと稲を刈る　　源二

青麦に絞り出されても帰る家あり

一句目の作品は、東洋高圧に入社して五年後に刊行された『餐燈』所収、二句目の作品は『飲食の火』所収の句なのだが、既に農民ではなくなっていた細谷が、〈稲を刈る〉〈青麦に絞り出されても〉と書いたその時から、細谷の意識の底に、内部の地方がきざしたとみることができうるし、細谷の俳句に表現志向の彷徨が始まったとみてよさそうである。その彷徨が、当時の細谷自身においては、生活や思想と俳句の言葉との間のずれとして捉えられていたという事実は、その彷徨の意味を知る上でかなり重要なものと言わなければなるまい。

その冬灯風になぐらせ飴を売る　　（『餐燈』）

いたくあぐらをかきし鼻にて選炭婦　　同前

偉大なるあくびおさめて餅食う火夫　　（『飲食の火』）

汽罐夫らまっ青な麦からぬけられない　　同前

笊の影を地ににじませた笊屋の引越し　　（『瓦礫』）

炭夫の古足袋反ってヴィオリンにもなるまい　　同前

昭和二十一年に「北方俳句人」を創刊し、同二十二年に『氷原帯』と改題して以降、〈働く者の俳句〉を提唱し、労働者としての日常生活に即したリアリズムを推進していった細谷が、実は細谷の俳句そのものが、昭和二十七年刊行の『餐燈』以後、数例を除く外は、細谷自身の労働とは懸け離れたものであったという矛盾に細谷自身が現実と言葉とのずれと認識していた外は、細谷の門弟や細谷を取り巻く「氷原帯」所属のほとんどの俳人達には、なんらの疑問ともなりえぬまま、空念仏のように〈働く者の俳句〉という幻想のスローガンを掲げたままに、北海道の現代や革新を気取る盲目の俳句作り達に流行していたったのである。因みに言えば、細谷の門弟や「表現帯」所属の俳人達の内で、細谷の主導した〈働く者の俳句〉という概念とは多少とも異なる俳句を書いていたのは、冬木桃六、星野一郎などの二、三の俳人を数えるのみといった無残さであった。

ところで、細谷は、表現志向の内なる彷徨が、自身の肉体とともに終末を迎える年になった昭和四十五年に刊行された最後の句集『瓦礫』に「表現したあとのはずかしさ」と題する一文を書き添えている。少し長いが、最晩年の細谷の俳句の認識が鮮明にあらわれていて重要なので抄出して書いてみる。

「―略―近頃は〈表現したあとのはずかしさ〉を知るようになった。二十年前には

　吾が葬の日は焚き合えよ朱なる火を

を作り、他人にもほめられ自分も満足していたが、近頃この句を読み返して、その句の裏側にあるちっぽけなヒロイズム、センチな田舎芝居を感じるようになった。自分に傾斜させない句となると一寸やそっとの努力では作れない。作って作って作り尽したときぽっかりとできるかも知れない。

　もの言えば唇さむし秋の風　　芭蕉　元禄四年作

芭蕉もそう思ったに違いない。しかし、

　この道やゆく人なしに秋の暮　　芭蕉　元禄七年作

には前の句と逆に、自己でなくては叶えられない道の深さをうたっている。〈表現したあとのはずかしさ〉を通り抜けなければ文芸の道は完成しないのだと覚った。」（傍点・西川）

〈自分に傾斜させない句となると一寸やそっとの努力では作れない〉ことを知った細谷にとっては、今まで〈自分に傾斜させ〉て書いてきた細谷の俳句のほとんどが自らの意識によって否定されてあったことであろう。つまり、細谷の代表作でもある〈吾が葬の日は焚き合えよ朱なる火を〉の句を〈表現したあとのはずかしさ〉をもって否定することのできえた細谷にあっては、恐らくは細谷の生涯におけるほとんどの俳句作品が藻屑と化してみえていたといって過言ではあるまい。このことはただちにリアリズムを手法とした実感主義による俳句の否定を意味している。実感主義や感覚主義の依存する自我への過剰な信頼の否定を細谷は〈自分に傾斜させない句〉を目指すことで、またリアリズムや実感主義の依って起きる日常性に即く方法の矮小さを〈表現したあとのはずかしさ〉という言い方で明確に振り切ってみせたのである。

　恐らくは、自分の死に赴く日が間近に迫りつつあることを予感し、自身の生活そのものがやがて終章する日を予測しつつ

も、実感主義とリアリズムの俳句、つまり細谷自らが掲げてきた〈働く者の俳句〉という旗幟を自らの手によって引き降ろし、〈自分に傾斜させない句〉を目指してゆくことを自らに確認したことになるこの言葉は、細谷源二という俳人の朴野とした淋しさと苦悩という名の至福を同時に言い表していると言ってよいだろう。〈表現したあとのはずかしさ〉という内部の不毛を語った告白によって痛烈に過去の自作を否定してみせてくれた最晩年の細谷源二こそ、一度は〈地の涯〉と叫んだ北方の風土を遂には自己の内部の不毛の領域として自覚し、〈地方〉を自己の内部の地平へ向けて表現志向の彷徨の荒野として認識するに到った戦後最初の俳人と呼ばなければならないのである。

昭和四十五年、十月の某日、薄幸の俳人細谷源二は、新たな彷徨の決意の意味を盲目の門弟達には誰一人に知られることもなく、北辺の地の涯において、否、細谷の内なる意識の涯地において、孤高に生きた生涯を晩秋の淡い光りの中で閉じていったのである。

木蓮の夢

一九八一年三月十日豈の会発行、季刊「豈」第二号

夢の中に、時折木蓮の木が立っている。疲れ果てて遅く寝た夜は、決まって木蓮の木を夢に見る。

昨夜見た夢の中の木は、青白く弱って、どういう訳か枯れていた。その木の下では、何時か会った葬儀屋の若い主人が、泣き出しそうな顔で頭をそられていた。剃り上げられた美しい頭皮は、青々と淡い光を滲ませていた。それは、言いようのないさびしい光景であった。しかも、木の根元には、犬ほどもある黒猫が、春の光を浴びて裏返って眠っていた。

今日は朝からこのさびしい夢が、まざまざと僕の脳裡に焼き付いて離れないでいる。目を閉じれば、瞼の裏にはぼおっと木蓮の木が映っている。

この木蓮の木は、若くして死んだ僕の父が、裏山の死髪のように繁った雑木の中から、必死の思いで掘り出し、ひそかに庭の片隅に植えたものであるという。

その年の秋、父は、二度と起き上がる事のない死出の床に就いたのであるという。そう僕に語りかける母も又、不幸にも病気である。

すっかり痩せ細った母をみて近所の子供は、「おいなりさん」とあだ名して呼ぶのである。呼ばれるごとに母は、さびしい視線を庭の外れの木蓮の花へ遣る。紫紺の花は、母の涙を洗うのであろうか。

近頃、僕が木蓮の木を夢に見るように母も又、時折、死んだ父が庭に佇っている夢を見るという。異床同夢か。父という一つの悲哀がブラックコーヒの苦みを薄めてゆくのが分かる。噫々、父は今も尚、裏山でひそかに木蓮の木を掘っているのであろうか。裏山の雑木林に、父という尊厳が繋っているのであろうか。コーヒを口へ運びながら『馬鳴』の頁を捲っている僕に、母は言葉を続けた。それは恐怖の言葉であった。

「ほら、あのお父さんの木蓮、この頃弱ってまるで病気のようね。」

不吉な言葉は、庭を華やぐ木蓮の花のように、僕の神経の一日を終章として飾るのであった。

睡蓮の夢　赤尾兜子

一九八五年一月二十日豈の会発行、同人誌「豈」春号

赤尾兜子の初期の作品集『稚年記』には、次のような作品が載っている。

蛝に寝てまた睡蓮の閉づる夢　　兜子

ぼくにとって赤尾兜子は、大阪に住む島津亮と同じく、遠い日のぼくの青春の季節を激しく吹き荒んでいった嵐のような俳人である。
兜子に初めて会った頃――詳しく言えば、昭和四十一年の春、ぼくは、生きることの不安と焦燥に胸掻き毟るようにして京都の暗い下宿屋の二階に住んでいたのであった。暑苦しく薄暗いその四畳の小部屋は、不眠に窶れ果ててしまったぼくの頭の中の重苦しさに似ていて、一日を通して日が入ることはなかった。ぼくはその日当たりの悪さに、ぼく自身が人生として背負い込んでしまった不幸を予感し、しかも、その予感が醸しだす不安と戦うように、来る日も来る日も、ただ俳句を書き続けて暮らしていたのであった。おそらく、ぼくの青春の日の〈生〉は、俳句を書き続けることで辛うじて維持されていたのであった。

このようなぼくの苦渋に充ちた青春の日の日常においては、兜子との出会いは決して偶然の出来事なのではなく、必死に書き続けるという忘我の行為がもたらした必然としてあったことなのだ、とぼくには思えるのである。

「一昨日、わが京大の師、吉川幸次郎先生の西大谷での葬儀に参列、いままだ何も手につかない状態にあります。御手紙によると、私の随分知らぬことが書いてあり、びっくりして居ります。だれかが人為的にやったことなのでしょう。残念ですが、どうせ死ぬまで俳人、そのことを忘れず、北の国でやって下さい。師を失い、また今日弟子をうしなう、悲しさはふえます。」

これは、晩年の兜子が、ぼくに書き寄こした最後の便りである。（厳密には、この後、ぼくの第二句集『瞳孔祭』への簡単な礼状が届いている。）消印は、八〇年四月十八日になっている。ぼくは、自死した兜子のその凄惨な死に先立って、無念の訣別を遂げていたのであったが、この兜子の言葉からは、兜子と初めて会った頃のぼくの青春の日の苦悩や不安よりも、より濃厚な鬱気と捉えどころのない不安や悲哀が滲み出ているのが感じられるのである。

ぼくは、兜子が自死した日から今日まで、この一枚の便りを肌身離さず持ち歩いている。それは、俳句の集いに出る時ばかりではない。私用で旅に出る日も、コーヒーを飲みに町へ出る時も、本を入れる鞄の奥に必ず入れて歩いている。それにしても、〈どうせ死ぬまで俳人だ〉という兜子のこの言葉は、どうにもぼくの心には辛い。しかし、俳句のことで苦しみを覚えるとき、ぼくは決まってこの言葉を思い出す。そして、それとともに、兜子と初めて会った日、梅田の夜の街路に突っ立っていた兜子の、新鮮なあのなにかの精霊のような微笑が思い起こされてくるのである。

〈幮に寝てまた睡蓮の閉づる夢〉とは、なんと儚く、また哀しい夢なのであろうか。〈また〉にあるこの言葉の中の時間性を辿れば、魂は人類の劫初にまで遡るのであろうし、睡蓮の花の幽かなふるえは、なにものかへの哀しい怯えを暗示していて密かに囁きかけてくる冥暗の言葉なのでもあろう。兜子は自らが決して見てはいけなかった夢を、日常の精神の亀裂の狭間から覗いてしまったのであった。〈また睡蓮の閉づる夢〉と、見えざる他者と自らへ向けて呟いて閉じる目蓋の裏には、はやくもまた同じ睡蓮の花が妖しく揺れはじめようとしているのだ。兜子のこの嘆息は、既視としての睡蓮の花を意識の上に浮かびださせることによって発露されるのであり、その〈また〉という連続性は、なによりも意識下の不明に広がる不可視の花をも浮上させてしまうのである。

ところで、ぼくには次のような「蓮」の近作がある。

四、五日で家食い荒らす蓮の花　　徹郎
肉体をゆめゆめ蓮の葉が犯す
肉体が出て行く蓮池薄っすらと石段

やはり、ぼくの言葉のどこかに、兜子のあの精霊のような微笑が宿っているようである。確かにぼくは、この数年を自死した兜子の悲哀と苦悩を胸に棲みつかせながら書き続けてきたのではあったのだが、ぼく自身の苦渋も、依然としてあの青春の日と変わりなく続いているのだ。ただ、ぼくが、ぼく自身の苦渋に幾何かの距離を維持することが出来るようになったということだけである。

しかし、この幾何かの距離が、兜子の俳句においては大きな意味を持つ〈また〉を、ぼくの俳句には無用のものとしてしまうのであった。

吉本隆明と親鸞思想——自己という名の絶対性の錯誤、人間の思惟と理性が持つ根源的な病理

一九九九年七月二日付「北海道新聞」夕刊

私が愚妻で作家の斎藤冬海を伴って、東京は本駒込の吉本隆明邸を初めて訪問したのは、平成二年の四月だった。かって某誌で企画された私の特集号へ吉本隆明は一面識も無い私の文学作品について論文を書き下ろし寄稿した。私は今日まで北空知の新城峠の麓の寺に定住し、仏教哲学の研究を生業としつつ、「銀河系つうしん」等を発行して「実存俳句」を書き続けてきた一俳人に過ぎない。予期せぬ来訪者であるにも拘らず、吉本隆明は森閑とした中庭の木々の若葉から陽の漏れる書斎へと私たちを微笑みをもって招き入れてくれた。私はその時の思想家吉本隆明の真摯な眼差しと語り口を忘れることが出来ない。

吉本隆明は言うまでも無く、戦後の思想界と文学界をリードし続けてきた日本近代を代表する思想家であり、根源的な詩人である。又、彼の宗教論は大部にわたり、宗教界へ強い影響を与え続けて来た。殊に『最後の親鸞』『論註と喩』『〈信〉の構造』等に収録される彼の親鸞論は思想家吉本隆明自身の思想の基層を形成するものとしてあり、人間存在の闇を切り裂く稲妻の如き眼力と思惟を彼に与え、日本近代の思想史に揺るぎない強烈な一条の光を与えるものであった。吉本隆明は親鸞を一宗派の開祖の位置に止どめず、東洋思想を究極的に大成した世界的思想家の一人として捉える。親鸞の言葉の悉くをあくまで親鸞の思想として捉え、親鸞が説き続けた大乗の慈悲を現代の世界思想のあらゆる場面に蘇生させたのである。念仏者親鸞が思想家親鸞であることの深甚の意味を明らかにしたのが吉本隆明の親鸞論の歴史的な、そして革新的な意義なのである。

オウム真理教の事件を契機とした吉本隆明の数々の発言も、親鸞が説いた大乗の慈悲の思想を離れるものではない。吉本隆明は地下鉄サリン事件後の全国民的なオウム非難一色に染まった大衆感情の只中で、その大衆感情を反映したマスコミと警察権力の横暴を激しく批判する発言をし続けた。私はここに反権力の思想家吉本隆明の真骨頂を見、この思想家の行為と

言葉が大乗の慈悲の思想に貫かれたものであることを確信した。吉本隆明の発言の真意は大衆の高ぶった表層の意識には届かず、又敢えて真意を見ようとしない悪意の人たちの中傷と誹謗を浴びたが、吉本隆明は独り反権力の正論を発し続けた。

「(オウム真理教の)麻原こそ浄土に一番近い場所に立っている人間だ」、この吉本隆明の発言も、その逆説的な真意を読み取ることの出来ない者には重く刺激的な響きを持つものだった。自ら「尊師」と名のり、救済者を名のる麻原こそが真っ先に救済されてゆかねばならぬ人間であることを「浄土に近い」と表現したのだが、浄土教系の宗教人の中には浄土の教えを乱す強烈な一撃と受け止めた者が少なくなかった。

本来、人間を超えた絶対者(神又は仏)に対する依存の関係性によって成り立つ宗教それ自体の根本的問題として、その絶対性(真理)への依存の裏返しとして自己を相対化することが遂に不可能である。人は宗教によって自己の罪悪性が自覚され、その罪悪性の超克を希求して更に絶対性への依存の関係を強める。しかし、ここでは罪悪性を自覚する自己そのものは問われていない。それは存在や世界の正邪・善悪を分別する理性の自己である。ここではこの理性分別のいわゆるノエシス的自己が残される。この理性分別の自己は果たして如何に救済されて行くのであるか。自己の眼を自己の眼によって見ることが出来ないことと同じく、分別する自己自身を相対化する眼は閉ざされ、又他の如何なる絶対性も認められない。オウム真理教は宗教の持つこのような本質的な自己矛盾と理性の虚妄性を明白にした解り易いテキストである。

しかし、このような絶対性の錯誤はひとり宗教のみならず、あらゆる思想や理念や科学や国家が陥る本質的問題である。あらゆる思想や理念は正邪・善悪を分別する理性の自己であり、それが主義化し絶対化し相対化の眼を喪失した時、必ず殺戮の忌わしい歴史の斧が振り下される。私たちはそのおぞましい悲劇を体験して未だ半世紀にしか過ぎない。

分別する理性の自己とは自己自身をけして斬ることの出来ない絶対性の剣である。本来、一個人の信仰の問題に過ぎない宗教を敢えて思想として捉えるのは、この自己という名の絶対性の錯誤が治癒し難い人間の思惟の根源的な病理であることをあからさまにする為である。吉本隆明は人間の思惟と理性が持つこの根源的な病理を解決することの出来るのは、世界で唯一つ法然や親鸞等の仏教の浄土系の教えのみであろうと断言した。それは法然や親鸞の信が、一切の分別(はからい)を離れた場所(本願・浄土)を源とし、大乗の慈悲に抱きとめられてゆく愚者の思想を徹底するものであったからである。

吉本隆明がかって念仏者親鸞を思想家親鸞と呼んだのは、まさしく人類の未来に埋められた錨のように、余りにも深くて重い意義を持つものであったことに気付く。

反俳句の視座―実存俳句を書く

學燈社発行「國文學」二〇〇一年七月号「特集・俳句の争点ノート」

かつて歌人で批評家の高橋愁が私についての一千枚の作家論を書いた時、彼はその著を『暮色の定型』と命名した。その暮色の薄墨色は、今日の俳壇を謳歌する俳句結社や旧守的俳人の表層的な数的繁栄と相違して、文学としての俳句形式が今、滅亡の淵に在って死に瀕している姿を映し出す。日は既に沈み、やがてこの形式に必ず夜闇が襲う。その直前の夕暮れ時が、今日の俳句の如実の状況と言ってよいだろう。この絶望的な火急の隘路を如何に革命的な俳句思想の構築とその実践によって超脱するかが今、この形式に関わる我々に雨降る矢のごとく問われているのである。本論はこの問いに対する私の苦渋の解答書である。

わが国の文学史上、俳句という言葉が初めて使用されたのは、明治二十三年刊行の三上参次と高津鍬三郎の共著『日本文学史』の中のことである。その後、俳諧の発句を独立させた十七音律の表現形式を俳句と呼称し、写生説の主唱と共に一句完結の近代詩として樹立せんとしたのは正岡子規（一八六七～一九〇二）である。子規の写生説は高浜虚子（一八七四～一九五九）の花鳥諷詠説へと受け継がれ、雑誌「ホトトギス」を場としたその潮流は実に一世紀を隔てた今日も有季定型の基本理念として俳句結社の守旧的俳人の拠り所として息づいている。

この子規から虚子へと継承された客観写生・花鳥諷詠の俳句思想が、季語・季題に集約される前近代の和歌伝統の美意識の呪縛を無批判に受容したものであったところに、近代俳句の現在に到る不幸が落種されていたのである。この季語・季題の呪縛は俳句の言葉を季節の詩へと強いるものであり、俳句の言葉から人間を奪い取り、俳句を文学から断種する魔物である。それは華をかざしながら美意識を以て密かに人間を統率する定型詩に宿された国家の意志であり、詩人がその全霊を以て抗う対者にほかならない。子規の俳句革新がもし俳諧の発句を以て俳句と名称し、一句独立した言語世界の構築を志すものであったとしたならば、その独立した言語とはいかなる束縛をも否定し、屹然と未知の表現の荒野を目指すものであらねばならなかったのである。しかし、季語・季題の呪縛を俳諧の発句から無批判に持ち越したところに、子規の俳句革新と呼ばれるものの本質的問題があったと指摘せざるを得ない。そこには国家の意志と通底した前近代の季語的共同性の呪縛と近代的人間の自立との間の、身を裂く相克が必然的に立ち現れていなければならなかったのである。つまりそれは、季語・季題の俳諧の夜宴と訣別した言語表現の未知の領域への出立であり、新たな定型詩文学の生成の暁とならなければならなかったのである。

子規から虚子へと継承された有季定型・花鳥諷詠の俳句思想は、一世紀を隔てて、なお、今日の俳句界を被っているのである。

荻原井泉水（一八八四～一九七六）は、かつて「俳句か人か」と題した講演の中でこう述べている。

「当今の俳句というものは「俳句だけの俳句」で、「人」というものを忘れています。」

これは昭和四十一年刊の『芭蕉鑑賞』（潮文社）に収録されたものだが、そのままが俳句の現在への批判となり得ている。今日の俳句界の一見繁栄に見えるその姿こそが、実に既に亡びてしまった俳句の無人のすがたなのである。

それでは人間を忘れた「俳句だけの俳句」とは、どのような俳句のことなのであろうか。一言でいえばそれは、美意識のみで書かれた文語による有季・定型の俳句のことである。大胆に言えば定型詩における文語は和歌伝統の美意識に随順する言語であり、実存的に存在する一人の人間の生活者の言語ではない。生活者としての一人の人間がその身に内包し刻々現行する時間・空間において、文語は既に死語に等しい人間不在の言語なのだ。この人間不在の死蠍となった言語によって書き続けられて来た文芸が季語・季題に隷属する今日の俳句なのである。

今日の俳人たちが多く吟行や句会と称して生活空間を脱出するのも当然の成り行きであり、彼らの生活の実際と言語とは相入れず、彼らの俳句が「句と身と一枚」とはなりえず、生活とは隔絶した場所にしか生成しないことを証している。

「点取俳諧」が芭蕉の時代も今も変わらず、俳人を名利へ駆り立て、人間性を喪失させる死に至る病であることに変わりはない。背筋のぞおっとする余りに恐ろしい人間不在の光景が子規から虚子へそして現在に至った、文語による有季定型の俳句の実のすがたなのである。

孤高の人荻原井泉水が、昭和四十年代初頭に於て、計らずも「俳句か人か」と問い、「昨今の俳句は、人というものを忘れている」と痛烈に言い放った言葉は、但に当時の俳壇に対する警鐘であったのではない。新世紀の今日の俳句界にも轟く雷鳴の如き大夜の弔鐘にほかならなかったのである。

ここで私は、口語で俳句を書くことの根拠を掲げることとする。それは口語で俳句を書くことが、反俳句の視座を獲得する唯一の手立てであると考えるからである。しかも、口語で俳句を書くことは、文学としての俳句を屹立させ、私を未知の荒野へと出立させてゆく手立てとなるからである。

但し、ここで言う口語とは但に話し言葉という意味ではない。口語とは生活の言語のことであり、生活者の思惟の言語のことである。この生活者の思惟の言語をもって俳句を書くことが、とりもなおさず口語で俳句を書く行為である。生活とは人間が生き活かされてゆく実存の謂いであり、生活者とは人間の生存に直接し、生の根拠を問う実存的な思惟のあり方を指し示す言葉である。それは季語・季題の指し示す和歌伝統の美意識を相対化し、生の根拠をもって俳句を書く行為を問い質してゆく、俳句形式との凄絶な抗いの営みである。故に口語で俳句を書くことは、反定型の意志の顕在を意味している。この叛意を以て定型詩たる俳句を書く営みであるから、それを私は「反定型の定型詩」と呼ぶのである。この反定型の叛意を貫きつつ、且つ定型詩を書く、この桎梏の引き裂かれてゆく実存の峡谷が俳句の言語を唯一文学たらしめ、大地に立つ人間の詩（うた声）たらしめてゆく場所である。それを私は「実存俳句」とも呼ぶ。

しかし、これは私の独創ではない。口語で俳句を書く、遥かなる「実存俳句」の先達の孤影を私は松尾芭蕉（一六四四～九四）の晩年や小林一茶（一七六三～一八二七）等の俳諧の言語の中に見る。

旅に病で夢は枯野をかけ廻る　　芭蕉

松尾芭蕉の辞世と伝えられるこの発句が、口語によって書かれていたことは驚くべきことだ。つまり、上五の「旅に病で」

は、「旅ニ病ミ」の文語定型や「旅ニ病ミテ」の破調の文語表記ではなく、明らかに「旅ニ病ンデ」と口語による破調表現が為されているのである。この「病ンデ」と一字はみ出した口語表現の中に、俳聖松尾芭蕉の、あくまでも一人の生活者としての実存が垣間見える。これは芭蕉の辞世の絶句である。この芭蕉辞世の絶句の一字はみ出した言語の中に、芭蕉五十一年の生涯の思惟の総てが呑み込まれているのである。仮にこれが「旅ニ病ミ」や「旅ニ病ミテ」の文語表現ならば、芭蕉の死生の狭間の実存の峡谷がそこに見え現れることはない。「病ンデ」の一字はみ出した口語が、芭蕉をして実存の未知の荒野へと歩み出させる一歩を確実に書き止め得たのである。

言う迄もない道理であるが、人間の実存は和歌伝統の美意識や国家の意志に隷属する文語では書き止め得ることは凡そ不可能である。果たして誰が、人間の〈タスケテクレ〉の実存の末期の声を自ら文語によって書き止め得ることが可能であると言えよう。既に死蠍でしかない文語ではこの声を書き止め得ることは出来ない。人間存在の内部から衝き上げて来る実存の声を書き止め得るものは、唯一、口語のほかはない。実にこの人間の実存の声こそ有季定型の俳句が拒絶し続けて来たものの正体であると言ってよい。それは季語・季題の呪縛を切り離し、季語的共同体の規範を破り、俳句定型の根拠をその根底から問い質す、人間の生存に直結した声であるからである。

顧みるに芭蕉生涯の漂泊とは、一体、いかなる意味を内包するものであったのであろうか。芭蕉生涯の漂泊の旅が内包していたものこそ実は一人の詩人、一人の生活者としての芭蕉の、俳諧師としての自らが形成して来た俳諧の〈座〉を否定し、〈連衆〉をも拒絶して、非日常の漂泊の中に自らの生の根拠を問い質す、反定型・反伝統の叛意の実現を希求する秘められた精神の蔵なのではなかったのか。延宝八年（一六八〇）、芭蕉三十七歳の不可解な出来事とも言われる所謂、深川隠栖と彼の生涯に亙る死を賭した旅立ちとは同一の蔵の中の出来事なのではなかったのかと思われる。それを実証するものこそ、この辞世の絶句であろう。この句の「枯野」の上には〈座〉も〈連衆〉もなく、唯一人、道無き道を掻き分けて行く芭蕉が居るのみである。

ところで今日までの多くの鑑賞者がこの「枯野」の語によって芭蕉の辞世の句を冬季の季題の発句とするのであるが、この句の本質はそこにあるのではないことは明白だ。この句は人間の死に瀕した実存が主題であって、本質的に季節に関わりがない。むしろ「雑」の句と言うべきである。

芭蕉の「雑」の句に、他に、
家は皆杖にしらがのはか参り　　芭蕉
等、少なくない無季の句の存在が知られている。それらは皆、付句の付けを拒絶して一句独立の風概を表している。この「はか参り」の句の内蔵する実存性も又、俳諧のもつ連座性を否定して、「旅に病で」の辞世へ到る未知の一歩を書き記している。

『旅寝論』（去来著）の中に、

「先師もたまたま無季の句有。しかれ共いまだおし出して是を作し給はず。有時の給ふは、神祇・釈教・賀・哀傷・無常・述懐・離別・恋・旅・名所等の句は、無季の格有度物なり。」

という芭蕉の言葉が収められている。この一文の中に「無季の格有度物なり」として示された「神祇・釈教・賀・哀傷・無常・述懐・離別・恋・旅・名所等」の中の〈賀・哀傷・無常・述懐・離別・恋・旅〉とは、そのままが一人の人間の生活者としての生の総量を指し示す事柄であり、人生の全体性を表わしている。季題や季節は却ってその中の一部でしかない。この一文は、俳諧の発句を以て人生の総量と向き合う時、芭蕉も又「無季の格有度物」と考えていたことを証している。つまり、俳諧の言葉が生の全体性と切り結ぶ時、芭蕉は季題は不用となると考えていたことを明証している。ここに芭蕉の俳諧の思想の本質が示されているのである。

ここに到って、辞世の句の「枯野」は季題であって実は季題ではなく、「人生の荒野」の喩であり、末期の眼より返り見た芭蕉の生の総体を一言で喩えた言葉なのであることが分かる。だが、しかし芭蕉は自らの末期に当たって自らの来たった生涯にのみ心を止どめたのではないだろう。芭蕉はその時、自らの滅後の、遠く遥かなる荒野をかけ廻る遂に相見ることの叶わぬ未来の一人の旅行く人へこそ、この一句を密かに捧げていたはずなのである。

芭蕉の辞世が、口語による発句であったことの事実は、とてつもなく広く深い意義を湛えて現前しているのである。

芭蕉の滅後、七十年を隔てて出生した江戸俳諧の小林一茶も又、口語で発句を書く、実存俳句の先駆者であった。

さて長い夜が永いぞよなむあみだ　一茶

この一茶の口語による発句には、人間存在に対する深い思惟が垣間見られる。「さて」の後の休止は、韻律的には小休止だが、しかしそこには戦慄的な深い沈黙がある。それは存在の根源の闇へ向けた眼差しである。その眼差しが感得したものが、「長い夜が永いぞよなむあみだ」である。「夜長」又は「長き夜」は通常秋の季題だが、この句にあっては季題に意味はなく、「長い夜」が指し示す存在論が一句の主題である。ここに書かれた「長い夜が永い」の「長い」と「永い」の同音異義の重複の中に、真宗の妙好人でもあった一茶の実存的な存在論（人間観）が明確に書き述べられている。「長い夜」は真宗の開祖親鸞の『正像末和讃』の一首「無明長夜の燈炬なり　智眼くらしとかなしむな　生死大海の船筏なり　罪障おもしとなげかざれ」に出て来る「無明長夜」のことで、人間が煩悩的存在であることを表わしたものだ。「永い」はその煩悩的存在が救われず永劫流転するのは自らの計らいに起因することを表し、同時に弥陀の永劫修業が煩悩存在の人間の為にあったことを表している。この自己の存在理由がそのまま弥陀の存在理由であったことに対する嘆息が「ぞよ」の二文字である。この僅か十八文字の中に一茶の存在論と佛教思想の究極的な領解が余すところなく書き述べられている。それは驚くべきことである。それを可能としたのは、文語ではない。あくまでも、活かされて生きる一人の思惟者、生活者としての一茶の口語表現によるのである。他にも、一茶には、多数の口語による発句があるが、そのいずれもに存在の根源へ向けた深い眼差しが注がれているのである。

近代の俳句史では、口語俳句の作者として河東碧梧桐（一八七三〜一九三六）や前掲の荻原井泉水が先ず挙げられるが、井泉水門下には種田山頭火（一八八二〜一九四〇）や尾崎放哉（一八八五〜一九二六）が輩出している。ここでは種田山頭火の代表句を見てみる。

うしろすがたのしぐれてゆくか　山頭火

山頭火等の俳句は自由律俳句と呼ばれている。俳句形式の五・七・五音律の束縛から離れ、口語に内在する韻律に即して自由な表現が為されているのが特徴である。この句の韻律上の基本構成は「うしろすがたの、しぐれてゆくか」の七、七音であるが、詳細に読めば「うしろ・すがたの、しぐれて・ゆくか」の三・四、四・三の整然とした音律構成が見えてくる。

また「うしろすがたの」と読み込む急の七音の後に休止を持ち、「しぐれて」の緩の四音の後に微細な休止があり、最後に「ゆく」「か」の急の三音で句が結ぶ。この急緩急の気息に即した口語によって自らの後姿を追う視線を書き止めたのである。

分け入つても分け入つても青い山　　山頭火

この句は「分け入つても」の反復によって「も」の音を重畳させる構成が巧みに取られている。ここでは「も」は否定と再肯定を同在させ、「分け入」る動作と「青い山」の存在を映画のズームアップ手法のように際立たせている。

これらの口語俳句は非定型の自由律作品として傑れてはいるが、同時にここには自由律俳句そのものの本質的問題が表われている。これらの句は俳句形式との抗いを離れて、自己の気息に随って口語の内在律に即する結果、書き上げられた言葉は自己心中の表白の域を出ることがなく、敗者の独白のように虚無主義やナルシシズムと共にあり、自ら違和の言語となって他者と向き合うことがない。つまり、ここでは自己や世界に対する質疑の矢は、はじめから折り捨てられてしまっているのである。ここには先に見た芭蕉の辞世の句に見られた未知の荒野や、一茶の存在の根拠へ向けた質疑の眼差しはない。只、社会にも俳句形式にも向き合うことなく、時雨の野山へ退いて行く敗者の姿があるばかりである。

しかし、戦後市川一男（一九〇一～一九八五）等と「口語俳句」を創刊し、口語俳句運動を推進したまつもと・かずや（一九二八～二〇一四）は、山頭火等とは逆に世界に対する叛意を自由律俳句を以て挑発的に書く。まつもとは徹底したリアリズムの獲得によって自由律の持つ負性を暴力的に克服したのである。まつもとの句集『俳句よ沈黙するなかれ』には、次のような句が収録されている。

花吹雪の中老いた天皇をおくる皇室一家　　かずや

次に坪内稔典（一九四四～）の口語俳句を見てみよう。

水澄んで河馬のお尻の丸く浮く　　稔典

坪内は俳句の片言性を主張する俳人。詩性と思惟性を欠落させた彼の句は、日常眼にしたものの断片を口語の軽口でなぞったもので、現実や社会に対して言葉は親和的にしか用くことがない。片言性ではなく、毒にも薬にもならない甘納豆ほどの軽薄性が彼の句の特徴である。

ここには、先に見た山頭火等の問題とは異なる口語俳句のもう一方の本質的問題が表われている。日常性の言語でもある口語は、俳句定型の韻律に取り巻かれる時、自己や世界に対する思惟の眼を奪われ、無思想化した軽薄俳句を生み出す危うさがある。しかも、この危うさは、思惟の眼を喪失した者には気付くことがなく、その軽薄性を俳句性と見過らせるのである。ここには最早、言語表現の一形式としての俳句は存在せず、但に言語遊戯と化した俳句が在るばかりである。

桃の花やさしくおならしてしまう　奈菜

鳴戸奈菜（一九四三〜）の句集『微笑』に収録された口語俳句も、親和的に作者の他愛のない日常的現実を描写したもので、無思想化した言語が痛々しい。この句は女性である作者の放屁を主題とした句であるから、「桃」は女性の臀部を、「花」は自らの肛門を喩えたもの。「やさしくおならしてしまう」は自らの放屁の様を具体的に詠んだものだ。このような句を作者自ら「有季定型にすこし揺さぶりを掛けた」（後記）等と書く詩精神の退廃ぶりは読者の正視を疎外している。

これらには猥雑な日常性が描かれているようで実は何処にも人間は存在しない。これらの言語遊戯の、思惟性と世界への叛意を喪失した口語俳句は、人間不在の意味に於て、先に見た前近代の規範に束縛された有季定型の文語俳句と変わりはない。

口語で俳句を書くことは、本来、生活者の思惟の言語である口語をもって俳句形式との必死の抗いを為す営みである。それは山頭火等の自由律俳句や坪内等の口語俳句のように但に非定型であったり、口語であったりすることを意味しない。季語・季題の中に封印された和歌伝統の美意識や俳句定型の中に秘められた国家の意志との生存を懸けた抗いであり、その熾烈な抗いを通してあらゆる束縛からも解放された言語世界の構築と、人間の真の主体性の確立を目指す、反季・反定型・反結社主義の凄絶な営みなのである。

惟えば、芭蕉はあの辞世の句に於て、「旅ニ病ンデ」と実存の未知の領域へ確かな第一歩を踏み出したのであった。子規が近代の夜明と共に俳諧の発句を独立させ詩表現の一形式としてそれを「俳句！」と叫んだ時、彼は芭蕉がその辞世に於て踏み出したこの未知の一歩から書き始めなければならなかったのである。

ここに子規が踏み損ねた荒野の道がある。口語で俳句を書くことは、実存の峡谷へと続くその道を掻き分け踏み締めて行く営みである。日は落ちて既に野は暗いが、この道を確かに私は歩み続けているのである。自らのその営みを私は、「実存俳句」と称ぶことにしている。

十七音の銀河系──寺山修司は何故、俳句を辞めたのか

二〇〇二年五月四日、北海道文学館発行『寺山修司の二十一世紀』(『寺山修司展テラヤマ・ワールドきらめく闇の宇宙』記念誌。編集=『寺山修司の二十一世紀』刊行委員会、委員長・山口昌男)

定型詩は人を殺す──。

この北の地で、私は、堕落し尽くした俳句の現在に向かって、こう叫び続けて来た。それは、今日の俳句と俳人の死に至る懼るべき驕慢の病いの只中に在って、孤立無援の必死の戦いだった。それ故に、私は、寺山修司の俳句に接するたびに、「何故、彼は俳句を辞めたのか」との不審の思いが、私の念頭を離れることはなかった。しかし、今、寺山修司の若き日、彼も又、私と同じくこの詩形式に対する絶望的な、余りに恐ろしい懐疑を抱いたのではなかったかという思いに駆られる。

そもそも、寺山修司と私には、俳句との関わりに限れば、類似する事項が余りに多く、驚く。寺山は、昭和十(一九三五)年、青森県三沢市に生まれ、昭和二十六(一九五一)年、県立青森高校に入学と同時に俳句を本格的に書き始めている。高校時代は俳句のほかに詩や短歌も作るが、もっとも精力的に作り続けたのは俳句作品である。十代の文芸誌「牧羊神」や地元新聞「東奥日報」等、あるいは青森の俳句結社「暖鳥」に入会して俳句を発表し、新興俳句の中村草田男や西東三鬼等の知遇を得ている。

昭和二十二年生まれの私は、寺山とは十二歳違いだが、彼の十代の俳句歴は、そのまま私の履歴とうりふたつで、まるで異母兄弟か異父兄弟かのようで気味が悪い。つまり、私は道立芦別高校入学と同時に俳句を本格的に書き始め、詩や短歌も

作るが、一番力を入れていたのが俳句だった。校内の文芸誌や北海道新聞等に投句し、新興俳句の細谷源二の知遇を得、細谷の主宰誌「氷原帯」に入会して作品を発表していたのである。但し、寺山修司と私との決定的な違いは、彼は十九歳で故郷を出立し俳句と決別して、二十歳以降は短歌や詩や演劇等、他のジャンルへ多様な表現の場を求めたが、私の場合は俳句をて生涯に亘る唯一つの表現形式として選択し、殆ど故郷を離れずに書き続けて来たことだ。

寺山修司の俳句作品は、『寺山修司全詩歌句』(思潮社)や『寺山修司俳句全集』(新書館)に凡そその総てが収まっている。殊に『寺山修司俳句全集』は、この書の編纂・解説者で寺山の若き日の友人である宗田安正氏により、後年刊行された句集と各文芸誌や俳句誌、新聞発表の俳句作品等までもが年度別に採集され、その上にエッセイや評論等、多種の俳句論が収録されていて、寺山の俳句認識とその推移を見る上で極めて貴重である。

その中には、昭和二十九年(寺山十八歳)発行の「牧羊神」第一号の編集後記に「僕らの俳句革命運動は」等といった寺山自身の生(き)の言葉が出ていて、どきっと胸を刺す。この「俳句革命」という言葉は、かつて私が個人文芸誌「銀河系つうしん」を創刊した時に抱いた決意の念であり、一昨年沖積舎から刊行された『西川徹郎全句集』の後記や帯にも記載された檄の言葉だからである。他に幾つか寺山の言葉をこの書から抄出しよう。

「百年―それは一本の樅の木の成長の様に、常に火を内蔵し乍ら前進しなければならない労力を必要とする。僕等最後の旗手。僕らは僕らにだけ許された俳句の可能性を凡ゆる角度から追求せねばならない。」（「牧羊神」第五号、「pan宣言」）

「私らは西東三鬼氏―左様あれほど尊敬していた―を蹴とばさねばならなくなった。なぜならば三鬼氏が内蔵しているハイデッカーの、そしてあるいはヤスパースの実存主義には「生」をすでに有限とみなしたニヒリズムと絶望が厳然として存在しているからでもあるし、「生」へあまりにも中年的な興味をもちすぎているからである。

僕らは乾杯しなければならないだろう。

しかしその前に殺さなければならない―。」（「牧羊神」第六号、「光への意志」）

これらは昭和二十九年寺山十八歳の年に発行された「牧羊神」での発言だが、僅か数ヶ月の間に変容し、起立する言葉の中に、俳句革命へ「火を内蔵し乍ら前進」しつつあった一人の詩的存在の決然とした北壁と絶望の闇が覗く。

寺山が俳句と決別した理由がここに記されていると私は見る。師と仰ぐ筈だった当時の俳壇の権力者西東三鬼を切り捨てるばかりか、殺意を述べている。この「中年的興味」が具体的に何を指すか不明だが、三鬼への批判は、実存主義の陰鬱と共にこの詩形式が就く人間社会のシステムに関わる問題ではないか。それは寺山の次のような述懐に明らかだ。

「中学から高校へかけて、私の自己形成にもっとも大きい比重を占めていたのは、俳句であった。この滅びゆく形式に、私はひどく魅かれていた。俳句そのものにも、反近代的な悪魔的な魅力はあったが、それにもまして俳句結社がもつ、フリーメースン的な雰囲気が私をとらえたのだった。

—略—私は、この結社制度のなかにひそむ「権力の構造」のなかに、なぜか「帝王」という死滅したことばをダブルイメージで見出した。」

（「新評」、昭和四十三年）

十代の日に既に彼は俳句形式のもつ魔力と共に俳句結社の魔界を覗き見たのである。俳句結社は主宰者を頂点にしたピラミット型の権力構造で、主宰者の選句という名目で会員の言語の生殺与奪がなされ、異質な言語の排除と抹殺が為されている。寺山は俳句形式と俳句結社の両者に反近代的な悪魔的世界を見出したのである。

「定型詩は人を殺す—」

もとより定型詩にはどこかに国家の意思が宿っている。民族の言語を統制し、人間を飼い馴らす悪魔的な国家の意思である。殺された肉体が倒れるのではない。殺されて言葉を喪い、精神を奪われ、生の思惟の手だてを失うのである。しかも、結社権力の構造の中に組み込まれ、その「フリーメースン的な雰囲気」や「帝王」のような支配者的気分が名利の欲望を充たすから、自分が殺されたことにさえ気づかず、花鳥の美意識とささやかなナショナリズムとアカデミズムに酔いしれる。人が死ぬのは常に自らの増上と驕慢によって死ぬ道理であるから、彼らは定型詩から増上と驕慢の心根を植え付けられて殺されたのだと言うべきかも知れない。胸に刀剣を刺し込まれながらも安穏と花鳥の園に遊び、権力に奉仕するのが、定型詩のもつ悪魔的世界と言ってよい。

寺山修司の天才はそこに累々とした生きた屍を見、その生きた死体の悪臭を嗅いでしまったのである。つまり、寺山は、俳句というこの定型詩に無人の沢を見、恐怖して俳句の野を辞去したのだ。しかし、彼が少年の日、俳句形式で垣間見たこの刀葉樹林の世界は、それ以降の彼の表現者としての絶対的なある何かを決定したのだと言って相違ないだろう。

〈革命前夜〉の寺山修司

二〇〇四年文學の森発行、総合誌『俳句界』一月号

修司を思う時、〈彼は何故、俳句を辞めたのか〉という念いが私の脳裏を離れることがない。俳人としての彼と私には似通った経歴が余りに多く、以前から私は彼に同類の血の匂いを感じとって来た。彼も私も高校入学と同時に本格的に俳句を書き始めた。彼が県立青森高校三年時に創刊した文芸誌は「牧羊神」だが、私が関わった道立芦別高校文芸部の誌名は不思議にそれと同名で、「シリンクス」だった。当時、私は新興俳句の旗手細谷源二等の知遇を得たが、彼も新興俳句の西東三鬼等と出会っている。その他の多くの事柄も高校生俳人だった彼と私はうり二つで、まるで異母兄弟であるかのようだ。違うのは彼は二十歳で俳句を辞め、他のジャンルに表現者としての活路を求めたが、私は今日まで俳句を書き続け、〈反季・反定型・反結社主義〉を標榜して「実存俳句」を書き続けて来たことである。

ともあれ、十代の日、修司は東北・青森の空の下に在って見事に「俳人」だった。見事にというのは但に彼が俳句を書き幾つかの秀句を遺したからではない。俳句を書きつつ彼が俳句形式の根源的なアポリアに真向かい、その北壁に抗い、闘って、青春の日々の多くがこの詩形式に捧げられ、自らの血を浴びて立つ詩人であったからである。昭和二十九年二月、創刊した「牧羊神」の編集後記に彼は「僕らの俳句革命運動」と記し、同誌第二号に

「ここに創刊したPANは現代俳句を革新的な文学とするため」（「PAN宣言」）

と書いている。彼は日本の文学史上、初めて〈俳句革命〉を宣言した俳人ではないか。俳句形式は日本の近代一百年間に様々な俳句芸新の運動と共にあったが、彼の〈俳句革命〉は反「ホトトギス」や第二芸術論の観念に束縛された過去の運動とは本質を異とし、「現代俳句を革新的な文学とするため」という理念と詩志に支えられた純血の文学運動としてあった。彼

の十代の日々は正しくこの革命に奉仕しようとするものだった。彼の稀に見る詩才の、その生育期における清新な感性が希求した〈俳句文学〉樹立の志は、彼が俳句を辞めた後も今日まで、荒野に聳立する只一本の樹木の戦ぎとなって、私の心を撃ち続けている。

彼は「二十歳になると、憑きものが落ちたように俳句から醒めて、一顧だにしなくなった」（昭和五十年刊『青蛾館』「次の一句」）と自ら語っている。はたして彼はこの詩形式に何を見てしまったのか。次の言葉が当時の彼の思惟の一端を物語っている。

「狂って死んだフランスの詩人がこんなことを言っていた。「私は見たことを詩に書くのだ。それが現実であろうがなかろうが、私が見たということにまちがいはない。

ところで見たことを書く俳句は決して私小説ではないし（中略）見たことは在ったことと決して同じではない、ということは、考えてみるとひどく私らの力となりそうな気がしたからである。」

（注・傍点筆者、「牧羊神」第六号「光の意志」）

「見たことを詩に書く」、これは勿論、所謂「属目」のことではない。この思想は季語・季題に囚われ、季的規範に縛られた俳人の中には存在しない。「見たこと」とはいわば目撃者の眼を示唆している。それは何ものにも囚われたり、縛られたりするものではない。しかも、見たことと在ったこととの狭間に茫漠とした距離があり、それは詩の言語が樹つ希少な不可避の場を示している。その場所に彼の俳句思想は一本の茨のように刺さっている。又、彼は次のようにも言う。「「俳句的人生」という一見ひどく前時代的なことを、私が新世代の俳句をする青年たちへ呼びかけようとするのは、つまり人生を俳句に接近させることにほかならないのだが、その場合は、俳句は無論既成の俳句ではなくて、私ら新世代によって革命化された新理想詩を指しているのである。（中略）（傍点筆者）」と。「俳句を人生に」ではなく、「人生を俳句に接近させる」とは、俳句をもって生の総体や生活の全体性を書き切るということだ。「人生を俳句に接近させ」た時、俳句形式から放たれる一瞬の極光を、彼は三鬼や中村草田男等の「既成の俳句」には遂に見ることなく、「俳句的人生」を閉じようとしたのではなかったか。しかし、後年、彼は自ら銀河系を被うほどの極光の一句を成している。俳人としての寺山修司を思惟する時、「俳句的人生」を表象した次の一句の思想性は計り知れないほどに深い意味を持つ。

わが死後を書けばかならず春怒濤　　修司

「かならず」を「必ず」と読む時、死の実存を超脱する絶対者の普遍の誓約が顕現する。それは同時に東洋思想における「必然」の法理・法則を表わしている。又、「かならず」を「可ならず」と読む時は、アミダの語義である「不可」の意味となる。サンスクリット語のア・ミターは、アは否定言語で不可、ミターは計測・測量と訳される。故にア・ミター＝アミダとは人間の自力の計らいを根底から否定する言語となる。人間の実存としての反自然的本質と迷妄の計測を否定し生死を超えて波打つ「春怒濤」に、彼はその絶対普遍の法理を見たのである。

俳句結社についても、後年、彼は次のように書く。

「私は、この結社制度のなかにひそむ「権力の構造」のなかに、なぜか「帝王」という死滅したことばをダブルイメージで見出した。」（「新評」一九六八年）

「帝王」とここで彼が非難したのは、結社という権力構造に囚われた人間のことだ。名利の妖しい欲望を充足させ、いつしか俳人と俳句を蝕み殺す俳句結社という虚業の社会構造に、彼は、絶望と喜劇をみた。彼はこの畏るべき帝王の権力と抗ったのである。「定型詩は人を殺す」、それは定型詩には元来人間を統率する国家の意思が流れているからだ。思うだに懼ろしいのは、殺された人間が殺された事実に自ら気付くことなく、剣を深々と呑みつつ花鳥に遊び、定型に縛られつつその被虐自体を悦楽するすがたである。自らの死屍に気付くことがないのは、権力によって充たされた名利の欲望の火が自らの眼と耳を塞ぐからだ。

彼は「石川啄木論」の中でこうも言っている。

「啄木はつねに被害者として自らを扱っている。そこには自己肯定の情熱だけが暗く息づいている。妻から「家」＝「村落」といった構図が、ついに国家＝天皇制というかたちに展開してゆくには長い時間がかかっている。」

（寺山修司『石川啄木論』『寺山修司全歌論集』所収、一九七五年）

と。彼がこの同郷の先人から学んだものは少なくない。その最たるが、定型詩＝国家＝天皇制という人間を統率するわが国の定型詩に宿された権力的本質についての認識である。

例えば今日の俳人の次の句を見てみよう。

三月の甘納豆のうふふふふ　　坪内稔典

甘納豆が薄ら笑いを浮かべたこの句は、現代の代表的な「ホラー俳句」だ。但し、本当に不気味なのは、詩性や美意識の欠片もないこのような軽薄俳句に、さも何かがあるかのように見せかけ、「甘納豆の笑いが持つ謎や不気味さ」等と自解を臆面もなく書く、この作者の感性の貧しさと含羞を失った自己宣伝に長けた心性だ。「俳句的人生」はとうに破綻してしまっているのである。既に殺された自らの屍臭にこの作者はいつ気付くのだろうか。

かつて寺山修司が少年の日に青森の夜空を仰ぎつつ希求した「革新的な文学としての俳句」の復権こそが死に瀕したこの詩形式の為の火急事である。「牧羊神」の「PAN宣言」以後半世紀経った今も、この詩形式の置かれた状況に何ら変わりはない。彼の〈俳句革命〉の火は、未だ霧深く〈革命前夜〉のただ中に在る。しかし、〈前夜〉の儘に彼の掲げた〈革命〉の火は少しも絶えることなく、今も確かに〈文学としての俳句〉を希求し闘う詩人たちの胸を焦がし続けているのである。

〈火宅〉のパラドックス――実存俳句の根拠

二〇〇二年九月茜屋書店発行『星月の惨劇――西川徹郎の世界』(『西川徹郎全句集』出版記念論叢)

一、始めに

既に四十年の春秋が過ぎたが、私は、北海道は新城峠の麓に在住して、ひたすら〈文学としての俳句〉の屹立を希求し、反季・反定型・反結社主義を標榜しつつ〈実存俳句〉を書き続けてきたのである。それは私にとってまさしく〈星月の惨劇〉とも名付くべき〈反中央・反地方〉の隘路、実存の峡谷を駆け抜ける〈反俳句〉の余りに長い苦闘の歳月であったが、しかし、今にして思えば忽ちに過ぎた日月であったようにも思われる。

私が、私の俳句を〈実存俳句〉と呼ぶようになったのは必ずしも遠い昔のことではない。私が書いてきた、そして今も書き続けている俳句作品が、今日までの俳句史に出現した花鳥諷詠、客観写生、新傾向、自由律俳句、根源俳句、新興俳句、社会性俳句、前衛俳句、第三イメージ論等やその他の如何なる俳句の傾向や理念や思想や流派にも属さず、俳句形式による全く独自な詩表現であることは、私が自ら述べるまでなく既に多数の論者によって論究されてきた所である。ただ前例がない為に私自身が呼びようがなく、その為に便宜的に敢えて自ら命名してそう呼んだのである。だから、他者が私の俳句を〈実存俳句〉と呼ぼうが呼ぶまいが、いずれでも構わない。又、単に「西川俳句」あるいは「西川徹郎の俳句」と呼ぶ人はそれもよいし、文学としての俳句表現であるから〈西川文学〉と呼んで頂いても勿論よいのである。

問題はその内実にあり、〈実存俳句〉と私が敢えて自ら命名した所に存在する私の俳句思想と書かれた言語世界に顕現する意味と非意味性の峻路の中にある、俳句形式に対する問いである。私のその俳句形式に対する問い、〈実存俳句〉の理念や思想は、既に本書『星月の惨劇―西川徹郎の世界』の資料編に収録した「反俳句の視座―実存俳句を書く」（學燈社「國文學」二〇〇一年七月号より転載）にほぼ記述した所である。

本論では私の〈実存俳句〉の根拠を開示し、更なる私の俳句思想と存在論の在りかを書き述べるものである。

二、〈実存俳句〉の根拠

私が命名した〈実存俳句〉という名称は、ゼーレン・キルケゴール（一八一三―五五）やカール・ヤスパース（一八八三―一九六九）などの所謂、実存哲学や実存主義でいう〈実存〉とは異なり、東洋思想の究極的な存在論である大乗佛教の浄土教の人間観によっていることをここに書き述べておきたい。

元より東洋思想においては、凡そ二千五百年以前のインドに出現した釈尊（ゴータマ・ブッタ、前四六三―三八三）の初転法輪において説かれた四諦の中の苦諦である四苦の「生老病死」こそ人間の誰人も逃れがたい実存であり、この実存の超克こそが佛道であることをゴータマ佛陀は成道後の真理敷衍の端緒において表明したのである。

わが国の鎌倉期の釈尊の弟子法然（一一三三―一二一二）や親鸞（一一七三―一二六二）はゼーレン・キルケゴールやカール・ヤスパースに先立つこと凡そ六〇〇年から七〇〇年以前に相対的人間存在の罪悪性と反自然的な本質（自力性）を明らかにし、

その超克が人間救済の道であることを論証して、絶対他力の思想を明らかにしている。四苦の相（生老病死）と共にこの罪悪性と反自然的な本質こそ人間存在の偽らざる事実であり、実存性である。佛陀の教えがこの実存性の克服のために説かれた東洋の暁光であることを法然や親鸞は伝えたのである。私の文学はこの法然や親鸞の伝えた大乗の他力の人間観に依っている。

『大乗起信論』（伝、馬鳴（めみょう）作＝四五〇頃）は、佛陀の教えを人間実存の無明の超克とみる東洋思想の傑出した存在論であり、人間存在の実存的な意識的本質をその深層において解明し、その超克の法理を解き明した大乗佛教の至宝である。又、中国の曇鸞（四七六―五四二）の『往生論註』や道綽（五六二―六四五）の『安楽集』、あるいは善導（六一三―六八一）の『観無量寿経』についての疏釈や、わが国の源信（九四二―一〇一七）の『往生要集』や法然の『選択本願念佛集』や、親鸞の『教行信証』を始めとした多数の著作は殊に人間存在の極苦の相と共に反自然的な本質（自力・自計の心）の克服をミダの本願他力（絶対他力）の中に見出した全人類の為の地上の宝蔵である。ここでは殊に善導と親鸞の著作の一部を挙げよう。

善導は中国唐代の高僧で、『観無量寿経疏』「散善義」の中で、人間存在について次のように述べている。

「一つには決定して深く、自身は現に是、罪悪生死の凡夫、廣劫よりこのかた常に没し常に流転して、出離之縁有ること無しと信ず。」（註・傍点筆者）

とあり、「現身」の実存を顕わしているが、この一行の文言と文義の中に「自身は現に是」の現在、「廣劫よりこのかた」の過去、「出離之縁有ること無し」の未来という、過去・現在・未来の三世、一切時に亘って「常没」し「常流転」する絶望的な人間存在を語っている。この生の絶望を断絶し、人間精神の究極的な未来を開示するのが、善導の説いた念佛往生の浄土の教えである。

『往生礼讃偈』にも善導は、生の絶望とその克服を教示して次のように述べる。

「自身は是れ、煩悩を具足せる凡夫、善根薄少にして、三界に流転して火宅を出でずと信知す。」

この「不出火宅」は「流転三界」と共に浄土教の経典のみならず、『法華経』を始めとした大乗経典に斉しく説かれた自身の煩悩の譬であり、東洋思想に於て、殊に大乗佛教では、「実存」とはじつにこの不可避の「火宅の身」のことを指す。「無明」とはこの「火宅の身」の囚われに眼を失った相（すがた）であり、この無明の実存を超脱する径路が佛道である。

親鸞は、『歎異抄』（著者不詳）第一章に、

「（略）罪悪深重・煩悩熾盛の衆生をたすけんがための願にまします。」

とミダの誓願が「罪悪深重・煩悩熾盛の衆生」のためのものであることを明確に述べている。この「罪悪深重」の「深重」の二字に深旨がある。「深重」は「深く軽い」でもなく、又、「浅く重い」の何れでもない。もし、仮りにその何れかであれば未だ助かる途が残される。しかし、「深重」はその何れでもなく、助かる途の一切が閉ざされていることが知らされる。例えば、深い井戸に落ちた重い岩石の如く、自ら助かる手だてがそれ自体に一切存在しないことを顕わし、自力の造作を否定し、唯他力の一法あるのみであることを反顕し、人間の実存の究極的な超克は、唯一、ミダの誓願によることを明らかにするのである。

又、親鸞は、「地獄一定すみか」と知ったわが身の実相を『歎異抄』第二章の中に、

「（略）いづれの行も及びがたき身なればとても地獄は一定すみかぞかし。」

と語るが、『教行信証』「信巻」末に、三乗の五逆罪について解説する慧沼の『最勝王経疏』の次の文を引用し、堕獄実存の身を論証している。

「一には故（ことさら）に思うて父を殺す。二には故に思うて母を殺す。三には故に思うて羅漢を殺す。四には倒見して和合僧を破す。五には悪心をもて佛身より血を出す。恩田に背き福田に違するを以ての故に、之を名づけて逆と為す。此の逆を執する者は、身壊（やぶ）れ命終へて、必定して無間地獄に堕して、一大劫の中に無間の苦を受けん。無間業と名く。」と。

『歎異抄』第二章の「地獄一定すみか」の親鸞の言葉の拠り所が『教行信証』「信巻」末に引用された慧沼の『最勝王経疏』に依ることが判るが、この堕獄必定の人こそ、ミダの誓願の正機にほかならない。故に親鸞は『浄土和讃』に、

佛光照曜最第一
光炎王佛となづけたり
三塗の黒闇ひらくなり

大応供を帰命せよ
大聖おのおのもろともに
凡愚底下のつみびとを
逆悪もらさぬ誓願に
方便引入せしめけり
無明の大夜をあはれみて
法身の光輪きはもなく
無碍光佛としめしてぞ
安養界に影現する

などと、和讃するのである。

しかるに自らを「堕獄必定」「凡愚底下のつみびと」と知った親鸞とは、実に堕ちる身のままに救われた身であり、堕ちるものを落さぬ無底の大悲に抱かれた身である。故に堕ちる身は落ちぬ身であり、浄土に即生する身である。堕獄必定の身がそのままに往生必定の身となる。まさしくわが身の実存の「火宅」の中に展開されるこの壮大なパラドックスこそ、大乗佛教の究極としての絶対他力の論理であり、一切の人間が救われて行く必然の道理（みちすじ）なのである。

私の俳句はこれらの浄土教の絶対他力の思想に依っており、殊に親鸞が明らかにしたこの「地獄一定すみか」という実存的な極苦の人間観こそ、私が殊更に〈実存俳句〉と呼ぶ根拠にほかならない。

三、俳句は哲学ではない

かって永田耕衣は「俳句は哲学である」と言ったが、私の俳句認識では、俳句が哲学的な思索の形式であることには相違ないが、俳句が哲学そのものであるとする認識には根本的な錯誤があると思う。何故ならば俳句は、認識と思索の営みによって世界や存在の深層を明らかにする哲学の領域に止まらず、まさにそれが文学として言語に想像力の無限の翼を与え、認識と思索の領域を超脱し、未知なる世界の果てへと飛翔する、まさしく文学という創造的営みであるからである。

「俳句は哲学である」とするところには、却って哲学無き俳人の「哲学」に対する熱望とコンプレックスが見え隠れする。永田耕衣は晩年、法然や親鸞の「愚者の思想」を頌えたかとみれば、舌の根の乾かぬうちに「道元の自力がいい」だのと、苦笑を誘う永田自身の思想的な迷妄が露顕していた。但し、このような例は、永田に限らず、日本の文壇や詩壇の大家然とした詩人や哲学者を自称する輩に屡々見られる醜態であるが、佛教の一学徒の立場で言えば、彼らの中には自ら哲学や思想無く、信仰無き故に、まるで他人事のように哲学を語り思想や宗教を語るまことに未熟なものが多い。

本来、俳句や詩や文学は、「哲学」よりも遙かに上空を飛翔し、地上の閉塞した人間の意識や観念や哲学や思想を問い質し、それらを打ち破るかたちで屹立する圧倒的な言語的想像力の営為であり、けしてその逆ではない。いわば、哲学（者）とは一本の葦の如く風に戦ぐ地上の思惟者であり、それに対し、詩(人)とは言語の翼を羽ばたかせて天空を駆けめぐり、或いは銀河系に至って地上を俯瞰しつつ、未知なる世界の領有を希求する創造的思惟者の研ぎ澄まされた感性に名付けられた謂いである。

又、俳句は文学であるが、しかし、間違っても学問でも学術でも思想でも哲学でもなく、五・七・五音律による日本語の言語表現の詩形式の一つであり、それ以外のものでないという自明を確認しておかなければならない。俳句というこのすぐれた言語表現の詩形式は、今や観念の奴隷となり下がった思想や哲学の閉塞性や国家権力に支えられたアカデミズムや科学主義の矮小性を打ち破り、あるいはあらゆる既成の思想や主義やイズムや理念や国家意識や国家権力の統制や偏狭なナショナリズムをも打ち砕き、詩精神という内発する言語の根源性を束縛し統率する国家権力に関わる一切の認識と思索の領域領空を超脱し、世界や宇宙の果てへ向かって詩精神の翼を飛翔させ、未知なる詩世界の領有を希求し実現する唯一の手だてであることをここにあらためて書いておくものである。

かつて寺山修司(一九三五―八三)が、俳句を書き続けていた自らの少年の日を回想し、

「俳句は、おそらく世界でもっともすぐれた詩型であることが、この頃、あらためて痛感される。」

（昭和五十二（一九七七）年『黄金時代』あとがき、傍点筆者）

と呟くように語った意味もここにあると言ってよいだろう。

四、芭蕉辞世の激烈な逆転劇――「口語で俳句を書く」ということ

「反俳句の視座―実存俳句を書く」（筆者註・本書資料編参照）でも詳しく言及したのであったが、私の言う〈実存俳句〉とは、生活者の言語であり、生活者の思惟の言語である「口語」で俳句を書く営みである。私はその遙かなる先達として江戸俳諧の松尾芭蕉（一六四四―九四）や小林一茶（一七六三―一八二七）等の発句を見出すのである。

芭蕉はその生涯を「風雅のまこと」を求めて駆け抜けて行った人であると通評の如く考えて誤りではない。又、彼は、所謂「わび」「さび」を求めた人だと語ることも出来るだろう。しかし、詳細に彼の生涯の作品を読み解くならば、「わび」「さび」に非ざる、又「風雅のまこと」ならざる激烈な生の実相が、彼の俳諧の言語から時として立ち現れ、読む者の身を寒くするのである。それについては、既に私は一文を為している（筆者註・『現代俳句文庫⑤西川徹郎句集』所収「わが芭蕉論―不在の彼方より」、ふらんす堂）。この思いを抱いた読者は私ばかりでないことは、例えば芥川龍之介（一八九二―一九二七）の『枯野抄』『芭蕉雑記』などを一瞥すれば足ることだ。

松尾芭蕉の辞世の句と伝えられる、

旅に病で夢は枯野をかけ巡る　芭蕉

は「風雅のまこと」を求めた生涯の果てに、遂に自らの内部から衝き上げる実存の言語をもって一句を為したものと云えよう。この句が文語表記ではなく、口語で書かれた無季の句であることの意義はとてつもなく大きく重いと言わざるを得ない。

俳諧師松尾芭蕉の生涯の激烈な逆転劇が、この口語で書かれた最期の一句によってまさに劇的に為されて在るからである。それは芭蕉自らの実存の牙によって為された俳諧の座（連歌的共同性）の否定と言ってもよいし、「わび」「さび」の否定と言ってもよい。つまり、この句は発句であって発句ではない。「わび」「さび」を求める心はここには無いし、もとより季語・季題も無い。又、俳諧の連歌を成立せしめる「座」は、はじめからここには存在しない。

つまり、この句は俳諧の発句ではなく、己の実存に衝き動かされ、迫りくる死の黒闇を払いつつ、最期の床に身を横たえた表現者松尾芭蕉が、あくまで意識的に書き上げた自己の実存の句、つまり私の言う〈実存俳句〉なのである。まさに生死の境に立ったこの〈実存俳句〉一句の屹立によって、「わび」「さび」や「風雅のまこと」を求めた俳諧の宗匠松尾芭蕉の生

涯にわたる創作と漂泊の意味が転翻し、それらの総てが実存に駆り立てられて旅行く痛切な、一人の表現者のものと改変したのである。

小林一茶の句に、

信濃路の蕎麦の白さにぞっとする　一茶

があるが、これまた私の言う〈実存俳句〉の名作である。信濃路の旅の途上であろうか、迫り来る夕闇の中に蕎麦の花が咲く様を詠んだ句だが、ここでも、「ぞっとする」の口語表現が、一茶の生と死の蒼白な実存を際立たせている。

近代では、寺山修司の俳句の中にも実存的な作品が時として存在することに気付く。寺山修司は俳句を作っていた少年の日、ゼーレン・キルケゴール等の実存主義を否定し、それをもって西東三鬼と訣別したが、しかし自身の実存を拒絶しようもなかった。

わが死後を書けばかならず春怒濤　修司

この句は普通に読み取ろうとすれば、寺山修司の俳句としては至極難解な句のように見える。「かならず春怒濤」の句意が不明となるからである。しかし、この句を東洋の実存的な存在論として読みとる場合、総てが明解となる。

その場合、「かならず」を「必ず」の絶対者の誓約ととれば絶対的真理を顕す言語となり、又、それを「可ならず」と読めば不可の義であり、人間の相対的思議や計らいを否定する言語となる。

ところで、親鸞の晩年の著作『自然法爾章』や『正像末和讃』等には、アミダの誓約や絶対的な普遍の真理を「佛智不思議」という言葉で表わされ、又、これらの著述に先立つ『教行信証』にはこれを「難思議」あるいは「不可思議（光）」（傍点筆者）といった言葉で表わされている。親鸞のこれらの文言は、逆説的に相対的な自力の「思議」（おもいはからい）の不可能性を顕わすものだ。堕ちる身は同時に必ず救済される身であり、堕ちるものを落とさぬ佛力を親鸞は「佛智不思議」「難思議」「不可思議（光）」などと説き示したのである。寺山修司のこの句に於ては、死生もろとも呑み込みつつ胎動する自然の畏怖すべき力「春怒濤」で以てそれを喩えたのではないかと思う。

本よりアミダAmitabhaとは無量・無辺、あるいは無限の義であり、人間の思議の不可能性を示して、佛智不思議の無量（時間的完璧性＝何時でも）・無辺（空間的完璧性＝何処でも）たることを顕わしている。この佛陀（覚者）の無限定の慈悲をアミダといい、何時でも何処でも、あらゆる世界に遍満する究極の真理をいうのである。それ故、それはたとえ無信の者にも、誹謗の者にも、逆悪の者にも、否、無信・誹謗・逆悪の極悪人と自らを知らされた者にこそ、無倦の大悲として、この身の無明の大夜を破る光暁として、それは日の如く輝く。

それ故に、寺山修司のこの句「わが死後を書けばかならず春怒濤」の句意は、実は「わが死後を書けばあみだの春怒濤」と読むべきであり、あるいはそう書かれているのだと、私は思う。

五、引き裂かれた実存の峡谷―俳句は〈反定型の定型詩〉である

此処まで書けば、既に明白であるはずである。実存は実存主義者にも非実存主義者にも斉しく逃れがたく存在し、人間を刻々と問い続けている。故に実存を実存哲学や実存主義文学の専有のものと限定するのは、一部の偏狭な宗教哲学者による明らかな誤解である。

彼らはインドの馬鳴菩薩の『大乗起信論』や中国の曇鸞の『往生論註』や善導の『観無量寿経疏』、わが国の親鸞の『教行信証』をはじめとした圧倒的な著作資料を未だ解明していない。つまり、彼らは人類の真の文化遺産と言うべき存在論に関わる東洋の巨大宝庫の扉を未だ開かずして、人間の実存を論じているのである。これは滑稽というよりは、東洋思想の偉業を成した先人に対する非礼の営みであり、私に言わせれば、彼らほど傲慢な自称哲学者や思想家はいない。私が、西田幾多郎（一八七〇―一九四五）や三木清（一八九七―一九四五）等と共に吉本隆明氏（一九二四―二〇一二）を数少ない日本近代を代表する思想家と考えるのは、『親鸞論』をはじめとした傑出した存在の思想を、『選択集』や『教行信証』をはじめとした東洋思想の先人の厖大な著作資料の独創的な解読の上に展開し、しかもそれを紛れもなく吉本隆明氏自身の存在の思想として樹立されていることに起因する。

私のいう〈実存俳句〉の実存は、所謂実存哲学や実存主義文学と直接的関わりを有してはいないが、しかし、私の〈実存俳句〉の深層の究明に当たって、ハイデッカーやカフカやサルトルなどの西欧の実存哲学や実存主義文学を通して比較論的に探究する営みも大いに意義のあるところである。人間の生と死の絶望の克服は、洋の東西と思想の在処を超えて、斉しく

人間存在の深層の究明に益するからであり、私の文学の本質が、彼らとの同質性と差異性とが交叉する狭間に立ち現われてくると考えられるからである。

私の俳句文学のみならず、本来、文学とは如何なる主義も哲学も思想も制度も規範も打ち破る言語的構造力の自在性の謂いであり、それによってなにものにも囚われることのない根源的な自由の獲得をめざすのである。殊に俳句という日本語による五・七・五音律の詩形式は、〈反定型の定型詩〉として、形式それ自体の必然として内部に熾烈な桎梏を抱えて存在し、その形式自体の具有する実存性は、あらゆる主義も哲学も思想もアカデミズムもそしてヒューマニズムや人間主義をも超脱し、人間の思惟の絶対的な自由に就く。

すなわち、反定型の文学としての俳句は、〈反定型の定型詩〉という表現形式それ自体の内実の中に引き裂かれた実存性が明白である。たとえば、一人の人間の成長が自らの内部に抱え込んだ親と子の熾烈な葛藤を克服しつつ内側から破り破れる関係性の持続の中にしかないことと同様に、俳句形式における詩的言語の発生は、いつの場合でも〈反定型の定型詩〉という必然の桎梏を唯一の契機とするのである。

つまり、俳句は、形式それ自体の必然としてざっくりと引き裂かれた実存の峡谷を深々と抱え込んでいる。俳句形式というこの引き裂かれた実存の峡谷を経ずして、俳句の言語が出現することはない。それ故に、俳句は実存の詩形式であり、それを私は自らの俳句思想として〈実存俳句〉と命名し、又〈反定型の定型詩〉とも呼称して来たのである。

六、結びに—生きとし生きるものたち

さて、ここまで述べてきたように、私の俳句は東洋思想の究極としての大乗佛教の他力の人間観に依っている。それはミダの対機としての極苦の人間の相であり、「地獄は一定すみか」と知った人間のすがたを言うのである。

私の俳句には、人間ばかりではない、時として、動植物の名が登場するが、これもミダの対機が浄土の経典に「十方衆生」と説示されていることと無縁ではない。「十方」は「十方・三世の世界」を約めた言葉であり、四方・四維・上下世界及び過去・現在・未来のありとあらゆる世界を指している。「衆生」とは「衆多の生」を約めた言葉であるから、「十方衆生」とは、ありとあらゆる世界の一切の生きとし生きるものを総じて指す言葉なのである。

だから「衆生sattva」は、玄奘三蔵以後の新訳では「有情」と訳出されるが、本来、人間のみを指す言葉ではない。親鸞が著作の中で「衆生」と「有情」とを殊更分類せず両訳を用いるのは、「衆多の生」という訳語が本来、深く多義性を内蔵し、生きとし生きる一切の存在を指し示しているからである。その本をいえば、佛陀（覚者）の見開かれた眼に一切の生きとし生きるものが映っているからなのである。

それ故に「衆生sattva」という言葉には、人間はもとより、あらゆる動物も植物も、又、大地や峡谷や山や森や海や湖や渓や泉や川の水の流れや、雨や霰や霙や雪や吹雪や風や嵐や、日や月や星や遙かな銀河の光までをも含む。又、それは、「三世」とあるから現在の世界ばかりではない。過現未のあらゆる時間、あらゆる時代を生きる、万（よろず）のものを指しているのである。

私の俳句に時として多数の動物や植物の名や星や月が出てくるが、それは、けしてアニミズムではない。私の文学が、親鸞が伝えた大乗の他力の人間観に依っていることは、ここまで述べてきた通りである。私の俳句に動物や植物の名や星や月が頻出するのは、大乗の究極の菩薩である法蔵（ミダの因相）が、超発する誓願のその対機として、人間ばかりではなく、生きとし生きるあらゆる生ある存在を出現させたからである。この菩薩の誓約の底意に立って、そこに見出された生きとし生きるものの姿を、私は、俳句というこの実存の詩形式によって映し出し、蘇生させようとしたのである。

親鸞が「衆生sattva」の意を語る言葉を、『歎異抄』の著者は次のように書き遺して、私たちに伝えくれた。

「一切の有情は皆もって世々生々の父母・兄弟なり、何れも何れもこの順次生に佛に成りて助け候ふべきなり。」

（『歎異抄』第五章）

ここに、あらゆる生きとし生きるものが、わが身と別体ではないことが初めて知らされるのである。その何れもが互いにわが身の実相を教唆し、「世々生々の父母・兄弟」と成り合うという、親鸞の畏るべき衆生（人間）観が立ち現れている。私の句に出てくる秋津や蜻蛉や蝉や山羊や犬や猫や蟻や蟋蟀も、そして菖蒲や菫や蓮華や木槿や桔梗も、樺の木や楢の木や楓の木も、若葉や青葉や紅葉も、桜や梅や松の木の小枝も、みな、私と共に生き、共感共鳴して、堕獄必定の私を生かせしめようとしてはたらく「世々生々の父母・兄弟」であり、私のかけがえのない切実な、心の友だちたちにほかならないのである。

親鸞の伝えたこの大乗佛教の衆生（人間）観こそは、地上の無明に差し込む一条の光芒であり、収奪と殺戮を繰り返してきた近代の人間至上主義と物質的科学主義を打ち破る東洋思想の真の叡知であると言わざるを得ない。人間の理性や科学や哲学では、地上の苦者が救済されることは遂にないと、親鸞は、生涯にわたる厖大な全著作を以て今日を生きる私たちに切々と教えてくれているのである。

私の俳句は、親鸞が伝えた大乗のこの徹底した慈悲の思想に根拠して書かれている。私はこの峠の寺に一人在って、燈明の火影の揺らぎの中に、実存の死苦を破る東洋思想の黎明の光をうけて書き続けてきたのである。この営みを私は、自ら〈実存俳句〉、あるいは〈反定型の定型詩〉と呼称して、言い表わしてきたのである。

それ故に、私の俳句が人間実存の闇の深みを書けば書くほどに、読者にはそこに却ってよりくきやかな光の一筋を読み取ってほしいという希いが、作者としての私の切なる念いであると、声をひそめてここに書いておく。そう、あの少年の日に、一人自転車を駆って新城峠の頂に立って見上げた秋の夜の、天心を貫く天の川の一筋のような、それを。

とまれ、生老病死の四苦の囚われと相対的人間の深重の罪悪性、あるいは人間の反自然的本質とに覆われた実存の無明を超脱する道、それが法然や親鸞があらゆる苦難を克服して伝えた大乗佛教の他力の思想なのである。

私はこの意を、『西川徹郎全句集』新装・普及本（二〇〇一年七月・沖積舎）の後記に、

「我が身の実存に根拠しつつ且つ実存を超克する言葉、それを敢えて私は「実存俳句」と呼称して来た。」

と書き記しておいたのである。

わが文学と親鸞――聖と俗の峡谷、その一筋の道を行く

二〇〇二年六月大法輪閣刊行「大法輪」六月号

昭和二十二年（一九四七）九月二十九日未明、私は北海道空知の夕張山地に続く芦別・新城峠の麓に建つ浄土真宗本願寺派の法性山正信寺に生を得た。幼少の頃の私にとって祖父で正信寺の開基住職西川證信の僧侶としての闊達な姿は雄々しく、聳えるものを見るかのように存在した。證信は本山本願寺や札幌別院の会行事を務める声明・勤式の指導者で、北海道の開教時代を代表する本願寺派の僧侶で布教使だった。道内三百カ寺を幾度も巡回布教し僧侶の間で超人とも呼ばれていた。当時、北海道の寺院の法要は殆どが農閑期の冬期に務まった。その為に祖父は全道各地の寺院で布教や会行事を務める為に、未だ暗い内に寺を出て峠を越え、芦別駅か石狩川の神居古潭駅か何れも十五キロ程の峡谷の中の山道を腰までもある積雪を掻き分け歩かねばならなかった。祖父が峠の寺へ帰るときは、漆黒の闇夜かあるいは月明かりの峡谷の山道を越え、深夜に寺に着くのが常だった。寺では坊守ヒサが證信の帰りを待ち続けていた。ある吹雪の夜のことだ。夕方からの烈しい吹雪は零時を越えた頃、ようやく治まったようであった。軈て玄関を激しく叩く音がすると同時にあぁいぃーと大声を挙げて廊下を走る祖母の姿が影法師のように障子に映った。私も寝床から飛び出し祖母を追って玄関に出た。そこには吹雪のやんだ後の澄み切った月光を浴びた祖父が、全身雪にまみれ巨大な雪達磨のように立っていた。その時祖父は一瞬胸の底から大きく息を吐き出した。あぁぁー、まるで毛物のような雄叫びが新城峠の月夜の峡谷に響き渡った。と同時に口元から真っ白な雲のような霧が立ち込めたのである。真っ暗闇の吹雪のひとすじの山道を祖父は幾時間も歩き続け命からがらにたどり着いたのだった。私はこの時の祖父の恐ろしいまでの立ち姿と口元から立ち込めた雲のような霧を遂に忘れられずにいる。

病弱だった小学二年の頃、私は肺門リンパ腺炎を患って休学し自宅療養を続けていたが、枕屏風や襖に祖父の毛筆で親鸞聖人の主著『顕浄土真実教行証文類』（以下『教行信証』）の聖句や松尾芭蕉・小林一茶などの発句が揮毫されていた。私はそれらの聖教の文句や発句を黙読し暗誦しながら療養生活を送った。

私は父で二世住職證教亡き後、同五十(一九七五)年十月得度し後に正信寺の住職となり、祖父と同じく布教使となった。龍谷大学を希望退学していた私は聖教は総て独学で研鑽し真宗学の専攻者となったが、少年の日に病床の中で遭遇し暗誦した祖父の毛筆で書き写された聖教が私を佛道へ勧め入れ、独学の灯を点す真宗の学徒へと私を導いたのである。又聖教と共に揮毫されていた芭蕉や一茶等の発句は、詩歌というものの韻律の響きと人生を写し撮る幻像力を少年の日の私の脳髄に刻印した。

枕屏風に揮毫されていた『教行信証』の文の中に総序冒頭の文句があった。

「竊に以ば難思の弘誓は難度海を度する大船、无碍の光明は无明の闇を破する慧日なり。」

僅かこの一行の中に真宗他力の教法の一切が攝っている。それは〈一人も漏さん〉と誓う阿弥陀如来の慈悲のはたらきであり、まるで網の目のように攝取の法力が説き表わされている。『教行信証』に織り込まれた宗祖親鸞の精緻を極めた言語の美しさと表現力は比類がない。如来の本願を説く聖教の言辞としてありながら世界の如何なる詩歌にも超え勝れた詩性と美学と思想性を湛えた親鸞の言葉は、いつしか私の詩心を剔る言語の刃となった。

俳句は小学六年の宿題で一夜に二十句ほど作って教師に頭から盗作と決めつけられ白眼視された無念が最初の制作だった。中学時代、祖父の書斎で啄木の詩集『あこがれ』や歌集『一握の砂』等を見つけて歓喜し教室の片隅で読み耽った。同三十八(一九六三)年芦別高校へ入学し新興俳句の細谷源二を識って無季非定型の俳句を作り、同四十一(一九六六)年龍谷大学へ進学後は赤尾兜子や島津亮、林田紀音夫等の前衛俳句を識った。だが学生運動の荒塵が残る学園の雰囲気や京都での生活に馴染めず、二年で希望退学し、他の大学への新たな挑戦を密かに期して帰郷した。しかし寺では住職である父證教は既に病床の身であった。私は父の法衣を身に付けて僧侶の資格を持たぬ儘(まま)に峠の寒村の門徒の家々を自転車であるいは徒歩で廻って読経した。降雪期の十一月から四月迄は、峠の雪道を祖父と同じように荒雪を掻き分けて歩いて読経した。昼は法務を、夜は連日夜明けまで俳句を書き続けた。十代から二十代で凡そ七万句を作った。同四十九(一九七四)年三月、自らの死期の近いことを悟った父は、寺を後継してゆかなければならない私への激励の為に自費を投じて第一句集『無灯艦隊』を上梓した。父は翌年三月、六十一歳で病死し往生の素懐を遂げた。私の十代半ばから二十五歳迄の青少年期の俳句を精選した『無灯艦隊』は、前衛の退潮しつつあった時代に出現した超現実的な作品集で、今も私の代表的作品集の一つとなっている。
曾て私は、極北の新城峠を発信地として同五十九(一九八四)年個人編集誌「銀河系つうしん」(第十九号より「銀河系通信」)を創刊、俳句革命を宣言して『古今集』以来の日本の詩歌や俳句形式に纏い付く季語季題の呪縛を超克する人間存在の総体や人生の全体性を主題とする〈実存俳句〉〈反定型の定型詩〉〈世界文学としての俳句〉論等の俳句思想論・俳句表現論を発表して、反季・反定型・反結社主義を実践し、口語による実存俳句凡そ十五万句を書き続けて今日に到った。

男根担ぎ佛壇峠越えにけり　(第一句集『無灯艦隊』一九七四年)

晩鐘はわが慟哭に消されけり　(同)

京都の橋は肋骨よりもそり返る　(同)

父の陰茎の霊柩車に泣きながら乗る　(第二句集『瞳孔祭』一九八〇年)

瞳孔という駅揺れる葉あれは　(同)

小學校の階段銀河が瀧のよう　(第十三句集『銀河小學校』二〇〇三年)

蒼い鶴さよならさよならと手をふるは　(第十四句集『幻想詩篇　天使の悪夢九千句』二〇一三年)

ところで、『教行信証』後跋には親鸞聖人の引き裂かれた実存、「非僧非俗」の宣言が記されている。

「主上・臣下、法に背き義に違し、忿を成し怨を結ぶ。茲に因りて、真宗興隆の大祖源空法師、並に門徒数輩、罪科を考えず猥しく死罪に坐す。或は僧儀を改めて、姓名を賜うて遠流に処す。予は其の一なり。爾れば已に僧に非ず俗に非ず。是の故に禿の字を以て姓と為す。」

これは、朝廷権力と結託した聖道門側の計略によって為された法然教団に対する念佛停止の弾圧で自らも流罪の身となった親鸞の言葉である。此処に「僧に非ず俗に非ず」とある。されば少年の日に私が遭遇した『教行信証』のすべての言葉、一行一句一字の悉くが「非僧非俗」の実存によって書き記された血の滲む聖教だったのである。親鸞聖人の精神を頂く在家佛教としての浄土真宗は、この「非僧非俗」の思想の精髄を拠り所として成立する世界で唯一の革命的な宗教思想である。
私が自らの俳句文学の総体を「実存俳句」と命名し、佛道と文学が共に聖俗のきりぎし、死生の深淵に臨むものとして在るのは、斯くなる所以に由る。

此処に慥かに道があるのである。それは聖俗の峡谷の狭間にひとすじ切り開かれた道である。剃刀の刃で切られたかのようなしかも髄に到るまでざっくりと切り裂かれた血の滲むひとすじの道が私の文学である。換言すれば、その峡谷の狭間の道とは、宗教と芸術が共に死を賭してせめぎ合う不可視の場所である。死生の境界に於て、宗教の聖性は美学と儀式性を極めて廃頽し、芸術の精髄は必ず聖性や国家の名の下に腐敗する。宗教と芸術は共に聖俗・死生を分かち争い鬩ぎ合いつつも、危機的な、甘く饐えた薔薇の匂いの死の誘惑にさらされた場所なのである。しかしその聖俗の反り立つ峡谷の狭間なればこそ、そこに切り開かれたひとすじの道がある。それは慥かに聖俗の狭間のあるやなしやの余りに細くて遠い道なのである。

惟えば遙かにかの芭蕉も一茶も、聖俗のこの狭間に分け入って歩み続けた永劫の旅人だったのだ。私も又命尽きるその日まで、このひとすじの道を何処迄も歩み続けて行くつもりである。

行行てたふれ伏すとも萩の原　曾良

一行詩集『白鳥忌』遠望―天才詩人角川春樹について

二〇一二年六月一日文學の森発行「俳句界」六月号／同年八月一日発行「河」八月号

角川春樹の最新句集『白鳥忌』は、心の師森澄雄に捧げる追悼句集である。と同時に花鳥を以て花鳥を超え、俳句を以て俳句を超える創造の現場を目撃出来る希有の句集である。

閉ぢし眼の裏にも花の吹雪きけり　春樹

たとえばこの句は、俳句が心眼によってはじめて透視される幻想の芸術であり、詩というものの根源に突き刺さった形式であることを教えている。これを角川春樹は「魂の一行詩」と呼称する。「閉ぢし眼」は心眼を開く一念（一瞬一刹那）であり、「裏にも」の措辞によって「花吹雪」は一気に夢と現（うつつ）と死生の境界を超え、その深淵を漂泊する淡く儚い雪片の如き時間が描き出されている。ここでは一念に永劫の時が流れ、未だ生まれざる非在の空間と生の哲理が開示されている。〈幻想の現実〉が恐るべきリアリティを持って立ち現れるのだ。正しく天才角川春樹の独壇場となっているのである。

誤解を恐れずに言えば、俳句の近現代は、明治の子規・虚子以来詠まれ続けてきた花鳥諷詠の幾億もの無数の凡百の俳句と、この形式から選ばれた五指にみたない天才の血の滲む無私の営為によって維持されて来た歴史である。つまり俳句は本来、天与の詩人の詩の頂上の光輝によって始めて映し出される文芸であり、触れれば切れる剣の如き鋭く研ぎ澄まされた言語芸術であることを忘れてはならない。江戸期の俳諧ならば直ちにそれを芭蕉や蕪村や一茶等の句の上に見ることが出来るだろう。百数十年に亙る近現代の俳句史の中で、現存する作家で天才と称ばれてきた詩人は、私と角川春樹の二人しかいない。

何故、俳句なのか。角川春樹という詩人は一体何故に俳句形式を、その希なる資質を発揮する言語芸術の表現の手段として選択したのだろうか。

詩を欲れば胸の荒野の吹雪きけり　春樹

角川春樹の「胸の荒野」を襲い続けてきたものとは、まさしくこの問いの熾烈さなのではなかったか。この問いの熾烈さ故に彼は凄絶な俳句の詩人であり続けている。彼の「胸の荒野」は、同時にこの詩形式に関わる一人一人の胸の中の荒野でなければならない。〈汝の胸の荒野は吹雪いているか〉、角川春樹はこの一句の槍によって私たちの胸を突く。

しかしこの問いに対する応答は容易ではない。何故、俳句なのか。この問いはこの詩形式が未だ尽さざる、未だ書かれざる形式であり、未知で未生の未だ拓かれざる荒野を内包した未完の詩形式であることの根源に関わっている。未出現の一句をこそこの詩形式自体が希求し続けているのだ。俳句形式とは唯一、日本の詩歌一千年の言語的宿習とその積集の上に形成された定型規範の北壁を突き崩す新たな詩言語の創生のために出現した、世界に類のない詩形式なのである。俳句を以て俳句を超え、定型詩を以て定型詩を超える千載一遇の命題と叛意が、この詩形式の命脈を形成して来たのである。この恐るべきパラドックスの中に俳句表現の本質と実存が姿を現す。

雁ゆくや空に鼓動のしづまらず　春樹

野を焼いて天山に鶴帰りゆく　春樹

これらの作品は日本の詩歌一千年の花鳥の囚われを超絶した俳句である。あくまでもこれは存在の詩であり、存在論の詩である。彼の心眼が見通す圧倒的な長大な時空間を羽ばたきつつ帰りゆくものの魂と、それに寄り添いつつ飛翔するものの〈幻想の現実〉が確かにここに書き記されている。それ故に遠く遙かに何処までも飛翔する鮮やかな双翼の幻影とともに、その翼のはばたく幻の音声（おんじょう）さえもが鮮明に読む者の耳を撃つ。

角川春樹の最新句集『白鳥忌』は、俳句を以て俳句を超える歴史的瞬間に私たちを立ち会わせてくれるのである。

妹としの聲無き絶唱――『春と修羅』「永訣の朝」の「あめゆじゆ」とは何か

二〇一四年三月三十一日花巻市立宮沢賢治イーハトーブ館発行「宮沢賢治学会イーハトーブセンター会報」第四十八号巻頭評論

宮沢賢治は偉大な詩人であり、研究者による多数の論考が発表されてきた。だが彼には依然として未解明の問題や謎が多い。大正元年（十六歳）父政次郎宛書簡に「歎異抄の第一頁を以て小生の全信仰と致し候」とあり、当時の彼の聞法の有り様が判る。島地大等は本願寺派の高僧だが天台本覚論の学者だった。中古仏教界に嵐の如く起こった天台本覚思想の究明と彼の詩や思想への影響等は未解明だ。七年父宛書簡に「戦争に行きて人を殺すと云ふ事も殺す者も殺さるゝ者も皆等しく法性に御座候」（傍点筆者）と書く殺人肯定の論理は仏教ではない。この「法性」の出所は何か。軍部とも繋がる国柱会の国体主義や日蓮主義の本質を法華経の純粋信仰を求めた彼が何処まで識っていたか。詩集の集題は何故『春と修羅』か。妹としの死は十一年十一月だ。「修羅」とは殺害のことである。九年彼は花巻界隈を托鉢し、これみよがしにうちわ太鼓を叩いて題目を高唱して廻り、父や周辺を驚かす。政次郎は念仏者として知られた町の名士だが、彼は故意にその尊厳を踏みにじり、身口意（しんくい）を以て父を殺した。修羅は裏切りに縁り（よ）生起する。「恨みの心は修羅となる」（童話「二十六夜」）とは、『涅槃経』（迦葉菩薩品第十二の「未生怨」に拠って彼自身をいう言葉だ。父王頻婆娑羅（ビンバシャラ）を裏切り殺した仏教史上の修羅、嵐の中の芭蕉樹の如く髪振り乱し慄（おのの）く阿闍世（アジャセ）が彼である。五逆の彼の苦悩は生涯身から離れることはない。

彼の詩は大海の潮のようだ。海面の潮流と海底のそれとは同一ではない。それらは層の上下の重なりではなく意識下に垂直に相互に交錯し渦巻く。しかもそれが字間行間の言語の林に見え隠れしつつ突如として津波のように直立する。この深遠な詩海に潜む歯を剥く青鮫のような生き物、それが彼の詩に現れた「ひとりの修羅」（「春と修羅」）である。

「永訣の朝」の「あめゆじゆとてちてけんじや」は、としが死の間際に彼に告げたラストメッセージだ。地方語とされるこの末期の聲「あめゆじゆ」とは何か。このメッセージの究明こそこの詩を本質的に根底から読解する唯一の鍵である。この根本的問題が不問の儘に賢治没後八十年が過ぎた。としは彼の父殺しをまのあたりにし国柱会入会前後の苛立つ彼の心奥を知る唯一の肉親だ。行間に四度もリフレーンされるとしの末期の聲が「雨雪」などといった物であるはずはない。「あめゆじゆ」とはアミダの音であり、としと彼が幼少の頃に宮沢家の仏間で父母弟と一緒に称えた念仏のことである。何故ならばアミダとは梵語のアミターバ（Amitabha）无量光とアミタユス（Amitayus）无量寿の意であり、「あめゆじゆ」とは正しくこのアミタユスに疑いない。アミタユスがとしの息の喘ぎに「あみたゆじゅ」、更には「あめたゆじゅ」となり、それが「あめゆじゅ」と変化した。それ故「あめゆじゆとてちてけんじや」は「あめゆじゅとなえてけんじゃ」の意であり、末期の息をふり絞ってとしは「兄さん、どうかあの日のお念仏にたち帰って下さい」と懇願した。としのこの末期の聲に父を踏み倒し家を出た彼には応えるすべがない。「まがつたてつぽうだまのように」外へ飛び出すほかはなかった。鉄砲玉が曲がって飛ぶことはけしてない。それはとしの末期の聲に動揺した彼の異常に屈折した心を喩えたものだ。従って集題の「春」は四季の春ではない。「わたしたちがいつしよにそだつてきたあひだ」と記す如く、イギリス海岸の渚の波の如く彼の胸底に去来する念仏を称えていた幼年の日の宮沢家の陽の差す風光を喩顕した言葉だ。

この詩の中で彼は「あめゆじゆ」を敢えて「雨雪」に変換して記録し、秘かに封棺してこの詩海の底に埋め、それを伏蔵としてこの詩集を構成した。つまり彼はこの伏蔵の開棺、即ちこの詩集の真の解読を、「あめゆじゆ」の秘密を感知するであろう未来の未知の読者未知の詩人に秘託したのである。

かつて草野心平は絶賛しつつも「無聲慟哭」の「「ふたつのこころ」の意味が解らぬ」（新潮文庫『無聲慟哭・オホーツク挽歌』解説、昭和二八年）と述べた。それはとしの心を内に抱えた彼の現在と過去未来の両極に引き裂かれた心的情況を指す。「心象スケッチ」とはこのとしと彼との切実な悲劇的な心的光景を記録した詩であることの標示に外ならぬ。詩を読むとは表面の語義と行の意味ではなく、字間行間に溢出する詩心の潮流を感得することだ。としの末期の聲には父の我が子への変わらぬ愛憐の念いも含まれている。彼の詩に未だ多くの謎が残されているのは、「永訣の朝」「無聲慟哭」を生者の側からの「死を見守る眼差」（中村稔「序説」昭和二十六年初出）と捉えてきたことに多くが起因するだろう。彼の詩の本質はそこにはない。死に行くとしの聲にならぬ永訣の絶唱がこの詩の本質なのだ。死生の臨界に在って死に行く者の側から生者を思うひたすらなる絶唱、それが唯一この詩を構成し、その無聲の聲、無聲の慟哭がこの詩集の全篇に轟き渡っているのだ。

新興俳句の詩精神は死なない──世界詩・世界文学としての俳句の源泉

二〇一三年十二月二十五日、口語俳句協会発行『口語俳句年鑑』〈新興俳句の再吟味〉巻頭言

日本人にしか通用しない季語季題や文語を根拠とする限り、俳句が世界詩・世界文学となることは遂にない。世界詩・世界文学としての俳句は、人間の総体・生の全体性を主題とする口語俳句に拠らなければならない。戦前・戦中の新興俳句運動を俳句表現史や思想史の視点でみるならば、世界詩・世界文学としての俳句の源泉が新興俳句であった。

水枕ガバリと寒い海がある　三鬼
銃後と言ふ不思議な町を丘で見た　白泉
繃帯を巻かれ巨大な兵となる　白泉
降る雪に胸飾られて捕へらる　不死男
地の涯に倖せありと来しが　雪　源二
蝶墜ちて大音響の結氷期　赤黄男

冨澤赤黄男が「現在は俳句の隆盛時ではなく、危機なのだ」（雄鶏日記）と述べるように其処では〈危機としての俳句形式〉がかつてない光輝を放って起立している。人間が挫折に於いて自己の存在を経験することと同じく、新興俳句は表現の危機

と挫折に於いて俳句形式を自覚し、その必然として口語俳句を発生させた。口語とは単に話し言葉ではない。生活者の内奥の言語であり、実存の声無き声である。私たちはその淵源と嚆矢を既に芭蕉の

　塚も動けわが哭く声は秋の風
　旅に病で夢は枯野をかけ廻る

等に見てきたのである。

　新興俳句は戦中の所謂新興俳句弾圧事件によって終滅したという説があるが、それは誤りである。私たちは確かにその弾圧事件により俳句定型に国家の意思が流れていることを目の当たりにし、断筆や転向を余儀なくされた人も実在したことを知っている。しかし新興俳句が経験した圧倒的な権力の前に立つ言語、危機としての俳句形式が放つ新興俳句の詩精神は死せず、それは戦後の俳句に源泉の如く湛え、伏流となって戦後を貫き、現代に到ったのだ。虚子と闘い俳句における人間主義を唱えた田中波月の「主流」、巣鴨の牢を出た後北海道の原野へ渡って「氷原帯」を創刊した細谷源二。市川一男・まつもとかずや等の「口語俳句」や「青玄」の伊丹三樹彦等の真摯で緻密な活動も忘れてはならない。彼等新興俳句の改革の詩志を受け継ぐ詩精神は、今に十七文字の世界文学を開拓し世界詩・世界文学としての俳句を出現させる契機となった。

独立者として――新城峠大學開校記念講演（抄）

二〇一四年五月三十一日午後四時／新城峠大学開校記念並びに西川徹郎作家生活五十年記念事業「西川徹郎・森村誠一〈青春の緑道〉記念文學碑」建立記念祝賀会／於・旭川グランドホテル孔雀の間

（前略）ある人達が私について西川徹郎は異色な俳句を作るが、孤立した人間だという風なことを語る人がおりますので、それは違うということを私は明確に申し上げたいのでございます。

「文学者とは独立者であらねばならぬ――。」

これは私の生涯五十年、作家活動の中で私の心を貫いてきた私の信念の言葉でございます。孤立ではなくて独立者。あらゆる権力から離れ、或いはその権力と対峙し、言葉によって表現を成すという表現者の生き方とは、私は独立者であると思います。俳句を書く理由は殊更に五七五という定型詩、その定型の中に国家の意思が流れている。この国家の意思と対峙する為に俳句を書くのです。そうでなければ自由詩や、定形詩ではない単なる一行の短詩を書けばよいのです。自由詩、現代詩や単なる一行の短詩ではなくして、あくまでも俳句定型。俳句という伝統的定型詩に拘りますのは、その定型の中に国家の意思が鮮やかに流れている。その国家の意思との抗い、生存を賭けた闘いが俳句を以て自らの表現を成すということであります。それが私の「反定型の定型詩」であり、「実存俳句」であり、「世界文学としての俳句」であります。

私は口語俳句の旗手、新興俳句の旗手と言われた細谷源二先生の俳句を読んで、芦別高校時代に俳人としての出発を遂げた人間でございます。新興俳句というのは、昭和十五（一九四〇）年、国家権力によって言論弾圧に遇った、新しい生活者の息吹を俳句の表現としようとする俳人達の作品行為を、国家の意思、国家の権力によって弾圧し、ねじ伏せようとした。そういう事件のことでございます。これを「新興俳句弾圧事件」と申します。細谷源二は昭和十八年に捕らえられ、巣鴨の刑務所に二年半に亘って獄中の生活をしました。終戦の年、昭和二十年五月に解放されますが、その頃、国では盛んに北海道開拓団をの参加者を募集しておりました。細谷源二はその開拓団の一員として家族を引き連れて北海道に渡り十勝地方の豊頃村に入植します。生来江戸っ子の細谷源二にとって、これは誠に辛い、開拓地での生活だったようです。初めての北海道で、雪が降り積む冬を迎えます。

地の涯に倖せありと来しが　雪　　源二

これは、しんしんと降り積もる雪の中で、只呆然と立ち尽くした儘作った細谷源二の句です。この句は私の大好きな作品です。高校時代に私は、この句に出会って目が覚めた。東京の地から追い出されるように逃れて希望の大地北海道に渡って来た細谷源二が夢を求め希望を求めて立った北海道の大地。しかし、その初めての年が大雪の年だ。しんしんと眼前に降りしきる雪の中で呆然と家族を連れてしかもまともな住む家も無い、蓆で造った掘っ立て小屋の中で雪降る北海道の初めての冬の季節を迎えた、その時の一句です。涙が出てきますね。その細谷源二と私は芦別高校時代に出会ったのです。

私の俳句はその細谷源二に導かれて、口語で書く俳句を作り続け今日に至っております。新興俳句は国家権力によって危機に瀕したのです。〈危機としての俳句形式〉、それが新興俳句というものの本質でです。〈危機としての俳句形式〉は自ずから、文語ではなく、実存的な口語俳句を内発させたのです。人は挫折によってはじめて己の存在を知る。挫折によって自己を知ることと同じく俳句形式は国家権力によって挫折し、俳句文学史史上、初めて俳句形式という自己を自覚したのです。それが新興俳句に於ける口語俳句の本質です。口語俳句は人生の挫折のその苦しみの中から、苦痛、苦悩の底から、必然的に生まれた俳句であり、口語という内発する言語による俳句、正しく細谷源二の俳句はそのような俳句でありました。私は「実存俳句」を提唱しておりますが、その実存俳句とは私が最初に出会った細谷源二の口語俳句にその源があったのでありますます。更に私は和歌的美意識の観念の遊戯と化した季語・季題ではなく、〈人間の総体・生の全体性〉を主題とした口語だ書く実存俳句とは、つまりは人類普遍の難題の底無き深甚の沼と生の苦悩の反り立つ北壁を超えてゆく、「世界文学としての俳句」であらねばならぬと考えております。〈十七文字の世界文学〉を屹立させ、ボードレールやランボー、ドストエフスキー等の世界詩・世界文学と立ち並ぶ、未曾有の文学宇宙の成就へ向けて邁進して参りたいと考えております。

俳句は誠にみじかな詩形式ではありますが、しかし内部は銀河系のように広大な詩世界です。宗教と俳句と文学と、私のことでどうしても比較されてしまいます。宗教は限りなく文学(芸術)へ近づきます。また、文学(芸術)はまた真実を求めるが故に限りなく宗教性に近づいてゆきます。しかしそこには決して交差してはならない不可視の一線、一すじの剃刀の刃ほどの差異が歴然としてそそり立つかのように現存しているのです。謂わば宗教の絶対性と文学の相対性は、決して混交してはならない隣国同士のようにして存在し、宗教の側からも文学の側からもそれは決して踏み越えてはならぬ一筋の死線なのであります。その峡谷の如きその一筋の差異の狭間の道を私は今日まで半世紀に亘って歩み続けて参りました。考えてみるとあの松尾芭蕉も僧侶の姿をして旅に出た奥の細道でした。これも宗教性と文学というものの、その狭間を身を持って体現した姿ではなかったかとも思います。また敬愛する俳諧師小林一茶もまた同じです。小林一茶は実は単なる市井の俳諧師ではありません。今日は御来賓の中にお寺さんも居られますが、彼は浄土真宗の有難い、妙好人と称えられる念仏者でした。その一茶の作品の優れた句の多くは口語で出来上がっています。宗教性と文学性のその狭間にあって俳諧師として生き抜いた先人たち。松尾芭蕉と小林一茶、そして与謝蕪村。私は彼ら先達の後ろ姿を求めつつ今日まで書いて参りました。

旭川市の中心地七条緑道に建った私の文学の記念碑に森村誠一先生から〈永遠の狩人　森村誠一〉という素晴らしい献辞を頂き、本日午前の除幕式で御礼の御挨拶させて頂きました。〈永遠の狩人〉、私はこれに勝る西川徹郎の文学を表す言葉は無いと思います。私にとりましてこれ以上の光栄はありません。そしてそれは私がこれから更に世界文学としての本質を求めて俳句を書き続けていく、その時に数々の困難に遭うことが有ったとしても、森村誠一先生のお言葉は強い激励となって、必ずや私を支えて下さることでありましょう。森村誠一先生、本当に有り難うございます。そして今日、御多忙を顧みず遠路、御出席下さいまして激励のお言葉を賜りました横浜市在住の神奈川大学理事で「神奈川大学評論」の創刊以来の編集専門委員小林孝吉先生、そして岡山市在住のノートルダム清心女子大学教授の綾目広治先生、本当に有り難うございました。

俳句はたった十七文字でありながらその内部は銀河系です。無限の未知の可能性を胎んだ詩形式であり、銀河系の極光の中で私は半世紀を書き続けたたかい続けて参りました。私の俳句文学はその銀河系をも飛翔の対象として、文学の翼を羽ばたたかせて行く時が来ったように思います。愈々私は内発し溢れる実存の詩的想像力に身を委ねつつ何処までも〈十七文字の世界文学〉の達成を目指して邁進し続けて参る所存です。

（編者註・二〇一四年五月三十一日旭川グランドホテルで開催された西川徹郎・森村誠一〈青春の緑道〉記念文學碑建立記念祝賀会並びに新城峠大學開校記念祝賀会並びに西川徹郎第十四句集『幻想詩篇　天使の悪夢九千句』出版記念祝賀会における西川徹郎の講演）

第七回日本一行詩大賞特別賞を拝受して

二〇一四年九月一日河発行所「河」九月号「日本一行詩大賞特集」受賞の辞

少年だった頃、私は啄木や賢治や朔太郎を愛誦し、同時にボードレールやランボーやドストエフスキー等の世界の詩人や文学を遙かに夢みつつ日夜、俳句を作り続けていた。

新興俳句の旗手細谷源二を識って高校在学中に「氷原帯」新人賞を受賞し、高校生俳人として俳壇にデビューした。

戦前戦中の新興俳句は国家権力の弾圧により壊滅したと謂われるが、そうではない。新興俳句は圧倒的な権力の前に〈危機としての俳句形式〉を露顕し、必然的に実存的な口語を内発させた。

それは世界詩・世界文学としての俳句の源泉となって戦後を伏流の如く貫き、現代に到った。

元来日本人にしか通じない季語季題や文語では俳句が〈世界文学〉に至ることはない。季語季題に依らず人間の総体・生の全体性を主題とし、口語で書く俳句、それを私は〈実存俳句〉と名付け、今日まで書き続けて来た。

此の度の受賞は私にとってデビュー以来五十年の出来事である。それはあくまで〈表現者＝独立者〉として闘い抜いて来た歳月である。角川春樹氏をはじめとした関係者各位へ深い感謝を捧げたい。

わが子龍大へ

龍大くん、君は平成七年三月六日暁暗に春雪の降りしきる午前三時三分に、お母さんの実家のある会津若松市の病院で出生したのです。君の出生の第一報が届いたのはその夜、芦別市内で開催された阪神大震災被災者救援コンサートの会場の後片づけを漸く終えて帰宅したその時でした。

深々と雪の積もった庫裡の小窓から差し込んでくる青々とした暁の光の一条をその時ほどに感動的に仰ぎ見たことはありません。その夜明けから三日三晩かかって君が誕生し父親となった感激を「龍大一百句」と題して書き下ろし、「茜屋通信」第一号に発表しましたから大きくなったら是非読んで下さい。

君のお母さん斎藤冬海はとてもすぐれた知性的な作家で、美しく心の優しい素晴らしい女性です。東京のある有名な出版社の編集部に勤務しながら小説を書いていたのです。平成元年にお父さんと結婚し、北海道の大雪山系のはずれの山峡の村、芦別市新城の浄土真宗本願寺派のこの正信寺に嫁いできたのです。お母さんは結婚とほぼ同時に仏教の勉強を始め、得度を受け真宗の僧侶となりました。その後も坊守を勤めながら研鑽を続けて布教使となり、今は君の育児のまにまに小説を書き、編集者としての仕事をしながら、お聖教の研鑽を続けています。君のとても知性的な黒い瞳はお母さんから譲り受けたものです。

お父さんは未だ若かった日にこの寺の住職となってから、総てが独学でお聖教の学究を続けて来ております。お父さんが二十六歳の時に死んだお父さんのお父さんが、お聖教に直接学ぶ事の大切な事を教えてくれたのです。

お父さんは阿弥陀さまのお寺であるこの家に寺庭として生まれ育った事を何よりもの喜びとして生きて来ました。如来さまのお慈悲に縁って如来さまのお慈悲の庭に生まれたのです。お念仏喜ぶ信心の人は如来さまの胸の中で生かされて、如来さまの胸の中で死んでゆくのですから、私たちの人生に怖れるものは何一つありません

如来さまのお慈悲のみ教えを聞信し、このみ教えを人々へお伝えして参るばかりです。

お父さんは十代の頃から俳句を作り、個人誌「銀河系つうしん」を発行し、沢山の書物に作品を発表して来ました。「実存俳句」と名付けられたお父さんの文学は、この如来さまのみ教えの光によって知らされた私自身の浅ましく恥ずかしい実の姿の表白です。これを真宗のお聖教では「機の深信」と言うのです。

お父さんの死後、お父さんの「実存俳句」は必ず東洋の文学遺産として世界の人々に読まれてゆく事になります。龍大くん、私には他には何もありません。君とお母さんに、遺した私の著作の権限の全てを委ねます。

そして、龍大くん、どうか、お母さんのような御法の聴聞とお念仏を喜ぶ信心の人となって行って下さい。必ず必ず、「倶会一処」の阿弥陀さまのお浄土でまた再び会う事の出来る身となるのですから。

平成十年二月二十四日未明

黎明學舎にて　龍大の父　徹真記す

（本文の初出は一九九八年十一月蝸牛社『一億人のための遺言状』）

■西川徹郎 NISHIKAWA TETSUROU 年譜

■現代俳句作家・歌人・文芸評論家・真宗学者／新城峠大學代表・黎明學舍代表・教行信証研究会専任講師・「銀河系通信」編集発行人・「教行信証研究」編集発行人／浄土真宗本願寺派法性山正信寺住職・本願寺派輔教・布教使／日本文藝家協会会員・龍谷教学会議会員／二〇一四年第十四句集『幻想詩篇 天使の悪夢九千句』で第七回日本一行詩大賞特別賞受賞

■松尾芭蕉辞世の「旅に病で夢は枯野をかけ廻る」の句に伏蔵する無季・破調・実存的口語表現や寺山修司の青森高校十代の日の〈俳句革命〉の遺志を継承して〈世界文学としての俳句〉を提唱。日本の詩歌一千年の伝承的な季語・季題の美意識の呪縛を打ち破って人間と人生に向き合う生と死と性の〈人間の総体〉〈生の全体性〉を主題とする口語による実存俳句を創作しつつ〈反定型の定型詩〉〈実存俳句〉〈口語で書く俳句〉〈内部の声を書く〉〈光を書く文学〉論等の革新的な俳句理論や表現論、俳句思想論を展開した。吉本隆明や森村誠一等、多数の作家や評論家等による西川徹郎論が発表されている。

一九四七(昭和二二)年北海道芦別市新城峠の浄土真宗本願寺派正信寺に生まれ育つ。八歳の頃、病床の襖や屏風に祖父の字で揮毫されていた芭蕉や一茶の発句や親鸞の『教行信証』の聖句を諳誦して過ごした。新城中学生時代、啄木の『一握の砂』『哀しき玩具』を諳んじ俳句や短歌を作る。六二年道立芦別高校入学と同時に本格的に俳句を書き始め、氷原帯新人賞受賞、高校生俳人としてデビュー。新興俳句の旗手細谷源二や中村還一・星野一郎等から天才詩人と称讃された。六八年龍谷大学を自主退学。六九年暗澹とした彷徨の青春期を送っていたが、ある夏の日、札幌市の書店で『吉本隆明 初期ノート』を入手、大通公園の夏草の上で読んで吉本隆明の清冽な詩と思想の言葉に感動、「俳句の詩人」として生きることを決意した。七四年第一句集『無灯艦隊』出版。病床に就いていた父証教が心身衰弱したわが子を励ます為の配慮だった。「京都の橋は肋骨よりも反り返る」「男根担ぎ佛壇峠越えにけり」等の作品を含む同書は前衛の退潮しつつあった時期に出現した超現実的な革新的な俳句文学として同時代の詩歌・作家・評論家等、多数のジャンルへ衝撃を与えた。八四年個人誌「銀河系つうしん」(現、『銀河系通信』)創刊、編集発行人。創刊号後記に幼少の頃より愛誦してきた宮沢賢治の詩集『春と修羅』

の序詩を引く。〈反定型の定型詩〉〈実存俳句〉〈世界文学としての俳句〉という俳句理論を提唱。八七年八八年八九年と三回芦別市で福島泰樹短歌絶叫コンサートを主催。福島泰樹とミュージシャン一行が黎明舎(正信寺)に宿泊した。八八年創刊の福島泰樹編集の総合文芸誌「月光」(月光の会／弥生書房)に続けて新作を発表。八九年斎藤裕美子(作家・編集者斎藤冬海)と結婚。九一年四月東京・本駒込の吉本邸を訪問し吉本隆明と会談。九三年講談社学術文庫『現代の俳句』に高浜虚子・種田山頭火等と共に明治以降の一〇七人の代表作家として収録。二〇〇〇年『西川徹郎全句集』(沖積舎)刊、解説を吉本隆明が書く。〇一年「國文學」(學燈社)七月号に「反俳句の視座―実存俳句を書く」を発表、全国的な反響があった。〇二年寺山修司十三回忌に当たる五月四日北海道文学館特別展「寺山修司〜燦めく闇の宇宙〜」で北海大学大学院教授菱川善夫と共に記念講演。特別展図録に「寺山修司は何故俳句を辞めたのか」を書く。〇三年書き下ろし五千句を収める第十三句集『銀河小學校』『世界詩としての俳句―西川徹郎論』(櫻井琢巳著)共に沖積舎より刊行。櫻井は同書でボードレール・ランボー・アポリネール等の作品と西川徹郎の超現実的な俳句との比較論を展開、〈世界詩としての俳句〉を論証した。〇四年総合誌「俳句界」一月号に「〈革命前夜〉の寺山修司」発表。同年北上市の日本現代詩歌文学館常設展に「小學校の階段銀河が瀧のよう」の句が展示される。〇五年第五十回口語俳句全国大会(口語俳句協会主催・島田市)で「口語で書く俳句―実存俳句の思想」と題し記念講演。虚子と闘った田中波月の存在を識る。同年十月二十九日付「読売新聞」に作家稲葉真弓が「異界へ私を連れていく―『西川徹郎全句集』」を発表。〇七年旭川市中心地に西川徹郎文學館開館。斎藤冬海が學藝員・館長に就任。〇九年『銀河と地獄―西川徹郎論』の著者日本大学名誉教授笠原伸夫が同書で「反定型の定型詩」を讃え、「現代俳句のアヴァンギャルド」と呼ぶ。〇九年来館講演した森村誠一は〈西川凄句〉と呼び、講演録『永遠の青春性―西川徹郎の世界』後記に「西川凄句は日本の文学遺産」「生死を超えた永遠の絶唱である」等と書く。一〇年五月十六日付「読売新聞」に科学哲学者・東北大学教授野家啓一が「寺山修司の『田園に死す』の再来」と書く。同年総合誌『俳句界』二月号で特集「極北孤高の異色俳人西川徹郎」。編集顧問大井恒行の独占インタビューが掲載。同年作家生活五十年記念出版『西川徹郎青春歌集―十代作品集』(茜屋書店)刊行。『詩歌作者事典』(相模女子大学名誉教授志村有弘編・鼎書房)に杜甫・李白・白楽天・聖徳太子・紫式部・西行・芭蕉等と共に中国と日本の代表的詩歌作者の一人として収録。十一年「大法輪」六月号(大法輪閣)

に「わが文学と親鸞―聖と俗の峡谷、その一筋の道を行く」発表。同年七月二日西川徹郎作家生活五十年並びに西川徹郎文學館開館五周年祝賀記念会（旭川グランドホテル）開催。同会場で第一回西川徹郎文學館賞を角川春樹一行詩集『白鳥忌』、同秋櫻文學賞を小林孝吉評論集『銀河の光　修羅の闇―西川徹郎の俳句宇宙』に授賞。十二年二月斎藤冬海を伴って上京、相模女子大学名誉教授・評論家志村有弘、鼎書房社主加曽利達孝と会談。翌日源実朝を偲び鎌倉を散策。同年八月『金子みすゞ　愛と願い』（勉誠出版）に論文「金子みすゞのダイイングメッセージ」を発表。みすゞの遺稿の手書き詩集の詩の中に密かに織り込まれた西條八十に宛てたメッセージを発見、没後八十二年にして初めて自死の原因を明らかとする論文であり、全国的な反響があった。同年十月二十日西川徹郎文學館で評論家松本健一の講演会「世界文学とは何か―西川徹郎の俳句について」開催。翌日美瑛の活火山十勝岳登山口や火山砂防情報センター等案内。同年『〈夕暮れ〉の文学史』『石川啄木の手紙』等の著者で筑波大学名誉教授平岡敏夫の壮大な文学業績を知る。十三年六月書き下ろし九千句収録の第十四句集『幻想詩篇　天使の悪夢九千句』（解説・森村誠一）刊行。中国・北京社会科学院名誉教授千葉宣一から「世界文学史の奇跡」との私信が届く。同年九月七日松本健一著『思想伝』出版記念会（東京・四谷、スクワール麹町）で登壇しジャーナリスト田原総一朗・政治家仙谷由人等と共に挨拶を兼ねた小講演を行う。十四年三月花巻市立宮沢賢治イーハトーブ館の「宮沢賢治学会」会報第四八号巻頭評論として「妹としの聲無き絶唱―『春と修羅』「永訣の朝」の「あめゆじゆ」とは何か」を発表。賢治没後八一年にして定説「雨雪」説を翻し、死に行く妹としの最期の絶唱がこの詩の本質であり、「あめゆじゆ」は阿弥陀の音「アミタユス（无量寿）」であるとする画期的新説を発表、全国の研究者から驚嘆の反響が続いた。五月三十一日午前西川徹郎作家生活五十年記念事業実行委員会による「西川徹郎・森村誠一〈青春の緑道〉記念文學碑」が旭川市の中心地七条緑道西川徹郎文學館通に建立される。森村誠一氏と旭川市長西川将人氏が臨席し除幕式が執り行われる。同日午後西川徹郎文學館館内を会場に新城峠大學開校式並びに第一回新城峠大學文芸講座が特別講師森村誠一の講題「小説の神髄―小説はなぜ書くのか、そして如何に書くか」が開講。同日夕刻、旭川グランドホテルに於て新城峠大學開校記念並びに西川徹郎・森村誠一〈青春の緑道〉記念文學碑記念並びに第十四句集『幻想詩篇　天使の悪夢九千句』出版記念祝賀会開催される。来賓として神奈川大学理事・評論家小林孝吉、ノートルダム清心女子大学教授・評論家綾目広治等が出席し祝辞を述べ、西川徹郎は謝辞を兼ねた小講演「独立者として」を行う。第十四句集『幻想詩篇　天使の悪夢九千句』が日本一行詩協会(代表・角川春樹)主催、後援・読売新聞社本社、角川春樹事務所の第七回日本一行詩大賞特別賞を現代詩のスーパースターと言われた故清水昶と同時受賞。九月二十九日東京・千代田区九段北、アルカディア市ヶ谷(私学会館)で開催の授賞式に出席、角川春樹、森村誠一、選考委員福島泰樹等と再会。又選考委員で作家の神奈川近代文学館館長辻原登、臨席した俳人遠藤若狭男・評論家久保隆・尾内達也等と初めて面談した。偶々当日が六十七回目の誕生日であることが司会者のアナウンスで流れ、会場に歓声が上がった。百名を超える多数の関係者・文化人等の祝辞を戴く。十月二十五日西川徹郎文學館関係者へ受賞報告会を開催。

■一方、六八年龍谷大学を自主退学し、新城峠の生家正信寺へ帰るが、住職父證教は既に病床に在った。僧侶の資格を持たぬ儘、住職の衣を身に纏って深い積雪の峠の家々を廻り、各地の寺院の報恩講等の法要にも作法・声明も知らぬ儘出勤した。七五年證教亡き後、寺門継承の為に本山西本願寺で得度、法名徹真を授かる。以降、経典や聖教を日夜独学研鑽、真宗学の基本となる親鸞の主著『教行信証』の通読を繰り返すこと現在迄に一千回に及び、親鸞私釈の大部分を暗誦した。七八年正信寺住職。七七年本願寺学階試験殿試を受験し、滝川市広徳寺宗徒で教育新潮社社主の小端静順と共に「得業」となる。殿試研修会の講師稲城選恵司教(現勧学)より強い激励を受ける。学階修得により毎夏、本願寺派安居(会場・龍谷大学／本願寺)に懸席、本願寺派の近現代の代表的真宗学者安居綜理和上大江淳誠より論題会読賞を七年連続受賞。九〇年九八年本願寺賞受賞。この頃、十勝で開催された行信教校成人講座に毎冬参加、行信教校校長利井興弘より激励を受ける。八九年本願寺派布教使。九〇年黎明學舎を創設し代表。札幌別院や自坊正信寺を会場に道内の若い学問僧の為に自ら専任講師となって教行信証研究会開催。九三年本願寺総局より学階「輔教」授与。同年『蓮師教学研究』第三号(編集・稲城選恵、探究社)に「三十一文字の聖教―蓮如上人の御詠歌について」発表。九四年北海道教区教学研究会で「信一念義の研究」と題し研究発表。「教区教学研究紀要」第三号(北海道教区教学委員会編)に論文「唯信独達の思想―『教行信証』における救済の論理」を発表。同論文を読んだ赤山得誓本願寺勧学寮頭(当時)より感歎の私信が届く。『現代仏教人名録』(東京寿企画)に大谷光真・中村元・大江淳誠・高田好胤・早島鏡正・大谷光真等、現代日本の代表的宗教人と共に詳細な経歴が収録された。九七年本山西本願寺の御正忌報恩講通夜布教の布教使拝命。九八年『日本佛教文化論叢』下巻(北畠典生博士古希記念出版・永田文昌堂)に論文

「小林一茶と浄土真宗」収載。二〇〇〇年築地本願寺輪番蓮清典(後に本願寺総長)の要請で築地本願寺仏教文化研究会(会場・築地本願寺講堂)で「妙好人小林一茶と浄土真宗」と題し、満堂の築地本願寺講堂で講演。〇一年学術誌『教行信証研究』創刊、編集発行人。九九年〇九年十一年龍谷教学会議全国大会(会場・龍谷大学)で研究発表。一一年十一月「弥陀久遠義の研究」一千枚脱稿、その中の六百枚を本願寺司教請求論文として総局へ提出。同年十二月『弥陀久遠義の研究』(茜屋書店)刊行。同論文で親鸞滅後七五〇年間未解明だった『教行信証』「教文類」引文の新羅の憬興師『述文賛』五徳瑞現釈と『行文類』一乗海釈の跨節の関係性を解明し、「教文類」の『述文賛』引文の根拠と理由を初めて論証した。又同論文で親鸞聖人七五〇回大遠忌法要記念出版『親鸞聖人聖教全書一』(本願寺出版社)の『教行信証』(本願寺派聖典編纂委員会編)の訳出と表記の誤りを指摘した。その結果、本願寺では急遽改正した第二版を翌年新たに出版、徹真が誤りを指摘した第一版を無記とした。〇二年『方丈記と鴨長明』(勉誠出版)に「念仏者鴨長明—不請阿弥陀仏論」発表。『方丈記』成立後八〇〇年間未解明の難題「不請阿弥陀仏」を解読、法然の教法を聞いた念仏者鴨長明の真の姿を明らかとし、全国的な反響を起こす。一二年十一月龍谷教学会議北海道支部大会で「『教文類』の研究」と題し研究発表。一三年二月二十五日より三月一日まで本山本願寺常例布教の布教使拝命、五日間十六席の布教を行う。一三年五月龍谷教学会議北海道支部大会で「『行文類』正信念仏偈由序の研究」と題し研究発表を行う。

■西川徹郎主要著作一覧

序数句集

第一句集『無灯艦隊』　一九七四年　粒発行所

第二句集『瞳孔祭』（栞文・坪内稔典ほか）　一九八〇年　南方社

第三句集『家族の肖像』（栞文・鶴岡善久・菱川善夫・宮入聖）　一九八四年　沖積舎

第四句集『死亡の塔』（別冊栞・鶴岡善久・宇多喜代子・杉本雷造・大井恒行ほか）　一九八六年　海風社

第五句集『町は白緑』（栞文・立松和平・青木はるみ・安井浩司）　一九八八年　沖積舎

第六句集『桔梗祭』（宮入聖「蓮華逍遙―西川徹郎の世界」一百枚併載）　一九八八年　冬青社

第七句集『月光學校』（未刊集・『西川徹郎全句集』所収）　二〇〇〇年　沖積舎

第八句集『月山山系』（装画・森ヒロコ）　一九九二年　書肆茜屋

第九句集『天女と修羅』（解説・栞文研生英午／書き下ろし二千句）　一九九七年　沖積舎

第十句集『わが植物領』（装画・森ヒロコ）　一九九九年　沖積舎

第十一句集『月夜の遠足』（特別限定本・書家久保観堂揮毫／解説・栞文斎藤冬海）　二〇〇〇年　書肆茜屋

第十二句集『東雲抄』（未刊集・『西川徹郎全句集』所収）　二〇〇〇年　沖積舎

第十三句集『銀河小學校』（書き下ろし五千句／装画・森ヒロコ）　二〇〇三年　沖積舎

第十四句集『幻想詩篇　天使の悪夢九千句』（書き下ろし九千句／装画・多賀新、一千部限定本）　二〇一三年　茜屋書店

定本句集・全句集・自選句集

『定本　無灯艦隊』（解説・攝津幸彦／発行人・宮入聖）　一九八六年　冬青社

『現代俳句文庫⑤　西川徹郎句集』（解説・藤沢周）　一九九一年　ふらんす堂

『西川徹郎全句集』（天金装・豪華本／解説・吉本隆明「西川俳句について」）　二〇〇〇年　沖積舎

『西川徹郎全句集』（普及本／解説・吉本隆明「西川俳句について」）　二〇〇一年　沖積舎
『決定版　無灯艦隊―十代作品集』（帯文・吉本隆明、解説・斎藤冬海／西川徹郎文學館開館記念出版）　二〇〇七年　沖積舎
『町は白緑　西川徹郎自選自筆句集』（自筆揮毫・和綴本）　一九九〇年　沖積舎
『西川徹郎自撰自筆句集』（『全句集』より一百句自選自筆揮毫・影写版）　二〇〇二年　沖積舎

歌集

『西川徹郎青春歌集―十代作品集』（解説・斎藤冬海「少女ポラリス」／西川徹郎文學館叢書1）　二〇一〇年　茜屋書店

エッセイ集

『無灯艦隊ノート』　一九九七年　蝸牛社

全集・選集・アンソロジー等

『俳句の現在Ｉ』「西川徹郎集」　一九〇八年　南方社
『北海道文学全集』第二十二巻―北の抒情―「瞳孔祭」三〇句　一九八一年　立風書房
『現代俳句十二人集』下巻「月夜の不在」二〇〇句　一九八六年　冬青社
『講談社学術文庫　現代の俳句』「西川徹郎集」三〇句　一九九三年　講談社
『最初の出発4』『無灯艦隊』抄」一〇〇句　一九九三年　東京四季出版
『現代俳句集成』「西川徹郎集」二〇〇句　一九九六年　立風書房
『現代俳句の世界』「西川徹郎集」三〇句　一九九八年　集英社
『現代俳句一〇〇人二〇句』「西川徹郎集」二〇句　二〇〇一年　邑書林
『現代俳句新世紀』下巻　「西川徹郎集」二〇〇句　二〇〇四年　ほくめい出版
『日英対訳　二十一世紀俳句の時空』（現代俳句協会編）　二〇〇八年　永田書房

文芸評論

『芭蕉道への旅』（監修・森村誠一）　二〇一〇年　角川学芸出版

『金子みすゞ　愛と願い』（志村有弘編）「金子みすゞのダイイングメッセージ」所収　二〇一二年　勉誠出版

真宗学論文抄

『日本佛教文化論叢』下巻（龍谷大学学長北畠典生博士古希記念出版））「小林一茶と浄土真宗」所収　一九九八年　永田文昌堂

『弥陀久遠義の研究』（本願寺派司教請求論文／黎明叢書第一集）　二〇一一年　黎明學舍／茜屋書店

『わが心の妙好人』（志村有弘編）「妙好人について―夕映えの念仏者たち」所収　二〇一一年　勉誠出版

『方丈記と鴨長明』（志村有弘編）「念仏者鴨長明―不請阿弥陀仏論」所収　二〇一二年　勉誠出版

「教区教学研究紀要」第三号「唯信独達の思想―『教行信証』における救済の論理」　一九九四年　本願寺／北海道教区教務所

『蓮師教学研究』第三号（稲城蓮恵編）「三十七文字の聖教―蓮如上人の御詠歌について　その一」　一九九三年　探究社

『蓮師教学研究』第八号（稲城蓮恵編）「三十七文字の聖教―蓮如上人の御詠歌について　その二」　一九九八年　探究社

「龍谷教学」第三五号『正像末和讃』の研究序説　二〇〇〇年　本願寺／龍谷教学会議

「龍谷教学」第四五号「真実之利と大無量寿経」　二〇一〇年　本願寺／龍谷教学会議

「龍谷教学」第四七号「『教文類』憬興師『述文賛』の存在理由」　二〇一二年　本願寺／龍谷教学会議

「宗教」十二月号「『教行信証』に於ける信巻の位置」　一九九八年　教育新潮社

「宗教」四月号「『真の幸福とは何か」　一九九二年　教育新潮社

『教行信証研究』（真宗学）第一号『正像末和讃』の研究」　二〇〇一年　黎明學舍

『教行信証研究』（真宗学）第二号「月光の冠、『教行信証』総序「窃以」の意を読む」　二〇〇五年　黎明學舍

『教行信証研究』（真宗学）第三号「『正信念仏偈」造偈の由」　二〇〇九年　黎明學舍

「銀河系通信」第十九号「小林一茶と浄土真宗」築地本願寺仏教文化研究会講演録　二〇〇六年　黎明舍／茜屋書店

編集・発行誌

『銀河系つうしん』第一号　特集・友よ、批評の鍬を　一九八四年　銀河系通信発行所

『銀河系つうしん』第二号　特集・あなたは闇を見たか　評論「仮面の構造」　一九八四年　銀河系通信発行所

『銀河系つうしん』第三号　特集・修羅の季節への招待状　『家族の肖像』論特集　一九八五年　銀河系通信発行所
『銀河系つうしん』第四号　特集・俳句を開く扉　評論「細谷源二の俳句」　一九八五年　黎明舎
『銀河系つうしん』第五号　特集・定型は冬。今、言葉はふぶく！　「麦野は鏡五十句」　一九八六年　黎明舎
『銀河系つうしん』第六号　特集・俳句批評の現在　「黄水仙など五十句」　一九八六年　黎明舎
『銀河系つうしん』第七号　特集・定型という名の修羅場　評論「葬送の日の金子兜太」　一九八六年　黎明舎
『銀河系つうしん』第八号　特集・同時代の作家論Ⅰ　「毛野という三十句」　一九八七年　黎明舎
『銀河系つうしん』第九号　特集・同時代の作家論Ⅱ　「町は白緑三十句」　一九八八年　黎明舎
『銀河系つうしん』第十号　特集・銀河系句篇89　現代俳句の70俳人　「月光学校三〇〇句」　一九八九年　黎明舎
『銀河系つうしん』第十一号　特集・詩歌というコスモス「藤沢周　西川徹郎論」「絶叫する箒一四〇句」　一九九〇年　黎明舎
『銀河系つうしん』第十二号　特集・島津亮　前衛俳句の光芒Ⅰ　「月山山系二一〇句」「島津亮論」　一九九一年　黎明舎
『銀河系つうしん』第十三号　特集・宮入聖　現代俳句の旗頭Ⅰ　「宮入聖五〇〇句」「月の楡一六〇句」　一九九二年　黎明舎
『銀河系つうしん』第十四号　特集・九〇年代の俳句前線　「吉本隆明親鸞論の解読①」「一夜句集三四〇句」　一九九三年黎明舎
『銀河系つうしん』第十五号　特集・立松和平の世界　「吉本隆明親鸞論の解読②」「秋ノ暮一一五句」　一九九四年　黎明舎
『銀河系つうしん』第十六号　特集・極北の歌人高橋愁　「高橋愁五〇〇首自選・年譜」　一九九五年　黎明舎
『銀河系つうしん』第十七号　特集・平成俳句の光源―13の異星　「吉本隆明親鸞論の解読③」　一九九八年　黎明舎
『銀河系つうしん』第十八号　特集・批評の峡谷―修羅と実存　「講演録」「月夜の遠足一三〇句」　二〇〇〇年　黎明舎
『銀河系通信』第十九号　特集・寺山修司とは誰か　「講演録」「『銀河小學校』二千句自選」　二〇〇六年　黎明舎

■諸家西川徹郎論抄

宮入　聖　「蓮華逍遙―西川徹郎の世界」（西川徹郎句集『桔梗祭』所収）　一九八八年　冬青社
高橋　愁著『暮色の定型―西川徹郎論』（函入豪華本・一千枚）　一九九三年　沖積舎

高橋　愁著『暮色の定型―西川徹郎論』（普及本）　一九九三年　沖積舎
谷口愼也著『虚構の現実―西川徹郎論』　一九九五年　書肆茜屋
櫻井琢巳著『世界詩としての俳句―西川徹郎論』　二〇〇三年　沖積舎
小笠原賢二著『極北の詩精神―西川徹郎論』　二〇〇四年　茜屋書店
櫻井琢巳著『世界詩としての俳句―西川徹郎論』（ちゅうせき叢書27）　二〇〇五年　沖積舎
笠原伸夫著『銀河と地獄―西川徹郎論』（西川徹郎文學館新書1）　二〇〇九年　茜屋書店
森村誠一著『永遠の青春性―西川徹郎の世界』（講演録・西川徹郎文學館新書2）　二〇一〇年　茜屋書店
小林孝吉著『銀河の光　修羅の闇―西川徹郎の俳句宇宙』（西川徹郎文學館新書3）　二〇一〇年　茜屋書店
高橋　愁著　評論小説『わが心の石川啄木』―西川徹郎と石川啄木の邂逅―　一九九八年　書肆茜屋

＊

三橋敏雄「出藍の句集―『無灯艦隊』」（『最初の出発4』解説）　一九九三年　東京四季出版
吉本隆明「西川徹郎さんの俳句」（『西川徹郎の世界』『秋櫻COSMOS別冊』所収）　二〇〇二年　茜屋書店
吉本隆明「西川俳句について」（『西川徹郎全句集』解説）　二〇〇〇年　沖積舎
斎藤冬海「秋ノクレ」論（『星月の惨劇―西川徹郎の世界』所収・四百枚）　二〇〇二年　茜屋書店
斎藤冬海「『決定版　無灯艦隊―十代作品集』解説」　二〇〇七年　沖積舎
斎藤冬海「少女ポラリス」（『西川徹郎青春歌集―十代作品集』解説）　二〇一〇年　茜屋書店
志村有弘「西川徹郎の〈夭折〉」（志村有弘編『金子みすゞ　み仏への祈り』）　二〇一一年　勉誠出版
斎藤冬海「漆黒の峠を越えて―詩聖西川徹郎伝序章」（志村有弘編『わが心の妙好人』）　二〇一一年　勉誠出版
志村有弘「西川徹郎」（『詩歌作者事典』―日本・中国二カ国の代表詩人の事典―人名篇）　二〇一一年　鼎書房
志村有弘「西川徹郎」（『北海道文学事典』人名篇）　二〇一三年　勉誠出版
森村誠一「無限の夢を追う狩人」（西川徹郎句集『幻想詩篇　天使の悪夢九千句』解説）　二〇一三年　茜屋書店

＊

坪内稔典著『世紀末の地球儀』「口語の異貌―西川徹郎小論」　一九八四年　海風社
乾　裕幸著『俳句の現在と古典』（平凡社選書121）「迷宮の胎蔵界―西川徹郎小論」　一九八九年　平凡社
立松和平著『永遠の子供』「悲しみを食らう―西川徹郎論」　一九九四年　有學書林
立松和平著『仏に会う』（仏教論集）「行者のことば―西川徹郎小論」　一九九八年　NHK出版
立松和平著『文学の修羅として』「悲しみを食らう―西川徹郎論」　一九九九年　のべる出版
藤沢　周著『スモーク・オン・ザ・ナイフ』「迷路―町は白緑　西川徹郎論」　一九九九年　河出書房新社
攝津幸彦著『俳句幻景』「宙吊りの時空が現れる―『西川徹郎句集』『月山山系』」　一九九九年　南風の会
柿本多映著『時の襞から』「銀河淡き夜に―西川徹郎様」　二〇〇〇年　深夜叢書社
小笠原賢二著『拡張される視野』「西川徹郎「幽閉の中の解放」「実存の波濤」」　二〇〇一年　ながらみ書房
森村誠一著『煌く誉生』「西川徹郎の句界」　二〇〇三年　講談社
加藤克巳著『雲と心』「北の前衛　西川徹郎」　二〇〇四年　佼成出版社
福島泰樹著『山河慟哭の歌』「血の叫び―西川徹郎」　二〇〇六年　砂子屋書房
小沢克己著『俳句と詩の交差点』「西川徹郎」　二〇〇六年　東京四季出版
松林尚志著『俳句に憑かれた人たち』「西川徹郎」　二〇一〇年　沖積舎
馬場駿吉著『星形の言葉を求めて』「現在進行形の文學館」　二〇一〇年　風媒社
菱川善夫著『菱川善夫著作集9』「わが「無灯艦隊」論―『西川徹郎全句集』による解読と批評」　二〇一一年　沖積舎
志村有弘著『忘れ得ぬ北海道の作家と文学』「西川徹郎―極北の修羅」　二〇一二年　鼎書房
倉阪鬼一郎著『怖い俳句』（幻冬舎新書）「西川徹郎十三句収録」　二〇一二年　幻冬舎
志村有弘著『北海道の作家と文学』「西川徹郎―極北の修羅」　二〇一四年　鼎書房
志村有弘著『北海道の文人と文学』「西川徹郎句集『幻想詩篇　天使の悪夢九千句』」　二〇一四年　パアプラ出版

■読本・記念論叢等所収西川徹郎論抄

『死亡の塔』・別刷栞　（海風社編集部編）　A5・並製カバー装・九二頁建　一九八六年　海風社

鶴岡善久〈春の家〉考／**福島泰樹**性的黙示録の世界／**鳳　真治**瑞々しき青春の俳句／**倉橋健一**「死亡の塔」小考／**清水　昶**ひとつの感想／**菱川善夫**不条理の開眼／**友川かずき**西川徹郎との出会い／**福多　久**おとうとの肋骨に刺さる蝶その他／**寺田　操**他界への手紙／**高橋渉二**箒に目をつけて／**阿久根靖夫**放浪芸的再現力の豊かさ／**田中国夫**飢渇の身体、その影の背景／**杉本雷造**生と死の往還／**宇多喜代子**西川徹郎の俳句／**徳弘　純**空漠との抗い／**大井恒行**健康であるというのは非実在の状態だ　ほか

『西川徹郎の世界』（『秋櫻COSMOS別冊』）（秋桜発行所編）　A4変形・一八六頁建・二千部発行　一九八八年　秋桜発行所

吉本隆明西川徹郎さんの俳句／**菅谷規矩雄**死者の棲むところに―西川徹郎小論／**倉橋健一**なぜ俳句なのか―西川徹郎の世界／**笠井嗣夫**西川徹郎論／**藤田民子**西川徹郎様／**安井浩司**ある言語化への試み―第一句集『無灯艦隊』の辺で／**坪内稔典**曼珠沙華星の光景／**宮入　聖**霧の思想―西川徹郎句集『町は白緑』雑感／**攝津幸彦**西川徹郎へ／**山川　精**くらがりを回遊する微発光／**林　桂**疾駆する者西川徹郎―戦後世代俳句序説として／**三木　史**言葉の儀式―「春の家」とはなにか／**乾　裕幸**迷宮の胎蔵界―西川徹郎小論／**中川幾郎**西川徹郎の世界／**高堂敏治**あっ箒が駆けていく―北辺の俳詩人西川徹郎／**沢　孝子**西川徹郎の世界／**佐藤通雅**生の激湍―「銀河系つうしん」発行者としての西川徹郎／**鷲田小彌太**私を語ろうとするならば／**矢口以文**西川徹郎の句について／**永田早苗**「時空」への射手／**西潟弘子**影を作る人／**宗田安正**西川徹郎覚書／**佐藤鬼房**寸感／**島津　亮**スカーレット・クロス　／**上田　玄**麦・蓮・桔梗／**青柳右行**西川徹郎ノート／**柿本多映**『瞳孔祭』を読む／**須藤　徹**アリアドネあるいは円い耳―西川徹郎の世界へ／**三浦健龍**嚥下される実存―西川徹郎句集『死亡の塔』寸感／**和田徹三**西川徹郎様／**三森鉄治**他界からのメッセージ／**福島泰樹**拝啓西川徹郎様／**西川徹郎**著書解題　**越澤和子**／西川徹郎書誌　**小南文子**／西川徹郎略年譜　**加藤佳枝**／装画　**友川かずき**　ほか

『茜屋通信―西川徹郎のCOSMOS』（書肆茜屋編）　A5・並製・九二頁建　一九九五年　書肆茜屋

立松和平行者のことば—西川徹郎小論／**菱川善夫**燃えあがる詩型として問いつづけよ／**まつもとかずや**かなしくも黄金—西川徹郎の俳句／**谷口愼也**書くという行為『虚構の現実—西川徹郎論』抄／**上田　玄**乱舞秋津／**各務麗至**西川徹郎句集『月山山系』／**須藤　徹**光る不在／**工藤博子**西川徹郎句集『家族の肖像』に寄せて　ほか

『星月の惨劇—西川徹郎の世界』

（斎藤冬海編著／『西川徹郎全句集』刊行記念論叢・茜屋叢書③）

A4上製・カバー装・七二七頁建・二千部発行　二〇〇二年　茜屋書店

森村誠一西川徹郎の句界／**梅原猛**『無灯艦隊ノート』について／**松本健一**無意識領域の書記／**立松和平**未だ熱がある死者の足／**笠原伸夫**現代俳句の一極北／**稲葉真弓**言葉の「無限樹海」／**小笠原賢二**極北の詩精神—幻視者西川徹郎の見出した世界／**櫻井琢巳**西川徹郎様／**寺田　操**芦別の上田秋成／**小林孝吉**未出現宇宙の消息—西川徹郎十埴谷雄高／**伊東聖子**銀漢抄『無灯艦隊』という言語／**遠藤若狭男**無明の存在者のパトス—西川徹郎の世界／**伊丹啓子**鎮魂賦—西川徹郎句集『月夜の遠足』／**皆川　燈**月下の家族／**藤原龍一郎**夜叉見る阿修羅／**研生英午**空の谺—実存俳句の行方／**三橋敏雄**出藍の句集—『無灯艦隊』／**和田悟朗**生と死と性の集約／**宗田安正**西川徹郎の俳句／**大井恒行**超出への志／**谷口愼也**実存と想像力—西川徹郎論／**高橋比呂子**実存の俳句—カフカ的見地からの西川徹郎／**まつもとかずや**実存俳句を視野に／**高堂敏治**俳句が哲学する—西川徹郎ノート／**加藤多一**西川徹郎という物語／**新妻　博**冷性のエロス／**鶴岡善久**〈無灯艦隊〉私見／**菱川善夫**わが「無灯艦隊」論／**加藤克巳**北・西・前衛／**佐藤通雅**『無灯艦隊』再読／**鳳　真治**無灯艦隊、発進せよ／**矢口以文**思いつくままに／**笠井嗣夫**月夜の遠足、その果てまでも／**久保観堂**『月夜の遠足』を揮毫して／**沖山隆久**俳人西川徹郎の句集と本造り／**高橋紀子**西川徹郎先生／**林　桂**『西川徹郎全句集』を巡って／**尾内達也**俳句の自己批判／**雨宮慶子**実存俳句／**宇多喜代子**西川徹郎の正義／**鈴木六林男**『西川徹郎全句集』より／**阿部完市**〈西川徹郎〉寸感／**橋本輝久**北限の俳句詩人西川徹郎へ／**沢　孝子**『無灯艦隊』から『死亡の塔』へ／**藤田　民子**西川徹郎の俳句よ願わくば未来の幸福でありますように／**越澤和子**惨劇の北の砦—天才詩人西川徹郎について／**斎藤冬海**「秋ノクレ」論—西川徹郎の拓く世界／**西川徹郎**〈火宅〉のパラドックス—実存俳句の根拠／装画**森ヒロコ**／題字**久保観堂**　ほか

『修羅と永遠―西川徹郎論集成』後記

本書は、西川徹郎作家生活五十年記念論叢として、西川徹郎作家生活五十年記念事業実行委員会が企画、西川徹郎文學館の『修羅と永遠―西川徹郎論集成』編纂・監修委員会が編纂・監修し、図書出版茜屋書店から刊行されるものである。

二〇一三年西川徹郎第十四句集『幻想詩篇 天使の悪夢九千句』の書き下ろし九千十七句の刊行を以て、西川徹郎の発表句数は二万句を超え、日本文学史上の最多数発表作者とされる江戸期の小林一茶の一万五千句を大きく凌いだ。質量ともに破格の大著となった同句集は、刊行以来各界の文化人・表現者たちからの全国的な反響を呼んだ。本書『修羅と永遠―西川徹郎論集成』は、新たに執筆を依頼した『幻想詩篇 天使の悪夢九千句』論を中心とした新しい執筆者による書き下ろし西川徹郎論と合わせ、今日までの西川徹郎作家生活五十年間に執筆され発表された西川文学についての作家論・作品論・書評等の総数五百篇を超える多大な論文の中からの秀逸論文を編纂・監修委員会が撰集し収録するものである。

日本の近現代文学の研究者として世界的に著名な筑波大学名誉教授平岡敏夫氏は、西川徹郎の金子みすゞ論に驚嘆した一人で、『西川徹郎青春歌集―十代作品集』に結晶した徹郎の〈少年詩人としての詩精神〉があって初めて、金子みすゞの詩との余人の至りつき得ない出会いがあったとして、本書に「金子みすゞは何故死んだのか―西川徹郎小論」(本書「第一章永遠の少年其の一」)と題した歴史的な論文を寄せて下さった。又現代日本を代表する哲学者で日本哲学会会長・東北大学名誉教授野家啓一氏の「西川徹郎と寺山修司」と題する貴重な論文(同)や、日本比較文学会元会長で武蔵大学名誉教授私市保彦氏の「永遠の求道者西川徹郎」と題した重厚な『幻想詩篇 天使の悪夢九千句』論(同)、又本年作家生活五十年を迎えた国民的作家森村誠一氏の論考や『幻想詩篇 天使の悪夢九千句』解説(本書「第二章永遠の少年其の二」)等、日本文壇・詩歌俳壇・思想・哲学各界の第一人者や旗手とも称すべき論者、或いはその界を代表する七十三名、総数百二十五篇の秀逸論文を収載し、それと共に未知の読者の為の資料として西川徹郎による自選句集や自選歌集、年譜外の資料を収載した(本書資料篇)。

本書に書き下ろしの論文を寄稿下さった先生方と過去五十年間に亘って西川徹郎を励まし勇気づける西川徹郎論をご執筆下さった先生方に心より感謝を申し述べさせて頂きます。又掲載諸紙誌の編集者各位の皆様には本書への収録にご理解とご快諾を賜りました。それに由りはじめて本書が成立致しました。編集者の皆様へ心より御礼を申し述べさせて頂きます。有り難うございました。

西川徹郎は、第一句集『無灯艦隊』（一九七四年）より第十四句集『幻想詩篇 天使の悪夢九千句』（二〇一三年・茜屋書店）迄の十四冊の序数句集をはじめとして『定本 無灯艦隊』（一九八六年・冬青社）『西川徹郎全句集』（二〇〇〇年・沖積舎）『西川徹郎自選自筆句集』（二〇〇二年・沖積舎）『決定版 無灯艦隊――十代作品集』（二〇〇七年・沖積舎）のほかに『西川徹郎青春歌集――十代作品集』（二〇一〇年・茜屋書店）やエッセイ集『無灯艦隊ノート』（一九九七年・蝸牛社）、真宗学の学術論文『弥陀久遠義の研究』（二〇一一年・黎明學舎／茜屋書店）や個人編集誌「銀河系通信」（黎明舎）や学術誌「教行信証研究」（黎明學舎）の発行等、三十冊を超える著作（参照・本書「資料篇」）や発行誌を持ち、かつ北海学園大学大学院教授菱川善夫等と共同企画した詩歌句三ジャンル横断のシンポジウムの開催や二〇一四年五月三十一日西川徹郎文學館を会場に森村誠一氏を特別講師として開講した西川徹郎が代表（学長）を務める新城峠大學第一回文芸講座等、圧倒的なバイタリティーと多方面の活動で識られる日本俳壇の第一人者であり、季語季題に依らず、人間の総体や生の全体性を口語で書く〈世界文学としての俳句〉＝実存俳句の創始者（提唱者）として知られ、現代日本の俳句界を代表する現代俳句作家であることは論ずるまでもない。俳句作品は上記した通り日本文学史上最多数となる二万余句を活字発表してきたが、それら多数の作品数に相応するほどに、今日までの半世紀に諸誌紙に発表してきた俳句についての評論やエッセイ、時評、書評等も又極めて膨大であり、優に単行本二、三十冊の分量となると思われる。例えば「銀河系通信」第十九号（二〇〇六年・黎明舎／茜屋書店）はＡ５判・七二〇頁建の分厚さであり、その八割が西川徹郎自身の論文や評論・エッセイ・講演録・黎明通信等で占められている。又これに真宗学者西川徹真としての真宗学関連の膨大な学術論文を加えると総枚数ははかり知れず、それらの総てを収録する為には全集か選集等の刊行が望まれるところである。そればかりではない。西川徹郎（徹真）の書く学術的論文や評論・批評等は、それまでの定説を覆し、常に対象の真実に向き合うものであり、真実・真理の開顕が西川徹郎の批評や論文の特質である。その為に論文の発表毎に斯界の反応は凄まじく、全国の多数の専攻者や未知の読者からの称賛の声が新城峠に常に届く。

二〇一二年八月東京の勉誠出版から刊行された『金子みすゞ 愛と願い』に収載された西川徹郎の書き下ろし論文「金子

みすゞのダイイングメッセージ―遺稿詩集の「あさがほ」「学校」その他をめぐる考察」では、金子みすゞの遺稿詩集の全詩作品を唯一詩人の眼力で読みとり、童謡詩人金子みすゞを「一人の苛烈な詩人」と見、その生涯に他者により意図的に被せられた「夫との不幸な家庭生活の末、子供を夫から守るため自殺した薄幸の童謡詩人」というレッテルを引きはがし、詩作品そのものの言葉の中に秘匿された金子みすずのダイイングメッセージを浮かび上がらせた。その結果、みすゞ没後八十年間、謎とされてきた金子みすゞの自殺の理由が明白となり、本格的な金子みすゞ研究の端緒を開くものとなった。前出の平岡敏夫氏の論文は、西川徹郎のこの「金子みすゞ論」に拠るものである。

また同年同月、同じく勉誠出版より刊行された『新視点・徹底追跡　方丈記と鴨長明』に収載された西川徹郎の「念仏者鴨長明―「不請阿弥陀仏」論」は、『方丈記』成立以来八百年もの長きに亘り国文学界で諸説混沌とし、『方丈記』最大の難題となっていた『方丈記』終章の「不請阿弥陀仏」の意味を真宗学の立場で初めて解明し、浄土教の法然の弟子蓮胤(鴨長明の僧名)としての鴨長明の、念仏者としての生き様と立ち姿を明らかにし、無常の世にこそはたらく〈常住〉(久遠・永遠の意)の阿弥陀仏を掲げて結論とした『方丈記』を鎌倉時代の傑出した仏教文学と位置付けた画期的な学術論文である。刊行後、多方面から多大な反響があったが、中でも浄土宗の僧籍を持つ岡山県高梁市在住の未知の女性研究者髙橋縁生氏は西川徹郎の論文を讃え、自らの鴨長明についての永年の研究資料を西川徹郎の学究の更なる進展の為に惜しみなく献呈された。それは髙橋氏の優れた論考をも含む資料であり、西川徹郎は鴨長明が取りなす不思議な縁に感動した。本書の「第二章永遠の少年其の二」に収載した筆者の「西川徹郎と鴨長明」の中でも、「法然の和歌」について髙橋縁生氏の資料を一部参考にさせて頂いております。

花巻市立宮沢賢治学会イーハトーブセンターからの依頼を受けて執筆した「宮沢賢治学会会報」第四十八号の巻頭論文「妹としの聲無き絶唱―『春と修羅』「永訣の朝」の「あめゆじゆ」とは何か」もまた、賢治の詩に表わされた妹としの末期の声「あめゆじゆとてちてけんじや」を賢治の詩海に潜入して解析し、「あめゆじゆ」が梵語の「アミターハ/アミターユス(阿弥陀仏)」を示唆していることを宮沢賢治没後八十年にして初めて解明した。賢治が決して露わにすることのなかった実妹としの「兄さん、お念仏を称えて下さい」の絶唱を、作品中にリフレインせずにはいられなかった詩人宮沢賢治の心底の声を、詩人としての徹郎が宮沢賢治研究史上初めて聞きとり、そして未だ謎多き賢治の代表詩『春と修羅』の真意を読み取ったのである。

二〇一一年本願寺司教請求論文として浄土真宗の本山本願寺総局に提出し、その後著書として刊行した真宗学の論文『弥陀久遠義の研究』（黎明學舎／茜屋書店）においても、前出の拙論「西川徹郎と鴨長明」中でも触れたが、親鸞聖人没後七百五十年にして初めて親鸞の主著で浄土真宗開宗の書とも讃えられ、日本仏教史上最も難解な仏書とも謂われる『教行信証』の「教文類」に引用される朝鮮新羅の高僧憬興（きょうごう）師の著作『述文賛』引文の重大な意義と理由や「行文類」一乗海釈との関連性を論証する等、教学史上重大な解明が為された。『教行信証』を浄土真宗の根本聖典と仰ぐ本山西本願寺では西川徹真の指摘を受け、それまでの『教行信証』解釈と訳出の誤謬をただし、親鸞聖人七百五十回大遠忌法要記念出版として刊行された西本願寺蔵『教行信証』の印刻版を訂正して、急遽、第二版を刊行した。

俳句に関連する論文や評論では細谷源二について最初に書いた「細谷源二の俳句、あるいは地方性という命題」（一九八五年「銀河系つうしん」第四号・黎明舎）や金子兜太の伝統回帰について書いた「葬送の日の金子兜太」（一九八六年「銀河系つうしん」第七号）、俳句総合誌「俳句界」（文學の森）等の諸誌に発表した寺山修司についての論考や講演録、或いは二〇〇一年「國文學」七月号に発表した「反俳句の視座―実存俳句を書く」（學燈社）等、一々掲出は不可能だが、西川徹郎の論文や評論は何れも歴史的な意義を持つものであり、〈世界文学としての俳句〉の基本的な俳句表現の根拠と思想を明確にするものだ。例えば本書の「第三章極北の阿修羅」所収の平敷武蕉氏の論文「西川徹郎論―〈実存俳句〉の思想と方法」は、西川徹郎の「國文學」発表の「反俳句の視座―実存俳句を書く」に衝撃を受けたことを表明している。沖縄県を代表する一人の評論家が西川徹郎の論文を読んだ衝撃から西川文学の実存俳句独自の思想に覚醒し、その「反定型の定型詩」論が沖縄開放の未来を開く社会活動の理念として展開してゆくことをも示唆する論考である。このような平敷氏の場合は特別な例であるが、現代俳句の多くの作者や論者が西川徹郎の論考に衝撃を受け、自らの俳句表現の根拠を初めて確認したという例は少なくない。その一人が口語俳句協会の代表（幹事長）を務める俳誌「主流」発行人田中陽氏である。田中氏は「國文學」掲載の西川徹郎の論文を読んで、落雷に遇ったような衝撃を受け、天を仰いだと言う。早速、田中氏は西川徹郎へ宛てて分厚い書簡をしたため、口語俳句協会にとって記念的な第五十回の口語俳句全国大会（会場・島田市／主催・口語俳句協会）での講演を依頼、特に「國文學」掲載の論文「反俳句の視座—実存俳句を書く」の内容の再現を懇請したのである。現代俳句の世界ではあくまで〈独立者〉としての姿勢を貫き、現代俳句協会をはじめとした俳壇のあらゆる組織や結社や団体との関わりを断絶してきた西川徹郎は協会等の主催の大会に講師として出るつもりは微塵もなかった。しかし田中氏から幾度も出講を屈請する内容の私信が届き、二〇〇五年十月十六日島田市の講演会場（大井神社宮美殿講堂）へ出向き記念講演を行った。田中氏は講演を聴き終え、こう語った。「私は口語俳句協会を興し、五十年もの間、口語俳句に関わって参りましたが、口語で俳句を作る意味が、西川先生のご論文と今日のご講演で初めてはっきりと解りました」と。

田中氏のような俳人の姿は特別な例ではなく、俳句を作りながら自らの書くということに対しての定見や知見を持たず、他者から教えられて初めて解るというのは実は今日の思想と方法論無き俳人たちの一般的な姿である。日本語による表現行為として〈俳句定型（形式）〉が如何なる根源的な意味を問う重大な問題であるか等と言った、文学としての俳句が自ずから提示する本質的課題とは遠い場所に彼らは住んでいるからである。それ故にそのような俳人たちの問題意識の狭さをいいことにして「俳句評論家」を名乗る俳人が何と多いことであろうか。西川徹郎が俳句関連の評論や論文を単行本の著作として来なかったのは、本質論とはほど遠い彼らの批評や評論に対し極めて批判的であり、彼らと紛れぬ為である。所謂俳壇の「俳句評論家」と呼称されることを嫌悪するが故に俳句評論集を纏めずにきたのである。それは、遠く遙かなる一人の心の師俳聖松尾芭蕉の晩年の生の如く、あくまでも一人の俳句の作者としての、かつて若き日の少年詩人西川徹郎を見出し、吉本隆明氏が命名した〈俳句の詩人〉としての生を生き抜こうとした為なのである。

ここで本書の編纂の過程を些か述べさせて頂ければ、今日までに執筆され発表された西川文学を対象とする論文や評論、批評等は総数五百編を超え、今回最大の紙幅を以てしてもその大多数を割愛せざるを得なかった。又『幻想詩篇　天使の悪夢九千句』についての書き下ろし評論を依頼したものの収載には至らなかった原稿も幾篇か在った。編纂・監修委員会の責任の下に査読と重重の協議を経て決定が為されたことである。それらの多くは偏狭的で恣意的な読みを以て西川文学の全体像を読者の目から封じ、作者の人格をも故意に貶めようとする明らかに作為的なもので、本書の「第三章極北の阿修羅」の中で日本亜細亜仏教文化研究所代表理事・哲学者東出白夜氏が触れているような、組織的な暗躍に由るものとしか考えられない、本書の企画編集に対する明確な妨害行為があった故である。

西川徹郎が、一九八四年六月「文学者は独立者でなければならない」という思想から創刊した個人編集誌「銀河系つうしん」の表紙に掲げた言葉を思い出して欲しい。そこには「友よ、批評の鍬を！」とあった。批評を封じられた荒れ地の如き俳句の世界に西川徹郎は「反季語・反定型・反結社主義」という俳句革命の旗印を掲げて単身で斬り込んだのだ。

西川徹郎はイヤというほど、権力争いに荒廃した俳句の世界を体験している。その一つの例を挙げてみよう。十二、三歳頃より詩歌に関心を抱いた西川徹郎は、十五歳の高校生時代から本格的に俳句を書き始め、ひたすら詩歌を読み書くことに没頭し、やがて新興俳句運動の旗手細谷源二と邂逅し、「氷原帯」に入会した。一九六五年氷原帯新人賞(風餐賞)を得て高校生俳人として俳壇にデビューした当時の状況には、少年俳句作家という新たな才能の出現に俄に色めき立つ俳句界の息遣いが濃厚に感じられる。戦前の国家による言論弾圧で壊滅同然となった新興俳句と、戦後の時代風潮の中で社会性俳句として芽生え、まもなく華々しく開花した前衛俳句との、拮抗の現場に少年詩人徹郎は放り込まれた。「氷原帯」の中でも主宰者の細谷源二と、前衛俳句の陣営に近づき、潮流に乗ろうとする同人代表で元編集人山田緑光の間の溝に、徹郎は気づくべくもなかった。北海道の山間都市芦別市の高校に新城峠から通学バスで通う十代の日の生活に、新興俳句や前衛俳句等と言った俳壇の情報を伝える俳句総合誌の存在を知る手立てなどはもとよりない。西川徹郎は芦別高校一年時に北海道新聞の細谷源二選の読者投稿欄へ俳句を投稿し、細谷源二に見出された。細谷の誘いの手紙で細谷の主宰誌「氷原帯」に入会、高校三年時に前記の新人賞を受賞し、「氷原帯」一九六六年一月号に掲載され、第一句集『無灯艦隊』巻頭に置かれて今も代表作と語り継がれる「不眠症に落葉が魚になっている」「巨きな耳が飛びだす羊飼う村に」「海峡がてのひらに充ち髪梳く青年」等の俳句作品の、迸る鮮烈な詩性や文学性や強い感受性、学生帽と学生服姿の一枚の写真が、一気に俳壇の噂となって全国に駈け巡った。徹郎はまもなく「氷原帯」の同人になったが、同一九六六年山田緑光の創刊した個人誌「粒」(後に同人誌)にも山田に誘われて入会した。山田が「私は徹郎君を自分の息子のように思っている」と語った言葉を、徹郎の実母西川貞子(一九二四〜九九年)は直に聞いており、筆者にも話してくれた。「緑光さんていう人は、息子さんを海で亡くしていてね、余計に徹郎が可愛かったらしい」というのが、貞子の話である。「粒」のメンバーが合宿と称して徹郎の生家正信寺を訪れ、山菜の宝庫である正信寺の裏山できのこ狩りをし、賑やかにきのこ鍋を作って食べていた一夜を貞子は昨日のことのように話していた。

六六年京都の龍谷大学への進学に当たり、徹郎は山田緑光の紹介状を持たされていた。前衛俳句の中心的存在だった「海程」の金子兜太と「渦」の赤尾兜子に宛てたものだ。あたかも山田緑光が育てた者の如く、若い才能ある新人徹郎は、山田の紹介によって「海程」「渦」に入会し、大阪や尼ヶ崎での句会に幾度か出席する。優秀な新人を手土産のように差し出した山田は、前衛の陣営での覚えめでたく、やがて「海程」の幹部同人に納まってゆく。同時に山田は徹郎に対し、「細谷源二はもう徹郎の俳句を評価していない」等と囁き、一方で細谷源二に対しては「徹郎は細谷は駄目になったと言っている」等と吹き込んだ。二人の間を引き裂く讒言を為したのである。

この後、細谷源二と西川徹郎は袂を分かつことになり、七〇年細谷源二は札幌にて、誤解の解けぬまま病没する。西川徹郎が、山田の画策を知ったのは後年のことである。徹郎以外にもこれぞと思う若いメンバーには「息子のように思っている」と囁いている場面を何度か見たのが、不審を抱く契機になったが、札幌市で開かれた北海道大学教授の近藤潤一氏や短歌評論の菱川善夫氏等の集会に招かれた折りに、ホールで漏れ聞いた誰かの「徹郎さんも騙されちゃってさ」という言葉に、何も知らなかったのは自分だけだと気付いた。

同人誌「渦」に於いては徹郎は、赤尾兜子が徹郎を弟子と見なして作品への添削を勝手に行って掲載したことに抗議し、八〇年退会。赤尾兜子は徹郎の真意を汲むことなく「また今日弟子をうしなう、悲しさはふえます」（傍点筆者・一九八〇年四月十八日消印）という失意の書簡を徹郎に送った。赤尾兜子は翌八一年三月十七日鉄道事故で急逝した。

俳句総合誌「俳句界」（文學の森）の編集顧問であった大井恒行氏が、同誌の二〇一〇年二月号特別企画「西川徹郎特集・極北の異色俳人西川徹郎」を組む為に二〇一九年十一月三十日、北海道旭川の西川徹郎文學館を写真家赤羽真也氏を伴って訪れ、西川徹郎に独占インタビューを行った。また翌十二月一日は新城峠を訪れ、西川文学の原郷を取材した。同特集の中で西川徹郎は、「西川徹郎とは、新興俳句と前衛俳句の狭間に生まれ、しかも、その両者とも全く異なる異質な表現、その両者を超出する志を抱いた作家、もし許されるのであれば、そういう俳人です」と語っている。

赤尾兜子について、筆者は二〇一〇年『西川徹郎青春歌集―十代作品集』の解説「少女ポラリス」に於いて「西川徹郎の師である赤尾兜子」と記述し、読者に誤解を与え、西川徹郎と関係諸氏に大きな迷惑をかける事態となった。本書のこの「後記」の場を借り、謹んでお詫びと訂正を申し上げ、西川徹郎と赤尾兜子との間には師弟関係が無かったことを明記させて頂きます。


八四年創刊した個人誌「銀河系つうしん」第一号で、「友よ、批評の鍬を！」のタイトルの下、西川徹郎は「今日、俳句表現の地平は、余りにも暗く、非文学的な風食に晒されてしまっている」と書き出す。残念ながらこの光景は、「銀河系通信(十九号より改題)」創刊後三十年を経た今日も変わっていないのは前記した通りである。

そのような中で、本書の編纂・監修委員会の歩みを勇気づけ、後押ししてくれたのは、本書収載の真摯な西川徹郎論の数々だった。ことにも「銀河系つうしん」創刊前後に出会った、宮入聖、青柳右行、攝津幸彦らは、当時から現在に至るまで西川徹郎が最も信頼を寄せる文学者たちであった。八〇年、西川徹郎は、攝津幸彦、大井恒行、藤原月彦(現・龍一郎)らと同人誌「豈」を創刊。宮入聖は八三年、総合詩歌誌として「季刊俳句」(冬青社)を創刊し、西川徹郎や攝津幸彦をメインの執筆者に起用した。一陣の幸福な風が吹き抜けるように、この時俳句は最も魅力ある永遠の青春の文学としての本来の姿を見せてくれたように、筆者には思われる。宮入聖・青柳右行両氏の、渾身の長編の西川徹郎論や攝津幸彦氏の同時代の息吹が聞こえるような胸打つ論文を収載出来たことは、本書の大きな喜びであり、幸福となった。

しかしながら、攝津幸彦氏はすでに亡く、宮入聖・青柳右行両氏は所在が不明である。西川徹郎は、本書の編纂作業中に宮入聖の西川徹郎論について、「蓮華逍遙―西川徹郎の世界」を改めて読みつつ、このように語った。

「これは素晴らしく面白い。今まで書かれた多数の評論の中でも、屈指の優れたものである。それは、彼と自分が同じ戦後の昭和二十二年生まれであるばかりではなく、彼もまた、信州の農村共同体で生まれ育った詩人であるからだ。『無灯艦隊』『瞳孔祭』の作品がまるで、西川徹郎が西川徹郎を語るかのように、詳細に、繊細に、西川徹郎を語っている。まるで、二人の西川徹郎がいるようで、一人の西川徹郎は遙かなる野の遠い地平を見つめる眼差しで詩を書く。もう一人の西川徹郎は、逆に西川徹郎に最も近い場所に立ち、西川徹郎の内面を見つめ、内部をのぞき込むように言葉を発している。まるでこれが、この本の著者であるかのように語られた評論である。まるで、自らが自らを語る、いや、それよりももっと繊細に西川徹郎自身を見ている一人の詩人がいて書かれた西川徹郎論である。父性の問題、家の問題、農村共同体のその時代、高度成長期寸前の時代状況を苦しみ抜きながら生きてきた一人の詩人の内面世界を、まるで僕よりも僕のことをよく知っている人間が書いたかのように書かれている文章だ」——。

札幌市に在住する国際比較文学者・中国北京社会科学院名誉教授で西川徹郎文學館名誉館長千葉宣一氏は、北海道大学の学友近藤潤一・菱川善夫氏等と共に西川徹郎の北海道に於ける孤軍奮闘の姿を西川徹郎の少年期以来、半世紀に亘り見まもり続けてきた人である。既に近藤潤一も菱川善夫も此の世に亡いが、千葉宣一は病床に在りながら西川徹郎へ激励を続けてやむことがない。本書の編纂中にも度々労いの言葉を頂戴した。

『幻想詩篇　天使の悪夢九千句』の第七回日本一行詩大賞特別賞(主催・日本一行詩協会、代表角川春樹氏／後援・読売新聞社、角川春樹事務所)の受賞は殊更に私共の胸を打つ出来事だった。現代詩のスーパースターと呼ばれた故清水昶氏との同時受賞であった。清水昶氏はかつて大いなる賛意と期待を以て創刊したばかりの西川徹郎の個人誌「銀河系つうしん」第四号(一九八五年)へ「西川徹郎様」で始まる西川徹郎論「断章・俳句を開く扉」を寄稿し、西川徹郎を大いに勇気づけた人であった。その論文は本書「第五章性的黙示録の世界」に収載させて頂いたが、深い文学の因縁に貫かれた西川文学の歴史を思い起しつつ私も、二〇一四年九月二十九日東京・千代田区九段北のアルカディア市ヶ谷(私学会館)で行われた授賞式に出席した。

本書に玉稿を頂戴し、また論文収載の快諾を頂きながら、完成した本をお目に掛けること能わなくなった執筆者に、俳人まつもと・かずや氏、詩人・作家稲葉真弓氏、評論家松本健一氏の方々がいる。いずれも西川徹郎の文学を最期まで激励して下さった西川文学の応援団の方々だった。稲葉・松本の両氏は、西川徹郎が代表となり西川徹郎文學館主催で二〇一四年開校した新城峠大學文芸講座の特別講師の出講をお願いし、快諾して頂いていたのである。病とはいえ突然の訃報であり、衝撃が未だ去らない。松本健一氏は、日程の都合がつけばすぐにでも駆け付けてくれるということだった。稲葉真弓氏は、西川徹郎に幾度となく私信で新城峠に立ってみたいと語っていた。

松本健一氏が、西川徹郎の文学のトポス、新城峠に立ったのは、二〇一一年五月。西川徹郎作家生活五十年記念祝賀会に、当時の菅直人内閣の官房参与の激務の最中駆け付けてくれた時のことだった。一二年十月二十日には、作家生活五十年記念事業の一環の講演会の講師となって再び来館し、「世界文学とは何か―西川徹郎の俳句について」の題で講演、夜半に至るまで聴衆と質疑応答を交わした。一三年九月七日西川徹郎は松本氏の『思想伝』全三巻の出版記念会に招かれ、東京・四谷、スクワール麹町に赴いた。西川徹郎は松本健一氏を「革命評論家」と呼んで、田原総一朗氏等と共に、参集した多くの作家や文化人らの前で講演を行った。今手元に松本健一氏からの西川徹郎宛の私信がある。多く思索の旅にあった松本氏は世界各地の絵葉書での便りが常だった。二〇一〇年六月一日付の葉書には「西川実存俳句が『世界文学』への歩みをつづけていること、まちがいありません」と認められている。松本健一氏には、〈世界文学としての俳句〉を目指す西川徹郎の俳句革命の歩みを、見届けて欲しかった。

本書の編集中、初出から長い年月を経ているために、収載に際して連絡のつかなかった執筆者の方が幾人かありました。しかし、本書が学術的な意義を持つ歴史的出版物であることを鑑み、編纂・監修委員会の責任の下に収載をさせて頂く決断をしました。関係者各位に心よりの御礼を申し上げると共に御理解を賜りますようお願い申し上げます。

西川徹郎は、常々「俳句は日本文学の源泉である」と語っている。更に西川徹郎は「近代日本の代表的文学者芥川龍之介や夏目漱石、室生犀星、近現代では吉本隆明や森村誠一等の熾烈な文学の底流を貫き支えつつ、日本人の意識の基底をつらぬき流れ来ったものとは、実は俳句という詩精神の源泉・源流であったはずである」と語る。

本書は、北海道は新城峠という極北の峠に在住しつつ、文学(詩)表現の可能性の極北に挑み続ける俳句の詩人西川徹郎の〈世界文学としての俳句〉を検証し、日本が生んだ世界詩〈十七文字の世界文学〉の未来を見晴るかす希有の一冊となった。執筆者各位に衷心よりの感謝を捧げて、本書の後記とするものである。

二〇一五年一月二十五日

淡雪降り注ぐ旭川市七条〈青春の緑道〉西川徹郎文學館通　西川徹郎文學館図書編集室にて

『修羅と永遠―西川徹郎論集成』編纂・監修委員会代表兼編集人　斎藤冬海

装画
銅版画「嵐の出帆」
アルビン・ブルノフスキー (チェコスロバキア 1936-1997)
西川徹郎文學館蔵 [西川徹郎コレクション]

西川徹郎作家生活五十年記念論叢

修羅と永遠—西川徹郎論集成

2015年3月15日 西川徹郎文學館叢書Ⅲ 第1刷発行
代表著者 西川徹郎
発行 図書出版 **茜屋書店**
〒075-0251芦別市新城町宮下
TEL0124-28-2030番／Fax0124-28-2708番／振替02760-0-10167番 茜屋書店
編纂・監修
西川徹郎文學館
『修羅と永遠—西川徹郎論集成』編纂・監修委員会
代表・館長 斎藤冬海
〒070-0037旭川市7条8丁目緑道西川徹郎文學館通／TEL0166-25-8700番／Fax0166-25-8710番
西川徹郎作家生活五十年記念事業実行委員会
西川徹郎文學館図書編集室
斎藤冬海・霜山 雫・本平美由紀・池田秀子・渡部真由美
装幀 霜山 雫
印刷・製本 平河工業社

ISBN 978-4-901494-13-7

定価は函に表示してあります